CHEFS-D'ŒUVRE

DU

THÉÂTRE MODERNE

CE VOLUME CONTIENT :

POISSY. — IMP. S. LEJAY ET CIE.

CHEFS-D'OEUVRE
DU
THÉATRE
MODERNE

TOME DEUXIÈME

PARIS
MICHEL LÉVY FRÈRES, ÉDITEURS

M DCCC LXXIII

PONSARD
E. AUGIER
G. SAND
O. FEUILLET
J. SANDEAU
TH. BARRIÈRE

AL. DUMAS
DE BALZAC
DUMAS FILS
E. SCRIBE
V. SARDOU
E. LEGOUVÉ

E. ABOUT — L. LAYA — A. BOURGEOIS — C. DELAVIGNE — C. DOUCET
A. D'ENNERY — L. GOZLAN — E. LABICHE — H. MEILHAC
L. HALÉVY — L. THIBOUST — F. MALLEFILLE — A. MAQUET — MÉRY
H. MURGER — SAINT-GEORGES — F. SOULIÉ — SUE

ÉMILE AUGIER

DE L'ACADÉMIE FRANÇAISE

GABRIELLE

COMÉDIE EN CINQ ACTES, EN VERS

REPRÉSENTÉE POUR LA PREMIÈRE FOIS, A PARIS, SUR LE THÉATRE-FRANÇAIS
LE 13 DÉCEMBRE 1849

DISTRIBUTION DE LA PIÈCE

JULIEN CHABRIÈRE.........................	MM. RÉGNIER.	GABRIELLE, femme de Julien.........	Mmes NATHALIE.
TAMPONET....	SAMSON.	ADRIENNE, femme de Tamponet.....	ALLAN-DESPRÉAUX.
STÉPHANE DARIAU......................	MAILLART.	CAMILLE, fille de Julien et de Gabrielle (6 ans)..................	CÉLINE MONTALANT

A Lucienne, de nos jours.

ACTE PREMIER.

Le théâtre représente un salon au rez-de-chaussée donnant sur un jardin. Porte au fond, et portes latérales au second plan. Une console au premier plan, à droite ; une cheminée avec une glace sans tain, au premier plan à gauche ; une table ronde sur le devant, à droite ; un canapé sur le devant, à gauche.

SCÈNE PREMIÈRE

JULIEN, travaillant à droite, GABRIELLE, assise sur le canapé, tenant à la main un livre qu'elle ne lit pas.

JULIEN.
Article dix-neuf cent... Où diable est donc mon code ?
Il cherche parmi ses papiers.
Me voilà bien! mon code est perdu... c'est commode!
Je n'ai qu'à me croiser les bras jusqu'à ce soir !

GABRIELLE.
Que cherchez-vous ?

JULIEN.
Mon code.

GABRIELLE, *indiquant la console.*
Il est dans ce tiroir.

JULIEN.
C'est donc un parti pris dont tu ne peux démordre,
De me déranger tout pour y mettre de l'ordre ?
Ma mère avait aussi cette démangeaison,
De serrer mes effets lorsque j'étais garçon ;
Et je n'ai pu jamais obtenir de sa grâce
Qu'elle laissât un peu mon pêle-mêle en place.

GABRIELLE.
N'apportez pas ici vos vilains livres gras.
Et chez vous, je vous jure, on n'y touchera pas.

1

JULIEN, se levant.

Ceci, ma chère enfant, prête à la parabole.
Le livre gras fait honte à ton salon frivole ;
Ton meuble est peu flatté de frayer avec lui,
Et le relèguerait volontiers à l'étui.
Regarde-le pourtant ce livre qu'on rudoie :
C'est parce qu'il est gras que ton meuble est de soie.

GABRIELLE, se levant.

Le sens de l'apologue ?

JULIEN.

Il est un peu lointain.
Je suis sentencieux comme un Turc ce matin !

Il l'embrasse.

Embrasse-moi, ma chère. A tout prendre, le livre
Est encore trop heureux s'il peut te faire vivre.

GABRIELLE.

Est-ce un reproche ?

JULIEN.

Non. — Sans doute je voudrais
Te voir prendre une part à tous mes intérêts,
T'inquiéter un peu comment vont mes affaires,
Et si pour ton bonheur mes efforts sont prospères ;
Mais ce n'est pas ta faute, et le mal n'est pas grand,
En somme, que cela te soit indifférent.

GABRIELLE.

Mais avouez qu'aussi vous ne m'en parlez guères.

JULIEN.

Que veux-tu ? je t'ai vue, à ces détails vulgaires,
Bâiller de si bon cœur, que j'ai fait le serment
De ne t'induire plus en pareil bâillement.

GABRIELLE.

J'ai toujours eu l'esprit si rempli de paresse !
Mais j'avais tort. Il faut que cela m'intéresse,
Puisque le seul travail que nos faibles cerveaux
Puissent faire ici-bas est d'aimer vos travaux,
Et que nous ne comptons dans notre vie oisive,
Pour tout événement que ce qui vous arrive,
Entretenez-moi donc de tous vos intérêts,
Et, si je bâille un peu, j'écoute à cela près.

Elle se rassied.

JULIEN.

Je la saisis au vol cette bonne pensée !
Elle va sur-le-champ être récompensée.

Il s'assied près d'elle.

Sache que nous marchons, que nous roulons plutôt
Sur le rude chemin de fortune au grand trot :
J'ai quinze mille francs chez Lassusse ; dix mille
Chez Blanche, hypothéqués sur sa maison de ville ;
Ma réputation prend un rapide essor ;
Un ministre — et celui de la justice encor !
Sur le seul bruit que fait ma petite éloquence,
D'un gros procès qu'il a m'a donné la défense ;
Et cela met un homme en posture au Palais,
Tu comprends ?

GABRIELLE.

Oui, très-bien.

JULIEN.

Mes gains ne sont pas laids,
Je fais, bon an mal an, vingt mille francs ; je gage
Que j'en vais faire trente et même davantage.
Or, nous en dépensons douze mille environ,
N'est-ce pas ?

GABRIELLE.

Oui.

JULIEN.

Mettons quinze pour compte rond :
C'est au bout de dix ans, en bonne arithmétique
Cinquante mille écus pour notre fille unique...
Mais, ma foi ! si tout va de si belle façon,
Nous pourrons nous donner le luxe d'un garçon ;
Car je n'ai pas compté l'intérêt de la rente
Qui se capitalise, et que chaque an augmente.
Tu me suis ?

GABRIELLE, distraite.

Oui, très-bien.

JULIEN.

Au bout de nos dix ans,
Nous aurons de côté deux cent dix mille francs,
Et si... Pantagruel répondit à Panurge :
« Quand le printemps fleurit, il faut que je me purge. »
Je vois que tu comprends mes calculs.

GABRIELLE.

Oui, très-bien.

JULIEN.

Merci ! Nous reprendrons plus tard cet entretien.

Il se lève et se dirige vers son travail.

C'est plaisir de causer avec sa ménagère...

Il se retourne vers sa femme.

On vous aime pourtant, pauvre tête légère !

Il s'assied à sa table et travaille.

GABRIELLE, à part.

Hélas ! il croit m'aimer... Quelle dérision !
Quand il ne va songeant qu'à son ambition !
Il m'aime ! il dit qu'il m'aime ! O nature immortelle,
Pénétrantes senteurs de la feuille nouvelle !
Tranquillité des champs au soleil prosternés !
Est-ce là cet amour dont vous m'entretenez !
Heureuse... s'il en est une entre mes compagnes,
Celle qui peu marcher à travers les campagnes,
Appuyant tout son cœur sur un bras bien-aimé,
Selon le rêve ardent qu'elle s'était formé !
Nous partirions le soir, à cette heure sereine
Où l'ombre et le silence ont apaisé la plaine ;
Nous irions.. Quel bonheur ! moi pendue à son bras,
Lui sur mon pas plus lent ralentissant son pas,
Et tous deux, regardant tomber la nuit immense,
Nous nous enivrerions d'amour et de silence !

JULIEN.

Gabrielle !

GABRIELLE.

Plaît-il ?

JULIEN, la prenant dans ses bras.

Hors chez nous, où voit-on
Chemise de mari n'avoir pas un bouton ?

GABRIELLE.

Ah ! — Mettez une épingle.

JULIEN.

Il faut que je te gronde.
Mon linge est dans l'état le plus piteux du monde.

GABRIELLE.

Bien. — Je ferai venir une femme demain.

JULIEN, à part.

Ma mère m'aurait tout rapiécé de sa main.

SCÈNE II.

JULIEN, CAMILLE, GABRIELLE.

CAMILLE.

Maman, la blanchisseuse est là.

GABRIELLE.

Dis à ta bonne
De recevoir le linge.

JULIEN.

Eh ! reçois-le en personne,
Que diable ! Daigne au moins gouverner ta maison !
Ce n'est pas exiger beaucoup de ta raison !

Dès le premier mot de Julien, Camille est allée s'asseoir sur le canapé.

GABRIELLE.

Bien. J'y vais.

JULIEN.

A propos, notre tante Adrienne
Ne passe-t-elle pas ce dimanche à Lucienne ?
Veille aux provisions, car l'oncle Tamponet,
Malgré sa poésie, est gourmand et gourmet.
Fais-lui faire, tu sais, ce machin au fromage...

GABRIELLE.

Ne vous mêlez donc pas des choses du ménage.

JULIEN.

J'imite l'empereur.

GABRIELLE.

En quoi, mon pauvre ami ?

JULIEN.

Je fais la faction du soldat endormi.

Gabrielle baisse la tête et sort ; Camille la suit.

SCÈNE III.

JULIEN, CAMILLE.

JULIEN.

Camille, où t'en vas-tu si vite ?

CAMILLE.

Petit père,
Je vais dans le jardin jouer avec la terre.

JULIEN.

As-tu fait ta lecture ?

CAMILLE.

Oui... c'est-à-dire, non !
C'est dimanche aujourd'hui.

JULIEN.

Respect au droit canon.
Mais on peut embrasser son père le dimanche?

CAMILLE.

Oh ! oui

Elle court à lui et l'embrasse sur les deux joues.

JULIEN, la prenant dans ses bras.

Te voilà belle avec ta robe blanche !

CAMILLE.

C'est ma bonne qui m'a coiffée, et pas maman,
Parce qu'elle lisait dans un livre.

JULIEN, à part.

Un roman !

CAMILLE.

Pourquoi faire lit-elle après qu'elle sait lire ?

JULIEN.

Ma foi, je serais bien en peine de le dire,
Car elle a constamment ouvert devant les yeux
Le livre le plus pur et le plus gracieux
Que poête ait jamais tiré de sa cervelle...
Un enfant rose et blanc qui grandit autour d'elle !
— Tu ne me comprends pas, mais cela m'est égal.
Va, cher petit roman de mon destin banal,
Ma seule rêverie et ma seule aventure,
Ce n'est pas moi qui cherche un bonheur en peinture !
Ta présence suffit à verser largement
La gaîté dans mon cœur et l'attendrissement ;
Et la seule chimère à laquelle je tienne,
C'est de jeter ma vie en litière à la tienne,
O cher trésor ! — Elle est si belle, qu'on rirait
Si j'osais avouer qu'elle est tout mon portrait !
M'aimes-tu bien au moins?

CAMILLE.

Oui, bien ! bien !

JULIEN.

Va, cher ange,
Ton père t'aime aussi diablement en échange!

SCÈNE IV.

GABRIELLE, JULIEN, CAMILLE.

Julien, en voyant sa femme, pose sa fille par terre.

GABRIELLE.

Vous pleurez ?

JULIEN.

Moi ! non pas.

GABRIELLE.

Ce n'est pas un affront ;
Tu pleures.

JULIEN.

C'est que j'ai dans l'œil un moucheron.

GABRIELLE.

Et pourquoi rougis-tu de ta bonté, pauvre homme ?
Nous ne sommes pas gens de Sparte ni de Rome
Pour faire à la nature un si farouche accueil.

JULIEN.

Mais j'ai tout bonnement une mouche dans l'œil,
Te dis-je. Si c'était faiblesse paternelle,

A Camille.

Je l'avouerais. — Allez jouer, mademoiselle.

Camille sort.

SCÈNE V.

GABRIELLE, JULIEN.

GABRIELLE.

Ces larmes m'auraient plu sortant de votre cœur
Certes, voilà matière à votre esprit moqueur,
Mais dussiez-vous encor me trouver romanesque,
Sortant de votre cœur ces pleurs me gagnaient presque.

JULIEN.

A part.

Alors, j'avoue... Ah ! bah ! c'est trop tard maintenant.

Haut.

Ce procédé de mouche est fort impertinent.

SCÈNE VI.

GABRIELLE, ADRIENNE ET TAMPONET,
JULIEN.

TAMPONET.

C'est nous !

ADRIENNE.

Bonjour, Julien.

TAMPONET.

Et bonjour, Gabrielle.

GABRIELLE.

Chère petite tante !

ADRIENNE.

Embrasse-moi, ma belle.

JULIEN.

Mon oncle, vous plaît-il nous embrasser aussi ?
Je suis prêt.

TAMPONET.

Non, merci, mon cher neveu.

JULIEN.

Merci !

TAMPONET.

Parbleu ! vous habitez un beau coin de la terre,
Mes amis ! Ces coteaux boisés, cette rivière,
Cet aqueduc géant découpant l'horizon,
Ces prés verts, ce ciel bleu, cette blanche maison,
Ces lointains vaporeux, pleins d'ombre et de mystère...
Ah ! je n'étais pas né pour me faire notaire.

JULIEN.

Eh ! qui diable ici-bas est né pour son métier,
Mon cher oncle, excepté toutefois le rentier?

TAMPONET.

J'avais, j'ai des instincts de peintre et de poête,
J'aurais dû manier la lyre ou la palette !
Figurez-vous, mon cher, qu'au seul aspect des cieux
Il me vient quelquefois des larmes dans les yeux !
Et voulez-vous savoir une de mes idées?
Les étoiles des nuits longuement regardées
Me semblent le séjour d'où les âmes des morts
Contemplent tristement la terre où gît le corps.

JULIEN.

L'idée est poétique.

TAMPONET.

Elle n'est pas commune.
Tenez, une autre encor : je disais que la lune
Est au soleil — en tant que reflet au rayon —
Ce que la rêverie est à la passion.
Est-ce ingénieux ?

JULIEN.

Oui !... mais votre fantaisie
Plus que pour la peinture est pour la poésie?

TAMPONET.

Pas du tout, mon ami ! j'adore les tableaux,
Et j'ose me flatter d'en avoir d'assez beaux.
Hier, justement, j'ai fait une rencontre unique ;
J'ai payé trente francs une toile authentique...
Devinez de qui?

GABRIELLE.

Non.

TAMPONET.

De Pierre Cabassol.

GABRIELLE.

Se peut-il?

TAMPONET.

C'est signé.

JULIEN.

Trente francs ! c'est un vol.

TAMPONET.

Oui, c'est si bon marché qu'à peine osais-je y croire.
Mais c'est de mon Lehmann surtout que je fais gloire !

ADRIENNE.

Pas signé celui-là.

TAMPONET.

Par malheur ! il vaudrait
Quatre ou cinq mille francs, ce qui m'arrangerait.

JULIEN.

Moins fortuné que vous, moi, pour toute peinture,
Je n'ai qu'un Meissonnier, mais avec signature.

TAMPONET.

On estime beaucoup ce peintre ; quant à moi,
Je ne fais pas grand cas de ses tableaux.

JULIEN.

Pourquoi ?

TAMPONET.

C'est à peine de quoi porter un bout de cadre ;
Et franchement, encor qu'on ne soit pas un ladre,
Il est dur de payer très-cher, comme excellents,
De tout petits tableaux qui ne sont pas meublants.

ADRIENNE, bas à Gabrielle.

Détourne le propos.

GABRIELLE.

Pour parler d'autre chose,
Mon oncle, comment va mademoiselle Rose ?

TAMPONET.

Ma pupille ? son mal est à peu près guéri ;
Mais pour finir la cure il lui faut un mari.

JULIEN.

Doux mal dont le remède à trouver est facile,
Quand on apporte en dot ce qu'a votre pupille.

TAMPONET.

Oui, trois cent mille francs sont un joli denier
A trouver sous les fleurs dans le fond du panier;
Mais l'argent ne fait pas le bonheur.

JULIEN.

Non, il l'aide.

ADRIENNE.

Surtout s'il ne vient pas avec femme trop laide.

GABRIELLE.

Vous restez à coucher, j'espère ?

TAMPONET.

Assurément ;
Je n'ai jamais compris la campagne autrement.
Quand sur terre le soir descend tranquille et triste,
La nature assoupie appartient à l'artiste.

JULIEN.

O poëte ! — Venez faire un tour de jardin.

TAMPONET.

Volontiers ; j'ai besoin de m'aiguiser la faim.

Julien et Tamponet sortent.

SCÈNE VII.

GABRIELLE, ADRIENNE.

GABRIELLE.

Quel homme !

ADRIENNE.

N'est-ce pas ? Eh bien, ma pauvre amie,
Sur ses désagréments je me suis endormie :
L'habitude me berce, et j'ai presque oublié
Qu'avec lui mon destin est digne de pitié.
Je me suis résignée à toutes ses manies;
Je ne me roidis plus contre ses tyrannies,
Et finirais, je crois, par trouver cet époux
Un époux accompli, s'il n'était pas jaloux.

GABRIELLE.

Il l'est encore ?

ADRIENNE.

Hélas! tous les jours davantage :
Cette fureur ne fait que croître avec mon âge.
Julien est-il jaloux ?

GABRIELLE.

Oh non ! — pauvre Julien!
Ce n'est pas un mortel à s'émouvoir de rien :
Il a l'âme logée en trop paisible assiette
Pour qu'un brimborion comme moi l'inquiète.
Pourvu que son métier lui rende de l'argent,
Il a pour tout le reste un dédain indulgent,
Et ne s'informe pas si je me trouve heureuse,
Ni, quand j'ai les yeux creux, quel ennui me les creuse.

ADRIENNE.

Quel ennui ! — Pauvre femme, as-tu donc des ennuis ?

GABRIELLE.

J'en ai. — Si tu savais dans quel vide je suis,
Dans quel désœuvrement et quelle solitude !
Tout me manque à la fois, tout, jusqu'à l'habitude,
Ce triste bonheur fait de paresse et d'oubli
Où j'ai cru quelque temps mon cœur enseveli.
Ah! pourquoi sommes-nous venus à la campagne,
C'est le réveil des cieux et des champs qui me gagne;
C'est le tiède printemps, c'est la verte saison
Qui m'ont mis cette sève au cœur, — ou ce poison !
Je sens dans ma poitrine une fureur de vivre,
Une rébellion qui m'effraie et m'enivre;
Je voudrais... je ne sais, hélas! ce que je veux;
Mais rien de ce que j'ai ne satisfait mes vœux;
Le détail journalier de ma maison m'écœure ;
La lecture ne peut me distraire : je pleure,

Et j'éprouve un dégoût dont rien ne me défend,
Pas même — et j'en rougis — pas même mon enfant !

ADRIENNE.

C'est que tu n'aimes plus ton mari.

GABRIELLE.

Moi, ma tante !

ADRIENNE.

Si tu l'aimais toujours, tu serais plus contente.

GABRIELLE.

Je t'assure...

ADRIENNE.

Voyons, prends-moi pour confesseur ;
Ne suis-je pas un peu ta mère, un peu ta sœur ?
Tu ne peux pas avoir d'ennui qui ne soit nôtre.
Tu n'aimes plus Julien.

GABRIELLE.

Je n'en aime pas d'autre.

ADRIENNE.

Tu crois? Pauvre Julien ! que lui reproches-tu ?
Ne te conduit-il pas dans le chemin battu
Et ne te fait-il pas la voiture assez douce
Pour ne sentir jamais ni cahot ni secousse ?

GABRIELLE.

Oh ! sans doute il m'assure un train de vie égal
Et me donne en effet tout le bonheur légal...
C'est un homme d'esprit, sans contredit, un homme
Laborieux, loyal, noblement économe;
Il est bon, il me traite avec grande douceur,
Et je serais heureuse à n'être que sa sœur...
Mais que m'importe encor cette paix de ma vie,
Si de quelque tendresse elle n'est pas suivie ?
C'est bien sa faute, va, si mon cœur est changé !
Si tu pouvais savoir les mécomptes que j'ai;
Contre quels plats calculs, quelles vérités plates
Mes rêves ont heurté leurs ailes délicates ;
En quelle crudité de sentiments bourgeois
Se sont changés les doux entretiens d'autrefois !
Plus de projets à deux, de mutuelle extase !
Sa vie est un damier dont j'occupe une case,
Rien de plus. Je complète un état de maison
Et lui sers seulement à n'être plus garçon.
Est-ce là que devaient aboutir ses promesses
De transports éternels et de saintes tendresses,
Lorsque nous bâtissions un riant avenir
Dont je suis maintenant seule à me souvenir !

ADRIENNE.

N'accuse pas Julien, n'accuse que la vie
De ton illusion si promptement ravie !
Va, c'est notre malheur à toutes d'ignorer
Que de son rêve d'or nul ne peut s'emparer;
Nous n'épuiserions pas en de vaines poursuites
L'humble part de bonheur où nous sommes réduites
Si quelque expérience eût su nous prévenir
Que l'amour nous promet plus qu'il ne peut tenir.
Mais nous croyons en lui ; notre foi nous abuse.
C'est lui qui nous trahit, c'est l'amant qu'on accuse.
On en change, espérant qu'un autre accomplira
L'idéal adoré dont le cœur s'enivra,
Et l'amour, dont on presse encore le mystère,
Nous laisse de nouveau la main pleine de terre.
On reconnaît alors, on reconnaît trop tard,
Qu'on était arrivée au but dès le départ.

GABRIELLE.

Adrienne, n'as-tu que ces tristes paroles
Pour soutenir les cœurs souffrants que tu consoles
L'amitié de Julien, quoi! tout l'amour est là !
Quoi ? je ne peux plus rien rencontrer au delà,
Et dois désespérer sur ce premier déboire !
Non ! je ne te crois pas, je ne veux pas te croire!
Une vitre ternie a pu ternir le jour,
Mais je crois au soleil et je crois à l'amour !

ADRIENNE.

Vraiment tu me fais peur. — Tais-toi ! le secrétaire
De ton maire!

GABRIELLE.

A part.

Monsieur Dariau ? Que vient-il faire ?

SCÈNE VIII.

GABRIELLE, ADRIENNE, STÉPHANE.

STÉPHANE, saluant.

Mesdames...

GABRIELLE, avec contrainte.
Qui nous vaut l'inespéré plaisir ?...
STÉPHANE, de même.
En ceci mon devoir a servi mon désir.
J'ai reçu ce matin une lettre pressée
Du ministre, à monsieur Chabrière adressée ;
N'ayant personne là que j'en pusse charger,
J'ai pris la liberté d'être le messager.
GABRIELLLE.
Quelque affaire peut-être à Paris vous réclame,
Sans quoi je vous prirais...
STÉPHANE
Mille grâces, madame.
Quelque chose à Paris me rappelle en effet.
GABRIELLE, à part.
Pauvre garçon !
STÉPHANE, à Adrienne.
Comment va monsieur Tamponet,
Madame ?
ADRIENNE.
Il est ici, monsieur, pour vous répondre.
Elle passe à droite.
STÉPHANE.
A part.
Enchanté de le voir. Au diable l'hypocondre !
Haut.
Où puis-je rencontrer ces messieurs ?
GABRIELLE.
Au jardin.
Stéphane salue et sort.

SCÈNE IX.

ADRIENNE, GABRIELLE.

ADRIENNE.
Si jamais celui-là rend mon mari badin !
GABRIELLE.
Quoi, monsieur Tamponet en prend-il de l'ombrage ?
ADRIENNE.
Il a cru l'an dernier que j'aimais son hommage,
Et le pauvre garçon, alors comme aujourd'hui,
Ne s'occupait pas plus de moi que moi de lui.
Mais toi, tu le reçois d'une froideur extrême.
GABRIELLE.
Ce n'est pas sans raison.
ADRIENNE.
Peut-on savoir ?
GABRIELLE.
Il m'aime.
ADRIENNE.
Ah !
GABRIELLE.
Il s'est déclaré voici bientôt un mois.
ADRIENNE.
Ton mari n'en sait rien ?
GABRIELLE.
Non ; mais comme tu vois,
Je lui fais peu d'accueil à ce pauvre jeune homme.
ADRIENNE.
Ève, ma chère enfant, prends bien garde à la pomme.
GABRIELLE.
Je n'ai pas peur.
ADRIENNE.
Tant pis. — Il est joli garçon.
GABRIELLE.
Ce n'est pas mon avis.
ADRIENNE.
Il a bonne façon,
GABRIELLE.
Qui, lui, ma tante ? — Il est très-commun, au contraire.
ADRIENNE.
A-t-il de l'esprit ?
GABRIELLE.
Non... je ne sais... ordinaire.
ADRIENNE.
Tu l'aimes.
GABRIELLE.
Non. Pourquoi ?
ADRIENNE
Tu l'aimeras bientôt
Alors. — Tiens, tu rougis.
GABRIELLE.
Ne parle pas si haut.

ADRIENNE.
Ma fille ! oui, c'est le mot, car je te parle en mère...
Écarte de ton cœur cette folle chimère ;
Ne t'abandonne pas en aveugle au danger...
C'est ton mari qui t'aime et non cet étranger !
Tu n'es qu'un passe-temps pour l'un, si par miracle
Tu ne lui deviens pas un péril, un obstacle;
L'autre respecte en toi l'intime compagnon
Qui garde ses enfants, sa fortune et son nom ;
C'est le seul dont l'amour soit certain, car il t'aime
Peut-être encore moins pour toi que pour lui-même,
Et selon ce beau mot que l'on a décrié,
C'est le seul qui te puisse appeler sa moitié.
Va, crois-moi, n'en fais pas la triste expérience.
GABRIELLE.
Mais d'où te vient à toi cette amère science ?
ADRIENNE, après une pause.
D'une amie à laquelle il en a coûté cher.
Elle m'a raconté tout ce qu'elle a souffert :
Le mensonge assidu qu'un regard déconcerte,
L'angoisse du bonheur, la faute découverte,
La douleur d'un époux par l'outrage ennobli,
Un mépris accablant, un pardon sans oubli,
Et l'éternel soupçon au nom de l'ancien crime...
Avant d'aller plus loin regarde cet abîme !
Quand je t'y vois ainsi pencher, mon cœur se fend...
Crois-moi, n'abdique pas tes droits sur ton enfant !
GABRIELLE.
Grâce au ciel, je suis loin encor de cette chute.
ADRIENNE.
Ne t'aventure pas cependant à la lutte.
GABRIELLE.
Je ne la cherche pas, ni Stéphane non plus ;
A nous fuir tous les deux nous sommes résolus.
Aujourd'hui, par exemple, il pouvait à merveille
Contre mon froid accueil faire la sourde oreille,
Et tu vois cependant qu'au lieu d'en profiter
Il m'a lui-même aidée à ne pas l'inviter.
ADRIENNE.
Oui, mais n'y cherche pas tant de délicatesse.

SCÈNE X.

ADRIENNE, STÉPHANE, JULIEN,
GABRIELLE, TAMPONET.

JULIEN, à Stéphane.
Non, mon cher, ce n'est pas une affaire qui presse,
Et vous pouvez passer la journée avec nous.
ADRIENNE, à part.
Bien !
STÉPHANE.
S'il m'était possible, il me serait bien doux;
Mais...
JULIEN.
Pas de mais. Dis-lui de rester, Gabrielle.
GABRIELLE, à Stéphane.
Si pourtant une affaire à Paris vous rappelle ?
JULIEN.
Nullement; je connais l'affaire en question,
Et c'est un pur prétexte à sa discrétion.
Si la table est étroite, on serrera les coudes,
Mon cher ! — Mais dis-lui donc que s'il part tu le boudes
Gabrielle
GABRIELLE.
Oui, monsieur.
STÉPHANE.
Madame, j'obéis.
TAMPONET, à part.
J'aurai l'œil sur ma femme.
ADRIENNE, à part.
Oh ! l'astre des maris !
JULIEN.
Maintenant, chère tante, il m'arrive un sinistre,
Un ordre de dîner ce soir chez le ministre ;
Pour causer entre nous de procès à loisir
Il n'a que ce moment libre : il faut le saisir.
Il ne me reste donc qu'à vous demander grâce
ADRIENNE.
Grâce, quand vous mettez monsieur à votre place
GABRIELLE, à part.
Méchante!
TAMPONET, à part.
Elle lui fait des avances, c'est clair

JULIEN, à Stéphane.
On vous préfère à moi, vous le voyez, mon cher.

ADRIENNE, à part.
Pauvre Julien qui croit plaisanter !

TAMPONET, à part.
Oh ! les femmes !

CAMILLE, venant de droite.
Le déjeuner est prêt, maman.

JULIEN.
La main aux dames.

Tamponet donne le bras à Gabrielle, Stéphane à Adrienne, et
Julien la main à sa fille. Ils sortent à droite.

————

ACTE DEUXIÈME

—

SCÈNE PREMIÈRE

TAMPONET, JULIEN, STÉPHANE, ADRIENNE,
GABRIELLE.

Même décoration.

JULIEN, à Stéphane.
Les symptômes sont clairs, parbleu ! — Point d'appétit,
Une oreille distraite à tout ce qui se dit ;
Des façons de répondre en sursaut, comme un homme
Que chaque question tire d'un demi-somme...
Oseriez-vous jurer, monsieur le ténébreux,
Que vous ne soyez pas gravement amoureux ?

STÉPHANE.
Je l'ose.

JULIEN.
En rougissant.

TAMPONET, à part.
Il rougit ! autre preuve.

ADRIENNE, assise sur le canapé avec Gabrielle.
Et qui ne rougirait mis à pareille épreuve ?

JULIEN.
Ne vous en plaignez pas : trois fois heureux l'amant
Qui perd son appétit et rougit aisément.

TAMPONET, à part.
Il me fait frissonner.

JULIEN.
Dieu sait, dans ma jeunesse,
Tout ce qu'il m'a fallu d'éloquence et d'adresse
Pour me justifier près de mainte beauté
Du sauvage appétit dont j'étais affecté !
En vain je maudissais ma faim malencontreuse,
Il fallait dévorer devant mon amoureuse,
Et faire sous ses yeux, à mon corps défendant,
Les grimaces qu'on fait à chaque coup de dent.

TAMPONET.
Simple homme ! Demandez à monsieur la recette
Qu'emploient les amoureux pour se mettre à la diète :
Il suffit d'arriver à table tout repu.

STÉPHANE.
Je vous savais pas, monsieur, si corrompu.

JULIEN.
Ne vous y trompez pas : cet oncle vénérable
Avant le mariage était un rusé diable,
Il mangeait à huis clos.

TAMPONET.
Il se moque de moi,
Ma femme.

ADRIENNE.
Oui, mon ami.

JULIEN.
D'où vient cet air d'effroi,
Mon oncle ? Craignez-vous que ma tante ne penche,
Apprenant vos exploits, à prendre sa revanche ?
Vous le mériteriez, ce n'est pas l'embarras ;
N'est-ce pas ma tante ?

ADRIENNE, troublée.
Oui. Voilà de belles roses,
Gabrielle.

GABRIELLE, arrachant une rose de son bouquet.
Elles sont de ce matin écloses.
Tiens.

Elle la lui donne.

ADRIENNE pousse un petit cri et jette la rose.
Ah !

GABRIELLE.
Qu'est-ce ?

ADRIENNE.
Ta rose a des griffes de chat.

STÉPHANE, ramassant la rose.
Ce qui tombe au fossé, madame, est au soldat.

TAMPONET, à part.
A ma barbe !

ADRIENNE.
Je veux ma fleur.

STÉPHANE.
Venez la prendre !

JULIEN.
Il ne vous fera pas l'affront de vous la rendre.
— Vous vous démenez fort, mon oncle ; qu'avez-vous ?

TAMPONET.
A part.
Qu'est-ce que j'ai ? moi ? rien. Que puis-je avoir ? Je bous.

STÉPHANE.
Donc je garde la fleur, madame.

TAMPONET, à part.
Bon apôtre !

ADRIENNE.
Non, monsieur, pas du tout.

GABRIELLE.
Va, je t'en donne une autre.

JULIEN.
L'incident est vidé. Vous voilà, sans noirceur,
De ce trésor volé paisible possesseur.

TAMPONET.
Beau trophée, en effet, qu'une fleur dérobée !

STÉPHANE.
Certes, j'aimerais mieux qu'elle me fût tombée
Dans la lice, parmi les taureaux furieux,
Comme il se pratiquait parfois chez nos aïeux ;
Mais on fait ce qu'on peut, et, dans ces temps moroses,
C'est sur un plat parquet qu'on ramasse les roses.

TAMPONET.
Oui, tout se racornit, hélas ! de jour en jour :
Désintéressement, honneur, courage, amour !
La jeunesse devient pédante et compassée ;
On voit de beaux garçons à mine retroussée,
Qui jadis eussent fait de hardis spadassins,
Avocats aujourd'hui, banquiers ou médecins !

A part.
Attrape.

STÉPHANE.
Je voudrais pour beaucoup que mon père
Vous entendît traiter son temps de la manière !
Figurez-vous, monsieur, que ce père exigeant,
Ne peut pas une fois m'envoyer de l'argent
Sans y joindre l'avis qu'en son temps un jeune homme,
Pour le vivre et l'habit prudemment économe,
Sur cent écus par mois donnés par ses parents,
Aurait mis de côté trois ou quatre cents francs.

ADRIENNE.
Tandis qu'à consulter, je gage, vos tablettes,
Vous n'avez jamais mis de côté que des dettes.

JULIEN.
Le temps des étourdis n'est pas mort tout entier,
Mon oncle ; il a laissé du moins un héritier :
Le voilà ! ce garçon qui, parfois, se figure
Être fait pour entrer dans la magistrature,
S'est battu l'autre jour...

GABRIELLE.
O ciel !

TAMPONET, à part.
Maudit brouillon !

JULIEN.
Oui, s'est battu, vous dis-je, et pour un cotillon !

TAMPONET, à part.
Bon cela.

STÉPHANE.
Pour ma sœur, monsieur, voulez-vous dire.

JULIEN.
Allons ! quand on se bat pour sa sœur, vaillant sire,
On ne demande pas le secret aux amis
Qu'un hasard au courant de la rencontre a mis ;
Car, après tout, un duel dont la cause est si pure
N'est nullement contraire à la magistrature.

GABRIELLE.
Ah ! monsieur demandait le secret ?

JULIEN.
Instamment.

STÉPHANE.

Et vous l'aviez promis.

JULIEN.

Sans le moindre serment.

Au surplus, que ce soit pour veuve, femme ou fille,
Le mal n'est pas bien grand d'en parler en famille.

ADRIENNE.

Mais c'est peut-être ici que monsieur eût voulu
Garder à ses exploits un silence absolu.

TAMPONET, à part.

C'est assez clair ! le mot n'est pas à double entente !

JULIEN.

Ici ! pourquoi !

GABRIELLE.

Je suis de l'avis de ma tante.

JULIEN, à Stéphane.

Parbleu ! ne craignez pas notre sévérité :
Ces dames ne sont pas du tout collet-monté.

STÉPHANE.

Mais je vous dis...

TAMPONET.

Pourquoi cette mine confuse ?
Votre action, monsieur, n'a pas besoin d'excuse.

STÉPHANE.

Cette plaisanterie est lassante à la fin !

TAMPONET.

M'allez-vous provoquer aussi ? Quel spadassin !

JULIEN, à Stéphane.

La, ne vous fâchez pas ; nous sommes prêts à croire
Tout ce que vous voudrez, mon cher, pour votre gloire.

STÉPHANE.

C'est la vérité pure, et je peux l'attester.

TAMPONET.

Nous sommes trop polis, monsieur, pour en douter.

JULIEN.

L'honneur est satisfait. Sur ce, mon camarade,
Allons faire au jardin un tour de promenade.

ADRIENNE.

Oui, c'est vraiment pitié d'abandonner Paris
Pour passer la journée entre quatre lambris.

JULIEN.

Suivez-moi sans rien craindre. Il est dans mes principes
De ne forcer personne à louer mes tulipes.
Le grand air calmera notre beau paladin.

TAMPONET, à part.

Continuons à battre en brèche ce gredin.

On sort par la porte du fond, Gabrielle et Stéphane se trouvent
les derniers : Gabrielle arrête Stéphane sur le seuil.

SCÈNE II.

STÉPHANE, GABRIELLE.

GABRIELLE.

Rendez-moi cette fleur !

STÉPHANE.

Et vous aussi, madame,
Vous croyez ?

GABRIELLE.

Je ne crois rien du tout. Je réclame
Cette fleur, qui pourrait dans vos mains prendre un sens
Fort loin de ma pensée et des plus offensants.

STÉPHANE.

Hélas ! quel sens a-t-elle en mes mains plus qu'aux vôtres ?

GABRIELLE.

L'héroïne du duel vous en donnera d'autres.

STÉPHANE.

L'héroïne du duel !... Oui, je me suis battu
Pour une femme aimée, un ange de vertu
Dont je ne mêle pas le nom à cet esclandre,
N'osant pas y toucher sinon pour la défendre.

GABRIELLE, timidement.

Vous n'êtes pas blessé ?

STÉPHANE.

Non, madame. — Voilà
Cette fleur dont je suis indigne.

GABRIELLE, après une hésitation.

Jetez-la.

Elle sort.

SCÈNE III.

STÉPHANE, seul.

Te jeter, chère fleur qu'elle n'a pas reprise !
Non, non, à te garder son accent m'autorise.

Elle n'a point osé te donner tout à fait,
Mais elle t'a laissée et te donne en effet ;
Elle te donne, ô fleur qui touchas son corsage,
Comme une récompense et presque comme un gage !
Dieu bon ! qu'autour de moi tout change en peu d'instants !
Oh ! comme je suis jeune et comme il fait beau temps !

SCÈNE IV.

TAMPONET, STÉPHANE.

TAMPONET, à part.

Que baise-t-il ainsi ? — La rose de ma femme !
Il est temps de jeter un peu d'eau sur sa flamme.

Haut.

Je vous cherchais, monsieur.

STÉPHANE, gaiement.

Monsieur, j'en suis flatté.

TAMPONET.

Pour jouer un piquet ou bien un écarté.
Voulez-vous ?

STÉPHANE.

Je n'ai rien à vous refuser.

TAMPONET, à part.

Drôle !

L'obséquiosité lui semble dans son rôle !

Haut.

Asseyons-nous ; la table est prête.

STÉPHANE.

Asseyons-nous.

Il prend la place à l'extrême droite, tournant le dos au mur.

TAMPONET.

C'est le piquet marqué, n'est-ce pas, à cent sous ?

STÉPHANE.

Soit. Je suis si content, monsieur, que tout m'amuse.

TAMPONET,

A part.

Vraiment ta passion va se trouver camuse.

STÉPHANE.

C'est à moi de donner.

TAMPONET.

J'ai quitté le jardin
Ne pouvant plus tenir au caquet féminin.
La conversation des femmes est si nulle,
Qu'au bout de quatre mots il faut que je circule.

STÉPHANE.

Vous êtes dégoûté, madame Tamponet
A l'esprit le plus fin...

TAMPONET, qui a arrangé ses cartes.

Cinquante au point tout net.

STÉPHANE.

C'est bon.

TAMPONET.

Devant le monde elle s'en fait accroire ;
Mais lorsque l'on connaît son petit répertoire,
On est tout étonné des bals et des chiffons
Qui de son pauvre esprit occupent les bas-fonds.
Autant aux étrangers elle paraît charmante,
Autant en tête-à-tête on la trouve assommante.

STÉPHANE.

Vraiment !

TAMPONET.

Je vous le dis, monsieur, avec douleur.

A part.

Il faut se faire pauvre à côté d'un voleur.

STÉPHANE.

Vous m'étonnez.

TAMPONET, annonçant son jeu.

Trois as et la tierce majeure

En carreau.

STÉPHANE.

C'est parfait. Non... j'ai quinte mineure

En trèfle.

TAMPONET.

Jouant.

J'ai dix-huit. Neuf, dix par le valet.
Ma femme n'a jamais pu jouer le piquet.

STÉPHANE.

Plaignons-la.

TAMPONET.

Jouant.

Non, c'est moi qu'il faut plaindre. Onze, douze.
Car c'est une ressource en une vieille épouse.

STÉPHANE.

Vieille ?

TAMPONET.

Elle a quarante ans passés.

STÉPHANE.

Quoi ! quarante ans ?

TAMPONET.

Passés.

STÉPHANE.

Elle n'en a gardé que les printemps.

TAMPONET.

C'est ce vieux madrigal, depuis nombre d'années,
Qui sonne la retraite aux jeunesses fanées.

STÉPHANE.

On a l'âge après tout qu'on porte sur son front.

Jouant.

Seize, dix-sept, dix-huit, dix-neuf et vingt tout rond.
Madame Tamponet est jolie et bien faite.

TAMPONET.

Devant le monde, soit ; mais dans le tête-à-tête !

STÉPHANE.

Bah !

Jouant.

Hélas ! Treize.

STÉPHANE.

Vingt.

TAMPONET.

Quatorze.

STÉPHANE.

Vingt toujours.

TAMPONET

Quinze.

STÉPHANE.

Vingt. — Le hasard fait de sots calembours.

TAMPONET.

Quel ?

STÉPHANE.

Quinze-vingts.

TAMPONET.

Morbleu ! me croyez-vous aveugle ?

STÉPHANE.

A part.

Non pas. C'est plutôt lui qui me croit sourd : il beugle.

TAMPONET,

A part.   Haut, marquant.

Contraignons-nous. Vingt-cinq. — Si l'on n'ignorait pas
Tout ce qu'une élégante ajoute à ses appas...

STÉPHANE.

Prenez garde, monsieur ! vous m'allez faire croire
Que madame Adrienne est vêtue à sa gloire.

TAMPONET.

Je ne dis pas cela, diable ! j'en suis bien loin.
Elle m'arracherait les yeux — dont j'ai besoin.

STÉPHANE, *souriant.*

Fort bien. Je sais à quoi m'en tenir.

TAMPONET, *à part.*

Qu'est-ce à dire ?

STÉPHANE.

Mais je serai discret.

TAMPONET, *à part.*

S'il a le cœur de rire,
C'est qu'à ma confidence il n'ajoute pas foi.
Morbleu ! connaîtrait-il ma femme autant que moi ?

STÉPHANE.

A qui la main ?

TAMPONET.

A vous.

STÉPHANE, *faisant son écart.*

Pardon.

TAMPONET, *à part.*

Fi ! quelle idée !
De la façon par moi qu'Adrienne est gardée,
Leur commerce secret ne m'eût point échappé...
Et pourtant une fois déjà je fus trompé !

SCÈNE V.

TAMPONET, ADRIENNE, JULIEN, GABRIELLE,
STÉPHANE.

ADRIENNE.

J'en étais sûre !

TAMPONET.

Eh bien, oui ! la chaleur m'assomme.
J'aime mieux le piquet.

JULIEN.

Mais ce pauvre jeune homme,
Pourquoi le condamner à ce jeu de vieillard ?
Si vous voulez jouer, que ce soit au billard.

TAMPONET.

Jeu de vieillard ? — Monsieur le joue en patriarche
A ce compte !

STÉPHANE.

J'en sais confusément la marche,
Voilà tout.

TAMPONET.

Comment donc jouez-vous en ce cas
Les jeux que vous savez, monsieur ?

STÉPHANE.

Je n'en sais pas.

TAMPONET.

Excepté la bataille avec le jeu de dames...

A part.

Hé ! hé ! mauvais sujet ! Criblons-le d'épigrammes.

JULIEN.

Le jeu de dames, soit, je l'y crois sans égal,
Mais quant à la bataille, il s'en tire assez mal :
Témoin son pauvre bras.

GABRIELLE.

O ciel ! une blessure ?

STÉPHANE.

Non, madame, du tout. Rien qu'une égratignure.

JULIEN.

Assez forte pourtant pour vous faire crier,
Quand une main s'y vient par hasard appuyer...
Car c'est ainsi que j'ai découvert sa vaillance.

STÉPHANE.

Et personne autrement n'en eût eu connaissance.

ADRIENNE, *à part.*

Va, va, pauvre mari, sers ton rival.

TAMPONET.

Parbleu,
Cher Julien, nommez-vous cela malheur au jeu ?
Un petit coup d'épée à porter en écharpe,
De quoi traîner la jambe et faire l'œil de carpe !
Peut-on à moins de frais se rendre intéressant ?
Total : une écorchure et trois gouttes de sang.

GABRIELLE.

Vous êtes goguenard, mon oncle.

STÉPHANE.

Laissez faire,
Madame ; monsieur parle en ancien militaire.

TAMPONET.

Si je n'ai pas servi, sachez que j'ai reçu
Maint coup d'épée au corps et dont on n'a rien su :
Car je ne cherchais pas, moi, des admiratrices !

GABRIELLE.

Monsieur ?

ADRIENNE.

Ces coups n'ont pas laissé de cicatrices.

STÉPHANE.

Par pure modestie.

TAMPONET.

Oui monsieur ! — Sachez bien
Que les gens comme il faut ne se vantent de rien.

STÉPHANE, *souriant.*

Prenez donc garde.

TAMPONET.

A quoi ? Je trouve ridicule...

STÉPHANE.

Vous allez vous blesser avec votre férule.

JULIEN.

C'est vrai ; vous le frappez, mon oncle, sur vos doigts.

TAMPONET.

Permettez...

JULIEN.

Non ; le reste à la prochaine fois,
S'il vous plaît ; le billard s'ennuie à nous attendre.

TAMPONET.

A part.

Soit. Je prends le flanc, je ne puis m'en défendre.

STÉPHANE.

Pour moi, qui ne suis pas remis de ce piquet,
Vous me dispenserez du billard.

TAMPONET, *à part.*

Freluquet.

Haut.

Il veut rester. Viens-tu, ma femme ?

ADRIENNE.
Pourquoi faire ?

TAMPONET.
Pour nous marquer les points.

ADRIENNE.
Ce n'est pas nécessaire.

A part.
Ne les laissons pas seuls.

JULIEN, *sur la porte.*
Mon oncle, venez-vous ?

TAMPONET, *bas à sa femme.*
Viens.

Mais non.

ADRIENNE, *bas.*

TAMPONET, *de même.*
Je le veux.

ADRIENNE, *bas.*
Pourquoi ?

TAMPONET, *de même.*
Je suis jaloux.

Il sort. Adrienne le suit en haussant les épaules.

SCÈNE VI.

STÉPHANE, GABRIELLE.

STÉPHANE.
Monsieur votre oncle abuse un peu des droits de l'âge,
Pour me faire jouer un méchant personnage.

GABRIELLE.
Je sais depuis longtemps quel cas faire de lui :
Mais il ne m'a jamais tant déplu qu'aujourd'hui.

STÉPHANE.
Madame...

GABRIELLE.
Non, c'est vrai ; l'injustice m'irrite.
Il voulait rabaisser votre noble conduite ;
Eh bien ! consolez-vous de sa mauvaise foi,
Car elle aura produit l'effet contraire en moi.

STÉPHANE.
De grâce... Ma conduite est toute naturelle,
Et je n'accepte pas tant d'éloges pour elle.
Tout le monde en eût fait autant.

GABRIELLE.
Jugez-vous mieux !
Et quel autre, parmi même les généreux,
De la femme qu'il aime ayant vengé l'outrage,
Ne se serait pas fait un droit de son courage ?
Quel autre, par respect pour un nom adoré,
De sa belle action ne se fût point paré ?
Quel autre enfin, forcé d'avouer l'aventure,
Pour la diminuer eût caché sa blessure,
Avec je ne sais quel magnanime mépris
Des dévouements vantards qui demandent un prix ?

STÉPHANE.
Vous faites trop d'honneur, madame, à mon silence ;
C'est pour taire l'affront que j'ai tu la vengeance.
Je voulais vous laisser à jamais ignorer
Qu'une parole impure osa vous effleurer.

GABRIELLE.
Qu'avait-on dit de moi ?

STÉPHANE.
Rien où vous puisse atteindre.

GABRIELLE.
Parlez.

STÉPHANE.
Je vous prierai de ne pas m'y contraindre.
L'impudent qui l'a dit a dû le rétracter,
Et ce n'est pas à moi de vous le répéter.

GABRIELLE.
Je l'exige.

STÉPHANE.
Je suis la dernière personne
De qui vous le puissiez entendre.

GABRIELLE.
Quand j'ordonne ?
Au nom de... votre amour !

STÉPHANE.
Au nom de mon amour ?
On a dit qu'il était...

GABRIELLE,
Quoi ?

STÉPHANE.
Payé de retour.

*Gabrielle, très-troublée, garde un moment de silence et se
laisse tomber sur le canapé en cachant sa figure dans
ses mains.*

STÉPHANE.
Vous vous taisez ? O ciel ! que faut-il que je croie ?

SCÈNE VII.

STÉPHANE, CAMILLE, GABRIELLE.

GABRIELLE.
Dieu ! ma fille !

CAMILLE.
Ma tante Adrienne m'envoie.

GABRIELLE.
Trop tard !

CAMILLE.
Elle a besoin de toi.

GABRIELLE.
Va, pauvre enfant,
Retourne, je te suis.

Camille sort.

SCÈNE VIII.

STÉPHANE, GABRIELLE.

GABRIELLE.
C'est le remords vivant.
J'avais tout oublié, ma fille me rappelle
Que je dois respecter son père, au moins pour elle.

STÉPHANE.
Un enfant fera-t-il crouler tout mon bonheur ?

GABRIELLE.
Je ne souillerai pas l'héritage d'honneur
Que ma mère a transmis à toute sa famille
Et que je dois transmettre à mon tour à ma fille.
Quand son père travaille et consume ses jours
A lui faire un destin paisible dans son cours,
Moi, femme, je ne puis à la moisson plus ample,
Je ne puis apporter pour ma part que l'exemple ;
Mais je l'apporterai quoi qu'il coûte à mon cœur,
Et de ce grand combat il sortira vainqueur,
Pour qu'à sa mère un jour ma fille se soutienne,
Comme je me soutiens maintenant à la mienne.
Si je vous ai laissé voir que je vous aimais,
Oubliez ce moment de faiblesse.

STÉPHANE.
Jamais !
Oublier ce moment ! Est-ce que c'est possible
Avant que je sois une cendre insensible ?
Vous parlez de remords ! supposez-vous
Que je serre la main sans honte à votre époux,
Et que son amitié ne soit pas un supplice
Dont malgré mon bonheur ma loyauté frémisse ?
Mais dussé-je à moi-même être un lâche odieux,
Je ne l'oublierai pas ce moment radieux.

GABRIELLE.
Eh bien ! oui, j'y consens, gardons-en la mémoire,
Et doublons le danger pour doubler la victoire.
Je vous aime, Stéphane, et ne m'en dédis pas ;
Oui, vous êtes un être cher que repoussent mes bras !
Séparons-nous, et, sûr du cœur de votre amie,
Partez pour nous sauver tous deux de l'infamie.
Si nous pouvons nous voir, nos périls sont trop grands ;
Retournez en province auprès de vos parents.

STÉPHANE.
Vous quitter ? Pouvez-vous me l'ordonner, madame ?

GABRIELLE.
C'est la preuve d'amour que de vous je réclame,
Soyons fiers, soyons purs, et que tout notre feu,
Comme un encens sacré puisse monter vers Dieu !

STÉPHANE.
Eh bien ! vienne l'exil, créature céleste !
Si votre cœur m'y suit, que m'importe le reste !
Je vous voulais heureuse et j'aurai réussi.

GABRIELLE.
Vous partirez demain.

STÉPHANE.
Je partirai.

GABRIELLE.
Merci.

Elle lui tend la main, qu'il couvre de baisers ; elle sort par la gauche.

STÉPHANE, seul.

Si loin d'elle ! — Est-ce vrai, mon Dieu, ce qui se passe ?
Ah ! sortons ! j'ai besoin de silence et d'espace ?

Il sort par le fond.

ACTE TROISIÈME

Même décoration.

—

SCÈNE PREMIÈRE.

ADRIENNE, TAMPONET.

ADRIENNE.

Expliquez-vous ici... Nous sommes sans témoins,
A moins que ces fauteuils n'écoutent dans leurs coins

TAMPONET.

Vous croyez qu'on ne peut m'entendre ?

ADRIENNE.

                   J'en suis sûre,
Si vous ne hurlez pas pourtant outre mesure.
Est-ce votre projet ?

TAMPONET.

        Quoi ?

ADRIENNE.

           De hurler un peu.

TAMPONET.

Vous badinez à tort ; ceci n'est pas un jeu.

ADRIENNE.

Croyez-vous ?

TAMPONET, furieux.

       Osez-vous me plaisanter encore
Quand votre inconséquence ici me déshonore ?
Me prenez-vous...

ADRIENNE, un doigt sur ses lèvres.

        On va s'étonner de vos cris.

TAMPONET.

A demi-voix.

C'est bon. Me prenez-vous pour un de ces maris,
De ces porte-bandeaux sourds et paralytiques
Dont on se cache moins que de ses domestiques ?

ADRIENNE.

Je ne vous comprends pas.

TAMPONET.

        Vous comprenez fort bien,
Madame ; mais sachez qu'il ne m'échappe rien :
Que j'ai parfaitement vu vos yeux en coulisse
Chercher effrontément ceux de votre complice ;
Que je n'ai pas été dupe de la façon
Dont vous jetez des fleurs à ce joli garçon ;
Qu'il n'a pas compris seul les votre épigrammes
Dont vous m'assassiniez à la façon des femmes,
Et qu'enfin... Qu'avez-vous à répondre ?

ADRIENNE.

              Plus bas.
De grâce.

TAMPONET.

      Ah ! vous voulez qu'on ne m'entende pas,
Madame ! vous craignez l'éclat de votre honte !
Je le crains plus que vous.

ADRIENNE.

         Vous êtes loin de compte :
Le ridicule seul cause ici mon effroi,
Et lorsque je le crains, c'est pour vous, non pour moi.

TAMPONET.

Je serais ridicule !... O comble d'impudence !
Elle ose à mon affront conseiller la prudence !
Non je n'ai jamais vu de cynisme pareil,
Et reste abasourdi devant ce beau conseil ?

ADRIENNE.

Ce qui surtout me plaît du soupçon qui m'obsède
C'est cette sûreté d'erreur qui vous possède,
Cette sagacité qui réussit toujours
A faire fausse route à tous les carrefours ;
C'est enfin cet esprit inventif qui fourmille
De monstruosités sur des pointes d'aiguille.

TAMPONET.

Les bras m'en tombent.

ADRIENNE.

      Bah ! Vous les ramasserez.

TAMPONET.

Savez-vous à la fin que vous m'exaspérez ?
Qu'on ne plaisante pas avec la jalousie,
Et que l'occasion de rire est mal choisie ?
Conjurez ma colère au lieu de l'attirer,
Vous dis-je !

ADRIENNE.

      Ah ! si je ris, c'est de peur de pleurer !
Car à l'indignité de vos folles alarmes
On ne peut opposer que le rire ou les larmes !
Croyez-moi ; laissez-moi traiter légèrement
Tout ce que vos soupçons me donnent de tourment,
Et soyez sûr encor, malgré mon persiflage,
Que je ressens assez la pointe de l'outrage.

TAMPONET.

On ne me trompe pas deux fois.

ADRIENNE.

            Le voilà donc
Ce reproche éternel qu'on appelle un pardon,
Cette insulte toujours nouvelle et toujours prête
Qui dans tous nos débats me sert à courber la tête !
Eh bien ! expliquons-nous une fois là-dessus ;
J'en ai le droit après tant d'outrages reçus.
Croyez-vous n'avoir pas votre part dans la faute
Que vous me reprochez d'une façon si haute,
Vous qui, m'ayant reçue enfant dans votre lit,
N'eûtes soin d'occuper mon cœur ni mon esprit ;
Qui me traitiez déjà moins en ami qu'en maître,
Qui n'étiez pas jaloux quand vous auriez dû l'être,
Et qui m'abandonniez sans guide et sans appui
Dans les tentations du monde et de l'ennui ?
J'ai fait pour vous aimer tout ce que j'ai pu faire ;
Mais vous ne m'aidiez pas, monsieur, bien au contraire.
Vous partiez le matin pour vos graves travaux,
Vous rentriez le soir plein de soucis nouveaux ;
Et le besoin d'amour dont j'étais dévorée,
D'un peu d'illusion saluant votre entrée,
Rencontrait un accueil toujours brusque ou distrait
Dont vous ne me disiez pas même le secret.
Je n'ai connu de vous, entre vos bras jetée,
Que l'irritation loin de moi contractée ;
Le respect du devoir m'a soutenue un temps,
Mais est-ce une pâture à des cœurs de vingt ans ?
J'ai succombé. — Mais vous, mon soutien légitime,
Vous qui n'avez rien fait pour me fermer l'abîme,
A ma chute, monsieur, vous deviez compatir,
Sinon par indulgence, au moins par repentir !

TAMPONET.

Fort bien. Si je comprends où tend votre argutie,
Il faut de mes affronts que je vous remercie,
Et par contrition je dois peut-être aussi
Vous tendre l'autre joue en vous disant merci.
Morbleu ! madame, suis-je un homme qu'on bafoue ?
Jamais les Tamponet n'ont tendu l'autre joue,
Et votre amant verra si je suis un mari
Dont la contusion soit un commode abri.

ADRIENNE.

Pour la dernière fois, monsieur, je vous répète
Qu'entre monsieur Stéphane et moi rien ne s'apprête ;
Et s'il ne suffit pas à calmer vos soupçons,
Tant pis ! Je n'entends plus contraindre mes façons,
Et prétends à ma part des libertés modestes
Qu'ont partout nos regards, nos propos et nos gestes.
Avisez.

TAMPONET.

    C'est-à-dire...

ADRIENNE.

       On vient ; tenez-vous coi.

SCÈNE II.

ADRIENNE, JULIEN, GABRIELLE, TAMPONET.

JULIEN.

J'en fais juges ta tante et ton oncle.

TAMPONET.

             De quoi ?

JULIEN.

Trouvez-vous Gabrielle aimable avec Stéphane ?

TAMPONET.

Ne le fût-elle pas, qu'un autre la condamne :
Quant à moi, j'aime peu ce petit compagnon.

JULIEN.

La question n'est pas que vous l'aimiez ou non.

A Gabrielle.

Stéphane doit au moins te trouver singulière.

ADRIENNE.

Qu'y faire ? voulez-vous qu'elle soit familière ?

JULIEN.

Non : — mais je te voudrais moins froide de moitié.
C'est un garçon pour qui j'ai beaucoup d'amitié,
Et je ne prétends pas que ta mauvaise grâce
Lui ferme cet hiver mon salon ou l'en chasse.

GABRIELLE.

Tranquillisez-vous donc, si c'est votre souci :
Votre ami cet hiver ne sera pas ici.

JULIEN.

Comment ?

GABRIELLE.

Dans le Berri son père le rappelle.

JULIEN.

Allons donc ! en voilà la première nouvelle.
Il te l'a dit ?

GABRIELLE.

Pendant qu'on jouait au billard.

ADRIENNE, à part.

Aïe ! aïe !

TAMPONET, à part.

Il n'aime pas ma femme puisqu'il part !
Voilà qui de nouveau m'embrouille les idées.

SCÈNE III.

ADRIENNE, JULIEN, STÉPHANE, GABRIELLE,
TAMPONET.

JULIEN.

Arrivez, que sur vous je lâche mes bordées,
Ingrat qui nous quittez sans demander avis.

GABRIELLE, vivement.

Des ordres paternels veulent être suivis.

STÉPHANE.

Oui, mon père en effet me rappelle.

JULIEN.

La cause ?

STÉPHANE.

Mais ce sont des détails de famille, et je n'ose...

ADRIENNE, à part.

Il n'est pas inventif.

GABRIELLE.

Pourquoi n'osez-vous pas
A Julien comme à moi conter votre embarras ?
Le père de monsieur, comme tant d'autres pères,
Observe qu'à Paris son fils n'avance guères,
Et lui propose ailleurs un établissement
Que monsieur, pour sa part, accepte sagement.

JULIEN.

Quelle folie ! aller s'enterrer en province !

ADRIENNE.

Bon ! à très-peu de frais on y vit comme un prince.

TAMPONET, à part.

Elle pousse au départ ?

JULIEN.

Vous m'avez dit cent fois
Que vous ne pourriez pas y rester plus d'un mois,
Et vous aviez raison, car Paris est le centre
De quiconque se sent autre chose qu'un ventre.
En province, mon cher, vous sécherez d'ennui,
Si vous ne devenez gros et gras comme un muid.

STÉPHANE.

Il n'importe, mon père...

JULIEN.

Est par trop égoïste
Si sa décision à ce tableau résiste.

STÉPHANE.

J'ai promis.

ADRIENNE.

On dirait à vous entendre tous
Que les départements soient des pays de loups.
Je vous jure, monsieur, que ce sont des contrées
Habitables à l'homme et point hyperborées ;
Les naturels n'ont pas le cerveau plus transi
Et l'esprit ne s'y perd ni plus ni moins qu'ici.
Votre père a raison ; c'est un rôle plus mince
De végéter chez nous que de vivre en province.
Etre peu, dans Paris, c'est n'être rien du tout,
Et sans un piédestal nul n'y semble debout ;
En province, être peu, c'est être quelque chose,
Sur ses jambes chacun en évidence y pose.

Et l'on vous rend service en vous y rappelant,
Puisque le piédestal manque à votre talent.

TAMPONET, à part.

Ce jeune homme est charmant.

JULIEN.

Vous parlez d'or, ma tante.
C'est vrai ; le piédestal est la chose importante :
Je m'en charge. Je vois le ministre ce soir
Et j'essaierai sur lui de mon petit pouvoir.
Justement il lui manque un secrétaire intime ;
Le poste est excellent.

TAMPONET.

Peste ! excellentissime !
C'est un commencement qui peut conduire à tout,
Et je vois un bonnet de président au bout.

JULIEN.

Le bonnet est encore un peu dans un nuage ;
Mais je vois clairement un riche mariage.
Si trois cent mille francs avec un grand œil noir
Vous plaisent, je m'engage à vous les faire avoir.

TAMPONET.

Qui donc ?

JULIEN, bas.

Votre pupille.

TAMPONET.

Ah ! oui. — C'est rare en France
Cent mille écus de dot, sans compter l'espérance.
Les voulez-vous ?

STÉPHANE.

Merci ; je veux rester garçon.

JULIEN.

Ah ! parbleu, j'en reviens à mon premier soupçon,
Vous êtes amoureux.

STÉPHANE.

Amoureux !

JULIEN.

Oui, vous l'êtes.

TAMPONET.

Il ne partirait pas.

JULIEN.

Que les oncles sont bêtes !
Quand les chemins de fer votés par les maris
Mettent tous les amants aux portes de Paris !
On vient deux fois par mois, et la poste restante,
Adoucit l'intervalle à la sensible amante.

TAMPONET.

Ah ! vous croyez ?

JULIEN.

Parbleu !

GABRIELLE, à part.

Quel langage !

ADRIENNE, à part.

Voilà
Mon mari perplexe.

TAMPONET.

Oui, c'est possible, cela !

STÉPHANE.

Je vous jure...

JULIEN.

Pourquoi le nier ? qui vous blâme ?
Je ne demande pas le nom de cette dame ;
Mais soit dit sans choquer votre doux sentiment,
Elle n'en doit pas être à son premier amant.

TAMPONET, à part.

J'étouffe !

STÉPHANE, vivement.

Assez !

GABRIELLE, à part.

Je meurs de honte.

JULIEN, à Stéphane.

Sans colère.
Mon Amadis : elle est digne en tout de vous plaire.
Seulement elle sait sans doute ce qu'on doit
Attendre d'amours qui vont sans bague au doigt,
Et vous pourriez très-bien prendre votre courage
Pour lui dire : « Madame, on m'offre un mariage,
« Disposez de mon sort. » — Je voudrais parier
Qu'elle vous répondrait : il faut vous marier.

ADRIENNE, regardant Gabrielle.

Peut-être.

TAMPONET, à part.

C'est trop fort. Mon neveu, je vous prie,

Haut.

Sortons, que je vous parle.

ADRIENNE, à part.
Il paraît en furie.
JULIEN.
Est-ce pressé, mon oncle ?
TAMPONET.
A part.
Oui, oui ! j'éclaterais !
JULIEN.
À Stéphane.
Allons. Nous reprendrons cet entretien après.

Tamponet et Julien sortent.

SCÈNE IV.

ADRIENNE, STÉPHANE, dans le fond,
GABRIELLE.

ADRIENNE, à Gabrielle.
Il sait qu'il est aimé, n'est-ce pas ?

Gabrielle baisse la tête.
Imprudente !
GABRIELLE.
Mais il part.
ADRIENNE.
Ce n'est pas chose bien évidente.
Les femmes que l'on voit se perdre, la plupart
Ont aussi commencé par croire à ce départ.
GABRIELLE.
Quelle comparaison !
ADRIENNE.
Veux-tu, quoiqu'il t'en coûte,
Te sauver ?
GABRIELLE.
Je le veux.
ADRIENNE.
Attends. — On nous écoute.

Regardant par la fenêtre.
Ah ! Dieu ! ta fille au bord de ce vilain tonneau.
GABRIELLE.
Je cours...
STÉPHANE.
Restez.

Il sort vivement.

SCÈNE V.

ADRIENNE, GABRIELLE.

ADRIENNE.
Il a donné dans le panneau.
GABRIELLE.
C'était une ruse ?
ADRIENNE.
Oui. — Ruse bien innocente. —
Il faut à cet hymen que Stéphane consente.
GABRIELLE.
Adrienne !
ADRIENNE.
Il le faut, te dis-je, et sans sursis ;
Car autrement ta perte est certaine. — Choisis.
GABRIELLE.
Me crois-tu donc si peu d'honnêteté qu'il faille
Entre la honte et moi mettre cette muraille ?
Va, va, j'ai de la force, et j'ai su le prouver.
ADRIENNE.
Je dois te parler ferme afin de te sauver.
Qu'as-tu fait pour compter ainsi sur ton courage ?
Qu'as-tu fait pour te croire au-dessus de l'orage ?
Ton amour n'a pas su se taire seulement !
Tu crois bien beau l'effort d'exiler ton amant ?
Mais je te disais tout à l'heure, ces femmes
Que le monde poursuit justement de ses blâmes.
Ces femmes-là, ma chère ont toutes au début
Honoré leur devoir de ce mince tribut.
Veux-tu leur ressembler ? Soit. Estime-toi forte
Et laisse le danger s'établir à la porte.
GABRIELLE.
Si Stéphane pourtant s'en allait pour toujours ?
ADRIENNE.
Les départs les plus sûrs sont sujets aux retours !
Mais ne revint-il pas, ce serait sa ruine,
Et tu ne le veux pas ruiner, j'imagine ?

GABRIELLE.
Et moi qui n'ai pas eu cette pensée ! Oh ! oui,
C'est lui qu'il faut sauver et non pas moi ; c'est lui !
Tu devais commencer par ce mot, Adrienne.
Mais son consentement, crois-tu que je l'obtienne ?
Ce triste mariage, hélas ! est son salut,
C'est vrai ; mais il faudrait aussi qu'il le voulût.
ADRIENNE.
Il le voudra, s'il croit à ton indifférence.
GABRIELLE.
Quoi ! feindre de ne plus l'aimer ? Quelle souffrance !
ADRIENNE.
Préfères-tu qu'il parte et s'enterre là-bas,
Ou qu'il reste à Paris et te perde ?
GABRIELLE.
Oh ! non pas,
Je ferai ce qu'il faut.
ADRIENNE.
Le voici ; je vous laisse.

Elle sort.

SCÈNE VI.

GABRIELLE, STÉPHANE.

GABRIELLE, à elle-même.
L'épreuve approche ; allons, mon cœur, pas de faiblesse.
STÉPHANE.
Je n'ai pas rencontré votre fille.
GABRIELLE.
Merci.
Nous avons à causer ; asseyez-vous ici.
STÉPHANE.
C'est donc très-sérieux ?
GABRIELLE.
Très-sérieux.
STÉPHANE.
J'écoute.
GABRIELLE.
Il faut vous marier.
STÉPHANE, bondissant.
Me marier !
GABRIELLE.
Sans doute.
Mais si le premier mot qu'on dit vous fait sauter,
Nous n'en finirons pas. — Tâchez de m'écouter.
Le parti qu'on vous offre est chose peu commune,
Tout s'y trouve à la fois : figure, esprit, fortune ;
Et qu'on soit à l'argent indifférent ou non,
Il faut bien avouer qu'il est bon compagnon.
STÉPHANE.
Est-ce vous qui parlez ? est-ce vous, Gabrielle ?
GABRIELLE, à part.
Haut.
Hélas ! Oui, je parais très-superficielle ;
Mais, le cas échéant, je suis de bon conseil.
STÉPHANE.
C'est un rêve, sans doute.
GABRIELLE.
Hé non ! c'est un réveil.
Il s'est bien échangé, je crois, quelques paroles
Entre nous, mais au fond ce sont choses frivoles,
Et je ne voudrais pas, pour ce qui s'est passé,
Qu'à perdre un bon parti vous vous crussiez forcé.
STÉPHANE.
Est-ce une épreuve ?
GABRIELLE.
Hé non ! je vous mets à votre aise,
Voilà tout. — Mais, pour Dieu ! ne brisez pas ma chaise.
STÉPHANE.
Ainsi par vous déjà tout est mis en oubli ?
GABRIELLE.
Le roman promettait de devenir joli,
C'est vrai ; mais quand soudain la réalité passe,
Ces petits romans-là doivent lui faire place.
STÉPHANE.
Je suis émerveillé de tout ce que j'entends,
Madame ! je n'étais pour vous qu'un passe-temps.

Otant la rose de sa boutonnière.
Adieu donc, pauvre fleur, va, que le vent t'emporte
Avec le souvenir de ma tendresse morte.
Je fais de mon amour comme de ce bouquet.

Il jette la rose.

GABRIELLE, à part.

Adrienne! — Il est temps ! la force me manquait.

SCÈNE VII.

GABRIELLE, ADRIENNE, STÉPHANE.

STÉPHANE, à Adrienne.

Venez, venez, madame, apprendre une nouvelle
Qui vous étonnera peut-être.

ADRIENNE.

Quelle est-elle ?

STÉPHANE.

C'est que, tout bien pesé, tout bien examiné,
A prendre femme enfin je suis déterminé.

GABRIELLE, à part.

Déjà !

ADRIENNE.

Vraiment ?

STÉPHANE.

J'étais épris d'une coquette
Qui regarde l'amour comme un jeu de raquette.

ADRIENNE, bas à Gabrielle.

Oh ! c'est bien.

STÉPHANE.

Je voulais lui conserver ma foi,
Pourtant, par un scrupule aussi naïf que moi ;
Mais madame m'a fait comprendre ma sottise,
Et, grâce à ses conseils prudents, je me ravise.

ADRIENNE.

Oui, oui, mariez-vous ; hors de là, rien de bon.

STÉPHANE.

D'autant que la personne est charmante, dit-on.

ADRIENNE.

Oui, charmante, en effet.

STÉPHANE.

Est-elle brune ou blonde ?

ADRIENNE.

Elle est blonde.

STÉPHANE.

Je suis le plus heureux du monde.
Quel âge-t-elle ?

ADRIENNE.

Elle a seize ans.

STÉPHANE.

De mieux en mieux.

Son esprit ne doit pas être encor vicieux,
Et je trouverai là ce sûr et doux commerce
Où le cœur fatigué se repose et se berce.

GABRIELLE, à part.

O mon Dieu !

ADRIENNE, bas à Gabrielle.

Du courage !

STÉPHANE.

A-t-elle des talents,
Comme disent messieurs les notaires galants ?

ADRIENNE.

Les futures en ont dans tous les mariages.

STÉPHANE.

C'est vrai ; — mais croyez-vous qu'elle aime les voyages ?

ADRIENNE.

Ma foi, je n'en sais rien.

STÉPHANE.

S'aimer et voyager !

On est bien plus ensemble en pays étranger,
Loin de cette amicale et sotte multitude
Qui vous vole, en passant, un peu de solitude.

ADRIENNE.

Oui. — Voulez-vous dehors poursuivre ce propos ?

STÉPHANE.

Volontiers.

Il la suit vers la porte, puis se retourne et indique Gabrielle.

Et madame ?

ADRIENNE.

Il lui faut du repos.

STÉPHANE, revenant à Gabrielle.

Qu'avez-vous ?

ADRIENNE, de la porte.

Venez donc.

STÉPHANE, bas à Gabrielle.

Je fais ce qu'on m'ordonne.

GABRIELLE, bas et vivement.

Ne vous mariez pas... et que Dieu me pardonne !

« O ciel !

STÉPHANE.

Sur un signe de Gabrielle, il rejoint Adrienne et sort avec elle.

GABRIELLE, se relevant.

« J'étais hier une femme de bien !...
« Reculons le moment de rencontrer Julien. »

Elle sort.

ACTE QUATRIÈME

Même décoration.

—

SCÈNE PREMIÈRE.

JULIEN, TAMPONET.

TAMPONET.

Une femme pour qui j'ai tout fait ! c'est infâme !

JULIEN.

Vous êtes archifou, mon cher oncle.

TAMPONET.

Une femme
Pour qui depuis vingt ans je suis aux petits soins !
Voilà ma récompense !

JULIEN.

Encore un coup...

TAMPONET.

Du moins

Si j'étais un mari négligent, infidèle,
Ou cassé... Mais je suis pétulant auprès d'elle
Comme au premier quartier de la lune de miel.
Ma parole d'honneur ! — Que lui faut-il, ô ciel !

JULIEN.

Permettez-moi...

TAMPONET.

Tromper un époux exemplaire
Et qui se jetterait dans le feu pour lui plaire !
Un mot vous apprendra jusqu'où vont mes égards :
Je fais depuis quinze ans semblant d'aimer les arts.

JULIEN.

Vous ne les aimez pas ?

TAMPONET.

Qui ? moi ! je les déteste !
Ils me sont en horreur à l'égal de la peste !
La musique surtout me donne sur les nerfs ;
La peinture m'assomme et j'exècre les vers...
Eh bien ! pour m'ajuster au goût de mon ingrate,
Je feins de me pâmer pendant une sonate ;
J'achète des tableaux avec mon pauvre argent ;
Je les fais encadrer ; et, tout en enrageant,
J'apprends par cœur, malgré ma mauvaise mémoire,
Un tas de vers, sans rien comprendre à ce grimoire.
Après avoir tant fait, n'est-ce pas du guignon
D'être... ce que je suis ?

JULIEN.

Mais non ! mille fois non !

Vous ne l'êtes pas !

TAMPONET.

Quoi ! quand j'en conviens moi-même ?

JULIEN.

Vous vous trompez.

TAMPONET.

Morbleu !

JULIEN.

Fi donc ! c'est un blasphème.

TAMPONET.

Je me vante à ce compte ?

JULIEN.

Eh ! oui, vous avez tort.

TAMPONET.

Ne pas en être cru là-dessus, c'est trop fort !

JULIEN.

Cher oncle, laissez-moi vous dire...

TAMPONET.

Suis-je un braque
Dont le cerveau fêlé sans motif se détraque ?
J'ai cent preuves pour une, et si je sors des gonds...
— En un mot, voulez-vous être un de mes seconds ?

JULIEN.

Puisque vous tenez tant à votre nouveau titre,
Laissez-moi m'expliquer un peu sur ce chapitre.

Moi, si j'étais trompé, je ne me battrais pas ;
J'éconduirais l'amant en douceur et tout bas,
Estimant que trainer notre honneur sur la claie
N'est pas le vrai moyen d'en refermer la plaie,
Et qu'un sage silence est le seul appareil
Qu'on y doive poser en accident pareil.
Ainsi, quand vous seriez ce que vous voulez être...

TAMPONET.

Quand je serais?... Tournez les yeux vers la fenêtre,
Les voyez-vous tous deux? Parbleu ! j'en suis charmé.

JULIEN.

Ils causent.

TAMPONET.

Mais voyez de quel air animé !
Vous appelez cela causer ? De pareils gestes
Tiennent-ils compagnie à des discours modestes ?
Voyez !... Elle saisit l'infâme par le bras...
Malheureuse ! tu crois que je ne te vois pas !
— Ils s'arrêtent... Il met la main sur sa poitrine...
Ce qu'il peut répliquer ainsi, je le devine !
Tenez, il tend le bras comme pour un serment...
Va, drôle ! gesticule avant l'enterrement !
Tu verras si je suis un mari débonnaire...
— Est-ce clair maintenant? suis-je un visionnaire?

JULIEN.

C'est étrange, en effet.

TAMPONET.

Ah ! ah ! vous commencez
A trouver mes soupçons un peu moins insensés ?
C'est heureux ! Je me bats, la chose est résolue.
Serez-vous mon témoin ?

JULIEN.

Vous avez la berlue
Et vous me la donnez

TAMPONET.

Serez-vous mon témoin ?

JULIEN.

Éclaircissons les faits avant d'aller plus loin.
Ils viennent par ici : pour résoudre nos doutes,
Derrière la cloison mettons-nous aux écoutes.

TAMPONET.

Mais lorsque vous serez certain de mes affronts,
Vous serez mon témoin ?

JULIEN.

Nous verrons, nous verrons.
Mais je veux parier cent contre un que ce piége
Vous montrera ma tante aussi blanche que neige.

TAMPONET.

Vous me faites rire.

JULIEN.

Oui ? — Cachons-nous là-dedans
Et vous rirez bientôt mieux que du bout des dents.

TAMPONET.

Ce moyen me répugne.

JULIEN.

Il est vieux ; mais qu'importe !
S'il n'était qu'un jaloux sur terre et qu'une porte,
La porte servirait d'embuscade au jaloux,
C'est moi qui vous le dis : c'est pourquoi cachons-nous,
Et tâchons d'écouter cet entretien si tendre,
Puisqu'il n'est rien de tel qu'écouter pour entendre,
Les voici... vite, entrez.

TAMPONET, sur la porte.

Vous serez mon témoin ?

JULIEN.

Oui, car vous n'en aurez sûrement pas besoin.

                  Ils entrent dans la pièce à droite.

SCÈNE II.

ADRIENNE, STÉPHANE. Ils viennent du fond.

ADRIENNE.

Ainsi votre ferveur au grand air se dissipe,
Et vous restez garçon maintenant par principe ?

STÉPHANE.

Oui. Tout décidément vive le célibat !
C'est un goût dépravé que ma raison combat,
Mais en vain. Contre lui pourquoi m'obstinerais-je ?
Tenez, vous avez vu sur l'eau flotter du liége :
On peut bien quelquefois l'enfoncer jusqu'au fond,
Mais il remonte à flot après chaque plongeon.
Cette explication, madame, suffit-elle ?

ADRIENNE.

Non. Je vous en propose une plus naturelle :
C'est que vous conservez quelque espoir d'être aimé.

STÉPHANE.

Ah ! de ce côté-là mon cœur est bien fermé,
Je vous jure. Je suis guéri de cette femme,
Et son indifférence est un puissant dictame.

ADRIENNE.

Vous aviez cru lui plaire : elle vous l'avait dit.
Il est vrai maintenant que son cœur s'en dédit ;
Mais la fatuité de l'homme est si têtue
Qu'il lui faut vingt échecs pour se croire battue

STÉPHANE.

Pour moi, je crois si bien mon désastre accompli,
Madame, que j'en suis tout vengé par l'oubli.

ADRIENNE.

Si vraiment vous avez cette philosophie,
Je vous fais compliment ; car je vous certifie
Que Gabrielle...

STÉPHANE.

Quoi ! vous saviez?

ADRIENNE.

Je savais,
Et j'avoûrai, de plus, que je vous desservais.
Donc, je vous certifie, et vous pouvez m'en croire,
Qu'il ne reste plus rien de vous en sa mémoire.

STÉPHANE.

Vraiment ! Se souvient-elle encore de mon nom ?
Dans quinze jours d'ici je jugerais que non.
Beau texte pour parler avec quelque amertume
De ce sexe volage au vent comme la plume !
Mais bah ! j'en fais mon deuil sans phrase et sans effort.

ADRIENNE.

Votre deuil est trop gai : le défunt n'est pas mort.
Tenez, ne perdons pas de temps en bagatelle :
Vous avez parlé bas tantôt à Gabrielle
En la quittant.

STÉPHANE.

Moi ?

ADRIENNE.

Vous. Qu'a-t-elle répondu ?
J'ai tâché d'écouter et n'ai pas entendu ;
Mais c'est évidemment la réponse accordée
Qui vous a fait changer si promptement d'idée.

STÉPHANE.

Je ne vous comprends pas, madame.

ADRIENNE.

En vérité ?
C'est donc que vous manquez de bonne volonté.

STÉPHANE.

A force d'être fin votre esprit se fourvoie.

ADRIENNE.

Allons, je vois qu'il faut vous mettre sur la voie.
Serait-ce point ceci qu'on vous a dit tout bas :
« Je vous aime toujours, ne vous mariez pas. »
Rappelez-vous.

STÉPHANE.

Croyez ce qu'il vous plaît de croire,
Madame, et finissons cet interrogatoire.

ADRIENNE.

C'est un aveu, cela.

STÉPHANE.

Non pas ! — Je prends congé,
Car votre esprit fait peur au peu d'esprit que j'ai.

                      Il sort.

SCÈNE III.

JULIEN, très-pâle, ADRIENNE, TAMPONET.

TAMPONET, entr'ouvrant la porte.

Il est parti.

ADRIENNE.

Julien !

JULIEN, souriant.

Moi, ma tante, en personne.

ADRIENNE.

Vous avez entendu !...

TAMPONET.

Tout entendu, mignonne :
J'attends de ta bonté deux cent mille pardons,
Et je me sens en train de chanter des fredons !

ADRIENNE.
A Julien.

C'est assez !... Vous avez entendu que Stéphane
Aime ?...

JULIEN.

Oui.

TAMPONET, à part.

Pauvre garçon ! Et moi qui me pavane !

ADRIENNE.

Mais s'il n'est pas aimé, que vous importe ?

JULIEN.

Il l'est ;
Nous avons entendu l'entretien au complet.

ADRIENNE.

Ce calme est effrayant alors.

JULIEN.

Pourquoi, ma tante ?

TAMPONET, qui a passé à la droite de Julien.

N'oubliez pas, mon cher, si quelque éclat vous tente,
Qu'un silence prudent est le seul appareil
Que supporte l'honneur en accident pareil.

JULIEN.

Mais ce n'est pas le cas d'appliquer la sentence,
Cher oncle, et mon honneur n'est pas atteint, je pense
Ma femme a moins d'amour encor que de vertu :
Je l'estime d'autant qu'elle a bien combattu,
Et la tiens en mon cœur pour une brave femme,
Digne de mon respect et non pas de mon blâme.
Quiconque en parlerait autrement a menti.

TAMPONET.
A part.

A la bonne heure ! Il prend galamment son parti

JULIEN, avec effort.

Quant à monsieur Stéphane...

TAMPONET.

Oui, parlez-en !

JULIEN.

En somme,
Il a fait là-dedans son métier de jeune homme.
Mais j'étais son ami ! — Cependant je lui crois,
Malgré sa trahison, le cœur et l'esprit droits.

TAMPONET.

Lui ? c'est, tranchons le mot, une franche canaille.
Il faut le renvoyer.

JULIEN.

Non. Il faut qu'il s'en aille.
Il est très-étourdi, mais n'est pas vicieux.
Je lui rendrai ses torts à lui-même odieux,
Et je l'accablerai d'une amitié si vraie,
Que de sa trahison il faudra qu'il s'effraie.

TAMPONET.

Ce moyen est chanceux.

JULIEN.

Non, non, il ne l'est pas.
A moins de s'avouer le dernier des pieds-plats,
On n'ose pas tromper l'homme qui se confie.

TAMPONET.

Mais enfin, s'il l'osait ?

JULIEN.

Alors je l'en défie,
Car Gabrielle, ouvrant les yeux avec dégoût,
Remettrait dans son cœur mon image debout.

ADRIENNE.

Lorsque la passion est réellement forte,
Il n'est digue ni mur que son courant n'emporte.

JULIEN.

La leur n'est, grâce au ciel, encor qu'un ruisseau
Qui va se diviser à l'entour d'un roseau.
Seulement n'allez pas leur dire, je vous prie,
Que je suis averti de leur étourderie :
Cela gâterait tout.

ADRIENNE.

Je m'en garderais bien.

TAMPONET.

Moi de même.

JULIEN.

Il me faut un moment d'entretien
Avec ma femme, ici. Seriez-vous assez bonne
Pour me l'envoyer ?

ADRIENNE.

Certe !

TAMPONET.

Attends-moi donc, mignonne.

JULIEN.

Mon oncle veut avoir son tête-à-tête aussi...
Mais le sien est plus gai que le mien.

TAMPONET, à part.

Dieu merci !

A sa femme, dans le fond du théâtre.

Étrange insouciance en cette catastrophe !

ADRIENNE.

Bien étrange, en effet.

TAMPONET.

C'est un grand philosophe !

Ils sortent.

SCÈNE IV.

JULIEN, seul.

Déborde, pauvre cœur gonflé de désespoir !
Elle ne m'aime plus ! — Qui l'aurait pu prévoir ?
Je sens sombrer ma vie entière en ce naufrage !
Adieu, bonheur ! adieu, travail ! adieu, courage !...
A quoi bon désormais des efforts superflus ?
Je suis seul dans le monde ; elle ne m'aime plus !

Il s'assied.

Insensé ! voilà donc la tendresse éphémère
Que j'ai pu préférer à la vôtre, ô ma mère !
Quand mon petit bagage a vidé la maison,
Vous pleuriez en silence, et vous aviez raison !
Car votre fils quittait sa véritable amie,
O mère, dans la tombe à présent endormie !
Hélas ! j'ai plus aimé cette femme que vous ;
Je l'entourais de soins plus tendres et plus doux ;
Pour ne pas voir un pli sur sa lèvre vermeille,
Je desséchais mon sang aux ardeurs de la veille,
Et, la trouvant heureuse et fraîche le matin,
J'oubliais ma fatigue aux roses de son teint...
Voilà ma récompense ! O l'ingrate ! l'ingrate !

Il se lève.

Et de quoi te plains-tu ? qu'es-tu donc qui la flatte,
Pauvre gratte-papier, obscur praticien,
Avocat de la veuve et du mur mitoyen ?
Te crois-tu bon à mieux qu'à payer sa dépense,
Manœuvre, et te faut-il une autre récompense
Que l'honneur déjà grand pour ton obscurité,
De défrayer son luxe et son oisiveté ?
Tu prétends être aimé ? Regarde-toi ! les rides
S'impriment avant l'âge à tes tempes arides.
C'est le travail, dis-tu ! mais qu'importe à ses yeux ?
Tout ce qu'elle en conclut, c'est que tu te fais vieux ;
Elle te sacrifie au premier fat qui passe...
O les femmes ! stupide et méprisable race !
Qu'elle me fait de mal, la cruelle !

Il se rassied.

Eh bien, quoi ?
Est-elle là-dedans moins à plaindre que moi ?
N'a-t-elle pas perdu le repos qu'elle m'ôte ?
Elle ne m'aime plus ! mais ce n'est pas sa faute...
C'est peut-être la mienne ! — Elle a bien combattu ;
Que puis-je demander de plus à sa vertu ?
Je dois mettre une main sur ma plaie, et de l'autre
Défendre son honneur... dernier bien qui soit nôtre !
Il faut la raffermir au moins dans son devoir...

Gabrielle entre.

En est-il temps encore ? Ah ! je vais le savoir.

SCÈNE V.

GABRIELLE, JULIEN.

GABRIELLE.

Vous voulez me parler ?

JULIEN, très-simplement.

Oui. Je pars dans une heure ;
Prépare une chemise, entends-tu, la meilleure ?

Il passe à droite.

Fais brosser mon habit ; il faut te dépêcher.
Ah ! pense à visiter les chambres à coucher ;
Pour les époux, la chambre avec l'alcôve double ;
Pour Stéphane...

GABRIELLE.

Monsieur Stéphane ?...

JULIEN, à part.

Elle se trouble.

GABRIELLE.

C'est impossible.

JULIEN.

En quoi, ma chère et depuis quand ?
L'appartement d'en haut n'est-il donc plus vacant ?

GABRIELLE.

Mais... un jeune homme ici... la nuit... en votre absence...
C'est contraire, je crois, à toute bienséance.

JULIEN.

Ah bah ! pour une nuit ! — Les autres restent bien.

GABRIELLE.

C'est différent.

JULIEN.

Ce sont tes amis ; c'est le mien.

GABRIELLE.

Mon Dieu ! n'insistez pas.

JULIEN.

Comme te voilà prude !
Je ne t'ai jamais vue à personne aussi rude.

GABRIELLE.

Soit ; mais je ne veux pas qu'il passe ici la nuit.

JULIEN, à part.

Je respire ! — Il est temps, puisqu'elle a peur de lui.

Haut.

Eh bien ! fais retenir une chambre à l'auberge ;
Qu'importe la façon, pourvu que je l'héberge !

Stéphane entre ; il s'arrête sur la porte en voyant Julien.

SCÈNE VI.

STÉPHANE, JULIEN, GABRIELLE.

JULIEN.

Venez, mon cher. — Je pars pour Paris ; mais demain
Nous nous retrouverons ici le verre en main.

STÉPHANE.

Quoi ?...

JULIEN.

Si vous n'avez rien pourtant qui vous empêche
De passer au village une nuit un peu fraîche.

STÉPHANE.

Au contraire.

JULIEN, à Gabrielle qui se dirige vers la droite.

Où vas-tu ?

GABRIELLE.

Votre habit...

JULIEN.

Ah ! c'est vrai.
Va, dans une minute ou deux je te suivrai.

Gabrielle sort.

SCÈNE VII.

STÉPHANE, JULIEN.

Nos lits vacants sont pris par mon oncle et ma tante.
Mais nous avons tout près une auberge excellente.

STÉPHANE.

C'est parfait.

JULIEN.

Pardonnez à l'exiguïté
D'une maison peu propre à l'hospitalité :
Si l'amitié pouvait élargir la muraille,
Vous auriez une chambre ici de belle taille.

STÉPHANE, avec embarras.

Je ne mérite pas vos bontés.

JULIEN.

Mes bontés !...
D'abord, ce n'en sont pas; puis vous les méritez.
Vous m'avez plu, mon cher, à la première vue,
Et jamais mon instinct n'a commis de bévue,
Voilà, me suis-je dit, un ami qui me vient,
Un homme franc, loyal, un cœur qui me convient.
Me trompais-je ?

STÉPHANE.

Non, certe.

JULIEN.

Aussi, ma confiance
Se sent vers vous portée avec pleine assurance,
Et vous êtes le seul devant qui j'oserais.
Ouvrir la profondeur de mes chagrins secrets.

STÉPHANE.

Des cnagrins ?

JULIEN.

Ma gaîté n'est, hélas ! qu'un mensonge,
Et je porte une plaie en dedans qui me ronge.
C'est... L'avez, cher Stéphane, est des plus délicats :
A tout autre que vous je ne le ferais pas,
Car les gens sont enclins à s'amuser sous cape
Des tourments d'un époux à qui sa femme échappe.

STÉPHANE, troublé.

Vous croyez que madame...?

JULIEN.

Oui, je ne sais pourquoi,
Son cœur de jour en jour se retire de moi.

STÉPHANE.

Soupçonnez-vous qu'un autre ?...

JULIEN.

Un autre ? — Gabrielle
Ne trompera jamais ma confiance en elle.
Mais n'est-ce point assez de perdre son amour ?

STÉPHANE.

Vous l'aimez donc... beaucoup ?

JULIEN.

Autant qu'au premier jour;
Plus même. — Elle n'est plus seulement mon délice,
Elle est le fondement de tout mon édifice.
Son amour me manquant, tout me manque à la fois.
Jugez donc ce que vaut ma gaîté quand je vois
Sa froideur sous mes yeux incessamment accrue !
— Je suis le laboureur assis sur sa charrue,
Qui d'un air hébété fredonne une chanson,
En regardant le feu dévorer sa moisson.

STÉPHANE.

A part.

Vous vous exagérez, sans doute... Que lui dire ?

JULIEN.

Je n'exagère rien, non ; son cœur se retire.
Si je savais pourquoi, je pourrais y pourvoir...
Et par vous, mon ami, j'espère le savoir.

STÉPHANE.

Par moi, monsieur !

JULIEN.

Ma femme a pour vous de l'estime :
Essayez de gagner sa confidence intime.
Elle est fière, et j'ai des torts, comme je crois,
Elle s'en ouvrira plutôt à vous qu'à moi.

STÉPHANE.

Vous me donnez, monsieur, un délicat office.

JULIEN.

Au nom de l'amitié rendez-moi ce service.
En un mot, je remets ma vie en votre main.

A part.

Adieu. Je puis dormir en paix jusqu'à demain.

Il sort.

SCÈNE VIII.

STÉPHANE, seul ; il traverse lentement la scène, la tête inclinée
sur sa poitrine ; il va s'asseoir sur le canapé à gauche, et après un
long silence.

Après tout, j'aime aussi Gabrielle, je l'aime !
Chacun pour soi. L'amour ne connaît que lui-même.
Je ne partirai pas. — Le tromper cependant
Cet homme qui me vient prendre pour confident
Et de son amitié loyalement m'accable,
C'est une lâcheté dont je suis incapable !
Tout à l'heure déjà mon honneur a frémi
Quand débonnairement il me traitait d'ami ;
Ce serait tous les jours nouvelle platitude,
Qui dégénérerait bientôt en habitude,
Car ce que je n'ai pu tout à l'heure éviter,
Le subir par deux fois ce serait l'accepter !
— Laissons aux intrigants les basses perfidies.
La honte n'entre point dans les choses hardies,
Et l'enlèvement seul en cette extrémité
Peut sauver notre amour et notre dignité
Il faut que Gabrielle à cela se résigne.

Il va pour sortir quand Tamponet entre.

SCÈNE IX.

TAMPONET, STÉPHANE.

TAMPONET.

Attachons-nous à lui selon notre consigne.

STÉPHANE, à part.
Encor cet imbécile !

TAMPONET.
Hé ! hé ! mauvais sujet,
Nous avions entamé, ce me semble, un piquet.

STÉPHANE.
Excusez-moi, monsieur, de ne pas le poursuivre.

TAMPONET.
A part.
A votre aise. Il n'a pas le moindre savoir-vivre.

STÉPHANE.
Julien est-il parti ?

TAMPONET.
Je le quitte à l'instant ;
Mais il m'a délégué tous ses droits en partant,
Et notamment celui de récréer son hôte.
Si vous vous ennuyez, ce sera de ma faute.

STÉPHANE.
Je le crois ; mais je suis si maussade aujourd'hui,
Que vous vous laisseriez gagner à mon ennui.

TAMPONET.
Allons donc !

STÉPHANE.
Non, vraiment. Faussez-moi compagnie.

TAMPONET.
Pour qui me prenez-vous ?

STÉPHANE.
Point de cérémonie,
De grâce ; laissez-moi.

TAMPONET.
Je ne vous quitte pas.

STÉPHANE.
C'est donc moi qui vous quitte alors.

Il sort.

TAMPONET, courant après lui.
Je suis vos pas.

ACTE CINQUIÈME

Même décoration.

Dans l'entr'acte, deux domestiques apportent des lampes et le café,
qu'ils posent sur la table à droite.

SCÈNE PREMIÈRE.

GABRIELLE, devant la table, TAMPONET,
STÉPHANE, ADRIENNE.

TAMPONET.
Ma foi, j'ai bien dîné. — Ce n'est pas que j'y tienne ;
Mais si frugal qu'on soit...

ADRIENNE, sur le canapé.
Il faut qu'on se soutienne.

TAMPONET.
Je me suis soutenu. C'est une vérité
Qui n'incrimine en rien ma sensibilité.
Un mauvais estomac ne fait pas un poëte,
Quoi qu'en pense monsieur.

STÉPHANE.
A part.
Moi ? Ce vieillard m'hébète !

GABRIELLE.
Du café, mon cher oncle ?

TAMPONET.
Et tout ce qui s'ensuit,
Car je prétends ne pas fermer l'œil de la nuit.
A notre jeune ami je tiendrai compagnie.

STÉPHANE.
A moi ? Parbleu ! c'est trop... trop de cérémonie ;
Je dors la nuit.

TAMPONET.
Allons ! Est-ce qu'on peut dormir
Dans un lit d'auberge ?

STÉPHANE.
Oui, certe. Il me fait frémir.

TAMPONET.
Nous nous promènerions ensemble au clair de lune.

**

STÉPHANE.
Merci !

TAMPONET.
Vous refusez ? Allons, soit ; sans rancune.

GABRIELLE, à Stéphane.
Une tasse, monsieur ?

Stéphane s'incline et s'approche de Gabrielle.

ADRIENNE, bas à Tamponet.
Emmenez-le.

TAMPONET, bas.
Très-bien.

STÉPHANE, bas à Gabrielle.
Gabrielle, il me faut un moment d'entretien.
Tachez de renvoyer votre oncle et votre tante.

GABRIELLE, bas.
Je ne veux pas.

TAMPONET, à la fenêtre.
Voyez quelle lune éclatante,
Mon cher ! Si peu qu'on ait de poésie au cœur,
Cet astre attendrissant le remplit de langueur.

STÉPHANE.
Comment résistez-vous à l'admirer, barbare ?

TAMPONET.
Qui dit que j'y résiste ? Allumons un cigare
Et sortons. Rien n'est doux, lorsque l'on sait aimer,
Comme de regarder la lune et de fumer.

STÉPHANE.
Quant à moi, j'aime mieux rester avec ces dames.

ADRIENNE.
Oh ! nous vous permettons de nous quitter. Les femmes
Ont toujours quelque chose à se dire en secret.

STÉPHANE.
Puisque je suis de trop, je sors, mais à regret.

TAMPONET.
Venez, nous causerons.

STÉPHANE, à part.
Allons, il faut le suivre !
Ne trouverai-je rien qui de lui me délivre ?
Tous les moyens sont bons contre un tel importun.

TAMPONET, prenant le bras de Stéphane.
La nature a le soir un enivrant parfum !

Ils sortent.

SCÈNE II.

GABRIELLE, ADRIENNE.

GABRIELLE.
Quel secret as-tu donc ?

ADRIENNE.
Quel secret ? je t'admire !
C'est toi qui dois avoir quelque chose à me dire.

GABRIELLE.
Et quoi donc ?

ADRIENNE.
Presque rien. Par exemple, le mot
Que tu glissais tout bas à Stéphane tantôt.

GABRIELLE.
Je ne sais.

ADRIENNE.
Ai-je donc perdu ta confiance,
Ou bien n'oses-tu plus m'ouvrir ta conscience ?
J'en ai bien peur.

GABRIELLE.
Jamais je ne t'ai rien caché.

ADRIENNE.
Quand Stéphane tantôt de toi s'est rapproché,
Vous avez échangé quelques mots à voix basse.

GABRIELLE.
Ah ! oui, je m'en souviens... j'ai dit que j'étais lasse.

ADRIENNE.
Pas autre chose ?

GABRIELLE.
Non.

ADRIENNE.
Voudrais-tu l'attester
Par serment ?

GABRIELLE.
Quel motif as-tu pour en douter ?

ADRIENNE.
Stéphane tout à coup a changé de langage
Et s'est déclaré net contre le mariage,
Pourquoi ?

2

GABRIELLE.
Mais... je ne sais,.. Tiens, je mens lâchement !
Tout mon cœur se soulève en cet abaissement !
'appartiens à Stéphane.

ADRIENNE.
Oh !

GABRIELLE.
Du moins de parole.

ADRIENNE.
S'il est temps encor...

GABRIELLE.
Non, pas un mot, je suis folle,
J'ai la fièvre. Tais-toi ; le sort en est jeté :
Je suis perdue enfin, voilà la vérité.

ADRIENNE.
Si tu souffres avant la faute consommée,
Pauvre enfant, que sera-ce après ?

GABRIELLE.
Je suis aimée !

ADRIENNE.
Tu crois l'être, du moins. Elle le crut aussi,
Celle dont ce matin je te parlais ici.
Elle se consolait avec cette pensée
Des hontes dont sans cesse elle était oppressée ;
Car, vois-tu, le mensonge est un âpre tyran
Qui ne relâche plus ceux qu'une fois il prend,
Et le ciel juste a fait de ses ignominies
Le secret châtiment des fautes impunies !
Je le sais déjà.

ADRIENNE.
Non ; car, si tu le savais,
Tu n'irais pas plus loin dans ce chemin mauvais.
C'est un mensonge aisé celui dont l'assurance
Défend contre le monde une chère espérance :
Mais qu'il est douloureux et demande d'efforts
Celui qui n'a plus rien qu'à cacher un remords !
Va, tu le connaîtras un jour le dur supplice
De tromper ton mari, maudissant ton complice ;
Et ce sera le jour où tu t'apercevras
Que de sa passion le malheureux est las.

GABRIELLE.
L'amant de ton amie était un misérable,
Voilà tout.

ADRIENNE.
Non ; c'était un jeune homme honorable,
Et ses premiers serments furent de bonne foi ;
Mais il ne m'aimait plus.

GABRIELLE.
C'était toi ? — C'était toi !

ADRIENNE.
Hélas !

GABRIELLE.
Ne rougis pas, ô ma chère Adrienne !
C'est un lien de plus ; ma faute aime la tienne !
J'aurai donc une amie à qui me confier,
Qui saura me comprendre et me justifier !

ADRIENNE.
Je ne chercherai pas de vaine échappatoire ;
Puisqu'un mot m'a trahie, écoute mon histoire,
Et puissent mes douleurs au moins te protéger !

GABRIELLE.
Je ne veux les savoir que pour les partager.

ADRIENNE.
C'est l'histoire toujours vieille et toujours nouvelle.
Je fus heureuse un an... puisque cela s'appelle
Du bonheur. — Il m'aimait ; il le croyait, du moins,
Et ses serments prenaient les anges à témoins.
Puis l'habitude vint. Sa tendresse assouvie
Ne suffit bientôt plus à l'ardeur de sa vie...
Quand une passion vient à se consulter,
Tout s'accorde aussitôt à la précipiter ;
Tout déplaît à l'amant refroidi ; tout l'irrite,
Surtout ce dont jadis il nous fit un mérite.
S'il cherche à quereller, notre douceur paraît
Comme une résistance à son désir secret ;
Notre adresse, autrefois pleine de poésie,
A parer aux soupçons, devient hypocrisie ;
Il finit, entends-tu, par plaindre notre époux,
Et prendre, au fond du cœur, son parti contre nous,
Tant ce mari trompé lui paraît honnête homme
Depuis qu'il n'a plus rien à lui voler, en somme.

GABRIELLE.
Mais c'est une infamie !

ADRIENNE.
Hélas ! non. C'est le cours
Des choses de la vie et le train des amours.
Mais ce que j'ai souffert, je ne saurais le dire.

GABRIELLE.
Je le comprends assez.

ADRIENNE.
Un seul mot peut suffire :
Je l'aimais, et parfois je désirais sa mort

GABRIELLE.
Et tu n'as pas rompu ?

ADRIENNE.
Ce fut mon plus grand tort.
Mais un reste d'espoir m'en ôtait le courage.
Et lui de son côté subissait l'esclavage
Par un dernier égard semblable au repentir,
N'osant m'abandonner et désirant partir.
Les liaisons ainsi, pendant tout une année,
Dans les déchirements s'est encore traînée,
Et Dieu sait jusqu'à quand tous deux aurions souffert,
Si mon mari n'avait un jour tout découvert.
Le croirais-tu ? j'étais si brisée et si lasse,
Que ce dernier malheur me parut une grâce.

GABRIELLE.
Pauvre âme, ton récit m'a donné le frisson.

ADRIENNE.
Que mon exemple, alors, te serve de leçon ;
Car le même malheur sur ton avenir plane.

GABRIELLE.
Ah ! ne compare pas ton amant à Stéphane ;
Stéphane est simple et bon ; il m'aime noblement,
Et m'a déjà prouvé son entier dévouement.
Va, je réponds de lui sans être bien savante,
Et ton récit pour moi n'a pas d'autre épouvante
Que celle du mensonge où j'allais m'enchaîner
Et dont il est à temps venu me détourner.
Merci, tu m'as sauvée.

ADRIENNE.
O Dieu clément !

SCÈNE III.

GABRIELLE, ADRIENNE, STÉPHANE.

STÉPHANE, à Adrienne.
Madame,
Dans sa chambre monsieur Tamponet vous réclame ;
A se changer du haut en bas il est réduit,
Et vous avez, dit-il, la clef du sac de nuit,

ADRIENNE.
Qu'est-il arrivé donc ?

STÉPHANE.
Une sotte aventure,
Madame ; il me faisait admirer la nature
Et récitait des vers charmants, quand tout à coup
Je le vois s'enfoncer en terre jusqu'au cou.
Jugez de mon effroi ! j'éclaircis le mystère ;
C'était ce grand tonneau béant à fleur de terre,
Et qui pour le moment était plein jusqu'aux bords.
J'en tirai votre époux, tremblant de tout son corps,
Et pendant que je parle il grelotte en chemise
Dans sa chambre attendant la clef de la valise.

ADRIENNE.
Tenez, portez-la-lui.

STÉPHANE.
Moi ?

ADRIENNE.
Vous, oui, s'il vous plaît.

STÉPHANE.
En toute occasion je suis votre valet ;
Mais monsieur Tamponet vous demande en personne ;
Il craint d'être malade... et de fait il frissonne.
Je ne lui serais pas, je crois, d'un grand secours.

ADRIENNE, à part.
Je ne les laisserai pas longtemps seuls. J'y cours.

Haut.

Elle sort.

SCÈNE IV.

GABRIELLE, STÉPHANE.

STÉPHANE.
Enfin nous voilà seuls, et ce n'est pas sans peine !

Je me sentais monter des mouvements de haine
Contre ces importuns.

GABRIELLE, à elle-même.
Oui, c'est le seul parti.

A Stéphane.
Pour la première fois de mes jours j'ai menti,
Stéphane. J'ai menti tout à l'heure à ma faute ;
A mon mari, demain, il faudra que je mente,
Et, s'il n'éclate pas, notre amour criminel
Condamnera ma vie au mensonge éternel.
Mais ma fierté ne peut s'arranger d'un tel hôte,
Et je ne joindrai pas la bassesse à la faute.
Aussi bien je vous dois et dois à mon époux
De n'être plus à lui lorsque je suis à vous.

STÉPHANE.
Étrange sympathie ! étrange et que j'admire !
Ce que vous dites là, je venais vous le dire.
Notre amour dégradé ramperait sous ce toit,
Et nous voulons tous deux qu'il marche fier et droit.
Nous fuirons, n'est-ce pas ?

GABRIELLE.
Oui. Quand ?

STÉPHANE.
Cette nuit
On ne diffère pas une mesure extrême.

GABRIELLE.
La réprobation du monde nous attend,
Songez-y.

STÉPHANE.
Qu'elle vienne, et je serai content !
Que ce monde irascible, et devant qui tout tremble,
Par son courroux nous lie à tout jamais ensemble ;
Je bénirai l'arrêt qui nous met hors la loi,
Et ne vous laisse plus d'autre soutien que moi ;
Car si jamais deux cœurs furent faits l'un pour l'autre,
N'est-ce donc pas le mien, Gabrielle, et le vôtre ?

GABRIELLE.
Hélas !

STÉPHANE.
Vous soupirez, chère femme, et vos yeux
Se baissent pour cacher des pleurs silencieux.
M'enviez-vous déjà cette joie ineffable,
Dites ?

GABRIELLE.
Qu'une rupture est chose lamentable,
Et comme le passé va nous enveloppant
D'imperceptibles nœuds qu'on ne sent qu'en rompant !
Tandis que vous parliez, — pardonnez ma faiblesse,
Stéphane, — il m'a semblé voir toute ma jeunesse
Se lever en pleurant et me tendre les bras
Comme pour me crier : Ne m'abandonne pas !

STÉPHANE.
Séchez, séchez vos yeux ! — quelle est cette démence ?
Votre jeunesse ? eh bien ! voici qu'elle commence !
Son véritable essor date de notre amour,
Et rien ne doit compter pour nous jusqu'à ce jour.
Commençons, ou plutôt recommençons la vie,
Nous chercherons un coin abrité de l'envie,
Où nous puissions en paix, loin de ce monde altier,
Nous être l'un à l'autre un monde tout entier !
Je sais, si vous voulez, un village en Bretagne,
Sur le bord de la mer, au pied d'une montagne ;
Nid d'amour vers lequel les bruits de l'univers
S'éteignent, par celui de l'Océan couverts !

GABRIELLE.
Eh bien ! préparez tout pour partir dans une heure.
Cette maison me navre ; il semble qu'elle pleure !
— Silence, on vient.

SCÈNE V.

STÉPHANE, JULIEN, GABRIELLE..

GABRIELLE, avec effroi.
Julien !

JULIEN, très-calme ; il a des dossiers sous le bras.
Oui, c'est moi, mes amis
Je vous reviens plus tôt que je n'avais promis ;
Mais mieux que la frayeur, les heureuses nouvelles
Aux pieds du voyageur peuvent mettre des ailes.

STÉPHANE.
Quoi donc ?

JULIEN.
Je vous rapporte un sujet de gala :
Monsieur le secrétaire intime, touchez là.

STÉPHANE.
Que veut dire ?

JULIEN.
Parbleu! mon cher, cela veut dire
Que l'amitié n'est pas toujours un mot pour rire.
Tant de chaleur me touche, et j'en reste confus ;
Mais vous aviez sans doute oublié mon refus.

JULIEN.
Lorsque j'aime les gens, j'ajuste mes services
A leurs vrais intérêts et non à leurs caprices.
Donnez mon zèle au diable autant qu'il vous plaira,
Taitez-le d'indiscret, d'absurde et cætera,
Je ne m'émeus pas plus de votre rebuffade
Qu'un bon chirurgien des cris de son malade.

STÉPHANE.
Je suis reconnaissant à ce zèle parfait,
Mais je ne puis, monsieur, en accepter l'effet
Tant que mon père...

JULIEN.
Encor cette plaisanterie ?
Soyez donc une fois sérieux, je vous prie.
Et faites-moi l'honneur de ne pas me traiter.
En percepteur bourru que l'on craint d'irriter.

STÉPHANE.
Mais si j'ai des raisons... impossibles à dire ?

JULIEN.
Dès qu'il en est ainsi, pardon, je me retire...

Il va poser ses papiers sur la table.
Non pourtant sans trouver assez blessant pour moi
Que dans mon amitié vous ayez si peu foi.

STÉPHANE.
Si mon secret était à moi seul, je vous jure.

JULIEN.
Oh ! oh ! voilà qui sent l'amoureuse aventure.
— Je m'en doutais.

STÉPHANE.
Alors, pourquoi m'interroger ?

JULIEN.
Contre vous-même, ingrat, je veux vous protéger.

STÉPHANE.
Épargnez-vous, monsieur, des remontrances vaines :
L'amour qui me dévore a coulé dans mes veines.

JULIEN.
Dieu ! je ne prétends pas l'en tirer ; mais en quoi
Ce grand amour est-il contraire à votre emploi ?
Tout votre temps est donc pris par votre maîtresse ?

STÉPHANE.
Elle est pure, monsieur, je n'ai que sa tendresse.

JULIEN.
D'où vient donc ?

STÉPHANE, avec embarras.
Elle veut que je parte, et je pars

JULIEN.
Bah ! ces voyages-là sont sujets aux retards.

STÉPHANE.
Je pars demain.

JULIEN.
D'honneur ?

STÉPHANE.
D'honneur.

GABRIELLE, à part.
Quelle torture !

JULIEN.
Vous êtes, cher Stéphane, une noble nature,
Et celle qui vous pousse à pareille action
A, quelle qu'elle soit, mon admiration.

GABRIELLE, bas à Stéphane.
Dites la vérité, sa louange me tue.

STÉPHANE.
Votre éloge se trompe et je le restitue :
Je ne pars pas seul.

JULIEN, à part.
Dieu ! — Tais-toi, cœur frémissant !
Il sera toujours temps de répandre du sang.

GABRIELLE.
Vous méprisez beaucoup cette femme ?

JULIEN, passant au milieu.
Au contraire.
Quand d'un amour funeste il n'a pu se distraire,
C'est un cœur bien placé qui seul peut consentir
A se perdre à jamais plutôt que de mentir.
D'ailleurs, à mon avis, l'adultère est un crime
Grotesquement ignoble à moins d'être sublime,

Comme un fleuve fangeux qui se change en égout,
Si dans sa véhémence il n'entraîne pas tout.

STÉPHANE.
Ainsi, vous approuvez... cette femme ?

JULIEN.
                                        Oui, sans doute.
Puisqu'elle ne peut plus tenir la bonne route.
— A-t-elle des enfants?

STÉPHANE, hésitant.
                        Elle en a.

JULIEN.
                                    Je la plains.
Et je les plains aussi, ces pauvres orphelins.

STÉPHANE.
Ne les peut-elle pas emmener ?

JULIEN.
                            Et le père ! ! !
— Ah bah ! quelque crétin que rien ne désespère...
Car il serait aimé s'il aimait ses enfants !
Aussi n'est-ce pas lui que je plains et défends;
C'est vous, mon pauvre ami, c'est cette pauvre femme,
Qui d'un monde inflexible osez braver le blâme,
Sans soupçonner encor l'un ni l'autre, je crois,
Dans quel bois épineux vous taillez votre croix,
Et quelle solitude immense, infranchissable,
Il va se faire autour de votre amour coupable.

STÉPHANE.
Est-ce une solitude où l'on est deux ?

JULIEN.
                                        C'est pis.
C'est un cachot où sont liés deux ennemis.
Car on sait trop comment ces unions boiteuses
Se changent à la longue en des chaînes honteuses
Où les deux enchaînés, l'un à l'autre cruels,
Se reprochent tout bas leurs regrets mutuels !

STÉPHANE.
Je suis sûr de ne rien regretter.

JULIEN.
                                Vous, peut-être ;
Mais elle ! — Croyez-vous qu'à travers sa fenêtre,
Elle verra passer d'un œil bien aguerri
La moindre paysanne au bras de son mari ?
Où que vous conduisiez son exil adultère,
Vous la verrez baisser les regards et se taire
Lorsque les bonnes gens, se tenant par la main,
Sans ôter leur chapeau passeront leur chemin.
Pauvre femme ! ses yeux errant dans l'étendue,
Comme pour y chercher la paix qu'elle a perdue,
Tâchent de découvrir par délà l'horizon
La place bienheureuse où fume sa maison,
La maison où jadis elle entra pure et vierge...
Tandis que derrière elle une chambre d'auberge
Garde pour compagnon à ses mornes douleurs
Un étranger pensif dont la vie est ailleurs !

STÉPHANE.
Non ! dites un amant dont le sourire efface
Ce que ses yeux en pleurs demandent à l'espace.

JULIEN,
A Gabrielle.
Croyez-vous donc... Crois-tu qu'il soit heureux l'amant ?
Non ; dans son amour même il trouve un châtiment :
Plus il honorera sa maîtresse en épouse,
Plus la tourmentera sa mémoire jalouse ;
Car elle aura beau faire, elle ne fera pas
Qu'un autre ne l'ait point tenue entre ses bras !
Elle peut bien donner son honneur et sa vie,
Sa beauté, tout... hormis sa pureté ravie,
Hormis la foi jurée et le lit nuptial,
Et l'oubli d'un mari qui devient un rival.
Ce souvenir la souille ou du moins la profane...

Mouvement de Gabrielle.
Si tu doutes, crois-en la pâleur de Stéphane.

STÉPHANE.
Je saurai secouer ce triste souvenir.
Qu'importe le passé lorsque j'ai l'avenir ?

JULIEN.
Il n'est pas de bonheur hors des routes communes :
Qui vit à travers champs ne trouve qu'infortunes.
Oubliez l'avenir tout comme le passé;
L'avenir est perdu pour vous, pauvre insensé !

STÉPHANE.
Tant mieux donc ! L'avenir dont le monde nous flatte
A la tranquillité d'une eau dormante et plate.
Mieux vaut la pleine mer avec ses ouragans,
Ses superbes fureurs, ses flots extravagants

Qui vous font retomber du ciel jusqu'aux abîmes
Pour vous lancer du gouffre à des hauteurs sublimes !
Les bonheurs négatifs sont faits pour les poltrons :
Nous serons malheureux... mais du moins nous vivrons.

JULIEN.
Voilà certes une belle et vive poésie.
J'en sais une pourtant plus saine et mieux choisie,
Dont plus solidement un cœur d'homme est rempli :
C'est le contentement du devoir accompli,
C'est le travail aride et la nuit studieuse,
Tandis que la maison s'endort silencieuse,
Et que pour rafraîchir son labeur échauffant
On a tout près de soi le sommeil d'un enfant.
Laissons aux cerveaux creux ou bien aux égoïstes,
Des désordres au fond si vides et si tristes,
Ces amours sans lien et dont l'impiété
A l'égal d'un malheur craint la fécondité.
Mais, nous autres, soyons des pères — c'est-à-dire,
Mettons dans nos maisons, comme un chaste sourire,
Une compagne pure en tout et d'un tel prix
Qu'il soit bon d'en tirer les âmes de nos fils,
Certains que d'une femme angélique et fidèle,
Il ne peut rien sortir que de noble comme elle !
Voilà la dignité de la vie et son but !
Tout le reste n'est rien que prélude et début ;
Nous n'existons vraiment que par ces petits êtres
Qui dans tout notre cœur s'établissent en maîtres,
Qui prennent notre vie et ne s'en doutent pas
Et n'ont qu'à vivre heureux pour n'être point ingrats
Ah ! mon ami, voilà la seule route à suivre,
La seule volupté dont rien ne désenivre !
Vous l'avez sous la main et vous la routez
Pour courir les hasards et les calamités !
Réfléchissez encore.

STÉPHANE.
                    Il est trop tard.

JULIEN.
                                    Non, certes,
Il n'est jamais trop tard pour refuser sa perte.
Mais les femmes ont plus d'éloquence que nous :

A Gabrielle.
Achève, s'il se peut de sauver ces deux fous.
Moi, je vous quitte. Il faut que je me débarrasse
En lieu sûr et sous clef de cette paperasse.

Il passe à la table et y prend ses dossiers.

A part.
J'ai fait pour la sauver un effort surhumain ;
Je laisse, Dieu puissant, le reste en votre main.

Il sort à droite.

SCÈNE VI.

STÉPHANE, GABRIELLE

GABRIELLE, après un silence et sans lever les yeux.
Adieu, monsieur, adieu, pour toujours.

STÉPHANE, de même.
                                    Oui, madame.

Il sort lentement la tête basse.

SCÈNE VII.

GABRIELLE, seule.

O Dieu ! quelle lumière il se fait dans mon âme !
Au bord de quel abîme, aveugle, je courais !
Sans Julien, malheureuse ! à présent j'y serais...
Mais quelle autorité dans son langage ! et comme
L'autre n'est qu'un enfant à côté de cet homme !

SCÈNE VIII.

JULIEN, GABRIELLE.

JULIEN.
Stéphane ?...

GABRIELLE.
            Il est parti pour ne rentrer jamais.
Il est parti, monsieur, parce que je l'aimais.
Cette femme c'est moi. — Que mon sort s'accomplisse :
Je ne murmure pas contre votre justice.

Elle tombe à genoux.

JULIEN.

Relève-toi, ma fille. Ai-je vraiment le droit
D'être un juge orgueilleux et dur à ton endroit !
Dans ton égarement d'un jour, je me demande
Lequel de nous, pauvre âme, eut la part la plus grande
Lequel doit s'accuser, toi qui m'as oublié,
Ou bien sur mon trésor moi qui n'ai pas veillé ;
Moi qui, dans mon travail absorbé sans relâche,
M'imaginant ainsi remplir toute ma tâche,
S'en m'en apercevoir ai perdu jour par jour
Les soins et le respect, ces gardiens de l'amour,
Et qui suis devenu dans ma lutte obstinée
Un autre homme que l'homme à qui tu t'es donnée !
Tu le vois, mon enfant, dans ce pas hasardeux
Tous deux avons failli ; pardonnons-nous tous deux.

GABRIELLE.

Oh ! vous êtes clément comme un Dieu !

JULIEN.

Comme un père.

Mais je regagnerai ton amour, je l'espère...

GABRIELLE.

Me rendrez-vous le vôtre ?

Il l'attire dans ses bras.

SCÈNE IX.

TAMPONET, en robe de chambre, JULIEN, GABRIELLE,
ADRIENNE.

TAMPONET, enrhumé et prononçant les *m* en *b* .

O le charmant tableau !

JULIEN.

Quelle voix !

TAMPONET.

Oui, je suis enrhumé du cerveau.
C'est votre jeune ami qui, d'humeur folichonne,
S'est délivré de moi tantôt dans une tonne...
Mais je m'en vengerai par un mot fort piquant
Et ne parlerai plus de lui qu'en m'en moquant.

ADRIENNE, à Gabrielle.

Que te semble à présent de mon petit système ?

GABRIELLE, tendant la main à Julien.

O père de famille ! ô poète ! je t'aime !

FIN

ALEX. DUMAS & A. MAQUET

LE CHEVALIER
DE
MAISON-ROUGE
OU
LES GIRONDINS

DRAME EN CINQ ACTES, DOUZE TABLEAUX, EN PROSE

REPRÉSENTÉ POUR LA PREMIÈRE FOIS, A PARIS, SUR LE THÉATRE-HISTORIQUE
LE 3 AOUT 1847

DISTRIBUTION DE LA PIÈCE

MAURICE	MM. LAFERRIÈRE.	UN GREFFIER	MM. BOILEAU.
LORIN	MÉLINGUE.	UN HUISSIER	CASTEL.
DIXMER	BIGNON.	UN PERRUQUIER	ALEXANDRE.
LE CHEVALIER	LACRESSONNIÈRE.	UN JEUNE SECTIONNAIRE	COLBRUN.
ROCHER	BOUTIN.	UN TANNEUR	PAUL.
AGÉSILAS	BARRÉ.	RICHARD	EDMOND.
ARISTIDE	CASTEL.	HOMMES DU PEUPLE	FLEURY.
JEAN	BAR.		DÉSIRÉ.
GILBERT	GEORGES.	UN ACCUSATEUR PUBLIC	LIÉMANCE.
DUFRESNE	BEAULIEU.	GENEVIÈVE	Mmes A. BEAUCHÈNE.
UN PRÉSIDENT DE SECTION	BEAULIEU.	ARTÉMISE	H. JOUVE.
UN CLERC	ARMAND.	LA FEMME TISON	LUCIE.
UN PATRIOTE	LEFÈVRE.	HÉLOISE TISON	MAILLET.
UN GÉNÉRAL	CRETTE.	Ve PLUMEAU	GEORGES cadette.
PRÉSIDENT DU TRIBUNAL	CRETTE.	FEMMES DU PEUPLE	BETZY.
UN GIRONDIN	PEUPIN.		LAUNAY,
AUTRE GIRONDIN	LINGÉ		

ACTE PREMIER

PREMIER TABLEAU

Un carrefour quartier Saint-Jacques. Il fait nuit.

SCÈNE I.

GENEVIÈVE, DEUX HOMMES, *à l'angle de la rue*, JEAN.

GENEVIÈVE, *se rangeant.*

Oh! mon Dieu! (*Les deux hommes paraissent.*)

PREMIER HOMME.
Pourvu que Jean nous attende.
DEUXIÈME HOMME.
Oui, le voilà avec sa charrette.....
PREMIER HOMME.
Est-ce lui?
DEUXIÈME HOMME.
Je le reconnais. Jean!
JEAN.
Citoyen!
DEUXIÈME HOMME.
Tout est prêt, n'est-ce pas?
JEAN.
Oui; qu'est-il arrivé, citoyen?
DEUXIÈME HOMME.
Décrétés d'accusation! notre cause est perdue! nous et nos amis, nous succombons!

JEAN.

Vous et vos amis, lesquels ?

DEUXIÈME HOMME.

Les députés de la Gironde, Brissot, Gensonné, Vergniaud, Barbaroux, Roland, tous enfin.

JEAN.

Mais vous n'êtes qu'accusés.

DEUXIÈME HOMME.

Accusés ou condamnés, n'est-ce pas tout un, aujourd'hui ?

JEAN.

O mon Dieu !

DEUXIÈME HOMME.

Au reste, nous mourrons en bonne compagnie, comme tu vois.

JEAN.

Si vous mourez... Mais moi, je réponds de vous faire passer la barrière ! Mais dépêchons, citoyen, dépêchons.

PREMIER HOMME.

Va !

DEUXIÈME HOMME.

Ami... ami ! suivons la même fortune ! viens avec moi !

PREMIER HOMME.

Non, je ne le puis... Il faut que je la revoie... Elle me croirait mort, et elle mourrait...

JEAN.

Monsieur... pas un instant à perdre ! La séance d'aujourd'hui n'est peut-être pas encore connue aux barrières.

DEUXIÈME HOMME.

Tu refuses ?

PREMIER HOMME.

Je te rejoindrai... J'ai plusieurs papiers qu'il faut que je fasse disparaître, et entre autres cette lettre dont je t'ai parlé.

DEUXIÈME HOMME.

Quelle lettre ?

PREMIER HOMME.

Celle de ce jeune homme, de ce chevalier de Maison-Rouge... qui me faisait supplier de m'intéresser à la reine... Cette lettre, tout innocente qu'elle est, ferait croire à des relations avec des aristocrates, et tu le sais, dans le temps où nous vivons, il y a quelque chose de plus précieux à sauver que la vie, c'est l'honneur...

DEUXIÈME HOMME.

Fais à ta volonté : le rendez-vous est à Bordeaux, tu le sais.

PREMIER HOMME.

Oui, à Bordeaux.

JEAN.

Monsieur, monsieur, le temps se passe... et je vois là-bas une patrouille !

PREMIER HOMME.

Jean a raison... Pars, mon ami... pars !

DEUXIÈME HOMME.

Adieu ! (*Ils s'embrassent. Jean fait monter son maître dans la charrette, jette trois ou quatre bottes de paille sur lui et s'éloigne emmenant le cheval par la bride.*)

GENEVIÈVE.

J'avais tort de les craindre ; ce sont des malheureux qui fuient. Allons, je crois que la rue est libre, et que je puis maintenant... (*Elle s'avance sur la pointe du pied : une patrouille débouche d'une rue : à la vue de cette patrouille, elle recule en jetant un cri et essaie de gagner l'autre côté de la rue.*)

SCÈNE II.

GENEVIÈVE, ROCHER, *à la tête d'une patrouille de sectionnaires.*

ROCHER.

Eh ! là, là, citoyenne... où vas-tu par là ?... Ah ! tu ne réponds pas ?... ah ! tu fuis !... En joue... C'est un aristocrate déguisé... un traître, un Girondin !... En joue !...

GENEVIÈVE.

Grâce ! grâce !... je suis une femme. (*Elle tombe sur un genou.*)

ROCHER.

Alors, avance à l'ordre et réponds catégoriquement...

GENEVIÈVE.

Excusez-moi ! mais les jambes me manquent...

ROCHER.

Où vas-tu comme cela, charmante belle de nuit ?

GENEVIÈVE.

Citoyen, je ne vais nulle part, je rentre...

ROCHER.

Ah ! tu rentres ?...

GENEVIÈVE

Oui !...

ROCHER.

C'est rentrer un peu tard, pour une honnête femme.

GENEVIÈVE.

Je viens de chez une parente qui est malade...

ROCHER.

Alors, où est notre carte ?

GENEVIÈVE.

Ma carte ?... que veux-tu dire ? que demandes-tu ?

ROCHER.

N'as-tu pas lu le décret de la Commune ?

GENEVIÈVE.

Non !

ROCHER.

Tu l'as entendu crier, alors...

GENEVIÈVE.

Mais non ; que dit donc ce décret ?

ROCHER.

Le décret de la Commune défend, passé dix heures du soir, de sortir sans une carte de civisme... As-tu la tienne ?

GENEVIÈVE.

Oh ! mon Dieu !

ROCHER.

Tu l'as oubliée chez ta parente ?

GENEVIÈVE.

J'ignorais qu'on eût besoin d'une pareille carte pour sortir.

ROCHER.

Alors, entrons au premier poste... là tu t'expliqueras... gentiment avec le capitaine... et s'il est content de toi, il te fera reconduire à ton domicile par deux hommes ; sinon, il te gardera jusqu'à plus ample information... Par file à gauche... pas accéléré, en avant, marche !

GENEVIÈVE.

Ah ! mon Dieu ! Seigneur ! à moi ! au secours !

SCÈNE III.

LES PRÉCÉDENTS, MAURICE LINDAY.

MAURICE.

Qu'y a-t-il ?... et que fait-on à cette femme ?

ROCHER.

Plaît-il ?

MAURICE.

Je demande quelle insulte on fait à cette femme, et pourquoi elle appelle au secours ?

ROCHER.

Mêle-toi de ce qui te regarde, muscadin ! et laisse les patriotes faire leurs affaires.

MAURICE.

Quelle est cette femme, et que lui voulez-vous ? je vous le demande une seconde fois...

ROCHER.

Et qui es-tu, toi-même, pour nous interrompre ?

MAURICE.

Je suis officier, ne le voyez-vous pas ?

ROCHER.

Quelle section ?...

MAURICE.

Section Lepelletier...

ROCHER.

Cela ne nous regarde pas... Section du Temple, nous autres.

MAURICE.

Ah ! cela ne vous regarde pas, c'est ce que nous allons voir.

UN SECTIONNAIRE.

Quoi qu'il dit ? quoi qu'il dit ?

MAURICE.

Il dit que si l'épaulette ne fait pas respecter l'officier, le sabre fera respecter l'épaulette... (*Il saisit de la main gauche Rocher par le collet de sa carmagnole, lui fait, en le séparant de sa troupe, faire trois pas en arrière, et lui appuie la pointe de son sabre sur la poitrine.*) Là !... maintenant, causons comme deux bons amis.

ROCHER.

Mais, citoyen !...

MAURICE.

Ah ! prends garde, l'ami ! car je te préviens qu'au moindre mouvement que tu fais, qu'au moindre geste que font tes hommes, je te passe mon sabre au travers du corps... Tu m'as demandé qui j'étais... je vais te le dire : Je me nomme Maurice Linday, je demeure rue de la Monnaie, n° 19, j'ai commandé une batterie de canonniers au 10 août, je suis lieutenant de la garde nationale et secrétaire des Frères et Amis, cela te suffit-il ?

ROCHER.

Ah ! citoyen, si tu es réellement ce que tu dis... c'est-à-dire un bon patriote...

MAURICE.

Je te le disais bien que nous finirions par nous entendre. Maintenant, réponds à ton tour ! Pourquoi cette femme criait-elle, et que lui faisiez-vous ?

ROCHER.

Nous la conduisions au corps de garde.

MAURICE.

Et pourquoi la conduisiez-vous au corps de garde ?

ROCHER.

Parce qu'elle n'a point de carte de civisme. Oublies-tu que la patrie est en danger et que le drapeau noir flotte sur l'hôtel de ville ?

MAURICE.

Le drapeau noir flotte sur l'hôtel de ville, et la patrie est en danger, parce que deux cent mille esclaves marchent contre la France, et non parce qu'une femme court les rues de Paris passé dix heures !... Mais n'importe ! puisqu'il y a un décret de la commune, citoyens, vous êtes dans votre droit... Si vous m'eussiez répondu cela tout de suite, l'explication eût été plus courte et moins orageuse ; maintenant, emmenez cette femme si vous voulez, vous êtes libres.

GENEVIÈVE, *qui, profitant de la liberté, s'est approchée peu à peu de Maurice, et lui saisit le bras.*

Ah ! citoyen, au nom du ciel ! ne m'abandonnez pas à la merci de ces hommes grossiers et à moitié ivres !

MAURICE.

Soit, prenez mon bras, et je vous conduirai moi-même au poste.

GENEVIÈVE.

Au poste ! au poste ! et pourquoi ? puisque je n'ai fait de mal à personne ?...

MAURICE.

Non, mais on suppose que vous en pouvez faire. D'ailleurs, un décret de la Commune défend de sortir sans carte, et si vous n'en avez pas...

GENEVIÈVE.

Mais, monsieur... j'ignorais...

MAURICE.

Citoyenne, vous trouverez au poste de braves gens qui apprécieront vos raisons... et dont vous n'avez rien à craindre.

GENEVIÈVE.

Monsieur, ce n'est pas seulement l'insulte que je crains... c'est la mort ! car si l'on me conduit au poste, je suis perdue !

MAURICE.

Eh ! que dites-vous là ?...

ROCHER.

Allons, allons, tu l'as dit toi-même, citoyen officier, cette femme est en contravention, et nous avons le droit de la mener au corps de garde !... Ainsi donc, citoyenne...

GENEVIÈVE.

Citoyen, par grâce ; monsieur, au nom du ciel !...

MAURICE.

Je ne puis que me faire tuer pour vous, madame, et je ne vous sauverai pas...

GENEVIÈVE.

Vous avez raison, monsieur... que ma destinée s'accomplisse donc. Me voilà, citoyens...

SCÈNE IV.

LES PRÉCÉDENTS, LORIN, *commandant une patrouille.*

LORIN, *au fond.*

Qui vive ?

MAURICE.

Attendez, je crois que j'entends la voix d'un ami... Avance ici, Lorin... avance....

LORIN.

Tiens ! c'est toi, Maurice ?... Ah ! libertin ! que fais-tu à cette heure et dans ce quartier perdu ? je te le demande...

MAURICE.

Tu le vois, je sors de la section des Frères et Amis.

LORIN.

Oui, pour te rendre dans celle des Sœurs et Amies, nous connaissons cela. Tu t'es fait précéder d'un poulet ainsi conçu :

> Apprenez, ma belle,
> Qu'à minuit sonnant
> Une main fidèle,
> Une main d'amant,
> Ira doucement,··

Hein ? n'est-ce pas cela ?

MAURICE.

Non, mon ami, tu te trompes. Je revenais de porter un ordre à la barrière Jacques. J'allais rentrer directement chez moi, quand j'ai trouvé la citoyenne qui se débattait aux mains de la patrouille que tu vois... J'ai entendu des cris, je suis accouru, et j'ai demandé l'explication de cette violence...

LORIN.

Ah ! je te reconnais bien là.

Des chevaliers français tel est le caractère.

(*Se tournant vers la patrouille.*) Et pourquoi arrêtiez-vous cette femme, voyons, citoyens ?

ROCHER.

Nous l'avons déjà dit au lieutenant, parce qu'elle n'a point de carte de civisme.

LORIN.

Bah ! voilà un beau crime !

ROCHER.

Ne connais-tu pas l'arrêté de la Commune ?

LORIN.

Si fait ; mais j'en connais un autre qui l'annule.

ROCHER.

Lequel ?

LORIN.

Le voici :

> Sur le Pinde et sur le Parnasse
> Il est décrété par l'amour
> Que la beauté, la jeunesse et la grâce
> Peuvent à toute heure du jour
> Circuler sans billet de passe !

Que dis-tu de cet arrêté... hein ?

ROCHER.

Il ne me paraît pas...

LORIN.

Péremptoire. (*Rocher le regarde étonné.*) C'est ça que tu veux dire ?

ROCHER.

Possible ; mais d'abord il ne figure pas dans *le Moniteur*, et puis, nous ne sommes ni sur le Pinde, ni sur le Parnasse ; ensuite il ne fait pas jour, enfin, la citoyenne n'est peut-être ni jeune, ni belle.

LORIN.

Je parie le contraire ! Voyons, citoyenne, baisse ta coiffe, et prouve que tu es dans les conditions du décret.

GENEVIÈVE.

Oh ! monsieur, monsieur... Après m'avoir protégée contre vos ennemis, protégez-moi contre vos amis... je vous en supplie...

ROCHER.

Voyez-vous, voyez-vous, elle ne veut pas baisser sa coiffe, elle se cache ; c'est quelque espionne des aristocrates, quelque coureuse de nuit.

GENEVIÈVE, *baissant sa coiffe pour Maurice seul.*

Oh ! monsieur, regardez-moi ! ai-je l'air de ce qu'ils disent ?

MAURICE.

Non, non, rassurez-vous !... Lorin ! réclame la prisonnière comme chef de patrouille, pour la conduire à ton poste.

LORIN.

Bon, je comprends à demi-mot. (*A Geneviève.*) Allons, allons, la belle, puisque vous ne voulez pas nous donner la preuve que vous êtes dans les conditions du décret, il faut nous suivre...

ROCHER.

Comment, vous suivre ?

LORIN.

Sans doute ! Nous allons conduire la citoyenne au poste de l'hôtel de ville, où nous sommes de garde ; là nous prendrons des informations sur elle.

ROCHER.

Pas du tout. Elle est à nous et nous la gardons.

LORIN.

Ah ! citoyens, citoyens ! si vous n'êtes pas polis, nous allons nous fâcher.

ROCHER.

Allons donc ! polis... polis !... la politesse est une vertu d'aristocrates. Nous sommes des sans-culottes, nous !

LORIN.

Chut ! ne parlez pas de ces choses-là devant madame ; elle est peut-être anglaise... Ne vous fâchez pas de la supposition, mon bel oiseau de nuit !... Un poète l'a dit :

> L'Angleterre est un nid de cygnes
> Au milieu d'un immense étang

ROCHER.

Entendez-vous comme il parle des Anglais. C'est un stipendié de Pitt et Cobourg.

LORIN.

Mon ami, tu n'entends rien à la poésie... je vais donc te parler en prose. Nous sommes doux et patients, mais tous enfants de Paris ; ce qui veut dire que lorsqu'on nous échauffe les oreilles, nous tapons ferme. (*Murmures et menaces des sectionnaires.*)

MAURICE.

Madame, vous voyez ce qui se passe et vous devinez ce qui va se passer... Dans cinq minutes, dix ou douze hommes vont s'égorger pour vous... La cause qu'ont embrassée ceux qui vous défendent mérite-t-elle le sang qu'elle va faire couler ?

GENEVIÈVE.

Monsieur, je ne puis vous dire qu'une chose, c'est que si vous me laissez arrêter, il en résultera pour moi et pour d'autres des malheurs si grands... que plutôt que de m'abandonner, je vous supplierai de me percer le cœur avec l'arme que vous tenez à la main et de jeter mon cadavre à la Seine.

MAURICE.

C'est bien, madame, je prends tout sur moi. (*Aux gardes de Rocher.*) Citoyens ! comme votre officier, comme patriote, comme Français, je vous ordonne de protéger cette femme ! et toi, Lorin, si toute cette canaille dit un mot...

LORIN, à ses gardes nationaux.

A vos rangs !

GENEVIÈVE.

Oh ! mon Dieu, mon Dieu, protégez-le ! ... (*Un coup de pistolet part des rangs de la patrouille de Rocher.*)

LORIN.

Ah ! misérables ! à la baïonnette ! (*Lutte et confusion dans les ténèbres ; plusieurs fenêtres s'ouvrent et se referment ; la plupart des gardes nationaux de Rocher fuient, les autres sont cloués à la muraille avec chacun une baïonnette sur la poitrine.*) Là, maintenant, j'espère que nous allons être doux comme des agneaux ! Quant à toi, citoyen Maurice, je te charge de conduire cette femme au poste de l'hôtel de ville... tu comprends que tu en réponds !

MAURICE.

C'est convenu !

LORIN.

Mais avant de te quitter, cher ami, je ne serais point fâché de te donner un conseil...

MAURICE.

Soit. (*A Geneviève.*) Prenez courage, madame, tout va être fini.

LORIN, aux gens de Rocher.

Là, maintenant, en avez-vous assez ?

ROCHER.

Oui, chien de Girondin.

LORIN.

Tu te trompes, l'ami, et grossièrement, car j'oserai dire que nous sommes meilleurs sans-culottes que toi, attendu que nous appartenons au club des Thermopyles, dont on ne contestera point le patriotisme, j'espère... (*Aux siens.*) Laissez aller les citoyens, ils ne contestent plus...

ROCHER.

Il n'en est pas moins vrai que si cette femme est une suspecte...

LORIN.

Cela nous regarde... c'est dit, convenu, arrêté ; mais, crois-moi, gagne au large, en attendant, c'est ce que tu as de plus prudent à faire !

UN SECTIONNAIRE.

Viens, Rocher, viens !

LORIN, surpris.

Rocher !

ROCHER, avec un geste de menace.

Tiens, si jamais l'un ou l'autre me tombe sous la main...

LORIN.

Ah ! c'est ce fameux Rocher, l'inspecteur des geôliers du Temple, cela ne m'étonne plus ! Eh bien... (*Les gens de Rocher s'éloignent.*) Maintenant, Maurice, je t'ai promis un conseil...

MAURICE.

Et tu vois que je t'attends.

LORIN.

Viens avec nous plutôt que de te compromettre avec la citoyenne, qui me fait l'effet d'être charmante, il est vrai, mais qui n'en est que plus suspecte...

MAURICE.

Voyons, mon cher Lorin, soyons juste. C'est une bonne patriote ou c'est une aristocrate. Si c'est une aristocrate, nous avons

eu tort de lui prêter assistance, et le mal est fait ; si c'est une bonne patriote, c'est un devoir pour nous de la protéger. Maintenant, donne-moi le mot de passe.

LORIN.

Maurice, Maurice ! tu me mets dans la nécessité de sacrifier mon devoir à mon ami, ou mon ami à mon devoir.

MAURICE.

Décide-toi à l'un ou à l'autre ; mais décide-toi !

LORIN.

Tu n'en abuseras pas !

MAURICE.

Je te le promets.

LORIN.

Ce n'est pas assez ; jure...

MAURICE.

Sur quoi ?

LORIN.

Jure sur l'autel de la patrie !

MAURICE.

Mais, mon ami, nous n'avons pas d'autel de la patrie.

LORIN *lui présentant son chapeau du côté de la cocarde.*

Jure là-dessus.

MAURICE.

Je jure à mon ami Lorin de me conduire cette fois comme toujours, en bon et brave citoyen...

LORIN.

Bien ! rends-moi l'autel de la patrie ; maintenant voici le mot d'ordre : Gaule et Lutèce ! Peut-être y en a-t-il qui te diront comme à moi : Gaule et Lucrèce... n'importe, laisse passer ! c'est toujours romain.

MAURICE.

Merci, Lorin !

LORIN.

Bon voyage !... adieu citoyenne. Par file à gauche, en avant, marche ! (*Il sort avec la patrouille.*)

SCÈNE V.

MAURICE, GENEVIÈVE.

MAURICE.

Et maintenant, citoyenne, où allez-vous ?

GENEVIÈVE.

Tout près d'ici, monsieur.

MAURICE.

C'est bien ! vous avez désiré d'être accompagnée, me voici, je prêt !

GENEVIÈVE.

Monsieur, je crois que je n'aurai pas besoin d'abuser plus longtemps de votre complaisance ; tout est redevenu calme, tranquille ; je suis à deux cents pas à peine du but de ma course, en quelques minutes je suis chez moi... Votre ami vous l'a dit, vous vous compromettez...

MAURICE.

Je comprends, vous me congédiez, madame, et cela sans même me dire ce que j'aurai à répondre si l'on m'interroge sur vous...

GENEVIÈVE.

Vous répondrez, monsieur, que vous avez rencontré une femme revenant de faire une visite dans le faubourg du Roule, que cette femme était partie à midi sans rien savoir de ce qui se passait, et revenait à onze heures du soir sans rien savoir encore, attendu que tout son temps s'est écoulé dans une maison retirée.

MAURICE.

Oui, dans quelque maison de ci-devant, dans quelque repaire d'aristocrates... Avouez, citoyenne, que tout en me demandant tout haut mon appui... vous riez tout bas de ce que je vous le donne.

GENEVIÈVE.

Moi ! et comment cela ?

MAURICE.

Sans doute ! vous voyez un républicain vous servir de guide, et ce républicain trahit sa cause... voilà tout !

GENEVIÈVE.

Citoyen, vous êtes dans l'erreur, et j'aime autant que vous la république.

MAURICE.

Eh bien, si vous êtes bonne patriote, vous n'avez rien à cacher ; d'où venez-vous ?

GENEVIÈVE.

Oh ! monsieur, de grâce...

MAURICE.

En vérité, madame, vous me suppliez de ne pas être indiscret, et en même temps vous faites tout ce que vous pouvez pour exciter ma curiosité... Ce n'est point généreux ! voyons, un peu de confiance, je l'ai bien méritée, je crois. Ne me ferez-vous point l'honneur de me dire à qui je parle ?

GENEVIÈVE.

Vous parlez, monsieur... à une femme que vous avez sauvée du plus grand danger qu'elle ait jamais couru, et qui vous sera reconnaissante toute sa vie.

MAURICE.

Je ne vous en demande pas tant, madame... Soyez reconnaissante pendant une seconde seulement, mais pendant cette seconde, dites-moi votre nom.

GENEVIÈVE.

Impossible !

MAURICE.

Vous l'eussiez dit, cependant, au premier sectionnaire venu, si l'on vous eût conduite au poste.

GENEVIÈVE.

Oh ! non, jamais !

MAURICE.

Mais alors, vous alliez en prison...

GENEVIÈVE.

J'étais décidée à tout...

MAURICE.

Cependant, la prison, aujourd'hui...

GENEVIÈVE.

C'est l'échafaud, je le sais...

MAURICE.

Et vous eussiez préféré l'échafaud ?

GENEVIÈVE.

A la trahison... oui, monsieur...

MAURICE.

Je vous le disais bien, que vous me faisiez jouer un singulier rôle pour un républicain.

GENEVIÈVE.

Vous jouez le rôle d'un homme généreux. Vous trouvez une pauvre femme qu'on insulte... non-seulement vous ne la méprisez pas, quoiqu'elle soit du peuple, mais encore vous la protégez. ·

MAURICE.

Oui, voilà pour les apparences ; voilà ce que j'eusse pu croire, si je ne vous avais pas vue, si je ne vous avais point parlé... mais votre beauté, votre langage, sont d'une femme de distinction. Or, c'est justement cette distinction, en opposition avec votre costume et avec ce misérable quartier, qui me prouve que votre sortie à cette heure cache quelque mystère... Mais vous désirez rester inconnue, n'en parlons plus ! Ordonnez, madame, que faut-il faire ?

GENEVIÈVE.

Vous vous fâchez ?

MAURICE.

Moi, pas le moins du monde... D'ailleurs, que vous importe !

GENEVIÈVE.

Vous vous trompez, il m'importe beaucoup, monsieur... car j'ai encore une grâce à vous demander.

MAURICE.

Laquelle ?

GENEVIÈVE.

Un adieu bien franc, bien affectueux, un adieu d'ami.

MAURICE.

Un adieu d'ami ! oh ! vous me faites trop d'honneur, madame ! c'est un singulier ami que celui qui ne sait pas le nom de son amie, et à qui son amie cache sa demeure... de peur sans doute d'avoir l'ennui de le revoir... Au reste, madame, si j'ai surpris quelque secret, il ne faut pas m'en vouloir, je n'y tâchais pas... Adieu, madame.

GENEVIÈVE.

Adieu !... mon généreux protecteur...

MAURICE.

Ainsi, vous ne courez plus aucun danger ?

GENEVIÈVE.

Aucun.

MAURICE.

En ce cas, je me retire...Adieu, madame... (Fausse sortie.)

GENEVIÈVE.

Monsieur!... (Maurice revient.) Mon Dieu, je ne voudrais cependant point prendre ainsi congé de vous... Votre main, monsieur... (Elle lui laisse une bague dans la main.)

MAURICE.

Citoyenne, que faites-vous là ? vous ne vous apercevez pas que vous perdez une bague... reprenez-la, je vous prie...

GENEVIÈVE.

Oh ! monsieur.. c'est bien mal !

MAURICE.

Il ne me manquait que d'être ingrat, n'est-ce pas ?... Reprenez-la !

GENEVIÈVE.

Voyons, monsieur... que demandez-vous ?... que vous faut-il ?

MAURICE.

Pour être payé ?

GENEVIÈVE.

Non, mais pour me pardonner le secret que je suis forcée de garder envers vous...

MAURICE.

Il faut !... il faut que je vous voie encore une fois...

GENEVIÈVE.

Et quand vous m'aurez revue ?...

Je n'aurai plus rien à exiger.

GENEVIÈVE.

Et vous garderez cette bague ?

MAURICE.

Toujours !

GENEVIÈVE. (Elle se place sous le réverbère et baisse sa coiffe). Puisque vous le voulez...

MAURICE.

Oh ! que vous êtes belle !

GENEVIÈVE.

Voyons !... à mon tour, une grâce !

MAURICE.

Ordonnez.

GENEVIÈVE.

Laissez-moi partir, et promettez de ne pas vous retourner, de ne pas me suivre, de ne pas chercher à savoir le chemin que j'aurai pris...

MAURICE.

Mais, mon Dieu ! quelle femme êtes-vous donc, pour exiger de pareilles promesses ; pardonnez-moi de vous le rappeler, de la part d'un homme qui vient de vous sauver la vie ?

GENEVIÈVE.

Eh ! monsieur n'y a-t-il pas de pauvres créatures qui ont toujours à craindre quelque chose ? Ne craint-on que pour sa vie en ce monde ? Vous parlez du danger dont vous venez de me tirer, n'est-ce pas ?

MAURICE.

Moi !

GENEVIÈVE.

Parlez-en, vous en avez le droit... Moi aussi, je voudrais en parler... je voudrais dire au monde entier la reconnaissance que je vous dois... Eh bien...

MAURICE.

Eh bien ?...

GENEVIÈVE.

Cette reconnaissance, il faut que je la cache, car aux yeux de certaines personnes peut-être, me serait-elle imputée à crime... Ainsi donc, monsieur, je vous en prie, je vous en supplie, quittons-nous ici, à l'instant même, car je tremble qu'on ne soit inquiet de moi et qu'on ne vienne me chercher.

MAURICE.

Et en échange de ce dernier, de ce suprême sacrifice, vous, que ferez-vous pour moi ?

GENEVIÈVE, lui donnant la main.

Mon sauveur... monsieur Maurice, adieu !

MAURICE, lui baisant la main.

Merci ! Allez donc, madame, et emportez avec vous tous mes souhaits de bonheur... Je ne puis rien autre chose maintenant... Je vous offre tout ce que vous me permettez de vous donner ; adieu, madame, adieu !

GENEVIÈVE.

Vous me promettez de ne pas vous retourner ; vous fermerez les yeux ; vous me laisserez partir, sans savoir par où je serai partie...

MAURICE.

Je tiendrai ma promesse ; mais votre nom seulement ; votre nom ; par grâce, votre nom ! (Il tourne la tête.)

GENEVIÈVE, reculant vers le fond.

Ah ! vous vous retournez...

MAURICE.

Non, madame ; non, je reste... J'obéis... Mais votre nom ? J'ai bien le droit de savoir votre nom.

GENEVIÈVE, disparaissant à l'angle de la rue.

Geneviève !..

MAURICE, se retournant.

Geneviève !..

DEUXIÈME TABLEAU.

L'appartement de Maurice.

SCÈNE I.

AGÉSILAS, puis MAURICE.

AGÉSILAS, *frappant à une porte latérale.*
Citoyen Maurice ! citoyen Maurice !

MAURICE, *de l'autre côté de la porte.*
Eh bien ! qu'y a-t-il ?

AGÉSILAS.
Tu es chez toi ?

MAURICE, *sortant en robe de chambre.*
Sans doute que j'y suis.

AGÉSILAS.
Et sans accident ?

MAURICE.
Tu vois.

AGÉSILAS.
Ah ! citoyen, quelle nuit j'ai passée en ne te voyant pas revenir !

MAURICE.
Allons donc, quand je suis rentré, tu ronflais comme une contrebasse.

AGÉSILAS.
C'était d'inquiétude, citoyen.

MAURICE.
Bah ! et de quoi étais-tu inquiet ? voyons !

AGÉSILAS.
Tu ne sais donc pas que ces gueux de Girondins ont voulu enlever la reine ?

MAURICE.
Quand cela ?

AGÉSILAS.
Cette nuit, citoyen.

MAURICE.
Crois-moi, mon pauvre Agésilas, les Girondins avaient trop à faire, cette nuit, pour s'occuper d'autres que d'eux-mêmes.

AGÉSILAS.
Citoyen, ce que je te dis est l'exacte vérité. Je le tiens du citoyen portier ; une patrouille de ci-devant qui s'était procuré le mot d'ordre, s'est introduite au Temple sous le costume de chasseurs de la garde nationale, et devait enlever tous les prisonniers. Heureusement que celui qui représentait le caporal, en parlant à l'officier, l'a appelé monsieur, de sorte qu'il s'est vendu lui-même, l'aristocrate !

MAURICE.
Diable ! et a-t-on arrêté les conspirateurs ?

AGÉSILAS.
Non, la patrouille a gagné la rue, et s'est dispersée.

MAURICE.
Tu n'as pas autre chose à me dire ?

AGÉSILAS.
Mais, il me semble que ce que je te dis là ne manque pas d'intérêt, citoyen !

MAURICE.
Il n'est venu personne pour moi ?

AGÉSILAS.
Si fait, il est venu un commissionnaire.

MAURICE.
Que voulait-il ?

AGÉSILAS.
Il apportait une lettre.

MAURICE.
Quelle lettre ?

AGÉSILAS.
Dam ! une lettre.

MAURICE.
Eh bien, cette lettre où est-elle ?

AGÉSILAS.
Dans ma poche.

MAURICE.
Donne-la donc.

AGÉSILAS.
J'y consens !

MAURICE.
Imbécile !

AGÉSILAS, *bas.*
Je crois que le citoyen Maurice m'a manqué de respect.

MAURICE.
Qu'est-ce que cette lettre ?... Une devise sur le cachet... *Nothing...* rien... Voyons si l'intérieur est moins mystérieux que l'extérieur ! (*Il lit.*) « Merci !... Reconnaissance éternelle en » échange d'un éternel oubli... » C'est d'elle !... Agésilas !

AGÉSILAS.
Citoyen ?

MAURICE.
Tu dis que c'est un commissionnaire qui a apporté cette lettre ?

AGÉSILAS.
Oui !

MAURICE.
Est-ce toi qui l'a reçue ?

AGÉSILAS.
Non, c'est le citoyen portier.

MAURICE.
Appelle-le !

AGÉSILAS.
Je ne sais pas s'il consentira à monter.

MAURICE.
Tu le prieras de ma part, va ! (*Agésilas sort. — Relisant la lettre.*) « Reconnaissance éternelle en échange d'un éternel oubli. »

AGÉSILAS, *du palier.*
Citoyen Aristide !... citoyen Aristide !...

ARISTIDE, *d'en bas.*
Hé !

AGÉSILAS.
C'est le citoyen Maurice qui te prie de monter.

ARISTIDE.
Dis-lui que j'y vais, mais qu'il faut que ce soit pour lui.

MAURICE.
C'est un parti pris de ne jamais me revoir, et cependant, cette bague est un souvenir... pourquoi voudrait-elle que je me souvinsse inutilement ?

SCÈNE II.

MAURICE, AGÉSILAS, ARISTIDE.

AGÉSILAS, *entrant.*
Voici le citoyen Aristide !

ARISTIDE, *entrant.*
Citoyen, j'ai consenti...

MAURICE.
Merci de ta complaisance... Est-ce un commissionnaire qui t'a remis une lettre ?

ARISTIDE.
C'est-à-dire que je crois, citoyen, que c'est un faux commissionnaire.

MAURICE.
Ah ! vraiment, et à quoi as-tu reconnu cela ?

ARISTIDE.
Il n'a pas demandé le prix de sa course.

MAURICE.
S'il était payé ?

ARISTIDE.
Oui, mais comme ça n'était pas porté sur la lettre, il l'aurait demandé deux fois.

MAURICE.
C'est juste, te rappelles-tu le visage de cet homme ?

ARISTIDE.
Parfaitement !

MAURICE.
Écoute bien ceci, citoyen Aristide, si cet homme revenait...

ARISTIDE.
Si cet homme revenait...

MAURICE.
Tu le suivrais, ou tu le ferais suivre.

ARISTIDE.
Oh ! oh !

MAURICE.
Voilà un assignat de dix livres pour ta peine, il y en a un autre de vingt s'il demeure du côté de la vieille rue St-Jacques.

ARISTIDE.
Il n'y a plus de saint.

MAURICE.
C'est juste, il y a un autre assignat de vingt livres, si notre homme demeure du côté de la vieille rue Jacques... et un autre de cinquante si tu me dis la maison où il demeure.

ARISTIDE.
Oui, mais c'est qu'il me faudra quitter ma porte.

SCÈNE III.

LES MÊMES, LORIN.

LORIN.

Avec cela que ça te gêne de quitter ta porte! On entre chez toi
comme au temple de l'immortalité.

MAURICE, *cachant la lettre.*

Ah! c'est toi, Lorin!

ARISTIDE.

Ainsi donc, citoyen Maurice, tu dis...

MAURICE.

Je ne dis rien. Tu monteras plus tard!... Allez! (*Agésilas et
Aristide sortent.*)

SCÈNE IV.

MAURICE, LORIN, *s'asseyant sur le canapé, puis* AGÉSILAS.

LORIN.

Eh bien?

MAURICE.

Eh bien, quoi?

LORIN.

Notre Eucharis?

MAURICE.

Quelle Eucharis?

LORIN.

La jeune femme.

MAURICE.

Quelle jeune femme?

LORIN.

Eh! celle de la rue Jacques, celle de la patrouille... l'inconnue
pour laquelle nous avons, toi et moi, risqué notre tête hier soir.

MAURICE.

Ah! oui... l'inconnue.

LORIN.

Eh bien, qui était-ce?

MAURICE.

Je n'en sais rien.

LORIN.

Comment, tu n'en sais rien?

MAURICE.

Non!

LORIN.

Était-elle jolie au moins?

MAURICE.

Peuh!

LORIN.

Une pauvre femme oubliée dans quelque rendez-vous!

MAURICE.

Peut-être.

LORIN.

Où demeure-t-elle?

MAURICE.

Je n'en sais rien.

LORIN.

Allons donc, tu n'en sais rien, impossible!

MAURICE.

Pourquoi cela?

LORIN.

Parce que tu l'as reconduite.

MAURICE.

Oui, mais elle m'a échappé.

LORIN.

T'échapper, à toi, allons donc!

Est-ce que la colombe échappe
Au vautour, ce tyran des airs,

MAURICE.

Mais tu ne t'habitueras donc jamais à parler comme tout le
monde?... Tu m'agaces horriblement, avec ton atroce poésie.

LORIN.

Comment? à parler comme tout le monde?... Mais, je parle
mieux que tout le monde... Je parle comme le citoyen Demoustier, en prose et en vers; quant à ma poésie, mon cher, je sais
une Émilie qui ne la trouve pas mauvaise... Mais revenons à la
tienne.

MAURICE.

Est-ce que j'ai une Émilie, moi?

LORIN.

Allons! allons!... la colombe se sera faite tigresse... de sorte
que... tu es vexé... mais amoureux,

MAURICE.

Moi! amoureux?

LORIN.

Oui, toi, amoureux!

N'en fais pas un plus long mystère
Les coups.....

MAURICE, *prenant une clef forée.*

Lorin, je te déclare que tu ne diras plus un seul vers, que je
ne le siffle!

LORIN.

Alors, parlons politique; je suis venu pour cela, d'abord.

MAURICE.

D'abord?...

LORIN.

Oui, d'abord... Oh!... tu ne seras pas quitte de moi, ce matin,
à si bon marché. Sais-tu la nouvelle?

MAURICE.

Les Girondins sont proscrits?

LORIN.

Bah! c'est déjà vieux!

MAURICE.

Dam! c'est d'hier à quatre heures de l'après-midi.

LORIN.

L'autre est d'hier à dix heures du soir.

MAURICE.

Ah! oui, la reine a voulu s'évader.

LORIN.

Bah! ce n'est rien que cela.

MAURICE.

Qu'y a-t-il donc de plus?

LORIN.

Le fameux Maison-Rouge, le défenseur, le chevalier de la reine
est à Paris.

MAURICE.

En vérité?

LORIN.

Lui-même, en personne.

MAURICE.

Mais quand y est-il entré?

LORIN.

Cette nuit.

MAURICE.

Comment cela?

LORIN.

Travesti en chasseur de la garde nationale. Une femme, qu'on
croit être une aristocrate déguisée en femme du peuple, lui a
porté des habits à la barrière; puis, un instant après, ils sont
rentrés, bras dessus, bras dessous; le factionnaire a eu des soupçons. Il l'avait vue passer avec un paquet, il la voyait repasser avec
un militaire... C'était louche!... Il donne l'éveil, on court après
eux; au moment où on va mettre la main dessus, ils disparaissent dans un hôtel du faubourg Honoré, dont la porte s'est ouverte
comme par enchantement; l'hôtel avait une seconde sortie sur
les Champs-Elysées... bonsoir! Le chevalier de Maison-Rouge
et sa complice se sont évanouis!... On démolira l'hôtel, on guil-
lotinera le propriétaire... mais ça n'empêchera point le chevalier
de renouveler la tentative qui a déjà échoué il y a quatre mois...
pour la première fois, et hier pour la seconde.

MAURICE.

Et il n'est point arrêté?...

LORIN.

Ah! bien, oui, arrête Protée! Mon cher, tu sais le mal qu'A-
ristée a eu à en venir à bout!...

Pastor Aristeus fugiens...

MAURICE, *portant la clef à ses lèvres.*

Prends garde, Lorin!

LORIN.

Prends garde toi-même! cette fois, ce n'est point moi que tu
siffleras, c'est Virgile.

MAURICE.

C'est juste, et tant que tu ne le traduiras point, je n'ai rien à
dire.

LORIN.

Avoue que c'est un fier homme.

MAURICE.

Virgile?...

LORIN.

Non! le chevalier de Maison-Rouge!...

MAURICE.

Le fait est que pour entreprendre de pareilles choses, il faut
un grand courage.

LORIN.

Ou un grand amour.

MAURICE.

Crois-tu à cet amour du chevalier ?

LORIN.

Je n'y crois pas... Seulement, je répète comme tout le monde ce que tout le monde dit. D'ailleurs, je n'affirme pas qu'elle aime les gens, moi ! je dis que les gens l'aiment. Tout le monde voit le soleil... et si bons yeux qu'il ait, le soleil ne voit pas tout le monde

MAURICE, *pensif.*

Et tu dis que le chevalier de Maison-Rouge...

LORIN.

Je dis qu'on le traque un peu dans ce moment-ci, et que s'il échappe aux limiers de la république, ce sera un fin gaillard.

MAURICE.

Et que fait la Commune dans tout cela ?

LORIN.

La Commune a rendu, ce matin, un arrêté par lequel chaque maison, comme un registre ouvert, laissera voir sur sa façade le nom de ses habitants et de ses habitantes ; c'est la réalisation de ce rêve des anciens : Que n'existe-t-il une fenêtre au cœur de l'homme, afin que tout le monde puisse y voir ce qui s'y passe !...

MAURICE.

Ah ! l'excellente idée !

LORIN.

De mettre une fenêtre au cœur de l'homme ?

MAURICE.

Non, mais de mettre une liste à la porte des maisons.

LORIN.

N'est-ce pas ?... J'ai pensé, pour mon compte, que cette mesure nous donnerait une fournée de cinq cents aristocrates. A propos, nous avons reçu ce matin une députation de la garde nationale, section du Temple ; elle est venue conduite par nos adversaires de cette nuit, avec des guirlandes de fleurs et des couronnes d'immortelles.

MAURICE.

En vérité ?...

LORIN.

Oui, mon cher ! ils étaient trente ; ils étaient bien gentils, Rocher n'y était pas... ils s'étaient fait raser et avaient des bouquets à la boutonnière. « Citoyens du club des Thermopyles, a dit l'ora» teur, en vrais patriotes que nous sommes, nous désirons que » l'union de nos Français ne soit pas troublée par un malentendu, et » nous venons fraterniser avec vous. »

MAURICE.

Alors ?

LORIN.

Alors... nous avons fraternisé. On a fait un autel à la patrie avec la table du secrétaire et deux carafes dans lesquelles on a mis des bouquets... Comme tu étais le héros de la fête, on t'a appelé trois fois pour te couronner, et comme tu n'as pas répondu, attendu que tu n'y étais pas, et qu'il faut toujours qu'on couronne quelque chose, on a couronné le buste de Washington. (*On entend le tambour.*)

MAURICE.

Qu'est-ce que cela ?

LORIN.

C'est l'arrêté de la commune qui ordonne de mettre les noms sur les portes.

MAURICE.

C'est bien !

LORIN.

Où vas-tu ?

MAURICE.

M'habiller, d'abord.

LORIN.

Et puis, après ?

MAURICE.

Après, je vais à la section.

LORIN.

Moi, je vais me jeter sur ton canapé et dormir. J'ai veillé à peu près toute la nuit, grâce à ton enragée patrouille ! Si l'on se bat beaucoup, tu viendras me chercher, si l'on ne se bat qu'un peu, tu me laisseras dormir.

MAURICE.

Dormir ! Alors pourquoi t'es-tu fait si beau ?

LORIN.

Parce que je comptais te présenter... devine quoi ?

MAURICE.

Et comment veux-tu que je devine ?

LORIN.

Une future déesse... pour laquelle je veux te demander ta voix et celle de tous les bons patriotes du club des Frères et Amis.

MAURICE.

Tu veux me demander ma voix et celle de nos amis en faveur d'une déesse ?... Et quelle est cette déesse ?

LORIN.

La déesse Raison !

MAURICE.

Encore une nouvelle folie... mon Dieu !

LORIN.

Chut ! supprimé !... Nous l'avons remplacé par l'Etre suprême.

MAURICE.

Oui, je sais cela.

Eh bien ! il paraît qu'on s'est aperçu d'une chose... c'est que l'Etre suprême était un modéré.

MAURICE.

Lorin, pas de plaisanteries sur les choses saintes ! je n'aime pas cela, tu le sais.

LORIN.

Moi aussi ; mais il paraît que l'Etre suprême a réellement des torts, et que depuis qu'il est là-haut tout va de travers. Bref ! nos législateurs ont décrété sa déchéance. Si bien... hausse les épaules tant que tu voudras !... Si bien que nous allons un peu adorer la déesse Raison.

MAURICE.

Et tu te fourres dans toutes ces mascarades ?

LORIN.

Ah ! mon ami ! si tu connaissais la future déesse Raison, comme je la connais... je te déclare que tu serais un de ses plus chauds partisans. Ce matin, je voulais te présenter à elle... ou plutôt la présenter à toi... et je l'attendais, je ne sais pas pourquoi elle tarde.

MAURICE.

Ma foi ! tant mieux ! car la déesse Raison m'aurait trouvé fort maussade.

LORIN.

Raison de plus ! c'est une excellente fille, et elle t'aurait égayé... mais tu la connais, d'ailleurs... L'austère déesse que les Parisiens vont couronner de chêne et promener sur un char de papier doré... c'est Artémise.

MAURICE.

Artémise ? Qu'est-ce que c'est que cela ?...

LORIN.

Une petite brune, avec des dents blanches, des yeux comme des escarboucles... dont j'ai fait connaissance l'année dernière au bal de l'Opéra... A telle enseigne que tu vins souper avec nous.

MAURICE.

Ah ! oui... je me rappelle.

LORIN.

C'est elle qui a le plus de chances, je l'ai présentée au concours... Tous les Thermopyles m'ont promis leur voix ; promets-moi la tienne et celle de tes amis !... Dans trois jours, élection générale ! aujourd'hui, repas préparatoire !... Il y a des intrigues, des cabales... Mais j'ai mis dans ma tête qu'Artémise serait déesse, et elle le sera ou le diable... Ah ! oui... nous avons encore le diable, ou le diable m'emporte ! Allons, viens, nous lui ferons mettre sa tunique.

MAURICE.

Excuse-moi, mon cher, j'ai toujours eu une grande répugnance... ·

LORIN.

Pour habiller les déesses ? Peste ! tu es difficile !... Ah ! je vois ce que c'est !

MAURICE.

Et que vois-tu ?

LORIN.

Je vois que tu attends ta déesse Raison, à toi.

MAURICE.

Corbleu ! que les amis spirituels sont gênants !... Va-t'en, Lorin... ou je te charge d'imprécations, toi et ta déesse !

LORIN, *baissant le dos.*

Charge, mon ami, charge !

AGÉSILAS.

Citoyen !

LORIN.

Ah ! citoyen Agésilas, tu entres dans un mauvais moment, ton maître allait être superbe !

MAURICE.

Que veux-tu ?

AGÉSILAS.

Moi ? Je ne veux rien , c'est la citoyenne Artémise qui dit que le citoyen Lorin Jui a donné rendez-vous ici.

LORIN.

C'est vrai ; mais le citoyen Maurice se refuse absolument à recevoir sa divinité.

MAURICE.

Que diable dis-tu donc là ? (S'élançant vers la porte.) Citoyenne, entre donc, je te prie.

SCÈNE V.

LES PRÉCÉDENTS, ARTÉMISE.

ARTÉMISE.

Salut et fraternité! (A Lorin.) D'abord, présente-moi au citoyen Maurice.

LORIN.

Citoyen Maurice , j'ai l'honneur de te présenter la citoyenne Artémise.

MAURICE.

Citoyenne.

LORIN.

Comme tu viens tard, déesse !

ARTÉMISE.

Tard ?...

LORIN.

Sans doute, il est près de midi.

ARTÉMISE.

Ah ! je viens tard !... Eh bien, attends! tu vas voir ce que j'ai fait ; d'abord, c'est aujourd'hui quintidi, jour de séance à mon club, j'y étais à neuf heures ; à dix, j'en suis sortie.

LORIN.

Et depuis dix heures, déesse ?

ARTÉMISE.

Depuis dix heures, je me suis occupée de ma future divinité ; j'ai visité mes électeurs ; j'ai fait imprimer mes trois derniers discours; j'ai mis la citoyenne couturière en demeure... car elle me brode une robe bleu de ciel, parsemées d'étoiles d'or... et c'est très-long à broder, les étoiles !

LORIN.

Tout cela est très-bien ; mais ne pouvais-tu te dispenser du club ?

ARTÉMISE.

C'eût été beau, qu'une future déesse ne dît pas son opinion sur les événements présents !

LORIN.

Et tu l'as dite ?

ARTÉMISE.

J'ai fait un discours superbe !

LORIN.

Improvisé ?

ARTÉMISE.

D'un bout à l'autre ! Ce que j'ai dit, je n'en sais rien. Mais les journalistes l'ont écrit et vous le lirez demain dans l'Ami du peuple.

LORIN.

C'est un trésor que cette femme là !... Je suis sûr d'une chose.

ARTÉMISE.

Laquelle ?

LORIN.

C'est qu'au milieu de tout cela, elle a trouvé moyen d'avoir des nouvelles du Temple.

ARTÉMISE.

Et positives, encore. Je sors de chez mon amie la citoyenne Tison, rue des Nonaindières, n° 24, la fille du concierge du Temple, cette jolie blanchisseuse qui a inventé le plissage à la nation.

MAURICE.

Eh bien ?

ARTÉMISE.

Elle m'a tout raconté. Elle sait cela de première main, elle... Oh ! l'alarme a été chaude !

LORIN.

Et était-ce, en effet, le chevalier de Maison-Rouge.

ARTÉMISE.

En personne, à ce qu'il paraît. Tout cela est retombé, comme de juste, sur la prisonnière. On lui a enlevé son enfant. On l'a remis aux mains d'un honnête artisan qui doit lui apprendre un état... attendu que tous les Français sont libres et par conséquent doivent travailler ; maintenant, c'est très-loin la rue des Nonaindières, et il fait très-chaud... de sorte que je meurs de soif

MAURICE.

Soyez tranquille déesse, on va vous désaltérer... Agésilas !

AGÉSILAS.

Citoyen ? ..

LORIN.

Du nectar... pour la citoyenne Déesse !

AGÉSILAS.

De quel crû la citoyenne Déesse le préfère-t-elle ?

ARTÉMISE.

De Madère.

AGÉSILAS.

Sèche ou doux ?

ARTÉMISE.

Sec !... C a une bonne petite figure, le citoyen Agésilas.

LORIN.

Et quelle est ton opinion personnelle sur l'attentat du Temple?...

ARTÉMISE.

Mon opinion... est que ce qui a échoué aujourd'hui réussira demain : Que voulez-vous, au lieu de mettre les femmes en réquisition, on a présenté une autre et prétend avoir cinq cents voix ; le poisson d'eau douce en présente une autre et prétend avoir cinq cents voix ; le marché aux fleurs a corrompu trois sections et porte la citoyenne Tabéreuse Il n'y a pas jusqu'à la femme de mon imprimeur.. de celui qui édite mes discours, qui se fait appuyer par tout l'Opéra, sous prétexte qu'elle est coryphée.. et pour comble de malheur voilà le citoyen Maurice, dont on m'avait promis la voix, qui menace de m'abandonner.

MAURICE.

Citoyenne Artémise, on t'a induite en erreur sur mes intentions, mais...

ARTÉMISE.

Vous voulez connaître mes titres ? Rien de plus juste, d'abord je suis parfumeuse.

LORIN.

Titre incontestable !

La déesse exhalant l'odeur de l'ambroisie.

MAURICE, sa clef à la bouche.

Lorin !

LORIN.

C'est juste ! voilà pour le physique.

MAURICE.

Maintenant, au moral !

ARTÉMISE.

Au moral ? c'est justement par le moral que je brille ! En 1787... vous voyez que j'ai devancé la prise de la Bastille...

LORIN.

En 1787 ?...

ARTÉMISE.

J'étais au couvent de Sainte-Claude... j'avais quinze ans et je m'ennuyais beaucoup !... Je conquis ma liberté en escaladant un mur comme le citoyen Latude.

LORIN.

Personne ne tenait l'échelle ?

ARTÉMISE.

Si je commettais la sottise de vous répondre, citoyen Lorin, je ne serais pas digne d'être élue déesse Raison.

LORIN.

C'est vrai.

MAURICE.

En effet, voilà des titres on ne peut plus recommandables.

ARTÉMISE.

Enfin il y a une dernière considération.

MAURICE.

Laquelle ?...

ARTÉMISE.

Le costume de déesse est léger et ne convient pas à tout le monde.

AGÉSILAS, *entrant avec un plateau.*
Oh ! non !

LORIN.
Qu'est-ce que c'est, Agésilas ?

AGÉSILAS.
Citoyen, je disais... oh ! non !

ARTÉMISE.
Eh bien ! le costume de déesse... chacun se connaît, citoyens... je crois qu'il ne m'ira point mal et que la patrie sera contente.

MAURICE.
Voilà, citoyenne, qui achève de me décider, mon suffrage vous est acquis... et trois cents voix suivent toujours la mienne.

ARTÉMISE.
Alors, j'ai deux cent cinquante voix de majorité ! Citoyen électeur, merci ; je suis déesse !

MAURICE.
A la santé de votre divinité !

LORIN.
Hein ! quelle majesté !

ARTÉMISE.
C'est au champ de Mars, le jour de la cérémonie, qu'il faudra me voir !... Je vous ferai placer dans les coulisses.

LORIN.
Je demande une place d'orchestre.

SCÈNE VI.

LES PRÉCÉDENTS, ARISTIDE.

ARISTIDE, *bas à Maurice.*
Citoyen Maurice !

MAURICE, *de même.*
Quoi ?

ARISTIDE.
On l'a vu !

MAURICE.
Qu' ?...

ARISTIDE.
Le citoyen commissionnaire.

MAURICE.
Où est-il ?

ARISTIDE.
Mon apprentif le suit !...

MAURICE.
Agésilas, mon bonnet !

AGÉSILAS.
Voilà, citoyen.

MAURICE.
Ma constitution !

AGÉSILAS.
Voilà !

LORIN.
Mais où cours-tu si vite ?

MAURICE.
Ne t'inquiète pas. Citoyenne, je te laisse en bonne compagnie... Lorin, la maison est à toi. Si tu veux dîner ici, tu as Agésilas. Adieu ! adieu ! De quel côté allait-il ?

ARISTIDE.
Du côté du Pont-Neuf.

MAURICE.
C'est cela !

SCÈNE VII.

LORIN, ARTÉMISE, AGÉSILAS.

ARTÉMISE.
Il a quelque chose, ton ami !

LORIN, *se touchant le front.*
Là ?

ARTÉMISE, *se touchant le cœur.*
Non, là ? Je m'y connais.

LORIN.
Quoi ? Raison... vous vous connaissez en folies ?

ARTÉMISE.
C'est ce qui fait ma force... Mais, citoyen Lorin, tu sais que j'avais soif tout à l'heure.

LORIN.
Oui. Eh bien ?

ARTÉMISE.
Eh bien, il n'y a rien qui creuse comme la soif ; j'ai faim maintenant.

LORIN.

J'aime votre activité, déesse... Agesilas, mets la table ! Le vin est bon, et tu me dois une revanche.

ARTÉMISE.
Non pas, non pas, je rentre à la maison. J'ai un pâté de Lesage que je ne veux point laisser détériorer... et puisque tu trouves le vin bon. .

LORIN.
Excellent !

ARTÉMISE.
J'emporte le flacon.

LORIN.
Prévoyante déesse !... va ! (*Ils sortent.*)

AGÉSILAS.
C'est la raison même !

TROISIÈME TABLEAU.

Le jardin de Dixmer. A droite, une serre ; à gauche, un pavillon ; mur au fond.

SCÈNE I.

DIXMER, *assis* ; LE CLERC DE NOTAIRE, *debout, et lisant un acte.*

LE CLERC.
Et a signé avec son collègue, ce 1er messidor an II de la république française une et indivisible.

DIXMER.
Et moyennant la signature de ce contrat, moyennant la somme de vingt-deux mille livres, que je vais vous remettre, je puis disposer de la maison ce soir-même ?

LE CLERC.
Ce soir même, citoyen Dixmer ?

DIXMER, *signant.*
Voilà déjà une des formalités accomplie !... Maintenant, reste la plus importante. (*Il lui remet une liasse d'assignats.*)

LE CLERC.
Vingt-deux mille livres... C'est bien cela... Merci... citoyen !

DIXMER.
Adieu !

LE CLERC.
Et pour l'enregistrement ?

DIXMER.
Vous m'enverrez la note.

LE CLERC.
Très-bien. (*Il va pour sortir par la porte du jardin.*)

DIXMER, *lui indiquant une porte à gauche.*
Par ici, monsieur, il y a une ruelle qui conduit au quai... C'est le chemin le plus court... (*Le clerc sort.*)

UN HOMME, *à Dixmer.*
Monsieur, nous sommes espionnés...

DIXMER.
Montez sur cette échelle, et surveillez !... (*L'homme regarde par-dessus le mur.*)

SCÈNE II.

DIXMER, LE CHEVALIER.

LE CHEVALIER, *entrant.*
L'achat de cette maison près du temple, est-ce fini ?

DIXMER.
Signé !

LE CHEVALIER.
Bravo ! Et nous entrons en possession ?...

DIXMER.
Ce soir même... Avez-vous vu, Chevalier, cet homme qui nous vantait ses caves, comme s'il s'était douté de ce que nous en voulions faire ?

LE CHEVALIER.
Il y a des hasards singuliers !... Ces caves, en effet, nous épargnent au moins trois jours de besogne, puisqu'elles s'étendent jusque sous les murailles du Temple... Et maintenant que la reine est prévenue de se tenir sur ses gardes, il ne s'agit plus que de lui apprendre que dans quatre jours tout sera prêt pour son évasion ; mais comment l'instruire ?... Encore si nous avions quelques amis parmi les municipaux qui seront de service d'ici là... Savez-vous quelle est la section qui fournira le poste jeudi prochain ?

DIXMER.
La section Lepelletier.

LE CHEVALIER.

Des jacobins furieux.

DIXMER.

Oui, c'est une difficulté, j'y songerai...

LE CHEVALIER.

Mais, au nom du ciel, mon ami, ne mêlez plus votre femme à tous nos complots! Songez à quels dangers vous avez exposé Geneviève, lorsque vous l'avez envoyée, seule, la nuit, à la barrière du Roule, pour m'apporter ce déguisement, à la faveur duquel j'ai pu rentrer dans Paris?

DIXMER.

Et pourquoi les femmes ne feraient-elles pas aussi le sacrifice de leur vie, si leur vie est nécessaire au salut de la reine? Héloïse Tison, une pauvre ouvrière, Héloïse Tison, la fille du concierge de la prison du Temple, ne se sacrifie-t-elle pas à notre cause? Pourquoi Geneviève ne ferait-elle pas ce que fait Héloïse? La citoyenne Roland n'a-t-elle pas partagé l'exil de son mari, et ne partagera-t-elle point sa mort, si les Girondins sont pris?

LE CHEVALIER.

Oui!... Mais la citoyenne Roland...

DIXMER.

Achevez...

LE CHEVALIER.

Non... rien!...

DIXMER.

La citoyenne Roland aime son mari, alliez-vous dire, tandis que Geneviève ne m'aime pas.

LE CHEVALIER.

Dixmer, je n'ai point dit cela... mon ami.

DIXMER.

Eh bien! je le dis, moi! Oh! je le sais bien... Geneviève a fait en m'épousant pour obéir à son père, ce qu'on appelle un mariage de raison; mais ce n'est pas un motif parce que son cœur est sans amour pour qu'il soit aussi sans courage.

LE CHEVALIER.

Dixmer, je vous le répète, Geneviève ne peut, ne doit pas être compromise.

DIXMER.

Je ne demande pas à Geneviève, son cœur, qu'elle me refuserait; je lui demande, ce qu'elle me doit, la soumission; j'ai à m'acquitter d'une dette de reconnaissance, Chevalier... Vous m'avez un jour sauvé la fortune, l'honneur!...

LE CHEVALIER.

Ne parlons jamais de cela...

DIXMER.

Parlons-en, monsieur, au contraire; j'étais plus qu'à moitié dans l'abîme, vous m'avez sauvé en sacrifiant toute votre fortune, en compromettant votre nom, votre nom qui était sans tache... Eh bien! j'ai juré que Dixmer... que tout ce qui porterait le nom de Dixmer, n'existant que par vous, vous appartiendrait sans partage; que vos périls seraient mes douleurs, vos caprices, mes passions... Or, Chevalier, ce bonheur m'est enfin arrivé, que vous ayez eu besoin de mon aide... Me voici... Je suis à vous... Tout ce qui porte mon nom fera comme moi-même; il le faut; je le veux. D'ailleurs ma femme n'est-elle pas une sœur pour vous? Croyez-vous qu'on ait besoin de la forcer à vous servir?... Si vous le pensiez, Chevalier, vous nous feriez à tous une mortelle injure!... Vous nieriez chez moi la reconnaissance, chez elle l'amitié...

LE CHEVALIER.

Merci, de ces paroles dévouées, Dixmer; je ferai en sorte que Geneviève ne souffre jamais à cause de moi; quant à vous, je puis accepter vos services, votre dévouement.. Hélas! je le dois... je n'ai pas d'autre moyen pour atteindre au but que je me propose! Je suis proscrit, Dixmer... errant, forcé de me cacher, je ne puis rien entreprendre par moi-même; vous, vous êtes libre, connu, entouré de la confiance publique... Agissez... Vous êtes le bras. Ce que la république demande à tout conspirateur qui a perdu... c'est la tête... Si nous perdons... je payerai.

DIXMER.

Chevalier, secondez-moi seulement... c'est tout ce que je réclame de vous. Maintenant, voici les clefs de la maison... Allez, visitez les caves, et indiquez sur la muraille l'endroit où nous devons commencer la fouille, qui doit aboutir à la cantine du Temple!... Maintenant, cet homme...

SCÈNE III.

LES MÊMES, QUELQUES HOMMES, *au service de Dixmer.*

UN HOMME.

C'est décidément à nous qu'il en veut!... Voilà trois fois qu'il sort de la ruelle, et trois fois qu'il y rentre!

DIXMER.

Où est-il?

L'HOMME, *le conduisant au mur du fond; et remontant à l'échelle.* Là!..

DIXMER.

Que fait-il?

L'HOMME.

Il hésite... Ah! le voilà qui revient!

DIXMER.

Il faut prendre un parti : que trois de vous aillent lui couper la retraite du côté de la rue; que trois autres se glissent par ici, dans la petite maison. De cette façon, il sera cerné... Mieux vaut le prendre vivant que mort... Vivant, nous saurons au moins à qui il en veut... Allez! (*Les hommes sortent.*)

L'HOMME.

Ah!

DIXMER.

Quoi?

L'HOMME.

Il s'approche de la petite maison.

DIXMER.

Écoutons. (*On entend le bruit d'une lutte; un corps pesant tombe; deux ou trois menaces étouffées se perdent et s'éteignent dans le silence qui leur succède.*) C'est fini!

LE CHEVALIER.

Vous n'avez point ordonné qu'on le tuât! j'espère?

DIXMER.

Non, j'ai ordonné qu'on le prît; mais s'il résiste... ma foi!

LE CHEVALIER.

On l'apporte!..

SCÈNE IV.

LES MÊMES, QUATRE HOMMES *apportant* MAURICE *garrotté, bâillonné, les yeux bandés;* DEUX AUTRES HOMMES *reviennent par-dessus le mur.*

DIXMER.

Qui es-tu?

MAURICE, *débarrassé du bâillon.*

Je suis un homme qu'on assassine!

DIXMER.

Ajoute que tu es un homme mort, si tu parles haut, si tu appelles, ou si tu cries!

MAURICE.

Si j'eusse dû crier, je n'eusse point attendu jusqu'à présent.

DIXMER.

Es-tu prêt à répondre à mes questions?

MAURICE.

Questionne d'abord; je verrai après si je dois répondre.

DIXMER.

Qui t'envoie ici?

MAURICE.

Personne!

DIXMER.

Tu y viens donc pour ton propre compte?

MAURICE.

Oui!...

DIXMER.

Tu mens.

MAURICE, *après un mouvement pour se dégager.*

Je ne mens jamais!

DIXMER.

En tout cas, que tu viennes de ton propre mouvement, ou que tu sois envoyé... tu es un espion...

MAURICE.

Et vous des lâches!...

TOUS.

Des lâches!... Nous?

MAURICE.

Oui, vous êtes sept ou huit contre un homme garrotté, et vous insultez cet homme... Lâches! lâches! lâches!...

TOUS, *avec un mouvement de menace.*

Oh!...

LE CHEVALIER, *les arrêtant d'un signe.*

Il n'y a pas d'insulte là, monsieur!... Dans le temps où nous vivons... on peut être espion sans être un malhonnête homme!... Seulement, on risque sa vie!...

MAURICE.

Soyez le bien-venu, vous qui avez prononcé cette parole!... J'y répondrai loyalement...

LE CHEVALIER.

Répondez alors; qu'êtes-vous venu faire dans ce quartier?

MAURICE.

Y chercher une femme!...

DIXMER.

Tu mens !...

MAURICE.

Voilà déjà deux fois que la même voix m'insulte, et que ne pouvant pas tirer satisfaction de cette insulte, je me contente de répondre que je ne mens jamais !...

DIXMER.

Et, pour la seconde fois aussi, la même voix te dit : Avoue ton projet, ou tu mourras !

MAURICE.

Alors, tue-moi tout de suite... puisque je n'ai pas autre chose à dire que ce que j'ai dit.

LE CHEVALIER.

Voyons... Qui es-tu ?

MAURICE.

Je suis un patriote, un jacobin, un homme enfin dont le plus beau jour sera celui où il mourra pour la liberté. (*Silence.*) Eh bien ! frappez maintenant, vous savez qui je suis !...

LE CHEVALIER.

Emmenez le prisonnier là !... (*Il indique une serre... On emporte Maurice ; on le met dans une espèce de serre grillée sur le devant de la scène, les mainsliées derrière le dos, et les yeux bandés ; puis on l'enferme.*)

MAURICE.

Je suis perdu... Ils vont me mettre une pierre au cou, et me jeter dans quelque trou de la Bièvre !...

DIXMER, *plaçant une sentinelle armée d'une carabine.*

Tiens-toi là !

LE CHEVALIER.

Délibérons, messieurs.

MAURICE, *dans la serre.*

Si je pouvais détacher mes mains, seulement !

DIXMER.

Messieurs... prenez-y garde... Comme l'a dit tout à l'heure le Chevalier, il y a aujourd'hui des espions dans toutes les classes. Ce jeune homme est envoyé pour surprendre nos secrets... En lui faisant grâce, nous courons risque qu'il nous dénonce !...

MAURICE, *qui cherche.*

Oh ! une bêche !

LE CHEVALIER.

Mais en lui faisant donner sa parole d'honneur ?...

DIXMER.

Sa parole !... il la donnera... puis il la trahira ! Est-ce qu'on peut se fier à une parole ?

LE CHEVALIER.

Nous connaît-il donc, pour nous dénoncer ?... et sait-il ce que nous faisons ?...

DIXMER.

Non, il ne nous connaît pas ; non, il ne sait pas ce que nous faisons ; mais il sait l'adresse... Il reviendra... et cette fois... bien accompagné...

MAURICE, *qui en dressant la bêche est parvenu à couper ses liens.*

Ah !...

LE CHEVALIER.

Vous êtes donc pour la mort, messieurs ?...

DIXMER.

Oui, cent fois oui... Je ne vous comprends pas avec votre magnanimité, mon cher ! Si le comité de salut public vous tenait, il ne ferait pas tant de façons !

MAURICE, *arrachant son bandeau.*

Ah ! une fenêtre grillée... une sentinelle la garde ; les autres sont là-bas, je pourrai entendre ce qu'ils disent. (*Il s'approche de la porte.*)

LE CHEVALIER.

Ainsi donc vous persistez dans votre décision ?...

DIXMER.

Vous n'allez pas vous y opposer, je l'espère !

LE CHEVALIER.

Messieurs, je n'ai que ma voix ; elle est pour la liberté de cet homme ; vous en avez six, elles sont toutes six pour sa mort.

TOUS.

Pour la mort !

LE CHEVALIER.

Va donc, pour la mort !

MAURICE.

Pour la mort !... En tout cas, avant qu'on m'assassine, j'en tuerai plus d'un. (*Il saisit la bêche.*)

LE CHEVALIER.

Et Geneviève ?...

DIXMER.

Elle doit être dans ce pavillon !

LE CHEVALIER.

Voyez-y.

UN HOMME, *au Chevalier.*

Si vous m'en croyez, puisque nous avons décidé sa mort, on le tuera tout bonnement d'un coup de carabine à travers les barreaux...

UN AUTRE.

Pas d'explosion !... Une explosion pourrait nous trahir.

LE CHEVALIER, *à Dixmer.*

Eh bien !

DIXMER.

Elle ne se doute de rien... Elle n'a rien entendu... Elle lit...

UN HOMME.

Et vous, Dixmer, êtes-vous pour le coup de carabine ?

DIXMER.

Non, non ; autant que possible, pas d'armes à feu !... Le poignard !...

L'HOMME.

Soit pour le poignard ; allons !...

UN AUTRE.

Allons !... (*Ils montent les degrés et mettent la clef dans la serrure.*)

MAURICE.

Il n'y a que ce moyen !... (*Il s'élance par la porte ouverte, tombe sur l'homme en faction, et lui arrache sa carabine.*)

LE FACTIONNAIRE.

A l'aide, au secours... Il se sauve !

DIXMER.

Mille démons !.. Je vous le disais bien... (*Il poursuit Maurice.*)

MAURICE.

Le premier qui approche est mort !... (*Il essaye d'ouvrir la porte du fond et ne peut pas · il essaye de monter par-dessus le mur, et retombe ; enfin, il s'élance par une porte de derrière dans le pavillon en face.*)

GENEVIÈVE, *accourant au bruit.*

Qu'y a-t-il, mon Dieu !... dites... dites !... (*La porte de la chambre s'ouvre violemment.*) Monsieur, qui êtes-vous, que voulez-vous ?...

MAURICE, *entrant.*

Madame !...

DIXMER.

Range-toi, Geneviève... Range-toi, que je le tue !

MAURICE.

Geneviève ...

GENEVIÈVE.

Maurice !...

DIXMER.

Geneviève !... Ne m'entendez-vous pas ?

MAURICE.

Geneviève, parmi ces assassins !

GENEVIÈVE, *à Maurice.*

Silence. (*A Dixmer en s'approchant sur le seuil de la porte du pavillon.*) Oh ! vous ne le tuerez pas...

DIXMER.

C'est un espion !

GENEVIÈVE.

Lui, un espion !... Lui, Maurice !...

LE CHEVALIER.

Vous le connaissez ?

DIXMER.

Vous le connaissez, madame !... Vous l'avez nommé... Ah !... (*Il le couche en joue de nouveau.*)

LE CHEVALIER, *l'arrêtant.*

Dixmer !

DIXMER.

N'entendez-vous pas qu'elle le connaît, qu'il venait pour elle, que c'était un rendez-vous ?

GENEVIÈVE.

Monsieur, celui que vous voulez assassiner m'a sauvé la vie !

DIXMER.

La vie !... Et quand cela ?...

GENEVIÈVE.

Hier soir, quand je revenais seule du faubourg du Roule... J'étais arrêtée... j'allais être conduite en prison, interrogée... j'étais perdue... et je vous perdais... M. Maurice s'est trouvé là par hasard, et a pris ma défense !... Il m'a rendue à la liberté, à la vie !... Hier, quand vous m'avez vue revenir, quand vous m'avez demandé pourquoi j'étais si pâle, si tremblante... eh bien ! je venais d'échapper à ce danger ; et cela, je vous le répète, grâce à celui que vous voulez tuer !...

DIXMER.

Et pourquoi n'est-ce qu'aujourd'hui que vous me faites cet

3

aveu, madame?...

GENEVIÈVE.

Eh! monsieur, vous le savez bien... parce que les choses les plus innocentes peuvent être interprétées à mal.

LE CHEVALIER.

Dixmer, vous êtes si violent... si jaloux!...

DIXMER.

Oui, c'est vrai, Chevalier... vous avez raison...

MAURICE.

Ah! je comprends, maintenant...

GENEVIÈVE, bas à Maurice.

Cachez cette bague : tout le monde la connaît ici!

DIXMER.

Pardon, citoyen ; mais je ne pouvais deviner en toi le protecteur inconnu de ma femme, puisque j'ignorais même qu'elle eût eu besoin de protection.

MAURICE.

Mariée... Ah! voilà donc pourquoi elle n'a point voulu être accompagnée par moi...

DIXMER.

Si j'eusse été informé de cette circonstance, qu'on a cru devoir me cacher, tu le vois bien, nous n'aurions point un seul instant suspecté ton honneur ni soupçonné tes intentions...

MAURICE.

Mais enfin, citoyen, on ne tue pas tous ceux dont on ignore le nom... et tu voulais me tuer... Quel était le motif d'une pareille détermination?

DIXMER.

Ecoute... ce n'est pas envers toi que je puis garder des secrets... citoyen, et je me confie à ta loyauté.

MAURICE.

Du moment qu'il y a un secret...

DIXMER.

Tu dois tout savoir... (Le Chevalier s'est approché de Dixmer.)

LE CHEVALIER.

Qu'allez-vous lui dire?

DIXMER.

Soyez tranquille, notre fable habituelle... Mais, vous-même, Chevalier...

LE CHEVALIER.

Je vais changer de costume, et je reviens. (Il sort.)

MAURICE, à Dixmer.

Citoyen... je te le répète, il est inutile...

DIXMER.

Non pas, et tu ne dois conserver aucun doute sur les hommes dont le hasard t'a rapproché... Ecoute donc... je suis maître tanneur, et chef de cette tannerie... La plupart des acides que j'emploie pour la préparation de mes peaux sont des marchandises prohibées. Or les contrebandiers avaient avis d'une déclaration faite au conseil général. En te voyant rôder autour de la maison, avec ce costume et cet air décidé, nous avons eu peur, et... je ne te le cache pas, ta mort était résolue...

GENEVIÈVE.

Mon Dieu!...

MAURICE.

Oh! tu ne m'apprends rien de nouveau ; j'ai entendu votre délibération, et j'ai vu la carabine!...

DIXMER.

Citoyen, je t'ai demandé pardon... Comprends donc ceci... Grâce aux désordres du temps, nous sommes en train, M. Morand mon associé, et moi, de faire une immense fortune ; nous avons la fourniture des sacs militaires ; tous les jours nous en faisons confectionner quinze cents ou deux mille... La municipalité, qui a fort à faire, ne trouve pas le temps de vérifier nos comptes ; de sorte... Dam! il faut bien l'avouer... de sorte que nous pêchons un peu en eau trouble!...

MAURICE.

Maintenant, je comprends tes craintes ; mais tu es rassuré, n'est-ce pas, et tu sais que je n'irai pas te dénoncer?

DIXMER.

Rassuré au point que je ne te demande même plus ta parole. (Il lui tend la main.) Maintenant, confidence pour confidence... ton tour... que venais-tu faire ici, voyons?

MAURICE.

Tu le sais...

DIXMER.

Tu suivais une femme?

GENEVIÈVE.

Il a dit...

MAURICE.

Oui, une femme, qui, l'autre soir, m'a dit demeurer vieille rue Saint-Jacques...

DIXMER.

Mais tu sais son nom, sa position sociale?

MAURICE.

Je ne sais rien... sinon qu'elle était petite, blonde, qu'elle avait l'air fort éveillé... quelque chose comme une grisette, enfin ; aussi, pour me rapprocher d'elle, avais-je pris cet habit populaire... Tu vois!

DIXMER.

Allons! voilà qui explique tout, et quand tu m'auras dit ton nom...

MAURICE.

Je me nomme Maurice Linday!

DIXMER.

Maurice Linday... secrétaire de la section Lepelletier?...

MAURICE.

Moi-même, et de plus lieutenant dans la garde civique et officier municipal!...

DIXMER, aux autres.

C'est Dieu qui nous l'envoie!

LES AUTRES.

Citoyen, tu nous pardonnes, n'est-ce pas?

MAURICE, riant.

Sans doute, citoyens... Du moment où c'est par erreur!...

DIXMER, bas à sa femme.

Il faut que je vous parle, madame.

GENEVIÈVE.

Quand cela?

DIXMER.

Tout de suite!

MAURICE.

Maintenant, citoyen, il est temps que je me retire ; fais-moi remettre dans mon chemin seulement, et...

DIXMER.

Quoi!... déjà?...

MAURICE, saluant Geneviève.

Ma présence a causé chez toi assez de dérangement, citoyen, pour que je ne la prolonge pas plus longtemps qu'il n'est absolument nécessaire.

DIXMER, avec une feinte bonhomie.

Ah! par ma foi! non, il ne sera pas dit qu'ayant fait, quoique d'une façon singulière, une aussi précieuse connaissance que la vôtre, nous nous séparerons ainsi.

MAURICE.

Cependant, citoyen, je crois qu'il serait indiscret de ma part ; et tu permettras... ainsi que la citoyenne... (Il s'incline.)

GENEVIÈVE.

Mon Dieu!... qu'avez-vous?... Du sang, (Elle montre la poitrine de Maurice), là!...

DIXMER.

Du sang?...

MAURICE, à Dixmer.

Ah! rien, ou presque rien... un de tes contrebandiers... qui a eu la main moins légère que sans doute il ne le voulait lui-même!...

DIXMER.

Blessé!... Citoyen Maurice, tu ne sortiras point d'ici que je ne sois rassuré sur la gravité de ta blessure... Tu comprends... blessé... blessé chez moi! Un homme à qui je dois la vie de ma femme!... Armand, Armand, vous qui êtes un peu chirurgien!...

MAURICE.

Mais non.

DIXMER.

Joignez-vous donc à moi, madame, je vous prie... Vous aurez plus d'influence que moi sur votre sauveur.

GENEVIÈVE.

Moi, monsieur?

DIXMER.

Sans doute! (Bas.) Je vous dis qu'il faut qu'il reste... Ne comprenez-vous point que cet homme peut nous être utile?...

GENEVIÈVE.

Citoyen, je me joins à mon mari pour vous prier de ne point nous quitter ainsi, notre inquiétude serait trop grande?

MAURICE.

Comment! citoyenne, tu as la bonté de t'inquiéter?...

DIXMER.

Pardieu!... c'est bien le moins qu'elle te doive...

UN HOMME.

Allons... viens, citoyen Linday ; comme on te le disait tout à l'heure, je suis un peu chirurgien!...

MAURICE.

Puisque vous le voulez absolument...

DIXMER.

Dans ma chambre... citoyen Armand...

MAURICE.

J'obéis... mais en vérité!...

DIXMER.

Va, citoyen, va!... (Ils sortent.)

SCÈNE V.

DIXMER, GENEVIÈVE.

DIXMER.

Geneviève!...

GENEVIÈVE.

Monsieur!...

DIXMER.

Maintenant que nous sommes seuls, qu'est-ce que toute cette fable?... de rencontre... de danger... de secours apporté par ce jeune homme?...

GENEVIÈVE.

Monsieur, je vous jure que ce n'est point une fable, mais au contraire la plus exacte vérité!...

DIXMER.

Pourquoi ne m'avez-vous rien dit de tout cela... alors?

GENEVIÈVE.

Eh! monsieur, vous savez bien que je n'ose rien vous dire...

DIXMER.

Vous lui aviez donc donné votre adresse, à ce jeune homme?

GENEVIÈVE.

Non, monsieur...

DIXMER.

Dit votre nom, au moins?...

GENEVIÈVE.

Mon nom, oui... mais pas le vôtre!...

DIXMER.

Eh! madame, vous savez bien que depuis cinq ans nos deux noms n'en font qu'un.

GENEVIÈVE, avec un soupir.

Oui!...

DIXMER.

Pour votre malheur, allez-vous dire. Eh! dites, mon Dieu!...

GENEVIÈVE.

Monsieur, par grâce! ne me faites pas dire ni ce que je n'ai pas dit, ni ce que je n'ai pas voulu dire.

DIXMER.

Enfin, il n'en est pas moins vrai que c'est vous qu'il venait chercher ici...

GENEVIÈVE.

Il me semble cependant que ce portrait qu'il a fait de la personne qu'il a suivie...

DIXMER.

Vous écoutiez donc?...

GENEVIÈVE.

Monsieur, la situation était assez grave pour cela, je pense...

DIXMER.

C'est bien!...

GENEVIÈVE.

D'ailleurs, monsieur, si le hasard que ce jeune homme a invoqué cette fois-ci ne lui pourra plus servir de prétexte, et j'espère qu'il sera assez discret pour ne plus revenir dans cette maison...

DIXMER.

Au contraire, madame, il faut qu'il y revienne... N'avez-vous point entendu son nom?

GENEVIÈVE.

Maurice Linday.

DIXMER.

Sa qualité?

GENEVIÈVE.

Lieutenant dans la garde civique, secrétaire de la section Lepelletier.

DIXMER.

Et municipal au Temple!...

GENEVIÈVE.

Eh bien!...

DIXMER.

Eh bien! vous qui connaissez tous nos projets, vous qui savez que ce soir-même j'ai acheté près du Temple une maison dont les caves vont être fouillées pour nous conduire jusqu'à la reine, vous ne comprenez pas que la rencontre du citoyen Maurice Linday soit un miracle de la Providence?

GENEVIÈVE.

Un miracle?...

DIXMER.

Sans doute... N'est-ce pas un miracle, qu'hier, au moment où cette patrouille vous arrêtait, il se soit trouvé là un jeune homme brave, dévoué, et joignant à ces qualités assez de puissance pour vous arracher aux mains de vos persécuteurs? Si ce n'est point un miracle, madame, quel nom donnerez-vous à cette rencontre?

GENEVIÈVE.

Monsieur, je vous jure, par ce que j'ai de plus sacré au monde, que j'ai vu hier soir M. Maurice pour la première fois, et cette nuit pour la seconde; je vous jure qu'avant l'heure où il fut attiré par mes cris, je ne l'avais ni aperçu, ni rencontré; je vous jure enfin qu'il m'était et qu'il m'est encore parfaitement inconnu!...

DIXMER.

Eh bien! je ne discuterai plus sur le mot, et je reviendrai au fait... Je disais donc que c'était un grand bonheur que nous nous trouvions, grâce à vous, madame, en relation avec un homme jouissant d'une réputation de patriotisme aussi reconnue que celle de M. Maurice Linday, d'un homme enfin qui peut nous faire ouvrir toutes les portes qui se ferment obstinément devant nous.

GENEVIÈVE.

Eh! monsieur, faites vis-à-vis de ce jeune homme telles instances qu'il vous plaira, je ne m'y oppose point!...

DIXMER.

Oh! moi, madame, vous sentez que je n'y tenterai même pas, je doute trop de mon influence!...

GENEVIÈVE.

Et vous croyez à la mienne?...

DIXMER.

Je crois que lorsqu'on a risqué pour une femme ce que ce jeune homme a risqué pour vous, l'échafaud hier... le poignard aujourd'hui... on est tout prêt à poursuivre cette route, surtout si cette route est ouverte par une main amie!...

GENEVIÈVE.

Permettez-moi, monsieur, de vous dire que ce moyen...

DIXMER.

Est tout naturel!...

GENEVIÈVE.

Pas pour moi, du moins!

DIXMER.

Vous êtes bien opiniâtre, madame?

GENEVIÈVE.

Ai-je le droit de disposer de lui à son insu?... de compromettre son avenir... sa vie peut-être?...

DIXMER.

Madame, il me semble qu'en temps de révolution... quand le sang coule par les rues... quand on défend une cause aussi sacrée que la nôtre... quand enfin on risque sa propre tête pour cette conviction; que si l'on réussit on sauve tout un peuple, madame, je le répète, il me semble qu'on ne doit pas être si scrupuleux; d'ailleurs, je suis un maître d'anneur, et non un logicien; je n'argumente pas... je conspire!... Il faut que nous entrions au Temple!... Ce jeune homme en tient les clefs entre ses mains.. Faites qu'il nous en ouvre les portes, et que nous sauvions la reine!...

GENEVIÈVE.

Monsieur, demandez-moi ma vie, demandez-moi mon sang, demandez-moi mon honneur même; mais ne me demandez l'honneur, le sang, la vie d'un homme que je ne connais que par le service qu'il m'a rendu!...

DIXMER.

C'est votre dernier mot?

GENEVIÈVE.

C'est mon dernier mot...

DIXMER.

Très-bien... (Il appelle.) Amis.... (Trois hommes approchent.) Madame Dixmer vient de me faire comprendre toute la difficulté qu'il y a à se servir d'un homme comme le citoyen Maurice Linday... Or, cet homme, après les opinions qu'il nous a manifestées, s'il n'est point notre ami dévoué, devient notre ennemi mortel. Notre avis était de nous en débarrasser, tout à l'heure... J'en reviens à notre avis!... il ne faut pas que le citoyen Maurice Linday sorte de cette maison.

UN HOMME.

C'est bien!...

GENEVIÈVE.

Que dites-vous, monsieur?

DIXMER.

Je dis, madame, que je ne puis sacrifier votre tête, celle du chevalier, la mienne, celle de tous ces braves gens, et une tête bien autrement sacrée encore, à une fausse susceptibilité. Si M. Maurice Linday parle, il nous tue; il mourra sans avoir eu le temps de parler...

GENEVIÈVE.

Monsieur, vous ne commettrez pas un pareil crime...

DIXMER.

Dans dix minutes, madame, il sera mort !...

GENEVIÈVE.

Monsieur, par grâce !...

DIXMER.

Oh ! vous me connaissez, madame, à quoi bon des paroles inutiles ?... (*Aux hommes.*) Allez, et faites comme il est dit.

GENEVIÈVE.

Non... non... tout ce que vous voudrez... monsieur... tout !...

DIXMER.

Le voici !...

GENEVIÈVE.

Oh !...

DIXMER, *à ses hommes.*

Arrêtez, et ne faites rien sans mes ordres ou sans ceux du chevalier.

GENEVIÈVE.

Mon Dieu... je respire !...

DIXMER, *à Geneviève.*

C'est lui, faites, pour commencer, qu'il reste à souper avec nous ce soir...

GENEVIÈVE.

J'obéirai... monsieur...

SCÈNE VI.

LES PRÉCÉDENTS, MAURICE.

DIXMER.

Eh bien, citoyen ?...

MAURICE.

Eh bien, je te l'avais dit... ce n'était rien... une égratignure que je ne sens déjà plus et qui demain sera guérie...

DIXMER.

Oui, mais pour cela il faut boire à sa guérison...

MAURICE.

Tu dis, citoyen ?...

DIXMER.

Je dis que vous êtes mon hôte, que ceux que vous voyez autour de vous sont de bons enfants, patriotes comme vous, vos ennemis tout à l'heure, et maintenant vos amis. Or, il n'y a de véritable réconciliation que celle qui se fait à table, et si vous le voulez bien nous la scellerons ici, à l'endroit même où... Comment appellerons-nous cela... où la querelle a eu lieu... Apportez la table ici... il fait beau, et c'est un plaisir que de respirer ce bon air tout chargé du parfum des fleurs. N'est-ce pas, madame ?...

MAURICE, *regardant Geneviève.*

Mais, c'est qu'en vérité je crains de vous gêner !...

GENEVIÈVE.

Vous ferez plaisir à M. Dixmer en restant, monsieur...

MAURICE.

Eh bien, soit... je reste. (*Bas.*) Merci, Geneviève... merci !...

SCÈNE VII.

LES MÊMES, LE CHEVALIER, *déguisé.*

DIXMER.

Citoyen Maurice, je te présente le citoyen Morand, mon associé !...

MAURICE.

Citoyen Morand, enchanté de faire ta connaissance. (*On apporte la table toute servie et des flambeaux.*)

LE CHEVALIER.

Citoyen Maurice, je me joins à mon ami Dixmer pour te prier d'oublier...

MAURICE.

Au contraire, permets-moi de me souvenir...

LE CHEVALIER.

De te souvenir ?... Comment cela ?..

MAURICE.

Tout à l'heure, six voix me condamnaient à mort, une seule a voté pour la vie et pour la liberté, jamais je n'oublierai le son de cette voix.

DIXMER.

Allons... allons, citoyen Maurice !... donne le bras à la citoyenne Dixmer... et à table !...

MAURICE, *offrant son bras à Geneviève.*

O Geneviève... Geneviève ! que je suis heureux !...

LE CHEVALIER, *à Dixmer.*

Eh bien ?...

DIXMER.

Jeudi, nous entrons au Temple !...

ACTE II.

QUATRIÈME TABLEAU.

La cour du Temple. — A gauche, la cantine de la veuve Plumeau ; à droite, l'escalier qui monte au Temple et l'échoppe de Rocher adossée à cet escalier. Au fond, le jardin fermé par des murailles. Au-dessus de la muraille les maisons de la rue Portefoin. Au lever du rideau l'on relève le poste.

SCÈNE I.

DIXMER, *en capitaine, à la tête de sa compagnie* ; LE CHEVALIER *en garde national* ; VEUVE PLUMEAU.

Présentez armes ! haut les armes ! rompez vos rangs ! (*Les gardes nationaux rompent les rangs*). Bonjour, veuve Plumeau !

VEUVE PLUMEAU.

Ah ! bonjour, citoyen Dixmer !

DIXMER.

Qu'as-tu à nous donner à déjeuner ? Voyons, cherche bien dans ta cantine.

VEUVE PLUMEAU.

Je n'ai pas grand'chose : C'est la section Marceau qui sort d'ici. De vrais gourmands, et ils m'ont tout dévoré ; seulement, ils n'ont pas pu tout boire, et il me reste cinq ou six bouteilles d'un petit vin de Saumur.

DIXMER.

Je le connais ; mais avec du vin de Saumur il faut des côtelettes, et après les côtelettes, un morceau de fromage de Brie.

VEUVE PLUMEAU.

On peut te procurer tout cela, citoyen

DIXMER.

A la bonne heure !

VEUVE PLUMEAU.

Seulement, tu comprends, pour ne pas te faire attendre, je serai obligée de prendre tout cela chez le concierge, qui me fait concurrence, de sorte que je te payerai un peu plus cher.

DIXMER.

C'est bien, c'est bien. Pendant ce temps nous allons descendre à la cave, et choisir nous-mêmes notre vin.

VEUVE PLUMEAU.

Fais comme chez toi, capitaine, fais comme chez toi. (*Elle sort.*)

SCÈNE II.

DIXMER, LE CHEVALIER, GARDES NATIONAUX.

DIXMER *allume une chandelle.*

Descendez vous-même, chevalier, je vais guetter...

LE CHEVALIER.

Mais peut-être n'aurons-nous pas le temps, si elle ne va que chez le concierge.

DIXMER.

Soyez donc tranquille ; elle mettra bien cela pour nous rançonner. Nous avons dix bonnes minutes devant nous. (*Le Chevalier descend dans la cave, Dixmer soutient la trappe.*) Eh bien ?

LE CHEVALIER.

La cave s'avance dans la direction de la rue de la Corderie ainsi que nous l'avions prévu...

DIXMER.

Et vous êtes sûr que nos mineurs suivront bien la direction indiquée ?...

LE CHEVALIER.

Oui.

DIXMER.

Et que cette direction est exacte ?...

LE CHEVALIER.

Rapportez-vous-en à moi.

DIXMER.

Les entendez-vous ?

LE CHEVALIER.

Oui, ils s'approchent, et dans une heure l'ouvrage sera assez avancé pour qu'un seul coup de pioche mette en communication la cave et le souterrain.

SCÈNE III.

LES MÊMES, VEUVE PLUMEAU. (*Le Chevalier dépose deux bouteilles sur la table.*)

VEUVE PLUMEAU.

Voilà, citoyen ! C'était tout cuit, de sorte que tu n'auras pas la peine d'attendre.

DIXMER.

Merci, la mère ! Eh bien ! citoyen Morand, as-tu fait ton choix ?

LE CHEVALIER.

Oui.

VEUVE PLUMEAU *regardant les bouteilles.*

Allons, allons !... vous n'avez pas pris du pire... Seulement, vous avez eu un tort, c'est de n'en point prendre assez...

DIXMER.

Dam ! nous sommes deux ; une bouteille chacun.

VEUVE PLUMEAU.

Et la compagnie Dixmer, elle va donc mourir de la pépie pendant ce temps-là ?

DIXMER.

C'est juste ! monte vingt bouteilles et distribue-les en mon nom aux amis... (*la Veuve Plumeau descend à la cave.*) Ainsi tout va bien ?

LE CHEVALIER.

A merveille, de mon côté, du moins ; et du vôtre ?...

DIXMER.

Dans vingt minutes vous verrez paraître notre municipal avec Geneviève.

LE CHEVALIER.

Et les œillets ?...

DIXMER.

Seront apportés par une bouquetière qui nous est dévouée.

LE CHEVALIER.

Et cette bouquetière connaît le Temple.

DIXMER.

C'est Héloïse Tison, la fille du concierge même.

LE CHEVALIER.

Et elle saura reconnaître Maurice ?

DIXMER.

On lui a dit celui qui donnera le bras à Mme Dixmer *(roulement.)*

LE CHEVALIER.

Oh ! oh ! qu'est-ce que cela ?

DIXMER.

Rien, c'est le général qui nous arrive. A vos rangs, grenadiers ! (*Prise d'armes, tambours.*)

SCÈNE IV.

LES MÊMES, LE GÉNÉRAL *et l'état-major à cheval, puis* ROCHER.

LE GÉNÉRAL, *entrant.*

Bravo ! belle troupe ! belle tenue ! Quelle compagnie ?...

DIXMER.

Compagnie Dixmer, mon général !

LE GÉNÉRAL.

Quartier du Panthéon ! Ça ne m'étonne pas... tu es un zélé.

DIXMER.

Je ne fais que mon devoir, citoyen général...

LE GÉNÉRAL.

Et tout le monde devrait prendre modèle sur toi. (*Commandement ; les rangs se rompent.*) Vous savez les nouvelles.

DIXMER.

Général, je vis dans ma tannerie au milieu d'ouvriers qui ne s'occupent pas de politique... j'obéis avec zèle aux ordres que je reçois, mais dans notre quartier désert les nouvelles arrivent tard.

LE GÉNÉRAL.

Eh bien ! apprenez que le Chevalier de Maison-Rouge est rentré dans Paris...

DIXMER.

Bah !

LE CHEVALIER, *s'approchant.*

Et quel homme est-ce que ce Chevalier de Maison-Rouge ?

LE GÉNÉRAL.

Un homme de trente à trente-six ans qui en paraît vingt-cinq à peine, de moyenne taille, blond, avec des yeux bleus et des dents superbes. Ah ! si j'eusse été de service au Temple le jour où il s'y est présenté...

LE CHEVALIER.

Qu'aurais-tu donc fait ?

LE GÉNÉRAL.

Ce n'eût pas été long, j'aurais fait fermer toutes les portes du Temple, j'aurais été droit à la patrouille et j'eusse mis la main sur le Chevalier de Maison-Rouge en lui disant : Chevalier, je t'arrête comme traître à la nation... (*Lâchant le Chevalier.*) Et je ne l'eusse point lâché, je t'en réponds !

LE CHEVALIER.

Le citoyen général a raison ; malheureusement on n'a pas fait ainsi qu'il dit...

LE GÉNÉRAL, *se retournant.*

Holà ! citoyens municipaux ! pourquoi n'êtes-vous que deux, et quel est le mauvais citoyen qui manque ?

UN MUNICIPAL.

Celui qui manque n'est cependant pas un tiède ; c'est le secrétaire de la section Lepelletier, le chef des braves Thermopyles, le citoyen Maurice Linday.

LE GÉNÉRAL.

Bien ! je reconnais comme toi le patriotisme du citoyen Maurice Linday, ce qui n'empêche point que si dans dix minutes il n'est point arrivé, on l'inscrira sur la liste des absents.

LE CHEVALIER.

Avez-vous entendu ? Maurice n'est pas arrivé.

DIXMER.

Il arrivera, soyez tranquille... (*A la femme Tison qui paraît sur l'escalier.*) Dis donc, citoyenne Tison ?

LA FEMME TISON.

Qu'y a-t-il, mon capitaine ?

DIXMER.

N'est-ce pas d'ordinaire de midi à une heure que la prisonnière va prendre l'air sur la plate-forme ?

LA FEMME TISON.

De midi à une heure, justement... (*Elle fredonne l'air de Malborough.*)

DIXMER.

Ah ! ah ! tu es bien gaie, aujourd'hui, citoyenne Tison.

LA FEMME TISON.

C'est tout simple ; ma fille vient de me faire dire qu'elle aurait demain une permission de la commission du Temple pour venir nous voir.

DIXMER.

Bonne femme !

LA FEMME TISON.

Pauvre chère enfant... dire qu'on m'empêche d'embrasser ma fille ! (*A Rocher, qui est sorti de son échoppe un journal à la main, et qui écoute.*) Eh bien, qu'est-ce que tu veux, toi, avec ta méchante figure ?

ROCHER.

J'ai à dire... j'ai à dire ! que ta fille fréquente des aristocrates et qu'il lui arrivera malheur !

LA FEMME TISON.

Qui est-ce qui a dit cela, qu'Héloïse fréquentait des aristocrates ?

ROCHER.

Moi, avant-hier, je l'ai vue sortir d'un hôtel qui avait des colonnes...

LA FEMME TISON.

Eh bien, qu'est-ce que cela prouve ? C'est qu'Héloïse blanchit bien et qu'elle a de belles pratiques...

ROCHER.

Oui, mais prends garde qu'en blanchissant les autres, elle ne devienne trop blanche elle-même ; le blanc est une mauvaise couleur par le temps qui court... Entends-tu, citoyenne Tison... entends-tu ?...

LA FEMME TISON.

Qu'elle soit ce qu'elle voudra, mais qu'il ne lui arrive pas malheur par toi ou par un autre, je ne te dis que cela, Rocher... (*Elle s'éloigne.*)

SCÈNE V.

LES MÊMES, LORIN.

LORIN, *entrant.*

Bonjour les amis ! bonjour les citoyens, bonjour les gardes nationaux, il y en aura pour tout le monde... Ah ! ça, je ne vois pas Maurice ? Sorti depuis ce matin... comment pas chez moi, pas chez lui, pas à son poste... C'est grave, il est arrêté ou amoureux... Qui est chef de poste, s'il vous plaît ?

DIXMER.

Moi, citoyen.

LORIN.

Eh bien, citoyen capitaine, peux-tu me dire si le citoyen Maurice Linday, qui devait comme municipal être de garde près de la reine, s'est rendu à son poste ? Je désirerais lui parler.

DIXMER.

C'est en effet son tour de garde, citoyen, mais il n'es pas encore arrivé.

LORIN.

Oh! il arrivera, gardez vous d'en douter... d'ailleurs me voici pour le remplacer... j'ai mon écharpe dans ma poche. Eh! mais ce que j'aperçois là-bas... c'est cette brave canaille de Rocher, celui que j'ai si joliment houspillé l'autre nuit; je suis curieux de savoir s'il me reconnaîtra.

ROCHER, *le regardant de travers.*

Oh! oh! voilà un de mes muscadins du faubourg Jacques; qu'est-ce qu'il vient donc faire ici?

LORIN, *lisant l'inscription placée sur l'échoppe de Rocher.*

Rocher sapeur, inspecteur, loue journaux patriotes, et veille au salut de la nation! Citoyen Rocher, salut et fraternité!

ROCHER.

Ou la mort...

LORIN.

Merci!

ROCHER.

Qu'est-ce que tu veux?

LORIN.

Tu loues des journaux, citoyen Rocher... Je m'ennuie, loue-moi un journal.

ROCHER.

Je ne tiens pas les feuilles aristocrates.

LORIN.

Qu'est-ce qui t'en demande?

ROCHER.

Oh! je sais bien ce que tu aimes, va...

LORIN.

Dis donc... dis donc, si tu me prends pour un aristocrate, nous allons encore nous fâcher...

ROCHER.

Comment, encore... est-ce que je te connais, moi?

LORIN.

Eh bien, si tu ne me connais pas, raison de plus pour être poli, citoyen Cerbère... tu vois comme je suis gentil avec toi...

ROCHER, *à part.*

Capon, va! il sent ma force à cette heure...

LORIN.

Toi qui es si bon patriote... tu ne dois lire qu'un excellent journal, loue-moi le journal que tu tiens...

ROCHER.

Je te le journal que je veux, et je n'ai pas besoin de ta monnaie... Je suis libre et incorruptible, entends-tu? (*Il lit.*)

LORIN, *regardant de près.*

Dis donc, Rocher, qu'est-ce ça te fait de me louer ton journal?

ROCHER.

Je te dis que je le lis...

LORIN.

Eh bien! tu le lis à l'envers, moi je le lirai à l'endroit, ça ne te gênera pas.

ROCHER.

Ah! ça, dis donc, méchant aristocrate, est-ce que tu vas venir me crosser comme l'autre nuit?

LORIN.

Tiens! je t'ai donc crossé l'autre nuit? j'ai cru que tu ne me connaissais pas...

ROCHER.

C'est qu'ici je te ferai arrêter, mauvais ci-devant.

LORIN.

Tu ferais arrêter un Thermopyle, toi?

ROCHER.

Je n'ai qu'à dire ce que tu fais la nuit, méchant girondin!

LORIN.

Ce que je fais la nuit, c'est tout naturel, je rosse le citoyen Rocher, dis-le sapeur, dis-le...

ROCHER, *furieux.*

Ah! brigand! dans l'exercice de mes fonctions... (*Il tire son sabre.*)

LORIN, *se retourne et lui applique un coup de pied en le poussant dans son échoppe.*

Eh! nous y sommes tous deux dans l'exercice de nos fonctions? va dans ta niche, citoyen inspecteur, et si tu veilles à ton salut autant qu'à celui de la nation, rengaîne ton grand sabre, ou je te coupe les oreilles avec...

ROCHER.

On! massacre!

SCÈNE VI.

LES MÊMES, MAURICE, *donnant le bras à* GENEVIÈVE.

LORIN, *apercevant Maurice.*

Ah! enfin, voilà Maurice... Tiens... une femme... il n'est qu'amoureux...

MAURICE, *au Chevalier et à Dixmer.*

Bonjour, Dixmer, bonjour, citoyen Morand! (*Au Général.*) Excusez-moi, général, si je suis en retard, on m'a retenu ce matin à la section plus longtemps que de coutume.

LE GÉNÉRAL.

N'est-ce pas plutôt cette belle citoyenne?

MAURICE.

Général, la femme du citoyen Dixmer.

LE GÉNÉRAL.

Elle est fort jolie... (*S'approchant.*) Bonjour, citoyenne.

GENEVIÈVE, *saluant.*

Bonjour, citoyen général...

LORIN, *qui s'est approché de Maurice.*

Enfin! te voilà, c'est bien heureux... l'amour fait ce me semble du tort à l'amitié! n'importe... présente moi à la compagnie. (*Maurice présente Lorin à Geneviève, à Dixmer et au Chevalier.*)

MAURICE.

Je vous présente mon cher et brave Lorin... un ami au cœur d'or et qui n'a qu'un seul défaut, celui de toujours réciter des vers en forme de devises, ce qui fait tort à la poésie en général et à son ami en particulier.

LORIN.

Mon cher, ce que tu dis est bien prosaïque, et ce n'est pas devant les dames que tu auras raison contre la poésie.

GENEVIÈVE.

Et vous m'avez assez parlé de la bravoure et de la générosité de M. Lorin, pour qu'il ait toujours raison avec moi.

LE GÉNÉRAL, *à Geneviève qu'il n'a cessé de regarder.*

Que viens-tu faire ici, belle patriote?

LE CHEVALIER.

Je vais te le dire, général... Il y a huit jours en dînant avec la citoyenne et le citoyen Maurice, il m'est arrivé de dire que dans mes nombreux voyages, citoyen général, j'ai beaucoup voyagé... que dans mes nombreux voyages il y avait deux choses que je n'avais jamais vues, un roi et un Dieu... alors le citoyen Maurice nous a offert de nous faire voir la reine.

LE GÉNÉRAL.

Et tu as accepté...

LE CHEVALIER.

Avec empressement.

LE GÉNÉRAL.

Tu as bien fait.

MAURICE.

Ainsi tu permets, citoyen général?

LE GÉNÉRAL.

Parfaitement: tu veux que la citoyenne et le citoyen puissent entrer au donjon pour y voir les prisonnières? C'est chose facile! (*A Dixmer.*) Capitaine, il faut placer les factionnaires; je leur dirai qu'ils peuvent laisser passer ta femme sous la conduite du municipal Maurice.

LORIN.

Veux-tu que je t'accompagne, général? (*A Maurice.*) Je vais te remplacer; toi, fais le service auprès de la beauté.

SCÈNE VII.

LES MÊMES, UNE BOUQUETIÈRE.

LA BOUQUETIÈRE.

Qui est-ce qui veut de beaux bouquets? des bouquets d'œillets qui embaument!... qui est-ce qui veut des œillets?

LE FACTIONNAIRE.

On ne passe pas...

DIXMER, *au Chevalier.*

Héloïse Tison! courage! tout va bien.

LE FACTIONNAIRE.

On ne passe pas...

LORIN, *sur l'escalier.*

Il y a exception pour les œillets et pour les roses; laisse entrer.

LE FACTIONNAIRE.

Tu prends cela sur toi?

LORIN.

Sur moi, parfaitement.

LA BOUQUETIÈRE, *bas à Dixmer.*

Ma mère n'est pas là?

DIXMER.

MAURICE.

Ah! les magnifiques œillets! Voyez donc, Geneviève.

LA BOUQUETIÈRE.

Oh! mon beau municipal, achète un bouquet à la jolie citoyenne! Elle est habillée de blanc... voilà des œillets d'un rouge superbe, elle mettra le bouquet sur son cœur, et comme son cœur est bien près de ton habit bleu, vous aurez à **vous deux les couleurs nationales.**

MAURICE.

Eh bien? oui, je t'en achète.

GENEVIÈVE.

Maurice, quelle folie !

MAURICE *jetant un assignat sur l'éventaire de la bouquetière.*
Tiens, voilà pour toi...

LA BOUQUETIÈRE.

Cinq livres ! merci cinq fois, mon beau municipal ! (*S'éloignant,*)
Qu veut des œillets qui embaument?... qui veut des œillets ?

DIXMER, *bas à Héloïse.*

Sortez, voilà votre mère. (*La bouquetière s'enfuit.*)

LA FEMME TISON, *venant du fond.*

Il me semble avoir entendu la voix de ma fille. Hélas ! non, ce
n'est pas elle. (*Se rapprochant de Maurice.*) Eh bien ! citoyen
municipal, tu amènes donc ici de la société ?

MAURICE.

Oui, ce sont des amis qui n'ont jamais vu la prisonnière.

LA FEMME TISON.

Eh bien ! ils seront à merveille derrière le vitrage.

LE CHEVALIER.

Certainement que nous serons à merveille.

GENEVIÈVE.

Seulement, nous aurons l'air de ces curieux cruels, qui viennent
de l'autre côté d'une grille jouir des tourments d'un prisonnier.

LA FEMME TISON.

Que ne les mettez-vous sur le chemin de la tour, vos amis...
puisque la femme s'y promène aujourd'hui avec sa sœur et sa fille.

GENEVIÈVE.

La citoyenne a raison. Si vous pouvez, d'une façon quelconque, me placer sur le passage de la prisonnière, cela me répugnerait moins que de la regarder derrière un vitrage. Il me semble que cette manière de voir les prisonnières est humiliante à la fois pour elles et pour nous.

MAURICE.

Bonne Geneviève... vous avez toutes les délicatesses... Soyez tranquille, il sera fait comme vous le désirez.

LA FEMME TISON.

Trois heures sonnent. Il est temps, allons, allons ! si tu veux placer tes amis, citoyen Maurice, viens, suis-moi.

MAURICE.

Venez, Morand ! nous allons la voir... Eh bien ! qu'avez-vous ?

LE CHEVALIER.

Moi, rien ! je vous suis. (*Roulement de tambours ; on prend les armes ; on ferme les portes ; on relève les postes.*)

GENEVIÈVE.

Que de précautions pour garder deux femmes, mon Dieu !

LE CHEVALIER.

Oui ; si ceux qui tentent de les faire évader étaient à notre place,
et voyaient ce que nous voyons, je crois que cela les dégoûterait
du métier. (*Ils montent l'escalier.*)

GENEVIÈVE.

En effet, je commence à croire qu'elles ne se sauveront pas.

MAURICE.

Et moi je l'espère ! (*Ils s'apprêtent à gravir l'escalier.*)

SCÈNE VIII.

LES PRÉCÉDENTS, *moins* MAURICE, GENEVIÈVE *et le*
CHEVALIER.

LE GÉNÉRAL, *à haute voix.*

Ouvrez, là-haut ! la promenade est permise.

LORIN, *descendant l'escalier.*

C'est fait, général. (*A Maurice, qui est à moitié de l'escalier.*)
Tu peux monter.

ROCHER, *à la fenêtre.*

Ah ! ah ! c'est bien ! c'est bien ! (*Il tire un crayon de sa poche et prend des notes.*)

LORIN, *le regardant.*

Ah ça, toi, qui lis à l'envers, tu sais donc écrire à l'endroit
maintenant ? Parole d'honneur, il note ! c'est Rocher le censeur.

ROCHER.

Bon, bon, on dit que tu as laissé entrer des étrangers dans le
donjon, et cela sans la permission de la Commune.
garde, si c'est vrai !

LORIN.

Brute, va !

SCÈNE IX.

LES PRÉCÉDENTS, ARTÉMISE.

ARTÉMISE, *à qui la sentinelle refuse la porte.*

Je vous dis que j'ai une foule de raisons pour entrer ; d'abord
le suis déesse, ou peu s'en faut, et les déesses entrent partout ;
ensuite je suis un peu cousine de la veuve Plumeau, et je viens
lui demander à déjeuner ; troisièmement, je suis... qu'est-ce que
je suis donc au citoyen Lorin ? je ne sais pas trop comment vous
dire cela, sentinelle. Mais, tenez, le voilà ! il va vous le dire lui-
même... citoyen Lorin ?...

LORIN.

Artémise, chère amie ! (*A la sentinelle.*) Laisse passer sa divinité.

ARTÉMISE.

Merci, citoyen !

VEUVE PLUMEAU.

Tiens, c'est toi, chère enfant ?

ARTÉMISE.

Moi-même, et fort essoufflée, comme vous voyez ; j'ai tant
couru.

LORIN.

A quel propos courûtes-vous, chère amie ?

ARTÉMISE.

Imagine-toi, citoyen, qu'en remontant le quai pour venir ici,
je vois une bouquetière... Ah ! mon Dieu ! c'est à peine si
je puis parler...

LORIN.

Remettez-vous, déesse... Vous avez donc vu une bouquetière...

ARTÉMISE.

Une marchande d'œillets, qui, au lieu de vendre ses bouquets,
les jetait dans la Seine, par-dessus le pont. Cette manière de dé-
biter sa marchandise m'étonne ; je la regarde attentivement, plus
attentivement encore, et je vois que c'est je reconnais, déguisée
en bouquetière... mon amie Héloïse Tison !

LORIN.

Rue des Nonaindières, 24, celle qui est cause que tu arrives
trop tard aux rendez-vous que tu donnes, déesse ?

ARTÉMISE.

Justement ; je me demande pourquoi Héloïse, de blanchisseuse
qu'elle était, s'est faite bouquetière, et comme je ne puis rien
me répondre de satisfaisant, je me décide à le lui demander à elle-
même. Je l'appelle, elle tourne la tête ; je lui fais un signe, elle
me reconnaît ; je lui crie de m'attendre, elle se sauve... je cours
après elle, je vais la rejoindre,.. quand au coin de la rue Sainte-
Avoie, bonsoir... plus d'Héloïse, disparue.

LORIN.

Déesse, cela vous apprendra à sortir sans vos ailes. Et maintenant, que peut-on vous offrir ?

ARTÉMISE.

De la limonade, de l'orgeat... tout ce que vous voudrez ; mais
quelque chose à boire.

LORIN.

Vous entendez, veuve Plumeau. (*A Artémise.*) Pardon, voici
Maurice, je lui dis deux mots et suis tout à vous. (*Artémise
entre dans la cantine.*)

SCÈNE X.

LES PRÉCÉDENTS, MAURICE, GENEVIÈVE, LE CHEVALIER.

DIXMER, *arrivant d'un autre côté, bas en regardant sa femme,*
Elle n'a plus le bouquet.

LORIN.

Eh bien, citoyenne, l'as-tu vue ?

GENEVIÈVE.

Ah ! oui, grâce au citoyen Maurice ; et maintenant, je vivrais
cent ans, que je la verrais toujours.

LORIN.

Et comment la trouves-tu ?

GENEVIÈVE.

Bien belle !

MAURICE.

Et toi, citoyen Morand ?

LE CHEVALIER.

Bien pâle !

MAURICE.

Dites donc, Geneviève ! est-ce que ce serait de la reine, par
hasard, que Morand serait amoureux ?

GENEVIÈVE, *tressail*

Oh! quelle folie!

DIXMER.

Il commence à se faire tard. Geneviève, il est temps de rentrer.

MAURICE.

Si madame veut accepter mon bras jusqu'à la porte de sortie?

DIXMER.

A bientôt, Geneviève; à revoir, citoyen Maurice. (*Maurice, Geneviève, Lorin et Artémise sortent.*)

SCÈNE XI.

DIXMER, LE CHEVALIER, LA FEMME TISON, ROCHER, *puis* LORIN, MAURICE, LE GÉNÉRAL, ETC.

LE CHEVALIER.

Bientôt quatre heures?

DIXMER.

J'entre dans la cantine; vous, veillez!

LE CHEVALIER, *à la femme Tison qui s'assied au pied de l'escalier.*

Eh bien! qu'avez-vous, pauvre femme?

LA FEMME TISON.

J'ai que je suis furieuse.

LE CHEVALIER.

Pourquoi?

LA FEMME TISON.

Parce que tout est injustice dans ce monde. Vous êtes bourgeois... vous venez ici pour un jour seulement, et l'on vous permet de vous y faire visiter par de jolies femmes qui donnent des bouquets, et moi, qui niche perpétuellement dans le colombier, on m'empêche de voir ma pauvre Héloïse.

LE CHEVALIER, *lui donnant un assignat.*

Tenez, bonne Tison, prenez, et ayez courage.

LA FEMME TISON.

Un assignat de dix livres! c'est gentil de ta part, citoyen... Mais j'aimerais mieux une papillotte qui eût enveloppé les cheveux de mon enfant.

LE CHEVALIER, *montant l'escalier.*

Pauvre femme! et sa fille, là, tout à l'heure...

ROCHER, *arrivant.*

Ah ça, décidément, tu veux donc te faire guillotiner, citoyenne?

LA FEMME TISON.

Et pourquoi cela!

ROCHER.

Comment, tu reçois de l'argent des gardes nationaux pour faire entrer les aristocrates chez la prisonnière. (*Pendant ce temps, Maurice est revenu; il s'arrête pour écouter.*)

LA FEMME TISON.

Tais-toi, tu es fou!

ROCHER.

Ce sera consigné au procès-verbal.

LA FEMME TISON.

Allons donc, ce sont des amis du citoyen Maurice, un des meilleurs patriotes qui existent.

ROCHER.

Des conspirateurs, te dis-je! D'ailleurs la commune sera informée et elle jugera.

LA FEMME TISON.

Allons, espion de police, tu vas me dénoncer.

ROCHER.

Parfaitement; à moins que tu ne te dénonces toi-même.

LA FEMME TISON.

Mais quoi dénoncer! que veux-tu que je dénonce?

ROCHER.

Ce qui s'est passé donc?

LA FEMME TISON.

Mais, puisqu'il ne s'est rien passé!

ROCHER.

Où étaient les aristocrates?

LA FEMME TISON.

Là haut, sur l'escalier.

ROCHER.

Quand la prisonnière est montée?

LA FEMME TISON.

Oui!

ROCHER.

Et ils se sont parlé?

LA FEMME TISON.

Ils se sont dit deux mots.

ROCHER.

Deux mots? tu vois! D'ailleurs, ça sent l'aristocrate, ici.

LA FEMME TISON.

C'est-à-dire que ça sent l'œillet?

ROCHER.

L'œillet! pourquoi l'œillet?

LA FEMME TISON.

Parce que la citoyenne en avait un bouquet qui embaumait.

ROCHER.

Mais non, elle n'en avait pas quand je l'ai vue sortir.

LA FEMME TISON.

C'est-à-dire qu'elle n'en avait plus.

ROCHER.

Et pourquoi n'en avait-elle plus?

LA FEMME TISON.

Parce qu'elle l'avait donné à la reine.

ROCHER.

Tu vois bien que tu dis la reine? femme Tison, la fréquentation des aristocrates te perd. Un bouquet... Eh bien! sur quoi est-ce donc que j'ai marché là?

LA FEMME TISON.

Eh! justement sur un œillet qui sera tombé du bouquet de la citoyenne au moment où elle montait.

ROCHER.

Et tu dis que la prisonnière a pris le bouquet des mains de la citoyenne?

MAURICE, *paraissant.*

Elle ne l'a pas pris; c'est moi qui le lui ai donné, entends-tu, Rocher?

ROCHER.

C'est bien, on voit ce qu'on voit, on sait ce qu'on sait.

MAURICE.

Et moi, je sais une chose, et je vais te la dire, c'est que tu n'as rien à faire ici, et que ton poste de mouchard est là-bas! Ainsi, à ton poste, mouchard, ou je t'y traîne de ma main. (*Lorin et le général accourent suivis de soldats.*)

ROCHER.

A moi! au secours! Ah! tu menaces! ah! tu m'appelles mouchard. (*Il froisse l'œillet et y trouve un billet.*) Qu'est-ce que cela?

MAURICE.

Quoi?

ROCHER.

Un billet... un billet dans l'œillet... Ah! ton ami Lorin dit que je ne sais pas lire, attends, attends! (*On se groupe autour de lui.*)

LE GÉNÉRAL.

Qu'y a-t-il?

ROCHER.

Il y a, que j'ai trouvé un billet dans l'œillet et que je cherche mes lunettes pour le lire.

LE GÉNÉRAL.

Donne. (*Il lit.*) « Aujourd'hui, à quatre heures, demandez à » descendre au jardin, attendu que l'ordre est donné de vous » accorder cette faveur sitôt que vous la désirerez. Après avoir » fait trois ou quatre tour, approchez-vous de la cantine et de-» mandez à la femme Plumeau la permission de vous asseoir chez » elle. Là, au bout d'un instant, feignez de vous trouver plus » mal, et de vous évanouir; alors on écartera tout le monde, afin » que l'on puisse vous porter secours, et vous resterez avec votre » sœur et votre fille. Aussitôt, la trappe de la cave s'ouvrira; pré-» cipitez-vous toutes les trois par cette ouverture et vous êtes » sauvées. » (*Dixmer et le Chevalier écoutent chacun à l'extré-mité du théâtre.*)

ROCHER.

Un complot! un complot... j'ai découvert un complot... A moi! à moi les patriotes du Temple!

LE GÉNÉRAL, *à Maurice qui écarte la foule pour arriver jusqu'à lui.* De quoi s'agit-il, Maurice?

MAURICE.

Citoyen général, je suis prêt à donner toutes les explications nécessaires; mais avant toutes choses, je demande à être arrêté...

LE GÉNÉRAL.

Arrêté, et pourquoi?

MAURICE.

Parce que c'est moi qui ai donné le bouquet à la reine.

LE GÉNÉRAL.

Citoyen Maurice, tiens-toi à la disposition de la Commune.

LORIN.

Maurice accusé, à propos d'un œillet! Ah! la bouquetière qui jette ses fleurs par-dessus le pont! rue des Nonandières, 24. (*Il sort; on entend sonner quatre heures.*)

LE CHEVALIER.

Quatre heures! l'instant fixé pour l'enlèvement... Capitaine Dixmer, aux arme   les portes de la tour. (*A un autre.*) Vous, gardez cette cantine ; grenadiers, à vos rangs ; canonniers, à vos pièces. Capitaine, avec cinquante hommes sur cet escalier. (*Mouvement des troupes; commandements militaires ; roulements des tambours; les canons viennent se mettre en batterie.*)

DIXMER.

Eh bien, chevalier, que faut-il faire?

LE CHEVALIER.

Rien... Dieu ne l'a pas voulu.

LE GÉNÉRAL.

Maintenant, Maurice, à la section.

TOUS.

A la section !

CINQUIÈME TABLEAU.

La section du Temple. — Une chambre prise en large dans les trois premiers plans du théâtre. — Au milieu, la tribune des orateurs. A gauche, le fauteuil et le bureau du président, des gradins garnis de spectateurs, et surtout de femmes; une foule de sectionnaires entrent au son du tambour.

SCÈNE I.

LE PRÉSIDENT, LE PERRUQUIER, MAURICE, PEUPLE.

LE PRÉSIDENT.

Comment t'appelles-tu ?

LE PERRUQUIER.

Caïus Pousignon.

LE PRÉSIDENT.

Où demeures-tu?

LE PERRUQUIER.

Rue de la Calandre, n° 7.

LE PRÉSIDENT.

Que fais-tu?

LE PERRUQUIER.

Je suis perruquier.

LE PRÉSIDENT.

Quel gage as-tu donné à la révolution?

LE PERRUQUIER.

Je paye exactement mes impôts.

LE PRÉSIDENT.

Tu ne fais que ton devoir... Après?

LE PERRUQUIER.

Je monte exactement ma garde, chaque fois que je reçois mon billet.

LE PRÉSIDENT.

Le beau mérite !.. Si tu ne la montais pas, on t'enverrait en prison... Après?

LE PERRUQUIER.

Eh bien ! après?

LE PRÉSIDENT.

Viens-tu souvent à la section ?

LE PERRUQUIER.

J'y viendrais avec bien du plaisir, citoyen, si les affaires de mon commerce...

LE PRÉSIDENT.

Qu'est-ce que c'est que cela, les affaires de ton commerce?... Les affaires de la nation avant tout : que demandes-tu?

LE PERRUQUIER.

Je viens solliciter la faveur d'être reçu membre de la société populaire.

LE PRÉSIDENT.

Tu es ambitieux,... mais n'importe, les bons patriotes ont droit à tout... Es-tu bon patriote?...

LE JEUNE PERRUQUIER.

Oh! cela... je m'en vante.

LE PRÉSIDENT.

C'est ce que nous allons voir.

UN SECTIONNAIRE.

Oui, c'est ce que nous allons voir... Je demande la parole.

LE PRÉSIDENT.

Approche, jeune patriote.

LE SECTIONNAIRE.

Citoyen président, demande-lui un peu ce qu'il a fait pour être pendu en cas de contre-révolution.

LE PRÉSIDENT.

Tu as entendu la demande?

LE PERRUQUIER.

Certainement, je l'ai entendue.

LE PRÉSIDENT.

Eh bien ! réponds-y... qu'as-tu fait?... voyons.

LE PERRUQUIER.

Ce que j'ai fait? d'abord, j'étais à la prise de la Bastille.

LE SECTIONNAIRE.

Oui, il était perruquier du gouverneur, ce n'est pas étonnant qu'il y fût.

LE PERRUQUIER.

J'étais aux Tuileries le 10 août.

LE SECTIONNAIRE.

Oui, comme valet de chambre d'un ci-devant marquis.

LE PRÉSIDENT.

Et qu'as-tu fait aux Tuileries, au 10 août?

LE PERRUQUIER.

J'ai tué... je crois que... j'ai tué... ou blessé un satellite des tyrans.

LE SECTIONNAIRE, *montant aussi à la tribune.*

Eh bien! je vais aider ta mémoire... Tu ne l'as ni tué ni blessé ce satellite du tyran; tu l'as poussé dans une allée de la rue de l'Échelle, en refermant la porte sur lui, pour qu'ensuite il pût se sauver tranquillement. (*Rumeurs dans l'assemblée.*)

LE PRÉSIDENT.

Est-ce vrai?

LE PERRUQUIER.

Écoutez-moi, mon cher monsieur.

CRIS, TUMULTE, EXPLOSION.

Il a dit monsieur, c'est un traître, un ci-devant. (*Pousignon disparaît dans la tribune.*)

LE SECTIONNAIRE.

Et il a continué de coiffer les aristocrates; veux-tu dire que non... c'est toi qui coiffais Barnave et Gensonné.

LE PERRUQUIER.

Pardon! ils sont devenus des aristocrates depuis, à ce qu'il paraît ; mais à l'époque où je les coiffais, ils étaient encore de bons patriotes...

CRIS.

Jamais... jamais. C'est un Girondin... A bas les Girondins! à mort les Girondins !

SCÈNE II.

LES MÊMES, ROCHER, LA FEMME TISON. (*Envahissement du peuple.*)

ROCHER.

Oui ! oui ! à mort les Girondins !... Mais ce n'est pas de cela qu'il s'agit... Aux armes, citoyens! la patrie est en danger.

LE PRÉSIDENT.

La patrie est en danger?... Qu'y a-t-il, citoyen Rocher?

LE PERRUQUIER.

Je crois que je ne ferais pas mal de profiter de ce que la patrie est en danger. (*Il s'esquive.*)

UN MEMBRE.

Eh bien ! eh bien!... Où va-t-il?

ROCHER.

Laisse-le aller, nous le retrouverons; il est connu : Caïus Pousignon, perruquier, rue de la Calandre; mais je vous apporte mieux que cela pour le moment.

LE PRÉSIDENT.

Citoyen Rocher, tu as dit que la patrie était en danger?

ROCHER.

Oui; mais j'étais là, et je l'ai sauvée !

CRIS.

Vive Rocher! vive Rocher!

ROCHER, *modestement.*

Merci !

UN MEMBRE.

Je vote pour qu'on décerne au brave Rocher les honneurs de la séance.

MAURICE, *des tribunes.*

Attendez au moins que vous sachiez ce qu'il a fait.

ROCHER.

Ah! tu es là, toi?

MAURICE.

Pourquoi pas !

ROCHER, *au Président.*

Je te dénonce le traître, citoyen. Le citoyen Maurice Linday est un traître, un aristocrate, un ci-devant.

LE PRÉSIDENT.

Maurice Linday, le secrétaire de la section Lepelletier ?

MAURICE.

Laisse-le donc dire... Citoyen.

ROCHER.

Oui, oui, un traître, ainsi que le citoyen Lorin, autre aristo-crate.

LE PRÉSIDENT.

Et qui les accuse ?

ROCHER.

La femme Tison, ici présente. (*A la femme Tison.*) Monte à la tribune et accuse-les.

LA FEMME TISON.

Que je monte...

ROCHER.

Oui... accuse... accuse, si tu veux qu'on te rende ta fille.

LA FEMME TISON.

Alors, j'accuse.

LE PRÉSIDENT.

Et qui accuses-tu ?

LA FEMME TISON.

Le citoyen Maurice Linday...

ROCHER, *bas.*

Et le citoyen Lorin.

LA FEMME TISON.

Et le citoyen Lorin. (*Bas.*) Me rendra-t-on ma fille ?

ROCHER.

Oui, oui, accuse.

LE PRÉSIDENT.

Et de quoi les accuses-tu ?

ROCHER.

De complot ; ils ont tenté de faire évader la prisonnière du Temple.

MAURICE.

Citoyen Rocher, laisse donc parler la citoyenne accusatrice.

ROCHER.

Tu n'as pas la parole... Dis-lui qu'il n'a pas la parole, citoyen.

LE PRÉSIDENT.

Femme Tison, quel est le complot que tu viens dénoncer à la section ?

LA FEMME TISON.

Le complot ?

ROCHER.

Oui... le complot de l'œillet... tu sais bien.

LA FEMME TISON.

Le complot de l'œillet... c'est cela...

LE PRÉSIDENT.

Eh bien ! achève...

MAURICE.

Citoyen président, tu vois que la pauvre femme est à moitié folle, et que quoique soufflée par cet excellent patriote Rocher... elle pourrait bien manquer de mémoire... Si tu veux, je vais te le dire, le complot, moi...

ROCHER.

Citoyen, impose donc silence au traître... Tu n'as pas la parole, Girondin.

CRIS.

Si... si... non... non... qu'il parle... qu'il parle... (*Tumulte effroyable.*)

LE PRÉSIDENT, *se couvrant.*

Silence... (*Il agite la sonnette. — Profitant du silence.*) La parole est au citoyen Maurice Linday, pour raconter le complot...

TOUS.

Bravo ! bravo ! bravo !

MAURICE.

Eh bien ! on a trouvé tout un plan d'évasion dans un œillet...

LE PRÉSIDENT.

Alors il y a complot...

MAURICE.

Certainement.

ROCHER.

Il avoue... tu vois qu'il avoue, citoyen.

LE PRÉSIDENT.

Et par qui l'œillet a-t-il été apporté.

MAURICE.

Par une femme qui a été instrument, mais qui, à coup sûr, n'est pas complice.

ROCHER.

Elle a donné un œillet à la prisonnière... un œillet dans lequel il avait une lettre. (*A la femme Tison.*) Accuse donc, toi, puisque tu es venue pour accuser.

LE PRÉSIDENT.

Et qui a conduit cette femme au Temple ?

MAURICE.

Moi, citoyen.

ROCHER.

Lui ! vous voyez !

MAURICE.

Oui, moi.

LE PRÉSIDENT.

Comment l'appelles-tu ?

MAURICE.

C'est la citoyenne Dixmer. Son mari est capitaine dans la garde civique, et connu pour son patriotisme dans tout le quartier Victor.

ROCHER.

Oui, fameux patriote ! sa femme demande à voir la prisonnière.

MAURICE.

Non, c'est moi qui en dînant chez elle, lui ai proposé de la conduire au Temple, où elle n'était jamais entrée...

LE PRÉSIDENT.

Mais alors la citoyenne Dixmer s'est munie de fleurs, et le bouquet a été fait d'avance ?

MAURICE.

Pas du tout, car c'est encore moi-même qui ai acheté ces fleurs à une bouquetière qui est venue nous les offrir dans la cour du Temple.

LE PRÉSIDENT.

Mais du moment où le bouquet a été acheté, jusqu'à celui où la citoyenne Dixmer s'est trouvée en face de la prisonnière, on a pu glisser un billet dans les fleurs.

MAURICE.

Impossible, citoyen ; je n'ai pas quitté un seul instant la citoyenne Dixmer, et pour glisser un billet dans chacune des fleurs, car remarquez que chaque œillet, à ce que dit Rocher, devait contenir un billet pareil, il eût fallu au moins une demi-journée.

LE PRÉSIDENT.

Alors à ton avis, citoyen, il n'y a donc pas de complot ?

MAURICE.

Si fait... et je suis même le premier à l'affirmer.... et à le croire ; ... seulement, ce complot ne vient ni de moi, ni de mes amis : aussi, me devons-nous pas en rester là, citoyen président, et faut-il chercher la bouquetière ?...

ROCHER.

Ah ! oui,... la bouquetière ! la bouquetière ! Elle ne se retrouvera pas ! Je vous en préviens d'avance, c'est un complot formé par une société de ci-devant qui se rejettent la balle les uns aux autres, comme des lâches qu'ils sont. Vous avez bien vu, d'ailleurs, que le citoyen Lorin avait décampé quand on s'est présenté chez lui... Eh bien ! il ne se retrouvera pas plus que la bouquetière !

SCÈNE III.

LES PRÉCÉDENTS, LORIN.

LORIN.

Tu en as menti, Rocher ! Il se retrouvera, car le voici ! Place à moi, place ! (*Il va s'asseoir près de Maurice. Maurice sourit et lui tend la main.*)

LES TRIBUNES.

Bravo ! bravo !

LORIN.

Eh bien ! qu'ont-ils donc à applaudir, là-haut ?

ROCHER.

Citoyen !... Je demande que la citoyenne Tison soit entendue ; je demande qu'elle parle, je demande qu'elle accuse !

LORIN.

La femme Tison !... Oh !... citoyens... Avant que cette femme accuse, avant qu'elle ait dit un mot devant vous, je demande que la jeune bouquetière qui vient d'être arrêtée, et qu'on va amener ici, soit entendue !

ROCHER.

Non, non ! c'est encore quelque faux témoin ! quelque partisan des aristocrates !... D'ailleurs, la citoyenne Tison brûle du désir d'éclairer la justice.

LES TRIBUNES.

Oui, oui, la déposition de la citoyenne Tison ! Oui, qu'elle dépose !

LE PRÉSIDENT.

Un instant ! citoyen municipal, n'as-tu rien à dire, d'abord ?

MAURICE.

Non, citoyen ; sinon, qu'avant d'appeler lâche et traître un homme comme moi, Rocher aurait dû attendre qu'il fût mieux instruit.

ROCHER.

Tu dis?... tu dis?...

LORIN.

Que tu seras cruellement puni, tout à l'heure, quand tu vas voir ce qui va arriver.

ROCHER.

Et que va-t-il donc arriver?

LORIN.

Citoyen, je demande encore une fois que la jeune fille qui vient d'être arrêtée soit entendue, avant qu'on fasse parler cette pauvre femme.

ROCHER.

Tu ne veux pas qu'elle parle, parce qu'elle sait la vérité!...

LORIN.

La malheureuse, elle ne sait pas qui elle accuse, on lui a soufflé sa déposition.

ROCHER.

Entends-tu, citoyenne, entends-tu?... On dit là-bas que tu es un faux témoin!

LA FEMME TISON.

Moi! un faux témoin! attends! attends!...

LORIN.

Oh! citoyen, par pitié... nou-seulement ordonne à cette malheureuse de se taire, mais éloigne-la d'ici!

ROCHER.

Ah! tu as peur!... Eh bien! moi, je requiers la déposition de la citoyenne Tison!...

LES TRIBUNES.

Oui, oui, la déposition! (*Rumeurs au dehors.*)

LE PRÉSIDENT.

Informez-vous quel est ce bruit!

UN GENDARME.

C'est une jeune femme qu'on amène.

LORIN, à *Maurice.*

C'est elle?

MAURICE.

Oui. Oh! la malheureuse! elle est perdue!

LES TRIBUNES.

La bouquetière! la bouquetière! c'est la bouquetière!...

ROCHER.

Je demande, avant toute chose, la déposition de la femme Tison. Tu lui as rdonné de déposer... eh bien! il faut qu'elle dépose! (*Bruit et cris des tribunes.*)

LE PRÉSIDENT.

Femme Tison, tu as la parole!...

LA FEMME TISON

Citoyen, ce sont tous des aristocrates... Ils sont venus, comme ça, une société toute entière, pour voir la prisonnière..... tandis qu'à moi, on me défend de voir ma fille..... Et puis, il est entré une bouquetière qui n'avait pas le droit d'entrer, puisque la consigne donnée à la porte de ne laisser entrer personne. C'est le citoyen Lorin et le citoyen Maurice qui lui ont permis d'entrer... Elle avait des bouquets... dans ces bouquets il y avait des billets... Ce sont tous aristocrates... excepté pourtant le citoyen Morand qui est un bon enfant... car il m'a donné un assignat de dix livres. Aussi, lui, je ne l'accuse pas; mais, j'accuse le citoyen Lorin, j'accuse le citoyen Maurice, j'accuse la bouquetière... Ce sont des traîtres à la nation!... J'accuse! j'accuse!...

ROCHER.

Bien! bien!... Ils y sauteront tous!

LA FEMME TISON, à *Rocher.*

Et on me rendra mon Héloïse?

ROCHER.

Oui, sois tranquille!

LA FEMME TISON.

Bon!

LE PRÉSIDENT.

Maintenant, la bouquetière!

CRIS.

La bouquetière! la bouquetière!

LE CHEVALIER, *dans la foule.*

Oh! c'est affreux!...

SCÈNE IV.

LES PRÉCÉDENTS, LA BOUQUETIÈRE.

LA BOUQUETIÈRE, *relevant son voile.*

Me voici, citoyen président!

LA FEMME TISON.

Héloïse! ma fille!... toi? ici!...

HÉLOÏSE.

Oui, ma mère.

TOUS.

Sa fille? sa fille!

LA FEMME TISON.

Et pourquoi es-tu ici... entre deux gendarmes?

HÉLOÏSE.

Parce que je suis accusée, ma mère.

LA FEMME TISON.

Toi! accusée!... et par qui?

HÉLOÏSE.

Par vous... Je suis la bouquetière.

RUMEURS.

Sa fille!... Oh! la malheureuse!... la malheureuse!...

LA FEMME TISON, *tombant à genoux.*

Mon Dieu!

LE PRÉSIDENT.

Comment t'appelles-tu?

HÉLOÏSE.

Héloïse Tison, citoyen.

LE PRÉSIDENT.

Quel âge as-tu?

HÉLOÏSE.

Dix-neuf ans.

LE PRÉSIDENT.

Où demeures-tu?

HÉLOÏSE.

Rue des Nonandières, 24.

LE PRÉSIDENT.

Est-ce toi qui as vendu au citoyen municipal Linday, que voir' sur ce banc, un bouquet d'œillets ce matin?

HÉLOÏSE.

Oui, citoyen, c'est moi.

LA FEMME TISON.

Que dit-elle?

LE PRÉSIDENT.

Pourquoi offrais-tu ces œillets au citoyen Maurice.

HÉLOÏSE.

Parce que je savais qu'il les offrirait à la citoyenne Dixmer... et que je savais que la citoyenne Dixmer devait voir la Reine.

LE PRÉSIDENT.

La citoyenne Dixmer savait-elle que ces fleurs contenaient des billets?

HÉLOÏSE.

Elle ne savait rien.

LE PRÉSIDENT.

Et la prisonnière?

HÉLOÏSE.

Rien, non plus.

LE PRÉSIDENT.

Mais alors, comment présumais-tu que le bouquet lui tomberait entre les mains?

HÉLOÏSE.

Hélas! pauvre femme!... Il y avait si longtemps qu'elle n'avait pas vu de fleurs, que je présumais bien qu'en voyant celles-là, elle en demanderait une!

LE PRÉSIDENT.

Et les choses se sont passées comme tu l'avais prévu?

HÉLOÏSE.

Oui.

LE PRÉSIDENT.

Et quels sont tes complices?

HÉLOÏSE.

Je n'en ai pas.

LE PRÉSIDENT.

Comment! tu as fait le complot à toi toute seule?

HÉLOÏSE.

Si c'est un complot, je l'ai fait à moi toute seule, oui!

LE PRÉSIDENT.

Mais le citoyen Maurice savait-il que ces fleurs contenaient des billets?

HÉLOÏSE.

Le citoyen Maurice est municipal, le citoyen Maurice pouva' voir la reine en tête à tête, à toute heure du jour et de la nuit; s'il eût eu quelque chose à dire à la reine, il n'avait pas besoin d'écrire... puisqu'il pouvait parler...

LE PRÉSIDENT.

Et tu ne connaissais pas le citoyen Maurice?

HÉLOÏSE.

Je le connaissais pour l'avoir vu venir au Temple, du temps où j'y étais avec ma pauvre mère; mais je ne le connaissais pas autrement que de vue.

LE PRÉSIDENT.

Et le citoyen Lorin ?

HÉLOÏSE.

Je ne le connais pas du tout, lui ; et ce matin, je l'ai vu pour la première fois.

LORIN, à Rocher.

Vois-tu, misérable !.. vois-tu ce que tu as fait ?... Ah ! citoyens, ne voyez-vous pas que cette enfant a été poussée, égarée ?

LE PRÉSIDENT, à Héloïse.

Mais qui t'a pu séduire et t'attirer ainsi au parti de la prisonnière ?

HÉLOÏSE.

Personne... Elle était douce et bonne, on la faisait souffrir, je me suis dit : Avant d'être reine, elle est femme, et il me semble que si je puis sauver cette femme, je ferai une bonne action.

LE PRÉSIDENT.

Tu n'as rien à dire autre chose pour ta défense ?

HÉLOÏSE.

Non.

LE PRÉSIDENT.

Tu sais à quoi tu t'exposes ?

HÉLOÏSE.

Oui.

LE PRÉSIDENT.

Tu espères peut-être en ta jeunesse et dans ta beauté ?

HÉLOÏSE.

Je n'espère qu'en Dieu.

LE CHEVALIER.

Noble fille !

LORIN.

J'espère aussi, moi !... car je suis sûr que le tribunal révolutionnaire découvrira la vérité.

LE PRÉSIDENT.

Citoyen Maurice Linday !·.. citoyen Hyacinthe Lorin !... vous êtes libres, la commune reconnaît votre innocence, et rend justice à votre civisme !... (Applaudissements.) Gendarmes ! conduisez la citoyenne Héloïse à la prison de la section !

LA FEMME TISON.

Ma fille ! Ma fille ! (Elle tombe évanoie.)

HÉLOÏSE.

Adieu, ma mère !... Je vous pardonne !...

MAURICE.

Oh ! c'est affreux ! J'aimerais presque autant mourir ! que d'être absous à ce prix !

LORIN.

Il ne peut y avoir un juge capable de condamner cette enfant ! Viens, viens !

SCÈNE V.

LA FEMME TISON évanouie sur les marches de la tribune. DEUX HOMMES restés seuls. L'un des deux hommes est le Chevalier, l'autre Dixmer. Le Chevalier s'approche de la femme Tison, tandis que Dixmer garde la porte.

LA FEMME TISON, revenant à elle.

Oh ! mon Dieu ! mon Dieu !

LE CHEVALIER.

Eh bien ? tu es contente, malheureuse, tu as tué ton enfant !

LA FEMME TISON.

Tué mon enfant ! Tué mon enfant !.. Non ! non ! Il n'est pas possible !

LE CHEVALIER.

Cela est ainsi, cependant, car ta fille est arrêtée !

LA FEMME TISON.

Oui... oui... Arrêtée !... Je me rappelle, et on l'a conduite...

LE CHEVALIER.

À la Conciergerie.

LA FEMME TISON.

Range-toi !... Et laisse-moi passer !

LE CHEVALIER.

Où vas-tu ?

LA FEMME TISON.

A la Conciergerie.

LE CHEVALIER.

Qu'y vas-tu faire ?

LA FEMME TISON.

La voir encore.

LE CHEVALIER.

On ne te laissera pas entrer...

LA FEMME TISON.

On me laissera bien coucher sur la porte !... vivre là !. dormir à !... J'y resterai jusqu'à ce qu'elle sorte... et je la verrai, au moins, encore une fois !

LE CHEVALIER.

Et si quelqu'un te promettait de te rendre ta fille ?

LA FEMME TISON.

Que dites-vous ?

LE CHEVALIER.

Je te demande.. en supposant qu'un homme te propose de te rendre ta fille... si tu ferais ce que cet homme te dirait de faire ?

LA FEMME TISON.

Tout, pour ma fille ! Tout pour mon Héloïse ! tout ! tout ! tout !

LE CHEVALIER.

Écoute ; c'est Dieu qui te punit.

LA FEMME TISON.

Et de quoi ?

LE CHEVALIER.

Des tortures que tu as infligées à une pauvre mère comme toi.

LA FEMME TISON.

De qui veux tu parler ? Que veux-tu dire ?

LE CHEVALIER.

Je veux dire que par tes révélations et tes brutalités, tu as souvent conduit la prisonnière à deux doigts du désespoir, où tu marches toi-même en ce moment... Eh bien ! Dieu te punit, en envoyant à la mort cette fille que tu aimes tant.

LA FEMME TISON.

Vous avez dit qu'il y avait un homme qui pouvait la sauver ? Où est cet homme ?... Que veut cet homme ?... Voyons ! que veut-il ? Que demande-t-il ?

LE CHEVALIER.

Cet homme veut que tu cesses de persécuter la reine, que tu lui demandes pardon des outrages que tu lui as faits, et que si tu t'aperçois que cette femme, qui, elle aussi, a une fille qui souffre, qui pleure, qui se désespère, par une circonstance impossible, par quelque miracle du ciel, est sur le point de se sauver, au lieu de t'opposer à sa fuite, tu y aides de tout ton pouvoir.

LA FEMME TISON.

Écoute, citoyen... C'est toi qui es cet homme !

LE CHEVALIER.

Eh bien ?

LA FEMME TISON.

C'est toi qui promets de sauver mon enfant ? Me le promets-tu ? T'y engages-tu ?... Me le jures-tu ?

LE CHEVALIER.

Tout ce qu'un homme peut faire pour sauver une femme, je le ferai pour sauver ta fille !

LA FEMME TISON.

Il ne peut pas la sauver !... Il ne peut pas la sauver !... Il mentait lorsqu'il promettait de la sauver !

LE CHEVALIER.

Fais ce que tu pourras pour la reine, et je ferai ce que je pourrai pour ta fille !

LA FEMME TISON.

Eh ! que m'importe la reine, à moi !... C'est une mère qui a une fille, voilà tout !... Mais si l'on coupe la tête à quelqu'un, ce ne sera point à sa fille, ce sera à elle !... Qu'on me mène à l'échafaud, à condition qu'il ne tombera pas un cheveu de la tête de ma fille... et j'irai à l'échafaud en chantant !... Mourir ! mourir !... La belle affaire, pardieu !... Ah ! ah ! ah !... (Elle commence des éclats de rire qu'elle termine par des sanglots.)

DIXMER.

Venez, venez, chevalier ! Il n'y a rien à faire avec cette femme.

LA FEMME TISON, l'arrêtant.

Ah ! tu ne t'éloigneras point comme cela !... On ne vient pas dire à une mère : Fais ce que je veux, et je sauverai ton enfant, pour lui dire après : Peut-être !... Voyons, la sauveras-tu ?

LE CHEVALIER.

Oui.

LA FEMME TISON.

Quand cela ?

LE CHEVALIER.

Le jour où on la conduira de la Conciergerie à l'échafaud.

LA FEMME TISON.

Et pourquoi attendre ?... Pourquoi pas ce soir ?... Pourquoi pas cette nuit ?... Pourquoi pas à l'instant même ?

LE CHEVALIER.

Parce que je ne le puis pas.

LA FEMME TISON.

Oh ! tu vois bien !... tu vois bien que tu ne peux pas !... Mais, moi, je peux !

LE CHEVALIER.

Que peux-tu ?

LA FEMME TISON.

Je peux persécuter la prisonnière, comme tu l'appelles ! Je peux surveiller la reine, comme tu dis, aristocrate que tu es ! Je peux entrer à toute heure, jour et nuit, dans sa prison !... Et je ferai ¹out cela !... Quant à ce qu'elle se sauve... Ah ! nous verrons !... nous verrons bien... puisqu'on ne veut pas sauver ma fille... si elle se sauvera, elle !... La prisonnière a été reine... je le sais bien ! Et Héloïse Tison n'est qu'une pauvre fille... je le sais bien encore !... Mais sur la guillotine nous sommes tous égaux ! Tête pour tête, veux-tu ?

LE CHEVALIER.

Eh bien, soit ! Sauve la reine, je sauve ta fille.

LA FEMME TISON.

Jure !

LE CHEVALIER.

Je le jure !

LA FEMME TISON.

Sur quoi ?

LE CHEVALIER.

Dis toi-même.

LA FEMME TISON.

As-tu une fille ?

LE CHEVALIER.

Non.

LA FEMME TISON.

Eh bien ! sur quoi veux-tu jurer alors ?

LE CHEVALIER.

Je le jure sur Dieu !

LA FEMME TISON.

Bah ! Tu sais bien qu'ils ont dit qu'il n'y avait plus de Dieu.

LE CHEVALIER.

Je le jure par la tombe de mon père !

LA FEMME TISON.

Ne jure point par une tombe , cela lui porterait malheur !... Ah ! mon Dieu ! mon Dieu ! quand je pense que dans trois jours, moi aussi, je jurerai peut-être par la tombe de ma fille !... Ah ! ma fille ! ma pauvre Héloïse ! (*Elle s'agenouille à demi-évanouie.*)

DIXMER.

Il n'y a rien à faire avec cette femme. Elle est folle.

LE CHEVALIER.

Non, elle est mère.

DIXMER.

Venez, venez, venez. (*Ils s'éloignent.*)

LA FEMME TISON (*revenant à elle*).

Où allez-vous ?... Allez-vous sauver Héloïse ? Attendez-moi, alors, je vais avec vous ! Mais attendez-moi ! Attendez-moi donc !... (*Elle sort courant après eux.*)

ACTE III.

SIXIÈME TABLEAU.

L'appartement de Maurice.

SCÈNE I.

MAURICE, *seul, à moitié couché sur un canapé.*

Je m'y perds... il y a quelque abîme au fond de tout ceci ! eneviève mourante lorsque j'arrive chez elle... Geneviève en élire... appelant tour à tour Héloïse Tison et le chevalier de Maison-Rouge.... Oui, sans doute, je comprenais bien la terreur de la pauvre femme quand elle a appris qu'innocemment, sans le savoir elle-même, elle avait servi d'intermédiaire dans toute cette intrigue... quand elle a su qu'Héloïse Tison avait été condamnée à mort... quand elle a appris enfin que ce caprice qu'elle avait eu de voir la prisonnière avait failli me coûter la tête... Mais en me revoyant, tout était dit ! Mais en apprenant de ma bouche même que j'étais sauvé... elle n'avait plus rien à craindre... A demain... Elle m'a remis à demain... Demain, je la verrai seule... Demain je saurai tout... (*A Agésilas qui entre.*) Eh bien ! que veux-tu, toi ?

SCÈNE II.

AGÉSILAS, MAURICE.

AGÉSILAS.

Ah ! citoyen ! citoyen !

MAURICE.

Eh bien !

AGÉSILAS

En voilà une fameuse de conspiration...

MAURICE.

Encore ?

AGÉSILAS.

Oh ! si tu entendais ce qu'on dit... Ça fait dresser les cheveux sur la tête.

MAURICE.

Et que dit-on ?

AGÉSILAS.

Des ramifications, des ramifications !... il y en avait !

MAURICE.

Et jusqu'où allaient ces ramifications ?

AGÉSILAS.

Partout ! d'abord la fille Tison... ensuite la femme d'un tanneur, la citoyenne... la citoyenne... Ah ! je ne me rappelle plus son nom !

MAURICE.

Dixmer ?

AGÉSILAS.

La citoyenne Dixmer, c'est cela... Il parlat qu'elle avait séduit un municipal.

MAURICE.

Un municipal !... On dit cela ?

AGÉSILAS.

A telle enseigne que le municipal a été conduit à la section, où à force d'intrigues les aristocrates ont fait prononcer son acquittement.

MAURICE.

Et dit-on le nom de ce municipal ?

AGÉSILAS.

On ne me l'a pas dit à moi, du moins.

MAURICE.

Eh bien ! tu le diras aux autres : ce municipal, c'est Maurice Linday.

AGÉSILAS.

Comment ! toi, citoyen ! toi le complice du Chevalier de Maison-Rouge ?

Eh ! que diable le Chevalier de Maison-Rouge a-t-il à faire dans tout cela ?

AGÉSILAS.

Eh ! oui ! eh ! oui... c'était le Chevalier de Maison-Rouge qui menait tout.

MAURICE, *à part.*

Maison-Rouge... Maison-Rouge, dont Geneviève a prononcé deux ou trois fois le nom... C'est à en devenir fou... (*Bruit dans la rue.*)

AGÉSILAS.

Tiens ! qu'est-ce que c'est que cela ? (*Il va à la fenêtre.*) On dirait comme une troupe qui passe... Ah ! c'est une patrouille ! Ah ! votre ami Lorin la commande.(*Faisan ur sign de la tête.*) Il demande si nous sommes chez nous... Oui, oui, oui... monte, citoyen Lorin...

MAURICE.

Monte-t-il ?

AGÉSILAS.

Le voici ?

MAURICE.

C'est bien, laisse-nous !

AGÉSILAS.

Comment, que je vous laisse ?

MAURICE.

Sans doute...

AGÉSILAS.

C'est bon ! je l'appelle pour qu'il vienne causer avec nous, et tu me renvoies...

SCÈNE III.

MAURICE, LORIN, AGÉSILAS.

LORIN, *entrant.*

Bonsoir, Maurice ! bonsoir, Agésilas...

AGÉSILAS.

A la bonne heure, lui !... (*Il prend une chaise.*)

LORIN.

Mon cher Agésilas, tu es bien aimable... mais... va-t'en !

AGÉSILAS.

Décidément, je ne pouvais y échapper...

SCÈNE IV.

MAURICE, LORIN.

LORIN.

Enfin, c'est toi! morbleu! ce n'est pas sans peine que je te
rejoins.

Mais puisque je retrouve un ami fidèle...

MAURICE.

Que viens-tu donc faire par ici en patrouille?...

LORIN.

Que viens-tu faire par ici en patrouille?... Eh bien, je vais te
le dire; mon ami, il s'agit tout simplement de rétablir sur sa
première base notre réputation ébranlée!... j'ai appris, aujour-
d'hui, à la section, deux grandes nouvelles.

Lesquelles?

LORIN.

La première, c'est que nous commençons, malgré notre acquittement triomphal, à être mal vus, toi, et moi...

MAURICE.

Je le sais, après?

LORIN.

La seconde, c'est que toute la conspiration de l'œillet a été
conduite par le Chevalier de Maison-Rouge.

Je le sais encore.

MAURICE.

LORIN.

Ah! tu le sais encore!

MAURICE.

Oui.

LORIN.

Alors, passons à une troisième nouvelle... Tu ne la sais pas,
celle-là, j'en suis sûr... c'est que nous allons prendre ce soir le
Chevalier de Maison-Rouge.

MAURICE.

Prendre le Chevalier de Maison-Rouge?

LORIN.

Oui!

MAURICE.

Tu t'es donc fait gendarme?

LORIN.

Non, mais je suis patriote... un patriote se doit à sa patrie...
Or ma patrie est abominablement ravagée par ce Chevalier de
maison-Rouge, qui entasse complots sur complots... et la patrie
m'ordonnant, à moi, de la débarrasser du susdit Chevalier qui la
gêne... j'obéis à la patrie.

MAURICE.

C'est égal, Lorin, il est singulier que tu te charges d'une pareille commission...

LORIN.

Je ne m'en suis pas chargé... On m'en a chargé!... D'ailleurs
je dois dire que je l'eusse briguée, la commission. il nous faut un
coup éclatant pour nous réhabiliter, attendu que pour nous la
réhabilitation c'est la vie... Aussi je suis venu te prendre en passant.

MAURICE.

Pourquoi faire?

LORIN.

Pour te mettre à la tête de l'expédition.

MAURICE.

Et qui m'a désigné?

LORIN.

Le général!

MAURICE.

Mais, au général?

LORIN.

Moi!... Ainsi donc, en avant, marche...

La victoire, en chantant, nous ouvre la barrière.

MAURICE.

Mon cher Lorin, je suis désespéré, mais je ne me sens pas le
moindre goût pour cette expédition... tu diras que tu ne m'as
pas rencontré.

LORIN.

Impossible!... tous nos hommes savent que tu étais chez toi...
puisqu'ils ont vu Agésilas me faire signe.

MAURICE.

Eh bien, tu diras que tu m'as rencontré, mais que je n'ai pas
voulu être des vôtres...

LORIN.

Impossible encore...

Et pourquoi cela?

MAURICE.

LORIN.

Parce que cette fois, tu ne serais plus seulement ce qu'on t'accuse d'être... un tiède... mais un suspect... Et tu sais ce qu'on
en fait des suspects... On les conduit sur la place de la révolution,
et là on les invite à saluer la statue de la liberté... Seulement, au
lieu de la saluer avec le chapeau, ils la saluent avec la tête...

MAURICE.

Eh bien... Lorin... il arrivera ce qu'il pourra.

LORIN.

Comment?

MAURICE.

Oui, cela va te paraître étange, peut-être; mais, sur mon âme,
je suis dégoûté de la vie. (Il s'assied).

LORIN.

Bon!... nous sommes en bisbille avec notre bien aimée, et cela
nous donne des idées mélancoliques!... Allons, bel Amadis, re-
devenons un homme... et de là nous passerons citoyen!... Moi,
au contraire, je ne me sens jamais meilleur patriote que lorsque
je suis en brouille avec la citoyenne Arthémise... A propos, sa divinité la déesse Raison te dit des millions de choses gracieuses...
elle a été nommée déesse ce matin... à trois cents voix de majorité!

MAURICE.

Tu lui feras mes compliments, Lorin.

LORIN.

C'est tout?

MAURICE.

Oui.

LORIN.

Tu ne viens pas?

MAURICE.

Non.

LORIN.

Maurice, tu te perds.

MAURICE.

Eh bien... je me perds... D'ailleurs qui vous dit que le Chevalier de Maison-Rouge soit en effet le chef de la conspiration
souterraine?

LORIN.

On le présume.

MAURICE.

Ah! vous procédez par induction?

LORIN.

Pour moi, c'est une certitude.

MAURICE.

Comment arranges-tu tout cela, voyons; car enfin...

LORIN.

Écoute bien.

MAURICE.

J'écoute.

LORIN.

A peine ai-je entendu crier : Grande conspiration découverte
par le citoyen Rocher.... Cette canaille de Rocher! il est partout
le misérable!.... que j'ai voulu juger de la vérité par moi-même.
Or, on parlait d'un souterrain....

MAURICE.

Existe-t-il, seulement?

LORIN.

S'il existe?... je l'ai vu, de mes yeux, vu, ce qui s'appelle
vu!... Tiens! pourquoi ne siffles-tu pas?

MAURICE.

Parce que les circonstances me paraissent un peu graves
pour plaisanter.

LORIN.

Eh bien! mais de quoi plaisantera-t-on, si l'on ne plaisan
pas des choses graves?

MAURICE.

Tu dis donc que tu as vu?...

LORIN.

Je répète que j'ai vu le souterrain, que je l'ai parcouru, et
qu'il correspondait de la cave de la citoyenne Plumeau, à une
maison de la rue de la Corderie, n° 14 ou 16, je ne me rappelle
plus bien.

MAURICE.

Il me semble qu'alors ceux que l'on eût dû arrêter d'abord
étaient les habitants de cette maison de la rue de la Corderie...

LORIN.

C'est ce que l'on aurait fait aussi, si l'on n'eût pas trouvé la maison parfaitement dénuée de locataires.

MAURICE.

Mais enfin, cette maison appartenait à quelqu'un.

LORIN.

Oui, à un nouveau propriétaire, mais personne ne le connaissait : on savait que la maison avait changé de maître depuis huit ou dix jours, voilà tout.... Les voisins avaient bien entendu du bruit, mais comme la maison était vieille, ils avaient cru qu'on travaillait aux réparations. Quant à l'autre propriétaire, il avait quitté Paris,... A qui s'en prendre ?... J'arrive sur ces entrefaites... Pour Dieu! dis-je au général en le tirant à part, vous voilà bien embarrassé !... C'est vrai, me répondit-il, nous le sommes !... Cette maison a été vendue... n'est-ce pas ?... Oui... Vendue par-devant notaire ? Oui. Eh bien! il faut chercher chez tous les notaires de Paris, afin de savoir lequel a vendu cette maison, et de faire communiquer l'acte ; on verra dessus le nom et le domicile de l'acheteur... A la bonne heure, c'est un conseil, cela... s'écria le général, et voilà un homme que l'on accuse d'être mauvais patriote !... Lorin! Lorin! je te réhabiliterai, ou le diable me brûle. Bref, ce qui fut dit fut fait ; on chercha le notaire, on retrouva l'acte, le nom et le domicile du coupable.... Alors le général m'a tenu parole, et m'a accordé la faveur d'aller l'arrêter ; je partage avec toi cette faveur.

MAURICE.

Et cet homme, c'est le Chevalier de Maison-Rouge ?

LORIN.

Non, son complice seulement.

MAURICE.

Ce n'est pas le Chevalier de Maison-Rouge.

LORIN.

Non, te dis-je, mais on l'a reconnu, suivi et perdu dans les environs de notre domicile de la rue de la Corderie... Viens avec nous, viens !

MAURICE.

Mais encore une fois, non !

LORIN.

Réfléchis.

MAURICE.

Mes réflexions sont faites.

LORIN.

Je ne t'ai pas tout répété.

MAURICE.

Tout quoi ?

LORIN.

Tout ce qu'a dit le général.

MAURICE.

Que t'a-t-il dit ?

LORIN.

Quand je t'ai désigné pour le chef de l'expédition, il m'a dit : Prends garde à Maurice.

MAURICE.

A moi ?

LORIN.

A toi... Maurice, a-t-il ajouté, va bien souvent dans ce quartier-là !

MAURICE.

Dans quel quartier ?

LORIN.

Dans celui de Maison-Rouge.

MAURICE.

Et dans quel quartier demeure donc Maison-Rouge ?

LORIN.

Vieille rue Jacques.

MAURICE.

Comment vieille rue Jacques ?

LORIN.

C'est là que loge l'acheteur de la maison de la rue de la Corderie.

MAURICE.

Oh ! mon Dieu !

LORIN.

Qu'as-tu ?

MAURICE.

Rien... et cet acheteur ?

LORIN.

Un maître tanneur, je crois.

MAURICE.

Son nom ?

LORIN.

Dixmer !

MAURICE.

Dixmer ! Lorin, je vais avec vous.

LORIN, à part.

Oh ! je savais bien que tu viendrais, quand je te nommerais Dixmer. (Haut.) A la bonne heure !

MAURICE.

Agésilas!

AGÉSILAS.

Citoyen ?

MAURICE.

Mon sabre, mes pistolets! ... Le Chevalier dans la maison de Dixmer... viens Lorin... viens !... (Il s'élance hors de l'appartement.)

SEPTIÈME TABLEAU.

Le jardin de Dixmer (nuit). Le pavillon plus grand. La serre dans la coulisse.

SCÈNE I.

DIXMER et LE CHEVALIER, près de la porte du fond ; GENEVIÈVE, dans le pavillon, la tête entre ses deux mains.

DIXMER.

Heureusement mon nom seul est sur l'acte de vente de la maison qui avoisine le Temple ; je suis donc seul compromis, sans cela, je ne consentirais jamais à vous quitter d'une minute. Je vous recommande Geneviève !...

LE CHEVALIER.

Soyez tranquille ; d'ailleurs, nous-mêmes dans une heure, nous serons loin d'ici !...

DIXMER.

Demain, toute la journée à Charenton, chez le vicomte !...

LE CHEVALIER.

Très bien !...

DIXMER.

Et puis, je ne m'éloigne d'ici qu'à la dernière extrémité.

LE CHEVALIER.

Adieu !... (Dixmer sort par la porte du fond.)

SCÈNE II.

LE CHEVALIER, entrant dans le pavillon, GENEVIÈVE.

LE CHEVALIER, s'arrêtant derrière elle.

Geneviève !..

GENEVIÈVE.

Mon ami !...

LE CHEVALIER.

Vous êtes forte, n'est-ce pas ?

GENEVIÈVE.

Oh ! mon Dieu, vous me faites peur.

LE CHEVALIER.

Appelez toute votre force à votre aide... On est sur les traces de votre mari...

GENEVIÈVE.

Eh ! qu'est-il devenu ?...

LE CHEVALIER.

Sauvé... Des adieux l'eussent retenu trop long temps près de vous. D'ailleurs, nous allons le rejoindre !...

GENEVIÈVE.

Où cela ?

LE CHEVALIER.

Où l'on rejoint les exilés... nul ne peut le dire !...

GENEVIÈVE.

Et nous partons...

LE CHEVALIER.

Le temps de brûler quelques papiers... voilà tout... J'entre dans cette chambre... faites vos préparatifs, Geneviève. (Il sort.)

SCÈNE III.

GENEVIÈVE, seule.

O mon Dieu, partir ainsi... sans le voir! Si je lui écrivais... Mais par qui lui faire porter cette lettre ?... il est déjà bien assez compromis... grâce à moi ! Oh! que va-t-il se passer ?... que va-t-il dire ?... moi, qui lui avais donné rendez-vous pour demain ! il va croire que mon amour n'était qu'un calcul ! il va croire que je ne l'ai attiré ici que pour le perdre !... oh ! j'eusse dû résister !... Mon Dieu !... Maurice!... Maurice!...

SCÈNE IV.

GENEVIÈVE, *dans le pavillon* ; MAURICE, *apparaissant au-dessus du mur* ; LORIN, *de l'autre côté du mur.*

MAURICE.

C'est bien, gardez les entrées, placez six hommes sûrs, à la sortie du pavillon, les autres dans les encoignures des portes; surtout, n'allez pas dégarnir les passages, et ne venez pas sans que je vous appelle; moi, je vais sauter par-dessus le mur et veiller dans le jardin.

LORIN.

A merveille, et s'il en est besoin, de l'intérieur tu nous ouvriras.

MAURICE.

Oui, d'autant plus que d'ici, je vois tout ce qui se passe.

LORIN.

Tu connais donc la maison?

MAURICE, *avec hésitation.*

Autrefois, j'ai voulu l'acheter... allez... allez !...

LORIN.

Eh bien!... attends donc !...

MAURICE.

Quoi?

LORIN.

Et le mot d'ordre?

MAURICE.

C'est juste !...

LORIN.

OEillet et souterrain, arrête tous ceux qui ne te diront pas ces deux mots, laisse passer tous ceux qui te les diront, voilà la consigne !...

MAURICE.

Merci! (*Il saute dans le jardin.*

SCÈNE V.

MAURICE, *dans le jardin* ; GENEVIÈVE, *dans le pavillon; puis,* LE CHEVALIER.

MAURICE.

C'est bien ici !... Ainsi, elle me trompait! tout son amour n'était qu'une feinte, qu'un moyen d'arriver à son but... pauvre... pauvre insensé que j'étais... Oh! il y a de la lumière dans ce pavillon... que fait-elle?... (*Il cherche à voir au travers des persiennes.*)

LE CHEVALIER, *sortant de la chambre voisine.*

Tout est brûlé, êtes-vous prête, Geneviève?

GENEVIÈVE.

Oh! mon Dieu!... il faut donc partir !...

LE CHEVALIER.

Il le faut !...

GENEVIÈVE.

Oh! je ne pourrai jamais !...

MAURICE.

Quelqu'un avec Geneviève... Ce n'est pas la voix de Dixmer.

LE CHEVALIER.

Du courage, ma sœur.

GENEVIÈVE.

Oh! vous ne savez pas tout ce que je souffre à quitter cette maison... à m'éloigner de Paris.

LE CHEVALIER.

Nous allons retrouver Dixmer !...

GENEVIÈVE.

Mon mari, lui, qui, m'a abandonnée... qui me laisse ici... Seule...

LE CHEVALIER.

Seule... avec moi?

GENEVIÈVE.

Seule avec mon désespoir... avec une pensée qui me dévore... qui me tue.

LE CHEVALIER.

Geneviève... cette exaltation m'effraie... Il s'agissait, pour Dixmer de la vie !...

GENEVIÈVE.

De la vie... Et pour moi, mon Dieu.. Tenez, le cri de douleur qui s'échappe enfin de ma poitrine, c'est le cri de la conscience... cependant, non, je n'ai rien à me reprocher... mais mon mari...

LE CHEVALIER.

Oui, je le sais, il aurait dû vous épargner... il aurait dû penser qu'une femme !..

GENEVIÈVE.

Oh! il a été bien coupable... bien lâche!

LE CHEVALIER.

Geneviève, vous, si indulgente, si résignée, reprocher avec tant d'amertume à Dixmer les angoisses que vous avez subies pour notre cause !...

GENEVIÈVE.

Oh! ce n'est pas cela que je lui reproche !...

LE CHEVALIER.

A-t-il donc d'autres torts envers vous ?...

GENEVIÈVE.

Quoi ?... vous n'avez pas compris, vous n'avez donc rien vu ?... mes luttes, mes combats, mes larmes, ma résistance, enfin ?...

LE CHEVALIER.

Votre résistance ?...

GENEVIÈVE.

Eh bien, à vous, mon ami, à vous, mon frère, je veux tout dire... Sachez donc...

MAURICE, *repoussant la fenêtre, et s'élançant dans l'appartement.*

Oh! c'est trop souffrir...

GENEVIÈVE, *poussant un cri.*

Quelqu'un !...

LE CHEVALIER, *appuyant deux pistolets sur la poitrine de Maurice.*

Un pas de plus, vous êtes mort.

GENEVIÈVE, *reconnaissant Maurice.*

Maurice !...

MAURICE, *croisant les bras.*

Monsieur, vous êtes le Chevalier de Maison-Rouge ?...

LE CHEVALIER.

Et quand cela serait ?...

MAURICE.

C'est que si cela est, vous êtes un homme brave... et par conséquent calme... et je vais vous dire deux mots...

LE CHEVALIER.

Parlez !...

MAURICE.

Vous pouvez me tuer, mais vous ne me tuerez pas avant que j'aie poussé un cri, ou plutôt, je ne mourrai point sans l'avoir poussé... si je pousse ce cri, trois cents hommes qui cernent cette maison l'auront réduite en cendres; avant dix minutes ainsi, abaissez vos pistolets, et écoutez ce que je vais dire à madame !...

LE CHEVALIER.

A Geneviève !...

GENEVIÈVE.

A moi ?...

MAURICE.

Vous souvenez vous madame, qu'un jour, je vous ai exprimé mon étonnement, et pourquoi ne pas l'avouer, mon inquiétude en voyant l'assiduité de M. Morand auprès de vous ?... Vous rappelez-vous ce que vous m'avez répondu, madame ?...

GENEVIÈVE.

Je vous ai dit, Maurice, que je n'aimais pas M. Morand.

MAURICE.

Je vois maintenant, que vous avez dit vrai, en effet, vous n'aimez pas M. Morand.

GENEVIÈVE.

Maurice, écoutez moi !...

MAURICE.

Je n'ai rien à entendre, madame, vous m'avez trompé !...

LE CHEVALIER.

Trompé ?...

MAURICE.

Vous avez brisé d'un seul coup tous les liens qui scellaient mon cœur au vôtre.

LE CHEVALIER.

Ils s'aimaient !

MAURICE.

Vous avez dit que vous n'aimiez pas M. Morand; mais vous n'aviez pas dit que vous en aimiez un autre !...

LE CHEVALIER.

Monsieur, que parlez-vous de Morand, ou plutôt de quel Morand parlez vous ?...

MAURICE.

De Morand, l'associé de Dixmer.

LE CHEVALIER.

Eh! monsieur, Morand et le Chevalier de Maison-Rouge ne font qu'un. Morand est devant vous!

MAURICE.

Ah! en effet... je comprends, vous n'aimiez pas Morand, madame, puisque Morand n'existe pas !... Mais le subterfuge pour être plus adroit n'en est pas moins méprisable !...

LE CHEVALIER.

Monsieur...

MAURICE.

Veuillez me laisser causer un instant avec madame, veuillez même assister à cet entretien... il ne sera pas long, je vous en réponds...

GENEVIÈVE.

Chevalier... je vous en prie...

MAURICE.

Ainsi, vous Geneviève, vous !... vous m'avez rendu la risée de vos amis, l'exécration des miens; vous m'avez fait servir, aveugle que j'étais, à tou vos complots, vous avez tiré de moi l'utilité qu'on tire d'un instrument! Écoutez, c'est une action infâme ! mais vons en serez punie !... car monsieur que voilà va me tuer sous vos yeux ! mais, avant cinq minutes, il sera là, lui aussi, gisant à vos pieds !... ou s'il vit, ce sera pour porter sa tête sur un échafaud !...

GENEVIÈVE.

Lui, mourir ! lui porter sa tête sur un échafaud !... vous ne savez donc pas, Maurice, que lui, c'est mon protecteur, c'est mon frère, que je donnerais ma vie pourla sienne, que s'il meurt, je mourrai !

MAURICE *se retournant vers le Chevalier.*

Allons, monsieur, il faut me tuer, ou mourir...

LE CHEVALIER.

Pourquoi cela?

MAURICE.

Parce que, si vous ne me tuez pas, je vous arrête. (*Il étend la main.*)

LE CHEVALIER.

Je ne vous disputerai pas ma vie, monsieur, tenez. (*Il jette ses pistolets.*)

MAURICE.

Et pourquoi ne vous défendez-vous pas?

LE CHEVALIER.

Parce que ma vie ne vaut pas la peine que j'éprouverais à tuer un galant homme !

GENEVIÈVE.

Oh! vous êtes toujours bon, grand et généreux... chevalier.

LE CHEVALIER.

Tenez, monsieur, je rentre dans ma chambre, je vous jure que ce n'est pas pour fuir, mais pour cacher un portrait qui, si je suis pris, ne doit pas, ne peut pas être trouvé sur moi.

MAURICE.

Un portrait... prétexte.

LE CHEVALIER.

Allons, monsieur, je sais que vous êtes mon ennemi, mais je ne doute pas moi, que vous ne soyez un cœur franc et loyal ! je me confierai à vous jusqu'à la fin. (*Il lui montre un portrait.*)

La reine !

GENEVIÈVE.

Rappelez-vous cette demande que vous m'avez faite en riant au temple, Maurice : Est-ce que ce serait de la reine que Morand est amoureux?

MAURICE.

Oh ! mon Dieu !

LE CHEVALIER.

J'attends vos ordres, monsieur; si vous persistez à vouloir mon arrestation, vous frapperez à cette porte... quand il sera temps que je me livre. Je ne tiens plus à la vie, du moment où cette vie n'est plus soutenue par l'espérance que j'avais... (*Il sort.*)

SCÈNE VI.

GENEVIÈVE, MAURICE.

GENEVIÈVE, *se laissant glisser à genoux.*

Pardon, Maurice, pardon pour tout le mal que je vous ai ait !... pardon, pour mes tromperies... pardon, au nom de vos souffrances, et de mes larmes !... car, je vous le jure, j'ai bien pleuré... j'ai bien souffert !... Mon mari est parti... je ne sais pas si je le reverrai jamais... et maintenant un seul ami me reste... non pas un ami, un frère... et vous allez me le faire tuer !... Pardon, Maurice, pardon !...

MAURICE.

Que voulez-vous, il y a de ces fatalités-là... tout le monde joue sa vie à cette heure... Le chevalier de Maison-Rouge a joué comme les autres... il a perdu... maintenant, il faut qu'il paye !

GENEVIÈVE.

C'est-à-dire, qu'il meure?

MAURICE.

Oui !...

GENEVIÈVE.

Et c'est vous qui me dites cela, vous, Maurice?...

MAURICE.

Ce n'est pas moi, c'est la fatalité !...

GENEVIÈVE.

La fatalité n'a pas prononcé son dernier mot, puisque vous pouvez le sauver, vous !...

MAURICE.

Aux dépens de ma parole, et par conséquent de mon honneur !... Je comprends, Geneviève.

GENEVIÈVE.

Fermez les yeux, Maurice !... Voilà tout ce que je vous demande.. et ma reconnaissance !...

MAURICE.

Je fermerais inutilement les yeux, madame; il y a un mot d'ordre donné... un mot d'ordre, sans lequel personne ne peut sortir; car, je vous le répète, la maison est cernée !...

GENEVIÈVE.

Et vous le savez, ce mot d'ordre?...

MAURICE.

Sans doute, que je le sais.

GENEVIÈVE.

Maurice !...

MAURICE.

Eh bien?...

GENEVIÈVE.

Mon ami... mon cher Maurice !... ce mot d'ordre, dites-le-moi, il me le faut !...

MAURICE.

Geneviève, Geneviève !... qui êtes-vous donc?... et quelle puissance croyez-vous avoir conquise sur moi, pour me venir dire : Maurice, sois sans honneur, sans parole, trahis ta cause, tes opinions, mens, renie!... Que m'offrez-vous, Geneviève, en échange de tout cela... vous qui me tentez ainsi?...

GENEVIÈVE.

Oh! Maurice... Maurice !... sauvez-le... et ensuite, demandez-moi ma vie !...

MAURICE.

Geneviève, écoutez-moi!... J'ai un pied dans le chemin de l'infamie... pour y engager l'autre, je veux du moins avoir une bonne raison contre moi-même !... Geneviève, jurez-moi que vous n'aimez pas le chevalier de Maison-Rouge.

GENEVIÈVE.

J'aime le chevalier de Maison-Rouge comme un frère, comme un ami, pas autrement, je vous le jure !...

MAURICE.

Mais moi, Geneviève, m'aimez-vous?

GENEVIÈVE.

Maurice !...

MAURICE.

Si je fais ce que vous demandez, abandonnerez-vous parents, amis, patrie, pour fuir avec le traître ?...

GENEVIÈVE.

Maurice, Maurice...

MAURICE.

Abandonnerez-vous tout cela?... Oh! répondez vite, nous n'avons pas de temps à perdre !...

GENEVIÈVE.

Oh! mon Dieu!... mon Dieu !...

MAURICE, *avec rage.*

Elle hésite... elle hésite...

GENEVIÈVE.

Non, non, je n'hésite pas, Maurice; sauvez le Chevalier ! sauvez-le... et puis, ordonnez !...

MAURICE.

Oh! pas ainsi ! ne jure pas ainsi, ou je n'accepte pas ton serment! Ce n'est pas un sacrifice... ce n'est pas du désespoir que je veux, c'est ton amour.

GENEVIÈVE.

Eh bien, je t'aime, Maurice, je t'aime; mais sauve-le, je mourrai avec toi, je mourrai pour toi, mais, sauve-le... sauve-le...

MAURICE, *allant à la porte de la chambre.*

Madame, le Chevalier est libre... qu'il prenne le costume du tanneur Morand... je lui rends sa parole (*à Geneviève*). Voici les de passe : OEillet et souterrain !... allez le lui porter vous même !...

GENEVIÈVE, *s'élançant dans le cabinet.*

Oh ! merci !...

4

SCÈNE VII.

MAURICE, LORIN. (*On frappe à la porte du jardin.*)

MAURICE.

Je puis ouvrir maintenant ? (*Maurice va ouvrir; Lorin paraît sur le perron.*)

LORIN.

Eh bien ?...

MAURICE.

Vous le voyez, je suis à mon poste !...

LORIN.

Et personne n'a tenté de forcer la consigne ?...

MAURICE.

Personne !...

LORIN.

Bien !... (*A la porte du fond qu'il ouvre*) Entrez, vous autres, par ici, la chambre est là, veillez bien sur les fenêtres, et si quelqu'un tentait de s'évader, faites feu... Bien... (*il entre et revient,*) Personne !.., personne !... il n'est pas dans ce pavillon !

MAURICE, *balbutiant.*

Il se sera échappé !

LORIN.

Impossible; il est rentré il y a une heure, personne ne l'a vu sortir, les issues sont gardées, et il n'a pas le mot de passe. Il se cache peut-être dans la chambre de la citoyenne !...

TOUS.

Entrons !...

MAURICE.

Citoyens, respectez la chambre d'une femme !...

LORIN.

On respectera la femme, mais on visitera la chambre !...

MAURICE.

Alors, laissez-moi passer le premier...

LORIN.

Passe, tu es capitaine.

MAURICE, *entrant chez Geneviève.*

Venez, citoyenne, ne craignez rien, vous êtes sous ma sauvegarde... Partie aussi !...

TOUS.

Partie ?

LORIN.

Courez tous, fouillez la maison, saccagez, brûlez ! mais, morts ou vifs, retrouvez-les... (*Tous courent dans la direction de la rue.*) Maurice, comment se fait-il qu'ils aient pu passer ?...

MAURICE.

Malheur à moi, qu'ine les ai pas tués tous les deux ! (*Lorin entraîne Maurice.*)

———

HUITIÈME TABLEAU.

SCÈNE I.

La chambre de Maurice.

MAURICE, LORIN, AGÉSILAS.

AGÉSILAS, à *Maurice.*

Citoyen Maurice !...

MAURICE.

C'est bien !...

AGÉSILAS.

C'est que je voulais te dire....

MAURICE.

Plus tard...

AGÉSILAS.

Que pendant ton absence...

MAURICE.

Morbleu !...

AGÉSILAS.

C'est bien, citoyen, c'est bien !..... (*Il sort.*)

SCÈNE II.

MAURICE, LORIN.

MAURICE.

Eh bien !... maintenant que nous voilà seuls, parle ; qu'avais-tu à me dire "

LORIN.

Écoute, cher ami ; sans exorde, sans périphrase, sans commentaire, je te dirai une chose ; c'est que tu te perds, ou plutôt, c'est que nous sommes perdus !

MAURICE.

Comment cela ?... qu'y a-t-il ?...

LORIN.

Il y a, tendre ami, qu'il existe certain arrêté du comité de salut public, qui déclare traître à la patrie quiconque entretient des relations avec les ennemis de ladite patrie... Hein ! connais-tu cet arrêté ?

MAURICE.

Sans doute.

LORIN.

Tu le connais ?

MAURICE.

Oui.

LORIN.

Eh bien ! Il me semble que tu n'es pas mal traître à la patrie. Qu'en dis-tu ?... Comme dit Manlius dans la tragédie du citoyen Lafosse...

MAURICE.

Lorin !

LORIN.

Sans doute ; à moins que tu ne regardes toutefois comme idolâtrant la patrie ceux qui donnent le logement, la table et le lit à M. le Chevalier de Maison-Rouge, lequel n'est point un exalté républicain, à ce que je suppose, et n'est pas accusé, pour le moment, d'avoir fait les journées de septembre !...

MAURICE.

Lorin, je ne te comprends pas.

LORIN.

Maurice, tu vas comprendre. Te rappelles-tu de cette chambre de la rue Saint-Jacques ?

MAURICE.

Où nous n'avons trouvé personne ?

LORIN.

Qu'un portrait.

MAURICE.

Eh bien ?

LORIN.

Un portrait de femme !

MAURICE.

Après ?

LORIN.

Après ? cette femme était la même que tu tenais au bras dans la cour du Temple, et qui a donné l'œillet à la reine, ce qui fait, mon cher ami, que tu me parais avoir été... ou être encore, un peu trop ami de l'ennemie de la patrie !... Allons, allons, ne te révolte pas ; en vérité, tu es comme feu Encelade, tu remuerais une montagne quand tu te retournes. Je te le répète donc, ne te révolte pas, et avoue tout bonnement que tu étais en relations avec ces aristocrates.

MAURICE.

Eh bien ! que t'importe !...

LORIN.

Cela m'importe infiniment, cher ami ! Oh ! si nous vivions dans une de ces températures de serre chaude, température honnête, où, selon les règles de la botanique, le baromètre marque invariablement seize degrés, je te dirais : Mon cher Maurice ; c'est élégant, c'est comme il faut, soyons un peu aristocrates de temps en temps, cela fait bien, cela sent bon : mais nous cuisons aujourd'hui dans cinquante à cinquante-cinq degrés de chaleur... la terre brûle... de sorte que lorsqu'on n'est que tiède, par cette chaleur là... on semble froid... que lorsqu'on est froid, on est suspect, et que quand on est suspect, on est mort...

MAURICE.

Eh bien donc, qu'on me tue ! et que cela finisse ! aussi bien, je suis las de la vie, je te l'ai déjà dit.

LORIN.

Je ne suis pas encore assez convaincu pour te laisser faire ta volonté sur ce point-là... Puis, lorsqu'on meurt aujourd'hui, il faut mourir républicain, tandis que toi, tu mourrais aristocrate !

MAURICE.

Oh ! oh ! tu vas trop loin, cher ami !

LORIN.

J'irai plus loin encore... car, je te préviens que s'il m'est complétement démontré que tu te fais réellement aristocrate...

MAURICE.

Tu me dénonceras ?...

LORIN.

Non, non, non, je t'enfermerai dans quelque cave, et je te ferai chercher au son du tambour comme un objet égaré... Puis, je proclamerai que les aristocrates, sachant ce que je leur réservais, t'ont séquestré, martyrisé, affamé, de sorte que, comme le prévôt Élie de Beaumont, monsieur de Latude et autres, lorsqu'on te retrouvera, l'orchestre des Quinze-Vingts te donnera des aubades : au coin de chaque rue on chantera tes souffrances sur l'air : *Te bien aimer, ô ma tendre Zélie* ; et enfin, tu seras couronné de fleurs par toutes les dames de la halle et les chiffonniers de la section Victor. Ainsi dépêche-toi de redevenir bon patriote ou ton affaire est claire.

MAURICE.

Lorin, Lorin, je sens que tu as raison, mais je suis entraîné, je glisse sur la pente... M'en veux-tu, parce que la fatalité m'entraîne ?

LORIN.

Je ne t'en veux pas, mais je te querelle. Que diable, rappelle-toi un peu les scènes que Pylade faisait journellement à Oreste : ces modèles des amis se querellaient du matin au soir.

MAURICE.

Tiens, Lorin, abandonne-moi, tu feras mieux.

LORIN.

Niais, va !

MAURICE.

Alors, laisse-moi aimer, être fou à mon aise, mon ami ! Mon ami, tu ne sais pas ce que cette femme me coûte !....

LORIN.

Eh ! je m'en doute bien. Tiens, Maurice !... faisons des motions, étudions l'économie politique, demandons la loi agraire, devenons théosophes, magnétiseurs, charlatans, ivrognes même ! mais, pour l'amour de Jupiter, ne soyons pas amoureux... n'aimons que la liberté, ou la raison !....

MAURICE.

Merci, mon pauvre Lorin, j'apprécie ton dévouement... mais le moyen de me consoler, vois-tu, c'est de me laisser tout entier à ma douleur. O Geneviève !.... Geneviève !...

LORIN.

Eh bien !

MAURICE.

Je ne l'aurais pas crue capable d'une pareille trahison !...

LORIN.

Maurice :

Souvent femme varie,
Bien fol est qui s'y fie.

Médite ces deux vers, Maurice : ils sont d'un tyran qui aimait beaucoup les femmes, et qui est mort pour les avoir trop aimées.

MAURICE.

Bonsoir, Lorin !....

LORIN.

Allons, décidément, tu me chasses ! Bonsoir ! je vais me débarrasser de tout cela ; mais je reviendrai ; souviens-toi que je veux tout savoir... Il me faut une confidence entière, et si, comme j'en ai peur, tu t'es fourré dans quelque guêpier, je trouverai bien le moyen de te sauver... aie confiance en moi, est-il quelque malheur que l'amitié n'efface !.... Au revoir... au revoir....

MAURICE.

Bonsoir... (*Lorin sort.—Seul.*) Brave garçon... Geneviève, ce Maison-Rouge... fuir avec lui, elle, me trahir, quand je les sauvais... Oh !... si je la retrouve, je la tuerai !...

SCÈNE III.

MAURICE, AGÉSILAS.

AGÉSILAS *s'assurant que Lorin est sorti, et allant fermer la porte.*

Voyons, citoyen Maurice, es-tu plus calme, peut-on te parler ?

MAURICE.

Que me veux-tu ?

AGÉSILAS.

Il faut bien que je réponde quelque chose à la petite dame qui t'attend !

MAURICE.

Je ne connais personne, et si tu as reçu quelqu'un, tu as eu tort !...

AGÉSILAS.

Oh ! citoyen, la pauvre citoyenne était déjà bien triste ; ce que tu dis là va la mettre au désespoir !....

MAURICE.

Mais enfin quelle est cette femme ?

AGÉSILAS.

Citoyen, je n'ai pas vu son visage, elle est enveloppée d'une mante, et elle pleure, voilà tout ce que je sais...

MAURICE.

Elle pleure ?.. où est-elle ?

SCÈNE IV.

LES PRÉCÉDENTS, GENEVIÈVE *ouvre la porte et paraît.*

MAURICE.

Geneviève !... vous, Geneviève ! (*A Agésilas.*) Veille à cette porte, que personne n'entre, pas même Lorin. (*Agésilas sort.*) Oh ! Geneviève, Geneviève ! suis-je donc fou ! mon Dieu !...

SCÈNE V.

MAURICE, GENEVIÈVE.

GENEVIÈVE.

Non, non, vous avez toute votre raison, mon ami !... je vous ai promis d'abandonner amis, parents, famille, si vous sauviez le Chevalier de Maison-Rouge, vous l'avez sauvé, me voici !...

MAURICE.

Geneviève, Geneviève, ce n'est donc qu'une promesse accomplie ?... Geneviève, vous ne m'aimez donc pas ?...

GENEVIÈVE.

Mon Dieu ?... celui qu'on croyait le meilleur sera-t-il toujours égoïste ?...

MAURICE.

Égoïste ! Geneviève, que voulez vous dire ?...

GENEVIÈVE.

Mais, vous ne comprenez donc pas, mon ami ?... mon mari en fuite, mon frère proscrit, ma maison en flammes, tout cela dans une nuit...

MAURICE.

Ainsi, vous êtes venue, vous voilà... vous ne me quitterez plus !...

GENEVIÈVE.

Où serais-je allée ?... ai-je un abri, un asile, un protecteur, autre que celui qui a mis un prix à sa protection ?... Oh ! furieuse et folle, Maurice, j'ai franchi le pont Neuf.. et en passant, je me suis arrêtée, pour voir l'eau sombre bruire à l'angle des arches... cela m'attirait, me fascinait !... Là, pour toi, me disais-je, pauvre femme, là, est un abri !... là est le repos inviolable !... là, est l'oubli !...

MAURICE.

Geneviève, Geneviève, vous avez dit cela ?... vous ne m'aimez point ?...

GENEVIÈVE.

Je l'ai dit, je l'ai dit, et pourtant je suis venue !...

MAURICE.

Geneviève... ne pleurez plus !... un mot, un seul, dites-moi que ce n'est point la violence de mes menaces qui vous a amenée ici. Dites-moi, que quand même vous ne m'eussiez point vu ce soir, en vous trouvant isolée, sans asile, vous y fussiez venue... et acceptez le serment que je vous fais, de vous délier du serment que je vous ai forcée de faire !...

GENEVIÈVE.

Généreux... ô mon Dieu !... je vous remercie... il est généreux !...

MAURICE.

Geneviève, voulez-vous être chez un frère seulement... et que ce frère s'éloigne les mains jointes, franchisse le seuil sans retourner la tête ? eh bien !... dites un mot, faites un signe !... et vous allez me voir m'éloigner, et vous serez seule, et vous serez libre ; mais, au contraire, Geneviève, et cela sera plus juste, je vous jure !... voulez-vous vous souvenir que je vous ai tant aimée, que j'ai pour cet amour trahi tous les miens... que je me suis rendu odieux et vil à moi-même.. voulez-vous songer à tout ce que l'avenir nous garde de bonheur, à la force et, à l'énergie qu'il y a dans notre jeunesse... et dans notre amour, pour défendre ce bonheur qui commence... (*Il s'agenouille*) O Geneviève, toi qui es un ange de bonté, veux-tu, dis, veux-tu rendre un homme si heureux qu'il ne regrette plus la vie, et qu'il ne désire plus le bonheur éternel ?.. Alors, au lieu de me repousser, souris-moi, Geneviève... laisse-moi appuyer ta main sur mon cœur, penche toi vers celui qui t'aspire de toute sa puissance, de tous ses vœux, de toute son âme !... Geneviève ! mon amour ! ma vie !... Geneviève, ne reprends pas ton serment !...

GENEVIÈVE, *détournant la tête.*

Mon ami !...

MAURICE.

Oh! tu pleures, Geneviève... tu pleures, rassure-toi, non, non, jamais je n'imposerai l'amour à une douleur dédaigneuse !... jamais mes lèvres ne se souilleront d'un baiser qu'attristerait une seule larme de regret ! (*Il veut s'éloigner.*)

GENEVIÈVE.

Oh! ne m'abandonne pas, Maurice, je n'ai que toi seul au monde !...

MAURICE.

Merci, merci, Geneviève! Eh bien, alors, écoute, mon amour !... pas un instant à perdre ! écoute: je connais toutes les délicatesses de ton cœur, il doit t'en coûter de rester en France... n'est-ce pas ?

GENEVIÈVE.

Oh! il me semble qu'en quittant la France, je n'aurais plus de remords... qu'en vivant sous d'autres cieux, j'oublierais...

MAURICE.

Geneviève, nous quitterons Paris ce soir, et dans trois jours la France. Geneviève, rien ne me coûtera, je ne dirai point, pour te faire heureuse, mais calme, tranquille; partons !... ce soir !... à l'instant.

GENEVIÈVE.

Oui, mais comment fuir ?... comment quitter Paris ? on n'échappe point facilement aujourd'hui aux poignards du deux septembre !...

MAURICE.

Geneviève, Dieu est pour nous, et je vais t'en donner une preuve, écoute: une bonne action que j'ai voulu faire, à propos de ce deux septembre, dont tu parlais tout à l'heure, va porter sa récompense aujourd'hui. J'avais le désir de sauver un pauvre prêtre, qui avait étudié avec moi; j'allai trouver Danton, et sur sa demande, le comité de salut public a signé un passe-port pour ce malheureux et pour sa sœur. Ce passe-port, Danton me le remit; mais le malheureux prêtre, au lieu de le venir chercher chez moi, comme je le lui avais recommandé, a été s'enfermer à l'Abbaye, où il est mort !...

GENEVIÈVE.

Et ce passe-port...

MAURICE.

Il est là, le voici, je l'ai toujours; il vaut un million, il vaut plus que cela, Geneviève... il vaut la vie !... il vaut l'amour... il vaut le bonheur.

GENEVIÈVE.

Mon Dieu, mon Dieu, soyez béni; mais, Maurice, il ne faut pas qu'on sache que nous partons !...

MAURICE.

Personne ne le saura, je cours chez Lorin; il a un cabriolet, moi, j'ai un cheval. C'est tout ce qu'il nous faut pour gagner Abbeville ou Boulogne. Toi, reste ici, Geneviève, et prépare toutes choses pour le départ, nous avons besoin de peu de bagage. Nous achèterons ce qui nous manquera en Angleterre. Je vais donner à Agésilas une commission qui l'éloigne; ce soir, Lorin lui explique notre départ, et demain, nous sommes déjà loin. Je pourrais bien, en passant au comité, me faire donner quelque mission pour Abbeville... Mais, pas de supercherie, n'est-ce pas, Geneviève ?... gagnons notre bonheur au risque de notre vie !...

GENEVIÈVE.

Oh! oui, oui, mon ami !... et nous réussirons !... (*Maurice en remettant le passe-port dans son portefeuille laisse tomber un bouquet.*)

GENEVIÈVE.

Qu'est-ce que ce bouquet, Maurice ?

MAURICE.

Geneviève, hier, comptant te voir, j'avais acheté ces violettes pour te les donner, mais il s'est passé tant d'événements, que le pauvre bouquet s'est fané sur mon cœur.

GENEVIÈVE.

Donne-le-moi, Maurice, puisqu'il était pour moi... Ah !...

MAURICE.

Qu'as-tu ?...

GENEVIÈVE.

Toutes les fois que je vois ou respire une fleur, je pense à cette pauvre Héloïse.

MAURICE.

Hélas! pensons à nous, chère amie !... et laissons les morts, de quelque parti qu'ils soient, dormir dans la tombe que leur dévouement leur a creusée !... Je pars.

Reviens vite.

MAURICE.

En moins d'une demi-heure, je suis de retour.

GENEVIÈVE.

Mais si ton ami n'est pas chez lui?

MAURICE.

Son domestique y sera... D'ailleurs, j'y puis prendre tout ce qu'il me plaît, même en son absence !...

GENEVIÈVE.

Maurice !...

MAURICE.

Bon courage, Geneviève !... Dans une demi-heure, nous partons !... (*Il sort.*)

SCÈNE VI.

GENEVIÈVE, seule.

Oh! oui, oui, il a raison... dans une demi-heure nous partons. Et une fois hors de France... une fois à l'étranger... il me semble que mon crime... qui est bien plutôt celui de la fatalité que le mien... cessera d'être aussi lourd à mon cœur... Allons... allons... que m'a-t-il dit?... voyons, apprête tout pour le départ. Cher Maurice !... il pense donc que je connais cet appartement? il lui semble donc que je l'ai habité ?... Ah! mais, si son domestique, si ce bon Agésilas n'est pas encore parti, il va me dire... il me semble que j'entends des pas dans la chambre voisine... c'est lui sans doute... Agésilas !... venez, je vous prie !... Grand Dieu !...

SCÈNE VII.

GENEVIÈVE, DIXMER.

DIXMER, entrant.

Me voici, madame !

GENEVIÈVE.

Dixmer!

DIXMER.

Eh bien, qu'avez-vous donc, ma chère ?... et qu'y a-t-il ?... est-ce ma présence, qui produit sur vous un si singulier effet ?...

GENEVIÈVE.

Je me meurs !...

DIXMER.

Bon, me croyiez-vous donc trépassé, que je vous semble être un fantôme ?...

GENEVIÈVE.

Ah! Maurice, Maurice !... A moi! à mon secours !...

DIXMER.

Oui, ma chère, c'est bien moi; peut-être me croyiez-vous loin de Paris ?... vous étiez dans l'erreur, j'y suis resté. Il y a plus, je ne me suis pas éloigné de la maison, et j'ai vu les troupes l'entourer. Alors, j'ai été me poster sur le pont, pensant que fugitifs ou prisonniers, tout passerait par là. En effet, au bout d'une heure, je vous ai vue au bras du chevalier, j'allais vous aborder, quand vous vous êtes séparée de lui, je vous ai suivie, vous êtes entrée dans cette maison, que j'ai reconnue pour celle de Maurice, dès-lors, j'étais parfaitement tranquille sur votre sort, d'autant plus tranquille, qu'un instant après j'ai vu rentrer Maurice lui-même. J'ai pensé que j'avais le temps de changer de costume, de me déguiser un peu, et que je vous retrouverais toujours ici !... En vérité, Geneviève, je suis sûr que vous avez beaucoup souffert, vous, si bonne royaliste, d'être forcée de venir demander ainsi protection à un fanatique républicain.

GENEVIÈVE.

Mon Dieu, mon Dieu, ayez pitié de moi !...

DIXMER.

Maintenant donc, rassurez-vous, je suis aussi en sûreté que peut l'être un conspirateur. J'ai sur moi tout l'or que j'ai pu rassembler; dam, vous comprenez, ces précautions sont nécessaires. Un proscrit ne circule pas aussi facilement qu'une jolie femme... et je n'avais pas le bonheur, moi, de connaître une républicaine ardente qui pût me cacher aux yeux.

GENEVIÈVE.

Monsieur, monsieur, ayez pitié de moi, vous voyez bien que je me meurs !...

DIXMER.

D'inquiétude... je comprends cela, moi; consolez-vous, me voilà, je reviens, nous ne nous quitterons plus !...

GENEVIÈVE.

Oh! vous allez me tuer, merci, alors.

DIXMER.

Vous tuer? et pourquoi donc vous tuer?... En vérité Geneviève, il faut que le chagrin de notre séparation vous ait fait perdre l'esprit. Tuer une femme innocente, allons donc !...

GENEVIÈVE.

Monsieur, monsieur. i vous le demande à mains jointes, tuez-moi, plutôt que de me torturer par de pareilles railleries! Non, je ne suis pas innocente !... je suis criminelle !... oui, je mérite la mort... tuez-moi, monsieur, tuez-moi !...

DIXMER.

Alors, vous avouez que vous méritez la mort?...

GENEVIÈVE.

Oui, oui.

DIXMER.

Et que pour expier je ne sais quel crime, dont vous vous accusez, vous subirez cette mort sans vous plaindre ?...

GENEVIÈVE.

Frappez, frappez, monsieur, je ne pousserai pas un cri, et au lieu de la maudire, je bénirai la main qui me frappera !...

DIXMER.

Non, madame !...

GENEVIÈVE.

Monsieur, que ferez vous donc ?...

DIXMER.

Vous poursuivrez le but vers lequel nous tendions, quand nous avons été interrompus dans notre route, le Chevalier et moi !... Qu'est-il devenu, lui, je l'ignore, vous aussi, n'est-ce pas ?... vous n'avez pas eu de temps à donner à l'amitié... Mais ce que nous eussions fait ensemble, je le ferai seul. La reine vient d'être transférée à la Conciergerie, j'y puis pénétrer librement, à l'aide d'une commission de greffier... que je me suis procurée à prix d'or, mais le rôle le plus dangereux sera pour vous !...

GENEVIÈVE.

Merci, monsieur.

DIXMER.

Ne vous hâtez pas de me remercier !... mon plan est sûr, vous le connaîtrez quand il en sera temps, qu'il vous suffise de savoir qu'il est écrit que vous devez mourir ; vous mourrez donc : seulement pour vous, et pour moi, vous tomberez coupable !... pour tous, vous tomberez martyre : madame, je vous punirai en vous immortalisant.

GENEVIÈVE.

Laissez-moi faire une prière alors !

DIXMER.

Une prière ?

GENEVIÈVE.

Oui !...

DIXMER.

A qui ?...

GENEVIÈVE.

Peu vous importe, puisque vous me tuez !...

DIXMER.

C'est vrai... priez !...

GENEVIÈVE, à genoux.

Maurice, Maurice, pardonne moi !... je ne m'attendais pas à être heureuse, mais j'espérais te rendre heureux, Maurice, je t'enlève un bonheur qui faisait ta vie, pardonne-moi, mon bien aimé !... (Elle coupe une mèche de ses cheveux et lie avec cette mèche le bouquet de Maurice.)

DIXMER.

Eh bien, madame, êtes vous prête?...

GENEVIÈVE.

Déjà ?

DIXMER.

Oh! prenez votre temps, madame !... je ne suis pas pressé, moi. D'ailleurs, Maurice ne tardera probablement point à rentrer, et je serai charmé de le remercier de l'hospitalité qu'il vous a donnée !...

GENEVIÈVE, baisant le bouquet et le posant sur la table.

C'est fini, monsieur, je suis prête !...

DIXMER.

Venez, alors !...

GENEVIÈVE.

Me voilà, monsieur !... Adieu, Maurice... adieu !...

ACTE IV.

NEUVIÈME TABLEAU.

La Conciergerie. — D'un côté le greffe; de l'autre l'antichambre

par les gendarmes, gardiens de la reine. Au fond, un paravent sépare cette antichambre de la cellule de la prisonnière. A droite, une grande fenêtre grillée donnant sur la cour de la Conciergerie.

SCÈNE I.

LE GREFFIER de la Conciergerie écrivant dans la pièce de gauche

DEUX GENDARMES, dans le compartiment à droite.

PREMIER GENDARME.

C'est bien, je ne fumerai plus jamais. (Il casse sa pipe.)

DEUXIÈME GENDARME.

Que fais-tu donc?

PREMIER GENDARME.

Ce que je fais, tu le vois bien ; n'entends-tu pas qu'elle me dit que la fumée du tabac l'a empêchée de dormir toute la nuit ?

DEUXIÈME GENDARME.

Eh bien ?...

PREMIER GENDARME.

Eh bien ?... possible qu'elle soit condamnée à mort... mais à quoi bon la faire souffrir, en attendant, cette femme ?... nous sommes des soldats, et non pas des bourreaux comme Rocher.

DEUXIÈME GENDARME.

C'est un peu aristocrate, ce que tu fais là !...

PREMIER GENDARME.

Aristocrate, parce que je ne continue pas d'enfumer la prisonnière ?... Allons donc, vois-tu, moi, je connais mon serment à la patrie, et la consigne de mon brigadier, voilà tout ; or, voici, ma consigne :

« Ne pas laisser évader la prisonnière, ne laisser pénétrer personne auprès d'elle, écarter toute correspondance qu'elle voudrait nouer, ou entretenir, ou mourir à mon poste. » Voilà ce que j'ai promis, et je le tiendrai... Vive la nation !... ceux qui ne seront point contents, tant pis !... (Il se met à la fenêtre de la cour.)

DEUXIÈME GENDARME.

Ce que je t'en dis, c'est de peur que tu te compromettes, voilà tout !...

SCÈNE II.

LES PRÉCÉDENTS, RICHARD, DIXMER, LE CHEVALIER, GENEVIÈVE.

RICHARD.

Citoyen greffier, voici ton confrère du ministère de la guerre qui vient, de la part du citoyen ministre, pour relever quelques écrous militaires.

LE GREFFIER.

Ah! citoyen, tu arrives un peu tard, je pliais bagage.

DIXMER.

Pardonne-moi, cher confrère... Tu permets que ma femme attende?

LE GREFFIER.

Comment donc !... assieds-toi, citoyenne. (Il lui offre une chaise.)

GENEVIÈVE.

Merci, monsieur !...

DIXMER.

Je te priais donc de me pardonner d'être venu si tard, mais nous avons tant de besogne là-bas, que nos courses ne peuvent se faire qu'à nos moments perdus, et nos moments perdus, à nous, ce sont ceux où les autres mangent et dorment.

LE GREFFIER.

C'est bien. Avez-vous vos pouvoirs?

DIXMER.

Les voici !... (Le greffier les examine.)

LE CHEVALIER, en guichetier, à la fenêtre grillée.

Dis donc, citoyen, as-tu du feu?

GILBERT.

Pourquoi faire?

LE CHEVALIER.

Pour allumer ma pipe, donc!

GILBERT.

Volontiers, mais à la condition que tu iras fumer au fond de la cour.

LE CHEVALIER.

Est-ce que la pipe te fait mal, par hasard?

GILBERT.

Justement. (Il revient à la table de son compagnon et allume un morceau de papier.)

DUFRÈNE.

Qu'est-ce que c'est donc que ce citoyen-là?

GILBERT.

Quel citoyen ?

DUFRÈNE.

Celui qui demande du feu !

GILBERT.

Eh ! c'est le nouveau guichetier, le neveu de Gracchus, qui est entré en fonctions depuis ce matin.

DUFRÈNE.

Bon, je ne l'avais pas encore vu !...

LE CHEVALIER, au gendarme qui lui donne du feu.

Merci ! (Il envoie quelques bouffées de tabac.)

LE GREFFIER.

A merveille, vous êtes parfaitement en règle, cher confrère, et vous pouvez maintenant commencer quand vous voudrez... Avez-vous beaucoup d'écrous à relever ?

DIXMER.

Une centaine !

LE GREFFIER.

Vous ne finirez pas ce soir, je suppose ?...

DIXMER.

Non, j'en relèverai seulement le plus que je pourrai !

LE GREFIER.

En ce cas, citoyen, je vais te donner les registres; tu n'as pas besoin de moi pour relever tes écrous, n'est-ce pas ?

DIXMER.

Non, pas précisément.

LE GREFFIER.

Alors, je vais souper.

DIXMER.

Va !...

LE GREFFIER, frappant à la porte.

Dis donc, citoyen Gilbert !

PREMIER GENDARME.

Eh bien !

LE GREFFIER.

Je m'en vas !

GILBERT, ouvrant la porte et la fermant tout de suite.

C'est bon....

LE GREFFIER.

Attendez donc...

GILBERT, ouvrant la porte.

Quoi ?

LE GREFFIER.

C'est que j'ai là le citoyen greffier de la guerre, qui veut relever des écrous militaires pour son ministre, et il reste, lui !

GILBERT.

C'est bon... qu'il me prévienne seulement quand il s'en ira.

DIXMER regardant à travers la porte.

Le plan était exact ; la porte de la prisonnière à gauche, la fenêtre en face !...

LE GREFFIER.

Bonne nuit, citoyen gendarme !...

GILBERT.

Bonne nuit !...

LE CHEVALIER, revenant à la fenêtre.

Pourvu qu'on n'entende pas le bruit que fait la prisonnière en sciant le barreau de sa fenêtre.... Bon, il y en a un qui dort, j'occuperai l'autre. (Il appelle Gilbert, qui vient causer avec lui aux barreaux.)

LE GREFFIER.

Bien du plaisir, confrère !...

DIXMER.

C'est bien du courage qu'il faut dire...

LE GREFFIER.

Voyez-vous, quand vous voudrez vous en aller, vous n'aurez rien à faire qu'à prévenir les gendarmes, comme j'ai fait..

DIXMER.

Bon !

LE GREFFIER.

A demain !

DIXMER.

A demain.

SCÈNE III.

DIXMER, GENEVIÈVE, LES DEUX GENDARMES.

DIXMER.

Venez ici, voici l'heure venue de vous parler. Madame, écoutez-moi !...

GENEVIÈVE.

Je vous écoute.

DIXMER.

Vous devez préférer une mort utile à votre cause, une mort qui vous fasse bénir de tout votre parti, à une mort ignominieuse et toute de vengeance !

GENEVIÈVE.

Oui, monsieur.

DIXMER.

Je me suis, comme vous l'avez vu, refusé le plaisir de me faire justice, en épargnant vous et votre amant... Mais quant à votre amant, vous devez comprendre, vous qui me connaissez, que si j'ai attendu, c'est pour trouver mieux !

GENEVIÈVE.

Je suis prête, monsieur, pourquoi ce préambule ?... vous me tuez, vous avez raison ; j'attends la mort, voilà tout.

DIXMER.

Je continue ... j'ai prévenu la Reine en lui faisant passer un billet dans son pain.... Elle aussi doit se tenir prête... cependant il est possible que sa majesté fasse quelque objection... mais vous la forcerez !

GENEVIÈVE.

Donnez vos ordres, monsieur, et je les exécuterai.

DIXMER.

Tout à l'heure, je vais heurter à cette porte, un des gendarmes ouvrira, avec ce poignard, je le tuerai.

GENEVIÈVE.

Oh ! mon Dieu !...

DIXMER.

Au moment où je le frappe, vous vous élancez dans la seconde chambre, c'est-à-dire, dans celle de la reine... il n'y a pas de porte, mais, un paravent, tandis que je tue le second soldat, vous changez d'habits avec sa majesté... alors, je prends le bras de la reine, et je passe le guichet avec elle, tandis que vous demeurerez à sa place !...

GENEVIÈVE.

Bien, monsieur...

DIXMER.

On vous a vue entrer avec ce mantelet noir, mettez votre mantelet à sa majesté, et drapez-le, comme vous avez l'habitude de le draper sur vous même !

GENEVIÈVE.

Je ferai ainsi que vous dites, monsieur...

DIXMER.

Et maintenant, il me reste à vous pardonner, et à vous remercier, madame !...

GENEVIÈVE, secouant la tête.

Je n'ai besoin ni de votre pardon, ni de votre remerciement. Ce que je fais ou plutôt, ce que je vais faire, effacerait un crime, et je n'ai commis qu'une faiblesse... encore, cette faiblesse... vous m'avez forcée à la commettre !... je m'éloignais de lui... ou plutôt, l'avais éloigné de moi, vous m'avez repoussée entre ses bras, de sorte que vous êtes à la fois, l'instigateur, le juge et le bourreau !... c'est donc à moi, de vous pardonner ma mort, et je vous la pardonne !... c'est donc à moi de vous remercier de m'ôter la vie !... puisque la vie me serait insupportable, séparée de l'homme que j'aime uniquement.

DIXMER.

C'est bien, madame, êtes-vous prête ?...

GENEVIÈVE.

Je vous l'ai dit, monsieur, j'attends ?...

DIXMER.

Dans une minute alors !... (Il rassemble ses papiers, va écouter à la porte, et revient).

GILBERT.

Dis donc, citoyen Dufrène !... Dormeur éternel !...

DUFRÈNE, se réveillant.

Tiens, c'est drôle, je rêvais, qu'on voulait enlever la prisonnière !...

LE CHEVALIER.

Bon, et comment cela ?...

DUFRÈNE.

On lui avait fait passer une lime, elle sciait ses barreaux, et dans mon rêve, j'entendais... c'est drôle, j'entendais le bruit de la lime !...

LE CHEVALIER, haussant la voix.

Dans tous les cas, si elle veut se sauver, il est temps, attendu qu'il vient d'être décidé, aujourd'hui même, qu'on va lui faire son procès !...

DIXMER.

Avez-vous besoin que je vous réitère mes instructions, madame ?...

GENEVIÈVE.

Merci, je sais ce que j'ai à faire !...

DIXMER.

Alors, adieu, car, selon toute probabilité, nous ne nous reverrons plus en ce monde !... (*Il lui tend la main.*)

GENEVIÈVE, *lui touchant le bout des doigts.*

Adieu, monsieur !...

GILBERT.

Eh bien, en effet, c'est drôle... on dirait qu'on entend le bruit d'une lime. (*Dixmer frappe à la porte.*)

LE CHEVALIER.

Eh ! non, vous voyez bien !... on frappe à la porte de l'autre côté, voilà tout !...

GILBERT.

On frappe ?

LE CHEVALIER.

Oui !

DUFRÈNE.

C'est le greffier du ministre de la guerre, qui s'en va !...

GILBERT.

C'est bien, c'est bien !... va, citoyen greffier, va !..

DIXMER.

C'est qu'avant de m'en aller, je voudrais te parler, citoyen gendarme.

GILBERT.

A moi, ou à mon camarade ?...

DIXMER.

A l'un ou à l'autre !...

GILBERT.

Vas-y Dufrène, cela te réveillera !...

DUFRÈNE.

Que veux-tu, citoyen ?...

DIXMER.

Ne peut-on pas te parler, est-ce défendu ?...

DUFRÈNE.

Non !...

LE CHEVALIER.

Mon Dieu, que va-t-il donc se passer, c'est la voix de Dixmer.

GILBERT.

Tu dis ?...

LE CHEVALIER.

Rien !...

DUFRÈNE, *il ouvre la porte, et reçoit un coup de poignard.*

Ah ! scélérat !... ah !... brigand !...

DIXMER, *à Geneviève.*

Passez, passez !... (*Geneviève passe rapide et s'élance dans la chambre de la reine.*)

GILBERT.

Ah ! (*Il veut s'élancer au secours de son compagnon.*)

LE CHEVALIER, *le saisissant à travers les barreaux.*

Un instant... à nous deux !... (*Le gendarme et Dixmer luttent, Dixmer entraîne le gendarme dans le premier compartiment.*

GILBERT.

Au secours... à l'assassin !... (*il tire son sabre, et l'enfonce dans la poitrine du Chevalier*).

LE CHEVALIER.

Ah ! (*Il tombe.*) Vive la reine ! (*Le premier gendarme s'élance contre la porte, qu'il repousse au moment où Dixmer vient de tuer l'autre gendarme et va entrer...*)

GENEVIÈVE, *auprès du paravent.*

Madame, au nom du ciel... ne perdez pas un instant... prenez cette mante !... sortez !... sortez !...

GILBERT, *refermant la porte.*

Il est trop tard ! (*à Geneviève qui regarde*), et vous êtes prisonnière, ma belle enfant !...

DIXMER.

Allons, encore une tentative avortée ! Nous sommes maudits ! (*Il se sauve par la porte du concierge.*)

GILBERT, *à la fenêtre.*

Au secours ! à l'aide ! au secours ! (*roulement de tambours, Gardes, Guichetiers, flambeaux à la fenêtre. On relève le corps du Chevalier.*)

GENEVIÈVE, *tombant à genoux.*

O mon Dieu !... j'espère que l'expiation sera plus grande que la faute !...

ACTE V.

DIXIÈME TABLEAU.

Le tribunal révolutionnaire.

SCÈNE I.

FOULE, DIXMER, *au fond;* LORIN et MAURICE, à droite, LE PRÉSIDENT, UN HUISSIER, TOUT L'APPAREIL DU TRIBUNAL. *Au lever du rideau, les députés de la Gironde sont au banc des accusés. Le fauteuil de fer est occupé par celui des Girondins, du premier tableau, qui n'a pas voulu fuir.*

CHŒUR.

Par la voix du canon d'alarmes
La France appelle ses enfants.
« Allons, dit le soldat, aux armes !
C'est ma mère, je la défends.
Mourir pour la patrie (*bis*),
C'est le sort le plus beau, le plus digne d'envie !

LE PRÉSIDENT.

Silence, accusés, la séance est reprise... Accusés, que vous reste-t-il à dire pour votre défense ?

LE PRINCIPAL ACCUSÉ.

Rien, sinon, que nous n'avons pas commis le crime de trahison, dont vous nous accusez, que nous nous sommes tout au plus trompés... nous avons rêvé une autre liberté, que celle que vous nous donnez aujourd'hui... En luttant courageusement contre vos idées, nous avons cru, et nous croyons être encore, de bons citoyens, nous ne sommes pas condamnés, nous sommes vaincus.

LE PRÉSIDENT.

Il me semble, cependant, que le complot est avéré... Vous avez voulu sauver l'ex-reine, bien plus, vous avez coopéré à la tentative d'enlèvement que l'on a essayé sur elle à la Conciergerie ; or un complot, c'est un crime.

LE PRINCIPAL ACCUSÉ.

Jamais nous n'avons rien fait contre la volonté du vrai peuple français ; tous nous avons agi au grand jour... Si nous sommes des rebelles, vous avez la force, anéantissez-nous.

LE PRÉSIDENT.

Ah ! tu prétends être un bon français ? et tu proclames une pareille doctrine... Sache-le bien... conspirer... c'est agir en mauvais citoyen, c'est commettre un crime. Ne te flatte donc pas d'un fol espoir. Quand les ennemis de la république montent sur l'échafaud... ils meurent comme les criminels vulgaires... c'est-à-dire qu'ils meurent déshonorés... Aux voix, citoyens...

LE PRINCIPAL ACCUSÉ.

Citoyen président, tu oublies que des hommes comme nous, s'ils ne sont pas maîtres de leur vie, sont toujours maîtres de leur mort.

LE PRÉSIDENT, *après avoir recueilli les voix.*

Les témoins entendus, les accusés ouïs en leur défense, le tribunal révolutionnaire les condamne à la peine de mort... (*Au principal accusé.*) Ah ! tu pâlis, citoyen.

LE PRINCIPAL ACCUSÉ, *tombant sur son siége.*

Non ! je meurs...

L'AUTRE GIRONDIN.

Et vous avez beau dire... il meurt pour la patrie. (*L'accusé ouvre son habit et montre sa poitrine ensanglantée... il tombe sur le fauteuil... Cris... tumulte... Les accusés entourent leur ami, un gendarme lui arrache de la main un compas ensanglanté qu'il va montrer au président. — Tous entonnent le refrain du chœur : Mourir pour la patrie.*)

MAURICE, *se cachant le visage de ses mains.*

Mon Dieu !

LORIN.

Vois-tu, ces hommes, Maurice, ils ont commencé comme nous, ils ont aimé la révolution à ce point qu'ils donnent encore leur vie pour elle... seulement ils se sont égarés dans leur route... L'amour a aveuglé les uns, l'ambition a entraîné les autres... le cœur a failli à la plupart, et ils ont glissé dans le terrible chemin, dans le chemin sanglant, où nul ne se relève parmi ceux qui tombent.... Regarde, Maurice.... ils vont mourir, et ils se disent au dernier moment... Sommes-nous en effet de mauvais citoyens? (*Pendant ce temps on emmène les Girondins, et l'on entend dans le lointain la reprise du chœur.*)

MAURICE.

Oh! (*Pendant ce temps, les accusés ont été remplacés, la femme Tison occupe le fauteuil de fer.*)

L'HUISSIER.

Le citoyen accusateur public contre la femme Tison.

LE PRÉSIDENT.

Femme Tison, dis-nous quelle raison t'a fait crier : Vive la reine, en pleine rue?

LA FEMME TISON.

Je n'ai pas de raisons à te donner. Je venais de voir passer ma pauvre Héloïse... je venais de lui dire adieu... j'ai crié Vive la Reine!... et voilà.

LE PRÉSIDENT.

Mais pourquoi as-tu crié?

LA FEMME TISON.

Parce que nous sommes une famille de conspirateurs... il n'y a pas besoin de tant d'explications, il me semble. On fait mourir ceux qui crient Vive la Reine! J'ai crié Vive la Reine!... qu'on me fasse mourir!

LE PRÉSIDENT, *consultant les jurés.*

L'accusée ayant avoué son crime, le tribunal révolutionnaire condamne la femme Tison à la peine de mort.

LA FEMME TISON.

Merci, mon président... Ah! ma pauvre Héloïse, je ne serai donc pas long-temps sans te revoir.

LE PRÉSIDENT.

Gendarmes, emmenez la condamnée!...

UNE VOIX DE FEMME.

Pauvre femme, il paraît que c'est du désespoir.

DEUXIÈME VOIX.

On lui a pris sa fille, à ce qu'elle dit.

PREMIÈRE VOIX.

Sa fille! quelle fille?

DEUXIÈME VOIX.

Tu sais bien, la bouquetière! C'était sa fille.

L'HUISSIER.

Le citoyen accusateur public contre la citoyenne Geneviève Dixmer.

MAURICE.

Mon ami, mon ami, c'est elle...

LORIN.

Allons, du courage.

MAURICE.

Oh! la voilà! là voilà!

SCÈNE II.

LES PRÉCÉDENTS, GENEVIÈVE, *amenée par deux gendarmes.*

GENEVIÈVE.

Maurice! il est là!

DIXMER, *à part.*

Elle ne m'a pas vu, moi.

LE PRÉSIDENT.

Tes noms, prénoms et qualités.

GENEVIÈVE.

Geneviève de Montfleury, femme Dixmer.

LE PRÉSIDENT.

Tu es accusée d'avoir pénétré violemment dans la **Conciergerie**, afin de sauver la prisonnière qui y est renfermée.

GENEVIÈVE.

J'ai en effet pénétré dans la Conciergerie... Mais je suis une femme, et n'ai pu, par conséquent, pénétrer violemment.

LE PRÉSIDENT.

Écris, citoyen greffier. (*A Geneviève.*) Reconnais-tu avoir été surprise aux genoux de la captive, la suppliant de changer de vêtements avec toi?

GENEVIÈVE.

Je reconnais cela, car c'est la vérité.

LE PRÉSIDENT.

Raconte-nous tes plans et tes espérances.

GENEVIÈVE.

Une femme peut concevoir une espérance, mais une femme ne peut pas faire un plan du genre de celui que vous me reprochez.

LE PRÉSIDENT.

Comment te trouvais-tu là alors?...

GENEVIÈVE.

Parce que je ne m'appartenais pas, et que l'on me pousssait...

LE PRÉSIDENT.

Qui te poussait?

GENEVIÈVE.

Un homme qui m'avait menacée de mort si je n'obéissais pas. (*Elle regarde Dixmer.*)

DIXMER.

Ah! je me trompais... elle sait que je suis là.

LE PRÉSIDENT.

Mais pour échapper à cette mort dont on te menaçait, tu affrontais la mort qui devait résulter pour toi d'une condamnation.

GENEVIÈVE.

Lorsque j'ai cédé, le fer était sur ma poitrine, je me suis courbée sous la violence présente.

LE PRÉSIDENT.

Pourquoi n'appelais-tu pas à l'aide? tout bon citoyen t'eût défendue...

GENEVIÈVE.

Hélas! monsieur, celui qui pouvait m'entendre n'était pas près de moi.

LE PRÉSIDENT.

Dis-nous le nom de tes instigateurs...

GENEVIÈVE.

Il n'y en a qu'un seul...

LE PRÉSIDENT.

Lequel?

GENEVIÈVE.

Mon mari!

LE PRÉSIDENT.

Cet homme déguisé en guichetier qui a été tué par le gendarme Gilbert, et qui est mort en criant : Vive la Reine! était-ce ton mari?

GENEVIÈVE.

Non!

LE PRÉSIDENT.

Qui était-ce?

GENEVIÈVE.

Le cadavre est entre vos mains, c'est à vous de le reconnaître.

LE PRÉSIDENT.

Alors, ton mari est celui qui s'est sauvé par la porte de la Conciergerie... celui avec lequel tu étais entrée...

GENEVIÈVE.

Oui.

LE PRÉSIDENT.

Il vit?

GENEVIÈVE.

Il vit.

LE PRÉSIDENT.

Connais-tu sa retraite?

GENEVIÈVE.

Je la connais.

LE PRÉSIDENT.

Indique-la.

GENEVIÈVE.

Il a pu être infâme, mais je ne suis point lâche, ce n'est point à moi de dénoncer sa retraite, c'est à vous de la découvrir.

MAURICE.

Oh! j'ai bien envie de le dénoncer en me dénonçant moi-même...

LORIN.

Tais-toi, tu es fou.

LE PRÉSIDENT.

Ainsi, tu refuses de guider nos recherches?

GENEVIÈVE.

Je crois que je ne puis le faire sans me rendre aussi méprisable aux yeux des autres, qu'il l'est aux miens.

LE PRÉSIDENT.

Y a-t-il des témoins?

L'HUISSIER.

Il y a le gendarme Gilbert.

L'ACCUSATEUR.

Inutile puisqu'elle avoue tout.

LE PRÉSIDENT.

Tu avoues donc citoyenne, être entrée à la Conciergerie avec ton mari, et avoir été surprise aux pieds de la prisonnière la suppliant de fuir, tandis que ton mari assassinait le gendarme Dufresne?

GENEVIÈVE.

Je ne puis nier ce qui est, seulement, je répèterai ce que j'ai dit, j'ai été forcée.

LE PRÉSIDENT.

Et tu refuses d'indiquer la retraite de ton mari?

GENEVIÈVE.

Je refuse...

L'ACCUSATEUR.

Prononce, citoyen président, prononce.

LE PRÉSIDENT.

La cause entendue, et l'accusée ayant avoué son crime, le tribunal révolutionnaire condamne la citoyenne Montfleury, femme Dixmer, à la peine de mort.

MAURICE.

Les tigres ! (*Le Greffier paraît tomber en faiblesse.*)

LE PRÉSIDENT, au Greffier.

Qu'as-tu ?

LE GREFFIER.

Je souffre !

LE PRÉSIDENT.

En effet, tu es pâle et l'on dirait que tu vas te trouver mal.

LE GREFFIER.

Ce n'est rien, j'ai besoin d'air.

LE PRÉSIDENT.

Huissier ! appelez un des greffiers supplémentaires !... (*Au Greffier.*) C'est bien, retire-toi...

DIXMER.

Ce pauvre greffier, il a craint qu'on ne le crût notre complice.

LE GREFFIER, sortant.

Dixmer !

DIXMER.

Chut !

LORIN.

Dixmer était ici ; le misérable a laissé condamner sa femme sans rien dire... Attends, attends.

LE PRÉSIDENT.

Emmenez la condamnée !

GENEVIÈVE, les yeux au ciel.

Adieu, Maurice...

MAURICE.

Non pas adieu. Au revoir !...

LE PRÉSIDENT.

Huissier, appelez une autre cause.

L'HUISSIER.

L'accusateur public contre le citoyen Dixmer, contumace.

ONZIÈME TABLEAU.

Une berge sous le pont Notre-Dame.

SCÈNE I.

LE GREFFIER, DIXMER.

DIXMER.

Allons, allons, va toujours.

LE GREFFIER.

Mais où me conduis-tu ?

DIXMER.

Je te l'ai déjà dit, je désire causer un instant avec toi ; marche ! marche !

LE GREFFIER.

Que peux-tu avoir à me dire ?... je ne te connais pas, je ne suis pas ton complice, moi.

DIXMER.

Là, bien ; tu peux t'arrêter maintenant... Nous serons à merveille sur cette berge.

LE GREFFIER.

Alors, voyons, nous y sommes... parle vite.

LE GREFFIER.

Oui.

DIXMER.

On exécute à quatre heures ?

LE GREFFIER.

Comme toujours.

DIXMER.

Bien

LORIN.

Ah ! le voilà, je croyais les avoir perdus !

DIXMER.

Eh bien, je désire la voir une dernière fois.

LE GREFFIER.

Où cela ?

DIXMER.

Dans la salle des morts... où l'on enferme les condamnés qui attendent quatre heures.

Tu oseras entrer ?

DIXMER.

Pourquoi pas ? si je suis sûr d'en sortir !

LE GREFFIER.

Sûr d'en sortir... et comment ?

DIXMER.

Avec une carte. N'entre-t-on pas dans la salle des morts et n'en sort-on pas avec une carte ?

LE GREFFIER

Si fait !

DIXMER.

Eh bien ! voilà tout ! il ne s'agit que de se procurer cette carte..

LE GREFFIER.

Oui, mais...

DIXMER.

Rien n'est plus facile, quand on a des amis...

LE GREFFIER.

Que veux-tu dire ?

DIXMER.

Je veux dire, citoyen greffier, que ces cartes...

LE GREFFIER.

Eh bien ! ces cartes ?

DIXMER.

C'est justement toi qui les signe comme greffier de la Conciergerie...

LE GREFFIER.

Oui, mais sur un ordre du président du tribunal révolutionnaire.

DIXMER.

Bah ! y regarderas-tu de si près avec moi ? Allons bon, voilà encore que tu vas te trouver mal.

LE GREFFIER.

Mais tu me demandes ma tête, citoyen.

DIXMER.

Eh non, je te demande une carte, voilà tout !

LE GREFFIER.

Prends garde, je vais te faire arrêter, malheureux.

DIXMER.

Fais, mais à l'instant même, je te dénonce comme mon complice... et au lieu de me laisser aller tout seul dans la fameuse salle, tu m'accompagneras...

LE GREFFIER.

Oh ! scélérat !

DIXMER.

Il n'y a pas de scélérat là-dedans... J'ai besoin de parler à ma femme, et je te demande une carte pour arriver jusqu'à elle...

LE GREFFIER.

Mais, je n'en ai pas, moi, de cartes ?

DIXMER.

Oui, mais, j'en ai, moi.

LE GREFFIER.

Où les as-tu prises ?

DIXMER.

Pardieu, dans le tiroir de la table ; j'ai vu là des cartes toutes préparées, et j'ai dit : Tiens, cela peut me servir un jour.

LE GREFFIER.

Mais je n'ai pas d'encre, pas de plumes.

DIXMER.

Oh ! j'avais prévu que je te trouverais comme cela, dans quelque coin où tu me manquerais de tout et j'ai pris mes précautions... Voici des plumes et de l'encre...

LE GREFFIER.

Voyons, attends ! Ne pourrait-on arranger les choses d'une façon qui ne me compromît point ?

DIXMER.

Je ne demande pas mieux, si c'est possible...

LE GREFFIER.

C'est on ne peut plus possible...

DIXMER.

Explique-moi cela.

LE GREFFIER.

Il y a deux portes à la salle des morts.

DIXMER.

Je sais cela.

LE GREFFIER.

Eh bien, entre par la porte des condamnés ; par celle-là il ne faut pas de cartes... et quand tu auras parlé à ta femme, tu m'appelleras et je te ferai sortir.

DIXMER.

Pas mal, seulement il y a une certaine histoire qui court la ville.

LE GREFFIER,

Laquelle

DIXMER.

L'histoire d'un pauvre bossu qui, croyant entrer aux archives, est entré dans la salle dont nous parlons. Or, comme il était entré par la porte des condamnés, au lieu d'y entrer par la grande porte, comme il n'avait point de carte pareille à celle que je te demande, pour faire constater son identité, une fois entré on n'a plus voulu le laisser sortir, et on lui a soutenu, puisqu'il était entré par la porte des autres condamnés, c'est qu'il était condamné comme les autres... Il a eu beau protester, appeler, jurer... personne ne l'a cru, personne n'est venu à son aide, personne ne l'a fait sortir. De façon que, malgré ses protestations, ses serments, ses cris, l'exécuteur lui a coupé les cheveux d'abord, et la tête ensuite... L'anecdote est-elle vraie, citoyen greffier ? tu dois savoir cela mieux que personne... toi...

LE GREFFIER.

Hélas! oui, elle est vraie.

DIXMER.

Eh bien ! tu vois qu'avec de pareils antécédents, je serais un fou d'entrer sans carte dans ce coupe-gorge.

LE GREFFIER.

Mais puisque je serai là, je te dis...

DIXMER.

Et si l'on t'appelle, si tu es occupé ailleurs, si tu m'oublies ?...

LE GREFFIER.

Mais puisque je te jure...

DIXMER.

Non, cela te compromettrait, on te verrait me parler... enfin, cela ne me convient pas ! j'aime mieux une carte, signe donc ! Eh ! mon Dieu, est-ce si difficile de signer ?...

LE GREFFIER.

Puisque tu le veux...

DIXMER.

Tu as dit le mot, je le veux !

LE GREFFIER, *signant.*

Tiens !

DIXMER.

Attends, pendant que tu tiens ta plume.

LE GREFFIER.

Que veux-tu dire ?

DIXMER.

Signe-moi une seconde carte.

LE GREFFIER.

Et pourquoi faire, mon Dieu ?

DIXMER.

Parce qu'il se pourrait qu'à la suite de cette conversation, il me prît l'envie d'emmener ma femme et...

LE GREFFIER

Donne donc... *(Il signe.)*

DIXMER.

Merci !

LE GREFFIER.

Ne me suis pas, laisse-moi, au moins, m'éloigner seul !... qu'on ne me voie pas avec toi.

DIXMER.

Oh ! quant à cela, je ne demande pas mieux...

LE GREFFIER *s'éloignant.*

Miséricorde ! si j'en reviens, je serai bien heureux !

SCÈNE II.

DIXMER, puis LORIN.

DIXMER.

C'est bien. *(Il met les cartes dans son portefeuille.)* Et maintenant, j'ai sa mort ou sa vie entre mes mains, je la juge à mon tour, je la condamne à vivre.

LORIN.

Pardon, citoyen Dixmer.

DIXMER.

Que me veux-tu ?

LORIN.

Causer un instant avec toi !

DIXMER.

Je n'ai pas le temps.

LORIN.

J'en suis véritablement désespéré, car il faut que je te parle.

DIXMER.

Qui es-tu ?

Tu ne me reconnais pas, citoyen Dixmer !

DIXMER.

Non.

LORIN.

Ou tu ne me veux pas me reconnaître ; c'est tout un. Eh bien ! je veux te dire qui je suis... je suis le citoyen Lorin, qui t'ai été présenté un jour dans la cour du Temple... te le rappelles-tu ?

DIXMER.

Non.

LORIN.

Oh! je vais te dire deux mots qui aideront ta mémoire. J'ai été présenté par le citoyen Maurice Linday, lequel donnait le bras à la citoyenne Dixmer... Ah ! tu te rappelles, n'est-ce pas ?

DIXMER.

Oui ; voyons, que me veux-tu ?

LORIN.

Je veux te dire que depuis ce jour, je ne t'ai point perdu de vue, citoyen Dixmer.

DIXMER.

Eh bien ?

LORIN.

Eh bien ! en te voyant compromettre un brave patriote comme Maurice, et abuser de l'amour insensé qu'il portait à une femme, je me suis dit en parlant de toi : En vérité, voilà un malhonnête homme !

DIXMER.

Citoyen !

LORIN.

Attends ! en te voyant fuir et abandonner ta femme, que tu avais poussée en avant pour te cacher derrière elle, je me suis dit : Sur mon âme, voilà un lâche coquin !

DIXMER.

Monsieur !

LORIN.

Attends donc, je ne suis pas au bout... En te voyant tout à l'heure au tribunal suivre les progrès de la mort sur le visage de cette pauvre martyre qu'on nomme Geneviève, et lorsqu'elle fut condamnée, demeurer froidement à ta place, au lieu de t'avancer et de dire au tribunal : Citoyens, vous voyez bien que cette pauvre femme est innocente, que c'est moi qui ai tout fait, et que par conséquent c'est moi qui dois mourir, et elle qui doit vivre... en voyant que tu ne faisais point cela, et que, tout au contraire, c'est toi qui allais vivre et elle qui allait mourir, je me suis dit : Ah ! sur Dieu, voilà un misérable assassin, il faut que je le tue !

DIXMER.

Ce vous sera chose facile, monsieur, car je n'ai jamais refusé une proposition du genre de celle que vous me faites... Ainsi, quand vous voudrez, demain, ce soir même, nous nous rencontrerons...

LORIN.

Citoyen Dixmer, c'est chose fort difficile que de se rencontrer par le temps qui court, et puisque nous nous rencontrons et que le lieu, vous en conviendrez, semble choisi tout exprès pour la circonstance... *(Tirant son sabre.)* J'espère que vous aurez l'obligeance de ne pas me faire attendre.

DIXMER.

Je suis désespéré de te refuser, citoyen Lorin, mais dans ce moment, j'ai autre chose à faire.

LORIN.

Eh bien, cette autre chose, c'est justement ce que je ne veux pas que tu fasses, car cette autre chose, c'est quelque nouvelle infamie.

DIXMER.

Si tu veux te battre avec moi, citoyen Lorin, il faudra cependant que tu attendes mon bon plaisir.

LORIN.

Et pourquoi attendrai-je ?

DIXMER.

Dam ! à moins que tu ne m'assassines.

LORIN.

Et je ne ferais que te rendre ce que tu as voulu faire à Maurice.

DIXMER.

Maurice s'était introduit la nuit dans une maison qui n'était pas la sienne, Maurice escaladait un mur comme fait un voleur ; si Maurice eût été tué en escaladant ce mur, nul n'avait rien à dire ; je lui ai fait grâce, cependant.

LORIN.

Ah ! tu appelles cela faire grâce, toi : tu vois un pauvre jeune homme fou d'amour, suivant une femme à laquelle il a sauvé la vie au risque de sa tête, et je puis dire de la mienne ; croyant avoir le droit de suivre cette femme, car cette femme pouvait être libre... et au lieu de lui dire bravement, loyalement : Citoyen Maurice, il n'y a rien à faire ici pour toi... cette femme est la mienne, je l'aime, elle m'aime; tu l'as sauvée de l'échafaud, je te sauve du poignard, nous sommes quittes; et maintenant, que tout soit fini entre nous, car tu es un patriote pur, et moi un royaliste enragé... adieu! Au lieu de lui dire cela, tu le retiens, tu le caresses, tu lui ouvres ta maison, quoiqu'il soit patriote, quoiqu'il aime ta femme, car ce patriote, son patriotisme peut t'être utile... car cet amant, son amour peut te servir... et tandis que tu les pousses en avant tous deux, l'un avec l'aveuglement d'un insensé, l'autre avec la résignation d'une martyre, accomplissant, j'en suis certain, non pas une grande action politique, mais quelque basse vengeance particulière, tandis que tu livres l'une à l'échafaud, l'autre au désespoir, toi, tu fuis, toi, tu te caches... toi, tu t'enfonces dans l'ombre, et de là, tu regardes souriant, pareil au mauvais esprit, ton œuvre infernale s'accomplir... Heureusement Dieu a permis que je te fusse là, moi... que je ne te perdisse pas de vue, que je te suivisse.... de sorte que me voilà... Dixmer... me voilà sur ta route sanglante... barrant le chemin, et te disant : Assez comme cela, tu n'iras pas plus loin... Ah! je te tiens ici comme tu tenais Maurice, et je serai moins généreux que toi... je ne te ferai pas grâce.

DIXMER.

Oui mais Maurice était baillonné, garrotté, il ne pouvait crier, appeler à l'aide, et je puis faire tout cela, monsieur, moi qui ne veux pas me battre maintenant.

LORIN.

Appelle, Dixmer, je te nommerai et tout sera dit...

DIXMER.

Tu me dénoncerais...

LORIN.

Tu voulais bien tout à l'heure, toi, qui es coupable... dénoncer ce pauvre greffier qui est innocent... oh! j'étais là, derrière cette arche, j'ai tout entendu et tu m'as indiqué comment il fallait s'y prendre.

DIXMER.

Eh bien, soit! je te jure que ce soir, où tu voudras... à l'arme que tu voudras...

LORIN.

Pardon, mais ce soir tu n'auras peut être plus sur toi ces deux cartes que vient de te signer le greffier et que je t'ai vu remettre là...

DIXMER.

Tu veux ces cartes!

LORIN.

Oui.

DIXMER.

Tu ne les auras qu'avec ma vie.

LORIN.

Je le sais bien... voilà pourquoi justement je veux te tuer.

DIXMER.

Et que veux tu faire de ces cartes?...

LORIN.

Entrer avec dans la chambre des morts et dire à Geneviève : Prenez mon bras, madame, vous êtes libre... et la chose finira comme dans les pièces du citoyen Demoustier où le crime est puni et la vertu récompensée.

DIXMER.

Ah! c'est cela que tu veux...

LORIN.

Oui, en vérité, pas autre chose.

DIXMER.

Et si, au contraire, c'est moi qui te tue!

LORIN

Alors la chose finira comme dans les pièces du citoyen Chénier, où le crime est récompensé et la vertu punie, mais je ne crois pas que cela finisse ainsi.

DIXMER.

Ciel et terre! c'est ce que nous allons voir!

LORIN.

Voyons... (Ils se battent. Lorin parle en parant.) Et puis, tu me comprends, citoyen Dixmer... toi, mort... Geneviève est libre, alors l'homme que tu lui as dit d'aimer...

DIXMER.

Touché!

LORIN.

Ah! tu appelles cela touché, toi... Tu vas voir comme on touche, Dixmer...

DIXMER.

Touche donc!

LORIN.

Attends, j'ai encore quelque chose à te dire... Alors, l'homme

que tu lui as dit d'aimer, elle l'aime sans remords, et au lieu de mourir sur l'échafaud, ou de vivre face à face avec toi, ce qui est bien pis... Geneviève vit heureuse... Geneviève... (Se fendant.) Tiens, voilà comme on touche!

DIXMER, tombant.

Ah!

LORIN.

Touché... touché à mort!

DIXMER.

Eh bien, oui... mais, elle mourra avec moi... (Il se relève, prend son portefeuille et s'avance vers la rivière.)

LORIN, jetant son sabre et saisissant le portefeuille.

Non pas, elle vivra sans toi, au contraire... (Il prend les deux cartes dans le portefeuille et le rejette près du cadavre. Trois heures sonnent.) Trois heures! il était temps!...

DOUZIÈME TABLEAU,

La salle des morts à la Conciergerie.

SCÈNE I.

LA FEMME TISON, GENEVIÈVE, CONDAMNÉES.

LA FEMME TISON.

Pourquoi donc pleurent-ils tous?... Ah! oui, c'est qu'on ne leur a pas pris leur enfant à eux... c'est qu'ils ne vont pas rejoindre leur enfant. Ah! pauvre chère Héloïse... je ne pleure pas, moi, va...

GENEVIÈVE.

Oh! mon Dieu, mon Dieu, donnez-moi la force...

LA FEMME TISON.

Oui, je comprends, celle-là est jeune, celle-là est belle, celle-là regrette quelque chose sur la terre, allez, consolez-vous, mon enfant, si c'est votre mère que vous regrettez, elle viendra vous rejoindre bientôt.

GENEVIÈVE.

Ah! pauvre femme, et vous aussi...

LA FEMME TISON.

Tiens, je te reconnais, c'est toi qui est venue dans la cour du Temple, le jour où ma pauvre enfant y est entrée déguisée en bouquetière, et où il m'a semblé que j'avais entendu sa voix. C'est moi qui l'ai accusée... comprends-tu? une mère qui accuse sa fille, une mère qui tue sa fille... Oh! mais ce n'est pas moi, c'est cet infâme Rocher!... Et dire qu'avant de mourir je n'étranglerai pas ce misérable!...

GENEVIÈVE.

Mon Dieu! mon Dieu!...

LA FEMME TISON.

Qu'ils sont longtemps... c'est trois heures qui viennent de sonner.., et moi qui avais compté quatre, encore une heure... allons... (Elle s'accroupit au pied d'une colonne).

GENEVIÈVE.

Oh! traverser tout Paris, arriver là bas... monter sur l'échafaud sans personne qui vous soutienne que le bras du bourreau... mourir seule... seule... seule!...

SCÈNE II.

LES PRÉCÉDENTS, LORIN, à la grande porte grillée.

LORIN.

Eh! pardieu, citoyen factionnaire, tu vois bien que j'ai une carte... et une carte en règle... laissez passer le citoyen porteur de la présente... Durand, greffier.

LE FACTIONNAIRE.

C'est vrai, entre citoyen.

LORIN, reprenant sa carte.

Pardon, pardon, rends-moi ma carte, s'il te plaît... Je désire entrer c'est vrai, mais je désire encore plus sortir. (La porte se referme derrière lui). Diable!... ah ça, voyons maintenant... où est-elle... je crois que je la vois. (Allant à elle et lui touchant l'épaule.) Geneviève.

GENEVIÈVE.

Mon Dieu! serait-ce déjà! (Elle recule avec effroi).

LORIN.

Geneviève!

GENEVIÈVE.

Vous! vous ici, monsieur, dans cette horrible salle.

LORIN.

Geneviève, silence, pas un mot, pas un signe, pas un geste... commandez à votre émotion... que votre visage reste impassible...

écoutez-moi !

GENEVIÈVE.

Qu'allez vous me dire, mon Dieu! et que se passe t-il donc.

LORIN.

C'est de l'espoir que je vous apporte...

GENEVIÈVE.

De l'espoir !

LORIN.

Oui, Maurice nous attend...

GENEVIÈVE.

Maurice m'attend !... Mais, monsieur, je suis condamnée...

LORIN.

Vous êtes libre.

GENEVIÈVE.

Libre avec ces grilles, ces verroux, ces sentinelles, mais voyez donc, ces gens sont-ils libres ; et s'ils ne le sont pas... comment le serais-je moi ?

LORIN.

Parlez bas, parlez bas... ou plutôt ne dites rien... laissez-moi parler...

GENEVIÈVE.

Avant toute chose... le reverrai-je ?

LORIN.

Tout à l'heure !

GENEVIÈVE.

Alors, je vous écoute... (*Chœur derrière les portes du fond.*)

LORIN.

Qu'est-ce que cela ?

GENEVIÈVE.

Ce sont les Girondins, qui ont été condamnés en même temps que nous, et à qui on a accordé la permission de se réunir dans un dernier banquet.

LORIN.

Pauvres gens ! mais, revenons à nous... Écoutez bien, Geneviève, notre vie dépend d'un mot mal interprété, mal compris....

GENEVIÈVE.

Notre vie...

LORIN.

Oui, la mienne, la vôtre, celle de Maurice, car Maurice ne vous survivrait pas, écoutez donc.

GENEVIÈVE.

J'écoute...

LORIN.

On entre ici par deux portes, celle-là, qui donne dans le tribunal et par laquelle vous êtes entrée... c'est la porte des condamnés à mort.

GENEVIÈVE.

Oui...

LORIN.

L'autre porte, celle-ci, est la porte des visiteurs... elle donne dans les archives... par celle-là on entre... par celle-là, on sort avec les mêmes cartes : Geneviève, je me suis procuré des cartes, entendez-vous, vous allez sortir.

GENEVIÈVE.

Oh! dites vous vrai ?... oh ! merci, mon Dieu... oh ! je l'avoue... je suis jeune... j'aime... je suis aimée... je regrettais la vie... j'avais peur de mourir...

LORIN.

Pas de cris... votre joie vous trahirait... voilà pourquoi au lieu de vous emmener tout de suite... je vous ai préparée par cette longue explication et maintenant rassemblez toutes vos forces, contenez-vous, et venez.

GENEVIÈVE.

Oh! mon Dieu, les jambes me manquent...

LORIN.

Du courage, allons...

GENEVIÈVE.

Et si nous allions le rencontrer sur notre route...

Qui ?

GENEVIÈVE.

Lui! lui, Dixmer... lui qui était au tribunal... lui qui veut ma mort... lui qui me tue...

LORIN.

Soyez tranquille, vous n'avez plus rien à craindre de lui.

GENEVIÈVE.

Que dites-vous ?

LORIN.

Rien, rien... venez.

LA FEMME TISON.

Dis donc, citoyenne, est-ce que tu pars la première ?... en ce cas, tu reverras ma pauvre Héloïse avant moi, et tu lui diras que je viens...

GENEVIÈVE.

Mon Dieu ! mon Dieu ! quand je pense que c'est en conspirant avec nous que la pauvre fille...

LORIN.

Venez, venez, Geneviève, nous avons un quart d'heure à peine... et Maurice nous attend.

Oui, oui, Maurice... allons rejoindre Maurice. (*Ils s'apprêtent à frapper à la grille.*)

SCÈNE III.

LES MÊMES, MAURICE. *par la porte opposée.*

MAURICE.

Geneviève... où est Geneviève ?

GENEVIÈVE *courant à lui.*

Maurice ?

LORIN, *anéanti.*

Maurice, par la porte des condamnés... le malheureux ! trois pour deux cartes !

GENEVIÈVE.

Te voilà, mon ami...

MAURICE.

Ne m'attendais-tu pas, Geneviève ?... As-tu cru par hasard que je te laisserais mourir seule ?... Oh ! non, non, ma bien-aimée...

GENEVIÈVE.

Mais qu'as tu fait !

MAURICE.

Ce que j'ai fait, oh ! c'est bien simple, quand j'ai vu que tu étais condamnée, perdue pour moi, j'ai traversé la foule ; je me suis élancé sur le fauteuil de fer... Vous cherchez Maurice Linday depuis trois jours, leur ai-je dit, le voici : jugez-moi ! Alors Rocher, qui était là... ce misérable Rocher m'a accusé d'avoir donné l'œillet au Temple... je n'ai rien répondu... il m'a accusé de complicité dans la conspiration de la Conciergerie, je n'ai rien répondu... et l'on m'a condamné à mort... Maintenant merci de leur jugement et de leur condamnation, puisque leur jugement et leur condamnation nous réunissent. Du courage, Geneviève, le ciel et les hommes, qui n'ont pas voulu que nous ayons une même demeure, n'empêcheront pas que nous ayons un même tombeau ! Me voilà, Geneviève, me voilà, pour ne plus te quitter, ni dans ce monde ni dans l'autre !

GENEVIÈVE.

Oh ! mon Dieu ! il m'aimait donc comme je l'aime.

MAURICE.

Et maintenant tu n'auras plus peur de la mort, n'est-ce pas ? car nous marcherons à la mort ensemble... tu n'auras plus peur de l'échafaud... tu ne trembleras plus sur la route, nous marcherons appuyés l'un à l'autre... et n'ayant qu'un regret, moi du moins, vois-tu, c'est que le fer ne puisse pas trancher nos deux têtes du même coup. Oh! Geneviève, ma Geneviève... mourir ensemble, nous qui étions condamnés à vivre séparés, ne trouves-tu pas que c'est le suprême bonheur ?

GENEVIÈVE.

Mourir ! mais, mon bien-aimé, nous ne mourrons pas, nous allons vivre au contraire, et vivre l'un pour l'autre.

MAURICE.

Comment cela ?... mon Dieu !... mon Dieu !... serait-elle devenue folle ?

LORIN.

En vérité, ce serait dommage de les laisser mourir.

Non, non, rassure-toi... mais parlons bas... cette porte, tu vois cette porte ?

MAURICE.

Oui.

GENEVIÈVE.

On sort par cette porte...

MAURICE.

Oui, mais avec des cartes...

GENEVIÈVE.

Lorin en a...

MAURICE.

Lorin.

LORIN.

Oui.

GENEVIÈVE.

Où est-il ? pas ici, je l'espère ?

LORIN.

Si fait, au contraire... me voilà.

MAURICE.

Toi ! que veut dire ceci ?

LORIN.

C'est tout simple, je connais le citoyen Durand, greffier du palais, et je lui ai fait signer trois cartes, voilà !

MAURICE.

Trois cartes, Lorin ?

LORIN.

Sans doute, j'allais emmener Geneviève et donner ma troisième carte à l'un de ces malheureux... Mais te voilà je la garde pour moi. Charité bien ordonnée...

MAURICE.

Oh ! mon Dieu ! cela me semble un rêve... moi qui avais tout calculé pour la mort... Tiens, Geneviève... vois-tu ce couteau ? Si l'échafaud t'avais trop épouvantée, je te tuais de ma main et je me tuais après toi...

GENEVIÈVE.

Ce couteau, Dieu merci, tu n'en as plus besoin. *(Elle le jette derrière elle.)* Allons...

MAURICE.

Viens, Lorin.

LORIN.

Bon ! nous allons sortir tous les trois comme cela... par la même porte, ensemble ; pourquoi n'emmenons-nous pas tout le monde ?... Allez, allez, je vous rejoins.

MAURICE.

Où cela ?

LORIN.

A Abbeville, n'est-ce point à Abbeville que vous comptez vous embarquer pour l'Angleterre ?

Oui !

MAURICE.

LORIN.

A merveille alors... va pour Abbeville... Mais ne vous arrêtez pas en route, notre fuite va faire un bruit de tous les diables... et si je n'étais pas arrivé, passez en Angleterre sans perdre un instant.

Mais...

MAURICE.

LORIN.

Maurice, Maurice, tu vas nous tuer tous avec tes hésitations... tiens, voilà les trois quarts qui sonnent... *(Il frappe à la grille.)*

LA SENTINELLE, *du dehors.*

Que veux-tu ?

LORIN.

Sortir, pardieu...

LA SENTINELLE.

Vos cartes ?

LORIN, *donnant les cartes à Geneviève.*

Montrez vos cartes.

GENEVIÈVE.

Les voici.

LA SENTINELLE.

Passez...

MAURICE.

Et toi ?

LORIN.

Tout-à-l'heure, tu m'as bien compris, il faut mettre quelques minutes d'intervalle... pars le premier... pars... au revoir...

Lorin.

MAURICE, *lui tendant les bras.*

LORIN.

Pas de démonstrations, puisque nous allons nous revoir... elles sont inutiles.

MAURICE.

Rejoins-nous vite...

LORIN.

Sois tranquille.

MAURICE.

Alors, aurevoir.

LORIN.

Geneviève, Maurice, mes bons amis. *(Il les serre dans ses bras.)*

MAURICE.

Comme tu es ému...

LORIN.

Moi, pas du tout... va vite ! Allez... Geneviève... un dernier mot, Geneviève... Soyez heureuse sans remords, vous êtes veuve...

GENEVIÈVE.

Ah !

MAURICE.

Viens, viens !

SCÈNE IV.

LES MÊMES, *moins* MAURICE *et* GENEVIÈVE.

LORIN.

Partis ! enfin ils sont partis.... ils traversent le corridor.... je ne les vois plus ! Ah ! pourvu qu'aucun obstacle ne vienne se dresser sur leur route.... il y a si loin d'ici à la porte qui donne sur le quai.... On parle bien haut, ce me semble .. quelqu'un les aurait-il reconnus, dénoncés... Oh ! j'aurais tué un homme, j'aurais sacrifié ma vie sans les sauver... Mon Dieu, ce ne serait pas juste !.... Oh ! mon pauvre cœur, ne bats pas si fort... tu m'empêches d'entendre.... En ce moment ils doivent avoir traversé le premier guichet... on leur ouvre la dernière porte... je n'entends plus rien... C'est fini... libres ! sauvés !... ils sont sauvés ! Oh mon Dieu ! mon Dieu ! vous me deviez bien cela.

SCÈNE V.

LES MÊMES, ROCHER.

ROCHER, *entrant par la porte des condamnés.*

Oh ! moi je ne je n'ai pas besoin de carte... j'entre par toutes les portes, je sors par toutes les portes, on me connaît ici...

LORIN.

Rocher.

ROCHER.

Voyons, voyons ! Eh bien ! où sont-ils, ces petits amours, qu'on leur dise adieu... Eh ! citoyen Maurice !... Eh ! citoyenne Geneviève ! *(Au son de sa voix, la femme Tison relève la tête et rampe jusqu'au couteau qu'elle ramasse.)*

LORIN, *à part.*

Il va s'apercevoir de leur absence ; il va donner l'alarme. *(Haut.)* Eh bien ! que leur veux-tu, au citoyen Maurice et à la citoyenne Geneviève ?

ROCHER.

Tiens ! toi ici, bon, je croyais n'en trouver que deux, voilà qu'il y en a trois... Abondance de biens ne nuit pas... comme dit le proverbe ; j'ai toute la couvée.... Mais où sont-ils donc les deux autres ?...

LORIN.

Écoute, Rocher, je vais te dire...

ROCHER.

Non pas, non pas, ils sont entrés par la porte des condamnés, ils doivent être ici, il faut qu'ils se retrouvent... à moins que quelque traître ne les ait fait évader.

LORIN.

Rocher, je te dis.

ROCHER.

Ils n'y sont plus... il y a des traîtres ici... mais je vais appeler.

LORIN.

Oh ! le misérable !

ROCHER, *secouant les barreaux de la porte.*

A l'aide, à l'aide ! ils se sont enfuis... Courez, courez...

LA FEMME TISON.

Ah ! Rocher.. C'est toi qui m'as fait dénoncer ma fille ! tiens ! *(Elle le frappe du couteau.)*

ROCHER, *tombant.*

Je suis mort ! Ah !

LORIN.

Il y a donc une justice au ciel ! *(Quatre heures sonnent ; les portes s'ouvrent ; on voit les Girondins groupés à table ; le cadavre de leur compagnon au milieu d'eux.)*

CHANT.

Nous amis, qui loin des batailles
Succombons dans l'obscurité,
Vouons du moins nos funérailles
A la France, à sa liberté !

LORIN.

Citoyens de la Gironde ! place à votre dernier banquet... moi aussi, je meurs pour la patrie !

CHOEUR.

Mourir pour la patrie,
C'est le sort le plus beau, le plus digne d'envie.

FIN.

EUG. SCRIBE & ERN. LEGOUVÉ

BATAILLE DE DAMES

OU

UN DUEL EN AMOUR

COMÉDIE EN TROIS ACTES, EN PROSE

REPRÉSENTÉE, POUR LA PREMIÈRE FOIS, A PARIS, SUR LE THÉATRE-FRANÇAIS

LE 17 MARS 1851

DISTRIBUTION DE LA PIÈCE

LA COMTESSE D'AUTREVAL, née Kermadio	Mmes ALLAN.	
LÉONIE DE LA VILLEGONTIER, sa nièce.	D. FIX.	
HENRI DE FLAVIGNEUL	M. MAILLART.	

GUSTAVE DE GRIGNON	MM.	RÉGNIER.
LE BARON DE MONTRICHARD		PROVOST.
UN SOUS-OFFICIER DE DRAGONS, UN DOMESTIQUE.		

Au Château d'Autreval, près de Lyon, en octobre 1847.

(Le théâtre représente un salon d'été élégant. — Deux portes latérales sur le premier plan. — Cheminée au plan de gauche. — Une porte au fond. — Guéridon à gauche. — Petite table et canapé à droite.)

ACTE PREMIER.

SCÈNE PREMIÈRE.

(Au lever du rideau, CHARLES, en livrée élégante et tenant à la main des lettres et des journaux, est debout devant un chevalet placé à gauche du public. LÉONIE entre par la porte du fond.)

CHARLES, regardant le tableau posé sur le chevalet.
C'est charmant!... charmant!... une finesse! une grâce!...
LÉONIE, qui vient d'entrer, apercevant Charles.
Qu'est-ce que j'entends? (Après un instant de silence et d'un ton sévère.) Charles!... Charles!...
CHARLES, se retournant brusquement et s'inclinant.
Mademoiselle!'

LÉONIE.
Que faites-vous là?
CHARLES.
Pardonnez-moi, mademoiselle, je regardais le portrait de madame votre tante, notre maîtresse... car je l'ai reconnu tout de suite... tant il est ressemblant!
LÉONIE.
Qui vous demande votre avis? Les lettres? les journaux?
CHARLES.
Je suis allé ce matin à Lyon à la place du cocher, qui n'en avait pas le temps, et j'ai rapporté des lettres pour tout le monde. Pour mademoiselle, d'abord!
LÉONIE, vivement.
Donnez!... (Poussant un cri.) Ah!.. de Paris!!.. d'Hortense.. mon amie d'enfance! (Parcourant la lettre.) Chère Hortense!... elle s'inquiète des « troubles de Lyon!... des complots qui nous « environnent. Quant à la cour... il est difficile que cela aille « bien... en l'an de grâce 1847, sous un roi qui fait des vers latins « et qui ne donne jamais de bal. » (S'interrompant.) Elle me demande : Si je me marie... Ah bien oui!... est-ce qu'on a le temps de songer à cela?... Les jeunes gens s'occupent de politique et non pas de demoiselles!
CHARLES.
Deux lettres pour madame... (Lisant l'adresse.) Madame la comtesse d'Autreval, née Kermadio... (Haut.) et timbrée d'Auray,

pleine Vendée.. (*Léonie regarde Charles en fronçant le sourcil.*) ;
C'est tout simple !... une excellente royaliste comme madame !

LÉONIE.

Encore !...

CHARLES, *posant d'autres lettres sur la table.*

Celles-ci pour le frère de madame la comtesse... et pour monsieur Gustave de Grignon... ce jeune maître des requêtes... qui est ici depuis huit jours.

LÉONIE, *avec humeur.*

Il suffit !... Les journaux ?...

CHARLES, *les présentant.*

Les voici !

LÉONIE.

Dans un joli état...

CHARLES.

C'est que le cocher et la femme de chambre voulaient les lire avant madame et mademoiselle, ce qui est leur manquer de respect... et je me suis opposé...

LÉONIE, *l'interrompant.*

C'est bien ! je ne vous en demande pas tant.

CHARLES.

Je ne croyais pas que mademoiselle me blâmerait de mon zèle...

LÉONIE, *sèchement.*

Ce qui souvent déplait le plus, c'est l'excès de zèle.

CHARLES, *souriant.*

Comme disait monsieur de Talleyrand !

LÉONIE, *se retournant avec étonnement.*

Voilà qui est trop fort !... et si monsieur Charles se permet...

SCÈNE II.

LES PRÉCÉDENTS, LA COMTESSE.

LA COMTESSE.

Quoi donc ?... qu'y a-t-il, ma chère Léonie ?

LÉONIE.

Ce qu'il y a, ma tante !... ce qu'il y a ?... M. Charles qui cite M. de Talleyrand !

LA COMTESSE, *souriant.*

Un homme qui a porté malheur à tous ceux qu'il a servis !... mauvaise recommandation pour un domestique... Rassure-toi... Charles aura lu cela quelque part... sans comprendre !...

CHARLES, *s'inclinant respectueusement.*

Oui, madame, et je ne pensais pas que cela offusquât mademoiselle.

LÉONIE.

Offusquât... un subjonctif à présent...

LA COMTESSE, *à Charles, qui veut s'excuser.*

Pas un mot de plus !... vous parlez trop... Je connais vos bonnes qualités, votre dévouement pour moi... mais vous oubliez trop souvent votre situation ; ne me forcez pas à vous la rappeler. Votre place, d'ailleurs, n'est pas ici !... je vous ai pris uniquement pour soigner les jeunes chevaux de mon frère... prêts à votre service !

(*Charles la salua respectueusement, lui remet les deux lettres qui sont à son adresse et sort par la porte du fond.*)

SCÈNE III.

LÉONIE, LA COMTESSE.

LA COMTESSE, *tout en décachetant ses lettres.*

Jusqu'à M. Charles, jusqu'aux domestiques qui veulent se donner de l'importance !...

LÉONIE.

Oh ! mais... une importance dont vous n'avez pas idée...

LA COMTESSE, *ouvrant une des lettres.*

En vérité... dis-moi donc cela ? (*Vivement.*) Non, non... tout à l'heure !... laisse-moi d'abord parcourir mon courrier !

LÉONIE.

C'est trop juste ! je viens de lire le mien.

(*La comtesse, à droite du spectateur, lit avec émotion et à part la lettre qu'elle vient de décacheter, tandis que Léonie, près de la table à gauche, parcourt les journaux.*)

LA COMTESSE.

C'est d'elle !... Pauvre amie !... comme elle tremblait en écrivant !

« Ma chère Cécile, soyez bénie mille fois ! Je reprends espoir
« depuis que je sais mon fils auprès de vous. Votre château, situé
« à deux lieues de la frontière, lui permet d'attendre sans danger
« l'issue de ce procès fatal... et d'ailleurs qui pourrait soupçonner
« que le château de la comtesse d'Autreval recèle un homme
« accusé de conspiration contre le roi ? Du reste, que vos opi-
« nions politiques se rassurent... » (*S'interrompant.*) Est-ce que

mon cœur a des opinions politiques ?... (*Reprenant.*) « Henri
« n'est pas coupable ; un malheureux coup de tête qu'il vous ra-
« contera lui a seul donné une apparence de conspirateur ; mais
« cette apparence suffirait mille fois pour le perdre, s'il était pris.
« D'un autre côté, l'on assure qu'on ne veut pas pousser plus
« loin les rigueurs, et l'on dit, mais est-ce vrai ? que le maréchal
« commandant la division vient de partir pour Lyon avec une
« mission de clémence... »

LÉONIE, *à droite, poussant un cri.*

Ah ! qu'est-ce que je lis !

LA COMTESSE.

Qu'est-ce donc ?

LÉONIE, *montrant le journal.*

Encore une condamnation à mort !

LA COMTESSE.

Ah mon Dieu !

LÉONIE.

« Le conseil de guerre, séant à Lyon, a condamné hier le prin-
« cipal chef du complot bonapartiste, M. Henri de Flavigneul, un
« jeune homme de vingt-cinq ans ! »

Qui heureusement s'est évadé avec l'aide de quelques amis, m'a-t-on dit.

LÉONIE.

Oui ! oui !... je me rappelle maintenant... cette évasion qui excitait l'enthousiasme de M. Gustave de Grignon.

LA COMTESSE.

Notre jeune maître des requêtes.

LÉONIE.

Il n'avait qu'un regret, c'est de n'avoir pas été chargé d'une pareille expédition ; c'est beau !... c'est brave !...

LA COMTESSE.

Il a de qui tenir ! Sa mère, qui avait comme moi traversé toutes les guerres de la Vendée, sa mère avait un courage de lion !

LÉONIE.

C'est pour cela que M. de Grignon parle toujours, à table, d'actions héroïques.

LA COMTESSE.

Et le curieux, c'est que son père était, dit-on, peureux comme un lièvre !

LÉONIE.

Vraiment !... c'est peut-être pour cela que l'autre jour il est devenu tout pâle quand la barque a manqué chavirer sur la pièce d'eau !

LA COMTESSE, *riant.*

A merveille !... vous allez voir qu'il est à la fois brave et poltron !

LÉONIE.

Je le lui demanderai.

LA COMTESSE.

Y penses-tu ?

LÉONIE.

Aujourd'hui, en dansant avec lui, car nous avons un bal et un concert pour votre fête... et j'ai déjà pensé à votre coiffure, un azalea superbe que j'ai vu dans la serre et qui vous ira à merveille !

LA COMTESSE.

Coquette pour ton compte... je le concevrais ! mais pour ta tante !...

LÉONIE.

C'est tout naturel !... vous c'est moi ! tellement que quand on fait votre éloge, ce qui arrive souvent, je suis tentée de remercier. (*Se mettant à genoux près du canapé à droite où est assise la comtesse.*) Aussi jugez de ma joie quand ma mère m'a permis de venir passer un mois ici, auprès de vous... Il me semblait que rien qu'en vous regardant, j'allais devenir parfaite... Vous souriez... est-ce que j'ai mal parlé ?...

LA COMTESSE.

Non, chère fille, car c'est ton cœur qui parle... Si je souris, c'est de tes illusions ! c'est de la candeur à me dire : Je vous admire !

LÉONIE.

C'est si vrai ! A la maison l'on me raille parfois et l'on répète sans cesse : Oh ! quand Léonie a dit... *Ma tante,* elle a tout dit ! On a raison... la mode que vous adoptez, la robe que je vous vois, me semblent toujours plus belles qu'aucune autre... On dit même, vous ne savez pas, ma tante ? et que j'imite votre démarche et vos gestes... c'est bien sans le savoir. Et quand vous m'embrassez en m'appelant : Ma chère fille ! je suis presque aussi heureuse que si j'entendais ma mère !

LA COMTESSE, *l'embrassant.*

Prends garde !... prends garde... ne me gâte pas ainsi... j'aurai trop de chagrin de te voir partir. Ce sera ma jeunesse qui s'en ira !

LÉONIE.

Mais vous êtes très-jeune, à vous toute seule, ma tante !

LA COMTESSE.

Certainement... d'une jeunesse de... Voyons? devine un peu le chiffre...

LÉONIE.

Je ne m'y connais pas, ma tante !

LA COMTESSE.

Je vais t'aider... Trente...

LÉONIE.

Trente...

LA COMTESSE.

Allons, un effort...

LÉONIE.

Trente et un !

LA COMTESSE.

On ne peut pas être plus modeste !... J'achèverai donc... trente-trois ! Oui, chère fille, trente-trois ans ! L'année prochaine, je n'en aurai peut-être plus que trente-deux... mais maintenant... voilà mon chiffre ! Hein !... quelle vieille tante tu as là !...

LÉONIE.

Vieille !... chaque matin je ne forme qu'un vœu, c'est de vous ressembler !

LA COMTESSE.

Ce que tu dis là n'a pas le sens commun ; mais c'est égal, cela me fait plaisir... Eh bien, voyons, mon élève, car j'ai promis à ta mère de te faire travailler... as-tu dessiné ce matin ?

LÉONIE.

J'étais descendue pour cela dans ce salon, et devinez qui j'ai trouvé tout à l'heure devant mon chevalet, et regardant votre portrait ?...

LA COMTESSE.

Qui donc ?....

LÉONIE.

Monsieur Charles.

LA COMTESSE.

Eh bien ?...

LÉONIE.

Eh bien, ma tante, figurez-vous qu'il disait : C'est charmant !

LA COMTESSE.

Et cela t'a rendue furieuse !...

LÉONIE.

Certainement !... Un domestique ! est-ce qu'il doit savoir si un dessin est joli ou non ?...

LA COMTESSE, *riant.*

Oh ! petite marquise !...

LÉONIE.

Ce n'est pas tout ! croiriez-vous, ma tante, qu'il chante ?

LA COMTESSE.

Eh bien, s'il est gai, ce garçon !... Est-ce que Dieu ne lui a pas permis de chanter comme à toi !

LÉONIE.

Mais... c'est qu'il chante très-bien ! voilà ce qui me révolte !

LA COMTESSE.

Ah !... ah !... conte-moi donc cela !

LÉONIE.

Hier, je me promenais dans le parc. En arrivant derrière la haie du bois des Chevreuils, j'entends une voix qui chantait les premières mesures d'un air de Cimarosa, mais une voix charmante, une méthode pleine de goût... Je m'approche... c'était monsieur Charles !

LA COMTESSE.

En vérité !

LÉONIE, *avec dépit.*

Vous riez, ma tante ; eh bien ! moi, cela m'indigne... je ne sais pas pourquoi, mais cela m'indigne ! Comment distinguera-t-on un homme bien né d'un valet de chambre, s'ils sont tous deux élégants de figure, de manières... car, remarquez, ma tante, qu'il est tout à fait bien de sa personne, et lorsqu'à table il vous sert, qu'il vous offre un fruit, c'est avec un choix de termes, un accent de bonne compagnie qui me mettent hors de moi... parce qu'il y a de l'impertinence à lui à s'exprimer aussi bien que ses maîtres : cela nous déconsidère, cela nous... (*Avec impatience.*) Enfin, ma tante, je ne sais comment vous exprimer ce que je ressens ; mais moi, qui suis bienveillante pour tout le monde, j'éprouve pour cet insolent valet une antipathie qui va jusqu'à l'aversion, et si j'étais maîtresse ici, bien certainement il n'y resterait pas !

LA COMTESSE, *gaîment.*

Là... là... calmons-nous ! avant de le chasser, il faut permettre qu'il s'explique, ce garçon. (*Elle sonne.*)

LÉONIE.

Est-ce pour lui que vous sonnez, ma tante ?

LA COMTESSE.

Précisément ! (*A un domestique qui entre.*) Charles est-il là ?

LE DOMESTIQUE.

Oui, madame la comtesse.

LA COMTESSE.

Qu'il vienne ? (*Le domestique sort.*)

LÉONIE.

Mais ma tante... qu'allez-vous lui dire ?

LA COMTESSE.

Sois tranquille !

LÉONIE.

Je ne voudrais pas qu'il crût que c'est à cause de moi que vous le grondez !

LA COMTESSE, *gaiement.*

Pourquoi donc ? ne trouves-tu pas qu'il t'a manqué de respect ?..

SCÈNE IV.

LES PRÉCÉDENTS, CHARLES.

CHARLES.

Madame m'a appelé ?...

LA COMTESSE.

Oui. Approchez-vous, Charles ; vous me forcerez donc toujours à vous adresser des reproches. Pourquoi vous êtes-vous permis...

LÉONIE, *bas à la comtesse.*

Il ne savait pas que j'étais là...

LA COMTESSE, *à Léonie.*

N'importe ?... (*A Charles.*) Pourquoi vous êtes-vous permis de vous approcher de mon portrait, du dessin de ma nièce, et de dire... qu'il était charmant..

CHARLES.

J'ai dit qu'il était ressemblant, madame la comtesse.

LA COMTESSE.

C'est précisément ce mot qui est de trop : approuver c'est juger ; et on n'a le droit de juger que ses égaux.

CHARLES.

Je demande pardon à mademoiselle de l'avoir offensée... à l'avenir, je ne ferai plus que penser ce que j'ai dit.

LA COMTESSE.

C'est bien...

LÉONIE, *à part.*

Du tout, c'est mal ! voilà encore une de ces réponses qui m'exaspèrent..

LA COMTESSE, *à Charles.*

Avez-vous préparé la petite ponette de mon frère, comme je vous l'avais dit ?

CHARLES.

Oui, madame.

LA COMTESSE.

Eh bien, chère Léonie, le temps est beau, va mettre ton habit de cheval, et tu essaieras la ponette dans le parc.

LÉONIE.

Avec vous, chère tante ?..

LA COMTESSE.

Non, avec mon frère... et Charles vous suivra.

LÉONIE.

Mais...

LA COMTESSE.

Il est fort habile cavalier, et son habileté rassure ma tendresse pour toi !

LÉONIE.

J'y vais, chère tante... (*En s'en allant.*) Ah ! je le déteste !

SCÈNE V.

LA COMTESSE, HENRI *sous le nom de Charles.*

LA COMTESSE.

Eh bien, méchant enfant, vous ne serez donc jamais raisonnable ?..

HENRI.

Grondez-moi, vous grondez si bien !

LA COMTESSE.

Vous ne me désarmerez pas par vos cajoleries !.. Vous exposer sans cesse à être découvert ou par Léonie ou même par un de mes gens... aller chanter un air de Cimarosa dans le parc ; et le bien chanter, encore...

HENRI.

Ce n'est pas ma faute ; je me rappelais toutes vos inflexions.

LA COMTESSE.

Taisez-vous!.. vos flatteries me sont insupportables... ingrat!..
je ne vous parle pas seulement pour moi qui vous aime en sœur...
mais pour votre pauvre mère...

HENRI.

Vous avez raison!.. voyons, que dois-je faire?

LA COMTESSE.

D'abord répondre quand j'appelle Charles... et ne pas dire...
quoi? quand quelqu'un dit Henri.

HENRI.

La vérité est que je n'y manque jamais.

LA COMTESSE.

Puis, ne plus vous extasier devant les dessins de ma nièce, et
ne pas répondre comme tout à l'heure... je ne ferai plus que penser ce que j'ai dit!.. Hypocrite!.. il ne peut pas se décider à ne
pas être charmant... Enfin, ne pas vous exposer, comme vous
l'avez fait ce matin malgré ma défense, en allant à Lyon...
Mais, malheureux enfant! vous ne savez donc pas qu'il s'agit de
vos jours...

HENRI, gaiement.

Bah!

LA COMTESSE.

Tout est à craindre depuis l'arrivée du baron de Montrichard.

HENRI.

Le baron de Montrichard!

LA COMTESSE.

Oui... le nouveau préfet... il a la finesse d'une femme, il est
rusé comme un diplomate, et avec cela actif, persévérant... et
penser que c'est à moi peut-être qu'il doit sa nomination!..

HENRI.

Vous, comtesse; vous avez fait nommer un homme comme lui,
dévoué pendant vingt ans, corps et âme, au consulat et à l'empire...

LA COMTESSE.

C'est pour cela! il est toujours dévoué corps et âme à tous les
gouvernements établis, et il les sert d'autant mieux qu'il veut faire
oublier les services rendus à leurs prédécesseurs... aussi va-t-il
vouloir signaler son installation par quelque action d'éclat.

HENRI.

C'est-à-dire en faisant fusiller deux ou trois pauvres diables qui
n'en peuvent mais...

LA COMTESSE.

Non, il n'est pas cruel; au contraire! je sais même qu'il avait
demandé une amnistie générale; mais l'idée de découvrir un chef
de conspirateurs va le mettre en verve! il déploiera contre vous
toutes les ressources de son esprit... votre signalement sera partout... je le sais... le premier soldat pourrait vous reconnaître...

HENRI.

Eh bien... vous l'avouerai-je?... il y a dans ces périls, dans
cette vie de conspirateur poursuivi... je ne sais quoi qui m'amuse
comme un roman! rien ne me divertit autant que d'entendre prononcer mon nom dans les marchés, que d'acheter aux crieurs des
rues ma condamnation, que d'interroger un gendarme qui pourrait me mettre la main sur le collet... et de lui parler de moi...
Eh bien, monsieur le gendarme, cet Henri de Flavigneul, est-ce
qu'il n'est pas encore pris? — Non, vraiment, c'est un enragé qui
tient à la vie, à ce qu'il paraît... Dites-moi donc un peu son signalement, si vous l'avez?...

LA COMTESSE.

Mais vous me faites frémir!.. Oh! les hommes! toujours les
mêmes!.. n'ayant jamais que leur vanité en tête; vanité de courage ou vanité d'esprit...Eh bien, tenez, pour vous punir, ou pour
vous enchanter peut-être... qui sait?.. voyez cette lettre de votre
mère... savourez les traces de larmes qui la couvrent... dites-
vous que si vous étiez condamné, elle mourrait de votre mort...
ajoutez que si je vous avais arrêté malgré moi, je croirais presque
être la cause de votre perte et que j'aurais tout à la fois le désespoir du regret et le désespoir du remords... allons, retracez-vous
bien toutes ces douleurs... c'est du dramatique aussi cela... c'est
amusant comme un roman... Ah! vous n'avez pas de cœur!

HENRI.

Pardon!.. pardon!.. j'ai tort!.. oui, quand notre existence
inspire de telles sympathies, elle doit nous être sacrée; je me dé
fendrai... je veillerai sur moi... pour ma mère... et pour... (Lui
prenant la main.) et pour ma sœur!

LA COMTESSE.

A la bonne heure! voilà un mot qui efface un peu vos torts...
Pensons donc à votre salut... cher frère... et pour que je puisse
agir, racontez-moi en détail ce coup de tête, dont me parle votre
mère et qui vous a changé, malgré vous, en conspirateur.

HENRI.

Le voici. Vous le savez, ma famille était attachée, comme la
vôtre, à la monarchie, et mon père refusa de paraître à la cour
de l'empereur.

LA COMTESSE.

Oui; il avait la manie de la fidélité, comme moi!

HENRI.

Mais le jour où j'eus quinze ans : « Mon fils, me dit-il, j'avais
« prêté serment au roi, j'ai dû le tenir et rester inactif. Toi, tu es
« libre, un homme doit ses services à son pays; tu entreras à seize
« ans à l'école militaire, et à dix-huit dans l'armée. » Je répondis
en m'engageant le lendemain comme soldat et je fis la campagne
de Russie et d'Allemagne. C'est vous dire mon peu de sympathie
pour le gouvernement que vous aimez... et cependant, je vous le
jure, je n'ai jamais conspiré... et je ne conspirerai jamais! parce
que j'ai horreur de la guerre civile, et que, quand un Français tire
sur un Français, c'est au cœur de la France elle-même qu'il frappe!
Il y a un mois pourtant, au moment où venait d'éclater la conspiration du capitaine Ledoux, j'entre un matin à Lyon; je vois rangé
sur la place Bellecour un peloton d'infanterie, et avant que j'aie
pu demander quelle exécution s'apprêtait... arrive une voiture de
place suivie de carabiniers à cheval; j'en vois descendre, entre
deux soldats, un vieillard en cheveux blancs, en grand uniforme,
et je reconnais... qui?.. mon ancien général! Le brave comte
Lambert, qui a reçu vingt blessures au service de notre pays!..
Je m'élance, croyant qu'on l'amenait sur cette place pour le fusiller! non! c'était bien pis encore... pour le dégrader!.. Le dégrader!... Etait-il coupable? je l'ignore... mais quelque crime politique qu'ait commis un brave soldat, on ne le dégrade pas, on le tue!
Aussi, quand je vis un jeune commandant arracher à ce vieillard
sa décoration, je ne me connus plus moi-même, je m'élançai vers
mon ancien général, et, lui remettant la croix que j'avais reçue
de sa main, je m'écriai : Vive l'Empereur!

LA COMTESSE.

Malheureux!

HENRI.

Ce qui arriva, vous le devinez; saisi, arrêté comme un chef de
conspiration, je serais encore en prison, ou plutôt je n'y serais
plus, si un des geôliers, gagné par vous, ne m'avait pas donné les
moyens de fuir, ici... chez une royaliste, mon ennemie, ici, où j'ai
le double bonheur d'être sauvé, et d'être sauvé par vous. Voilà
mon crime!

LA COMTESSE.

Dites votre gloire, Henri; j'étais bien résolue ce matin à vous
sauver, mais maintenant... qu'ils viennent vous chercher auprès
de moi!

SCÈNE VI.

LES PRÉCÉDENTS, LÉONIE en habit de cheval.

LÉONIE.

Me voici, ma tante... Suis-je bien?

LA COMTESSE, l'ajustant.

Très-bien, chère enfant; ta cravate un peu moins haute... (A
Henri.) Charles, allez voir si mon frère est prêt! (Henri sort.)

LA COMTESSE, à Léonie, tout en l'ajustant.

Qui t'a donné cette belle rose?

LÉONIE.

Monsieur de Grignon!

LA COMTESSE.

Je ne l'ai pas encore vu d'aujourd'hui, notre cher hôte.

LÉONIE.

Il monte... je l'ai laissé au bas du perron, admirant le cheval de
mon oncle!

SCÈNE VII.

LES PRÉCÉDENTS, DE GRIGNON.

DE GRIGNON, au fond.

Quel bel animal! quel feu! quelle vigueur! qu'on doit être heureux de se sentir emporté sur cet ouragan vivant!

LA COMTESSE, qui l'entend.

Le curieux, c'est qu'il le croit!

DE GRIGNON, descendant la scène et apercevant la comtesse
et Léonie qu'il salue.

Ah! mademoiselle!... madame la comtesse!...

LA COMTESSE.

Bonjour, mon hôte!... Ah! ça, vous aurez donc toujours la manie
de l'héroïsme! je vous entendais là, tout à l'heure, vous extasier
sur le bonheur de s'élancer sur un cheval indompté. Je parie que
vous regrettez de n'avoir pas monté Bucéphale...

DE GRIGNON, avec enthousiasme.

Vous dites vrai, madame! c'est si beau... c'est... si... oh!...

LA COMTESSE.

Vous ne trouvez pas le second adjectif... je vais vous rendre le
service de vous interrompre; tenez, il y a là des journaux et des
lettres!

DE GRIGNON.

Pour moi?

5

LA COMTESSE.

Oui, là... sur la table.

SCÈNE VIII.

LES Précédents, HENRI.

HENRI.

Monsieur de Kermadio est aux ordres de mademoiselle...

LA COMTESSE, *à Léonie.*

Je vais te mettre à cheval... (*A de Grignon qui va pour la suivre.*) Lisez votre lettre, lisez, je remonte à l'instant. Viens, Léonie... (*Elles sortent suivies par Henri.*)

SCÈNE IX.

DE GRIGNON, *seul.*

(*Il la suit des yeux.*) Quel est le mauvais génie qui m'a mis au cœur une passion insensée pour cette femme?... une femme qui a été héroïque en Vendée, une femme qui adore le courage! Aussi, pour lui plaire, il n'est pas d'action intrépide que je ne rêve... pas de péril auquel je ne m'expose... en imagination!... Dès que je pense à elle, rien ne m'effraie... je me crois un héros... moi! un maître des requêtes, qui par état n'y suis pas obligé;... et quand je dis un héros... c'est que je le suis... en théorie! Par malheur, il n'en est pas tout à fait de même dans la pratique.... C'est inconcevable! c'est inouï! il y a là un mystère qui ne peut s'expliquer que par des raisons de naissance!... C'est dans le sang! Je tiens à la fois de ma mère, qui était le courage en personne, et de mon père, qui était la prudence même!... Les imbéciles me diront à cela... : Eh bien! monsieur, restez toujours le fils de votre père; n'approchez pas du danger... (*Avec colère.*) Mais, est-ce que je le peux, monsieur? est-ce que ma mère me le permet, monsieur? Est-ce que, s'il pointe à l'horizon quelque occasion d'héroïsme, le maudit démon maternel qui s'agite en moi ne précipite pas ma langue à des paroles compromettantes? Est-ce que ma moitié héroïque ne s'offre pas, ne s'engage pas?... Comme tout à l'heure, à la vue de ce beau cheval fougueux et écumant que je brûlais d'enfourcher... parce qu'un autre était dessus...; et si l'on m'avait dit, montez-le!... alors mon autre moitié, ma moitié paternelle, l'aurait emporté, et adieu ma réputation!... Ah! c'est affreux! c'est affreux! être brave... et nerveux!... et penser que pour comble de malheur, me voilà amoureux fou d'une femme dont la vue m'anime... m'exalte!... Elle me fera faire quelque exploit, quelque sottise, j'en suis sûr... Jusqu'à présent je m'en suis assez bien tiré... Je n'ai eu à dépenser que des paroles... mais cela ne durera peut-être pas... et alors... repoussé, méprisé par elle... (*Avec résolution.*) Il n'y a qu'un moyen d'en sortir!... c'est de l'épouser!... Une fois marié, je suis père; une fois père, j'ai le droit d'être prudent avec honneur!... Que dis-je?... le droit!... c'est un devoir... un père de famille se doit à sa femme et à ses enfants. Un bonapartiste insulte le roi devant moi... je ne peux pas le provoquer... je suis père de famille! Qu'il arrive une inondation, un incendie, une peste, je me sauve... je suis père de famille! Il faut donc se hâter d'être père de famille le plus tôt possible! (*Se mettant à la table à gauche et écrivant.*) Et pour cela risquons ma déclaration bien chaude, bien brûlante... comme je la sens... Plaçons-la ici... sous ce miroir;... elle la verra... elle la lira... et espérons!

SCÈNE X.

LES Précédents, LA COMTESSE, *soutenant Léonie et entrant avec elle par le fond.*

LA COMTESSE, *dans la coulisse.*

Louis!... Joseph!...

DE GRIGNON.

Elle appelle... (*Il va au fond au moment où la comtesse entre, et l'aide à soutenir Léonie qu'ils placent tous les deux sur le canapé à droite.*)

DE GRIGNON.

Qu'y a-t-il donc?

LA COMTESSE.

Un accident; mais elle commence à reprendre ses sens.

DE GRIGNON.

Elle n'est pas blessée?...

LA COMTESSE.

Non, grâce au ciel, mais je crains que la secousse, l'émotion... Sonnez donc, mon ami, je vous prie...

DE GRIGNON.

Que désirez-vous?

LA COMTESSE.

Qu'on aille à l'instant à Saint-Andéol chercher le médecin.

DE GRIGNON.

J'y vais moi-même et je le ramène.

LA COMTESSE.

J'accepte; vous êtes bon!

DE GRIGNON, *à part.*

J'aime autant ne pas être là quand elle lira mon billet... (*Haut.*) Je pars et je reviens. (*Il sort.*)

SCÈNE XI.

LA COMTESSE, LÉONIE *assise.*

LÉONIE, *encore sans connaissance.*

Ma tante!... ma tante!... si vous saviez... je n'y puis croire encore...J'étais si en colère... c'est-à-dire si ingrate!... ce pauvre jeune homme à qui je dois la vie!

LA COMTESSE.

Qu'est-ce que cela signifie?

LÉONIE, *revenant à elle.*

C'est une aventure si étonnante... ou plutôt... si heureuse! Imaginez-vous, ma tante, que Charles..... (*Se reprenant.*) non monsieur Henri... non... je disais bien!... Charles... ce pauvre Charles...

LA COMTESSE, *vivement.*

Tu sais tout!

LÉONIE, *avec joie.*

Eh oui, sans doute!

LA COMTESSE, *avec effroi.*

O ciel!

LÉONIE, *vivement et se levant du canapé.*

Je me tairai, ma tante, je me tairai, je vous le jure... Je vous aiderai à le protéger, à le défendre... j'y suis bien forcée maintenant... ne fût-ce que par reconnaissance...

LA COMTESSE, *avec impatience.*

Mais tout cela ne m'explique pas...

LÉONIE, *avec joie.*

C'est juste... il me semble que tout le monde doit savoir... et il n'y a que moi... c'est-à-dire nous deux... Voilà donc que nous galopions dans le parc avec mon oncle, quand tout à coup son cheval prend peur, la ponette en fait autant et m'emporte du côté du bois. Déjà ma jupe s'était accrochée à une branche; j'allais être arrachée de ma selle, et traînée peut-être sur la route, quand Charles... monsieur Charles, se précipite à terre, se jette hardiment au-devant de la ponette, l'arrête d'une main, me retient de l'autre, et me dépose à moitié évanouie sur le gazon.

LA COMTESSE.

Brave garçon!

LÉONIE.

Et malgré cela j'étais d'une colère...

LA COMTESSE.

Tu lui en voulais de te sauver?...

LÉONIE.

Non pas de me sauver, mais de me sauver avec si peu de respect! Imaginez-vous, ma tante, qu'il me prenait les mains pour me les réchauffer... qu'il me faisait respirer un flacon... je vous demande si un domestique doit avoir un flacon... et qu'il répétait sans cesse comme il aurait fait pour son égale... Pauvre enfant! pauvre enfant!... Je ne pouvais pas répondre, parce que j'étais évanouie... mais j'étais très en colère en dedans. Et lorsqu'en ouvrant les yeux, je le trouvai à mes genoux... presque aussi pâle que moi, et qu'il me tendit la main en me disant : Eh bien, chère demoiselle, comment vous trouvez-vous?... mon indignation fut telle que je répondis par un coup de cravache dont je frappai la main qu'il osait me tendre... puis je fondis en larmes... sans savoir pourquoi...

LA COMTESSE, *avec un commencement d'inquiétude.*

Eh bien, après?

LÉONIE.

Après?... Jugez de ma surprise, de ma joie, quand je le vis se relever en souriant... découvrir sa tête avec une grâce charmante, et me dire après m'avoir salué : Que votre légitime orgueil ne s'alarme pas de ma témérité, mademoiselle; celui qui a osé tendre la main à mademoiselle de Villegontier, ce n'est pas Charles, le valet de chambre, c'est M. Henri de Flavigneul, le proscrit.

LA COMTESSE.

Ah! le malheureux! il se perdra!

LÉONIE.

Se perdre parce qu'il m'a confié son secret!

LA COMTESSE.

Qui me dit que tu sauras le garder?

LÉONIE.

Vous croyez mon cœur capable de le trahir!...

COMTESSE.

Le trahir!... Dieu me garde d'un tel soupçon!... mais c'est ta bonté même, ce sont tes craintes qui le trahiront!

LÉONIE, *avec élan.*

Ah! ne redoutez rien... je serai forte... il s'agit de lui!

LA COMTESSE, *vivement.*

De lui!

LÉONIE, *avec abandon.*

Pardonnez-moi!... Je ne puis vous cacher ce qui se passe dans mon âme... Mais pourquoi vous le cacher, à vous? Eh bien, oui, une force, une joie ineffable remplissent mon cœur tout entier... J'étais si malheureuse depuis quinze jours; je ne pouvais m'expliquer à moi-même ce que je ressentais... ou plutôt je ne l'osais pas : c'était de la honte, de la colère... je me sentais entraînée vers un abîme, et cependant j'y tombais avec joie.

LA COMTESSE, *avec anxiété*

Que veux-tu dire?...

LÉONIE.

Je comprends tout maintenant... Si j'étais aussi indignée contre lui... et contre moi, ma tante, c'est que je l'aimais!...

LA COMTESSE, *avec explosion.*

Vous l'aimez!...

LÉONIE.

Qu'avez-vous donc?...

LA COMTESSE, *froidement.*

Rien! rien!... Vous l'aimez!...

LÉONIE.

Vous semblez irritée contre moi, chère tante...

LA COMTESSE, *de même.*

Irritée!... moi... non!... je ne suis pas irritée... Pourquoi serais-je irritée?

LÉONIE.

Je l'ignore!... peut-être... est-ce de ma confiance trop tardive... Je vous aurais dit plus tôt mon secret si je l'avais su plus tôt!

LA COMTESSE.

Qui vous reproche votre manque de confiance?... Laissez-moi... j'ai besoin d'être seule!...

LÉONIE, *avec douleur.*

Oh! mais... vous m'en voulez!...

LA COMTESSE, *avec impatience.*

Mais non, vous dis-je...

LÉONIE.

Vous ne m'avez jamais parlé ainsi! vous ne me dites plus... toi!

LA COMTESSE, *avec émotion.*

Tu pleures?... Pardon, chère enfant, pardon! Si je t'ai affligée, c'est que moi-même... je souffrais... oh! cruellement!... je souffre encore... Laisse-moi seule un moment... je t'en prie!... (*Elle regarde Léonie, puis l'embrasse vivement.*) Va-t'en! va-t'en!...

LÉONIE, *en s'en allant.*

A la bonne heure, au moins. (*Elle sort.*)

SCÈNE XII.

LA COMTESSE, *seule.*

Elle l'aime! Pourquoi ne l'aimerait-elle pas?... N'est-elle pas jeune comme lui? riche et noble comme lui?... Pourquoi donc souffré-je tant de cette pensée? Pourquoi, pendant qu'elle me parlait... ressentais-je contre elle un sentiment de colère... d'aversion, de... Non, ce n'est pas possible! depuis quinze jours ne veillais-je pas sur lui comme une amie... ne lui parlais-je pas comme une mère?... ce matin, ne l'ai-je pas remercié de ce qu'il m'appelait ma sœur?... Ah! malgré moi le voile tombe!... ce langage maternel n'était qu'une ruse de mon cœur pour se tromper lui-même... je ne cherchais dans ces titres menteurs de sœur ou de mère qu'un prétexte, que le droit de ne lui rien cacher de ma tendresse... Ce n'est pas de l'intérêt... de l'amitié... du dévouement... c'est de l'amour!... J'aime!... (*Avec effroi.*) J'aime!... moi! et ma rivale, c'est l'enfant de mon cœur, c'est un ange de grâce, de bonté... Ah! tu n'as qu'un parti à prendre! renferme, renferme ta folle passion dans ton cœur comme une honte, cache-la, étouffe-la!... (*Après un moment de silence.*) Je ne peux pas! Depuis que ce feu couvert a éclaté à mes propres yeux, depuis que je me suis avoué mon amour à moi-même... il croît à chaque pensée, à chaque parole!... je le sens qui m'envahit comme un flot qui monte!... (*Avec résolution.*) Eh bien! pourquoi le combattre? Léonie aime Henri, c'est vrai... mais lui, il ne l'aime pas encore... il aurait parlé s'il l'aimait... elle me l'aurait dit s'il avait parlé... (*Avec joie.*) Il est libre! et moi, je ne choisirais!... Elle est bien belle déjà... on dit que je le suis encore... Qu'il prononce!... (*Avec douleur.*) Pauvre enfant!... elle l'aime tant!... Ah Dieu! il l'aime mille fois davantage! Elle aime, elle, comme on aime à seize ans, quand on a l'avenir devant soi et que le cœur est assez riche pour guérir, se consoler, oublier et renaître!... mais à trente ans notre amour est notre vie tout entière... Allons! il faut lutter avec elle!... luttons... non pas de ruse ou perfidie féminine... non! mais de dévouement, d'affection, de charme. . On dit que j'ai de l'esprit, servons-nous-en... Léonie a ses seize ans, qu'elle se défende!... et si je triomphe aujourd'hui... ah! je réponds de l'avenir... je rendrai Henri si heureux que son bonheur m'absoudra du mien! (*Après un moment de silence.*) Mais triompherai-je? sais-je seulement s'il m'est permis de lutter?... qui me l'apprendra? Quand on a un grand nom, du crédit, de la fortune... ceux qui nous entourent nous disent-ils la vérité?... (*Elle prend sur la table à gauche un miroir.*) Ma main tremble en prenant ce miroir... ce n'est pas le trouble de la coquetterie... non! c'est mon cœur qui fait trembler ma main... je ne me trouverai jamais telle que je voudrais être... ne regardons pas!... (*Après un moment d'hésitation, elle regarde, fait un sourire et dit ensuite.*) Oui... mais il en a trompé tant d'autres! (*Elle remet le miroir sur la table et aperçoit la lettre que de Grignon avait mise dessous.*) Quelle est cette lettre?... A madame la comtesse d'Autreval... (*Regardant la signature.*) De M. de Grignon! Eh bien... lisons!... (*Au moment où elle ouvre la lettre, de Grignon paraît au fond.*)

SCÈNE XIII.

LA COMTESSE, DE GRIGNON.

DE GRIGNON, *au fond.*

Elle tient ma lettre!

LA COMTESSE, *lisant.*

Qu'ai-je lu?

DE GRIGNON, *au fond.*

Elle ne semble pas trop irritée!

LA COMTESSE, *continuant de lire.*

Oui... oui... c'est bien le langage d'un amour vrai... l'accent de la passion... le cri du cœur!

DE GRIGNON, *à part.*

Elle se parle à elle-même...

LA COMTESSE, *tenant toujours la lettre.*

Il m'aime!... on peut donc m'aimer encore!... il demande ma main!... on peut donc songer à m'épouser encore!

DE GRIGNON, *s'avançant.*

Ma foi... je me risque! (*Il fait un pas en se mettant à tousser.*)

LA COMTESSE, *se retournant et l'apercevant.*

Est-ce vous qui avez écrit cette lettre?

DE GRIGNON.

Cette lettre... celle que tout à l'heure... (*A part.*) Ah! mon Dieu!

LA COMTESSE, *vivement.*

Répondez... est-ce vous?

DE GRIGNON.

Eh bien! oui, madame.

LA COMTESSE, *de même.*

Et ce qu'elle contient est bien l'expression de votre pensée?

DE GRIGNON.

Certainement.

LA COMTESSE.

Vous m'aimez?... vous me demandez ma main?

DE GRIGNON.

Et pourquoi pas?

LA COMTESSE.

Vous, à vingt-cinq ans!

DE GRIGNON.

Eh! qu'importe l'âge! tout ce que je sais, tout ce que je peux vous dire... c'est que vous êtes jeune et belle... ce que je sais, c'est que je vous aime.

LA COMTESSE, *avec joie.*

Vous m'aimez?

DE GRIGNON.

Et dussiez-vous ne pas me le pardonner... dussiez-vous m'en vouloir!

LA COMTESSE, *de même.*

Vous en vouloir! mon ami, mon véritable ami... ainsi, c'est bien certain, vous m'aimez? vous me trouvez belle?... Ah! jamais paroles ne m'ont été si douces... et si vous saviez... si je pouvais vous dire...

DE GRIGNON.

Ah! je n'en demande pas tant... l'émotion... le trouble où je vous vois suffiraient à me faire perdre la raison.

(*On entend en dehors à droite le bruit d'un orchestre.*)

LA COMTESSE.

Qu'est-ce que cela?

DE GRIGNON.

Ah! mon Dieu! j'oubliais... une surprise... une fête... la vôtre...

LA COMTESSE.

Ma fête !... je n'y pensais plus.

DE GRIGNON.

Mais nous y pensions, nous et votre nièce... et là, dans le grand salon, vos amis, les habitants du village... tous vos gens...

LA COMTESSE.

Mes gens !

DE GRIGNON.

Bal champêtre et concert.

LA COMTESSE.

Un bal ! un concert !... (*A part.*) Il sera là. (*Haut.*) Oh ! merci, mon ami, venez, venez, nous danserons...

DE GRIGNON.

Oui, madame.

LA COMTESSE.

Nous chanterons...

DE GRIGNON.

Oui, madame.

LA COMTESSE.

Pour eux !... avec eux !...

DE GRIGNON.

Oui, madame.

LA COMTESSE, *à part.*

Il sera là !... il nous entendra... il nous jugera... (*A de Grignon.*) Venez, mon ami, je suis si heureuse.

DE GRIGNON.

Et moi donc !

LA COMTESSE.

Venez, venez ! (*Ils sortent par la porte à droite.*)

FIN DU PREMIER ACTE.

ACTE DEUXIÈME.

(*Même décor.*)

SCÈNE PREMIÈRE.

DE GRIGNON, *sortant de l'appartement à droite, puis* MONTRICHARD, *entrant par le fond.*

DE GRIGNON.

C'est étonnant !... depuis l'aveu qu'elle m'a fait... elle ne me regarde plus !... Et pourtant... quand je me rappelle son trouble de ce matin, sa physionomie... tout me dit que je suis aimé... tout... excepté elle !... Ah ! c'est qu'une lettre passionnée... des paroles brûlantes ne suffisent pas pour la connaissance de mon amour... il faudrait des preuves réelles... des actions... (*Remontant le théâtre et voyant M. de Montrichard qui entre précédé d'un maréchal des logis de dragons, auquel il parle bas.*) Quel est cet étranger ?

MONTRICHARD, *au dragon.*

Que mes ordres soient exécutés de point en point ! Rien de plus, rien de moins !... vous entendez.

LE DRAGON, *saluant et se retirant.*

Oui, monsieur le préfet.

MONTRICHARD, *s'avançant et saluant de Grignon.*

Madame la comtesse d'Autreval, monsieur ?

DE GRIGNON.

Elle est au salon, environnée de tous ses amis, dont elle reçoit les bouquets... C'est sa fête... mais dès qu'elle saura que M. le préfet du département...

MONTRICHARD.

Vous me connaissez, monsieur ?

DE GRIGNON.

Je viens d'entendre prononcer votre nom, (*Faisant quelques pas vers le salon.*) et je vais...

MONTRICHARD.

Ne vous dérangez pas, de grâce ! rien ne me presse ! Quand on est porteur de fâcheuses nouvelles...

DE GRIGNON.

Ah ! mon Dieu !

MONTRICHARD.

La comtesse, que je connais depuis longtemps, a toujours été parfaite pour moi, et, dernièrement encore, le ministre ne m'a pas laissé ignorer qu'elle avait parlé en ma faveur.

DE GRIGNON.

Elle est fort bien en cour ! et je conçois qu'il vous soit pénible...

MONTRICHARD.

Pour la première visite que je lui fais...

DE GRIGNON.

De lui apporter une mauvaise nouvelle.

MONTRICHARD, *froidement.*

Plusieurs, monsieur.

DE GRIGNON, *effrayé.*

Et lesquelles ?

MONTRICHARD.

Lesquelles ?... mais d'abord une qui est assez grave, le feu vient de prendre à l'une des fermes de madame la comtesse.

DE GRIGNON.

Vous en êtes sûr ?

MONTRICHARD.

Nous l'avons aperçu de la grande route où nous passions, et comme je ne pouvais détacher aucun des gens de mon escorte... pour des motifs sérieux...

DE GRIGNON.

Ah !

MONTRICHARD.

Oui, fort sérieux ! J'ai dirigé sur la ferme tous les paysans que j'ai rencontrés sur mon chemin, ordonnant qu'on m'envoyât au plus tôt des nouvelles de l'incendie. (*Il remonte le théâtre.*)

DE GRIGNON, *sur le devant du théâtre.*

Un incendie !... quelle belle occasion d'héroïsme !... Si j'y allais !... Quel effet sur la comtesse, quand elle demandera où donc est M. de Grignon ? et qu'on lui répondra il est au feu !... pour vous... pour vous, comtesse !... (*A Montrichard.*) Monsieur, cette femme est-elle loin d'ici ?...

MONTRICHARD.

A une demi-lieue à peine, et si l'on pouvait y envoyer une pompe à incendie...

DE GRIGNON, *avec chaleur.*

Une pompe... j'y vais moi-même... Il y en a une à la ville voisine, et je cours...

MONTRICHARD.

Très-bien, monsieur, très-bien !... Mais attendez... on ne vous la confierait peut-être pas sans un ordre de moi, et si vous le permettez...

DE GRIGNON.

Si je le permets !...

(*Montrichard se met à la table de gauche et cherche autour de lui ce qu'il faut pour écrire ; ne le trouvant pas, il tire un carnet de sa poche et trace quelques lignes au crayon.*)

DE GRIGNON, *se promenant pendant ce temps avec agitation.*

Est-il un p us beau rôle que celui de sauveur dans un incendie !... marcher sur des poutres enflammées !... disparaître au milieu des tourbillons de fumée et de feu... au moment le plus terrible... quand la toiture va s'écrouler... Voir tout à coup à une fenêtre un vieillard, une femme qui tend vers vous les bras, en s'écriant : Sauvez-moi ! sauvez-moi !... Alors, s'élancer au milieu des cris de la foule : Vous allez vous perdre !... N'importe !... C'est une mort certaine !... N'importe !... (*S'interrompant et s'adressant à Montrichard.*) Le fermier a-t-il des enfants ?...

MONTRICHARD, *écrivant toujours.*

Trois... je crois...

DE GRIGNON, *avec joie.*

Trois enfants... quel bonheur !... (*A Montrichard.*) En bas âge ?...

MONTRICHARD, *écrivant toujours.*

Oui...

DE GRIGNON, *à part.*

Tant mieux ! c'est plus facile à sauver !... Puis, rendre trois enfants à leur mère !... Et comme la comtesse me recevra, quand je reviendrai escorté par tous les hommes de la ferme... porté sur un brancard de feuillages... les vêtements brûlés... le visage noirci... Ah ! ma tête s'exalte... Donnez... donnez, monsieur !... J'y vais... j'y cours !

MONTRICHARD, *lui remettant le billet.*

A merveille !... (*A part.*) Quel enthousiasme dans ce jeune homme !... (*A de Grignon, qui a fait un pas pour s'éloigner.*) Veuillez en même temps vous informer de ce pauvre garçon de ferme que nous avons rencontré sur la route, et qu'on rapportait blessé du lieu de l'incendie.

DE GRIGNON, *commençant à avoir peur.*

Ah !... ah !... blessé !... légèrement... sans doute...

MONTRICHARD.

Hélas ! non... la peau lui tombait du visage comme s'il avait été brûlé vif...

DE GRIGNON.

Ah !... la peau... lui... tombait...

MONTRICHARD.

Le plus dangereux... c'est une poutre qui lui a enfoncé trois côtes...

DE GRIGNON.

Enfoncé trois côtes !... voyez-vous cela... En voulant porter secours ?...

MONTRICHARD.

Oui, monsieur. Mais partez, partez !...

DE GRIGNON, *immobile et restant sur place.*

Oui... monsieur... le temps de faire seller un cheval... par mon domestique... qui en même temps pourrait bien y aller lui-même... car enfin... cela le regarde... dès qu'il s'agit de porter

une lettre... il s'en acquittera mieux que moi... il ira plus vite...
UN BRIGADIER DE GENDARMERIE *entre dans ce moment, et s'a-*
dressant à M. de Montrichard.
Monsieur le préfet, un exprès arrive, annonçant que le feu est
éteint!

MONTRICHARD.

Tant mieux !

DE GRIGNON, *vivement.*

Éteint!... Quelle fatalité!... au moment où j'y allais! (*A Mon-*
trichard.) Car j'y allais, vous l'avez vu, je partais...

LE BRIGADIER, *bas à Montrichard.*

Le sous-lieutenant a placé à l'extérieur tous nos hommes,
comme vous l'aviez indiqué... mais il a de nouveaux renseignements dont il voudrait faire part à monsieur le préfet.

MONTRICHARD, *à part.*

Très-bien... Je tiens à les connaître et à les vérifier avant de
voir la comtesse... (*Haut, à de Grignon.*) Veuillez, monsieur,
ne pas parler de mon arrivée à madame d'Autreval, car un devoir
imprévu m'oblige à vous quitter ; mais je reviens à l'instant.
(*Il sort.*)

DE GRIGNON, *se promenant avec agitation.*

Malédiction!... Il n'y eut jamais une occasion pareille!... un
incendie que j'aurais trouvé éteint! de l'héroïsme et pas de danger ! Ah ! si jamais j'en rencontre un autre!... Voici la comtesse!... Toujours rêveuse, comme ce matin... Mais est-ce à moi
qu'elle pense?... (*S'approchant d'elle.*) Madame...

SCÈNE II.

DE GRIGNON, LA COMTESSE *sortant de l'appartement
à droite.*

LA COMTESSE, *distraite.*

Ah ! c'est vous, mon cher de Grignon !...

DE GRIGNON, *à part.*

Elle a dit mon cher de Grignon !...

LA COMTESSE, *qui a l'air préoccupé et regarde dans la salle
de bal.*

Eh ! pourquoi donc n'êtes-vous pas dans la salle de bal? Un bal
champêtre au milieu du salon : le château et la ferme... grands
seigneurs et femmes de chambre.

DE GRIGNON.

J'étais ici... m'occupant de vos intérêts... Une de vos fermes où
le feu avait pris... mais il est éteint, par malheur pour moi...

LA COMTESSE, *distraite.*

Comment cela?

DE GRIGNON, *avec chaleur.*

J'aurais été si heureux de m'exposer pour vous!... car, sachez-
le bien, je vous aime plus que moi-même... plus que ma vie.

LA COMTESSE, *riant, mais rêveuse.*

C'est beaucoup !

DE GRIGNON.

Vous en doutez?

LA COMTESSE.

Vous m'aimez bien, je le crois ; mais plus que la vie... non !...
Vous n'assistiez seulement pas à notre concert.

DE GRIGNON, *avec enthousiasme.*

J'y étais, madame ! j'ai entendu votre adorable duo avec votre
nièce... Quel enthousiasme général !... vos gens eux-mêmes, qui
écoutaient de l'antichambre... étaient ravis... transportés... un
surtout... votre nouveau domestique.

LA COMTESSE, *vivement.*

Charles!...

DE GRIGNON.

Oui, Charles... il criait brava plus fort que moi...

LA COMTESSE, *avec affectation.*

Ah ! ce cher de Grignon, que j'accusais... que je méconnais-
sais!...

DE GRIGNON, *à part.*

Je l'ai ramenée enfin au même point que ce matin.

LA COMTESSE.

Ainsi, vous et Charles, vous m'applaudissiez?...

DE GRIGNON, *apercevant Henri qui entre par le fond.*

Mais certainement... Et tenez, il pourrait vous le dire lui-
même, car le voici qui vient de ce côté...

LA COMTESSE, *à part.*

Lui!... (*Vivement, à de Grignon.*) Mon ami... j'ai eu des torts
avec vous... je veux les réparer... Allez m'attendre dans le salon,
et nous ouvrirons le bal ensemble...

DE GRIGNON, *avec ivresse.*

J'y cours... madame... j'y cours ! (*S'éloignant par la droite.*)
Cela va bien! cela va bien !

SCÈNE III.

LA COMTESSE , *puis* HENRI.

HENRI.

C'est vous, enfin, comtesse ; je vous cherchais de tous côtés...

LA COMTESSE, *émue.*

Et pourquoi donc, Henri?

HENRI, *avec exaltation.*

Pourquoi? pour vous dire tout ce que j'ai dans l'âme! le dire si
je le puis... car comment exprimer ce que j'ai ressenti... puisque
personne n'a jamais vu ce que je viens de voir... n'a jamais entendu
ce que je viens d'entendre !...

LA COMTESSE, *souriant, mais émue.*

Quel enthousiasme ! et qui donc a pu le causer?

HENRI.

Qui? vous et elle!...

LA COMTESSE.

Comment?

HENRI.

Elle et vous!... vous deux, que je ne veux plus séparer dans
ma pensée; vous deux, qui venez de m'apparaître unies, confon-
dues... comme deux sœurs !

LA COMTESSE, *riant.*

Ou comme deux roses sur la même tige... ou comme deux étoiles dans la même constellation... Mais cependant, avouez-le, la
rose cadette était la plus belle !

HENRI.

Comment vous le dire, puisque je ne le sais pas moi-même ? Aucune n'était la plus belle... car elles s'embellissaient l'une l'autre,
car le front pur et angélique de la plus jeune faisait ressortir le
front poétique et brillant de l'aînée !... Vous souriez... que serait-
ce donc... si je vous racontais mes impressions pendant le duo que
vous avez chanté ensemble...

LA COMTESSE, *gaiement.*

Racontez... racontez... je suis curieuse de voir comment vous
sortirez de cet embarras...

HENRI, *gaiement.*

Je n'en sortirai pas... et mon bonheur est dans cet embarras
même...

LA COMTESSE.

C'est fort original !

HENRI.

Grâce à ma bienheureuse livrée, j'étais mêlé à vos fermiers et à
vos gens... Eh bien !... à peine vos premières notes entendues,
car c'était vous qui commenciez, à peine votre belle voix touchante eut-elle attaqué ce cantabile admirable, que des larmes
coulèrent de tous les yeux...

LA COMTESSE.

Prenez garde!...vous allez être infidèle à la seconde étoile !...

HENRI.

Vos railleries ne m'arrêteront pas... Ces intelligences incultes...
ces oreilles grossières devenaient fines et délicates en vous écoutant... elles ne se rendaient compte de rien, et cependant elles
comprenaient tout !...

LA COMTESSE.

Et Léonie?...

HENRI.

Elle parut à son tour... et, je vous l'avoue, quand elle com-
mença, une sorte de pitié me saisit pour elle... Pauvre enfant!...
me dis-je... comme elle va paraître gauche et inexpérimentée !...

LA COMTESSE, *avec plus de vivacité.*

Eh bien?...

HENRI.

Eh bien, j'avais raison!... Son inexpérience se trahissait dans
chaque note... mais je ne sais comment cette inexpérience avait
un charme que je ne puis rendre!...

LA COMTESSE.

Ah!...

HENRI.

On ne pouvait s'empêcher de sourire en entendant cette voix
enfantine après la vôtre... et cependant, ce contraste même lui
prêtait quelque chose de naïf... de frais...

LA COMTESSE.

Prenez garde!... voici la première étoile qui pâlit à son tour...

HENRI, *avec chaleur.*

Non!... non !... car les voici toutes deux réunies ! car l'ensemble du duo commence, car votre voix émouvante et passionnée se
mêle à son chant timide et pur... Oh ! alors... alors... il sortit
de ce mélange je ne sais quelle impression qui tenait de l'enchantement. Ce n'étaient plus seulement vos deux voix qui se con-
fondaient, c'étaient vos deux personnes... vous ne formiez plus
qu'un seul être ! charmant... complet... représentant à la fois la

jeune fille et la femme, tout semblable enfin à un rameau de cet arbre fortuné qui croît sous le ciel de Naples, et porte sur une même branche et des fleurs et des fruits !

LA COMTESSE, *à part.*

J'espère !

HENRI, *poussant un cri.*

Ah ! mon Dieu !

LA COMTESSE.

Qu'avez-vous ?

HENRI.

Une contredanse que j'ai promise.

LA COMTESSE.

A qui ?

HENRI.

A Catherine, votre fermière, vis-à-vis mademoiselle Léonie, votre nièce, contredanse que j'oubliais près de vous.

LA COMTESSE, *avec joie.*

Est-il possible !

HENRI.

Heureusement l'orchestre n'a pas encore donné le signal... et je cours...

LA COMTESSE.

Oui, mon ami... il ne faut pas faire attendre... madame Catherine la fermière... Allez !... allez !...

(*Pendant qu'Henri sort par la porte de droite, après avoir baisé la main de la comtesse qui le suit des yeux, Léonie entre doucement par la porte du fond, et s'approchant de la comtesse.*)

LÉONIE.

Ma tante !...

LA COMTESSE.

Toi ! Je te croyais invitée pour cette contredanse...

LÉONIE.

Oui.

LA COMTESSE.

Eh bien ! tu n'y vas pas ?

LÉONIE.

C'est qu'auparavant j'aurais un conseil à vous demander.

LA COMTESSE.

Comment ?...

LÉONIE.

Je vais vous dire... Pendant que je chantais... j'ai vu des larmes dans ses yeux... à lui ! et c'est déjà un bon commencement... Cela prouve que je ne lui déplais pas... n'est-ce pas, ma tante ?

LA COMTESSE.

Sans doute...

LÉONIE.

Mais c'est qu'il m'a priée de lui faire vis-à-vis, et j'ai une grande peur que ma danse ne vienne détruire le bon effet de mon chant... j'ai envie de ne pas danser.

LA COMTESSE.

Y penses-tu ?

LÉONIE.

J'ai tant de défauts en dansant... Hier encore, vous me le disiez vous-même... trop de raideur dans le bras... les épaules pas assez effacées...

LA COMTESSE, *avec franchise.*

Et malgré cela tu étais charmante.

LÉONIE, *vivement.*

Vraiment ?...

LA COMTESSE, *s'oubliant.*

Que trop !

LÉONIE.

Ah ! tant mieux ! (*Avec contentement.*) Je vais danser, ma tante, je vais danser ; (*Gaiement.*) et puis je tâcherai de me corriger... et la première fois que je danserai avec lui... ce qui ne tardera pas, je l'espère. (*S'arrêtant.*)

LA COMTESSE.

Eh bien !... qui te retient ?...

LÉONIE.

Un autre conseil que j'aurais encore à vous demander... un cousin... pour lui plaire... (*Elle regarde autour d'elle avec inquiétude.*) Nous avons le temps encore...

LA COMTESSE, *à part.*

Moi, lui apprendre ?... Eh bien oui ! Si Henri me choisit après cela... c'est bien moi qu'il aimera.

LÉONIE, *à demi-voix.*

C'est pour ma coiffure... Si je plaçais comme vous, quelque ornement dans mes cheveux... une fleur... ou plutôt... (*Montrant un bracelet.*) ce bracelet de perles.

LA COMTESSE, *vivement.*

Enfant ! qui ne sais pas que la plus belle couronne de la jeunesse, c'est la jeunesse elle-même, et qu'en voulant parer un front de seize ans, on le dépare...

LÉONIE.

Eh bien... je ne mettrai rien... Merci, ma tante... adieu, ma tante !... (*Elle fait un pas pour s'éloigner.*) Ah ! j'oubliais... S'il me parle en dansant... que lui dirai-je ?... j'ai peur de rester court, et de lui paraître sotte par mon silence... Ah ! ma tante, conseillez-moi ; donnez-moi un sujet de conversation...

LA COMTESSE.

Moi !

LÉONIE.

Vous avez tant d'esprit, et votre esprit lui plaît tant !

LA COMTESSE, *vivement.*

Il te l'a dit ?

LÉONIE.

Pendant plus d'un quart d'heure ; ainsi il me semble que des paroles inspirées par vous garderaient quelque chose de votre grace à ses yeux...

LA COMTESSE, *à part.*

Quelle singulière pensée lui vient là ?...

LÉONIE, *vivement.*

J'y suis ! oui... oui... voilà mon sujet !... je suis certaine de lui plaire !... je parlerai...

LA COMTESSE.

De quoi ?...

LÉONIE.

De vous !... Sur ce chapitre-là, je réponds de mon éloquence !

LA COMTESSE, *avec effusion.*

Ah ! bonne et tendre nature... je veux...

LÉONIE.

J'entends la voix de monsieur Henri...

LA COMTESSE.

Henri !... (*A part.*) Quand il est là je ne vois plus que lui !

LÉONIE.

Il m'attend... il me semble qu'il m'appelle... Adieu, ma tante... adieu !.. (*Elle sort par la droite.*)

SCÈNE IV.

LA COMTESSE, *seule, regardant dans la salle du bal.*

Elle le rejoint... la contredanse commence... il est vis-à-vis d'elle.... comme il la regarde !... Il oublie que c'est à lui de danser... Ils traversent... il lui donne la main... Mais que vois-je ?.. elle pâlit... la consternation se peint sur son visage ? Que dis-je ? sur tous les visages ! Henri s'élance dans la cour, et Léonie revient éperdue.

SCÈNE V.

LA COMTESSE, LÉONIE *rentrant.*

LA COMTESSE.

Qu'as-tu ? au nom du ciel, qu'as-tu ?

LÉONIE, *éperdue.*

Des soldats... des dragons...

LA COMTESSE.

Des soldats !

LÉONIE.

Ils entourent le château, et des gendarmes viennent d'entrer dans la cour.

LA COMTESSE.

Ciel !

LÉONIE.

Ils viennent l'arrêter !

LA COMTESSE.

C'est impossible ! venir l'arrêter chez moi, comtesse d'Autreval !... c'est impossible, te dis-je. Du calme ! du calme !

LÉONIE.

Du calme !... vous pouvez en avoir vous, ma tante... vous ne l'aimez pas !

LA COMTESSE.

Tu crois ? (*A part.*) Oh ! s'il est en péril, il verra bien laquelle de nous deux l'aime le plus !

(*Apercevant Henri qui entre et courant à lui.*)

SCÈNE VI.

LES PRÉCÉDENTS, HENRI *entrant par le fond.*

LA COMTESSE, *l'apercevant.*

Eh bien ?

HENRI, *gaiement,*

Eh bien ?... ce sont effectivement des dragons qui me cherchent, de vrais dragons.

LA COMTESSE.

Qui vous l'a appris?

HENRI.

L'officier lui-même, que j'ai interrogé adroitement.

LÉONIE.

Comment avez-vous osé?...

HENRI, *gaiement.*

Il me semble que cela m'intéresse assez pour que je m'en informe....

LA COMTESSE.

Mais, enfin, que vous a-t-il dit?

HENRI.

Qu'il venait pour arrêter M. Henri de Flavigneul... C'est assez clair, ce me semble.

LÉONIE.

Perdu!

HENRI.

Est-ce que le malheur peut m'atteindre entre vous deux?...

LA COMTESSE.

Il dit vrai; à nous deux de le sauver!

HENRI.

Permettez! à nous trois... car je demande aussi à en être. Voyons... cherchons quelque bon déguisement, bien original...

LA COMTESSE.

Toujours du roman!...

HENRI.

En connaissez-vous un plus charmant?... (*A la comtesse.*) Ne me grondez pas : je me mets sous vos ordres.

LA COMTESSE.

Sachons d'abord quels sont nos ennemis...

HENRI.

Oui, mon général...

LA COMTESSE.

Comment se nomme l'officier des dragons?

HENRI.

Je l'ignore, mon général, mais il est accompagné du nouveau préfet, le terrible baron de Montrichard...

LÉONIE, *éperdue.*

Terrible!.. oh! je meurs d'épouvante!

LA COMTESSE, *passant près d'elle.*

Mais ne pleure donc pas ainsi, malheureuse enfant!

LÉONIE.

Je ne peux pas m'en défendre!

LA COMTESSE.

Eh! crois-tu donc que la frayeur ne m'oppresse pas comme toi? mais je pense à lui, et ma douleur même me donne du courage...

HENRI, *à la comtesse qui remonte vers le fond.*

Qu'elle est belle!

LÉONIE, *essuyant ses yeux, mais pleurant toujours.*

Oui ma tante... oui!.. je vais essayer...

HENRI, *à Léonie.*

Qu'elle est touchante!... Ah! mon danger, je te bénis!.. (*A la comtesse.*) Fâchez-vous... accusez-moi... je dirai toujours... ô mon danger, je te bénis!.. Sans lui, vous verrais-je toutes deux à mes côtés, me plaignant, me défendant... Ah! vienne la sentence elle-même... je ne la regretterai pas... puisque, grâce à elle, je puis vous inspirer... (*A Léonie.*) à vous tant de terreur... (*A la comtesse.*) à vous, tant de courage!

LA COMTESSE.

Vous êtes insupportable avec vos madrigaux... pensons au baron... S'il ose venir ici, c'est qu'il sait tout... c'est qu'on nous a trahis...

HENRI, *avec insouciance.*

Eh! qui donc?.. est-ce que ma tête est mise à prix? est-ce que ma capture vaut une trahison?

LA COMTESSE.

Il y a des gens qui trahissent pour rien.

HENRI, *souriant.*

Il y a donc encore du désintéressement!..

LA COMTESSE.

Taisez-vous? on vient.

SCÈNE VII.

LES PRÉCÉDENTS, UN DOMESTIQUE.

LE DOMESTIQUE.

Monsieur le baron de Montrichard, qui s'est déjà présenté chez madame la comtesse, fait demander si elle veut bien lui faire l'honneur de le recevoir?

LÉONIE.

Ciel!

LA COMTESSE.

Certainement, avec plaisir. (*Le domestique sort.*) Le baron!... et rien de décidé encore!

LÉONIE, *à Henri*

Fuyez, monsieur, fuyez.

LA COMTESSE.

Au contraire!.. qu'il reste!

HENRI.

Vous avez une idée?

LA COMTESSE.

Non, pas encore! mais il faut que vous restiez! que M. de Montrichard vous voie... vous voie comme domestique. On soupçonne plus difficilement ceux qu'on a vus d'abord sans les soupçonner...

HENRI.

Comme c'est vrai!

LÉONIE.

Que vous êtes heureuse, ma tante, d'avoir tant de présence d'esprit!.. comment faites-vous donc?..

LA COMTESSE, *avec force.*

Je meurs d'angoisse, ma fille! Allons, éloigne-toi... il faut que je sois seule avec le baron...

HENRI.

Seule?.. oh! non pas!.. je veux savoir ce que vous lui direz...

LA COMTESSE.

Vous... bien entendu... (*A Léonie.*) Va!.. (*Léonie sort.*)

LE DOMESTIQUE, *annonçant.*

Monsieur le baron de Montrichard!

HENRI, *à part.*

C'est original!

SCÈNE VIII.

LA COMTESSE, HENRI, *se tenant au fond à l'écart,* MONTRICHARD.

LA COMTESSE, *allant vivement à Montrichard.*

Ah!.. monsieur le baron... que je suis heureuse de vous voir!..

MONTRICHARD.

Je venais d'abord, madame, vous adresser mes remerciements...

LA COMTESSE.

Pour votre préfecture? eh bien, je les mérite; vous aviez un adversaire redoutable... mais j'ai tant cabalé... tant intrigué... car vous m'avez fait faire des choses dont je rougis... que j'ai fini par l'emporter...

MONTRICHARD.

Que de grâces à vous rendre, madame!... Et qui donc a pu me valoir un si honorable patronage?

LA COMTESSE.

Votre mérite, d'abord! oh! je vous connais de plus longue date que vous ne le croyez... nous avons fait la guerre l'un contre l'autre, en Vendée...

MONTRICHARD.

Et vous m'avez protégé, quoique ennemi?

LA COMTESSE.

Mieux encore... à titre d'ennemi... Je vous conterai cela un de ces jours... car vous me restez... Charles... (*Henri ne répond pas.*) Charles... délivrez M. le baron de son chapeau... (*Mouvement du baron.*) oh! je le veux!... (*A Henri.*) Charles... allez chercher des rafraîchissements pour monsieur le baron...

(*Henri sort en riant.*)

MONTRICHARD.

Vous me comblez...

LA COMTESSE.

Oui... je veux vous rendre la reconnaissance très-difficile!

MONTRICHARD.

Vraiment, madame!.. eh bien, jugez de ma joie, je crois que je viens de trouver le moyen de m'acquitter vis-à-vis de vous!

LA COMTESSE.

Vous commencez déjà... (*Mouvement de surprise du baron.*) en me donnant le plaisir de vous recevoir...

MONTRICHARD.

Je ferai mieux encore... je viens vous offrir à vous, madame, qui êtes si dévouée à la bonne cause, l'occasion de rendre un signalé service à Sa Majesté!

LA COMTESSE.

Donnez-moi la main, baron; voilà le mot d'un vrai royaliste! et ce service, c'est...

MONTRICHARD.

De faire arrêter le chef de la grande conspiration bonapartiste...

LA COMTESSE.

Bravo!... Ce chef est donc un homme important... connu...

MONTRICHARD.

Connu?.. oui! du moins de vous, à ce que je crois, madame la comtesse.

LA COMTESSE, *riant*.
De moi!.. je connais un conspirateur!.. Ah! le nom de ce traître, qui m'a trompée?...

MONTRICHARD.
M. Henri de Flavigneul!..

LA COMTESSE, *avec bonhomie*.
M. de Flavigneul!.. ce tout jeune homme, qui a l'air si doux... oh! je n'aurais jamais cru cela de lui!.. je l'ai vu en effet quelquefois chez sa mère... mais c'en est fait! (*Riant.*), je dis comme le farouche Horace : Il est bonapartiste, je ne le connais plus! je crois que je fais le vers un peu long, mais Corneille me le pardonnera... Ah! ça, mais où est-il ce M. de Flavigneul?

MONTRICHARD.
Il se cache.

LA COMTESSE.
Il se cache!

MONTRICHARD.
Dans un château...

LA COMTESSE.
Voisin?

MONTRICHARD.
Très-voisin...

LA COMTESSE.
Où vous allez le surprendre...

MONTRICHARD.
Voilà le difficile!.. et il me faudrait votre aide pour cela, madame...

LA COMTESSE.
Mon aide!..

MONTRICHARD.
Oui! Imaginez-vous que ce château appartient à une femme du plus haut rang, du plus pur royalisme... une femme d'esprit, de cœur, et de plus, ma bienfaitrice...

LA COMTESSE, *ironiquement*.
Comme moi?...

MONTRICHARD.
Précisément... Vous concevez mon embarras... pour lui dire d'abord, que je la soupçonne, puis, que je viens faire chez elle une invasion domiciliaire... et, ma foi, madame, je vous l'avouerai... j'ai compté sur vous pour la prévenir.

LA COMTESSE, *éclatant de rire*.
Ah! la bonne folie!.. Ainsi vous croyez que moi!.. je recèle un conspirateur...

MONTRICHARD.
Hélas!.. je ne le crois pas; j'en suis sûr!

LA COMTESSE.
Et c'est pour cela que vous avez amené tout cet attirail de dragons? que vous avez déployé ce luxe de gendarmerie?

MONTRICHARD.
Mon Dieu, oui! et je ne m'éloignerai qu'après avoir arrêté l'ennemi du roi... Il faut bien que je vous prouve ma reconnaissance, comtesse...

LA COMTESSE, *changeant de ton*.
Eh bien... moi, monsieur le baron, je vous prouverai comment une femme offensée se venge!

MONTRICHARD.
Vous venger.

LA COMTESSE.
D'un procédé inqualifiable... d'une sanglante injure pour une fervente royaliste comme moi... (*Allant au canapé.*) Veuillez vous asseoir, baron... asseyez-vous... et écoutez-moi!...

HENRI, *se rapprochant pour écouter, et à part*.
Qu'est-ce qu'elle va lui dire?

LA COMTESSE, *à Henri*.
Qu'est-ce que vous faites là?.. vous écoutez, je crois... achevez donc votre service! (*A Montrichard.*) Vous rappelez-vous, monsieur le baron, qu'il y a, hélas!.. dix-huit ans, un jeune magistrat plein de talent et de zèle, fut envoyé au château de Kermadio, pour y arrêter trois chefs vendéens...

MONTRICHARD.
Si je me le rappelle, madame, ce magistrat? c'était moi!

LA COMTESSE, *avec moquerie*.
Vous!.. vous étiez alors procureur de la république, ce me semble...

MONTRICHARD.
Vous croyez?...

LA COMTESSE.
J'en suis sûre.

MONTRICHARD.
C'est possible.

LA COMTESSE.
Or donc, puisque c'était vous, monsieur le baron, vous souez-vous qu'une petite fille de treize ou quatorze ans?...

MONTRICHARD.
Fit évader les trois chefs vendéens à ma barbe, et avec une adresse ..

LA COMTESSE.
Épargnez ma modestie, monsieur le baron ; cette petite fille, c'était moi!

MONTRICHARD.
Vous?... madame?...

LA COMTESSE.
Douze ans après, en Normandie... où vous étiez je crois fonctionnaire sous l'empire...

MONTRICHARD, *avec embarras*.
Madame!...

LA COMTESSE.
Eh! mon Dieu! qui n'a pas été fonctionnaire sous l'empire!... Vous rappelez-vous ces compagnons du général Moreau qui allèrent rejoindre une frégate anglaise...

MONTRICHARD.
Sous prétexte d'un déjeuner, d'une promenade en rade!...

LA COMTESSE.
Où je vous avais invité... Ne vous fâchez pas... Vous voyez, comme je vous le disais, que nous avons déjà combattu l'un contre l'autre sur terre et sur mer... aujourd'hui, nous voici de nouveau en présence, vous, cherchant toujours, moi, cachant encore, du moins à ce que vous croyez... Rien de changé à la situation, sinon que vous êtes aujourd'hui préfet de la royauté. Mais ce n'est là qu'un détail. Eh bien! baron, suivez mon raisonnement... ou M. de Flavigneul est ici, ou il n'y est pas!

MONTRICHARD.
Il y est, madame!

LA COMTESSE.
A moins qu'il n'y soit pas.

MONTRICHARD.
Il y est!

LA COMTESSE.
Décidément?... Eh bien! vous savez comme je cache, cherchez?... (*Elle se lève.*)

MONTRICHARD. *Il se lève*.
Vous verrez comme je cherche... cachez!... Ah! madame la comtesse, vous me prenez donc pour le novice de 98, ou pour l'écolier de 1804, mais j'étais jeune alors, je ne le suis plus!

LA COMTESSE.
Hélas!... je le suis moins!

MONTRICHARD.
L'ardent et crédule jeune homme est devenu homme!

LA COMTESSE.
Et la jeune fille est devenue femme! Ah! monsieur le baron, vous venez m'attaquer... chez moi! dans mon château! Pauvre préfet! quelle vie vous allez mener! je ris d'avance de toutes les fausses alertes que je vais vous donner. Vous serez en plein sommeil!... debout! le proscrit vient d'être aperçu dans une mansarde. Vous serez assis devant une bonne table, car vous êtes fort gourmet, et je me le rappelle... à cheval! M. de Flavigneul est dans la forêt!... Allons, parcourez le château, fouillez, interrogez... et surtout de la défiance? défiez-vous de mes larmes! défiez-vous de mon sourire!... quand je parais joyeuse, pensez que je suis inquiète... à moins que je ne prévoie cette prévoyance, et que je ne veuille la déconcerter par un double calcul... ah! ah! ah!

HENRI, *à part*.
Par le ciel! cette femme est ravissante!

LA COMTESSE, *à Henri*.
Servez des rafraîchissements à M. le baron... Prenez des forces, baron... prenez... vous en aurez besoin... (*Voyant qu'Henri rit encore et n'apporte rien.*) Eh bien! que faites-vous là avec vos bras pendants et votre mine bêtement réjouie... Servez donc?... (*A Montrichard en s'en allant.*) Adieu! baron... ou plutôt au revoir!... car si vous devez rester ici jusqu'à capture faite... vous voilà chez moi en semestre... (*Lui faisant la révérence.*) ce dont je me félicite de tout mon cœur... Adieu! baron, adieu! (*Elle sort par la porte du fond.*)

SCÈNE IX.

HENRI, MONTRICHARD.

MONTRICHARD, *se promenant pendant qu'Henri le suit en tenant un plateau de rafraîchissements*.
Démon de femme! voilà le doute qui commence à me prendre... on m'a trompé peut-être... M. de Flavigneul n'est pas ici...

HENRI, *le suivant*.
Monsieur le baron désire-t-il?...

MONTRICHARD, *se promenant toujours*.
Tout à l'heure!... S'il y était... la comtesse aurait-elle ce ton insultant et railleur?

HENRI, *lui offrant toujours à boire*.
Monsieur le baron...

MONTRICHARD.

Tout à l'heure, vous dis-je!... (*A lui-même.*) Mais s'il n'y est pas... mon expédition va me couvrir de ridicule... sans compter que le crédit de la comtesse est considérable et qu'elle peut me perdre... Si je repartais?...oui, mais il est ici! si une heure après mon départ la comtesse fait passer la frontière à M. de Flavigneul, me voilà perdu de réputation... Ah! j'en ai la tête toute en feu!

HENRI.

Si monsieur le baron voulait des rafraîchissements?

MONTRICHARD.

Va-t'en au diable!'

HENRI.

Oui, monsieur le baron!

MONTRICHARD.

Attends... Quelle idée!... oui! (*A Henri.*) Venez ici et regardez-moi? (*Il boit. Après l'avoir examiné.*) Vous ne me semblez pas aussi niais que vous voulez le paraître...

HENRI.

Monsieur le baron est bien bon!

MONTRICHARD.

L'air vif, l'air fin...

HENRI, *à part.*

Où veut-il en venir?

MONTRICHARD, *après un moment de silence.*

Votre maîtresse vous a bien maltraité tout à l'heure...

HENRI.

Oui, monsieur le baron.

MONTRICHARD.

Est-ce qu'elle vous soumet souvent à ce régime-là?

HENRI.

Tous les jours, monsieur le baron.

MONTRICHARD.

Et combien vous donne-t-elle de surcroît de gages, pour ce supplément de mauvaise humeur?

HENRI.

Rien du tout, monsieur le baron.

MONTRICHARD.

Ainsi mal mené et mal payé? (*Changeant de ton.*) Mon garçon, veux-tu gagner vingt-cinq louis?

HENRI.

Moi, monsieur le baron, comment?

MONTRICHARD.

Le voici!... (*Mystérieusement.*) M. Henri de Flavigneul doit être caché dans ce château.

HENRI.

Ah!

MONTRICHARD.

Si tu peux le découvrir et me le montrer... je te donne vingt-cinq louis.

HENRI, *riant.*

Rien que pour vous le montrer? monsieur le baron...

MONTRICHARD.

Pourquoi ris-tu?

HENRI.

C'est que c'est de l'argent gagné!

MONTRICHARD.

Est-ce que tu sais quelque chose?

HENRI.

Un peu, pas encore beaucoup, mais c'est égal!...ou je me trompe fort ou je vous le montrerai...

MONTRICHARD.

Bravo!... tiens, voilà un louis d'avance!

HENRI.

Merci, monsieur le baron.

MONTRICHARD.

Et maintenant va-t'en, de peur qu'on ne nous soupçonne de connivence... la comtesse est si fine!...

HENRI.

Oui, monsieur le baron... (*Revenant.*) Monsieur le baron?... si je tâchais de me faire attacher par madame à votre service, nous pourrions plus facilement nous parler...

MONTRICHARD.

Très-bien!... je vois que je ne me suis pas trompé en te choisissant...

HENRI.

Merci, monsieur le baron. (*Il sort.*)

SCÈNE X.

MONTRICHARD, *seul.*

Et d'un allié dans la place! ce n'est pas maladroit ce que j'ai fait là... cela vous apprendra à gronder vos gens devant moi, madame la comtesse... Mais, voyons? il n'est pas de citadelle, si forte

qu'elle soit, qui n'ait un côté faible, et vous n êtes pas ici, madame, la seule que l'on puisse attaquer... (*Tirant un portefeuille.*) Quels sont les habitants de ce château?... (*Lisant.*) M. de Kermadio, frère de la comtesse, personnage muet; M. de Grignon... ce doit être un parent de M. de Grignon, le président de la cour prévôtale, un homme de notre bord... il pourra m'être utile... (*Continuant de lire.*) Ah! arrêtons-nous là?... Mademoiselle Léonie de Villegontier... nièce de la comtesse... et une nièce non mariée!... elle doit avoir seize ou dix-sept ans au plus... on se marie très-jeune dans notre classe... et... M. de Flavigneul... quel âge a-t-il? vingt-cinq ans, à ce que l'on dit; sa figure?... je n'ai pas encore son signalement, mais j'attends; d'ailleurs il doit être beau, un proscrit est toujours beau! donc, si M. de Flavigneul est ici, mademoiselle Léonie le sait... si elle le sait, elle doit lui porter de l'intérêt... peut-être mieux, et mon arrivée doit la faire trembler... or à seize ans, quand on tremble, on se montre... ce n'est pas comme la comtesse! quelle femme! en vérité je crois qu'on en deviendrait amoureux si l'on avait le temps... Une jeune fille s'avance vers ce salon? la figure romanesque, le front rêveur, les yeux baissés... ce doit être elle... Oh! si je pouvais prendre ma revanche!... essayons?

SCÈNE XI.

MONTRICHARD, LÉONIE.

LÉONIE, *l'apercevant.*

Pardonnez-moi, monsieur le baron... je croyais ma tante dans ce salon, je venais...

MONTRICHARD.

Elle sort à l'instant, mademoiselle, mais je serais bien malheureux si son absence me faisait traiter par vous en ennemi!

LÉONIE.

Moi, vous traiter en ennemi! comment, monsieur?...

MONTRICHARD.

En vous éloignant... Mon Dieu!... je conçois votre défiance...

LÉONIE.

Ma défiance?

MONTRICHARD.

Sans doute, vous croyez que je viens ici pour vous ravir quelqu'un qui vous est cher!

LÉONIE, *à part.*

Il veut me sonder, mais je vais être fine... (*Haut.*) Je ne sais pas ce que vous voulez dire, monsieur.

MONTRICHARD.

Ce que je veux dire est bien simple, mademoiselle. Il y a une heure, quand vous m'avez vu arriver ici...suivi d'hommes armés... vous avez dû me prendre pour votre adversaire. Je l'étais en effet, puisque je croyais M. de Flavigneul dans ce château, et que je venais pour l'arrêter... mais maintenant tout est changé!

LÉONIE.

Comment?

MONTRICHARD.

Je sais... j'ai la certitude que M. de Flavigneul n'est pas ici.

LÉONIE.

Ah!

MONTRICHARD.

Et je pars!

LÉONIE, *vivement.*

Tout de suite?

MONTRICHARD, *souriant.*

Tout de suite!... tout de suite!... Savez-vous, mademoiselle, que votre empressement pourrait me donner des soupçons...

LÉONIE, *commençant à se troubler.*

Comment, monsieur?

MONTRICHARD.

Certainement! A vous voir si heureuse de mon départ... je pourrais croire que je me suis trompé... et que M. de Flavigneul est encore ici...

LÉONIE, *avec agitation.*

Moi, heureuse de votre départ! au contraire, monsieur le baron; et certainement si nous pouvions vous retenir longtemps, très-longtemps...

MONTRICHARD, *souriant.*

Permettez, mademoiselle, voilà que vous tombez dans l'excès contraire! Tout à l'heure, vous me renvoyiez un peu trop vite, maintenant vous voulez me garder un peu trop longtemps... ce qui, pour un homme soupçonneux, pourrait bien indiquer la même chose...

LÉONIE, *avec trouble.*

Je ne comprends pas... monsieur le baron.

MONTRICHARD, *souriant.*

Calmez-vous, mademoiselle, calmez-vous! ce sont là de pures suppositions... car je suis certain que M. de Flavigneul n'est pas ou n'est plus dans ce château.

LÉONIE.

Et vous avez bien raison !

MONTRICHARD.

Aussi, par pure formalité, et pour acquit de conscience... (*Souriant.*) je ne veux pas avoir dérangé tout un escadron pour rien... (*L'observant.*) je vais faire fouiller les bois environnants par les dragons.

LÉONIE, *tranquillement.*

Faites, monsieur le baron.

MONTRICHARD, *à part.*

Il n'est pas dans les bois... (*A Léonie.*) Visiter les combles, les placards, les cheminées du château...

LÉONIE, *de même.*

C'est votre devoir, monsieur le baron.

MONTRICHARD, *à part.*

Il n'est pas caché dans le château !... (*A Léonie.*) Enfin, interroger, examiner, car il y a aussi les déguisements... (*Léonie fait un mouvement. A part.*) Elle tressaille !... (*Haut.*) Interroger donc, toujours par pur scrupule de conscience... les garçons de ferme... (*A part.*) Elle est calme ! (*A Léonie, et l'observant.*) Les hommes de peine, les domestiques... (*A part.*) Elle a tremblé. (*Haut.*) Et enfin... ces formalités remplies, je partirai avec regret, puisque je vous quitte, mesdames, mais heureux cependant de ne pas être forcé d'accomplir ici mon pénible devoir...

LÉONIE, *avec agitation.*

Comment, monsieur le baron, quel devoir?

MONTRICHARD.

Mais, vous ne l'ignorez pas, M. de Flavigneul est militaire, et je devrais l'envoyer devant un conseil de guerre.

LÉONIE, *éperdue.*

Un conseil de guerre !... mais c'est la mort !...

MONTRICHARD.

La mort... non ; mais une peine rigoureuse !

LÉONIE.

C'est la mort, vous dis-je !... Vous n'osez me l'avouer ! mais j'en suis certaine !... La mort pour lui ! oh ! monsieur, monsieur, je tombe à vos genoux ! grâce !... il a vingt-cinq ans ! il a une mère qui mourra s'il meurt ! il a des amis qui ne vivent que de sa vie ! grâce !... il n'est pas coupable, il n'a pas conspiré... il me l'a dit lui-même... ne le condamnez pas, monsieur, ne le condamnez pas !...

MONTRICHARD, *à Léonie.*

Pauvre enfant ! (*A part.*) Après tout, c'est mon devoir. (*Haut.*) Prenez garde, mademoiselle... vous me parlez comme s'il était en mon pouvoir !... Il est donc ici ?...

LÉONIE, *au comble de l'angoisse.*

Ici !... je n'ai pas dit...

MONTRICHARD.

Non, mais quand j'ai parlé d'interroger les domestiques du château, vous avez pâli...

LÉONIE.

Moi !...

MONTRICHARD.

Vous vous êtes écriée : Il me l'a dit lui-même !...

LÉONIE.

Moi !...

MONTRICHARD.

A l'instant, vous me disiez : Ne l'arrêtez pas !...

LÉONIE.

Moi !... (*Apercevant Henri qui entre, elle pousse un cri terrible et reste éperdue, la tête dans ses deux mains.*)

HENRI, *à ce cri et apercevant Montrichard, va à lui et vivement à voix basse.*

Je suis sur la trace !

MONTRICHARD, *bas.*

Et moi aussi.

HENRI.

Il est dans le château.

MONTRICHARD.

Je viens de l'apprendre.

HENRI.

Sous un déguisement.

MONTRICHARD, *bas.*

Bravo ! (*Voyant que Léonie a relevé la tête et le regarde.*) Silence !... (*S'approchant de Léonie.*) Je vous vois si émue, si troublée, mademoiselle, que je craindrais que ma présence ne devînt importune... Je me retire...... (*A Henri, en s'éloignant.*) Veille toujours, et qu'il ne sorte pas d'ici.

HENRI, *bas.*

Il n'en sortira pas... tant que j'y serai...

MONTRICHARD.

Bien ! (*Montrichard sort.*)

SCÈNE XII.

LÉONIE, HENRI.

HENRI, *se jetant sur une chaise en riant.*

Ah ! ah ! ah ! quelle scène !

LÉONIE.

Ah ! ne riez pas, monsieur, ne riez pas !...

HENRI.

Ciel ! quelle douleur sur vos traits ! Qu'avez-vous donc?

LÉONIE.

Accablez-moi, monsieur Henri, maudissez-moi !...

HENRI.

Vous ?...

LÉONIE.

Je suis une malheureuse sans foi et sans courage !

HENRI.

Au nom du ciel ! que dites-vous?

LÉONIE.

Vous vous étiez confié à moi, vous m'avez révélé le secret d'où dépend votre vie... Eh bien, ce secret, je l'ai livré... je vous ai trahi !

HENRI.

Comment?

LÉONIE.

Devant votre juge, ici... à l'instant même !... Oh ! lâche que je suis !... j'ai eu peur... (*Se reprenant vivement.*) peur pour vous, monsieur !...

HENRI, *surpris.*

Est-il possible?...

LÉONIE, *sanglotant.*

Moi !... vous perdre?... moi, qui donnerais ma vie pour vous sauver !...

HENRI.

Qu'entends-je?...

LÉONIE.

Mais je ne survivrai pas à votre arrêt, je vous le jure... Aussi, je vous supplie de ne pas m'en vouloir et de me pardonner... (*Elle se jette à genoux.*)

HENRI, *voulant la relever.*

Léonie ! au nom du ciel !...

SCÈNE XIII.

LES PRÉCÉDENTS, LA COMTESSE *entrant vivement.*

LA COMTESSE.

Que vois-je... Et que fais-tu là?...

LÉONIE.

Je lui demande grâce et pardon, car c'est par moi que tout est découvert, par moi que tout est perdu !

LA COMTESSE, *vivement.*

Perdu !... Perdu?... non pas ; je suis là, moi !

LÉONIE, *avec joie.*

Oh ! ma tante !... sauvez-le !...

HENRI.

Ne craignez rien, M. de Montrichard m'a pris pour complice !...

LA COMTESSE, *vivement.*

Ne vous y fiez pas... Un mot, un geste, une seconde suffisent pour l'éclairer ; mais je suis là !...

SCÈNE XIV.

LES PRÉCÉDENTS, DE GRIGNON, *puis* UN BRIGADIER DE GENDARMERIE.

DE GRIGNON.

Qu'est-ce que cela signifie, le savez-vous, comtesse? qu'est-ce que tous ces bruits de conspiration, de conspirateurs déguisés?...

LA COMTESSE.

Un rêve de M. de Montrichard !

DE GRIGNON.

Un rêve? soit ; mais en attendant on arrête tout le château, toute la livrée !

LÉONIE, *avec frayeur.*

O ciel !

LA COMTESSE, *à de Grignon.*

Vous en êtes sûr?...

DE GRIGNON.

Parfaitement ! je viens de voir saisir votre cocher et un de vos valets de pied... mais, tenez, voici un brigadier de gendarmerie... non, de dragons... qui vient sans doute ici avec des intentions... de gendarme...

SCÈNE XV.

LES PRÉCÉDENTS, UN BRIGADIER DE GENDARMERIE.

LE BRIGADIER, *à Henri.*

Ah ! c'est vous que je cherche, monsieur.

HENRI.

Moi ?

LE BRIGADIER.

Veuillez me suivre...

HENRI, *au brigadier.*

Il y a erreur, monsieur, je suis attaché au service particulier de M. le préfet.

LE BRIGADIER.

Il n'y a pas erreur; mes ordres sont précis, veuillez me suivre !...

LA COMTESSE, *bas, à Henri.*

N'avouez rien, je réponds de tout... (*Haut.*) Allez donc, Charles, allez, obéissez.

HENRI.

Oui, madame. (*Il va prendre son chapeau sur la cheminée.*)

LA COMTESSE, *bas, à de Grignon.*

Ici, dans un quart d'heure, il faut que je vous parle, à vous seul.

DE GRIGNON.

Moi ?

LA COMTESSE.

Silence ! (*Elle se dirige à gauche, vers Léonie.*)

DE GRIGNON, *à part.*

Un rendez-vous? De mieux en mieux !

LÉONIE, *à part.*

Et c'est moi qui le perds !

HENRI, *au brigadier.*

Je vous suis.

LA COMTESSE, *à part.*

Perdu par elle ! sauvé par moi ! (*Elle sort à gauche, avec Léonie; Henri et le brigadier, par le fond; de Grignon, par la droite.*)

ACTE TROISIÈME.

(*Même décor.*)

SCENE PREMIERE.

LA COMTESSE, LÉONIE, *entrant chacune d'un côté opposé.*

LA COMTESSE, *à Léonie.*

Eh bien ! quelles nouvelles?

LÉONIE.

J'ai exécuté toutes vos instructions sans trop les comprendre.

LA COMTESSE.

Cela n'est pas nécessaire... La livrée de George, mon valet de pied...

LÉONIE.

Je l'ai fait porter, comme vous me l'aviez dit (*Montrant l'appartement à gauche*), là, dans cet appartement; mais monsieur de Montrichard...

LA COMTESSE.

Il a appelé tour à tour devant lui tous les domestiques de la maison, les renvoyant après les avoir interrogés.

LÉONIE.

Et monsieur Henri?

LA COMTESSE.

Il l'a toujours gardé auprès de lui.

LÉONIE, *effrayée.*

C'est mauvais signe.

LA COMTESSE.

Peut-être!

LÉONIE.

Signe de soupçon...

LA COMTESSE.

Ou de confiance ! car Tony, notre petit groom, qui écoute toujours, a entendu, en plaçant sur la table des plumes et de l'encre qu'on lui avait demandées...

LÉONIE.

Il a entendu...

LA COMTESSE.

Henri disant à voix basse au préfet : « Ne vous découragez pas; « je vous assure qu'il est ici, et qu'on veut le faire évader sous le « costume d'un des gens de la maison. »

LÉONIE.

Quelle audace !...Cela me fait trembler...

LA COMTESSE.

Et moi, cela me rassure !... On peut mettre cette idée à profit; mais il faut se hâter... Henri est si imprudent !... il finira par se trahir !...

LÉONIE.

Et vous voulez le faire évader ?

LA COMTESSE.

Le faire évader ?... Enfant !... où sont les troupes ennemies?

LÉONIE.

Une douzaine de gendarmes dans la cour du château.

LA COMTESSE.

Bien.

LÉONIE.

Une trentaine de dragons en dehors, autour des fossés et devant la grande porte.

LA COMTESSE.

Très-bien.

LÉONIE.

Par exemple, ils ont oublié de garder la porte des écuries et remises qui donne sur la campagne.

LA COMTESSE, *souriant.*

Tu crois !... Je reconnais bien là monsieur de Montrichard,..

LÉONIE.

Vous en doutez... ma tante? (*La conduisant vers la porte à gauche qui est restée ouverte.*) Par la croisée de cette chambre qui donne sur la grande route, regardez... pas un seul soldat!

LA COMTESSE.

Non ! mais à vingt pas plus loin, ne vois-tu pas le bouquet de bois?... Il doit y avoir là une embuscade.

LÉONIE.

Comment supposer... (*Poussant un cri.*) Ah! mon Dieu ! j'ai vu au-dessus d'un buisson le chapeau galonné d'un gendarme...

LA COMTESSE.

Quand je te le disais....

LÉONIE.

Ah! je comprends !... on voulait l'engager à fuir de ce côté...

LA COMTESSE.

Pour mieux le saisir... précisément... Merci, monsieur le baron; le moyen est bon, et il pourra nous servir !

LÉONIE.

Comment?

LA COMTESSE.

Fie-toi à moi... J'entends M. de Grignon... va dire à Jean, le palefrenier, de mettre les chevaux à la calèche...

LÉONIE.

Mais, ma tante...

LA COMTESSE.

Va, ma fille, va!...

(*Léonie sort par la porte de gauche.*)

SCÈNE II.

LA COMTESSE, DE GRIGNON, *entrant mystérieusement sur la pointe des pieds.*

DE GRIGNON.

Me voici, madame, fidèle au rendez-vous que vous m'avez donné !... (*Il va prendre une chaise.*)

LA COMTESSE, *avec amabilité.*

Je vous attendais...

DE GRIGNON, *avec joie.*

Vous m'attendiez !...

LA COMTESSE.

Et tout en vous attendant, je rêvais...

DE GRIGNON.

A qui?

LA COMTESSE.

A vous !...

DE GRIGNON.

Est-il possible !...

LA COMTESSE.

Oui, à ce caractère chevaleresque, à ce besoin de danger, qui vous tourmente...

DE GRIGNON.

J'en conviens !

LA COMTESSE.

Et comme rien n'est plus contagieux que l'imagination, et que, grâce au baron de Montrichard, j'ai l'esprit tout plein de conspirateurs et d'arrestations, j'étais là à faire des châteaux en Espagne... de catastrophes... je me figurais un pauvre proscrit condamné à mort...

DE GRIGNON.

Et vous étiez le proscrit.

LA COMTESSE.

Non, au contraire, c'est à moi qu'il venait demander asile.

DE GRIGNON.

C'est bien aussi...

LA COMTESSE.

Il m'apprenait qu'il avait une mère, une sœur...

DE GRIGNON.

Comme c'est vrai !

LA COMTESSE.

Et soudain voilà des soldats qui entourent le château en m'ordonnant de leur livrer mon hôte...

DE GRIGNON, se levant.

Le livrer... jamais !

LA COMTESSE.

Comme nous nous entendons !... Ils me menaçaient presque de la mort !...

DE GRIGNON.

Qu'importe la mort ! surtout si celle que l'on aime est là pour vous encourager, pour vous bénir... Ah ! comtesse, quand je fais de tels rêves, avec vous pour témoin, mon cœur bat, ma tête s'exalte...

LA COMTESSE, souriant.

Peut-être parce que c'est un rêve !...

DE GRIGNON.

Quoi ! vous doutez qu'en réalité... Mais que faut-il donc pour vous convaincre ? Ce matin, j'ai failli, pour vous, me jeter au milieu des flammes... ce soir, je voudrais vous voir dans un péril mortel pour vous en arracher ou le partager avec vous...

LA COMTESSE.

Quelle chaleur !...

DE GRIGNON.

Ah ! vous ne le connaissez pas ce cœur qui vous adore, vous ne savez pas de quel sacrifice, de quel dévouement l'amour le rendrait capable... Oui... je n'adresse au ciel qu'une prière, c'est qu'il m'envoie une occasion de mourir pour vous !

LA COMTESSE.

Eh bien ! le ciel vous a entendu.

DE GRIGNON.

Comment ?

LA COMTESSE.

Cette occasion que vous imploriez, il vous l'envoie !

DE GRIGNON

Hein ?

LA COMTESSE.

Charles, mon valet de chambre, que vous avez vu arrêter, n'est pas Charles : c'est M. Henri de Flavigneul.

DE GRIGNON.

Quoi !...

LA COMTESSE.

M. Henri de Flavigneul, condamné à mort comme conspirateur.

DE GRIGNON.

Ciel !

LA COMTESSE.

Et vous pouvez le sauver !...

DE GRIGNON.

Comment ?...

LA COMTESSE.

En vous mettant à sa place.

DE GRIGNON.

Pour être fusillé !...

LA COMTESSE.

Non !... cela n'ira pas jusque-là ; mais, pendant quelques instants seulement, il faut consentir à passer pour lui, à vous faire arrêter pour lui...

DE GRIGNON.

Ah ! permettez, madame, permettez... j'ai dit tout pour vous !... Mais pour un inconnu... pour un étranger...

LA COMTESSE.

Pour un proscrit !...

DE GRIGNON.

J'entends bien !

LA COMTESSE.

Dont je suis la complice... dont je dois défendre les jours au péril des miens, et vous hésitez...

DE GRIGNON.

Du tout ! du tout ! Vous comprenez bien que si je tremble... car je tremble... c'est pour vous... rien que pour vous... car pour moi... cela m'est bien indifférent...

LA COMTESSE.

Je le savais bien... aussi je compte sur votre héroïsme... et moi ! je tâcherai qu'il soit sans péril !

DE GRIGNON.

Sans péril

LA COMTESSE.

Je crois pouvoir en répondre.

DE GRIGNON.

Sans péril !... (Avec enthousiasme.) Mais je veux qu'il y en ait... moi !... je veux le braver pour vous !... Parlez, que faut-il faire ?

LA COMTESSE.

Prendre un habit de livrée qui est là.

DE GRIGNON, avec intrépidité.

Je le ferai ... Après ?

LA COMTESSE.

Monter sur le siége de ma calèche au lieu de mon cocher.

DE GRIGNON.

J'y monterai !... Après ?

LA COMTESSE.

Prendre les guides et me conduire...

DE GRIGNON.

Je vous conduirai !... Après ?

LA COMTESSE.

Jusqu'à deux cents pas d'ici... où des gendarmes se jetteront sur nous...

DE GRIGNON, avec un commencement d'effroi.

Des gendarmes !

LA COMTESSE.

Et vous arrêteront.

DE GRIGNON, avec peur.

Moi, de Grignon !...

LA COMTESSE.

Non pas, vous, de Grignon... mais vous, Henri de Flavigneul... et quoi qu'on vous dise, quoi qu'on vous fasse...

DE GRIGNON.

Quoi qu'on me fasse...

LA COMTESSE.

Vous avouerez, vous soutiendrez que vous êtes Henri de Flavigneul... On vous emprisonnera...

DE GRIGNON.

Moi.. de Grignon...

LA COMTESSE.

Vous, de Flavigneul... et pendant ce temps le véritable Flavigneul passera la frontière... et sauvé par vous, par votre héroïsme...

DE GRIGNON.

Et moi, pendant ce temps-là ?

LA COMTESSE.

Vous ! en prison... je vous l'ai dit.

DE GRIGNON.

En prison ! (A part.) Des fers... des cachots... (Haut.) Permettez...

LA COMTESSE.

Je vous expliquerai... On vient... vite, vite, la livrée est là.

DE GRIGNON.

Oui, madame... je vais...

LA COMTESSE.

Eh bien : où allez-vous ?

DE GRIGNON.

Je vais prendre la livrée...

LA COMTESSE.

Ce n'est pas de ce côté !...

DE GRIGNON.

C'est juste... c'est le salon !...

LA COMTESSE.

C'est par ici !

DE GRIGNON.

C'est vrai !... Je n'y vois plus !...

LA COMTESSE.

Attendez...

DE GRIGNON.

Quoi donc !

LA COMTESSE.

Prenez cette lettre.

DE GRIGNON.

Pourquoi ?

LA COMTESSE.

Pour la mettre dans votre habit.

DE GRIGNON.

L'habit de livrée!...

LA COMTESSE.

Précisément.

DE GRIGNON.

Dans quel but?...

LA COMTESSE.

Vous le saurez!... allez toujours!...

DE GRIGNON.

Oui, madame!

LA COMTESSE.

Et au premier coup de sonnette...

DE GRIGNON.

Oui, madame!

LA COMTESSE.

Soyez prêt à paraître.

DE GRIGNON.

En livrée!

LA COMTESSE.

Sans doute!... On vient... allez donc... allez vite!...

DE GRIGNON, *sortant par la porte à gauche.*

Oui... madame! Ah! mon père! ma mère! où m'avez-vous poussé!

SCÈNE III.

LA COMTESSE, LÉONIE.

LÉONIE.

Ma tante, ma tante... M. de Montrichard monte pour vous parler!

LA COMTESSE.

Déjà?... Pourvu qu'Henri ne soit pas trahi encore...

LÉONIE.

Voici le baron.

LA COMTESSE, *lui montrant la table.*

Là, comme moi, à ton ouvrage.

SCÈNE IV.

MONTRICHARD, LA COMTESSE ET LÉONIE *assises à droite et travaillant.*

MONTRICHARD, *parlant en dehors à un dragon.*

Continuez vos recherches; mais suivez surtout le domestique qui était avec moi...

LÉONIE, *bas à la comtesse.*

Entendez-vous? il soupçonne M. Henri...

LA COMTESSE, *avec trouble.*

C'est vrai! (*Se remettant.*) Allons, du sang-froid!

LE BARON, *s'approchant de la comtesse et de Léonie et les saluant.*

Mesdames...

LA COMTESSE.

Ah! c'est vous, baron? vous venez vous reposer auprès de nous de vos fatigues; vous devez en avoir besoin... Léonie... un fauteuil à M. le baron...

MONTRICHARD, *prenant lui-même un siége.*

Ne prenez pas cette peine, mademoiselle.

LA COMTESSE, *gaiement.*

Eh bien, où en êtes-vous de vos recherches? Avez-vous fait déjà enfoncer bien des armoires dans le château? avez-vous bien fouillé... interrogé?... Mais à propos d'interrogatoire, comment appelez-vous cet examen de conscience que vous avez fait subir à ma nièce?...

MONTRICHARD.

Mademoiselle ne m'a appris que ce que je savais déjà, que M. de Flavigneul est caché ici sous un déguisement.

LA COMTESSE.

Voyez-vous cela... un déguisement de femme peut-être... C'est peut-être ma nièce ou moi?

MONTRICHARD.

Riez, riez... madame la comtesse, mais vous ne me donnerez pas le change...

LA COMTESSE.

Je m'en garderais bien!... Savez-vous que vous avez fait là une belle trouvaille? Ah ça! comment allez-vous faire maintenant pour découvrir le coupable parmi les vingt-cinq ou trente personnes du château...

MONTRICHARD.

Le cercle se resserre, madame la comtesse; et si mes soupçons ne me trompent pas, d'ici à peu de temps...

LÉONIE, *bas à la comtesse.*

Il sait tout, ma tante!...

(*La comtesse lui prend la main pour la faire taire.*)

MONTRICHARD, *continuant.*

Dès que j'aurai un signalement que j'attends....,

LÉONIE, *bas.*

Ciel!

MONTRICHARD.

Je pourrai, j'espère, ne plus vous importuner de ma présence.

LA COMTESSE.

Ne vous gênez pas, baron; et si vos soupçons se trompent... ce qui leur arrive quelquefois... veuillez vous installer ici sans façon, sans cérémonie, comme chez vous...

MONTRICHARD.

Moi!...

LA COMTESSE.

Certainement: et pour vous laisser toute liberté dans vos recherches, je vous demanderai la permission d'aller passer quelques jours à la ville, où des affaires m'appellent.

LÉONIE, *étonnée.*

Vous, ma tante!...

LA COMTESSE.

Tais-toi donc!...

MONTRICHARD, *à part.*

Ah! elle veut s'éloigner... (*Haut.*) Vous partez?

LA COMTESSE.

Oui vraiment; et à moins que je ne sois prisonnière dans mon propre château... et que M. le préfet ne me permette pas d'en sortir... (*Tout le monde se lève.*)

MONTRICHARD.

Quelle pensée, madame!... C'est à moi d'obéir, à vous de commander!

LA COMTESSE.

Vous êtes trop bon. J'avais d'avance usé de la permission en demandant mes chevaux... Sont-ils attelés?

LÉONIE.

Oui, ma tante.

LA COMTESSE, *sonnant.*

Eh bien! pourquoi ne vient-on pas m'avertir?... (*Elle sonne toujours.*)

SCÈNE V.

LES PRÉCÉDENTS, DE GRIGNON, *en grande livrée, sortant de la porte à gauche.*

DE GRIGNON.

La voiture de madame la comtesse est avancée.

LA COMTESSE.

C'est bien... Appelez ma femme de chambre, et partons!

MONTRICHARD.

Permettez... permettez, madame... (*A de Grignon.*) Restez... Approchez... approchez... J'ai interrogé tout à l'heure votre valet de pied...

LA COMTESSE.

En vérité!

MONTRICHARD.

Et il me semble que ce n'était pas celui-là.

LA COMTESSE.

J'en ai deux, monsieur le baron.

MONTRICHARD.

Deux! Ah! mais monsieur est-il bien sûr d'avoir toujours porté la livrée?

LÉONIE, *vivement à Montrichard.*

Oh! certainement.

DE GRIGNON, *bas à la comtesse.*

Il m'a déjà vu ce matin en bourgeois.

LA COMTESSE, *bas.*

Tant mieux!

MONTRICHARD.

Ce doit être un domestique nouveau... très-nouveau...

LA COMTESSE, *avec embarras.*

Qui peut vous le faire croire?

MONTRICHARD.

Un vague souvenir que j'ai, de l'avoir aperçu sous un autre costume.

LA COMTESSE.

En effet, il me sert quelquefois comme valet de chambre.

MONTRICHARD.

Ah!... expliquez-moi donc alors certains signes que je crois remarquer et qui m'étonnent... son trouble...

LÉONIE.

Du tout!...

DE GRIGNON, *à part.*

Dieu! que j'ai peur d'avoir peur!

MONTRICHARD.

Une certaine noblesse de traits... n'est-il pas vrai, mademoiselle?

DE GRIGNON, *à part.*

Je me trahis moi-même... Je dois avoir l'air si noble en domestique.

LA COMTESSE.

Je vous assure, monsieur le baron...

LÉONIE.

Oh! oui, nous vous assurons...

MONTRICHARD.

Alors, c'est différent; et puisque vous m'assurez toutes deux que ce garçon est votre valet de pied... je ne l'interrogerai pas... non... je l'arrête... (*Il remonte au fond.*)

DE GRIGNON, *bas.*

Ah! comtesse...

LA COMTESSE, *bas.*

Tout va bien! nous sommes sauvés. La lettre... tirez la lettre de votre poche...

DE GRIGNON, *bas.*

Comment?

LA COMTESSE, *bas.*

Et, rendez-la moi.

MONTRICHARD, *à la comtesse.*

Eh bien!... (*Redescendant,*) que dites-vous de mon idée?

LA COMTESSE, *avec un embarras feint.*

Je dis, je dis, monsieur le baron, que c'est pousser assez loin la raillerie... et que vous ne me priverez pas d'un serviteur qui m'est utile...

MONTRICHARD.

C'est que j'ai dans la pensée qu'il peut m'être fort utile aussi...

LA COMTESSE, *se rapprochant de de Grignon.*

Vous ne le ferez pas!

MONTRICHARD.

Pourquoi donc?

LA COMTESSE, *avec un embarras croissant et se rapprochant toujours de de Grignon.*

Parce que... parce que... (*Bas à de Grignon.*) La lettre... (*Haut.*) Parce que... cet homme est chez moi... est à moi... que j'en réponds... (*Bas, à de Grignon.*) La lettre, ou vous êtes perdu! (*De Grignon tire la lettre de son habit et va pour la lui remettre.*)

MONTRICHARD, *qui a tout suivi des yeux, s'approchant vivement.*

Ce papier! je vous ordonne de me remettre ce papier, monsieur...

LA COMTESSE, *avec l'accent le plus troublé, à de Grignon.*

Je vous le défends!

MONTRICHARD, *vivement.*

Toute résistance serait inutile... monsieur... ce papier...

DE GRIGNON.

Le voici, monsieur.

LA COMTESSE, *se cachant la tête dans les deux mains.*

Le malheureux, il est perdu!

DE GRIGNON, *à part.*

J'aimerais mieux être ailleurs!

MONTRICHARD, *lisant l'adresse, puis le commencement de la lettre.*

A Monsieur Henri de Flavigneul!

Mon cher fils... (*Il s'arrête, cesse de lire, remet la lettre à de Grignon. Avec solennité.*) Monsieur Henri de Flavigneul, au nom du roi et de la loi, je vous arrête. (*Il remonte au fond.*)

LÉONIE, *qui a tout suivi, poussant un cri de joie.*

Ah!... quel bonheur!

LA COMTESSE, *bas, à Léonie.*

Pleure donc!...

MONTRICHARD, *au dragon.*

Emparez-vous de monsieur.

LA COMTESSE.

Monsieur le baron, je vous en supplie...

MONTRICHARD.

Je ne connais que mon devoir, madame. (*Au dragon.*) Conduisez monsieur dans la pièce voisine... constatez son identité, sa déclaration suffira, et après vous connaissez mes instructions... (*Le dragon fait signe que oui.*)

DE GRIGNON.

Que voulez-vous dire?

MONTRICHARD, *à de Grignon.*

Adieu, brave et malheureux jeune homme, croyez que vous emportez mon estime... et mes regrets...

DE GRIGNON.

Permettez... monsieur... permettez!...

MONTRICHARD, *au dragon.*

Emmenez-le...

DE GRIGNON.

Où donc?

(*La comtesse lui serre la main et il sort sans rien dire.*)

MONTRICHARD, *à la comtesse, qui a son mouchoir sur les yeux.*

Pardonnez, madame, à mon importunité, mais mon premier devoir est d'avertir M. le maréchal d'un événement de cette importance. Où trouverai-je ce qui est nécessaire pour écrire?

LA COMTESSE.

Dans cette chambre (*montrant la porte à gauche*). Ma nièce va vous le donner, Monsieur.

LÉONIE, *voyant Henri entrer par cette porte.*

Ciel! M. Henri!

MONTRICHARD *remonte le théâtre de quelques pas et se trouve à côté de lui.* (*Bas.*)

Tu m'avais dit vrai, il était ici... déguisé; mais, malgré son déguisement, je l'ai découvert. (*Lui prenant la main.*). Je le tiens!

HENRI, *résolument.*

Eh bien, monsieur?

MONTRICHARD.

Silence! voilà tes vingt-cinq louis! (*Il lui glisse dans la main une bourse et sort en passant devant Léonie, qui ne veut passer qu'après lui.*)

HENRI, *stupéfait, avec la bourse dans la main.*

Qu'est-ce que cela signifie?

LÉONIE, *vivement.*

Que je suis au comble du bonheur, car vous êtes sauvé!

HENRI.

Sauvé!...

LÉONIE.

Grâce à ma tante... adieu! (*Elle s'élance dans l'appartement, sur les pas de Montrichard.*)

SCÈNE VI.

HENRI, LA COMTESSE.

HENRI, *jetant la bourse sur la table.*

Sauvé!... sauvé par vous!...

LA COMTESSE.

Pas encore!... J'ai détourné les soupçons du baron... il croit tenir le coupable... mais tant que vous serez dans le château, tant que vous n'aurez pas traversé la frontière... je craindrai toujours...

HENRI.

Et moi, je ne crains plus rien... grâce à celle dont l'esprit, dont l'adresse.

LA COMTESSE.

De l'esprit, de l'adresse! il n'y a là que du cœur, cher Henri: c'est parce que je souffrais... c'est parce que tout mon sang était glacé dans mes veines, que j'ai trouvé la force de veiller sur vous! Vous croyez donc, ingrat (car vous êtes un ingrat!)... de l'esprit! de l'adresse! grand Dieu!... vous croyez donc que la pitié, que l'affection pour un malheureux, consistent à perdre la tête au moment de son danger, à le trahir par son émotion même, comme font les enfants... Non, Henri, la vraie tendresse, la tendresse profonde, c'est de rire en face de ce péril, c'est de railler avec la mort dans le cœur; seulement, quand le danger s'éloigne, le courage s'épuise, la force vous abandonne... (*Fondant en larmes.*) Oh! si vous aviez été arrêté, j'en serais morte!

HENRI.

Chaque jour, chaque instant me révèlera donc en vous une qualité nouvelle... Je cherche en vain dans mon cœur quelques paroles qui vous disent tout ce que j'éprouve... Vous qui pouvez tout... vous qui savez tout... ange, fée, enchanteresse, enseignez-moi donc le moyen de vous payer de tout ce que je vous dois!

LA COMTESSE.

Vous ne me devez rien.

HENRI.

De tout ce que je vous ai fait souffrir!

LA COMTESSE, *avec un grand trouble.*

Avant de répondre, Henri... je dois vous faire une demande... ces paroles si tendres, que vient de prononcer votre bouche... sortent-elles bien du fond de votre cœur?

HENRI.

Ah! vous m'outragez! Quelle preuve!

LA COMTESSE.

Eh bien, c'est...

HENRI.

Parlez... c'est...

LA COMTESSE.

Eh bien mon ami... c'est de m'aimer... car je vous aime!...

Silence... on vient.

SCÈNE VII.

Les Précédents, MONTRICHARD, *une lettre à la main,
sortant de la chambre où il vient d'entrer.* LÉONIE.

MONTRICHARD.

Merci, mademoiselle. Voici, grâce à vous, mon courrier
terminé.

LA COMTESSE, *à part.*

Oh! si je pouvais le faire sortir maintenant!

MONTRICHARD, *s'approchant de la comtesse.*

Pardonnez-moi ma victoire, madame...

LA COMTESSE.

Ni votre victoire, monsieur le baron, ni votre manière de vaincre!... Ah! est-ce là le prix que je devais attendre du service que
je vous ai rendu?

MONTRICHARD.

Le devoir passe avant la reconnaissance, madame.

LA COMTESSE.

Votre devoir vous commandait-il d'employer la ruse, la
trahison?...

MONTRICHARD.

Madame!...

LA COMTESSE.

Je le répète... la trahison!... Vous aurez soudoyé quelque conscience, acheté quelqu'un de mes gens... osez-le nier!... Mais, j'y
pense!... oui... (*Regardant Henri.*) Vos regards d'intelligence
avec ce garçon... les entretiens mystérieux que vous aviez ensemble!... c'est lui! (*Se tournant vers Henri.*) Ah! misérable serviteur... c'est donc vous qui m'avez trahi?...

HENRI.

Moi, madame?...

LA COMTESSE.

Oui, vous!... je le vois à votre trouble... à l'embarras du baron... Je vous renvoie, je vous chasse, sortez! (*D'un air sévère
et étouffant un sourire.*) Sortez!!

MONTRICHARD.

Mais...

LA COMTESSE.

Il ne restera pas une minute de plus à mon service.

MONTRICHARD.

Et moi, je le prends au mien!

LA COMTESSE.

Vous ne le ferez pas, monsieur!

MONTRICHARD.

Si vraiment, madame la comtesse... (*A Henri.*) Allons, mon
garçon, à cheval, et au galop jusqu'à Saint-Andéol!

LÉONIE.

Ciel!

MONTRICHARD, *lui remettant une lettre.*

Cette lettre est pour M. le maréchal commandant la division.

HENRI.

Mais, monsieur le préfet, je n'ai pas de cheval.

MONTRICHARD.

Prends le mien.

HENRI.

Mais, monsieur le préfet, les soldats ne me laisseront pas
passer.

MONTRICHARD.

Je vais en donner l'ordre.

HENRI, bas, *à la comtesse, pendant que M. de Montrichard
remonte vers la porte pour donner aux dragons l'ordre de
laisser sortir Henri*),

Je vous dois ma vie, disposez-en!

MONTRICHARD, *à Henri.*

Allons, allons, pars.

HENRI.

Dans une heure, monsieur le préfet, je serai à mon poste. (*Il
sort.*)

(*Montrichard remonte le théâtre avec Henri, en lui donnant
ses dernières recommandations.*)

SCÈNE VIII.

Les Précédents, *excepté* HENRI.

MONTRICHARD, *aux dragons du fond*

Et, vous autres, amenez le prisonnier.

LA COMTESSE, *à part.*

C'est trop tôt. (*Haut.*) Monsieur le baron, de grâce...

MONTRICHARD.

Je ne suis, vous le savez, ni cruel, ni ami des condamnations,
si l'on m'eût écouté, on eût accordé l'amnistie que je demandais.

LA COMTESSE.

Je le sais; eh bien?

MONTRICHARD.

Eh bien, ce jeune homme m'intéresse!... il est votre ami, et je
veux tenter de le sauver.

LÉONIE.

De le sauver?

LA COMTESSE.

Comment cela?...

MONTRICHARD.

Cela dépendra de lui... je vais lui parler.

LA COMTESSE, *avec embarras*

Si vous attendiez?... une heure?... une demi-heure... pour le
laisser se remettre d'un premier moment de trouble?

MONTRICHARD.

Soyez tranquille... dans un instant nous serons d'accord, je
l'espère, et avant dix minutes... je saurai sans doute de lui...
tout ce que j'ai besoin de savoir...

LÉONIE, *à part.*

Dix minutes, c'est à peine s'il sera parti!

MONTRICHARD, *voyant entrer de Grignon avec le dragon.*

Il va venir; veuillez, mesdames, vous éloigner.

LA COMTESSE.

Un moment encore.

MONTRICHARD, *sévèrement.*

C'est mon devoir, comtesse...

LA COMTESSE, *s'éloignant avec Léonie.*

Oh! mon Dieu, que faire?

LÉONIE.

Que craignez-vous donc, ma tante?

LA COMTESSE.

Si M. de Grignon faiblit...

LÉONIE.

N'a-t-il pas du courage?

LA COMTESSE.

Un courage qui n'a pas de patience et qui ne dure pas longtemps. (*Elles sortent par la porte à droite*).

(*Le dragon s'éloigne après avoir remis un papier à Montrichard; la comtesse et Léonie sortent en faisant des gestes à
de Grignon.*)

SCÈNE IX.

MONTRICHARD, DE GRIGNON.

MONTRICHARD.

Pauvre jeune homme!... heureusement son salut dépend encore
de lui.

DE GRIGNON, *à part.*

Je ne suis point à mon aise.

MONTRICHARD, *à de Grignon.*

Approchez, monsieur.

DE GRIGNON.

Vous désirez me parler, monsieur le baron.

MONTRICHARD, *de même.*

Oui monsieur, encore une fois avant le moment fatal.

DE GRIGNON, *à part.*

Quel moment!

MONTRICHARD, *lui montrant le papier que lui a remis le
dragon.*

Vous avez reconnu que vous étiez monsieur Henri de Flavigneul?

DE GRIGNON, *avec un soupir.*

Oui!

MONTRICHARD.

Ex-officier au service de l'empereur?

DE GRIGNON.

Oui!

MONTRICHARD.

Et c'est bien vous qui avez signé cette déclaration?

DE GRIGNON, *que la peur reprend.*

Oui!

MONTRICHARD.

Il suffit : je n'ai pas besoin de vous dire, monsieur, que vous
pouvez compter sur les égards, les prérogatives dues à un brave.

DE GRIGNON.

Des prérogatives?...

MONTRICHARD.

Oui... Si vous ne voulez pas qu'on vous bande les yeux, si même
vous voulez commander le feu... soyez sûr...

DE GRIGNON.

Commander le feu!... qu'est-ce que cela veut dire?

MONTRICHARD.

Que malheureusement mes ordres sont formels. Vous avez été
déjà jugé et condamné, l'arrêt est prononcé! il ne me reste plus
qu'à l'exécuter! (*Gravement.*) Une heure après leur arrestation,
tous les chefs doivent être fusillés sans délai et sans bruit.

DE GRIGNON, *hors de lui.*

Sans bruit!... oh non pas!... j'en ferai du bruit... moi!... on ne fusille pas ainsi les gens... sans bruit est charmant!

MONTRICHARD.

Écoutez-moi, monsieur...

DE GRIGNON.

Sans bruit!...

MONTRICHARD.

Je dois ajouter, et c'est là l'objet de notre entrevue... qu'il est un moyen de salut.

DE GRIGNON.

Lequel?

MONTRICHARD.

Mais peut-être ne voudrez-vous pas l'adopter.

DE GRIGNON, *vivement.*

Et pourquoi donc... et pourquoi pas, monsieur... (*A part.*) Sans bruit!...

MONTRICHARD.

Il a été décidé qu'on accorderait leur grâce à tous ceux qui feraient des déclarations... et si vous en avez quelqu'une à me confier...

DE GRIGNON, *vivement.*

Moi!... certainement... et une très-importante...

MONTRICHARD, *avec joie.*

Est-il possible!

DE GRIGNON.

Je vous en réponds, une qui est décisive et catégorique.

MONTRICHARD.

C'est...

DE GRIGNON.

C'est... que je ne suis pas... (*S'arrétant.*) Ciel!... la comtesse!...

SCÈNE X.

Les Précédents, LA COMTESSE.

LA COMTESSE, *entrant vivement par la droite et s'adressant à Montrichard.*

Eh bien, monsieur... je suis d'une inquiétude...

MONTRICHARD.

Rassurez-vous!... j'en étais sûr... M. Flavigneul, qui peut se se sauver d'un mot... est prêt à nous révéler...

LA COMTESSE, *avec effroi, se tournant vers de Grignon.*

Quoi?... qu'est-ce donc?... qu'avez-vous à révéler?...

DE GRIGNON, *vivement.*

Moi!... rien!... absolument rien! (*A part.*) Quand elle est là, je n'ose plus avoir peur.

MONTRICHARD.

Mais vous vouliez tout à l'heure me déclarer...

DE GRIGNON, *fièrement.*

Que je n'avais rien à vous dire.

LA COMTESSE, *lui serrant la main et à part.*

Bravo...

MONTRICHARD, *à la comtesse.*

Mais dites-lui donc, madame, dites-lui vous-même, qu'ils se perd de gaieté de cœur...

LA COMTESSE, *bas à Montrichard.*

Vous avez raison... laissez-moi quelques instants avec lui... et je le déciderai... moi!...

DE GRIGNON, *à part et la regardant.*

Quand je la regarde, il me semble que l'âme de ma mère rentre en moi!...

LA COMTESSE, *à Montrichard, regardant toujours de Grignon.*

Oui... oui... j'ai de l'ascendant sur son esprit, il ne me résistera pas!

MONTRICHARD.

Soit... mais hâtez-vous! je ne puis vous donner que jusqu'à l'arrivée du président de la cour prévôtale... que nous attendons.

LA COMTESSE.

Et pourquoi?

MONTRICHARD, *à demi-voix.*

Dispensez-moi de vous le dire!

LA COMTESSE.

Pourquoi?

MONTRICHARD, *à voix basse.*

Sa présence est nécessaire, pour constater que le jugement a été bien et dûment...

LA COMTESSE, *lui serrant la main.*

Silence!

MONTRICHARD.

Vous comprenez?...

LA COMTESSE.

Très-bien!

MONTRICHARD, *à de Grignon.*

Je vous laisse avec madame; elle aura sur vous, je l'espère, plus de pouvoir que moi. Écoutez la voix d'une amie.

(*Montrichard sort par le fond, et l'on voit des dragons en sentinelle auxquels il donne des ordres.*)

SCÈNE XI.

LA COMTESSE, DE GRIGNON.

LA COMTESSE, *à part, regardant de Grignon avec intérêt.*

Pauvre garçon!... cela m'a effrayée, comme si réellement...

DE GRIGNON.

Jamais ses yeux ne se sont portés sur moi avec autant d'amitié, et si ce n'étaient ces dragons qui sont là au fond...

(*La comtesse s'approche de de Grignon, et l'entretien s'engage à voix basse.*)

LA COMTESSE.

Ah! merci, mon ami, merci!

DE GRIGNON.

Vous êtes donc contente de moi?

LA COMTESSE.

Oui, et je ne vous demande plus que quelques instants de courage et de fermeté.

DE GRIGNON.

De la fermeté?... j'en ai, vous êtes là!... mais, ma foi, vous avez bien fait d'arriver.

LA COMTESSE.

Vous vous impatientiez un peu?

DE GRIGNON.

M'impatienter!... je mourais de... (*Avec abandon.*) Écoutez, il faut que mon cœur s'ouvre devant vous... le mensonge me pèse... je ne suis pas ce que j'ai voulu paraître à vos yeux.

LA COMTESSE.

Comment?

DE GRIGNON.

Je ne suis pas un héros... au contraire; quand je dis au contraire... ce n'est pas tout à fait juste, car il y a une moitié de moi, une moitié courageuse qui... je vous expliquerai cela plus tard... tant y a-t-il que quand M. de Montrichard m'a parlé d'être fusillé sans bruit... dans une heure... la peur m'a pris...

LA COMTESSE.

On aurait peur à moins.

DE GRIGNON.

Et j'ouvrais la bouche pour m'écrier : Je ne suis pas M. de Flavigneul. Mais vous êtes entrée, et soudain, à votre vue, j'ai eu honte de mes terreurs; j'ai senti que je pouvais faire de grandes choses, pourvu que vous fussiez là! Ainsi, rassurez-vous, je ne trahirai pas M. de Flavigneul; tout ce que je vous demande, c'est de ne pas m'abandonner... soyez là quand le préfet reviendra... soyez là quand on me signifiera ma sentence, soyez là quand... Je suis capable de tout... même de recevoir pour un autre dix balles au travers du corps, pourvu qu'on les recevant je vous entende dire .. je suis là!

LA COMTESSE, *lui prenant la main.*

Brave garçon, car vous êtes brave, je vous connais mieux que vous-même; c'est votre imagination qui s'effraie... ce n'est pas votre cœur.

DE GRIGNON.

Bien, bien, parlez-moi ainsi!...

LA COMTESSE.

Il ne vous manque qu'un bon danger qui vous saisisse à l'improviste.

DE GRIGNON.

Eh bien! il me semble que j'ai ce qu'il me faut.

SCÈNE XII.

Les Précédents, MONTRICHARD.

MONTRICHARD.

Je ne puis attendre plus longtemps... madame!... M. le président de la cour prévôtale...

LA COMTESSE.

Vient d'arriver!...

MONTRICHARD.

Oui, madame!... il faut que M. de Flavigneul se décide à parler... ou qu'il me suive!

DE GRIGNON, *hardiment.*

Eh bien! je vous suis!

MONTRICHARD.

Que dites-vous?

DE GRIGNON, *avec exaltation.*

Mon parti est pris! le conseil de guerre, la cour prévôtale, le peloton... le feu de file...

LA COMTESSE, *effrayée.*

Y pensez-vous?

DE GRIGNON, *de même.*

Dix balles en pleine poitrine !... ça m'est égal !... une fois que j'y suis, ça m'est égal ! (*A la comtesse.*) Je suis le fils de ma mère... (*A Montrichard.*) Partons, monsieur !

MONTRICHARD.

Vous le voulez?... partons !

LA COMTESSE.

Un instant... un instant.

DE GRIGNON.

Non, non, partons.

LA COMTESSE.

Calmez-vous... j'aurais d'abord une ou deux questions importantes à adresser à monsieur le baron.

MONTRICHARD.

Des questions importantes ?

LA COMTESSE.

Oui ! monsieur le baron. A quelle heure avez-vous arrêté votre prisonnier ?...

MONTRICHARD.

Il y a une heure à peu près... mais je ne vois pas...

LA COMTESSE.

Dites-moi, baron, vous avez dû beaucoup voyager dans votre département ?...

MONTRICHARD.

Sans doute, madame; mais, encore une fois...

LA COMTESSE.

Alors, combien faut-il de temps pour aller d'ici à Mauléon sur un bon cheval?

MONTRICHARD.

Trois petits quarts d'heure !... Mais quel rapport ?...

LA COMTESSE.

Et de Mauléon à la frontière? toujours sur un bon cheval?

MONTRICHARD.

Dix minutes, mais...

LA COMTESSE.

Trois quarts d'heure et dix minutes... total cinquante-cinq minutes.

MONTRICHARD.

Oh ! c'est trop fort, partons?

LA COMTESSE.

Mais attendez donc !... Quel homme !... j'ai encore une dernière question à vous faire. M. le président de la cour prévôtale que vous attendiez, ne vous a-t-il pas été envoyé de Paris, et n'est-ce pas, si je ne me trompe, un ancien sénateur ?...

MONTRICHARD.

Monsieur le comte de Grignon !

DE GRIGNON, *poussant un cri de joie.*

Mon oncle !... mon bon oncle !

MONTRICHARD, *stupéfait.*

Votre oncle !

LA COMTESSE, *froidement et lui faisant la révérence.*

Ici finissent mes questions, monsieur ! je ne vous retiens plus ; vous pouvez conduire au président... son neveu...

MONTRICHARD, *interdit et regardant de Grignon avec effroi.*

M. Henri de Flavigneul !

LA COMTESSE, *riant.*

Fi donc !... un drame ! une tragédie !... nous avons mieux que cela à vous offrir ! une scène de famille... (*Montrant de Grignon.*) M. Gustave de Grignon maître des requêtes... que son oncle n'avait pas vu depuis longtemps ; et c'est à vous, monsieur, qu'il devra ce plaisir !

MONTRICHARD, *tout troublé.*

Quoi?... monsieur serait... ou plutôt ne serait pas... c'est impossible !... vous voulez encore me tromper, madame !

LA COMTESSE, *riant.*

Vous pouvez vous en rapporter au président lui-même et à la voix du sang, qui ne trompe jamais !...

MONTRICHARD.

Et votre trouble ce matin quand j'ai fait arrêter monsieur.

LA COMTESSE.

Mon trouble? ruse de guerre !

MONTRICHARD.

Cette lettre que j'ai prise sur lui.

LA COMTESSE.

C'est moi qui venais de la lui remettre.

MONTRICHARD.

Vos larmes de douleur !

LA COMTESSE, *riant.*

Est-ce que j'ai pleuré? Ah ! pauvre baron, il ne faut pas m'en vouloir... je vous avais promis de me moquer de vous... et je ne trompe jamais... vous le savez?

DE GRIGNON.

C'est du génie !

**

MONTRICHARD.

Mais alors quel est donc le coupable? car il était ici, j'en suis certain.

LA COMTESSE.

Ah ! voilà ! qui est-ce ? cherchez !

MONTRICHARD.

Dieu ! quel trait de lumière !... si c'était l'autre !

LA COMTESSE.

Qui? l'autre? celui à qui vous avez donné un sauf-conduit; celui que vous avez essayé de séduire ; celui pour lequel vous avez imploré ma clémence, ah ! je le voudrais bien !

MONTRICHARD.

C'est lui ! ah ! je ne suis pas encore vaincu... et je cours...

LA COMTESSE.

Sur ses traces?... inutile !... vous ne le rattraperez jamais !

MONTRICHARD.

Vous croyez ?

LA COMTESSE.

Il a un trop bon cheval !

MONTRICHARD, *avec colère.*

Ah !

DE GRIGNON, *riant.*

A ah ! ah !

LA COMTESSE.

Le cheval du préfet lui-même !... car vraiment vous avez pensé à tout, généreux ami, même à l'équiper !... et à le solder... témoin ces vingt-cinq louis que je suis chargée de vous rendre... (*Allant les prendre sur la table.*) Car lui donner des honoraires pour vous tromper... c'est trop fort !

MONTRICHARD.

Ah ! vous êtes un monstre infernal ! Tant de duplicité, tant de sang-froid ! Et moi qui ai écrit au maréchal... Je tiens le chef ! Ah ! je me vengerai !

SCÈNE XIII.

LES MÊMES, LÉONIE *entrant très-agitée.*

LÉONIE, *à Montrichard.*

Monsieur le baron, voici une dépêche très-pressée qui arrive de Lyon.

(*Montrichard prend les dépêches, et Léonie s'approche vivement de la comtesse.*)

MONTRICHARD.

Du maréchal !

LÉONIE, *bas.*

Ah ! ma tante, quel malheur !

LA COMTESSE.

Quoi donc?

LÉONIE.

Il est revenu !

LA COMTESSE, *bas.*

Qui?

LÉONIE, *de même.*

M. Henri !

LA COMTESSE, *bas.*

Comment ?

LÉONIE, *bas et montrant un cabinet à droite.*

Il est là !...

LA COMTESSE, *bas.*

Ciel !

MONTRICHARD *fait un geste de joie, puis après avoir lu la dépêche.*

Ah ! madame la comtesse !... à moi la revanche !

LA COMTESSE.

Que voulez-vous dire?

MONTRICHARD.

Vous triomphiez, tout à l'heure !... mais à la guerre la fortune est changeante, et malgré votre esprit et vos ruses, le sort de M. de Flavigneul est encore entre mes mains ; oui, grâce à ces dépêches que m'envoie M. le maréchal, je puis forcer le fugitif, en quelque lieu qu'il soit, à se remettre lui-même en mon pouvoir !

LA COMTESSE, *avec trouble.*

Vous... comment?...

MONTRICHARD.

C'est mon secret ! A chacun son tour; madame la comtesse !... Je veux seulement, avant mon départ, vous montrer que je sais me venger... (*A de Grignon.*) Monsieur de Grignon, je vais prévenir votre oncle pour qu'il vienne lui-même vous rendre à la liberté. Au revoir, madame la comtesse !

(*Il sort.*)

6

SCÈNE XIV.

DE GRIGNON, LA COMTESSE, LÉONIE, puis HENRI.

LA COMTESSE.

Que m'as-tu dit? Henri !

LÉONIE.

Il est là...

HENRI, *paraissant par la porte à droite.*

Me voici.

DE GRIGNON, *qui est au fond.*

Lui !

LA COMTESSE.

Malheureux ! que venez-vous faire ici?

HENRI, *vivement.*

Mon devoir !... Avez-vous pu croire que je laisserais un innocent périr à ma place?

LA COMTESSE.

Périr !

HENRI.

Le vieux garde qui accompagnait ma fuite m'a tout appris... M. de Grignon s'est offert pour moi... M. de Grignon a été arrêté pour moi !...

LA COMTESSE.

Et M. de Grignon est libre ! Malheureux enfant ! Tenez? qu'il vous le dise lui-même !...

HENRI, *apercevant de Grignon et se jetant dans ses bras.*

Ah! monsieur, un tel dévouement...

DE GRIGNON.

Entre gens de cœur, ce n'est qu'un devoir ! (*A part.*) C'est étonnant... je le pense!

LÉONIE.

Et être revenu chercher le péril quand tout était dissipé... conjuré...

LA COMTESSE, *avec énergie.*

Tout l'est encore !...

LÉONIE.

Comment?

LA COMTESSE, *à Henri.*

Le dernier lieu où l'on vous cherchera maintenant, c'est ici. M. Montrichard va partir. (*A Grignon.*) Vous, en sentinelle pour guetter son départ.

DE GRIGNON.

J'y cours.

LA COMTESSE, *à Henri.*

Vous... dans ce cabinet.

HENRI.

Mais...

LA COMTESSE.

Oh! je le veux !... et dans quelques instants plus de danger.

(*Henri sort.*)

SCÈNE XV.

LA COMTESSE, LÉONIE.

LA COMTESSE, *à Léonie.*

Oui, oui, tu peux partager maintenant ma sécurité et ma joie. (*Voyant qu'elle se détourne pour essuyer ses yeux.*) Eh! mon Dieu, d'où viennent tes larmes?

LÉONIE.

Je ne pleure pas, ma tante, je ne pleure plus... (*Sanglotant.*) Je suis heureuse.. il est sauvé!.... mais en même temps, je suis au désespoir... car tout à l'heure, quand il est revenu si imprudemment... quand je l'ai caché dans ce cabinet, où je tremblais pour lui... (*Pleurant toujours.*) il m'a dit...

LA COMTESSE, *vivement.*

Quoi donc?

LÉONIE, *de même.*

Est-ce que je sais? est-ce que je puis me rappeler? Tout ce que j'ai compris... c'est que tout était fini pour moi!

LA COMTESSE, *à part et avec tristesse.*

J'entends !

LÉONIE.

Que nous ne pouvions jamais être l'un à l'autre...

LA COMTESSE, *de même et à part.*

C'est juste !... il fallait bien le lui dire!.(*Prenant la main de Léonie.*) Pauvre enfant !... et tu lui en veux... tu le détestes?...

LÉONIE.

Oh ! non !... mais j'en mourrai !

LA COMTESSE, *cherchant à la consoler.*

Léonie... Léonie... il faut de la raison !... car si, par exemple... il était lié à une autre personne...

LÉONIE, *vivement.*

Justement!... c'est ce qu'il m'a dit! lié à jamais!

LA COMTESSE, *vivement.*

Et il t'a nommé cette personne?

LÉONIE.

Non!... il ne l'a jamais voulu!... mais vous, ma tante, est-ce que vous la connaissez?

LA COMTESSE.

Je crois que oui !

LÉONIE.

En vérité?.. savez-vous si elle l'aime!... beaucoup?...

LA COMTESSE, *avec force.*

Oui!...

LÉONIE, *à la comtesse.*

Et elle est aimable... elle est jolie?...

LA COMTESSE.

Moins que toi, sans doute...

LÉONIE.

Eh bien, alors?...

LA COMTESSE.

Que veux-tu, mon enfant, on ne raisonne pas avec son cœur... et, quelle qu'elle soit, s'il la préfère... si elle est aimée...

LÉONIE.

Mais pas du tout! c'est moi qu'il aime...

LA COMTESSE.

O ciel!...

LÉONIE.

C'est moi ! il me l'a avoué... mais il est lié à elle par le respect, par l'amitié, que sais-je ! par la reconnaissance..

LA COMTESSE, *vivement.*

La reconnaissance... ah !

LÉONIE.

Lié surtout par une promesse qu'il lui a faite... et qu'il tiendra même au prix de son sang! Voilà qui est absurde ! dites-le lui, ma tante, vous seule pouvez le décider !...

HENRI, *qui depuis quelques instants écoutait et a cherché en vain à se contenir, s'élance de la porte à droite.*

Taisez-vous! taisez-vous!

LA COMTESSE.

Ciel !

LÉONIE, *à Henri.*

Rentrez, rentrez de grâce! Si M. de Montrichard arrivait...

HENRI.

Que m'importe!... j'aime mieux mourir !

LA COMTESSE.

Mourir, plutôt que de manquer à votre promesse?... c'est bien, Henri !

LÉONIE.

Mais, ma tante...

LA COMTESSE.

Laisse-moi lui parler. (*Bas à Henri.*) Je vous dois ma vie, disposez-en, m'avez-vous dit. (*Léonie s'éloigne de quelques pas.*)

HENRI.

Qu'exigez-vous?

LA COMTESSE.

La seule chose que j'aie désirée, rèvée, poursuivie... votre bonheur !

HENRI.

Ciel !

LA COMTESSE. (*Elle fait signe à Léonie de s'approcher; elle lui prend la main, et la met dans celle de Henri.*)

Henri... voici celle qu'il faut choisir.

HENRI.

Ah! mon amie... mon amie!

LÉONIE.

Ah! j'étais bien sûre que je vous le devrais! (*Elle se jette à ses genoux.*)

DE GRIGNON *rentrant vivement par la porte à gauche.*

Eh bien! qu'est-ce que vous faites donc là? voici M. de Montrichard!

TOUS.

M. de Montrichard !

LÉONIE, *à Henri.*

Oh! rentrez! rentrez!

DE GRIGNON.

Il monte par cet escalier... le voici !

LÉONIE, *a part.*

Il n'est plus temps !

(*Henri, qui est près du canapé à droite, s'y assoit vivement; les deux femmes se tiennent debout devant lui, cherchant à le cacher par leurs jupes.*)

SCENE XVI.

Les Précédents, M. DE MONTRICHARD.

MONTRICHARD, *entrant par la porte à gauche.*
Je viens vous faire mes adieux, madame la comtesse...

LÉONIE, *avec joie.*
Ah!

MONTRICHARD.
Mais, avant de partir, je tiens à vous prouver que je ne me vantais pas en disant que cette dépêche pouvait ramener en mon pouvoir M. de Flavigneul.

LÉONIE, *à part.*
Je tremble!

LA COMTESSE, *à part.*
Que veut-il dire?

MONTRICHARD.
Cette dépêche est l'ordonnance que je sollicitais depuis si long-temps, l'ordonnance d'amnistie...

TOUS, *poussant un cri de joie.*
L'amnistie!

LA COMTESSE ET LÉONIE, *s'écartant du canapé où est assis Henri.*
Il peut donc se montrer...

HENRI, *se levant.*
Ah! monsieur!

MONTRICHARD, *avec un air de triomphe.*
Ah! j'étais bien sûr que je le ferais reparaître.

LÉONIE.
Ciel!

DE GRIGNON.
C'était un piége; et nous y avons donné...
(*Tous restent immobiles de terreur. M. de Montrichard s'a-vance au bord du théâtre et sourit à lui-même avec un air de satisfaction. La comtesse s'approche doucement de lui, le regarde, saisit ce sourire et fait un geste de joie qu'elle réprime aussitôt.*)

MONTRICHARD.
Monsieur Henri de Flavigneul... au nom du roi et de la loi, je vous déclare...

LA COMTESSE, *s'avançant et riant.*
Je vous déclare libre et gracié...

TOUS.
Comment?

LA COMTESSE, *gaiement.*
Eh! sans doute! ne voyez-vous pas que M. de Montrichard veut prendre sa revanche, et qu'il joue là une scène de terreur à mon usage...

LÉONIE.
Il serait vrai!

LA COMTESSE, *prenant le papier des mains de Montrichard.*
Tenez!... lisez!... Ordonnance d'amnistie...

MONTRICHARD.
Maudite femme! On ne peut pas plus la tromper en bien qu'en mal!

LÉONIE, *à la comtesse.*
Et maintenant, tous trois réunis...

LA COMTESSE.
Oui, ma fille!... mais plus tard... car aujourd'hui je dois partir.

LÉONIE.
Partir!

DE GRIGNON.
Vous partez?.. eh bien, je pars aussi! Oh! vous avez beau dire! je pars! c'est fini! je vous suis! Rien ne m'arrête! je vous suis jusqu'au bout du monde! et, chemin faisant, j'accomplirai devant vous de si belles choses, que vous finirez par vous dire: Voilà un pauvre garçon dont j'ai fait un héros... faisons-en un homme heureux!...

LA COMTESSE.
Ne parlons pas de cela!... (*Passant près de M. Montrichard.*)
Eh bien, baron?

MONTRICHARD.
J'ai perdu,.. madame la comtesse! Je suis vaincu!

LA COMTESSE, *avec émotion.*
Vous n'êtes pas le seul! (*Affectant la gaieté.*) Que voulez-vous, baron? pour gagner, il ne suffit pas de bien jouer!

MONTRICHARD.
Il faut avoir pour soi les as et les rois.

LA COMTESSE, *à part, regardant Henri.*
Le roi surtout!... dans les batailles de dames.

THÉOD. BARRIÈRE & HENRY MURGER

LA
VIE DE BOHÊME

COMÉDIE EN CINQ ACTES, EN PROSE

REPRÉSENTÉE POUR LA PREMIÈRE FOIS, A PARIS, SUR LE THÉATRE DES VARIÉTÉS,

LE 22 NOVEMBRE 1849.

DISTRIBUTION DE LA PIÈCE

DURANDIN, homme d'affaires...........	MM. Dussert.	UN MONSIEUR........................	MM. Charier.
RODOLPHE, son neveu, poëte...........	P. Laba.	UN MÉDECIN........................	Rhéal.
MARCEL, peintre.....................	Danterny.	CÉSARINE DE ROUVRE, jeune veuve..	Mlles Marquet.
SCHAUNARD, musicien.................	Ch. Pérey.	MIMI..............................	Thuillier.
GUSTAVE COLLINE, philosophe	Mutée.	MUSETTE...........................	Page.
M. BENOIT, maître d'hôtel............	Bardou jeune.	PHÉMIE	P. Potel.
BAPTISTE, domestique................	Kopp.	UNE DAME..........................	Wilhem.
UN GARÇON DE CAISSE...............	Gallin.	UN COMMISSIONNAIRE.— DOMESTIQUES DE CÉSARINE.— INVITÉS.	

ACTE I.

CHEZ DURANDIN.

Une maison de campagne aux environs de Paris. — Un jardin. — Au fond, une balustrade donnant sur la campagne. — A gauche, un pavillon avec une fenêtre ouverte en face du public. — A droite, un banc de jardin. — Chaises. — Indications prises du spectateur.

SCÈNE I.

BAPTISTE, seul; il est au fond près du mur, et regarde dans la campagne.

Quel est ce nuage de poussière? Serait-ce déjà la voiture de Mme Césarine de Rouvre? On m'en verrait surpris, car il n'est pas midi, et M. Durandin n'attend cette dame qu'à deux heures. Mais ce n'est point une voiture. (Regardant avec plus d'attention.) Des jeunes gens avec de grandes pipes, des jeunes filles avec de grands chapeaux!... Je sais ce que c'est, c'est une caravane. Heureuse jeunesse! riez, riez; vous qui n'avez pas lu M. de Voltaire... Mais j'y songe!... quelle imprudence! (Prenant un livre qu'il avait oublié sur le banc.) Si M. Durandin, l'homme chiffre, M. Million, enfin, comme dit M. Rodolphe, avait trouvé

cet in-octavo, mon extraction était imminente. Voyons, M. Durandin m'a prévenu que l'on prendrait le café dans ce pavillon que l'on n'a pas ouvert depuis trois mois, mettons tout en ordre. (Il entre dans le pavillon, et ouvre les persiennes. — Après réflexion et en sortant.) Ou plutôt non, tout est bien comme il est, a dit M. de Voltaire; grâce à la poussière, ces meubles Louis XV ont un aspect plus vénérable, je n'y porterai donc point un plumeau profane. Quant à ces populations d'araignées, elles donnent à ce lieu un caractère de vétusté tout à fait artistique. Je n'ôterai donc point ces araignées; je regrette même qu'il n'y en ait pas davantage. (Fermant la porte.) Tout est prêt, et maintenant Mme de Rouvre peut arriver.

SCÈNE II.

BAPTISTE, DURANDIN, il a un carnet à la main; il entre par le fond.

DURANDIN, lisant.

« Paris à Rouen de 575 à 555 reste à 560.» Quinze francs de baisse, bravo!... c'est le moment d'acheter. (A Baptiste sans se retourner.) Baptiste, où est mon neveu?...

BAPTISTE.

Dans sa chambre, monsieur.

DURANDIN, *calculant toujours.*

200 à 5,60; 112,000; 200 à 580, hausse probable, 116,000, 4000 francs de bénéfice net. (*Se frottant les mains.*) Où est mon neveu? (*Il reprend son journal.*)

BAPTISTE.

Dans sa chambre, monsieur.

DURANDIN, *s'éveillant,*

Hein? quoi? ce n'est pas vrai, j'en viens. A propos, elle est dans un joli état sa chambre. Vous n'en prenez donc pas soin?

BAPTISTE.

Pardonnez-moi, monsieur, j'en prends au contraire un soin méticuleux, j'ouvre la fenêtre le matin et je la referme le soir.

DURANDIN.

Et voilà tout?

BAPTISTE.

Et ...ilà tout, monsieur. Je suis à la lettre les instructions qui m'ont été donn...s par M. Rodolphe. M. votre neveu m'a dit en venant habiter ce logement: Baptiste, me plais infiniment mais si tu tiens à conserver mon estime, tu ne toucheras jamais à rien chez moi. Si tu avais l'imprudence de remettre mes affaires à leur place, il me serait impossible de les retrouver.

DURANDIN.

C'est donc pour cela que j'ai aperçu une paire de bottes sur la cheminée, et la pendule dans un placard?

BAPTISTE.

Je ne me rends pas bien compte du motif qui a fait assigner cette place à la paire de bottes. Mais quant à la pendule, c'est différent et cela s'explique. (*A Durandin qui prend des notes.*) Vous ne m'écoutez pas, monsieur.

DURANDIN.

Et si, imbécile.

BAPTISTE.

Je continue: la première fois que M. Rodolphe a vu la pendule en question, il voulait la jeter par la fenêtre.

DURANDIN, *stupéfait.*

Par la... une pendule de quatre cents francs, en cuivre doré avec un bronze représentant Malek-Adel...

BAPTISTE.

Oui, monsieur, je le sais bien, Malek-Adel par Mme Cottin. Mais la pendule avait un défaut.

DURANDIN.

Lequel?

BAPTISTE.

Elle marquait l'heure.

DURANDIN.

Eh bien?

BAPTISTE.

Mon Dieu! je sais qu'elle ne faisait que son devoir; mais monsieur Rodolphe en juge autrement. Il ne veut pas, dit-il, de ce tyran domestique qui lui compte son existence minute par minute, dont les aiguilles s'allongent jusqu'à son lit et viennent le piquer le matin, de cet instrument de torture enfin dans le voisinage duquel la nonchalance et la rêverie sont impossibles.

DURANDIN.

Qu'est-ce que c'est que toutes ces divagations-là? (*Il passe à droite.*) Oh!... ça ne peut durer plus longtemps; monsieur mon neveu me rendrait fou comme lui... heureusement Mme de Rouvre arrive aujourd'hui; elle est veuve, riche, elle est femme...

BAPTISTE.

C'est son plus beau titre.

BAPTISTE, *passant à gauche.*

Je ne te parle pas... elle est femme, et ce que femme veut... il faudra bien que M. Rodolphe redescende sur la terre pour signer au contrat. Il doit être dans le jardin à rêvasser à ses niaiseries; va me le chercher.

BAPTISTE.

J'y cours, monsieur. (*Il s'éloigne par le fond à gauche, et au moment de sortir, il ouvre son Voltaire et continue sa lecture.*)

SCÈNE III.

DURANDIN, *seul.*

Monsieur mon neveu est bien le fils de mon frère. C'est le même désordre d'esprit. La vocation! l'art! le génie... et le père est mort en laissant des dettes que le fils s'apprête à doubler. Les arts! les arts! voilà-t-il pas une belle histoire et un joli métier?... Mais je suis là... et bientôt j'aurai notre charman e

auxiliaire flanquée de ses quarante mille livres de rente, et j'espère bien... mais si, au contraire, monsieur le poëte, le rêveur résiste, s'il refuse son bonheur, tant pis pour lui! qu'il aille au diable!...

SCÈNE IV.

DURANDIN, RODOLPHE, *entrant par le fond à gauche; mise négligée, excentrique.*

RODOLPHE, *du fond.****

Est-ce que c'est pour ça que vous me faites venir mon oncle?

DURANDIN.

Ah! te voilà, cerveau brûlé.

RODOLPHE, *avec gaieté.*

Bonjour, mon oncle Million; vous êtes de mauvaise humeur, je vais vous dire un sonnet... gaillard, ça vous déri... dera...

DURANDIN.

Veux-tu parler raison une minute?

RODOLPHE.

Une minute? volontiers, mon oncle, mais pas davantage, entendez-vous bien? La minute est écoulée, parlons d'autre chose.

DURANDIN.

C'est un parti pris, n'est-ce pas? tu ne veux rien entendre.

RODOLPHE.

Mon oncle, je n'entends rien aux affaires; faites-en, vous, faites-en beaucoup... je ne vous en empêche pas.

DURANDIN.

En vérité? et tu feras, toi, des odes à la lune, n'est-ce pas? et tu maudiras le siècle égoïste qui refusera de te nourrir à ne rien faire.

RODOLPHE.

Erreur, mon oncle, grave erreur! Je ne m'asseois pas au banquet de la vie avec l'intention de maudire les convives au dessert; au dessert je roule sous la table; et ma muse, une bonne grosse fille à l'œil insolent, au nez retroussé, me ramasse, me reconduit au logis en trébuchant, et nous passons la nuit à rire ensemble de ceux qui nous ont payé à dîner. C'est de l'ingratitude si vous voulez, mais c'est amusant.

DURANDIN.

Et qu'est-ce que ça te rapporte ça?

RODOLPHE.

Ce que ça me rapporte?... absolument rien, pour le moment; mais ça me rapportera plus tard. Vous avez étudié les hommes et vous spéculez sur les télégraphes; vous vivez de votre expérience, moi je veux vivre de mon imagination, je ferai tout ce qu'on voudra: du triste, du gai, du plaisant, du sévère je ferai du sentiment à jeûn et de la gaudriole après le dîner. (*Se frappant le front.*) Mes capitaux sont là. Une entreprise superbe sous la raison Piochage et compagnie. Capital social, courage, esprit et gaieté.

DURANDIN.

Mais en vérité je suis bien bon de t'écouter. Mme de Rouvre arrive aujourd'hui, dans une heure.

RODOLPHE.

Vous faites bien de me prévenir, mon oncle. Je m'en vais tout de suite. (*Il remonte.*)

DURANDIN.

Un pas de plus, et je te déshérite.

RODOLPHE, *s'arrêtant.*

Fichtre, je demande à m'asseoir.

DURANDIN, *s'asseyant sur le banc avec son neveu.*

Écoute, mon garçon, autrefois tu as fait la cour à Mme de Rouvre, tu as été empressé, assidu auprès d'elle tout un hiver...

RODOLPHE.

Je ne puis le nier, mon oncle...

DURANDIN.

Au printemps nous avons passé un mois à sa campagne, et entre nous ces promenades dans les allées solitaires du parc...

RODOLPHE.

Chut!... soyez aussi discret que moi, mon oncle.

DURANDIN.

Je ne te fais pas de reproches, au contraire, tu as bien fait, c'était un coup de maître, car elle est très-riche et elle t'aime.

RODOLPHE.

Elle m'aime?

DURANDIN.

J'en suis sûr.

RODOLPHE.

C'est une femme d'esprit, elle comprendra que je ne veuille pas l'épouser.

DURANDIN.

Tu ne veux pas l'épouser ?

RODOLPHE.

Je ne le lui ai pas promis.

DURANDIN.

Promis...ce garçon-là est d'une outrecuidance...

RODOLPHE.

Mais, non mon oncle, je veux rester garçon, voilà tout.

DURANDIN.

Mais, malheureux, madame de Rouvre est jolie.

RODOLPHE.

Je le sais, mon oncle.

DURANDIN.

Eh bien !

RODOLPHE.

Eh bien ! tant pis pour les autres.

DURANDIN.

En l'épousant, tu aurais du côté de ta femme seulement quarante-mille livres de rentes... Tu aurais une position calme, tranquille, tu aurais des enfants.

RODOLPHE.

Oui, c'est ça, beaucoup d'enfants et des lapins ; merci, ça ne peut pas m'aller. Il me faut de l'air, de la liberté, une vie accidentée, orageuse si vous voulez.... quitte à ne pas dîner tous les jours, ça m'est égal. Les jours de bombance, je mangerai pour un mois.

DURANDIN.

Tu ne feras jamais rien de ta vie, tu suivras les traces de ton père.

RODOLPHE.

Ah ! mon oncle, ne parlons pas de ça, ne remuons pas les cendres.

DURANDIN.

C'est très-bien, mais il n'en est pas moins vrai que mon frère aussi n'a voulu en faire qu'à sa tête, et que lorsqu'il est mort, il devait à tout le monde.

RODOLPHE, sérieux.

Excepté à vous, mon oncle.

DURANDIN.

Il fallait peut-être me saigner aux quatre veines pour soutenir un fou...

RODOLPHE.

Non, mon oncle, vous avez bien fait. Après tout, mon père m'a laissé un nom honorable , un nom que l'on répète, et des tableaux que l'on admire ; mais encore une fois ne parlons pas de ça.

DURANDIN.

Soit ! d'ailleurs, il faut que je te quitte pour aller au devant de madame de Rouvre ; j'espère qu'à mon retour, je te trouverai dans de meilleures idées.

RODOLPHE.

Il ne faut jurer de rien, mon oncle. Il n'y a rien d'immuable sous le soleil.

DURANDIN.

Réfléchis, et si tu deviens raisonnable, tu ne t'en repentiras pas.

ENSEMBLE.

AIR : Polka de la Vivandière.

DURANDIN.

Le vrai bonheur
Est pour le cœur
Dans le mariage.
Il n'est pour nous
Rien de si doux
Que cet esclavage.

RODOLPHE.

Non, pour mon cœur
Point de bonheur
Dans le mariage,
Car entre nous,
Rien ne m'est doux
En fait d'esclavage.

Durandin sort par le fond à droite.

RODOLPHE seul.

Ils sont étonnants les oncles : s'il fallait épouser toutes les femmes auxquelles on a juré un amour éternel au clair de la lune, mais on aurait un sérail de femmes légitimes. Moi épouser madame Césarine de Rouvre, la femme la plus coquette et la plus impérieuse de la terre, qui vous ordonne de l'aimer pour ainsi dire ! pas si fou !... Dès demain je prends mon vol, je fuis cette villa insipide et monotone que ne visite jamais le hasard, ni l'imprévu.

CHŒUR en dehors.

AIR nouveau de M. J. Nargeot.

Notre avenir doit éclore
Au soleil de nos vingt ans !
Aimons et chantons encore :
La jeunesse n'a qu'un temps !

Qu'est-ce que c'est que ça ? Serait-ce l'imprévu demandé ? (*Il va au fond.*) Des artistes et des grisettes sans doute... Ils se disposent à déjeuner sur l'herbe... bon appétit. Voilà le bonheur comme je le comprends. Des promenades sans gants et des dîners sans fourchettes. Tiens, ils me saluent. (*Il salue, redescendant un peu.*) J'ai presque envie de m'élancer au milieu de leur pâté et de m'inviter moi même. Au fait, pourquoi pas ?

SCENE VI.

RODOLPHE, MARCEL. *paraissant au-dessus de la balustrade.*

MARCEL.

Monsieur... Monsieur...

RODOLPHE.

Qu'est-ce qui m'appelle ?

MARCEL.

Je vous demande pardon Monsieur, vous ne pourriez pas par hasard, nous prêter des assiettes et quelques couverts également en argent ?

RODOLPHE.

Monsieur, si vous voulez attendre que je sonne, j'irai chercher une sonnette... vous êtes artiste monsieur ?

MARCEL.

Oui, monsieur.

RODOLPHE.

Peintre ?

MARCEL.

C'est vous qui l'avez dit.

RODOLPHE.

De quelle école ?

MARCEL.

De la mienne.

RODOLPHE.

Je vous en félicite.

MARCEL.

Et moi aussi, monsieur.

RODOLPHE.

Vous vous nommez ?...

MARCEL.

Marcel, pour vous servir...

RODOLPHE.

Et moi, Rodolphe, pour vous être agréable !

MARCEL.

Ce nid vous appartient ?

RODOLPHE.

Pas le moins du monde... Je ne suis que le neveu du nid... Donnez-vous donc la peine de tomber par ici...

MARCEL.

Cela ne vous dérange pas ?

RODOLPHE.

Aucunement...

MARCEL , *sautant.*

Permettez-moi de vous offrir la main, c'est tout ce que j'ai sur moi...

RODOLPHE.

Volontiers ; mais à la condition que vous la tendrez aussi à ces jolies personnes qui chantent si bien...

MARCEL.

Je n'ai rien à vous refuser, monsieur... (*Appelant.*) Eh ! Musette, tu es invitée à entrer avec escalade.... (*Musique à l'orchestre.*)

MUSETTE, *apparaissant sur la balustrade.*

Me voilà ! (*En relevant sa robe elle montre un peu sa jambe.*)

RODOLPHE, *courant l'aider à descendre.*

Parbleu, voilà une jolie jambe, il faut que je lui offre mon bras.

MUSETTE, *descendue.*

Monsieur vend des madrigaux ?

RODOLPHE.

Oui, madame.

MUSETTE.

Et on vous les paie...

RODOLPHE, *lui baisant la main.*

Comptant.

MARCEL, *prenant la main de Musette.*

Permettez-moi de vous la présenter plus officiellement : Mademoiselle Musette, vingt-deux ans...

MUSETTE.

Moins six semaines...

MARCEL.

Une fille charmante, qui n'a que le défaut de laisser trop souvent la clef sur la porte de son cœur... Au reste, je ne m'en plains pas.... c'est comme ça que j'y suis entré un jour qu'il pleuvait...

MUSETTE, *bas à Marcel, montrant Rodolphe.*

Il est gentil !

MARCEL, *à Rodolphe.*

Elle vous trouve gentil ; c'est le commencement, on ne peut pas savoir où ça s'arrêtera !
(*Rodolphe offre une chaise à Musette. Schaunard paraît sur l'appui de la balustrade.*)

SCHAUNARD.

Hé ! Marcel, je ne retrouve plus Musette, je crois qu'elle est tombée dans son verre...

MARCEL.

Rassure-toi, ami fidèle, et enjambe... (*Schaunard entre.*) Monsieur Schaunard, orphelin par vocation, peintre par goût, musicien pour faire quelque chose... et poète pour ne rien faire... Passant une moitié de sa vie à chercher de l'argent pour payer ses créanciers et l'autre moitié à fuir ses créanciers quand il a trouvé de l'argent...

SCHAUNARD, *saluant.*

Le programme est fidèle comme un caniche... Mais vous ne voyez qu'une moitié de moi-même ; permettez-moi de vous présenter l'autre... Phémie !... (*Phémie paraît, il l'aide à descendre.*)

MARCEL.

Mademoiselle Phémie, femme de dévouement quand elle a dîné...

RODOLPHE, *offrant une chaise à Phémie.*

Mademoiselle...

PHÉMIE.

Bien reconnaissante, monsieur, je ne suis pas encore éreintée.
(*Elle s'assied près de Musette.*)

SCHAUNARD, *avec sévérité.*

Phémie !... Veuillez l'excuser, monsieur, elle arrive d'Amérique... Je l'ai rencontrée dans une forêt...

RODOLPHE.

Vierge ? (*Schaunard éternue.*)

MARCEL, *indiquant Colline qui paraît à son tour. A Rodolphe.*

Ne vous effrayez pas, monsieur ; nous sommes complets... Monsieur Gustave Colline, philosophe... le trésorier de la société : une sinécure... (*Ils redescendent tous.*)

SCÈNE VII.

RODOLPHE, MARCEL, MUSETTE, SCHAUNARD, COLLINE, PHÉMIE.

RODOLPHE.

Mesdames et messieurs...

TOUS.

Ecoutons.

RODOLPHE.

Veuillez croire à mes sympathies...

MARCEL.

Et...

RODOLPHE.

Le discours est clos.

PHÉMIE, *se levant.*

Bravo !

MUSETTE, *idem.*

C'est de très-bon goût, ça n'est pas long...

SCHAUNARD, *à Rodolphe.*

Pardon, monsieur, j'ai un renseignement à vous demander...

RODOLPHE.

Parlez, monsieur...

SCHAUNARD.

Pourriez-vous me dire où on met le tabac dans cette maison ?

RODOLPHE.

Ici, monsieur... (*Il montre sa poche et offre du tabac à Schaunard qui bourre sa pipe.*) Vous avez une jolie pipe, monsieur Schaunard !

SCHAUNARD, *négligemment.*

J'en ai une plus belle pour aller dans le monde.

MUSETTE, *à Rodolphe.*

Monsieur, serait-ce indiscret de vous demander la permission de visiter ce jardin et de cueillir quelques fleurs ?...

PHÉMIE.

Et quelques abricots ?

RODOLPHE.

Comment donc... (*Les dames remontent.*)

COLLINE, *à Rodolphe.*

Si vous le permettez, monsieur, j'accompagnerai ces dames pour faire un peu de botanique.... (*Les dames redescendent et mettent toutes leurs affaires sur les bras de Colline.*)

MUSETTE.

Ça va peut-être vous embarrasser !...

COLLINE.

Oh ! non, je vous assure... (*Il va près d'un banc et dépose gravement tout ce qu'il tient au pied d'un arbre.*) Voyons un peu... (*Il fouille dans ses poches, tire des livres de sa poche et en prend un après avoir mis les autres sur le banc.*) Botanique... voilà mon affaire...

MUSETTE.

Nous y sommes...

PHÉMIE.

Allons-y gaiement !

ENSEMBLE.

AIR : *Gentille Moscovite.*

Glanons } les pâquerettes
Glanez }
Parmi les gazons verts.
Aux doux chants des fauvettes,
Mêlons nos } gais concerts !
Mêlez vos }

Les Dames sortent par la gauche, Colline par la droite.

SCÈNE VIII.

SCHAUNARD, RODOLPHE, MARCEL.

RODOLPHE, *prenant un à un les livres que Colline a déposés sur un banc.*

Chimie... mécanique... physique.... Ah ça, mais c'est une bibliothèque vivante que votre ami...

MARCEL.

Ah ! c'est que, voyez-vous, Colline c'est l'enfant studieux et rêveur de la Bohème !

RODOLPHE.

La Bohème ?

MARCEL.

La Bohème, bornée au Nord par l'espérance, le travail et la gaieté ; au sud, par la nécessité et le courage ; à l'ouest et à l'est, par la calomnie et l'Hôtel-Dieu...

RODOLPHE.

Je vous remercie beaucoup ; mais je comprends peu...

MARCEL.

Vous désirez une seconde leçon de géographie relativement à la Bohème ?... C'est très-facile, monsieur, car vous voyez devant vous deux naturels de ce pays...

SCHAUNARD.

La Bohème, c'est nous...

RODOLPHE.

Vous ?

MARCEL.

C'est-à-dire tous ceux qui, poussés par une vocation obstinée, entrent dans l'art sans autres moyens d'existence que l'art lui-même ; l'esprit toujours tenu en éveil par leur ambition, qui bat la charge devant eux, et les pousse à l'assaut de l'avenir... Leur existence de chaque jour est une œuvre de génie, un problème quotidien... Mais qu'il leur tombe un peu de fortune entre les mains, on les voit aussitôt calvacader sur les plus ruineuses fantaisies, aimant les plus jeunes et les plus belles, buvant des meilleurs et des plus vieux, et ne trouvant jamais assez de fenêtres par où jeter leur argent...

SCHAUNARD.

Puis, quand leur dernier écu est mort et enterré, ils recommencent à dîner à la table d'hôte du hasard, où leur couvert est toujours mis, et à chasser du matin au soir cet animal féroce qu'on appelle la pièce de cent sous... gens intelligents, qui auraient trouvé des truffes sur le radeau de la *Méduse*!...

MARCEL.

Ils ne sauraient faire dix pas sur le boulevard sans rencontrer un ami.

SCHAUNARD.

Et trente pas n'importe où, sans rencontrer un créancier.

MARCEL.

Et quand arrive janvier, les poches pleines de rhumes et les mains pleines d'engelures, ils se chauffent philosophiquement avec leurs meubles.

SCHAUNARD.

C'est ce que les modernes appellent déménager par la cheminée.

RODOLPHE.

En vérité, messieurs, votre courageuse insouciance, votre joyeuse philosophie m'entraînent ; je voudrais ne jamais vous quitter.

SCHAUNARD.

Nous resterons ici autant que vous le désirerez, monsieur.

LES DAMES, *en dehors.*

Nous voici !

SCÈNE IX.

LES MÊMES, MUSETTE. PHÉMIE, *rentrant les mains pleines de fleurs ; Phémie tient une pomme.*

REPRISE DU CHŒUR.

Glanons les pâquerettes, etc.
Glanez

MUSETTE.*

Voilà notre récolte.

PHÉMIE, *mangeant sa pomme.*

Le pays est excellent.

MARCEL, *à Rodolphe.*

Du reste, monsieur, nous avons de douces compensations dans notre vie d'épreuves. Ces jeunes filles sont nos joies vivantes. Nous les aimons comme des fous et elles nous aimeraient peut-être toujours... (*Phémie passe près de Schaunard qui s'est assis.*)

RODOLPHE.

Si toujours n'était pas si long.

MARCEL.

Et si les rubans ne coûtaient pas si cher. Elles restent avec nous tant qu'elles ont du cœur, et elles nous quittent dès qu'elles ont de l'esprit !

MUSETTE.

C'est-à-dire que je suis bête.

MARCEL.

Hélas ! non, ma mie.

MUSETTE.

Moi qui ai refusé un commis de banquier et des meubles en acajou.

MARCEL.

Oui, mais si c'eût été le banquier lui-même, et qu'il eût poussé l'audace jusqu'au palissandre.

MUSETTE.

Vrai, j'aurais refusé. J'ai le temps ; d'ailleurs toi aussi tu seras riche.

MARCEL.

Certainement, encore quelques kilomètres de patience ; d'ailleurs j'ai une idée : à compter de lundi prochain, nous ferons des économies, et j'achèterai un oncle d'occasion pour en hériter un jour.

MUSETTE.

Oui, mon petit Marcel. Je t'aime bien, va ; pour toi je me jetterais du haut des tours de Notre-Dame.

SCHAUNARD.

Musette, cette imprudence vous coûterait quatre sous ! c'est le tarif. (*A Phémie.*) Et toi ! aimerais-tu mourir pour moi ?

PHÉMIE.

Oui, mais pas de faim.

SCHAUNARD, *à Rodolphe.*

Elle est étonnante, monsieur ! Dire qu'elle trouve ces mots-là toute seule, sans balancier. Elle est étonnante. J'en suis ivre ! (*En tirant un fruit de sa poche, Phémie laisse tomber un papier ; Schaunard se lève et le ramasse.*)

PHÉMIE, *à part.*

Ces fruits, c'est extraordinaire comme ça creuse ! (*Elle remonte.*)

SCHAUNARD, *lisant, à part.*

Que vois-je ! une déclaration avec un emblème représentant un cœur traversé d'une baïonnette et signé : un sapeur du vingt-neuvième. Il y a quinze jours, j'avais déjà surpris la présence d'une autre papier, signé : un chasseur au vingt-quatrième. Son cœur est une caserne. (*Haut, à Phémie.*) Ma petite chérie !

PHÉMIE, *venant à lui.*

Hein !

SCHAUNARD.

Vous connaissez trop de monde sous les drapeaux. (*Montrant le billet.*) Quel est ce prospectus d'amour, signé par un membre de l'infanterie française ?

PHÉMIE, *troublée.*

Ça, c'est un petit homme rouge qui me l'a distribué sur le Pont-Neuf.

SCHAUNARD.

Très-bien. (*Montrant sa canne.*) Vous aurez ce soir une explication avec bambou.

SCÈNE X.

LES MÊMES. COLLINE, BAPTISTE. (*Bras dessus bras dessous, ils causent tous les deux ; Colline a un panier sous le bras ; ils entrent par le fond à droite.*)

COLLINE.

Vous êtes sceptique, monsieur Baptiste.

BAPTISTE.

Monsieur, j'ai lu Voltaire.

COLLINE.

Moi, je suis panthéiste ; tout est dans tout ! Avez-vous lu Spinosa ?

BAPTISTE.

Mal !

COLLINE.

Relisez-le ! voyez aussi Descartes, les tourbillons ! (*Musette et Phémie viennent prendre le panier.* —*A Rodolphe.*) Monsieur, vous avez un domestique très-savant. Je l'ai pris pour un article de la *Revue des deux Mondes.* (*Il passe près de Marcel.*)

MARCEL.

D'où viens-tu ?

COLLINE.

Parbleu ! vous êtes de fiers étourneaux. Vous aviez laissé nos provisions au milieu de la campagne, où elles auraient pu devenir la proie des intrigants. Je les ai été chercher avec M. Baptiste.

MUSETTE, *regardant dans le panier.*

Mais les bouteilles sont vides.

COLLINE.

Au milieu d'une grave discussion, avec monsi..., sur l'immortalité de l'âme, comme nous étions très-altérés, nous avons bu les bouteilles, mais voilà les bouchons.

MUSETTE.

Eh bien ! avec quoi ferons-nous passer le canard qui est dans le pâté ?

PHÉMIE, *regardant dans le panier.*

Le canard est envolé, il ne reste plus que la croûte ! (*Elles jettent le tout par-dessus la balustrade, aidées de Marcel.*)

BAPTISTE.

Au milieu d'un grave discussion avec monsieur sur l'objectif et le subjectif... (*à Musette*) le moi et le non moi, si vous aimez mieux, comme nous étions très-altérés, nous avons mangé le canard.

MUSETTE, *à Rodolphe.*

Il est gentil votre domestique ; est-ce que vous le payez cher ?

RODOLPHE.

Ne vous mettez point en peine, nous allons séparer tout cela. Baptiste, tu comprends... (*Baptiste sort par le fond à droite.*) Maintenant, permettez-moi de vous offrir à déjeuner.

SCHAUNARD.**

En effet, il est l'heure où les honnêtes gens passent dans la salle à manger. Allons.

RODOLPHE.

La salle à manger, c'est ici ; dans un instant nous serons servis, et nous boirons à la Bohême, ma future patrie !

TOUS.

Comment !

RODOLPHE.

Écoutez-moi ; je cours ici les plus grands dangers.

MARCEL.

Vous ?

RODOLPHE.

On veut me marier...

MARCEL.

C'est horrible !

RODOLPHE.

C'est mon oncle Million qui a eu cette idée-là !

MUSETTE.

Votre oncle Million ?

PHÉMIE.

Quel joli nom !

SCHAUNARD.

Je voudrais bien avoir la monnaie de votre oncle.

RODOLPHE.

Me marier, comprenez-vous ça ? emprisonner ma liberté dans un contrat, jeter mon cœur dans le pot-au-feu du ménage, couper les ailes de ma jeunesse ; tout cela uniquement pour procurer à mon oncle le plaisir d'avoir des petits-neveux !

SCHAUNARD.

Parbleu ! s'il en veut qu'il en fasse lui-même.

RODOLPHE.

Il y a longtemps déjà que je méditais une fuite ; mais tout seul je ne saurais où aller. Maintenant, c'est bien décidé, je veux mener comme vous, la belle vie de travail et de plaisir. J'ai bon cœur et grand courage vous me verrez à l'œuvre ! Ainsi donc, si vous le permettez je serai d'abord votre compagnon, jusqu'au jour où vous voudrez bien m'appeler votre ami !

MARCEL.

Mais vous l'êtes déjà !

LES DEUX DAMES.

Oui, monsieur, vous l'êtes ! (*Pendant la fin de ce monologue Baptiste a apporté une nappe et dispose le déjeuner à terre.*)

BAPTISTE, *au milieu.*

Vous êtes servis.

RODOLPHE.

Baptiste, tu pars avec nous... Tu es un garçon érudit, tu feras ton chemin.

BAPTISTE.

Quel honneur !

PHÉMIE, *à part:*

Il est fort bien ce Baptiste... s'il avait des épaulettes.

RODOLPHE.

Et maintenant à table !...

TOUS.

A table ! (*Ils s'asseyent sur le banc et les chaises renversées, et attaquent le déjeuner.*)

CHŒUR.

AIR: *Tin, tin, c'est le refrain.*

A table, mes amis !
Par le hasard gaîment réunis,
Sur ces gazons fleuris,
Déjà notre couvert est mis !

MARCEL, *tenant une bouteille.**

Royal champenois... je le reconnais à son casque d'argent.... Passez au large, ce n'est pas du vin !

RODOLPHE, *étonné.*

Qu'est-ce que c'est donc ?

MARCEL.

Du cidre élégant.

SCHAUNARD.

Du coco épiletique.

MARCEL, *jetant la bouteille à Baptiste.*

Offrez à ces dames. Le premier devoir du vin est d'être rouge. Baptiste, mon ami, passez-nous du bourgogne. (*Il prend une bouteille dans la manne, et verse.*)

BAPTISTE.

Désirez-vous de l'eau ? (*Il verse du champagne aux dames.*)

MARCEL.

De l'eau dans du vin ? Allons donc, c'est du platonisme dans l'amour.

PHÉMIE.

Qu'est-ce que c'est que ça du platonisme ?

MUSETTE.

Des bêtises, la maladie des hommes qui n'osent pas embrasser les femmes.

PHÉMIE.

Fi ! l'horreur.

MUSETTE, *embrassant Marcel.*

Buvons notre vin pur.

MARCEL.

Et vive la jeunesse !

TOUS, *en trinquant.*

Vive la jeunesse !

CHŒUR.

AIR *nouveau de M. J. Nargeot.*

Notre avenir doit éclore
Au soleil de nos vingt ans !
Aimons et chantons encore ;
La jeunesse n'a qu'un temps.

SCHAUNARD.

Cuirassés de patience
Contre le mauvais destin,
De courage et d'espérance
Nous pétrissons notre pain.
Notre humeur insoucieuse,
Aux fanfares de nos chants,
Rend la misère joyeuse,
La jeunesse n'a qu'un temps.

CHŒUR.

Notre avenir, etc.

MARCEL.

Si la maîtresse choisie,
Qui nous aime par hasard,
Fait fleurir la poésie
Aux flammes de son regard,
Lui sachant gré d'être belle,
Sans nous faire de tourments,
Aimons-la même — infidèle...
La jeunesse n'a qu'un temps.

CHŒUR.

Notre avenir, etc.

MUSETTE.

Puisque les plus belles choses,
Les amours et la beauté,
Comme le lis et les roses,
N'ont qu'une saison d'été.
Quand mai tout en fleurs arbore
Le drapeau vert du printemps,
Aimons et chantons encore ;
La jeunesse n'a qu'un temps !

CHŒUR.

Notre avenir, etc.

BAPTISTE, *au fond, poussant un cri.*

Ah !

TOUS.

Qu'y a-t-il ?

BAPTISTE.

M. Durandin... M. Durandin !... j'aperçois sa voiture... et vite, et vite !

MARCEL.

Diable !-..

SCHAUNARD.

Aidons ce garçon. (*Il met une bouteille dans sa poche, Phémie met les gâteaux et les fruits dans la sienne.*)

RODOLPHE.

Messieurs, je suis désolé ! mais... (*Tous remplissent la manne qu'on emporte derrière le pavillon.*)

MARCEL.

Nous comprenons parfaitement.

RODOLPHE.

Nous nous reverrons bientôt... le temps de faire ma malle et de ne pas embrasser mon oncle.

COLLINE, au fond.

La voiture approche !

RODOLPHE.

Attendez-moi dans le petit bois qui touche au jardin.

PHÉMIE.

Mais par où sortir ?

BAPTISTE.

Pas par la porte toujours.

MUSETTE.

Par-dessus le mur...

MARCEL.

Sans doute.

BAPTISTE.

La voiture entre dans la cour !

MUSETTE et PHÉMIE.

Sauve qui peut ! (Elles descendent par-dessus la balustrade.— Marcel donne une poignée de main à Rodolphe et saute à son tour.—Colline, qui était déjà à moitié chemin, descend se dispose à remonter.)

COLLINE.

Ah ! mon Dieu ! mes livres que j'ai oubliés.

SCHAUNARD.

Tu les prendras une autre fois. (Colline disparaît.)

SCHAUNARD, descendant à son tour.

Dites donc, monsieur Rodolphe, j'ai laissé un cuisse !...

RODOLPHE.

Ça ne fait rien ! (Schaunard disparaît.)

SCÈNE XI.

RODOLPHE, BAPTISTE.

BAPTISTE, regardant à droite.*

Il était temps.

RODOLPHE.

Ils sont déjà loin. Maintenant il s'agit de trouver un moyen honnête pour sortir d'ici.

BAPTISTE.

Ah ! mon Dieu ! comme M. Million a l'air agité !

RODOLPHE.

Tiens, il est seul.

BAPTISTE.

C'est vrai !... Le voilà.

SCÈNE XII.

LES MÊMES, DURANDIN, entrant par la droite.

DURANDIN, très-agité.

Ah ! mon ami ! mon cher neveu !

RODOLPHE.

Qu'avez-vous, mon oncle ?

DURANDIN.

Quelle aventure ! madame de Rouvre...

RODOLPHE.

Vous m'effrayez !...

DURANDIN.

En descendant de voiture elle s'est foulé le pied !

RODOLPHE.

Où est-elle ?

DURANDIN.

A l'auberge du Lion... une affreuse auberge !

RODOLPHE, à part.

Ah ! voilà mon moyen ! (Haut, avec inquiétude.) Quoi ! madame de Rouvre serait privée de ces mille petits riens auxquels elle est habituée ! Mon oncle, je prends votre voiture !... (Il passe près de Baptiste.)

DURANDIN, à part.***

Il y vient !

RODOLPHE, à Baptiste.

Ah ! Baptiste, une malle, du linge, de la vaisselle... mes livres pour la distraire... n'oublie rien. (Bas.) N'oublie pas mes pipes....

BAPTISTE, bas.

Où allons-nous ?

RODOLPHE, bas.

En Bohême ! (Haut.) Va, cours... (Baptiste sort par la droite. A Durandin.) Adieu, mon oncle !

DURANDIN.

Adieu, mon garçon ! (Rodolphe sort vivement par la droite.)

SCÈNE XIII.

DURANDIN, seul. Il se frotte les mains.

La ruse a réussi ; nous savons maintenant à quoi nous en tenir... il l'aime comme un fou... On a bien raison de dire que : Ce que femme veut, Dieu le veut. (On entend une voiture s'éloigner.) Le voilà parti !... (Alors on entend en dehors le chœur : Votre avenir doit éclore, etc.) Qu'est-ce que c'est que ça ?... (Il court au fond et regarde par-dessus la balustrade.) Ah ! mon Dieu ! il m'a joué ! (Le rideau baisse.)

ACTE II.

Deux chambres contiguës d'un hôtel garni. — Dans chacune des deux chambres une porte au fond et un lit. —Ameublement à peu près semblable. Dans la chambre de gauche, une petite table à droite, avec papier, plumes et encre. — Une cheminée à gauche avec un miroir. — A côté de la cheminée, un fauteuil et un petit guéridon. — Une chaise à droite. — Sur la cheminée, une bouteille coiffée d'un bonnet. — A droite, un porte-manteau, auquel sont accrochés un châle et un chapeau. — Des cartes sur la cheminée. — Dans la chambre de gauche, une fenêtre fermée d'un rideau bleu. — A droite, à côté de la fenêtre, un guéridon sur lequel il y a des épreuves d'imprimerie. — Au-dessus un râtelier de pipes.—A droite, près du lit une commode. — Au-dessus de la commode, un corps de bibliothèque dans lequel il n'y a que quelques brochures. — A gauche, une table avec papier, plumes et encre. — Du même côté, un porte-manteau auquel sont accrochés un châle, une redingote et un chapeau. — Deux chaises, l'une près de la table, l'autre près du guéridon. — Sur celle de droite, une vareuse. — Sous le lit, une malle dans laquelle il n'y a qu'un livre et une bretelle.

SCÈNE I.

MUSETTE, dans la chambre de gauche ; il y fait jour. RODOLPHE, dans la chambre de droite, tout est hermétiquement fermé il y fait nuit complète.)

MUSETTE, se coiffant devant une glace.*

Air nouveau de M. J. Nargeot.

Bouche mignonne et lèvre rose,
A la chanson (Bis.)
Toujours ouverte, voyez Rose
Alerte comme un gai pinson.
Pour en tresser une couronne,
A pleines mains, dans le blé mûr,
Rose moissonne, (Bis.)
A pleines mains les fleurs d'azur.

Elle s'assied et arrange un bonnet qui est sur une bouteille. Se coiffant devant une glace.

Qu'est-ce qu'aura dû dire monsieur le vicomte en ne me voyant pas revenir ?... Ah ! ma foi ! tant pis ! il m'ennuie, il tourne au saule pleureur... il lui pousse des branches. Je lui ai dit que j'allais aux eaux de Bagnères, il est capable de le croire et d'y voler. Tant mieux ! Lui parti, je retourne dans mes appartements. Mais d'ici là... suis-je bête d'être partie sans argent ! Je ne pense jamais à ça moi. Ah ! bah ! une jolie femme n'est jamais embarrassée. (Elle chantonne.)

RODOLPHE, étendu tout habillé sur son lit, rêvant.

Est-il possible !... une telle fortune ! à moi... Le digne oncle !... Me laisser par testament toute une province du Pérou ! les Péruviennes avec. (On frappe à la porte de droite... Rodolphe se remue et ne se réveille pas... On frappe de nouveau.)

MUSETTE.

Entrez ! (On entre chez Rodolphe.) Tiens, c'est à côté ; c'est chez ce monsieur qui dort si haut.

SCÈNE II.

LES MÊMES, chez Rodolphe. UN GARÇON DE CAISSE.

LE GARÇON DE CAISSE.*

Monsieur ! monsieur !...

RODOLPHE, s'éveillant à moitié et regardant le Garçon qui fouille dans un grand portefeuille.

Quel est cet étranger ? Ah ! j'y suis, c'est un à-compte sur mon héritage.

LE GARÇON.

Monsieur, je viens pour...

RODOLPHE.

Je sais ce que c'est... mettez-là... Ah ! vous voulez un reçu c'est juste... Passez-moi la plume et l'encre, là sur la table.

LE GARÇON.

Non, monsieur, je viens recevoir un effet de 150 francs. C'est aujourd'hui le 15 juillet.

RODOLPHE, *examinant le billet.*

Le 15 juillet! c'est étonnant! je n'ai pas encore mangé de fraises!... Ah! ordre Birmann!... C'est mon tailleur. Hélas! (*Regardant ses habits placés sur une chaise.*) Les causes s'en vont, mais les effets reviennent.

LE GARÇON.

Vous avez jusqu'à quatre heures pour payer. (*Il reprend le billet, pose un petit papier sur la table et sort.*)

RODOLPHE, *avec noblesse.*

Il n'y a pas d'heure pour les honnêtes gens. (*Avec regret.*) L'intrigant! il remporte son sac. (*Se recouchant.*) C'est le 15... Le cap des tempêtes si difficile à doubler... jour néfaste qui commence par une pluie de billets, et se termine par une grêle de protêts. Dies iræ!... (*Il se rendort.*)

MUSETTE.

DEUXIÈME COUPLET.

Beaux bluets qu'on tresse en couronne,
Dans les beaux jours, (*Bis.*)
Belles fleurs que le printemps donne
Pour oracle aux premiers amours,
Tout se fane bien vite, Rose,
Un jour tu n'auras à cueillir
De fleur éclose (*Bis.*)
Que dans les champs du souvenir.

RODOLPHE, *s'éveillant en sursaut.*

Qui diable chante ainsi? Je ne m'entends pas rêver. (*Criant.*) Madame!

MUSETTE, *plus fort*

Monsieur!...

RODOLPHE.

Il fait donc jour chez vous?

MUSETTE.

Un peu! Et chez-vous, est-ce qu'il fait nuit?

RODOLPHE.

Beaucoup! Il fera nuit toute la journée. J'ai arrêté le soleil pour cause de liquidation. (*Il se recouche.*)

MUSETTE.

Monsieur!...

RODOLPHE.

Madame!...

MUSETTE, *se levant et remettant le bonnet et la bouteille sur la cheminée à gauche.*

Vous êtes un malhonnête! (*Elle chante plus fort.*)

RODOLPHE.

Tiens, mais je n'avais pas remarqué...Il me semble reconnaître cette douce voix... mais oui, ce timbre m'est familier. (*Sautant en bas du lit, et mettant une vareuse.*)

MUSETTE.

Ah! mais attendez donc... Rodolphe!

RODOLPHE.

Allons donc!

MUSETTE.

Quel heureux hasard! Je vous tends la main!

RODOLPHE.

Je vous baise au front... Mais au fait. (*Frappant au mur.*) Peut-on entrer?

MUSETTE.

Toujours! mais pas par ici, faites le tour.

RODOLPHE *sort de sa chambre et entre aussitôt chez Musette qu'il embrasse.*

Le tour est fait!

SCÈNE III.

RODOLPHE, MUSETTE, *à gauche.*

RODOLPHE.

Ma jolie petite Musette!

MUSETTE.

Mon bon Rodolphe! qu'êtes-vous donc devenu?

RODOLPHE.

Je suis devenu philosophe.

MUSETTE.

Ce qui veut dire que vous n'avez pas d'argent.

RODOLPHE.

Pardonnez-moi, j'en ai... j'en ai à payer.

MUSETTE.

Vous avez des dettes?

RODOLPHE.

Beaucoup! si vous en voulez?...

MUSETTE.

Non, merci... Faites-vous toujours des vers?

RODOLPHE.

Oui, les jours fériés : mais dans la semaine c'est différent! Et même je viens de terminer un petit ouvrage fort intéressant, intitulé le Parfait Fumiste. C'est de la haute littérature en terre cuite... Enfin, ça se vend... Baptiste l'a lu, il en est assez content.

MUSETTE.

Baptiste est ici!

RODOLPHE.

Oui, par ma protection...

MUSETTE.

Savez-vous qu'il y a un an que nous ne nous sommes vus!

RODOLPHE.

Je le sais!

MUSETTE.

Et votre oncle?

RODOLPHE.

Il y a six mois de plus, et c'est au bout de ces six mois-là, les premiers que je passais à Paris au sein de la Bohème, que vous m'avez abandonné, vous, inconstante Musette, pour aller habiter les hauteurs cythéréennes du quartier Bréda.

MUSETTE, *riant.*

Vicomtesse, mon cher. (*Elle passe à droite.*)

RODOLPHE.

Ah! j'étais bien sûr que vous finiriez ainsi... une nuit ou l'autre. Mais alors comment se fait-il que je vous retrouve dans cette humble mansarde?

MUSETTE.

Je l'ai louée par prévision, il y a deux mois, et j'y suis venue hier soir pour la première fois, c'est un pied-à-terre.

RODOLPHE.

Au cinquième étage? Enfin, je comprends... Le cœur d'un vi-comte sans préjudice du courant.

MUSETTE.

Non! non! c'est fini!

RODOLPHE, *s'asseyant.*

Et Marcel?

MUSETTE.

Je l'aime plus que jamais... Et la preuve... (*Montrant un petit coffre qui est sur une table à droite.*) Voilà mes lettres... C'est même la seule chose que j'aie emportée dans ma fuite.

RODOLPHE, *se levant.*

Vous nous revenez donc?

MUSETTE.

Oui, décidément je veux manger encore avec vous le pain bé-nit de la gaîté!

AIR d'une Polka.

C'en est fait, j'oublie
Ma brillante vie,
Et je répudie
Mes nobles amours;
Oui, je vous dis adieu pour toujours,
Diamants et cachemires!
A toi, Marcel, mes seules amours,
Et caresses, et sourires!
C'en fait, j'oublie, etc.

ENSEMBLE.

RODOLPHE.

Enfin elle oublie
Sa brillante vie!
Elle répudie
Ses nobles amours!

RODOLPHE.

Ah! vous me rendez bien heureux, allez, Musette... Mais si vous retrouvez Marcel, s'il oublie le passé... Il faut à l'avenir ne plus lui déchirer le cœur avec vos petits ongles roses.

MUSETTE.

Je les couperai bien courts. (*Elle passe à gauche.*)

RODOLPHE.

C'est ça... et tâchez qu'ils ne repoussent pas trop vite... Parce que, voyez-vous? c'est grave, Musette! Nous autres, tout nous quitte avec la femme aimée, notre jeunesse, notre courage, notre talent! pour quelque temps du moins... J'en sais quelque chose.

MUSETTE, *accoudée à la cheminée.*

Marie, n'est-ce pas?

RODOLPHE.

Oui. Marie!

MUSETTE.

Elle vous a bien aimé.

RODOLPHE, *se mettant à cheval sur une chaise.*

Oui, pendant un mois... Dans ce temps-là le Pactole passait dans ma chambre... Mais le Pactole a changé de lit...

MUSETTE.

Et Marie?

RODOLPHE, *avec un geste significatif.*

Elle a suivi le courant... Ah! dans le premier moment, je n'étais pas drôle, vrai! le chagrin m'avait mordu, j'étais devenu enragé.

MUSETTE.

Pauvre garçon!

RODOLPHE.

Et après, j'ai eu des idées bizarres, fantastiques... Il me fallait absolument un être à aimer. J'avais adopté un homard vivant; je l'avais fait peindre en rouge, c'était plus gai... Mais cette affection ne me suffisait pas... (*Se levant.*) J'en ai fait une mayonnaise! Puis il me vint une autre idée... Je m'en fus aux Enfants trouvés.

MUSETTE.

Bah?

RODOLPHE.

En regardant les enfants, je vis une belle jeune fille de dix-huit ans, orpheline comme les autres, mais qu'on avait gardée dans la maison...

MUSETTE.

Vous vouliez l'adopter.

RODOLPHE.

Mieux que ça... Je voulais l'épouser... Je fis ma demande, je dis franchement quels étaient mes moyens d'existence : poëte lyrique. Le mariage manqua!

MUSETTE, *riant.*

Pauvre ami!

RODOLPHE.

Eh bien, ça m'a fait mal de la quitter, vrai... Et je crois que de son côté... Oui, quand je me suis éloigné, ses yeux m'ont suivi jusqu'au seuil de la maison. N'est-ce pas que ça serait très-gentil tout ça avec des vignettes?

MUSETTE.

Dites donc, croyez-vous que Marcel m'aime encore?

RODOLPHE.

C'est à craindre.

MUSETTE.

Où est-il?

RODOLPHE.

Je n'en sais rien... Il voyage; je crois qu'il a dû aller en Auvergne pour faire des portraits de Savoyards. (*On frappe chez Rodolphe.*)

MUSETTE.

On frappe chez vous.

RODOLPHE.

Vous croyez?

BENOIT, *en dehors.*

Monsieur Rodolphe, c'est moi!

RODOLPHE.

Ah! c'est monsieur Benoit notre propriétaire; il vient chercher de l'argent... C'est une bonne idée qu'il a là! (*Criant.*) Entrez! Au revoir. Musette. (*Il sort.*)

BENOIT, *entrant dans la chambre de Rodolphe.*

Pardon! je suis peut-être indiscret... Tiens, il n'y a personne. (*Rodolphe entre chez lui.*) Ah! le voilà!

SCÈNE IV.

A gauche, MUSETTE *seule. A droite,* RODOLPHE, BENOIT.

BENOIT.*

Monsieur, je vous salue.

RODOLPHE.

Bonjour, monsieur Benoit... Asseyez-vous donc! (*Benoit s'assied à gauche.*)

MUSETTE, *prenant le coffre où sont les lettres, allant s'asseoir dans le fauteuil, et les parcourant.*

Que d'amour il y avait là-dedans!...

RODOLPHE, *ouvrant le rideau et la fenêtre.***

Permettez-moi de vous offrir un rayon de soleil! (*Le jour se fait.*) Monsieur Benoit, quel heureux concours de circonstances me procure l'avantage de votre visite?

BENOIT, *à part.*

Il est poli! Ça m'inquiète... (*Haut.*) Mais je venais vous dire que c'est aujourd'hui le quinze juillet. (*Il tire un papier de sa poche.*)

RODOLPHE.

Vraiment?.. Il faudra que j'achète un pantalon de nankin le 15 juillet!... Je n'y aurais jamais songé sans vous, monsieur Benoit.

BENOIT.

C'est cent soixante-deux francs, et il se fait temps de régler ce petit compte.

RODOLPHE.

Je ne suis pas absolument pressé; il ne faut pas vous gêner, Petit compte deviendra grand...

BENOIT.

Hein?

RODOLPHE.

Mais si vous y tenez absolument, réglons, monsieur Benoit. (*Il s'assied à côté de lui.*)

BENOIT, *souriant.*

Ah!

RODOLPHE.

Oh! mon Dieu! aujourd'hui ou demain, cela m'est absolument indifférent... Qu'est-ce que je vous dois?...

BENOIT, *lui montrant le papier.*

D'abord nous avons trois mois de chambre à 25 francs, ci 75. Plus, avances pour trois paires de bottes à 20 francs. Plus, argent prêté 27 francs.—75, 60 et 27, tout cela fait 162 francs!

RODOLPHE.

162 francs! c'est extraordinaire... Quelle belle chose que l'addition! (*Se levant.*) Eh bien, monsieur Benoit, maintenant que le compte est réglé... (*il tire de sa poche un paquet de tabac et bourre sa pipe*) nous pouvons être tranquilles...

BENOIT, *se levant.*

Monsieur, je n'aime pas que l'on se moque de moi! C'est de l'argent qu'il me faut.

RODOLPHE.

De l'argent! de l'argent!... Vous êtes étonnant! est-ce que je vous en demande, moi... D'ailleurs, j'en aurais que je ne vous en donnerais pas... Un vendredi, ça porte malheur!

BENOIT.

Morbleu! monsieur. (*Musette remet les lettres dans le coffre, prend des cartes sur la cheminée et fait une réussite.*)

RODOLPHE, *allumant sa pipe avec des allumettes qui sont sur le guéridon.*

Voyons, monsieur Benoit, attendez quelques jours...

BENOIT.

Non, monsieur; je sais ce qu'il me reste à faire... et si l'on vient louer une chambre...

RODOLPHE.

Voulez-vous un objet d'art comme à-compte?

BENOIT.

Un objet d'art? une chose inutile? merci! (*Il remonte.*)

RODOLPHE, *apercevant sur la table de gauche un sac d'argent que Benoit y a posé, et allant le prendre.***

Monsieur Benoit!... (*Benoit descend*) vous oubliez un objet d'art : votre sac... (*Il le lui donne.*)

BENOIT, *furieux.*

Ah! très-bien! monsieur, vous aurez de mes nouvelles! (*Il sort.*)

SCÈNE V.

A gauche, MUSETTE; *à droite,* RODOLPHE.

MUSETTE, *se levant et remettant les cartes sur la cheminée.***

Ma réussite est bonne... je la retrouverai!... (*Elle reporte le petit coffre sur la table à droite.*)

RODOLPHE, *après avoir reconduit Benoit, redescendant.*

Ah! mais je ne peux pas rester ici; l'invasion des alliés va commencer, il faut fuir... Où sont mes ornements? (*Il s'habille.*)

SCÈNE VI.

A gauche, MUSETTE, M. BENOIT; *à droite,* RODOLPHE, puis SCHAUNARD.

BENOIT, *en dehors, frappant à la porte de Musette.*

Peut-on entrer?

MUSETTE.

Oui, monsieur Benoit, je suis visible...

BENOIT, *entrant.*
Mademoiselle...

MUSETTE.
Vous faites votre tournée, monsieur Benoit ?

BENOIT.
Oui, et je vous avouerai que je venais...

MUSETTE.
Comment donc ! mais c'est tout naturel...

BENOIT, *à part.*
Ah ! enfin !

MUSETTE.
Je vous demanderai la permission de lacer mes bottines...

BENOIT.
Très-bien... Je dois avoir le reçu... (*Il cherche dans ses poches. Musette au fond, met ses bottines.*)

SCHAUNARD, *entrant brusquement chez Rodolphe.*
Bonjour ! (*S'asseyant sur le lit.*) Ouf !

RODOLPHE, *s'arrangeant devant une petite glace au-dessus de la table à gauche.*
Tiens, c'est toi !

SCHAUNARD.
Tu n'as pas cent francs à me prêter ?

RODOLPHE.
Cent francs ! tu feras donc toujours de la fantaisie ? Tu as pris du hatchich...

SCHAUNARD.
Je n'ai rien pris du tout... Ah ! si, j'ai pris un cabriolet à l'heure pour chercher de l'argent...

RODOLPHE.
Ah ! bon !

BENOIT, *lisant un reçu.*
Non, celui-ci, c'est le reçu de monsieur Rodolphe... (*Il cherche.*)

RODOLPHE.
Eh bien ?

SCHAUNARD.
Je n'ai trouvé d'argent nulle part, et j'ai retrouvé mon cabriolet partout... Cinq heures ! sept francs cinquante... Les as-tu ?

RODOLPHE.
Je ne crois pas... vois dans ce meuble de Boule... (*Il désigne la commode, Schaunard ouvre les tiroirs.*)

BENOIT.
Je l'aurai laissé en bas... je vais en faire un autre... (*Il s'assied et écrit à la table. Musette a mis une bottine et se dispose à mettre l'autre.*)

SCHAUNARD.
Mais il n'y a pas d'argent dans ce meuble...

RODOLPHE.
C'est que le précédent locataire n'en a pas laissé...

SCHAUNARD.
Qui payera mon cabriolet ?

RODOLPHE.
Qui m'invitera à dîner ? (*Ils réfléchissent.*)

SCHAUNARD.
Ah ! dîner ! c'est aujourd'hui vendredi... Vendredi rien ne mangeras, ni autre chose pareillement...

BENOIT, *se levant après avoir écrit.*
Mademoiselle, voici l'affaire : 25 et 25...

MUSETTE, *ajustant sa robe.*
Voulez-vous me mettre cette agrafe-là ?

BENOIT.
Mais...

MUSETTE, *le dos tourné.*
Mais dépêchez-vous donc ! (*Benoit fait des efforts prodigieux; Musette chantonne et se balance en mesure.*)

RODOLPHE, *se frappant le front.*
Ah ! j'ai une idée !

MUSETTE.
Mademoiselle, si vous remuez ainsi...

MUSETTE.
Je croyais que ça y était...

RODOLPHE.
Si tu les empruntais au cocher ?

SCHAUNARD.

impossible, mon cher, il a été échaudé ces jours derniers...

BENOIT, *s'essuyant le front.*
Voilà !

MUSETTE, *montant sur ses pointes pour voir dans la glace.*
Voyons...

SCHAUNARD.
Tu n'as rien à vendre, ici ?

RODOLPHE.
Peut-être bien... (*Ils cherchent et font un inventaire des effets.*)

MUSETTE.
Tiens, vous n'êtes pas trop maladroit pour votre âge...

BENOIT, *offrant sa quittance.*
Vingt-cinq et vingt-cinq, cinquante...

MUSETTE.
Cinquante ! on ne vous les donnera jamais... (*Elle va prendre à droite son chapeau et son châle.*)

BENOIT.
Mais permettez...

MUSETTE.
Je suis à vous dans une minute...

RODOLPHE, *avec triomphe, trouvant un livre dans sa malle.*
Ah ! à vendre, un volume de poésies avec le portrait de l'auteur, en lunettes...

SCHAUNARD.
J'aimerais mieux un pantalon... sans lunettes !

MUSETTE, *ayant mis son châle et son chapeau.*
Monsieur Benoit, vous devez perdre beaucoup avec les jeunes gens qui perchent chez vous...

BENOIT.
Oui, mademoiselle, beaucoup...

MUSETTE.
Et quand ils ne vous payent pas, comment faites-vous ?

BENOIT.
Je les fais poursuivre.

MUSETTE.
Et quand ce sont des femmes ?

BENOIT.
Je les poursuis moi-même...

MUSETTE.
Vraiment ?... eh bien, courez après ! (*Elle se sauve en riant.*)

BENOIT, *furieux.*
Mademoiselle ! mademoiselle ! (*Il sort derrière elle.*)

SCÈNE VII.

A droite, RODOLPHE, SCHAUNARD, *puis* BAPTISTE à *gauche.*

SCHAUNARD.
Il n'y a rien de propre à laver ici... (*On entend une demie.*) Ah ! cinq heures et demie de cabriolet !... sept quatre-vingts !.. Adieu, je vais chercher de l'argent... (*Il remonte.*)

RODOLPHE.
Je vais courir après un dîner... (*Avec un cri.*) Ah ! (*Il fouille dans sa poche et en tire un papier.*) Je le tiens ! (*Schaunard redescend. Lisant.*) « Banquet de cinq cents couverts, en l'honneur de la naissance du messie humanitaire. »

SCHAUNARD.
On ne tient qu'un sur ton billet ?

RODOLPHE.
Oui, mais on tient deux dans ton cabriolet, partons !... je te rapporterai des noisettes... (*Ils remontent.*)

SCHAUNARD.
Oh ! (*ils redescendent*) quelle idée ! je garde mon cabriolet—au mois !... (*Ils sortent.*)

RODOLPHE, *à Baptiste qui est sur le seuil de la chambre de Musette.*
Baptiste, s'il vient des anglais pour moi, vous direz que je suis dans les Basses-Pyrénées... (*Ils disparaissent.*)

BAPTISTE.
Oui, monsieur... (*Entrant à gauche.*) Basses-Pyrénées, Pau... patrie de Henri IV !

SCÈNE VIII.

A gauche, BAPTISTE, *seul.*
(*Il porte un balai, un plumeau, un seau et une cruche en zinc, et deux paires de draps. Il dépose tous ces objets en entrant.*)
Monsieur Benoit m'a dit de faire cette chambre, et de mettre des draps au lit... Cette chambre était donc habitée ? je l'igno-

ais... Tiens, c'est ma foi vrai, et ces fragments d'uniforme, dispersés çà et là indiquent suffisamment à quel régiment gracieux appartient la créature qui loge sous ces poutres : c'est une fille d'Ève ! une mangeuse de pommes.... (*Il furète dans la chambre.*) Voyons un peu... comme ce petit bonnet est coquettement placé sur cette bouteille !... comme ces fleurs et ces rubans attestent bien le passage d'une petite main capricieuse et mutine !... (*Il s'approche du lit.*) C'est là qu'elle a dormi, le lit conserve encore une empreinte voluptueuse dans laquelle on pourrait mouler une Vénus... Et monsieur Benoît s'imagine que je vais détruire cela... (*Avec dédain.*) Ah ! barbare ! Vandale ! Visigoth !... (*Il prend tout son attirail.*) Allons faire l'autre chambre... (*Il passe à droite; arrivé au milieu de la chambre, regarde de tous côtés, et éclate de rire.*) Ah ! ah ! quel admirable désordre ! rien n'est à sa place, tout est parfaitement dérangé... (*Il dépose tout ce qu'il tient.*) Quelle antithèse !... Là-bas, la grâce, la coquetterie... ici, la force, le travail... là-bas, des fleurs, des rubans... ici, des pipes, des papiers, de l'encre partout, jusque sur les draps... et je les changerais... jamais !... (*Il s'asseoit près du guéridon.*) Il y a beaucoup de besogne dans cette maison... dire que j'ai vingt-sept chambres à faire comme ça tous les jours.... ça me prend tout mon temps... (*Il regarde sur le guéridon.*) Tiens, monsieur Rodolphe a reçu les épreuves du Parfait Fumiste. (*Il prend les épreuves et se lève.*) Je vais les lui corriger et mettre un cent de virgules... (*S'asseyant à la table de droite et lisant.*) « Chapitre des ventouses. » (*Il continue à lire tout bas et corrige.*)

SCÈNE IX.

A gauche, M. BENOÎT, MARCEL, UN COMMISSIONNAIRE, *portant une malle ; à droite*, BAPTISTE, *travaillant.*

BENOÎT, *entrant le premier.*

C'est ici, monsieur; ça vous convient-il ?

MARCEL, *entrant.* *

Parfait ! admirable ! le Louvre en petit... (*Au commissionnaire.*) Déposez là cet objet... Prenez garde ! c'est un peu lourd. (*Il l'aide à mettre la malle à terre contre le lit.*)

BENOÎT, *à part, avec satisfaction.*

Ce jeune homme paraît avoir beaucoup de linge... Désirez-vous que je vous aide à ouvrir votre malle ?

MARCEL.

Je vous remercie bien... elle ne ferme pas... (*Il paie le commissionnaire qui sort.*)

BENOÎT.

Excusez-moi, monsieur, si je vous quitte, mais il y a en bas une jeune fille qui m'attend pour voir la chambre à côté...

MARCEL.

Bien le bonjour, que je ne vous retienne pas... (*Il le reconduit. Benoît sort. Redescendant.*) Une jeune femme près de moi !... c'est un cadeau de la Providence !

BAPTISTE. *

Vingt-deux fautes dans trois lignes !... O Guttemberg !...

SCÈNE X.

A gauche, MARCEL ; *à droite*, BAPTISTE.

MARCEL.

Oh ! j'ai une idée !... vite une vrille... (*Il en prend une dans sa malle en avoir retiré quelques toiles, des crayons, des pinceaux, qu'il pose sur le lit.*)

BAPTISTE.

Je crois que cette dame est rentrée... Ma foi, en ce moment, l'amour des belles-lettres est moins fort chez moi que la curiosité... (*Il se lève et colle son oreille à la cloison.*)

MARCEL.

Voilà mon affaire... (*Perçant la cloison.*) Grâce à cet observatoire, si cette personne est d'une architecture agréable...

BAPTISTE.

Je crois que je n'entends rien... (*Il colle son oreille à la cloison.*)

MARCEL.

Je transmettrai ses épaules à ma chaste Suzanne, qui n'en a pas encore... Je crois que ça avance...

BAPTISTE.

C'est singulier, la voix ne pénètre pas... (*Poussant un cri et se reculant en tenant sa joue à deux mains.*) Ah ! une bête ! un aspic !...

MARCEL, *reculant.*

Il y a du monde dans ce mur !... (*L'orchestre joue : Réveillez-vous, ma mie Jeannette.*)

SCÈNE XI.

A gauche, MARCEL ; *à droite*, BAPTISTE, MIMI, *un carton à la main*, BENOÎT.

BENOÎT, *entrant le premier.* **

Nous y voilà... (*Mimi entre et s'appuie sur le bois du lit.*) Asseyez-vous, mademoiselle, vous paraissez souffrir...

MIMI, *la main sur sa poitrine.*

Oui, de là... c'est quand je monte, mais ce n'est rien !... (*Elle pose son chapeau et son châle sur le lit.*)

MARCEL, *regardant à travers la cloison.*

Oh ! qu'elle est jolie ! voilà un cou qui fera joliment mon affaire.. Vite, profitons de l'inspiration... (*Il prend une toile, un crayon, s'assied contre la cloison et se dispose à travailler.*)

MIMI.

Voit-on clair ici ?

BAPTISTE.

Ah ! mademoiselle, le soleil en est le locataire assidu !

MIMI, *qui a été à la fenêtre, après avoir mis son carton sur le guéridon.* *

Il fera de l'orage, voyez-vous, ce soir... c'est un peu pour ça que je ne me sens pas bien...

BENOÎT.

Mademoiselle est couturière ?

MIMI.

Je fais des fleurs, monsieur.

BAPTISTE.

C'est une bien jolie profession... le printemps est votre confrère...

BENOÎT, *bas à Baptiste.*

Comment ! cette chambre n'est point faite ?

BAPTISTE.

Pardonnez-moi, monsieur, elle est faite au point de vue de l'art...

BENOÎT.

Hein ? voyons, dépêchez-vous...

BAPTISTE.

Oui, monsieur...

BENOÎT, *saluant.*

Mademoiselle, on va tout préparer... (*Il sort.*)

BAPTISTE, *reprenant tous ses ustensiles, à Mimi.*

Mademoiselle, si vous avez besoin de quelque chose, vous sonnerez... je n'y serai pas... je vais au cabinet littéraire en face ! (*Il sort.*)

SCÈNE XII.

A gauche, MARCEL, *travaillant* ; *à droite*, MIMI.

MIMI, *prenant dans son carton une garniture de fleurs.* **

Pourvu qu'on ne m'ait pas suivie !...Voyons, j'examinerai mon logement plus tard... je voudrais finir cette garniture avant la nuit... (*Elle s'assied près du guéridon et travaille.*)

MARCEL, *l'œil à la cloison.*

Diable ! elle a une robe bien montante, je ne vois pas même l'origine des épaules... il me faut des épaules !...

MIMI.

Il fait bien chaud ici... (*Elle ôte un petit fichu qui lui couvrait les épaules.*)

MARCEL, *avec un cri de joie.*

Ah ! les ravissantes courbes ! (*Il travaille.*)

MIMI.

C'est drôle... quand je souffre comme tout à l'heure, ça me rend triste tout de suite... il me semble que je ne rirai plus jamais... et tout ce que j'ai de chagrin me revient là... mais quand la douleur est partie, comme en ce moment, je ne pense plus qu'à ce qui peut me rendre heureuse... je ne pense plus qu'à lui, et mes chansons me reviennent aux lèvres.

Air *nouveau de M. J. Nargeot.*

Réveillez-vous, ma mie Jeannette,
Et mettez vos plus beaux habits,
C'est aujourd'hui le jour de fête,
Le jour de fête du pays !

MARCEL.

Oh ! la jolie petite voix !... Mais elle est charmante ! adorable !... J'en suis amoureux fou !... Et j'admire des lignes, au lieu d'en tracer de brûlantes !... (*Se levant et posant sa toile et son crayon sur la table.*) Vite, quelque chose à quatre-vingt-dix degrés. Richelieu !... Une plume, de l'encre !... (*Il court dans la chambre et aperçoit le bonnet.*) Un bonnet ! (*Il prend le bonnet.*) Il est venu un bonnet chez moi !... c'est-à-dire non, c'est moi qui suis venu chez le bonnet... Je me souviens, une pauvre fille qui ne payait pas... ce butor de maître d'hôtel m'a prévenu... (*Remettant le bonnet sur la bouteille.*) Oh ! c'est particulier !...

MIMI.

Le jour baisse... je n'aurai pas fini !

MARCEL.

Oh ! c'est particulier ! ce petit bonnet ressemble à Musette ; il a comme elle quelque chose de retroussé dans la physionomie... Qu'est-ce que c'est que ça ?... (*Trouvant une ceinture sur la cheminée.*) Une ceinture... juste ! la taille de Musette... Ah ! mon Dieu ! est-ce que... voyons donc... (*Il continue à fureter.*)

SCÈNE XIII.

LES MÊMES, RODOLPHE, puis BAPTISTE.

RODOLPHE, *en dehors, criant.*

Baptiste ! ma clef !

MARCEL.

Tiens !... (*Il écoute.*)

RODOLPHE.

Baptiste ! ma clef, animal !

MARCEL.

Je connais cet instrument humain...

RODOLPHE, *ouvrant la porte de gauche.*

Il n'y a donc personne ici ?

MIMI.

Oh ! il m'a semblé... (*Elle écoute.*)

MARCEL, *criant.*

Juste !

RODOLPHE, *entrant à gauche.*

Ah ! bah ! c'est toi ?

MARCEL.

C'est moi...

RODOLPHE.

C'est toi ! c'est moi ! c'est nous !... embrassons-nous !... Prête-moi cinq francs...

MARCEL, *lui donnant de l'argent.*

Les voilà !

RODOLPHE.

Je suis à toi !... (*Il va au fond en dehors et sonne à tour de bras.*)

MIMI.

Je suis folle !... mais je crois toujours le voir ou l'entendre...

BAPTISTE, *entrant à gauche.*

Me voilà, monsieur...

RODOLPHE.

C'est heureux !

BAPTISTE.

J'étais en face, je compulsais... Tiens, monsieur Marcel !...

RODOLPHE, *lui donnant l'argent.*

C'est bon... va-t'en et apporte ici de la nourriture pour cinq francs... (*Baptiste sort.*)

MARCEL.

Tu n'as donc pas dîné ?

RODOLPHE.

J'ai failli dîner... j'ai été sur le bord d'un potage, mais la police est venue le renverser... (*On entend sonner une demie.*) Et ce pauvre Schaunard, quand je pense qu'à l'heure qu'il est, il a onze heures de cabriolet... (*Il va s'asseoir dans le fauteuil.*)

MARCEL.

Ah ! qu'est-ce que c'est que ça !... autrefois j'ai eu quinze jours de bateau à vapeur... du reste, s'il avait l'idée de venir, je le tirerais d'embarras...

RODOLPHE.

Tu es donc millionnaire ?

MARCEL.

A peu près, j'ai deux mille francs de placés... là, dans ma malle... deux mille francs d'Auvergnats... Dieu ! qu'ils sont laids ! mais qu'ils paient bien !... Ah çà, mon ami, permets-moi de continuer mes recherches... je suis une piste... (*Il continue à fureter.*)

RODOLPHE.

Ne te gêne pas... Eh bien, vous êtes raccommodés ?

MARCEL.

Avec qui ?

RODOLPHE.

Avec Musette.

MARCEL.

Pourquoi ça ?

RODOLPHE.

Comment, pourquoi ça ?

MARCEL, *qui a trouvé et ouvert le petit coffre.*

Des lettres !...

RODOLPHE.

Eh bien, les tiennes !

MARCEL.

Bah !... et ce bonnet ?

RODOLPHE.

Le sien !

MARCEL.

Elle est ici !... Je m'en doutais !

RODOLPHE, *se levant.*

Tu ne l'as donc pas vue ?

MARCEL.

Mais non... on m'a loué cette chambre, on lui a donné congé

RODOLPHE.

C'est un tour du Benoît !

MARCEL.

Elle est partie !

RODOLPHE.

Elle reviendra... elle tient à tes lettres...

MARCEL.

Tu crois ?... Je vais attendre cinq minutes, et après j'irai chez Madeleine... elle me dira où est Musette... Consacrons ces cinq minutes à l'amitié... Tu loges ici ?

RODOLPHE.

Oui, là...

MARCEL.

Comment, là ? il y a une jeune fille !

RODOLPHE.

Allons donc !

MARCEL.

Regarde !

RODOLPHE, *allant regarder par la cloison, avec un cri.*

Ah !

MARCEL.

Quoi ?

RODOLPHE.

Mimi !

MIMI.

Qui m'appelle ?

RODOLPHE, *avec joie.*

C'est Mimi !

MARCEL.

L'enfant trouvé ?

MIMI, *se levant.*

Oh ! je ne me suis pas trompée ! (*Elle se rapproche de la cloison.*)

RODOLPHE, *revenant près de Marcel.*

Ah ! mon ami !

MIMI.

C'est sa voix !

RODOLPHE, *s'appuyant sur Marcel.*

Mes jambes ne me suffisent plus... prête-moi les tiennes...

MARCEL.

Je n'ai que celles-là, j'en ai besoin pour courir après Musette ; adieu ! (*Il se sauve.*)

RODOLPHE.

C'est drôle !... je n'ose pas entrer chez moi, chez... elle... Ah ! bah !... allons !... (*il sort.*)

MIMI, *écoutant.*

Je n'entends plus rien... Est-ce qu'il est parti ? (*Rodolphe frappe à la porte de droite. — Avec joie.*) Le voilà ! Entrez !

RODOLPHE, *entrant à droite.*

Mademoiselle...

MIMI, *lui tendant la main.*

C'est moi !

RODOLPHE.

Ah ! j'en étais bien sûr !... ma chère Mimi...

MIMI.

Vous ne m'avez donc pas oubliée ?

RODOLPHE.

Vous oublier ! oh ! je pensais trop à vous pour ça.

MIMY, *joyeuse.*

Oh ! la bonne providence, qui a bien voulu nous réunir !...

RODOLPHE.

Oui, c'est elle qui a voulu que je dusse deux termes, pour que mon propriétaire louât ma chambre à une autre personne... et que cette autre personne fût vous !

MIMI.

Ah çà, est-ce que vous n'êtes pas étonné de me voir ?

RODOLPHE.

Oh ! moi, je suis heureux, d'abord, je serai étonné tout à l'heure.

MIMI.

Vous ne me faites pas de questions ?

RODOLPHE.

A quoi bon ? vous êtes près de moi, le reste m'est égal.

MIMI.

Mais, moi, je ne veux pas que vous puissiez avoir de mauvaises idées... et je vais tout vous dire... (*Rodolphe lui donne une chaise, la fait asseoir, et s'assied à côté d'elle.*)

BAPTISTE, *entrant à gauche et apportant un panier de restaurateur plein de provisions.***

Voilà les comestibles... (*Regardant autour de lui.*) Personne ! (*Posant le panier près de la cheminée.*) Ça se tiendra chaud, si on fait du feu. (*Il sort.*)

MIMI *à Rodolphe.*

Et maintenant, écoutez-moi...

RODOLPHE.*

Donnez-moi vos mains, j'écouterai mieux.

MIMI.

Les voilà !

RODOLPHE, *lui prenant les mains.*

J'écoute !

MIMI.

Depuis ce jour où vous êtes venu, vous savez ?...

RODOLPHE.

Oui, pour vous demander en mariage ; une idée... qui n'a pas eu de succès.

MIMI.

Depuis ce jour-là, je n'ai pas cessé de penser à vous.

RODOLPHE.

Chère petite Mimi !

MIMI.

Ça vous semble peut-être drôle que je vous dise ça.

RODOLPHE.

Non, non, allez.

MIMI.

J'espérais toujours que vous reviendriez.

RODOLPHE.

Ma fortune n'était pas encore assez bien établie.

MIMI.

C'est ce que j'ai pensé. Un jour on me proposa d'entrer chez une vieille dame comme demoiselle de compagnie ; l'idée m'est venue qu'en quittant l'hospice j'aurais peut-être l'occasion de vous rencontrer, et j'ai accepté avec joie. Mais je n'ai pas tardé à me repentir, allez !

RODOLPHE.

Comment !

MIMI.

La dame chez qui j'étais recevait souvent la visite d'un vieux monsieur, et toutes les fois qu'il venait à la maison elle trouvait toujours un prétexte pour me laisser seule avec lui.

RODOLPHE.

Ah ! je comprends !

MIMI.

Ce monsieur me disait des choses... si vous saviez.

RODOLPHE.

Je les sais par cœur.

MIMI.

Enfin, hier quand je m'y attendais le moins, il m'a prise dans ses bras.

RODOLPHE.

Oh ! (*Il l'enlace.*)

MIMI.

Et il m'a embrassée...

RODOLPHE, *l'embrasse.*

C'est affreux !...

MIMI.

Madame est arrivée, et elle m'a dit que si une pareille scène se renouvelait, elle me chasserait.

RODOLPHE, *se levant.*

Ah ! c'est très-gentil.

MIMI, *se levant aussi.*

Moi, je n'ai pas voulu rester plus longtemps dans cette maison ; le soir... je me suis sauvée, et voilà comment je suis ici...

RODOLPHE.

Chère petite Mimi, ne craignez plus rien ! Autrefois je voulais vous épouser, aujourd'hui je vous adopte ! (*Après l'avoir embrassée.*) Voulez-vous me permettre de vous embrasser ?

MIMI.

Mais vous m'avez déjà embrassée une fois.

RODOLPHE.

Non, deux fois seulement.

MIMI.

Oh ! c'est différent. (*Rodolphe l'embrasse.*)

RODOLPHE.

Adieu, Mimi ; je vais faire mes malles, car il faut que je parte. (*Il ramasse ses papiers et les met dans sa malle.*)

MIMI.

S'il y avait deux chambres.

RODOLPHE.

Oui, mais il n'y en a qu'une...

MIMI.

Ah ! vous n'avez pas un ami à côté ?

RODOLPHE.

Il n'est pas seul, il est... marié ! (*La nuit commence à venir.*)

MIMI.

Eh bien, ce monsieur viendra ici avec vous, et moi, je passerai la nuit avec cette dame, ça revient au même.

RODOLPHE.

Non, Mimi, ça ne revient pas au même !... Je m'en vais. (*Il remonte.*)

MIMI, *allant à la fenêtre.**

Ah ! il pleut à verse.

RODOLPHE.

Ce n'est qu'une pluie d'orage, il ne pleuvra plus après demain.

MIMI.

S'il faisait jour...

RODOLPHE.

Oui, mais il fait nuit... Je dirai qu'on vous envoie de la lumière.

SCÈNE XIV.

LES MÊMES, à droite ; à gauche MARCEL, *entrant brusquement la chandelle à la main. (Le jour se fait dans la chambre de gauche.)*

MARCEL.*

Pas de Musette ! Je suis imbibé. (*Il ferme sa porte avec fracas, met sa chandelle sur la cheminée, et secoue son chapeau.*)

MIMI, *à Rodolphe qui allait sortir.*

Il me semble que ce monsieur est rentré.

RODOLPHE.

Vous croyez ? (*Appelant.*) Est-ce toi, Marcel ?

MARCEL.

Tiens, tu es là toi, gaillard ?

RODOLPHE.

Oui !

MARCEL.

Tu es deux ?

RODOLPHE.

Oui ; aussi je déménage, j'attends que l'averse soit calmée.

MARCEL.

Je n'ai pas retrouvé Musette ; si tu veux venir loger avec moi...

MIMI.

Quel bonheur !

RODOLPHE.

Que le diable t'emporte !

MARCEL.

Ah ! bon ! compris.

MIMI.

Comment ?

RODOLPHE.

Rien, rien... (*A part.*) Il faut partir. (*Bruit dans l'escalier.*)

MUSETTE, *criant en dehors.*

Il me faut mes lettres !

MARCEL.

C'est Musette ! (*Il court à la porte ou il ouvre.*)

SCÈNE XV.

A gauche, MARCEL, MUSETTE, BENOIT; *à droite,*
RODOLPHE, MIMI.

MUSETTE, *se jetant dans les bras de Marcel.*

Marcel!

MARCEL.

Quelle chance!... (*Il la fait asseoir à gauche.*)

BENOIT, *entrant à gauche.*

Madame, c'est scandaleux; vous n'êtes plus ici chez vous.

MARCEL.

C'est juste! madame est chez moi. (*Allant près de la cloison et criant.*) Je te reprends mon hospitalité, Rodolphe.

BENOIT.

Comment! M. Rodolphe aussi... Ah! c'est trop fort. (*Il sort. Marcel ferme la porte sur lui.*)

MIMI, *avec effroi.*

Il vient ici, il va vous faire une scène. (*Elle ferme vivement la porte.*)

BENOIT, *en dehors, frappant à la porte de droite.*

Sortez, monsieur, vous n'êtes plus chez vous.

RODOLPHE.

Non, je suis chez mademoiselle.

BENOIT.

C'est scandaleux!

RODOLPHE.

Calmez-vous, je lève l'ancre.

MARCEL.

Et maintenant, soupons. (*Aidé de Musette il met les provisions sur la table qu'il a placée au milieu; ils s'asseyent de chaque côté de la table, et soupent.*)

MUSETTE.

Ah! et Rodolphe?... (*Elle va se lever.*)

MARCEL, *la relevant.*

Il ne soupera pas.

RODOLPHE.

Adieu, Mimi.

MIMI.

Vous partez?

RODOLPHE.

Je vais vous envoyer Musette et prendre sa place. (*A part.*) Ça ne reviendra pas au même comme je le disais, mais enfin! (*Haut.*) Voyez-vous, Mimi, je pourrais peut-être rester en vous compromettant bien, car je tiens ordinairement ma parole; mais j'ai vingt-deux ans et vous dix-huit, ô Mimi, et... Je m'en vais... (*Il remonte.* — *L'orchestre joue un fragment du finale du 2me acte du Barbier.*)

MIMI.

Nous ne nous verrons plus que demain. (*Rodolphe l'embrasse et sort en emportant sa malle.*)

MIMI, *redescendant après avoir fermé la porte.*

Heureusement les nuits sont courtes.

RODOLPHE, *en dehors frappant à la porte de Marcel*

Marcel, ouvre-moi!

MARCEL.

Hein?

RODOLPHE.

Il le faut!

MUSETTE.

Vous vous moquez du monde.

RODOLPHE.

Marcel, ne consulte pas Musette, consulte la morale.

MARCEL, *se levant et rangeant la table dans un coin.*

Je ne consulte que mon cœur, je n'ouvre pas. (*Il se met aux genoux de Musette.*)

RODOLPHE.

Pas de bêtises. (*Il frappe plus fort.*)

MARCEL, *criant.*

La porte à côté! (*Il embrasse Musette.* — *Mimi est près du lit. On frappe doucement à sa porte.*)

RODOLPHE, *en dehors, à voix basse.*

Mimi... c'est moi! (*Mimi reste tout interdite.* — *Le rideau baisse.*)

ACTE III.

CHEZ MUSETTE.

Un salon. — Portes au fond, à gauche et à droite. — De chaque côté du théâtre, une causeuse. — Contre celle de gauche, un guéridon. — A gauche, une table. — Cheminée à gauche au premier plan. — Au fond à droite, une console. — Chaises, fauteuils, un petit tabouret.

SCÈNE I.

MUSETTE, MIMI. (*Au lever du rideau, Musette lit et fume, étendue sur la causeuse de droite; Mimi, sur celle de gauche, termine une couronne.*)

MUSETTE.

Ah çà! tu travailleras donc toute la vie, toi?

MIMI.

Ah! laisse donc, quand je viens te voir, je ne fais rien du tout! je travaille bien plus que ça dans notre petite chambre.

MUSETTE.

Tu te tueras; tu n'es pas déjà si bien portante, et depuis que je te connais, je ne t'ai pas vue te reposer un jour.

MIMI.

Dame, Rodolphe n'est pas riche.

MUSETTE, *se levant.*

Et pourquoi n'est-il pas riche? C'est bête les hommes qui n'ont pas le sou.

MIMI, *se levant aussi.*

Ah! Musette!...

MUSETTE.

C'est vrai, ça; avec eux, il faut toujours compter.

MIMI.

Il me semblait pourtant que vous ne comptiez guère.

MUSETTE.

Tu crois ça? Eh bien, ma petite, depuis la naissance des deux mille livres que tu sais, nous avons vécu comme des pingres.

MIMI.

Vous, avec un domestique?

MUSETTE.

Baptiste?... Est-ce que c'est un domestique sérieux? Il n'est bon à rien; il n'a pas même... (*étourdiment*) l'intelligence des billets doux.

MIMI, *étonnée.*

Comment?...

MUSETTE.

Rien, je te conterai ça.

MIMI.

Dis donc, Musette, tu te souviens le lendemain du jour où tu avais retrouvé Marcel, tu lui as donné un joli pot de pensées?

MUSETTE.

Oui.

MIMI.

Vous vous étiez promis de vous aimer tant que vivraient les fleurs. Tu ne voulais pas t'engager pour davantage.

MUSETTE.

C'est vrai.

MIMI.

Mais quelques jours après, tu arrosais les pensées en cachette pour les empêcher de mourir.

MUSETTE.

Oui; je regrettais même de ne pas avoir choisi des immortelles.

MIMI, *tout bas.*

Est-ce que tu n'arroses plus tes pensées?

MUSETTE, *embarrassée.*

Mais.., je crois que...

MIMI.

Est-ce que tu n'aimes plus Marcel?

MUSETTE.

Si, c'est un bon garçon; mais il n'arrive à rien.

MIMI.

Il arrivera...

MUSETTE.

Eh bien, quand il arrivera, je serai peut-être revenue.

MIMI.

Que veux-tu dire?

MUSETTE, *riant.*

Tiens, ne fais pas attention, je suis dans mon jour d'ambition; le vent est aux cachemires...

MIMI, *passant à droite.*

Oh! plus bas; Marcel est là avec Rodolphe... (*Elle montre la chambre à droite.*) S'il t'entendait?... (*Elle met sa couronne dans son carton, qui est sur la console, et revient près de Musette.* — *A mi-voix.*) Voyons, Musette, n'aie pas de ces vilaines idées-là... Ce pauvre garçon, si tu le trompais... il serait capable d'en mourir.

MUSETTE, *riant, et à part.*

Il y a longtemps qu'il serait mort... (*Haut.*) Est-ce que tu crois qu'on meurt d'amour, toi ?

MIMI.

Mais oui. Quand Rodolphe me quittera, je mourrai, vois-tu, j'en suis bien sûre. (*Comme à elle-même.*) Pourvu que je ne meure pas avant.

MUSETTE.

Ah ! mon Dieu ! que tous ces gens-là sont donc gais !...

MIMI.

Pardonne-moi.

MUSETTE.

Non, au fait, c'est moi qui suis une égoïste ; mais ce n'est pas ma faute. L'ennui me tue, je ne peux pas le supporter. Le bon Dieu m'a faite comme ça.

AIR : *Assez dormir, ma belle.*

J'aime ce qui rayonne,
J'aime ce qui résonne !
L'or aux reflets joyeux !
Tout ce qui dans la vie
Eclate en poésie
Pour l'oreille et les yeux.

J'aime la folle ivresse
Qui ranime sans cesse
L'amour et le désir,
Et les ardentes fièvres
Qui font fleurir aux lèvres
Les roses du plaisir.

J'aime ce qui rayonne, etc.

MIMI.

Eh bien, aujourd'hui tu devrais être heureuse, puisque vous donnez une soirée.

MUSETTE.

Ça une soirée ? Il n'y a pas seulement un mylord à la porte. Les invités arrivent à pied et s'en vont sur la tête. (*Riant.*) Je t'ai dit que j'étais dans mon mauvais jour ; mais c'est fini ; et, quoi qu'il doive arriver, je serai encore Musette... (*A part.*) Au moins jusqu'à demain matin.

MIMI.

Oui, va, ne pense plus à ça, et aime bien Marcel, puisqu'on ne t'en empêche pas.

MUSETTE.

Eh bien ? est-ce qu'on veut t'empêcher d'aimer Rodolphe ?

MIMI, *troublée.*

Non... non... (*A part.*) D'ailleurs on aurait beau faire... (*Musette va s'asseoir sur la causeuse de gauche.*)

SCÈNE II.

LES MÊMES, BAPTISTE, *entrant par le fond, une lettre à la main.*

BAPTISTE. *Il s'approche de Mimi, bas.* *

Mademoiselle, une lettre de M. Durandin... Chut !... (*Il la lui donne en cachette.*)

MIMI, *à part.*

Encore !... (*Elle cache la lettre.*)

BAPTISTE, *qui s'est approché de Musette, bas.*

Mademoiselle, le piqueur de Mylord est en bas. (*Mimi lit tout bas.*) « Si vous vous décidez... ce soir, à onze heures, à la petite porte, un coupé bai, deux chevaux bleus... » (*Se reprenant.*) Non, c'est le...

MUSETTE, *éclatant de rire.*

Mon Dieu ! qu'il est donc bête, ce Baptiste !... (*Baptiste se rapproche de Mimi.*)

MIMI, *à part.*

Moi, oublier Rodolphe ! est-ce que je peux ? (*Bas, à Baptiste, en lui remettant la lettre.*) Vous rendrez cette lettre à monsieur Durandin, comme vous avez dû lui rendre les autres. C'est ma seule réponse.

BAPTISTE.

Fort bien, mademoiselle. (*A part.*) Je sais ce qu'il me reste à faire. (*Marcel et Rodolphe sortent de la chambre à droite. — Marcel relit un papier, Rodolphe va à Mimi.*)

MIMI, *à Rodolphe, en prenant son carton sur la console.* *

Je vais reporter cette couronne au magasin, entends-tu ? Adieu. (*Rodolphe l'embrasse, et elle sort par le fond.*)

SCÈNE III.

RODOLPHE, MARCEL, MUSETTE, BAPTISTE.

MARCEL, *lisant.* **

Le souper sortira des fourneaux de Chevet, les sorbets des glacières de Blanche, les fleurs de chez madame Prévost. (*A Musette.*) Qu'en penses-tu ?

MUSETTE.

Ce n'est pas mal.

MARCEL.

Et toi, Rodolphe ?

RODOLPHE.

Ça me paraît mythologique, éblouissant ; mais cette réjouissance artistique va coûter fort cher.

MARCEL.

Quatre cents francs tout au plus !

MUSETTE, *se levant.*

Une misère !...

RODOLPHE.

Diable !... vous êtes donc encore bien riches ?

MARCEL.

Dame ! depuis deux mois que nous vivons avec tant d'économie...

MUSETTE.

Ça, c'est bien vrai ! (*Baptiste s'est assis sur la causeuse de gauche et lit.*)

RODOLPHE, *riant.*

Le strict superflu.

MARCEL.

Laisse donc. Je n'ai pas même d'habit noir ; il va falloir que je m'en procure un pour recevoir le gilet blanc du critique influent ; mais nous n'avons pas de temps à perdre. Baptiste !

BAPTISTE, *se levant et quittant son livre.* *

Monsieur...

MARCEL, *lui donnant un papier.*

Voici une liste de commandes, n'oubliez rien.

BAPTISTE.

Non, monsieur, je n'oublie jamais rien. (*Fausse sortie.*) Ah ! à propos, j'oubliais... voici un papier qu'on vient de me remettre... c'est pour madame. (*Il le donne à Musette.*)

MUSETTE. **

Encore ?

MARCEL.

Qu'est-ce que c'est ?

MUSETTE.

Des imprimés, des prospectus de magasins de nouveautés... je ne les lis jamais. (*Elle donne le papier à Marcel et va s'asseoir sur la causeuse de droite. — Baptiste s'est rassis sur celle de gauche et a repris sa lecture.*)

MARCEL, *ouvrant le papier.*

Ah ! bon !... ah ! bien !... ah ! très-bien !...

RODOLPHE, *regardant le papier.*

Mais c'est du papier timbré !

MUSETTE.

Du papier timbré !

MARCEL, *à Musette.*

Ils sont drôles, tes magasins de nouveautés ; écoute comme ils s'expriment : L'an mil huit cent quarante-six, le 25 octobre, à la requête de... ton tapissier... »

MUSETTE, *se levant.*

Qu'est-ce que ça veut dire ?

MARCEL.

Ça veut dire que tu croyais tes meubles payés et qu'ils ne le sont pas... voilà.

MUSETTE, *à part.*

Ah ! fi ! un vicomte... (*Haut.*) Je suis saisie !

MARCEL.

Pas encore, ce n'est que pour demain matin.

RODOLPHE

Ah ! bien, alors...

MARCEL, *passant près de Baptiste.* *

Mais comment n'avons-nous rien su de tout ça ? Quand donc est-on venu saisir ? (*Musette s'est rassise.*)

BAPTISTE, *sans se lever.*

Saisir ? Ah ! j'y suis. Il y a quelques jours, comme j'étais seul à la maison, un monsieur très-maigre, avec un habit très-gras, est venu faire ici un inventaire au nom de la loi.

MARCEL, *à Baptiste.*

Pourquoi n'as-tu rien dit ?

BAPTISTE.

Oh ! je n'ai pas attaché d'importance.

MARCEL.

Il va falloir payer !... Nous donnerons un à-compte ; ça va déranger nos plans d'économie... enfin ! Voyons un peu où nous en sommes. (*A Baptiste.*) Baptiste, va chercher le coffre-fort.

BAPTISTE *se levant.*

Oui, monsieur. (*Il sort par la gauche.*)

SCÈNE IV.

LES MÊMES, COLLINE, *entrant par le fond.*

RODOLPHE. **

Ah ! voilà Colline. (*Musette se lève.*)

COLLINE.

Bonjour, mes amis. (*Passant près de Musette.*)*** Souffrez que je vous baise la main... (*il l'embrasse au visage*) sur la personne de votre joue.

BAPTISTE, *rentrant et apportant un coffret qu'il pose sur le guéridon.*

Monsieur, il est bien léger. (*Musette passe près du guéridon.*)

MARCEL. ***

C'est qu'il n'y a plus que des billets... Colline, tu vas assister à l'autopsie.

MUSETTE, *qui a ouvert le coffre.*

Ah !

MARCEL.

Qu'est-ce qu'il y a ?

MUSETTE.

Il n'y a rien du tout.

BAPTISTE.

Pardonnez-moi, il y a une araignée... Araignée du matin, chagrin.

MARCEL.

Mais nous n'avons pas pu dépenser deux mille francs en deux mois... Il faut vérifier les comptes de dépenses... Baptiste, apportez la tenue des livres.. (*Baptiste sort par la gauche en emportant le coffret.*) Nous retrouverons l'erreur.

COLLINE.

Oui; mais nous ne retrouverons pas l'argent !

MUSETTE, *avec aigreur.*

Ce n'est toujours pas ce que l'on m'a acheté qui a pu...

MARCEL.

Musette, des reproches !

MUSETTE.

Moi ! il y avait de l'argent, il n'y en a plus, que m'importe ! je n'en ai pas besoin. (*Elle passe à droite, et va se rasseoir sur la causeuse.*)

BAPTISTE, *rentrant et apportant un énorme registre.*

Voilà, monsieur. (*Il le pose sur le guéridon, puis il se rassied sur la causeuse de gauche et fume une cigarette.*)

MARCEL.*

Voyons (*Il ouvre le registre.*) Le 22 août, reçu en caisse 2,000 fr. Du 23—dépenses — une pipe turque, 25 fr. — Rachat de deux petits Chinois condamnés à être jetés dans le fleuve jaune, 2 fr. 50.

COLLINE.

Cette nécessité de racheter des Chinois... si du moins ils avaient été à l'eau-de-vie...

MARCEL.

Du 24, dîner à quarante sous, Musette et moi, 22 francs. — Du 25, donné 5 francs à Baptiste sur ses gages, (*Baptiste fait un signe affirmatif.*) — Du 26, donné 6 francs à Baptiste. (*Nouveau signe de Baptiste.*)

MUSETTE, *se levant.*

On lui a donné bien souvent, à Baptiste.

MARCEL.

Du 27, un singe, 70 francs, un perroquet 150 francs.

COLLINE.

Un singe !

RODOLPHE.

Un perroquet ! je ne vous en ai jamais connu.

MARCEL.

Dès le premier jour de leur installation, le singe est mort d'indigestion pour avoir mangé le perroquet. — Du 28, donné à Baptiste...

TOUS.

Ah !

MARCEL.

3 francs 10 sous. (*Fermant le registre.*) Il n'y a plus rien de marqué.

RODOLPHE.

Du reste, c'est clair, si ça a été longtemps comme ça. (*Baptiste se lève.*)

MUSETTE.

Oui, ça s'explique ; on a tout donné à Baptiste ! Mais qu'est-ce qu'il fait donc de tant d'argent ?

RODOLPHE.

Il a un vice secret, bien sûr !

COLLINE.

Il protège une danseuse !

MARCEL.

Allons, la situation se dessine : le tapissier n'aura pas d'à-compte, mais il faut donner notre fête superbe.

COLLINE.

A propos, il faut que vous me prêtiez une cravate blanche pour vous faire honneur.

MARCEL.

Volontiers ; mais tu me prêteras ton habit noir pour que je fasse honneur à ta cravate blanche.

COLLINE.

Mon habit ! pourquoi ne mets-tu pas le tien ?...

MARCEL.

Il n'a qu'un pan !

COLLINE.

Oh !... étant bien brossé !... Et puis d'ailleurs, qu'est-ce que je mettrai, moi ?

MARCEL.

Je te permets de venir en négligé.

RODOLPHE, *riant.*

Tu ne resteras, qu'un moment.

MARCEL.

Le temps de voir le coup d'œil.

COLLINE.

Vous êtes charmants ! prêter mon habit noir ! Il faut donc que je vienne en bras de chemise ?

MUSETTE.

Ça ne fait rien, vous passerez pour un domestique.

RODOLPHE.

Un fidèle serviteur.

MARCEL.

Tandis que moi, tu comprends ? les convenances ? (*Lui ôtant son habit.*) Allons, fais voir un peu à ces messieurs comme tu imites bien saint Martin.*

COLLINE, *se débattant.*

Mais non, mais non ; d'ailleurs, j'en ai besoin. Il faut que j'aille donner une leçon à un prince indien qui est venu à Paris pour apprendre l'arabe. (*Il passe près de Musette. Marcel est sorti par la gauche en emportant l'habit.*)

MUSETTE.*

Un prince indien ! A-t-il des diamants ?

COLLINE.

Plein le corps... il en est grêlé.

MUSETTE.

Il faut l'apporter à notre fête.

COLLINE.

Je tâcherai.

MUSETTE.

On y mettra les bougies... il servira de lustre.

MARCEL, *rentrant.* — *Il a mis l'habit de Colline, et lui donne une vieille houppelande.***

Tiens, voilà un autre vêtement, c'est bien plus solennel qu'un habit. (*Il l'aide à l'endosser.*)

COLLINE, *passant près de Musette.*****

Dites donc, Musette, est-ce que ça me va bien cette enveloppe ?

MUSETTE.

Parfaitement. (*Elle étouffe de rire. Bas à Marcel, qui est auprès d'elle.*)***** Il a l'air d'un cocher qui a perdu sa voiture.

MARCEL, *embrassant Musette.*

Ta gaieté est donc revenue ? Tu m'as fait de la peine tout à l'heure.

MUSETTE, *touchée.*

Pauvre garçon ! (*A part.*) Au fait, il sera toujours temps. (*Elle passe à gauche.*)

SCÈNE V.

LES MÊMES, SCHAUNARD. (*Il arrive par le fond tout essoufflé.*)

SCHAUNARD.

Mes amis, offrez-moi un siége, que je me trouve mal. (*Marcel lui donne une chaise au milieu; il s'assied.*) Baptiste, un tabouret pour mes pieds. (*Baptiste le lui apporte — S'étalant.*) Dieu ! qu'on est bien !... Si vous saviez ce qui m'arrive... je dois être tout pâle.

BAPTISTE.**

Non, Monsieur, vous êtes tout jaune.

SCHAUNARD.

Baptiste, prenez la fuite. (*Baptiste sort par le fond...*)*** Tout aune... ça se voit déjà, c'est Phémie qui m'a teint de cette couleur.

MUSETTE.

A propos de Phémie, où donc est-elle?

SCHAUNARD.

Vous ne la verrez plus, j'ai rompu avec elle.

MUSETTE.

Rompu!

SCHAUNARD.

Oui, rompu ma canne... une canne superbe en bois des Iles... le jonc et le bambou ne suffisaient plus.

RODOLPHE.

Mon pauvre Schaunard! Phémie t'a encore...

SCHAUNARD.

Toujours... c'est une habitude... Voici la chose...

TOUS.

Voyons! (*Marcel s'assied sur la causeuse de droite. — Musette s'assied sur le bras de la causeuse, à côté de lui. — Colline se place sur le petit tabouret où Schaunard met ses pieds — Rodolphe reste debout.*)

SCHAUNARD.****

J'avais remarqué que les goûts belliqueux de Phémie se développaient de plus en plus; son cœur n'était plus une caserne, c'était un camp. Ce matin, comme j'entrais chez elle, je fus assailli par des soupçons; quelque chose me disait qu'il était venu de la troupe pendant mon absence; j'interroge Phémie avec mon bois des Iles, et, dans la chaleur de la discussion, elle laisse tomber de sa poche une preuve de son crime. Et cette preuve, la voilà. (*Il tire de sa poche un pompon d'artilleur.*)

MUSETTE.

Qu'est-ce que c'est que ça?

SCHAUNARD.

C'est un pompon... il appartient à l'artillerie... Mon bois des Iles prend de nouveau la parole, et Phémie m'avoue qu'en effet elle a reçu la visite de son parrain, soldat dans le train. Ça sent la poudre, lui dis-je, malheureuse!... Une jeune personne qui reçoit du canon dans une maison honnête, c'est scandaleux!.. En achevant ces mots, mon bois des Iles se casse en deux, j'en offre les morceaux à Phémie pour souvenir de moi, et je la quitte à jamais en emportant cet ornement guerrier. Voilà ce qui fait que je n'ai plus ni Phémie ni ma canne! (*Tous se lèvent et rangent les siéges.*)

COLLINE.

Pauvre garçon!

RODOLPHE.*

Phémie lisait trop souvent les Victoires et Conquêtes.

MARCEL.*

Ah çà, mais c'est donc le diable qui s'en mêle aujourd'hui. (*Musette s'est assise sur la causeuse de gauche, Rodolphe est à côté d'elle, accoudé à la cheminée.*)

SCHAUNARD.

Qu'est-ce qui vous arrive?

MARCEL.

Le papier timbré s'est introduit dans nos lares.

MUSETTE, *riant.*

Tous mes meubles sont sous le glaive de la loi.

SCHAUNARD.

Vraiment? (*Avec reproche.*) Aussi quelle imprudence d'avoir des meubles chez soi. Comment allez-vous faire?

MUSETTE.

C'est la besogne du hasard.

MARCEL.

Le plus embarrassant c'est que nous n'avons pas le sou et que l'exécution du programme de notre fête réclame quatre cents francs (*Il montre un papier.*)

Quatre cents francs, mais c'est une tranche du Pérou! (*Prenant le papier et passant près du guéridon.***) Donne-moi ton programme. (*Il lit.*) Des glaces, pour cent francs de glaces, voilà qui est nouveau des glaces. Je les supprime; les personnes qui en voudront, pourront en apporter. (*Il efface avec son crayon.*) Ça fait déjà cent francs d'économie.

MARCEL.

Restes à trois cents!

SCHAUNARD.

Que vois-je? des truffes partout, dans tout. Chevreuil, faisan, saumon, homard... Pourquoi pas la baleine tout de suite? Ah çà, mais c'est une arche de Noë que ton souper, on y trouve tous les animaux. . (*Il a écrit tout en disant ces mots.*) C'est arrangé, je remplace les truffes, le homard, le faisan, etc., par une charcuterie variée, ton souper coûtera dix francs. Divertissements, éclairage et rafraîchissement, dix francs. Total vingt francs, ça se trouve vingt francs, on a bien trouvé l'Amérique.

MARCEL.

C'est ça... En chasse!

TOUS.

En chasse! (*Rodolphe remonte.*)

MUSETTE, *se levant.*

Je sors avec vous.

MARCEL.

Où vas-tu?

MUSETTE.

On m'a parlé de velours à huit francs le mètre... Il faut voir ça... (*Elle met son châle et son chapeau.*)

MARCEL.

Ah! très-bien.

MUSETTE.

Marcel, votre bras.

MARCEL.

En chasse!

TOUS.

En chasse!

ENSEMBLE.

AIR : *Le vin, le jeu, les belles.* (Robert-le-Diable)
Comme toujours, faisant cause commune,
Et du plaisir, hardis aventuriers,
Pour rencontrer les pas de la fortune,
De la cité parcourons les quartiers.

(*Ils sortent par le fond. Rodolphe va sortir le dernier : Baptiste qui est entré par la gauche le retient.*)

SCENE VI.
BAPTISTE, RODOLPHE.

BAPTISTE. *

Monsieur, un mot, s'il vous plaît.

RODOLPHE.

Que me veux-tu?

BAPTISTE.

Depuis ce matin, je guette une occasion pour vous parler en particulier. (*Lui montrant des lettres.*) C'est une trouvaille que j'ai faite, monsieur.

RODOLPHE.

Des lettres?

BAPTISTE.

Oui, monsieur... adressées à mademoiselle Mimi...

RODOLPHE.

Donne... (*Il prend les lettres.*)

BAPTISTE.

Je puis compter que vous ne direz pas que c'est moi qui...

RODOLPHE.

Sois tranquille... Laisse-moi...

BAPTISTE.

Oui, monsieur. (*A part.*) Ma foi, puisque monsieur Durandit m'a prouvé qu'il y allait de l'avenir de monsieur Rodolphe, la littérature m'absorba. (*Il sort par le fond.*)

SCENE VII.
RODOLPHE, *seul; il a parcouru les lettres.*

Que signifient ces lettres? Des offres, des promesses, si elle veut me quitter; pas de signature... On lui dit de m'éloigner, de m'engager à aller jeudi au bal de madame de Rouvre... Et elle ne m'a rien dit, elle est peut-être tentée d'accepter. Oh! non, cela ne se peut pas... Et pourtant, si cette vie de privations devait la tuer? (*Mina entre par le fond.*) C'est elle!...(*Il cache les lettres.*)

SCENE VIII.
RODOLPHE, MIMI.

MIMI. **

Ah! tu n'es pas sorti! tant mieux.

RODOLPHE.

Est-ce que tu as à me parler?

MIMI.

Non ; j'ai à l'embrasser... (*Rodolphe l'embrasse.*) Je suis ennuyée... On ne m'a pas payée au magasin... C'est la troisième fois, c'est comme un fait exprès. Madame est sortie, elle croit que j'ai des rentes.

RODOLPHE.

Ne te chagrine pas...

MIMI.

O le vilain argent !.. comme on serait heureux si on n'en avait pas besoin !

RODOLPHE.

Oui, tu as raison, c'est la source de tous les chagrins ; je crains bien que Marcel ne s'en aperçoive bientôt à l'égard de Musette... Car, encore une fois, elle regrette sa vie passée.

MIMI, *avec contrainte.*

Oh ! tu peux te tromper.

RODOLPHE.

Après ça, nous serions égoïstes si nous exigions que vous nous restiez fidèles. Dans les premiers temps, on se dit : Patience ; les jours meilleurs viendront peut-être ; mais ces jours-là sont si longs à venir que vous vous lassez de les attendre ; puis, un soir qu'on est seule, triste, maussade, assise au coin de l'âtre sans feu, l'amour s'endort, l'ambition s'éveille, et l'on entrevoit en imagination ces paradis de luxe et de plaisir où ceux qui sont riches peuvent faire entrer celles qui sont belles.

MIMI.

Pourquoi me dis-tu cela ?

RODOLPHE.

Parce que c'est la vérité...L'amour est un sentiment frileux qui meurt dans une chambre où le thermomètre descend au-dessous de zéro. Ah ! la pauvreté, c'est la mort de tout.

MIMI, *prenant la main de Rodolphe.*

Pourquoi me dis-tu cela ?

RODOLPHE.

Tu m'aimes bien, Mimi ?

MIMI.

Peut-on le demander ?...

RODOLPHE.

Oui, aujourd'hui tu m'aimes bien, je le crois.

MIMI.

Aujourd'hui plus qu'hier, et demain plus qu'aujourd'hui, et toujours comme ça jusqu'à la fin.

RODOLPHE.

De la fin.

MIMI.

Du monde.

RODOLPHE.

Ne t'engage pas trop ; qu'est-ce qui sait ?

MIMI.

Tu doutes de ce que je te dis ; qu'est-ce que je t'ai fait ?... (*Elle tousse et va s'asseoir sur la causeuse de droite.*)

RODOLPHE, *à part.*

Encore cette toux ! (*Haut.*) Écoute, ma fille, tu es bonne et dévouée ; mais comme je ne veux pas que tu me trompes plus tard, je ne veux pas te tromper aujourd'hui ; nous allons entrer en pleine misère, et demain c'est l'hiver.

MIMI, *riant.*

L'hiver, le carnaval, mardi gras... (*lui tapant les joues*) nous ferons des crêpes et t'en auras.

RODOLPHE.

Musette aussi était comme toi dans les commencements ; elle riait au nez de la misère et se passait bien de dîner ; mais un jour est venu où elle n'a point su se passer de rubans.

MIMI.

Je ne suis pas Musette.

RODOLPHE.

Pour toi, si frêle, si délicate, notre vie est pleine de dangers... Oh ! vois-tu, Mimi, je t'aime tant, que plutôt que de te voir malheureuse avec moi, j'aimerais mieux, oui ! j'aimerais mieux te voir heureuse avec un autre.

MIMI.

Et c'est comme ça que tu m'aimes ?

RODOLPHE.

Pardonne-moi... c'est un pressentiment... mon cœur bat comme un tocsin, qui sonne l'approche d'un malheur... (*Mimi tousse dans son mouchoir.*) Tu souffres davantage ?

MIMI, *se levant.*

Non... tu t'effrayes pour rien. Cet automne encore tu avais peur. Eh bien ! les feuilles sont tombées...

RODOLPHE, *à part.*

Pas toutes...

MIMI, *gaiement.*

Tu vois bien, c'est des bêtises, je n'y crois pas... Et puis d'ailleurs, si j'étais malade de la maladie qui fait mourir avec les feuilles jaunes, nous irions demeurer dans un bois de sapins... les feuilles y sont toujours vertes !

RODOLPHE, *la serrant contre son cœur.*

O ma chère Mimi ! tu es au monde tout ce que j'aime et tout ce qui m'aime peut-être... tu es ma jeunesse et ma poésie vivante... Pourtant je le dis encore, réfléchis, et quoi qu'il arrive, d'avance je te pardonne... (*Musique à l'orchestre.*)

MIMI.

Tais-toi !... (*Elle embrasse Rodolphe, Baptiste paraît, entrant par la gauche.*)

BAPTISTE, *à part.*

Ah ! il paraît que ça n'a pas pris.

RODOLPHE.

Adieu, à bientôt ! (*Il sort par le fond.*)

SCÈNE IX.

MIMI, BAPTISTE, puis DURANDIN.

MIMI.

Qu'a-t-il donc ? et que signifient ses paroles ?

BAPTISTE, *à part.*

Le neveu est sorti, l'oncle peut entrer. (*Il va à la porte de gauche et fait un signe au dehors. Durandin paraît.*)

BAPTISTE, *bas à Durandin.*

Monsieur, l'histoire des lettres n'a rien produit.

DURANDIN, *bas.*

C'est bien, va-t'en... (*Baptiste sort par le fond.*)

MIMI, *se retournant.*

Quelqu'un !

DURANDIN.

Bonjour, mademoiselle...

MIMI.

Monsieur...

DURANDIN.

Vous ne me connaissez pas ? je vais me faire connaître... Je serai bref, nous avons peu de temps à causer, car je ne veux pas que l'on sache que je suis venu... Ainsi, vous entendez, pas un mot à mon neveu...

MIMI.

Vous êtes l'oncle de Rodolphe ?

DURANDIN, *s'asseyant sur la causeuse de droite.*

Il y a apparence... Pourquoi n'avez-vous pas répondu à mes lettres, mademoiselle ?

MIMI.

Dame ! vous voulez que je quitte Rodolphe... si vous croyez que c'est facile...

DURANDIN.

Je vous aiderai... Voyons, ne jouons pas la comédie... Combien vous faut-il ?

MIMI.

Mais je ne vous demande rien.

DURANDIN.

C'est trop cher... (*Il fouille dans son portefeuille.*) Voulez-vous deux mille francs ?

MIMI.

Deux mille francs ? pourquoi faire ?

DURANDIN.

Pour que vous nous laissiez tranquilles, mon neveu et moi...

MIMI.

Mais je ne le tourmente pas, monsieur ; je l'aime, voilà tout. Il ne m'a pas défendu de l'aimer...

DURANDIN.

Eh bien, moi, je vous le défends. Voulez-vous trois mille francs ?...

MIMI.

Mais non.

DURANDIN.

Ça n'en vaut pas la peine, n'est-ce pas ? vous aimez mieux mes cinquante mille livres de rentes ? mais vous calculez mal, mademoiselle, car je vous en préviens, je le déshérite s'il vous épouse !

MIMI.

Mais il ne m'épousera pas... Je ne sais pas pourquoi vous me dites tout ça... J'ai toujours travaillé, je ne demande pas mieux que de travailler toujours...

DURANDIN, *tenant sa montre.*

Voyons, mademoiselle, la bourse ferme à trois heures.. Voulez-vous vous décider?

MIMI.

A quitter Rodolphe? Mais je ne peux pas, moi, tant qu'il voudra me garder... Je ne suis heureuse que depuis que je suis avec lui...

DURANDIN.

Vous serez heureuse avec un autre... Vous êtes gentille, avec ce que je vous offre...

MIMI.

Mais je ne veux personne; est-ce que je pourrais en aimer un autre?.... C'est drôle tout ce que vous me dites là, il me semble que je fais un mauvais rêve...

DURANDIN, *remontant.*

Passons la scène de folie.

MIMI.

Mon Dieu! pourquoi donc êtes-vous comme ça après moi? Qu'est-ce que je vous ai fait? (*Elle tousse.*)

DURANDIN.

Mais enfin, que diable! vous devez bien comprendre que ce n'est pas une position pour Rodolphe; il ne peut pas rester avec vous toute la vie!...

MIMI.

Toute ma vie, à moi, ça ne serait pas si long... (*Elle tousse encore.*)

DURANDIN.

Qu'est-ce que ça veut dire?

MIMI.

Tenez, monsieur, laissez-le-moi un mois encore, et puis il sera libre...

DURANDIN.

Un mois... fin novembre... Vous avez un billet à payer?

MIMI.

Non, monsieur, je n'ai pas de dettes... je n'en ai à payer qu'au bon Dieu!

DURANDIN.

Et l'échéance approche? C'est très-sentimental... mais je ne crois pas à ces grandes phrases-là...Vous ne mourrez pas... ce sont les filles honnêtes qui meurent...

MIMI.

C'est affreux!... vous ne devriez pas me traiter ainsi... je ne l'ai pas mérité!... (*Elle pleure.*)

DURANDIN, *à part.*

J'ai été trop loin... je n'en viendrai jamais à bout comme ça. (*Haut.*) Voyons, mon enfant, parlons raison; vous me croyez le cœur dur, vous vous trompez... c'est mon affection pour Rodolphe qui m'a fait vous parler ainsi; car c'est une question d'avenir pour lui, et puisque vous l'aimez...

MIMI.

Oh! oui, je l'aime, allez.

DURANDIN.

Eh bien, vous devez me comprendre. Il a besoin de voir le monde, de se faire connaître...

MIMI.

Mais je ne l'en empêche pas. Si vous croyez que ça puisse lui faire du tort qu'on le voie avec moi, nous ne sortirons jamais ensemble. Il gardera tout son argent, je ne demande pas mieux. Ce que je gagne me suffira pour vivre; je ne mange pas tant.

DURANDIN.

Non, non, nous ne nous entendons pas; mon neveu n'accepterait pas ce traité-là. Il resterait auprès de vous et ce serait fini. Il aurait pu avoir une position, et il végétera éternellement... et c'est vous qui en serez cause.

MIMI.

Mais je ne l'empêche pas de travailler.

DURANDIN.

Vous ne l'en empêchez pas... Vous croyez que les travaux d'intelligence et les travaux d'aiguille c'est la même chose. Dans une vie de tourments et de privations de toutes les heures, l'intelligence s'épuise, et l'on en vient à maudire ceux qui sont cause de...

MIMI.

Oh! monsieur, ne me dites pas ça.

DURANDIN.

Oui, il vous maudira; car vous aurez fait plus que de le tuer lui-même, vous aurez tué sa pensée.

MIMI, *brisée.*

Assez, assez, je vous en prie. Je ferai ce que vous voudrez.

DURANDIN.

A la bonne heure. Il faut qu'il cesse de vous aimer; il ne faut pas qu'il retrouve en vous la fille simple, résignée, mais la femme ambitieuse, exigeante.

MIMI.

Je ne saurai pas.

DURANDIN.

Il le faut... il y va du bonheur, de la vie tout entière de Rodolphe, que vous dites aimer... Vous hésitez... vous ne l'aimez pas.

MIMI.

Je vous obéirai; je tâcherai, du moins.

DURANDIN.

C'est bien, c'est bien, mon enfant; vous ne vous en repentirez pas.

MIMI.

Oh! vous me révoltez. Je ne veux rien, monsieur, entendez-vous bien? je ne veux pas qu'on me paie. Le bonheur de Rodolphe, je veux qu'il me le doive. (*Elle tombe sur la causeuse de droite et pleure dans ses mains. — Baptiste entre par le fond, apportant deux candélabres allumés.*)

BAPTISTE, *bas à Durandin.*

Monsieur, j'ai aperçu au bout de la rue monsieur Marcel e monsieur Rodolphe; vous n'avez que tout juste le temps de reprendre le même chemin. (*Il va poser les candélabres sur la cheminée.*)

DURANDIN, *bas.*

C'est bien. (*A part à Mimi.*) Au revoir, mademoiselle, souvenez-vous! (*A part.*) Baste! elle se consolera! (*Il sort par la gauche. Baptiste le suit.*)

SCÈNE X.

MIMI, *seule, pleurant.*

J'étais trop heureuse, ça ne pouvait pas durer. J'espérais garder mon bonheur encore quelque temps, et il faut qu'il finisse tout de suite. (*Se levant.*) Mais, mon Dieu, qu'est-ce que Rodolphe va penser? Il va me croire égoïste... et pourtant si je fais ce qu'on me commande, que je ne le suis pas, et puis c'est que j'ai peur qu'il ne me déteste plus tard. (*On entend du bruit. Mimi essuie ses larmes. Marcel et Rodolphe entrent par le fond. Musette entre derrière eux.*)

SCÈNE XI.

MIMI, MARCEL, RODOLPHE, MUSETTE.

MARCEL.

Rien.

RODOLPHE.

Rien non plus.

MARCEL.

Ce n'est pas assez.

MUSETTE, *à part.*

La voiture est là... (*Elle ôte son châle et son chapeau et s'assied sur la causeuse de droite.*)

MARCEL.

Pas le moindre divertissement à offrir à nos invités... Si du moins on pouvait opérer la saisie pendant la fête, ça passerait pour une surprise.

RODOLPHE.

Heureusement, comme dit Schaunard, il nous reste la plus franche cordialité.

MARCEL.

Oui; il nous faudra déployer beaucoup de verve et d'esprit... Musette, nous comptons sur toi; tu remplaceras les rafraîchissements.

MUSETTE, *sèchement et se levant.*

Oh! impossible, mon cher; moi, je n'ai d'esprit qu'au champagne. (*Elle remonte.*)

MARCEL.

Musette, tu te calomnies; nous te connaissons, nous connaissons aussi Mimi, nous savons que vous n'avez jamais plus de dévouement que dans l'adversité.

RODOLPHE, *à Mimi.*

Marcel a raison, n'est-ce pas? Qu'est-ce que tu as donc?

MIMI, *à part.*

Voyons, il le faut.

RODOLPHE, *bas.*

Penses-tu donc à ce que je t'ai dit?

MIMI, *avec effort.*

Oui ; et je pense que tu négliges trop des connaissances qui pourraient nous être utiles.

RODOLPHE, *étonné.*

Ah !

MIMI, *à part.*

Du courage.

RODOLPHE.

Je croyais te faire plaisir, je ne voulais pas te laisser seule... Ainsi j'ai reçu une invitation pour jeudi prochain, et...

MIMI, *vivement.*

Il faut y aller.

RODOLPHE, *à part.*

Ah ! mon Dieu ! (*Haut.*) Tu me le conseilles ?

MIMI, *froidement.*

Oui.

MARCEL.

Du reste, tout espoir n'est pas perdu ; Schaunard va revenir. Allons, Musette, il est temps de songer à votre toilette.

MUSETTE.

Je suis tout habillée.

MARCEL.

Comment ! tu vas te présenter devant le critique influent avec un vêtement de cette simplicité ?

MUSETTE.

Qu'est-ce que tu veux donc que je mette ? Prête-moi un pantalon.

MARCEL.

Il me semblait avoir ouï parler d'une certaine robe qui faisait encore ressortir l'éclat de votre satin naturel.

MUSETTE.

Ma robe de velours noir ? Ah bien ! elle est loin. Vous êtes étonnants, vous autres.

MARCEL.

Mais...

MUSETTE.

Tu croyais donc qu'elle avait été bâtie par les Romains ?

RODOLPHE.

Et toi, Mimi, que vas-tu mettre ?

MIMI.

La même chose... comme toujours.

RODOLPHE.

Ce n'est pas ma faute, Mimi. (*Mimi se détourne pour cacher ses larmes.*)

MUSETTE.

Eh ! mon Dieu ! on ne vous en veut pas, mais c'est ennuyeux.

MARCEL.

Musette, est-ce que tu vas avoir un accès de grandeur ?

MUSETTE.

C'est vrai, ça, c'est révoltant... Je viens de rencontrer Marguerite... une fille laide comme les sept péchés, et maigre comme un vendredi ; eh bien ! elle mène un train de duchesse. (*Elle passe à droite et s'assied sur le canapé.*)

RODOLPHE, *à Mimi.*

Mimi !... est-ce que toi aussi tu as rencontré Marguerite ?

MIMI, *avec effort.*

Oui.

RODOLPHE, *après un mouvement.*

Mimi... (*lui prenant la main*) quoi qu'il arrive, je te pardonne... tu sais !

MIMI, *sanglotant, à part.*

O mon Dieu ! mon Dieu ! (*Elle s'assied sur la causeuse de gauche.*)

RODOLPHE, *bas, à Marcel.*

Donnons-nous la main, mon ami.

MARCEL.

Oui, ça couvait depuis hier... ça va éclore !

RODOLPHE.

Je le disais bien, leur amour ressemble aux hirondelles... il s'envole quand viennent les premiers froids.

MARCEL.

Ainsi soit-il.

SCÈNE XII.

LES MÊMES, SCHAUNARD. (*Il entre par le fond avec précaution.*)

SCHAUNARD, *à part.*

Jouissons de leur surprise. (*Il laisse tomber une pièce de cinq francs à terre. — Personne ne bouge. — Étonné.*) Ils n'ont pas entendu. (*Il en jette une seconde, même immobilité. — Effrayé.*) Ils sont pétrifiés ! (*Il descend entre Rodolphe et Marcel, et jette une pièce devant chacun d'eux.*)

RODOLPHE, *sortant de sa rêverie.*

Ah ! c'est toi ?

MARCEL, *de même, avec indifférence.*

Tu as trouvé ?

SCHAUNARD, *avec reproche.*

Et voilà tout ?... c'est ainsi que vous recevez... (*ramassant les pièces*) ces nobles étrangères.

RODOLPHE.

Nous sommes tristes.

SCHAUNARD.

Qu'est-ce qui est mort, ici ?

MARCEL, *bas.*

L'amour de Musette.

RODOLPHE, *de même.*

L'amour de Mimi.

SCHAUNARD.

Ah ! bah ! nous sommes tous mortels.... Enfin, la fête n'aura pas lieu ? (*Marcel fait signe que non.*) Mais, sacristi ! vos invités vont arriver, voici l'heure ; et après les brillantes promesses que vous avez faites... vous serez perdus de réputation. (*Se frappant le front.*) Ah ! il n'y a qu'un moyen... du fusain... (*Il court à la console et prend un morceau de fusin.*)

MARCEL.

Que veux-tu faire ?...

SCHAUNARD.

Je te sauve l'honneur. (*Il ouvre la porte, et écrit sur un battant, en dehors.*)

BAPTISTE, *entrant par une petite porte dérobée, à droite, au 1er plan, et s'approchant de Musette, qui semble indécise.—Bas.*

La voiture va partir.

MUSETTE, *bas.*

Qu'elle attende encore. (*Baptiste sort. A part.*) Pauvre Marcel !... Ah ! bah ! je lui porterais peut-être malheur !... (*Elle sort par la porte dérobée, sans être vue.*)

RODOLPHE, *allant près de Marcel.*

Viens-tu jeudi chez madame de Rouvres ?

MARCEL.

Qu'y fait-on ?

RODOLPHE. *regardant Mimi, qui est restée rêveuse.—A mi-voix.*

On oublie !

SCHAUNARD, *qui est venu prendre deux bougies dans les candélabres, et les a collées sur la porte en dehors, ouvrant les deux battants.*

Voilà !... (*Lisant ce qu'il a écrit en grandes lettres noires.*) Relâche pour cause de divorce ! (*Cette inscription se trouve entre les deux bougies qui l'éclairent.—On entend un grand bruit qui se rapproche. — Fermant la porte.*) On monte... ce sont eux... silence !... (*Le bruit a cessé dans l'escalier.*)

UNE VOIX, *en dehors.*

Relâche pour cause de divorce !... (*A ces mots on entend un cri général de désappointement.*)

SCHAUNARD.

C'est la voix du critique influent !... nous sommes fichus.

ACTE IV.

CHEZ Mme DE ROUVRES.

Un salon riche éclairé par un lustre et quelques candélabres. — Porte au fond donnant sur un autre salon éclairé par des girandoles. — Deux portes à droite. — A gauche, une porte au premier plan, une fenêtre au second. — Deux canapés à droite et à gauche. — A côté de celui de gauche, un guéridon sur lequel il y a une sonnette. — Fauteuils. — Deux consoles chargées de vases, etc. — Sur celle de droite est un riche album. — Au lever du rideau, on entend la musique du bal.

SCÈNE I.

COLLINE, SCHAUNARD. (*Ils entrent chacun d'un côté.*)

SCHAUNARD, *entrant par le fond.*

Tiens! Colline dans le monde!

COLLINE, *entrant par le 2me plan à droite*

Tiens! Schaunard déguisé en homme bien mis!

SCHAUNARD.

Madame de Rouvres m'a prié de tenir le piano, et par amitié pour Rodolphe... Mais du reste c'est la dernière fois; ça m'ennuie d'aller dans le monde... ça entraîne dans des dépenses!... Je suis venu en omnibus.

COLLINE.

Tu as fait un tour dans les salons... que dis-tu de cette fête?..

SCHAUNARD.

Ça manque de punch... Comment es-tu venu ici?

COLLINE.

Je suis venu par les quais. (*Il tire un livre de sa poche.*)

SCHAUNARD.

As-tu vu Rodolphe?

COLLINE.

Où cela?

SCHAUNARD.

Ici... il doit y venir... Il est en retard... mais je comprends... ils se sont oubliés... Rodolphe est allé dîner avec Marcel au café Anglais.

COLLINE.

Allons donc!

SCHAUNARD.

C'est l'oncle qui est l'amphitryon.

COLLINE.

Monsieur Durandin!... je marche sur la corde raide de la surprise.

SCHAUNARD.

Mais tu ne sais donc rien?... Rodolphe est maintenant au mieux avec son oncle, et une feuille ordinairement bien informée annonce son mariage avec madame de Rouvres comme très prochain.

COLLINE.

Te railles-tu de la philosophie?

SCHAUNARD, *le prenant sous le bras et se promenant avec lui.*

Pas le moindrement... Voici l'anecdote... elle est triste comme tout... Le divorce a été mis à exécution; Musette s'est sauvée par le trou de la serrure, et Rodolphe a quitté Mimi... J'ai été chargé d'apprendre la nouvelle à la petite... comme elle est toujours souffrante, elle s'est trouvée mal.. ça m'a attendri... je l'ai plantée là.

COLLINE.

Mais c'est donc une débâcle d'amour?

SCHAUNARD.

Musette est fiancée à un lord de première classe... je l'ai rencontrée l'autre jour aux Champs-Elysées, dans un équipage superbe, à côté de son Anglais. C'est un homme bien élevé... il m'a invité à dîner... ils sont proprement logés.

COLLINE.

Et Rodolphe?

SCHAUNARD.

Son oncle jette l'argent à plusieurs mains pour le distraire... Rodolphe partage tout avec Marcel, et depuis deux jours ce sont des lions superbes; ils ressemblent à des gravures de modes. Ils font comme moi, ils cherchent à griser leur amour. Oh! Phémie! (*Baptiste en grande livrée et portant un plateau, entre par le fond.*)

SCÈNE II.

LES MÊMES, BAPTISTE.

SCHAUNARD, *à Baptiste.*

Qu'est-ce que c'est que ça?

BAPTISTE.

Des glaces, monsieur.

SCHAUNARD.

Et le punch?

BAPTISTE.

Je n'en ai plus, monsieur... ces dames ont tout pris.

SCHAUNARD.

Tiens, c'est Baptiste.

BAPTISTE.

Hélas! oui, monsieur. (*Colline lui donne une poignée de main.*)

SCHAUNARD.

Baptiste avec une livrée! ah! fi!

BAPTISTE.

Monsieur, j'ai eu de l'ambition, j'en suis bien puni... La vie est insupportable ici... Tout est convenu et arrangé d'avance: on déjeune tous les matins et on dîne tous les soirs... je ne pourrai jamais m'habituer à ce régime-là.

SCHAUNARD.

Reviens avec nous alors... ça te changera.

BAPTISTE.

J'y rêve, monsieur; mais je voudrais y rentrer avec des titres à votre estime; car j'ai eu des torts, monsieur... vous les connaîtrez tôt ou tard.

SCHAUNARD.

Je te les pardonne à une simple condition... va me chercher du punch.

BAPTISTE.

On va en composer, monsieur; mais en attendant, si vous vouliez une glace? C'est aussi échauffant, je l'ai lu dans l'école de Salerne. (*Il remonte.*)

COLLINE, *au fond.*

Qu'est-ce qui arrive là? Eh! c'est Rodolphe et Marcel.

SCHAUNARD.

Je ne veux pas qu'ils me reconnaissent... je vais mettre des gants. (*Il en met un.*)

SCÈNE III.

LES MÊMES, MARCEL, RODOLPHE, *très-élégants, le lorgnon à l'œil, ils entrent par le fond. Après leur entrée, Baptiste sort.*

MARCEL.

Entrons-nous?

RODOLPHE.

Tout à l'heure; je craindrais de n'être point assez gentilhomme vieux Sèvres.

MARCEL.

Colline!

RODOLPHE.

Schaunard! (*Il leur donne une poignée de main.*)

SCHAUNARD, *à part.*

Je suis reconnu... je puis ôter mon masque. (*Il ôte son gant.*)

COLLINE, *les contemplant.*

Le portrait n'était pas flatté... cette toilette est très-habitable.

MARCEL.

Oui; nous avons fait quelques réparations locatives.

RODOLPHE, *remettant son lorgnon dans l'œil.*

Nous nous sommes fait poser des carreaux.

COLLINE.

Le bruit court à la Bourse que vous avez dîné au café Anglais; on croit à un cataclysme, et l'on se dépêche de vendre.

MARCEL.

Allons, monsieur Durandin fait convenablement les choses.

RODOLPHE.

Ma foi, oui; on est très-bien dans cette taverne; on peut dîner pour quinze francs.

SCHAUNARD.

Combien de fois?

MARCEL.

Une seule... sans le vin.

SCHAUNARD.

Sans le vin!

RODOLPHE.

Nous y retournerons, n'est-ce pas, Marcel?

MARCEL.

Nos moyens nous le permettent. (*Il frappe sur son gousset.*)

SCHAUNARD.

Si nous y retournions tout de suite?

RODOLPHE.

Nous y souperons, si vous voulez, en sortant d'ici.

COLLINE.

Nous souperons donc deux fois?

SCHAUNARD.

Je n'y vois pas d'inconvénient... D'ailleurs, ce sera un déjeuner, car il va être tout à l'heure demain matin.

RODOLPHE.

Eh bien! c'est convenu.

SCHAUNARD.

Ce n'est pas une plaisanterie?... tu as des valeurs officielles et ayant cours?...

MARCEL.

Il est cousu d'or.

SCHAUNARD.

Il faudra le découdre... Je demande à voir comment c'est fait. (*Il prend quelques pièces d'or dans le gilet de Rodolphe.*) Que c'est donc joli, ces médailles!... Dire qu'il y a un pays où c'est des cailloux!... J'ai eu un parent qui en avait beaucoup ramassé; mais il a été enterré dans le ventre des sauvages... Ça a fait bien du tort à la famille. (*A Rodolphe, en remontant.*) Je te devrai ça...* J'ai rencontré un Russe dans un des salons de jeu... Je vais venger la Pologne! (*Il salue M. Durandin, qu'il rencontre en sortant par le fond.*)

SCÈNE IV.

RODOLPHE, COLLINE, DURANDIN, Un Domestique.

DURANDIN, *entrant par le fond avec un Domestique.*

Vous disposerez tout ici. (*Le Domestique sort par la gauche.*)

MARCEL.**

Eh! c'est ce bon monsieur Durandin!

DURANDIN, *descendant.*

Messieurs...

MARCEL.

Monsieur Durandin, permettez-moi de vous présenter M. Colline, un de nos amis. (*Colline passe près de Durandin.*)

DURANDIN, *à Colline.*

Touchez là, monsieur, je vous prie. (*Colline, interdit, cherche quelques paroles, et n'en trouvant pas, se contente de saluer gauchement. A Rodolphe.*) Madame de Rouvres va se rendre dans ce salon avec quelques intimes... Nous allons prendre le thé ici, en petit comité... Si tu le veux, tu vas faire mourir de jalousie tous ses adorateurs... Madame de Rouvres ne demande pas mieux.

RODOLPHE.

Moi, je ne désire la mort de personne, mon oncle.

DURANDIN.

Ah! dis-moi : connais-tu la valse?...

RODOLPHE.

Oui... de réputation.

MARCEL, *passant à Durandin.***

La valse est le pas de charge de l'amour. (*Il remonte.*)

COLLINE.

Quelle heureuse définition!

DURANDIN, *à Rodolphe.*

Tu inviteras madame de Rouvres... elle l'adore.

RODOLPHE.

C'est convenu.

MARCEL, *bas, à Rodolphe.***

Mais tu n'as jamais valsé!

RODOLPHE.

Ça ne fait rien... j'inventerai un pas, et je l'appellerai le pas des regrets.

DURANDIN.

Ah ça! est-ce que tu penserais encore à...

RODOLPHE.

A Mimi?... ah! par exemple! je ne me souviens même pas de son nom.

DURANDIN.

A la bonne heure!... On se dirige de ce côté. . sois aimable.

RODOLPHE.

Je tâcherai, mon oncle. (*Durandin remonte avec Colline. Rodolphe et Marcel regardent en dehors, à droite, deuxième plan. — A Marcel.*) Ah! vois donc cette jeune femme qui a des roses dans les cheveux...

MARCEL.

Justement c'est celle que je regardais.

RODOLPHE.

Ne trouves-tu pas qu'elle ressemble à Mimi?

MARCEL.

Non... je trouve qu'elle ressemble à Musette.

SCÈNE V.

Les Mêmes, Mme DE ROUVRES, *donnant le bras à* UN MONSIEUR; *quelques invités, Domestiques servant le thé, puis* SCHAUNARD. (*Musique à l'orchestre; entrée par le fond, les Domestiques par la gauche.*)

LE MONSIEUR, *en entrant, à* Mme de Rouvres.

Madame, la musique m'a toujours paru quelque chose de fabuleux... j'aurais beaucoup aimé être musicien. (*Rodolphe s'est approché de Mme de Rouvres; il la salue.*)

Mme DE ROUVRES, *à Rodolphe.*

Vous venez bien tard, monsieur.

RODOLPHE.

Madame! (*Mme de Rouvres s'est assise sur le canapé de gauche avec une dame près du guéridon. Rodolphe est près d'elle et lui parle bas. — Durandin, Colline et Marcel se sont mêlés au groupe des invités. — On sert le thé.*)

Mme DE ROUVRES, *à Rodolphe.***

Si j'ai réuni quelques privilégiés ici, c'est pour vous entendre.

RODOLPHE.

Comment, madame?

Mme DE ROUVRES.

C'est un piége, monsieur... Le poëte m'a fait hier une promesse, et je me propose de la lui rappeler.

RODOLPHE.

Je ne comprends pas, madame.

Mme DE ROUVRES.

Vous êtes bien oublieux, monsieur. (*Ils continuent bas.*)

LE MONSIEUR, *qui causait avec Colline.***

Comment, monsieur, vous savez le chinois!... c'est fabuleux... j'aurais beaucoup aimé savoir le chinois.

COLLINE.

Je vous l'apprendrai.

DURANDIN, *apportant du thé à Mme de Rouvres.*

Madame, voulez-vous me permettre?...

Mme DE ROUVRES, *prenant la tasse.*

Monsieur Durandin, n'est-ce pas que votre neveu me doit quelque chose?

DURANDIN.

Comment donc, madame... mais il vous doit beaucoup... et si vous le voulez, il vous devra bien davantage.

Mme DE ROUVRES, *à Durandin.*

J'accepte le madrigal... (*à Rodolphe*) mais je ne vous tiens pas quitte du sonnet.

DURANDIN.

Ah! oui... un sonnet... je me souviens. (*Mme de Rouvres fait un signe à Baptiste, qui lui apporte un album.*)

Mme DE ROUVRES.

Voyons, monsieur... cela nous fait tant de plaisir, et vous coûte si peu!

RODOLPHE, *se défendant.*

Madame... de grâce...

DURANDIN.

Nous ne t'écoutons pas.

UNE DAME.

Nous écoutons, au contraire.

Mme DE ROUVRES.

Vous ne pouvez plus reculer. (*Les domestiques ont préparé le guéridon avec deux fauteuils.*)

MARCEL, *à Rodolphe, en riant.*

Allons, monsieur le poëte!

RODOLPHE, *bas.*

Comment! tu te mêles aussi à mes ennemis?

MARCEL.

Certainement... il ne faut pas laisser refroidir l'enthousiasme.

RODOLPHE, *bas.*

Ah! c'est comme ça!... eh bien! attends... (*A Mme de Rouvres.*) Madame, vos désirs sont des ordres pour nous... et voilà M. Marcel, un de nos premiers crayons, qui réclame avec empressement une feuille de votre album.

MARCEL, *le poussant, bas.*

Qu'est-ce que tu dis donc?

Mme DE ROUVRES.

Ah! monsieur... je n'osais pas vous le demander. (*Schaunard est entré tout doucement et vient s'asseoir sur le canapé de droite, où il prend du thé.*)

MARCEL.

Madame...

DURANDIN.*

Bravo! bravo!...

MARCEL, *bas à Rodolphe.*

Que le diable t'emporte!

LE MONSIEUR, *à Marcel.*

Vous me ferez mon profil...

MARCEL.

Vous ne savez pas dessiner?

LE MONSIEUR.

Non... mais je l'aurais bien aimé.

MARCEL.

J'en étais sûr. (*Il lui tourne le dos.*)

DURANDIN.

Baptiste! des plumes, de l'encre...

RODOLPHE, *riant.*

Et des crayons?... (*Baptiste remonte et va prendre ce qu'on demande sur la console de droite.*)

Mᵐᵉ DE ROUVRES, *à Marcel et à Rodolphe.*

Pardonnez-nous, messieurs... mais, vous le savez, c'est la mode à Paris.

RODOLPHE.

Oui, c'est vrai... Au Bengale, on trouve des tigres... dans l'Atlas, des lions... dans les marais du Nil, des caïmans... et au milieu de Paris, couché sur la molle ottomane des boudoirs tendus de rose, il existe quelque chose de plus redoutable que les monstres du désert et de l'onde...

Mᵐᵉ DE ROUVRES, *riant, et lui donnant l'album.*

C'est l'album!

BAPTISTE, *apportant les plumes, qu'il pose sur le guéridon. — Bas, à Rodolphe.*

Voilà les instruments de torture.

TOUS.

Écoutons. (*On se presse pour entendre Rodolphe, qui s'assied d'un côté du guéridon.*)

MARCEL, *s'asseyant de l'autre côté, à part.*

Je suis fâché d'être venu. (*Durandin a donné une plume à Rodolphe; il offre un crayon à Marcel.*) Bien obligé...

SCHAUNARD, *à part, se levant.*

Oh! le supplice de l'album va commencer... je vais fumer une pipe dans la cour. (*Il remonte et s'esquive par la porte de gauche.*)

MARCEL, *à part.*

Ah!... elle veut un dessin!... je tiens mon sujet... (*Il dessine sur une feuille tandis que Rodolphe écrit sur l'autre.*) (*Musique à l'orchestre.*)

RODOLPHE, *écrivant.*

Voulant mettre une étoile à son bandeau, la reine
Fait venir un plongeur et lui dit : Vous irez
Dans le palais humide où chante la sirène,
Cueillir la perle blonde et me l'apporterez.

Le plongeur, descendu sous le flot qui l'entraîne
Parmi le sable d'or et les coraux pourprés,
Cueille la perle blonde, et pour sa souveraine,
La rapporte captive en des étuis nacrés.

DURANDIN, *bas à Marcel, dont il regardait le dessin.*

Que faites-vous donc, monsieur?

MARCEL.

Ah! vous m'avez poussé! (*Il continue à dessiner.*)

RODOLPHE, *continuant à écrire.*

Le poëte ressemble à ce plongeur, madame,
Et si votre caprice en souriant réclame
Un vers qui doit partout dire votre beauté...
Esclave obéissant, au fond de sa pensée,
Écrin où dans l'amour la rime est enchâssée,
Il plonge et va chercher le joyau souhaité.

TOUS.

Bravo!... bravo!

LE MONSIEUR.

Ça rime très-bien d'un bout à l'autre... c'est fabuleux!...

Mᵐᵉ DE ROUVRES, *se levant et serrant la main de Rodolphe. Bas.*

Merci, mon poëte! (*Rodolphe se lève.*)

MARCEL, *se levant,*

Voilà qui est fini! (*Tout le monde s'est levé.*)

Mᵐᵉ DE ROUVRES.

Voyons votre dessin, monsieur Marcel? (*Marcel donne l'album à Mᵐᵉ de Rouvres, et se lève.*)

DURANDIN, *bas à Marcel.*

Êtes-vous fou, monsieur?

MARCEL.

Pourquoi ça?

Mᵐᵉ DE ROUVRES.

C'est fort joli!... Quel est ce portrait?

MARCEL.

Un souvenir.

LA DAME.

Ah!... voyons!... (*Elle vient près de Mᵐᵉ de Rouvres, et regarde. Rodolphe s'est approché aussi, et il fait un mouvement de surprise.*)

Mᵐᵉ DE ROUVRES, *à Rodolphe.*

Qu'avez-vous donc?

RODOLPHE.

Rien, madame. (*Il s'éloigne d'un pas. Bas à Marcel.*) Le portrait de Mimi...

MARCEL, *bas.*

Sur l'album de Mᵐᵉ de Rouvres... c'est drôle, n'est-ce pas?

Mᵐᵉ DE ROUVRES, *qui a regardé Rodolphe avec défiance, à part.*

Il s'est troublé! (*Bas à Durandin.*) C'est le portrait de cette fille, n'est-ce pas?...

DURANDIN, *embarrassé.*

Mais... pardonnez-moi...

Mᵐᵉ DE ROUVRES, *bas.*

J'en suis sûre. (*Elle regarde le dessin en rêvant. — Valse à l'orchestre. Durandin remonte près des autres.*)

LE MONSIEUR, *à Marcel, qui s'est assis sur le canapé de droite.*

Comment appelez-vous cette chose que ce monsieur vient de réciter?

MARCEL.

C'est un sonnet.

LE MONSIEUR.

Ah!... c'est un sonnet... il est fort joli! mais il n'est pas assez long.

MARCEL, *étonné.*

C'est un sonnet...

LE MONSIEUR.

J'entends... mais je dis : Il n'est pas tout à fait assez long...

Mᵐᵉ DE ROUVRES, *à part.*

Oh! je saurai s'il l'aime encore!

RODOLPHE, *qui s'est approché.*

Madame, vous paraissez souffrir.

Mᵐᵉ DE ROUVRES, *émue.*

Oui... la chaleur... (*Rodolphe lui offre son bras et la conduit à la fenêtre, qu'il ouvre.*)

LE MONSIEUR, *à Marcel.*

Ah! monsieur! j'aurais beaucoup aimé faire de la poésie. (*Il fait une pirouette et remonte.*)

MARCEL.

Ouf!...

Mᵐᵉ DE ROUVRES, *qui regarde au dehors.*

Ah! (*A Rodolphe.*) Veuillez me préparer encore un peu de thé. (*Rodolphe s'éloigne un peu d'elle et va à la console de gauche. — A part.*) Je ne me trompe pas... c'est elle avec M. Schaunard.

RODOLPHE, *à Mᵐᵉ de Rouvres, tout en préparant une tasse de thé.*

Vous trouvez-vous mieux, madame?

Mᵐᵉ DE ROUVRES, *très-troublée.*

Oui... oui... monsieur... beaucoup mieux... (*Se penchant davantage en dehors de la croisée. — A part.*) Ils parlent à une femme de chambre... Celle-ci leur indique l'escalier de service... Ils viennent!... Cette fille chez moi... Ah! c'est trop d'audace!... elle la payera cher!... (*Rodolphe s'approche d'elle; elle s'éloigne vivement de la fenêtre.*) Merci, monsieur, c'est inutile... Mais la valse commence... et vous m'avez engagée... je crois... (*Elle passe à droite.*)

RODOLPHE.

Je suis à vos ordres, madame... (*Il remet la tasse sur la console.*)

Mᵐᵉ DE ROUVRES, *allant rapidement à Durandin, bas.*

Emmenez tout le monde.

DURANDIN.

Oui, madame. (*A part.*) Je ne comprends pas... (*Il remonte.*)

MARCEL, *se levant, à Rodolphe, qui est venu près de lui.*

Je vais à la bouillotte... Tu me relèveras dans un quart d'heure. (*Il sort par le fond.*)

DURANDIN, *au fond.*

Allons, messieurs, le salon vous réclame... l'orchestre commande, il faut obéir. (*Durandin offre son bras à une dame et sort le premier. Tout le monde le suit. — Rodolphe et Mᵐᵉ de Rouvres sortent les derniers.*)

Mᵐᵉ DE ROUVRES, *en sortant et en regardant la porte de gauche, par où doit entrer Mimi, à part.*

Mademoiselle Mimi... à tout à l'heure!

SCÈNE VI.

BAPTISTE, *rangeant la table au fond*; SCHAUNARD, *puis* MIMI.

SCHAUNARD, *entrant le premier par la gauche, et parlant à la cantonade.*

Il n'y a personne... entrez! (*Mimi paraît.*) Quel enfantillage! Rester dans la cour de l'hôtel par un froid pareil!

BAPTISTE, *avec surprise, à part.*
Mademoiselle Mimi ici !... ma victime !...

SCHAUNARD, *à Mimi.*
Asseyez-vous. (*Il va regarder au fond.*)

MIMI, *s'asseyant sur le canapé de droite.*)
Mais si on venait ?...

BAPTISTE.
Il n'y pas de danger.

MIMI, *vivement.*
Où est Rodolphe ?

BAPTISTE.
Où ?... il valse avec madame de... (*Schaunard le pousse. — Se reprenant.*) Non... il ne valse pas avec madame de Rouvres... Comme vous avez froid !... Voulez-vous que j'aille vous chercher un bouillon ?

MIMI.
Mon bon Baptiste !

BAPTISTE, *à part, et gagnant la gauche.*)
Elle m'appelle son bon Baptiste... c'est affreux ! (*Haut. — Il ouvre la porte de gauche.*) Je reviens tout de suite. (*Il sort vivement.*)

SCÈNE VII.
MIMI, SCHAUNARD.

SCHAUNARD.
Vous sentez-vous mieux ?

MIMI.
Pas trop...

SCHAUNARD.
Oh ! ça ne sera rien... ça ne sera... (*A part.*) Je ne sais pas consoler les femmes. (*Haut.*) Voyons, Mimi, ne pleurez pas comme ça.

MIMI.
Ça me fait du bien... Il ne m'aime pus, n'est-ce pas ? Vous m'avez dit de sa part qu'il avait la preuve que je le trompais... que j'avais assez de la vie avec lui ?... Qu'est-ce qui lui a fait croire ça, hein ?

SCHAUNARD.
Dame ! vous ne vouliez pas porter de chapeau de paille en hiver.

MIMI, *se levant et passant à gauche.*
Oh ! oui, je sais... des bêtises... mais tout ça c'était des prétextes. Oh ! si je pouvais lui parler... Mais non, en quittant toutes ces belles dames il me trouverait laide... Est-ce que j'ai les yeux rouges ?

SCHAUNARD.
Mais dame !... pas mal comme ça.

MIMI.
J'ai tant pleuré !... je l'ai attendu deux jours et deux nuits... Enfin aujourd'hui j'ai appris qu'il allait au bal chez madame de Rouvres... je n'y ai pas tenu... il a fallu que je vienne... si je ne le vois pas, vous le verrez, vous, dites-lui bien que je n'ai rien fait... qu'il ne me reprenne pas, s'il ne veut pas ; mais qu'il ne croie pas que je l'ai trompé !... Je sais bien qu'il ne peut pas rester avec moi toujours... on me l'a dit... j'ai compris ça... je voulais bien le quitter pour son bonheur... mais qu'il me croie coupable... oh ! je ne le veux pas !

SCHAUNARD.
Vous lui direz tout ça vous-même ; je vais le chercher.

MIMI, *l'arrêtant.*
Non, non... décidément je n'ose pas... si on le voyait avec moi, ça le contrarierait peut-être, et il ne m'aimerait plus du tout !... Ne lui dites pas que je suis là... je suis superstieuse, vous savez... eh bien ! si le hasard l'amène je croirai que le bon Dieu veut nous raccommoder... ne lui dites rien.

SCHAUNARD.
Dame ! si ça vous va mieux... mais si on vous voit ?...

MIMI.
On me verra.

SCHAUNARD.
Alors, je vous quitte... Il y a longtemps que je n'ai paru au buffet ; je crains que mon absence soit remarquée. Adieu, Mimi... ça s'arrangera, allez !

MIMI.
Vous croyez ?...

SCHAUNARD, *à part.*
Je suis bête avec les femmes !... (*Il se dirige vers la deuxième porte de droite.*)

MIMI.
Et Phémie ?...

SCHAUNARD, *près de sortir.*
Phémie !... elle est dans la cavalerie. (*Il sort.*)

SCÈNE VIII.
BAPTISTE, MIMI.

BAPTISTE, *rentrant par la gauche avec une assiette qu'il pose sur le guéridon.*
Il n'y a plus de consommé... mais voici une charlotte... Ah ! mademoiselle Mimi, consolez-vous, allez... bientôt vous serez heureuse...

MIMI.
Comment ?

BAPTISTE.
Laissez-moi faire... d'abord je vais apprendre à M. Rodolphe que vous êtes ici. (*Mouvement de Mimi.*) Ne craignez rien.... je n'ai qu'un mot à lui dire pour qu'il tombe à vos pieds.

MIMI.
Est-il possible ?

BAPTISTE.
J'en suis sûr.

MIMI.
Oh ! que je suis heureuse !... mon cœur bat à m'étouffer.

BAPTISTE.
Calmez-vous... voulez-vous un verre d'eau ?

MIMI.
Oui, pour mes yeux... Est-ce qu'on voit encore que j'ai pleuré ?

BAPTISTE.
Mais, oui... Tenez, là vous trouverez tout ce qu'il faut. (*Il va ouvrir la première porte à droite.*)

MIMI.
Y a-t-il un miroir ?

BAPTISTE.
Il y a en deux... Allez... pendant ce temps-là je chercherai M. Rodolphe et je vous l'amènerai.

MIMI.
C'est ça... hâtez-vous. (*Elle entre dans le cabinet à droite.*)

SCÈNE IX.
BAPTISTE, *puis* MIMI, *ensuite* Mme DE ROUVRES *et* RODOLPHE.

BAPTISTE, *seul.*
Le moment est venu d'exécuter mon projet... c'est Calas et M. de Voltaire qui me l'ont suggéré... Je veux réhabiliter cette enfant. (*Il va pour sortir par le fond. — Regardant au dehors.*) Ah ! mon Dieu ! quel contre-temps ! M. Rodolphe et Mme de Rouvres qui se dirigent de ce côté. (*Courant à la première porte de droite et frappant.*) Mademoiselle !... mademoiselle !...

MIMI, *ouvrant la porte et entrant.*
Quoi donc ?

BAPTISTE, *très-troublé et regardant toujours vers le fond.*
J'ai réfléchi. Vous ferez mieux d'attendre M. Rodolphe en bas... c'est bien plus ingénieux.

MIMI.
Vous me cachez quelque chose... (*Elle remonte malgré Baptiste.*) Ah ! je comprends !... Madame de Rouvres et Rodolphe.

BAPTISTE.
Ils vont venir dans ce salon.

MIMI.
C'est bien. (*Elle rouvre la porte de droite.*)

BAPTISTE.
Mais...

MIMI, *avec calme.*
Je veux rester. (*Elle rentre.*)

BAPTISTE, *à part.*
Mais, mon Dieu !... elle va entendre... (*Madame de Rouvres entre par le fond, au bras de Rodolphe ; Baptiste referme la porte à droite.*)

Mme DE ROUVRES *à part.*
Elle est là !...

BAPTISTE, *à part.*
Il faut que je prévienne monsieur Rodolphe... Comment faire ? (*Il cherche à s'approcher de Rodolphe.*)

Mme DE ROUVRES, *le devinant.*
Laissez-nous.

BAPTISTE, *même jeu.*
Pardon, madame... c'est que... (*Il passe à gauche.*)

Mme DE ROUVRES, *impérativement.*
Sortez donc !...

BAPTISTE, *à part.*

Qu'est-ce que ça va devenir ? (*Il sort par la gauche, et emporte l'assiette qu'il avait apportée.*)

SCÈNE X.

Mme DE ROUVRES, RODOLPHE.

** Mme DE ROUVRES, *à Rodolphe, en le conduisant vers le guéridon où se trouve l'album.*

Monsieur Rodolphe, vous allez savoir pourquoi je vous ai amené dans ce salon. (*Lui montrant le dessin de Marcel.*) Quelle est cette femme ?

RODOLPHE, *souriant.*

Vous le savez aussi bien que moi, madame, puisque vous me le demandez.

Mme DE ROUVRES.

Ceci est subtil, mais c'est vrai... Soyez donc franc jusqu'au bout... Dites-moi... est-ce que c'est arrivé votre histoire avec cette petite... comment donc ?... Mimi, je crois ?...

RODOLPHE.

Mimi... Oui, madame.

Mme DE ROUVRES.

C'est historique ?

RODOLPHE.

Comme Charlemagne.

Mme DE ROUVRES.

Vous l'aimiez ?

RODOLPHE.

Madame...

Mme DE ROUVRES.

L'aimiez-vous ?

RODOLPHE.

On le disait.

Mme DE ROUVRES, *après un moment de dépit.*

Elle est jolie ?

RODOLPHE, *embarrassé.*

Très-jolie ?... Mais désirez-vous vous asseoir, madame ? (*Il veut la conduire sur le canapé de gauche.*)

Mme DE ROUVRES, *vivement.*

Merci !... Elle a des yeux bleus ?

RODOLPHE.

Non, madame, noirs.

Mme DE ROUVRES.

Bien grands ?

RODOLPHE.

Des yeux tout autour de la tête !

Mme DE ROUVRES.

Vous m'impatientez !

RODOLPHE, *lui prenant les mains, qu'il admire.*

C'est toujours Pradier qui vous fournit vos mains, madame ?

Mme DE ROUVRES.

Vous les trouvez jolies ?... Plus jolies que celles de mademoiselle Mimi ?

RODOLPHE.

Les siennes étaient moins bien mises.

Mme DE ROUVRES, *ironique.*

Point gantées ?

RODOLPHE.

Pardon, madame, gantées... de baisers. (*Il baise les mains de Mme de Rouvres.*)

Mme DE ROUVRES, *avec dépit, et retirant ses mains.*

J'ai mes fournisseurs. (*Rodolphe sourit. — Avec coquetterie.*) Voyons, Rodolphe... Aimez-vous encore mademoiselle Mimi ?

RODOLPHE.

Madame, je ne dois plus l'aimer... et peut-être l'ai-je aimée plutôt pour moi que pour elle.

Mme DE ROUVRES, *avec un mouvement de satisfaction contenu.*

Ah ! asseyons-nous donc. (*Elle l'entraîne sur le canapé de droite, près de la chambre où est Mimi. Ils s'asseyent.*) Vous dites l'avoir aimée plutôt pour vous que pour elle ?... Quelle passion est cela ?

RODOLPHE.

Passion de poëte, passion d'artiste... c'est-à-dire ce qu'il y a de plus beau...

Mme DE ROUVRES.

Et de plus faux à la fois.

RODOLPHE.

Oui, madame, car c'est la perpétuelle exploitation du cœur par l'imagination.

Mme DE ROUVRES, *avec intention.*

Vous reniez donc votre amour ? Vous convenez donc que ce n'était qu'un caprice, une fantaisie ?

RODOLPHE.

Peut-être...

Mme DE ROUVRES.

Ce que vous aimiez en elle, c'était donc sa beauté ? (*Musique à l'orchestre.*)

RODOLPHE.

Oui, sa beauté, sa jeunesse, l'éclat de son sourire, la fanfare de sa gaieté.

Mme DE ROUVRES.

Enfin, vos amours étaient de ceux qui naissent au printemps avec la première feuille et meurent à l'hiver avec la première neige.

RODOLPHE.

Qu'y faire ?... Voyez-vous, madame, l'amour dans une petite chambre visitée du soleil et de la bise aussi... l'amour qui s'attable à un couvert frugal et boit dans le même verre... cet amour-là est quelque chose de charmant quand on est encore sous le soleil levant de la première jeunesse... Mais il arrive un jour où l'orgueil de l'esprit commence à disputer au cœur la liberté de ses sympathies et de ses enthousiasmes... Alors tout change !... le naïf vous paraît vulgaire... le caquetage d'une jolie bouche vous semble monotone, et vous commencez à trouver tiède le baiser de sa lèvre ardente. (*Il entoure la taille de Mme de Rouvres.*)

Mme DE ROUVRES, *se tournant du côté de la porte.*

Rodolphe !...

RODOLPHE, *se penchant sur son épaule.*

C'est alors qu'on rêve un autre amour... Celui qui marche sur les tapis, se drape dans la soie ou le velours, se constelle de diamants, va au bois, à l'Opéra, parle un langage pur, écrit sur vélin couronné de vignettes héraldiques, et s'appelle d'un nom qui a ses entrées dans l'histoire. (*Il embrasse l'épaule de Mme de Rouvres. On entend un léger bruit dans le cabinet. Mme de Rouvres se lève vivement et passe à gauche.*)

RODOLPHE, *se levant aussi.*

Il y a quelqu'un là ?

Mme DE ROUVRES.

Ma femme de chambre...

MARCEL, *en dehors.*

Un rentrant à la bouillotte !

Mme DE ROUVRES, *un peu agitée.*

On vous appelle, quittons-nous... Je vous reverrai tout à l'heure... Allez, allez... à bientôt !

RODOLPHE.

A bientôt ! (*Il lui baise la main et sort par le fond.*)

SCÈNE XI.

Mme DE ROUVRES, MIMI.

(*Pendant que Rodolphe remonte la scène, Mme de Rouvres jette les yeux vers le cabinet dont on a vu la porte remuer. Mimi sort du cabinet.*)

Mme DE ROUVRES, *à part.*

La voilà !

MIMI, *apercevant Mme de Rouvres.*

Pardon, madame.

Mme DE ROUVRES.

Vous cherchez quelqu'un.

MIMI.

Oui, madame... je cherche Rodolphe.

Mme DE ROUVRES.

Monsieur Rodolphe, voulez-vous dire.

MIMI.

Pour moi, c'est Rodolphe tout court... je suis la petite dont vous parliez tout à l'heure.

Mme DE ROUVRES.

Attendez donc... mademoiselle...

MIMI.

Mimi ! vous le savez bien, madame !

Mme DE ROUVRES.

Mademoiselle... songez où vous êtes !

MIMI.

Je m'en souviendrai, madame... si on ne me le fait pas oublier !

Mme DE ROUVRES.

Que désirez-vous?

MIMI.

Je veux mon amant, madame! (*Mme de Rouvres fait un mouvement pour se retirer. Mimi se place en face d'elle et lui barre le passage.*) Ne vous en allez pas, madame... ou je crie!

Mme DE ROUVRE.

Du scandale!

Tant pis! je veux mon amant!

Mme DE ROUVRES.

Vous êtes folle, mademoiselle.

MIMI.

Ça se peut bien!

Mme DE ROUVRES.

Je suis désolée de vous le dire, mademoiselle; mais vous devez comprendre que monsieur Rodolphe ne désire pas cette rencontre. (*Montrant le cabinet.*) Vous étiez là, vous avez dû entendre. Je pensais que cela devait vous suffire! (*Elle va s'asseoir sur le canapé de gauche.*) Monsieur Rodolphe ne vous aime plus... que voulez-vous que j'y fasse?

MIMI.

Oh! si, madame, il m'aime toujours! L'accent avec lequel il disait ne plus m'aimer me prouve le contraire!

Mme DE ROUVRES, *froidement.*

Non-seulement il ne vous aime plus... mais il en aime une autre!

MIMI, *riant convulsivement.*

Vous, peut-être! Ha! ha! ha! vous me faites rire, tenez!... Je ne suis qu'une petite fille, un enfant perdu en venant au monde, j'ignore le beau langage et les belles manières, et cependant Rodolphe m'a adorée! oui, madame, adorée! ce n'est pas trop dire... Aussi n'est-ce pas en quatre jours qu'il pourra m'oublier et en aimer une autre... A celle qui se croirait aimée de lui, je dirais: Il vous trompe et se trompe lui-même... ne l'écoutez pas; car vous ne tarderez pas à vous apercevoir que vous n'êtes pour lui qu'une distraction... et cela vous ferait de la peine.

Mme DE ROUVRES.

Continuez, mademoiselle... vous m'amusez beaucoup.

MIMI.

Non, madame, je ne vous amuse pas... au contraire... Si Rodolphe ne vous aime pas... que voulez-vous que j'y fasse?... Il sera peut-être votre mari... il était mon amant!... C'était un poète... il deviendra un homme d'affaires... Au reste, cela arrive, et nous autres grisettes, comme vous dites vous autres grandes dames, nous avons souvent le dessus du panier de vos amours.

Mme DE ROUVRES, *se levant.*

C'est tout ce que vous avez à me dire, mademoiselle?

MIMI, *un peu intimidée.*

Pardon, madame, si je vous ai parlé ainsi... mais tout ce que je vous ai dit, j'en suis sûre, voyez-vous.

Mme DE ROUVRES.

Je vous ai écoutée jusqu'au bout... Vous êtes venue me conter vos petites affaires, que je ne vous demandais pas... Je vous ai répondu, c'est beaucoup, croyez-le... Restons-en donc là... Si je parlais, je pourrais détruire des illusions que vous vous obstinez à conserver... et cela vous ferait de la peine, comme vous me le disiez tout à l'heure... Permettez-moi donc de me retirer.

MIMI.

Soit... mais laissez-moi voir Rodolphe!

Mme DE ROUVRES, *passant à droite.*

Vous désirez qu'il vous répète ce qu'il disait tout à l'heure?

MIMI.

Quoi?

Mme DE ROUVRES.

Je m'en souviens moi: l'amour dans une petite chambre visitée de soleil!...

MIMI.

Je sais!...

Mme DE ROUVRES.

Mais bientôt on rêve un autre amour...Vous comprenez, mademoiselle?

MIMI.

Eh bien! oui, c'est vrai... les diamants, la toilette, les belles choses... je n'ai rien de tout cela; mais j'ai le dévouement qui peut les remplacer.

Mme DE ROUVRES

Croyez-vous donc que votre amour vaille le sacrifice de son avenir? (*Musique à l'orchestre.*)

MIMI, *à part.*

Oh! mon Dieu! c'est donc vrai, puisque tout le monde me le dit?... (*Haut.*) Mais je ne puis me passer de lui, madame! mais cet amour, c'est tout mon bonheur!

Mme DE ROUVRES.

Que c'est bien là le cri de votre égoïsme!... Tenez, vous ne vez pas ce que c'est que le dévouement... votre cœur est trop oit pour le contenir!

MIMI, *égarée.*

Assez, madame!... Vous ne croyez pas à mon dévouement, demain vous y croirez... et Rodolphe aussi y croira... Adieu, madame... aimez-le bien! (*Elle sort vivement par la gauche.*)

SCÈNE XII.

Mme DE ROUVRES, BAPTISTE. (*Mimi est sortie à moitié folle. La porte se referme. Mme de Rouvres, très-émue, a fait un mouvement pour la retenir. Quand Mimi est sortie, Mme de Rouvres court au guéridon et sonne. — Baptiste entre par le fond.*)

Mme DE ROUVRES, *très-agitée.*

Baptiste, descendez à l'instant, et suivez une jeune fille qui va sortir de l'hôtel.

BAPTISTE, *à part.*

Mademoiselle Mimi... ah! mon Dieu!

Mme DE ROUVRES, *avec emportement.*

Allez donc! (*Baptiste sort en courant par la gauche.*)

Mme DE ROUVRES.

Son adieu m'a frappée au cœur!

RODOLPHE, *entrant vivement par le fond, à part.*

Qu'ai-je appris?... ces lettres n'étaient que mensonges... Mimi est innocente... et elle était là! (*Il va vers le cabinet, Mme de Rouvres lui barre le passage.*)

Mme DE ROUVRES.

Elle n'y est plus, monsieur.

RODOLPHE.

Quoi! vous saviez?...

Mme DE ROUVRES.

Eh bien! oui, je le savais... il faut choisir entre vos deux maîtresses, monsieur! je ne veux pas d'une semblable rivale! (*Elle tombe assise sur le canapé de droite.*)

RODOLPHE.

Une rivale! ah! oui... Vous l'avez chassée, madame... les larmes de cette enfant ne vous ont pas touchée.

Mme DE ROUVRES.

Les miennes vous toucheraient-elles, monsieur? (*Durandin paraît au fond avec Marcel et Colline.*)

RODOLPHE.

Eh! madame, ce n'est pas votre amour qui pleure... c'est votre orgueil.

Mme DE ROUVRES.

Monsieur! (*Durandin, Marcel et Collin entrent vivement.*)

DURANDIN, *courant à Rodolphe.*

Qu'est-ce donc? qu'y a-t-il?

RODOLPHE.

Laissez-moi!... votre conduite est indigne.

DURANDIN.

Monsieur!

MARCEL.

Mon ami!

RODOLPHE.

Cette fille que j'aimais... que j'aime encore... vous l'avez calomniée.

Mme DE ROUVRES.

Comment?

BAPTISTE, *entrant par la petite porte de droite, à Rodolphe.*

Ah! monsieur... je crains qu'il ne soit arrivé un malheur... mademoiselle Mimi.

RODOLPHE.

Eh bien!

BAPTISTE.

Je l'ai vue sortir en courant, j'ai voulu la suivre, mais dans l'ob scurité l'ai perdue. (*Marcel, Colline et Baptiste vont à la fenêtre.*)

RODOLPHE, *avec douleur.*

Mimi!... (*A Durandin et à Mme de Rouvres.*) Entendez-vous?

en ce moment elle meurt peut-être, victime de votre amour et de votre perfidie. (*Durandin hausse les épaules et remonte, Mme de Rouvres passe à gauche et regarde Rodolphe avec fierté.*)

Mme DE ROUVRES.**

Vous êtes chez moi, monsieur !

RODOLPHE.

Oui, madame, de votre perfidie... car elle était là... et elle m'a entendu quand je la reniais lâchement.

Mme DE ROUVRES.

Pour qui donc, monsieur ?

RODOLPHE, *bas à Mme de Rouvres.*

Pour une autre qui me renie à son tour. Adieu, madame... Vous me disiez tout à l'heure de choisir...

Mme DE ROUVRES, *qui vient d'arracher le portrait de Mimi de l'album, le froissant et le jetant aux pieds de Rodolphe.*

Je ne vous le dis plus!... Adieu, monsieur !

DURANDIN, *à Rodolphe.*

Allez, monsieur, continuez votre existence de désordre votre belle vie de Bohème... Tout est fini entre nous.

RODOLPHE, *à Durandin.*

Gardez votre argent. (*A Mme de Rouvres.*) Gardez votre or gueil... moi, je garde mon amour ! (*Il remonte près de Marcel e de Colline. M. Durandin est à gauche près de la table; Mme de Rouvres est tombée sur le canapé de gauche. Schaunard entre par la droite, et va suivre les autres.*)*

BAPTISTE, *arrêtant Schaunard, bas.***

Monsieur, vous n'auriez pas besoin d'un domestique ?

SCHAUNARD.

Si, quelquefois... pour m'avancer de l'argent sur ses gages. (*Baptiste fait signe que ça lui va, et se dispose à le suivre. — La toile tombe.*)

ACTE V.

CHEZ RODOLPHE.

Une chambre. — Au fond, un lit. — Porte à côté du lit à gauche. — Fenêtre à gauche, au deuxième plan. — Au premier plan à droite, une cheminée. — Au premier plan, un peu vers la gauche, une table sur laquelle sont entassés des bouteilles et des plats vides. — A terre, des bouteilles, des assiettes, des coquilles d'huîtres, etc. — Un fauteuil Voltaire près de la cheminée. — Un grand désordre.

SCÈNE I.

RODOLPHE, MARCEL, COLLINE, SCHAUNARD.

(*Au lever du rideau, Colline et Schaunard sont près de la cheminée, enfoncés dans l'être éteint. Marcel et Rodolphe sont assis à la table, tristes et silencieux. On entend le vent souffler.*)

COLLINE, *se reculant de la cheminée.****

Qu'est-ce qui vient là ?

SCHAUNARD.

C'est le père Borée, ambassadeur du mois de décembre (*Il grelotte.*) Brr !... brr !... Eh ! Marcel !...

MARCEL, *relevant la tête.*

Eh bien ?...

SCHAUNARD.

Toi qui es debout, va donc voir dans la bibliothèque s'il ne reste pas un peu de fagot.

MARCEL, *sans se lever, montrant le ciel par la fenêtre.*

Vois-tu là-bas ce petit nuage de fumée ?... C'est notre dernière bûche qui s'envole.

SCHAUNARD.

Brr !... brr !... Sacrebleu ! nous ne sommes pas en sûreté ici. C'est une Sibérie !... il y règne une température capable de faire éclore des ours blancs. (*Prenant un verre sur la cheminée.*) Buvons !

COLLINE, *prenant une bouteille et la renversant.*

L'édition est épuisée !... (*Il se lève et va près de Marcel.*)

SCHAUNARD, *rejetant le verre sur la cheminée.*

Dieu ! que c'est bête un verre vide ! (*D'un ton de mandoline.*) Où dînerons-nous, aujourd'hui ?

COLLINE, *de même.**

Nous le saurons demain... (*Frappant sur l'épaule de Marcel.*) Est-ce que nous n'allons pas songer à travailler ?

MARCEL.

Je ne travaille jamais en sortant de table, quand j'y suis resté cinq jours de suite... Je ne suis pas en train.

SCHAUNARD, *se levant.*

Je connais ça... c'est dans la nature... Il y a des années où l'on n'est pas en train.

COLLINE, *revenant près de Schaunard.***

Viens-nous-en. (*Bas*) Les regrets de nos amis ont besoin de solitude. (*Haut.*) Adieu, Marcel.

SCHAUNARD.

Adieu, Rodolphe. (*Ils leur serrent la main et sortent.*)

SCÈNE II.

MARCEL, RODOLPHE.

(*Rodolphe se lève et gagne la droite. Pendant quelques instants ils demeurent silencieux, puis un bruit de pas se faisant entendre dans l'escalier, Marcel se lève précipitamment et va coller son oreille à la porte. Le bruit s'éloigne.*)

MARCEL, *à part.***

Je m'étais trompé.

RODOLPHE.

Celle que tu attends ne vient pas.

MARCEL.

Que veux-tu dire ?

RODOLPHE.

Tu attends Musette.

MARCEL.

Je l'ai attendue, mais je ne l'attends plus. Il y a cinq jours, c'est vrai, je lui ai écrit; je lui disais que nous avions des sommes, une apoplexie foudroyante de fortune... mon gain du jeu, tu sais... et je l'invitais à venir se chauffer pendant qu'il y avait du feu; elle m'a répondu sur-le-champ qu'elle viendrait... Alors, c'est vrai, je l'ai attendue pendant cinq minutes. (*Il passe près de la cheminée.*)

RODOLPHE.*

Tu l'as attendue pendant cinq jours, et tu l'attends encore.

MARCEL.

Non.

RODOLPHE.

Et si tu la voyais entrer, ton cœur lui sauterait au cou.

MARCEL, *montrant son cœur.*

Non, la petite bête est morte. (*S'asseyant devant la cheminée.*) Et cire que pendant cinq jours cette cheminée a flambé comme l'enfer... Si Musette avait été là, elle qui était si frileuse.

RODOLPHE.

La petite bête est morte, disais-tu ?

MARCEL, *se levant.*

Eh bien ! non, elle ne l'est pas; c'est stupide, mais c'est comme ça. — Ah ! toi, au moins, tu pouvais aimer ta Mimi à plein cœur... elle ne t'a jamais trompé, et si tu n'étais pas riche, son amour te faisait crédit.

RODOLPHE.

Musette aussi t'aimait bien... Mais pourquoi n'as-tu pas essayé de la retenir autrefois? Elle ne t'aurait peut-être pas quitté.

MARCEL.

Je ne pouvais pas me battre en duel avec tous les cachemires qui lui faisaient la cour. (*Il se rassied près de la cheminée.*)

RODOLPHE.

C'est juste, tandis que moi j'ai perdu Mimi par ma faute. — Je l'ai soupçonnée, quand elle était fidèle; et elle est partie depuis dix jours. — Pendant les cinq premiers, je l'ai cherchée partout, je ne l'ai pas trouvée et je n'ai rien appris.

MARCEL.

Elle aura passé en Angleterre.** (*Se levant et allant ranger la table contre le mur de gauche.*) Ah ! tiens, tôt ou tard, elle aussi t'aurait planté là pour un clerc de notaire frisé qui l'aurait séduite avec des madrigaux frappés à la monnaie.

RODOLPHE, *qui rêvait.*

C'est égal... nous leur devons de beaux souvenirs.

MARCEL.

Oui, mais tous ces souvenirs-là, ce n'est bon qu'à faire des regrets. Bah ! parlons d'autre chose, et tâchons de nous réchauffer... car il fait un froid !... Qu'est-ce qu'on pourrait donc bien brûler pour se dégourdir les doigts un moment ? Ah ! à propos de souvenirs, j'ai quelques autographes de Musette. (*Il va à une espèce de buffet qui est dans le coin, à gauche, et prend des lettres dans un tiroir.*) * Puisque je suis en train d'oublier, j'ai bien envie... mais avant (*s'asseyant près de la cheminée*), relisons une dernière fois ces lettres brûlantes. (*Lisant.*) « Je vais dîner chez ma tante; comme il pleuvra peut-être ce soir, je ne rentrerai que demain matin. » Très-bien, je la connais sa tante,

c'était mon cousin. En voici une autre. « J'ai pris l'argent qui
» était dans la tabatière pour aller acheter des bottines vertes. »
Ces bottines-là ont dansé bien des contredanses où je ne faisais
pas vis-à-vis. (*D'un ton railleur.*) O mes lettres d'amour, de
vertu, de jeunesse! à la poste!... (*Il les jette au feu.*) Tant pis,
quand j'ai froid, je me brûlerais une jambe pour me chauffer
l'autre.

RODOLPHE, *s'asseyant près de la table.*

O petite Mimi! joie de ma maison, c'est donc bien vrai que
vous êtes partie et que je ne vous verrai plus? O petites mains
blanches aux veines bleues, vous à qui j'avais fiancé mes lèvres!
avez-vous donc reçu mon dernier baiser? (*En ce moment on entend dans l'escalier une voix qui chante :*)

Réveillez-vous, ma mie Jeannette,
Et mettez vos plus beaux habits.

RODOLPHE, *courant à la porte où il trouve Marcel arrivé avant lui.*

C'est la chanson de Mimi.

MARCEL.

Oui; mais c'est la voix de Musette. (*Musette entre gaiement, et
s'arrête en voyant l'aspect délabré de la chambre et la tristesse sur
les visages.*)

SCÈNE III.
LES MÊMES, MUSETTE.

MARCEL, *à part.*

Soyons fier et dédaigneux. (*Il se pose avec fierté. Rodolphe
donne la main à Musette et fait un pas pour remonter.*)

MUSETTE, *à Rodolphe.*

Vous nous quittez?

RODOLPHE.

Oui, je vais acheter du tabac à la Havane. (*Musette le remercie
geste. Rodolphe sort.*)

MUSETTE, *à part.*

Je n'ose plus entrer. (*Appelant doucement.*) Marcel! (*Marcel
ne bouge pas.*) Est-ce qu'il faut que je m'en aille?

MARCEL.

Évidemment.

MUSETTE, *toute triste, va sortir; Marcel par un mouvement involontaire fait un pas de son côté; Musette jette son chapeau et son
châle sur une chaise près du lit et s'élance dans ses bras.*)

Mon petit Marcel. (*Elle monte sur la pointe du pied pour que
Marcel l'embrasse.*)

MARCEL, *se détournant avec effort et passant à gauche.*

Je ne suis plus votre petit Marcel!

MUSETTE, *regardant autour d'elle.*

Il fait bien froid chez vous.

MARCEL.

Le feu vous a attendue pendant cinq jours, et la table aussi...
(*Montrant la cheminée.*) Il ne reste plus que des cendres; (*montrant la table*) il ne reste pas de miettes.

MUSETTE, *timidement et s'asseyant.*

Je suis en retard.

MARCEL.

Cinq jours pour traverser le Pont-Neuf! vous avez donc pris
par les Pyrénées? (*Musette ne répond rien et pose sa tête sur la
poitrine de Marcel qui s'est rapproché d'elle.*) Qu'est-ce qui vous
a retenue? Est-ce un caprice blond ou brun?

MUSETTE.

C'est la pluie.

MARCEL.

La pluie, je comprends. (*Avec amertume.*) O Danaé!...

MUSETTE.

C'est la vérité... et si je ne craignais de te faire de la peine...

MARCEL.

Oh! une épingle de plus ou de moins dans la pelote. (*Touchant la robe de Musette.*) Mais qu'est-ce que vous avez donc là-
dessous?

MUSETTE, *avec coquetterie.*

Tu le sais bien. (*Se levant.*) Écoute; quand j'ai reçu ta lettre,
je l'ai montrée à milord.

MARCEL.

Quel âge a milord?

MUSETTE.

Il a quinze jours... D'abord, ça l'a un peu surpris... il a fait
oh!... mais je lui ai dit : Écoutez, mylord, depuis que j'ai un
corset de quatre-vingts francs, je ne suis plus mon corset battre, bien sûr je l'ai laissé dans un des tiroirs de Marcel; je vais
le chercher, et je suis partie. Mais, quand j'étais à moitié chemin, voilà une averse!... ah!... et pas une voiture... J'étais à la
porte de Madeleine, je monte, on allait tirer une loterie au
profit d'une pauvre famille. Madeleine me saute au cou et me

demande un lot; elle prend quelque chose dans ma poche, je
la laisse faire sans regarder. La loterie se tire, et tout à coup voilà
un joli monsieur qui s'approche de moi, et qui me dit : Mademoiselle, j'ai le numéro 23. (*Baissant les yeux.*) Et le numéro 23,
c'était...

MARCEL.

C'était?...

MUSETTE.

Tiens, parlons politique...

MARCEL.

Eh bien?

MUSETTE, *tout bas.*

C'était la clef de mon boudoir, et comme je le suppliais de me
la rendre : Mademoiselle, me répondit-il, je la rendrai, mais à la
serrure.

MARCEL, *remontant.*

Tiens, va-t'en.

MUSETTE, *partant d'un grand éclat de rire.*

Ah bah! c'était un Espagnol, et je ne connaissais pas l'Espagne.

MARCEL.

Je te le disais bien que tu avais pris par les Pyrénées! (*Il s'assied.*)

MUSETTE.

Que veux-tu? mon existence folle est une chanson, chacun
de mes amours en est un couplet... mais c'est toi qui es le refrain... (*Elle l'enlace dans ses bras.*)

AIR : *Venise est encore au bal.*

Souvenirs des anciens jours,
Rappelez-lui ma tendresse!
Les infidèles amours
Sont les plus charmants toujours,
Comme un démon tentateur,
L'orgueil a séduit mon cœur...
Mais le vrai, le seul bonheur,
La seule richesse,
C'est l'amour dans la gaîté,
C'est la vie aventureuse
Et c'est notre liberté
Toujours si joyeuse.

*Elle force Marcel à l'embrasser. Rodolphe rentre et descend la scène d'un
air pensif.*

SCÈNE IV.
LES MÊMES, RODOLPHE.

MUSETTE.

Ah! c'est Rodolphe! (*A Marcel.*) Comme il a l'air triste!
(*Elle passe près de Rodolphe.*)

RODOLPHE, *à Musette.*

Depuis dix jours, est-ce que vous ne l'avez pas rencontrée?

MUSETTE.

Qui donc?

RODOLPHE.

Mimi.

MUSETTE.

Comment?

MARCEL, *bas à Musette.*

Un tas d'histoires, des jalousies, des soupçons; c'est l'oncle
de Rodolphe qui est cause de tout cela... Enfin, Mimi s'est envolée, et peut-être qu'elle a maintenant un nouvel amour et des
chapeaux à plumes.

MUSETTE, *riant.*

Mimi avec un chapeau à plumes! Oh! Dieu! qu'elle doit être
drôle! (*Changeant de ton sur un geste de Marcel, à Rodolphe.*)
Ah! bah! elle reviendra; je suis bien revenue, moi.

MARCEL.

Parbleu! tu ne fais qu'aller et venir. (*Musette s'est approchée
de Rodolphe, qu'elle semble chercher à consoler. Tout à coup on
entend du bruit dans l'escalier, Rodolphe tressaille. Musique à
l'orchestre.*)

RODOLPHE.

Ah! mon Dieu! je ne me trompe pas cette fois... (*Il écoute.*)

MUSETTE.

Qu'est-ce donc?

RODOLPHE, *lui mettant la main sur son cœur.*

Écoutez... c'est mon cœur qui crie après elle... (*Mimi paraît
en s'appuyant contre le chambranle de la porte.*)

MUSETTE.

Mimi! Ah! je le disais bien.

RODOLPHE, *courant à Mimi.*
Oui, oui, c'est elle !... ah !...

SCÈNE V.

LES MÊMES, MIMI, *pâle, abattue.*

MIMI.

Rodolphe !

RODOLPHE, *la couvrant de baisers.*
Mimi, ma chère Mimi !

MIMI, *dans ses bras.*
Rodolphe ! mon ami, oh ! laisse-moi m'asseoir, je ne peux pas me tenir... (*Marcel avance le fauteuil, elle s'assied. Musette s'assied à côté d'elle. L'apercevant.*) Ah ! te voilà ! bonjour, Musette, tu es revenue, tu as bien fait, va ! (*Tendant la main à Marcel.*) Bonjour, Marcel ; ça va bien, et moi aussi.(*A elle-même.*) Non, ça ne va pas bien.

RODOLPHE.
Est-ce que tu souffres ?...

MIMI.
Non, je suis fatiguée seulement..

RODOLPHE.
Ma pauvre Mimi !

MIMI.
Oui, ta pauvre Mimi qui te retombe sur les bras ! Tu ne m'attendais plus, hein ?

RODOLPHE, *à Mimi.*
Mais d'où viens-tu, si tard par ce mauvais temps ?

MIMI.
D'où je reviens ? je ne viens pas de danser, va ; je reviens de l'hôpital.

RODOLPHE.
Oh ! mon Dieu !

MARCEL, *bas à Rodolphe qu'il prend à part.*
Dis donc, je ne sais pourquoi, mais j'ai peur ; Mimi paraît bien mal.

RODOLPHE, *bas.*
Je l'ai vu comme toi.

MARCEL, *bas.*
Je vais aller chercher ce jeune médecin que nous connaissons.

RODOLPHE.
Oui, et amène-le tout de suite. (*Marcel sort. Rodolphe revient à Mimi.*)

MIMI, *continuant à causer avec Musette.*
Mon Dieu ! oui, ma chère je sors de l'Hôtel-Dieu, un vilain endroit pour mourir ; j'ai eu bien de la peine à m'en aller, va ; on ne voulait pas me laisser partir. Heureusement on manquait de lits, et ça en faisait un de plus. Enfin, me voilà. (*A Rodolphe.*) Ah ! mon pauvre ami, j'avais bien peur de ne plus te revoir.

RODOLPHE, *qui s'est agenouillé près d'elle.*
Mais cette nuit de bal, où tu as quitté l'hôtel de...

MIMI, *vivement.*
Oui, je sais.

RODOLPHE.
Où donc as-tu été ?

MIMI,
J'ai été tout droit sur le pont, comme une grisette de roman.

RODOLPHE.
Tu voulais mourir ?

MIMI,
Dam !... qu'est-ce que tu voulais que je fasse ? On m'avait dit que j'étais un obstacle à ton bonheur ; tu doutais d'abord... mais depuis... (*Soupirant.*) Ah !... enfin... ça m'a décidée. J'ai cru que tu m'avais oubliée pour de bon, et j'ai couru à la rivière ; où voulais-tu que j'aille ?

RODOLPHE, *avec amour.*
Mimi !

MIMI.
J'ai regardé l'eau couler ; elle était bien sale ? Ça n'était pas beau, va ! Je me tenais appuyée contre le parapet, je regardais machinalement autour de moi. Tout à coup, je ne sais pas comment, mes yeux se sont tournés du côté du quai, et j'ai aperçu, à notre petite fenêtre, la lumière que j'avais oublié d'éteindre. Tout mon bonheur passé semblait me regarder par cette fenêtre. Alors j'ai oublié la grande dame, j'ai oublié la rivière, et je n'ai plus pensé qu'à toi. Je me suis rappelé le temps où nous avons vécu dans cette chambre. Dans ce temps-là, tu te souviens, la lumière brûlait tard aussi ; tu travaillais dans la nuit, et de temps en temps tu te dérangeais pour venir m'embrasser dans mon lit. Tous

ces souvenirs avaient un peu troublé mes idées ; la rivière gonflée avait beau me dire : Viens-tu ? en grondant sous les arches... je ne me pressais pas et je me disais : Quand je serai au fond de l'eau, il ne pourra plus venir m'embrasser. Cependant il fallait bien en finir, je n'étais pas venue là pour m'amuser ; je me suis penchée de nouveau sur le parapet, mais le courage m'a encore manqué. Alors j'ai regardé la fenêtre où la lumière brûlait toujours, et je me suis dit : J'irai dans l'eau quand la lumière s'éteindra. Ah ! vois-tu, mon ami, quand on souffre, on a bientôt dit. Je m'en vais mourir. On croit que c'est facile ; mais on se trompe joliment, va ! Pendant que j'attendais le signal pour faire le saut, la fièvre m'a saisie, j'ai perdu la tête, et je suis tombée évanouie sur le pavé. Quand je suis revenue à moi, j'étais dans un lit de l'Hôtel-Dieu.

MUSETTE, *à part, se levant.*
Pauvre fille !

RODOLPHE, *à Mimi, qui veut se lever.*
Tu es fatiguée, repose-toi.

MIMI.
Je ferai tout ce que tu voudras... Dis donc, si j'avais trouvé une autre femme ici, c'est moi qui serais joliment descendue par la fenêtre. (*Elle tousse.*)

RODOLPHE.
Ne parle plus.

MIMI.
Tu m'aimes toujours, n'est-ce pas ?

RODOLPHE.
Si je t'aime !... (*On frappe à la porte.*)

SCÈNE VI.

RODOLPHE. LE MÉDECIN, MIMI, MUSETTE, *puis* MARCEL.

LE MÉDECIN.
Vous m'avez fait demander ?

RODOLPHE, *se relevant et venant près du médecin.*
Chut ! (*Musette retourne près de Mimi et lui parle bas.*)

LE MÉDECIN.
Je comprends...

RODOLPHE.
Mimi... ma petite fille, voilà un de mes amis qui est monté me voir en passant. C'est un médecin. Si tu lui disais où tu souffres, ce que tu éprouves ?

LE MÉDECIN, *venant près de Mimi dont il prend la main.*
Vous permettez, mademoiselle ? (*Rodolphe semble épier avec anxiété la physionomie du médecin, qui lui fait signe de s'écarter. — Marcel rentre. — Musette et Rodolphe vont au-devant de lui pendant que le médecin semble consulter Mimi.*)

MARCEL.
Le médecin est-il venu ?

MUSETTE.
Il est là !

MARCEL.
Qu'a-t-il dit ?

RODOLPHE.
Nous ne savons rien encore. (*Musette et Marcel se rapprochent de Mimi.*)

LE MÉDECIN, *à Mimi.*
Tranquillisez-vous, mademoiselle... ce n'est rien... du repos, et tout ira bien.

RODOLPHE, *joyeux.*
Ah ! (*Marcel et Musette redescendent la scène et vont s'asseoir près de Mimi, pendant que le médecin et Rodolphe sont dans un coin du théâtre.*)

LE MÉDECIN, *revenant à Rodolphe et lui prenant la main. Bas.*
Mon ami, c'est fini.

RODOLPHE, *tressaillant.*
Perdue ? O Mimi ! ma pauvre Mimi !

LE MÉDECIN.
Dans huit jours au plus tard.

RODOLPHE.
Quoi ! sitôt ?

LE MÉDECIN.
Plus tôt... Demain peut-être.

MIMI, *se penchant vers Rodolphe et le médecin.*
Qu'est-ce que vous dites là tous deux ?

RODOLPHE, *prenant un ton gai et venant à elle.*
Nous complotons pour te faire prendre quelque chose de très-mauvais qui te guérira bien vite.

MUSETTE, à *Mimi.*

Tu vois bien, si tu étais en danger, il ne rirait pas.

MARCEL, *qui vient de porter une écritoire et du papier sur la table. Bas, à Rodolphe.*

Que dit le médecin ?

RODOLPHE, *bas.*

C'est fini !

LE MÉDECIN, à *Mimi.*

Allons ! ne vous tourmentez pas...

MIMI.

Oh ! je suis mieux déjà depuis que je suis ici. (*La fièvre commence à la prendre.*) Il faut me guérir bien vite, monsieur ! (*Montrant Rodolphe, qui s'est rapproché, et dont elle a pris la main.*) Vous le voyez, je suis toute sa joie — une triste joie, n'est-ce pas ? Enfin il m'aime comme ça. (*Regardant la robe de Musette.*) C'est joli cette robe !... Tout à l'heure, en revenant de l'hôpital, j'ai regardé les magasins. Quel malheur que cela coûte aussi cher ! (*Avec vivacité.*) Comme on est drôle quand on est malade ! on a toutes sortes d'envies. (*A Rodolphe.*) Tu sais bien, moi qui ne suis pas coquette, je voudrais avoir... (*Tristement.*) Non, n'y pensons plus ! (*Le Médecin est allé s'asseoir à la table et écrit son ordonnance. — Marcel est retourné près de Musette.*)

RODOLPHE.

Si, au contraire, parle, qu'est-ce ? que veux-tu ? Est-ce une belle robe de soie, comme celle de Musette, avec une garniture de blonde ?

MIMI, *riant et toussant.*

Ah ! de la blonde !... comme il est bête ! c'est de la dentelle !... Non, je ne veux pas de robe de soie. Je voudrais avoir... un manchon, mais j'en ai bien envie. (*Musette fait signe à Rodolphe de dire oui.*)

RODOLPHE, à *Mimi.*

Ce n'est que cela, ma chérie ? tu l'auras !

MUSETTE, *bas, à Marcel.*

J'en ai un chez moi... tu iras le prendre.

MIMI.

Bientôt ?

RODOLPHE.

Tout à l'heure. (*Marcel remonte et repasse près du Médecin.*)

MIMI.

Ça coûte cher un manchon. Tu es donc riche ?

RODOLPHE, *vivement.*

Oui, nous sommes riches !

MIMI, *répétant.*

Ah bien ! si nous sommes riches, il faut faire aller le commerce. Va me chercher mon manchon.

LE MÉDECIN, *se levant et venant à Rodolphe, après avoir remis l'ordonnance à Marcel.*

J'ai quelques visites à faire. Je reviendrai dans la soirée. (*Il sort. Rodolphe et Marcel le reconduisent.*)

MUSETTE, à *Mimi.*

Allons, viens te reposer.

MIMI.

Je veux bien. (*Elle se lève, appuyée sur Musette et sur Rodolphe, qui est revenu près d'elle. — En remontant.*) Tiens, le médecin est parti !

RODOLPHE.

Oui.

MIMI.

Qu'est-ce qu'il a dit de moi ?

RODOLPHE.

Il a dit que si tu voulais être bien sage, dans huit jours tu pourras aller au bal.

MIMI.

Avec mon manchon ?

RODOLPHE.

Oui, avec ton manchon.

MIMI, *pendant qu'on l'aide à se mettre sur le lit.*

Quel bonheur ! Alors, pour commencer, je vais tâcher de dormir ; car je ne dormais presque pas là-bas... Ces grandes salles, c'est si triste la nuit ! (*Musette range le fauteuil près de la cheminée. — Serrant Rodolphe entre ses bras.*) Ah ! mon ami, ne me renvoie pas à l'hôpital, j'y mourrais. (*Doucement.*) Je suis si bien ici (*sa voix baisse*), dans ma petite chambre (*plus bas*), auprès de toi... mon Rodolphe... (*Elle s'endort.*)

MUSETTE, *bas.*

Elle commence à dormir... (*Elle tire les rideaux.*)

MARCEL, *montrant les débris du festin.*

Hein ! si nous avions pu prévoir ; dire qu'il ne reste pas une goutte des cent écus que nous avons bus dans ces bouteilles...

MUSETTE, à *Rodolphe.*

Vous la gardez, n'est-ce pas ?...

RODOLPHE, *avec transport.*

Si je la garde...

MUSETTE.

Et de l'argent !

RODOLPHE.

Je vais chez mon oncle.

MUSETTE.

Ah ! mais que je suis étourdie, moi ! En attendant (*elle ôte ses bracelets et les donne à Marcel*) va m'accrocher ça, tu sais où !... Comme je suis folle de ne pas y avoir pensé plus tôt !

RODOLPHE, *lui serrant la main.*

Ah ! Musette, merci ! (*La nuit vient peu à peu.*)

MUSETTE.

Dieu ! que vous êtes bête ! (*A Marcel.*) N'oublie pas de monter chez moi pour prendre le manchon ! et pendant que tu seras en course, passe chez Schaunard et Colline.

RODOLPHE, *venant près de Marcel.*

Préviens-les de ce qui m'arrive.

MARCEL, *entraînant Rodolphe.*

Oui, viens... allons battre le rappel de la monnaie. (*Ils sortent.*)

SCÈNE VII.

MIMI *endormie*, MUSETTE *auprès du lit.*

MUSETTE.

Elle dort. (*Elle va à la cheminée et allume une chandelle, la chambre s'éclaire.*) En voilà une qui n'aura pas eu de chance ! si elle avait voulu cependant, elle aurait pu être comme moi... J'aurais bien été comme elle si j'avais pu. Nous avions chacune notre maladie ! moi une maladie qui m'a fait vivre, la coquetterie et le plaisir. Elle, une maladie mortelle, l'amour et l'honnêteté. (*Retournant au lit.*) On dirait qu'elle a froid. (*Elle jette son châle sur le lit.*) Pauvre fille ! elle n'aura jamais été si bien mise.

SCÈNE VIII.

MUSETTE, MARCEL et RODOLPHE, *entrant ensemble. Marcel tient à la main un carton duquel il retire un manchon qu'il dépose sur un meuble. Rodolphe est triste et silencieux.*

MUSETTE, *allant vers Rodolphe.*

Eh bien !

RODOLPHE, *bref.*

Rien !

MUSETTE.

Comment ! vous n'avez rencontré personne...

RODOLPHE, *avec une ironie amère.*

J'ai rencontré un pauvre qui m'a demandé l'aumône. (*Il passe à droite.*)

MUSETTE, *allant vers Marcel.*

Et toi... combien t'a-t-on prêté là-bas ?

MARCEL.

Rien !

MUSETTE.

Comment !

MARCEL, *lui rendant ses bijoux.*

C'est aujourd'hui dimanche, le clou fait relâche, il faut attendre à demain.

MUSETTE.

Demain. Mais d'ici, là...

SCÈNE IX.

LES MÊMES, COLLINE, SCHAUNARD, *entrant ensemble. Schaunard en habit de nankin.*

MARCEL, *allant à Schaunard.*

Eh ! bien !

SCHAUNARD, *fouillant dans sa poche.*

Voilà trente sous ! (*Il les donne à Marcel.*)

RODOLPHE, à *Colline.*

Eh bien !

COLLINE, *fouillant dans sa poche.*

Voilà trois francs.

MARCEL, *les prenant.*

Quatre livres dix... Je vais chez le pharmacien. (*Il sort.*)

MUSETTE, à *Colline et Schaunard.*

Comment avez-vous fait ?

SCHAUNARD.

J'ai voulu vendre une pelure dans laquelle je comptais hiverner ; mais c'est aujourd'hui dimanche — ces choses-là n'arrivent qu'à moi, — il n'y avait pas un seul marchand d'habits dans les rues, et les fripiers étaient fermés. Cependant j'en ai trouvé un ; il m'a offert trente sous de mon alpaga et un habit de nankin en retour. Je n'avais pas le choix, j'ai pris, voilà.

MUSETTE.

Pauvre garçon! un habit de nankin de ce temps-ci.

SCHAUNARD.

Ça n'est pas chaud ; mais c'est joli, et puis il y a longtemps que j'avais envie d'en avoir un ! (Il remonte.)

COLLINE.

Moi, c'est autre chose! j'ai voulu vendre mes livres ; mais tous les bouquinistes étaient clos dans leur vie privée. Quand j'ai vu ça, je suis entré chez un épicier et je lui ai négocié, au poids, une série de philosophes grecs... Ça valait dix écus, mais ça ne pesait que trois francs. J'ai pris, voilà! (Rodolphe est remonté près de la fenêtre.)

SCHAUNARD.

L'art est dans le marasme... et à cette heure, une moitié de Paris emprunte cent sous à l'autre moitié qui les lui refuse. (Il passe à droite.)

MUSETTE, à Rodolphe.*

Est-ce que votre Providence habituelle vous abandonnerait ?

RODOLPHE, toujours ironique.

La Providence! la Providence... (montrant la fenêtre) quand il fait ce temps-là, elle reste au coin de son feu.

MUSETTE.

Et votre oncle?

RODOLPHE.

Je l'ai vu. Il montait en voiture pour se rendre au bal chez madame de Rouvres. (Schaunard vient s'asseoir à gauche, près de la fenêtre.)

MUSETTE.**

Eh bien?

RODOLPHE.

Il n'y a rien à attendre de lui.

MUSETTE.

Vous ne lui avez donc pas dit...

RODOLPHE.

Je lui ai dit tout, mais il ne croit à rien ; il dit qu'elle joue la comédie, et que c'est un moyen pour entortiller son monde et arriver à son but.

MUSETTE, avec colère.

Dieu! s'il est possible d'entendre ça de sang-froid ! (Elle repasse à droite et s'assied dans le fauteuil. Colline s'est assis près de la cheminée.)

RODOLPHE, allant entr'ouvrir les rideaux de lit.

Pauvre fille!... tu m'as aimé, et dans mon amour égoïste je t'ai associée à ma vie de misère... chaque jour j'ai assisté à ton martyre patient, et pendant que tu tremblais sous les frissons de la fièvre... je me réchauffais à la chaleur de ton amour. (S'agenouillant.) Je t'en demande pardon... oui... c'est à cause de moi que te voilà sitôt couchée sur ce lit où je vois déjà la mort naître sur ton visage.

SCÈNE X.

LES MÊMES, Mme DE ROUVRES, puis MARCEL et DURANDIN.
(Mme de Rouvres est entrée silencieusement.)

RODOLPHE, se relevant et l'apercevant.*

Vous !... vous ici, madame ! (Tous se lèvent.)

Mme DE ROUVRES.

Parlez bas. (Montrant le lit.) Qu'elle ne vous entende point.

RODOLPHE.

Quoi! vous savez?...

Mme DE ROUVRES.

Monsieur Durandin est chez moi en ce moment; il m'a tout appris.

RODOLPHE.

Madame...

Mme DE ROUVRES.

En d'autres temps, Rodolphe, j'ai pu laisser échapper sur cette jeune fille des paroles...

RODOLPHE, vivement.

Et moi, madame, comment pourrai-je m'excuser pour ma conduite inconvenante chez vous ?...

Mme DE ROUVRES.

Ne vous excusez pas... il n'y a plus ici ni inconvenance ni ri-

valité. (Montrant le lit.) Il y a le malheur et la pitié ! (Vivement.) la pitié sincère, qui souffrirait d'un refus... (Tirant un portefeuille.) Cette maladie peut être longue... prenez... (Elle lui donne le portefeuille.)

RODOLPHE, bas en lui baisant la main.

Ah! Césarine, merci.

Mme DE ROUVRES.

Et maintenant, permettez-moi de me retirer. (Durandin entre en même temps que Marcel qui apporte les médicaments, qu'il pose sur la table.)

DURANDIN, à Mme de Rouvres.

Vous êtes venue? quelle folie !...

RODOLPHE.**

Mon oncle!

DURANDIN.

Laisse-moi dire un mot à madame, je te parlerai ensuite.

Mme DE ROUVRES, à Durandin.

Pas ici... Monsieur, reconduisez-moi.

DURANDIN, à Mme de Rouvres.

Tout à l'heure, chez vous, quand je vous ai parlé de ce qui se passait ici, vous m'avez accusé d'insensibilité, de cruauté même ! Eh bien ! je suis venu exprès pour vous prouver que je ne suis ni insensible ni cruel! seulement je ne veux pas être dupe.

RODOLPHE.

Mon oncle!

DURANDIN.

Et je ne veux pas que le le sois non plus... car, ma parole d'honneur, vous êtes fous tous tant que vous êtes.

Mme DE ROUVRES.

Monsieur, taisez-vous.

DURANDIN.

Je vous le répète, vous êtes dupe d'une comédie ! (Il passe à droite.)

SCHAUNARD, mettant une chaise près du lit. *

Une comédie... Permettez-moi de vous offrir une stalle pour mieux la voir.

MUSETTE, à Durandin.

Ah ! tenez... vous n'avez pas de cœur !...

DURANDIN, à Musette.**

Vous défendez votre pareille, je comprends ça.

MUSETTE, éclatant, mais d'une voix sourde.

Mimi, ma pareille ! Mimi si bonne, si dévouée, si douce ! oh ! comme vous ne me connaissiez guère!.. Ah ! monsieur Million, si vous pouviez être jeune pendant un carnaval?

DURANDIN.

Eh bien ?

MUSETTE.

Je n'en demanderais pas davantage pour faire fondre votre fortune au creuset de mes caprices Vous voyez bien ces petites dents-là, elles croqueraient des lingots ! (Frappant du pied.) Vous n'avez pas un fils en quelque part, que je le mette sur la paille ?

DURANDIN.

Eh bien, à la bonne heure, vous, vous êtes franche. (Il passe près de Rodolphe.)* Voyons, elle est malade, dis-tu ; eh bien, je la ferai entrer dans une maison de santé. (Elevant de plus en plus la voix.) Mais je ne veux pas qu'elle reste ici! (Pendant ce temps le rideau s'est entr'ouvert. On voit Mimi qui écoute. Musette l'aperçoit et court à elle.) A cette condition je donnerai de l'argent, mais je partira !

Mme DE ROUVRES, à Durandin.

Vous ne donnerez rien, monsieur, et elle ne partira pas !

DURANDIN.

Madame..

RODOLPHE, voyant Mimi qui descend de son lit aidée de Musette de Marcel.**

Mon oncle, allez-vous-en?

MIMI, voyant Durandin, à Musette.

Monsieur Durandin!... Laisse-moi partir...

DURANDIN, qui achève à part une discussion avec Rodolphe.

Tu es fou... je te dis que tu es fou!

MIMI, marchant en chancelant, soutenue par Musette; elle arrive près de Durandin.***

Ne le grondez pas, monsieur, je m'en vais... (A Rodolphe, qui est venu près d'elle.) Laisse-moi partir... je ne veux pas qu'on te fasse l'aumône pour moi!

RODOLPHE, *tenant Mimi.*

Ah!... (*A Durandin.*) Allez-vous-en, mon oncle. (*Il soutient Mimi dans ses bras, et, avec Musette, la conduit dans le fauteuil que Colline a approché. Musette lui donne son manchon.*)

MUSETTE.

Vois comme il est joli.

MIMI.

Oui... bien jo'i!... (*Elle fourre ses mains dans le manchon et s'essuie les yeux avec.*)

RODOLPHE, *lui prenant la main.*

Mimi!

MIMI.

Oui, tu m'aimes bien, mon pauvre ami, mais je te gêne.

RODOLPHE.

Tais-toi!

MIMI, *en se retournant, elle aperçoit Mme de Rouvres; elle pousse un cri et se dresse debout.*

Madame de Rouvres!... Adieu, Rodolphe!... adieu! (*Mme de Rouvres remonte.*)

RODOLPHE. *

Mimi!

MIMI, *faisant un pas.*

Adieu... je veux partir, ne me retiens pas.... J'irai à... l'hôpital...Je reviendrai quand je serai guérie. (*Elle s'affaisse lentement dans le fauteuil. Durandin hausse les épaules.*)

Mme DE ROUVRES, *assise près de la table.*

Vous êtes cruel, monsieur! (*Elle se lève.*)

RODOLPHE, *qui s'est approché.*

Oh! oui, bien cruel!...

DURANDIN, *à voix basse, à Rodolphe et à Mme de Rouvres.*

Eh bien!.. voyons... elle est en danger, dites-vous?

RODOLPHE

Elle est mourante, monsieur?

DURANDIN.

Je vais la sauver... (*Il pose sa canne et son chapeau, et s'approche du fauteuil.*) Mademoiselle Mimi, c'était une épreuve, c'est fini. (*Il prend la main de Rodolphe et celle de Mimi.*) Je vous le donne! (*Mimi pousse un long soupir et ne répond pas; musique à l'orchestre.*) Vous l'aimez et il vous aime, vous êtes bonne et il sera riche; soyez heureuse... Allons, levez-vous et embrassez-moi. (*Moment de silence; Musette, qui est penchée vers Mimi, se relève tout à coup, pousse un grand cri et tombe à genoux. Tout le monde entoure Mimi; Durandin, après un mouvement, lâche la main de Mimi qui tombe inerte.*)

DURANDIN.

Ah! mon Dieu!

RODOLPHE. *

Ah!... (*Il s'agenouille près de Mimi.*)

SCHAUNARD, *ouvrant la porte brusquement et apportant à Durandin sa canne et son chapeau.*

Une comédie!... Eh bien, monsieur! la pièce est finie; on va éteindre.

MUSETTE.

Adieu, Mimi.

RODOLPHE, *se relevant et sanglottant.*

O ma jeunesse! c'est vous qu'on enterre.

FIN.

LÉON GOZLAN

UNE TEMPÊTE

DANS UN VERRE D'EAU

COMÉDIE EN UN ACTE, EN PROSE

REPRÉSENTÉE POUR LA PREMIÈRE FOIS, A PARIS, SUR LE THÉATRE-HISTORIQUE
LE 18 DÉCEMBRE 1849 ET AU THÉATRE-FRANÇAIS
LE 24 NOVEMBRE 1854

DISTRIBUTION DE LA PIÈCE

	Théâtre-Historique.	Théâtre-Français.
LUCIEN	M. E. PIERRON.	M. DELAUNAY.
FLORIDE, sa femme	Mme REY.	Mlle D. FIX.
UN DOMESTIQUE DE L'HOTEL	M. PAUL.	M. MASQUILLIER.

Salon élégant, terrasse au lointain, fond maritime; dans l'angle de gauche, une fenêtre; dans l'angle de droite, une cheminée garnie d'une pendule et de deux candélabres; porte praticable au fond donnant sur le perron. Au 1er plan, à gauche, un buffet; sur ce buffet, deux plats de fruits, cuillères, fourchettes et couteaux de service, un pain-couronne, un jambon anglais, un homard, un citron sur une assiette, quelques petits gâteaux, une bouteille de vin; à la face de gauche, une table avec nappe, deux couverts, deux serviettes, deux verres à patte; au milieu, une douzaine d'huîtres; à la face, un plat de crevettes; au lointain, un poulet garni de cresson, une carafe d'eau; au pied de la table, face au public, et à gauche, un seau ou glacier pouvant contenir deux bouteilles; une seule s'y trouve au lever du rideau; sur la chaise, à droite de la table, un nécessaire; au lointain, sous l'appui de la fenêtre, un coffre fermé; à côté, une chaise sur laquelle sont placés le chapeau et le châle de Floride; plus loin, sur une autre chaise, un carton à chapeau de dame; près de la porte du fond à gauche, un cordon de sonnette; un peu plus à la face, la malle remplie des effets de Floride; côté droit, sur un X, la malle de Lucien; elle est en regard de celle de Floride; au fond, une chaise sur laquelle est une petite malle en cuir; sur le coin de la cheminée, un étui à chapeau d'homme des papiers, des journaux partout répandus sur la cheminée; dans l'angle, fourreau à parapluie; à l'extrême droite, un tabouret avec cartons de dentelles et bonnets; à la face, toujours à droite un guéridon avec tapis, où sont posés un petit métier à tapisserie, un écrin, deux ombrelles, une marquise enveloppée et une bro-chure in-8°; sur la chaise près du guéridon, la bibliothèque de voyage, composée de huit petits volumes liés avec une faveur, trois paires de bottines sur les livres; désordre naturel aux apprêts d'un voyage.

SCÈNE I.

FLORIDE, à la fenêtre, parlant au dehors.

Encore une fois, soyez tranquille, mon cher oncle; si la lettre que vous attendez avec tant d'impatience arrive pendant votre promenade, je vous la ferai porter par Antoine... Antoine, commandez à la poste des chevaux pour onze heures... Nous partirons pour Forges aussitôt après le déjeuner de monsieur de Courberive... Si vous le rencontrez, dites-lui que je l'attends!... Bonne promenade, mon oncle; ne manquez pas de nous rejoindre à Forges dès que vous aurez reçu la lettre que vous attendez!... Adieu, adieu!... (*Elle descend la scène.*) Ce cher et excellent oncle Fernand! quel malheur qu'il ne puisse pas partir aujourd'hui avec nous! mais cette grande communication politique dont il doit recevoir mystérieusement la confidence dans cette lettre qui depuis six mois n'arrive pas... Parce que mon oncle a conspiré une fois... il conspire toujours... c'est la santé pour lui... Mais j'oublie que ma femme de chambre est partie pour Forges, où elle nous attend, et que je dois achever moi-même ce que j'ai commencé, c'est-à-dire faire mes malles... A l'ouvrage!...

(*Allant à droite.*) Où mettrai-je ces bottines? dans ce coffre?... il est déjà plein jusqu'aux bords... et puis je froisserais mes robes de soie... Ah ! ici, dans celle de Lucien, sur ses cravates... parfait! mes bottines ne seront pas foulées... (*A gauche.*) Et ce nécessaire? Mon Dieu, qu'on a de choses quand on déménage ou qu'on s'en va! C'est qu'il est bien lourd... si je le mettais encore dans la malle de Lucien? sur ses gilets? c'est cela... il en résultera peut-être quelques faux plis... Lucien est si bon, et après trois ans de mariage... (*Elle passe à droite près du guéridon.*) Oh! mon Dieu! ces trois ombrelles! cet écrin, ce métier à tapisserie, ma petite bibliothèque de voyage... (*Elle regarde dans la malle où elle vient de mettre le nécessaire.*) Entre les gilets et les pantalons, il y a encore une petite place... Allons, c'est cela! (*Elle se lève.*) Enfin, tout est embarqué! Ce n'est pas sans peine... (*Elle ferme la malle et passe à gauche en examinant les mets qui sont sur la table.*) Voilà, je l'espère, un bon petit déjeuner de son goût; n'ai-je rien oublié? les huîtres, les crevettes, le jambon anglais, le homard, un poulet... C'est que nous ne mangerons plus qu'à Forges. Forges!... (*redescendant la scène*) c'est notre dernier espoir, puisse-t-il ne pas être déçu! Ah! s'il se réalisait, quelle joie ce serait pour Lucien, pour mon oncle Fernand, et pour moi surtout!... Ce livre que Lucien m'a donné ce matin pour me distraire pendant le voyage, renferme, m'a-t-il dit, les principaux miracles que les eaux de Forges ont produits... Voyons... (*Elle s'assied, prend la brochure déposée sur le guéridon, et lit.*) « Les Eaux de Forges, leur antique renommée, la supériorité, les vertus de leurs propriétés minérales, suivi de la biographie de plusieurs femmes célèbres que ces eaux ont rendues fécondes. » (*A elle-même.*) Je n'ai jamais pu comprendre comment des eaux... Après tout, ce n'est pas pour rien qu'on les appelle les eaux merveilleuses. « Ouvrage instructif et moral. » Moral! cette dernière précaution me fait peur ; dois-je continuer? Puisque mon mari le veut. (*Continuant.*) « La reine Anne d'Autriche, après plus de vingt ans de mariage avec Louis XIII, ne lui avait pas encore donné d'héritier; vainement avait-elle eu recours aux prières, aux aumônes, aux pèlerinages. La douleur du roi et du peuple était grande; la couronne menaçait de passer à une branche cadette, lorsqu'un paysan de la Normandie, un laboureur de la paroisse de Forges, demanda à parler en secret à la reine. On lui fit attendre longtemps son audience; admis enfin devant la gracieuse Anne d'Autriche, il lui dit que sa stérilité cesserait si elle voulait prendre les eaux de Forges pendant quelques mois... Elle rit beaucoup du conseil et de l'ordonnance ; le confesseur de la reine et son médecin ne rirent pas moins; mais le roi Louis XIII, qui n'avait jamais ri de sa vie, dit au paysan qu'il le ferait pendre si sa recette ne réussissait pas du premier coup, lui qui depuis vingt ans... Le printemps suivant, la cour alla à Forges, et trois mois après, la reine Anne... (*Floride est arrêtée par la difficulté de tourner le feuillet.*) Et trois mois après, la reine Anne... la reine Anne...

SCÈNE II.

FLORIDE, LUCIEN.

(*Lucien entre au moment où Floride dit pour la deuxième fois sa phrase. Il porte une boîte à pistolets de la main gauche, une autre boîte et deux caisses de cigares de la main droite, un énorme oiseau empaillé sous le bras.*)

LUCIEN.

Eh bien, la reine Anne, quelque temps avant la naissance de Louis XIV, fut passionnément aimée du cardinal Mazarin.

FLORIDE.

La réflexion vient fort à propos... (*Floride passe à gauche tandisque Lucien dépose à droite, sur le guéridon, les objets dont il est chargé.*) Je lisais ce livre que tu m'as prêté ce matin.

LUCIEN.

Crois-tu aux prodiges qui y sont racontés?

FLORIDE.

Je le commence à peine ; cependant...

LUCIEN.

Allons, je gage que tu n'y crois pas !

FLORIDE.

Pardon, mon ami, mais j'aurais autant aimé que ce ne fût pas le directeur même de l'établissement des bains de Forges qui l'eût écrit.

LUCIEN.

Pourquoi cela?

FLORIDE.

Parce qu'il est intéressé plus que personne à vanter les effets curieux, merveilleux, prodigieux de ses eaux minérales; il vend la fécondité à trois francs la bouteille.

LUCIEN, *redescendant près du fond.*

Railleuse! tu éprouveras bientôt s'il a raison... Ah! si nous lui devions la joie d'un héritier! Tu sais que ton oncle Fernand veut que notre futur enfant, son futur petit-neveu, soit grand d'Espagne après lui.

FLORIDE.

En attendant, mon oncle est exilé, et il faudra qu'une révolution ait lieu en Espagne pour que sa grandesse lui soit rendue.

LUCIEN.

Il y aura très-prochainement une révolution en Espagne.

FLORIDE.

Tout exprès pour notre enfant qui est à naître.

LUCIEN *remonte à droite, prend ses boîtes à cigares, ouvre sa malle, et la voyant pleine, il se dirige vers celle de Floride, qui s'occupe de déjeuner pendant le dialogue qui suit.*

Mais où est-il donc, ton oncle?

FLORIDE.

Il vient de sortir.

LUCIEN.

Déjà! le ciel, il est vrai, invite ce matin à la promenade ; on a regret à quitter Dieppe par un temps si beau.

FLORIDE, *courant fort agitée vers la malle.*

Que fais-tu?

LUCIEN, *posément.*

Je place mes caisses de cigares.

FLORIDE.

Sur mes robes!

LUCIEN.

Tu as bien mis tes bottines sur mes cravates.... (*Il dit le reste de la phrase en allant prendre sa boîte à pistolets et le vautour.*) Vois quels beaux cigares, panatellas supérieurs...

FLORIDE, *réparant le désordre causé par Lucien.*

Mon Dieu ! mon Dieu ! (*Au moment où Lucien, dont elle n'a pas suivi les mouvements, pose la boîte dans la malle, elle jette un cri.*) Ah !

LUCIEN.

Ce sont mes pistolets.

FLORIDE.

Sur mes chapeaux !

LUCIEN.

Ne crains rien, ils ne sont pas chargés.

FLORIDE, *passant.*

Mes chapeaux seront perdus!... En vérité! Que fais-tu encore?

LUCIEN.

Entre tes chapeaux et tes robes, je fais une petite place au superbe vautour que j'ai tué dans ma dernière chasse au bord de la mer.

FLORIDE.

Mais...

LUCIEN.

Verreaux, mon naturaliste, n'a pas eu le temps de le monter.

FLORIDE.

Ah !

LUCIEN.

J'aurais bien mis mes pistolets dans ma malle, mais j'ai vu la place prise par ton nécessaire...

FLORIDE.

Mon ami... (*Lucien prend la taille de sa femme et lui baise la main.*)

LUCIEN.

Ne te fâche pas, je vais tout réparer... Les cigares, les pistolets et le vautour resteront où ils se trouvent... (*Floride fait un mouvement.*) Mais ils seront sans danger pour le voisinage... (*Floride passe à gauche.*) Voilà !... Jamais, je crois, les baigneurs n'ont été en aussi grand nombre à Dieppe... Londres se dépeuple cette année ; on ne rencontre partout dans les rues de Dieppe que des Anglais et des Anglaises...

FLORIDE.

T'en plaindrais-tu ?

LUCIEN, *fermant la malle et revenant près de sa femme.*

Moi ! par ton long séjour en Angleterre, n'es-tu pas presque Anglaise, Floride ? et ce mélange de deux grandes nationalités réunies en toi n'offre-t-il pas à mes yeux, à mon cœur, un charme qu'il m'est plus facile de sentir que d'exprimer ?... (*Il l'embrasse au front.*)

FLORIDE.

Tu t'exprimes assez bien.

LUCIEN.

Tu trouves ?

UN DOMESTIQUE, *entrant.*

Une lettre, monsieur.

LUCIEN, *la prenant.*

C'est bien. (*Le domestique sort et ferme la porte.*) « M. Courberive. » Singulière suscription ! il n'y a ni monsieur ni madame... M. Courberive. *

FLORIDE.

D'où vient-elle ? (*Elle jette les yeux sur l'adresse.*) De Douvres.

LUCIEN.

Je ne connais personne à Douvres.

FLORIDE, *lui prenant la lettre des mains.*

C'est pour moi... (*Elle va vers le buffet.*)

LUCIEN.

Tu connais donc quelqu'un à Douvres ?

FLORIDE.

J'y ai été élevée, c'est quelque camarade de pension qui m'écrit... (*Elle met la lettre dans la poche de son tablier.*) Je lirai cela après déjeuner...

LUCIEN.

Pourquoi ne lirais-tu pas cette lettre tout de suite ?

FLORIDE, *prenant le couvert de service.*

Ne sais-je pas tout ce qu'une amie peut dire à une amie ? Au reste, j'aime à deviner sous leur enveloppe tous ces petits secrets qui n'en sont pas... Déjeunons-nous, mon ami ? (*Elle s'assied près de la table.*)

LUCIEN, *venant près de Floride et lui parlant à genoux.*

Oui, très-volontiers, et après le déjeuner nous partirons pour Forges... Que n'en sommes-nous déjà revenus et avec la certitude d'un héritier !... cette pensée m'occupe au point que je n'en ai plus d'autre... Un fils, un fils qui aura tous tes traits...

FLORIDE.

Mais non, je veux qu'il te ressemble.

LUCIEN.

Je tiens à ce qu'il ait tes beaux yeux noirs.

FLORIDE.

Je prétends, moi, qu'il les ait bleus comme les tiens.

LUCIEN, *se relevant.*

Le différend sera partagé ; il en aura un bleu.

FLORIDE.

A table ! à table !

---

* NOTE TRÈS-IMPORTANTE. L'acteur aura le plus grand soin, en lisant l'adresse de la lettre qu'on lui remet, de faire sonner l'M qui précède le nom de Courberive, et il ne rendra pas cette abréviation par *monsieur* par *madame*. Il doit lire tout simplement comme s'il y avait écrit : Courberive.

LUCIEN.

Oui, à table ! d'autant mieux que j'ai un appétit ce matin !... (*Il va au buffet et regarde sur la table.*) Ah ! le charmant déjeuner !...

FLORIDE.

N'est-ce pas ? C'est moi qui l'ai fait préparer.

LUCIEN.

Je reconnais bien là tes chatteries pour mes faiblesses... (*S'appuyant d'un bras sur l'épaule de Floride.*) Tu m'assures, chère amie, que ce n'est pas ma présence qui t'empêche de lire cette lettre ?

FLORIDE.

Ah ! ai-je quelque mystère pour toi ?

LUCIEN.

Il n'en faut qu'un pour commencer.

FLORIDE.

Heureusement, tu n'es pas sérieux en disant cela...

LUCIEN, *allant s'asseoir.*

Non, se piquer à propos de rien, d'une lettre écrite de Douvres à une amie de Dieppe !... Ces huîtres paraissent d'une fraîcheur... (*Il en offre une à Floride qui tend son assiette.*)

FLORIDE.

Ah ! tu as remarqué que cette lettre vient de Douvres ?

LUCIEN.

Tu viens de me le dire... D'ailleurs il serait difficile de ne pas le voir aux gros caractères rouges qui l'indiquent... Il n'y a pas de citron... (*Floride se lève et va prendre le citron sur le buffet.*) Au surplus, mon coup d'œil n'a pas été plus rapide que le tien ; n'as-tu pas découvert sur-le-champ que cette lettre t'était adressée par une amie de pension ?

FLORIDE, *debout, partageant le citron.*

Mais ne reconnaît-on pas l'écriture d'une amie ?

LUCIEN.

On a ordinairement deux ou trois cents amies dans un pensionnat... Quelle amitié particulière ne faut-il pas avoir pour distinguer une écriture sur deux ou trois cents autres ?

FLORIDE, *se versant à boire.*

Mon cher Lucien, je vais rire ; décidément tu deviens sérieux !...

LUCIEN, *prenant la main de sa femme au moment où elle va lui verser à boire.*

Non, mais raisonnable, car je suis prêt à me fâcher contre moi-même... Mon Dieu, parce qu'à mon avis, une femme n'a pas de meilleur ami que son mari... (*Il remet la bouteille dans le glacier.*) Parce qu'à mes yeux cette confiance en ménage est le ciel sur la terre, ce n'est pas là précisément une raison pour t'obliger, Floride, à colorer d'un prétexte spécieux le désir, fondé ou non, que tu as de ne lire cette lettre qu'après le déjeuner ; si tu t'es mal tirée du petit mensonge, c'est ma faute. Voyons, déjeunons-nous ?

FLORIDE.

Vous croyez donc que cette lettre renferme un secret ?

LUCIEN, *piqué.*

Vous ! Ah ! pourquoi me demandes-tu cela ?

FLORIDE.

Ne semblez-vous pas supposer que je puis avoir des secrets même avec d'autres qu'une simple amie ?

LUCIEN.

Mon Dieu, nul ne peut répondre des confidences que le premier venu se croit en droit de nous infliger.

FLORIDE, *s'éloignant.*

Je ne connais personne qui pût m'écrire dans cette intention !

LUCIEN, *face au public, jouant avec sa serviette.*

Je ne parlais pas de vous, Floride ; comme on vous blesse facilement en tirant au hasard !

FLORIDE.

Tant de gens ne touchent le but que de cette manière !

LUCIEN.

Encore faut-il avoir un but.

FLORIDE, *revenant près de la table.*

Vous mourez d'envie d'en avoir un.

LUCIEN.

Je craindrais de me tromper en nommant quelqu'un.

FLORIDE, *piquée.*

Quelqu'un !

LUCIEN, *se levant et venant près de Floride.*

Ce mot n'a pas absolument de genre en français... Dans tous les cas, ce serait à toi, meilleure que moi, à prévenir une erreur qui me rendrait peut-être ridicule.

FLORIDE.

Vous tenez donc beaucoup à me convaincre que cette lettre n'est écrite par un jeune homme ?

LUCIEN

Beaucoup, non... (*Après un temps.*) Mais remettons-nous à table, puisqu'il est convenu que nous ne lirons cette lettre qu'après le déjeuner...

FLORIDE.

Soit ! (*S'asseyant à table tous les deux*)

LUCIEN, *arrêtant Floride par le bras, au moment où elle va dépecer le poulet; il s'empare du couteau et découpe en parlant.*

Parmi les étrangers auxquels ton oncle, monsieur Fernand, ouvrait ses salons, au nombre de ces réfugiés espagnols admis dans la familiarité de votre intérieur à Douvres, d'où cette lettre t'est adressée, ne remarquait-on pas un jeune homme fort bien de sa personne (*Floride détourne les yeux*), intéressant par ses malheurs politiques, déjà capitaine à vingt ans, un peu poëte, très-sentimental ?...

FLORIDE, *vivement.*

Monsieur Almagiron est absent depuis deux ans, vous le savez !...

LUCIEN.

Justement...

FLORIDE, *à part.*

Absent !

LUCIEN.

Ce sont les absents qui écrivent..

FLORIDE.

Et il m'aurait écrit de Douvres ?

LUCIEN.

Peut-être, après un voyage un peu long...

FLORIDE, *à part.*

Bien long !

LUCIEN, *se versant à boire.*

Peut-être, disais-je, est-il de retour à Douvres, d'où il s'est empressé de t'écrire pour te faire savoir son arrivée. Voyons, ai-je deviné juste ?

FLORIDE, *malicieusement.*

Si je vous disais oui ! ne fût-ce que pour vous punir ?

LUCIEN.

Me punir ! (*Remettant la bouteille dans le seau.*) Tu me supposes jaloux de monsieur Almagiron ? Ai-je perdu tout souvenir du passé ? ne sais-je pas que lorsque je te demandai en mariage il y a trois ans, ton oncle (*il reprend le pain et coupe*) me répondit qu'un de tes compatriotes, monsieur Almagiron, s'étant mis sur les rangs, ainsi qu'un Anglais, monsieur Tornwall, il te laissait la liberté de faire un choix entre nous trois ?...

FLORIDE, *lui tendant la main.*

Et personne ne le sait mieux que toi...

LUCIEN.

Toi !.. Ah !

FLORIDE, *continuant.*

Ce ne ut ni monsieur Almagiron ni monsieur Tornwall que je choisis...

LUCIEN.

Voilà ce que je pourrais te rappeler moi-même, Floride, si tu m'attribuais trop ouvertement l'intention d'être jaloux de monsieur Almagiron... (*Lucien prend son verre et va pour boire.*)

FLORIDE, *lui retenant le bras.*

Si je te l'attribuais un peu cette intention ?

LUCIEN.

Espagnole, tu aurais pu un instant préférer un Français à un Espagnol, mais le piquant de cette singularité une fois épuisé, tu te serais laissée entraîner à quelque intérêt pour le compatriote malheureux.

FLORIDE, *piquée.*

Cette lettre de Douvres est donc de monsieur Almagiron ? Il y a un an, Lucien, que vous ne m'eussiez pas tenu un tel langage.

LUCIEN.

Tu en eusses ri, il y a un an.

FLORIDE.

Ainsi, votre persuasion est de m'avoir blessée par une accusation vraie ?

LUCIEN.

Je serais le dernier à le désirer.

FLORIDE, *s'animant.*

Décidément, vous me croyez aimée de monsieur Almagiron ?

LUCIEN.

Ce n'est pas là un crime.

FLORIDE, *idem.*

Et je l'aime, n'est-ce pas ?

LUCIEN.

Suis-je ton juge ?

FLORIDE.

Non, mais mon accusateur ! (*Elle jette sa serviette sur sa chaise et quitte la table.*)

LUCIEN, *se levant et passant derrière la table.*

Si c'est un besoin chez toi de te défendre, que puis-je y faire ?

FLORIDE, *traversant de droite à gauche.*

Ma défense en tout cas ne sera pas embarrassante... Je m'attachai à monsieur Almagiron par la pitié... c'était un proscrit, monsieur... Né à Cadix, ma patrie, il avait été dangereusement blessé en se battant contre les troupes du roi Ferdinand VII qui a ruiné ma famille.

LUCIEN, *se promenant à droite.*

La pitié était déjà de la reconnaissance.

FLORIDE.

Quoique Anglaise par mon éducation, quoique venue si jeune en Angleterre que je ne sais plus même la langue de mon pays, j'éprouvai de l'intérêt, de la sympathie pour ce jeune homme. Et à qui n'en a-t-il pas inspiré ? (*Lucien s'assied près du guéridon.*) Monsieur Tornwall, tout pour tout à l'heure, ne l'a-t-il pas envoyé à la Havane sur un vaisseau qu'il lui a donné ? Monsieur Tornwall comprit, lui ! tout ce qu'il valait, il en fit son ami, il le mena de Douvres à Londres, où il le présenta à ses sœurs, mes deux bonnes amies: miss Dorothée et miss Love ; il essaya de le consoler des peines de l'exil par des distractions de son âge; il organisa des fêtes, des chasses, des courses au clocher: monsieur Tornwall fait un si brillant, un si noble usage de ses revenus... il est si bon, si loyal ! Excellent jeune homme, il s'est vraiment conduit comme un frère avec monsieur Almagiron !

LUCIEN, *se levant en frappant sur le guéridon.*

Cette lettre, madame, est de monsieur Tornwall !

FLORIDE, *faisant un pas en arrière.*

Ah !

LUCIEN.

Oui, madame, c'est lui qui vous écrit ! (*Il se rassied.*)

FLORIDE, *allant à Lucien.*

Vous, ah ! — Ta jalousie est bien peu arrêtée.

LUCIEN, *se levant et se promenant.*

Vous vous trompez... Monsieur Almagiron, que vous avez aussi aimé peut-être, n'a été pour moi qu'un prétexte pour arriver, sans soupçon de votre part, à monsieur Tornwall, dont j'étais sûr que vous me parleriez avec cet entraînement, avec cette chaleur, cette effusion, si j'amenais avec un peu d'adresse la conversation sur lui... (*Avec chaleur.*) Monsieur Tornwall est venu, l'an passé, ici, à l'époque des bains,...

FLORIDE, *rapidement.*

Te l'ai-je nié?

LUCIEN.

Me l'avez-vous dit?

FLORIDE, *de même.*

Me l'as-tu demandé?

LUCIEN, *de même.*

Est-il besoin de tout demander?

FLORIDE.

Quelle raison a-t-on de tout dire? (*Lucien remonte. — Floride descend; à part.*) Pourquoi ne le lui ai-je pas dit?

LUCIEN, *redescendant.*

M. Tornwall s'est présenté chez moi pendant mon absence?

FLORIDE.

Oui.

LUCIEN.

Il vous a accompagnée au concert?

FLORIDE.

Oui.

LUCIEN.

Et deux fois sur le bateau à vapeur qui promène les baigneurs dans la rade, deux fois, madame, deux fois!

FLORIDE

Oui, oui, deux fois. (*Elle passe.*)

LUCIEN.

Et voilà l'amie de pension qui vous écrit de Douvres! (*Floride revient. — Lucien va vers la table.*) Je n'ai pas besoin maintenant de savoir le contenu de cette lettre, je le connais assez. (*S'asseyant à gauche sur la chaise de Floride.*) Voulez-vous que je vous le dise?

FLORIDE.

Si cela vous est agréable, monsieur.

LUCIEN.

Ah! de l'ironie, madame!

FLORIDE.

De la dignité, monsieur! (*Ils s'asseyent tous deux; après un silence on frappe, on frappe une seconde fois.*)

LUCIEN, *après un temps, brusquement.*

On frappe!

FLORIDE, *sèchement.*

C'est Antoine qui vient dire que les chevaux sont attelés. (*Elevant la voix.*) Antoine, nous ne partirons que dans une heure, à midi... qu'on ne détele pas. (*A Lucien après un silence.*) Vous disiez...

LUCIEN.

Je disais que je sais mot pour mot ce que cette lettre de Douvres renferme.

FLORIDE, *à part.*

Que lui a-t-on dit?

LUCIEN, *avec chagrin et sans la regarder.*

On vous plaint à chaque ligne d'avoir un mari qui vous néglige, qui est toujours en voyage, qui vit à Paris, au milieu des plaisirs, tandis qu'ici vous périssez d'ennui, près d'un vieil oncle et dans une ville déserte les trois quarts de l'année. (*Se tournant vers sa femme.*) Vous savez que ce sont mes affaires, et non pas mes caprices, qui m'éloignent de vous.

FLORIDE, *se tournant vers lui.*

Ai-je jamais prétendu le contraire?

LUCIEN.

Vos amis se chargent de le dire pour vous; ils ajoutent que vous méritez qu'on vous plaigne; vous étiez née pour un meilleur sort; c'est un ami dévoué, constant, d'un attachement sans borne qui vous eût convenu... (*Floride se lève et va doucement vers son mari.*) Ah! comme il vous eût aimée celui-là! mais vous n'en avez pas voulu, vous lui avez préféré un homme léger, jaloux, soupçonneux, indigne de son bonheur.

FLORIDE, *s'appuyant sur son épaule.*

Il me semble que dans ce moment, tu ne serais pas loin de justifier les torts dont tu t'accuses avec tant de véhémence.

LUCIEN.

Vos moqueries cachent un trouble profond, madame.

FLORIDE.

Moi troublée! dis-moi plutôt si tu es calme, toi?

LUCIEN.

Si calme que je vous dirai la fin de cette lettre comme je vous en ai dit le commencement.

FLORIDE.

Eh bien! dites, monsieur... (*A part.*) Cette assurance...

LUCIEN, *se levant.*

M. Tornwall se rapprochera bientôt de Dieppe, il vous décidera, c'est son espoir, à faire un voyage en Angleterre, où vous attendent vos bonnes amies miss Dorothée et miss Love. Le prétexte sera votre santé...

FLORIDE.

C'est toujours la lettre qui parle?

LUCIEN, *touchant le bras de sa femme.*

La véritable cause, madame, ce sera l'amour.

FLORIDE, *surprise.*

L'amour! si je te donnais à lire cette lettre, je te convaincrais de la fausseté de tes suppositions... mais ce serait maintenant une faiblesse dont je rougirais plus tard pour toi, tu n'auras pas cette lettre.

LUCIEN, *impérieusement.*

Et si je l'exigeais, madame?

FLORIDE, *avec dignité.*

La voici! (*Elle tend une lettre à Lucien qui fait un mouvement pour la prendre.*) Mais n'oublie pas qu'après l'avoir lue, il n'y aura plus rien entre nous.

LUCIEN, *à part, après une longue indécision.*

Beaucoup de femmes spirituelles emploient cette ingénieuse menace, qui leur réussit souvent, quand elles ne savent comment sortir de la position difficile où se trouve Floride. (*Haut.*) Vous supposez que plus vous vous placerez au bord de l'abîme, et plus j'hésiterai à le franchir avec vous.

FLORIDE.

Je vous prie de lire cette lettre!

LUCIEN.

Qu'il soit fait comme vous le désirez, madame, ou plutôt, comme vous ne le désirez pas... (*Impérieusement.*) Donnez-moi cette lettre

FLORIDE, *blessée, jette la lettre sur le guéridon, puis remonte vers le fond, en disant:*

Je partirai dans une heure avec mon oncle Fernand.

LUCIEN.

Très-bien!

FLORIDE.

Je ferai mieux! (*Elle va sonner à gauche au fond tandis que Lucien se dirige vers le guéridon à droite; elle va ensuite à la croisée et crit au dehors:*) Postillon, je descends. Vous prendrez la route de Paris.

LUCIEN, *se tournant vivement et laissant tomber la lettre sur le guéridon.*

Paris!! vous allez à Paris?

FLORIDE, *mettant son chapeau et son châle.*

Oui.

LUCIEN.

Sans moi?

FLORIDE.

Sans vous.

LUCIEN.

Comme il vous plaira. Moi je persiste à aller à Forges.

FLORIDE.

Allez.

LUCIEN.

Quoique le but essentiel du voyage maintenant...

FLORIDE.

Je conviens qu'il vous est un peu plus difficile de l'atteindre.

LUCIEN.

Je me passerai d'héritier... (*Vivement et se tournant vers Floride qui passe à droite.*) Et vous aussi.

FLORIDE, *vivement.*

Naturellement. (*Floride se dispose à ouvrir la malle de Lucien où il y a les ombrelles, les bottines, et tout ce qu'elle y a mis.*)

LUCIEN, *lui prenant le bras et la faisant passer à gauche.*

Permettez, cette malle est la mienne. (*Il jette avec un dépit progressif les objets qu'il en tire.*) Votre écrin... vos bottines... madame.

FLORIDE, *jetant à son tour les objets placés dans sa malle par Lucien.*

Vos pistolets, monsieur.

LUCIEN.

Votre nécessaire, vos ombrelles, madame.

FLORIDE.

Vos cigares... (*Elle jette les boîtes en l'air.*)

LUCIEN.

Votre métier à tapisserie, votre bibliothèque de voyage. (*Il sème les volumes sur le parquet.*) Elle voyagera...

FLORIDE, *lançant le vautour du côté de Lucien.*

Et votre affreuse poule.

LUCIEN, *rattrapant l'oiseau et le posant sur la chaise près du guéridon.*

Avec fierté : Un vautour, madame.

FLORIDE, *après avoir fermé sa malle.*

Adieu, monsieur. (*Elle remonte au fond.*)

LUCIEN, *traversant à gauche.*

Adieu, madame.

FLORIDE, *à part, sur le seuil de la porte ; elle est émue.*

Il persiste à vouloir lire la lettre.

LUCIEN, *à part.*

Je crois qu'elle n'est pas aussi résolue qu'elle le fait paraître.

FLORIDE, *reprenant la lettre sur la table, avec hésitation.*

Vous ne la prenez donc pas?

LUCIEN, *ému, courant vers elle.*

Vous souffrez?

FLORIDE.

Pour vous.

LUCIEN.

Ces pleurs...

FLORIDE, *détachant son chapeau qu'elle laisse tomber à terre.*

Prenez-la, vous dis-je ; que vous importe mes pleurs?

LUCIEN.

Accusent-ils une faute, un repentir?

FLORIDE.

Oui, une faute... celle de vous avoir aimé. (*Elle jette son châle sur le guéridon.*)

LUCIEN.

Floride!... (*A part.*) Mais si c'était une comédie qu'elle jouât?... Les pleurs chez les femmes sont une arme comme la colère!... reculer, c'est me mettre pour toujours à sa merci... non... (*Haut.*) Je souffre plus que vous, madame, de la dureté, de la violence de mon action; mais je l'accomplirai... il le faut. Donnez-moi cette lettre. (*Floride va donner la lettre, elle la retire avec vivacité, et après avoir regardé attentivement la suscription, elle se met à rire aux éclats.*) Quelle est, madame, la cause de cette gaieté si subite?

FLORIDE, *riant toujours.*

Tu vas l'apprendre.

LUCIEN.

tout de suite!

FLORIDE, *s'appuyant sur le dossier de la chaise.*

Ah! permets que je n'étouffe pas.

LUCIEN.

Oui, vous voulez gagner du temps afin de trouver un nouveau moyen d'échapper à une révélation terrible, madame!

FLORIDE, *riant toujours.*

Extraordinairement terrible, monsieur. Sachez que cette lettre ne vient pas de Douvres.

LUCIEN, *surpris.*

Elle ne vient pas de Douvres!

FLORIDE.

Non ; elle y a passé comme toutes les lettres d'Angleterre destinées pour ce point du continent, mais elle a été mise à la poste à Plymouth.

LUCIEN, *stupéfait.*

A Plymouth?

FLORIDE.

Vois toi-même, dans cet angle de la lettre, ce timbre bleu effacé par le frottement... Plymouth.

LUCIEN, *voulant prendre la lettre.*

En effet!

FLORIDE, *avec intention.*

Plymouth où je ne connais personne, Plymouth où je ne suis jamais allée, Plymouth d'où personne n'a pu m'écrire.

LUCIEN, *avec anxiété.*

Plymouth !

FLORIDE.

La lettre M qui précède notre nom de Courberive, indique donc très-certainement que c'est à toi, non à moi qu'on écrit. Voici cette lettre. Je n'ai aucun désir, moi, d'en savoir le contenu.

LUCIEN, *prenant vivement la lettre qu'il met dans la poche extérieure et supérieure de son paletot, de manière à ce qu'un tiers de l'enveloppe soit visible.*

Oui, elle est pour moi... (*S'efforçant de rire.*) Le retour est singulier.

FLORIDE, *le regardant fixement.*

Très-singulier.

LUCIEN.

Si nous nous remettions à table...

FLORIDE, *très-sèchement.*

Je n'ai plus faim. (*Elle va s'asseoir près du guéridon à droite, et jette le vautour qui était sur la chaise.*)

LUCIEN, *se rapprochant de Floride, à part.*

Diable de lettre! va ! (*Haut.*) Voyons, oublie, je t'en prie, tout ce qui m'est échappé de paroles maladroites... fâcheuses, inconvenantes... oh ! très-inconvenantes... (*Il ramasse le chapeau qu'il pose religieusement sur le guéridon.*) J'avais tort, grand tort en te demandant d'être de moitié dans une confidence que franchement je n'étais pas appelé à partager. (*Il époussette avec son mouchoir, et replace avec le plus grand soin dans sa malle les bottines de Floride ; puis il replace avec la même attention tous les objets qui sont à terre.*) Ces bottines sont d'un goût parfait.

FLORIDE.

Je ne me suis pas opposée un seul instant à ce partage.

LUCIEN.

Pour l'honneur des principes; au fond, tu n'y tenais guère.

FLORIDE.

J'y tenais au contraire, (*elle se lève et passe*) et beaucoup ; vos procédés seulement... (*S'appuyant sur la chaise de la table.*) Oui, pour le bonheur commun du ménage, je désirais que vous lussiez cette lettre ; il est si beau, vous l'avez dit vous-même, Lucien, de voir réciproquement dans les profondeurs de sa vie.

LUCIEN, *remettant encore dans sa propre malle les ombrelles de Floride.*

Ces deux ombrelles et cette marquise ne tiennent presque pas de place.

FLORIDE.

La confiance en c'est le ciel sur la terre.

LUCIEN, *tirant sa montre.*

Midi, notre départ pour Forges.

FLORIDE.

Ne sont-ce pas vos propres paroles ?

LUCIEN, *regardant encore l'heure.*

Une heure bientôt ; nous n'arriverons jamais.

FLORIDE.

Vous disiez encore...

LUCIEN.

Attacherais-tu par hasard quelque curiosité à savoir ce qu'on m'écrit de Plymouth ?

FLORIDE.

Mais...

LUCIEN.

Mais non !

FLORIDE.

Mais si ! Je sais qu'un pareil désir a presque l'air d'une vengeance.

LUCIEN, *qui s'est approché.*

Les Anglaises ne sont pas vindicatives.

FLORIDE, *le regardant, et regardant aussi la lettre.*

J'étais Espagnole tout à l'heure. Mais, dites-moi, Lucien, Plymouth, est-ce une jolie ville ?

LUCIEN.

Oh !... il y a un archevêque.

FLORIDE, *épiant toujours la lettre.*

N'étiez-vous pas reçu dans une famille de méthodistes ?

LUCIEN, *à part.*

Ces questions...

FLORIDE.

Les jeunes filles élevées dans cette religion sont ordinairement très-sentimentales. (*Elle passe à la gauche de Lucien.*)

LUCIEN.

On le dit.

FLORIDE.

Miss Sophia ne dément pas cette bonne opinion. (*Elle va pour prendre la lettre qui est dans la poche de Lucien; celui-ci, qui a deviné l'intention, la met entre les boutons de son gilet.*)

LUCIEN.

Ah ! tu as entendu parler de miss Sophia ?

FLORIDE.

Oui, monsieur, beaucoup ; elle a une fort jolie taille.

LUCIEN.

Chère amie, je pense au nom que nous donnerons à notre fils.

FLORIDE, *avec dépit.*

Son front est élevé.

LUCIEN.

Il y a des noms si bêtes ! Athanase par exemple.

FLORIDE.

Ses cheveux très-noirs.

LUCIEN.

Si nous le nommions Charlemagne...

FLORIDE.

Ses yeux...

LUCIEN.

Napoléon.

FLORIDE, *traversant indignée.*

Ah !

LUCIEN.

Fernand, comme son oncle, veux-tu ?

FLORIDE.

Un jeune homme que vous connaissez très-particulièrement l'aima avec exaltation.

LUCIEN.

C'est un roman.

FLORIDE.

C'est une histoire ; miss Sop   aima passionnément aussi ce jeune homme. (*Elle s'empare de la lettre, et met la suscription sous les yeux de Lucien.*) Ne trouvez-vous pas que cette écriture est d'une femme ?

LUCIEN, *reprenant la lettre, qu'il met dans la poche de son pantalon.*

En Angleterre, tout le monde écrit de la même manière : procédé américain.

FLORIDE.

Miss Sophia donc...

LUCIEN, *s'éloignant.*

Comme tu en sais long sur elle !

FLORIDE.

Ah ! cela vous fatigue ?

LUCIEN, *traversant.*

Floride !

FLORIDE, *le suivant.*

Préférez-vous que je vous parle de mademoiselle de Saint-Paul, pour laquelle vous avez eu deux duels ?

LUCIEN.

Qui donc n'a pas eu deux duels ?

FLORIDE, *s'animant.*

Ou de madame de Vercelli, cette belle veuve qui vous ramena ou que vous ramenâtes de Turin ?

LUCIEN.

Mais c'est une trahison...

FLORIDE, *de plus en plus exaltée.*

Ou de mademoiselle d'Aigremont, ou de mademoiselle de Malivor, ou de madame...

LUCIEN, *se tournant vers elle.*

Assez ! assez !

FLORIDE.

Alors, laissez-moi donc vous parler de miss Sophia qui vous a écrit cette lettre ! de miss Sophia qui fut jouée par un jeune homme... par un jeune homme qui l'abandonna, qui vint à Douvres où il se maria : et miss Sophia devint folle.

LUCIEN, *à part.*

Ciel !

FLORIDE.

Seriez-vous ce jeune homme qui a fait perdre la raison à la jeune méthodiste ? Voilà comme vous étiez sincère quand vous me disiez que j'étais la première femme aimée de vous... j'étais votre vingtième premier amour, monsieur ; il y a des abîmes dans votre passé, monsieur ; je le savais, je n'en disais rien, pauvre martyre ! mais puisque vous m'avez soupçonnée... Vous ne répondez plus ! suis-je Anglaise ou Espagnole en ce moment ? faut-il que je vous dédaigne... (*le faisant retourner devant elle*) ou que je vous poignarde ?

LUCIEN, *avec douceur.*

Viens ! viens plutôt près de moi, Floride, donne-moi ton bras, et mari et femme qui s'honorent, ami et amie qui s'entendent comme aux premiers jours de leur union, lisons ensemble cette lettre de miss Sophia.

FLORIDE, *avec triomphe.*

Ah ! vous convenez donc...

LUCIEN, *d'une voix résignée.*

Ta conviction est si forte...

FLORIDE.

Lisons.

LUCIEN, *avec instances.*

Mais d'avance, tu pardonnes ?

FLORIDE.

Encore une fois, lisons.

LUCIEN, *encore plus suppliant.*

Mais...

FLORIDE.

Lisons...

LUCIEN; *il brise le cachet; après l'avoir brisé, l'enveloppe tombe à terre, et il reste avec la lettre à la main.*

Quoi! une seconde enveloppe!

FLORIDE, *rapidement.*

Brisez-la !

LUCIEN, *riant aux éclats en s'asseyant.*

Lis!

FLORIDE, *lisant.*

« A monsieur ou à madame de Courberive, pour remettre » très-secrètement à M. Fernand, ancien membre des Cortès. » Communication politique. »

LUCIEN.

Ainsi cette lettre n'était ni pour toi...

FLORIDE.

Ni pour toi. (*Tous deux rient aux éclats.*)

LUCIEN, *à part, en se levant.*

Ah ! j'ai trop parlé... si j'avais su...

FLORIDE, *à part.*

Encore un peu !... (*Haut.*) Tout ceci est bien surprenant

LUCIEN.

N'est-ce pas?

FLORIDE

Et si le chevalier Almagiron vivait encore...

LUCIEN, *vivement.*

Il est mort !

FLORIDE.

A la Havane, il y a six mois... tu as été jaloux d'un mort! Mais miss Sophia...

LUCIEN.

Elle ne m'aime plus.

FLORIDE.

Et la preuve?

LUCIEN.

Elle a recouvré sa raison : l'ingrate!

FLORIDE, *avec effusion.*

Quant à M. Tornwall...

LUCIEN, *l'arrêtant.*

Assez, Floride ; tu es une femme adorable, et je ne t'ai jamais tant aimée... Antoine remettra cette lettre à ton oncle ; viens, partons.

FLORIDE, *lui rendant la lettre.*

Lucien, tu me feras lire désormais toutes celles que tu recevras, n'est-ce pas?

LUCIEN.

Et toi?

FLORIDE, *dans les bras de son mari.*

Je te ferai lire toutes les miennes

LUCIEN

Tu me le jures?

FLORIDE.

Oui !

LUCIEN.

Sur quoi?

FLORIDE.

Sur la tête de notre premier enfant.

LUCIEN *la regarde, puis l'embrasse avec amour.*

Partons vite pour Forges. (*Il va chercher le chapeau de sa femme, celle-ci ramasse le vautour et le lui donne en faisant la révérence.*) Il voyagera sur mes genoux.

FIN

OCTAVE FEUILLET

DE L'ACADÉMIE FRANÇAISE

LE ROMAN

D'UN

JEUNE HOMME

PAUVRE

COMÉDIE EN CINQ ACTES, SEPT TABLEAUX

REPRÉSENTÉE POUR LA PREMIÈRE FOIS, A PARIS, SUR LE THÉATRE DU VAUDEVILLE
LE 22 NOVEMBRE 1858

DISTRIBUTION DE LA PIÈCE

MAXIME ODIOT, marquis de Champcey..... MM. LAFONTAINE.	MARGUERITE, fille de madame Laroque.... Mmes JANE ESSLER.
M. DE BÉVALLAN, 38 ans............... FÉLIX.	MADAME LAROQUE, belle-fille de M. Laroque, 56 ans........................ GUILLEMIN.
M. LAROQUE, octogénaire............... PARADE.	
LAUBÉPIN, notaire honoraire............ CHAUMONT.	MADEMOISELLE HÉLOUIN, institutrice..... SAINT-MARC.
ALAIN, vieux domestique............... GALABERT.	MADAME AUBRY, parente ruinée, recueillie dans le château...................... CAYOT.
LE DOCTEUR DESMARETS............... LINGÉ.	
GASTON DE LUSSAC................... NERTANN.	CHRISTINE.... .... PIERSON.
VAUBERGER, concierge................. BASTIEN.	MADAME VAUBERGER................... ALEXIS.
CHAMPLEIN......................... ROGER.	JEUNES FILLES.
YVONNET......................... SCHAUBB.	

A Paris et en Bretagne.

ACTE PREMIER

—

PREMIER TABLEAU

L'intérieur d'une mansarde dans l'hôtel de Champcey à Paris. Ameublement très-simple : commode, secrétaire, une petite table, une étagère, un vieux fauteuil en velours d'Utrecht. Porte au fond.

SCÈNE PREMIÈRE.

MADAME VAUBERGER, tenant un époussetoir et entr'ouvrant la porte avec précaution.

Il n'est pas rentré, j'en étais sûre. (Elle rentre.) Il faut absolument que j'en aie le cœur net. (Regardant sur la cheminée.) Une bourse... vide... (S'approchant du secrétaire.) il a laissé la clef ; c'est déjà mauvais signe... (Elle ouvre le secrétaire et les tiroirs.) Comme dans la bourse, rien et rien, pas l'ombre d'un centime... Vauberger a beau dire : c'est clair...

Entendant du bruit, elle referme le secrétaire à la hâte et se met à épousseter les meubles ; Maxime entre, il est pâle et vêtu de noir.

SCÈNE II.

MADAME VAUBERGER, MAXIME.

MAXIME, l'observant d'un air mécontent. Qu'est-ce que vous faites là, madame Vauberger ?

MADAME VAUBERGER. Vous voyez, monsieur Maxime, je nettoie, je range...

MAXIME. Vous avez déjà nettoyé et rangé ce matin ; il me semble que vous prenez beaucoup trop de peine.

MADAME VAUBERGER. Pardon, monsieur Maxime, je croyais bien faire ; je m'en vais...

MAXIME. Allez, madame, allez. Elle sort.

SCÈNE III.

MAXIME seul, puis MADAME VAUBERGER.

MAXIME. Est-ce que cette misérable femme m'espionne? son œil ne me quitte pas... et il me semble avoir vu son fils acharné à me suivre dans les rues hier soir et ce matin... Quel intérêt pourrait-elle avoir? Bah! un intérêt de curiosité, un intérêt de commère... La chute du puissant, l'humiliation du riche, n'est-ce pas de tout temps le plus doux sujet d'entretien pour ces gens-là?... et cependant cette femme, elle a été comblée des bienfaits de ma mère; elle m'a vu naître; elle affichait une passion exaltée pour ma famille... Enfin il faut me faire à ces choses-là! (Madame Vauberger rentre.) Qu'y a-t il?

MADAME VAUBERGER. C'est un monsieur à qui je n'ai pas pu dire que vous n'y étiez pas, il vous a vu rentrer; voici sa carte.

MAXIME, regardant la carte. Gaston de Lussac!... Faites monter. (Madame Vauberger sort.) Gaston! Eh bien, je ne suis pas fâché de le voir... c'est un étourdi, mais un brave cœur, je crois. Il y a si longtemps que je n'ai touché une main amie... Nous étions très-liés il y a deux ans. (Souriant.) S'il me rendait ce que je lui ai prêté... seulement la moitié, il serait deux fois le bienvenu en ce dur moment. (La porte s'ouvre.) Ah! bonjour, Gaston!

SCÈNE IV.

MAXIME, GASTON.

GASTON, de la porte. Avant tout, mon ami, rassure-toi, je n'ai pas besoin d'argent!

MAXIME. Vrai?

GASTON. Ma parole... je suis riche, mon cher, je viens te dire cela. Tu vois un homme orné de cinquante mille francs de rentes.

MAXIME. Bah! ton oncle?

GASTON, simplement. Eh! mon Dieu, oui... Pauvre bon-homme!... Enfin, je ne l'ai pas tué! que veux-tu!... Mais d'où arrives-tu donc, toi, mon cher ami? J'ai été vingt fois tenté, pendant deux ans, de partir depuis Grenoble et d'aller te relancer au fond de tes forêts... J'ai cru rêver quand je t'ai aperçu sur le boulevard tout à l'heure! Que diable es-tu devenu?

MAXIME. J'ai voyagé, mon ami.

GASTON. Ah! (Il regarde autour de lui.) Tiens! tu es drôlement installé ici... Je croyais que vous vous réserviez le rez-de-chaussée de votre hôtel.

MAXIME. Autrefois, oui.

GASTON. Ah çà... mais... qu'y a-t-il donc! mon ami! Je te trouve pâle, changé... tu es en grand deuil... est-ce que?...

MAXIME, avec un triste sourire. Mon ami, tu tombes mal; je suis malheureux; j'ai besoin d'un confident; tu te présentes: tant pis pour toi.

GASTON. Comment, cher ami!... Mais parle bien vite... Je suis une tête un peu folle... mais tu ne doutes pas de mon cœur, j'espère?

MAXIME. Non, je n'en doute pas, et je vais te le prouver; mets-toi là. (Ils s'asseient.) Le malheur qui me frappe, mon ami, j'aurais dû le prévoir depuis de longues années si l'ha-bitude, la dissipation de ma vie, et surtout le respect filial, ne m'eussent aveuglé... Voyons, toi, tu es venu deux ou trois fois au château passer la saison de la chasse, n'as-tu jamais remarqué rien de mystérieux, rien d'extraordinaire dans l'intérieur de notre famille?

GASTON. Mais rien... c'est-à-dire j'ai bien remarqué que ta mère était un peu bizarre; elle était charmante, ta mère... mais elle paraissait triste, elle vivait très-retirée, et affectait même dans sa toilette une simplicité extrême, presque religieuse.

MAXIME. Et cependant elle avait, dans sa première jeunesse, aimé le monde avec passion... puis tout à coup nous l'avions vue s'en détacher au lieu de se vouer à une vie de réclu-sion, de solitude, d'où les instances de mon père, qu'elle ado-rait pourtant, ne purent jamais la faire sortir... Tu te rappelles mon père?

GASTON. Ton père? je crois bien! Quel charmant vieillard! quel feu! quel entrain! toujours le premier au plaisir! un convive admirable, un écuyer sans égal, un causeur éblouis-sant! un vrai type de gentilhomme!

MAXIME. Oui, ces brillantes qualités que j'admirais comme toi l'attiraient invinciblement dans toutes les fêtes de la vie mondaine dont il était le héros. Ma mère refusait obstinément de l'y suivre: elle refusa même bientôt de paraître dans son propre salon quand on recevait au château. J'attribuais à ces refus, qui exaspéraient mon père, les scènes pénibles, vio-lentes parfois, dont les échos arrivaient jusqu'à moi. Je croyais la pauvre femme atteinte d'une affection nerveuse, d'une espèce de maladie noire, et mon père, d'ailleurs, me la donnait à en-tendre. Cependant, mon ami... tu sais que j'ai une sœur beau-coup plus jeune que moi?

GASTON. Mademoiselle Hélène! oui.

MAXIME. Peu de jours après sa naissance, il y a sept ans de cela, mon père m'appela chez lui et me fit part avec un cer-tain embarras d'un désir singulier que manifestait ma mère: c'était de me voir suivre un cours de droit. Alors, pour la pre-mière fois, mon ami, la pensée me vint que les goûts mondains de mon père, sa répugnance et son dédain pour le côté positif et ennuyeux de la vie, avaient pu introduire dans notre fortune quelque secret désordre; peut-être, me disais-je, ma mère veut-elle que je sois en état de suppléer à la négligence de mon père, de réparer ses erreurs.

GASTON. Eh bien?

MAXIME. Je ne pus m'arrêter à cette idée... j'avais bien, à la vérité, entendu mon père se plaindre parfois des désastres que notre fortune avait subis pendant la révolution, mais ces plaintes m'avaient toujours paru assez injustes. Tu as vu toi-même quelle était notre situation, notre genre de vie.

GASTON. Mais c'était tout ce qu'il y avait de plus confortable. Un hôtel à Paris, un château seigneurial, des écuries immenses peuplées de chevaux de prix.

MAXIME. Cependant j'obéis à ma mère, je fis mon droit; mais en même temps je commençai, j'avais vingt ans, à l'éviter... elle était toujours souffrante, et malheur à ceux qui souffrent toujours! oui, cette pauvre femme qui m'aimait tant, et que j'aimais aussi, je t'assure, je l'abandonnai chaque jour davantage; nous nous disions, mon père et moi, qu'elle n'était pas malade, qu'elle avait des manies. Nous n'étions jamais si heureux que quand nous nous élancions hors de cette pauvre maison où languissait cette malade éternelle! Allons, Maxime, criait gaiement mon père, un temps de galop!... et nous cou-rions!... Un jour, en revenant d'une de ces courses, nous trou-vâmes... elle était morte, mon ami, me laissant un remords qui ne finira pas!

Il se lève.

GASTON. Maxime.

MAXIME. Deux mois plus tard, sur le désir formel de mon père, je partis pour l'Italie, et je commençai une série de voyages dont il avait lui-même fixé le terme. Pendant plu-sieurs années, sa correspondance affectueuse, mais brève, ne témoigna jamais la moindre impatience au sujet de mon retour... Je n'en fus que plus alarmé, il y a deux mois, quand je trouvai, en débarquant à Marseille, plusieurs lettres de mon père qui, toutes, me rappelaient avec une hâte fébrile.

GASTON. Ah! est-ce que vraiment?... il me semble avoir entendu le nom de ton père mêlé à des spéculations de Bourse, l'an passé?

MAXIME. J'arrivai le soir: il y avait une légère couche de neige sur le sol, et en traversant l'avenue j'entendais les flocons de givre se détacher des arbres et tomber autour de moi comme des larmes... Comme j'approchais du château, je vis derrière les fenêtres à demi éclairées du grand salon, une ombre qui me parut être celle de mon père. A peine j'eus franchi le seuil, il accourut, et, comme dans ses bras avec une effusion de sensibilité à laquelle il ne m'avait pas habitué, et je sentis son cœur battre contre le mien avec une violence effrayante; il me montra un siège et s'assit brusquement en face de moi. (Maxime s'asseoit.) Alors, comme s'il eût désiré de parler sans en trouver le courage, les yeux s'arrêtèrent sur les miens avec une expression d'angoisse, d'humilité et de prière, qui de la part d'un homme aussi fier que l'était mon père, me toucha, me navra profondément! Ah! ce tort qu'il avait tant de peine à confesser, je l'avais compris déjà, et Dieu sait que du fond du cœur j'étais prêt à lui crier: Je vous pardonne! je vous pardonne! quand soudain ce regard qui ne me quittait pas, prit une fixité grave, étonnée et terrible; sa main de mon père se crispa sur mon bras, il se souleva sur son fauteuil et re-tomba lourdement sur le parquet, il n'était plus!

GASTON, se levant. Pauvre ami... mais quoi?... qu'y a-t-il encore?... parle... est-ce la ruine?

MAXIME. Tu l'as dit. (Il se lève.) La Bourse l'avait achevé. De sorte que je me trouve avec ma sœur en face d'un abîme dont je ne connais même pas le fond; car le désordre était immense, et j'avais à peine, d'ailleurs, essayé de mettre un peu de lumière dans ce chaos que je tombai gravement malade. J'ai été pendant quelques jours entre la vie et la mort; dès que j'ai pu marcher, je suis accouru à Paris, et me voilà.

GASTON. Mais tes affaires pendant ce temps? La liquida-tion...

MAXIME. Grâce à Dieu, un ami s'en était chargé dès la pre-mière heure, un ami que je connais à peine, mais en qui cependant j'ai pleine confiance, parce que ma mère l'estimait profondément ; c'est un vieillard, un monsieur Laubépin, autrefois notaire de notre famille.

GASTON. Ah ! je crois l'avoir vu chez vous, un ébouriffé un peu fantasque ?

MAXIME. Oui, un peu... Je l'avais perdu de vue depuis des années... mon père ne l'aimait pas ; il se moquait de ses formes solennelles et respectueuses, sous lesquelles il prétendait flairer un vieux levain bourgeois, roturier, et même jacobin, disait-il. J'ai ri moi-même plus d'une fois aux dépens de ce bonhomme, ne me doutant guère que j'attendrais un jour, de sa bouche, le dernier mot de ma destinée.

GASTON. Mais, enfin, vous aviez cent mille francs de rente... Les morceaux en sont bons, que diable !

MAXIME. Tu penses, n'est-ce pas, que je sauverai quelque épave ? Eh ! mon Dieu, si seulement l'existence de ma sœur était assurée !... mais cette incertitude est affreuse !...

GASTON. Et comment n'as-tu pas encore vu ton Laubépin ?

MAXIME. Tu peux croire qu'à peine arrivé j'ai couru chez lui, mais bah ! il n'y était pas ! Il était à la campagne, en province, je ne sais où... aussi je suis là depuis deux jours dans un état de misère, de détresse morale... et physique... dont j'ose à peine te donner l'idée.

GASTON, avec distraction et embarras. Pauvre ami ! Ah ! voilà... voilà la vie !... c'est atroce ! c'est atroce ! (Regardant l'heure à sa montre.) Ah çà, mon ami, je te demande mille fois pardon, mais, voilà trois heures, j'ai un rendez-vous au tattersall pour trois heures et demie...

MAXIME, froidement. Va, mon ami, va. (Avec une nuance d'ironie.) Tu reviendras, n'est-ce pas ?

GASTON. Parbleu, en doutes-tu ? Diable ! ce n'est pas dans des moments pareils qu'on abandonne ses amis. (Il tire son porte-cigare.) Ah çà, tu ne peux me permettre de t'offrir un cigare, mon ami, j'en ai d'excellents ; il n'y en a plus que deux... nous allons partager en frères... A revoir, Maxime, à bientôt, bon courage !

MAXIME, qui s'est laissé mettre le cigare dans la main, avec un sourire triste. Je vais le fumer !

SCÈNE V.

MAXIME, MADAME VAUBERGER.

MADAME VAUBERGER. Monsieur ! c'est monsieur Laubépin.

MAXIME. Laubépin !... Ah ! faites entrer ! faites entrer ! (A part.) Dieu soit loué ! Je vais du moins être tiré de cette angoisse !

Entre Laubépin.

SCÈNE VI.

MAXIME, LAUBÉPIN.

MAXIME. Ah ! cher monsieur, je vous attendais avec impatience...,

LAUBÉPIN, s'inclinant. Monsieur le marquis ! Votre santé, monsieur le marquis ?

MAXIME. Meilleure, monsieur Laubépin, je vous remercie...

LAUBÉPIN. Et mademoiselle Hélène de Champcey ?

MAXIME. Elle va bien, elle est toujours ici, dans sa pension. La pauvre enfant ignore nos désastres ; moi-même, monsieur Laubépin, vous le savez, je n'en connais pas exactement l'étendue, et c'est de votre bouche,.

LAUBÉPIN. Pardon, monsieur le marquis, mais il entre dans mes habitudes de procéder avec méthode.

MAXIME. Ah ! veuillez vous asseoir, monsieur.

Ils s'asseoient à droite.

LAUBÉPIN. Ce fut, monsieur, en l'année 1820, que mademoiselle Louise-Hélène Dugald Delatouche d'Erouville fut recherchée en mariage par Charles-Christian Odiot, marquis de Champcey d'Hauterive. Vous n'ignorez pas, monsieur, que j'étais enchaîné à la famille Dugald Delatouche par les liens d'un dévouement en quelque sorte héréditaire, et que, de plus, la jeune héritière de cette maison m'avait inspiré, par ses aimables vertus, une affection aussi profonde que respectueuse. Je dus employer tous les arguments de la raison pour détourner mademoiselle Dugald de la funeste alliance qui lui était proposée : je dis funeste alliance, monsieur, parce que tout en rendant justice aux qualités chevaleresques de monsieur le marquis de Champcey, comme tous ceux de sa maison, j'apercevais déjà clairement sous ces dehors brillants l'irréflexion et la frivolité obstinées, la fureur de plaisir, et finalement le barbare égoïsme...

MAXIME. Monsieur, la mémoire de mon père m'est sacrée, et j'entends qu'elle le soit à tous ceux qui parlent de mon père devant moi.

LAUBÉPIN, avec émotion. Monsieur, je respecte ce sentiment ; mais quand je parle de votre père, comment oublier, monsieur, que je parle de l'homme qui a tué votre mère, une enfant héroïque, une martyre !

MAXIME, se levant. Monsieur Laubépin !

LAUBÉPIN, se levant aussi et posant une main sur le bras de Maxime. Pardon, jeune homme ; mais j'étais l'ami de votre mère... je l'ai pleurée. Veuillez me pardonner ! Au surplus (Se rasseyant), si vous l'exigez, je ne parlerai que du présent.

MAXIME. Je vous en prie.   Ils s'asseyent.

LAUBÉPIN. Monsieur, vous verrez le détail de mes opérations dans le dossier volumineux que le concierge de cet hôtel est allé chercher chez moi : mais pour résumer ces opérations en un mot, il se trouve qu'après la vente de votre château, de vos terres et de cet hôtel même, à des conditions inespérées, vous resterez redevable envers les créanciers de monsieur votre père, d'une somme de 45,000 fr.

MAXIME. Est-il possible !

LAUBÉPIN. Monsieur, cela est certain.

MAXIME. Comment ! non-seulement il ne nous reste rien, mais...

LAUBÉPIN. Vous devez quarante-cinq mille francs.

MAXIME, se levant. Faisant quelques pas dans la chambre. A part. Mon Dieu ! pauvre Hélène !

LAUBÉPIN, qui l'observe, se levant. Maintenant, monsieur le marquis, je dois vous dire que madame votre mère, en prévision de ce qui arrive, avait daigné me remettre en dépôt quelques bijoux d'une valeur de 50,000 francs environ.

MAXIME. Ah !

LAUBÉPIN. Pour empêcher que cette faible somme, votre unique fortune désormais, ne tombe aux mains des créanciers, nous pouvons user d'un subterfuge légal que je vais avoir l'honneur de vous soumettre.

MAXIME, simplement. Comment ? mais c'est tout à fait inutile. Je suis trop heureux de pouvoir, à l'aide de cette somme, dégager entièrement l'honneur de mon père.

LAUBÉPIN, qui ne cesse d'observer Maxime avec une attention marquée. Ah ! — soit, monsieur le marquis ; mais comme en ce cas vous restez absolument sans ressources, je vais vous demander, à titre confidentiel et respectueux, si vous avez avisé à quelque moyen d'assurer votre existence et celle de votre sœur et pupille ?

MAXIME. Mon Dieu ! monsieur, vous mes projets sont bouleversés, je vous l'avoue. Je ne m'attendais pas à ce complet dénûment. Si j'étais seul au monde, je me ferais soldat ; mais j'ai ma sœur. Je ne puis souffrir la pensée de la voir condamnée au travail, aux privations, aux dangers de la pauvreté. Elle est heureuse dans sa pension ; elle est assez jeune pour y rester quelques années encore. Si je pouvais trouver quelque occupation qui me permît, en me réduisant moi-même à l'existence la plus étroite, de payer la pension de ma sœur et de lui amasser une dot, je serais heureux !

LAUBÉPIN. Ah ! — dans notre cadre social, monsieur le marquis, une occupation assez lucrative pour répondre à vos honorables intentions, ne se trouve guère du jour au lendemain... Heureusement j'ai à vous communiquer quelques propositions qui, sans aucun effort de votre part, sont de nature à modifier votre situation. En premier lieu, je serais près de vous l'interprète d'un spéculateur riche et influent ; cet individu a conçu le plan d'une entreprise considérable qui doit réussir surtout par le concours de la classe aristocratique de ce pays. Il pense qu'un nom comme le vôtre monsieur le marquis, figurant en tête de son prospectus, aiderait puissamment à lancer l'entreprise.

MAXIME. Oui, vraiment ?

LAUBÉPIN. Il vous offre, en retour d'une facile complaisance, d'abord une forte prime, ensuite...

MAXIME. En voilà assez, monsieur Laubépin ; en voilà trop !

LAUBÉPIN, baissant la voix. Si la proposition ne vous plaît pas, monsieur le marquis, elle ne me plaît pas plus qu'à vous. Mais j'ai cru devoir vous la soumettre. En voici une autre qui, j'espère, vous sourira davantage : j'ai parmi mes anciens clients un honorable commerçant qui s'est retiré des affaires avec une fortune assez ronde : sa fille, monsieur le marquis, fille unique et conséquemment adorée, a été par hasard informée de votre situation, et je sais, je suis certain qu'elle serait prête et disposée à recevoir de votre main le titre de marquise de Champcey. Le père consent, et je n'attends qu'un mot de vous pour vous dire le nom et la demeure de cette famille intéressante.

MAXIME. Mon nom n'est pas plus à vendre qu'à louer. D'ailleur dans l'état de ma fortune, mon titre est dérisoire, et comme il paraît devoir en outre m'exposer à toutes les entreprises de l'intrigue, je suis déterminé à le quitter ; le nom originaire de ma famille est Odiot : c'est le seul que je porterai désormais.

LAUBÉPIN. Ah ! (Se frottant les mains gaiement et amicalement.) Savez-vous que vous serez difficile à caser, très-difficile à caser, jeune homme, avec ces idées-là? C'est étonnant, monsieur, comme je suis frappé depuis un moment de votre ressemblance avec madame votre mère.

MAXIME, souriant tristement. Avec ma mère? Je ne pensais pas... On m'a toujours dit que j'étais le portrait vivant de mon aïeul paternel... Jacques de Champcey.

LAUBÉPIN. Oh ! cependant... les yeux et le sourire... Mais c'est trop abuser de vos instants. Monsieur le marquis... je vous laisse...

SCÈNE VII.

LES MÊMES, VAUBERGER

VAUBERGER. Voilà les papiers, monsieur.

LAUBÉPIN. Ah ! c'est votre dossier que j'ai envoyé prendre ; il y a encore deux ou trois pièces importantes qui sont déposées chez le notaire, chez mon successeur. C'est à deux pas d'ici. Si vous vouliez venir les prendre, vous donneriez en même temps quelques signatures indispensables.

MAXIME. Soit. Je vous accompagne (A Vauberger.) Rangez ces papiers sur cette étagère. Allons, monsieur.

Ils sortent après quelques cérémonies de Laubépin.

SCÈNE VIII.

VAUBERGER, puis MADAME VAUBERGER.

VAUBERGER, rangeant les papiers. Il ne me remercierait pas seulement de la peine.

MADAME VAUBERGER. Dis donc, Vauberger, sais-tu si le vieux l'a invité à dîner?

VAUBERGER. Je n'en sais rien, je n'ai pas entendu... Qu'est-ce que ça me fait, d'ailleurs !

MADAME VAUBERGER. Pauvre M. Maxime !

VAUBERGER. Te voilà encore ! Ecoute, tu m'ennuies à la fin avec ton Maxime ! Est-ce ma faute à moi s'il est ruiné, tiens !

MADAME VAUBERGER. Tu verras, Vauberger, tu verras qu'un de ces matins il se tuera, ce garçon-là.

VAUBERGER. Eh bien ! s'il se tue, on l'enterrera, quoi !

MADAME VAUBERGER. Je te dis, Vauberger, que ça t'aurait fendu le cœur si tu l'avais vu, comme je l'ai vu ce matin, avaler sa carafe d'eau claire pour déjeuner. Songe donc, Vauberger, manquer de feu et de pain ! un garçon qui a été élevé dans des fourrures et nourri toute sa vie avec du blanc-manger! Ça n'est pas une honte et une indignité, ça ! et ça n'est pas un drôle de gouvernement que ton gouvernement qui permet des choses pareilles !...

VAUBERGER, avec un profond dédain. Mais ce ne regarde pas du tout le gouvernement ! Mon Dieu ! que les femmes sont bêtes ! et puis c'est pas vrai, il n'en est pas là, il ne manque pas de pain... ce n'est pas possible.

MADAME VAUBERGER. Puisque j'en suis sûre ! puisqu'il n'a plus un sou, puisque Edouard l'a espionné... je te dis qu'il n'a pas déjeuné ce matin, à preuve que ses pauvres jambes ne peuvent plus le soutenir... et je parie qu'il n'a pas encore dîner ce soir... car il est trop fier pour mendier un dîner !

VAUBERGER. Eh bien, tant pis pour lui ! Quand on est pauvre, faut pas être fier !

MADAME VAUBERGER, indignée. Vauberger ! tu es un concierge, tu veux qu'on t'appelle concierge... eh bien tu as les sentiments d'un portier !

VAUBERGER. Madame Vauberger !

Maxime paraît au fond.

SCÈNE IX.

LES MÊMES, MAXIME.

VAUBERGER, servilement. Monsieur le marquis, je rangeais ces papiers... monsieur le marquis n'a pas d'autre ordre à nous donner ?

MAXIME, froidement. Allez-vous-en.

VAUBERGER. Oui, monsieur le marquis. (Se retournant près de sortir.) Ruiné, va !

SCÈNE X.

MAXIME, seul.

Je n'ai pas osé... je n'ai pas osé lui demander l'aumône... et pourtant ce n'eût pas été une aumône, puisqu'il a de l'argent à moi... mais je n'ai pas osé... Je le verrai demain matin, et j'espère qu'il m'offrira de lui-même... on ne meurt pas pour un

jour de jeûne... Ah ! si je pèche par orgueil, je suis puni... car réellement je souffre... Si j'allais dîner tout bonnement n'importe où... on me connaît... je pourrais dire que j'ai oublié ma bourse... j'ai fait cela cent fois sans scrupule, dans d'autres temps... Non ! tous ces expédients, qui sentent la misère et la tricherie, me répugnent trop... Pour les pauvres, cette pente est glissante ; je n'y mettrai pas le pied ! Si je pouvais dormir. (Il s'asseoit dans le fauteuil.) La faim ! ce n'est donc pas un vain mot... la faim ! Il y a donc vraiment une maladie de ce nom-là... il y a vraiment des créatures humaines qui souffrent presque chaque jour ce que je souffre en ce moment?... et encore, moi, je souffre seul ; le seul être qui m'intéresse au monde, ma sœur, je vois son cher visage, heureux, souriant... Mais ceux qui entendent le cri déchirant de leurs entrailles répété par des voix aimées, suppliantes... ceux qu'attendent dans leur froid logis des femmes aux joues pâles et des petits enfants sans sourire!.. pauvres gens... O sainte charité !

Il sommeille. — Musique jusqu'au réveil de Maxime.

SCÈNE XI.

MAXIME, MADAME VAUBERGER.

Elle entre doucement, portant quelques plats sur un plateau. Elle pose le plateau sur la cheminée, approche une petite table et la couvre d'une nappe.

MAXIME, s'éveillant à demi. Triste sommeil ! Je fais de vrais rêves de naufragé... je ne vois que des mirages de festins, de banquets ! (Apercevant le plateau.) Tiens ! (Il voit madame Vauberger.) Qu'est-ce que c'est ? qu'est-ce que vous faites ?

MADAME VAUBERGER, affectant la surprise. Est-ce que monsieur n'a pas demandé à dîner ?

MAXIME. Pas du tout.

MADAME VAUBERGER. Edouard m'a pourtant dit que monsieur...

MAXIME. Edouard s'est trompé : c'est quelque locataire à côté ; voyez.

MADAME VAUBERGER. Il n'y a pas de locataire sur le palier de monsieur... Je ne comprends pas.

MAXIME. Enfin, ce n'est pas moi ! Qu'est-ce que cela veut donc dire ?... Vous me fatiguez ! Emportez cela !...

MADAME VAUBERGER, elle replie tristement la nappe, et reprend timidement après une pause. Monsieur a probablement dîné ?

MAXIME. Probablement.

MADAME VAUBERGER. C'est dommage, car le dîner est prêt... il va être perdu, et le petit va être grondé par son père... Si monsieur n'avait pas dîné, par hasard, il m'aurait vraiment bien obligée...

MAXIME, violemment. Allez-vous en, vous dis-je, sortez ! (Il se lève et s'approche d'elle avec douceur.) Louison... je vous comprends... je vous remercie ; mais je suis un peu souffrant ce soir : je n'ai pas faim.

MADAME VAUBERGER, avec émotion. Elle se rapproche, portant le plateau qu'elle dépose doucement sur la table devant Maxime. Ah ! monsieur Maxime ! si vous saviez comme vous me mortifiez ! Eh bien, vous me paierez mon dîner, là ; vous me mettrez de l'argent dans la main quand il vous en reviendra ; mais vous pouvez bien être sûr que quand vous me donneriez cent mille francs, ça ne me ferait pas autant de plaisir que de vous voir manger mon pauvre dîner ! Ce serait une fière charité que vous me feriez, allez ! vous devez pourtant bien comprendre ça, monsieur Maxime, vous qui avez de l'esprit...

MAXIME. Eh bien, ma chère Louison, que voulez-vous ? je ne peux pas vous donner cent mille francs... mais je vais manger votre dîner. Il s'asseoit brusquement devant la table.

MADAME VAUBERGER. Oh ! merci, monsieur Maxime, merci... vous avez bon cœur.

MAXIME. Et bon appétit aussi, Louison, je vous jure... mais laissez-moi, n'est-ce pas?...

MADAME VAUBERGER. Oui, monsieur Maxime... merci, Monsieur...

MAXIME, la rappelant. Louison... donnez-moi votre main...soyez tranquille ce n'est pas pour y mettre de l'argent... (Lui prenant la main.) Là... à revoir.

Madame Vauberger sort en pleurant.

SCÈNE XII.

MAXIME, puis LAUBÉPIN.

MAXIME, portant son mouchoir à ses yeux. Allons ! pas d'enfantillage ! et dînons, puisque dîner il y a !... Ce que c'est que le fruit défendu ! j'ai moins faim que tout à l'heure ! Cette pauvre femme que j'accusais, cette portière... c'est un ange!... Enfin me voilà toujours assuré de vivre jusqu'à demain... c'est quelque chose.

On entend madame Vauberger qui parle à Laubépin dans l'escalier. La porte s'ouvre, Laubépin paraît conduit par madame Vauberger qui se retire aussitôt. Maxime se lève un peu interdit.

LAUBÉPIN, d'un air consterné. Au nom du ciel, monsieur le marquis, comment ne m'avez-vous pas dit ?.. (s'avançant.) Jeune homme, c'est mal; vous avez blessé un ami! vous faites rougir un vieillard !...

MAXIME, ému. Monsieur !

LAUBÉPIN, l'attirant sur sa poitrine. Mon pauvre enfant! Allons! n'y pensons plus ! Dînez, mon ami, et dînez gaiement... car, Dieu merci, je vous apporte une bonne nouvelle...

MAXIME. Bah ! Il lui donne une chaise.

LAUBÉPIN. J'ai un emploi à vous offrir.

MAXIME. Un emploi ?

LAUBÉPIN. Mais, dame! je ne sais s'il vous agréera. Je suis arrivé ce matin de Bretagne, comme vous savez, mon ami. Il y a là, au fond du Morbihan, une famille considérable et très-opulente, la famille Laroque d'Arz, dont je possède toute la confiance. Les Laroque avaient, depuis vingt ans, un homme d'affaires, un intendant, nommé Yvart, qui était un fripon. J'ai appris ces jours-ci que cet individu était fort malade ; je suis immédiatement parti pour la Bretagne de Laroque, et j'ai demandé pour un ami à moi, que je n'ai point nommé, l'emploi qui, selon toute apparence, allait devenir vacant.

MAXIME. Mais tantôt vous ne m'avez pas dit un mot...

LAUBÉPIN. D'abord, mon ami, j'avais à peine l'honneur de vous connaître, et je tenais à savoir avant tout quelle espèce d'homme vous étiez. Ensuite, c'est en rentrant chez moi seulement qu'une lettre de mon excellente amie, madame Laroque, m'a appris le décès définitif du sieur Yvart. Maintenant, voici les conditions : vous serez uniquement connu dans le château sous le nom de Maxime Odiot ; vous habiterez un pavillon particulier. Quant à vos appointements, ils seront réglés chaque année de façon à vous permettre de penser à la dot de votre sœur. Cela vous convient-il ?

MAXIME. A merveille, et je ne sais comment vous remercier de votre prévoyante bonté... Seulement je crains d'être un homme d'affaires un peu neuf.

LAUBÉPIN. N'êtes-vous pas avocat, c'est-à-dire un peu propre à tout ? Et puis, comme je l'écris à madame Laroque, ce qui vous manque peut s'apprendre en deux à trois mois, tandis que cinquante ans d'expérience n'avaient pu apprendre à votre prédécesseur... la probité... je vous ai vu au feu, j'en réponds.

MAXIME. Eh bien, Monsieur, je suis prêt.

Il se lève.

LAUBÉPIN. Prêt à partir demain ?

MAXIME. Demain?

LAUBÉPIN. Mon Dieu, il le faut, car ces gens là-bas ne sont pas capables à eux tous de faire une quittance. Mon excellente amie madame Laroque en particulier est, en affaires, d'une enfance... c'est une créole.

MAXIME, vivement. Ah ! c'est une créole !

LAUBÉPIN, sèchement. Oui, jeune homme, une jeune créole. De son côté sa fille...

MAXIME. Ah ! elle a une fille ?

LAUBÉPIN. Oui, qui est plus jeune.

MAXIME. Naturellement...

LAUBÉPIN. Au surplus, vous les verrez, vous les jugerez vous-même.

MAXIME. Si je pouvais pourtant sans indiscrétion vous demander, pour ma gouverne, quelques renseignements sur le caractère des personnes avec qui je vais me trouver en contact ?

LAUBÉPIN, avec réserve. Mon Dieu, jeune homme, l'article personnel est toujours fort délicat. Cependant, voyons... Il y a dans le château, en résidence permanente, sans parler des voisins, des amis, il y a, dis-je, cinq personnes : d'abord monsieur Laroque le père, célèbre au commencement de ce siècle en qualité de corsaire autorisé, source de la fortune... aujourd'hui plus qu'octogénaire... intelligence un peu flottante; ensuite, madame Laroque, sa belle-fille, veuve, créole d'origine... quelques manies... mais belle âme ; mademoiselle Marguerite, sa fille, créole et Bretonne... une petite tête, quelques chimères, mais belle âme ; puis, un sous-ordre, une madame Aubry, cousine au deuxième degré recueillie dans la maison, veuve d'un banquier coupable en Belgique... esprit aigri ; et enfin une demoiselle Hélouin, institutrice, demoiselle de compagnie, esprit cultivé... caractère... (Il hésite et reprend.) esprit cultivé... c'est tout ! vous voyez....

MAXIME. Comment, mais sur cinq habitants il y a deux belles âmes... c'est une proportion magnifique !

LAUBÉPIN. N'est-ce pas ? ah çà! Maxime, vous penserez à la dot d'Hélène ?

MAXIME. Je ne penserai qu'à cela, Monsieur !

LAUBÉPIN. Bien ! allons ! bon courage, mon ami ! Demain matin je vous attends à déjeuner, et demain soir en route pour la Bretagne. (sérieux.) Mon enfant, je ne vous connais que depuis quelques heures, et je vous réponds de votre caution, vous voyez : je réponds de vous... à tous les points de vue : je n'aurai jamais à m'en repentir, n'est-ce pas ?...

MAXIME. Monsieur, j'ai fait, à la mémoire de celle que j'avais connue trop tard, un serment que je tiendrai. J'ai juré de ne jamais commettre aucune action qui aurait pu rougir la sainte qui fut ma mère.

LAUBÉPIN. Je suis tranquille ; à demain.

MAXIME. A demain... (seul.) Intendant !... allons, frère, courage !

DEUXIÈME TABLEAU

Un riche salon d'été, largement ouvert sur une terrasse ornée de statues et de grands vases : une balustrade ferme, dans le fond, cette terrasse d'où l'on descend par un escalier de deux ou trois marches dans une autre partie des jardins. A gauche une fenêtre, un piano. — A droite, une table couverte de livres et de journaux, jardinières, vases pleins de fleurs, un brasero allumé.

SCÈNE PREMIÈRE.

M. DE BÉVALLAN, LE DOCTEUR DESMARETS, MADAME LAROQUE, MARGUERITE, MADEMOISELLE HÉLOUIN, MADAME AUBRY.

Au lever du rideau, quelques jeunes filles en toilette d'été se promènent sur la terrasse. M. de Bévallan cause et rit avec elles. Le docteur Desmarets lit un journal ; Madame Laroque, enveloppée de fourrures et entourée de coussins en velours et en tapisserie, est assise à droite, lisant et approchant sa main de temps à autre de la flamme du brasero. Marguerite, assise près de sa mère, fait de la tapisserie. Mademoiselle Hélouin arrange des fleurs dans un vase. Madame Aubry, assise à gauche, tricote.

BÉVALLAN, après un cri de joie poussé par les jeunes filles qui battent des mains, entre dans le salon. Aux jeunes filles en dehors. Mesdemoiselles, c'est entendu !... (Dans le salon.) Mesdames, ces demoiselles désirent faire un tour de valse sur la terrasse.

MADAME LAROQUE. Comment ? en plein soleil, comme cela ?

BÉVALLAN. Oui, madame, attendu que les fleurs ne craignent pas le soleil. (Mettant ses gants et s'approchant de Marguerite.) Mademoiselle Marguerite, oserai-je vous demander ?

MARGUERITE. Oh ! moi, je crains le soleil... Je vous remercie, je préfère jouer.

Elle se lève et se dirige vers le piano.

BÉVALLAN, comme elle passe près de lui, lui dit à demi-voix. Toujours barbare ! (A mademoiselle Hélouin qui range des fleurs.) Et vous, madame selle, puis-je espérer ?...

MADEMOISELLE HÉLOUIN. Volontiers.

Elle prend le bras de Bévallan.

BÉVALLAN, à demi-voix. Toujours charmante ! (Haut, se dirigeant vers la terrasse.) Allons, mesdemoiselles, allons !

Marguerite commence à jouer la valse. Bévallan, mademoiselle Hélouin et les jeunes filles tourbillonnent et disparaissent.

MADAME LAROQUE. Avez-vous vu ma nouvelle serre, docteur ?

DESMARETS, se levant. Non, madame.

MADAME LAROQUE. Ah ! Eh bien, mais il va falloir que je vous montre cela... si je puis me traîner jusque-là.

DESMARETS. Comment, vous traîner ?... mais vous êtes éblouissante de santé, ce matin, vous êtes fraîche comme la rosée !

MADAME LAROQUE. Fraîche... c'est-à-dire que je suis gelée... C'est une chose extraordinaire depuis vingt ans que j'ai quitté les Antilles et que je suis en France, je n'ai pas encore pu me réchauffer.

DESMARETS. Tant mieux ! tant mieux ! Le froid conserve !... (Passant à gauche.) Et vous madame Aubry, voyons... la santé ?

MADAME AUBRY, dolente. Oh ! toujours bien faible, docteur... j'ai eu des vertiges tout le matin.

DESMARETS. Bon ! tant mieux ! parfait, cela ! signe de force !

MADAME AUBRY, confidentiellement. Oh ! le chagrin me mine, voyez-vous, docteur. On me traite si indignement ici.

DESMARETS. Encore ! comment ça ?

MADAME AUBRY. Vous n'avez pas vu encore ce matin au déjeuner... du potage froid... pas de chauffe rette... toutes les indignités possibles... je suis le jouet des domestiques... et songez donc docteur, quand on a été dans ma position, quand on a mangé dans de l'argenterie à ses armes !... Ah ! on ne sait pas tout ce que je souffre dans cette maison... et on ne le saura jamais, car quand on a de la fierté on souffre sans se plaindre ; aussi je me tais, docteur, mais je n'en pense pas moins.

DESMARETS, impatienté. C'est cela, madame, n'en parlons plus. Et croyez-moi, buvez frais... cela vous calmera.

MADAME AUBRY. Ah ! rien ne me calmera, docteur... rien que la mort !

DESMARETS. Eh bien, madame, quand vous voudrez ! (Les danseurs paraissent en ce moment. Desmarets se retournant.) Ce diable de Bévallan est infatigable... Après avoir couru à cheval tout le matin, le voilà...

Tout à coup la danse s'interrompt ; les jeunes filles poussent un cri et s'arrêtent. On aperçoit au fond Maxime, il porte un album sous le bras, un petit sac de voyage à la main, et paraît assez embarrassé de sa contenance. Alain l'accompagne.

SCÈNE II.

LES MÊMES, MAXIME, ALAIN.

MARGUERITE, se levant de sa place. Eh bien, qu'est-ce qu'il y a donc ?

ALAIN, s'avançant seul pendant que Maxime attend au fond. Madame, c'est M. Odiot, le nouvel intendant.

MADAME LAROQUE, qui s'est soulevée pour regarder Maxime. Comment ?... ça ?

ALAIN. Oui, madame, à ce qu'il dit.

MADAME LAROQUE. Faites entrer. (Pendant qu'Alain va chercher Maxime et le débarrasse de son sac.) Ah çà, comprend-on ce Laubépin qui m'annonce un garçon d'un certain âge, très-simple, très-mûr, et qui m'envoie un monsieur comme ça ?

BÉVALLAN. Il est positif que voilà un intendant... original.

MADEMOISELLE HÉLOUIN, à gauche, qui observe Maxime avec surprise, à part. Mais c'est le marquis de Champcey... je l'ai vu dix fois à la pension...   Maxime entre et salue.

MADAME LAROQUE. Pardon... vous êtes monsieur... ?

MAXIME. Odiot, madame.

MADAME LAROQUE, n'en revenant pas. Maxime Odiot, le régisseur, l'intendant, que monsieur Laubépin... ?

MAXIME. Oui, madame.

MADAME LAROQUE. Vous êtes bien sûr ?

MAXIME, souriant. Mais oui, madame, parfaitement.

MADAME LAROQUE. Enfin, très-bien, monsieur ! Nous vous remercions beaucoup de vouloir bien nous consacrer vos talents... nous en avons grand besoin... car nous avons le malheur d'être extrêmement riches. (Madame Aubry lève les épaules.) Oui, ma chère cousine, je dis le malheur, vous avez beau lever les épaules... La richesse est pour moi un fardeau, c'est la pure vérité... moi, j'étais née pour la pauvreté, pour le dévouement, le sacrifice... j'aurais été, par exemple, une excellente sœur de charité... ou bien encore j'aurais aimé à courir le monde en bohémienne, comme ces pauvres femmes qu'on voit faire leur pauvre cuisine à l'abri des haies... C'est poétique, ça m'aurait plu... Enfin, monsieur, le ciel en a disposé autrement ; d'ailleurs cette fortune n'est pas à moi, et mon devoir est de la conserver pour ma fille, quoique la pauvre enfant n'y tienne pas plus que moi-même, n'est-ce pas, Marguerite ? (Marguerite répond par un mouvement dédaigneux des sourcils.) Alain va vous montrer, monsieur, le pavillon qui vous est destiné... Mais, auparavant, il serait bon de vous présenter à mon beau-père. Voyez, Alain, si M. Laroque peut recevoir monsieur. Ouf ! (Elle se lève péniblement en se drapant.) Eh bien, docteur, venez-vous voir ma serre ?

DESMARETS. Volontiers, madame.

MADAME LAROQUE. Venez donc aussi, Bévallan.

BÉVALLAN. Madame !

ALAIN, rentrant. Madame, M. Laroque va descendre.

MADAME LAROQUE. Ah ! Eh bien, monsieur, veuillez l'attendre ici... (A sa fille à demi-voix.) Dis-moi, Marguerite, si tu restais pour le présenter à ton grand-père ?

MARGUERITE. Oui, ma mère.

MADAME LAROQUE. Au revoir, monsieur, à bientôt.

Elle prend le bras de Desmarets.

BÉVALLAN, à part. Singulier intendant !

Il offre le bras à madame Aubry.

MADEMOISELLE HÉLOUIN, à part. Soit ! gardons-lui son secret... jusqu'à nouvel ordre !

Elle sort avec les autres.

SCÈNE III.

MAXIME, MARGUERITE, sur le devant. ALAIN, dans le fond.

MARGUERITE, après une pause embarrassée. C'est la première fois, monsieur, que vous venez en Bretagne.

MAXIME. Oui, mademoiselle,

MARGUERITE, avec insouciance. C'est un pays assez intéressant pour les étrangers.

MAXIME. Oh ! très-intéressant, mademoiselle... Je n'ai fait que le traverser rapidement... mais ce que j'ai entrevu m'a charmé... Ces vieilles forêts, ces grandes landes sauvages, avec ces horizons étagés à perte de vue ; c'est vraiment...

MARGUERITE, avec une nuance de dédain. Ah ! vous êtes artiste, monsieur ! Je vois que vous aimez ce qui est beau, ce qui parle à l'imagination et à l'âme... la belle nature, les bruyères, les pierres... les beaux-arts... Allons, tant mieux !... vous vous entendrez à merveille avec mademoiselle Hélouin, qui adore aussi toutes ces choses... que je n'aime guère, pour mon compte.

MAXIME, galement. Mon Dieu ! qu'est-ce donc que vous aimez, mademoiselle, si vous me permettez ?...

MARGUERITE, après un regard hautain qui lui coupe la parole. — Elle laisse sa tapisserie, et s'éloignant. Je vais au-devant de mon grand-père, Alain.

Elle sort. Alain descend la scène lentement.

SCÈNE IV.

MAXIME, ALAIN.

MAXIME. Allons ! j'oublie que je n'ai pas le droit ici de parler en égal (Se retournant vers Alain.) excepté à cet homme... Ah ! c'est amer ! Dites-moi, mon ami, M. Laroque est très-âgé, n'est-ce pas ?

ALAIN. Oh ! très-âgé, monsieur, oui.

MAXIME. Il a été marin, je crois, autrefois.

ALAIN. Oui, monsieur... et un fier marin, allez !... Vous verrez, monsieur, dans la galerie, là-haut, quelques-unes de ses batailles en peinture... Ah ! c'était un homme terrible ! Toujours la hache d'abordage à la main ! Ah ! il en a fait voir de cruelles aux Anglais, celui-là, je vous en réponds. Aussi, ils ne l'aimaient pas... Ah ! ça, ils ne l'aimaient pas ! S'ils l'avaient tenu...

MAXIME. Enfin, ils n'ont pas pu le prendre.

ALAIN. Oh ! jamais, monsieur ! ça leur était défendu !... Ah ! c'était un homme terrible !... et encore à présent... tenez, monsieur, il y a des moments comme ça, où il se promène tout seul, le soir, dans la galerie, en rêvant tout haut à ses batailles et aux Anglais... car il a des espèces d'absences par instants... Eh bien ! il me fait peur, à moi, monsieur. Je n'en suis pas maître... il me fait peur !

MAXIME. Ah !

ALAIN. Le voilà, monsieur.

MAXIME, à part. Pauvre vieillard, il n'a pas l'air si terrible !

SCÈNE V.

LES MÊMES, MARGUERITE, M. LAROQUE.

MARGUERITE. Par ici, mon père... là ! (Elle le fait asseoir. — A Maxime.) C'est mon grand-père, monsieur. (A M. Laroque.) M. Odiot, le nouvel intendant, mon père.

M. LAROQUE, s'asseyant. Il regarde Maxime, et paraît subitement étonné et inquiet ; Maxime, surpris de ce regard, se tait. Bien, bien, mon enfant... Bonjour, monsieur, bonjour.

MARGUERITE, après une pause. Mais, monsieur, veuillez parler, dites quelque chose.

MAXIME, avec embarras. Mon Dieu ! mademoiselle...

MARGUERITE. Mais parlez donc. (A son père.) M. Odiot, le nouvel intendant, mon père.

MAXIME. Monsieur, je suis heureux de pouvoir vous consacrer mes services.

M. LAROQUE, le regardant toujours avec un air d'égarement croissant. Mais il est mort !

MAXIME, s'adressant à Marguerite. Comment ?

MARGUERITE. L'autre intendant.

Elle fait signe à Maxime de continuer.

MAXIME. Ah ! — d'autant plus heureux, monsieur, que j'ai souvent entendu citer vos glorieux faits d'armes, et que je compte moi-même dans ma famille des marins qui, comme vous, ont eu souvent l'honneur de combattre les Anglais...

M. LAROQUE, se dressant. Ah ! les Anglais ! Oui ! ce sont eux... Mais ils l'ont payé. Il y a du sang, je ne veux pas...

MARGUERITE. Mon père !... (A Maxime.) Veuillez vous retirer, monsieur... allez rejoindre ma mère.

MAXIME, après s'être incliné, à part. Joli début !

Il sort.

9

SCÈNE VI.

MARGUERITE, M. LAROQUE.

MARGUERITE. Mon père !... mon père !... Quelles pensées vous troublent !... Voyons ! revenez à vous... c'est moi... Marguerite... votre fille...

M. LAROQUE, revenant à lui peu à peu. Toi... c'est toi... petite... oui... Eh ! bien, quoi ? qu'y a-t-il ?... Tu es seule... Qui était donc là, tout à l'heure ?

MARGUERITE. C'était notre nouveau régisseur, mon père, M. Maxime Odiot.

M. LAROQUE. Maxime Odiot ?... je ne connais pas... C'est bizarre... il m'avait semblé connaître ce visage. Je suis si vieux, ma fille... J'ai connu tant de monde... Il y a tant de visages qui passent comme des fantômes dans ma pauvre mémoire séculaire... Eh bien, ce jeune homme, il a l'air très-comme il faut, il me semble.

MARGUERITE. Oui, mon père.

M. LAROQUE. Je crois qu'il me plaira. Fait-il le piquet ?

MARGUERITE. Je ne sais pas encore, mon père.

M. LAROQUE, riant. Espérons-le, ma fille, espérons-le.

Madame Aubry arrive à la hâte.

SCÈNE VII

LES MÊMES, MADAME AUBRY.

MADAME AUBRY. Eh bien, comment vous trouvez-vous, mon cher cousin ? On vient de me dire que vous étiez souffrant... et je suis accourue plus morte que vive...

M. LAROQUE, un peu railleur. Trop bonne, cousine, trop bonne... Ce n'était rien... un peu de faiblesse.

MADAME AUBRY. Ah ! tant mieux ! tant mieux !... Venez faire un tour sur la terrasse... Cela vous fera du bien... Prenez mon bras, je vous en prie.

M. LAROQUE. Soit ! je veux bien... Allons ! (A Marguerite.) Au revoir, ma chérie... (Se retournant.) Demande-lui s'il fait le piquet.

MARGUERITE. Oui, grand-père.

M. LAROQUE. Espérons-le !

MADAME AUBRY, pendant qu'elle s'éloigne, soutenant M. Laroque. Appuyez-vous, appuyez-vous.

SCÈNE VIII

MARGUERITE, un instant seule, puis MAXIME. MADAME LAROQUE, MADEMOISELLE HÉLOUIN, BÉVALLAN, et les jeunes filles qui restent au fond.

MARGUERITE, seule. Cette scène m'a fait mal... et puis elle m'a troublée... Ces paroles étranges... C'est la faiblesse d'esprit d'un vieillard !... Vraiment, il y a des moments où j'ai moi-même des pensées folles... (Se retournant, elle aperçoit sa mère qui revient donnant le bras à Maxime et paraissant engagée avec lui dans une conversation animée.) Comment ! ma mère donne le bras à ce monsieur !

Entrent Maxime et madame Laroque, Bévallan, mademoiselle Hélouin et les jeunes filles restent en vue sur la terrasse.

MADAME LAROQUE, d'un ton très-gracieux, à Maxime. Exactement comme moi, Monsieur ! exactement mon impression ! C'est extraordinaire comme nous nous rencontrons ! (Quittant son bras et le saluant.) Monsieur !... (Maxime reste un peu en arrière, parcourant des brochures ; madame Laroque descend vers sa fille, et lui dit :) Tu es étonnée, ma fille... n'est-ce pas ? Eh bien, je le suis encore plus que toi !... Il est tout à fait homme du monde, ce jeune homme... il cause très-bien... et puis il a beaucoup voyagé... et, chose extraordinaire, il a exactement ma manière de voir, mes impressions... Enfin, tout en babillant, j'ai oublié entièrement sa position, et je lui ai pris le bras sans y penser... Entre nous, ma fille, je crois bien que c'est un très-mauvais intendant, mais vraiment c'est un homme très-agréable.

Elle s'asseoit dans son fauteuil à droite.

MARGUERITE. Tant mieux, ma mère.

Elle reprend sa tapisserie.

BÉVALLAN, aux jeunes filles. Vous voulez donc ma mort, mesdemoiselles ?... Mais enfin, soit ! je m'exécute ! (Il s'avance.) On réclame avec enthousiasme la fin de la valse interrompue.

MARGUERITE. Ah ! comment ? encore ! Mais jamais je ne pourrai finir cette tapisserie, et il faut que je l'envoie ce soir à Rennes pour la faire monter...

BÉVALLAN. Ah ! en ce cas, je vais perdre ma danseuse, moi !   Il remonte vers le fond.

MAXIME. Mon Dieu ! si vous le voulez, madame, je puis à la rigueur jouer une valse ou deux ?

MARGUERITE échange un regard de surprise avec sa mère. Vous nous obligerez, monsieur.

Maxime se place devant le piano et joue.

MADAME LAROQUE. Comment ! il touche du piano, maintenant !

BÉVALLAN, à part. Singulier intendant ! (Allant sur la terrasse.) Mesdemoiselles, je suis à vous... mais pas longtemps ; car il fait une chaleur atroce, vraiment !

Les jeunes filles disparaissent en valsant.

MADAME LAROQUE. Ma fille, sais-tu que cela commence à m'inquiéter ?

MARGUERITE, gravement. Pourquoi, ma mère ? On peut toucher du piano et être honnête homme.

MADAME LAROQUE. Je ne dis pas le contraire, mon enfant... mais enfin, ce n'est pas là un intendant, franchement... jamais je n'oserai lui donner mes ordres... et puis comment veux-tu qu'un monsieur comme ça aille trotter en sabots dans les terres labourées et dans la boue de nos chemins ? c'est impossible ! (Remarquant tout à coup l'album que Maxime a posé sur un guéridon.) Qu'est-ce donc que cet album-là ?

MARGUERITE. Mais il me semble qu'il l'avait à la main quand il est arrivé.

MADAME LAROQUE, ouvrant l'album. Il ne manquait plus que cela... il dessine ! et il dessine à merveille... Tiens, vois !

MARGUERITE. Oui, c'est bien fait.

BÉVALLAN. Ah ! ma foi, mesdemoiselles, décidément, je n'y tiens plus ! Je me rends ! Je renonce !... (Il se jette dans un fauteuil. A Maxime.) Merci, monsieur, merci bien. Vous avez un vrai talent.

MAXIME, se levant et saluant. Monsieur !

Il quitte le piano.

MADAME LAROQUE. Vous nous pardonnerez notre indiscrétion, M. Odiot... C'est vous qui dessinez comme cela ?

MAXIME. Madame... je dessine... un peu... mais cet album est bien pauvre.

MADAME LAROQUE. Pas du tout... Voyez donc, M. de Bévallan... ce petit coin sombre, c'est délicieux !

BÉVALLAN. Oui, ma foi !... Salvator ! tout à fait !

MADAME LAROQUE. Où est-ce donc pris, cette vue-là, monsieur ?

MAXIME. C'est, madame, dans le parc du prince de Villa-Franca, en Sicile.

BÉVALLAN. De Villa-Franca ?... Tiens ! j'ai passé par là, moi... Ma s je n'ai pu voir le parc... je croyais que le prince ne l'ouvra t pas aux étrangers ?

MAXIME. C'est vrai, monsieur, en général... (Il s'arrête avec embarras.) Mais, madame, votre bienveillance m'a fait oublier trop longtemps mes devoirs ! Avec votre permission, je vais entrer en fonctions dès ce moment, et aller visiter votre ferme de Langoat, dont nous parlions tout à l'heure, et qui n'est, je crois, qu'à une lieue d'ici.

MADAME LAROQUE, visiblement embarrassée. Ma ferme de Langoat ?... Mais, monsieur .. pardon... c'est impossible... Il y a des chemins affreux... Attendez que la saison soit plus avancée. (A part.) C'est très-gênant un intendant comme cela.

MAXIME gaiement. Non, madame, je n'attendrai pas un seul jour... On est intendant, ou on ne l'est pas !

MADAME LAROQUE. Mais, voyons... Ne pourrait-on pas... (Alain est au fond, plaçant une jardinière.) Alain ?

ALAIN, descendant la scène. On pourrait, madame, atteler pour M. Odiot le vieux berlingot du père Yvart... Il n'est pas suspendu, mais...

MADAME LAROQUE, qui lui fait signe de se taire. Non... non !... Est-ce que l'américaine ne passerait pas dans le chemin ?

MAXIME. Madame, je vous en supplie...

ALAIN. L'américaine, madame ?... mais, ma foi, non !... Il n'y a pas de risque, qu'elle y passe... ou si elle y passe, elle n'y passera pas tout entière... et encore... je ne crois pas qu'elle y passe !

MAXIME. Je vous proteste, madame, que j'irai parfaitement à pied.

MADAME LAROQUE. Je vous assure, Monsieur, que je ne le souffrirai pas... Mais voyons donc... nous avons bien une demi-douzaine de chevaux de selle qui ne demandent qu'à se promener... mais probablement vous ne montez pas à cheval ?

MAXIME. Je vous demande pardon, madame ; mais, véritablement...

MADAME LAROQUE. Alain, faites seller un cheval... Lequel, dit, Marguerite ?

BÉVALLAN. Donnez Proserpine ?

MARGUERITE. Non, non ! pas Proserpine ! gardez-vous-en bien !

MAXIME. Et pourquoi donc, mademoiselle ?

MARGUERITE. Parce qu'elle vous jetterait par terre, Monsieur.

MAXIME, souriant. Oh ! si ce n'est que cela, ne craignez rien...

vous pouvez faire seller Proserpine, Alain. (Alain sort. A Bévallan.) Est-ce que cette bête est si terrible?

BÉVALLAN. Oh! non! pas tant! Un peu verte au montoir, simplement! Mais quand une fois on est dessus, si on y reste, ça va bien... Voulez-vous des éperons! j'en ai une paire à votre service.

MARGUERITE, à demi-voix, d'un ton de reproche, à Bévallan. Monsieur de Bévallan!

Bévallan s'éloigne et se dirige vers la fenêtre.

MAXIME. Je vous suis obligé, monsieur; j'accepte.

BÉVALLAN, à la fenêtre de gauche. Donnez mes éperons à monsieur!

MAXIME, saluant. Mesdames!   Il s'éloigne.

MADAME LAROQUE. Vous nous ferez l'honneur de dîner avec nous, monsieur?

MAXIME. Madame!   Il sort.

BÉVALLAN. Singulier intendant!

SCÈNE IX.

LES MÊMES, excepté MAXIME.

MARGUERITE. Monsieur de Bévallan, je ne vous comprends pas... vous voulez donc qu'il se tue?

BÉVALLAN, se rapprochant un peu. Laissez donc, mademoiselle!

MADAME LAROQUE. Comment! Mais s'il y a du danger, je n'entends pas du tout, moi!...

BÉVALLAN. Aucun danger, madame... D'ailleurs, c'est sur l'herbe... et puis, franchement, là, il mérite une petite leçon!

MADAME LAROQUE. Et pourquoi donc?

BÉVALLAN. Il est trop avantageux. — Ne veut-il pas nous faire croire qu'il est l'ami du prince de Villa-Franca, à présent!

MADAME LAROQUE. Mais il n'a pas dit un mot de ça!... c'est vous qui le poussez!... Ah çà! s'il y a du danger, je veux qu'on le rappelle.

Elle va vers la fenêtre, où Marguerite l'accompagne.

BÉVALLAN, à la fenêtre. Soyez donc tranquille, madame!.. Tenez, la voilà... voyez... c'est un vrai mouton... Ah! par exemple, s'il la touche!... Voyons, je parie dix louis contre un qu'il ne peut pas se mettre en selle? Personne ne tient?

MARGUERITE. Moi, si vous voulez.

BÉVALLAN. Soit, mademoiselle...

MADAME LAROQUE. Monsieur de Bévallan, je n'aime pas du tout cette plaisanterie... je suis au martyre!...

BÉVALLAN. Ah! il met le pied à l'étrier... Bon! paf! patapan! en voilà une ruade! Elle ne lui fera pas de mal, allez! seulement il ne montera pas, voilà tout!... il ne montera pas! paf! encore!... vous avez perdu, mademoiselle.

MARGUERITE, tout à coup. J'ai gagné.

BÉVALLAN. Comment! en selle... sans toucher l'étrier! Eh bien, alors c'est un clown! faites-lui de la musique! il va danser!

MARGUERITE. Vous avez beau dire : il est notre maître...

Elle applaudit, et les autres femmes battent aussi des mains.

BÉVALLAN, applaudissant. Oui, ma foi, c'est très-bien! bravo! bravo!... (Se retournant.) Il me déplaît passablement, ce monsieur!

MADAME LAROQUE. Je ne sais pas pourquoi, mais je l'adore, moi, ce garçon-là!

BÉVALLAN. N'est-ce pas? Il est adorable! adorable!...

MARGUERITE, rêveuse, à part. Qu'est-ce que c'est que ce jeune homme?

MADEMOISELLE HÉLOUIN, de même. Quand donc ai-je rêvé que j'étais marquise?

ACTE DEUXIÈME

TROISIÈME TABLEAU

Une espèce de rond-point ou de carrefour dans le parc du château de Laroque. La futaie est percée de plusieurs allées; sous les arbres au fond, un dolmen très-apparent. Un banc de gazon au pied d'un arbre à gauche. Chaises et bancs rustiques.

SCÈNE PREMIÈRE.

MAXIME, ALAIN, portant une chaise rustique et une espèce de guéridon.

MAXIME, un album sous le bras. Mettez ce pliant ici; puisque je

n'ai rien de mieux à faire cette après-midi, je m'en vais dessiner ces arbres et ce dolmen.

ALAIN. Ah! oui... le dolmen... M. le curé aurait bien voulu le faire enlever d'ici.

MAXIME. Et pourquoi cela?

ALAIN. Ah! monsieur, parce qu'il y a encore des vieilles gens qui ont une idée sur ces tas de pierres et qui viennent s'agenouiller autour. C'est ce qui faisait que M. le curé... mais mademoiselle Marguerite n'a jamais voulu... Elle a dit que c'était le plus bel ornement du parc... et voilà comment c'est resté là.

MAXIME. Je crois que vous avez fait ce matin une promenade à cheval avec mademoiselle Marguerite, Alain?

ALAIN, souriant. Oui, monsieur.

MAXIME, taillant un crayon. Vous avez bonne mine à cheval, Alain!

ALAIN. Monsieur est trop bon... Mademoiselle a meilleure mine que moi... Vraiment, monsieur, quand j'ai l'honneur d'accompagner mademoiselle...

MAXIME. Est-ce que vous ne l'accompagnez pas toujours, Alain?

ALAIN. Oh! non, monsieur!.. mademoiselle se promène seule bien souvent... C'est une idée de madame... madame, qui a été élevée dans les Antilles anglaises, à Sainte-Lucie, a voulu donner à mademoiselle l'éducation qui est à la mode dans ces pays-là, où il paraît que les jeunes filles, avant leur mariage, ont bien plus de liberté que chez nous... Après ça, pas de danger, monsieur, qu'il lui arrive malheur, allez! Elle fait tant de charités qu'il n'y a pas de cabane à dix lieues à la ronde où on ne la vénère comme un ange!

MAXIME, à part. Étrange fille!

ALAIN. Je disais donc à monsieur que quand j'ai l'honneur d'accompagner mademoiselle, je passe mon temps à l'admirer. Elle a si bonne tournure sur son cheval, avec sa plume noire et son air fier... on dirait une reine, monsieur.

MAXIME, dessinant. Mais pourquoi donc, Alain, est-elle toujours grave et sombre comme on la voit?

ALAIN. Ah! voilà, monsieur, voilà!... Elle était gaie comme un oiseau autrefois, et puis, tout d'un coup, ça a changé... Pourquoi? je ne sais pas... Moi, je croirais qu'elle a quelque chose dans le cœur... Eh! mon dieu, les jeunes filles!..

MAXIME. Mais si vous voulez dire, Alain, qu'elle aime M. de Bévallan, il me semble qu'il ne tiendrait qu'à elle de l'épouser.

ALAIN. Ah! certainement, monsieur, il ne tiendrait qu'à elle, car M. de Bévallan l'a demandée assez de fois; et il faut dire que d'un côté ce serait un bon mariage... puisque M. de Bévallan est, après les Laroque, le plus riche du pays... Aussi, quand monsieur est arrivé au château, il y a trois mois, on disait que mademoiselle avait consenti... et puis, tout d'un coup elle s'est ravisée et a encore demandé du temps pour réfléchir.

MAXIME. Vous devez désirer ce mariage, Alain...

ALAIN. Pourquoi?

MAXIME. M. de Bévallan a un beau nom, et vous qui avez un faible pour la noblesse...

ALAIN. Mon Dieu! monsieur, j'ai un faible pour la noblesse... c'est vrai... parce que j'ai été élevé dans ces idées-là... et qu'avant de servir ces dames, j'avais toujours servi dans la noblesse... aussi pourquoi ai-je tant de plaisir à servir monsieur? Parce que monsieur a l'air gentilhomme.

MAXIME. Oh! vous me flattez, Alain.

ALAIN. Non, monsieur, vous avez l'air gentilhomme, moralement et physiquement. Eh bien, je dis moi qu'il vaut mieux avoir l'air gentilhomme et ne l'être pas, que de l'être, et de ne pas en avoir l'air... Ainsi voilà M. de Bévallan qui dit qu'il aime mademoiselle Marguerite, qu'il veut l'épouser, et monsieur peut voir comme moi qu'en attendant il ne se gênait pas pour faire le sultan dans le château! il y a mademoiselle Hélouin...

MAXIME. Allons, allons, pas de jugements téméraires, Alain!

ALAIN. Sans doute, monsieur, sans doute... monsieur a raison, monsieur a raison... (Il s'éloigne de quelques pas, et se retournant.) Ah! dommage que monsieur n'ait pas seulement mille livres de rentes.

MAXIME. Pourquoi cela, Alain?

ALAIN, souriant en vieillard. Parce que... monsieur n'a plus besoin de moi?

MAXIME. Non, merci, mon ami. (Alain s'éloigne.) Ah! ditesmoi... Voilà bien de l'encre et une plume... Mais cette lettre... cette lettre commencée que je comptais achever ici et que je vous avais prié d'apporter?

ALAIN. Monsieur, je ne l'ai pas trouvée.

MAXIME. Comment? mais je l'avais laissée sur mon bureau tout à fait en évidence.

ALAIN. Monsieur... j'ai eu beau retourner les papiers.

MAXIME. Tiens !... Où diable ai-je pu la mettre ? Je vais la chercher.

ALAIN, lui prenant l'album des mains. Monsieur me permet de jeter un coup d'œil sur ses plans pendant ce temps-là ?

MAXIME. Certainement.

Il s'éloigne à gauche.

SCÈNE II.

ALAIN, seul un moment, puis BÉVALLAN et MADEMOISELLE HÉLOUIN arrivent par le fond à droite.

ALAIN, seul. Ah ! brave jeune homme !... lui et mademoiselle, deux vraies créatures du bon Dieu ! seulement ils ne peuvent pas se souffrir tous deux... Quand l'un va à droite, l'autre va à gauche ; quand l'un dit blanc, l'autre dit noir... En tout cas ça serait impossible ! ainsi tout est pour le mieux... (*Apercevant Bévallan et mademoiselle Hélouin.*) Bon, voilà les autres... Encore ensemble.

Bévallan et mademoiselle Hélouin entrent en scène par la droite, deuxième plan; Alain sort à droite, premier plan.

BÉVALLAN. C'est de la barbarie, mademoiselle, de la barbarie. tout bonnement !

MADEMOISELLE HÉLOUIN, riant. M. de Bévallan, quel homme êtes-vous donc, voyons ? car je n'y comprends plus rien.

BÉVALLAN, légèrement. Quel homme je suis, mademoiselle ? mais je suis un aimable scélérat.

MADEMOISELLE HÉLOUIN. Scélérat, je le crois ; mais... aimable ; si on entend par là digne d'être aimé, c'est une autre question.

BÉVALLAN. Mais c'est abominablement dur, cela, mademoiselle ! Savez-vous que vous m'affligez sérieusement.

MADEMOISELLE HÉLOUIN. Enfin, voyons, monsieur, pourquoi me faites-vous la cour ?

BÉVALLAN. Parce que je vous aime.

MADEMOISELLE HÉLOUIN. Et c'est pour la même raison que vous voulez épouser Marguerite.

BÉVALLAN. Mademoiselle Marguerite !... Et où prenez-vous que je veuille l'épouser ?

MADEMOISELLE HÉLOUIN. Comment ! vous demandez sa main tous les huit jours.

BÉVALLAN. Eh ! mon Dieu ! c'est... par... contenance ! pour avoir un pied dans le château.

MADEMOISELLE HÉLOUIN. Oh ! persuadez-moi cela.

BÉVALLAN. Ah ! Mademoiselle, je vois avec peine que vous ne connaissez pas le cœur de l'homme.

MADEMOISELLE HÉLOUIN. C'est qu'au contraire j'ai grand'peur de le connaître, le cœur de l'homme !

BÉVALLAN. Vous ne connaissez pas le mien, en tout cas. Eh ! mon Dieu ! Certainement, je ne le nie pas... la raison me conseillerait d'épouser mademoiselle Marguerite, mais le cœur n'est peut-être pas du même avis... et quand le cœur parle contre la raison, il court grand risque de triompher, mademoiselle, surtout chez moi, qui ai toujours été le jouet de mes sentiments, qui suis un homme d'inspiration ! Car on ne me connaît réellement pas. Je suis au fond d'une naïveté presque incroyable pour mon âge ! J'ai encore toute l'ardeur irréfléchie, toute la démence de la vingtième année. Oui, je suis capable, moi, encore aujourd'hui, d'enlever une jeune fille par une fenêtre et de me sauver avec elle dans les savanes d'Amérique, dans les pampas !

MADEMOISELLE HÉLOUIN. Eh bien, je ne crois pas ça.

BÉVALLAN. Vous ne croyez pas ça ?

MADEMOISELLE HÉLOUIN. Du tout.

BÉVALLAN. Mais enfin, au nom du ciel, que faudrait-il faire pour vous convaincre...

MADEMOISELLE HÉLOUIN. Il faudrait le faire. (*Bévallan paraît un peu déconcentré ; elle part d'un éclat de rire.*) Bonjour, monsieur de Bévallan, je vais faire ma provision de fleurs pour ce soir. A revoir, monsieur.

Elle sort à droite.

BÉVALLAN, seul. Elle est très-amusante ; elle me pique, ma foi ! Je vais me faufiler par là et la rejoindre dans le jardin.

Il sort par le fond.

SCÈNE III.

ALAIN, qui est rentré en scène avant la sortie de Bévallan, puis MAXIME.

ALAIN, seul. Je ne sais pas ce qu'ils disent... mais je m'en méfie de cette demoiselle-là, je m'en suis toujours méfié d'ailleurs... (*Entre Maxime à gauche.*) Ah ! eh bien, monsieur, cette lettre ?

MAXIME. Je ne l'ai pas trouvée, je n'y comprends rien. Heureusement elle était insignifiante... C'était une lettre à Laubépin... Il n'y a pas grand mal...

ALAIN. C'est égal, si je la retrouve en rangeant, je viendrai l'apporter à monsieur...

MAXIME. Bien, merci... mon ami.

Il dessine. Alain sort à gauche.

SCÈNE IV.

MAXIME, MADEMOISELLE HÉLOUIN, revenant à droite et portant des fleurs.

MADEMOISELLE HÉLOUIN. Ah ! vous voilà, monsieur ? quel miracle !

MAXIME, saluant. Mademoiselle !

MADEMOISELLE HÉLOUIN. Vous dessinez ? moi, je viens de cueillir quelques fleurs pour me coiffer ce soir... Vous savez que nous avons un bal ce soir chez madame de Castennec ?

MAXIME. Je l'ignorais.

MADEMOISELLE HÉLOUIN. Au fait, vous ne savez rien de ce qui se passe vous.

Elle pose ses fleurs sur le banc, à gauche, et en garde seulement quelques-unes dont elle s'occupe à détacher les feuilles fanées tout en parlant.

MAXIME. Je suis si souvent absent ! mon métier m'y oblige.

MADEMOISELLE HÉLOUIN. Oh ! et puis vous êtes sauvage !

MAXIME. Je ne suis pas sauvage ; seulement, je me tiens à ma place... pour qu'on ne soit jamais tenté de m'y remettre.

MADEMOISELLE HÉLOUIN, étonnée de sa froideur. Monsieur Maxime ?

MAXIME. Mademoiselle ?

MADEMOISELLE HÉLOUIN. Qu'est-ce que j'ai dit ou qu'est-ce que j'ai fait qui vous ait déplu ?

MAXIME. Mais rien, mademoiselle, pourquoi ?

MADEMOISELLE HÉLOUIN. Parce que vous paraissiez autrefois avoir un peu d'amitié pour moi.

MAXIME, plus ouvert. J'en ai toujours, mademoiselle... et ce sentiment de ma part est tout naturel... notre état de fortune n'est-il pas le même, ou à peu près ? Nous sommes tous deux déshérités des biens de ce monde... isolés... sans appui, sans amis : pour une femme cette situation, je le sais, a plus d'ennuis, plus de dangers encore que pour moi ! Aussi, vous pouvez compter sur ma sympathie très-sincère, et je regrette seulement de ne pouvoir vous en offrir d'autre témoignage que quelques conseils... qui peut-être seraient mal reçus.

MADEMOISELLE HÉLOUIN. Je vous assure que non ! parlez je vous en prie.

MAXIME, avec bonté. C'est que c'est terrible, ce que j'ai à vous dire !

MADEMOISELLE HÉLOUIN. C'est égal, parlez.

MAXIME. Eh bien, mademoiselle, vous êtes charmante, mais vous avez un défaut.

MADEMOISELLE HÉLOUIN. Un seul ? Mais vous m'enchantez !

MAXIME. Un seul.

MADEMOISELLE HÉLOUIN. Nommez-le ?

MAXIME. Le faut-il ?

MADEMOISELLE HÉLOUIN. Je vous en supplie !

MAXIME. Eh bien, vous êtes un peu...

MADEMOISELLE HÉLOUIN, gracieusement. Quoi ?

MAXIME. Coquette, n'est-ce pas ?

MADEMOISELLE HÉLOUIN. Je ne m'en suis jamais aperçue.

MAXIME. Eh bien, faites-y attention... vous verrez ! (*Mademoiselle Hélouin, un peu intimidée, baisse la tête. — Il continue avec grâce et bonté.*) Mademoiselle, c'est là un travers... bien léger... et bien innocent... mais, hélas ! nous sommes condamnés à la perfection, nous deux... ce qui serait innocent chez d'autres, chez nous est coupable... En ce monde, tous les malheureux sont des suspects...

MADEMOISELLE HÉLOUIN, relevant la tête après une pause. Vous êtes bon, monsieur Maxime... Vous êtes un véritable ami.

MAXIME. J'essaie, mademoiselle.

MADEMOISELLE HÉLOUIN. Mais un ami, comment ?

MAXIME. Véritable, vous l'avez dit.

MADEMOISELLE HÉLOUIN. Sérieusement ?... un ami qui m'aime... Voyons. (*Elle détache en riant les pétales d'une fleur d'oranger.*) Un peu ?

MAXIME, devinant. Mais sans doute.

MADEMOISELLE HÉLOUIN, très-coquette. Beaucoup ?

MAXIME, surpris du ton de mademoiselle Hélouin, lève la tête. Non !

Mademoiselle Hélouin jette avec dépit la fleur d'oranger. — Madame Aubry paraît à gauche.

SCÈNE V.

LES MÊMES, MADAME AUBRY.

MADAME AUBRY. Ah ! mademoiselle Hélouin, Marguerite vous cherchait... elle attend des fleurs pour faire une couronne, je crois.

MADEMOISELLE HÉLOUIN. Bien, madame, j'y vais... (A Maxime.) Nous restons bons amis, j'espère ?

Elle lui tend la main.

MAXIME, saluant et prenant la main de mademoiselle Hélouin. Pour mon compte, mademoiselle, n'en doutez pas.

Elle sort à droite.

SCÈNE VI.

MAXIME, MADAME AUBRY.

MADAME AUBRY, regardant par-dessus l'épaule de Maxime. Vous faites quelque chose de bien joli, là, monsieur.

MAXIME. Vous trouvez, madame ?

MADAME AUBRY. Oui, ça me rappelle mon portrait... (Maxime la regarde avec étonnement,) que j'avais fait faire quand j'étais riche... ça me coûtait les yeux de la tête... deux mille francs... mais c'est que c'était un artiste très-connu qui l'avait fait; je ne me rappelle pas au juste si c'était Delaroche ou Jadin.

MAXIME, gravement. Ça devait être Jadin, madame.

MADAME AUBRY. Je ne me rappelle pas; mais, dites-moi, monsieur Maxime, savez-vous que je trouve mon pauvre cousin Laroque bien baissé, moi... je l'ai vu ce matin... il avait la parole très-embarrassée.

MAXIME. Oui, madame, je crains beaucoup que dans un avenir prochain...

MADAME AUBRY. Ah ! monsieur, quel malheur pour moi quand je me verrai abandonnée à la charité des étrangers... à moins que M. Laroque n'ait bien voulu penser à moi... et je le mériterais bien, je crois, après toutes les peines que je me suis données. Vous ne savez pas, par hasard, monsieur Maxime, s'il a fait quelques dispositions ?

MAXIME. Je n'en sais rien, madame.

MADAME AUBRY. Cependant, il vous aime beaucoup... vous avez toute sa confiance ; il ne ferait rien sans vous consulter.

MAXIME. J'ai eu le bonheur en effet de lui rendre mes services agréables.

MADAME AUBRY. Moi je ne demanderais pas grand'chose... de quoi vivre indépendante seulement. (Confidentiellement.) Eh bien, monsieur Maxime, voyons..

MAXIME. Quoi, madame ?

MADAME AUBRY. Vous n'auriez pas affaire à une ingrate, je vous assure; vous seriez content de moi.

MAXIME, très-tranquillement. Madame Aubry, je crains de vous comprendre : si vous m'offrez de l'argent pour aider à dépouiller, en partie du moins, vos bienfaitrices et les vôtres, eh bien, je ne veux pas. Voilà tout.

MADAME AUBRY, après un mouvement marqué de dépit. Mais, monsieur Maxime, je ne l'entends pas du tout comme cela... Je voulais seulement vous prier de ne pas me nuire...

MAXIME. Je ne nuis à personne volontairement, madame.

MADAME AUBRY. Eh bien, c'est tout ce que je demande... vous voyez... Il suffit de s'entendre... nous ne sommes plus fâchés...

MAXIME. Nous ne l'avons jamais été, madame.

MADAME AUBRY. Nous restons bons amis, n'est-ce pas ?

SCÈNE VII.

LES MÊMES, BÉVALLAN.

BÉVALLAN, arrivant à droite. Ma chère madame Aubry, M. Laroque réclame vos soins... je suis chargé de vous le dire.

MADAME AUBRY. Bien ! bien ! j'y cours !

BÉVALLAN, lui prenant les deux mains comme elle passe. Chère madame Aubry! toujours dévouée, toujours prête à obliger ! Ah ! quand les femmes sont bonnes, elles sont excellentes ! Mais aussi on les aime, vous savez qu'on les aime, j'espère, madame Aubry ? Allons, à bientôt, chère madame !

MADAME AUBRY. A bientôt.

Elle sort à gauche.

SCÈNE VIII.

MAXIME, BÉVALLAN.

BÉVALLAN. Ah ! sapristi ! que c'est délicieux, ce que vous faites là !

MAXIME. Vous êtes indulgent.

BÉVALLAN. Non, vous avez un coup de crayon, vraiment !... Ah ça, il paraît qu'il va mal aujourd'hui, ce pauvre bonhomme ?

MAXIME. Oui... la paralysie le gagne.

BÉVALLAN. Oh ! là, là ! Ah ! que ça fait bien, cet arbre !... Il serait temps cependant, dites-moi, qu'il pensât à ses affaires ?

MAXIME. Je suppose qu'il y a pensé,

BÉVALLAN. Croyez-vous ?

MAXIME. Je suppose.

BÉVALLAN. Ah ça, j'espère bien qu'il n'a pas fait de legs à cette affreuse harpie qui sort d'ici.

MAXIME. J'ignore.

BÉVALLAN. Ce serait atroce! Vous connaissez la créature... vous savez à quel point elle est indigne de toute espèce de sympathie.

Il prend une chaise et s'assied près de Maxime.

MAXIME. Elle m'en inspire peu.

BÉVALLAN. Bravo, alors ! si vous êtes consulté...

MAXIME. Oh ! je ne le serai pas.

BÉVALLAN, s'asseyant. Si, si, vous le serez... il vous porte dans son cœur... il vous consultera... et même, tenez, vous pouvez dans la circonstance être utile à mademoiselle Marguerite.

MAXIME, avec intérêt. Comment cela ?

BÉVALLAN. Mon Dieu, mon cher monsieur Maxime, je m'en vais m'ouvrir très-franchement avec vous là-dessus. Vous n'ignorez pas ma situation dans la maison... mon mariage avec mademoiselle Marguerite est à peu près arrêté ; par conséquent, c'est un devoir pour moi de veiller aux intérêts de la jeune personne et de vous les recommander... Eh bien, il serait très-désirable, en premier lieu, que madame Aubry fût complétement distancée... ensuite, j'ignore quel douaire M. Laroque compte assurer à madame Laroque, ma future belle-mère... Mais vous la connaissez comme moi... c'est une femme excellente, que j'aime et que j'estime profondément... mais enfin elle a des goûts très-simples : elle vivrait de rien... un gros douaire l'embarrasserait.

MAXIME. Monsieur je ne sais pas bien où vous voulez en venir ! mais je vous dirai nettement que toute intervention de ma part dans les volontés testamentaires de M. Laroque me paraîtrait un abus grave de la confiance qu'on me témoigne ici.

BÉVALLAN, indécis. Ah ! voilà comment vous répondez à la mienne ?

MAXIME. Monsieur, je ne vous l'ai pas demandée !

BÉVALLAN. Eh bien, bravo! touchez là ! c'est un trait d'honnête homme ! Vous m'avez mal compris... mais c'est un trait d'honnête homme ; vous ne m'avez pas compris du tout. (Se levant.) Ah ça, je vous laisse travailler. Mais comptez sur ce que je vous dis... je ne vous en estime que davantage... et mon amitié vous est acquise.

MAXIME. Monsieur.

BÉVALLAN. A tout à l'heure ! Ne vous dérangez pas ! ne vous dérangez pas.

Il sort à gauche.

SCÈNE IX.

MAXIME, seul, puis MARGUERITE.

MAXIME, seul. Cela me fait trois amis !... Encore quelques-uns dans ce genre-là... et on me mettra à la porte. (Marguerite arrive lentement par la gauche, portant des fleurs; il se lève et salue.) Mademoiselle !

MARGUERITE, avec une nuance de raillerie. Ah ! vous dessinez le dolmen, monsieur... Au fait, cela doit vous charmer, cet endroit-ci ! Vous êtes là à merveille pour évoquer de poétiques souvenirs. Les Druides en robe blanche... Velléda... le gui sacré... Je suis sûre que dans chaque rayon de soleil vous croyez voir reluire une faucille d'or !

MAXIME. Oui, mademoiselle.

MARGUERITE, s'asseyant à gauche. Je vous croyais mort, moi.

MAXIME. Non, pas encore, mademoiselle.

Il s'assied.

MARGUERITE. Vous êtes plus rare de jour en jour.

MAXIME. J'ai voyagé toute la semaine dernière.

MARGUERITE. Oh ! et puis vous avez une passion qui vous absorbe. Nous savons cela... Vous passez presque toutes vos soirées chez notre noble voisine, mademoiselle de Porhoët-Gaël !

MAXIME. C'est vrai, mademoiselle. Et je m'en défends d'autant moins que mademoiselle de Porhoët touchant à son quatre-vingt-septième printemps, je ne pense pas... Au reste, il est très-vrai que je l'aime beaucoup... Ses ancêtres ont régné, je crois, dans ce pays... elle reste seule de sa race, pauvre et vieille... et elle porte si dignement la majesté de son nom, celle de l'âge et celle du malheur, que je lui ai voué un attachement filial... Au surplus, c'est vous-même et Madame votre mère qui me l'avez recommandée.

MARGUERITE. Oh ! on ne vous reproche rien... ma mère vous est même extrêmement reconnaissante de vos attentions pour cette digne femme.

Elle se lève.

MAXIME, souriant. Et la fille de madame votre mère ?

MARGUERITE. Oh ! moi ! je m'exalte moins facilement ; si vous avez la prétention que je vous admire, il faut avoir la bonté d'attendre encore un peu. Je sais trop que les actions humaines ont généralement deux faces, et que la plus brillante n'est pas toujours la plus authentique... Ainsi, mademoiselle de Porhoët a encore une sorte de petite fortune, elle n'a pas d'héritier, et je ne sais pas du tout, moi...

MAXIME, se levant brusquement. Permettez-moi, mademoiselle, de vous plaindre sincèrement.

MARGUERITE. De me plaindre, monsieur.

MAXIME. Oui, mademoiselle ! souffrez que je vous exprime la pitié respectueuse que je vous inspire.

MARGUERITE, avec une colère contenue. La pitié !

MAXIME. Oui, mademoiselle, car si le doute et le désenchantement du dehors sont les fruits les plus amers de l'expérience, rien ne mérite plus de compassion qu'un cœur flétri par la défiance avant d'avoir vécu.

MARGUERITE, violente. Monsieur... vous ne savez pas de quoi vous parlez !... et vous oubliez à qui vous parlez !

MAXIME. C'est vrai, mademoiselle ! je parle un peu sans savoir, et j'oublie un peu à qui je parle : mais vous m'en avez donné l'exemple !

MARGUERITE, amèrement. Il faudrait peut-être vous demander pardon ?

MAXIME, ferme. Assurément, Mademoiselle, si l'un de nous deux avait ici un pardon à demander, ce serait vous... vous êtes riche, et je suis pauvre... vous pouvez vous humilier... je ne le puis pas !

MARGUERITE. Ah ! (Elle traverse la scène comme pour sortir, puis se retournant, elle ajoute avec un geste d'humilité hautaine.) Eh bien ! pardon !

Elle sort à droite.

SCÈNE X.

MAXIME, seul, avec une colère douloureuse.

Elle aussi ! ah ! c'est mal. Jusqu'ici j'avais remarqué sans doute de l'éloignement, de l'antipathie, mais maintenant c'est de la haine, de la persécution. Qu'est-ce donc que cette enfant ? que lui ai-je fait ? que lui a fait le monde entier ? Oh ! je ne sais, mais ce que je vois assez clairement, c'est qu'elle veut me chasser d'ici ! Eh bien !...

SCÈNE XI.

MADEMOISELLE HÉLOUIN, MAXIME, BÉVALLAN,

MADEMOISELLE HÉLOUIN, hors de vue. Alain ! préparez des sièges, madame Laroque va venir s'asseoir ici un moment. (Entrant à gauche.) Monsieur Maxime, je vous annonce que votre ami, M. Laubépin, vient d'arriver.

MAXIME. Laubépin ! ah ! merci, mademoiselle.

MADEMOISELLE HÉLOUIN. C'est fini, ce dessin ! voyons ! c'est parfait !

MADAME AUBRY. Exquis !

BÉVALLAN. D'une poésie...

MADEMOISELLE HÉLOUIN. Vous m'en donnerez une copie, n'est-ce pas ?

MAXIME. Volontiers, mademoiselle... pardon...

Il sort à gauche.

SCÈNE XII.

BÉVALLAN, MADAME AUBRY, MADEMOISELLE HÉLOUIN.

BÉVALLAN. Charmant garçon

MADAME AUBRY. Charmant.

MADEMOISELLE HÉLOUIN. Oh ! charmant !

BÉVALLAN. Il a tous les talents... tous les mérites... et il est avec cela d'une modestie...

MADEMOISELLE HÉLOUIN.. Et d'une réserve...

MADAME AUBRY. Et d'une complaisance...

BÉVALLAN. Il a tout pour lui !

LES DEUX FEMMES. Tout !

BÉVALLAN. Absolument tout... Quel dommage qu'il y ait autour de sa personne cette espèce de mystère...

MADAME AUBRY. Ah ! voilà !... C'est ce que je me dis... c'est ce mystère...

MADEMOISELLE HÉLOUIN. Oh ! pour du mystère, il y en a...

BÉVALLAN. N'est-ce pas !... car enfin il ne faut pas être dupe des apparences, non plus... On voit tous les jours comme cela dans le monde des gens revêtus des plus beaux dehors, et qui au fond ne sont que des...

MADEMOISELLE HÉLOUIN. Des aventuriers !...

MADAME AUBRY. Oh ! mon Dieu ! des chevaliers d'industrie !

BÉVALLAN. Hein ? Voyons... là... franchement, entre nous,

est-ce qu'il ne vous fait pas l'effet d'un pur intrigant, ce charmant garçon-là ?

MADEMOISELLE HÉLOUIN. Moi ! j'en ai peur !...

MADAME AUBRY, confidentiellement. Moi, j'en suis sûre !

BÉVALLAN. Vous en êtes sûre !... (A mademoiselle Hélouin.) Elle en est sûre !... Eh bien, mais, si vous en êtes sûre, madame Aubry... savez-vous, dites-moi, que nous aurions là, nous autres vieux amis de la famille, un devoir sacré à remplir... celui d'ouvrir les yeux de ces dames sur le véritable caractère de cet individu... de ce quidam... Mais enfin, madame Aubry, êtes-vous bien sûre, voyons ?...

MADAME AUBRY. J'ai des preuves !

BÉVALLAN. Vous avez des preuves... (A mademoiselle Hélouin.) Il paraît qu'elle a des preuves !... Ah ! si elle a des preuves... Mais enfin, quelles preuves, madame Aubry ?

MADAME AUBRY. Mon Dieu !... c'est tout simplement un fragment de lettre... que le hasard... le vent, je pense, a fait tomber à mes pieds ce matin, comme je passais sous les fenêtres de M. Odiot...

BÉVALLAN. Ah ! Dieu, madame Aubry !... toujours du bonheur !... elle trouve toujours quelque chose !... Eh bien, cette lettre ?...

MADEMOISELLE HÉLOUIN. Voyons.

MADAME AUBRY. Eh bien !... cette lettre, destinée je crois à M. Laubépin, est de nature à édifier complètement ces dames... et en particulier Marguerite, sur les projets, sur le désintéressement de ce jeune puritain...

BÉVALLAN. Bah ! Est-ce que par hasard monsieur l'intendant... ?

MADAME AUBRY, riant. Tout bonnement !

BÉVALLAN. Ah ! bravo ! c'est fort, ça !

MADEMOISELLE HÉLOUIN. Je m'en doutais !

MADAME AUBRY. J'ai cette lettre chez moi... mais je vous avoue que je ne sais si je dois... Ce monsieur a pris un tel pied dans la maison que j'hésite, moi, dans ma position, à entrer en lutte ouverte... D'ailleurs, mes chères cousines ont une tournure d'esprit si singulière...

MADEMOISELLE HÉLOUIN, regardant à gauche. Chut !... Marguerite !...

Madame Aubry remonte un peu la scène.

BÉVALLAN, à mademoiselle Hélouin. Voyez donc cette lettre, mademoiselle... il ne faut pas ici de fausse démarche, vous connaissez notre amie. (Il montre madame Aubry.) Elle a de l'esprit comme un prunier... exactement... et... (Madame Aubry se rapproche.) N'est-ce pas, madame Aubry ?...

MADAME AUBRY. Quoi ?

BÉVALLAN. Montrez ce papier à mademoiselle Hélouin... elle connaît ces dames... elle verra si...

Marguerite paraît à gauche, rêvant.

MADEMOISELLE HÉLOUIN. Soit !... mais laissez-moi avec elle... je puis toujours préparer le terrain. Pauvre enfant ! si elle allait tomber dans le piège !...

BÉVALLAN. Venez-vous, madame Aubry ?... (Il lui prend le bras.) C'est incroyable, vous trouvez toujours quelque chose. Vous avez des yeux de lynx..

Ils sortent.

SCÈNE XIII.

MARGUERITE, MADEMOISELLE HÉLOUIN.

MARGUERITE. Je viens d'assister à une scène touchante.

MADEMOISELLE HÉLOUIN. Comment ?

MARGUERITE. Oui ! M. Laubépin et M. Maxime se sont embrassés avec une effusion !

MADEMOISELLE HÉLOUIN. Ah !

MARGUERITE. Et maintenant ils causent ensemble avec un feu !... Ne seriez-vous pas curieuse, mademoiselle, de savoir ce que se disent ces deux mystérieux personnages ?

MADEMOISELLE HÉLOUIN. Non, car je m'en doute.

MARGUERITE. Ah !

Elle la regarde.

MADEMOISELLE HÉLOUIN. Mon Dieu ! ma chère enfant, vous allez peut-être me reprocher de n'avoir pas parlé plus tôt ! mais, à tort ou à raison, je m'étais fait un devoir jusqu'ici de garder à M. Odiot son secret...

MARGUERITE. Son secret ?

MADEMOISELLE HÉLOUIN. Et ce n'est qu'en voyant ses projets se développer trop clairement que je me décide à rompre un silence que je deviendrais coupable... Cependant, mademoiselle, c'est à vous seule jusqu'à présent que je crois devoir...

MARGUERITE. Parlez.

MADEMOISELLE HÉLOUIN. Pendant le séjour que vous fîtes à Paris, il y a quatre ans, vous savez que j'allai voir d'anciennes amies dans la pension où j'avais été élevée.

MARGUERITE. Oui. Eh bien ?

MADEMOISELLE HÉLOUIN. Eh bien, j'eus l'occasion d'y rencontrer plusieurs fois au parloir M. Odiot, dont le père s'appelait alors le marquis de Champcey d'Hauterive.

MARGUERITE. Ah !

MADEMOISELLE HÉLOUIN. On disait déjà, dès cette époque, que cette famille était à demi ruinée; maintenant elle l'est tout à fait; le père est mort, et le fils a été mis, par un vieil ami de sa famille, en situation de recouvrer une belle fortune par des moyens que je vous laisse le soin d'apprécier.

MARGUERITE, douloureusement. Oh ! (Après une pause.) Mais, mademoiselle, si je vous comprends bien, la conduite de ce jeune homme ne semble guère justifier... je le vois à peine... il nous fuit.

MADEMOISELLE HÉLOUIN. Ah ! son ami Laubépin, qui vous connaît bien, ma pauvre enfant, n'aura pas manqué de lui dicter la discrétion politique, la réserve calculée, qui vous touchent si fort...

MARGUERITE, se levant. C'est bien, mademoiselle, c'est assez, je vous remercie.

Entre Bévallan donnant le bras à madame Laroque.

SCÈNE XIV.

MARGUERITE, MADEMOISELLE HÉLOUIN, puis BÉVALLAN, MADAME LAROQUE, DESMARETS, MADAME AUBRY, ensuite MAXIME et LAUBÉPIN.

BÉVALLAN, entrant par la gauche. C'est convenu, madame... c'est l'oiseau rare... le phénix !... On le cherchait, vous l'avez trouvé !

MADAME LAROQUE. Enfin, que voulez-vous, je l'adore !...
Elle s'assoit à gauche.

BÉVALLAN. Eh bien, épousez-le, chère voisine; épousez-le, mon Dieu !

MADAME LAROQUE. Oh ! non ! Je n'irai pas jusque-là ! soyez tranquille, voisin ! (Entrent Laubépin et Maxime, à droite.) Eh bien ! M. Maxime, avez-vous eu plus de succès que moi ? Avez-vous décidé ce vilain homme à nous rester jusqu'à demain ?

MAXIME. Hélas, non, madame !

LAUBÉPIN. Impossible, madame... Je suis venu seulement vous serrer la main en passant... mais je suis attendu ce soir à Rennes et demain à Paris...

MADAME LAROQUE. Eh bien, ne venez pas alors, mon ami ! J'aime mieux ne pas vous voir positivement...

LAUBÉPIN, saluant. Madame...

DESMARETS, entrant à droite, donnant le bras à madame Aubry. Ah ! tenez, décidément, madame Aubry, vous me feriez sauter par-dessus ces arbres-là, voyez-vous ?

MADAME AUBRY, qui continue une conversation avec Desmarets. Bah ! vous avez beau dire, docteur... ce sont de belles phrases, pas autre chose... (Elle s'assied à droite.) L'honneur, la gloire, et tout ça... c'est bon dans les romans... Mais moi, j'aime mieux une bonne voiture !

DESMARETS, debout derrière elle. Chacun son goût, madame !

MADAME AUBRY. Voyez-vous, docteur, il n'y a que l'argent, après tout. Moi, j'ai toujours vu dans le monde qu'on respectait les gens en proportion de l'argent qu'ils avaient... Ainsi, moi, on me méprise à présent. Oh ! je le sais parfaitement ! (Elle regarde Maxime avec intention.) Mais je m'en console en pensant que si je redevenais ce que j'ai été, je verrais à mes pieds, oui, à mes pieds, tous les gens qui me méprisent ?

DESMARETS, brusquement. Eh bien, excepté moi, madame ! vous auriez cent millions de rente que vous ne me verriez pas à vos pieds ; je vous en donne ma parole d'honneur !

MAXIME, gaiement. Et je vous supplierai, madame, de vouloir bien faire également une exception en ma faveur.
Madame Aubry lève les épaules.

MARGUERITE, avec amertume. Oh ! sans doute ! j'étais bien sûre que M. Odiot ne manquerait pas cette occasion de protester contre la vulgarité,.. la bassesse de nos idées bourgeoises ! L'argent ! fi donc ! Qu'est-ce que c'est que cela, bon Dieu ! Les nuages, le ciel bleu, les choses idéales, à la bonne heure ! Hors de là, il n'y a rien qui soit digne d'occuper un instant les pensées d'un poète, d'un artiste comme M. Odiot !

MAXIME, avec une fermeté respectueuse. Mademoiselle, j'ignore absolument en vertu de quel privilége je me vois sans cesse honoré de vos railleries à ce sujet... Je ne suis pas plus poète qu'un autre. Seulement, j'en conviens, je conçois d'autres plaisirs, d'autres admirations, d'autres ambitions que le monde, que celles dont l'argent peut être la source ou l'objet ! Je prends la liberté de penser que, sans être un rêveur, un homme peut s'enthousiasmer quelquefois pour quelque chose... pour un beau livre, pour un beau ciel, pour une action héroïque ! Cette poésie-là, je la crois sincèrement, est non-seulement permise à chacun, mais commandée !... Je suis confus, mademoiselle,

de ce plaidoyer peut-être déplacé, mais ces choses idéales, comme vous les appelez, sont les seuls trésors de ceux qui n'en ont pas de plus positifs, et on m'excusera d'avoir défendu mon bien. (Il se retire de quelques pas, et prenant le bras de Laubépin.) Venez, mon ami.

Il s'éloigne et disparaît à droite avec Laubépin.

SCÈNE XV.

LES MÊMES, excepté MAXIME ET LAUBÉPIN.

BÉVALLAN. Hem ! il me semble, madame, que monsieur votre intendant devient bien familier !

MADAME LAROQUE. Oh ! cela !

MADAME LAROQUE. Mais aussi, c'est votre faute à tous !... Vous le provoquez! vous le poussez à bout ! Et puis enfin il a raison ! Moi, je suis parfaitement de son avis !

Alain et la petite Christine paraissent au fond à gauche.

SCÈNE XVI.

LES MÊMES, ALAIN, CHRISTINE, au fond;
elle a le costume des paysannes bretonnes, des sabots.

ALAIN. Avance donc, petite !

MADAME LAROQUE. Eh bien, qu'y a-t-il, Alain ?

ALAIN. Madame, c'est cette fillette qui veut absolument parler aux gens du château, à ce qu'elle dit.

MADAME LAROQUE. Que veut-elle ? Approche, mon enfant.

BÉVALLAN. Approche donc, jeune pastourelle... Elle est gentillette. cette petite.

MADAME LAROQUE. Qui es-tu, mon enfant ? Comment t'appelles-tu ?

CHRISTINE. Christine Oyadec, madame... la fille du père Oyadec, l'aveugle.

MADAME LAROQUE. Ah ! Eh bien, que veux-tu ?

CHRISTINE, regardant autour d'elle avec curiosité. Madame... j'étais venue... pour la chose d'hier au soir.

MADAME LAROQUE. Qu'est-ce que c'est que la chose d'hier au soir ?

CHRISTINE. Madame ne sait donc pas ?

MADAME LAROQUE. Mais non, je ne sais pas... Parle donc... tu m'intéresses... j'adore ces scènes champêtres.

CHRISTINE. C'est que... madame... nous avons un chien... un vieux chien, qui s'appelle Bidoux... le vieux Bidoux...

MADAME LAROQUE. Eh bien, quoi... Bidoux ? qu'est-ce qu'il a fait ?

CHRISTINE. C'est lui, madame, qui conduit mon pauvre bonhomme de grand-père quand il va chercher son pain...

BÉVALLAN, riant. Ah ! très-touchant !... Le Convoi du pauvre !...

CHRISTINE. Et, comme nous étions assis tous trois, à la brune, grand-père, Bidoux et moi, sur le bord de l'eau, voilà que les petits garçons du village, qui sont tous des mauvais gas... Ah ! madame ! quels mauvais gas ça fait !

MADAME LAROQUE. Ils ont jeté ton chien à l'eau, ces petits misérables ?

CHRISTINE. Oui, madame... juste sous l'écluse, et la pauvre bête s'en allait se périr sous les roues du moulin, quand voilà un monsieur qui passait...

Elle s'arrête tout à coup en apercevant Maxime qui reparaît avec Laubépin.

SCÈNE XVII.

LES MÊMES, MAXIME, LAUBÉPIN.

MAXIME, avec colère. Comment, c'est toi ! petite malheureuse. Est-ce que je ne t'avais pas défendu... Tu veux donc me rendre tout à fait ridicule, voyons ?

BÉVALLAN, riant. Comment... c'était vous ? Ah ! bravo ! Prix Monthyon, alors!

MAXIME, riant avec humeur. Eh bien ! oui, quoi ! c'était moi. Je suis le sauveur de Bidoux ! C'est absurde... Que voulez-vous ? Mais cette enfant poussait des cris de paon !... (Rires.) Tu vois à quoi tu m'exposes, petite sotte !... Allons, va-t'en !... Tu n'as qu'à tomber à l'eau, toi, tu peux être tranquille !... Veux-tu t'en aller.

MADAME LAROQUE. Ne la brusquez donc pas, cette enfant ! Qu'est-ce que tu veux, ma petite ? Qu'est-ce que tu venais faire ?

CHRISTINE, avec embarras. Madame, c'est que le monsieur s'est ensauvé si vite... je ne l'ai pas seulement remercié... et...

BÉVALLAN. Oui ! Je te vois venir !... voilà ces gens-là ! Rendez-leur un service, et ils vous en demanderont quatre ! (Tirant une pièce d'or de sa poche.) Allons ! tiens ! voilà vingt francs !...

CHRISTINE. Je ne vous demande rien, à vous... c'est à monsieur.

MAXIME, furieux. Enfin ! qu'est-ce que tu veux ?

CHRISTINE. Monsieur, je voudrais bien vous embrasser.

On rit.

MAXIME. Petite sotte, va! veux-tu te sauver!

MADAME LAROQUE. Voyons, embrassez-la, je le veux.

MAXIME, riant. Allons! (Il tend la joue à Christine qui l'embrasse gaiement.) Elle embrasse bien!

MADAME LAROQUE. Et embrasse-moi aussi, ma mignonne

Elle l'embrasse.

BÉVALLAN, voyant Christine s'éloigner. Et mes vingt francs, prends-les donc!

CHRISTINE, les prenant. Merci, monsieur.

BÉVALLAN. Eh bien, tu ne m'embrasses pas, moi?

CHRISTINE. Ma foi, non!... votre servante...

Elle fait une révérence et s'en va suivie par Alain.

SCÈNE XVIII.

LES MÊMES, excepté CHRISTINE et ALAIN.

Tous se lèvent.

MADAME LAROQUE. Tu t'occuperas de ces pauvres gens, n'est-ce pas, Marguerite?

MARGUERITE. Bien, ma mère.

MADAME LAROQUE, la prenant à part. Laubépin seul les observe et paraît écouter. Et puis, écoute, ma fille. (Sévèrement.) Je ne suis pas contente : tu finiras par chasser ce jeune homme, dont les services me sont agréables; pourquoi donc le railler, le blesser sans cesse? Un homme qui ne peut te répondre sans risquer son pain! ce n'est pas généreux.

MARGUERITE. Ma mère!

Elle regarde Laubépin comme si elle désirait lui parler, puis, voyant
Maxime près de lui elle s'éloigne comme à regret.

MADAME LAROQUE. Votre bras, Bévallan.

Tous sortent à gauche excepté Laubépin et Maxime.

SCÈNE XIX.

LAUBÉPIN, MAXIME.

LAUBÉPIN, à part. Maxime ne veut rien me dire, il me semble que tout va mal... (Haut.) Ah çà, Maxime, que se passe-t-il donc ici?

MAXIME. Mon ami!... je vous écrivais hier une lettre... que votre arrivée me dispense d'achever... Je vous disais que ma situation dans cette maison n'était pas sans quelque amertume... Vous avez pu en juger vous-même! Je vous supplie, mon ami, de me tirer d'ici le plus tôt que vous pourrez.

LAUBÉPIN. Ah ! Eh bien, mon enfant, j'essaierai.

MAXIME. Je vous en prie; allons, je vous dis adieu, puisque vous partez, Laubépin. Moi-même, je suis attendu à Elven pour une coupe de bois.

LAUBÉPIN. A Elven... mais, c'est sur ma route... j'ai une voiture... je puis vous conduire...

MAXIME. Bravo ! Ah ! mais, comment reviendrais-je ?

LAUBÉPIN. C'est juste !

MAXIME. Ma foi, je le regrette, et d'autant plus qu'il y a là, à peu de distance... dans les bois... des ruines superbes, dit-on ; nous aurions vu cela ensemble... Enfin, que voulez-vous ! Allons, adieu, mon ami, et pensez à moi.

Marguerite revient par la gauche, les observant.

LAUBÉPIN. Adieu, Maxime.

Maxime salue Marguerite et sort.

SCÈNE XX.

LAUBÉPIN, MARGUERITE.

MARGUERITE. Monsieur Laubépin, je cherchais l'occasion de vous trouver seul.

LAUBÉPIN. Qu'est-ce qu'il y a, mon enfant ? (Il regarde l'heure à sa montre.) Dépêchons, la voiture m'attend.

MARGUERITE. Monsieur Laubépin, j'ai toujours cru que vous étiez un honnête homme.

LAUBÉPIN, la regardant étonné. Moi aussi, mademoiselle.

MARGUERITE. Cependant, que signifie cette intrigue à laquelle vous vous êtes prêté ?

LAUBÉPIN. Quelle intrigue ?

MARGUERITE. Ce jeune homme, cet intendant que vous nous avez envoyé... mademoiselle Hélouin l'a rencontré autrefois à Paris... elle le connaît... me direz-vous pourquoi il ne porte pas son nom ?

LAUBÉPIN. Mais il porte son nom, mademoiselle, le véritable nom de sa famille ! S'il ne porte pas son titre, c'est par un motif de convenance, de juste fierté que vous devez comprendre. Et puisqu'il vous déplaît si fort, vous n'avez qu'à lui jeter ce titre au visage, vous en serez débarrassée, je vous le garantis.

MARGUERITE. Enfin... qu'est-il venu faire ici ?

LAUBÉPIN. Mais gagner sa vie, puisqu'il y est réduit. Eh bien, où est l'intrigue ? Je ne la vois pas, moi ! Ce que je vois, c'est que vos procédés à l'égard de ce jeune homme sont étranges. Vous lui faites acheter cher vos bienfaits, mon enfant.

Fausse sortie.

MARGUERITE. Monsieur Laubépin... je vous crois... je vous remercie.. Il est si douloureux de croire au mal... Grâce à vous, me voilà plus gaie, plus heureuse ; je vous aime, monsieur Laubépin !

LAUBÉPIN, gaiement. Ah ! mon Dieu !... ne me dites donc pas cela au moment où je pars, mademoiselle ! Ah ! c'est cruel ! (Il regarde sa montre.) car je pars... je n'ai que le temps de dire adieu à votre mère...

MARGUERITE. Eh bien savez-vous ce que je vais faire pour vous remercier ? Je vais prendre mon cheval et vous accompagner un peu sur la route.

LAUBÉPIN. Ah bah! mon enfant !

MARGUERITE. Cela va me promener...

LAUBÉPIN. Non ! Laissez donc, je ferais trop de jaloux.

MARGUERITE. Je le veux ! D'ailleurs, cela m'arrange, je vous assure... Je vous conduirai jusqu'à Elven...

LAUBÉPIN, avec intention, à part. A Elven?

MARGUERITE. Oui... et puis je reviendrai par les ruines du vieux château... à travers les bois... et cela me fera une promenade ravissante.

LAUBÉPIN, qui semble préoccupé. Eh bien, dame ! ma chère enfant... ce que femme veut...

MARGUERITE. Eh bien, partons !

Elle prend le bras de Laubépin.

LAUBÉPIN, Partons !... Oh ! les ruines, les vieux châteaux !... Prenez garde mon enfant, c'est hanté quelquefois... (Chantant gaiement en vieillard.)

Prenez garde,
Prenez garde...
La Dame Blanche vous regarde...

QUATRIÈME TABLEAU.

L'intérieur d'une salle octogonale dans la vieille tour d'Elven. Architecture sombre et sévère. Les voûtes de la salle sont en partie effondrées. En face du public, dans la profonde embrasure d'une fenêtre ruinée, un pan de la muraille est presque entièrement écroulé ; une large brèche, revêtue de lierre, laisse apercevoir la cime de quelques arbres qui croissent dans les fossés, et plus loin un haut donjon à demi ruiné qui se détache sur le ciel et sur la masse des ruines lointaines. Cette brèche ne s'ouvre point au niveau de l'aire de la salle : quelques pierres restées debout et semblant former les assises d'une ancienne fenêtre, permettent de monter sur une espèce de balcon ou de plate-forme extérieure qui est praticable, et qui surplombe le précipice. A droite un escalier de deux ou trois marches, au bas duquel on voit la porte étroite et massive de la tour. Le soir commence.

SCÈNE PREMIÈRE.

YVONNET, puis MAXIME.

Au lever du rideau, Yvonnet, debout sur le balcon, regarde au dehors et paraît écouter : on entend au loin quelques notes de hautbois répétées par l'écho. Des voix chantent au loin dans la campagne.

Le soir répand ses pleurs sur les bruyères...
Sonnez, braves sonneurs !
Au fond des bois passent les lavandières...
Priez, bons moissonneurs !
Les spectres gris sur la lande voisine
Semblent grandir encore...
Jusqu'à demain daignez, vierge divine,
Veiller nos gerbes d'or...

Au moment où le chœur finit, Maxime entre et s'approche du balcon.

MAXIME. Qu'est-ce que tu fais là, mon petit bonhomme ?

YVONNET, un peu effrayé. J'écoutais les chanteurs, monsieur.

MAXIME. Qui est-ce qui chante donc comme cela ?

YVONNET. Les moissonneurs, monsieur, qui reviennent tous les soirs à travers les bois.

MAXIME. Ah ! Et, dis-moi, c'est toi, mon garçon, qui est le gardien des ruines ?

YVONNET. Oui, monsieur. Je suis le petit berger de la ferme de M. le comte... je passe toutes mes journées dans les bois, là auprès, avec mes bêtes... et quand il vient des étrangers pour voir la vieille tour, c'est moi qui leur ouvre la porte.

Il montre la clef de la tour.

MAXIME. Ah ! Eh bien, tiens, mon garçon.

Il lui donne de l'argent.

YVONNET. Merci, monsieur,

MAXIME. Tu n'as jamais peur, là, tout seul?

YVONNET. Oh ! pendant le jour, non, monsieur ; mais quand vient le soir, je ne suis pas très-fier.

Il passe

MAXIME. Ah ! ah ! Il y a donc des fées, par ici, des sorciers, des lavandières... quoi ?

YVONNET, *dédaigneux*. Oh ! monsieur, ce sont des bêtises, tout ça... c'était bon autrefois... mais on ne croit plus à ces choses-là.

MAXIME. Ah ! tu ne crois donc à rien, toi !

YVONNET. Je ne crois pas à ces bêtises-là... Ah ! si vous me parliez de la dame noire ! à la bonne heure ! La dame noire, ça, c'est autre chose !

MAXIME. Ah ! il y a une dame noire ?

YVONNET. Ah ! oui, dame ! Il y en a une, monsieur, qu'on voit se promener avec ses grandes jupes jusque sur le haut du donjon là-bas... où il n'y a pas d'escalier pourtant... mais ce n'est jamais pendant le jour, c'est toujours la nuit qu'on la voit.

MAXIME, *riant*. Oui... quand on n'y voit pas.

YVONNET, *qui regarde au dehors par la brèche*. Ah ! bon, voilà le rouge qui fait des siennes !... Ce mouton-là, tenez, monsieur, il n'a pas son pareil pour la malice ; faut toujours qu'il grimpe... Ohé ! Veux-tu descendre, méchant Rougeaud ? (Il lui jette une pierre.) Attends va !

Il court vers la porte.

MAXIME, *montrant la brèche*. Eh bien, saute par là !

YVONNET. Sautez-y donc un peu pour voir, vous, Parisien !... Eh ! dites donc ! Est-ce que vous allez rester longtemps, monsieur ? c'est que la nuit va tomber...

MAXIME. Sois tranquille. Je m'en vais dans deux minutes.

YVONNET. Bien ! Car je ne suis pas fier, moi, à ces heures-là. C'est pas que j'aie peur, mais je ne suis pas fier.

Il sort.

SCÈNE II.

MAXIME, seul, regardant autour de lui.

C'est beau, cela !... Comment n'avais-je pas encore eu l'idée d'entrer ici ?... Il faudra que je vienne un jour... (Tristement.) Un jour ! Ah ! j'oublie qu'il n'y a plus pour moi d'avenir, plus de lendemain dans ce pays... Ce sont des adieux que je dois faire à tous ces sites aimés... où j'ai tant pensé... où j'ai trop pensé à elle... Misérable cœur, c'est donc parce que tout me défend de l'aimer, la raison et l'honneur, c'est pour cela que... Ah ! si je n'avais la charge d'une autre existence plus précieuse que la mienne, j'aurai déjà fui au bout du monde ce supplice de chaque jour, de chaque heure... (Marguerite entre.) Elle ! Dieu !

SCÈNE III.

MAXIME, MARGUERITE.

MARGUERITE, *fait quelques pas en regardant autour d'elle ; apercevant Maxime tout à coup, avec trouble*. Monsieur !... je vous demande pardon... j'ignorais... absolument... je vous laisse.

MAXIME, *souriant*. Mon Dieu, mademoiselle, je ne suis pas ici chez moi... et c'est à moi de sortir... je vous en prie...

Il fait quelques pas vers la porte.

MARGUERITE, *traversant*. Monsieur Maxime... je comptais vous parler ce soir même... et puisque je vous rencontre ici... Eh bien, voyons, dites, monsieur, est-il vrai que j'aie envers vous les torts graves qu'on me prête ?

MAXIME. Mademoiselle, je ne pense pas m'être plaint.

MARGUERITE. Mais vous voulez partir ?

MAXIME. Mademoiselle...

MARGUERITE. Et l'on assure que j'en suis la cause... Votre départ, monsieur, serait pour ma mère un chagrin sensible... que je désire lui épargner, s'il dépend de moi... Mais enfin, quelle explication souhaitez-vous ? Que faut-il vous dire ? Que le langage... dont vous vous êtes offensé, n'est pas toujours sincère... que j'étais née peut-être pour comprendre comme une autre des joies, des fêtes, plus nobles que celles dont la richesse et le monde disposent ? Eh bien... cela est possible... Mais suis-je donc si blâmable de consacrer tout ce que j'ai de volonté et de courage à étouffer en moi des idées... des sentiments... qui me sont interdits ?...

MAXIME. Interdits !

MARGUERITE. Interdits, sans doute ! Mon Dieu, monsieur, il est fort ridicule peut-être de nous plaindre d'une destinée que tant de gens nous envient, mais enfin, par un travers d'esprit que je tiens apparemment de ma pauvre mère, et qui a du moins l'excuse de la bonne foi, je sens que, si j'étais moins riche, je serais plus heureuse. Vous m'avez reproché ma défiance éternelle. Mais à quoi donc pourrai-je me fier, dites? moi qui, depuis que je me connais, ne suis entourée... est-ce que

je ne le vois pas ?... que de faux amis, de parents avides, de prétendants suspects ?... Eh ! grand Dieu ! pensez-vous que je prenne pour moi les soins, les tendresses dont tous ces parasites nous fatiguent ? les hommages dont tant de... lâches m'importunent ?... Et si jamais, enfin, quelque âme grande et généreuse... s'il y en a !... était capable de me rechercher, de m'aimer pour ce que je suis... non pour ce que je vaux... je ne le saurais pas... (Avec intention.) je ne le croirais pas ! Jamais ! non, jamais je ne risquerai de donner à un cœur vil, indigne, vénal... un cœur tel que le mien !... et voilà pourquoi j'éloigne... je repousse... je veux haïr tout ce qui est beau... tout ce qui fait penser... tout ce qui me parle d'un ciel... défendu ! (Le chœur des moissonneurs a repris sur les dernières paroles de Marguerite. Elle dit à demi-voix :) Qu'est-ce là ?

Puis elle se rapproche du fond, écoute, penche la tête et pleure.

MAXIME. Mademoiselle !... Cette émotion, des larmes !

MARGUERITE, *avec élan*. Eh bien, oui, je puis pleurer !... j'ai une âme ! (Elle fait deux pas avec confusion, et reprend :) Monsieur, je ne vous avais pas destiné tant de confiance ; mais enfin, vous me connaissez maintenant, et si jamais j'ai pu blesser votre cœur, j'espère que vous me pardonnez. (Maxime s'incline vers la main qu'elle lui tend, et y pose ses lèvres : elle reprend aussitôt :) Partons ! (Elle fait un pas, et se retournant :) Et plus un mot jamais sur ce sujet !

MAXIME. Jamais !

MARGUERITE, *troublée*. On ne peut pas sortir par là ? par cette brèche ?

MAXIME. Oh ! mademoiselle, il y a un abîme !

MARGUERITE. Il faut que je voie cela avant de partir... Est-ce qu'il n'y a pas une espèce de balcon, là, au dehors ?

MAXIME. Je vous en prie, mademoiselle, prenez garde, cela ne tient à rien.

MARGUERITE. Oh ! je n'ai pas peur !

MAXIME. Veuillez au moins prendre ma main.

Elle monte sur la plate-forme extérieure. Il commence à faire nuit.

MARGUERITE. Oh ! c'est vrai. C'est assez effrayant ce précipice, mais très-beau d'ailleurs. On resterait là une éternité.

SCÈNE IV.

MAXIME, MARGUERITE, au fond, YONNET.

YVONNET, *entrant ; il reste sur l'escalier et regarde timidement dans l'intérieur de la tour*. Ah !... il est parti ! bon, je ne vais pas être longtemps à me sauver, moi, maintenant !

Il sort.

SCÈNE V.

MAXIME, MARGUERITE.

La nuit tombe : des rayons de lune blanchissent les déchirures de la fenêtre et éclairent au loin les arceaux du donjon ruiné.

MAXIME, *descendant du balcon*. C'est étrange ! j'avais cru entendre !...

MARGUERITE. Mais voilà la nuit pour tout de bon ; heureusement elle est claire, nous pourrons retrouver nos chevaux. Allons vite, monsieur, je vous en prie... (Elle descend les degrés de la fenêtre ruinée, soutenue par Maxime ; musique douce à l'orchestre ; ils s'approchent de la porte, que Maxime essaie en vain d'ouvrir, Marguerite reprend :) Comment ! cette porte est fermée.

MAXIME. Ce n'est pas possible !... (Il fait de vains efforts pour ouvrir la porte.) C'est la tour enchantée !... Il faut que cet imbécile de berger l'ait fermée pendant que nous étions sur le balcon !...

MARGUERITE, *remontant, soucieuse*. Essayons de l'appeler. Il ne doit pas être bien loin... N'est-ce pas lui là-bas.

MAXIME, *sur la plate-forme*. Eh ! petit, veux-tu revenir ?... Bon ! il vous a vue... Il n'en court que plus fort... Sa sotte superstition !...

MARGUERITE, *descendant et regardant autour d'elle*. Aucune autre issue !... Que faire ?... on va mourir d'inquiétude chez moi !... Et puis... enfin... C'est impossible !... cherchez un moyen, monsieur ! il faut que nous sortions !

MAXIME. Mon Dieu ! mademoiselle... j'ai beau chercher... cette porte... de prison... résiste à tous mes efforts... je suis vraiment désespéré...

MARGUERITE, *pendant que Maxime remonte vers la brèche, à part*. Dieu ! quelle pensée !... (A Maxime avec une colère contenue.) Monsieur le marquis de Champcey !

MAXIME, *se retournant vivement*. Mon nom !

MARGUERITE, *lentement*. Dites-moi, y a-t-il eu avant vous beaucoup de lâches dans votre famille ?

MAXIME. Marguerite !

MARGUERITE, *violemment*. C'est vous... c'est vous qui avez payé cet enfant pour nous enfermer ici !

MAXIME. Moi ! grand Dieu !

MARGUERITE. Vous!... Ah! je devine tout, allez!... Je comprends votre calcul! Demain... je serai diffamée, perdue dans l'opinion... et je ne pourrai plus appartenir qu'à vous! Mais ce calcul honteux... qui couronne toutes vos manœuvres... je le tromperai !... Certes vous me connaissez mal encore, si vous croyez que je ne préférerai pas tout... le déshonneur... le cloître, la mort même, au désespoir, à l'abjection d'unir ma vie à la vôtre.

MAXIME, avec calme. Mademoiselle, je vous supplie de revenir à vous, à la raison. Je comprends les inquiétudes qui vous agitent en ce moment... mais je vous atteste que vous me faites outrage. Je n'ai pu en aucune façon préparer cette perfidie. (Avec élan.) Et quand je l'aurais pu, enfin, comment vous ai-je donné le droit de m'en croire capable.

MARGUERITE, passant à gauche. Tout ce que je sais de vous m'en donne le droit. Qu'êtes-vous venu faire dans notre maison, sous un nom, sous un caractère emprunté? Nous vivions heureuses... vous nous avez apporté des troubles, des chagrins que nous ignorions... Pour atteindre votre but, pour réparer les brèches de votre fortune! vous avez usurpé notre confiance, vous avez joué avec nos sentiments les plus purs, les plus sacrés... Eh bien, je suis profondément lasse et ulcérée de tout cela, je vous le dis! Et quand vous m'offrez en gage, à cette heure, votre honneur de gentilhomme... qui vous a déjà permis tant de choses indignes... certes j'ai le droit de n'y pas croire... et je n'y crois pas!

MAXIME, allant rapidement vers la brèche de la muraille, et revenant aussitôt. Marguerite... ma pauvre enfant! écoutez bien! Je vous aime, c'est vrai, et jamais amour plus ardent, plus désintéressé, plus saint, n'est entré dans le cœur d'un homme!... mais vous aussi, vous m'aimez... vous m'aimez, malheureuse!... et vous me tuez!... vous me brisez le cœur!... mais ce cœur, il est à vous! vous pouvez en faire ce qu'il vous plaît... Quant à mon honneur, il est à moi, et je le garde! Et sur cet honneur, je vous fais serment que si je meurs, vous me pleurerez... que si je vis, jamais... tout adorée que vous êtes... quand vous seriez à deux genoux devant moi... jamais je n'accepterai une fortune de votre main... jamais!.. Et maintenant, priez!... demandez à Dieu un miracle... Il en est temps!

Il court vers le balcon.

MARGUERITE, qui s'est précipitée vers la brèche, étendant les bras et l'arrêtant. Dieu du ciel! je ne veux pas, je ne veux pas!

MAXIME. Oh! rassurez-vous... ces branches... ces arbres me soutiendront... Au reste, que m'importe!

MARGUERITE. Je ne veux pas! Je vous en supplie, oubliez ce que j'ai dit, par grâce, par pitié!... Je ne veux pas!

MAXIME, se débattant. Non! laissez-moi!

Il la repousse et s'élance sur le balcon. — Le chœur recommence au loin.

MARGUERITE, tombant à genoux sur les degrés de la fenêtre. Ma heureux, c'est la mort!

MAXIME, sur le balcon. C'est l'honneur!

Il se précipite.

MARGUERITE, poussant un cri terrible. Ah!

Elle tombe sur le sol.

ACTE TROISIÈME

—

CINQUIÈME TABLEAU.

Un boudoir dans le château de Laroque. — Porte à droite. — Porte à gauche. — Porte au fond. Table, fauteuils, le brasero allumé devant le fauteuil de madame Laroque. — Lampes ou flambeaux allumés.

SCÈNE PREMIÈRE.

M. DE BÉVALLAN, LE DOCTEUR DESMARETS, MADAME LAROQUE, MADAME AUBRY, MADEMOISELLE HÉLOUIN, ALAIN, près de la porte du fond. Tous paraissent inquiets et préoccupés.

MADAME LAROQUE. Elle est sortie à cheval, dites-vous, Alain?
ALAIN. Oui, madame.
MADAME LAROQUE. Seule?
ALAIN. Seule.
MADAME LAROQUE. A quelle heure?
ALAIN. Vers quatre heures et demie, madame.
BÉVALLAN. Mais mademoiselle Marguerite ne comptait-elle pas aller ce soir à ce bal chez madame de Castennec?
MADAME LAROQUE. Mon Dieu, oui! et c'est ce qui rend ce retard encore plus inexplicable... Je vous assure que je meurs d'inquiétude.

DESMARETS. Tranquillisez-vous, madame, vous savez que mademoiselle Marguerite prolonge quelquefois ses promenades fort tard.

MADAME LAROQUE. Jamais jusqu'à la nuit !... Mais ne peut-on savoir de quel côté elle est allée?

MADEMOISELLE HÉLOUIN. Si l'on demandait à M. Odiot... Il pourrait peut-être...

MADAME LAROQUE. Vous avez raison, mon enfant... dites à M. Odiot que je le prie de venir.

ALAIN. Madame, M. Odiot est lui-même sorti à cheval cette après-midi, et il n'est pas rentré.

BÉVALLAN, avec une nuance de soupçon. Ah! et à quelle heure est-il sorti, M. Odiot?

ALAIN. Mais... un peu avant quatre heures, je crois.

BÉVALLAN. Ah!

Il échange un regard avec mademoiselle Hélouin et madame Aubry.

MADAME LAROQUE, préoccupée, à part. Mon Dieu! quelle idée !...

Un silence d'embarras : Maxime paraît tout à coup au fond. Il est très-pâle ; il a sur le front quelques gouttes de sang.

SCÈNE II.

LES MÊMES, MAXIME.

MAXIME, riant, et parlant au dehors. Ce n'est rien.

DESMARETS. Mon ami! que vous êtes pâle... et puis, qu'est-ce que vous avez donc au front? Du sang, je crois?

MAXIME. Oh! rien... c'est mon cheval qui a eu peur de son ombre, et qui vient de me jeter dans le fossé au bout de l'avenue.

MADAME LAROQUE. Ah! mon Dieu! monsieur!...

MAXIME. Oh! madame, j'en suis quitte pour la peur et un peu d'étourdissement.

MADAME LAROQUE. Mais c'est donc une soirée de malheur!

MAXIME. Une soirée de malheur? Comment! qu'y a-t-il donc?

MADAME LAROQUE. Croiriez-vous que ma fille n'est pas encore rentrée à cette heure-ci?

MAXIME. Mademoiselle Marguerite? Mais je l'ai rencontrée.

MADAME LAROQUE. Vous l'avez rencontrée... où, monsieur, je vous en prie... à quelle heure?

MAXIME. Mais à cinq heures environ... sur la route de Vannes... elle allait... je venais... nous nous sommes croisés.

MADAME LAROQUE. Et elle ne vous a pas parlé? Elle ne vous a pas dit?...

MAXIME. Elle m'a dit qu'elle allait voir les ruines du château d'Elven.

MADAME LAROQUE. Les ruines d'Elven... ah! grand Dieu! mais il y a près là des bois... des marais dangereux... la pauvre enfant se sera égarée... il faut y courir... je veux y aller moi-même... Alain, faites atteler promptement... mon châle, mon chapeau, mademoiselle, je vous prie...

MADAME AUBRY. Je vais avec vous, ma chère cousine.

BÉVALLAN. Et je vais vous accompagner à cheval, madame, si vous le permettez...

MADAME LAROQUE. Oui, oui, mon ami... venez aussi, docteur, je vous en prie... Allons, vite, partons.

Tous sortent, excepté Maxime.

SCÈNE III.

MAXIME, seul, puis ALAIN portant une aiguière sur un plateau.

MAXIME. Ah! il était temps.

Il se laisse tomber sur un siège. — Entre Alain.

ALAIN. Voici de l'eau, monsieur Maxime... Comment vous trouvez-vous?

MAXIME. Mieux, mon ami, merci.

Il trempe son mouchoir dans l'aiguière et se lave le front.

ALAIN. Oh! ce n'est rien avec une chute de cheval, quand ça ne tue pas... c'est égal, ça doit vous secouer fièrement tout de même... J'ai eu une drôle de chance, moi, monsieur... depuis quarante ans que je monte à cheval, je ne suis jamais tombé... je ne me doute pas de l'effet que ça peut faire.

MAXIME. As-tu jamais rêvé que tu tombais du haut d'une tour?

ALAIN. Oh oui, monsieur, bien souvent.

MAXIME. Eh bien, c'est cela... voilà l'effet que cela fait, tiens!

ALAIN. Ah (Mystérieusement.) Eh bien, monsieur, pendant que vous receviez ce mauvais coup-là, j'en recevais un, moi, de mon côté, qui ne me faisait pas bien non plus!

MAXIME. Comment?

ALAIN. Il faut que je dise cela à monsieur, et que je lui demande conseil... car vraiment il y a des choses qui sont un peu trop dures à digérer... Il y a une heure à peu près, monsieur, comme je passais auprès de la serre, voilà que j'entends le sable de l'allée qui craquait tout doucement, et puis deux voix qui chuchotaient... Je me dis : Qui est-ce qui chuchote comme cela la nuit dans le parc? Je me tapis dans le massif, monsieur, et qu'est-ce que je vois?

MAXIME. Qu'est-ce que tu vois?

ALAIN. L'institutrice, monsieur, avec M. de Bévallan... qui se parlaient dans l'oreille, et de très-près, et de si près qu'à la fin j'ai entendu, sauf le respect que je dois à monsieur...

MAXIME. Quoi? (Alain baise sa propre main avec bruit.) Ah!

ALAIN. Comme j'ai l'honneur, monsieur!... Eh bien, monsieur, ça ne fait pas bouillir le sang sous les ongles, ça? Ce monsieur qui veut épouser mademoiselle, et qui, en attendant, tranquillement, sans se gêner... Mais ça ne peut pas durer, et je vais tout conter à madame.

MAXIME. Non, Alain, non... Il ne faut jamais dénoncer... Ne dis rien. (A part.) Cette folle! (Haut.) Mademoiselle Héloüin est-elle au château?

ALAIN. Oui, monsieur?

MAXIME. Eh bien, prie-la... dis-lui que je désire... (Mademoiselle Héloüin entre.) Laisse-nous, et tais-toi.

Alain sort.

SCÈNE IV.

MAXIME, MADEMOISELLE HÉLOUIN.

MADEMOISELLE HÉLOUIN. Madame Laroque, monsieur, m'a recommandé de veiller... Vous n'avez besoin de rien?

MAXIME. De rien, merci, mademoiselle... Mais j'ai à vous parler.

MADEMOISELLE HÉLOUIN. A moi?

MAXIME. Oui, mademoiselle... Vous m'avez retiré votre amitié, mais la mienne vous est restée tout entière, et si vous le permettez, je vais vous le prouver.

MADEMOISELLE HÉLOUIN. Parlez.

MAXIME, simplement. Eh bien, ma pauvre enfant vous vous perdez.

MADEMOISELLE HÉLOUIN. Monsieur!

MAXIME. Quelqu'un vous a vue, vous a entendue, dans le parc... Il y a une heure...

MADEMOISELLE HÉLOUIN. Dieu!... ah! monsieur Maxime... je vous jure...

MAXIME. Oh! je suis bien convaincu, mademoiselle, que ce petit roman est très-innocent de votre part! mais de l'autre, il l'est peut-être moins, « et je vous supplie d'y réfléchir. Je « pourrais pas toujours arrêter les suites.

MADEMOISELLE HÉLOUIN, cachant sa tête dans ses mains. « Mon Dieu!

MAXIME. « Allons! remettez-vous !... que puis-je faire pour » vous, dites? y a-t-il quelque gage, quelque lettre que je puisse » retirer des mains de cet homme? Parlez, disposez de moi » comme d'un frère.

MADEMOISELLE HÉLOUIN. « Un frère! Vous parlez de me » sauver, et c'est vous qui me perdez! Oui, vous êtes la cause » unique de ce qui arrive... après m'avoir témoigné une affec- » tion feinte, vous m'avez humiliée, désespérée... Eh bien...

MAXIME. « Humiliée! désespérée? Comment? parce que j'ai » tenu dans les limites que la loyauté me commandait les sen- » timents que votre situation, votre beauté, vos talents, m'ins- » piraient? Je ne vois rien là de fort humiliant pour vous, » mademoiselle; ce qui pourrait à plus juste titre vous humi- » lier, ce serait de vous voir aimée très-résolument par un » homme très-résolu à ne pas vous épouser. »

MADEMOISELLE HÉLOUIN, avec colère. Qu'en savez-vous? Tous les hommes ne sont pas des coureurs de fortune!

MAXIME, froidement. Ah! c'est que vous seriez une méchante personne, mademoiselle Héloüin? En ce cas, j'aurais l'honneur...

Il la salue comme pour se retirer.

MADEMOISELLE HÉLOUIN. Monsieur Maxime! de grâce!... Ah! pardonnez-moi! ayez pitié de moi! Figurez-vous donc ce que peut être la pensée d'une pauvre créature comme moi, à qui on a eu la cruauté de donner un cœur, une âme, une intelligence... et qui ne peut se servir de tout cela que pour souffrir... et pour haïr! « Vous parliez de mes talents? Eh bien, ces ta- » lents, si péniblement acquis, ils ne sont pas à moi!... J'aurai » passé toute ma jeunesse à en parer une autre femme, pour » qu'elle soit plus belle, plus adorée... et plus insolente encore! » et quand elle s'en ira, elle, au bras d'un heureux époux, » prendre sa part des plus belles fêtes de la vie, je m'en irai, » moi, seule, abandonnée, vieillir dans quelque coin avec une » pension de femme de chambre!... » Eh bien, qu'est-ce que

j'avais fait au ciel pour mériter cette destinée-là? Pourquoi moi plutôt que ces femmes? Certes, j'étais née aussi bien qu'elles pour être bonne, aimante, charitable. Eh! mon Dieu! les bienfaits coûtent peu quand on est riche, et la bonté est facile aux heureux! Si j'étais à leur place, et elles à la mienne, elles ne m'aimeraient pas plus que je ne les aime... on n'aime pas ses maîtres!

MAXIME. Mademoiselle... de grâce!

MADEMOISELLE HÉLOUIN. Ah! oui, oui! Je vous révolte, n'est-ce pas? je vous indigne? Vous allez me mépriser maintenant plus que jamais... vous qui auriez pu d'un mot me rendre la paix... l'estime de moi-même... Vous, à qui j'ai dû pour la première fois une pensée de bonheur... d'avenir... de fierté... Ah! malheureuse!...

Elle pleure.

MAXIME, lui prenant la main. Mademoiselle, je vous en supplie!... Je vous serai toute ma vie reconnaissant de votre affection!... mais je ne m'appartiens pas... j'ai des devoirs qui m'enchaînent... Et quand je le voudrais, enfin, je ne puis songer à me marier...

MADEMOISELLE HÉLOUIN, avec amertume. Même avec Marguerite?

MAXIME. Je ne vois pas ce que vient faire ici le nom de mademoiselle Marguerite.

MADEMOISELLE HÉLOUIN. Ah! je lis clairement dans votre pensée... et depuis longtemps, je vous l'assure... je sais qui vous êtes... je sais quelle proie vous convoitez ici. Mais j'ai les moyens de vous démasquer, de vous perdre, et j'en userai!

MAXIME. Vous le pouvez, mademoiselle, et avec d'autant plus de sûreté que sur le terrain de la calomnie, de la diffamation... je ne vous suivrai jamais. Je vous en donne ma parole, et je vous salue.

Il sort à droite.

SCÈNE V.

MADEMOISELLE HÉLOUIN seule; puis MARGUERITE, BÉVALLAN, MADAME LAROQUE.

MADEMOISELLE HÉLOUIN, seule. Oui, quand je devrais me perdre avec lui... je le perdrai!... Et puis je blesserai au cœur cette insolente fille, et je serai heureuse un moment, du moins!

Entrent madame Laroque, Bévallan et Marguerite.

MADAME LAROQUE. Eh bien, la voilà retrouvée; Dieu merci!

MADEMOISELLE HÉLOUIN, courant au-devant de Marguerite. Chère enfant! vous voilà donc! Quelle joie! Je mourais d'inquiétude! Et où étiez-vous? qu'est-il arrivé?

MADAME LAROQUE. Nous l'avons rencontrée à une lieue d'ici... Figurez-vous que le gardien des ruines l'avait enfermée dans le donjon par mégarde, et si un paysan n'était venu à passer par hasard, elle restait là toute la nuit.

MADEMOISELLE HÉLOUIN. Ah! Dieu! quelle peur vous avez dû avoir!

MARGUERITE, sombre et grave. Oui, j'ai eu grand'peur.

BÉVALLAN. Mademoiselle, je vous le répète, je regretterai éternellement de ne pas m'être trouvé là avec vous. (Baissant un peu la voix.) C'est dans de telles situations qu'on apprécie le cœur d'un homme.

MARGUERITE. Qu'auriez-vous fait?

BÉVALLAN, avec enthousiasme. Ce que j'aurais fait? Mais je... (Plus calme.) Je ne sais pas.

MARGUERITE. Eh bien, cherchez.

MADAME LAROQUE, qui a ôté son chapeau et son châle. Et maintenant, allons souper... n'est-ce pas? Madame Aubry est déjà à table et nous attend.

MARGUERITE. Moi, ma mère, je ne souperai pas... Cette alerte m'a ôté l'appétit.

MADAME LAROQUE. Pauvre petite!... Eh bien, venez-vous, Bévallan? (Elle prend le bras de Bévallan.) Et vous, mademoiselle?

MARGUERITE, bas à mademoiselle Héloüin. J'ai deux mots à vous dire.

MADEMOISELLE HÉLOUIN. Bien, mademoiselle.

Madame Laroque et Bévallan sortant à droite.

SCÈNE VI.

MARGUERITE, MADEMOISELLE HÉLOUIN.

MARGUERITE, d'un accent sombre. Êtes-vous sûre, mademoiselle, de ne pas vous tromper quand vous donnez à M. Odiot le nom de marquis de Champcey?

MADEMOISELLE HÉLOUIN. Sans doute, mademoiselle, pourquoi?

MARGUERITE. C'est que vous vous abusez si étrangement sur

son caractère, que vous pourriez commettre quelque autre méprise.

MADEMOISELLE HÉLOUIN. Je ne vous comprends pas.

MARGUERITE. En tous cas, s'il est noble de nom, il l'est aussi de cœur ; je puis vous en répondre.

MADEMOISELLE HÉLOUIN. C'est une découverte que vous avez faite récemment ?

MARGUERITE. Oui, mademoiselle... Ce jeune homme, peu m'importe qu'on le sache, se trouvait près de moi quand j'ai été emprisonnée dans ces ruines : et, pour sauver mon honneur et le sien... car je l'accusais ! il a risqué sa vie... il s'est précipité dans un abîme !

MADEMOISELLE HÉLOUIN. Ah ! c'est héroïque, en effet ! M. de Champcey entend à merveille l'art d'utiliser ses talents... hier c'était la natation... qui nous a valu cette mise en scène si habilement préparée... ce soir c'est la gymnastique... Il a reçu une très-brillante éducation, ce jeune homme.

MARGUERITE, soupçonneuse. Vous le haïssez beaucoup, ce jeune homme... mais je vous serai obligée d'appuyer par des preuves sérieuses, formelles, des accusations un peu trop passionnées pour n'être pas suspectes !

MADEMOISELLE HÉLOUIN. Ah, c'est moi qui suis suspecte !... Vous voulez des preuves ?... (Elle tire un papier de son sein.) Eh bien, en voilà une que vous ne récuserez pas... elle est écrite de sa main...

MARGUERITE. Quoi donc !

MADEMOISELLE HÉLOUIN. Écoutez, écoutez... il en est temps. (Elle lit.) « Mon cher Laubépin... Je suis à la lettre toutes vos instructions. Mais, je vous l'avoue, je plie quelquefois sous le fardeau vingt fois chaque jour; pour supporter le présent, je suis forcé de me remettre sous les yeux l'avenir, qui doit payer toutes mes misères; cette chère dot...

MARGUERITE, saisissant la lettre. Dieu !

MADEMOISELLE HÉLOUIN, reprenant la lettre et continuant de lire. « Cette chère dot que j'ai juré de reconquérir. Je servirai comme le pasteur biblique, quarante ans, s'il le faut !... » C'est dommage qu'il ne soit arrêté là! Cette lettre a été trouvée et m'a été remise par madame Aubry. — Eh bien, qu'en dites-vous ?

MARGUERITE. Appelez ma mère : je veux à l'instant même !... — Non restez ; pas un mot ; je me charge de tout.

La porte de gauche s'ouvre : entrent Bévallan, Maxime, madame Laroque, madame Aubry,

SCÈNE VII.

LES MÊMES, BÉVALLAN, MAXIME, MADAME LAROQUE, MADAME AUBRY.

MADAME LAROQUE, à Maxime. Ainsi, vous ne vous ressentez plus...

MAXIME. Non, madame.

MADAME LAROQUE, à Marguerite. Et toi, mon enfant, es-tu un peu remise ?

MARGUERITE, avec une gaieté fiévreuse. Oh ! parfaitement, ma mère... et si bien même que je me sens capable d'aller à ce bal et de danser toute la nuit... Vous venez avec nous, monsieur de Bévallan ?

BÉVALLAN. Désolé, mademoiselle, mais mon costume, comme vous voyez...

MARGUERITE. Oh ! il faut que vous veniez, monsieur... il n'y a pas de bonne fête sans vous, vous savez... Voyons, je vous en prie, monsieur de Bévallan !

BÉVALLAN. Mademoiselle, je vous suis profondément reconnaissant de votre insistance, mais véritablement...

MARGUERITE. Je vous en supplie... vous ne pouvez me refuser !... Eh bien, retournez chez vous promptement... changez de costume... et revenez nous prendre... Je vous promets de vous attendre jusqu'à minuit, s'il le faut.

BÉVALLAN. Vous me comblez, mademoiselle... mais pour vous dire la vérité, mes chevaux d'attelage sont sur la litière... et il m'est impossible de cavalcader en toilette de bal.

MARGUERITE, vivement. Eh bien, on va vous faire conduire et ramener dans l'américaine ; je le veux. (Se retournant vers Maxime et lui lançant un regard foudroyant.) Monsieur Odiot, allez dire qu'on attelle... allez !

Cet ordre et le ton de Marguerite éveillent dans l'assistance une surprise qui se trahit par un silence embarrassé.

MADAME LAROQUE. Ma fille !

Maxime, un moment interdit, se lève avec gravité, et s'approchant de la table, il appuie le doigt sur un timbre : Alain paraît au fond.

MAXIME, à Alain. Je crois que mademoiselle a des ordres à vous donner.

MARGUERITE. Aucun, sortez !

BÉVALLAN, regardant Maxime. Ma foi! voilà quelque chose d'assez particulier.

MARGUERITE, à demi voix comme pour le contenir. Monsieur de Bévallan !

BÉVALLAN, provoquant. Soit, mademoiselle, mais qu'il me soit au moins permis de regretter... de n'avoir pas le droit d'intervenir ici.

MAXIME, s'avançant d'un pas vers lui. Mais, monsieur, vos regrets sont très-superflus !... Car si je n'ai pas cru devoir obéir aux ordres de mademoiselle, je suis entièrement aux vôtres, et je les attends.

BÉVALLAN. Ah ! pardieu, monsieur !...

MADAME LAROQUE, se précipitant. Messieurs, de grâce !

MARGUERITE. Monsieur de Bévallan, il faut que je vous parle à l'instant : veuillez me suivre dans le salon. Venez, ma mère.

BÉVALLAN, s'inclinant. Mademoiselle... (Près de sortir, il fait un signe de la main à Maxime.) Je suis à vous, monsieur !

Madame Laroque, Marguerite, Bévallan sortent à gauche : Mademoiselle Hélouin, à droite, après avoir lancé un regard à Maxime.

SCÈNE VIII.

MAXIME, ALAIN, qui est resté au fond, en dehors, témoin de la scène précédente.

MAXIME, à part. Cette malheureuse m'a tenu parole, Mais qu'a-t-elle pu dire ?.. Eh ! que m'importe ! Il ne s'agit pas de cela maintenant. Alain, tu es là, mon bon Alain, écoute !

ALAIN, s'approchant. Ah ! Monsieur, quel malheur !

MAXIME. Sans doute, c'est un malheur... mais que veux-tu? Dis-moi, mon ami, le percepteur du bourg est un ancien officier, je crois... l a servi ?

ALAIN. Oui, monsieur ! Il a même été blessé en Crimée...

MAXIME, se plaçant devant la table et écrivant. Bien ! C'est cela... Attends !.,. Voilà un billet que je te vais prier de lui faire porter sans retard, n'est-ce pas ?

ALAIN. Oui, monsieur... Mais quel malheur, monsieur! Et dire, monsieur, qu'à l'épée comme au pistolet il n'a pas son maître dans tout le pays, ce grand traître-là.

MAXIME. Sois tranquille, sois donc tranquille, va ; il ne me mangera pas.

ALAIN. Ah ! si monsieur voulait seulement me permettre de dire à ces dames ce que j'ai vu ce soir dans le parc !

MAXIME. Malheureux !... Est-ce que tu veux qu'on me prenne pour un misérable, un lâche ?

ALAIN. C'est vrai, monsieur, ce n'est pas le moment.

MAXIME. Allons ! va vite, va !

ALAIN, s'en allant. Mais quel malheur, mon Dieu !

Il sort par le fond.

SCÈNE IX.

MAXIME seul un moment, puis BÉVALLAN.

MAXIME, réfléchissant Ma sœur ! Oui, sans doute, c'est dur, mais l'honneur domine tout. Un mot à Laubépin, seulement, à tout événement.

Bévallan paraît à gauche. Maxime se lève.

BÉVALLAN, avec gravité. Monsieur Maxime, je viens faire près de vous une démarche un peu irrégulière, et qui ne laisse pas que de me coûter... mais j'obéis à des ordres qui doivent m'être sacrés... De plus, j'ai par devers moi des états de service qui, je crois, mettent mon courage à l'abri du soupçon... Bref, je suis chargé par ces dames de vous exprimer leurs regrets; mademoiselle Marguerite, dans un moment de distraction, vous a donné toutà l'heure quelques instructions qui, évidemment, n'étaient pas de votre ressort ! Votre susceptibilité s'en est justement émue : nous le reconnaissons.

MAXIME. Monsieur, c'est assez.

BÉVALLAN. Votre main ?

MAXIME, lui donnant la main. Monsieur !

BÉVALLAN, avec moins de roideur. Et maintenant, monsieur Maxime, ces dames espèrent qu'un malentendu d'un instant ne les privera pas de vos bons offices, dont elles apprécient toute la valeur. Pour moi, je suis infiniment heureux d'avoir acquis, depuis quelques minutes, le droit de joindre mes instances aux leurs... Les vœux que je formais depuis longtemps viennent d'être agréés ;

MAXIME. Ah !

BÉVALLAN. Et je vous serai personnellement obligé de ne pas nous refuser votre concours, à la veille d'un événement que des circonstances de famille, la santé de M. Laroque, nous engagent à précipiter...

MAXIME. Ah !

BÉVALLAN. (Alain entre par le fond apportant un gros portefeuille.) Ah ! merci !... (Il prend le portefeuille des mains d'Alain et le dépose sur la table. Alain sort aussitôt.) Ce sont précisément, monsieur ces papiers particuliers de M. Laroque... Ces dames, en témoignage de leur entière confiance, vous prient de vouloir bien, en respectant, bien entendu, ce qui doit être respecté, y puiser les renseignements dont nous aurons besoin pour dresser le modèle du contrat, sauf à prendre plus tard les dispositions légales.

MAXIME. C'est bien, monsieur. Comptez sur moi.

BÉVALLAN, avec une bonhomie enjouée. J'y compte, monsieur Maxime... et permettez-moi d'espérer que toute glace est rompue entre nous... n'est-ce pas? mon Dieu ! nous nous sommes assez mal connus, jusqu'ici... Moi, je l'avoue, j'avais conçu contre vous quelques préventions, qui, Dieu merci, n'existent plus... Vous, de votre côté, vous avez pu me juger un peu témérairement... mais maintenant vous me connaîtrez mieux, et vous verrez là, franchement... je ne suis pas un méchant diable... je suis un bon garçon... Ah! certainement, j'ai des défauts... j'en ai eu surtout : j'ai aimé les jolies femmes... Mais quoi! c'est preuve qu'on a un bon cœur, n'est-ce pas? Et puis d'ailleurs, me voilà au port... et même, entre nous, j'en suis ravi... parce que je commençais à me... roussir un peu... mais je ne veux plus penser qu'à ma femme et à mes enfants.... et vous pouvez en être sûr, cher monsieur, ma femme sera parfaitement heureuse... c'est-à-dire autant qu'elle peut l'être avec une tête comme la sienne... j'irai au-devant de ses moindres fantaisies... Mais si elle me demande d'aller décrocher la lune et les étoiles pour lui être agréable, dame ! je n'irai pas... ça c'est impossible ! Ah çà! votre main encore une fois.

Maxime lui donne la main.

BÉVALLAN. Et je cours dire à ces dames que vous nous restez à perpétuité. (Près de sortir, il ajoute, à part.) Jusqu'après le contrat.

Il sort à gauche.

SCÈNE X.

MAXIME, seul.

Et voilà l'homme qu'elle juge digne d'elle ! Oui, je comprends! Lui, du moins, il apporte une fortune presque égale... il est moins suspect... malheureuse enfant ! Elle ignore qu'en ce monde les plus mendiants ne sont pas toujours les plus pauvres!... Enfin! Ah! et puis elle est femme!... Elle se croit offensée, et la première vengeance qui se présente, elle la saisit. Elle veut voir de quel front je supporterai les tortures qu'elle m'inflige ! Eh bien, ce front, je le jure, elle le verra impassible jusqu'au pied de l'autel : sa fierté pâlira devant la mienne ! (Douloureusement.) Quant au cœur, nous le verrons... Allons ! voyons !... (Il s'assoit.) Occupons-nous de son contrat!... Voyons ces papiers... voyons... (Il ouvre le portefeuille et parcourt les différentes pièces qu'il contient.) Rien de nouveau dans tout cela... des titres de propriétés... rien de secret... quelques recommandations... à mes enfants!!! (Tout à coup avec stupeur.) Mon nom! que veut dire ceci! le nom de mon père!... (Il saisit vivement une des pièces du portefeuille et lit à la hâte.) Le marquis Jacques de Champcey... mon aïeul... oui... aux Antilles, à Sainte-Lucie, nous avions là, à cette époque, d'immenses propriétés... et, je m'en souviens, oui... un régisseur du nom de Laroque ! Mais il a péri, avec son fils, dans cette fatale nuit où mon aïeul livra son dernier combat... voyons donc... (Il lit.) « A l'approche des événements, la plantation avait été vendue par les soins de mon père. » Son père !... Ce vieillard serait... (Il lit.) « Nous avions ordre de rejoindre pendant la nuit la flottille que devait escorter en France la frégate du commandant de Champcey!!! Dans le trajet, nous tombâmes dans la croisière anglaise... mon père fut tué en se défendant... moi, on me donna le choix d'être fusillé sur-le-champ ou de révéler le secret de la passe inconnue où notre flottille réfugiée. En récompense de cette trahison, on m'abandonnait le prix des propriétés vendues, les sommes considérables dont j'étais porteur... » Dieu ! « J'étais jeune, presque enfant... je succombai ! Une heure plus tard, le marquis de Champcey avait péri sur son bord ! » Misérable ! Ah ! et puis ces remords, oui... « Dieu sait que depuis j'ai lavé dans le sang ennemi et dans le mien la tache secrète dont une heure de faiblesse a terni le pavillon de mon pays... » et pour ne pas rougir devant ses enfants il a gardé le fruit de son crime... Providence!... Mais alors c'est à moi de parler en maître ici. (Il se lève. Avec emportement.) Et je parlerai! Oui, je parlerai ! J'ai assez dévoré d'affronts!... J'ai assez souffert.... Je ne suis pas un saint, après tout !... Il y a du sang dans ce cœur qu'on écrase... on va l'apprendre ! Cette enfant barbare va savoir à son tour ce que c'est que l'humiliation ! Sa tête superbe va connaître le poids de la honte ! Ce n'est qu'une femme, soit !

mais elle a un défenseur, maintenant... Eh bien, tant mieux, qu'il la défende!

La porte de gauche s'ouvre : on entend la voix de Marguerite, qui dit : « J'y vais, ma mère. — Maxime ! Ah ! Dieu ! » Marguerite entre et traverse lentement la scène, regardant Maxime. La résolution de Maxime se détend sous ce regard. — Marguerite sort par le fond à droite.

SCÈNE XI.

MAXIME, seul.

Jamais ! non, jamais, s'il dépend de moi, la rougeur de la honte ne passera sur ce noble front ! Ce secret, ce secret terrible, il n'appartient qu'à moi... ce vieillard, déjà muet comme s'il était dans sa tombe, ne peut plus lui-même le révéler... Eh bien, ce secret... qu'il soit détruit ! (Il jette le papier dans la flamme du brasero.) Ma mère, si mes fautes envers vous ne sont pas encore assez expiées, acceptez ce sacrifice ! Je vous le consacre !... allons ! tout est dit, sortons d'ici !

Pendant qu'il prend le portefeuille, comme s'apprêtant à partir, madame Aubry ouvre la porte du fond, voit le papier qui brûle dans le brasero et s'arrête étonnée. La toile tombe.

ACTE QUATRIÈME

—

SIXIÈME TABLEAU.

Un vaste salon communiquant de plain-pied avec le parc. On voit à travers les fenêtres et les arcades du fond une partie des jardins. On entend au loin les sons d'un orchestre qui joue des airs de danse bretons. — La musique ne cesse de se faire entendre qu'à l'arrivée de Desmarets. — (Scène VIII.) Portes à gauche et à droite. — Le salon est éclairé comme pour une fête. — A gauche, table préparée pour la signature du contrat. Une lampe sur la table. — A droite, canapé, fauteuils, rangés comme pour une cérémonie.

SCÈNE PREMIÈRE.

BÉVALLAN, en grande toilette, ALAIN.

BÉVALLAN, entrant. Tout est prêt, n'est-ce pas ? La table ici... bien ! Et les fauteuils pour ces dames, c'est très-bien... Le notaire est arrivé ?

ALAIN. Oui, monsieur. Il se promène là, devant, avec M. Maxime.

BÉVALLAN. Bien ! bravo ! Ah çà, Alain, faites-moi boire ces braves gens-là jusqu'à ce que mort s'ensuive !... et grisez l'orchestre, surtout, entièrement... Et puis, vous connaissez le programme... à neuf heures précises, la signature du contrat... et le feu d'artifice sur la pelouse...

ALAIN. Mais, monsieur, j'ai réfléchi à une chose, si M. Laroque demande où cela se passe ?

BÉVALLAN, baissant la voix. Comment? Est-ce qu'il entend ?

ALAIN. Il entend ferme, monsieur... mais si ça fait trop de bruit...

BÉVALLAN. Ah! diable !... Eh bien, mais supprimez les pétards! Ah ! Alain, quand ces dames seront descendues, vous introduirez cette députation villageoise... mais les femmes seulement, vous entendez ! Nous n'avons pas besoin de figures de sauvages ici... Les femmes seulement, et les plus jeunes. Dans une fête, il faut que tout soit gracieux... Alain !

ALAIN. Monsieur.

BÉVALLAN. Supprimez les pétards, c'est convenu !

ALAIN. Oui, monsieur.

Comme Alain se retire mademoiselle Hélouin entre.

BÉVALLAN. Ah ! diantre !...

Il chantonne et cherche à s'esquiver.

SCÈNE II.

BÉVALLAN, MADEMOISELLE HÉLOUIN

MADEMOISELLE HÉLOUIN. Ah ! monsieur, je vous trouve seul enfin !

BÉVALLAN. Ah ! c'est vous, mademoiselle ? Eh bien, voilà une soirée assez... une soirée qui... n'est-ce pas ?

MADEMOISELLE HÉLOUIN. Qui couronne vos vœux et votre perfidie, n'est-il pas vrai ?

BÉVALLAN. Ah ! de grâce, mademoiselle, laissez-moi mon calme... j'en ai grand besoin. Si vous pouviez lire dans mon cœur !

MADEMOISELLE HÉLOUIN. Comment ! cette plaisanterie dure encore ! Vous prétendez me faire croire, même à cette heure...

BÉVALLAN. Mais enfin, mademoiselle, vous êtes étonnamment injuste ! Que s'est-il passé? Vous le savez comme moi... long-

temps avant d'avoir conçu des sentiments... qui ne seront jamais oubliés... je m'étais engagé... témérairement... d'un autre
côté... On m'a mis en demeure tout à coup de m'exécuter...

MADEMOISELLE HÉLOUIN. Oui, vous vous sacrifiez, je comprends.

SCÈNE III.

LES MÊMES, MAXIME, entrant par le fond.

MAXIME. Monsieur de Bévallan, le notaire désire avoir deux
minutes d'entretien avec vous.

BÉVALLAN, avec empressement. Bien, merci, j'y vais ! j'y vais !
(A mademoiselle Hélouin.) Vous êtes cruelle, vraiment.

SCÈNE IV.

MADEMOISELLE HÉLOUIN, MAXIME.

MADEMOISELLE HÉLOUIN, à Maxime qui va pour se retirer. Monsieur
Maxime !... Comme vous devez me maudire en ce moment !
(Maxime ne répond pas.) Et vous n'avez pas dit un mot pour m'accuser, vous qui le pouviez si bien !... Ah ! qu'une parole de
bonté de vous me serait douce !...

MAXIME, avec effort. Je vous plains, et je vous pardonne.

MADEMOISELLE HÉLOUIN. Merci !

Madame Laroque, Marguerite et madame Aubry, toutes en toilette de fête,
entrent par le fond : Maxime les salue et se tient à l'écart. Alain, au fond.

SCÈNE V.

MAXIME, ALAIN, MADAME LAROQUE, MARGUE-RITE, MADEMOISELLE HÉLOUIN, MADAME AUBRY.

MADAME LAROQUE, en entrant, à Alain. Je ne vois pas Desmarets..
Est-ce qu'il n'est pas arrivé ?

ALAIN. Je vous demande pardon, madame : mais il est entre
d'abord chez monsieur.

MADAME LAROQUE. Ah ! très-bien.

Madame Laroque, Marguerite et madame Aubry se dirigent vers des sieges
préparés à droite.

MADEMOISELLE HÉLOUIN, à Marguerite qui passe près d'elle. Pardon,
mademoiselle, vous avez une fleur de votre coiffure qui tombe..
(Marguerite s'arrête, mademoiselle Hélouin, tout en s'occupant de réparer la
coiffure, dit à demi-voix, avec émotion.) Mademoiselle, nous nous
étions abusés : M. Odiot a une sœur, je viens de l'apprendre...
et c'est certainement à la dot de sa sœur qu'il faisait allusion
dans cette lettre...

MARGUERITE, saisie tout à coup et lui lançant un regard terrible. Ah !
il fallait me tuer .. c'eût été plus généreux !

MADEMOISELLE HÉLOUIN. Mais j'étais trompée moi-même...

MARGUERITE, avec une violence contenue. Vous l'aimiez !... Eh !
ne le niez pas !... c'est votre seule excuse !

MADEMOISELLE HÉLOUIN. Peut-être serait-il temps encore...

MARGUERITE, fièrement. Temps encore ! Et sa parole et la
mienne ! Ah ! nous sommes gens d'honneur, nous autres !

Elle la quitte et va prendre gravement sa place auprès de sa mère.

SCÈNE VI.

LES MÊMES, BÉVALLAN, LE NOTAIRE, ALAIN,
au fond.

BÉVALLAN, au notaire. C'est parfait, mon cher ami... vous êtes
un parfait notaire... entrez, entrez donc !... Mesdames, je vens
prendre vos ordres. Il y a là une députation rustique qui désire
être admise à vous présenter ses hommages et ses vœux.

MADAME LAROQUE. Eh bien, faites entrer, mon ami.

BÉVALLAN. Alain, introduisez... mais les femmes seulement,
et les plus jeunes... Dans une fête tout doit être gracieux.

SCÈNE VII.

LES MÊMES, puis quelques jeunes filles en costume breton, et, à leur
tête, CHRISTINE OYADÉC ; elles portent des fleurs. CHAM-
PLAIN, vieux paysan à l'air niais, entre au milieu d'elles.

BÉVALLAN, remarquant Champlain. Eh bien !... eh bien !... les
femmes seulement !... Qu'est-ce que c'est que ce dadais-là ?...
Qu'est-ce que vous venez faire ici, vous ?

CHAMPLAIN. Monsieur, je suis avec ces demoiselles.

BÉVALLAN. Mais, je le vois bien... que vous êtes avec ces
demoiselles... et c'est ce dont je me plains... Vous n'êtes pas
une demoiselle, vous, n'est-ce pas ?

CHAMPLAIN. Ah ! non, monsieur.

BÉVALLAN. Ah ! non ! Eh bien, allez-vous-en... Il est absurde,
ce villageois !

CHAMPLAIN. C'est que je suis le maître d'école, monsieur...
c'est mo qui ai fait le discours... et je venais, dans le cas où
la mémoire leur manquerait...

BÉVALLAN. Ah ! c'est le souffleur ! c'est différent ! Entrez,
mon brave ! (Aux dames.) C'est le souffleur !... Et quel est l'o-
rateur de l'aimable troupe ?

CHAMPLAIN, montrant Christine. C'est celle-là, monsieur ..

BÉVALLAN. Ah ! la petite au chien... oui, je la reconnais !...
Eh bien venez, mon enfant ; je vais moi-même vous présenter
à ces dames. (Il la conduit par la main vers la droite ; à part) Elle est
gentille tout à fait cette petite... elle a encore embelli... (Galamment, à Christine) : Comment donc vous appelez-vous, mon enfant,
je ne me souviens pas...

CHRISTINE. Christine Oyadec, monsieur.

BÉVALLAN. Ah ! bien... Et vous demeurez près d'ici, sans
doute ?

CHRISTINE. Auprès du moulin, oui, monsieur.

BÉVALLAN. Ah ! très-bien !

Christine s'arrête devant Marguerite ; Champlain se poste derrière Christine ;
le groupe des jeunes filles un peu en arrière.

CHAMPLAIN, à Christine. Mais va... va donc !

CHRISTINE. Il faut commencer ?

CHAMPLAIN. Mais oui... va donc... (Lui soufflant.) « Mademoiselle...

CHRISTINE, récitant avec trouble. « Mademoiselle, les anciens,
dans cette belle fête de l'hyménée, avaient la coutume ingénieuse d'allumer un flambeau... un flambeau...

Elle s'arrête.

CHAMPLAIN, lui soufflant. « Symbolique !

CHRISTINE. « Symbolique... ce flambeau symbolique... mademoiselle...

CHAMPLAIN. « Deux fois symbolique ! »

CHRISTINE, à Champlain. Mais, je l'ai dit deux fois...

CHAMPLAIN. Petite bête !

CHRISTINE. Quoi !... Ah ! je ne sais plus... je ne me rappelle
plus : Mademoiselle... excusez... mais je vous assure... que
nous vous aimons bien, et que nous prions le bon Dieu de tout
notre cœur... que vous soyez heureuse... avec votre épouseux.

BÉVALLAN, riant Brava ! brava !

MARGUERITE. C'est très-bien, va ; merci, mon enfant.

CHRISTINE, montrant Maxime, avec curiosité. C'est-il monsieur que
vous épousez ?

MARGUERITE. Non, mon enfant.

CHRISTINE. montrant Bévallan. C'est donc monsieur ?

MARGUERITE. Oui.

CHRISTINE. Ah ! tant pis !

BÉVALLAN, affectant de rire. Brava !... brava !... charmante !...
naïveté agreste !

MADAME LAROQUE. Vous viendrez me trouver toutes demain
matin, mesdemoiselles.

LES JEUNES FILLES ET CHAMPLAIN, à l'unisson. Oui, madame.

BÉVALLAN. C'est cela, c'est convenu... Allez, enfants, allez...
(Les jeunes filles se retirent au fond.) Et maintenant, mon cher notaire, si vous voulez faire votre petite installation... Là... très-
bien... (Comme le notaire vient de s'asseoir, il se fait au dehors une certaine agitation ; Bellavan se retourne.) Eh bien, qu'est-ce qu'il y a
donc ? qu'est-ce qui arrive ?

Desmarets se présente au fond ; Bévallan va au-devant de lui ; madame Laroque se lève.

SCÈNE VIII.

LES PRÉCÉDENTS, DESMARETS.

Bevallon échange quelques mots à voix basse avec Desmarets.

MADAME LAROQUE.. Eh bien... qu'y a-t-il ?... De grâce, messieurs !

BÉVALLAN. Mon Dieu, madame je suis désespéré... Monsieur
votre père est plus souffrant...

MADAME LAROQUE. Plus souffrant ?

DESMARETS. Oui, madame... Il a été pris subitement d'une
grande agitation fiévreuse... et ces brusques changements dans
l'état d'un malade sont toujours des symptômes graves...

MADAME LAROQUE. Ah ! mon Dieu !... mais j'y cours... Marguerite, mon enfant... allons... vite !... ah !...

Les jeunes filles restées au fond s'écartent avec un mouvement de terreur ;
M. Laroque paraît, marchant d'un pas roide et sinistre ; il s'arrête et s'appuie contre les piliers de la porte. Alain le suit. Madame Laroque, sa fille
et Desmarets s'approchent du vieillard.

SCÈNE IX.

LES PRÉCÉDENTS, M. LAROQUE, ALAIN.

DESMARETS, à demi-voix à Alain. Comment, Alain... vous l'avez
laissé. .

ALAIN. Monsieur a voulu sortir... je n'ai pu l'en empêcher...

MARGUERITE, allant au-devant du vieillard. Mon père... me reconnaissez-vous? (M. Laroque fait un signe de tête grave et affectueux.) Voulez-vous mon bras? (Le vieillard refuse.) Vous êtes fatigué?... Voulez-vous vous reposer?

M. Laroque consent d'un signe de tête.

DESMARETS. Eh bien, approchez ce fauteuil... fermez ces fenêtres... Vous devez vous trouver mieux ici, monsieur... On y respire au moins, n'est-ce pas?... (M. Laroque, après un faible signe de tête, s'assoit dans le fauteuil. S'adressant aux femmes.) Tant qu'il se trouvera bien ici, il faut l'y laisser... Et quant à vous, mesdames, vous ferez bien de vous retirer. Il est plus calme maintenant... Il n'y a aucun danger immédiat... réservez vos forces : vous en aurez besoin bientôt, je le crains...

MADAME LAROQUE. Oh! nous ne pouvons le quitter maintenant... mon ami... Nous allons seulement, Marguerite et moi, changer ces toilettes, qui font un trop cruel contraste, et nous revenons aussitôt...

DESMARETS. Eh bien, madame, allez... M. Maxime et moi nous veillerons pendant ce temps-là.

MAXIME. De grand cœur.

BÉVALLAN. Mon Dieu, je m'offre également.

DESMARETS. Plus tard, monsieur, plus tard... il ne faut pas trop de monde à la fois... pas de bruit!... vous voyez.

Il sort par le fond. Elles sortent à gauche.

SCÈNE X.

M. LAROQUE, à demi renversé et endormi dans le fauteuil à droite, MAXIME, DESMARETS.

Demi-nuit : on a enlevé ou éteint les bougies ; il ne reste plus qu'une lampe posée sur la table à gauche.

MAXIME. Eh bien ?

DESMARETS. Eh bien... c'est la fin, je crois... mais pas immédiatement; la lutte... peut être fort longue.

MAXIME. Rien à faire?

DESMARETS. Rien ! Seulement on peut essayer de quelque potion calmante... Je vais vous laisser deux minutes pour faire préparer cela.

MAXIME. Allez, mon ami...

DESMARETS. Dites à ces dames que je suis là.

MAXIME. Bien.

Desmarets sort à droite.

SCÈNE XI.

MAXIME, M. LAROQUE.

MAXIME, regardant le vieillard endormi. Ce malheureux!... Après tout, il s'est repenti... il a souffert... il a expié!... et c'est moi que la Providence charge de veiller sur son dernier sommeil ! Étrange destin ! Ah ! ce sommeil, je le lui envie!... cette journée m'a brisé ! (Il s'assoit près de la table.) Que je suis las ! Il appuie sa tête sur sa main : la lumière de la lampe éclaire son visage. Le vieillard s'éveille : ses yeux, troublés, s'arrêtent sur le visage de Maxime ; il paraît frappé d'étonnement et de terreur ; il se lève avec effort. Maxime, épouvanté, se lève en même temps. La porte du fond s'ouvre : Marguerite paraît, et regarde son père d'un œil étonné et bientôt terrifié.

SCÈNE XII.

MAXIME, M. LAROQUE, MARGUERITE,
au fond à gauche

MONSIEUR LAROQUE, d'une voix suppliante. Monsieur le marquis, pardonnez-moi !

MARGUERITE, à part. Ciel !

Maxime, glacé d'effroi, reste immobile et muet.

MONSIEUR LAROQUE, avançant de deux pas vers Maxime avec une solennité de spectre. Monsieur le marquis, pardonnez-moi !

MARGUERITE, avec terreur. Mon Dieu ! que dit-il?

MAXIME, comprenant, tout à coup marche sur le vieillard et, s'arrêtant devant lui, il lève une main sur sa tête. Soyez en paix, monsieur, je vous pardonne !

Le visage du vieillard exprime soudain une joie exaltée. Il chancelle, Maxime le soutient.

MARGUERITE, accourant à Maxime. Monsieur, que signifie cela ? Parlez! dites ! Vous connaissez quelque secret terrible !

MAXIME. Moi ! aucun... je me prête à son délire, voilà tout.

MARGUERITE. Mon père... mon père chéri... parlez... parlez encore... je vous en supplie... Vous avez quelque pensée... quelque souvenir qui vous tourmente... n'est-ce pas? dites... mon père... parlez... au nom du ciel... au nom du Dieu de miséricorde!

Le vieillard entr'ouvre les lèvres comme pour parler. Marguerite écoute avec angoisse. Tout à coup il étend les bras, pousse un soupir profond et retombe sans mouvement dans le fauteuil.

MARGUERITE, poussant un cri. Ah ! ma mère!

Elle tombe à genoux.

SCÈNE XIII.

LES MÊMES, DESMARETS, arrivant à la hâte.

DESMARETS, après avoir touché le cœur du vieillard. Mademoiselle, priez !

ACTE CINQUIÈME.

—

SEPTIÈME TABLEAU.

Même décor qu'au tableau précédent. — Une table au milieu du salon. Bougies allumées.

SCÈNE PREMIÈRE.

MAXIME, BÉVALLAN, debout près de la table ; LAUBÉPIN, assis au milieu ; MADAME LAROQUE, MARGUERITE, MADEMOISELLE HÉLOUIN, assises autour de la table.

LAUBÉPIN. Vous ne jugez pas à propos, madame, de convoquer ici les domestiques de cette maison ?

MADAME LAROQUE. Est-ce nécessaire, mon ami ?

LAUBÉPIN. Nullement, madame.

MADAME LAROQUE. Eh bien, restons entre nous, je préfère cela.

LAUBÉPIN. Soit ! madame et mademoiselle, vous avez bien voulu, il y a huit jours, en m'annonçant la perte douloureuse que vous veniez de subir, m'inviter à me rendre près de vous, et m'investir d'une mission de haute confiance, celle de procéder à l'inventaire officieux des papiers particuliers de feu M. Laroque, votre beau-père et grand-père. Je vous rendrai compte sommairement d'abord des résultats de mon examen, après quoi nous entrerons dans le détail des chiffres. Et d'abord, mesdames, bien que toutes les pièces relatives aux volontés testamentaires de M. Laroque fussent étiquetées et numérotées avec soin, je dois vous dire que je n'ai pu mettre la main jusqu'ici sur la pièce n° 1. La pièce n° 4 manque. (Madame Aubry jette un regard sur Maxime.) La pièce n° 2 règle très-honorablement le domaine de madame Laroque.

MADAME LAROQUE. Bien, bien, passez, mon ami ; je suppose que ma fille ne me laissera pas mourir de faim : ainsi je suis parfaitement tranquille.

BÉVALLAN. Quant à cela, chère madame, je suis là, moi! (A demi-voix à Laubépin.) Quel est le chiffre ?

LAUBÉPIN. Un peu de patience, monsieur, s'il vous plaît... La pièce n° 3 pourvoit aux intérêts de mademoiselle Hélouin.

Mademoiselle Hélouin regarde Maxime comme pour le remercier.

MADAME LAROQUE. J'en suis enchantée, ma chère petite...

MADEMOISELLE HÉLOUIN. Madame !

LAUBÉPIN. La pièce n° 4 contient divers legs en faveur des domestiques, et c'est tout.

MADAME AUBRY. Vous êtes sûr que c'est tout, monsieur?

LAUBÉPIN. Parfaitement, madame.

MADAME AUBRY. Ainsi, il n'y a rien pour moi ?

MADAME LAROQUE. Voyons, ma chère cousine, tranquillisez-vous ; nous partagerons la même chaumière.

MADAME AUBRY, avec aigreur. Je vous remercie, ma cousine, mais il n'en est pas moins extraordinaire... Au surplus, je sais à qui je dois tout cela. (Elle regarde Maxime.) Monsieur que voilà m'a toujours honorée de son amitié particulière... et je crois comprendre...

MAXIME. Moi, madame, je ne comprends pas.

MADAME AUBRY. Vous comprendriez peut-être mieux, monsieur, si je vous demandais ce qu'est devenue la pièce n° 1.

MAXIME, troublé. Madame...

Tous les regards se fixent sur lui.

MADAME LAROQUE. Qu'est-ce que vous voulez dire, ma cousine?

LAUBÉPIN. Oui... madame... que voulez-vous dire? Daignez vous expliquer.

MADAME AUBRY. Je veux dire qu'un certain jour j'ai vu, de mes deux yeux, monsieur brûler une pièce détournée de ce portefeuille, et que l'enveloppe de cette pièce, que j'ai trouvée au pied de votre brasero et que j'ai eu soin de recueillir, porte précisément le numéro qui manque ici, et pour preuve je vais vous chercher cette enveloppe.

Elle se lève ; tous se lèvent en même temps : des domestiques emportent la table au fond.

LAUBÉPIN. Restez, madame... Maxime, répondez!

MADAME LAROQUE. Monsieur Maxime!

BÉVALLAN. Eh bien, monsieur!

MAXIME, avec embarras. Madame dit vrai... seulement, elle s'abuse sur le caractère de cette pièce; elle ne contenait aucune disposition en sa faveur, c'était une pièce insignifiante que j'ai cru pouvoir brûler. *Laubépin le regarde avec stupeur.*

BÉVALLAN, à part. Ma foi! c'est un peu trop fort, ça!

MADAME LAROQUE, à Maxime. Comment, c'est vous qui avez fait un tel abus de notre confiance?

MAXIME. Madame, vous vous trompez, je le répète, sur le caractère...

LAUBÉPIN. Mais enfin, cette pièce, quel en était le contenu?

MAXIME, avec contrainte. Je ne saurais le dire.
Mouvement dans l'assistance.

MADAME LAROQUE. Monsieur, je le regrette profondément, mais vous devez reconnaître que dès ce moment nous ne pouvons vivre sous le même toit.

MAXIME. Madame, je le reconnais. (Il s'incline.) Adieu...
Il s'éloigne.

MARGUERITE. Monsieur Maxime, n'avez-vous donc rien... rien à dire pour votre défense?

MAXIME. Rien. *Il salue de nouveau et sort par le fond.*

SCÈNE II.

LES MÊMES, excepté MAXIME.

LAUBÉPIN, à part. Oui... oui... je comprends! c'est cela!

MADAME LAROQUE. Eh bien, mon pauvre Laubépin, voilà une déception!

LAUBÉPIN. Oui, madame, oui.

BÉVALLAN. Moi, je déclare que le fait ne me surprend nullement... Ce monsieur-là, dès le principe...

MADAME AUBRY. Oui, c'est très-bien... mais tout cela ne me rend pas mon legs... car je suis bien convaincue que ce papier...

LAUBÉPIN. Calmez-vous, madame Aubry... Si cette pièce contenait votre legs, en effet rien n'est perdu... car cette pièce, j'en ai le double : le voici!

TOUS. Comment!

LAUBÉPIN. Par un surcroît de précautions, bien justifié aujourd'hui, M. Laroque m'avait confié ce secret, qu'il m'était interdit de révéler tant qu'il a vécu... que j'espérais ne révéler jamais... Mais il le faut... (A Marguerite et à sa mère.) Lisez!

MARGUERITE, parcourant le papier à la hâte. Le marquis de Champcey... Sainte-Lucie... Quoi !... Est-ce possible... Oh ! Dieu !... oui, ces paroles mystérieuses... suprêmes! je les comprends maintenant, ah ! quelle honte !

MADAME LAROQUE. Ma fille! chère enfant!

LAUBÉPIN, à Marguerite. Voulez-vous que je le rappelle ?

MARGUERITE. Lui! jamais !... Rougir devant lui! jamais ! qu'il reste! qu'il reste ici!... Monsieur! C'est à nous... c'est à nous de partir !... Venez, ma mère, venez... Sortons d'ici. (A Laubépin.) Vous entendez ! jamais ! Oh ! quelle honte !

Elle sort à gauche, madame Laroque et mademoiselle Hélouin la soutiennent et sortent avec elle.

SCÈNE III.

MADAME AUBRY, LAUBÉPIN, BÉVALLAN.

BÉVALLAN. Eh bien, cher monsieur... qu'est-ce qu'il y a donc? ne peut-on voir...?

MADAME AUBRY. Oui, parlez, de grâce.

LAUBÉPIN. Il y a que la fortune de M. Laroque, par suite d'événements de famille relatés dans cette pièce, appartient à M. Maxime, et que mademoiselle Marguerite paraît disposée à la lui restituer.

BÉVALLAN. Ah çà... qu'est-ce que vous me contez là?

LAUBÉPIN. Je n'ai pas à vous expliquer le fait; mais quant au fait je vous l'atteste.

MADAME AUBRY. Eh bien, mais alors, dites-moi... il n'y a qu'une chose à faire, je vais le leur dire... (Se retournant, près de sortir à gauche.) Il y a assez longtemps qu'ils s'aiment d'ailleurs !

SCÈNE IV

BÉVALLAN, LAUBÉPIN.

BÉVALLAN, qui a réfléchi. Ah çà... que dit-elle donc !... Est-ce qu'ils s'aiment, ces jeunes gens, vraiment? Mais alors, je vais dire comme elle, moi...

LAUBÉPIN, un peu railleur. Mais non... rassurez-vous... Vous avez la parole de Marguerite, et on ne peut pas vous demander non plus d'immoler vos sentiments!

BÉVALLAN, affectant la générosité. On ne peut pas me demander d'immoler ! mais, ma parole, je ne sais pas comment on me juge, moi... je ne sais pas ce que j'ai fait... on me juge tout de travers, on me prend pour un misérable, sans âme, sans cœur... mais je suis un homme de sacrifice, moi, au contraire, de dévouement... je...

SCÈNE V.

LES MÊMES, ALAIN.

ALAIN, entrant à la hâte par le fond. M. Laubépin, si vous pouviez venir près de ces dames... Mademoiselle Marguerite est dans un état qui fait pitié... et madame vous supplie...

LAUBÉPIN. J'y vais...

BÉVALLAN. Eh bien, je vous accompagne, moi; je vais dire qu'on fasse comme si je n'existais pas. Qu'est-ce que je demande moi, qu'on fasse comme si je n'existais pas... voilà tout! On ne me connaît réellement pas!

Laubépin et Bévallan sortent à gauche.

SCÈNE VI.

ALAIN, puis MAXIME.

ALAIN, éteignant les bougies. Ah ! qu'est-ce qui se passe donc, mon Dieu ! M. Maxime qui s'en va... et mademoiselle qui veut s'en aller aussi... à pied... la nuit...

MAXIME, entrant par le fond, timidement. Alain !

ALAIN. Ah ! monsieur! que je suis content de vous voir encore une fois !...

MAXIME. Rends-moi un dernier service, mon ami... Il y a dans ma chambre deux ou trois paquets que je te prie de faire porter au bout de l'avenue... où le voiturier va les prendre dans quelques minutes... Va, mon ami... je te suis...

ALAIN. Monsieur !

MAXIME. Est-ce que tu me refuses ?

ALAIN. Ah ! grand Dieu ! Non, monsieur.

MAXIME. Allons, va.

Alain sort par le fond en murmurant tristement.

SCÈNE VII.

MAXIME, seul.

Allons il faut partir. C'est la dernière épreuve, mais la plus amère aussi. Partir ! En ce moment, il me semble que je n'ai rien souffert. Ce lieu de continuelles tortures, à l'instant où je le quitte pour jamais, c'est un paradis?... Ah ! qu'on est faible! j'étais à tout à l'heure dans ce jardin, comme un enfant, épiant le moment où je pourrais me glisser dans ce salon... pour être une minute encore près d'elle... Oui, c'est là que toute cette journée je l'ai vue près de sa mère... Cette broderie, sa main l'a touchée. (Il prend la broderie et la presse sur ses lèvres.) Ah ! que je l'aimais ! Adieu ! adieu !

Marguerite paraît à gauche et s'arrête.

SCÈNE VIII.

MAXIME, MARGUERITE.

MAXIME, sans la voir. Ah ! c'est trop de faiblesse ! partons. (En se retournant il aperçoit Marguerite.) Ah !

MARGUERITE, s'inclinant. Monsieur le marquis, pardonnez-moi !

MAXIME, avec une profonde émotion. Vous pardonner... (Il s'approche et plie le genou.) mais je l'adore !...

SCÈNE IX.

MAXIME, MARGUERITE, BÉVALLAN, LAUBÉPIN, MADAME LAROQUE, MADAME AUBRY, MADEMOISELLE HÉLOUIN, ALAIN.

MADAME LAROQUE. Maxime, mon fils.

MAXIME. Madame... (A Laubépin.) Mon ami...

BÉVALLAN. Monsieur de Champcey... j'avais toujours senti vers vous un attrait que je m'explique maintenant !

MAXIME. Monsieur !...

ALAIN. Il est gentilhomme... j'en étais sûr !

MADAME LAROQUE. Marguerite, dis-lui...

MARGUERITE, l'attirant un peu sur le devant de la scène. Vous savez que je ne puis accepter de vous que la moitié de votre fortune, et que votre sœur...

MAXIME. Marguerite !

MARGUERITE, avec âme. Ah ! que j'aime, votre sœur !

FIN

EUGÈNE SUE

LE

MORNE AU DIABLE

DRAME EN CINQ ACTES, SEPT TABLEAUX, EN PROSE

REPRÉSENTÉ, POUR LA PREMIÈRE FOIS, A PARIS, SUR LE THÉATRE DE L'AMBIGU-COMIQUE
LE 5 AOUT 1848

DISTRIBUTION DE LA PIÈCE

LE DUC DE MONMOUTH..............	MM. Arnault.	MORTIMER..........................	MM. Frumens.
LE CHEVALIER DE CROUSTILLAC....	Montdidier.	PAULY	Lemadre.
LE PÈRE GRIFFON.................	Lyonnet.	JULIEN.............................	Thierry.
LE GOUVERNEUR DE SAINT-PIERRE.	Coquèt.	DUPONT.............................	Martin.
RUTLER	Ed. Galand.	MONSIEUR...........................	Richard.
DANIEL............................	Stainville.	ANGÈLE.............................	Mmes Lobry.
PATRICE...........................	Machanette.	BETTY..............................	Caroline.
MET-A-MORT.......................	Bousquet.	OFFICIERS, SOLDATS, MATELOTS, NÈGRES, COLONS, PASSAGERS,	
LE COMTE DE CHEMERAULT........	Fleury.	HABITANTS.	

A Saint-Pierre de la Martinique.

ACTE I.

PREMIER TABLEAU.

*Saint Pierre de la Martinique. Vue d'une baie près de Saint-Pierre,
à la Martinique.*

*Le théâtre représente, à droite, un café hôtel; sur le mur, on lit : Au
grand saint Pierre, Julien tient café hôtel. A gauche, sont des tables
abritées par une tente. Vers le fond, en amphithéâtre, on aperçoit les
rues et les édifices de Saint-Pierre. Au fond, des roches qui se perdent
dans le lointain. — Au lever du rideau, sur un banc recouvert d'une
natte, Julien est endormi.*

SCÈNE I.

JULIEN, *endormi*, MONMOUTH, *en costume de matelot. Il entre
avec quelques précautions, regarde autour de lui, et quand il*

*s'est assuré qu'il n'y a personne, il laisse tomber les plis de son
manteau et découvre son front, qu'il essuie.*

MONMOUTH.

Par cette chaleur tropicale, j'étais certain de ne rencontrer
personne à cette heure sur le port saint-Pierre. Julien le mulâtre,
maître de cet hôtel, doit être par ici. En me servant un peu de ses
dispositions superstitieuses et sous ce costume de matelot, je ne
cours aucun danger. D'ailleurs depuis que j'ai rencontré ce nègre
fugitif, depuis que j'ai pensé qu'il nourrit peut-être contre nous des
ressentiments, qu'à cause de nous plane sur lui un péril de mort,
une sorte d'amertume s'est mêlée à mon bonheur; l'idée d'une
souffrance dont nous étions les auteurs involontaires, la crainte
que le nom adoré d'Angèle ne fût joint à une imprécation od
même à une plainte, sont venues troubler les délices de notre
retraite... ah! ce n'est qu'en ouvrant largement la main au bien
qu'on peut faire qu'il faut remercier dignement le ciel de tant
d'amour et de félicité... Julien se prêtera sans peine au service
intéressé que je viens lui demander *(Mouvement de Julien.)*
Mais je ne me trompe pas, c'est lui que j'aperçois là. *(Il s'ap-*

10

proche de lui.) Il dort, comment l'éveiller sans trop attirer son attention sur moi? (*Coup de canon.*) Voilà un coup de canon en en mer qui vient à propos à mon aide. (*second coup.*)

JULIEN, *encore endormi.*

Entrez.

MONMOUTH, *à part.*

Il paraît qu'on frappe quelquefois rudement à sa porte. (*Troisième coup de canon.*)

JULIEN, *à demi éveillé.*

Entrez donc.

MONMOUTH, *à part.*

Évitons ses regards. (*Il va se cacher derrière la tente.*)

JULIEN, *se levant.*

Tiens, que je suis bête! c'est le canon.. quelque bâtiment qui arrive. (*Regardant du côté de la mer.*) Je ne me trompe pas c'est le trois-mâts *la Licorne.*

MONMOUTH, *à part.*

La Licorne?

JULIEN, *regardant toujours.*

Oui. *la Licorne* de Dunkerque qui nous ramène le brave capitaine Daniel.

MONMOUTH, *à part et avec joie.*

Et sans doute aussi le père Griffon, notre vénérable ami, notre unique confident. Il nous apporte des nouvelles de lord Sidney, du père d'Angèle, du seul être qui manque à notre bonheur!... Ah merci, mon Dieu! la bonne action n'est encore que dans ma pensée, et déjà vous m'envoyez la récompense.

JULIEN, *revenant vers le banc et bâillant.*

Allons, secouons-nous; il va nous arriver des passagers... des curieux de la ville.

MONMOUTH, *à part.*

Je n'ai pas un moment à perdre. (*Il s'approche de Julien, qui est assis, et appuie par derrière ses deux mains sur ses épaules, de manière à le tenir en respect. Haut et d'une voix forte.*) Julien!...

JULIEN, *terrifié.*

Hein !...

MONMOUTH.

Si tu regardes, tu tombes mort de terreur; si tu es docile, un louis pour toi.

JULIEN, *toujours effrayé.*

Je serai docile... je ne bouge pas.

MONMOUTH.

Tu iras, dès aujourd'hui, au gouvernement de la Martinique.

JULIEN.

Oui, monseigneur.

MONMOUTH.

Tu paieras la liberté d'un nègre marron, nommé Pauly. (*Il jette une bourse qui tombe devant Julien.*)

JULIEN, *combattu entre la peur et la curiosité.*

Je puis ramasser?

MONMOUTH.

Sans tourner la tête. (*Julien ramasse la bourse.*)

JULIEN, *comptant, à part.*

Mon louis y est... je commence à avoir moins peur. (*Haut.*) A quelle habitation appartenait ce marron Pauly?

MONMOUTH.

Au Morne au Diable.

JULIEN, *effrayé.*

Ah! mon Dieu !

MONMOUTH, *riant, sans être vu de lui.*

Qu'as-tu?

JULIEN.

J'ai peur.

MONMOUTH.

Peur de quoi ?

JULIEN.

Peur que vous ne soyez le quatrième mari de la Barbe-Bleue.

MONMOUTH, *enflant sa voix.*

La Barbe-Bleue ne rend compte de ses maris qu'à Dieu !

JULIEN, *à mi-voix.*

Il n'ose pas en plein jour dire le nom de Satan, son maître.

MONMOUTH.

Feras-tu ce que je t'ai dit?

JULIEN.

Oui... mais...

MONMOUTH.

Quoi encore?

JULIEN, *hésitant.*

Les esclaves rachetés ont l'habitude d'aller...

MONMOUTH.

Où ?

JULIEN.

Monseigneur, ne vous fâchez pas... ils ont l'habitude d'aller... à l'église... (*A part.*) Ce mot l'effraye... (*Haut.*) Faire dire une messe pour qui les délivre.

MONMOUTH.

Que Pauly aille prier.

JULIEN, *à part.*

Comme il s'est radouci, rien qu'à la pensée de l'eau bénite! (*Haut.*) Quel nom Pauly devra-t-il faire dire dans ses prières?

MONMOUTH.

Le nom d'Angèle.

JULIEN, *à part.*

Est-il permis qu'une pareille femme s'appelle Angèle ?

MONMOUTH, *grossissant sa voix.*

Si tu dis un mot de moi à qui que ce soit...

JULIEN, *avec peur.*

Je me tairai... je me tairai...

MONMOUTH.

Va voir qui descend cette rue... sans te retourner.

JULIEN.

J'y vais... (*Il va vers la droite du théâtre.*)

MONMOUTH.

En venant ici, j'ai commis une imprudence, peut-être ; mais Angèle sera contente, et le ciel, qui nous ramène le père Griffon, le digne curé du Macouba, protégera encore nos amours et notre heureuse solitude. (*Il disparaît derrière la tente.*)

JULIEN, *revenant à reculons.*

Ce sont des habitants qui se rendent ici pour voir débarquer les passagers de *la Licorne...* (*Silence.*) Je vous promets d'aller au gouvernement aussitôt qu'ils vont me laisser libre... (*Silence.*) Il ne répond pas... Monseigneur, je vous assure... (*Il se risque à tourner la tête.*) Il n'y est plus!... Est-ce que j'ai rêvé?... Non, voilà bien la bourse... (*Comptant l'or.*) Le prix du rachat et la pièce d'or pour moi... ceci est délicat... Mais cinquante pour le noir... c'est tout naturel, Satan aime sa couleur... Un instant! n'oublions pas nos affaires... (*Il regarde du côté de la mer.*) Un canot s'est détaché du bâtiment; dans cinq minutes, les passagers seront ici. Vite, vite! qu'on apprête tout! Domingue, range les tables; Blanchet, Pierrot, alerte, mes enfants!... (*Tous les nègres appelés se mettent à exécuter les ordres de Julien. Pendant ce temps, des habitants entrent en scène; quelques-uns s'asseyent aux tables du café; d'autres regardent la mer avec des longues vues.*)

SCÈNE II.

HABITANTS DE SAINT-PIERRE, MET-A-MORT, JULIEN, NÈGRES

MET-A-MORT.

Vous attendez les passagers de *la Licorne,* maître Julien ?

JULIEN.

C'est heureux, au moins, que le capitaine Daniel n'ait pas fait de mauvaise rencontre sur mer, aux atérages de la Martinique!

MET-A-MORT.

Je crois bien... les Anglais, avec qui nous sommes en guerre.

JULIEN.

Et ces maudits flibustiers...

MET-A-MORT.

Les flibustiers ont du bon.

JULIEN.

Vous, Met-à-mort, parbleu ! vous devez parler ainsi... vous êtes boucanier, et du temps que la Martinique était affranchie, de boucanier à flibustier il n'y avait que....

MET-A-MORT.

La longueur du fusil de différence. Quand la flibusterie n'allait pas, les flibustiers chassaient les taureaux sauvages, comme nous, pour vendre leurs peaux; et quand la morte saison de notre chasse venait, nous autres boucaniers nous faisions la course en mer, comme les flibustiers, et, par la peau du diable ! une fois à portée d'un galion espagnol, nos longs fusils de boucan (*il montre le sien*) crachaient aussi dur que leurs carabines de corsaires.

JULIEN, *au fond.*

Ah! voilà le capitaine Daniel qui aborde avec le père Griffon.

SCÈNE III.

LES MÊMES, LE PÈRE GRIFFON, DANIEL.

JULIEN.

Bonjour capitaine Daniel, bonjour.

DANIEL.

Bonjour, Julien ; bonjour, messieurs. (*Il échange des poignées de main avec les habitants.*)

JULIEN.

Bonjour, père Griffon.... Ah ! mais, dites donc, vous êtes bien changé depuis cinq mois que vous nous avez quittés.

LE PÈRE GRIFFON.

En effet, mon ami ; j'ai été malade.

DANIEL.

En partant d'ici, il y a cinq mois pour Dunkerque.... ça allait encore ; mais au retour, ce pauvre monsieur Griffon était si triste, si triste, qu'il a manqué en mourir ; et sans cet aventurier gascon qui se fait appeler le chevalier de Croustillac, ce drôle de corps si gai, si bizarre...,

LE PÈRE GRIFFON.

Ajoutez si complaisant et si bon pour moi !

DANIEL.

Ma foi, il n'y avait que lui dont la joyeuse humeur pût vous dérider ; mais maintenant, vous voilà de retour ; vous allez revoir votre jolie petite habitation de Macouba. Là, tout le monde vous aime ; on va vous accueillir avec bonheur, vous bien choyer, et tout ira pour le mieux...

LE PÈRE GRIFFON.

Le ciel vous entende !

JULIEN.

Et vos passagers, capitaine Daniel ?

DANIEL.

Ils sont en ce moment avec les gens de la douane. (*Montrant la mer.*) Tenez, regardez, voilà le canot d'un de leurs chefs qui aborde la Licorne. (*Daniel et les habitants remontent vers le fond; pendant ce temps, Met-à-mort s'approche de Griffon, qui s'est assis sur un banc.*)

MET-A-MORT, *à mi-voix.*

Monsieur Griffon !

LE PÈRE GRIFFON, *à mi-voix.*

C'est toi, Met-à-mort ?... Et ton maître ?...

MET-A-MORT.

Mon maître Arrache-l'âme ira vous voir au Macouba.

LE PÈRE GRIFFON.

C'est bien... je le verrai... éloigne-toi. (*Met-à-mort remonte la scène et se mêle à la foule. Griffon seul un moment à l'avant-scène continue.*) Je lui dirai que plus que jamais il a besoin d'être prudent, de multiplier les déguisements sous lesquels il se cache... Ces bruits vagues que j'ai surpris à Londres et à Versailles... est-ce que je ne suis de retour que pour troubler leur sécurité, et détruire l'espoir dont ils se bercent ?... oh ! non, qu'il ignore encore, longtemps si je puis, la mort de son père adoptif, du père d'Angèle, qu'il ignore son sublime et cruel dévouement. (*On bat aux champs.*)

LES HABITANTS, *redescendant la scène avec Daniel.*

Voici monsieur le gouverneur.

SCÈNE IV.

LES MÊMES, LE GOUVERNEUR. (*Un nègre porte son parasol, un autre l'évente, un troisième porte une corbeille.*)

LE GOUVERNEUR.

Ouf ! quelle chaleur... quelle horrible fournaise ! (*Tirant un petit thermomètre de sa poche.*) Quarante degrés... à l'ombre de ma poche ! de quoi incommoder les vers à soie..., et nous sommes au dix janvier. (*Aux habitants.*) Mais vous m'étouffez ; circulez; allez voir le navire, laissez-moi respirer.

DANIEL, *lui présentant des papiers.*

Monsieur le gouverneur, voici mes papiers de bord en règle, veuillez jeter les yeux sur...

LE GOUVERNEUR.

Mais, mon cher ami, un moment donc ! j'ai une goutte de sueur à chaque cil... j'inonderais votre pancarte. (*Il essuie ses yeux, puis il donne son mouchoir à un nègre.*) Tords-moi ça. (*Le nègre tord, l'eau ruisselle sur le théâtre.*) Donne-m'en un autre, drôle! (*Il lui prend les papiers, les regarde à peine, et les lui rendant.*) Tout est régulier, reprenez vos papiers.

DANIEL.

Je vais les faire remettre à la douane. (*Il s'éloigne par le bord de la mer.*)

LE GOUVERNEUR.

Mais je ne me trompe pas ! c'est monsieur Griffon que vous nous ramenez là... C'est ce brave père des frères prêcheurs, établi depuis quelque temps parmi nous, le digne pasteur du Macouba, qui n'a pas craint, lui, de rester dans les environs du Morne au Diable.

GRIFFON, *venant à lui.*

C'est lui-même, monsieur le gouverneur.

LE GOUVERNEUR.

Donnez-moi donc, père Griffon, des nouvelles de France.

GRIFFON.

J'y suis resté bien peu de temps, monsieur le gouverneur, mes affaires m'appelaient en Angleterre.

LE GOUVERNEUR.

Un beau pays... si on ne l'a pas flatté à l'endroit des brouillards... Enfin, qu'est-il arrivé par là ?

LE PÈRE GRIFFON.

Le plus grand événement qui se soit accompli par là est le renversement et l'exil de Jacques II.

LE GOUVERNEUR.

Comment ! Jacques II ! le roi d'Angleterre ! il a été renversé du trône ?

LE PÈRE GRIFFON.

Par son gendre, Guillaume prince d'Orange, qui a été proclamé roi à sa place.

LE GOUVERNEUR.

Voilà qui est étonnant ! et Jacques II ?

LE PÈRE GRIFFON.

A été obligé de se retirer en France, où sa majesté Louis XIV lui a offert un asile à Saint-Germain.

LE GOUVERNEUR.

Ce Jacques II, j'oserai dire, n'était pas grand' chose. Il y a dix-huit mois, au moment où j'allais quitter la France, il venait, sous prétexte de révolte armée, de faire trancher la tête au fils de son frère, le feu roi Charles II, à mylord duc de Monmouth, son neveu. (*Griffon ne peut cacher son émotion.*) Tenez, le père Griffon en est ému rien qu'à l'entendre dire... Je suis plus hardi, moi : je déclare hautement qu'en politique, j'irai même plus loin, je dirai en morale, je blâme hautement les oncles qui font couper la tête de leurs neveux. (*Le père Griffon reste rêveur, Daniel rentre et va au gouverneur.*)

DANIEL.

Monsieur le gouverneur, au moment où j'allais mettre à la voile, le capitaine du port de Dunkerque m'a remis cette dépêche pour vous, en me la recommandant comme une chose du plus grand secret et de la plus haute importance.

LE GOUVERNEUR, *prenant la dépêche.*

Ça ne m'étonne pas, on me charge toujours des missions les plus délicates ! Voyons ce que c'est. (*Il lit à mi-voix, Griffon prête l'oreille.*) « Monsieur le gouverneur, la frégate de sa majesté, la Fulminante, part demain de la rade de Brest. Grâce « à sa marche supérieure, la Licorne, qui vous porte cette « dépêche, la devancera sans doute à la Martinique. » (*S'interrompant.*) Que vient faire ici cette frégate de Sa Majesté ? (*Il réfléchit.*)

GRIFFON, *à part.*

Une frégate partie de Brest pour la Martinique !... Oh ! ces bruits de Londres et de Versailles... Tout redouble mon inquiétude.

LE GOUVERNEUR.

Je n'ai rien deviné, continuons. (*Il lit.*) « Pour aucun motif, « monsieur le gouverneur, vous ne vous absenterez un seul « instant du chef-lieu de votre gouvernement. » (*S'interrompant.*) Est-ce que Sa Majesté se figure que, d'un temps pareil, je cours les champs ?.. (*Continuant.*) « Vous vous tiendrez prêt « à exécuter sans retard toutes les instructions... » (*Il s'interrompt.*) Ah ! ah !... voilà le point délicat... voyons un peu ces instructions. (*Il relit.*) « Toutes les instructions qui vous seront « données par monsieur le comte de Chemerault, envoyé de Sa « Majesté... » (*S'interrompant.*) Un envoyé du roi... ah ! j'aurai un second !... « Vous obéirez à tous les ordres qu'il vous don- « nera... » Hum ! hum !... ma position se réduit singulière- ment !... (*Regardant la dépêche.*) C'est tout... « Signé, Colbert. » (*Il s'essuie le front et s'adresse au négrillon.*) Un mouchoir sec, drôle... (*Il s'essuie de nouveau le front.*) Il ne faut rien laisser transpirer de cette affaire.

LE PÈRE GRIFFON, *à part.*

Ce mystère est un tourment de plus... Hâtons mon retour au Macouba. (*Haut.*) Julien !

JULIEN.

Mon père !

LE PÈRE GRIFFON.

Vous m'apprêterez un cheval dans une heure... Monsieur le gouverneur...

LE GOUVERNEUR.

Sans adieu, père Griffon... J'irai vous voir à Macouba... un de ces jours... un jour de pluie.

DANIEL, *à mi-voix.*

Vous partez dès ce soir pour le Macouba ?

LE PÈRE GRIFFON, *lui pressant la main.*

Oui, capitaine. (*A part.*) Et dès cette nuit, au Morne au Diable. (*Il sort.*)

SCÈNE V.

LES MÊMES, *excepté* GRIFFON.

LE GOUVERNEUR, *sortant de ses réflexions et marchant rapidement.*

Il faut se sacrifier... Fleur-de-Lis, laisse là mon parasol... Pas tout de suite, brute... Va au commandant du fort, qu'on soit bien sur ses gardes, qu'on signale tous les bâtiments, qu'on fasse le salut royal... si c'est nécessaire... (*A part.*) J'ai manqué me trahir. (*Haut.*) Pichenette, laisse là ta corbeille ; va aux casernes, qu'on soit prêt à prendre les armes, la nuit comme le jour... Cuculli, va aux arsenaux, qu'on prépare des grenades, des fusées et des bombardes... Partez ! (*Les trois nègres laissent tout tomber et sortent en courant.*)

LE GOUVERNEUR, *privé de son parasol.*

Bon ! un coup de soleil !... Julien...

JULIEN.

Voilà, monsieur le gouverneur !

LE GOUVERNEUR.

Une chambre... au nord... j'attendrai le retour de mes esclaves. (*Bruit de voix au fond à droite ; ôtant sa perruque.*) Commençons toujours par nous mettre à notre aise. (*Bruit.*) Qu'est-ce qu'il y a par là.

DANIEL.

Ce sont mes passagers qui abordent.

LE GOUVERNEUR.

Bien, de la foule maintenant ! on ne va plus pouvoir respirer. (*Il entre dans l'auberge en ôtant sa cravate et son habit.*)

SCÈNE VI.

LES MÊMES, *excepté* LE GOUVERNEUR, HABITANTS *et* PASSAGERS ; *puis* PATRICE, *qui quelques moments avant la sortie du Gouverneur s'est mêlé à la foule. Il examine les passagers qui entrent; pendant ce mouvement, Daniel dit:*

DANIEL.

Il n'est pas fait encore au climat, le gouverneur. C'est un brave homme, il n'est sévère que pour ceux qui n'arrosent pas devant leur porte. (*Entrée des passagers.*)

PATRICE, *après avoir examiné les passagers.*

Le colonel n'est pas parmi eux... en effet il a dû craindre de prendre passage sur un bâtiment français.

UN PASSAGER, *à Daniel.*

Capitaine, avant de nous séparer, je vous demande suivant la coutume, au nom des passagers de boire un verre de vin de France en l'honneur de notre agréable traversée.

DANIEL.

Accepté, messieurs, accepté ! Julien, du vin ! du vin !

UN PASSAGER, *aux Habitants.*

Et ces messieurs voudront bien être des nôtres.

HABITANTS.

Bien volontiers, messieurs ! (*Julien apporte du vin et le met sur les tables.*)

JULIEN.

Voilà, messieurs; du vrai vin de France, du vin de Champagne.

PATRICE, *à Julien, à mi-voix.*

Julien, vous demanderez au vaguemestre de *la Licorne* s'il a une lettre pour moi... Patrice.

JULIEN.

Depuis trois mois que vous êtes à la Martinique et mon locataire, vous savez, monsieur Patrice, que j'ai toujours été à votre service... votre commission sera faite.

PATRICE.

Je prendrai cette lettre tantôt, (*à part en sortant.*) oh ! quand viendra donc le jour de la vengeance !

SCÈNE VII.

LES MÊMES *sauf* PATRICE, MATELOTS, HABITANTS *au fond, par le quatrième plan à gauche arrivent des colis et tonneaux roulés par des matelots.*

UN PASSAGER.

Mais dites donc, capitaine, où est donc ce chevalier, ce joyeux gascon ?

DANIEL, *regardant autour de lui.*

Tiens, c'est vrai ! il n'est pas parmi vous ?

TOUS.

Non, non.

DANIEL.

Eh bien ! me voilà tout triste... oh ! ce démon là nous aura quittés comme il est venu.

JULIEN.

Et comment donc vous est-il venu ?

DANIEL.

Ma foi, ce serait difficile de le dire ; le fait, le voici. Nous étions en mer, à trente lieues de Dunkerque, et nous allions faire notre premier dîner à bord, quand tout-à-coup, de la soute aux vivres s'élance un individu, un peu maigre, un peu sec, un peu râpé, il prend à l'un sa place, à l'autre sa fourchette, à l'autre son verre... et s'installe, d'abord je ris... tout juste et nous lui demandons qui il est ; il nous répond par un tas de gasconnades, et nous fait une histoire où le diable n'aurait vu goutte : pas moyen de le renvoyer... à trente lieues en mer ? et puis personne n'était de cet avis, il avait l'air si bon diable... il se montra si bien disposé à payer sa traversée en gaieté... Il faisait si bien sortir du feu de sa bouche pleine d'étoupe... Il tenait si bien des fourchettes en équilibre sur son nez... Ma foi, il resta et nous fûmes tous enchantés de lui, n'est-ce pas messieurs?

TOUS.

Oui, oui, c'est vrai !

DANIEL.

Cependant durant le voyage, je lui avais plusieurs fois laissé voir mon inquiétude... au moment du débarquement, quand, dans ces temps de troubles et de guerres, on trouverait sur *la Licorne* un passager de plus que mon compte; et toujours il m'avait répondu : Soyez tranquille mon brave capitaine, j'aviserai à tout... (*En ce moment on voit des Matelots arriver en roulant devant eux un tonneau à eau.*) Pauvre diable !... Il avait de l'honneur au cœur, j'en suis sûr et il n'aura peut-être que trop bien avisé... Il est capable, voyez-vous, de s'être noyé en voulant gagner la côte à la nage.

UN PASSAGER.

Oh ! ce serait dommage !..

DANIEL.

En attendant comme il est probable que nous ne le reverrons plus, je propose de vider ce premier verre à la santé... ou à la mémoire du chevalier de Croustillac.

SCÈNE VIII.

LES MÊMES CROUSTILLAC. (*Il lève le couvercle de la tonne d'eau qu'on a roulée sur le théâtre et montre sa tête.*)

CROUSTILLAC.

Qué donc ? Attendez, mordious, que je vous fasse raison... (*Il s'élance sur la scène.*)

TOUS.

Le chevalier ! notre joyeux compagnon !

DANIEL.

Comment diable êtes-vous là ?

CROUSTILLAC, *prenant le verre d'un passager.*

Est-ce que j'aurais souffert que pour moi on vous fît de la peine ? hé donc ! j'ai mis dans cette barique, en place de l'eau qui lui manqua t, quelques esprits généreux...(*Montrand les matelots.*) Ces braves gens, me prenant sans doute pour une tonne de pur cognac, m'ont transbordé jusqu'ici, et me voilà, vous remerciant des regrets donnés au mort, et vous demandant un peu d'amitié pour le vivant !...

DANIEL ET LES PASSAGERS.

Bravo ! chevalier, bravo !..

CROUSTILLAC.

Messieurs, pendant la traversée, nous avons mis en commun votre dîner, mes joyeusetés et mon esprit; nous sommes content les uns des autres, n'est-ce pas ?

DANIEL, *riant.*

Très-contents, chevalier.

CROUSTILLAC, *buvant.*

Eh donc ! à votre santé... à la mienne... (*se tournant vers les habitants,*) et à celle des braves habitants de la Martinique. (*A tous.*) Hé bien ! mes braves amis, que fait-on, que dit-on dans ce charmant pays ? y boit-on, comme en France, à nos victoires, aux amours et aux triomphes de notre grand roi ? Y parle-t-on toujours de ce séjour fabuleux, le Morne au Diable, et de cette fantasque plaisanterie dont j'ai tant ri à bord, madame la Barbe-Bleu ! (*Murmures des habitants.*)

JULIEN.

Une plaisanterie !

DANIEL.

Mais faut-il vous répéter cent fois...

CROUSTILLAC.

Eh bien! ne nous fâchons pas.

DANIEL.

Si le digne père Griffon était là, il pourrait vous en dire long, car son habitation du Macouba est sur la route du Morne au Diable.

CROUSTILLAC.

Ah! le Macouba est sur la route du Morne au Diable (*A part.*) C'est bon à savoir. (*Haut.*) Eh bien donc, puisque nous revenons à ces facéties...(*Murmures.*) Je veux dire à cette histoire véritable, instruisez-moi tout à fait, et dites moi d'abord qu'est-ce qu'il y a sur ce Morne.

DANIEL.

C'est là que demeure la Barbe-Bleue, mon digne chevalier...

CROUSTILLAC, *riant.*

La Barbe-Bleue!.. Et au fait quest-ce donc que cette Barbe-Bleue ?..

JULIEN.

C'est une femme!.. et une maîtresse femme, à ce qu'on dit.

CROUSTILLAC.

Mais pourquoi l'a-t-on nommée la Barbe-Bleue?

JULIEN.

Parce qu'on dit qu'elle se débarrasse de ses amis, comme l'homme à la Barbe-Bleue du nouveau conte se débarrasse de ses femmes, et qu'elle possède autant de millions qu'elle a eu de maris.

CROUSTILLAC, *bondissant.*

Capedebious, vous dites?...

DANIEL.

Sans compter que le Morne au Diable est un palais enchanté.

JULIEN.

Et dans ce palais, perles fines, diamants et rubis se mesurent, dit-on, au boisseau.

DANIEL, *à Croustillac.*

Eh bien, que diable avez-vous donc, chevalier?

CROUSTILLAC.

Tais !... ce sont ces millions, ces boisseaux de diamants et de rubis qui me fourmillent devant les yeux... et cette charmante, cette adorable veuve, est-elle jeune ou vieille?

JULIEN.

Personne de la colonie n'a jamais pu pénétrer au Morne au Diable.

DANIEL, *à mi-voix.*

Et n'a même jamais osé le tenter, sauf trois créatures... qu'il vaut mieux voir de loin que de près... d'abord l'Ouragan.

CROUSTILLAC.

Qué? l'ouragan?

DANIEL.

C'est un capitaine flibustier...

JULIEN.

Ce qui n'empêche pas la Barbe-Bleue de connaître non moins particulièrement Arrache-l'âme, le boucanier.

CROUSTILLAC.

Et de deux.

DANIEL.

Mais il est vrai de dire que la Barbe-Bleue est aussi liée d'étroite amitié avec Youmalé, le Caraïbe antropophage de l'Anse aux caïmans.

CROUSTILLAC.

Et de trois!... mordious! quelle matrone! ainsi vous dites, (*comptant sur ses doigts,*) l'Ouragan, flibustier de son état.

DANIEL.

Courant sur les galions d'Espagne, et les abordant d'une façon originale.

CROUSTILLAC.

Voyons!...

DANIEL.

Il avait une grande pirogue noire, montée de vingt-cinq hommes résolus... au fond de la pirogue il y avait une soupape... Cette soupape s'ouvrait à volonté... quand l'Ouragan abordait un navire, il ouvrait la soupape, la pirogue coulait à fond, ce qui obligeait les plus engourdis de ses flibustiers de s'élancer à l'abordage du bâtiment ennemi pour échapper à la noyade.

CROUSTILLAC.

Très-bien! (*Levant un autre doigt.*) Un boucanier?

DANIEL.

Arrache-l'âme, aussi féroce que les taureaux qu'il chasse... Un jour un taureau blessé se jette sur lui... Arrache-l'âme le mord au nez aussi fort et aussi ferme qu'un dogue anglais, et l'achève à coups de couteau.

CROUSTILLAC.

Quelle mâchoire! (*Levant un troisième doigt.*) De plus un Caraïbe.

JULIEN.

Youmalé... Il y a deux mois il était à pêcher dans l'Anse aux Caïmans...là, s'était perdu trois jours auparavant, corps et biens, un bâtiment espagnol où se trouvait le révérend père Simon, d'une réputation de sainteté connue même des Caraïbes... Je dis à Youmalé! C'est donc ici qu'a fait naufrage le bâtiment où se trouvait le père Simon... c'était, dit-on, un bien excellent homme. Savez-vous ce que me répondit d'un air friand cet horrible cannibale: Le père Simon! oh! oui, bien excellent! j'en ai mangé.

CROUSTILLAC.

C'est une manière de goûter les gens... Ainsi ce sont les trois monstres chargés de remplacer les géants, gardiens obligés de tout palais enchanté; eh bien! mordious, j'irai leur dire deux mots.

TOUS.

Vous!

Moi!

CROUSTILLAC.

Vous, vous, chevalier!

DANIEL.

Moi, moi, chevalier!..... Moi, Polyphème-Hercule-Narcisse de Croustillac!...

JULIEN.

Mais, enfin...

CROUSTILLAC.

Messieurs, nous sommes aujourd'hui le...

JULIEN.

janvier.

CROUSTILLAC.

Eh bien! messieurs, que je perde mon nom de Croustillac, que mon blason soit à jamais entaché de félonie, si dans un mois d'ici, jour pour jour, malgré tous les flibustiers, les boucaniers et les cannibales de la Martinique et de l'univers, je... (*Coup de canon. Tous les convives se lèvent et vont voir au loin.*)

JULIEN.

Un nouveau bâtiment, sans doute!

DANIEL.

Les roches empêchent de rien voir encore..... Oh! oh! messieurs, le temps va se gâter.

JULIEN, *qui depuis quelque temps a fait la collecte, afin de recevoir l'écot de chacun, présente la bourse à Croustillac.*

Mon maître, c'est trois livres...

CROUSTILLAC.

Qué?... trois livres!...

JULIEN.

Ce que chacun doit pour son écot.

CROUSTILLAC, *à part.*

Ah! pécaire!... (*Haut. Fouillant dans sa poche.*) En voici six, le reste sera pour la fille.

JULIEN, *tendant la main.*

Merci, mon généreux maître.

CROUSTILLAC, *ne donnant rien.*

Mais, au fait, cette auberge me paraît bonne... j'y resterai un jour ou deux... faites-moi préparer une chambre.

JULIEN.

Vous aurez la plus belle... Et vos bagages?

CROUSTILLAC.

Mes bagages?.... Capededious! tu m'y fais penser.... Où est la Jonquille, mon laquais ?... Où est ce drôle?... il a tous mes bagages... et je cours après lui, merci! La Jonquille, la Jonquille ! (*Il sort en courant. Deuxième coup de canon.*)

DANIEL.

Ohé ! de la *Licorne!*

UNE VOIX, *au lointain.*

Ohé !

DANIEL.

Ferme aux amarres, et rentrez-moi tout. (*Le vaguemestre de la licorne entre en scène par la gauche.*)

JULIEN, *à Daniel.*

Ah! voilà votre vaguemestre... (*Allant à lui.*) Avez-vous une lettre pour monsieur Patrice, à Saint-Pierre.

LE VAGUEMESTRE, *cherchant dans son sac.*

Oui, en voici une.

JULIEN *la prend.*

Donnez-la moi, il va venir me la demander. (*Troisième coup de canon.*)

DANIEL.

Voyez! voyez!... ce brigantin, au lieu d'entrer dans le port de Saint-Pierre, a viré de bord... oh! décidément, c'est suspect. Mais s'il va contre le vent qui menace, il est perdu sur les roches. (*Vent et tonnerre au loin.*) Juste, voici le vent et le tonnerre. (*A tous.*) Messieurs, si vous voulez m'en croire, rentrez, rentrez tous.

TOUS

Oui, oui, rentrons.

JULIEN, *à ses nègres, qui ont déjà commencé à ranger les tables.*

Vite! vite! Blanchet, Pierrot, dépêchons. Ma foi, je n'irai au gouvernement pour le nègre Pauly qu'après que l'orage sera passé. (*Ils sortent tous d'un côté ou de l'autre. Daniel sort par la gauche, au fond, avec les passagers. Julien va entrer dans son auberge, Patrice entre vivement en scène.*)

SCÈNE IX.

PATRICE, JULIEN, *puis* UN OFFICIER DU GOUVERNEUR.

(*Patrice arrête Julien au moment où il court vers son auberge en criant :*)

JULIEN.

Sauvons-nous.

PATRICE.

Eh bien, la lettre?

JULIEN, *la donnant.*

Voici. (*Il rentre précipitamment dans son auberge. En ce moment, l'orage commence, on entend tomber la pluie. Patrice dit en se réfugiant sous la tente et en examinant la lettre.*)

PATRICE.

Elle est de lui! (*Il la parcourt.*) Il est donc bien vrai!... les informations du colonel Rutler s'accordent avec les miennes. Le duc de Monmouth, qui a eu la lâcheté de substituer à sa place, pour le supplice, son père adoptif! miss Arg.... n'a pas craint de se faire parricide en suivant l'assassin de son père... ils sont ici... (*Il reprend la lettre.*) Le colonel m'embarque, me dit-il, sur un bâtiment qui va croiser dans ces parages... Mais comment pourra-t-il aborder, je connais son intrépidité et sa volonté de fer... Mais franchir tant d'obstacles? ces côtes hérissées de roches et de canons, cette surveillance... (*Tonnerre très-fort.*)

UN OFFICIER, *entrant précipitamment.*

Monsieur, monsieur le gouverneur n'est-il pas dans cette hôtellerie?

PATRICE.

Je le crois; mais qu'y a-t-il?

L'OFFICIER.

Un brigantin suspect vient, malgré l'orage, de mettre une barque à la mer, et cette barque a sombré. (*Il entre à l'hôtellerie.*)

PATRICE, *seul.*

Ce brigantin! si c'était... oh! non... (*Il va vers les roches à droite.*) Un homme à la mer!... la vague l'entraîne vers les roches!... ah!... il est perdu!... mais non... il lutte encore avec une énergie désespérée... il aborde... mais les forces lui manquent... les flots le resaisissent... il va périr... hâtons-nous! (*Il disparaît derrière les rochers, au même instant, l'officier sort de l'hôtel de Julien en disant :*)

L'OFFICIER.

Vos ordres seront exécutés, monsieur le gouverneur. (*Il traverse la scène. Patrice paraît soutenant Rutler. A partir de ce moment, l'orage cesse et le ciel s'éclaircit.*)

SCÈNE X.

PATRICE, RUTLER.

PATRICE.

Vous ici, mon colonel, mourant!...

RUTLER.

Ah! tu es arrivé à temps, mon ami, mes forces étaient épuisées.

PATRICE.

Attendez!... (*Il le conduit sous la tente, le fait asseoir et le fait boire à sa gourde.*)

L'assaut a été rude, mais court heureusement.

PATRICE.

Une tentative si désespérée!...

RUTLER.

C'était le seul moyen d'aborder ici et d'assurer notre vengeance (*se retournant vivement vers Patrice*), car c'est bien dans cette île, n'est-ce pas, que s'est réfugié...

PATRICE.

Oui, c'est ici que nous punirons un lâche assassin, une fille indigne!

RUTLER, *d'une voix sourde.*

Un infâme ravisseur!... (*On entend battre le tambour dans le lointain.*)

PATRICE.

Écoutez, l'alarme a été donnée... Venez. (*Le jour reparaît.*)

RUTLER.

Chez toi.

PATRICE.

Non, écoutez-moi bien... Chez un nègre, naguère esclave au Morne, qu.., à la suite d'un châtiment, s'est enfui et m'a livré plus d'un secret; nous pouvons compter sur lui. Je suis ici depuis quatre mois, et je puis aller partout sans qu'on y fasse attention; mais vous, colonel, votre arrivée subite, l'apparition suspecte de votre brigantin, tout vous trahirait sans doute, et tout serait perdu.

RUTLER.

Oui... je conçois... mais demain.

PATRICE.

Demain... ou plutôt cette nuit, cet esclave vous guidera sans que vous puissiez être aperçu, jusqu'au pied du Morne au Diable par des sentiers connus de lui seul; moi je vous rejoindrai par un autre chemin. (*On entend le tambour se rapprocher.*) Rester ici un moment de plus serait imprudent... Venez... venez...

RUTLER.

Hâtons-nous donc! à chaque pas que je ferai vers lui, je reprendrai des forces. (*Ils sortent derrière la tente. L'orage a complètement cessé, le jour reparaît.*)

SCÈNE XI.

CROUSTILLAC, JULIEN, *puis* GRIFFON.

JULIEN, *sur le seuil de l'auberge.*

Ah! le beau temps est tout à fait revenu.

CROUSTILLAC, *rentrant par le fond.*

Est-ce que le père Griffon serait déjà parti? je ne l'ai vu nulle part.

JULIEN, *allant à lui.*

Eh bien! mon généreux maître, et la Jonquille?

CROUSTILLAC.

Qué? la Jonquille? quelle Jonquille? (*Griffon rentre, reconnaît Croustillac, s'arrête et écoute.*)

JULIEN.

Votre laquais, qui devait apporter vos bagages?...

LE PÈRE GRIFFON, *à part.*

Quelque nouvelle gasconnade?

CROUSTILLAC.

Vous me voyez navré... Au moment où la Jonquille passait sur la jetée avec mes malles, mes hardes, mes manteaux, ce malheureux coup de vent s'y est engouffré...

JULIEN.

Ah! mon Dieu!

CROUSTILLAC.

Et Jonquille... linge... habits... pierreries... tout a péri... tout!...

JULIEN.

Quel malheur!... mais vous avez...

Rien, pas une obole; mais ne craignez rien pour cette dette... avant un mois je serai six fois millionnaire, et alors...

GRIFFON, *s'avançant.*

Permettez-moi, mon cher chevalier, d'agir sans façon et d'acquitter votre écot, à charge de revanche... (*Il paye Julien.*)

CROUSTILLAC, *avec noblesse.*

Monsieur Griffon, vous n'avez pas obligé un ingrat.

GRIFFON.

J'en suis certain, chevalier. (*A Julien.*) Mon cheval est sellé.

JULIEN.

Il va l'être. (*Il sort.*)

CROUSTILLAC.

Vous partez? mon digne père.

GRIFFON.

Oui, je retourne au Macouba.

CROUSTILLAC, à part.

Le Macouba, le chemin du Morne au Diable! (*Haut.*) Monsieur Griffon, je regarde comme un devoir sacré de remercier les gens à qui je dois.

GRIFFON.

Permettez, chevalier, je voudrais arriver avant la nuit. (*Il va vers l'auberge et dit.*) Dépêchons... dépêchons...

CROUSTILLAC.

Soyez tranquille, mon digne monsieur Griffon, ma reconnaissance a les jambes longues et je trotte comme un cerf.

GRIFFON.

Hein?... plaît-il?... je ne comprends pas.

CROUSTILLAC.

Je vous accompagnerai, s'il vous plaît, chez vous...

GRIFFON.

Non pas!... D'ailleurs, chevalier, je demeure à trois lieues d'ici.

CROUSTILLAC.

Qué? trois lieues! Quand je servais en Hongrie dans les pétardiers nobles du roi de Bohême, j'avalais mes dix lieues par jour, et je dansais une courante en arrivant à l'étape.

GRIFFON.

Mais je n'ai pas de quoi vous recevoir.

CROUSTILLAC.

Mordioux! je ne toise pas mes amis à la spendeur de leur hospitalité... Non... non... une botte de paille fraîche, un morceau de pain et un verre d'eau... mais que je puisse au moins vous remercier tout à mon aise!

GRIFFON, à part, vivement.

Après tout, c'est faire acte de pitié... Le pauvre diable ne sait où passer la nuit..., demain, je m'en débarrasserai. (*Haut.*) Allons, soit, chevalier; venez me remercier chez moi.

SCÈNE XII.

LES MÊMES, LE GOUVERNEUR, HABITANTS, TROUPES. (*On bat la générale, les troupes viennent se ranger au fond.*)

LES HABITANTS.

La revue!... le gouverneur!

LE GOUVERNEUR.

Ah! l'air est plus frais.

UN OFFICIER, s'avançant.

Vos ordres sont exécutés, monsieur le gouverneur.

LE GOUVERNEUR.

Très-bien! je vais passer les troupes en revue avant que le soleil ne reparaisse.

JULIEN.

Une revue! Ma foi, je n'irai que demain racheter le nègre Pauly. (*A monsieur Griffon.*) Votre cheval est à la porte, père Griffon.

GRIFFON.

Allons, chevalier, venez-vous? nous avons trois bonnes lieues de pays à faire pour arriver au Macouba.

CROUSTILLAC, sur le devant de la scène.

Le Macouba! le Morne au Diable! mon étoile se lève!... Barbe-Bleue, tu es à moi. (*Mouvement général des troupes et des habitants, tandis qu'il sort avec Griffon.*)

DEUXIÈME TABLEAU.

Le Macouba. — Petite salle occupant les deux tiers du théâtre; à droite, la porte d'entrée, ouvrant sur un chemin pratiqué à travers les roches et les bois du quartier dit *le Macouba*. Au fond, une fenêtre ouvrant sur les bois; à droite, porte conduisant à une autre pièce de l'habitation de Griffon; au fond, à côté de la croisée, autre porte. Au milieu de la salle, est une table; çà et là, instruments de pêche et de chasse. Au lointain, paysage borné par des bois et de grands mornes.

SCÈNE I.

DUPONT, MONSIEUR, *esclave noir, apportant successivement sur la table en courant tout ce qui est nécessaire pour la garnir. Ils mettent deux couverts.*

DUPONT, *entrant.*

Monsieur, tu es sûr d'avoir vu le père Griffon?

MONSIEUR, *entrant en courant avec des assiettes, pendant que Dupont sort avec le même empressement.*

J'ai vu maître au bout du chemin... maître avec un autre.

DUPONT, *même jeu.*

Un autre qui?.. tu le connais cet autre?..

MONSIEUR, *même jeu.*

Moi pas connaître... habit jaune, bas roses...

DUPONT, *rentrant transporté de joie.*

Voici monsieur le curé!...

MONSIEUR, *gambadant.*

O maître à moi, maître à moi!

SCÈNE II.

LES MÊMES, LE PÈRE GRIFFON, CROUSTILLAC.

DUPONT.

Monsieur le curé! (*Il baise la main de son maître.*) Voici un beau jour pour moi! (*Monsieur baise la main de son maître.*)

LE PÈRE GRIFFON,

Mon bon Dupont. (*Au nègre.*) Bonjour mon enfant, bonjour. (*Dupont s'incline devant Croustillac auquel le nègre fait aussi fête.*)

CROUSTILLAC.

Très-bien! très-bien! bonjour, Dupont, bonjour, monsieur... monsieur qui?

LE PÈRE GRIFFON.

Monsieur... simplement.

CROUSTILLAC.

Ah! c'est un adverbe qui est son nom! Enfin chaque pays a ses mœurs, bonjour, monsieur Simplement...

LE PÈRE GRIFFON, *qui a regardé autour de lui.*

Allons, tout me paraît bien dans l'habitation. (*Bas à Dupont.*) Et là-haut?

DUPONT, *bas.*

Impatients de vous revoir et toujours heureux.

LE PÈRE GRIFFON, *haut, avec gaîté.*

Et Snog?

DUPONT.

Oh! bien portant... bien gras!...

CROUSTILLAC.

Votre frère, sans doute?

LE PÈRE GRIFFON.

Un beau dogue anglais. (*A Dupont.*) Et Grenadille?

MONSIEUR, *avec amour.*

Oh! belle! belle!

CROUSTILLAC.

Mademoiselle votre nièce?

LE PÈRE GRIFFON.

Non, une jument.

CROUSTILLAC.

Ah! je comprends... c'est comme Brigandine...

LE PÈRE GRIFFON.

Qui Brigandine?

CROUSTILLAC, *montrant sa rapière.*

Ma rapière.

LE PÈRE GRIFFON.

Ah! très-bien. (*Apercevant un fauteuil en tapisserie qu'on vient de placer près de la table.*) Qu'est-ce que je vois là? je ne connaissais pas.

CROUSTILLAC, *examinant le fauteuil.*

C'est un fauteuil bien commode, brodé au petit point par une main de fée.

DUPONT, *rentrant.*

Monsieur le curé!...

LE PÈRE GRIFFON, à mi-voix.

Ce fauteuil?

DUPONT, à mi-voix.

Elle l'a brodé elle-même, et l'a envoyé ici pour qu'à votre retour....

LE PÈRE GRIFFON.

Pauvre petite!

CROUSTILLAC, *qui s'est approché et a entendu les derniers mots.*

Pauvre petite! avez-vous dit en regardant cette broderie d'un œil attendri... C'est une pauvre petite qui vous fait des surprises comme cela!... Ah! père Griffon! père Griffon!

LE PÈRE GRIFFON.

Ne riez pas, chevalier, car vous l'avez dit, je suis ému...

CROUSTILLAC.

Je le crois bien, mordioux!

LE PÈRE GRIFFON.

Et d'une émotion plus douce que vous ne pouvez croire...

CROUSTILLAC, *s'asseyant*.

Mais c'est fort doux, ce que je crois!

LE PÈRE GRIFFON.

Allons, j'oublie que vous avez faim, sans doute?

CROUSTILLAC.

Je mangerais mon feutre!

LE PÈRE GRIFFON *fait un signe à Dupont et à Monsieur, qui sortent pour revenir faire le service pendant toute la scène.*

La soirée est superbe... Dupont, ouvrez les stores. (*Au moment où cet ordre est exécuté, le père Griffon, qui s'est approché de la fenêtre, se penche vivement. A part.*) J'ai cru voir dans ces touffes de tamarin... (*Haut.*) Allons, chevalier, à table! à table!

Mordioux! qu'il doit faire bon vivre dans cette magnifique contrée!... Quelle riche nature! quel calme!

LE PÈRE GRIFFON.

A moins que ce calme ne soit troublé par une attaque de Caraïbes, ainsi que cela arrive parfois.

CROUSTILLAC.

Qué? les Caraïbes! Ces bélitres de sauvages vous inquiéteraient?... Qu'ils viennent! mordioux! et Brigandine...

LE PÈRE GRIFFON.

Votre épée, mon brave chevalier, serait aussi impuissante contre une de ces longues flèches que les Caraïbes lancent avec une adresse effrayante que contre une balle de mousquet.

CROUSTILLAC.

Capedebious, il est fâcheux que ce beau pays ait ses bêtes malfaisantes!

LE PÈRE GRIFFON.

Vous servirai-je une aile de perroquet?

CROUSTILLAC.

Tais! du perroquet? Vous mangez du perroquet?

LE PÈRE GRIFFON.

Essayez... il est cuit à merveille.

CROUSTILLAC, *la bouche pleine*.

Mordious j'ai dîné avec des princes... avec des rois... et même avec des chanoines... Eh bien, mon brave ami, je l'avoue, je n'ai jamais rien mangé de plus délicat... de plus savoureux. (*A Monsieur, qui apporte des plats.*) Oh! oh! quel fumet! qu'est-ce encore que ces bonnes choses, monsieur Simplement? (*Le nègre le regarde et rit.*)

DUPONT.

Un salmis d'écureuils.

CROUSTILLAC.

Des écureuils maintenant... et ça?

LE PÈRE GRIFFON.

Des filets de singes accommodés aux vers palmistes.

CROUSTILLAC.

Capededious! des singes accommodés aux vers! mais mordious! quel festin! Balthasar en comparaison ne mangeait que des fèves.

LE PÈRE GRIFFON.

Il faut bien faire honneur à son hôte.

CROUSTILLAC.

Un hôte que vous ne connaissez guère; car vous ne me connaissez pas, mon brave père en Dieu.

LE PÈRE GRIFFON.

Très-peu, je l'avoue.

CROUSTILLAC.

Il faut que je me montre tel que le bon Dieu m'a fait: un portrait au vrai! au vrai? cela vous fait rire... et pourtant, foi de gentilhomme... cela vous fait rire encore... (*Sérieusement.*) Eh bien, mon père, il y a un serment que je n'ai pas fait dix fois en ma vie... mais voyez-vous... tout Gascon que je suis... l'on m'a cru (*avec émotion*,) quand j'ai juré par ma mère!...

LE PÈRE GRIFFON.

Je vous crois, chevalier; pour tous, ce serment est sacré!

CROUSTILLAC.

A la bonne heure!... donc mon père le chevalier de Croustillac avait un tout petit fief au fin fond des landes de Gascogne, et comme tant d'autres gentilshommes campagnards, il était son propre métayer, poussant les deux bœufs de la charrue, le feutre sur l'oreille et la rapière sur le côté... Bon an, mal an, le petit fief rapportait cent vingt écus... nous vivions là-dessus... mon père, ma digne mère, moi et ma sœur... qui est bossue, la pauvre fille... Mon père mort, je dis à ma mère et à ma sœur: J'ai droit au fief, gardez-le, j'y renonce; eh donc! vous aurez du moins du pain dans la huche.... moi, je vais me mettre aux trousses de dame fortune... et mordious! si elle a des ailes aux talons, j'ai les jambes de cerf. Là-dessus je partis du pays avec l'épée de mon père au côté et deux écus dans ma poche.

LE PÈRE GRIFFON, *lui pressant la main*.

Bien, bien! chevalier... cela était bon et généreux.

CROUSTILLAC.

Qué, généreux! à l'égard de ma digne mère? et de ma pauvre petite fée Carabosse, qui ne pouvait trouver de mari? que serait-elle devenue? Capedebious... eh donc, je partis du pays et vins à Paris chercher fortune... soldat, prévôt d'académie, maquignon, colporteur de nouvelles satiriques et de livres défendus, j'ai vivoté comme les oiseaux du bon Dieu, couchant l'été sous la verdure, et l'hiver me chauffant les doigts au soupirail des rôtisseries... Un jour je suis coudoyé par un spadassin; je rabroue solidement mon homme... prends garde! je suis Fontenay coup d'épée!... et moi Croustillac coup de canon!... sur ce flamberge au vent... Eh donc! Brigandine, cloue le Fontenay sur le mail... Il s'agissait pour moi de ceci. (*Il fait le signe de pendaison.*) Je parvins à gagner l'Angleterre... là, je donnai quelques leçons de français et de cuisine bordelaise... puis je passai en Hollande où je fis la guerre de Flandres, et j'y reçus la fameuse mousquetade que voici. (*Il entr'ouvre son justaucorps.*) Voulez-vous voir?

LE PÈRE GRIFFON.

Non... non... je vous crois, je crois à votre bravoure.

CROUSTILLAC.

Ensuite deux ans, en Hongrie, contre les Turcs, dans les pétardiers nobles de Sa Majesté le Roi de Bohême; le butin était bon. Quand je m'embarquai à Trieste pour Marseille, j'avais une ceinture de deux mille sequins d'or, capedebious!

Eh bien?

CROUSTILLAC.

Eh bien!... mon digne père... le lendemain un corsaire de Barbarie court sur nous!

LE PÈRE GRIFFON, *riant*.

En vérité, c'est jouer de malheur!

CROUSTILLAC.

Les forbans nous dépouillent, et je suis conduit en Alger et vendu à un renégat marchand de babouches, où j'ai taillé et piqué le maroquin pendant cinq mois d'esclavage!

LE PÈRE GRIFFON.

Ah! ça, chevalier, vous êtes donc universel? Comment, vous savez.... (*Il fait le signe de tirer la manique.*)

CROUSTILLAC.

Qué! universel? Qué? Je savais? Je ne savais pas du tout, mordioux! Mais le renégat me dit: Petit chien de chrétien, je te donne trois jours... Si, à la fin du troisième jour, tu ne ne sais pas travailler proprement, tu recevras la bastonnade le matin, à midi et le soir.

LE PÈRE GRIFFON.

En guise de repas, apparemment?

CROUSTILLAC.

Avec un encouragement pareil, le sixième jour, je faisais les babouches comme un petit ange.... Après cinq mois d'esclavage, racheté en Alger par les révérends pères de la Mercie, j'arrivai à La Roche le avec un écu de moins qu'en partant du pays.... Il ne m'en restait donc....

LE PÈRE GRIFFON.

Plus qu'un.

CROUSTILLAC.

Juste le compte! Ma taverne était hantée par les matelots... Là, j'eus le bonheur d'intéresser le maître tonnelier de la *Licorne*... et vous savez comme j'y suis entré.

LE PÈRE GRIFFON, *se rasseyant et versant à boire*.

Je me rappelle très-bien! et vous êtes arrivé à la Martinique...

CROUSTILLAC.

Avec un écu de moins qu'en partant de Rochefort.

LE PÈRE GRIFFON.

Plus rien!

CROUSTILLAC.

Juste le compte... vous me connaissez maintenant depuis A jusqu'à Z... et vous?

LE PÈRE GRIFFON.

Moi?

CROUSTILLAC.

Oui.

LE PÈRE GRIFFON.

Mon histoire est bien plus simple.

CROUSTILLAC.

Voyons!

LE PÈRE GRIFFON.

Prêtre à vingt-cinq ans, Dieu me fit la grâce d'aimer mon état; j'eus cependant le malheur de déplaire à mon évêque, et il y a vingt ans, par son ordre, je fus envoyé à la cure du Macouba, pays alors presque inhabité, où j'ai subi avec résignation toutes les tristesses d'un cruel isolement.

CROUSTILLAC.

Jusqu'au jour où la pauvre petite....

LE PÈRE GRIFFON.

Vous y revenez encore?

CROUSTILLAC.

Et sans doute.

LE PÈRE GRIFFON.

Écoutez, comme vous ne devez jamais la voir...

CROUSTILLAC.

Jamais?

LE PÈRE GRIFFON.

Jamais... Je puis donc vous dire cette circonstance de ma vie: j'étais plus languissant d'ennui que jamais lorsqu'apparut un bâtiment sans pavillon, qui, chaque soir, s'approchait de la côte et chaque matin s'en éloignait: d'abord, on s'en inquiéta; mais nul ravage, nulle trace de descente hostile ne vint justifier ces craintes; la curiosité n'en fut que plus excitée, et de tous, j'étais celui qui restait le plus tard sur la plage pour examiner les mouvements du vaisseau mystérieux. Une nuit j'allais me retirer, lorsque deux hommes que je n'avais pas aperçus, sortent de derrière une roche; l'un d'eux vient à moi, et d'une voix accentuée, mais qui n'avait rien de menaçant, medit: Mon père, veuillez me suivre. J'obéis; dans une petite anse voisine une pirogue nous attendait...Pendant le trajet pas un mot ne fut échangé; à bord on nous reçut avec respect, et l'on me conduisit dans la chambre principale, où l'on me laissa un moment seul; mais bientôt je vis rentrer mon guide; il tenait par la main une jeune fille d'une éclatante beauté. Tous deux se mirent à genoux devant moi, je les regardais et je voyais des larmes dans leurs yeux... ce moment était solennel... Mon père, me dit le jeune homme, je suis proscrit; cet ange a accompagné ma fuite... nous sommes libres... Elle n'a qu'un père retenu loin de nous, et qui l'a confiée à ma tendresse; moi, j'ai cessé d'exister pour le monde... mon père, bénissez-nous; je promets entre vos mains d'avoir pour elle toutes les tendresse. Et moi je promets, dit une voix angélique, d'avoir assez d'amour pour qu'il oublie et ne sache plus qu'il a souffert dans le passé... Quand sous le sceau de la religion j'eus connu leur nom, leur infortune, je consacrai leur union, et jamais le prêtre n'appela sur un jeune couple avec une plus sainte ardeur les bénédictions du Dieu qui console. Depuis ce temps-là, chevalier, ma vie a un intérêt, et mon cœur n'est plus vide.

CROUSTILLAC.

Ils sont restés près de vous?

LE PÈRE GRIFFON.

Ils n'ont jamais habité le Macouba.

CROUSTILLAC.

Et la jeune femme?

LE PÈRE GRIFFON.

De peur qu'on n'oublie d'où elle vient, son nom rapelle le ciel.

CROUSTILLAC.

Elle s'appelle... Céleste?

LE PÈRE GRIFFON, souriant.

Peut-être bien. (Dupont dessert la table.)

CROUSTILLAC.

Allons, nous sommes tous deux de braves gens... dans un genre différent; vous êtes content, et moi j'en ai la certitude, je le serai bientôt. (Dupont rentre avec du vin.)

LE PÈRE GRIFFON.

Eh bien, buvons un verre de vin des Canaries... A votre santé! chevalier.

CROUSTILLAC.

A la santé de ma future!

LE PÈRE GRIFFON.

Votre future?

CROUSTILLAC.

Eh! oui, la Barbe-Bleue.

LE PÈRE GRIFFON, tressaillant, à part.

Que dit-il?... (Haut.) Quelle folie?

CROUSTILLAC.

Folie! non pas! Si vous saviez quel portrait ils m'ont fait au port Saint-Pierre de cette adorable veuve, et sa beauté, et son aimable inconstance et, ses favoris, et ses richesses, et ce Morne enchanteur, que monsieur Satan a bâti de ses propres mains.

LE PÈRE GRIFFON, très-vivement.

Contes absurdes répétés par la sottise dans ce pays à moitié barbare, où l'on peut tout dire et tout croire.

CROUSTILLAC.

C'est possible, mais dès demain j'y vais.

LE PÈRE GRIFFON, effrayé.

Où cela?

CROUSTILLAC.

Eh! donc, au Morne au Diable.

LE PÈRE GRIFFON.

Vous?

CROUSTILLAC.

Moi... La veuve devient folle de ma personne... je l'épouse... je la ramène en France avec ses millions... nous allons au pays retrouver la vieille mère, la bonne sœur, et je vous rends une hospitalité royale, moins les fricassées d'écureuils, de perroquets et de singes, bien entendu.

LE PÈRE GRIFFON.

Allons, chevalier... c'est une folie... n'en parlons plus.

CROUSTILLAC.

Eh! donc, vous refusez de me conduire au Morne au Diable?

LE PÈRE GRIFFON.

Positivement.

CROUSTILLAC.

Qué? un autre m'y conduira...

LE PÈRE GRIFFON.

Mais!...

CROUSTILLAC.

J'irai, vous dis-je... (A ce moment une flèche siffle et va se ficher au dossier du fauteuil de Croustillac.)

LE PÈRE GRIFFON, se levant.

Une flèche!... Dupont, Monsieur, prenez vos fusils... A moi, mes enfants!... les Caraïbes! (Dupont et Monsieur entrent précipitamment.)

DUPONT et MONSIEUR.

Les Caraïbes?...

CROUSTILLAC, ébahi, toujours assis.

Qué? les Caraïbes!... où diable les prenez-vous, les Caraïbes? dans l'air? (Dupont et Monsieur se sont armés. Monsieur sort par la porte, Dupont par la fenêtre.)

LE PÈRE GRIFFON, à Croustillac.

Voyez cette flèche.

CROUSTILLAC.

Où donc?

LE PÈRE GRIFFON.

Au dossier de votre fauteuil.

CROUSTILLAC.

Une flèche!... allons, Brigandine! au grand jour, ma mie! et tâtons un peu du Caraïbe. (L'Épée à la main il regarde la flèche.) Mordious, leurs flèches sont longues... dites-moi, mon digne hôte, pourquoi y mettent-ils des morceaux de papier.

LE PÈRE GRIFFON.

Comment?

CROUSTILLAC.

Voyez!

LE PÈRE GRIFFON, détache un papier attaché à la flèche et le lit, à part.

C'est lui! il était là!.. il a tout entendu.

CROUSTILLAC.

Eh bien!

LE PÈRE GRIFFON.

C'était une fausse alerte. (Aux esclaves.) Revenez mes enfants. (Dupont et Monsieur rentrent.) Remettez ces armes et laissez-moi. (à part.) L'avertissement sera bon.

CROUSTILLAC.

Le diable me brûle si je comprends... Vous criez les Caraïbes! je dégaîne... puis vous dites: Fausse alerte, et je rengaîne... mais cependant voilà une flèche qui, six pouces plus haut, me coupait net la parole dans la gorge.

LE PÈRE GRIFFON, *lui donnant le billet.*

Lisez.

CROUSTILLAC.

Je sais bien un peu d'anglais, un peu d'allemand, mais croyez-vous donc que je sache le caraïbe? (*Il déploie le papier.*) Tiens ! tiens ! c'est en français. (*Lisant.*) Premier avertissement au chevalier de Croustillac, s'il persiste à vouloir aller au Morne au Diable.

LE PÈRE GRIFFON.

On a su vos projets... on veut vous forcer d'y renoncer.

CROUSTILLAC, *rêveur.*

Comment a-t-on pu savoir?

LE PÈRE GRIFFON.

Peu importe... on le sait.

CROUSTILLAC.

Drôle de petite poste.

LE PÈRE GRIFFON.

Chevalier vous renoncez, n'est-ce pas? à cette folle entreprise.

CROUSTILLAC, *avec dignité.*

Mon hôte, vous ne connaissez pas Croustillac.

LE PÈRE GRIFFON.

Mais, malheureux, vous ne savez pas à quels dangers vous vous exposez... vous risquez votre vie.

CROUSTILLAC.

Qué ! ma vie ! elle est belle, n'est-ce pas ? pour la ménager.

LE PÈRE GRIFFON.

Faites donc à votre tête... heureusement, vous ignorez où est le Morne au Diable, personne ne vous servira de guide, et vous ne pourrez trouver un chemin au milieu des forêts impraticables qui entourent ma maison... sombres repaires infestés d'animaux dangereux... chats-tigres... serpents...

CROUSTILLAC.

Qué ! chats-tigres ! à bon chat, bon rat! les serpents?... je mettrai des échasses comme dans nos landes de Gascogne, et je ferai ainsi les enjambées plus longues...

LE PÈRE GRIFFON, *à part.*

Cet homme à bout de ressources est capable de tout... Que faire?... que faire?..

CROUSTILLAC, *à part.*

Ce vieux est aussi entêté que moi.

LE PÈRE GRIFFON, *avec douceur.*

Chevalier, un dernier mot... Vous êtes, je le vois, de ces braves cœurs que la difficulté rebute, loin de les rebuter... soit !... mais cette retraite où l'on ne peut pénétrer ni par ruse ni par force n'annonce-t-elle pas des mystères qu'il faut respecter ?

CROUSTILLAC, *à part.*

Bonhomme, tu veux me tourner; je vais te donner un leurre.

LE PÈRE GRIFFON.

Et si ma supposition était vraie, ne pensez vous pas qu'un galant homme....

CROUSTILLAC.

Ah ! je ne puis pas souffrir ce langage.

LE PÈRE GRIFFON.

Pourquoi ?

CROUSTILLAC.

Si vous me prenez par les sentiments je suis un homme perdu, ruiné.

LE PÈRE GRIFFON.

Comment ?

CROUSTILLAC.

C'est six millions que cela me coûtera pour le moins... trouvez donc quelqu'un qui paie un souper ce prix-là.

LE PÈRE GRIFFON, *avec joie.*

Vous avouez donc que j'ai raison ? et vous renoncez à ce rêve...

CROUSTILLAC.

Ah ! mon beau rêve !

LE PÈRE GRIFFON.

Que comptez-vous faire alors dans cette île ?

CROUSTILLAC.

Vous me croyez à bout ?

LE PÈRE GRIFFON.

Mais encore.

CROUSTILLAC.

Le Juif errant a toujours cinq sous dans sa poche et le gascon cinq ressources dans sa tête... tenez, combien comptez-vous d'habitants très-riches à la Martinique?

LE PÈRE GRIFFON.

Une centaine.

CROUSTILLAC.

N'exagérons pas... mettons moitié... Il y a donc, à la Martinique, cinquante riches qui s'ennuient comme des marteaux de porte, et qui seraient ravis de rencontrer et de garder auprès d'eux des hommes d'esprit et de joyeuse humeur... suis-je de ces gens-là... oui ou non?

LE PÈRE GRIFFON.

Assurément.

CROUSTILLAC.

Et donc ! j'accorde à chacun de ces malheureux six mois de ma présence; c'est donc vingt-cinq ans d'une bonne et excellente vie, bien assurée, et si le bon Dieu veut que je pousse plus loin, je puis recommencer une nouvelle série avec les enfants de mes premiers hôtes.

LE PÈRE GRIFFON.

Voilà un projet...

CROUSTILLAC.

J'en ai dix autres comme cela... lequel choisirai-je?.. la nuit porte conseil.

LE PÈRE GRIFFON.

Vous avez raison, nous en sommes convenus, pas de cérémonie... holà! (*Monsieur paraît.*) De la lumière. (*Il allume des bougies.*)

CROUSTILLAC.

Monsieur simplement, veux-tu me montrer ma chambre? (*Monsieur passe devant lui.*) Bonsoir donc, mon hôte.

LE PÈRE GRIFFON.

Bonne nuit, chevalier.

CROUSTILLAC, *avant d'entrer dans sa chambre.*

C'est dommage pourtant... Ah bah !

SCÈNE III.

LE PÈRE GRIFFON, MONSIEUR, *tenant un bougeoir.*

LE PÈRE GRIFFON.

Il me semble que cet abandon de son projet n'est pas sincère... sous cette insouciance gaîté cacherait-il une ruse? une trahison? Ces rumeurs répétées à voix basse, et dont je me suis alarmé, auraient-elles suggéré à la cour de France ou d'Angleterre, la pensée d'envoyer ici un émissaire, un espion?.. et cet homme... (*à Monsieur.*) La porte de cette chambre (*montrant celle de Croustillac*), ferme-t-elle bien?

MONSIEUR.

Oui, maître.

LE PÈRE GRIFFON.

La croisée donne sur la cour entourée de toutes parts de bâtiments. Va à la cour en faisant le tour de la maison... ferme toutes les portes de cette cour... qu'on ne puisse sortir de ce côté... tu y resteras en observation, et deux minutes après que tu auras vu la lumière s'éteindre dans la chambre du chevalier, tu viendras m'avertir en frappant doucement à ma porte. (*Monsieur sort par la porte donnant dehors.*)

LE PÈRE GRIFFON.

Que cet homme soit extravagant ou mal intentionné; il faut l'empêcher d'aller au Morne au Diable... Et moi-même je vais l'y précéder... je ne sais encore si j'aurai le courage d'annoncer la fatale nouvelle... mais quoique les projets de cet aventurier leur soient déjà connus, je leur dirai de redoubler de prudence. (*Il rentre dans sa chambre. Nuit complète.*)

SCÈNE IV.

CROUSTILLAC, *ouvrant sa porte avec précaution et redescendant en scène à pas comptés.*

Personne ! J'ai soufflé ma lumière... Allons, Croustillac, suivez votre étoile, mon ami... Jamais elle n'a eu des rayons si dorés... Brigandine, soyez sage, et ne gênez pas ma marche à travers les forêts vierges... Seulement, ma fille, veillez aux chats-tigres, (*Cherchant dans le coin à gauche.*) Il y a par ici une grande gaule. (*Il la saisit.*) Bien ! elle me servira à effaroucher les serpents. (*S'arrêtant sur le bord de la fenêtre.*) Bon dieu, faites-moi riche, non pour moi, mais pour ces deux pauvres et chères femmes des landes de Gascogne!.. Ainsi soit-il! (*Il enjambe la fenêtre.*) Maintenant en route. (*Il disparaît. Monsieur revient avec précaution et va frapper doucement à la porte de Père Griffon, qui sort de sa chambre.*)

SCÈNE V.

PÈRE GRIFFON, *puis* DUPONT *et* MONSIEUR.

PÈRE GRIFFON.

Bien, un tour de clé va me répondre de ce fou dangereux. (*Il va à la chambre de Croustillac.*) Ouverte! que signifie? (*Appelant.*) Chevalier! chevalier! (*Il entre et ressort.*) Parti, parti, sans guide! Il est impossible qu'il ne s'égare pas! N'importe... Dupont, Dupont. Il ne peut être encore loin.

DUPONT.

Qui donc?

PÈRE GRIFFON.

Le chevalier.

DUPONT.

Parti?...

PÈRE GRIFFON.

Enfui... Va, cours sur ses traces.

DUPONT.

Oh! je le rattraperai. (*Il sort vivement par la porte extérieure.*)

PÈRE GRIFFON, *à Monsieur.*

Va seller Grenadille. (*Monsieur sort.*) Il faut aller les mettre en garde contre ce forcéné... Mais quel est ce bruit?

SCÈNE VI.

LES MÊMES, LE COMTE DE CHEMERAULT, OFFICIER, GARDES.

DUPONT, *accourant.*

Mon père, mon père!

LE PÈRE GRIFFON.

Eh bien, quoi?

DUPONT.

Des soldats... Un officier.

LE PÈRE GRIFFON.

Des soldats ici? que me veulent-ils? Oh! contretemps fâcheux! Dupont, cours au-devant d'eux... dis-leur que je n'y suis pas... dis-leur...

DUPONT.

Ah! mon père, les voici!...

LE PÈRE GRIFFON, *à part.*

Que Dieu ait pitié de ces pauvres enfants et de moi!

LE COMTE DE CHEMERAULT, *suivi d'un officier et de soldats.*

Vous êtes le père Griffon.

LE PÈRE GRIFFON.

Curé du Macouba.

LE COMTE.

Vous êtes allé en France?

LE PÈRE GRIFFON.

Qui ai-je l'honneur de recevoir?

LE COMTE.

Le comte de Chemerault, envoyé du roi de France, arrivé depuis deux heures sur la frégate *la Fulminante.* (*Le père Griffon s'incline, Chemerault reprend:*) Vous êtes allé en France pour y chercher les dernières volontés de lord Sidney.

LE PÈRE GRIFFON, *étonné.*

Il est vrai... Comment a-t-on pu savoir?

LE COMTE.

On l'a su... Vous allez souvent au Morne au Diable?

LE PÈRE GRIFFON.

Quelquefois.

LE COMTE.

Quel est l'homme qui est là?

LE PÈRE GRIFFON.

Mais j'ignore...

LE COMTE.

Je le connais, moi... Savez-vous son nom?...

LE PÈRE GRIFFON, *interdit.*

Son nom?

LE COMTE.

Je le sais, moi... Ignorez-vous aussi que les Anglais ont tenté de s'introduire dans l'île?

LE PÈRE GRIFFON.

Les côtes sont trop bien gardées...

LE COMTE.

Un officier entreprenant a abordé hier.

LE PÈRE GRIFFON, *avec effroi.*

Ici?...

LE COMTE.

Vous tremblez pour le maître mystérieux du Morne; il faut que je le voie sans retard. (*A son escorte.*) Nous allons partir, messieurs... (*Le père Griffon profite de ce moment pour parler bas à Dupont qui est près de lui.*)

LE PÈRE GRIFFON, *à Dupont, à mi voix.*

Va, cours au morne, avertis-les. (*Chemerault a remarqué ce mouvement et suit Dupont des yeux.*)

LE COMTE.

Mon père, vous marcherez devant nous. Quatre hommes veilleront sur vous; si vous me refusez, dans deux heures, vous êtes aux fers sur *la Fulminante,* et dans deux mois, à la Bastille pour le reste de vos jours. Réfléchissez.

LE PÈRE GRIFFON, *à part.*

Refuser, ce n'est point écarter le danger, aller au morne est peut-être encore un moyen de sauver ces malheureux jeunes gens.

CHEMERAULT *a vu Dupont prendre sa course; à quatre soldats en leur montrant Dupont.*

Feu sur cet homme!...

LE PÈRE GRIFFON, *se couvrant le visage.*

Oh! le malheureux!

LE COMTE.

Partons!...

TROISIÈME TABLEAU.

La Caverne. — Le théâtre représente une caverne dans un bloc de rochers. Au fond, au milieu, on aperçoit une galerie naturelle, d'abord assez haute, et qui s'abaisse en s'enfonçant, et au bout de laquelle, par une étroite ouverture, on voit la lumière bleuâtre d'une belle nuit d'été. Le théâtre est dans une demi-obscurité, à gauche, quelques roches et des terres annoncent un éboulement récent.

SCÈNE I.

RUTLER, PAULY, *mulâtre.*

(*Pauly paraît le premier en scène, franchissant les roches de droite; avant d'en descendre, il donne la main à Rutler qui surmonte l'obstacle avec moins de peine.*)

RUTLER.

Où sommes-nous?

PAULY.

Vois.

RUTLER, *examinant autour de lui.*

Une grotte au milieu des rochers!... (*Il s'assied sur une pierre. Pauly s'assied à ses pieds et joue avec indifférence.*) La fatigue de mon naufrage, ce voyage entrepris après quelques heures de repos seulement, cette forêt à traverser, ces rochers à gravir, tout cela, je l'avoue, a épuisé mes forces; mais un moment de repos, et la pensée que j'approche du but où j'aspire, m'auront bientôt remis. (*Regardant autour de lui.*) Tu es sûr de ce chemin?

PAULY.

Parfaitement.

RUTLER.

Par où sortirons-nous d'ici?

PAULY, *sans lever la tête, et montrant la gauche.*

Par là!...

RUTLER.

Je ne vois aucune route... Quand mes yeux seront faits à l'obscurité, j'apercevrai peut-être... Est-ce qu'il n'y avait pas, pour arriver à la clairière où Patrice m'a donné rendez-vous, un chemin plus facile?

PAULY.

Si.

RUTLER.

Pourquoi ne l'as-tu pas choisi?

PAULY.

Par là-bas un étranger serait arrêté; un mulâtre marron tué. Je n'ai pas voulu.

RUTLER.

Tu aurais pu ne pas t'inquiéter de moi, mais toi, que Patrice dit si brave, tu as peur.

PAULY.

Jusqu'à demain, oui.

RUTLER.

Et pourquoi?

PAULY, *avec énergie.*

Demain, je serai vengé.

RUTTLER.

De qui ?

PAULY, avec la même énergie.

Du Morne au Diable !

RUTLER.

Tu y as été esclave !

PAULY, avec indifférence.

Oui.

RUTTLER, avec un vif intérêt.

As-tu vu ta maîtresse ?

PAULY.

Non.

RUTLER.

Tu ne pénétrais donc pas dans les appartements ?

PAULY.

Jamais.

RUTLER.

Qui donc faisait le service auprès d'elle ?

PAULY.

Une jeune fille anglaise et des mulâtresses.

RUTLER.

Mais ta maîtresse sortait ?

PAULY.

Avec un masque.

RUTLER.

Et ton maître ?

PAULY.

Son premier mari ?

RUTLER.

Oui, Patrice m'a parlé de ces fables... Eh bien ? son premier mari, comment était-il ?...

PAULY.

Beau, grand, mince.

RUTLER.

Son âge ?

PAULY.

Vingt-cinq ans.

RUTLER, à part.

Ces précautions.... ces renseignements... c'est lui.... (Haut.) Et pourquoi veux-tu te venger ?

PAULY, abaissant sa chemise de son épaule.

Regarde.

RUTLER.

Une horrible cicatrice... Ton dos a été déchiré...

PAULY.

De coups de fouet...

RUTLER.

Et ton épaule est marquée...

PAULY.

D'un fer brûlant...

RUTLER, avec un retour de doute.

Et c'est ton maître... ou ta maîtresse qui t'a fait châtier ainsi

PAULY.

Pauly ne ment pas !... Ni maître, ni maîtresse... le commandeur !

RUTLER.

Et pour que le commandeur te fît infliger un si rude supplice, qu'avais-tu fait ?

PAULY.

J'aimais Betty !

RUTLER, vivement.

Betty !...

PAULY.

La jeune anglaise, la femme de chambre, et presque l'amie de la Barbe-Bleue !

RUTLER, à part.

Oh ! plus de doute !... Angèle, c'est bien toi ! (Haut.) Et cette Betty t'aimait aussi ?...

PAULY.

Non... J'avais un rival... le commandeur !

RUTLER.

Eh bien ! puisqu'elle ne t'aimait pas ?

PAULY.

J'ai voulu l'entraîner avec moi.

RUTLER.

On t'a arrêté ?

PAULY.

Oui.

RUTLER.

On t'a condamné au fouet... et à cette marque infamante ?

PAULY.

Oui.

RUTLER.

Et après ?

PAULY, avec énergie.

J'ai tué le commandeur !

RUTLER, se levant.

Que veux-tu donc encore ?

PAULY, avec la même énergie.

Tuer Betty ! (Il se lève.)

RUTLER, à part.

Voilà un homme qui nuirait à mes projets... Quand il m'aura conduit, nous verrons. (Haut.) Et par quel chemin as-tu pu fuir !...

PAULY, avec indifférence.

Par le chemin du chacal et de l'Oiseau.

RUTLER.

Et quel est ce chemin ?

PAULY.

Maître Patrice le connaît.

RUTLER.

Tu aimes maître Patrice ?

PAULY.

J'aime Patrice et toi aussi.

RUTLER.

Moi ! tu m'as vu hier pour la première fois ! pourquoi m'aimes-tu ?

PAULY, riant.

Tu veux leur faire du mal.

RUTLER, à part.

Cet homme nous met en face de vos projets avec une brutalité !

PAULY.

Marchons-nous ?

RUTLER.

Oui... un mot auparavant. Pendant que je reposais, au commencement de la nuit, as-tu pu aller au brigantin ?

PAULY.

Oui !

RUTLER.

Comment y as-tu été ?

PAULY.

Dans mon balaour.

RUTLER.

C'est donc un bâtiment léger ?

PAULY.

Comme une mouette.

RUTLER.

Et très-bas ?

PAULY.

Comme une petite vague.

RUTLER.

Combien t'a-t-on donné d'hommes ?

PAULY.

Dix.

RULLER.

Et tu les a cachés ?

PAULY.

A l'Anse aux caïmans.

RUTLER.

Ils m'attendront ?

PAULY.

Toi ou un ordre.

RUTLER.

Maintenant marchons.

PALLY, après avoir été examiner les roches.

Non.

RUTLER.

Pourquoi ?

PAULY.

Regarde !

RUTLER.

Un éboulement !

PAULY.

Un éboulement.

RUTLER.

Est-ce qu'il ferme le chemin ?

PAULY.

Il ferme le chemin.

RUTLER.

Malédiction ! et qui a causé cet éboulement ?

PAULY.

L'orage d'hier.

RUTLER.

Quoi ! l'air ébranlé par un grand bruit ?

PAULY.

C'est assez.

RUTLER.

Et plus moyen d'arriver à mon rendez-vous avec Patrice ?

PAULY.

Si !

RUTLER.

Par où ?

PAULY, *montrant l'ouverture du fond.*

Par là.

RUTLER, *examinant.*

Comment franchir ce passage ?

PAULY.

Debout comme un homme, courbé comme un chien, couché comme un serpent.

RUTLER, *avec résolution.*

Eh bien ! rien ne m'arrêtera !.. mes armes ?

PAULY, *lui donnant ses pistolets.*

Voici.

RUTLER.

Montre-moi le chemin.

PAULY.

Venez.

RUTLER, *à l'entrée, encore debout.*

Combien faut-il de temps pour traverser ce passage ?

PAULY, *déjà plus avant, et s'agenouillant.*

Un quart d'heure.

RUTLER.

Serons-nous loin encore de la clairière ?

PAULY.

On la voit au haut du roc.

RUTLER.

Hâtons-nous donc ; le jour doit être prêt à paraître. (*Pauly est déjà couché dans la grotte ; Rutler est accroupi près de ses pieds.*)

PAULY, *d'une voix altérée.*

Maître !

RUTLER.

Eh bien ?

PAULY.

Sentez-vous ?

RUTLER.

Oui, une odeur forte et fétide.

PAULY.

Arrêtez.

RUTLER.

Pourquoi ?

PAULY.

C'est un serpent fer de lance.

RUTLER.

Dangereux ?

PAULY

Mortel.

RUTLER.

Quel est ce bruit ?

PAULY.

Il est en colère, il frappe la terre de sa queue.

RUTLER.

Reviens.

PAULY.

Ne bougez pas, il viendrait tout de suite.

RUTLER.

Prends une pierre pour la lui jeter.

PAULY, *avec un cri.*

A moi ! à moi ! je suis mort ! (*Rutler épouvanté reste cloué à la même place. Le serpent passe près de lui et vient se perdre au milieu des rochers de droite.*)

RUTLER, *revenant peu à peu à lui.*

Horreur ! horreur ! Pauly ! Pauly !... Plus de mouvement... mort ! (*Il sort de l'ouverture en chancelant.*) Cet homme voulait se venger, et la mort la plus épouvantable l'a frappé ! Serait-ce un présage ? dois-je renoncer... lâcheté !... Non, je ne reculerai

pas... ôtons ce cadavre qui me ferme l'unique issue. (*Il ramène le cadavre sur la scène.*) Esclave, laisse passer ma colère et notre vengeance. (*Au moment où il se retourne, il aperçoit la tête du serpent qui s'agite à l'entrée de la caverne. Il recule avec effroi.*) Le serpent !... la mort ! (*Avec rage et armant un pistolet.*) Non, je ne veux pas mourir encore. (*Il tire, le serpent tombe. — Rutler se précipite dans la caverne en criant :*) Monmouth, je vais à toi maintenant. (*A peine est-il entré dans la caverne, qu'un éboulement de terre et de rocs se fait derrière lui, et le dérobe aux regards.*)

QUATRIÈME TABLEAU.

Le Boucan—Le théâtre représente une forêt épaisse avec amas de roches. Sur la droite, un arbre touffu et isolé au pied duquel se trouve un trou circulaire ; sur les bords sont plantés quatre petits pieux terminés en fourche à leur extrémité supérieure ; au pied d'un autre arbre, des feuilles recouvrent les objets que prendra successivement Met-à-Mort. Au fond, vers le milieu, une échappée de vue laisse apercevoir dans le lointain une masse de rochers abruptes sur les parois desquels des broussailles, des anfractuosités ne peuvent offrir qu'un chemin périlleux. On sentier étroit descend à la vallée qui sépare ces deux points du paysage. Vers la gauche, sentier montueux gravissant entre des roches qui ne permettent pas d'apercevoir la vallée. Au lever du rideau, entre les branches de l'arbre isolé, on voit pendre la jambe chaussée d'un bas rose de Croustillac endormi, dont le corps est caché dans le feuillage. Il commence à faire jour.

SCÈNE I.

CROUSTILLAC, *endormi sur l'arbre.* RUTLER, *il arrive en gravissant par le sentier de la vallée.*

RUTLER.

Ce doit être ici... C'est bien le lieu qu'il m'avait indiqué... je n'aperçois pas encore Patrice... Avant son arrivée, remettons-nous de ces terribles émotions... il faut lui cacher la mort de cet esclave... Mais il ne vient pas, manquerait-il à cette entrevue ? oh ! non ; tout m'est garant que ma proie m'est assurée. Cachons à cet homme, qui ne rêve qu'une stérile vengeance, l'intérêt plus puissant, la royale mission qui m'attire ici ; et quant j'aurai su de lui tout ce qu'il m'importe de savoir, tâchons de l'écarter, pour satisfaire à la fois et mon amour et mon ambition... J'entends des pas... c'est lui !...

SCÈNE II.

RUTLER, PATRICE.

RUTLER.

Je t'ai devancé au rendez-vous.

PATRICE.

C'est qu'à mesure que l'instant décisif approche, je suis saisi d'une sorte de crainte et d'hésitation.

RUTLER.

Hésiter, craindre, toi qui as montré dans cette poursuite tant d'implacable persévérance !

PATRICE.

Écoutez, colonel ; je suis un de ces Écossais qui, voués au service, au culte d'une famille, vivent pour l'aimer, pour la protéger ou la venger. J'étais près de mon maître, de lord Sidney, à la bataille de Bridgewater, quand, levant avec le duc de Montmouth, l'étendard de la liberté contre Jacques II, il fut obligé de céder au nombre et de se réfugier en France avec sa fille, miss Angèle. Deux mois après, je retournais à Londres avec lui, je l'accompagnais jusqu'au seuil de la tour où le prince était prisonnier, et un mois plus tard, j'attendais encore lord Sydney, quand je vous ai vu, quand vous m'avez dit qu'il avait péri par une infâme trahison ; je vous ai promis que nous le vengerions, et aujourd'hui, je suis prêt à tenir ma promesse, mais à ce moment suprême, j'ai besoin que ma haine soit encore affermie.

RUTLER.

Que veux-tu de moi ?

PATRICE.

Vous étiez épris de miss Angèle ?

RUTLER.

Oui, je l'aimais de la passion la plus ardente.

PATRICE.

Comme toutes vos passions ; vous avez toujours eu de la haine pour le prince, duc de Montmouth, que cependant vous n'aviez jamais vu.

RUTLER.

Oui, je le haïssais parce que je savais qu'il aimait Angèle, oui je le hais, parce qu'il a conduit lord Sydney à la mort ?

PATRICE.

Et cette mort, vous en êtes bien certain ? Vous me l'attestez sur l'honneur ?

RUTLER.

J'atteste sur l'honneur que, chargé par le roi Jacques de faire exécuter dans la tour de Londres, pendant la nuit, la sentence qui condamnait à mort le duc de Montmouth, on amena devant moi un prisonnier qui, enveloppé d'un grand manteau, et couvert d'un large feutre, monté sur la plate-forme de l'échafaud, là, il se mit à genoux sans prononcer une parole, sans faire un geste, et tendit le cou à la hache. La tête bondit, roula à mes pieds, et avec horreur, je reconnns les traits de lord Sydney !...

PATRICE.

Lâche Montmouth !

RUTLER.

Et pour amener lord Sydney au sacrifice de sa vie, Montmouth avait abusé d'un bruit de grâce qui avait couru dans la journée.

PATRICE.

Et vous n'avez révélé ce secret qu'à moi ?

RUTLER.

Oui, violant pour toi seul le silence que m'avait imposé le roi Jacques.

PATRICE.

Et miss Angèle a disparu du couvent où son père l'avait placée en France ?

RUTLER.

Pour suivre l'assassin de son père.

PATRICE, d'un air sombre.

Bien ! bien !...

RUTLER.

Mais toi ? comment et-tu parvenu a découvrir ?..

PATRICE.

Comment ? j'ai cherché... j'ai suivi leurs traces, comme un limier , j'ai battu l'Amérique, la Havane, la Guadeloupe, et depuis quatre mois je suis ici... en arrêt sur ma proie... attendant qu'en levant un dernier doute, vous me la livriez enfin.

RUTLER.

Et maintenant ?

PATRICE.

Maintenant, lord Sydney sera vengé, et la famille de mes bien aimés seigneurs ne sera plus deshonorée par une fille indigne... Morchons.

RUTLER.

Et tu connais un chemin qui conduit dans leur retraite?

PATRICE.

Par celui-ci que m'a montré Pauly.

RUTLER.

Viens donc !

PATRICE, à part, le suivant.

Allons, car lui ne vengerait qu'à demi l'honneur des Sidney. (Ils sortent,)

SCENE III.

MET-A-MORT, CROUSTILLAC, d'abord endormi sur l'arbre.

MET-A-MORT, entrant par la droite.

Ah! il n'y a rien de changé depuis mon départ du boucan... bôn, seulement j'avais oublié de mettre cuire des ignames. (Il aperçoit un chat-tigre mort.) Tiens, un chat-tigre éventré ! encore un ! un troisième ! et tous sous cet arbre ! Qui diable est venu faire la chasse ici, cette nuit? Il se sont peut-être fait la guerre ! Non, il est percé comme avec une épée... C'est assez drôle, ma foi. (Courant au marcassin.) Tiens... voilà le marcassin qui se dérange et la sauce a manqué renverser, attachons-lui les pattes avec des lianes pour qu'il puisse boucaner bien à son aise... et ranimons le feu. (La fumée du rôti commence à monter dans l'arbre.)

CROUSTILLAC, s'asseyant sur une branche et se détirant.

Eh donc ! je n'ai pas trop mal dormi ! sans mot combat contre ces bêtes féroces, la fin de ma nuit aurait été bonne. Où diable suis-je ? je n'apperçois que des arbres et des roches... Il faudra bien cependant que je trouve ce palais d'Armide... Mais qu'est ceci ?... On dirait qu'il fume dans cette forêt... Oh ! oh ! la fumée se parfume d'un appétissant odeur de rôtisserie... (Se penchant et voyant Met-à-Mort au pied de l'arbre.) Eh mordious, je le crois bien ! c'est ce maraud qui, là en bas, fait cuire... Qué diable! fait-il cuire là ? Est-ce encore une cuisine de singes et de perroquets ? eh ! l'ami !

MET-A-MORT, levant la tête vivement.

Hein ! qui me parle ?

CROUSTILLAC.

Moi ! mordïous ! là-haut ! au premier au dessus de l'entresol, à la fenêtre à votre main gauche en montant vers le ciel.

MET-A-MORT.

Tiens! qu'est-ce que vous faites donc là... vous ? Eh ! l'homme.

CROUSTILLAC.

Qué? je suis chez moi, et je sors de mon lit... comme vous voyez.

MET-A-MORT.

Vous avez passé la nuit sur cet arbre ?

CROUSTILLAC.

Oui, mon brave! mais, je vous prie, dites-moi, ou diable je suis ?

MET-A-MORT.

Vous êtes sur un arbre.

CROUSTILLAC, à part.

Quelle brute! (Haut.) Je vais descendre de chez moi. (Il descend.) Eh conc ! vous me paraissez avoir l'appétit bien matinal, mon brave... votre nom ?

MET-A-MORT.

Met-à-mort !

CROUSTILLAC.

Vous dites ?

MET-A-MORT.

Met-à-mort !

CROUSTILLAC.

C'est le nom de madame votre mère ?

MET-A-MORT.

C'est mon surnom de boucanier.

CROUSTILLAC.

Ah ! vous êtes boucanier ; que diable faites vous là ?

MET-A-MORT.

Vous me voyez bien, je plume un ramier.

CROUSTILLAC.

Eh bien donc, vous le jetez ?

MET-A-MORT, qui a mis le ramier dans le marcassin.

Dans la marmite.

CROUSTILLAC.

Dans votre cuisine, on peut manger la marmite.

MET-A-MORT.

Comme vous dites, et c'est le meilleur.

CROUSTILLAC.

Ce marcassin vous a un fumet... en refuserez-vous une tranche à un gentilhomme affamé ?

MET-A-MORT, en passant.

Oui !

CROUSTILLAC.

Et pourquoi ? mordioux !

MET-A-MORT.

Parce que ce marcassin n'est pas à moi.

CROUSTILLAC.

A qui donc est-il?

MET-A-MORT.

A mon maître.

CROUSTILLAC.

Et ton maître, comment s'appelle-t-il, où est-il?

MET-A-MORT.

Il s'appelle Arrache-l'âme, et le voilà.(Il montre Arrache-l'âme qui vient de descendre le sentier à gauche.)

SCENE IV.

LES MÊMES, ARRACHE-L'AME.

ARRACHE-L'AME, Il entre gaiement et d'un pas agile.

Que la liberté est douce par cette belle matinée, par cet air pur et vivifiant ! La liberté et Angèle !.. hâte-toi, reviens, Sidney, que je n'aie plus un désir à former... un regret d'absence à mêler à mes remerciments au ciel !

CROUSTILLAC, à part..

Voilà donc un des galants de la Barbe-Bleue ? Pécaire !

ARRACHE-L'AME, allant du côté du boucan et tout en se débarrassant de ses armes. A part.

Encore ce Gascon !... Comment est-il ici ?

CROUSTILLAC.

Ah ! ça, mais il ne me voit donc pas ?

MET-A-MORT.

Maître, c'est cuit.

ARRACHE-L'AME.

Mangeons. (*Il s'assied. Met-à-mort lève une tranche de marcassin, et la lui met sur une feuille de basilier ; il en fait ensuite autant pour lui, tous deux se mettent à manger.*)

CROUSTILLAC.

Il ne me dit rien ! c'est un peu trop fort. (*Il va à lui.*) Camarade !

ARRACHE-L'AME.

Met-à-mort, on te parle... réponds.

CROUSTILLAC.

C'est à vous.

ARRACHE-L'AME.

Non !

CROUSTILLAC.

Comment, non !

ARRACHE-L'AME.

Vous dites camarade ; je ne suis pas votre camarade.

CROUSTILLAC.

Et comment faut-il vous appeler pour avoir une réponse ?

ARRACHE-L'AME.

Si vous venez m'acheter des peaux de taureaux, appelez-moi comme vous voudrez... Si vous venez pour voir un boucan, regardez... Si vous avez faim, mangez.

CROUSTILLAC, *à part.*

C'est une brute ; mais j'aime assez ce dernier mot. (*A Met-à-Mort.*) Un de vos six couteaux, s'il vous plaît. (*Il prend un des couteaux de la gaîne de Met-à-Mort, va au marcassin, en coupe une tranche, prend une igname et revient s'asseoir en mangeant, entre Arrache-l'Ame et Met-à-Mort.*) C'est, mordious, très-bon.

ARRACHE-L'AME, *le regardant.*

Ah ça, dites donc, vous êtes venu en litière avec vos bas roses ?

CROUSTILLAC.

Je serais venu sur la tête si j'avais su rencontrer le grand boucanier Arrache-l'Ame.

ARRACHE-L'AME.

Eh bien ! quand vous l'aurez assez vu, vous pourrez vous en aller.

CROUSTILLAC.

J'aime votre franchise, digne roi des forêts ; mais pour m'en aller, il faudrait connaître mon chemin.

ARRACHE-L'AME.

Où voulez-vous aller ?

CROUSTILLAC, *à part.*

Mordious, payons d'audace. (*Haut.*) Je voudrais passer par le chemin du Morne-au-Diable.

ARRACHE-L'AME.

Le chemin du Morne au Diable conduit droit en enfer.

CROUSTILLAC, *souriant.*

Bien ! bien !... Mais un curieux qui aurait la fantaisie d'y aller ?

ARRACHE-L'AME.

N'en reviendrait pas !

CROUSTILLAC.

C'est un avantage ; on ne s'égare pas au retour. (*Prenant le verre de Met-à-Mort.*) A votre santé... Il n'importe ; montrez-moi cette route, mon glorieux tueur de taureaux.

ARRACHE-L'AME, *se levant.*

Nous avons mangé au même boucan ; je ne puis pas vouloir votre perte.

CROUSTILLAC.

Ainsi pénétrer au Morne-au-Diable...

ARRACHE-L'AME.

C'est chercher tous les dangers de mort qu'un homme peut courir.

CROUSTILLAC.

Qué ! tous ces dangers-là n'en font qu'un ; on ne meurt qu'une fois, je suppose, et, mordious, avant de mourir, cette épée que voilà... (*Il se lève et dégaîne.*)

ARRACHE-L'AME.

Est-ce avec cette vaillante épée que vous avez éventré ces chats ? (*Met-à-Mort rit.*)

CROUSTILLAC, *exaspéré.*

Mes maîtres ! je n'aime pas qu'on me rie au nez.

ARRACHE-L'AME.

Oh ! oh ! l'homme aux bas roses !...

CROUSTILLAC, *se mettant en garde.*

Mordious, si vous n'avez pas plus peur d'un homme que d'un

taureau, en garde !

MET-A-MORT, *à Arrache-l'Ame.*

Un mot, et je l'écorche.

ARRACHE-L'AME.

Ne bouge pas, je me charge de lui.

CROUSTILLAC.

En garde, misérable ! ou je te marque au visage.

ARRACHE L'AME. (*Il se met en garde avec son fusil et pare.*)

Allez toujours ; vous avez la pointe ; moi, j'ai la crosse.

CROUSTILLAC, *ferraillant.*

Enfer !

ARRACHE-L'AME, *toujours riant.*

C'est dommage, ce coup droit était bien fourni... Allons, la plaisanterie a assez duré. (*Il le désarme, et lève la crosse de son fusil.*) Ta vie est à moi ! Je te brise la tête d'un coup de crosse.

CROUSTILLAC, *se prenant la tête des deux mains.*

Et vous aurez trois fois raison, car je suis un triple traître.

ARRACHE-L'AME.

Comment ?

CROUSTILLAC.

J'avais faim, vous m'avez donné à manger ; soif, vous m'avez donné à boire ; vous étiez sans épée, et je vous ai attaqué comme une bête enragée ; brisez-moi la tête, mordious.

ARRACHE-L'AME, *à part.*

Non, ce n'est là ni un espion ni un traître..... J'ai bien envie... pourquoi non ? Je céderais à un désir d'Angèle. (*Haut allant à Croustillac.*) Voyons, touchez là ; bonne est l'amitié qui commence par une bataille.

CROUSTILLAC, *hésitant.*

Franchise pour franchise ! Avant de vous donner la main, il faut que je vous déclare une chose.

ARRACHE-L'AME.

Quoi ?

CROUSTILLAC.

J'aime la Barbe-Bleue, et je suis décidé à tout faire pour parvenir jusqu'à elle et pour lui plaire.

ARRACHE-L'AME.

Soit ! touchez là, frère.

CROUSTILLAC.

Comment ! malgré ce que je vous ai dit ?

ARRACHE-L'AME.

Oui !

CROUSTILLAC.

Il vous est égal que je tâche de pénétrer au Morne au Diable ?

ARRACHE-L'AME.

Je vous y conduirai à l'heure même.

CROUSTILLAC.

Et je verrai la Barbe Bleue ?

ARRACHE-L'AME.

Tout à votre aise.

CROUSTILLAC.

Je lui parlerai ?

ARRACHE-L'AME.

Tant que vous voudrez.

CROUSTILLAC, *à part.*

Ce malheureux n'a pas la moindre conscience du danger que je vais lui faire courir.

ARRACHE-L'AME.

Allons, prenez votre aiguille et suivez-moi.

CROUSTILLAC, *ramassant son épée.*

Je suis prêt.

ARRACHE-L'AME.

Vous n'aurez pas le vertige au moins, en côtoyant les précipices ?

CROUSTILLAC.

Qué ! le vertige ! je marcherais sur une lame de rasoir pour arriver au Morne au Diable.

ARRACHE-L'AME.

En ce cas, venez.

CROUSTILLAC.

Il faut grimper par là ?

ARRACHE-L'AME, *commençant à gravir le sentier.*

Avez-vous déjà peur ?

CROUSTILLAC.

On donne le fouet aux marmots de mon pays lorsqu'ils ont seulement le malheur de prononcer le mot peur. (*Sur un nouvel* appel d'*Arrache-l'Ame*, il le suit dans les sentiers montueux; pendant ce temps, on aperçoit dans le lointain *Rutler* et *Patrice* qui commencent à gravir la paroi de la montagne à pic au haut de laquelle est le Morne au Diable.)

CINQUIÈME TABLEAU.

Le *Morne au Diable*. — Le théâtre représente un beau jardin; à droite, bosquet; à gauche, un pavillon ouvert en saillie; au fond, une terrasse, riche campagne. Au lever du rideau, Angèle est couchée dans un hamac, sous le bosquet; ses femmes l'entourent.

SCENE I.

ANGÈLE, BETTY, Mulatresses.

ANGÈLE, *se réveillant.*

Betty! Betty, es-tu là?

BETTY.

Me voici, madame. (*Elle aide Angèle à descendre de son hamac.*)

ANGÈLE, *aux Esclaves.*

Éloignez-vous un moment, mes filles. (*Les Esclaves remontent la scène. Angèle continue à Betty.*) Dis-moi, Betty, mon père et mon époux n'étaient-ils pas là tout à l'heure?

BETTY.

Que dites-vous? lord Sidney ici?

ANGÈLE.

Oui?

BETTY.

Hélas! madame, il n'y a ici personne que vos esclaves et moi... personne, pas même monsei.....

ANGÈLE.

Mais toi!... Ce n'était donc qu'un songe?... Ah! que ne puis-je rêver toujours ainsi!... Je revoyais mon père... Il arrivait de France... mon Jacques bien-aimé était avec lui, mes mains enlacées dans les siennes... Un tel rêve m'est envoyé du ciel... Oh! oui, j'en ai le pressentiment, notre bon curé du Macouba nous rapporte d'heureuses nouvelles de France... Il aura vu mon père...

BETTY.

Et peut-être l'aura-t-il accompagné?

ANGÈLE.

Le crois-tu? à cette idée, ma vie, déjà si belle, me semble plus belle encore. (*Aux Esclaves.*) Venez, venez.

BETTY, *allant à sa maîtresse.*

Maîtresse!

ANGÈLE.

Qu'y a-t-il?

BETTY.

C'est maître Arrache-l'Ame avec un étranger, je les aperçois.

ANGÈLE, *avec gaieté.*

Il a cédé à mon désir! il amène ce bizarre aventurier dont il m'a raconté la vie et les prétentions... Comme il est toujours bon et soigneux de mes plaisirs, mon Jacques bien-aimé! Viens, Betty, il ne faut pas paraître ainsi devant cet étranger. (*Elle sort, suivie de ses femmes, par le premier plan de la galerie.*)

SCÈNE II.

CROUSTILLAC, MONMOUTH.

(*Croustillac regarde autour de lui avec ébahissement.*)

MONMOUTH.

Allons donc, chevalier! que diable avez-vous à regarder ainsi autour de vous?

CROUSTILLAC.

Qué? ce que j'ai? Je suis enchanté, ébloui, ravi, stupéfait! Jamais je n'ai vu pareille magnificence, pas même chez le roi de Bohême.

MONMOUTH.

Eh bien! j'ai tenu ma promesse, jespère.

CROUSTILLAC.

En loyal et généreux rival.

MONMOUTH.

Maintenant je vais vous présenter à la Barbe-Bleue, venez.

CROUSTILLAC.

Qué? tout de suite.

MONTMOUTH.

Comment, c'est là votre bel empressement?

CROUSTILLAC.

Donnez-moi le temps de respirer, capédébious! Cette route à travers les roches escarpées m'a essoufflé. (*Se regardant, à part.*) Mordious! je suis vêtu comme un mendiant, et me présenter ainsi devant la reine de mes pensées, par Cupidon! c'est impossible. (*Haut.*) Ce justaucorps et ces chausses étaient hier presque neufs et à cette heure, vous voyez, mordious! on dirait qu'ils sont âgés de six mois.

MONMOUTH.

Ils ont l'air plus vénérable que cela, chevalier.

CROUSTILLAC.

Vénérable! c'est votre enragé de soleil qui en un jour a dévoré la couleur de ces habits... Et mon baudrier donc, voyez, ce soleil affamé en a mangé tout l'or, capédébious. Il n'en a laissé que le fil et le buffle. Eh donc? mon brave chasseur, est-ce que je ne trouverais pas ici quelques nippes pour me vêtir plus congrument?

MONMOUTH.

Vous croyez donc que la Barbe-Bleue tient boutique de friperie?

CROUSTILLAC.

Qué! pensez-vous que je la soupçonne capable de cet ignoble trafic?... Mais enfin, s'il restait, par hasard, dans le coin d'un vestiaire, quelques habits provenant... d'un des défunts maris de la Barbe-Bleue, de notre divine hôtesse?

MONMOUTH.

Eh bien?

CROUSTILLAC.

Eh bien, donc, quoiqu'il m'en coûte de m'affubler d'une défroque qui n'est pas mienne, et qui peut surtout m'habiller fort mal, je consentirais pourtant à m'en accommoder.

MONMOUTH, *riant.*

Ma foi, chevalier, votre idée est bonne... Dans les trois défunts maris de la Barbe-Bleue, il y en avait justement un à peu près de votre taille.

CROUSTILLAC.

C'était un digne homme que ce défunt.

MONMOUTH.

Et comme il se vêtissait toujours magnifiquement, vous aurez de quoi choisir. (*Il frappe sur un timbre. Betty paraît.*)

CROUSTILLAC.

Capédébious, brave boucanier, vous êtes le plus aveugle et le plus généreux des rivaux. (*Monmouth parle à l'oreille de Betty, qui revient bientôt, suivie d'esclaves portant l'une une aiguière d'or, l'autre une cassolette à parfums, etc.*)

CROUSTILLAC, *à part.*

Je commence à avoir une terrible peur... Tant de richesses, et enfermée... invisible... cette pauvre Barbe-Bleue est dans la cinquantaine. (*Entrée des esclaves.*)

MONMOUTH.

Allons, chevalier, votre toilette est prête

CROUSTILLAC.

Qué? ma toilette?

MONMOUTH, *montrant les femmes.*

Ces esclaves portent des eaux de senteur, des parfums, des essences, elles vont vous conduire et vous serviront de pages.

CROUSTILLAC.

Allons, mignonnettes, faites-moi oublier ce fripon de la Jonquille. Merci, mon brave rival. Je vais quelque peu rehausser ma bonne mine naturelle, et je reviens ici.

MONMOUTH.

Où vous trouverez la Barbe-Bleue.

CROUSTILLAC.

Je la trouverai ici? tout à l'heure? (*A part.*) Est-ce que je veille? est-ce que je rêve? Eh donc! va toujours, mon brave Croustillac; dame fortune aime les vaillants et les aventureux. (*Pendant qu'il sort, Angèle entre en courant et se précipite au cou de Monmouth en riant.*)

SCÈNE III.

MONMOUTH, ANGÈLE.

ANGÈLE, *riant.*

Tu l'as rencontré?

MONMOUTH.

Ce matin à mon boucan, résolu, comme César, à tenter l'entreprise, à venir t'épouser; et je te l'ai amené bien moins, je te l'avoue, pour donner une victime à ta joyeuse humeur, madame la rieuse, que par mesure de prudence...

ANGÈLE.

La folie, je la comprends; mais la mesure de prudence.

MONMOUTH.

J'ai, tu le sais, mon Angèle, cédé à ton désir, et, il faut le dire aussi, à une des nécessités de ma position de fugitif et de proscrit, en me rendant méconnaissable sous divers déguisements... Et pourtant, quelquefois, je crains que l'excès même de nos précautions nous nuise.

ANGÈLE.

Voyons, mon Jacques bien-aimé, raisonnons. (*Souriant.*) Cela te paraît drôle; c'est égal, raisonnons un peu et tu verras que ton Angèle n'est pas une tête aussi folle qu'elle te paraît. La prudence voulait que tu ne sortisses jamais de notre demeure de crainte d'être reconnu dans l'île par quelqu'un qui t'aurait vu en Europe. Alors, pour toi, mon ami, quelle triste existence ! C'était une prison... Grâce à tes déguisements, tu peux aller et venir dans l'île, chasser, parcourir la mer à ton aise, sans danger pour toi, sans alarmes pour moi. Ainsi nous avons le double avantage de dérouter toutes les conjectures en les rendant fabuleuses, et d'éloigner de notre chère retraite les curieux et les indiscrets ; car il ne débarque pas tous les jours dans l'île des chevaliers gascons assez aux abois pour vouloir épouser la Barbe-Bleue.

MONMOUTH.

Que vas-tu faire de lui ?

ANGÈLE.

Lui donner de quoi raconter par toute l'île, de quoi ajouter aux sombres et brillants mystères du Morne au Diable...

BETTY, *accourant.*

Madame ! l'étranger !.. Il sort de la chambre bleue.

ANGÈLE.

Viens, Jacques, viens ; je te dirai mon projet ; laissons-le seul un moment. (*Elle sort avec Monmouth derrière les bosquets à droite, Betty les suit.*)

SCÈNE IV.

CROULTILLAC, BETTY.

CROUSTILLAC, *superbement vêtu.*

Eh donc, chevalier, te voilà digne de toi-même... Ce défunt était, mordious, d'élégante et belle taille, car ses habits ont l'air d'être faits pour moi. Mais ces nouvelles magnificences, me donnent à penser malgré moi... La Barbe-Bleue doit avoir la soixantaine... Plus... peut-être.

BETTY, *entrant par le fond à droite.*

Monseigneur, voici ma maîtresse. (*Elle sort par le fond à gauche.*)

CROUSTILLAC.

Je me sens défaillir.

SCÈNE V.

CROUSTILLAC, ANGÈLE.

ANGÈLE.

Nous voici seuls, chevalier.

CROUSTILLAC, *détournant la tête, à part.*

Seuls!.. Rappelle-toi, mordious ! que tout est possible; car en Barbarie, tu as appris en trois jours à faire des babouches. (*Il se retourne lentement vers elle, et l'apercevant il la regarde quelque tems, puis s'écrie :*) Ciel et terre ! quelle est belle !..

ANGÈLE, *riant.*

Ah! ah! excusez-moi, chevalier, mais votre étonnement... Ah !.. ah !..

CROUSTILLAC, *frappé au cœur.*

Par ma mère ! qu'elle est belle !

ANGÈLE, *riant.*

Eh bien ! brave chevalier, voilà tout ce que vous avez à me dire ?..

CROUSTILLAC, *à part, avec émotion.*

Mordious ! j'ai eu tort de venir ici, je me sens frappé là, (*Il montre son cœur.*)

ANGÈLE, *riant.*

Ah ça chevalier, vous me ferez croire qu'un méchant magicien vous a ôté la parole.

CROUSTILLAC, *à part.*

C'est vrai. J'ai l'air d'une grue.

ANGÈLE, *riant.*

Ah! ah! pardon encore, chevalier, mais... Ah! ah!..

CROUSTILLAC, *avec sentiment.*

Vous riez, madame... J'ai l'air bien sot, c'est que je vois... C'est que j'admire.

ANGÈLE, *riant.*

Non chevalier, ce n'est pas cela qui me fait rire je; ris parce que... (*Riant,*) vous avez les yeux de mon premier mari... la taille du second... et le nez du troisième !..

CROUSTILLAC, *avec un mouvement de dépit et de chagrin.*

Je suis ravi, adorable veuve, de réunir ainsi en ma seule personne un petit échantillon de vos trois défunts maris. (*Avec un accent de tendresse.*) Mais par Vénus, votre patronne, je serais capable de vous aimer pour trois, et pour quatre .. en me comptant.

ANGÈLE.

Cela veut dire, n'est-ce pas, chevalier, que vous voulez m'épouser ?

CROUSTILLAC, *stupéfait*

Comment... vous...

ANGÈLE

Arrache-l'âme m'avait prévenue; mais vraiment vous me gâtez; vous êtes si facile, si accommodant ! aussi... un jour, comment vous remplacerai-je ?

CROUSTILLAC, *ébahi.*

Me remplacer ?

ANGÈLE.

Oui, après vous ?

CROUSTILLAC.

Comment, après moi ?

ANGÈLE.

Jugez donc, que de difficultés pour trouver quelqu'un qui m'épouse...en cinquièmes noces...car après vous, je serai veuve de mon quatrième ! Songez donc à cela, chevalier.

CROUSTILLAC.

J'y songe, madame, quoique cette réflexion ne soit pas couleur de rose ; mais il paraît seulement que vous assigneriez un terme bien court à mon bonheur.

ANGÈLE.

Mais, dame... un an environ... un peu plus... un peu moins.

CROUSTILLAC.

Capédébious, j'aime mieux que ça soit plus... madame.

ANGÈLE.

Et c'est si vite passé, un an ! dans un bon ménage!

CROUSTILLAC, *à part.*

Est-ce à l'entendre, est-ce à la regarder que ma tête se perd ainsi ?...Mais c'est une épreuve, elle veut m'effrayer, afin de voir si j'ai vraiment le cœur d'un César. (*Avec explosion.*) Eh bien, soit ! un an, un jour (*entrée de Monmouth*), une heure, une minute, qu'importe la durée de mon bonheur? (*Il tombe à genoux.*) Ne fût-ce qu'un éclair lancé de ces beaux yeux.

ANGÈLE, *vivement.*

Vrai, vous consentiriez à m'épouser malgré tout?

CROUSTILLAC, *se jetant à genoux.*

Malgré le ciel et l'enfer !

SCÈNE VI.

LES MÊMES, MONMOUTH, *puis* RUTTLER *et* PATRICE.

MONMOUTH, *qui s'est approché.*

Et ma foi, chevalier, vous aurez raison.

CROUSTILLAC.

Mordious !

MONMOUTH.

Barbe-Bleue n'est pas un mauvais parti.

CROUSTILLAC, *se relevant.*

Monsieur !

MONMOUTH.

Eh bien ! à quand la noce ?

CROUSTILLAC, *sévèrement.*

Je veux bien servir de jouet à madame, mais pas à vous, mon maître.

ANGÈLE, *alarmée.*

De jouet ! chevalier ?

CROUSTILLAC.

Eh ! madame, que voulez-vous que je pense ? Le boucanier m'offre de m'amener ici ; introduit près de vous, vous m'offrez votre main avec empressement, afin de succéder aux trois maris que vous avez consommés depuis quinze mois... sans compter le cinquième, auquel vous pensez déjà.

ANGÈLE.

Eh bien, monsieur ?

CROUSTILLAC.

Ah ça, madame, on prend donc le chevalier de Croustillac pour un oison ? Mordious ! je ne suis pas si sot que j'en ai l'air ; après un moment d'ivresse, la raison revient. Je ne donne pas dans ces fabuleuses consommations de maris, et je ne demande pas vingt-quatre heures pour démêler tout ce que cachent ces bizarreries.

MONMOUTH, à *Angèle.*

Tu as été trop loin.

ANGÈLE, *bas.*

O mon Dieu !

CROUSTILLAC, à *part.*

Elle a pâli ! quel est donc ce mystère ? (*Au fond Rutler et Patrice paraissent.*)

RUTLER, *montrant Croustillac. A mi-voix.*

C'est lui, c'est le prince !

PATRICE, à *mi-voix.*

Un boucanier est avec lui.

RUTLER, à *mi-voix.*

Retirons-nous, attendons qu'il soit seul. (*Ils se retirent.*)

ANGÈLE, *bas.*

Je vais tâcher de tout réparer.

MONMOUTH, *bas.*

Et moi, l'empêcher, en tout cas, de sortir d'ici.

ANGÈLE, *bas.*

Je reprends confiance, va. (*Elle lui baise la main, Montmouth sort.*)

CROUSTILLAC, *qui a vu.*

Ah ! c'est le comble ! cette enchanteresse, baiser la main d'un tel misérable !

ANGÈLE, *en souriant, bas.*

Serait-il jaloux ?

CROUSTILLAC, à *part.*

Cette femme si différente de toutes celles que j'ai vues... Ah mordious, je suis faible... je suis sot... Mais... mais, par ma mère, cela me fait tant de mal... que j'en pleure... Oui, j'en pleure de douleur et de rage, car je l'aime déjà comme un insensé. (*Il tombe sur un banc et cache son visage.*)

ANGÈLE, *qui l'a toujours examiné.*

Pauvre chevalier ! il souffre... Décidément il a du cœur. (*Elle va à lui.*) Écoutez-moi, chevalier ; je vous ai paru étrange ; mais il ne faut pas croire que je méconnaisse les gens de cœur... Et quoique vous soyez peut-être un peu vain... un peu fanfaron... un peu outrecuidant...

CROUSTILLAC.

Madame !...

ANGÈLE.

Au fond, je vous crois bon et brave... et, bien que vous soyez pauvre et d'une naissance obscure...

CROUSTILLAC, *avec dignité.*

Madame, il y avait un sire de Croustillac à la Croisade.

ANGÈLE.

Si vous étiez né riche et puissant, vous eussiez fait, j'en suis sûr, un noble emploi de votre fortune. La misère aurait pu vous conseiller beaucoup plus mal qu'elle ne l'a fait, car vous avez, m'a-t-on dit, souffert et enduré de cruelles privations.

CROUSTILLAC, à *part.*

Cette voix touchante, cette bonté... Ah ! malheureux, il ne me manquait plus que cela. (*Haut et tâchant de rire.*) Si vous avez de moi, madame, si bonne opinion, je ne m'étonne pas que vous m'ayez choisi pour mari.

ANGÈLE.

Tenez, chevalier, ne parlons plus de cette plaisanterie.

CROUSTILLAC.

Vous me l'avouez, madame, j'étais votre jouet.

ANGÈLE.

Non... mais dans ma solitude...

CROUSTILLAC.

Votre solitude ! madame ! Votre solitude ! Il me semble que dans votre solitude, vous avez bien assez de distraction pour vr de celle-là.

ANGÈLE, *avec bonté.*

ubliez les folies que je vous ai dites, ne pensez qui ne peut appartenir à personne, chevalier,

personne, entendez-vous bien, et que cela vous console... Vous êtes libre de sortir d'ici... Mais, comme souvenir du Morne au Diable et de la Barbe-Bleue, vous me permettrez de vous offrir, n'est-ce pas ? quelques-uns de ces diamants dont vous étiez si épris avant de m'avoir vue.

CROUSTILLAC, *avec dignité.*

Madame, je ne vous demande qu'un guide pour sortir de votre maison.

ANGÈLE.

Vous aurez un guide, chevalier, mais...

CROUSTILLAC.

Madame, je suis ridicule, je suis vain, je suis un chevalier d'aventure, mais j'ai mon point d'honneur à moi.

ANGÈLE.

Mais, monsieur...

CROUSTILLAC.

Madame, j'ai pu amuser le capitaine du bâtiment qui m'a conduit ici pour le payer du passage qu'il m'a donné sur son navire ; c'était là un misérable métier, madame, je le sais plus que personne. C'était là un marché tout comme un autre.

ANGÈLE, à *part.*

Pauvre homme, il m'intéresse !

CROUSTILLAC.

Je ne dis pas cela pour être plaint, madame ; je veux seulement vous faire comprendre que si, par nécessité, j'ai pu accepter le rôle d'un commensal complaisant, jamais je n'ai reçu d'argent en paiement d'une humiliation... Puissiez-vous, madame, ignorer le mal que m'a fait votre offre ; moins encore, croyez-le bien, parce que cette offre était outrageante que parce qu'elle était faite par vous.

ANGÈLE.

Ah ! monsieur, mes regrets...

CROUSTILLAC.

Au fait, pourquoi m'auriez-vous traité autrement ? Sous quels auspices suis-je entré ici ? Comme un bouffon que l'on paye et qu'on chasse quand on a ri. Pourquoi se gêner avec moi ? Les vêtements que je porte ne m'appartiennent même pas.

ANGÈLE.

A votre tour vous êtes cruel, monsieur ; vous me faites durement sentir le tort d'une plaisanterie dont je n'avais pas deviné la portée. Je suis coupable, je l'avoue... Pardonnez-moi donc, je vous en conjure, le mal que je vous ai fait involontairement.

CROUSTILLAC.

Ces bonnes paroles me font tout oublier... Ah ! madame, priez le ciel de me donner l'occasion de me faire tuer pour vous, je mourrai content.

ANGÈLE.

Dieu merci, cette occasion ne se présentera pas. Ainsi, la paix est faite ? Vous ne m'en voulez plus de mes folies ?

CROUSTILLAC.

Moi ! vous en vouloir ?

ANGÈLE.

Consentez-vous à m'attendre ici ?

CROUSTILLAC.

Ici ?

RUTLER, *paraissant au fond.*

Les voici, tâchons d'écouter.

ANGÈLE.

Oui, attendez-moi là, et je suis sûre, cette fois, vous ne refuserez pas ce que je vais vous apporter. Adieu, mon ami. (*Elle rentre.*)

RUTLER, à *part.*

Son ami ! plus de doute, c'est lui ! c'est lui !

SCÈNE VII.

CROUSTILLAC *seul la suivant des yeux,* RUTLER.

CROUSTILLAC.

Cette femme-là, je l'adore... eh ! bien... après, ça ne nuit à personne, et je ne sais... Il me semble que cela me rend meilleur. Il y a deux jours, j'aurais peut-être accepté ces diamants, aujourd'hui cela me fait honte... Allons, mon pauvre Croustillac, il faut partir !

RUTLER, *terrassant Croustillac.*

Je vous arrête comme coupable de haute trahison.

CROUSTILLAC, à *part.*

Qu'est-ce qu'il dit celui-là ?

RUTLER.

Vous êtes mort si vous faites un mouvement, ou si vous appelez madame la duchesse, votre femme, à votre secours.

CROUSTILLAC, à part.

La duchesse!... ma femme?

RUTLER.

J'ai promis au roi, mon maître, de vous ramener mort ou vif.

CROUSTILLAC.

Voulez-vous d'abord me laisser relever?... Je vous promets de ne pas crier; mais je suis très-mal comme cela.

RUTLER.

Mylord duc, souvenez-vous de vos promesses.

CROUSTILLAC, à part.

Mylord duc! (Il se relève et regarde Rutler en face.) Eh bien! il ne s'aperçoit pas de sa méprise? (Haut.) Vous êtes bien sûr, monsieur, que c'est moi que vous cherchez?

RUTLER.

Que votre grâce n'essaye pas de me tromper, j'ai entendu votre conversation avec madame la duchesse... Quel autre, d'ailleurs, que vous, mylord, se promènerait à cette heure avec elle? Quel autre que votre grâce porterait ce justaucorps dont votre royal père vous avait revêtu?...

CROUSTILLAC, à part.

Mon royal père!

RUTLER.

Et que vous portiez encore dans une fatale circonstance que je ne veux pas rappeler.

CROUSTILLAC.

Je vous permets de tout me dire, monsieur. Je vous y engage même très-instamment. Expliquons-nous... pourquoi tenez-vous tant à me tuer?

RUTLER.

Ecoutez-moi bien. Vous avouerez qu'en ce moment vous ne pouvez m'échapper. Si, en essayant de fuir, vous me mettiez dans la dure nécessité de vous tuer...

CROUSTILLAC.

Dure nécessité pour tous deux, monsieur.

RUTLER.

Je le pourrais d'autant plus impunément, mylord duc, que vous êtes déjà mort... et que l'on n'aurait ainsi aucun compte à rendre de votre sang.

CROUSTILLAC.

Si je vous ai bien entendu, monsieur, vous tenez à me faire comprendre que vous pouvez me tuer impunément sous le prétexte, assez spécieux, j'en conviens, que je suis déjà mort?

RUTLER.

Je n'aurais jamais cru, mylord duc, que vous pussiez plaisanter sur ce terrible moment qui a dû vous laisser pourtant de bien affreux souvenirs... Telle sera donc toujours la reconnaissance des princes!

CROUSTILLAC traverse le théâtre, se dirige vers le pavillon, Rutler lui barre le passage, avec impatience.

Je dois vous déclarer, monsieur, qu'il ne s'agit pas de reconnaissance ou d'ingratitude dans cette affaire, et que... (A part.) N'allons pas faire quelque bévue... (Haut.) Permettez, monsieur. (Il le fait redescendre en scène.) Il me semble que nous nous écartons de la question... Dites-moi simplement ce que vous voulez de moi.

RUTLER.

J'ai l'ordre, monseigneur, de vous conduire à la Tour de Londres.

CROUSTILLAC, à part

Mordious! le quiproquo ne me convient plus!

RUTLER.

Je n'ai pas besoin de vous dire, mylord duc, que vous y serez traité avec les respects qui sont dus à vos malheurs et à votre rang. (Il lui présente le pistolet.)

CROUSTILLAC.

Permettez-moi de réfléchir un moment. (A part.) J'entrevois vaguement que l'erreur de ce brutal à mon endroit peut servir cette adorable petite créature... Une fois arrivé en Angleterre, la méprise sera reconnue. Or, comme il faut, après tout, que je retourne en Europe, j'aime bien mieux, si cela se peut, y retourner en prince qu'en passager gratis de maître Daniel. (Haut.) Mais la duchesse?

RUTLER.

Ce mariage est nul, mylord; il a été contracté après votre exécution à mort.

CROUSTILLAC.

Savez-vous bien, monseigneur, qu'il faut être bien sûr de son

---

fait pour prêter aux gens de pareilles originalités

RUTLER.

Tranchons là. On veut faire de vous un instrument, et j'ai pour mission de ruiner les projets d'un envoyé de France, qui, d'accord ou non avec votre grâce, peut arriver d'un moment à l'autre.

CROUSTILLAC.

Je vous donne ma parole de gentilhomme que j'ignorais les projets de cet envoyé français.

RUTLER.

Je crois votre grâce; mais le roi, mon maître, ne peut oublier, mylord duc, que vous avez porté vos vues sur le trône d'Angleterre.

CROUSTILLAC.

Eh bien! c'est vrai, je ne le nie pas.

Ah!...

CROUSTILLAC.

Que voulez-vous? l'ambition, la gloire, l'entraînement de la jeunesse... Mais, croyez-moi, l'âge nous mûrit, nous rend sages; avec les années, l'ambition s'éteint, on vit content de peu dans la retraite... Une fois tranquille dans le port, jetant un regard philosophique sur les orages et les passions, on cultive les champs paternels, quand on en a, ou du moins on regarde couler en paix le fleuve de la vie, qui va bientôt se perdre dans l'océan de l'éternité... Je n'hésiterai donc pas, en confirmation de ces paroles, à vous jurer de ne jamais élever la moindre prétention au trône d'Angleterre... vrai... foi de gentilhomme, je n'en ai pas la moindre envie.

RUTLER.

Milord duc, je dois remplir ma mission... Si vous hésitez, je compte sur un puissant auxiliaire.

CROUSTILLAC.

Et lequel?...

RUTLER.

Instruite par moi, vous voyant sous le coup de cette arme...

CROUSTILLAC, à part.

Il est insupportable avec son pistolet!...

RUTLER.

Madame la duchesse aimera mieux vous voir prisonnier que tué.. on sait combien elle est dévouée à son époux.

CROUSTILLAC, à part.

Son époux; mais en acceptant ce rôle, je sauve donc quelqu'un qu'elle aime!...Elle serait heureuse par moi!...sans le savoir!.. allons, c'est bien cela, mon pauvre Polyphème... Ferme! du courage.

RUTLER, qui a regardé à gauche.

Tenez, milord, la voici.

CROUSTILLAC, à part.

Est-ce un secours?

RUTLER.

Pas un mot, car je suis là, près de vous, et au moindre mouvement pour m'échapper...

CROUSTILLAC.

C'est bon!... C'est entendu. (Rutler se cache derrière un arbre.)

SCENE VIII.

CROUSTILLAC, RUTLER, PATRICE, ANGÈLE.

CROUSTILLAC.

C'est elle!

PATRICE, paraissant au fond entre les arbres, à part.

C'est elle!...

ANGÈLE.

Je veux réparer mon erreur, généreux ami, et vous ne refuserez pas de ma main un présent...(Elle lui offre une épée, Croustillac la saisit.)

CROUSTILLAC.

Une épée! ah! je ne crains plus rien!

RUTLER.

Mylord duc, vous êtes mort!... (Au même instant Rutler tire son pistolet. Angèle s'enfuit en poussant un cri.)

PATRICE, à demi caché au fond.

Elle fuit!... ah! le colonel ne la tuerait pas, lui... (Il court du même côté qu'elle.)

CROUSTILLAC.

Vous m'avez manqué, à mon tour. (Il se précipite sur lui l'épée haute. Une lutte s'engage.)

RUTLER.

On approche... qui vive ?

SCENE IX.

LES MÊMES, LE COMTE DE CHEMERAULT, LE PÈRE GRIFFON, SOLDATS.

LE COMTE DE CHEMERAULT.

Envoyé du roi de France.

RUTLER.

Trahison ! (*Il frappe Croustillac de son poignard.*)

CROUSTILLAC, *tombant.*

Je suis mort !...

CHEMERAULT.

Aux armes !... (*On se précipite sur Rutler, que l'on contient.*)

RUTLER.

Monsieur l'envoyé de France, vos projets sont déjoués... Vous veniez chercher Jacques duc de Monmouth, relevez ce cadavre.

CHEMERAULT.

Malheureux, vous serez fusillé dans les vingt-quatre heures... (*On emmène Rutler.*)

CROUSTILLAC, *se relevant et se tâtant.*

Pas maladroit... cette casaque est plastronnée à l'épreuve de la balle et de la pointe.

CHEMERAULT, *revenant.*

Monseigneur, êtes-vous gravement blessé ?

GRIFFON, *à part.*

Le Gascon sous ce costume !

CHEMERAULT.

Que votre altesse s'appuie sur moi.

CROUSTILLAC, *à part.*

Votre altesse ! Celui-là aussi ! (*Haut.*) Merci, monsieur, je ne suis qu'un peu étourdi. (*Il se relève.*)

CHEMERAULT.

Que votre altesse me permette de lui présenter les compliments de mon maître, sa majesté très-chrétienne, le roi de France.

CROUSTILLAC, *à part..*

J'aime bien mieux celui-là. (*Haut.*) Sa majesté est bien bonne.

CHEMERAULT.

Votre altesse veut-elle m'accorder deux minutes d'entretien pour lui expliquer ma mission ?

CROUSTILLAC.

Très-volontiers, monsieur...

CHEMERAULT.

Le comte de Chemerault.

CROUSTILLAC.

Très - volontiers, monsieur le comte de Chemerault. (*Ils s'avancent sur la scène.*)

LE PÈRE GRIFFON.

Est-ce un rôle convenu qu'il joue-là ? allons le savoir près du prince. (*Il sort.*)

CHEMERAULT, *avec mystère et même jeu pendant toute la scène.*

Vos partisans s'agitent.

CROUSTILLAC.

Oui, monsieur.

CHEMERAULT.

Il dépend de vous de resaisir l'éclatante position qui vous est due.

CROUSTILLAC.

Oui, monsieur.

CHEMERAULT.

Vous vous mettez à la tête des partisans de votre oncle, Jacques Stuart.

CROUSTILLAC.

Oui, monsieur.

CHEMERAULT.

Car le roi ne veut plus voir en vous que son digne neveu.

CROUSTILLAC.

Il a raison... Il faut toujours en revenir à la famille. Mon Dieu ! que chacun y mette un peu du sien, et tout finira par s'arranger.

CHEMERAULT.

Tout est favorable à la tentative projetée ; un bon nombre de vos anciens compagnons d'armes, de vos loyaux serviteurs, m'ont accompagné.

CROUSTILLAC.

Ici ?

CHEMERAULT.

Ils sont à bord de la frégate.

CROUSTILLAC.

Bien, ne les laissez pas débarquer.

CHEMERAULT.

Tels ont été mes derniers ordres ; mais on a bien de la peine à retenir leur enthousiasme.

CROUSTILLAC.

Pauvres amis !

CHEMERAULT.

Les Dudley, les Rothsay !

CROUSTILLAC.

Ah ! les Rothsay sont là ?

CHEMERAULT.

Lord Mortimer...

CROUSTILLAC.

Ce vaillant Mortimer... aussi.

CHEMERAULT.

Il voulait se jeter à la nage.

CROUSTILLAC.

Un caniche de fidélité.

CHEMERAULT.

Avec de tels hommes, avec les armes que contient la frégate, il faut frapper un coup rapide.

CROUSTILLAC.

Où ça ?

CHEMERAULT.

Chut... le Cornouaille s'agite.

CROUSTILLAC.

Le Cornouaille s'agite ?

CHEMERAULT.

Il vous attend.

CROUSTILLAC.

Le Cornouaille m'attend ?

CHEMERAULT.

Et mon maître, et votre oncle, Jacques Stuart, vous offrent le titre, les avantages de vice-roi d'Écosse et d'Irlande.

CROUSTILLAC.

A moi !

CHEMERAULT.

Je suis porteur des lettres patentes de Leurs Majestés.

CROUSTILLAC.

Pardon, monsieur, ceci mérite réflexion. (*Le comte de Chemerault se retire un moment au fond du théâtre.*) Tout à l'heure une prison assez propre, sans doute... mais perpétuelle... Maintenant une vice-royauté... Il y a des gens qui aiment cela... quoique... Enfin, il faut au moins offrir... Si cela convient à la Barbe-Bleue... et à son... je ne sais qui... Je n'ai pas le droit de prendre tout pour moi...

CHEMERAULT, *se rapprochant.*

Votre Altesse me paraît maintenant décidée ; il ne m'en coûte plus de lui révéler l'autre partie de ma mission.

CROUSTILLAC.

Ah ! il y a une autre partie ?

CHEMERAULT.

Votre Altesse comprendra qu'en lui parlant avec la franchise qu'elle a pu remarquer tout à l'heure...

CROUSTILLAC.

Je l'ai remarquée.

CHEMERAULT.

J'étais chargé de brûler ainsi ses vaisseaux.

CROUSTILLAC.

Comment vous brûliez mes vaisseaux ?

CHEMERAULT.

Je mettais Votre Altesse dans l'impossibilité de reculer. Si vous n'eussiez pas accepté, j'aurais eu l'honneur de conduire directement Votre Altesse aux îles Sainte-Marguerite, où elle garderait une prison perpétuelle.

CROUSTILLAC, *à part.*

C'est étonnant... Tous ces gouvernements n'ont au fond qu'une idée, la prison perpétuelle !... (*Il reste dans l'attitude d'une profonde méditation.*)

CHEMERAULT.

Eh bien monseigneur ?

CROUSTILLAC, *avec fierté.*

J'accepte la vice-royauté d'Irlande et d'Ecosse !... Allons chercher ma femme.

SIXIÈME TABLEAU.

Appartement riche et élégant. A gauche, porte au deuxième plan, et porte plus grande au troisième. A droite, grande porte au troisième plan ; au premier, cheminée avec pendule. Meuble de salon. Le fond fermé par une grande draperie.

SCÈNE I.

MONMOUTH, seul.

Je n'en saurais douter... quelque malheur plane sur nous, ou même nous a déjà frappés sans que nous ayons encore le sentiment du coup dont nous allons gémir. Pas de nouvelles du père Griffon. Il n'est pas venu... pas un message !... Qu'a-t-il donc appris en Europe ?... Parfois, tant on est ardent à tromper ses inquiétudes, je me figure qu'il nous ménage quelque surprise heureuse; qu'il attend quelqu'un, qu'il veut conduire ici... Si le généreux Sidney, si mon père se présentait tout à coup à nous ; si Angèle, ma bien-aimée Angèle, ivre de joie...

SCÈNE II.

MONMOUTH, ANGÈLE, accourant.

ANGÈLE.

Jacques! Jacques!

MONMOUTH.

Qu'as-tu, mon Dieu?

ANGÈLE.

Il faut fuir.

MONMOUTH.

Que dis-tu?

ANGÈLE.

Tu es découvert.

MONMOUTH.

C'est impossible!

ANGÈLE.

J'ai vu...

MONMOUTH.

Quoi?

ANGÈLE.

Les Anglais.

MONMOUTH.

Où?

ANGÈLE.

Là, dans le parc.

MONMOUTH.

Vite, les esclaves!

ANGÈLE.

Ils ne viendront pas... Tu as le temps de fuir.

MONMOUTH.

Comment?

ANGÈLE.

Le costume du chevalier les a trompés.

MONMOUTH.

Ils l'ont pris pour moi?

ANGÈLE.

Oui!

MONMOUTH.

Je cours e délivrer.

ANGÈLE.

Ah! je t'en prie, n'y va pas... Il ne court aucun danger; fuis, je t'en conjure.

MONMOUTH.

Exposer cet homme !...

ANGÈLE.

C'est ma vie, mon bonheur, que je te demande de sauver!

MONMOUTH.

Angèle! une lâcheté!

SCÈNE III.

LES MÊMES, BETTY, arrivant par la gauche, 3e plan.

BETTY.

Madame! madame!

ANGÈLE.

Qu'y a-t-il?

BETTY.

Dupont, le domestique du père Griffon!

MONMOUTH.

Enfin !.. Fais-le entrer.

BETTY,

Il est blessé, mourant ; il se soutient à peine.

MONMOUTH.

Je cours. (Mouvement d'Angèle.) Non, reste ici... Surveille ce qui se passe dans le parc. (A part.) Ah! je ne veux pas qu'un autre lui apprenne les malheurs que je prévois. (Il sort précédé de Betty.)

SCÈNE IV.

ANGÈLE, un moment seule; puis PATRICE, entrant en silence par le fond.

ANGÈLE.

Et je suis seule pour lutter contre tant de dangers, pour le sauver lorsque sa générosité même le précipite dans le péril! Seule! seule! Mon Dieu, rendez-moi mon père, rendez-moi ces protecteurs dévoués de mon enfance. (Cri de joie.) Ah! c'est une illusion, c'est une magie! Patrice.

PATRICE, s'avançant.

A genoux.

ANGÈLE.

Que dites-vous?

PATRICE.

A genoux!

ANGÈLE.

Pourquoi?

PATRICE.

Parce qu'il faut mourir.

ANGÈLE.

Moi?

PATRICE.

Celle qui déshonore une famille d'Écosse.

ANGÈLE.

Moi, Patrice?

PATRICE.

Celle qui fait pleurer dans le ciel un martyr.

ANGÈLE, avec terreur.

Il est fou.

PATRICE, venant sur elle.

Il faut mourir. (Elle pousse un cri.)

SCÈNE V.

LES MÊMES, MONMOUTH.

MONMOUTH, entrant et se précipitant sur lui.

Lâche brigand ! (Il l'a terrassé, et lui arrache la hache qu'il lève sur sa tête.)

ANGÈLE.

Jacques, grâce! c'est le chef de nos braves des montagnes; son père est mort pour mon père.

MONMOUTH.

Tu le veux. (Il lui lie les mains.) Qu'il vive donc.

ANGÈLE.

Patrice, vous n'avez donc pas reconnu la fille que votre mère a nourrie de son lait?

PATRICE.

C'est pour cela que j'aimais mieux la tuer ici tout de suite.

MONMOUTH, à part.

Que veut-il dire?

ANGÈLE, à Monmouth.

Tais-toi! (Haut.) Vous la sauvez donc d'un danger plus grand que la mort?

PATRICE.

Oui, de la honte!

ANGÈLE.

La honte!

MONMOUTH.

Il y a là un mystère odieux.

ANGÈLE, à part.

Je le pénétrerai. (Haut.) Et quelle honte m'était donc réservée?

PATRICE.

Quelle honte !... d'entendre dire, quand vous iriez en Angleterre: C'est la complice du suborneur; c'est la complice de l'assassin !

MONMOUTH, à mi-voix.

Assassin!

ANGÈLE, à mi-voix en souriant.

Penses-tu que je le croie, et ne vois-tu pas sa raison...

PATRICE, à part, examinant Monmouth,

Quel est donc cet homme ?

ANGÈLE.

Et toute l'Angleterre se laisserait donc tromper comme vous ?

PATRICE.

Tromper ! mais vous, la fille de lord Sidney, la fille de notre maître bien-aimé, vous étiez ici avec l'infâme. (*A part.*) Il a tressailli.

ANGÈLE.

Oui, j'étais ici avec mon mari.

PATRICE.

Votre mari ! le meurtrier !

MONMOUTH.

Oses-tu bien, misérable !

ANGÈLE, *à Monmouth.*

J'ai peur.

MONMOUTH.

Il faut qu'il parle.

PATRICE.

Si milady le veut, je parlerai.

ANGÈLE.

Ah ! c'en est trop ! j'ai repoussé ses paroles comme celles d'un insensé, et cependant je veux savoir les rêves affreux de cet homme. Parlez, Patrice ; au nom de mon père, parlez.

PATRICE.

Votre père ! Vous invoquez votre père, et j'ai voulu vous tuer pour lui ! Ah ! pardon, milady, ne craignez plus rien de moi ; je voulais punir, je n'aurai plus qu'à venger.

MONMOUTH.

Punir ?

PATRICE.

Un infâme.

ANGÈLE.

Venger ?

PATRICE.

Vous, votre père.

ANGÈLE.

Achevez.

PATRICE.

Ah ! je vois tout maintenant. Quand vous êtes partie de Londres, c'est qu'un homme est venu vous dire : J'ai ma grâce, fuyons ; c'est la volonté de lord Sidney, fuyons dans un autre monde, bientôt il viendra nous y rejoindre.

ANGÈLE.

Oui, c'est là ce qu'il m'a dit.

PATRICE.

Et pendant ce temps, un noble écossais, l'honneur de sa race, la gloire de notre île, notre maître adoré...

ANGÈLE.

Mon père, que faisait-il ?

PATRICE.

Fidèle à la mémoire de Charles II, dont il avait promis de protéger le fils, dévoué comme Strafford...

MONMOUTH.

Mon Dieu, je frémis malgré moi.

PATRICE.

Il bénissait sa fille par la pensée, et récitait les prières des agonisants.

ANGÈLE.

Sur qui ?

PATRICE.

Sur lui-même.

ANGÈLE.

Il croyait donc mourir ?

PATRICE.

Il est mort.

MONMOUTH.

Lord Sidney...

ANGÈLE.

Mort ! lui ! entendez-vous ? Il dit que mon père est mort !

MONMOUTH.

Angèle, mon Angèle, calme-toi. Toi-même, ne m'as-tu pas dit que sa raison...

ANGÈLE.

Oui, c'est vrai ; c'est un insensé qui rêve... Patrice, mon bon Patrice, revenez à vous ; vous aurez cru que vous étiez avec des ennemis ; mais, vous le voyez, vous vous trompiez.

MONMOUTH.

Patrice, dites-nous la vérité.

PATRICE.

Est-ce que mes larmes ne vous la disent pas ?

ANGÈLE.

On ne pleure pas pour un mensonge... Je n'ose plus l'interroger... Il est donc mort du chagrin de mon absence, du regret de ne pouvoir nous rejoindre ?

PATRICE.

Il n'en a pas eu le temps.

MONMOUTH, *lui déliant les mains.*

Patrice, soyez libre, et, devant Dieu, dites ce qui est.

PATRICE.

Il est mort parce qu'un lâche a eu peur de la mort et lui a dit : prends ma place et laisse-moi fuir. Mylord duc partit, lord Sidney resta à la tour de Londres, et, la nuit suivante, la tête du dernier de nos lords roulait sur l'échafaud.

ANGÈLE, *tombant à genoux.*

Mon père, mon père, je ne suis pas coupable.

MONMOUTH.

Au nom du ciel ! ne crois pas cette horrible fable : moi ! moi, parricide !

PATRICE, *à part.*

C'est lui ! le colonel s'est trompé. (*Haut.*) Il est tombé sans trahir le mystère d'un perfide... L'Angleterre ne sait pas encore son martyre, mais je l'ai su, moi, et j'ai juré du meurtrier de lord Sidney. (*Il va ramasser sa hache pour frapper Monmouth, qui est tout à la douleur d'Angèle.*)

SCÈNE VI.

LES MÊMES. LE PÈRE GRIFFON, *qui vient d'arriver, met le pied sur la hache.*

LE PÈRE GRIFFON.

Malheureux !

ANGÈLE, *avec un cri d'effroi, et se mettant au-devant de Patrice.*

Ah !

PATRICE, *s'arrêtant.*

Un prêtre ! une femme !

MONMOUTH.

Ah ! laissez-le frapper, si vous croyez que j'aie lâchement trahi le plus noble, le plus généreux des hommes.

ANGÈLE.

Mon Dieu ! si je dois le haïr, qui donc pourrai-je aimer ?

LE PÈRE GRIFFON.

Ecoutez-le, ma fille ; écoute-le, pauvre fanatique.

MONMOUTH.

J'étais résigné à la mort, attendant dans mon cachot la dernière nuit de ma vie, quand lord Sidney entre et me dit : Ton oncle, le roi Jacques II, vaincu par nos prières, t'accorde ta grâce ; mais pour te soustraire aux ennemis qui te poursuivaient, il veut que tu fuies en secret et que tu sois en sûreté avant qu'on ne sache la résolution de t'épargner. Pars donc, tes gardiens sont prévenus ; je reste ici à ta place, à l'abri de tout danger ; pars, emmène avec toi Angèle, et sur la première terre où tu mettras le pied deviens son époux... Bientôt j'irai vous rejoindre... Si dans un an je n'étais pas avec vous, envoie à la Rochelle, on y trouvera de mes nouvelles... Il m'apportait la liberté, la vie, le bonheur ; je l'ai cru, Angèle, voilà mon crime... Ah ! ta douleur a raison, je ne devais pas le croire.

ANGÈLE.

Non ! Dieu ne m'a pas condamnée à tant de regrets à la fois.

PATRICE.

Et s'il ment ?

LE PÈRE GRIFFON.

Écoute encore !

MONMOUTH.

Grâce ! plié ! mon Angèle, je t'ai ravi ton père, le plus saint, le plus admirable des hommes ; mais il ne m'a pas appelé traître, et en accomplissant son dévouement il n'a pu me maudire.

LE PÈRE GRIFFON.

Si ces dernières paroles furent une malédiction, vous allez le savoir ; car, à la Rochelle, en suivant les instructions que vous m'avez remises, voici ce que j'ai trouvé.

MONMOUTH.

Une lettre !

ANGÈLE.

De mon père !

LE PÈRE GRIFFON, *à Patrice.*

est ton maître qui va parler.

MONMOUTH, *lisant la lettre.*

Ma fille, cette lettre va détruire une illusion dont ta tendresse pour moi se berce depuis près de deux ans; je ne te verrai plus; ce ne sont de pénibles adieux que je t'adresse, ce sont des remerciements pour tout le bonheur que tu m'as donné et que je voudrais te rendre par ma mort; sois bénie, mon Angèle, pour m'avoir fait un père heureux et fier de toi; ma mort sera le premier chagrin que je t'aurai fait, il faut me la pardonner, mon enfant... (*Les sanglots l'interrompent.*) Il faut que ton époux, le fils de mon adoption, me pardonne aussi, je l'ai trompé; mais je devais épargner ainsi un crime au roi Jacques, une honte à mon pays, une éternelle douleur à ma fille bien-aimée. Si pendant que vous lisez cette lettre, Jacques, noble fils de mon roi, la main de ma fille est dans la vôtre, si c'est sur votre sein qu'elle répand les larmes que je lui coûte, ne me blâmez pas. Ma vie est bien payée. Adieu, j'entends les funèbres apprêts. Récompensez tous ceux qui ont fidèlement servi notre famille, surtout Patrice, et dans votre mutuel amour n'ayez qu'un cœur pour aimer ma mémoire. (*Avec larmes.*) Oh! mon père, mon père! vous avez été noble et grand jusqu'à me désespérer, jusqu'à me faire haïr la vie.

ANGÈLE.

Jacques, c'est pour moi qu'il s'est dévoué! (*Patrice, attentif pendant la lecture, aux derniers mots s'est mis silencieusement à genoux près de Monmouth, dont il baise la main.*)

LE PÈRE GRIFFON.

Pauvres enfants, le ciel par vos regrets veut vous unir encore davantage; cet homme à genoux, abjurant sa vengeance, vous dit mieux encore que vous n'avez pas besoin de pardon..... mais, monseigneur, songez que vous êtes l'unique soutien de cette chère orpheline; il **faut** vous soustraire au double danger!...

ANGÈLE.

Ah! je vous en supplie, mylord.

MONMOUTH.

Un Anglais m'a-t-on dit...

PATRICE.

Le colonel Rutler, qui, par ses mensonges...

LE PÈRE GRIFFON.

Il n'est plus à craindre; il a été arrêté par le comte de Chemerault envoyé de France, qui dans quelques instants va pénétrer ici.

ANGÈLE.

Il ne connaît pas encore les déguisements de mylord?

LE PÈRE GRIFFON.

Je ne le crois pas.

ANGÈLE.

Hâte-toi, je t'en conjure, prends ton costume de flibustier; la couleur du teint te rendra méconnaissable; tu passeras sans exciter le soupçon.

MONMOUTH.

Eh bien, pour toi je consens à fuir: viens me rejoindre: un bâtiment peut nous porter à la Barbade, où toute inquiétude cesse, où nous n'avons plus rien à craindre de l'Angleterre et de la France.

LE PÈRE GRIFFON.

Allez, monseigneur, allez.

PATRICE.

Milord, vous savez que vous avez un homme de plus, prêt à se faire tuer pour vous.

MONMOUTH.

J'accepte, à charge de revanche... Vous viendrez avec nous, mon père... tous ce soir à l'Anse aux Caïmans. (*Il sort.*)

LE PÈRE GRIFFON.

Je cours rejoindre Daniel. Il faut que *la Licorne* nous attende ce soir.

PATRICE.

Le colonel a caché dans l'Anse aux Caïmans des hommes de son équipage sous le costume de contrebandiers, il faut que je les rejoigne.

MONMOUTH.

A ce soir.

ANGÈLE.

Mes amis, sauvez lord Monmouth; sauvez celui pour qui mon père a donné sa vie, pour qui je donnerais la mienne. (*Tous deux sortent par la gauche.*)

SCÈNE VII.

ANGÈLE, *un moment seule, puis* BETTY.

ANGÈLE.

Chère retraite, où j'ai été si heureuse, il faut la quitter! Ah! si Jacques est sauvé, j'emporterai d'ici avec moi mon bonheur.

BETTY.

Madame.

ANGÈLE.

Eh bien!

BETTY.

Ce chevalier français est là, et demande à vous voir.

ANGÈLE.

Ah! il a été bon, généreux... qu'il vienne.

BETTY.

Mais il est suivi de soldats, et accompagné d'un seigneur qu'il appelle monsieur le comte.

ANGÈLE.

Que le chevalier entre seul.

BETTY.

Je ne sais comment dire à madame.

ANGÈLE.

Quoi?

BETTY.

C'est qu'il m'a dit : Va annoncer à madame la duchesse, à ma femme, que je désire lui parler; que je veux l'emmener avec moi en France.

ANGÈLE.

Que dis-tu? C'était donc une perfidie? Quand il consentait à passer pour mylord, c'était donc pour abuser de ce titre, et son fol amour... Je ne le verrai pas, et je vais... Mon Dieu, si dans sa colère il voulait me suivre, s'il découvrait Jacques, qui n'a pas encore eu le temps... Que faire?

BETTY.

Le voici, madame. (*Chemerault et Croustillac paraissent au fond et s'y arrêtent.*)

CHEMERAULT.

Mylord duc, je vais donner des ordres pour poursuivre le colonel Rutler, qui vient de nous échapper, et je reviens dans cette salle avec mes hommes. Au premier appel je suis à vous. (*Il se retire.*)

CROUSTILLAC, *dans le fond.*

La voilà; elle sera contente de moi.

SCÈNE VIII.

CROUSTILLAC, ANGÈLE, BETTY.

ANGÈLE.

Oh! l'indignation... l'inquiétude... Je ne puis rester... (*Elle va pour sortir et rencontre Croustillac.*)

CROUSTILLAC.

Madame!..

ANGÈLE.

Quelle audace!... (*Elle veut continuer sa marche.*)

CROUSTILLAC, *se mettant sur son passage.*

Madame, je suis trop heureux.

ANGÈLE.

Laissez-moi, monsieur.

CROUSTILLAC.

Mais non, je ne puis pas.

ANGÈLE.

Laissez-moi, vous dis-je.

CROUSTILLAC.

C'est impossible. La chose est grave, madame; il faut que je vous parle.

ANGÈLE.

Oseriez-vous donc me suivre?

CROUSTILLAC.

Oui, madame; car, je vous le répète, il faut que je vous parle.

ANGÈLE, *à part.*

Grand Dieu! si Jacques revenait... (*Haut.*) Eh bien, soit, monsieur... Betty, allez trouver le capitaine l'Ouragan.

CROUSTILLAC, *à part.*

Le flibustier?

ANGÈLE.

Dites-lui de m'attendre, que je vais le rejoindre. (*Betty sort.*)

CROUSTILLAC.

Eh quoi, madame, sérieusement cet homme?..

ANGÈLE.

De quel droit m'interrogez-vous, monsieur? n'est-ce pas à moi de vous demander compte de votre conduite déloyale?

CROUSTILLAC.

Ma conduite?...

ANGÈLE.

Quelle a-t-elle été? répondez.

CROUSTILLAC.

Ce ne sera pas long; écoutez moi madame, Je vous aimais véritablement; quand tantôt vous m'avez dit quelques bonnes paroles, je n'avais plus qu'une ambition... et celle-là n'offensait personne... celle de me dévouer pour vous. Mais comment avoir un pareil bonheur, moi, vagabond, qui n'ai que ma vieille épée, mon feutre et mes bas roses? Eh bien, pourtant, un ennemi me prend pour celui qu'on nomme votre mari... Jugez de ma joie, je puis sauver un homme que vous aimez passionnément... J'aurais préféré sauver autre chose... Mais je n'avais pas le temps de choisir.

ANGÈLE.

Oui, j'ai cru un instant... Passons monsieur

CROUSTILLAC.

Passons, madame. Je quittais cette maison sans espoir de jamais vous revoir, avec la prison ou la potence en perspective. C'est égal, je me trouvais satisfait comme cela... Je ne demandais pas même un regret... Un souvenir seulement, madame, un souvenir.

ANGÈLE.

Aussi, monsieur, tant que je vous ai cru généreux...

CROUSTILLAC.

Passons, madame, passons... L'envoyé de France arrive, l'Anglais se croit trahi... Il m'envoie une balle... Ce sont les profits du dévouement... Rien de plus simple... Quand on se dévoue aux gens, ce n'est pas dans l'espérance d'être prochainement couronné de roses et caressé par des nymphes de la même couleur.

SCÈNE IX.

LES MÊMES, MONMOUTH, *entrant sans être vu.*

MONMOUTH.

Elle ne vient pas!.. Ah! la voici. (*Angèle lui fait signe de ne pas approcher.*)

ANGÈLE.

Continuez, monsieur.

CROUSTILLAC.

L'Anglais est arrêté; puis par, paranthèse, il se sauve un moment après, et me voilà face à face avec le comte de Chemerault, l'envoyé de France. Quand je m'en allais en prison en Angleterre, je n'avais pas soufflé le mot; mais le comte me parle d'une insurrection appuyée par le roi de France. Il me dit que si le duc de Monmouth se met à la tête du mouvement, le succès est certain. Il me parle de vice-royauté, de couronne: je n'avais pas le droit de refuser. Il voulait partir sur-le-champ; il me fallait un prétexte; j'ai dit: Je veux emmener ma femme. Et me voilà.

MONMOUTH, *qui a écouté, s'avançant.*

Quoi, monsieur, vous voulez...

CROUSTILLAC, *stupéfait.*

Quel est cet homme?

ANGÈLE, *avec inquiétude.*

Que vous importe?...

CROUSTILLAC, *avec emportement.*

Comment, que m'importe? Mais vous avez donc juré de me mettre hors de moi? Que m'importe?... est-ce que je ne joue pas ici le rôle de votre mari? existe-t-il seulement? est-il ici? ne vous servez vous pas de mon erreur pour vous débarrasser de moi? Mais c'est a en devenir fou! A chaque instant je crois que ma tête est sens dessus dessous... Qui êtes-vous? où suis-je? que suis-je? suis-je Croustillac? suis-je mylord? suis je le prince? suis-je vice-roi, ou même roi?... Ai-je eu le cou coupé, oui ou non? Qu'on s'explique, il faut que cela finisse.

ANGÈLE, *avec inquiétude.*

Monsieur, certaines circonstances mystérieuses...

CROUSTILLAC.

Encore des mystères! Je vous le répète, j'ai assez de mystères comme cela.

ANGÈLE.

Monsieur, veuillez donc comprendre...

CROUSTILLAC.

Je ne veux pas comprendre.

ANGÈLE.

Monsieur, calmez vous, réfléchissez...

CROUSTILLAC.

Je ne veux ni comprendre ni réfléchir; à tort ou à raison, j'ai dit que vous m'accompagneriez, et vous m'accompagnerez.

ANGÈLE.

Monsieur!...

CROUSTILLAC.

Vous voyez bien cette pendule: si dans trois minutes vous ne consentez pas à me suivre, je dis tout à M. de Chemerault... Il en arrivera ce qu'il pourra.

ANGÈLE.

Je vous en prie.

CROUSTILLAC.

Décidez-vous; je ne parle plus, je n'écoute plus jusque là... Je me fais muet, je me fais sourd, car ma tête crèverait comme une grenade. (*Il se jette sur un fauteuil, met ses doigts dans ses oreilles et attache ses yeux sur la pendule.*)

MONMOUTH, *à mi-voix.*

Peut-être est-ce un honnête homme!

ANGÈLE.

Son exaltation m'épouvante.

MONMOUTH.

Il faut risquer de nous confier à sa loyauté.

ANGÈLE.

Mais s'il nous trompe!

MONMOUTH.

Mais s'il parle!

ANGÈLE.

Oh! quel abîme.

MONMOUTH.

Il n'y a pas à balancer; disons-lui tout.

CROUSTILLAC, *bondissant de son fauteuil.*

Trois!... Est-ce oui ou non?

MONMOUTH.

Je vais, chevalier, vous donner un haute marque de mon estime.

CROUSTILLAC.

Ton estime, noir scélérat?

MONMOUTH.

Mais, monsieur...

CROUSTILLAC.

Pas un mot! Madame, est-ce oui ou non?

ANGÈLE.

Mais écoutez.

CROUSTILLAC.

Est-ce oui ou non? (*Il va vers la porte du fond.*)

ANGÈLE, *épouvantée.*

Eh bien! oui, je vous suivrai.

CROUSTILLAC.

Enfin! Donnez-moi le bras et partons.

MONMOUTH.

Mais un instant, il faut que vous sachiez tout.

CROUSTILLAC.

Quoi?

ANGÈLE.

Le Caraïbe n'était autre chose que le flibustier.

MONMOUTH.

Ou plutôt le boucanier et le Caraïbe ne font qu'un.

CROUSTILLAC.

Ah! vous recommencez! (*Au moment où il va s'élancer vers la porte, Monmouth se jette sur lui.*) A moi, monsieur de Chemerault!

MONMOUTH.

C'est moi qui suis le duc de Monmouth. (*Angèle enlève avec son mouchoir une partie du bistre qui teint les mains de Monmouth.*)

CROUSTILLAC, *à part.*

Le duc!...

ANGÈLE.

Voyez... comprenez-vous?

CROUSTILLAC.

Blanc... Il est blanc.

SCÈNE X.

LES MÊMES, CHEMERAULT. (*Il entre l'épée à la main. Angèle tombe dans un fauteuil en cachant son visage. Monmouth porte la main sur son poignard. Croustillac est stupéfait.*)

CHEMERAULT.

Qu'y a-t-il donc, monseigneur ? j'ai cru entendre le bruit d'une lutte et une voix qui appelait à l'aide.

CROUSTILLAC, *d'un ton sombre.*

Vous ne vous étiez pas trompé, monsieur.

CHEMERAULT.

C'est vous qui m'avez appelé ?

CROUSTILLAC.

Oui, monsieur le comte.

CHEMERAULT.

Mais pourquoi m'avez-vous appelé ?

CROUSTILLAC.

Pour venir à mon secours.

CHEMERAULT.

Serait-ce ce misérable? dites-un mot et mon escorte....

CROUSTILLAC, *vivement.*

Je me charge de cet homme... ce n'est pas contre un pareil bandit que je vous ai appelé à l'aide, monsieur le comte, c'est contre moi-même.

CHEMERAULT.

Que voulez-vous dire ?

CROUSTILLAC.

Je veux dire que j'ai peur de me laisser fléchir aux larmes d'une épouse coupable !

MONMOUTH, *à part.*

Que dit-il?

ANGÈLE, *à part.*

Écoutons.

CHEMERAULT.

Madame la duchesse ?

CROUSTILLAC.

Trompé par un mulâtre, monsieur !... par un sang mêlé !... par un teint cuivré !...

ANGÈLE, *à part.*

Mon Dieu! quel est donc son espoir ?

CROUSTILLAC.

Chauffez donc mieux ma colère, monsieur! trouvez-moi une vengeance digne de l'offense.

CHEMERAULT.

Le mépris !

CROUSTILLAC.

Le mépris! vous en parlez bien à votre aise ! le mépris ! le mépris ! non, monsieur, il me faut autre chose... quelque chose de mieux; je l'ai trouvé et vous m'aiderez.

ANGÈLE, *bas.*

Ah ! il nous sauvera !

CROUSTILLAC.

Ah ! madame la duchesse, il vous faut des mulâtres ! Ah ! ah ! scélérat, il te faut des femmes blanches! Vous serez contents.

MONMOUTH, *bas.*

Il nous sauve !

CHEMERAULT.

Monseigneur, l'humanité...

CROUSTILLAC.

Silence, monsieur! Réponds, misérable : où est maintenant mon brigantin?... (*Avec colère.*) Où est mon brigantin ? .

MONMOUTH.

A l'Anse aux Caïmans.

CROUSTILLAC.

Monsieur de Chemerault, je vous ordonne d'appeler votre escorte ; vous me répondez de ces deux coupables; avant cette nuit, je veux que tous deux soient embarqués, ensemble, entendez-vous bien, ensemble sur mon brigantin... Je vous accompagnerai... je veux moi-même les voir partir... Quant à la destination du bâtiment... je ne puis vous le dire, monsieur ; cela ne regarde que moi

CHEMERAULT.

J'obéis, monseigneur ; hâtons-nous, car on nous attend à la *Fulminante.* (*Entrée de l'escorte qui garnit le fond. Monmouth en passant veut prendre la main de Croustillac. qui la retire vivement en disant :*)

CROUSTILLAC.

Tu oses porter la main sur moi ! (*Angèle s'est rapprochée de lui.*)

ANGÈLE, *bas.*

Généreux sauveur !

CROUSTILLAC, *bas.*

Ah ! ne m'empêchez pas d'être en colère.

SEPTIÈME TABLEAU.

La mer. En diagonale, sur le théâtre, se présente la frégate la *Fulminante;* l'avant un peu incliné par l'ancre qui retient le navire, découvre tout le pont, qu'on voit aussi par-dessus le bord du bâtiment.

SCÈNE I.

LORD MORTIMER, *autres* LORDS *et* SEIGNEURS ANGLAIS, OFFICIERS, MATELOTS, *puis* LE GOUVERNEUR. (*Tandis que les Officiers et les Matelots français sont à leur poste ou se promènent sur le pont, un groupe d'Officiers anglais, parmi lesquels on remarque Mortimer est formé vers la droite et toute son attention est dirigée du côté de la terre.*)

LORD ROTHSAY à LORD MORTIMER, *qui regarde avec une lunette.*

Eh bien, lord Mortimer, voyez-vous enfin quelque chose, grâce à cette lunette de nuit ?

MORTIMER.

Je vois toujours les fanaux aller et venir sur le pont de Saint-Pierre, mais rien de plus. (*Avec un cri de joie.*) Ah ! enfin !

TOUS, *se pressant autour de Mortimer.*

Est-ce lui? est-ce lui ?

MORTIMER.

Oui, oui, tout là-bas, à la lueur des flambeaux...il s'embarque dans une chaloupe... Oh! notre brave Jacques, il a pour nous revoir mis l'uniforme qu'il portait à Bridgewater.

TOUS.

Vive Jacques de Monmouth !

MORTIMER.

Oh ! je n'y vois plus ; des larmes troublent ma vue, ma main tremble.

UNE VOIX, *à droite.*

Canot du gouverneur

UN MOUSSE, *sur le bâtiment.*

Canot du gouverneur. (*Tout le monde se porte de ce côté.*)

TOUS.

Le gouverneur ! des nouvelles de terre !

LE GOUVERNEUR, *en quittant le canot.*

Restez-là, mon prince, vos ordres seront exécutés.

TOUS, *au Gouverneur, qui monte à bord.*

Qu'y a-t-il! le prince... Le comte de Chemerault vient-il à bord ?

LE GOUVERNEUR.

Messieurs, messieurs, un moment, de grâce.... Monsieur de Chemerault nous a quittés.

TOUS.

Pourquoi? pourquoi?

LE GOUVERNEUR.

Sa présence était nécessaire sur les côtes, il surveille un bâtiment anglais.

TOUS.

Mais le prince ?... nous allons le voir !

LE GOUVERNEUR.

Messieurs, je suis désolé de vous ôter cette joie ; mais personne sur le pont, tout le monde en bas. (*Murmures.*) C'est l'ordre formel du prince.

MORTIMER.

Puisqu'il l'exige, obéissons; ce ne sera qu'un retard de quelques minutes sans doute; mais ces minutes-là je les payerais de dix ans de ma vie. (*Tous se retirent avec regret et descendent sous le pont ; au moment où le dernier disparaît, on voit monter à bord Croustillac.*)

SCÈNE II.

CROUSTILLAC, LE GOUVERNEUR, OFFICIERS, SOLDATS *dans le fond. Croustillac est triste et rêveur ; il marche isolé. Le Gouverneur indique à l'escorte qu'il faut respecter sa douleur.*

LE GOUVERNEUR, *à Croustillac, lorsqu'il monte.*

Venez, mon prince.

CROUSTILLAC, *à part.*

Allons, mordious, pas de faiblesse ; je me suis conduit en gentilhomme, je dois avoir le cœur ferme et satisfait... Ils sont partis ! (*L'Officier, qui a fait descendre tout le monde, est remonté et a dit quelques mots au Gouverneur, qui se rapproche de Croustillac avec un respect craintif et attendri.*)

LE GOUVERNEUR.

Monseigneur !

CROUSTILLAC.

Qu'y a-t-il ?

LE GOUVERNEUR.

Vos partisans... vos amis... Ils brûlent du désir de vous revoir.

CROUSTILLAC, *bas.*

Ils viennent me rappeler la potence à laquelle je vais être nécessairement accroché quand tout se découvrira. (*Haut.*) Mon silence vous étonne peut-être ; mais si vous compreniez mon émotion...

LE GOUVERNEUR, *à part.*

Voilà le moment arrivé, il faut cependant vous dire...

CROUSTILLAC.

Achevez.

LE GOUVERNEUR.

Monseigneur, elle est là, dans une chaloupe qui a précédé notre barque.

CROUSTILLAC.

Qui... elle ?...

LE GOUVERNEUR.

Madame la duchesse, votre femme.

CROUSTILLAC.

Elle est ici ! et son complice ?

LE GOUVERNEUR.

Et son complice aussi, toujours garotté, toujours...

CROUSTILLAC, *avec colère.*

Et c'est vous, monsieur, qui vous êtes permis... (*A part.*) Les malheureux ! je ne les sauverai donc pas !

LE GOUVERNEUR.

J'ai là, une chaloupe de contrebandiers qui sont prêts à les conduire à bord de *la Licorne*, que tout à l'heure on a signalée en rade.

CROUSTILLAC, *avec colère.*

Monsieur le gouverneur, s'ils ne partent pas sur-le-champ, si toutes mes volontés...

LE GOUVERNEUR, *effrayé.*

Monseigneur, je ne puis pas.

CROUSTILLAC.

Pourquoi ?

LE GOUVERNEUR.

Madame la duchesse veut vous voir ; elle vous supplie, elle vous en conjure au nom de votre mère...

CROUSTILLAC, *à part.*

Au nom de ma mère ! pauvre sainte femme, je l'avais un peu oubliée depuis hier. Au nom de ma mère !... (*Haut.*) Dites lui qu'elle peut venir.

LE GOUVERNEUR, *fait un signe à un Officier qui se penche le long du bord, vers la barque qu'on ne voit pas.*

Ah ! monseigneur, quand elle sera à vos pieds, quand autour d'elle vos partisans....

CROUSTILLAC, *s'élançant vers lui.*

S'il en paraît un seul sur le pont pendant que la duchesse sera ici, je vous fais fusiller, monsieur le gouverneur.

LE GOUVERNEUR, *à part.*

Il a raison ; il ne veut pas qu'ils sachent... c'est toujours une position embarrassante en public ; je leur dirai tout bas. (*Il descend sous le pont, Angèle est montée à bord.*)

SCENE III.

CROUSTILLAC, ANGÈLE.

CROUSTILLAC, *allant vivement à elle.*

Vous ici, madame ! ah ! c'est braver trop de péril.

ANGÈLE.

Il ne veut pas partir.

CROUSTILLAC.

Qui ?

ANGÈLE.

Jacques.

CROUSTILLAC.

Pourquoi ?

ANGÈLE.

Parce que c'est vous abandonner.

CROUSTILLAC.

M'abandonner ! mais je ne cours aucun danger ? j'ai plus d'un expédient dans mon sac pour me tirer d'un mauvais pas.

ANGÈLE.

Vous me trompez.

CROUSTILLAC.

Moi ! j'ai mon plan ; s'il ne réussit pas, j'aurai recours à un second qui ne me permettrait pas de retourner de longtemps en France, peut-être.

ANGÈLE.

Mais, où irez-vous ?

CROUSTILLAC.

En ce cas, si vous avez quelques occasions pour le pays, faites-vous informer de ma mère... et de ma sœur... et si les chères créatures étaient tout à fait dans la peine, eh bien, au nom de ce drôle de corps de chevalier, un peu de bonté pour elles.

ANGÈLE, *attendrie.*

Ah ! cette dette du cœur sera sacrée... Mais vous, comment vous prouver...

CROUSTILLAC.

Comment ? en me laissant baiser cette main divine, en me disant de votre toute douce voix : Adieu, chevalier ; adieu, notre ami...

ANGÈLE.

Oh ! oui, notre ami, vous l'êtes, vous le serez toujours. (*Elle lui tend sa main qu'il baise avec transport.*) Ah ! des larmes, chevalier, je les ai senties sur ma main.

CROUSTILLAC.

Vive Dieu ! larmes de joie, madame. Je ne suis plus vice-roi ; je suis roi maintenant. Vous êtes rassurée. (*Bruit sous le pont.*) Ah ! partez, e vous en conjure... Au nom du salut du prince... (*Se penchant sur le bord.*) Force de rames à *La Licorne* qui est en vue. Les contrebandiers vous conduiront à bord ; et aussitôt que vous serez en sûreté, je vous en supplie, un coup de canon qui m'avertisse.

ANGÈLE, *à mi-voix lui offrant une croix qu'elle porte au cou.*

Chevalier, cette croix. Ma mère l'a portée.

CROUSTILLAC, *la pressant sur son cœur.*

Merci ! merci.

ANGÈLE.

Votre mère, votre sœur seront heureuses. (*Angèle descend du bord et disparaît.*)

SCENE IV.

CROUSTILLAC *seul, puis à la gauche de* LA FULMINANTE, *la barque où sont* ANGÈLE, MONMOUTH, RUTLER, PATRICE *et* MATELOTS.

CROUSTILLAC.

La voilà embarquée... sauvés !... Oh ! ne plus les revoir et vivre à jamais tout seul !... (*Il se laisse tomber sur un banc de quart.*) Ma bonne petite croix ! (*Il la baise et cache sa tête dans ses mains.*) On voit le sloop paraître à la gauche après avoir fait le tour du bâtiment ; des matelots rament ; Rutler, couvert d'un caban qui cache ses traits, est au gouvernail ; à l'arrière Angèle, Monmouth et Patrice.)

RUTLER, *relevant son capuchon.*

Au nom du roi Georges, duc de Monmouth, vous êtes mon prisonnier. (*Il va se précipiter sur lui ; Patrice relève aussi son capuchon.*)

PATRICE.

Au nom de Sidney, mon maître, je te tue. (*Il le frappe d'un coup de hache.*)

MONMOUTH, *brisant ses liens.*

Libre enfin ! (*Il se jette au gouvernail qu'il tient d'une main, et de l'autre, tenant le pistolet que Rutler vient de laisser tomber, il menace les matelots.*) Et vous, ramez vers la Licorne, ou vous êtes morts. (*Le sloop disparaît vers la gauche. Bruit dans l'entrepont.*)

SCENE V.

CROUSTILLAC, LE GOUVERNEUR ; *puis* LORD MORTIMER *et les partisans de* MONMOUTH.

CROUSTILLAC.

Quel est ce bruit sous le pont, monsieur le gouverneur ?

LE GOUVERNEUR.

Ce sont vos partisans que ma présence a cessé de contenir.

CROUSTILLAC, *à part.*

Ils vont me reconnaître ! pauvres amis, ils n'auront pas le temps d'arriver. (*Se dirigeant vers l'avant.*) Non, en ce moment, je ne veux pas les voir. Retardons encore l'explosion de quelques minutes. (*Haut.*) Ah ! gouverneur, tant d'émotions, la honte! la joie! la gloire! Mon oncle Jacques! le Cornouaille! oh! je succombe. (*Il tombe sur un affût, la face cachée par ses bras. Les partisans commencent à monter sur le pont par les divers escaliers, le gouverneur va au devant d'eux et leur recommande le silence en leur montrant Croustillac.*)

LE GOUVERNEUR.

Silence, voyez!

LES PARTISANS, *à mi-voix.*

Qu'a-t-il?

LE GOUVERNEUR.

Je vous l'ai dit, ce malheur domestique...

CROUSTILLAC, *tournant la tête du côté du spectateur.*

Ils sont au moins douze.

MORTIMER.

Ah! je me baignerai dans le sang du séducteur!

CROUSTILLAC, *même jeu.*

Je suis sûr que c'est Mortimer celui-là.

UN PARTISAN, *à Mortimer.*

Puisque vous êtes le seul ici, Mortimer, qui connaissiez personnellement le prince, approchez-vous.

CROUSTILLAC, *même jeu.*

Ah! il est le seul qui me connaisse.

MORTIMER, *s'approchant et mettant un genou en terre.*

Vos fidèles serviteurs, résolus à mourir pour votre cause, mylord... permettez-moi un nom plus doux, Jacques, notre Jacques bien-aimé.

CROUSTILLAC, *se relevant et comme sortant d'un songe.*

Qui m'appelle? (*Il regarde Mortimer, le relève et se jette dans ses bras.*) Mortimer! (*Mortimer reste stupéfait, tous les autres crient :* Vive mylord! vive le fils de Charles II! *Croustillac va à eux et leur presse la main.*)

CROUSTILLAC.

Mes amis! mes frères! cette joie après cette douleur.... Eh bien! qu'as-tu donc, Mortimer?

LE GOUVERNEUR.

C'est vrai, mylord, vous restez là, la bouche ouverte...

MORTIMER.

Pardon, mais c'est que...

LE GOUVERNEUR.

Eh bien quoi?

MORTIMER.

Sous ces traits je ne puis reconnaître...

CROUSTILLAC, *avec un cri de douleur.*

Ah! gouverneur, mon exécution m'a donc bien changé!

LE GOUVERNEUR, *à Mortimer.*

Voyez, mylord, le mal que vous faites à Son Altesse.

MORTIMER.

Mais j'ai beau chercher... sous ces traits...

CROUSTILLAC, *à part.*

Oh! le signal, le signal! (*Haut.*) Vous aviez bien raison, monsieur le gouverneur, il me fait un mal cruel; car, malgré la nuit fatale où ma tête... je ne puis douter de moi-même, je me palpe, je me sens... mais toi, malheureux Mortimer, te voilà encore comme je t'ai déjà vu une fois?

MORTIMER.

Que voulez-vous dire?

CROUSTILLAC.

La fatale exaltation de ton caractère. (*Mouvement.*) Ne le connaissiez-vous pas tous comme exalté?

TOUS.

Sans doute... sans doute...

CROUSTILLAC, *à part.*

Quelle histoire trouver? (*Haut.*) Quand tu la revis..... sois tranquille, je ne la nommerai pas... est-ce que ton délire nerveux t'a permis de la reconnaître?.... Elle fondait en larmes, et moi-même...(*A part.*)Oh bon Dieu! tirez le canon, car je suis à bout.

MORTIMER, *éclatant.*

Ah ça, est-ce qu'il veut me faire passer pour fou et stupide, cet intrigant-là?

LE GOUVERNEUR.

Lord Mortimer, vous vous oubliez.

MORTIMER.

Allez-vous-en au diable, et pendez-moi ce gaillard-là; il n'est pas plus le duc de Monmouth que je ne suis cet imbécile de gouverneur.

LE GOUVERNEUR.

Mylord, s'il ne faisait pas si chaud... (*Murmures des partisans.*)

MORTIMER.

Je vous dis que vous êtes dupes.

LES PARTISANS A CROUSTILLAC.

Répondez, répondez.

CROUSTILLAC.

Répondez, cela vous est parbleu bien facile à dire.

LE GOUVERNEUR.

Vous me mettez en eau! Mais c'est mylord duc!... sans cela M. le comte de Chemerault serait un imbécile!

SCÈNE VI.

LES MÊMES, CHEMERAULT, *qui, montant à bord, fend la foule.*

CHEMERAULT.

Que dites-vous, monsieur?

LE GOUVERNEUR, *au comble de l'embarras*

Mais, monsieur le comte...

MORTIMER.

Et moi, je soutiens que cet aventurier n'a jamais eu un seul trait de mylord duc.

CHEMERAULT, *stupéfait à Croustillac.*

Et vous ne vous défendez pas!

CROUSTILLAC.

Que voulez-vous que je défende? mon nez... ma bouche...

CHEMERAULT, *avec résolution à l'Officier.*

Faites mettre une mèche de mousquet allumée entre les deux pouces de ce drôle, il parlera.

CROUSTILLAC.

Je vais parler... j'accorde tout quand on s'y prend bien. (*Aux partisans.*) Votre Jacques a connu vos projets de guerre civile, il la déteste et n'y veut prendre aucune part... Il a fui. Voilà.

CHEMERAULT *et* MORTIMER.

Où a-t-il fui? répondez!

CROUSTILLAC.

Oh! pour cela, prenez votre mèche, voilà mes pouces. Je ne dirai rien de plus.

MORTIMER.

Il l'aura tué peut-être.

TOUS.

Oui... oui.

MORTIMER.

Il faut le pendre à la grande vergue.

CHEMERAULT.

Milords, je vous l'abandonne. (*Ils se précipitent sur lui.*)

CROUSTILLAC.

Un instant, messieurs... je suis gentilhomme, et je réclame l'honneur d'être passé par les armes et de commander le feu.

TOUS.

Eh! soit; des armes! des armes! (*Tandis qu'ils cherchent des fusils, Croustillac, seul, met un genou en terre.*)

CROUSTILLAC.

Mon bon Dieu, vous trouverez peut-être à première vue que je n'ai pas valu grand'chose, mais le dernier jour de ma vie, j'ai senti qu'en aimant beaucoup, on pouvait devenir meilleur. Pardonnez-moi à cause de cela, et si vous voulez me faire une petite avance sur mon bonheur de là-haut, qu'avant de mourir j'entende le coup de canon qui me dira qu'ils sont sauvés. (*Les partisans et soldats se sont rangés sur la droite, Croustillac va monter sur le bordage de gauche.*)

CHEMERAULT.

On est prêt, monsieur.

CROUSTILLAC.

Merci, monsieur de Chemerault. (*Commandant.*)Garde à vous! (*Un homme fait un mouvement; Croustillac va à lui.*) Attendez donc le commandement... Au temps! (*Commandant.*) Garde à vous! Apprêtez armes! (*Le mouvement est exécuté... Silence. — A part.*) J'attends, mon Dieu!

CHEMERAULT.

Allons donc, monsieur!

CROUSTILLAC.

J'ai sipeu de mots à dire! pourquoi se presser? Apprêtez armes... apprêtez armes.

CHEMERAULT.

Vous l'avez déjà dit trois fois, monsieur.

CROUSTILLAC.

Je vous le donne en dix, monsieur. Je voudrais bien vous voir à ma place... Joue! (*Silence, puis un coup de canon.*)

CHEMERAULT.

Quel est ce signal?

CROUSTILLAC, *avec un cri de joie.*

Merci, bon Dieu!.. Feu! (*En faisant ce commandement, il saute en arrière à la mer.*)

LE GOUVERNEUR.

Est-il mort?.. a-t-il sauté?..

UN MATELOT.

Une voile!..

TOUS.

Une voile!..

CHEMERAULT.

Soldats à vos armes! canonniers à vos pièces! (*Branle-bas général; la proue de La Licorne s'avance par la droite, on y voit Monmouth, Angèle, Croustillac, le père Griffon, Patrice.*

MORTIMER ET LES PARTISANS.

C'est mylord duc, c'est Jacques.

CHEMERAULT.

Que dites-vous?

MONMOUTH.

Mes amis, j'ai voulu vous dire un dernier adieu... Je suis mort pour le monde... plus de guerre civile! Si vous m'avez aimé, respectez la retraite où je vais être heureux.

MORTIMER ET LES PARTISANS.

Mylord! Jacques! notre bon Jacques. (*Ils étendent vers lui leurs bras.*)

CHEMERAULT.

Monmouth!.. il ne m'échappera pas... feu partout!...

MORTIMER ET LES PARTISANS.

Nous le défendrons contre tous. (*Ils se précipitent sur les soldats, qu'ils tiennent en respect.*)

CROUSTILLAC, *à genoux entre Angèle et Monmouth.*

Mon bon Dieu, pour bien faire les choses, avancez-moi encore une trentaine d'années comme cela. (*Aux partisans et à Chemerault.*) Bonne chance, messieurs!

FIN

H. DE SAINT-GEORGES

LES MOUSQUETAIRES
DE LA REINE

OPÉRA-COMIQUE EN TROIS ACTES

MUSIQUE DE F. HALÉVY

REPRÉSENTÉ POUR LA PREMIÈRE FOIS, A PARIS, SUR LE THÉATRE ROYAL DE L'OPÉRA-COMIQUE
LE 3 FÉVRIER 1846

DISTRIBUTION DE LA PIÈCE

OLIVIER D'ENTRAGUES,	officiers des Mousquetaires de la Reine	MM. ROGER.
HECTOR DE BYRON,	Anne d'Autriche.........	MOCKER.
LE CAPITAINE ROLAND DE LA BRE-TONNIÈRE, ancien officier de l'armée de Henri IV		HERMANN-LÉON.
NARBONNE		CARLOT.

ROHAN,		DU VERNOIS.
GONTAUD,	Mousquetaires de la Reine.	PALIANTI.
CRÉQUI,		GARCIN-BRUNET.
ATHÉNAIS DE SOLANGE	Dlles d'honneur.	Mmes LAVOYE.
BERTHE DE SIMIANE,		DARCIER.
LA GRAND'MAITRESSE DES DEMOISELLES D'HONNEUR,......................		BLANCHARD.
UNE DEMOISELLE D'HONNEUR...........		MARTIN-CHARLET
LE GRAND ·PRÉVOT		M. VICTOR.

GARDES DE LA PRÉVOTÉ, MASQUES, SEIGNEURS ET DAMES DE LA COUR, PAGES ET TROMPETTES DES MOUSQUETAIRES.

A Poitiers, sous le règne de Louis XIII, un mois avant le siège de la Rochelle.

ACTE I.

Le théâtre représente le jardin du palais habité par le roi et la reine. Au fond, à droite de l'acteur, le pavillon des demoiselles d'honneur. On y monte par un perron.|Plus au fond, à gauche, une aile du palais avec de grandes croisées donnant en face du spectateur. Le jardin est orné d'épaisses charmilles, de vases de fleurs et de statues ; çà et là, de grands arbres, sous l'un desquels est un banc de gazon.

SCÈNE PREMIÈRE.

Au lever du rideau, des piqueurs et des gardes de la vénerie du roi entrent en foule, revenant de la chasse royale : ils déposent leurs armes et leurs équipements, et sont suivis de valets chargés de gibier.

CHOEUR.

Ah ! le beau jour ! la belle chasse !
Vive l'équipage du roi !

Et ses limiers de noble race
Des bois la terreur et l'effroi,
Et les coursiers hennissant sous l'écume,
Et les accords
De nos piqueurs poursuivant dans la brume
Le cerf dix cors !

SCÈNE II.

LES MÊMES, OLIVIER, NARBONNE, CRÉQUI, ROHAN, GON-TAUD, CHAVIGNY, et d'autres mousquetaires et officiers de la reine.

OLIVIER, entrant.

Ah ! mes amis, il n'est pas, sur ma foi,
De plus brillant plaisir que la chasse du roi !

AIR.

Voyez cette noble assemblée.
Ardente et joyeuse, mêlée
D'écuyers, pages et seigneurs.
Voyez le piqueur qui s'avance
Avec sa meute qui s'élance

Aux sons du cor de nos chasseurs !
Mais le cerf agile,
En détours habile,
En ruses fertile,
Rit de ses abois !
Le traître la lasse,
Comme une ombre il passe
Sans laisser de trace
Aux feuilles des bois.
Alors, à sa poursuite
On s'élance joyeux,
On s'anime, on s'excite,
On court à qui mieux mieux ;
Pendant qu'un chasseur lutte,
Avec son fier coursier,
L'autre fait la culbute
Au fond d'un noir bourbier.

Et pendant tous ces jeux, images de la guerre,
Loin du regard d'un père ou d'un époux,
Sous le feuillage épais, un amant téméraire
De son bonheur surprend l'aveu bien doux !

La trompe sonne,
L'écho résonne,
Déjà l'on donne
L'heureux signal !
Car voici l'heure
Où le cerf pleure,
Il faut qu'il meure ;
Instant fatal !
C'est la curée
Qu'on t'a livrée,
Meute altérée
D'un sang fumeux !
Puis, la victoire
Les chants de gloire
Telle est l'histoire
D'un jour fameux !

CHOEUR.

Ah ! le beau jour, la belle chasse !
Vive l'équipage du roi !
Et ses limiers de noble race,
Des bois la terreur et l'effroi !
Et les coursiers hennissant sous l'écume,
Et les accords
De nos piqueurs poursuivant dans la brume
Le cerf dix cors.

SCÈNE III.

LES MÊMES, HECTOR.

ROHAN.
Maintenant, messieurs, à table !

TOUS.
A table ! (*Ils vont se placer à une table à gauche, où une collation est servie.*)

HECTOR, *entrant.*
Comment ! à table sans moi ?...

TOUS.
Hector de Biron !

OLIVIER.
Ah çà, d'où vient donc notre camarade Hector de Biron ?

TOUS.
Oui... d'où vient-il donc ?

HECTOR.
D'où vous devriez venir vous-mêmes... Fi ! messieurs, les demoiselles d'honneur de la reine n'avaient que des pages pour les aider à descendre de leur haquenées, au retour de la chasse, j'ai servi de chevalier à plus de dix jolies filles, à moi tout seul.

ROHAN.
Il a raison ! honneur au plus galant des mousquetaires de la reine !...

HECTOR.
Ah ! messieurs, vous me flattez... le fait est qu'au milieu du tourbillon de plaisirs où nous vivons, il est permis de perdre un peu la tête !

OLIVIER.
Je le crois bien... depuis que son éminence le cardinal de

Richelieu a conduit leurs majestés à Poitiers, en attendant le siége de la Rochelle, tous les jours parties de chasse, revues, tournois, carrousels...

GONTAUD.
Et le soir, danser des passe-pieds et des sarabandes avec les filles d'honneur de la reine... c'est à en mourir de joie... et de fatigue !

HECTOR.
Parle pour toi, mon gros Gontaud !... quant à moi, je ne connais rien de plus charmant que notre existence en ces lieux... Des fêtes continuelles, des femmes adorables... le plaisir aujourd'hui, la gloire demain... tout le monde y trouve son compte... excepté les jaloux et les maris... n'est-ce pas, Olivier ?

OLIVIER, *souriant.*
Oh ! moi, je ne suis pas très-redoutable pour eux..

HECTOR.
C'est juste j'oubliais... le sire Olivier d'Entragues, un saint mousquetaire, un modèle de raison et de sagesse... tantôt gai, souvent triste, mais toujours bon, généreux et brave...

TOUS.
C'est vrai !

HECTOR.
Ce qui fait que malgré nos mérites si différents, je n'ai pas de meilleur ami... et je me ferais tuer pour lui, s'il le fallait...

OLLIVIER.
A charge de revanche !

CRÉQUI, à *Hector.*
Ce qui ne l'empêcherait pas de lui enlever sa maîtresse, s'il en avait une !

HECTOR.
Moi, messieurs... jamais ! je suis mauvais sujet dans l'âme ou dans le sang, comme vous voudrez... mais trahir un ami... lui enlever celle qu'il aimerait... ce serait un crime dont je suis incapable, et que je me reprocherais toute ma vie !

ROHAN, *riant.*
Messieurs ! voilà une morale digne du révérend père Joseph, l'âme damnée de son éminence... je demande qu'on canonise notre camarade, Hector de Biron.

HECTOR, *se levant.*
Si monsieur de Rohan veut monter au ciel avant moi, un bon coup d'épée pourrait lui en ouvrir les portes... (*Mettant la main sur sa garde.*) Et je suis prêt...

ROHAN, *de même.*
Volontiers !...

OLIVIER, *les retenant.*
Ah çà, y songez-vous, entre camarades, et à cause de moi... or vous prendrait pour un raffinés d'honneur... comme mon digne mentor, le capitaine Roland.

ROHAN.
Il a raison... c'est commun ! c'est arriéré... cela sent la Ligue d'une lieue !

OLIVIER.
N'importe, messieurs... c'est un beau type que mon vieil ami, le capitaine Roland... un ancien brave, du temps du roi Henri... tout habillé de cuir et de fer... un respectable portrait de famille descendu de son cadre... bretteur dans l'âme... il ferait battre des frères ou des amis de vingt ans...

HECTOR.
A qui le dis-tu ?... ce n'est pas sa faute, si nous n'avons pas encore croisé le fer ensemble !

GONTAUD.
Il t'en veut donc ?

HECTOR.
A la mort ! le musc et l'ambre de mes dentelles lui portent à la tête !

OLIVIER.
C'est donc pour cela qu'il te cherche querelle à tout propos ?

HECTOR.
Justement !... mais ma politesse et mon urbanité déjouent toutes ses intentions hostiles... et je ne connais rien de plus drôle que la figure du vieux raffiné, quand je réponds à ses sarcasmes par des éloges et des compliments.

OLIVIER.
Ne t'y fie pas... on dit qu'il a une certaine botte secrète...

HECTOR.
Qui ne manque jamais son homme... aussi, je me la réserve, quand je serai las de la vie... Mais silence ! le voici ! avec sa formidable rapière... tellement inséparable de sa personne, qu'on ne sait vraiment pas laquelle des deux est suspendue à l'autre !

SCÈNE IV.

Les Mêmes, LE CAPITAINE ROLAND.

TOUS, *se levant et portant une santé.*

Au capitaine Roland !

ROLAND.

Merci, messieurs, bonjour !... (*A Olivier.*) Bonjour, mon jeune ami !

HECTOR, *allant à lui et lui faisant un grand salut.*

Je présente mes civilités à monsieur le capitaine Roland de la Bretonnière !

ROLAND, *sévèrement.*

Prenez garde, monsieur de Biron !... l'excès de votre courtoisie a manqué briser la plume de votre feutre !

HECTOR.

Je serais loin de regretter une semblable bagatelle pour assurer de toute ma considération l'un des plus illustres braves de l'armée !

ROHAN.

L'ancien soutien de la ligue !

GONTAUD.

Le modèle des raffinés d'honneur !

ROLAND.

Raffiné, messieurs !... c'était le beau temps que celui des raffinés... des duels tous les jours !...

HECTOR.

Comment donc ! mais c'était fort séduisant !

ROLAND, *avec feu.*

C'était magnifique !... un duel est une guerre à deux, où les ennemis se voient de près, face à face... fer contre fer, du sang pour du sang... on ne risque pas là d'être tué honteusement par une balle de hasard ou un coup d'arquebuse de quelque ribaud de soldat... on se mesure, on s'attaque, et l'on meurt convenablement, dans les règles, en gens qui savent vivre !

HECTOR, *gaîment.*

Le capitaine a raison, messieurs... Le siècle se gâte... tout dégénère... nous vivons en bourgeois de Paris... Le corps redoutable des mousquetaires devient tous les jours moins querelleur !

OLIVIER, *riant.*

A preuve que sans moi, tout à l'heure, et pour un mot, vous alliez vous couper la gorge avec Rohan !

ROLAND, *vivement.*

Vraiment ! mais si l'affaire n'était pas arrangée... on pourrait...

HECTOR.

Merci, capitaine !... la paix est faite... et ce soir nous trinquerons ensemble, monsieur de Rohan et moi, au banquet de la reine.

OLIVIER.

A ce propos, messieurs, je vous annonce une bonne nouvelle... Sa majesté la reine a décidé que ce soir même, avant le bal, chacune de ses demoiselles d'honneur ferait choix d'un chevalier pour le tournoi royal et tout le temps des fêtes qui vont le suivre !

HECTOR.

Ah ! messieurs... le joli bataillon que celui des demoiselles d'honneur de la reine !

CRÉQUI.

Catherine de Pons !

NARBONNE.

Louise de Sabran !

HECTOR.

Mademoiselle de Solange ! la nièce de son éminence !

GONTAUD.

La duchesse de Chaulnes !

CRÉQUI, *avec ironie.*

Allons donc... Quarante-cinq printemps !...

HECTOR, *riant.*

Sans compter les hivers !

OLIVIER, *de même.*

Si ces hivers sont des printemps !

HECTOR.

Et Berthe de Simiane, messieurs !... si vive, si piquante, si décidée !

ROHAN.

N'importe ! la plus belle est mademoiselle de Mirepoix !

CRÉQUI, *avec ironie.*

Une beauté de marbre, une statue du parc de Saint-Germain

ROHAN.

Vous insultez celle que j'aime !

ROLAND, *vivement.*

C'est vrai... il y a insulte !

OLIVIER, *à Roland.*

Mais vous voulez donc les faire tuer !

ROLAND.

J'ai donné vingt coups d'épée. et je me porte à merveille !

OLIVIER.

Mais ceux qui les ont reçus ?

ROLAND, *avec chaleur.*

Ils avaient tort... de les recevoir !

NARBONNE.

La plus belle, je le soutiens, est Louise de Sabran.

HECTOR.

Non, messieurs... la plus belle est celle que j'aime... je ne la nomme pas, mais je me bats pour elle !

ROLAND.

Bravo ! voilà de dignes mousquetaires !

TOUS, *mettant l'épée à la main.*

En garde ! en garde !

MORCEAU D'ENSEMBLE.

TOUS, *excepté Olivier.*

Ma belle est la plus belle,
Qui le nie a menti !
Mon amour est pour elle,
Et mon épée aussi !

HECTOR.

A moi, ma bonne lame !
Allons, convenez tous
Que rien ne vaut ma dame,
Ou sinon, battons-nous !

SCÈNE V.

Les Mêmes, BERTHE DE SIMIANE, *sortant du pavillon.*

OLIVIER, *voyant la jeune fille.*

Berthe de Simiane !...

HECTOR, *galamment et allant à elle.*

. . . . Hélas ! bien à tort,
On se battait pour la plus belle !
Vous paraissez, mademoiselle,
Sur les plus doux attraits nous sommes tous d'accord !...

BERTHE.

Allons, messieurs, point de querelle !
Il est un moyen bien plus doux
De prouver à tous les jaloux
Que votre belle est la plus belle...
C'est de rester toujours fidèle !
De ce projet que dites-vous ?
Messieurs, messieurs, l'approuvez-vous ?

TOUS.

De votre avis nous sommes tous !

BERTHE.

CAVATINE.

Ah ! messieurs,
Mon conseil est sage,
Suivez-le toujours,
C'est un doux présage
De tendres amours !
Pour moi quelle gloire.
Chevaliers courtois,
Si vous daignez croire
A ma faible voix !
Et si la constance
De nos anciens temps
Peut renaître en France
Au cœur des amants !

HECTOR.

Comme vous prêchez bien !

TOUS, *excepté Olivier.*

On n'est pas plus jolie,
C'est pour vous que chacun voudrait donner sa vie.

BERTHE, *riant.*

Eh quoi ! messieurs, si promptement
Vous oubliez mes avis, et pourtant...

REPRISE DE LA CAVATINE.

Mon conseil est sage,
Suivez-le toujours,
C'est un doux présage

De tendres amours !
Pour moi quelle gloire.
Chevaliers courtois,
Si vous daignez croire
A ma faible voix !
Et si la constance
De nos anciens temps
Peut renaître en France
Au cœur des amants !

ENSEMBLE.

CHŒUR.

La douce constance
De nos anciens temps
Va renaître en France
Au cœur des amants !

BERTHE.

Allons, messieurs, plus de guerre entre vous... D'abord, c'est fort mal... et puis nous n'avons déjà pas trop de danseurs... et les demoiselles d'honneur en consomment beaucoup...

HECTOR.

J'ai bien peur que la querelle recommence pour être le vôtre !

BERTHE.

Non, monsieur... tous vos camarades ne sont pas comme vous, qui avez la réputation d'être très-querelleur, fort léger, fort indiscret... et ce qu'il y a de pire, amoureux de toutes les femmes !

HECTOR.

Jusqu'à ce qu'une seule me permette de l'être d'elle...

BERTHE, avec malice.

Est-ce qu'on a besoin de permission pour cela !... mais vous êtes trop volage... voyez votre ami Olivier... voilà un mousquetaire modèle... et qui serait constant, j'en suis sûre, s'il devenait jamais amoureux !

HECTOR.

Lui ! il n'aime personne, j'en réponds.

OLIVIER, souriant.

N'en jure pas !

BERTHE.

En revanche, vous aimez partout tout le monde, vous, à ce qu'on prétend... mais je vous préviens qu'il y a une ligue entre toutes les demoiselles d'honneur, et qu'à moins de dix ans de constance bien prouvés, bien établis... au reste, nous sommes à la tête de la conspiration, Athénaïs de Solange, mon amie intime, et moi !

OLIVIER.

Ah ! mademoiselle de Solange en est aussi !

BERTHE.

Je le crois bien... c'est la plus sévère, la plus rigide de nous toutes !

HECTOR.

Prenez garde, mademoiselle... nous avons peut-être déjà des alliés dans votre camp !

BERTHE.

Non, monsieur, vous n'en n'avez pas, et vous en aurez, vous, moins que personne... à moins...

HECTOR, riant.

De dix ans de constance, n'est-ce pas ?

BERTHE, de même.

Oh ! quant à ça, si on était bien sûre... on en rabattrait peut-être quelque chose !... (On entend battre aux champs.)

OLIVIER.

Messieurs, on bat aux champs !... voilà la sortie de la reine... Aux armes !

TOUS.

Aux armes !

ROLAND, répétant.

Aux armes, messieurs... ou gare les arrêts ! (Ils sortent tous vivement, après avoir salué mademoiselle de Simiane.)

SCÈNE VI.

BERTHE, puis ATHÉNAÏS, sortant du pavillon.

BERTHE.

Quel malheur que monsieur de Biron soit un si mauvais sujet ! Je ne sais pas comment cela se fait, mais ce sont toujours ceux-là qu'on trouve les plus aimables... Voici ma sévère amie, ma bonne Athénaïs.

ATHÉNAÏS, avec émotion.

C'est toi, ma chère Berthe, je te cherchais !

BERTHE.

Ah ! mon Dieu ! quel air inquiet et agité !

ATHÉNAÏS, en confidence.

Dis-moi n'as-tu pas entendu parler hier, au coucher de la reine, d'un illustre époux qu'on me destinait ?...

BERTHE.

Le prince Amédée de Lorraine !

ATHÉNAÏS.

Et crois-tu que ce bruit se soit répandu à la cour, que messieurs les officiers de service en aient déjà connaissance ?

BERTHE.

Eh ! que t'importe ?

ATHÉNAÏS.

Hélas ! ma chère amie, c'est qu'il y a une personne dont je crains le désespoir à cette nouvelle !

BERTHE, riant.

Le désespoir d'un mousquetaire ou d'un gendarme du roi !... Est-ce que par hasard tu aimerais un de ces mauvais sujets-là ?...

ATHÉNAÏS.

Celui que j'aime est digne de toute mon affection... et tu vas tout savoir. Un jour... c'était la veille de la prise d'habit de notre bien-aimée compagne, mademoiselle de Rochemaure... assises toutes deux là, sous ce bosquet... elle me vantait le bonheur d'avoir Dieu pour époux... Mon cœur se troubla, et je lui parlai d'un amour qui pouvait réaliser le rêve le plus doux... et pressée par sa tendre amitié de lui en apprendre l'objet caché, je prononçai d'une voix faible et tremblante, le nom de monsieur d'Entragues !...

BERTHE.

Olivier d'Entragues !... voyez-vous le dissimulé...

ATHÉNAÏS.

Hélas ! ma chère amie, monsieur d'Entragues avait tout entendu !

BERTHE.

Comment ?

ATHÉNAÏS.

Caché derrière cette charmille, il eut l'indiscrétion de nous écouter !

BERTHE.

Quelle perfidie !

ATHÉNAÏS.

Le soir même, il m'avoua sa faute dans une lettre si tendre, si respectueuse !... et admire cette sympathie, lui aussi m'aimait depuis longtemps... Mais la distance qui nous sépare, l'avait forcé au silence... maintenant que le hasard lui révélait son bonheur, il me conjurait de lui permettre de m'adorer comme sa providence, comme son bon ange...

BERTHE, gaîment.

Et son bon ange se laissa toucher par cette ardente prière !...

ATHÉNAÏS.

Il espérait tout du temps, me disait-il... puis il me traçait un plan de conduite... ne pas nous parler... ne jamais nous regarder... éviter même toutes les occasions de nous trouver ensemble... et, le croirais-tu, je ne connais pas même le son de sa voix...

BERTHE.

C'est héroïque !... et si quelque lettre tombait entre les mains de ton oncle le cardinal ?

ATHÉNAÏS.

Oh ! je serais perdue, je le sais ! mais les lettres de monsieur d'Entragues n'étaient pas signées ! et quant à moi, je ne lui ai jamais écrit que deux mots dans ma vie... patience ! espoir !

BERTHE, riant.

Mais voilà des mots qui en disent plus long que bien des pages !... De l'espoir donc ma bonne Athénaïs... et pour peu que vous ayez la patience d'attendre que son éminence soit passée de vie à trépas, vous serez heureux un jour... Quoiqu'il arrive, compte sur moi, sur mon amitié, sur mon dévouement !

ATHÉNAÏS.

Oui, ma chère Berthe... j'en aurai bientôt besoin, peut-être !

BERTHE.

Et moi, de mon côté, si mon cœur comme le tien... (Gaîment.) Mais en tous cas, je me méfierai des charmilles... je te quitte... il faut que je coure à ma toilette... car ici, dans un instant, nous allons choisir nos chevaliers... et c'est le cas où jamais d'être sous les armes ! adieu !... Adieu !... (Elle sort.)

SCÈNE VII.

ATHÉNAIS, *seule*.

AIR.

RÉCITATIF.

Me voilà seule enfin !

Désignant un vase de fleurs.

Du confident discret,
Dans le sein duquel il dépose
De notre amour le doux secret,
Je veux approcher, et je n'ose.

CANTABILE.

Bocage épais, légers zéphirs,
Vous, les témoins de ma tendresse,
Cachez le trouble qui m'oppresse,
Ne révélez pas mes soupirs !
D'un amour né dans le mystère
Gardez pour vous seuls la douceur !
Jusqu'au jour où Dieu, sur la terre,
Lui réserve enfin le bonheur.

(Allant vers un vase de fleurs, y prenant une lettre. Lisant avec émotion.)

« Mademoiselle, je suis au désespoir... on annonce votre pro-
» chain mariage avec le prince de Lorraine... il faut que je vous
» voie, que je vous parle... ne me refusez pas un moment d'en-
» tretien. » O ciel.—Si vous daignez y consentir, laissez tomber
» votre éventail à vos pieds, lorsque vous passerez pour vous
» rendre chez la reine... ce sera le signal que vous daignerez
» m'entendre ce soir à onze heures, pendant le bal de la cour,
» dans le pavillon des filles d'honneur !... »—O mon Dieu ! que
me demande-t-il ?—« Surtout n'ayez pas de lumière qui vous tra-
» hirait à la surveillance de la grande maîtresse... fiez-vous à
» mon amour, à mon honneur... mais si vous me refusez, de-
» main j'aurai cessé de vivre ! »

REPRISE DE L'AIR.

Fatal désir, que dois-je faire ?
D'y consentir, je le sens, j'aurais tort!
Mais refuser, repousser sa prière,
Il le dit, ô ciel! c'est sa mort!
O mon bon ange, et vous, ma mère,
Du haut des cieux veillez sur moi!
Je mets en son honneur mon repos et ma foi.

CABALETTA.

Ah ! puis-je encore
Quand il m'adore
Trembler ici!
J'ai sa tendresse,
J'ai sa promesse,
Je crois en lui !
De son amie
A lui la vie;
A lui le cœur !
Je lui confie
Tout mon bonheur !
Ce soir ici, le signal en ces lieux !

(Se rappelant.)

Puis j'entendrai sa voix, j'écouterai ses vœux !
Ah! puis-je encore
Quand il m'adore, etc.

On vient... c'est lui...

SCÈNE VIII.

OLIVIER, LE CAPITAINE ROLAND.

OLIVIER, *apercevant Athénaïs.*
Qu'ai-je vu ! (*Il lui fait un salut respectueux, Athénaïs le lui
rend avec émotion, puis s'enfuit vivement.*)
ROLAND, *entrant et examinant Olivier.*
Eh bien, mon jeune ami, qu'est-ce qu'il t'arrive ? te voilà tout
pâle !

OLIVIER.
Ce n'est rien, je vous jure !

ROLAND.
Par la mordieu ! serait-ce l'effet de l'engagement que tu
viens de prendre ?
**

OLIVIER.
Non, capitaine, non... quoique cet engagement soit une chose
déplorable, et que sans vous, peut-être, sans votre manie de
faire battre les gens, je pouvais facilement éviter !

ROLAND.
Mille arquebuses ! voilà un reproche qui m'est sensible !...
Ecoute-moi, mon petit ! j'ai promis à ta noble mère de veiller
sur toi en toute occasion... mais sur ton honneur avant tout !

OLIVIER.
Eh ! quel honneur y a-t-il, s'il vous plaît, à ferrailler avec un
sot, comme ce Guébriac... un officier des gardes du cardinal...
fanfaron gueux et menteur, qui n'a pas voulu me céder le pas
pour entrer chez la reine, où mon service m'appelait... Eh ! que
m'importait au fond, qu'il entrât le premier ou non?... vous
l'arrêtez à la porte... vous lui certifiez qu'il m'insulte... et de là
une provocation, un duel convenu devant témoins... des gages de
combat échangés par vous, entre lui et moi... ma croix de Jérusalem, à laquelle je tenais très-fort, contre son nœud d'épée, dont
je me soucie fort peu !

ROLAND.
Sang et mort ! disputer le pas à l'héritier d'un des plus beaux
noms de France ! au fils de l'illustre comte d'Entragues ! l'ami du
grand roi Henri, et le mien !... à toi, que j'aime comme j'ai
aimé ton père... mais tu ne le crois pas, ingrat!... et quand je
veux que tu te poses en brave à la cour, que tu donnes ou re-
çoives un bon coup d'épée... tu doutes de ma tendresse pour toi !

OLIVIER.
Allons, mon brave capitaine, on se battra, puisque vous le jugez nécessaire... mais j'aurais mieux aimé un autre adversaire...
un grand seigneur... un prince... le prince de Lorraine, par
exemple !

ROLAND.
Un prince royal ! comme tu y vas !

OLIVIER.
Oh ! celui-là surtout, qui va me rendre le plus infortuné des
hommes !

ROLAND.
Toi, et comment ?

OLIVIER.
C'est mon secret !... mais après tout, je ne puis en avoir pour
vous... une nouvelle que je viens d'apprendre... Il revient, dit-
on, de Flandres, pour épouser une personne que j'adore... mademoiselle Athénaïs de Solange !

ROLAND.
Malheureux ! la nièce du cardinal ! mais il y a de ta tête !

OLIVIER.
Eh ! qu'importe ! serait-ce trop payer de la vie un regard, un
mot de sa bouche !

ROLAND.
Elle ne t'aime donc pas ?

OLIVIER.
Elle !... y songez-vous ! Dieu m'est témoin que je n'en ai jamais eu la pensée, ni l'espoir !

ROLAND.
Mais au moins, connaît-elle ton amour ?

OLIVIER.
Non! sur mon honneur, sur la vie de ma mère !... et pourquoi
le lui aurais-je laissé voir !... moi, pauvre gentilhomme qui n'ai
rien à lui offrir... Oh ! je sais ce que vous allez me dire... Mon
oncle, le duc de Monbaret... mais est-il sûr qu'il me laisse
sa fortune et son titre ?... n'a-t-il pas d'autres neveux?...

ROLAND.
C'est vrai !

OLIVIER.
Et puis, d'ici là, ne sera-t-elle pas mariée?

ROLAND.
C'est encore vrai ! mon pauvre Olivier, mon enfant... ton chagrin est le premier de ma vie !

OLIVIER.
Silence ! voici Hector ! pas un mot sur mon secret... car il n'y
a que Dieu et vous qui le sachiez au monde !

SCÈNE IX.

LES MÊMES, HECTOR.

HECTOR, *entrant.*
C'est une indignité!... il n'y a que moi pour ces événements
là !

OLIVIER.
Que t'arrive-t-il ?   12

HECTOR.

La chose la plus désagréable du monde !

ROLAND, *avec ironie.*

Le tailleur de monsieur de Biron qui lui aura manqué son pourpoint nouveau, où ses dentelles déchirées peut-être en embrassant quelque piquante soubrette...

HECTOR, *de même.*

Voilà de cesmalheurs que vous n'éprouverez jamais, mon brave capitaine !

ROLAND, *du même ton.*

Et pourquoi cela, mon bel officier ?

HECTOR.

C'est que vos dentelles sont des lames de fer, et que depuis longtemps on a oublié de prendre votre mesure !

ROLAND.

Malpeste ! monsieur ! prétendriez-vous tourner ma mise en ridicule !

HECTOR.

Moi, capitaine ! quand vous avez le plus habile tailleur de la cour.

ROLAND, *s'emportant.*

Par la mordieu ! cette ironie...

HECTOR, *avec sang-froid.*

Oui, monsieur, le plus habile... car il n'y a que votre pourpoint d'assez solide au monde pour résister, depuis dix ans, à toutes les balles qu'il a reçues des Anglais et des Espagnols !

ROLAND, *à part.*

Impossible de se fâcher avec cet homme-là !

OLIVIER, *à Hector.*

Mais enfin, d'où vient ton humeur ?...

HECTOR.

Une ronde d'armes à faire ce soir, à minuit, au moment où j'aurai peut-être un entretien, un rendez-vous !...

ROLAND, *vivement.*

D'honneur ?

HECTOR.

Non, morbleu ! d'amour, ce qui vaut mieux... (*A Olivier.*) Et tu me vois désespéré de ce contre temps !

OLIVIER.

Si n'est que ça, je puis prendre ton tour de garde ce soir !

HECTOR.

Toi ?

OLIVIER.

Tu me rendras ça un autre jour... De qui prends-tu les armes ?

HECTOR.

De Créqui, que je remplace !

OLIVIER.

A ce soir donc !... ici, devant le palais... Je vais dire à Créqui notre convention !

HECTOR, *lui donnant la main.*

Merci, mon ami, merci !

ROLAND.

Oh ! la discipline ! la discipline !... sous le grand roi Henri, on aurait été mis au ban de l'armée pour une pareille conduite... mais en ce temps-là les généraux faisaient la guerre, et les cardinaux la procession ! (*Il sort ainsi qu'Olivier.*)

SCÈNE X.

HECTOR, *seul.*

Ce cher Olivier ! s'il savait quel service il me rend... ce qui m'arrive est si étrange, si original et si charmant à la fois... une aventure à illustrer un homme, dans tous les boudoirs de Paris... Un soir à la sortie d'un joyeux repas de corps, je traversais les bosquets du parc de la reine... une voix de jeune fille frappe mon oreille. . je m'arrête, j'écoute, et j'entends une confidence adorable... la plus jolie de nos demoiselles d'honneur qui révélait à l'une de ses compagnes le secret caché de son cœur... d'un cœur tout naïf, tout candide... on adorait un de nos camarades, avec mystère, à son insu... sans que l'heureux mortel s'en doutât... par malheur son nom fut prononcé d'une voix si faible et si tremblante, qu'il ne put parvenir jusqu'à moi... N'importe ! une idée folle, bizarre, me traverse l'esprit... je m'empare du personnage de l'amant aimé, et j'écris à sa place une lettre brûlante, en assurant mademoiselle de Solange, que celui qu'elle aime a entendu, découvert son bonheur... et je fais adorer à mon profit, cet amant anonyme et trop fortuné... mais aujourd'hui je rentre dans mon rôle... et si mon épître de ce matin...(*Courant au vase.*) Elle est prise ! Quel bonheur ! une lettre si passionnée... Mais ce rendez-vous... me donnera-t-elle le signal !

sa jolie main laissera-t-elle échapper son éventail, gage mystérieux de mon bonheur... Oh ! je l'aime comme je n'ai jamais aimé... (*Riant.*) A ce que je crois, du moins... mais la voici avec ses compagnes !...

SCÈNE XI.

HECTOR, *à l'écart,* ATHÉNAIS, BERTHE, *et les* DEMOISELLES D'HONNEUR, *sortant du pavillon; elles portent chacune à la main une écharpe de soie de différentes couleurs.*

MORCEAU D'ENSEMBLE.

BERTHE.

Parmi les guerriers
Et les chevaliers
Du brillant tournoi,
Pour suivre la loi,
Nous allons choisir
Au nom du plaisir,
Celui qui devra nous aimer, nous servir !
Tout dépend souvent
D'un coup d'œil savant,
Ou bien de deux mots
Qu'on lance à propos ;
Sachons avec art,
Et comme au hasard,
Surprendre un sourire, un soupir, un regard.

CHŒUR.

Parmi les guerriers, etc.

BERTHE, *regardant autour d'elle.*

J'aperçois l'ennemi... songez, mesdemoiselles,
Qu'il s'agit d'un combat contre les infidèles.

ATHÉNAIS, *à part.*

Il va venir... je sens mon cœur
Battre de crainte et de bonheur.

BERTHE.

Parmi les guerriers
Et les chevaliers, etc.

SCÈNE XII.

LES MÊMES, OLIVIER, ROHAN, GONTAUD, NARBONNE, CRÉQUI, *et autres officiers et mousquetaires.*

TOUS, *aux jeunes filles.*

En preux chevaliers, nobles dames,
Nous venons tous à vos genoux,
Vous offrir nos vœux et nos âmes,
Et mourir ou vivre pour vous !

BERTHE, *aux jeunes gens.*

Ainsi, de la chevalerie
Vous acceptez les nobles lois ?

LES JEUNES GENS.

Sur notre honneur, sur notre vie !

BERTHE.

Écoutez-les donc par nos voix ;
Pendant huit jours, ainsi le veut la reine,
Le chevalier que nous allons choisir,
Doit obéir sans contrainte et sans peine
A tous nos vœux, même au moindre désir !

LES JEUNES GENS.

Commandez, ordonnez, nous jurons d'obéir !

NOCTURNE.

BERTHE.

Pour une seule belle
Il gardera ses vœux.

ATHÉNAIS.

Et n'aura que pour elle
Et des soins et des yeux.

BERTHE.

Huit grands jours de constance,
C'est peut-être bien long !

ATHÉNAIS.

Nous repoussons d'avance
Tout chevalier félon.

BERTHE.

Voyez, jugez vous-même
Si ces nœuds sont trop lourds.

OLIVIER, *avec galanterie.*

Peut-on, quand on vous aime,
Ne pas aimer toujours !

HECTOR, *de même.*

Peut-on, quand on vous aime
A part. Ne pas aimer huit jours !
Ah ! la douce chaîne,
Moi, je veux sans peine
N'avoir qu'une reine
Et qu'un seul amour.
Oui, tout à ma belle,
Je n'aimerai qu'elle,
Et serai fidèle
Jusqu'à mon dernier jour !

ENSEMBLE.

LES JEUNES GENS.

Ah ! la douce chaîne.
Moi je veux sans peine
N'avoir qu'une reine
Et qu'un seul amour !
Oui, tout à ma belle,
Je n'aimerai qu'elle,
Et serai fidèle
Jusqu'à mon dernier jour !

ATHÉNAÏS, BERTHE, JEUNES FILLES.

Ils veulent sans peine
N'avoir qu'une reine :
L'amour qui m'enchaîne
Est mon seul amour !
Oui, tout à sa belle,
Il n'aimera qu'elle,
Et sera fidèle
Jusqu'au dernier jour !

Les jeunes gens se placent sur une seule ligne, Hector d'abord, Olivier ensuite. Les jeunes filles en font autant, Berthe en avant, Athénaïs près d'elle.

BERTHE, *son écharpe à la main.*

Que cette écharpe soit le gage
D'un tendre et fidèle servage.

Elle s'avance vers Hector, qui n'a cessé de regarder Athénaïs, et lui présente une écharpe.

HECTOR, *la prenant avec distraction.*

A moi tant de gloire et d'honneur !

Athénaïs s'avance à son tour, elle hésite un instant, puis elle passe devant Olivier, laisse tomber son éventail à ses pieds, et présente son écharpe à Créqui. Olivier relève l'éventail de Mlle de Solange, le lui rend avec respect, tandis qu'Hector retient à peine un cri de joie.

HECTOR, *à part.*

Voilà le signal du bonheur !

OLIVIER, *se retirant à l'écart.*

Pas un regard pour moi ! quelle douleur !

Pendant ce temps, les autres demoiselles imitent leurs compagnes.

HECTOR, *gaîment.*

Que la brillante fête
Qui dans ces lieux s'apprête,
Soit pour nous en ce jour
Une fête complète
De bonheur et d'amour !

ENSEMBLE GÉNÉRAL.

Que la brillante fête
Qui dans ces lieux, etc.

Ils sortent tous, en donnant la main aux dames qui les ont choisis pour chevalier. Olivier reste seul.

SCÈNE XIII.

OLIVIER, seul.

Pas un regard, pas un signe d'attention pour moi... Eh ! sait-elle même si j'existe... elle, pour qui je donnerais ma vie !... un instant, j'ai cru qu'elle allait me choisir... j'ai cru que cette écharpe brodée de sa main allait devenir mon bien, mon trésor. Vain espoir ! Un autre l'a reçue ! j'ai pâli, je me suis éloigné... la douleur m'étouffait, j'ai craint de me trahir ! pourquoi suis-je venu dans ces lieux ! Ah ! ma mère !... que n'ai-je le courage de retourner près de vous ! (*Regardant à droite.*) Voici Créqui et la

ronde que je dois commander... Allons faire le service d'Hector, pendant qu'il est heureux... il n'aime pas comme moi, lui !... Il ne sait pas ce que c'est que d'aimer ! (*La nuit est presque close.*)

SCÈNE XIV.

OLIVIER, CRÉQUI, *commandant une ronde.*

FINAL.

CHŒUR.

Marchons avec prudence !
Observons tout sans bruit.
Montrons la vigilance
De la ronde de nuit !
Mais sachons sagement
Distinguer un galant,
D'un voleur qui s'enfuit
Devant la ronde de nuit !
De la prudence
Et point de bruit,
C'est la ronde de nuit !

CRÉQUI.

Qui vive !

OLIVIER.

Eh ! comme toi
Mousquetaire du roi !
C'est moi qui viens prendre ta place
Au lieu d'Hector...

CRÉQUI.

Je te rends grâce !
L'amour m'attend... loin de ces lieux.

OLIVIER, *à part.*

Le plaisir et l'amour vont combler tous leurs vœux,
Moi seul, hélas, suis malheureux !

Il se met à la tête de la patrouille après avoir reçu le mot d'ordre de Créqui, qui s'en va, et sort sur la reprise du chœur.

CHŒUR.

Marchons avec prudence !
Observons tout sans bruit ;
Montrons la vigilance, etc.

SCÈNE XV.

HECTOR, seul.

(*Au moment où la patrouille s'éloigne d'un côté, Hector enveloppé d'un grand manteau, paraît de l'autre.*)

CAVATINE.

Le bal commence,
La nuit s'avance,
Espoir bien doux !
Nuit tutélaire,
Viens me soustraire
Aux yeux jaloux !
Pour moi sois bien sombre,
Et dure toujours,
Car avec ton ombre
Fuiront mes amours !
L'instant s'approche, et dès que la lumière
Dans ce pavillon s'éteindra,
(*Il indique le pavillon à droite au fond du théâtre.*)
Je puis y pénétrer... un amoureux mystèr
Va m'entourer, et me protégera...
Puis je le sens à mon ardente flamme,
Ah ! je saurai toucher son âme !
Cet amour qu'un autre a semé,
Je vais le recueillir, oui, je vais être aimé !
Le bal commence,
La nuit s'avance,
Espoir bien doux !
Nuit tutélaire,
Viens me soustraire
Aux yeux jaloux !
Pour moi sois bien sombre,

> Et dure toujours,
> Car avec ton ombre,
> Fuiront mes amours.

On vient, c'est Olivier et sa ronde... (*Regardant le pavillon de droite.*) Et toujours de la lumière !

SCENE XVI.

HECTOR, *caché derrière un arbre*, OLIVIER, *la ronde*.

OLIVIER, *revenant*.

Malgré moi je reviens sans cesse vers ce pavillon ! et pourtant elle va rêver d'un autre, peut-être... Enfin, au moins, cette nuit, les demoiselles d'honneur de la reine seront bien gardées. (*En ce moment, la lampe s'éteint, Hector se glisse dans le pavillon, Olivier et le chœur sortent en reprenant la ronde.*)

REPRISE.

> De la prudence
> Et point de bruit,
> C'est la ronde de nuit !
> (*On entend sonner onze heures à l'horloge du château.*)

ACTE II.

Le théâtre représente la salle des gardes du palais, donnant sur une vaste galerie communiquant avec les salons d'honneur, mais cachés par de vastes portières. A droite de l'acteur, les appartements de la reine.

SCENE PREMIERE.

HECTOR, *seul. Au lever du rideau, enveloppé dans son manteau, et endormi dans un fauteuil. Il rêve.*

Holà ! qui vive? de par le roi !... (*S'éveillant.*) Je rêvais, ma foi, je me suis endormi là, en plein jour, dans la salle des gardes, où je suis de piquet depuis ce matin... Aussi, quelle aventure déplorable, et quelle nuit j'ai passée... A peine entré dans le pavillon, tout tremblant d'espoir et d'émotion, je cherche au milieu des ténèbres ma mystérieuse divinité... Personne ! enfin après la plus pénible attente, et comme minuit sonnait, j'entends des pas légers, le frôlement d'une robe... mon cœur bat à briser ma poitrine... je m'élance et je tombe aux genoux de Mlle de Solanges... je prodigue à voix basse les tendres expressions, les serments d'amour... J'allais enfin connaître celui dont j'usurpais le doux emploi... je n'attendais que ce moment pour me nommer et implorer mon pardon...Lorsque encouragé par l'ombre qui nous environne, je saisis une main charmante... qu'on me retire ; je veux presser une taille divine qui se dérobe sous mes doigts... on se lève, on me repousse avec indignation, on s'enfuit avec terreur !... et je reste seul, dans l'obscurité, toute la nuit sur un fauteuil... et quel fauteuil... Le roi devrait bien changer son tapissier... Enfin le jour parut, la porte se rouvrit, et je pus m'échapper... Eh bien ! je ne sais d'où cela vient... mais soit dépit, soit remords... il me semble que je suis moins amoureux que je ne le croyais... voilà le cœur des hommes en général, et celui des mousquetaires en particulier ! C'est Olivier !... voilà un sage qui n'a pas d'aventures, et ne passe pas de nuit blanche !...

SCENE II.

HECTOR, OLIVIER, *entrant par le fond.*

OLIVIER, *à Hector.*

Enfin, on te revoit, heureux amant ! il paraît que le tendre entretien s'est prolongé fort tard, car on assure que tu n'as pas reparu à l'hôtel de toute la nuit !

HECTOR.

Oui, oui, mon ami... le bonheur est bavard... tu sais... et puis, un premier rendez-vous... une nuit charmante... (*A part, se frottant les reins.*) dont je me souviendrai longtemps.

OLIVIER.

La nuit n'a pas été aussi agréable pour tout le monde...

HECTOR, *gaîment.*

J'ai peine à le croire!... qu'est-il donc arrivé?

OLIVIER.

Guébriac, ce Gascon, avec qui j'avais une affaire d'honneur

convenue... on l'a trouvé hier, à minuit, sur le cours la Reine, frappé d'un coup d'épée...

HECTOR.

Tu t'es battu !

OLIVIER.

Non, pas moi... mon duel ne devait avoir lieu que ce matin... un autre adversaire m'a prévenu !

HECTOR, *vivement.*

Ah ! mon ami, quel bonheur pour toi !... on prétend, depuis hier au soir, qu'à la veille d'entrer en campagne, les terribles ordonnances contre le duel vont s'exécuter de nouveau... Tu ne connais pas ça, toi... tu n'étais pas encore des nôtres à l'époque où ce malheureux Syllery fut mis à mort par ordre du Cardinal !... Quiconque sera convaincu de s'être battu en rencontre privée... jugé, condamné... exécuté prévôtalement, à l'instant même !

OLIVIER.

Par bonheur ! on ignore encore l'adversaire de Guébriac...

HECTOR.

On le connaîtra, mon ami !... le Cardinal a cent yeux et cent oreilles... Mais ta ronde a passé sur le lieu du combat?...

OLIVIER.

Ma ronde était rentrée depuis une heure... (*En confidence.*) Mais, dis-moi, je voudrais te consulter sur une chose étrange qui vient de m'arriver à l'instant !

HECTOR.

Quoi donc?

OLIVIER.

Figure-toi que tout à l'heure, j'étais de service à la porte de la galerie du palais... la messe venait de finir... la Reine sortait de la chapelle pour regagner ses appartements, lorsqu'une de ses demoiselles d'honneur, en passant près de moi, m'a lancé un coup d'œil si plein d'indignation et de courroux, que j'en suis encore tout saisi en te le racontant !

HECTOR, *riant.*

Oh ! ce pauvre Olivier !

OLIVIER.

Puis, je l'entendis murmurer vivement à l'oreille de sa compagne les mots d'injure, d'outrage, de confiance trahie !

HECTOR, *à part.*

Quel soupçon ! (*Haut.*) Et quelle est la noble dame dont le regard t'a terrifié à ce point ?

OLIVIER.

La nièce du cardinal.

HECTOR, *à part.*

Mademoiselle de Solange !

OLIVIER.

Te voilà aussi surpris que moi, n'est-ce pas?

HECTOR, *avec une émotion comique.*

Plus surpris, mon ami, mille fois plusque je ne puis te le dire... mais es-tu bien sûr ?...

OLIVIER.

Très-sûr... eh ! pouvais-je m'y tromper ?

HECTOR, *à part.*

Ainsi, cet amant aimé dont j'ignorais le nom, ce serait lui... voilà de la fatalité... après tout, il ne l'aime pas !

OLIVIER.

J'ai beau réfléchir... je ne puis deviner d'où venait ce grand courroux!

HECTOR, *se remettant.*

Ce n'est rien, mon ami... un caprice de jolie femme, sans doute... ou quelque propos de cour que l'on t'aura attribué sur son compte.

OLIVIER.

Un propos sur elle... sur mademoiselle de Solange !...

HECTOR.

Tu as raison... ce serait indigne d'un officier... d'un chevalier français... Et elle surtout, charmante, gracieuse, et si, comme on le dit, son mariage avec le prince de Lorraine n'a pas lieu... quel parti magnifique !...

OLIVIER.

Sans doute... mais pour l'obtenir... il faudrait un rang élevé... une position brillante !

HECTOR.

Je le crois bien !... Mais d'où vient ce bruit!

SCÈNE III.

LES MÊMES, *le capitaine* ROLAND, *précédé de* ROHAN, NARBONNE, GONTAUD, CRÉQUI, *d'autres officiers, de quelques pages et des trompettes de la compagnie des Mousquetaires.*

CHŒUR, *montrant Olivier.*

Quel honneur pour la compagnie !
Un mousquetaire grand seigneur !
Avec transport, et sans envie,
Chacun prend part à son bonheur.

OLIVIER.

Expliquez-vous !

HECTOR.

Que signifie ?

TOUS, *à Olivier.*

Honneur ! honneur
A monseigneur ?

OLIVIER.

Quel est cette plaisanterie ?

TOUS.

Honneur ! honneur
A sa grandeur !

ROLAND, *entrant.*

Par la mordieu ! que l'on s'efface !
Et sans hésiter, s'il vous plait,
Que chacun ici fasse place
Au seigneur duc de Montbaret !

OLIVIER.

Qu'entends-je ? ô ciel !

ROLAND, *gaiment à Olivier.*

AIR :

Ah ! quel plaisir ! ah ! quel bonheur !
Vous voilà duc et grand seigneur !
Je suis votre humble serviteur !
Ah ! pour moi quelle ivresse !
Je puis revoir encor
Refleurir ta noblesse
Sur une tige d'or !
Devant son excellence,
Comme moi, chapeau bas !
Au rang, à la naissance
On doit céder le pas !

TOUS, *se découvrant, à Olivier.*

Devant son excellence,
Allons, tous, chapeau bas !
Au rang, à la naissance
On doit céder le pas !

OLIVIER, *à Roland.*

Un mot, de grâce !...

ROLAND, *l'interrompant.*

... Il faut des valets et des pages
Pour monter ta noble maison,
Un hôtel et des équipages
Ornés de ton riche blason !
Pas une belle et noble dame
Qui ne veuille à présent de toi,
Et tu peux choisir une femme
Dans le palais même du roi !

ROLAND *et le* CHŒUR.

Par la mordieu ! que l'on s'efface,
Et sans hésiter, s'il vous plait,
Que chacun ici fasse place
Au seigneur duc de Montbaret !

OLIVIER, *avec transport.*

Duc de Montbaret !... moi, pauvre cadet de famille... mais c'est un rêve, une illusion !

ROLAND.

Duc de Montbaret, te dis-je !... ta bonne mère vient de me l'écrire, en me priant de te préparer à ton bonheur subit... Ton oncle, excellent oncle ! ayant éprouvé une attaque de goutte... excellente goutte !... et craignant une rechute... vient de faire passer sur ta tête son titre de duc et son immense fortune !...

OLIVIER.

Ah ! mon bon capitaine... ah ! mes amis... j'ai peine à contenir mon bonheur !

ROLAND.

Et ce bonheur-là, tous ces messieurs ont voulu venir t'en féliciter avec moi !

OLIVIER, *leur donnant la main.*

Merci, mes camarades... merci !

ROLAND.

Messieurs... cette nuit, après le bal masqué de la cour, je propose un souper magnifique pour toute la compagnie... et nous porterons la santé du nouveau duc de Montbaret !

TOUS.

Adopté !

GONTAUD.

Nous boirons à sa grandeur !

CRÉQUI

A sa fortune !

ROHAN.

A sa maîtresse !

ROLAND, *avec intention, serrant la main d'Olivier.*

Non, messieurs... à sa femme... à la future duchesse de Montbaret !

OLIVIER, *avec joie.*

Oui, mon bon capitaine... vous me devinez, vous... vous me comprenez !

ROLAND, *à Hector.*

Monsieur de Biron ! voilà une fortune qui aurait fort accommodé deux de vos amis intimes !

HECTOR.

Et lesquels, capitaine ?

ROLAND.

Le Lansquenet et le Pharaon, par exemple !

HECTOR.

Ma foi, capitaine, j'aime mieux une partie de ce genre que les vôtres... grâce à l'édit du Cardinal... la tête pour enjeu... c'est trop cher !

ROLAND, *avec ironie.*

Eh ! eh ! monsieur, ça dépend de la tête !

CRÉQUI.

Le bal masqué dans une heure, messieurs... vous n'avez que le temps d'aller prendre vos costumes.

ROLAND, *à Olivier.*

Venez-vous, monsieur le duc ?

OLIVIER.

Monsieur le duc !... ah ! oui, au fait, c'est à moi... Écoutez donc... quand on n'a pas encore l'habitude... Non, capitaine, non... je vous rejoins dans un instant...

REPRISE DU CHŒUR.

Quel honneur pour la compagnie !
Un mousquetaire grand seigneur !
Avec transport, et sans envie,
Chacun prend part à son bonheur !

(*Ils sortent tous, excepté Hector et Olivier.*)

SCÈNE IV.

HECTOR, OLIVIER.

HECTOR.

Ce cher Olivier !... le voilà riche, heureux... avec un titre superbe !... Quel malheur que tu sois si froid, si indifférent... que tu n'aimes personne pour partager tout cela !

OLIVIER, *avec transport.*

Mais au contraire, mon ami... j'aime, j'adore quelqu'un...

HECTOR.

Vraiment ?

OLIVIER.

Tu ne devines pas ?

HECTOR.

Ma foi, non !

OLIVIER.

Une femme charmante... un ange.

HECTOR.

Son nom, je t'en prie !... je suis discret... foi de mousquetaire !

OLIVIER.

Eh bien !...

HECTOR.

C'est ?

OLIVIER.

C'est mademoiselle de Solange !

HECTOR, *à part.*

Ah ! malheureux ! qu'est-ce qu'il m'apprend là ?

OLIVIER.

Maintenant, il s'agit de se déclarer !... voyons, que ferais-tu si tu étais à ma place ?

HECTOR, *avec une émotion comique.*

A ta place !... mais je m'y mets... je n'y suis mis ! (*à part*) je n'y suis que trop à ta place... et à la première occasion... (*Regardant au fond.*) Ah ! mon ami... qu'ai-je vu !

HECTOR.

Quoi donc ?

OLIVIER.

Elle... mademoiselle de Solange et Berthe de Simiane qui se dirigent de ce côté !

HECTOR, *à part.*

Bon ! il ne me manquait plus que ça !

OLIVIER, *avec joie.*

Quel bonheur ! je vais pouvoir tout lui dire... tout expliquer !

HECTOR.

Non, mon ami... non, pas d'explication, je t'en prie !...

OLIVIER.

Au contraire... c'est le cas ou jamais... je veux apprendre d'elle-même d'où lui venait ce regard indigné, ce couroux à ma vue !

HECTOR, *à part.*

Mais c'est à en perdre la raison !... que faire ? que devenir ?... et mes lettres à mademoiselle de Solange... lui qui connaît mon écriture... Si je pouvais seulement gagner du temps !

OLIVIER.

Si tu me quittes, si tu m'abandonnes... je me risque tout seul !

HECTOR, *à part et vivement.*

Au fait, si je m'éloigne... ils finiront par s'expliquer, par se comprendre... et Dieu sait ce que ça deviendrait... tandis qu'en embrouillant un peu la situation... quitte à tout réparer plus tard... (*Haut.*) Je reste, mon ami, je reste... je suis tout à toi... (*Sur la ritournelle du morceau suivant, Hector et Olivier s'approchent des jeunes filles, qui sortent de la droite et vont gagner la galerie du fond, en les saluant profondément; à la vue d'Olivier, mademoiselle de Solange paraît éprouver une vive émotion.*)

SCENE V.

LES MÊMES ; BERTHE, ATHÉNAÏS.

QUATUOR.

OLIVIER, *à mi-voix à Hector.*

Mon ami, les voici... retiens-les, je t'en prie !

HECTOR.

Nous avons mal choisi le moment et le lieu... Une autre fois...

OLIVIER.

Non pas ! (*Haut à Athénaïs*) Daignez, je vous supplie, Mademoiselle !

ATHÉNAÏS, *à part.*

Il m'a parlé, grand Dieu ! Devant témoins... (*Bas à Berthe.*) Sortons !...

OLIVIER, *à Athénaïs.*

... Un mot, je vous conjure !

HECTOR, *à part.*

Allons, nous n'éviterons pas Ce terrible entretien... faisons bonne figure Pour sortir de ce mauvais pas !

ENSEMBLE.

ATHÉNAÏS.

Mais d'où lui vient donc tant d'audace ? Oser lever les yeux sur moi ! Mon cœur demande en vain sa grâce : Point de pitié ! je dois punir, oui, je le doi !

BERTHE.

De lui parler il a l'audace, Et pourtant ici je le voi, Tremblant, immobile à sa place;

Ah ! j'en ai pitié malgré moi !

OLIVIER.

Pour mériter cette disgrâce Je n'ai rien fait, oui, je le croi, Mais son regard pourtant me glace, Je tremble d'amour et d'effroi !

HECTOR.

Allons, il faut payer d'audace, Et si bien tout brouiller, ma foi, Qu'aucun d'eux, dans ce qui se passe, Ne se reconnaisse... que moi !

BERTHE, *à Olivier.*

Nous attendons, monsieur, expliquez-vous !

OLIVIER.

Hélas ! de votre amie, Je crains d'avoir mérité le courroux ! Car dans ses yeux et si beaux et si doux, J'ai cru lire un reproche...

ATHÉNAÏS.

Un reproche de moi !

Y songez-vous, monsieur !

HECTOR.

Pardonnez sa folie... Il suffit qu'on soit jeune, jeune et surtout jolie, Pour le troubler ainsi...

(*A Olivier.*) Je te sers malgré toi.

OLIVIER.

Mais pas du tout.

ATHÉNAÏS.

S'il suffit d'être belle.

HECTOR, *bas à Olivier.*

Bravo ! l'on est piqué...

OLIVIER, *à Athénaïs.*

Non, non, mademoiselle Un seul amour m'a toujours vu fidèle !

ATHÉNAÏS.

Monsieur ! un tel aveu...

HECTOR, *à Olivier.*

Cela ne se fait pas.

OLIVIER.

Non... une seule femme, hélas !

ATHÉNAÏS, *avec froideur.*

Ah ! de vos sentiments, j'espère, Vous n'allez pas ici nous dire le mystère !

HECTOR, *à Olivier.*

Y penses-tu... c'est très inconvenant ! Et tu vas tout gâter... (*A part.*) Surtout en ce moment.

REPRISE DE L'ENSEMBLE.

ATHÉNAÏS.

Mais d'où lui vient donc tant d'audace ! etc.

BERTHE.

De lui parler il a l'audace ! etc...

OLIVIER.

Pour mériter cette disgrâce, etc...

HECTOR.

Allons, il faut payer d'audace, etc...

OLIVIER, *à Athénaïs.*

Mademoiselle !

HECTOR.

Allons, courage... d'ordinaire Tu n'es pas si timide !

ATHÉNAÏS.

Et monsieur, au contraire Est renommé, dit-on, pour sa témérité !

OLIVIER, *stupéfait.*

Moi !

HECTOR.

Ce n'est pas toujours son caractère ! Mais par le sentiment quand il est emporté, Il se conduit alors comme un vrai mousquetaire.

OLIVIER.

N'en croyez rien !

ATHÉNAÏS.

Ah! c'est un grand défaut,
Car, si par le respect on réussit à plaire.
En l'oubliant, on est bientôt
Sûr d'inspirer un sentiment contraire !

ENSEMBLE.

HECTOR.

Vive la finesse !
Honneur à l'adresse !
Par elle sans cesse
On est triomphant !
En amour, en guerre,
Un cœur téméraire,
D'un destin contraire,
Fait un sort charmant.

ATHÉNAÏS.

Contre sa tristesse,
Non point de faiblesse.
De sa hardiesse
Quoique repentant,
Son cœur téméraire
Fut trop sûr de plaire.
Qu'ici ma colère
Soit son châtiment !

OLIVIER.

Amour et tendresse,
Espoir plein d'ivresse,
De ce cœur qu'on blesse,
Fuyez promptement !
Destin éphémère
Et douleur amère,
Voilà sur la terre
Mon sort maintenant !

BERTHE.

Sa sombre tristesse
Sa vive tendresse,
Tout, je le confesse,
Me touche vraiment !
En amour, en guerre,
Un cœur téméraire,
Quand il sait nous plaire,
Doit être charmant !

HECTOR.

(à Olivier.)   (à Athénaïs.)
Je vais tout arranger... Daignez lui faire grace !
Un ange comme vous doit se laisser fléchir ;
Est-il un crime que n'efface
Un profond et vrai repentir ?
Ah ! daignez pardonner au trouble de son âme,
Il voudrait à vos pieds vous dépeindre sa flamme...
Vous le voyez... sun cœur prend son élan,
C'est la foudre... c'est un volcan !

OLIVIER, à Hector.

Tu me perds !

HECTOR, continuant.

Ah ! plaignez son délire...

OLIVIER.

Grand Dieu !

HECTOR.

Dans ses regards vous pouvez lire
Un amour, qu'en secret il exprimerait mieux
Seul avec vous...

BERTHE.

Mon Dieu ! comme on s'abuse
Avec cet air timide...

HECTOR.

Ah !... c'était une ruse,

OLIVIER.

Que dis-tu donc ?

HECTOR.

Si tu voyais tes yeux,
Ils sont, mon cher, des plus audacieux !

ATHÉNAÏS.

Messieurs de grâce,
Épargnez-moi de semblables discours,
Il est des torts que rien n'efface
Et dont on se souvient toujours !

OLIVIER.

Qu'ai-je entendu ?

HECTOR.

C'est un arrêt sévère.
(Aux jeunes filles.)
Permettez-moi de vous offrir mon bras !
(A Olivier.)
Tu le vois, j'ai fait tout pour arranger l'affaire
Mais, hélas ! on ne t'aime pas .

REPRISE DE L'ENSEMBLE.

HECTOR.

Vive la finesse, etc.

ATHÉNAÏS.

Contre sa tristesse, etc.

OLIVIER.

Amour et tendresse, etc.

BERTHE.

Sa sombre tristesse, etc.

(Hector, sur la ritournelle présente la main aux deux jeunes filles et sort
avec elles, tandis qu'Olivier reste stupéfait en les voyant s'éloigner.)

SCÈNE VI.

OLIVIER, seul.

Elle ne m'aime pas ! elle ne m'aimera jamais... je ne peux plus
en douter... elle a repoussé mes premiers mots d'aveu avec une
froideur... c'était presque de la colère, de l'indignation... Cette
faute que j'ai commise envers elle... je l'ignore... quelque oubli
du cérémonial, peut-être... quelque salut d'étiquette que je n'aurai pas fait assez bas... voilà de ces crimes de cour qu'on ne
pardonne pas... et moi qui me réjouissais si vivement de ce titre,
de cette fortune que le ciel m'envoyait, et que j'étais si fier de
mettre à ses pieds... Ah ! tout cela n'est pas digne d'elle... c'est
un trône qu'il faut à la fière Athénaïs... car l'orgueil est la seule
passion qui fasse battre le cœur d'une grande et noble dame
comme elle !

SCÈNE VII.

OLIVIER , BERTHE.

BERTHE, entrant avec mystère et regardant autour d'elle.
Il est seul... et je puis me risquer... (A Olivier.) Monsieur...

OLIVIER.

Mademoiselle ?

BERTHE.

J'ai si peur d'être aperçue ! qu'est-ce qu'on penserait de moi !...
venir vous trouver... causer en secret avec un mousquetaire...
c'est fort mal... et encore si c'était pour mon propre compte !

OLIVIER.

Que voulez-vous dire, mademoiselle ?

BERTHE, l'examinant.

Pauvre jeune homme ! comme le voilà triste et découragé !...
Allons, ayez confiance... je vous apporte un peu d'espoir, un
mot bien doux que vous connaissez déjà, n'est-ce pas, monsieur !

OLIVIER.

De l'espoir !... ah ! je vous jure que jamais je ne fus plus loin
d'en avoir !

BERTHE.

Querelle d'amant, nous connaissons cela... (vivement) par ouï
dire, monsieur, je vous prie de le croire... mais je suis dans la
confidence !... je sais tout !

OLIVIER.

Et que savez-vous, au nom du ciel, mademoiselle ?...

BERTHE.

Ah ! bien ! vous êtes discret... comme tout loyal chevalier doit
l'être... et si déjà je ne m'intéressais à vous, je crois que je
commencerais à présent !

OLIVIER.

Ah ! parlez, expliquez-vous... je vous en conjure !

BERTHE.

On m'a tout dit, monsieur... votre amour secret, mystérieux, impénétrable !

OLIVIER, *avec transport.*

O ciel ! elle ! mademoiselle de Solange ?

BERTHE.

Mais taisez-vous donc, monsieur... voulez-vous la compromettre et moi aussi ?...

OLIVIER.

La compromettre !... quand je donnerais mon sang, ma vie pour elle !

BERTHE.

Oui, on sait cela !... on sait que vous êtes généreux, dévoué, et très-amoureux !... aussi, je vous ai vu si malheureux tout à l'heure, et elle si triste, que je me suis chargée de venir vous trouver de sa part...

OLIVIER, *avec joie.*

De sa part !

BERTHE.

Pour vous dire que l'on ne vous en veut plus... et que l'on vous aime encore !

OLIVIER, *tombant aux pieds de Berthe.*

Un pareil aveu ! ah ! c'est trop de bonheur à la fois !...

BERTHE, *souriant.*

Mais relevez-vous donc, monsieur... on croirait que je vous pardonne !

DUO.

Comme un bon ange,
Je viens vers vous,
Mais en échange
D'espoir bien doux,
De la prudence,
Car en ce jour,
Sans le silence,
Adieu, l'amour !

OLIVIER.

O mon bon ange,
Mon cœur à vous,
Puis en échange
D'espoir bien doux !
Reconnaissance en ce beau jour
Que l'amitié donne à l'amour !

BERTHE.

J'ai là pour vous, mais si vous êtes sage,
J'ai là pour vous certain message !

OLIVIER, *avec transport.*

Elle m'écrit !

BERTHE.

Quelques mots seulement !
Car vous le voyez bien, monsieur, en ce moment.

ENSEMBLE.

BERTHE.

Comme un bon ange,
On vient vers vous,
Mais en échange
D'espoir bien doux,
De la prudence,
Car dans ce jour
Sans le silence,
Adieu l'amour !

OLIVIER.

O mon bon ange !
Mon cœur à vous,
Puis en échange
D'un mot bien doux,
Reconnaissance
Pour le beau jour,
Que l'espérance
Donne à l'amour !

BERTHE, *tirant mystérieusement un billet de son sein et le lui donnant.*

Tenez, monsieur, lisez bien vite.

OLIVIER, *avec ardeur, baisant le billet.*

Billet charmant que sa main a tracé,
Ta douce vue et m'enflamme et m'agite.

BERTHE, *riant.*

Mais quand cent fois vous l'aurez embrassé,
Apprendrez-vous, monsieur, ce que l'on veut vous dire ?

OLIVIER.

C'est vrai... mais c'est à peine, ô ciel ! si je puis lire...

BERTHE, *prenant le billet.*

Je le lirai pour vous. (*Lisant.*) « A mon domino bleu,
« Vous me reconnaîtrez ce soir, pendant la fête ! »

OLIVIER, *avec transport, serrant Berthe dans ses bras.*

Ah ! de bonheur j'en perds la tête !

BERTHE, *se dégageant.*

Je le vois bien... mais calmez-vous un peu
Si l'on venait, en vous voyant si tendre,
On me ferait l'honneur de ce beau feu
Auquel je n'ai rien à prétendre !

ENSEMBLE.

BERTHE.

Ah ! qu'un rendez-vous
Est doux,
C'est un bien suprême !
O charmant espoir
De voir
La beauté qu'on aime !
Flamme dévorante
Vient remplir le cœur,
Et cette douce attente
Est déjà le bonheur !

OLIVIER.

Ah ! qu'un rendez-vous
Est doux,
C'est un bien suprême !
O charmant espoir
De voir
La beauté qu'on aime !
Brûlante ardeur,
Remplit le cœur,
C'est déjà le bonheur !

BERTHE.

A présent je vous quitte.

OLIVIER.

Adieu, bon ange, adieu !
Pour moi vous êtes bien un messager céleste.

BERTHE.

Pourtant vous aimez mieux qu'ici je reste,
Que de me suivre au sein de Dieu,
Aussi, je n'irai pas... Ne craignez rien... adieu !

REPRISE DE L'ENSEMBLE.

BERTHE, *gaîment.*

Ah, qu'un rendez-vous est doux, etc...

OLIVIER.

Ah, qu'un rendez-vous est doux, etc...

(*Berthe sort.*)

SCÈNE VIII.

OLIVIER, *puis* HECTOR.

OLIVIER.

Je ne puis en revenir... je n'ose croire encore à tant de bonheur... Cet amour que je lui cachais avec tant de soin, n'était pas un secret pour elle, elle m'a compris, deviné... et moi qui l'accusais de dureté, d'orgueil... quand sa main me traçait ces mots pleins d'espoir et d'avenir !

HECTOR, *en dehors.*

Très-bien !... ce sera superbe !

OLIVIER.

Voici Hector... comme il va partager ma joie... lui qui plaidait si bien ma cause tout à l'heure.

HECTOR, *à la cantonnade.*

Ici, les mascarades tranquilles, les pacifiques dominos... là-bas les quadrilles, les sarabandes... Monseigneur le cardinal est un habile maître de cérémonies !

OLIVIER.

Ah ! c'est le cardinal lui-même !...

HECTOR.

Qui a tout ordonné, composé... ce qui n'empêche pas le joyeux ministre de faire préparer en même temps une petite exécution à mort, qui terminera gaîment la fête !

OLIVIER.

O ciel! et pour qui?

HECTOR.

Pour l'adversaire du gascon Guébriac, que l'on veut découvrir à tout prix... Aussi, gare au coupable, ou même à l'innocent contre lequel il y aura quelques indices... monsieur de Laubardemont, le grand juge, en aura bientôt fait justice... ce qui n'empêchera pas le bal d'être charmant... ce ne sera qu'un danseur de moins, et voilà tout!

OLIVIER, gaîment.

Heureusement!... nous sommes là, toi et moi!...

HECTOR.

Toi.aussi, Pardieu! je suis ravi que ton échec près de mademoiselle de Solange... Je connais ça... ces grandes passions-là ne durent pas... et tu ne peux pas te figurer le plaisir que tu me fais, le soulagement que j'éprouve... vrai! ça m'inquiétait!

OLIVIER.

Il n'y a pas de quoi, mon ami... je suis au comble du bonheur!

HECTOR.

Ce que c'est que la philosophie!

OLIVIER.

Mais du tout! elle nous trompait tous deux... Cette froideur, cette colère à mes aveux... c'était une ruse... tout cela cachait le plus tendre sentiment pour moi!

HECTOR, vivement.

Et comment le sais-tu?

OLIVIER.

Elle me l'a fait dire... elle me l'a écrit!

HECTOR.

Impossible!

OLIVIER.

Lis donc ce billet, incrédule... cette simple ligne qui dit tant de choses en si peu de mots!

HECTOR, à part.

O ciel! (Lisant.) « Ce soir, à la fête, vous me reconnaîtrez à mon domino bleu. » Un rendez-vous... (A part.) Tout est perdu!

OLIVIER.

Un rendez-vous... le premier de ma vie... et avec elle, mon ami... conçois-tu mes transports... Car maintenant je puis te le dire, je n'aurais pu supporter la douleur de la perdre, je me serais tué!

HECTOR, avec émotion.

Comment?

OLIVIER.

Oui, oui... je me serais tué!... c'est affreux, mais c'est ainsi... ma naissance, notre illustre nom.... ma mère, ma mère elle-même... tout disparaissait, tout s'effaçait devant cette passion-là, l'unique de ma vie... mais à présent qu'elle m'aime, je puis tout oser... le cardinal chérit sa nièce... j'irai me jeter à ses pieds... mon titre, ma fortune, mon amour, le toucheront peut-être... et si Dieu m'accorde ce bonheur, je n'oublierai jamais avec quelle amitié tout à l'heure encore tu parlais pour moi... Un ami comme toi, une femme comme elle, j'en devien: de fou de joie, si ce n'était déjà fait... Adieu! adieu! je vai; me préparer pour le bal! (Il sort.)

SCÈNE IX.

HECTOR, seul.

Pauvre Olivier! comme il l'aime... quelle passion! Il se serait tué, dit-il... et moi qu'il appelle son ami, qu'il remercie!... pour un caprice, pour une folie, j'ai compromis son bonheur son amour, un amour que j'ignorais, c'est vrai... mais maintenant que je le sais profond et sérieux... le tromper encore, ce serait indigne!... Mais que faire? comment tout réparer? J'y songe... tout dire, tout avouer, mais pas à lui... c'est à mademoiselle de Solange que je veux tout confier... Une femme, une jeune fille, c'est si bon, si généreux d'ordinaire... et ce rendez-vous, ce bal masqué... oui, vraiment, c'est le seul moyen... de cette façon il la cherchera toute la nuit, et c'est moi que mademoiselle de Solange trouvera... (Il écrit sur ses tablettes.) « Mademoiselle, « le cardinal a des soupçons... changez la couleur de votre domi- « no...' tous les dominos bleus seront observés cette nuit... « prenez un domino rose, au lieu du bleu que vous deviez por- ter. » Vite ce billet à cette suivante que j'ai mise dans mes intérêts... il sera dans dix minutes à son adresse... Les salons se remplissent déjà... voici les premiers accords du bal... pas un moment à perdre. (Il sort en courant, les portières du fond s'ouvrent alors toutes à la fois et laissent voir une salle de bal magnifique et brillamment éclairée.)

SCÈNE X.

Les seigneurs et dames de la cour en habits de caractère; les demoiselles d'honneur en bergères; NARBONNE, et autres officiers en habits de paladins; ils entrent de tous côtés sur le chœur suivant.

CHŒUR GÉNÉRAL.

Sous les habits de la folie,
Se travestir,
Faire un bal masqué de la vie,
Ah! quel plaisir!
Aimons, trompons, rions sans cesse,
Vive l'erreur!
S'endormir dans sa folle ivresse
C'est le bonheur.

LES DEMOISELLES D'HONNEUR.

CHŒUR PASTORAL.

Aux sons de la musette,
Bergères du hameau,
Nous venons sur l'herbette
Conduire nos troupeaux
Vers ta pastourelle,
Viens, berger galant,
Le plaisir appelle
Et l'amour attend.

LES OFFICIERS.

CHŒUR MARTIAL.

Gai paladin, portant sur ta bannière
Ces mots sacrés et de gloire et d'honneur,
Élance-toi dans la carrière,
L'amour garde un prix à ton cœur.

REPRISE DU CHŒUR GÉNÉRAL.

Sous les habits de la folie, etc.

SCÈNE XI.

LES MÊMES, LE CAPITAINE ROLAND.

ROLAND, entrant.

Cette fête aimable et brillante
Me rappelle ces jours heureux,
Où du bon roi Henri la cour brave et galante
Au Louvre célébrait nos exploits glorieux.

NARBONNE.

Pauvre temps, pauvre cour, surtout pauvre musique!

ROLAND.

Vous croyez ça, mon beau muguet,
Ecoutez, écoutez cette chanson antique,
Quoique d'un style un peu gothique,
Dans Paris, au bon temps, chacun la répétait.

PREMIER COUPLET.

Point de beauté pareille
A l'objet de mes feux,
Et l'aurore vermeille
Brille moins que ses yeux.
Rien ne vaut cette belle
Et voici l'étonnant;
Elle est aussi fidèle
Que mon cœur est constant.
En vain plus d'un riche seigneur
Plein d'ardeur,
Offre des bijoux, des présents
Très-brillants;
Elle préfère au beau galant,
Son soldat, qui pourtant
N'a pas un sou vaillant...
C'est à la cour du roi Henri,
Messieurs, que se passait ceci.

CHŒUR, répétant.

C'est à la cour du roi Henri
Messieurs, que se passait ceci.

DEUXIÈME COUPLET.

ROLAND.

Je partis pour la guerre
Mais à quand le retour?
En lui disant: Espère...

J'emportai son amour...
Eh bien, malgré l'absence,
Malgré de mauvais jours,
Quand je revins en France
Elle m'aimait toujours.
Dix ans entiers dans un couvent,
En priant,
Les yeux fixés sur son missel
Ou le ciel ;
Elle disait : Dieu tout-puissant,
Rendez-moi mon amant
Bien portant
Et constant...
C'est à la cour du roi Henri,
Messieurs, que se passait ceci.

CHOEUR, *répétant.*

C'est à la cour du roi Henri,
Messieurs, que se passait ceci.

CHOEUR GÉNÉRAL.

Sous les habits de la folie
Se travestir,
Faire un bal masqué de la **vie**
Ah ! quel plaisir !
Aimons, trompons, rions sans cesse
Vive l'erreur !
S'endormir dans sa folle ivresse,
C'est le bonheur.

Les différents groupes de masques se dispersent dans la galerie.

SCÈNE XII.

HECTOR, OLIVIER ; *ils sont tous deux en dominos noirs masqués.*

ENSEMBLE.

Nuit charmante, dure sans cesse,
Prolonge ton aimable cours,
Au profit de notre tendresse ;
Le plaisir cache les amours.

OLIVIER, *à Hector, regardant de tous côtés.*

Pas de domino bleu, conçois-tu ma surprise ?

HECTOR, *riant.*

Ma foi, s'il faut que je le dise
De toi peut-être on veut se divertir.

OLIVIER.

Non, non.., elle ne peut mentir...

HECTOR.

Cherche la donc !...

OLIVIER.

Mon cœur saura la découvrir.

Il va regarder tous les masques qui sont au fond, tandis que Berthe et Athénais arrivent sur le devant de la scène, en dominos roses et masqués.

SCENE XIII

LES MÊMES, ATHÉNAIS, BERTHE.

REPRISE DE L'ENSEMBLE DES DEUX JEUNES GENS.

Nuit charmante, dure sans cesse,
Prolonge ton aimable cours,
Au profit de notre tendresse.
Le plaisir cache les amours.

OLIVIER, *revenant vivement à Hector et lui montrant le fond.*

Ciel, un domino bleu, là-bas, vois-tu d'ici ?
C'est elle... j'en suis sûr.

(*Il sort en courant.*)

HECTOR, *à part, reconnaissant Athénais en riant.*

Eh ! non pas, la voici...

(*Il s'approche d'Athénais.*)

C'est moi.

ATHÉNAIS, *à mi-voix.*

Vous voyez ma prudence,
Du domino choisi j'ai changé la couleur.

HECTOR, *de même.*

Que de bontés... mais pour votre bonheur
Je dois vous révéler un secret d'importance.

ATHÉNAIS.

Parlez vite... car j'ai grand' peur !

HECTOR.

Mais il faut me promettre une entière indulgence,
Car je serai bien coupable à vos yeux.

ATHÉNAIS, *avec tendresse.*

Mon cœur pour vous est rempli de clémence,
Vous savez s'il vous aime...

HECTOR, *à part.*

Ah, vraiment, c'est affreux
D'écouter pour autrui de semblables aveux...
N'importe, il faut parler... (*Haut.*) Sachez donc...

ATHÉNAIS, *regardant autour d'elle avec effroi.*

Ah, grands dieux !

On nous observe... du silence.
Eloignez-vous...

Hector et Athénais se séparent en reprenant l'ensemble.

... Nuit charmante, dure sans cesse,
Prolonge ton aimable cours,
Au profit de notre tendresse,
Le plaisir cache les amours.

SCENE XIV.

LES MÊMES, OLIVIER, *accourant.*

BERTHE, *se rapprochant d'Athénais.*

Quelqu'un vient.

OLIVIER, *à Hector.*

Ah, mon cher, cette femme charmante...

HECTOR.

Après qui tu courais...

OLIVIER.

Juge mon épouvante,
Soixante ans pour le moins...

ATHÉNAIS, *à Berthe, montrant Olivier qu'elles ne reconnaissent pas.*

Hélas, cet étranger
Vient bien mal à propos...

BERTHE.

Ici, pour t'obliger,
Je vais tâcher de lui tourner la tête
En l'intriguant un peu...

HECTOR, *désignant à Olivier Berthe qui s'approche de lui.*

Je vois une conquête
Qui s'avance vers toi...

OLIVIER, *examinant Berthe.*

Quels pieds et quelle main !
C'est peut-être elle... ô fortuné destin !

ENSEMBLE A QUATRE VOIX.

Ah ! je sens d'avance
Une tendre ardeur ;
Et la douce espérance
Enivre mon cœur.

Au moment où Olivier se rapproche de Berthe, et Hector d'Athénais, on entend un grand tumulte au fond, et l'on voit accourir en désordre Roland et tous les masques du bal, entourant le grand Prévôt accompagné d'officiers de justice.

SCÈNE XV.

LES MÊMES, LE GRAND PRÉVOT, OFFICIERS.

CHOEUR.

Quel étrange et sombre mystère,
La justice au milieu du bal !
D'où vient cet appareil sévère ?
Est-ce de l'ordre du Cardinal !

LE GRAND PRÉVÔT, *parlant sur une ritournelle piano.*

Que personne ne sorte !... De par la loi et les ordres exprès
de son éminence, nous, Jacques Laubardemont, grand prévôt des
armées et cours de justice du royaume, ordonnons que tous les
masques tombent à l'instant !

HECTOR, *vivement à Olivier, en lui montrant Athénais, et le faisant passer près d'elle.*

C'est elle ! je l'ai reconnue !

OLIVIER, *à mi-voix.*

Elle ! quel service tu me rends ! merci ! (*Au moment où tout le monde se démasque, Athénais, qui n'a pas vu la substitution d'Olivier, se trouve près de celui-ci, tandis qu'Hector est à côté de Berthe, son masque à la main.*)

LE GRAND PRÉVÔT, *reconnaissant Olivier et s'approchant de lui.*
Monsieur d'Entragues, au nom du roi, je vous arrête!

OLIVIER, *étonné.*
Moi, monsieur! qu'ai-je donc fait?

LE GRAND PRÉVÔT.
Au mépris des ordonnances et des édits contre le duel, vous
êtes accusé de vous être battu hier, à minuit, avec le comte de
Guébriac!

TOUS.
Grands dieux!

OLIVIER, *au grand prévôt.*
Monsieur, je puis vous jurer... et le comte vous attestera lui-
même...

ROLAND, *vivement.*
Je cours le trouver!

TOUS, *au grand prévôt.*
Oui, monsieur... nous y courons tous!

LE GRAND PRÉVÔT.
C'est inutile, messieurs... le comte de Guébriac est mort!

TOUS.
O ciel!

LE GRAND PRÉVÔT, *à Olivier.*
Et votre croix de Jérusalem, trouvée sur lui, a été reconnue
pour un gage de combat échangé hier entre vous et lui devant
de nombreux témoins...

FINAL.

ROLAND, *avec désespoir.*
Dieux, c'est moi qui le perds, et je prévois son sort.

ATHÉNAÏS, *tremblante et bas à Hector.*
Et ce sort, quel est-il? au nom du ciel...

HECTOR, *bas à Athénaïs avec désespoir.*
La mort!

ATHÉNAÏS, *bas à Hector.*
La mort, mais je connais, monsieur, son innocence,
Hier, lorsque minuit sonnait...
Loin du fatal combat votre ami se trouvait.

HECTOR.
O ciel!

ATHÉNAÏS.
Qu'il dise tout, monsieur, pour sa défense.

LE GRAND PRÉVÔT.
Monseigneur vous attend.

ATHÉNAÏS.
Ne m'entendez-vous pas,
Lorsqu'on va sous vos yeux le conduire au trépas.

LE GRAND PRÉVÔT.
Partons.

ATHÉNAÏS, *au comble de l'agitation courant au milieu des gardes et se pla-
çant devant Olivier qu'on emmène.*
Non, la honte et l'effroi
Ne doivent pas m'abattre;
Messieurs, c'est impossible .. il n'a pas pu se battre,
Car cette nuit, il était près de moi .. .
Tombant dans les bras de ses compagnes.
Je meurs!

OLIVIER.
Qu'entends-je, ô ciel!

TOUS.
Dieu, que veut-elle dire?
Est-ce un songe, est-ce un délire?
Et d'où vient cet égarement?

OLIVIER, *avec force.*
Messieurs, messieurs, je vous conjure,
Ne croyez pas cette noble imposture...
On vous trompe, j'en fais serment.

CHŒUR.
O Providence!
Que ta puissance,
Que ta clémence
Comble nos vœux!
Que ta lumière
Pour nous éclaire
Ce doute affreux!

OLIVIER.
Plutôt cent fois livrer ma vie
Que de te voir en ce jour
Ainsi perdue, ainsi flétrie,

Noble martyre de l'amour!

LE GRAND PRÉVÔT.
Du Cardinal, juge inflexible,
Il faut subir la loi terrible;
Maître suprême de leur sort,
Il va dicter ou la vie ou la mort!

OLIVIER, *au grand Prévôt.*
Moi seul je suis coupable!... à vos mains je me livre,
Devant le cardinal je suis prêt à vous suivre.

HECTOR et ROLAND, *à mi-voix à Olivier.*
Redoute cet horrible sort,
Au nom du ciel et de ta mère,
Tais-toi! tais-toi!

HECTOR, *à part.*
A parler, à me taire,
Je vois des deux côtés ou la honte ou la mort!

OLIVIER.
Je subirai mon sort.
Car je dois l'arracher à la honte, à la mort!

CHŒUR GÉNÉRAL.
O Providence!
Que ta puissance,
Que ta clémence
Comble nos vœux!
Que ta lumière
Pour nous éclaire
Ce doute affreux!

*Olivier sort au milieu des gardes conduits par le grand Prévôt; tout le
monde s'éloigne dans le plus grand désordre.*

ACTE III.

Le théâtre représente le pavillon des filles d'honneur. Cette pièce est circulaire et se ferme au moyen de vastes fenêtres ouvertes au lever du rideau et laissant voir un magnifique paysage des campagnes du Poitou.
Au fond une terrasse élevée; à gauche de l'acteur est le commencement
de la chapelle royale. A droite de l'acteur les appartements du cardinal;
à gauche ceux de la reine.

SCÈNE PREMIÈRE.

*Au lever du rideau, LES DEMOISELLES D'HONNEUR DE LA
REINE sont assises et occupées d'ouvrages d'aiguille et de tapisserie; LA GRANDE MAITRESSE tient un livre à la main.*

LA GRANDE MAITRESSE, *lisant.*
« Manuel de la cour, chapitre 7, de l'étiquette en matière de
» révérences... il y a 19 sortes de révérences : la haute, la basse,
» la coquette, la soumise... (*S'arrêtant en voyant les jeunes filles
causer entre elles.*) Qu'est-ce à dire, mesdemoiselles? on ne m'é-
coute pas... un livre si intéressant!

PREMIÈRE DEMOISELLE.
Et si instructif!

LA GRANDE MAITRESSE.
En tout cas, mademoiselle, cela vaut mieux que de s'occuper
sans cesse à tracer des chiffres galants, à broder des gages d'a-
mour... comme certain présent de ce genre que j'ai trouvé dans
le pavillon où se passa le coupable rendez-vous de votre amie,
mademoiselle de Solange !

PREMIÈRE DEMOISELLE.
Qu'est-ce donc, madame, et qu'avez-vous trouvé?

LA GRANDE MAITRESSE.
Peu vous importe, mademoiselle... qu'il vous suffise de savoir
qu'on ne trompera pas deux fois ma surveillance, et que monseigneur le cardinal réserve à sa nièce un châtiment terrible
qui vous servira de leçon, j'espère !

TOUTES LES DEMOISELLES, *l'entourant.*
Parlez, parlez... de quoi s'agit-il?

LA GRANDE MAITRESSE.
Mademoiselle de Solange a dû partir ce matin pour le couvent
des Ursulines de Loudun, où elle sera renfermée seule et sans
voir personne, jusqu'au jour prochain où elle prendra le voile,
en prononçant ses vœux éternels.

LES JEUNES FILLES, *avec douleur.*
O ciel! quel affreux malheur !

SCÈNE II.

LES MÊMES, BERTHE.

CHANT.

BERTHE, *accourant, aux demoiselles.*
Plus de chagrin, plus de tristesse,
Partagez mon ravissement,
Notre amie...
LA GRANDE MAITRESSE, *sèchement.*
            Elle entre au couvent...
BERTHE.
Bien au contraire, elle est duchesse...
On la marie à son amant,
A ce qu'on dit...
LES DEMOISELLES, *avec joie.*
            Ah, c'est charmant.
LA GRANDE MAITRESSE, *consternée, se laissant aller dans un fauteuil.*
Grand Dieu, quel scandale effrayant!

BERTHE.

COUPLETS.

PREMIER COUPLET.
Le cardinal dans sa colère,
Sans pitié voulait la punir ;
Du couvent la retraite austère,
Pour elle, hélas! allait s'ouvrir.
Mais notre reine,
Bonne souveraine,
Propice aux amours,
Ange tutélaire,
Sa douce prière
Vint à son secours ;
Non, plus de nuage,
Grâce au mariage,
Tout s'arrangera.
Après l'orage,
Qu'il est doux et sage
D'en finir par là.
SES DEMOISELLES, *répétant le refrain.*
Après l'orage,
Qu'il est doux et sage
D'en finir par là.
BERTHE.
DEUXIÈME COUPLET.
Mais il fallait voir la furie
De nos vertus de cinquante ans,
Maudissant la galanterie
Depuis qu'elles n'ont plus d'amants.
            Imitant la voix de vieille.
La péronelle,
Parce qu'elle est belle,
Tout dire, ah! grands dieux !
De mon temps, ma chère,
On savait se taire.
Tout allait bien mieux.
            Aux jeunes filles.
Quant à nous, je pense
Qu'un peu de prudence
Nous réussira.
Pour sortir de peine,
Une bonne reine
N'est pas toujours là.
PREMIÈRE DEMOISELLE, *à Berthe.*
Cette chère Athénaïs... quelle joie pour nous!... unie à
celui qu'elle aime !
BERTHE.
Oui, mesdemoiselles... à M. d'Entragues, qui vient d'hériter
de son oncle du titre de duc de Montbaret... Mariée et du-
chesse... deux bonheurs à la fois !
LA GRANDE MAITRESSE.
Allons donc, c'est impossible... et après le scandale de
cette nuit...
BERTHE.
Il s'agissait de sauver la vie de celui qu'elle aimait... et en
pareil cas je me connais, j'en aurais fait autant...
TOUTES LES DEMOISELLES.
Oui, oui, et nous aussi !

LA GRANDE MAITRESSE, *avec indignation.*
Quels principes !... est-ce là le fruit de mes sages avis, de mes
vertueux exemples !
PREMIÈRE DEMOISELLE.
Écoutez donc... quand nous aurons soixante ans.
LA GRANDE MAITRESSE.
La vertu n'a pas d'âge, mademoiselle... la mienne surtout !...
BERTHE, *bas à ses compagnes.*
Alors, elle n'est pas comme sa vertu...
UN HUISSIER, *annonçant au fond.*
M. le duc de Montbaret !
LA GRANDE MAITRESSE, *avec indignation.*
Ce séducteur... ici, au milieu de vous !... Suivez-moi, mesde-
moiselles... votre grande maîtresse vous l'ordonne !
BERTHE, *à mi-voix aux jeunes filles.*
C'est égal... c'est de la tyrannie... et si ces demoiselles m'é-
coutaient, nous ferions une bonne révolte.
LA GRANDE MAITRESSE, *furieuse.*
Une sédition en cornettes... j'en référerai à son Eminence!
(*Elle sort suivie des demoiselles d'honneur.*)

SCÈNE III.

OLIVIER, *entrant, à l'huissier.*
Veuillez prévenir mademoiselle de Solange que M. le duc de
Montbaret lui fait demander l'honneur d'être reçu par elle!...
(*L'huissier sort par la porte de gauche.*)

ROMANCE.

PREMIER COUPLET.
Enfin un jour plus doux se lève,
Apportant l'espoir à mon cœur,
Le triste songe qui s'achève
Au réveil m'offre le bonheur !
Non, jamais ma reconnaissance
N'oubliera ton noble secours...
Ange d'innocence
Qui sauvas mes jours,
Viens, plus de souffrance,
A toi pour toujours!
DEUXIÈME COUPLET.
Pourtant dans mon âme ravie,
Il est encore une douleur !
Le ciel ne m'accorde la vie
Qu'au prix, hélas ! de son honneur !
Non, jamais ma reconnaissance
N'oubliera ton noble secours...
Ange d'innocence
Qui sauvas mes jours !...
Viens, plus de souffrance,
A toi pour toujours !

SCÈNE IV.

OLIVIER, ATHÉNAÏS.

OLIVIER.
La voici !
ATHÉNAÏS *entrant avec la plus vive émotion.*
C'est lui !... Ah ! je me sens mourir de trouble et de joie !
OLIVIER, *tombant aux genoux d'Athénaïs.*
Enfin, je vous revois, mademoiselle... et pour la première fois,
depuis la cruelle scène qui s'est passée, on me permet de tomber
à vos pieds, de vous parler de mon amour, de ma reconnaissance,
et en même temps, de mes regrets et de mon désespoir !...
ATHÉNAÏS.
Monsieur le duc... Olivier, plus de ces paroles de douleur
entre nous... notre excellente reine, et ma mère surtout qui
priait là-haut pour moi, ont fléchi le cœur du cardinal... il nous
pardonne... il nous unit aujourd'hui, ce soir même...
OLIVIER.
Mais ce mariage qui comble mes vœux les plus chers... ce mariage qui devrait me donner un bonheur auquel je n'osais pas
même songer... il sera pour moi une cause éternelle de chagrins
et de remords !
ATHÉNAÏS.
Que voulez-vous dire ?
OLIVIER.
Ne le payons-nous pas au prix de ce que vous avez de plus
cher au monde, Athénaïs... de votre gloire, de votre honneur !
ATHÉNAÏS.
Qu'importe ? puisque je ne regrette rien... et d'ailleurs, de-
vais-je vous laisser condamner, périr... mais j'en serais morte.

Olivier... morte avec vous... le même coup nous aurait frappés,
tous les deux...

OLIVIER.

Ah! mieux valait cent fois me laisser subir mon sort, que de
vous voir, vous, ange de pureté, de candeur, là, devant tout ce
monde avide de scandale... la honte sur le front, prononcer ces
mots odieux, dont la seule pensée me déchire le cœur...

ATHÉNAÏS.

Mais ce que j'ai dit, je devais le dire, Olivier... en parlant ainsi, je n'ai fait que mon devoir... et ne vous aurais-je pas aimé
comme je vous aime, fallait-il vous laisser périr, quand je pouvais vous sauver, en disant la vérité!...

OLIVIER, à part, avec stupeur.

La vérité!...

ATHÉNAÏS, continuant.

Dans cette nuit funeste, au moment de ce duel, à minuit,
enfin, n'étiez-vous pas près de moi?

OLIVIER, avec une agitation croissante.

A minuit, que dit-elle?

ATHÉNAÏS.

Ah! ce fut un grand tort de vous recevoir, j'en conviens...
mais depuis le jour où, caché dans le parc, vous aviez surpris le
secret de mon amour pour vous... malgré vos lettres si tendres,
si pressantes pour obtenir ce rendez-vous, n'avais-je pas toujours résisté?... et quand vous me menaciez de vous tuer si je
vous refusais de nouveau... dites, Olivier, dites... pouvais-je hésiter encore!...

OLIVIER, à part.

O mon Dieu!...

ATHÉNAÏS.

Pendant cette heure d'entretien... l'unique de notre vie...
lorsqu'au milieu de l'ombre, entouré de dangers, vous m'expri-
miez d'une voix faible et tremblante un amour dont pour la
première fois j'entendais les tendres aveux! (baissant les yeux et
à mi-voix) quand j'ai senti vos bras prêts à m'attirer sur votre
cœur... si je vous ai fui aussitôt, Olivier... c'est que moi-même
je me craignais... j'avais peur de ma tendresse pour vous...

OLIVIER, à part avec indignation.

Plus de doute... un autre à ma place...

DUO.

OLIVIER, avec une colère concentrée.

Trahison! perfidie!
Infamie!

ATHÉNAÏS.

Tout n'était que douleur!
Et regrets et souffrance,
Aujourd'hui l'espérance
Vient ranimer mon cœur!

OLIVIER, à part.

Ah! pour moi la vengeance!
Oui, voilà de mon cœur
Et la seule espérance
Et l'unique bonheur!

ENSEMBLE.

ATHÉNAÏS.

Lorsqu'on est chérie
Au gré de ses vœux!
Est-il donc dans la vie
Un seul jour malheureux?

OLIVIER, à part.

Trahison! perfidie!
Il me faut la vie
Du traître odieux!

ATHÉNAÏS.

Eh! que m'importe à moi de paraître coupable
Lorsque je suis pure à vos yeux!

OLIVIER, à part.

Lui révéler cette trame effroyable
C'est la frapper d'un coup affreux!

ATHÉNAÏS.

Notre hymen, d'ailleurs, à ma vie
Va rendre un brillant avenir!
Notre hymen, sans lequel il me faudrait mourir!

OLIVIER.

Mourir! ô ciel! de cette perfidie
Est-ce elle, hélas! qu'il faut punir?

ENSEMBLE.

ATHÉNAÏS.

Lorsqu'on est chérie

Au gré de ses vœux,
Est-il donc dans la vie
Un seul jour malheureux?

OLIVIER.

Trahison! perfidie!
Il me faut la vie
Du traître odieux!

ATHÉNAÏS, indiquant la porte à gauche.

Tout à l'heure, Olivier, là, je vous attendais,
Toujours pensant à vous, mon ami, je disais :
Je l'ai sauvé, celui dont l'existence
Était ma vie et mon espoir.
Dieu m'inspirait, lorsque pour sa défense,
J'ai, sans trembler, su remplir mon devoir...
Du haut des cieux, ô ma mère chérie,
Que ton pardon descende dans mon cœur!
Pour son bonheur j'aurais donné ma vie
Et pour ses jours j'ai donné mon honneur!

OLIVIER.

Ah! je n'hésite plus... je connais mon devoir
Cet infâme secret seul je dois le savoir!

A Athénaïs.

Tu m'as sacrifié par un aveu sublime,
Ange venu des cieux,
Ce qu'on a de plus saint, ce que le monde estime
Comme un bien précieux.
L'injure et le mépris, noble et sainte victime,
T'ont fait baisser les yeux!
A toi mon bras pour te défendre,
A toi mon respect éternel!...
Peut-être un jour, va, je saurai te rendre
Ce que tant de vertus t'ont mérité du ciel!
A toi, ma vie entière,
Je serai ton époux, ton appui, ton soutien!
Oui, ta gloire m'est chère,
J'en serai toujours le gardien!
Ah! désormais je réclame
Le droit de te défendre ici!
Avec orgueil je dis aujourd'hui :
Elle est ma femme!

ENSEMBLE.

ATHÉNAÏS.

A toi ma vie entière,
Tu seras mon époux, mon appui, mon soutien!
Et bientôt, je l'espère,
Ton destin sera le mien!

OLIVIER.

A toi ma vie entière,
Je serai ton époux, ton appui, ton soutien...
Oui, ta gloire m'est chère,
J'en serai toujours le gardien!

OLIVIER, à part.

Je n'ai plus qu'un désir, un seul, c'est de savoir
Le nom du traître!
Ah! comment ici le connaître?
Mais... oui... quel espoir!

(Se rapprochant d'Athénaïs.)

Ces lettres d'un amant si tendre
Vous les avez toujours?

ATHÉNAÏS.

Je les brûlais...

OLIVIER.

Rien... mais le ciel saura m'entendre
Et me prêtera son secours!

ENSEMBLE.

ATHÉNAÏS.

A toi ma vie entière, etc....

OLIVIER.

A toi ma vie entière! etc...

(Athénaïs sort par la droite, reconduite par Olivier.)

SCÈNE V.

OLIVIER, seul.

Ma raison faiblit sous un tel coup!... je doute encore de ce

que je viens d'entendre... Merci, mon Dieu ! de m'avoir donné
le courage de me taire... si j'avais parlé, je la tuais... elle serait
morte de honte et d'effroi, en apprenant une telle perfidie... Le
cuître ! usurper ainsi mon pur et saint amour !... et pas un indice... rien, pour me mettre sur la voie de cet outrage !...

SCÈNE VI.

OLIVIER, ROLAND, HECTOR.

ROLAND, avecexpression, courant à Olivier.
Olivier, mon fils !

HECTOR, de même.
Mon ami ! enfin, je suis libre et j'accours vers toi... (A part.)
Fasse le ciel qu'ils ne se soient pas vus !

ROLAND, à Olivier.
Heureux marié ! j'apprends à l'instant ton bonheur !... et tu
me vois ravi, transporté !...

OLIVIER, à Roland et à Hector, avec contrainte.
Merci, mes amis, merci !

ROLAND.
Et cette digne jeune fille... comme elle s'est dévouée pour te
sauver... avec quel courage elle a tout dit... son amour, votre
rendez-vous...

OLIVIER, vivement.
Taisez-vous, capitaine... ne parlez pas de cela !

HECTOR, à part.
Quel ton ! saurait-il déjà !

ROLAND, à Olivier.
Ah ! je comprends tes regrets... on connaît maintenant l'adversaire de Guébriac... un soldat reître dont il courtisait la
femme... Quant à moi, si l'édit s'était exécuté, je me serais jeté
au milieu des balles pour mourir avec toi... mais à présent, je
deviens une colombe pour la douceur... j'ai fait serment à saint
Nicolas, mon patron, de ne plus me battre si j'étais sauvé...
tu vois que ta vie me coûte assez cher !

OLIVIER.
Écoutez, capitaine... et toi, Hector, mon fidèle ami, il y a là,
dans mon cœur, un secret qui me pèse, qui me brûle... que je
ne puis vous révéler encore... Mais bientôt, j'aurai besoin de
vous, de votre amitié, de vos épées peut-être... et j'y compte !

HECTOR, à part.
Il sait tout !... (Haut.) Que veux-tu faire ?

OLIVIER, avec explosion.
Me battre contre un homme qui m'a mortellement offensé, et
dont il me faut la vie... car avec sa vie, j'aurai son silence éternel... et jusque-là pas de repos, pas de bonheur pour moi !...

HECTOR, hésitant.
Et cet homme, tu ne le connais pas ?...

OLIVIER.
Non, pas encore... mais bientôt, j'espère... et alors, c'est un
duel à mort entre nous !

ROLAND.
Malheureux, tu l'as dit... c'est un duel à mort pour tous
deux... vainqueur ou vaincu... grâce aux édits du cardinal !

OLIVIER.
C'est affreux, je le sais... si près d'être heureux... quand le
bonheur est là... qui m'attend... mais je serai vengé, du moins...
car cet homme ou moi, il faut que l'un de nous deux périsse !

ROLAND, avec expression.
Et ce ne sera pas toi, mon ami, mon enfant,

HECTOR.
Non, non, ce ne sera pas lui... c'est impossible... ce n'est pas
celui qui est offensé qui doit mourir... et quant à l'autre, il y a
une justice en ce monde... (A part.) Et il se la fera !

SCÈNE VII.

LES MÊMES, UN HUISSIER.

L'HUISSIER.
Monseigneur le cardinal fait demander monsieur le duc de
Montbaret !

OLIVIER, à lui-même.
O ciel ! en ce moment, troublé comme je le suis... traverser
les flots pressés des courtisans de son éminence... affronter leurs
regards curieux... mais j'y songe, c'est moi qui vais examiner ces beaux seigneurs, et si j'aperçois sur un visage l'expression
du sarcasme et de l'ironie, c'est celui-là qui se sera joué de moi...
et fasse Dieu que je ne me trompe pas !... (A l'huissier.) Me
voici, monsieur, me voici ! (Il sort vivement par la droite, reconduit par Roland.)

SCÈNE VIII.

HECTOR, ROLAND.

HECTOR, pendant que Roland reconduit Olivier.

Il sait tout ! ah ! je comprends sa fureur, son indignation...
mais que sera-ce donc, s'il vient à découvrir que c'est moi, son
ami... un duel avec lui... après l'injure que je lui ai faite !...
jamais... et puisqu'il n'y a pas de bonheur pour lui tant que
j'existerai, puisqu'il est résolu à demander la vie de celui qui l'a
outragé... eh bien ! une balle, un coup d'épée... je me ferai
tuer... et au fait, un peu plus tôt... un peu plus tard !

ROLAND, entrant.
Voilà de la fatalité !... une occasion superbe... lorsque j'ai fait
le serment de ne plus me battre...

HECTOR, à part, regardant Roland.
Quelle idée ! le capitaine et sa botte secrète, qui ne manque
jamais son homme... juste ce qu'il me faut !

ROLAND, à part.
Plus de mauvaises pensées... et pour commencer ma conver-
sion... (Montrant Hector.) Faisons la paix avec ce jeune gentilhomme... mon ennemi intime...

HECTOR, à part.
Ma foi, brusquons l'affaire... depuis le temps qu'il me cherche
querelle... ça doit aller tout seul... (S'avançant vers Roland.)
Monsieur !...

ROLAND, de même.
Monsieur, puisque le hasard nous réunit...

HECTOR.
Puisque l'occasion se présente...

ROLAND.
Je veux en profiter...

HECTOR.
Je veux la saisir !

ROLAND.
Pour terminer nos différends...

HECTOR.
Pour finir notre querelle...

ROLAND.
Et pour vous proposer...

HECTOR.
Pour vous offrir...

ROLAND.
Aujourd'hui...

HECTOR.
A l'instant...

ROLAND.
Mon amitié !

HECTOR.
Un duel !

ROLAND, stupéfait.
Ah ! bah !

HECTOR, de même.
Ah ! bah !

ROLAND, à Hector.
Cela vous surprend ?

HECTOR.
Je le crois bien... au moment où je voulais...

ROLAND.
Quoi donc ?

HECTOR.
Eh, parbleu ! capitaine, me couper la gorge avec vous... voilà
six mois que vous en cherchez l'occasion...

ROLAND.
Encore un duel... et de deux !... (Avec effort.) Il est trop tard,
monsieur... j'ai fait un vœu... je ne me bats plus...

DUO.

ROLAND.
Saint Nicolas, ô mon patron !
Tu fis un miracle sans nom ;
Mais grâce à mon zèle,
Grand saint Nicolas,
Je te suis fidèle,
Et ne me bats pas !
Non, non, non, non, je ne me battrai pas !
Non !

HECTOR, à Roland, avec feu.
Quoi ! cette image de la guerre,
Ce combat où votre adversaire
Sous vos coups mordait la poussière,
Vous refusez...

ROLAND.
Eh ! oui, vraiment,
Je dois tenir à mon serment,
(A part.)

Pourtant, c'était bien séduisant!

HECTOR, à Roland, de même.

Et l'instant où l'on se provoque,
Et ce double fer qui se choque,
Et votre ennemi qui suffoque...
Vous résistez...

ROLAND.

Eh! oui, vraiment!
Je dois tenir à mon serment.

(A part.)

Et pourtant c'était bien tentant.

ENSEMBLE.

ROLAND.

Saint Nicolas, ô mon patron!
Tu fis un miracle sans nom;
Mais grâce à mon zèle,
Grand saint Nicolas,
Je te suis fidèle,
Et ne me bats pas;
Non, non, non, non, je ne me battrai pas!
Non!

HECTOR.

Saint Nicolas, toi son patron,
Tu fis un miracle sans nom,
Mais à ton saint zèle
Il sera fidèle,
Grand saint Nicolas,
Et ne se battra pas!
Non, non, non, non, il ne se battra pas!
Non!

HECTOR.

Mais d'où vient donc, monsieur, cette amitié subite?

ROLAND.

N'êtes-vous pas l'ami de celui qui nous quitte?
Que j'aime comme un fils, et pour qui sans regret
Je donnerais mes jours...

HECTOR, à part.

Que dit-il?... mais au fait...
Et pour le forcer à se battre,
C'est un moyen...

(A Roland.)

De ce beau sentiment,
Ah! croyez-moi, vraiment,
Monsieur, vous pouvez bien rabattre,
Car celui qu'Olivier cherche pour son malheur,
Celui qui l'offensa, dont il lui faut la vie,
C'est moi!

ROLAND.

Vous! allons donc! quelle plaisanterie!

HECTOR.

C'est moi, je vous le jure ici, sur mon honneur!

ROLAND.

Vous,

HECTOR.

Moi qui l'ai trahi dans un moment funeste...
Et quand il le saura... malgré moi, je l'atteste,
Nous nous battrons... car il doit se venger...

ROLAND.

O ciel! se battre... quel danger!...
Savez-vous bien, monsieur le mousquetaire,
Que c'est fort mal!

HECTOR.

De vos avis je n'ai que faire!
Ça m'est égal!

ROLAND.

Sur mon honneur, dussé-je vous déplaire,
C'est déloyal!

HECTOR, avec ironie.

N'allez pas vous mettre en colère,
Cela fait mal!

ROLAND.

Olivier a bien mieux à faire!
Vous aurez un autre adversaire,
Et sur ma foi
Ce sera moi!

HECTOR.

Allons donc! ce n'est pas sans peine!

ROLAND.

Oui, je vous dois toute ma haine...
Pour n'avoir pas craint d'insulter
Votre ami, presque votre frère!

HECTOR.

Quoi! vous serez mon adversaire?

ROLAND.

A moi seul vous aurez affaire!

HECTOR, avec joie.

J'étais bien sûr de l'emporter!

ROLAND.

O grand saint, mon apôtre!
Puis-je faire autrement?
Mais en me battant pour un autre,
Je tiens toujours mon serment!

ENSEMBLE.

ROLAND et HECTOR, avec feu.

Et d'estoc et de taille,
Comme en une bataille,
Je déflerai ses coups;
Oui, battons-nous!
Car sans pitié ni grâce
Notre bras frappera!
L'un de nous sur la place,
Aujourd'hui restera.

HECTOR.

Vos armes?

ROLAND.

Mon épée!

HECTOR.

Le lieu?

ROLAND.

Sur les remparts...
Par trop de gens ici la place est occupée
Et je crains les regards...

HECTOR.

Le moment?

ROLAND.

Dans une heure
Auprès de ma demeure
Je vous attends!

HECTOR.

Comptez sur moi!

ROLAND.

J'y serai, monsieur, sur ma foi

REPRISE DE L'ENSEMBLE.

ROLAND et HECTOR.

Et d'estoc et de taille,
Comme en une bataille,
Je déflerai ses coups.
Oui, battons-nous,
Car, sans pitié ni grâce,
Votre bras frappera
L'un de nous sur la place
Aujourd'hui restera.

(Roland sort vivement par le fond en menaçant Hector)

SCÈNE IX.

HECTOR, puis BERTHE.

HECTOR.

C'en est fait! tout est arrêté, convenu... et la rapière du capitaine se chargera du reste... je la connais... elle s'en acquittera
en conscience... (S'asseyant à une table à droite et s'apprêtant à
écrire.) Maintenant quelques mots à Olivier.... et qu'il sache que
si j'ai compromis son repos et son bonheur, je n'ai pas hésité à
donner ma vie pour les lui rendre!

BERTHE, entrant pendant qu'Hector écrit.

Enfin, le mariage est officiel... monsieur d'Entragues est
nommé capitaine des mousquetaires... le cardinal lui rend ses
bonnes grâces... et je viens d'embrasser Athénaïs... Comme elle
est heureuse!... et comme une toilette de mariée vous embellit...
je voudrais bien savoir si cela me ferait le même effet! (Apercevant Hector.) Monsieur de Biron!

HECTOR, se levant.

Mademoiselle de Simiane!

BERTHE, l'examinant.

Ah! mon Dieu! monsieur, comme vous avez l'air ému!

HECTOR.

Ce n'est rien, mademoiselle... le bonheur de vous voir, peut-
être!

BERTHE, *riant.*

Est-ce que le bonheur donne cette figure-là !... qu'est-ce que vous ferait donc le chagrin?

HECTOR.

Eh bien ! c'est plutôt le chagrin... car en vous apercevant, je me disais que c'était peut-être pour la dernière fois !

BERTHE, *vivement.*

La dernière fois !... que voulez-vous dire, monsieur?... ce n'est pas un duel, j'espère... mais vous êtes si mauvaise tête... Ah ça ! est-ce que messieurs les mousquetaires se figurent qu'ils auront toujours là une demoiselle d'honneur pour les tirer d'affaire?...

HECTOR.

Non, mademoiselle, non... de pareils dévouemens coûtent trop cher... mais à la veille d'entrer en campagne... une mission périlleuse qui m'attend...

BERTHE.

Ah ! la vilaine chose que la guerre ! un pauvre jeune homme qui reviendra peut-être blessé, défiguré... ou qui même ne reviendra pas... Ah ! cette pensée-là, malgré soi, cela fait mal !...

HECTOR.

Que de bonté !

BERTHE.

C'est tout simple... n'êtes-vous pas mon chevalier?... Mais j'ai une idée... écoutez-moi, monsieur... je suis un peu superstitieuse., ne riez pas... j'ai bon espoir... et je pense que ce que vous savez bien... ce que je vous ai donné, vous portera bonheur et vous protégera dans le danger !

HECTOR, *surpris.*

Moi, mademoiselle!... vous m'avez fait un don?...

BERTHE.

Il ne s'en souvient même plus... ah ! c'est affreux, monsieur !

HECTOR.

Si fait, mademoiselle... comment dites... tout ce qui vient de vous est si cher, si précieux... (*A part.*) Qu'est-ce que ça peut être?

BERTHE.

Et pourquoi ne la portez vous plus... là, à votre bras... comme vos camarades?

HECTOR.

Là... à mon bras... (*Se rappelant.*) Ah ! mon écharpe... présent charmant, adorable... (*A part.*) Qu'est-ce que j'ai donc pu en faire ?

BERTHE.

Voyons, monsieur, répondez... où l'avez-vous mise?

HECTOR, *avec embarras.*

Sur mon cœur, mademoiselle... elle y était, elle y serait encore... si je ne l'avais serrée, cachée... avec tant de précaution... de soin...

BERTHE.

Mais vous la reprendrez... vous ne la quitterez plus... à la guerre surtout !

HECTOR.

Jamais, mademoiselle, jamais!

BERTHE.

S'il en est ainsi, je ne vous en veux plus, et c'est vous qui me donnerez la main pour accompagner Athénaïs à l'autel.

HECTOR.

Moi, mademoiselle, je le voudrais... mais ce bonheur-là ne m'est pas permis.... il faut que je parte... aujourd'hui même, on m'attend...

BERTHE.

Partir ! le jour du mariage de votre ami... sans le voir ?...

HECTOR.

Je ne le puis... à mon grand chagrin... mais là, dans ce billet, je lui adresse mes adieux... et même, si j'osais...

BERTHE.

Osez, monsieur.

HECTOR, *lui donnant sa lettre à Olivier.*

Vous prier de vous en charger, pour le lui remettre... mais dans une heure seulement... S'il l'avait avant, on voudrait peut-être m'empêcher de partir... s'opposer à un devoir d'honneur qu'il faut remplir... et pour lequel je suis déjà en retard...

BERTHE.

Partez donc, monsieur, partez vite... puisqu'il s'agit d'honneur, de devoir... je ne vous retiens plus...

HECTOR, *avec une vive émotion.*

Oui, d'un devoir bien rigoureux, bien cruel... et je ne croyais pas, il y a quelques instants, qu'il fût si pénible à remplir.

BERTHE, *avec sentiment.*

Vrai, monsieur, vous pensez cela... bien vrai?...

HECTOR, *de même.*

Ah ! sur ma vie... sur tout ce que j'ai de plus cher au monde...

eh ! tenez, je vous quitte, car je sens que tout à l'heure, dans un moment peut-être, je n'en aurais plus la force, ni le courage !

BERTHE.

Le courage! ah! monsieur, ne me parlez pas ainsi... car alors, c'est peut-être moi qui en manquerais...

HECTOR, *à part.*

Qu'entends-je !... ce tendre intérêt... et mourir maintenant!.. ah ! c'est dommage !...

BERTHE.

Qu'avez-vous?

HECTOR.

Rien, rien... adieu, mademoiselle, adieu! (*Il sort par le fond.*)

BERTHE, *le regardant sortir.*

Pauvre jeune homme ! comme il m'a dit cela... comme sa voix tremblait... j'éprouve une émotion... ah ! je sais bien pourquoi... c'est que malgré moi, sans le vouloir... (*Baissant la voix.*) Je crois que l'aime... oh ! mon Dieu ! si l'on m'avait entendu... et le laisser partir sans le revoir encore... (*On entend au fond une musique militaire.*) Non, non... cette aubade au nouveau capitaine... (*Indiquant la droite.*) Attire tout le monde de ce côté... (*Montrant le fond.*) Et de cette terrasse je puis l'apercevoir encore... et puis, il l'a dit... c'est peut-être pour la dernière fois... (*Elle monte sur la terrasse du fond d'où elle est censée voir Hector dans le parc.*)

SCÈNE X.

BERTHE, *sur la terrasse,* OLIVIER, *entrant avec agitation tenant une écharpe à la main.*

OLIVIER.

Enfin, je tiens un indice, une trace !... cette écharpe que m'a remise la grande maîtresse des filles d'honneur... cette écharpe qu'elle croit avoir été oubliée par moi, cette nuit, pendant ce funeste rendez-vous... A cette vue, j'ai eu peine à contenir ma fureur et ma joie... car voilà ce qui me guidera jusqu'au traître que je dois frapper !... (*Examinant l'écharpe.*) Et pourtant pas un chiffre, pas une lettre qui la distingue des autres...

BERTHE, *revenant de la terrasse.*

Parti... (*A Olivier.*) Ah ! c'est vous, monsieur le duc... je suis ravie de vous voir... et si je ne vous ai pas fait mon compliment la première, ce n'est pas ma faute, je vous assure !

OLIVIER, *avec distraction.*

Merci, mademoiselle, de la part que vous prenez à ma joie et à mon bonheur !

BERTHE.

Ah ! mon Dieu ! de quel air vous me dites ça !... comment, et vous aussi... jusqu'au futur qui paraît triste et désespéré... voilà un joli jour de mariage !

OLIVIER, *regardant l'écharpe.*

Mon mariage... il va se faire... dans une heure...

Je le sais bien... et je viens de voir Athénaïs plus jolie que jamais sous ces habits de fiancée... Ah ! ça, monsieur, vous ne m'écoutez pas ?... qu'est-ce que vous regardez donc là, si obstinément ?

OLIVIER, *voulant serrer l'écharpe.*

Rien, mademoiselle... rien !

BERTHE, *l'arrêtant.*

Une écharpe... (*Jetant un cri.*) Ah ! mon Dieu !

OLIVIER.

Qu'avez-vous ?

BERTHE, *examinant l'écharpe.*

Mais non, je ne me trompe pas... cette pensée brodée... c'est cela... c'est son écharpe... comment, monsieur, il vous l'a donc donnée ?

OLIVIER.

Expliquez-vous, de grâce !

BERTHE.

Ah ! c'est affreux à lui... quand, là, tout à l'heure encore, il m'assurait qu'il l'avait serrée si précieusement !

OLIVIER.

Au nom du ciel ! de qui parlez-vous ?

BERTHE.

Mais de lui, de votre ami... de M. de Biron !

OLIVIER, *jetant un cri.*

Hector ! lui ! c'est impossible !

Mais si fait... je le reconnais !

OLIVIER.

Cette écharpe est à lui, dites-vous ?

BERTHE.

Mais sans doute, c'est moi qui la lui ai donnée, dans le parc... qui ai brodé cette fleur à son intention.

OLIVIER, *avec fureur.*

Hector ! ah ! c'est indigne...

BERTHE.

N'est-ce pas, monsieur, que c'est indigne, que c'est affreux à lui !

OLIVIER.

Un ami... le seul que je n'aurais pas soupçonné... quelle trahison !

Oui, monsieur, c'est une trahison qui ne mérite pas de pardon !

OLIVIER.

Le pardon ! oh ! non pas... c'est sa vie qu'il me faut...

BERTHE.

Sa vie... ah ! c'est trop fort... Si l'on tuait ainsi tous les infidèles, ce serait un massacre général à la cour.

OLIVIER, *avec douleur.*

Un tel affront, une si cruelle perfidie, quand il connaissait mon amour, ma passion pour Athénaïs...

BERTHE.

Comment, votre passion... mais je ne vous comprends plus...

OLIVIER.

Non, mademoiselle, non... avec une âme généreuse, avec un cœur tel que le vôtre, on ne peut comprendre un pareil trait... mais de sa part, à lui, que j'aimais comme un frère... ah ! c'est infâme !

BERTHE.

Mais au nom du ciel, qu'a-t-il fait ?

OLIVIER, *avec douleur.*

Ce qu'il a fait, mademoiselle ? il a voulu me ravir ce que j'avais de plus saint, de plus précieux sur la terre !... un bien dont il savait que la perte me ferait mourir... et pendant qu'il me trompait, qu'il me trahissait... sa main serrait la mienne... et il m'appelait son ami.

BERTHE.

Ah ! je n'ose croire à de pareils torts de la part de M. de Biron, quand tout à l'heure encore il semblait désolé de s'éloigner sans vous revoir...

OLIVIER.

Lui !...

BERTHE.

Oui monsieur, et j'en ai la preuve... une lettre pour vous, que je ne devais vous remettre que dans une heure...

OLIVIER.

Une lettre !...

BERTHE.

Mais je vous vois si désolé, si furieux, que je n'ai pas le courage de la garder plus long-temps... eh ! tenez, monsieur... tenez... la voici.

OLIVIER, *prenant la lettre.*

Que peut-il me dire ? (*Lisant.*) « Olivier, ne cherche plus celui qui t'a offensé... c'est moi... mais je te jure sur l'honneur « que j'ignorais ton amour quand j'ai commis la faute que tu « me reproches... tu veux t'en venger, et tu as raison... mais « comme un duel entre nous est impossible... je viens de provoquer le capitaine Roland, dont les coups sont toujours mortels..

BERTHE, *avec effroi.*

O ciel !

OLIVIER, *continuant.*

« Puisse le sacrifice de ma vie expier ma faute à tes yeux et « m'obtenir ton pardon, ainsi que celui de l'ange de vertu que « tu vas épouser. Je me rends de ce pas sur les remparts... et « quand tu recevras ce billet, je n'existerai plus ! »

BERTHE, *avec désespoir.*

Mort !... lui... M. de Biron...

OLIVIER.

Qu'ai-je lu ?

BERTHE.

Ah ! je devine tout maintenant... Ses adieux, sa douleur en me quittant... c'était pour vous, pour vous qu'il allait mourir !

Mourir !

BERTHE.

Ah ! monsieur ! s'il reste encore quelque pitié dans votre cœur, sauvez-le... la mort est là qui s'apprête... qui va frapper... Grâce pour lui, monsieur... songez à votre désespoir, si vous étiez menacé de perdre celle que vous aimez... (*Avec effort.*) Eh bien ! moi aussi, je l'aime, et c'est à genoux que je vous demande sa vie ! (*Elle tombe aux genoux d'Olivier.*)

OLIVIER, *la relevant avec une vive émotion*

Sa vie !... mais je ne veux pas qu'il meure, moi !...

BERTHE, *avec joie.*

Vrai, monsieur... (*Frappée d'une idée.*) Mais j'y songe... dans un moment, peut-être...

OLIVIER, *de même.*

Il ne serait plus temps...(*Se dirigeant avec Berthe vers le fond.*) Courons vite !

BERTHE, *jetant un cri en voyant la porte du fond s'ouvrir et Roland paraître.*

Ciel ! trop tard !

SCÈNE XI.

LES MÊMES, ROLAND, *puis* HECTOR.

OLIVIER, *courant à Roland.*

Hector, qu'en as-tu fait ?

ROLAND.

Je l'ai puni...

OLIVIER, *avec horreur.*

Malheureux... tu l'as tué ?

ROLAND.

Est-ce que l'on tue les gens qui ne se défendent pas !... (*A la cantonnade.*) Venez donc !...

OLIVIER, *voyant Hector qui parait, hésite un instant, puis court à lui en voulant lui prendre la main; avec attendrissement.*

Hector !

HECTOR, *retirant vivement la main blessée.*

Non, pas la main !

OLIVIER, *lui tendant les bras.*

Dans mes bras, alors !... (*Ils se précipitent dans les bras l'un de l'autre.*

SCÈNE XII ET DERNIÈRE.

(*A ce moment toutes les portes du fond s'ouvrent à la fois, et l'on aperçoit toute la cour d'Anne d'Autriche et les mousquetaires de la compagnie d'Olivier. Puis on voit paraître Athénaïs en toilette de mariée et entourée des Demoiselles d'honneur et de la Grande-Maîtresse, qui remet à Olivier la main de mademoiselle de Solange; pendant ce temps et sur un signe de son ami, Hector est allé se jeter aux genoux de Berthe de Simiane.*)

CHŒUR GÉNÉRAL.

Cet instant prospère
Comble tous nos vœux.
Unis sur la terre
Et bénis aux cieux,
Après tant de peine,
Leurs tendres amours
Seront une chaîne
Des plus heureux jours !

OLIVIER, *à Athénaïs.*

Motif de la romance du troisième acte, scène troisième.

Venez, ma noble et belle amie,
On nous attend... c'est à l'autel
Que je veux consacrer ma vie,
A votre bonheur éternel !
Sur notre amour plus d'un nuage
Aura passé sans l'obscurcir ;
Dieu chasse l'orage,
A nous l'avenir !

(*A la fin de ce couplet et pendant la reprise du chœur, on aperçoit la reine Anne d'Autriche précédée de ses pages, se dirigeant vers la chapelle et faisant signe à Athénaïs et Olivier qu'on les attend à l'autel; Berthe, à qui Hector donne la main, s'apprête à suivre mademoiselle de Solange pour la cérémonie nuptiale.*)

CHŒUR FINAL.

Cet instant prospère
Comble tous nos vœux ;
Unis sur la terre, etc.

FIN.

LÉON LAYA

LE

DUC JOB

COMÉDIE EN QUATRE ACTES, EN PROSE

REPRÉSENTÉE POUR LA PREMIÈRE FOIS, A PARIS, SUR LE THÉATRE-FRANÇAIS, PAR LES COMÉDIENS
ORDINAIRES DE L'EMPEREUR, LE 4 NOVEMBRE 1859

DISTRIBUTION DE LA PIÈCE

LE MARQUIS DE RIEUX.............	MM. Provost.	GUÉRIN, domestique du marquis......		Mathien.
JEAN, DUC DE RIEUX, son neveu.....	Got.	PACAUD, garçon jardinier...........		Eugène Provôst.
DAVID, banquier...................	Montrose.	JOSEPH, domestique de David........		Masquillier.
ACHILLE DAVID, son fils............	Worms.	MADAME DAVID...................	Mlles	Nathalie.
VALETTE, camarade d'Achille et de Jean.	Barré.	EMMA, fille de M. et Mme David......		Émilie Dubois.
LEBRUN, notaire à Chartres.........	Talbot.			

De nos jours.

Aux deux premiers actes, chez David, dans une maison de campagne appelée *les Étangs*. — Au 3e acte, à Luce, chez le marquis, près
Chartres, à quelques lieues des *Étangs*. — Au 4e acte, chez David.

ACTE PREMIER

UN PARC ANGLAIS.

Sur le dernier plan à gauche, le château, dont une aile laisse voir, en
biais, deux fenêtres ayant vue sur la scène. — Belle pelouse au fond, fuyant
vers la droite et faisant face à l'habitation. — Au loin, de vastes étangs.
Çà et là des massifs de fleurs. Sur le premier plan, à droite, un grand arbre, au pied duquel sont une table et des chaises de jardin. A gauche, un
banc.

SCÈNE PREMIÈRE.

GUÉRIN, PACAUD.

Au lever du rideau, Pacaud tient à la main une petite gerbe de fleurs fanées,
qu'il vient, avec son sécateur, d'élaguer de la corbeille qui est au pied de
l'arbre. Guérin, en veste du matin, avec une casquette légèrement galon-

née, débouche par une petite allée de droite dans la direction des communs du château.

PACAUD, reconnaissant Guérin qui a passé devant lui. Tiens! monsieur Guérin!

GUÉRIN, se retournant. Pacaud! Tu es ici, toi?

PACAUD. Depuis quinze jours, comme second garçon; et
vous me voyez nettoyant les corbeilles. Mais d'où que vous
venez comme ça, et par le parc?

GUÉRIN. Ah! c'est que je connais les êtres; c'est le garde
qui m'a ouvert la petite porte verte : je viens de Luce... autant dire de Chartres, j'apporte à madame une lettre de son
frère qui ne peut pas venir dîner ce soir.

PACAUD. Le frère de madame...

GUÉRIN. S'est réveillé à quatre heures avec la goutte, ce dont
il enrage d'autant plus qu'il devait chasser demain ici avec
quelqu'un qu'il avait bien à cœur de revoir et qui doit être
arrivé hier : M. le duc de Rieux!

PACAUD. M. le duc de Rieux? Je ne connais pas; mais je n'ai pas aperçu le moindre duc; je n'ai vu venir, hier, à l'heure du dîner, qu'un petit bonhomme qui avait un sac de nuit à la main, et que je crois parent de madame, car j'ai entendu, le soir, sur la terrasse, qu'elle l'appelait Jean!

GUÉRIN. Eh bien, c'est cela même; le duc Jean de Rieux, son neveu.

PACAUD. Comment? Madame David est la sœur...

GUÉRIN. Cadette du marquis de Rieux, mon maître, et du feu duc, l'aîné des frères; conséquemment, la tante du fils Jean qui a hérité du titre.

PACAUD. Ah! c'est un duc, ce petit homme-là? Eh bien, franchement, il ne paie pas de mine. J'ai vu, quand j'étais à Paris, garçon chez un fleuriste, bien des comtes et des ducs, à la comédie; c'étaient toujours de beaux hommes!... Surtout, il y en avait un à l'Opéra-Comique... Oh!... tandis que celui-ci, je l'aurais plutôt pris pour un caporal.

GUÉRIN. Et tu ne te serais pas trompé de beaucoup; il est sergent.

PACAUD. Sergent?

GUÉRIN. Il s'est engagé, il y a un an.

PACAUD. Engagé!... Pourquoi donc?

GUÉRIN. On ne l'a pas trop su : une fantaisie de jeune homme, peut-être; il voulait, disait-il, voir la Kabylie aux frais de l'État. Et puis il n'est pas riche : six ou sept mille livres de rentes, je crois, encore moins que son digne oncle, le marquis, mon maître.

PACAUD. Peste!

GUÉRIN. Dans leur monde, ce n'est rien! Mais chez les Rieux, c'est l'habitude : plus d'or dans le cœur que dans la poche, et on appelait le père de celui-ci *le duc Job!*

PACAUD. Job?

GUÉRIN, souriant. Un ancien, peu fortuné... mais brave homme, faut croire, car le feu duc en était un... et le fils en tient, va! c'est franc, délicat, affable! S'il te parle, tu ne verras pas ses yeux descendre sur tes sabots; mais te regarder en face... là... d'homme à homme!... et s'il te donne la pièce, ce qui lui arrivera plus souvent qu'à plus riches que lui, ce sera avec bonne grâce et discrétion... ce qui est la grande manière!

PACAUD. Eh bien! mais j'en suis bien aise, moi! Après ça, dites donc, dans les petites boîtes les bons onguents! (Regardant au fond, à gauche.) Mais, est-ce que ce n'est pas lui que je vois là-bas?

GUÉRIN. En effet.

PACAUD. Déjà levé? Pendant qu'il n'est pas au régiment, il ne dort pas sa grasse matinée!

GUÉRIN. Je crois qu'il vient; je te quitte.

PACAUD. Vous n'allez pas à lui?

GUÉRIN. Ça ne serait pas convenable, mon garçon; je vais porter ma lettre. Bonjour, Pacaud.

PACAUD. Au revoir, monsieur Guérin. (Guérin suit vers la gauche le sentier boisé par lequel il était venu de droite. Jean descend de la scène en roulant une cigarette entre ses doigts. Pacaud est retourné au massif de droite, et a salué Jean qui l'a croisé.) Monsieur le duc...

SCÈNE II.
JEAN, PACAUD.

JEAN, lui rendant son salut. Bonjour, mon garçon. (A part.) Tiens! il me connaît, celui-là!

PACAUD, à part. Ah! oui, il est poli.

JEAN. Il me semble pourtant que c'est un visage nouveau.

PACAUD, le regardant en coupant quelques fleurs. Et on devine, en effet... — Après ça, quand on sait, ça aide.

JEAN, qui a descendu la scène. Où diable est mon briquet?

PACAUD, s'éloignant. C'est égal, j'aime mieux celui de l'Opéra-Comique.

Il disparaît par la droite.

SCÈNE III.
JEAN, seul, allant s'asseoir à droite.

C'est absurde, ces habitudes de soldats; on ne peut plus dormir comme tout le monde... et je crois que ma tante a raison, il est temps que je m'en défasse! Ce matin, à cinq heures et demie, je me réveillais dans mon lit comme une carpe sur un gazon! Avec cela que le marronnier qui ombrage ma croisée était rempli de moineaux qui sont venus dès l'aurore me sonner la diane! — Ah! voilà, je crois, la chambre d'Emma. Dire que je n'ai pas pu hier causer seulement cinq minutes avec elle! Quelle chance... J'arrive le matin de Marseille, je bouscule tout à Paris afin d'être ici pour dîner, de me ménager une bonne soirée... et patatras, voilà qu'au sortir de table nous trouvons huit personnes au salon. Tout ce que j'ai pu voir, c'est qu'elle n'était pas enlaidie! Oh! non! Eh! mais, sa fenêtre s'entr'ouvre? (Emma paraît à la fenêtre.) Mais oui... (Haut allant vers elle.) Comment, Emma?

SCÈNE IV.
EMMA, à sa fenêtre; JEAN.

EMMA. Tiens! Ah! Jean! bonjour!

JEAN. Bonjour.

EMMA, vivement. Oh! mais j'oublie que je suis en bonnet de nuit, moi!

JEAN, à part. Déjà coquette! (Haut.) Tu te lèves si matin?

EMMA. Pour abriter mes rosiers, à cause du soleil : et puis hier, avant de me coucher, papa m'a dit un mot qui m'a empêchée de dormir.

JEAN. Ah! quelque ennui?...

EMMA. Non!... Quand je dis non... Au fait, c'est peut-être oui. Je n'en sais rien, moi... — C'est à propos de...

Elle s'arrête.

JEAN. De quoi?

EMMA, plus bas. Il n'y a personne?

JEAN. Non!

EMMA. Un mari...

JEAN. Ah!

EMMA... Que tu connais...

JEAN. Moi! Qui?

EMMA. Chut! je te parlerai avant déjeuner. Tiens, attrape ça! (Elle lui jette un bouton de rose.) Oh! le maladroit! qui laisse tomber ce qu'une dame lui envoie d'un balcon!

JEAN. Oh! une dame! C'est toi qui l'as mal lancé.

EMMA. Du tout, c'est le vent qui l'a poussé à gauche... et même je ferme bien vite, car l'air est frais, ce matin... Bonjour

Elle rentre.

SCÈNE V.
JEAN, puis VALETTE.

JEAN, en train de mettre sa fleur à sa boutonnière, un peu rêveur. Un mari! Eh bien, quoi? Évidemment, ça doit finir par là!... (S'arrêtant... retirant la fleur un peu brusquement, puis, après un regard vers la fenêtre, la remettant avec douceur.) Je suis stupide!... ma parole!... Eh bien, va pour stupide... mais bête... c'est trop... que diable!... C'est une question coulée, ça!

VALETTE, du fond, à un domestique qui le suit. Ah! merci! Le voilà!

JEAN. Valette!

SCÈNE VI.
JEAN, VALETTE, JOSEPH.

JEAN. Mais nous ne t'attendions que dans deux heures.

VALETTE. Je sais bien, cher ami; mais...

JOSEPH. Monsieur veut-il se débarrasser de son paletot?

VALETTE, le lui remettant. Ah! oui... tenez.

JEAN. Je me proposais d'aller à dix heures et demie à ta rencontre.

VALETTE, lui serrant la main. Vrai?

JOSEPH. Et les bagages de monsieur?

VALETTE, à Joseph. Je les ai laissés au bureau de la station.

JOSEPH. Baptiste les prendra, en allant au chemin de fer.

VALETTE. C'est cela : je vais vous donner le bulletin... où l'ai-je fourré.

Il fouille dans ses poches.

JEAN. Et ton chien?

VALETTE. Sac-à-Puces? Il est venu avec moi par les prés... où il m'a même levé deux compagnies de perdreaux; il est déjà au chenil; ah! voilà (Donnant le bulletin à Joseph.) Tenez, n° 7, deux colis... une valise... et une caisse à fusil... en chêne... avec une plaque en cuivre à mon chiffre.

JOSEPH. Oui, monsieur. (Joseph s'éloigne vers la gauche.)

VALETTE, de loin. Ah! dites-moi : si on donne de la viande aux chiens, faites-en sorte que le mien n'en mange pas!

JOSEPH. J'y veillerai, Monsieur... Il s'appelle?

VALETTE. Sac-à-Puces? Robe blanche, taches jaunes.

JOSEPH. Sac-à-Puces.

VALETTE. Oui... Oh! soyez calme, il n'en a pas...

JEAN, souriant. Moins que les autres... — Allez!

SCÈNE VII.
JEAN, VALETTE.

VALETTE. Oh! mon brave Jean... bonjour et *rebonjour!*

Laisse-moi te regarder. A-t-il une paire de moustaches !

JEAN, souriant. N'est-ce pas ? Elles seront bientôt plus grandes que moi ? — Mais comment te trouves-tu ici d'aussi bonne heure ?

VALETTE. Je te savais de retour, et j'ai pris ce matin le premier convoi, pour te serrer la main plus tôt et te voir un peu seul... avant déjeuner (Plus bas), ayant bien des petites choses à te dire.

JEAN. Ah ! très-bien... Qu'est-ce que c'est ? parle vite.

VALETTE. Oh ! tout à l'heure ! Que je sache d'abord comment tu vas... car tu as été blessé, là-bas ?

JEAN. A Ichériden, une niaiserie qui m'a retenu trois semaines à l'hôpital, et a été un prétexte à congé de convalescences.

VALETTE. Et on t'a nommé sergent ! j'ai su cela !

JEAN, gaiement. Oui, je croyais qu'on me nommerait généra.. mais c'est ajourné !

VALETTE. Sergent! Pourquoi ne t'es-tu pas mis dans la cavalerie. Au moins, on a un cheval.

JEAN. On l'affirme, et puis je serais, à cette heure, maréchal des logis ! Pékin, va ! tu ignores donc l'axiome : « In pedite robur ! » La vérité est que je m'étais engagé, moins par pensée d'avenir que pour me distraire... et aller passer quelques mois en Kabylie ; or, la campagne projetée étant une guerre de fantassins, je me suis fait incorporer dans le 54ᵐᵉ pour y retrouver quelques amis.

VALETTE. A propos d'amis... tu as vu, je crois, à Tunis, ce pauvre Brémont ? Je dis pauvre, avec un père quatre fois millionnaire !

JEAN. Edouard ? oui... Il a été bien mal !

VALETTE. Vraiment? Il va mieux?

JEAN. Oui ! mais toi, voyons ! je ne te demande pas de tes nouvelles. Le regardant.

VALETTE. Oui... tu ne me trouves pas maigri, hein ? ne m'en parle pas : c'est mon seul chagrin !

JEAN. Oh ! il n'est pas lourd.

VALETTE. Eh ! si ! (Bas, gaiement) cent cinquante-sept ! et encore n'est-ce qu'à force de valser, cet hiver, que j'ai perdu huit livres ! Ah ! heureux les maigres !

JEAN. Bah !

VALETTE. Ça vieillit... J'ai l'air d'avoir dix ans de plus que toi !

JEAN. Gros fat !

VALETTE. Heureusement que j'ai le caractère jeune... et que j'ai su aussi m'arrondir un peu sous d'autres rapports !

JEAN. Au fait, oui ; j'ai appris cela : tu es dans les affaires ?

VALETTE. Jusqu'au cou.

JEAN. Il paraît que tu y as fait fortune.

VALETTE. Eh ! eh ! ça va bien ! car aujourd'hui trois cent mille francs à moi, et il y a un an, je n'avais rien !

JEAN. Peste ! Tu as gagné cela à la Bourse ?

VALETTE. Naturellement... — mais qui t'a appris?

JEAN. Mon oncle, qui me disait, hier, beaucoup de bien de toi.

VALETTE. Ah !

JEAN. Oui, oui, il semble faire grand cas de ton habileté.

VALETTE. Il est très-indulgent, c'est vrai, très-bon pour moi... et, mon Dieu ! puisqu'il est question de ton oncle...

JEAN, vivement. Ah ! pardon si je t'interromps ; mais, à propos d'oncle, je ne te parle pas du tien !

VALETTE. Du mien ?

JEAN. C'est vrai ; je ne l'ai pas revu depuis ma visite militaire à Crémieux...

VALETTE, un peu troublé. A Crémieux ?

JEAN. Chez ton oncle, à toi... Ton oncle Solié !

VALETTE. Tu le connais ?

JEAN. Non, mais je le connais depuis un an environ ; pardieu ! depuis mon départ pour l'Afrique ! Je voulais t'écrire de là-bas, mais, le lendemain de mon arrivée à Alger, notre bataillon se mettait en campagne.

VALETTE. Tu as vu mon oncle Solié à...

JEAN. A Crémieux ! Il ne te l'a pas écrit, non plus ?

VALETTE. Non, mais...

JEAN. Oh ! mon cher, quel homme charmant !

VALETTE, à part. En voilà une chance !

JEAN. Que je te conte donc cela. (Il le prend sous le bras.) Imagine-toi que notre détachement, en garnison à Lyon, avait reçu ordre de s'acheminer par petites étapes jusqu'à Marseille, d'où nous devions nous embarquer pour l'Afrique. On nous avait, comme d'habitude, éparpillés sur les grandes routes pour gagner nos localités respectives ; et, en ma qualité de caporal, j'avais à loger quatre hommes et moi, serviteur très-humble dans un petit village du nom de Crémieux. J'en casai deux à une auberge de rouliers qui m'était désignée, et allai avec les deux autres sonner à la maison d'un M. Solié auquel échéait,

de par M. le Maire, l'insigne honneur d'abriter mon galon. Une grosse bonne mère vint m'ouvrir.

VALETTE, à part. Marianne.

JEAN. Elle m'introduisit près du maître ; et, pendant que mon amphitryon... de par la loi, examinait mes lettres de créance, je vis en face de moi, à la cheminée, une miniature qui te ressemblait beaucoup. J'allai droit à elle ; ton oncle vit le mouvement : — Eh bien, dites donc, caporal, fit-il en arrêtant sa lecture, ne vous gênez pas, hein ? J'ai encore là-bas des portraits de dames, si vous êtes amateur ! — Pardon, monsieur, lui dis-je ; je croyais reconnaître un de mes camarades de collège... — Qui s'appelle?... — Henri Valette. — Vous connaissez mon neveu ? — Vous êtes son oncle ? — Il y a apparence ! — (Le fait est que mon mot était naïf !) — Puis, regardant le billet de logement : « Le caporal de Rieux... » J'ai connu autrefois un marquis de Rieux... — C'est mon oncle! — Vous êtes son neveu ? — J'avais grande envie de lui riposter : il y a apparence ; mais il ne m'en laissa pas le temps ! — « Ah ! vous connaissez mon neveu ? » — puis, allant et venant : « Marianne ! tu mettras deux couverts !... (Il me néglige!)... et les deux perdreaux pour rôti ! nous ferons demain une friture au curé, c'est plus orthodoxe ! — puis, il me demanda bien vite de tes nouvelles. Je lui répondis qu'à un mois de date, tu allais à merveille : « Bravo ! me dit-il ! Moi, il y a plus d'un an que je ne l'ai vu... mais c'est jeune, et je ne lui en veux pas : je n'aurai à lui laisser après moi que cette bicoque... et il est ambitieux ! Aussi, je me résigne à l'aimer de loin... vous voyez... son portrait est là qui me regarde avec ses yeux bleus, ceux de sa mère que j'aimais tant ! » Je n'en finirais pas de te répéter tout ce qu'il me dit, durant cette demi-journée, de toi, de ta famille ! Depuis, tu as eu de ses nouvelles ? Comment va-t-il ?

VALETTE. Mon ami, je l'ai perdu...

JEAN. Ah ! mon Dieu !... Et quand cela, donc ?

VALETTE. Il y a dix mois.

JEAN. Ah ! mon pauvre Henri, combien je regrette d'avoir aussi brusquement réveillé ce souvenir !... Pauvre homme !.. je t'assure que cette nouvelle me chagrine !

VALETTE. Bon Rieux !

JEAN. Il me semble que je le connaissais depuis des siècles. C'est vrai il y a dans la vie des heures qui paraissent plus longues que les autres, tant elles laissent d'impression derrière el et tant on y retrouve de choses quand la pensée vous y reporte ! Ce pauvre M. Solié ! Ah ! tu as dû bien le regretter !

VALETTE, toujours préoccupé. Oui... oui... Oh ! certes, c'était un excellent homme... (A part.) Comment empêcher?...

JEAN. Il y a dix mois ? Quelques semaines seulement après ma visite ! Mais c'est bizarre. J'ai vu à Bône notre ami Barral, le consul, trois ou quatre mois plus tard ; il venait de Paris ; nous avons parlé de toi... il n'avait pas l'air de savoir...

VALETTE. Il ne le connaissait pas.

JEAN. Soit ; mais il me disait, je m'en souviens, toutes les difficultés de ta vie avec ta modique place, sans un sou de patrimoine !... Or, tu devais, à cette époque, être en possession du petit avoir de ton oncle... — Est-ce qu'il ne te l'aurait pas laissé ?

VALETTE. Si fait !

JEAN. Et Barral l'ignorait ? Tu le lui avais donc caché ?

VALETTE, après un long silence. Eh bien... oui !!!

JEAN. Hein ! Par quelle raison ?

VALETTE. Mon Dieu ! mon ami, par des raisons très-sérieuses, que tu comprendras, j'espère... ou plutôt, que tu ne comprendras peut-être pas, avec ta nature si en dehors des choses pratiques.

JEAN. Enfin, voyons, parle.

VALETTE. Eh bien, donc... oui ; ce pauvre brave homme d'oncle est mort, me laissant, comme tu sais, pour héritier, son petit avoir : il y avait près de deux ans que je ne l'avais pas vu : je m'en accuse ; mais il n'y a pas de chemin de fer, par là. C'est très-incommode. Autrefois, j'avais un de mes amis, un Russe, qui m'invitait à passer les vacances dans ses terres, à une douzaine de lieues de Crémieux, et j'y faisais alors une petite fugue dans l'intervalle ; mais mon Russe est parti ; les terres, les chasses ont été vendues, affermées, que sais-je ! Je n'avais donc plus d'occasions... — Mon Dieu ! je l'aimais toujours bien... mon oncle !

JEAN. Oui... (A part.) Mon oncle !

VALETTE. Mais, dame ! qu'il pensât peut-être à moi un peu plus que je ne pensais à lui, cela s'explique : les vieillards vivent dans une chambre où ils ne bougent guère ; ils ont autour d'eux trois ou quatre portraits qui sont là, cloués à la muraille, et les regardant toute la journée : d'où ils concluent que ces trois ou quatre miniatures ne voient et n'aiment qu'eux ! Or, ça se trouve souvent être une fille, qui va tous les soirs au bal... un fils, riche, lancé, ayant des chevaux qui courent... et des maîtresses qui le font courir; ou un neveu, comme moi, qui n'a rien et qui cherche partout, devant, derrière, à gauche, à droite... s'il ne verra pas tomber sa pomme de Newton ! Tout cela ne permet pas aux cœurs de battre à l'unisson... C'est triste, mais c'est la vie; et tu vois d'ici dans quelles dispositions de regrets... respectueux me trouva la lettre par laquelle le petit notaire des environs m'apprenait cet événement... (Se reprenant) ce malheur !

JEAN. Ne le reprends pas, va... nous sommes seuls.

VALETTE, avec plus d'aplomb. Mon cher, je n'avais pas le sou : depuis trois ans, commis aux finances à 2,200 fr.! je rongeais mon frein; et, je l'avoue... en lisant ladite lettre... (je l'aimais toujours bien, mon oncle!) Mais dame!.. mon premier mouvement fut : Je suis sauvé !

JEAN, avec un sourire fin. Et l'on dit qu'il est bien bon !

VALETTE. Quoi ! veux-tu que je mente ?

JEAN. Oh ! non ! Sois franc, va... avec moi surtout, et continue. *Il s'assied près de la table; Valette s'assied aussi.*

VALETTE. Le matin même, je partais; le lendemain, je lui rendais les derniers devoirs; et, deux jours après, je recevais du notaire de Crémieux avis qu'il avait acquéreur pour la maison et dépendances à 55,000 fr., contrat en main. C'était un prix très-raisonnable, et j'acceptai, en convenant avec ces messieurs qu'on remplirait sans bruit les formalités relatives à la vente et à la succession elle-même, car voici le conseil que la nuit m'avait porté : 55,000 fr. venant tout bonnement de leur village, montant d'une petite succession, c'était le fait banal et vulgaire; 55,000 fr., comme tous les autres représentant chacun cinquante louis, et puis plus rien après? Mais 55,000 fr. que l'on montrerait d'abord un à un... puis deux à deux... puis quatre à quatre... comme le résultat journalier d'opérations habiles... comme la conquête de l'intelligence sur le terrain des affaires... quel aspect différent... quel autre capital ! Comme chaque billet allait proclamer ma valeur et offrir à la galerie un appât précieux ! Commences-tu à comprendre? Voyons, ne fronce pas le sourcil ! Qu'avait voulu mon oncle en me laissant ces 55,000 fr.? Qu'ils me fussent utiles ! Eh bien, j'en allais décupler la valeur, voilà tout... et c'est ce qui arriva : « Ce diable de Valette, s'écria-t-on bientôt, comme il va ! » 10,000 fr. depuis trois mois ! Il est actif... (j'allais à la Bourse, l'air effairé, profond) habile ! (j'annonçais d'avance mon gain, je l'avais en poche;) et discret ! On ne sait jamais pour qui il opère... » (Je n'opérais pas du tout.) Je fumais des cigares sous les colonnes, disant, çà et là, mystérieusement bonjour à quelques gros bonnets de la finance, ce qui contribuait à m'accréditer comme faiseur sérieux... et des affaires magnifiques, dans lesquelles on m'intéressa, m'arrivèrent bientôt de tous côtés; et les gros bonnets eux-mêmes commencèrent à me donner des ordres, genre d'affaires qui consiste en ceci : « Vendez ! » On vend. « Achetez ! » on achète... et ce qu'on gagne à faire se balancier, c'est à ne pas le croire ! — Ma foi, voyant l'effet, deux mois après je montrais 20,000 fr.! les ordres décuplèrent; trois mois plus tard, j'en lâchai trente, ils centuplèrent ! Aujourd'hui, j'ai mis tout dehors... le feu y est ! Je suis... posé ! Tout est là ! Posé, mon bon, épelle ce mot ! Grâce à lui, j'ai à cette heure triplé mon capital et acquis une clientèle solide, importante, qui prélève annuellement pour moi, sur le simple mouvement de ses millions, un traitement de maréchal de France ! Saisis-tu, maintenant? Ah ! quand, depuis des années, je demandais à tous les diables, en les tirant par la queue, la science et le secret des affaires, je savais bien qu'il ne me manquait pour m'élever que l'épaule du voisin, c'est-à-dire la confiance... sur laquelle en affaires le génie même a besoin de s'appuyer ! J'avais le jarret, mais non le tremplin ! Eh bien, l'occasion est venue, et je m'en suis donné un. Jean, mon ami, tu me garderas le secret, hein ?

JEAN, un peu bourru. C'est bon, mon Dieu, n'aie pas peur... Ce n'est pas moi qui te dirai, ton secret ! Mais tes billets de faire part ont dû l'ébruiter ?

VALETTE. Les billets ?... Mon oncle ne connaissait personne...

JEAN. Il m'avait nommé quelques amis.

VALETTE. Oh ! quelques relations... et si peu que...

JEAN, l'observant. Que tu n'en as pas envoyé?

VALETTE. Ça aurait, comme tu dis, appelé l'attention...

JEAN. Mais alors as-tu expliqué ton deuil ? Un crêpe au chapeau, ça ce voit...

VALETTE, gêné. Mon deuil ?... Mon Dieu, mon ami, il est certain que si je m'étais mis en grand deuil... on aurait bien vite deviné... et ce n'était pas la peine, alors, tu comprends...

JEAN, sérieux. Oui, oui... je comprends... que tu n'en as pas mis?

VALETTE. Tous les jours, pendant trois mois j'étais en noir...

JEAN, avec un sourire contraint. Et en cravate blanche?

VALETTE. Hein ?

JEAN. Comme pour le bal !...

VALETTE. Jean ! voyons; ce sont là des enfantillages... le vrai deuil est dans les regrets, la reconnaissance; et penses-tu que la mienne ne soit pas doublée en voyant l'appui de cet excellent oncle...

JEAN. Se doubler, oh ! si.
Il se lève.

VALETTE. Oh ! que le diable t'emporte !... — Non, je veux dire... Voyons, Rieux... vrai, tu me fais de la peine !...

JEAN. Pauvre ami...

VALETTE. Tu plaisantes... et...

JEAN. Et j'ai tort? Alors, s'il faut être sérieux, mon bon... je te dirai que tu es certainement un excellent garçon, mais que ce que tu as fait là... dame ! franchement... moi... je n'en voudrais pas pour un million !

VALETTE, se récriant. Ah ! mon cher !... tu es excessif !! vraiment...

JEAN, passant à gauche. Excessif? Ah ! ah !... leur grand mot. (Chantonnant d'un ton crispé.) « As-tu vu la casquette, la casquette ?. Tra ! la ! la ! la !... »

VALETTE. Mais oui ! Tu chantonnes ! tu es étonnant !

JEAN, de même. Étonnant, excessif !... c'est magnifique, ma parole ! (Sérieux, revenant à Valette.) Comment, voilà un brave homme, le frère de ta mère... qui s'est imposé pour toi, pendant de longues années, une vie plus que modeste... dont il lui était loisible de doubler les ressources !... il quitte ce monde, le laissant tout son bien !... — et toi, son neveu et son héritier, à qui la reconnaissance, la nature et la piété la plus vulgaire font un devoir d'appeler l'hommage sur sa vie, d'en honorer le souvenir... en prolongeant autant que possible, le petit bruit qui s'est fait autour d'elle, on soulèvent çà et là dans le cœur de vieux compagnons qui survivent quelques bonnes paroles de regrets... tu étouffes tout bruit, confisques le bienfaiteur... fais du legs tendre et sacré un instrument de mensonge, un tremplin aux écus ! et à quelle heure le vient cette idée splendide, quelle nuit te porte ce fin conseil de courtier-marron ? La nuit même du jour où on a jeté sur le pauvre homme cette poignée de terre...

VALETTE. Jean !...

JEAN, avec douceur. Pardon, mon cher, mais tu m'accuses là d'être excessif... quand c'est mon amitié seule qui s'irrite.

VALETTE, après un silence, un peu penaud. Je n'avais pas vu tout cela !...

JEAN. Je le sais bien !... et c'est dont j'enrage ! Parbleu ! qu'un pleutre fasse de ces énormités, c'est dans l'ordre, on s'y attend; mais que nos meilleurs camarades aillent s'y commettre... on se demande où on en est?... C'est terrible, ma parole !...

VALETTE, à part. Maudit maire de Crémieux !

JEAN. Et ce qui m'agace encore... ce sont les riantes perspectives dont tu égaies le paysage... Te voilà avec ton capital triplé, quintuplé... et un traitement de maréchal !... Est-ce assez réussi, galant ? Blâmez après si vous l'osez ! (c'est là, mon bon, ce qui est atroce !)... — Au moins, avec des chenapans, la morale de la fable ne se fait pas attendre !... Le mal crée le mal : l'héritage, raflé sans vergogne, va rouler dans l'orgie; la maison des champs héberge les courtisanes; les joyaux de famille, la montre, la chaîne, les breloques du bonhomme s'enroulent en colliers sur l'épaule des créatures !... C'est hideux, oui; mais on sait ce que c'est; ça ne trompe personne, ça a sa couleur, son nom... C'est le vice !... Ça chante haut, ça se voit de loin... on s'en gare... et tout est dit ! Mais avec toi, ce n'est pas ça. Tu n'es pas vicieux, toi ; tu es un bon enfant, laborieux, rangé... m'aspirant qu'à te faire une position... honorable ; à trouver quelque jour une bonne petite famille, qui te donne une bonne petite femme... avec une bonne... grande dot. Le tout, grâce à la ruse ! c'est-à-dire que c'est à en faire prendre la mode ! Et, en effet, la mode en prend ! car ainsi le mal créer le bien, d'autres s'en mêlent... qui vous dépassent... et ça devient alors sur toute la ligne un trompe-l'œil général où le cynisme lui-même a ses délicatesses, où beau et laid, droit et bancroche s'accouplent en bâtardises pour créer un petit monstre malin... plus mauvais que les pires... gangrené et correct, noir au fond, gris à la surface... et même d'un gris tirant si bien sur le blanc, qu'on se demande à le voir si le corbeau n'est pas un cygne !... — Mais, pardon ! je deviens d'un bavard et d'un sérieux déplorables !... C'est l'existence des camps, vois-tu... L'habitude de vivre sur soi-même, seulement... on se rattrape!.., et puis, vrai (Lui serrant la main), je l'en ai peut-être voulu de ne pas m'avoir appris en son temps la mort de ce cher homme : je lui aurais donné sur l'heure un souvenir ! tu sais, je suis un peu rêveur, moi... nullement pratique, comme tu dis : je me rappelais en l'écoutant la bonne soirée qu'il me fit passer à Crémieux, sous son grand marronnier, en compagnie de ses meilleurs cigares... Eh bien ! j'aurais brûlé là-bas, sous un palmier, une pipe en son honneur... et qui sait si, en montant avec la fumée de mon tabac, ma pensée ne l'eût pas croisé en route ! N'en parlons plus, va... — Tiens, veux-tu une cigarette ?...

VALETTE. Non, merci !... (Un peu décontenancé.) Comment faire à présent ?

JEAN. Pourquoi ?

VALETTE. Pour réparer le mal...

JEAN, souriant. Oh ! que veux-tu... la question n'est pas là... c'est fini !... une autre fois, si tu as une tante, tu seras moins... réservé !...

VALETTE, naïvement. Je n'en ai pas...

JEAN, gaiement. C'est fâcheux !

VALETTE. Mon brave Rieux... tu me garderas le secret, hein ?..

JEAN. Oui, oui, sois tranquille ; la cour te blâme, mais ça ne t'empêchera pas de conduire ton fiacre ! et c'est l'important, hein ?

VALETTE. Non, mais tu en comprends les conséquences ? Un seul mot pourrait briser...

JEAN. Le tremplin.

VALETTE. Sérieusement... je t'en prie...

JEAN. Sérieusement, dors en paix avec moi : un secret n'a pas besoin d'être respectable pour être respecté.

VALETTE. Merci ! c'est très-délicat... très-joli ce que tu dis là !..

JEAN, souriant. Tu trouves ça joli, parce que ça te sert !...

VALETTE. Non ! Oh ! je suis sincère !... Vrai, je t'admire !

JEAN. Que cela ?

VALETTE. Ah ! oui ! Tu es fort, toi, tu es grand !...

JEAN. Et petit de corps... comme Alexandre : *Magnus et corpore parvus.*

VALETTE. Ah ! que n'ai-je ta nature ! !...

JEAN. Eh bien, mon ami, prends-la ! Ils sont superbes !... Elle est à tes ordres, ma nature... et de bien meilleures encore, va !...

VALETTE. Non ! non ! Tu es une exception, toi !...

JEAN. Oui, oui, connu : tu fais de moi l'exception pour faire de toi la règle... en manière d'excuse ; ce n'est pas toi qui as inventé cela !...

VALETTE. Oh ! si ! ! Je t'apprécie, et t'aime bien, va ! !...

JEAN. Ne m'étouffe pas, hein ? d'autant plus que voici mon oncle qui s'y opposerait.

Valette remonte au-devant de M. David.

SCÈNE VIII.

JEAN, DAVID, VALETTE.

DAVID. J'étais bien sûr de l'avoir reconnu de loin ! (A Valette.) Bonjour !

JEAN, à part. Allons ! un homme à la mer !... triste !

DAVID. Bonjour, Jean.

JEAN, lui donnant la main. Mon oncle.

DAVID. Vous avez donc pris le convoi de huit heures ? C'est parfait ! Mais il eût encore mieux valu venir hier.

VALETTE. C'était jour de liquidation, cela m'eût été impossible !

DAVID. Je le sais, et c'est ce qui fait que je n'ai pas insisté, jeudi. (A Jean.) Mon ami, je regrette de te dire que ton oncle ne peut pas être aujourd'hui des nôtres.

JEAN. Allons donc !

VALETTE. M. le marquis de Rieux ?

DAVID. Oui, le marquis de Rieux, mon beau-frère : Guérin nous a apporté, ce matin, cette fâcheuse nouvelle.

JEAN. Et pourquoi ?

DAVID. Un accès de goutte : il a écrit à sa sœur pour nous exprimer ses regrets, et la charge de mille bonnes choses pour toi.

JEAN. Ah ! que c'est désolant ! Moi qui me faisais une fête de chasser avec lui. Je vous demanderai la permission demain de lui porter mon carnier ?

DAVID. Mais tu reviendras, dimanche, chasser avec nous sous bois ?

JEAN. Et avec lui, j'espère ! Je le remettrai sur pieds, moi allez ! Pauvre oncle ! Ah !

Il remonte un peu la scène.

DAVID, à Valette. Et cette liquidation ? a-t-elle été aussi belle, ce mois-ci, que l'autre ? Les courtages ont-ils donné ?

VALETTE. Vous êtes bien bon. Un peu mieux encore.

DAVID. Très-bien ! Barral vous confie maintenant ses affaires ?

VALETTE. Grâce à vous.

DAVID. Oh ! j'y suis pour quelque chose ; mais je les ai mises en bonnes mains. — Eh bien, Jean, voilà un, camarade qui a fait du chemin, depuis un an ! Pendant que tu conquérais un galon, il gagnait lui...

JEAN. La Toison d'or ! Je l'en félicitais (Bas, gaiement). N'est-ce pas, mon oncle ?

VALETTE, de même. Hum !

DAVID. Tu as raison, car le voilà posé.

JEAN, bas à Valette. Tiens ! ton mot !

DAVID. Mais dame ! ce n'est pas un rêveur, lui !

JEAN, à part. C'est pour moi, cela.

DAVID. L est actif !...

JEAN, à Valette. J'allais à la Bourse, l'air affairé.

DAVID. Fabile !

JEAN, même jeu. J'annonçais mon gain.

VALETTE, bas. Tais-toi donc !

DAVID. Et discret ! On a été longtemps sans savoir pour qui il opérait.

JEAN. Il ne vous le dirait pas encore ! allez !

DAVID. Il a raison ? (A Valette.) Mais, à propos, je ne vous remercie pas, moi ! Vous m'avez vendu hier mes Bonnard, à trente centimes de mieux que je n'avais prévu.

VALETTE, gaiement. J'ai trouvé le joint, et j'ai pensé n'être pas désavoué.

DAVID, de même. Nullement ! — Ah ! voici ma femme !

SCÈNE IX.

DAVID, VALETTE, JEAN, MADAME DAVID.

JEAN, retenant Valette. Peste ! Tu vends les Bonnard à trente centimes de mieux !

VALETTE, bas. Laisse-moi donc !

Il se hâte d'aller au-devant de madame David, au fond, où ils restent un peu à causer pendant ce temps.

DAVID, prenant le bras de Jean. Il me plaît beaucoup, ton ami ! Et puis, vois-tu, quand je pense que ce garçon-là a gagné trois cent mille francs avec rien !

JEAN, à part. Très-bien !

DAVID. Rien ?...

JEAN. Rien !

DAVID. Tu l'as connu commis aux finances, à deux mille deux cents francs, je crois ?

JEAN. Deux mille deux cents francs. Oui.

DAVID. Et orphelin... pas de patrimoine !.. seul... ah ! c'est beau !

JEAN, descend. Oui !

DAVID. C'est même touchant !

JEAN, de même. Ah ! oui ! (A sa tante qui passe près de lui.) Bonjour, ma tante.

MADAME DAVID. Bonjour.

Ils se donnent la main.

DAVID, à Jean, le tirant à l'écart. Et puis...

JEAN, de loin, à sa tante. Vous allez bien ce matin ?

MADAME DAVID. Oui.

DAVID, même jeu. Dis-moi : tu es bon juge à cet égard... C'est un jeune homme à qui je crois des sentiments très-délicats.

JEAN. Certes. (A part.) Il vend si bien les Bonnard !

DAVID ! ... Très-élevés. Hein ?

JEAN. Oui, oui. (A part.) Trente centimes de hausse !

DAVID. Sur les devoirs... la famille, n'est-ce pas ?

JEAN. Oui... oui... (A part.) Elle est bien bonne !

LE DOMESTIQUE, entrant. Monsieur, la voiture est avancée.

DAVID. Ah ! très-bien !

Il remonte. — Sa femme le rejoint.

JEAN, à Valette. Sans l'arrivée de Joseph, mon oncle te canonisait.

MADAME DAVID, à son mari. Tu vas au-devant d'Achille ?

DAVID. Oui, j'ai un mot à dire à la station pour quelques retards dans nos courriers.

MADAME DAVID. A merveille. Eh bien, emmène donc M. Valette pour que je puisse causer avec Jean et avoir, en quelques mots, raison de ses bruits ridicules.

DAVID. Ah ! oui... — ridicules... je le souhaite. (Allant à Jean.) Jean, je ne te demande pas de venir au-devant de ton cousin, ta tante désire que tu restes avec elle.

JEAN. Et moi donc !

DAVID. Mais vous, Valette, voulez-vous m'accompagner ?

VALETTE. Très-volontiers.

DAVID. Alors, vite ! Nous n'avons que le temps !

JEAN, à part. Il l'adore !

VALETTE, bas à Jean. Je compte sur ton silence !

JEAN, à Valette, gaiement. Oui !... mon oncle !

DAVID, qui passe. Hein ?

JEAN. Quoi ?

DAVID. Tu m'appelles ?

JEAN. Moi ?

DAVID. Tu as dit : mon oncle !

JEAN. Ah ! c'est à Valette.

DAVID. Que tu dis : mon oncle ?

JEAN. Un petit nom d'amitié !

DAVID. Que c'est ridicule !

JEAN. Ça l'amuse. (A Valette.) N'est ce pas ?

DAVID, à Valette. Ah !

VALETTE, s'efforçant de sourire. Hein ? oui ! (A part suivant David.) Animal, va !

David sort par le fond à droite avec Valette.

SCÈNE X.

MADAME DAVID assise, JEAN.

JEAN, venant à elle et s'asseyant à son côté. Ah ! ma foi, ma tante, malgré mon vif désir d'embrasser Achille, je vous remercie de m'avoir retenu... car j'ai eu à peine, hier, le temps de vous dire bonjour... Grâce à vos damnés visiteurs.

MADAME DAVID. J'en ai été d'autant plus contrariée qu'il me tardait, s'il faut te le dire, d'être seul ici pour causer ensemble de mille choses, et particulièrement d'une sotte histoire qu'on est venu me conter récemment et qui m'a mise dans une colère abominable.

JEAN, souriant. En colère... vous ?

MADAME DAVID. En ce sens que je n'y croyais pas, que j'avais besoin de ton retour pour la démentir formellement.

JEAN. Qu'est-ce donc, ma tante ?

MADAME DAVID. Imagine-toi qu'on est venu me dire, ces jour derniers, qu'il y a un ou deux mois, tu aurais fait demander à Bouville 40,000 francs. (Mouvement de Jean. — A part.) Hein ! (Haut, en l'observant.) Dont il n'aurait pas connu le remploi.

JEAN. Qui vous a dit cela ?

MADAME DAVID. Ça n'est pas vrai, hein ?

JEAN. Qui vous l'a dit ?

MADAME DAVID, inquiète. Qu'importe la personne ? Ce n'est pas Bouville, je te le jure !

JEAN. Je le pense.

MADAME DAVID. Mais... est-ce que c'est vrai ? Tu te tais.

JEAN. Ma tante...

MADAME DAVID. Quoi ! tu as emprunté 40,000 francs ?

JEAN. C'est-à-dire, je me les suis empruntés à moi-même ; j'ai écrit à Bouville de me faire argent pour cela de telles valeurs qu'il jugerait convenable ; et j'ai reçu en effet du, six jours après, les 40,000 francs que je lui avait demandés.

MADAME DAVID. Mais pourquoi ?

JEAN. Permettez-moi de ne pas vous en dire davantage.

MADAME DAVID. Que signifie ! Jean, je n'ai donc plus ta confiance ?

JEAN. Ma tante, vous savez bien que si !

MADAME DAVID. Non !

JEAN. Voyons... me donnez-vous votre parole... (mais votre parole !) de n'en parler à qui que ce soit ?

MADAME DAVID. Je te la donne.

JEAN. J'y tiens sérieusement... vous me connaissez, et pour rien au monde...

MADAME DAVID. Oui, oui, Jean, je te le jure...

JEAN, lui serrant la main. J'y compte ! — Eh bien, c'est à Édouard que je les ai prêtés.

MADAME DAVID. Au jeune Brémont ?

JEAN. Oui, c'est à lui... à mon plus intime ami... au meilleur être qui soit au monde, que j'ai eu le bonheur de venir en aide.... et à une heure où vous n'auriez pas, je vous le jure, arrêté mon élan !

MADAME DAVID. Son père le sait-il ?

JEAN. Son père ! Oh ! ne lui donnez pas ce nom !

MADAME DAVID. Jean !

JEAN. Si vous aviez été, comme moi, témoin des désespoirs causés par lui... Mais passons. Vous avez su avec quelle dureté il le chassa, le jour où Édouard le vint supplier de consentir à son mariage avec une jeune fille, un ange, que vous avez connue ?

MADAME DAVID. Oui... Pauvre Marie !

JEAN. Vous avez su avec quel courage Édouard, alors, s'exila dans un consulat perdu, afin d'y pouvoir vivre et faire vivre sa femme ?

MADAME DAVID. Oui...

JEAN. Mais ce que vous avez ignoré, comme moi, c'est qu'il traînait là-bas, à sa suite, un arriéré devenu terrible dans l'abandon cruel où on le laissait. Ce que furent ses épreuves ?... pour en juger, il faut en avoir vu comme moi les ravages ! Le plus affreux de tous fut l'ébranlement qu'en reçut la santé de sa femme, déjà affaiblie par le climat ! Je vous ai écrit d'Afrique la nouvelle de sa mort. Eh bien, il y avait huit jours que ce coup avait frappé Édouard, quand je tombai chez lui à l'improviste ; et il y avait huit jours qu'on n'avait pu lui arracher un mot ni une larme ! En entrant, je le vis assis près de la fenêtre... pâle... maigre... immobile... et sans autre signe de vie que ce regard fixe qui, déjà, n'est plus de ce monde !... Le médecin me dit qu'il allait passer ! A ma vue, il poussa un grand cri... il souleva de son fauteuil... tomba dans mes bras,

en m'étreignant avec une force de moribond... et pleura... Il était sauvé ! C'est le soir seulement que j'appris du médecin les dégoûts et les tourments de sa vie... et je fus à même de les connaître, car ils étaient là, à cette heure même, menaçant le seuil de sa maison ! Oui, ma tante, d'ignobles vestiges de saisies et de contraintes s'étaient glissés jusqu'à lui à travers les noires tentures ! J'arrivais bien tard, hélas ! Mais assez tôt, du moins, pour faire respecter son deuil et son désespoir ! Le soir même je vis le consul ; sur ma garantie, il s'empressa d'intervenir ; le lendemain j'écrivais à Bouville... et... vous savez le reste.

MADAME DAVID, prenant dans ses mains la tête de Jean qu'elle embrasse avec effusion. Cher enfant ! il faut bien goûter le bonheur de t'embrasser... puisqu'il n'est pas possible qu'on te blâme ! (Elle l'embrasse de nouveau.) Dieu sait pourtant quand ce pauvre Édouard pourra te rendre...

JEAN. Dame ! ça ne sera pas sur ses économies, c'est clair !

MADAME DAVID. Le tiers de ta fortune, Jean !

JEAN. Il me le rendra quand il aura hérité... ce qui ne privera pas l'humanité de grand'chose !

MADAME DAVID. Jean !

JEAN, se levant. Ah ! ma tante ; je ne me fais pas meilleur que je ne suis ; j'aime les bons... mais j'exècre les méchants ! D'ailleurs, calmez-vous, allez ! Tout s'arrange avec le temps : j'ai peu de besoins... et je suis philosophe.

MADAME DAVID. Oh ! philosophe !... parole pompeuse... mais perfide ! Le monde avec lequel il te faudra vivre ne se pique pas de l'être, lui ! Il se contente d'être sage, voit plus juste que haut... et préfère la raison qui fait fortune à l'élan qui ébrèche le patrimoine. Les pères répondent à celui-ci : Touchez-là ! mais donnent leur fille à l'autre... Et je me dis que le fait dont tu me parles, si louable qu'il soit, à coup sûr, pourrait venir s'élever, un jour, contre tel projet de bonheur rêvé peut-être par ton cœur... ou le mien !

JEAN, la regardant avec émotion. Quel projet, ma tante ?

MADAME DAVID. Rien, rien... des idées vagues... à moi... à moi seule ! Le désir de te voir changer de carrière, de t'arracher à cette vie de privations et de dangers,.. qui ne peut-être pour toi, n'est-ce pas, que transitoire ?

JEAN, rêveur. Qui sait ? Mais encore ?

MADAME DAVID. Prends garde ! Emma !

SCÈNE XI.

MADAME DAVID, EMMA, JEAN.

EMMA, venant du fond. Maman, je crois avoir vu poindre la calèche au tournant de l'avenue ! (Passant près de son cousin et lui donnant la main.) Bonjour ! (A sa mère.) Et voici votre ombrelle, que vous oubliez par ce soleil... (L'embrassant.) Oh ! quelle mère ! Si tu savais, Jean, comme elle me donne du tourment ! Mais viens donc voir, toi, qui as des yeux de lynx !

Jean remonte avec elle vers la gauche, et regarde au loin à droite.

MADAME DAVID, à part. N'y pensons plus ! Car jamais, surtout, maintenant, mon mari ne consentirait...

EMMA, impatientée, du fond. Les arbres les cachent ! Soutiens-moi...

Elle se hausse un peu sur un talus, une main appuyée sur l'épaule de Jean.

MADAME DAVID. Je vais à la grille au-devant d'eux.

JEAN. Nous vous suivons, ma tante.

MADAME DAVID, sortant par le fond, à droite. Bien !

SCÈNE XII.

JEAN, EMMA.

EMMA, lorgnant. La voiture est là-bas... aux grands ormes ; mais je n'aperçois pas mon oncle.

JEAN. Eh ! non. Il est retenu à Luce par la goutte.

EMMA, sautant à terre. Ah ! quel dommage ! Il faudra aller savoir de ses nouvelles... cher oncle ! par la route de Saint-Prest, c'est une promenade charmante... tu verras. Viens-tu ?

JEAN, l'arrêtant. Oui, mais tu devais me parler, ce matin !

EMMA. Oh ! ce serait trop long ! On va venir... je te conterai cela en détail après-déjeuner.

JEAN. Nous est encore loin.

EMMA, plus bas, vivement. Papa veut me faire épouser M. Valette !

JEAN, à part. Hein !...

EMMA. Tu le connais, est-ce un bon garçon ?

JEAN, troublé. Hein ? oui...

EMMA. Il en a l'air... il n'est pas beau, mais il n'est pas laid... un peu gros, oui... mais très-léger en valsant : et puis, il est gai, aimable... pas très-riche, mais il gagne de l'argent.. beaucoup... ce qui, quelquefois, vaut mieux, parce que, comme cela, les revenus ne sont pas limités et on y regarde de moins près, n'est-ce pas ?

JEAN, dépité J'ignore... Je ne suis pas de ta force !

Il passe brusquement à droite.

EMMA. Si ! si ! Je le vois bien, autour de moi !... et le budget... c'est la grosse affaire, en ménage ! Papa dit qu'il est très-capable, et il veut le faire monter *au parquet.*

JEAN. Au parquet ?...

EMMA. Le faire agent de change, ça s'appelle comme ça... Il ne sait rien... Arabe, va ! Alors, tu conçois, nous aurions tout de suite voiture, la vie large...

JEAN, à part, passant à gauche. Je la battrais ?

EMMA. Et tout ça me va assez !... — De plus... c'est ton camarade de collége, et même celui d'Achille... bien qu'alors Achille fût dans les petits... mais enfin vous vous tutoyez tous trois... ça sera très-gentil. Il t'aime beaucoup... et il paraît qu'il est très-amoureux de moi ; papa me l'a dit. Oh ! papa l'aime infiniment ! Tiens, hier, il en faisait un grand éloge à propos d'une opération dont il l'avait chargé... une vente de valeurs.

JEAN, agacé. Des Bonnard ?

EMMA. Juste ! — Tu le savais ?

JEAN. Oui, oui...

EMMA. Il lui croit un grand avenir... et, en effet, songe donc... il y a un an, il n'avait pas un sou ; et il a aujourd'hui...

JEAN, agacé. Trois cent mille francs !

EMMA. Tu le savais !

JEAN. Oui, oui !

EMMA. Qu'il a gagnés avec...

JEAN, de même. Rien !

EMMA. Tu le savais ?

JEAN. Oui, oui !

EMMA. Il en a un jeune homme qui se fait ainsi sa position... sans patrimoine, sans famille... seul... là... seul !

JEAN, de même. Seul !

EMMA. C'est beau !

JEAN, de même. Oh ! oui !

EMMA. C'est même touchant !

JEAN, la quittant furieux. Petite perruche, va !

EMMA, allant à lui. Tu dis ?

JEAN. Hein ?... J'ai glissé, je dis : je trébuche !

On entend sonné a la grille.

EMMA. Oh ! ce sont eux... je cours embrasser mon frère.

JEAN, à part. Et moi, aussi... ça me soulagera !

EMMA, s'arrêtant. Mais tu sais qu'il va très-bien, Achille ?

JEAN. Il va bien ?

EMMA. Qu'il a laissé là ses idées creuses... comme dit papa...

JEAN, à part. Comme dit papa...

EMMA. Il va faire un mariage magnifique !... Allons, viens ! pas un mot de ce que je t'ai dit sur M. Valette !...

JEAN. Non, non.

EMMA. N'est-ce pas, que c'est un bon garçon ?

JEAN. Oui, oui !

EMMA. Et tu approuverais papa ?

JEAN. Je crois bien ! (A part.) Quand on vend si bien les Bonnard !...

Ils sortent. — La toile tomb

ACTE DEUXIÈME

Un joli salon de campagne, avec une large véranda vitrée au fond, sur le premier plan, à gauche, une table ovale : porte latérale à gauche et à droite ; sur le premier plan, à droite, un canapé ; au deuxième plan, un piano.

SCÈNE PREMIÈRE.

DAVID, LEBRUN, MADAME DAVID, ACHILLE, VALETTE, JEAN, EMMA.

Au lever du rideau, David, assis à la table de gauche, parcourt un acte ; Lebrun est assis en face de lui ; Emma est au piano à droite, où elle joue une valse pendant qu'un domestique dispose quelques tasses sur une petite table, à droite de la véranda au fond ; Achille est debout, au fond, près de madame David, Valette est debout près d'Emma, et Jean est assis sur le canapé, à droite.

MADAME DAVID, au fond, au domestique. Apportez la cave à liqueurs ; si ces messieurs en veulent.

ACHILLE. Et mon porte-cigares que j'ai oublié... — (A Valette.) Après déjeuner...

DAVID. Ah çà ! il est entendu, mon cher monsieur Lebrun, que j'entre dès après-demain dans mon droit de chasse.

LEBRUN. J'en ai fait mettre la clause très-expresse sur l'acte même.

DAVID. Ah ! — du reste, vous chassez jeudi avec nous ; et je vous préviens que si on nous dresse procès-verbal....

LEBRUN, souriant. Je le prends à mon compte. Mais lisez ici : article 4.

VALETTE. Dieu ! que cette valse de Shuloff est jolie !... et jouée !... Ah !

JEAN, crispé. Ah !

EMMA. C'est très-aimable ; mais on ne cause plus... c'était convenu ! Si on a l'air de m'écouter, je m'arrête.

VALETTE. Non, non, mademoiselle, nous causons ! Parle donc, Jean !

JEAN. Parle, toi !

VALETTE. J'écoute !

JEAN. Et moi aussi !...

LEBRUN, regardant Valette. Je ne me trompe pas....

MADAME DAVID. Calme-toi, Emma... voici le café ! Un bon dérivatif... quand il est bon. — Monsieur Valette ?

VALETTE. Madame... *Il va à elle.*

MADAME DAVID. Emma, viens m'aider.

EMMA. Oui, maman.

JEAN, à Emma, qui quitte le piano. Ah ! pas encore !

EMMA, passant près de lui. Tu es donc toujours fou de musique ?

JEAN. Plus que jamais !

MADAME DAVID. Emma ! viens donc.

EMMA, à Achille descendu à sa droite. Et toi, tu en fais toujours beaucoup ?

ACHILLE. De la musique ?... Il y a un an que je n'ai ouvert mon piano... J'ai la musique de la corbeille, à la Bourse, sur le coup d'une heure : (Criant) à 30... 60... 80 ! tu ne connais pas cet e musique-là !

JEAN, se levant. Si ! si !... mon notaire m'a fait, un jour, traverser votre grand bazar, pour aller signer quelque chose en haut.

ACHILLE. Un transfert ?...

JEAN. C'est ça !... j'ai cru qu'il venait d'y entrer un *dix-cors*, avec une meute à ses trousses.

ACHILLE. Eh bien ! la mélodie ne manque pas de charme.

Il remonte près de madame David.

JEAN. Dans les bois...

LEBRUN, à part se levant. Eh ! oui, bien sûr. (Haut). Pardon, monsieur de Rieux... Ce jeune homme... ce gros monsieur... n'est-il pas M. Henri Valette ?

JEAN. Parfaitement.

LEBRUN. Ah ! c'est cela, je l'ai connu : vous seriez bien aimable de me le présenter.

JEAN. Comment donc, monsieur ! (Appelant.) Valette !

VALETTE. Mon ami !

LEBRUN, à Jean. J'ai connu son oncle... monsieur Solié !

JEAN, à part. Aïe ! Aïe !

VALETTE, venant à Jean. Qu'est-ce ?

JEAN. C'est M. Lebrun, notaire, qui me prie de te présenter à lui.

Il remonte au fond près de madame David.

VALETTE, saluant. Enchanté...

LEBRUN. Veuillez m'excuser, monsieur ; mais je n'ai pas voulu me trouver ici avec vous, sans vous dire que j'ai connu, autrefois, votre excellent oncle... M. Solié...

VALETTE, à part. Hein !!! lui aussi ?... (Haut.) Ah ! monsieur... vous avez connu...

LEBRUN. C'était un grand ami de mon ancien patron, Me Riboulet, notaire à Crémieux...

VALETTE, à part. Allons, bon !...

LEBRUN. Je vous ai vu chez lui, il y a un an, pour la vente de la petite maison...

VALETTE, vivement. Ah ! oui, je me rappelle. (A part.) Pourvu qu'il n'aille pas...

LEBRUN. Il vous aimait bien...

JEAN, à part. Tendons-lui la perche. (Haut à Valette.) Ma tante demande si tu veux de l'anisette ?

VALETTE. Moi ? non... oui... merci ! Ravi, monsieur, d'avoir eu l'honneur de...

Il le salue et le quitte.

LEBRUN. Comment, monsieur, c'est moi que...

JEAN, à part souriant. Non... c'est lui qui. (Bas à Valette.) Tu n'as pas trouvé le café bon ? Ta tasse est pleine...

Ils remontent au fond.

DAVID, à Lebrun. Voici... Tout est signé.

LEBRUN. Mille grâces : je vous demande pardon, maintenant, si je m'esquive bien vite, il faut que je sois à Chartres avant une heure.

MADAME DAVID. Ne voyez-vous pas mon frère, demain ?

LEBRUN. Je lui porte, avant déjeuner, son quartier de rente.

MADAME DAVID. Veuillez dire que j'ai reçu sa lettre, et que

nous le verrons ces jours-ci, s'il ne peut venir jeudi, comme nous le désirons bien

LEBRUN. Je n'y manquerai pas, madame,

Il s'esquive discrètement par la gauche, pendant que ces messieurs font un groupe au fond.

SCÈNE II.

DAVID, MADAME DAVID, EMMA, JEAN, ACHILLE, VALETTE,

VALETTE, à part. Il est parti... Je respire !

ACHILLE. Eh bien, ma mère, si vous permettez, je fais une proposition : c'est d'aller là, sous le quinconce. Il y fait frais ; il y a une toupie hollandaise, et nous ferions une poule... (A Jean) en fumant.

EMMA. Ah ! oui, une poule !

MADAME DAVID. Pleine liberté ; mais moi, je reste. Le bruit de votre toupie hollandaise me donne mal à la tête pour toute la journée.

DAVID, qui s'est levé. C'est cela, allez ; mais après, on me conduira à la glacière, où j'ai à inspecter mes travaux ; car c'est bien le moins qu'on se donne la peine de visiter un peu une charmante rotonde pour laquelle je me ruine...

EMMA. Oui, papa.

ACHILLE, présentant son porte-cigares à Valette. Valette... tiens... Eh bien qu'est-ce que tu as ?

VALETTE. Rien !

ACHILLE, offrant à Jean. Jean !...

JEAN, roulant une cigarette. Merci... j'aime mieux le caporal.

EMMA. Vous voulez bien, maman que je joue aussi ?

MADAME DAVID. Miss Brown n'est pas là.

EMMA. Pardon ! elle y est précisément assise... (Regardant à droite au dehors.) Voyez...

MADAME DAVID. Alors, soit ; mais ne t'échauffe pas.

EMMA. Non, non... merci !

Elle l'embrasse.

MADAME DAVID. Jean, je te la recommande.

JEAN. Oui, ma tante.

EMMA, sortant avec lui. Oh ! ce mentor !

JEAN, s'en allant. Vous ne fumez donc pas, mon oncle ?

DAVID. Je n'ai jamais pu, mon ami.

JEAN. Ah ? l'homme n'est pas né parfait.

SCÈNE III.

DAVID, MADAME DAVID.

DAVID, à part. A propos, j'ai oublié de demander à ma femme ce que Jean lui a répondu. (Haut.) Eh bien ! tu lui as parlé pendant que j'étais au chemin de fer ?

MADAME DAVID, un peu embarrassée. A Jean ? Oui.

DAVID. C'est vrai ?

MADAME DAVID. Oui.

DAVID. Il a pris 40,000 francs chez son notaire ?

MADAME DAVID. Oui.

DAVID. Tu vois ! Et qu'en a-t-il fait !

MADAME DAVID. C'est un secret...

DAVID. Un secret de jeu... de dettes ?

MADAME DAVID. Non !

DAVID. Quand je te dis que ce garçon-là est impossible !...

MADAME DAVID. Mon Dieu ! je ne puis te rien répondre ; je lui ai donné ma parole de me taire ; mais je t'assure qu'il serait bien injuste d'accuser pour ce fait sa conduite ou son cœur.

DAVID. Son cœur... je ne l'accuse pas, et sans avoir besoin de rien connaître ; c'est un brave garçon que j'apprécie ; mais sa conduite, je l'accuse... et très-fort : on ne traite pas ainsi à la légère un patrimoine qui est un dépôt dont la garde oblige et non une nature aux ordres de nos fantaisies ! Ce qui nous donne à nous autres pères le courage de l'amasser, c'est la pensée d'abriter notre enfant contre les soucis de la vie ; et le détourner de ce but, c'est blesser de grands sentiments pour en servir de moindres.

MADAME DAVID. Il y a là, sans doute, beaucoup de vrai, mon bon Louis ; mais, il faut le dire à l'excuse de Jean, son père s'est plus occupé d'exalter dans son cœur les nobles élans que les vertus prudentes : le patrimoine de la maison n'était pas pour mon frère dans ces deniers de la famille, si respectables qu'ils soient ! Les perdre avec honneur n'exposait chez nous personne au reproche, car les nôtres, à tort ou à raison, en ont toujours fait peu de cas... y compris mademoiselle Jeanne de Rieux, qui s'en accuse... (Prenant la main de son mari) et qui, en épousant M. Louis David, a été beaucoup plus attirée vers lui par ses bonnes qualités... que par son demi-million ! (David, en souriant, lui embrasse affectueusement la main.) Laissons donc là

ce pauvre Jean, digne fils de son père, le duc *Job*, et arrivons à un point sur lequel je voulais appeler ton attention.

DAVID. Qu'est-ce, ma chère amie ? Parle.

MADAME DAVID. Il s'agit de M. Valette.

DAVID. Ah !

MADAME DAVID. Ne crains-tu pas que ton accueil, depuis quelque temps, et certaines paroles que tu auras sans doute laissé tomber sans importance, ne lui fassent supposer de ta part des dispositions... plus particulièrement bienveillantes qu'elles ne le sont, je crois ?

DAVID. Par rapport...

MADAME DAVID. A Emma...

DAVID. Eh bien ! quand cela serait ?

MADAME DAVID, surprise. Hein ? Mais d'abord, sa position ne me paraissait pas.

DAVID. Sa position ?... Tu veux dire, par là, sa fortune ?

MADAME DAVID. Sans doute, et puis...

DAVID. Une fortune, ma bonne, n'est pas une position, ou plutôt c'en est une pour ceux qui n'en ont pas... et ne savent pas s'en faire. L'homme vraiment posé, pour moi, est l'homme qui se pose... et s'impose ; l'homme réputé et démontré capable.

MADAME DAVID. A merveille, quand il se démontre lui-même un brevet de capacité, comme chez un savant, un artiste, un jurisconsulte ! Mais ce que fait M. Valette, est-ce une carrière ?

DAVID. Comment ?... Mais c'est la mienne.

MADAME DAVID. Non !... Tu es banquier...

DAVID. Bah ! tout le monde est banquier, maintenant.

MADAME DAVID. Allons, je ne m'étais pas trompée.

DAVID. Entendons-nous : il n'y a pas de parti pris dans ma pensée ; seulement, je n'aurais pas tardé, je l'avoue, et ce dico un mot. Valette a d'abord, à mes yeux, un grand mérite : c'est de s'être fait lui-même. Il a très-bien pris dans les affaires ; il a 300,000 francs à lui ; et, en prélevant quelque chose sur la dot de sa femme, il pourrait se faire titulaire d'une charge, qui, en augmentant son avoir, lui créerait de forts revenus : c'est ce qu'il faut à Emma, surtout dans les conditions où elle va se trouver : son frère va faire un mariage magnifique ; il est devenu ambitieux et aura vite une très-belle position. Eh bien ! si elle épouse un monsieur qui se contentera du produit de ses terres patrimoniales, il en résultera une situation inégale entre les belles-sœurs, des rivalités de train, de toilettes, de voitures ! Emma n'est pas vaniteuse, mais enfin elle a son petit amour-propre, que je trouve légitime...

MADAME DAVID. Et que tu surexcites un peu trop !

DAVID. Du tout ; c'est pour son bien ; ça chasse les songes creux !.. Mes idées sont pratiques, et elle ne peut que gagner à se les approprier... comme a fait son frère qui, il y a un an, vivait dans les nuages... était tout mélodie, et amour !

MADAME DAVID. Celle qu'il aimait en était bien digne !

DAVID. Soit ; mais ce n'est pas ma faute si Langlois n'a pas voulu !... 300,000 francs de dot ne lui suffisent pas, parce qu'il en donne cinq à sa fille !... Elle est seule... et j'ai deux enfants, moi !

MADAME DAVID. Sans doute.

DAVID. Je sais bien qu'alors Achille ne faisait rien...

MADAME DAVID, l'interrompant. Tu veux dire : ne gagnait rien.

DAVID, naïvement. C'est la même chose.

MADAME DAVID. Hein ?

DAVID, souriant. Aux yeux de Langlois, surtout... Eh bien j'ai manœuvré doucement, habilement ; je l'ai laissé se distraire : je lui en ai même largement octroyé les moyens, sachant bien que j'y trouverais mon compte ; et, en effet, le voilà aujourd'hui comme je le voulais, sérieux, mêlé à mes intérêts. J'aimerais le même homme dans mon gendre, et je le trouve précisément en Valette...

MADAME DAVID. Oh ! le même...

DAVID. Ton fils est mieux, je le reconnais... pour le physique, surtout.

MADAME DAVID. Le physique... et le reste !

DAVID. Mon Dieu ! Je ne nie pas qu'Achille n'ait une nature plus fine, plus distinguée ; mais Valette est bon diable... et, tel qu'il est, il plaît à Emma.

MADAME DAVID. C'est-à-dire, il ne lui déplaît pas...

DAVID. Pardon ! Je le voyais, cet hiver, danser et valser volontiers avec lui.

MADAME DAVID. Oh ! parce qu'il valse bien.

DAVID. Il a raison, ce garçon.

SCÈNE IV.

DAVID, EMMA, MADAME DAVID, JEAN, puis ACHILLE.

EMMA. C'est Jean qui a gagné la poule !...

DAVID. Ah! diable! Prends garde! Heureux au jeu...

JEAN. Merci, mon oncle, je sais le reste.

DAVID. Et où sont ces messieurs?

EMMA. Là... toujours au quinconce : Achille a reçu le courrier du bureau, et le parcourt en finissant son cigare; je crois qu'il va venir; et M. Valette cause de Londres avec Miss Brown en attendant que nous allions à la glacière, comme vous aviez dit.

DAVID. Eh bien, mais, maintenant... — Veux-tu, Jeanne.

MADAME DAVID. Volontiers.

DAVID, à Achille qui est entré, des papiers à la main. Ah! Achille, tu feras mettre ces papiers dans mon cabinet; je les verrai en rentrant.

ACHILLE. Oui, mon père.

EMMA, à Jean. Qu'est-ce que tu avais donc à bourrer, tout à l'heure, M. Valette?

JEAN. Moi? Je ne l'ai pas bourré!

EMMA. Si!... Sans compter que tu l'appelles mon oncle! C'est ridicule.

JEAN. Ça m'amuse.

EMMA. Pas du tout! au contraire! Et j'ai, en outre, remarqué de ta part... enfin, je te dirai ça en route... Viens!

ACHILLE, allant au guéridon de gauche. Non, pardon, je le garde...

Il s'assied près du guéridon.

EMMA. Ah!... — Eh bien, alors, viens tout à l'heure! nous avons à causer...

JEAN, souriant. Bah!

EMMA. Sérieusement... Très-sérieusement...

Elle rejoint son père qui est sorti avec madame David par le fond à droite.

SCÈNE V.

ACHILLE, assis, JEAN.

JEAN, suivant des yeux Emma, pendant qu'Achille est allé s'attabler au guéridon de droite. Est-elle gentille! — Eh bien, qu'est-ce qu'elle laisse tomber? Ouf! Valette qui se précipite! C'était son lorgnon... (Il descend un peu la scène.) Ah! ce malheureux Valette! Je ne pourrai plus le voir en peinture!

ACHILLE, lisant ses papiers. Tu permets, hein?

JEAN. Par exemple! (Regardant dans la direction qu'ils ont pris.) Elle est gracieuse... avec sa petite boucle de cheveux qui vole toujours au vent!... et puis elle a une manière de se mettre qui n'appartient qu'à elle! — O mon Dieu, non! Elle a une robe blanche, comme tout le monde. (Vivement.) Elle se retourne... elle m'a vu... et me sourit. (Il lui répond par un geste.) Quel sourire elle a!... Il me semble, alors, l'entendre me dire : « Jean! je... » Ah! bon! voilà qu'elle sourit maintenant à Valette... et c'est absolument la même chose! Oh! après cela, il est clair que ce sont toujours ses yeux, ses lèvres et ses dents. — Je parie qu'elle regarde encore, avant de tourner l'avenue? Là!... J'en étais sûr! (Il lui fait un nouveau geste.) Enfin! vrai... il y a des moments où je croirais qu'elle a pour moi quelque... Ah! mais... sapristi... je suis très-repris, moi! (Un peu agité, descendant la scène.) Voyons, voyons... brrr!

ACHILLE. Hein? — Eh bien, qu'est-ce que c'est donc? Tu hennis? t'enrhumes? quoi?

JEAN. Hein?... non!... Je...

ACHILLE. Quel diable de bruit!...

JEAN. C'est... — J'avais quelque chose sur ma manche.

ACHILLE. Quelle drôle de manière de te brosser! Tu m'as fait perdre cent mille francs... Oh! je vais les retrouver... les voilà... (Tout en lisant et écrivant.) Je te demande pardon... je suis à toi, mais il faut que tous ces papiers repartent, dans une heure, par le chemin de fer.

JEAN. Fais, fais! (S'asseyant de l'autre côté sur le canapé.) Je n'en reviens pas! Quel feu pour les affaires! lui qui les avait en horreur!... Tant mieux, puisque ça lui va!... Mais je le trouve changé (Achille se lève et va sonner à la cheminée.) A déjeuner, ses idées m'ont paru tout autres : il me semblait entendre... Valette! (Le regardant.) Et puis je ne sais pas... il avait de petites moustaches retroussées, et il s'est fait une tête de financier, d'homme sérieux, rasée droit et dru comme un parterre français... quelquefois ça suffit... (Riant.) Ce n'est peut-être qu'une question de barbe!

ACHILLE, au domestique qui est entré par la gauche. Portez ceci dans le cabinet de mon père.

JEAN, à part, se levant. Bah! je suis ombrageux, moi!

Le domestique sort.

SCÈNE VI.

ACHILLE, JEAN.

ACHILLE. Me voilà tout à toi!

JEAN. Eh bien, ce n'est pas malheureux; car, sans reproche, depuis ce matin, je n'ai pas eu ma part.

ACHILLE. Cher ami! Ah çà! je dois t'apprendre une importante nouvelle, il est question pour moi d'un mariage.

JEAN. Je l'ai entendu dire.

ACHILLE. Déjà?

JEAN. Oui, par Emma. — Avec qui?

ACHILLE. Avec mademoiselle de Noras, la fille d'un de nos plus grands faiseurs, ce qui rend pour moi ce mariage très-précieux! Et s, comme j'ai tout lieu de le croire, rien n'y vient faire obstacle, comme te voilà des nôtres, j'ai à ce propos une requête à t'adresser.

JEAN. A moi?

ACHILLE. Un de mes deux témoins serait M. d'Enaud, un jeune banquier très-lancé, avec qui je suis déjà lié d'intérêt dans certaines affaires, et auquel je m'associerai plus tard...

JEAN. T'associer? Est-ce que tu n'es pas associé de ton père?

ACHILLE. Oh! oui et non; tu conçois, nous ne sommes pas précisément liés : En affaires, chacun pour soi : mon père commence à se fatiguer et je prévois qu'avant peu il n'ira plus très-vite...

JEAN, gaiement. Ah çà! mais c'est donc un serpent qu'il a réchauffé dans son sein?

ACHILLE, de même. Voudrais-tu être mon second témoin?

JEAN. Cher ami, avec le plus vif plaisir!

ACHILLE. Merci!

JEAN. Mais c'est moi qui te remercie de ta bonne pensée. — C'est un mariage d'amour?

ACHILLE. ...Et de convenance! Tout s'y trouve : j'aurais une existence très-belle, dès le début, et magnifique dans l'avenir, par la raison qu'un tiers de la dot de mademoiselle de Noras, venant en concours à mon fonds de roulement, me permettrait d'entrer largement dans les opérations de mon beau-père qui en a de splendides, et me fera gagner un argent fou. Il est en ce moment en Afrique où il fait rafle de riz et d'aloès, dont on me réserve quelques sacs; de plus, il centralise beaucoup de houille dans le Nord, tout le Douchy et le grand bassin du vieux Condé... et dame! tu conçois qu'une fois son gendre, je participe à tout, ça et m'y plonge jusqu'au cou! — Mais de quel air tu me regardes?

JEAN. Mon Dieu! je te demande pardon... tu m'annonces ton mariage; je m'attends à ce que tu vas me parler de ta femme, de son cœur, de ses talents, de votre amour; et tu fais défiler devant mes yeux des sacs de riz et d'aloès... et le Douchy, et ton fonds de roulement!

ACHILLE. Ah! mon ami, que veux-tu? mes idées, je l'avoue, se sont très-modifiées depuis un an, d'où il suit que le mariage n'est peut-être plus tout à fait à mes yeux ce qu'il est sans doute resté aux tiens! J'en apprécie le lien; j'entends le respecter; mais j'y vois surtout, aujourd'hui, l'établissement, le réel et le solide!

JEAN. Ah! eh! toi aussi?

ACHILLE. Comment, moi aussi?

JEAN. Je croyais entendre Valette.

ACHILLE. Eh bien? C'est un homme d'esprit et de bon sens!... d'ailleurs, tu le calomnies : il est plus fort que moi!...

JEAN. Tu es modeste...

ACHILLE. Plus ferme, plus avancé...

JEAN. En âge, d'abord!...

ACHILLE. Oh! j'ai bien vieilli...

JEAN. Oui?... et qui t'a ainsi (Regardant ses cheveux noirs) blanchi, avant le temps? Et à qui faire honneur de cette révolution? — A son père?...

ACHILLE. Et à un autre.

JEAN. Un autre?

ACHILLE. Ou une autre...

JEAN. Une autre?... Ah! mademoiselle Langlois!...

ACHILLE. Non!...

JEAN. Si!... j'ai su...

ACHILLE. Non, te dis-je, laissons-là le passé! Quel intérêt aurait-il?... Et que te dirais-je pour que tu saches d'avance? Mon drame, ou mon vaudeville, a été joué cent fois : Acte premier, un amour ardent, profond; acte deuxième, une honnête famille qui te met dans la balance des apports et le repousse... pour inégalité de poids; acte troisième, des soupirs qu'on étouffe et des larmes qu'on essuie; puis, les distractions : la musique, la danse, un gosier, des ronds de jambe, le champagne, le jeu... la perte! Alors, un père indulgent et adroit, offrant à vos peines une diversion généreuse, à l'aide de quelques belles opérations faciles et productives; le succès embellissant ces choses, y faisant prendre goût... et le tour est fait!... C'est mon histoire, et je m'en félicite, car, à vrai dire, je me crois sur mon vrai terrain; je le sens, à l'ardeur que j'y porte!... Pour quelques rêves évanouis, que d'émotions vives, que de satisfactions réelles!... Rien que la joie journalière de voir monter sa fortune vous met le diable au

corps... et je t'assure que j'y ai le même feu, la même passion
qu'autrefois... à mon piano, tiens!...

JEAN. Ah?...

ACHILLE. Je ne l'aurais pas cru... mais c'est exact : aussi, ma
pensée, désormais, est-elle là tout entière!...

JEAN. Mon compliment!

Il s'éloigne de lui, fredonnant sa fanfare entre ses dents.

SCÈNE VII.

ACHILLE, EMMA, JEAN.

EMMA. Achille, papa vient de rentrer, et te demande...

ACHILLE. Merci ; je monte...

JEAN à part. Décidément, ce n'était pas sa barbe.

ACHILLE. Adieu... Jean...

Il sort par la gauche.

JEAN, un peu nerveux. Adieu... — Puh! puh! puh!

SCÈNE VIII.

JEAN, EMMA.

EMMA. Eh bien! qu'est-ce que tu as donc? Tu rudoies cette
chaise.

JEAN. Du tout... Je fredonne...

EMMA. Ta fanfare... oui... je te préviens même que tu en
abuses...

JEAN. C'est possible! Elle me revient, depuis quelque temps,
(A part) quand je suis un peu agacé.

EMMA. C'est comme ça que tu es venu?

JEAN. Me voilà à tes ordres ; de quoi s'agit-il?

EMMA. De toi.

JEAN. Hein?

EMMA. De M. Valette.

JEAN, à part. Comment?

EMMA. De mon mariage.

JEAN, de même. Que signifie?

EMMA. Papa en a parlé à maman, qui vient de m'en parler ;
les mots à double entente se croisent dans la conversation, si
bien que tu en as surpris qu'Achille m'a dit au quinconce,
une allusion qui t'a fait froncer le sourcil.

JEAN. Moi?

EMMA. Oui... froncer le sourcil... Pourquoi? dis! (Jean se
détourne.) Non, j'ai besoin de te regarder en face ; tout ceci est
délicat ! Est-ce que tu as quelque chose contre lui?

JEAN, troublé. Qui... lui?

EMMA. Contre M. Valette ?

JEAN. Moi?... du tout... — Déjà, ce matin...

EMMA. Oui, ce matin je t'ai interrogé, et tu m'as répondu
que c'était un bon garçon. Mais... d'abord, nous étions très-
pressés ; c'est qui ni parlé pendant tout le temps... et puis,
bon garçon... pour un homme à épouser, ce n'est pas un signalement, cela ! C'est ton camarade ; vous ne vous êtes guère
perdus de vue ; tu dois avoir à me dire de lui autre chose que :
c'est un bon garçon.

JEAN. Que veux-tu que je te dise ? Valette est un... très-bon
garçon qui... c'est un excellent garçon que...

EMMA. Qui... que... Y a-t-il dans sa vie, à ta connaissance,
quelque chose qui t'empêcherait... de lui donner ta fille ?

JEAN. Ma fille !... Pourquoi pas ma petite-fille? Tu me poses
en père noble...

EMMA. Oh ! est-il coquet !... Eh bien, ta sœur, là !... Jean !
Je t'en prie !... mon père et ma mère ne peuvent pas savoir,
comme un camarade d'enfance, tels secrets que je puis avoir
intérêt à connaître!

JEAN. Connaître... quoi ?... (Avec un peu de dépit.) Est-ce que,
déjà, tu serais jalouse ?...

EMMA. Tu es ridicule !... Pour être jalouse, il faut aimer...
et il est certain que je n'aime pas M. Valette...

JEAN, assez vivement. Ah ?

EMMA. Mais non ? Pour qui me prends-tu ? Est-ce que
je suis une femme à aimer un monsieur à première vue... et
entre deux contredanses? Assurément non, je ne l'aime pas...
encore ; mais, si je l'épouse, je l'aimerai peut-être... puisque
j'ai vu ce phénomène inexplicable se produire à l'égard d'Anna,
de Louise et d'Estelle... fort peu éprises avant le jour, je te
le jure ! Estelle surtout... qui pleurait, le matin, et me disait
en partant pour la mairie : « Je crois que je répondrai non. »
J'étais anxieuse sur mon banc... Enfin le oui est sorti !... mais,
à l'église, ça a été un déluge de larmes... son voile en était tout
trempé !... — Eh bien ! au sortir de la messe, son mari (qui
n'était vraiment pas mal) l'emmena à Fontainebleau, où ils res-
tèrent huit jours... et, à son retour, je la trouvai enchantée de
son voyage... je veux dire de son mari.

JEAN. Ne te reprends pas, va !

EMMA. Si, si !... de son mari !... Elle était tendre !... il faut
croire que Fontainebleau... c'est charmant ?... la forêt surtout... elles en reviennent toutes ravies !... Je voudrais bien la
voir.

JEAN, à part. Comme cela, moi aussi!

EMMA. Mais tu comprends que je n'ai pas été assez sotte
pour attribuer à une forêt la gloire d'un tel miracle. J'en ai
conclu seulement que l'amour pouvait venir vite ; mais je sens
bien là qu'il ne doit pas s'en aller de même... et alors, une
erreur !... Jean, songe donc... si plus tard on s'aperçoit... Ah!
Dieu ! rien qu'à cette pensée je me sens toute troublée !... et
c'est toi qui en es cause...

JEAN. Moi?

EMMA. Oui ! Je t'ai souvent observé : tu as une manière de
regarder les gens qui est, pour moi, un signe auquel je ne me suis
jamais trompée !... C'est au point... cela va t'étonner... que
je ne voudrais pas me marier sans t'avoir vu regarder mon
mari en face... ou mon oncle de Rieux... ou ton ami
Édouard Brémont... Voilà un homme qui aussi m'inspire confiance... et qui t'aime bien !... (il a raison!) Je trouve que vous
vous ressemblez un peu... pas au physique... Oh ! ça, non...
il est mieux que toi !... — Mais où en étais-je ? Tout ça me
tourne la tête... Ah!... à M. Valette !... Eh bien, j'ai remarqué, aujourd'hui, chez toi, un certain air gêné vis-à-vis de
lui.

JEAN, avec hauteur. Gêné, moi?...

EMMA. réfléchie. C'est peut-être, en effet, plutôt lui vis-à-vis
de toi. Mais, de ton côté aussi, oui, dans ton regard, il y a
une expression que je ne puis analyser... et qu'à sa place j'aimerais mieux ne pas y voir...

JEAN. Du tout!...

EMMA. Si!... — Tu ne sais pas dissimuler... je suis là-dessus plus forte que toi, moi qui suis franche, au fond !... Eh
bien, sois franc aussi, voyons ; tu as quelque chose contre
lui ?...

JEAN. Du tout!...

EMMA. Si!... — Je ne dis pas quelque chose de personnel,
mais enfin, une idée, un fait, un secret qui t'a impressionné à
son égard d'une manière fâcheuse...

JEAN. Non!...

EMMA. Si, te dis-je !... — Eh bien! que ce soit peu ou beaucoup ; cela touche à certains sentiments tendres, élevés ..
essentiels, enfin !... Dis-le moi !

JEAN. Mais, mon Dieu !...

EMMA. Vois-tu, Jean... on ne me connaît pas !... (Vivement.)
Certainement que je ne me marierai pas à un homme sans fortune, oh ! ça... jamais !... Pourquoi t'éloignes-tu ?

JEAN. Pour rien !

EMMA. Mon père a... mon frère va en avoir beaucoup ;
Louise, dont je te parlais tout à l'heure, Estelle... enfin, tous
les nôtres... toutes mes relations sont riches... et, pour m'établir sans un train de maison convenable, je ne le ferais pas...
Oh ! j'ai à cet égard, je l'avoue, des idées très-arrêtées... tu as
beau refroncer le sourcil...

JEAN. Moi?...

EMMA, pénétrée. Mais je te le dis aussi, Jean... s'il me fallait,
par une déplorable erreur des miens, épouser un homme de
cœur médiocre, sur qui pussent tomber certains regards, comme
j'en vois souvent entre vous, courtoisement hautains... mêlés
de demi-sourires énigmatiques... oh ! Dieu !... fût-il vingt fois
beau, spirituel, millionnaire... j'aimerais mieux l'avoir pris
laid, bête et pauvre!

JEAN, à part avec tendresse. Je savais bien !

EMMA finement. Mais j'ai mieux à faire qu'opter entre ces deux
extrêmes... c'est d'y regarder de près, pour éviter l'erreur !...
Oh ! je suis une femme de tête, va !... Eh bien, y suis-je exposée avec M. Valette ?... C'est là ce qu'il m'importe de savoir,
ce que seul dois me dire... toi qui me connais mieux que
personne, toi enfin en qui j'ai, pour ces grandes questions, plus
de confiance qu'en aucun autre !... C'est vrai, je te plaisante,
je te taquine quelquefois ; mais je sais bien, va, que mon vrai,
mon seul ami... c'est toi !... Laisse-moi donc ta main !...

JEAN, très-ému. à part.Elle me brise !...

EMMA, souriant. C'est mon idée que mon futur mari doive d'a-
bord te convenir !

JEAN, à part. Elle est heureuse son idée !...

EMMA. Ainsi donc, Jean, tu me comprends ?... Réponds vite!
(Après un silence.) Tu ne veux pas répondre ! A ton aise ! Je
prends alors ton silence pour un avis,... et je refuse.

JEAN. Emma !... mais non... je n'ai rien à dire, je te jure !..

EMMA, le regardant bien. Tu mens!

JEAN. Oh ! tu me tortures !...

EMMA. Mais c'est donc sérieux ?...

JEAN, très-troublé. Hein ?... sérieux... quoi ?...

EMMA. Ce que tu me caches... — Comme tu me regardes ?...

JEAN, triste Ce n'est pas toi que je regarde... c'est cette boucle de cheveux !...

EMMA. Cette boucle... (A part.) Sa voix tremble...

JEAN. Je me souviens qu'il y a trois mois, en Afrique, le 20 juin, à quatre heures du matin, au pied d'Icheriden, on venait de sonner la charge... nous montions à l'assaut, et, au plus fort de la mêlée, au milieu du sifflement des balles, des nuages de poussière et de poudre... je l'ai vue, comme je la vois ! ! !

EMMA. Jean !...

JEAN, la quittant. Non !... je suis fou !... — Oh ! sapristi ! je n'ai pas pu me retenir !...

VALETTE paraissant au fond. Ah ! Jean !...

JEAN. Valette !...

EMMA, à part. Je ne sais où j'en suis ! !...

SCÈNE IX.

JEAN, VALETTE, EMMA.

VALETTE. Pardon, mademoiselle ! (A Jean.) Mon pauvre ami, j'ai à t'annoncer une triste nouvelle !

JEAN. Ah !... quoi ?

VALETTE. Quelques instants après que ton oncle venait de me quitter dans le parc, j'ai rencontré Paul de Barral, (A Emma.) le fils, le consul à Tunis. Il est en congé, et passait devant la terrasse, allant à la Briqueterie, chez son père ; il m'a vu, a arrêté son phaéton, et m'a dit qu'il avait reçu une dépêche lui apprenant que ce pauvre Edouard...

EMMA. M. Brémont fils ?... Eh bien ?

JEAN, anxieux. Une rechute !

EMMA. Ah ! mon Dieu !

JEAN. Achève !... Tu te tais ?

VALETTE. Jeudi dernier... à deux heures du matin... tout était fini !

JEAN. Edouard !

EMMA. Oh ! quel malheur !

JEAN. Mon pauvre Edouard ! (Il s'est assis à gauche, et pleure la tête dans ses mains.) Est-ce possible ?

VALETTE. C'est son chancelier qui le lui a mandé directement; et c'est en apprenant que tu étais ici qu'il me l'a dit, sachant toute ton amitié... et l'intérêt que tu avais...

JEAN, sans l'entendre. Mon pauvre Edouard ! ! ! (Il se lève.) Ah ! mon Dieu ! mon Dieu !

Il remonte vers le fond à droite, s'arrête accoudé à un meuble, le dos tourné, en s'essuyant les yeux.

EMMA. Jean !... (A part.) Pauvre jeune homme ! C'est la mort de Marie qui l'a tué ! la dernière fois que je le vis, c'était au bal... il a dansé avec moi... Marie y était...

VALETTE, à voix basse. Si vous saviez, mademoiselle, ce que M. de Barral vient encore de m'apprendre : Jean a été très-imprudent; il va se trouver par cet événement dans une situation très-délicate... Il a prêté à Edouard beaucoup d'argent...

EMMA, un peu distraite. Ah !

VALETTE. Et il est fort à craindre que son père ne veuille pas reconnaître la dette !

JEAN, descendant à droite. Ah ! je n'ai pas de chance !...

VALETTE, à Emma. Vous voyez, il y pense !

JEAN. Lui... que là... à l'instant, je songeais à aller retrouver !...

VALETTE, qui s'est approché de lui. C'est vrai, mon pauvre Jean, que tu n'es pas chanceux ; car enfin, bien que ton dévouement généreux ait été peut-être un peu loin...

JEAN, à part. Hein !...

VALETTE. L'avenir, du moins, semblait devoir te couvrir...

JEAN, vivement. De quoi ?

VALETTE. Ne te fâche pas, voyons... Paul de Barral m'a tout raconté.

JEAN. M. de Barral a eu tort !

VALETTE. Au contraire !... C'est pour qu'on tâche de sauver ce que la mauvaise chance, comme tu dis...

JEAN. Moi ! j'ai parlé de ça ?

JOSEPH, entrant de la gauche. M. Achille demande si M. Valette veut bien le rejoindre chez son père ?

VALETTE. J'y vais. (A Jean.) Crois-moi, ne t'endors pas là-dessus ; il faut tâcher de circonvenir le père Brémont, et battre le fer pendant qu'il est chaud. Le vieux ladre peut, sur le coup, avoir un moment de pudeur, et, la larme à l'œil, s'exécuter... Quoique je ne lui croie guère un œil à contenir une larme de quarante mille francs. Enfin, c'est à tenter. Il n'est pas à sa terre ; il doit être à Paris... il faut partir.

JEAN. Partir... oui...

VALETTE. Quarante mille francs... en pure perte ! tu vois : à qui ça profite-t-il ? A ses créanciers !... Mais il ne s'agit pas ici de bavarder... (Tirant sa montre.) Tu peux encore prendre le convoi de quatre heures : il ne faut pas le manquer... — Adieu !

JEAN. Adieu

VALETTE. Tu n'as pas besoin de moi ?

JEAN. Non, non... merci!

VALETTE. Adieu !... mademoiselle... (A part.) Pauvre garçon, il est tout agité, troublé !... Ah ! il y a de quoi !... (Saluant et s'éloignant par la gauche.) Quarante mille francs !

SCÈNE X.

EMMA, JEAN.

JEAN, après une assez forte violence à ses impressions secrètes, à Emma. Adieu, Emma !

EMMA. Où vas-tu ?

JEAN, très-agité. Moi... que sais-je ? Je vais... où m'a dit Valette... chez le père Brémont... pardieu ! Tu ne trouves pas le moment bien choisi ? C'est pourtant une forte idée qu'il m'a donnée là, de battre le fer pendant qu'il est chaud !... Car j'ai fait une boulette... il n'y a pas à dire... et même en pure perte !... l'autre ne me l'a pas caché... puisque ça ne profite qu'aux créanciers !... — Ah ! ah ! qu'à cela... Pauvre Edouard ! il fût mort endetté ; sa mémoire, entourée de scandale, eût été poursuivie par les uns, outragée, calomniée par d'autres ! Au lieu de cela, pas un mot ne sera dit ; son nom n'éveillera que ces souvenirs d'honneur... et son âme loyale aura pu s'endormir sur cette pensée, en serrant peut-être de loin la main à cui il la devait (Tombant assis, brisé par sa douleur.) Bah ! la belle affaire... et le bon billet qu'à la Châtre !... Tout ça ne donne pas quittance, mon pauvre vieux ! Oui, je t'entends... tu me cries : « Et mon amitié... n'était-ce rien ? Qui t'a servi de frère, à tout heure, avec un dévouement sans limite ? Qui a reçu tes secrets, petits et grands... ceux de ta vie... (Jetant un regard à Emma.) ceux de ton cœur... et a passé près de toi, quand tu perdis ta mère, de longues journées au coin d'une cheminée, silencieux et triste ? Tout cela, Jean, ça vaut pourtant bien quelques sous ! » — Hein, Emma, qu'en penses-tu ? Calcule... Voyons... ces milliers d'heures d'épanchement... ces élans... ces bonnes étreintes... ces sourires... reflétant vos joies... ces yeux humides de vos larmes... y en a-t-il pour cinize... vingt... trente mille francs ?... Dis... vois... pèse... combien le tas ?... (Rappelant sa fanfare en sanglotant.) Puh ! puh ! puh ! Ah ! qu'il m'a fait de mal ! Je ne lui pardonnerai pas ça !!!

EMMA. Jean !...

JEAN, après un silence, s'essuyant les yeux ; avec énergie. Ah çà !... voyons, qu'est-ce que j'ai donc, moi ?... Je mollis comme un enfant !... Ce sont les nerfs... Vois-tu, il avait séché mes larmes trop tôt ! ce n'est pas de sa faute... mais... quand on sent quelque chose là... vivement... et qu'on vient vous... — C'est fini !... (Regardant au fond à gauche.) Tout ça, Jean, ça vaut pourtant au fond à gauche.) Non... ils font le tour par la pelouse ! (Prenant son chapeau et redescendant vivement.) Mais ils vont être ici dans quelques minutes... et je ne veux pas qu'on m'y trouve !... — Adieu, Emma !...

EMMA, émue, faiblement. Pourquoi partir ?

JEAN. Parce que j'ai eu tort de te parler comme j'ai fait... parce que je serais gêné avec toi... glacé, froissé d'autres... Enfin... parce qu'il le faut !... Adieu... et sois heureuse !

EMMA. Est-ce que tu retournes en Afrique ?

JEAN, rêveur. Non !... oh ! ma foi, non ?

EMMA, rassurée. Ah !...

JEAN. Je n'ai plus de goût à me battre... surtout contre les Arabes ! Je me sens plutôt fait pour vivre avec eux, pauvres diables, sous leur tente et dans leur désert ! Non ! Je quitte le métier j'achète un remplaçant.

EMMA, à part. Ah !...

JEAN. Et vais de ce pas à Luce, chez mon oncle... planter, chasser, fumer... et soigner sa goutte !... Cher homme ! si bon et si aimable avec lui, du moins, mon cœur se dilate, et je n'ai pas l'air de parler hébreu... (Lui prenant la main.) Et maintenant... oublie ce que je t'ai dit... n'est-ce pas ? Oublie-le, je t'en conjure, pour que je me le pardonne... Tout ça ne signifie rien entre nous, tu conçois !... Je n'ai jamais eu l'espoir que tu dusses être ma femme! J'ai contre moi trop de choses !... Moi, d'abord, qui ne te conviens pas ; puis, toi, qui m'as toujours pris pour un frère... enfin, ton père qui ne voudrait pas d'un genre aussi peu... pratique, comme il dit... et il a raison, les faits concluent pour lui : pendant que tous apprennent la vie, je me plie à rien, et en reste à mes idées de collége ; pendant qu'ils s'enrichissent, je m'appauvris !... J'ai su faire de moi un sergent au 54e !... beau résultat pour le prendre de haut... et aspirer à une petite main comme la tienne !... Allons, allons, tu le vois... j'ai eu là... une absence... je ne puis être pour toi qu'un ami... vrai, sûr !... tu le sentais bien, car tu me l'as dit !... merci... et adieu !

EMMA. Jean !...

JEAN, après un dernier effort. Adieu !!!...

EMMA. Pauvre Jean !!

Il sort par le fond à gauche... Emma le regarde tristement s'éloigner. La toile tombe.

ACTE TROISIÈME

CHEZ LE MARQUIS, A LUCE, PRÈS CHARTRES.

Un petit salon au rez-de-chaussée, simple, mais soigneusement tenu ; portes-fenêtres au fond, ouvrant sur une cour en forme de jardin ; la cour fermée par un mur d'appui, au milieu duquel est une petite porte grillée, ouvrant sur une avenue ; au loin, les champs. A droite du public, au premier plan, une cheminée surmontée d'une glace sans tain ; près de la cheminée, un guéridon sur lequel est un buvard avec une écritoire ; à côté du guéridon, une causeuse ; à gauche, un petit secrétaire adossé au mur ; sur le premier plan, du même côté, une table sur laquelle Guérin dispose deux couverts pour le déjeuner ; au second plan, une porte latérale.

SCÈNE PREMIÈRE.

LE MARQUIS, assis dans un grand fauteuil à gauche, GUÉRIN.

GUÉRIN, entrant. M. le duc est installé.

LE MARQUIS. Il se trouve bien ?

GUÉRIN. A merveille... mais il est triste.

LE MARQUIS. Tu nous monteras une bouteille de santerne.

GUÉRIN. Oui, monsieur le marquis ; ce pauvre M. Édouard ! Ils s'aimaient tant tous deux !...

LE MARQUIS. Je crois qu'on ouvre la petite porte là-bas ?

GUÉRIN. Je n'ai pas entendu la sonnette.

LE MARQUIS. Tu parles toujours...

GUÉRIN, remontant. Tiens ! c'est vrai... c'est M. Lebrun...

LE MARQUIS. Ah ! au fait... ce brave notaire, nous sommes le 15... je l'avais oublié... Il m'apporte mes espèces.

CHRISTINE, annonçant du fond. Monsieur Lebrun !

Elle sort par la porte de gauche.

SCÈNE II.

GUÉRIN, LE MARQUIS, LEBRUN.

LEBRUN. Monsieur le marquis, j'ai bien l'honneur de vous saluer.

LE MARQUIS. Bonjour, mon cher monsieur Lebrun. (A Guérin.) Mets toujours le couvert, toi !

LEBRUN. Ravi de vous trouver debout ; car j'ai appris, hier, chez madame votre sœur, que vous aviez eu un petit accès de goutte. Elle-même m'a chargé de vous dire que si vous pouviez venir, demain, vous auriez sa visite.

LE MARQUIS. Merci ! je sais.

LEBRUN. Ah !

LE MARQUIS. Mais je me sens beaucoup mieux ce matin.., c'est fini. C'est l'arrivée de Jean qui m'a guérie... mon neveu, qui est ici !...

LEBRUN. Monsieur le duc de Rieux ?... Mais j'ai eu l'honneur de le voir hier aux Étangs.

LE MARQUIS. Il a été forcé de les quitter à l'improviste, d'aller à Paris, pour une triste démarche à la Chancellerie, à propos d'une mort qui l'a bien affligé...

LEBRUN. ...Celle du jeune Édouard Brémont ? M. de Barral m'en a informé ce matin, sachant que je fais les affaires du père dans le ressort d'Eure-et-Loir. — Ah ! votre cher neveu est ici ?...

LE MARQUIS. Il n'avait pas le cœur à la chasse, et m'est venu par le premier convoi. Je ne l'avais pas embrassé depuis plus d'un an... et ma joie de le revoir a été si vive, le réveil si bon... que le sang en aura mieux circulé.

LEBRUN, allant à la table de droite. Ah ! tant mieux !

GUÉRIN. Monsieur le marquis, j'ai fini... je vais donc dire à madame Christine que le déjeuner... c'est pour...

LE MARQUIS. Onze heures.

Guérin sort par la gauche.

SCÈNE III.

LE MARQUIS, LEBRUN,

LEBRUN, près du guéridon où il a placé, en les comptant, quelques espèces , billets , argent et or. Dix-neuf cent trente-trois francs

trente-trois centimes... et voici la petite quittance trimestrielle. Si vous voulez bien prendre la peine de compter ?

LE MARQUIS, comptant... puis signant. Que vous êtes aimable ae vous déranger ainsi !

LEBRUN. Par exemple ! mais je m'aperçois que j'ai laissé ma serviette dans mon cabriolet, et qu'elle contient les papiers de notre état de lieux.

LE MARQUIS. Au fait, oui ; nous devions terminer cela, aujourd'hui ; mais c'est que l'arrivée de mon brave Jean ne me permettrait guère d'être à vous.

LEBRUN. Bien ! bien !

LE MARQUIS. Je ne sais pas comment, ce matin, je n'ai pas eu l'idée de vous faire demander si vous ne pourriez pas remettre...

LEBRUN. A merveille, monsieur le marquis.

LE MARQUIS. Je suis désolé.

LEBRUN. Il n'y a pas de mal ; en un quart d'heure, avec ma brouette, je serai de retour à mon étude : et même, mieux que cela, je n'ai chez moi qu'un rendez-vous dans l'après-midi ; je vais pousser jusqu'à Solaires ; la mort du jeune Édouard Brémont n'y est certes pas connue... Son père est en Suisse, à courir après quelques milliers de francs... il en a si peu !

LE MARQUIS. Et il s'en sert si bien !

LEBRUN. Je saurai là à quelle localité lui en adresser la nouvelle télégraphique.

LE MARQUIS. En peu de mots... pour que ça ne lui coûte pas cher !

LEBRUN. Ah ! quel homme !

LE MARQUIS. Ce n'en est pas un !

LEBRUN. C'est vrai... mais c'est un client ! — Nous allons prendre un jour à votre convenance.

LE MARQUIS. Jeudi, si vous voulez ?

LEBRUN, prenant son calepin et écrivant. Jeudi, soit !... Midi ?

LE MARQUIS. Midi.

LEBUN. C'est écrit.

LE MARQUIS. Vous m'excusez, hein ?

LEBRUN. Je vous en prie !

LE MARQUIS. Vous êtes père.., et même d'un bel enfant, qui a eu l'esprit d'avoir les yeux de sa mère ! Eh bien, supposez qu'un oncle aime son neveu... comme un fils, et vous comprendrez que je n'aurais pas, ce matin, la tête à nos affaires.

SCÈNE IV.

JEAN, LE MARQUIS, LEBRUN.

JEAN, entrant. Mon oncle...

LE MARQUIS. Ah ! le voici.

JEAN, saluant. Monsieur Lebrun ?...

LE MARQUIS. Oui, monsieur Lebrun qui veut bien remettre, en ton honneur, un rendez-vous que je lui avais donné.

LEBRUN. Quoi de plus naturel ! — Mais onze heures sonnent, cette table vous attend. Adieu donc, monsieur le marquis ? — Je vous en prie, restez !

LE MARQUIS. Permettez !.. C'est pour cueillir une belle rose que je vois là-bas, et vous prier de vouloir bien l'offrir, de ma part, à votre charmante femme.

LEBRUN. On n'est pas plus aimable !

Le marquis le fait passer, et sort avec lui par le fond, à droite.

JEAN, seul. Ah ! j'étais brisé, ce matin, en arrivant ; mais je me trouve mieux ici. Il vous monte aux narines un bon air pur, avec je ne sais quelles senteurs de blé... de clématite (Souriant tristement). et de côtelettes, qui ne se marient pas trop mal pour le quart d'heure ! Ah ! misère de l'espèce ! cœur gros et estomac vide... C'est encore celui-ci qui criera le plus fort

SCÈNE V.

LE MARQUIS, JEAN, puis GUÉRIN.

LE MARQUIS, rentrant. Eh bien, cher enfant, te remets-tu un peu ?... (Courant). As-tu quelque appétit ?

JEAN. Je n'y comprends rien, mon oncle ; je meurs de faim !...

LE MARQUIS. Tant mieux ! (Avec sentiment.) C'est un avertissement de la nature qui ne veut pas que l'homme, à ton age surtout, s'absorbe dans une pensée de deuil ! et elle n'est en cela ni sèche, ni ingrate !... Elle sait seulement que le chagrin s'use par l'excès... et elle nous mesure les larmes, pour que la pensée qui les fait couler aujourd'hui en trouve encore demain !... (Lui serrant la main.) Tu me comprends bien, n'est-ce pas ?... et tu ne supposes point, pour cela, que ce vieux cœur se racornisse ?

JEAN. Ah ! j'en suis si loin, qu'avec vous, tenez... c'est bizarre, une distraction, et même un éclair de gaieté n'ont rien qui me blesse... Je sais ce qu'il y a derrière !...

GUÉRIN, apportant un plateau où sont plusieurs plats. M. le marquis est servi.

LE MARQUIS. Parfait !

JEAN, à part. Tandis que... là-bas !...

LE MARQUIS. Allons, Jean !...

JEAN. Voilà, mon oncle...

LE MARQUIS, à Guérin. Attends un peu, toi ; mets ceci là... bien ; la salade, ici ; et le pâté, à droite... (A Jean.) Tu conçois que c'est un naturel du pays ?... « Chartres, chef-lieu de dé- » partement, renommée pour sa cathédrale et ses pâtés. » Je n'ai pas pu te servir la cathédrale ; il faudra que tu te déranges ; mais sans le pâté, mon déjeuner était invraisemblable ! — A Guérin.) Eh bien ! et le sauterne ?

GUÉRIN, allant le prendre au fond. Ah !...

LE MARQUIS. Il oubliait le meilleur...

GUÉRIN. Le voici !

LE MARQUIS, qui est allé au-devant de Guérin. Bien !... et mainte- nant, consigne générale : Je n'y suis pour personne... vous en- tendez, monsieur Guérin ; sans exception, même pour votre seigneurie qui voudra bien n'entrer que quand je sonnerai...

GUÉRIN. Oui, monsieur le marquis !

Guérin sort.

SCÈNE VI.

JEAN, LE MARQUIS.

LE MARQUIS. Mais regarde donc, Jean, comme je vais et viens !...

JEAN. Tant mieux, mon oncle !...

LE MARQUIS. Arrive ici...

JEAN. Voilà votre place... ce grand fauteuil...

LE MARQUIS. Du tout ! j'aime mieux celui-ci pour déjeuner... et même, si ça te gêne...

JEAN, s'asseyant. Par exemple ! C'était uniquement pour vous le laisser ; on y est à merveille.

LE MARQUIS, souriant. Pas quand on y a la goutte !

JEAN. Je le crois... — Quel menu !

Ils sont attablés et déjeunent.

LE MARQUIS. Tiens ! Je vais peut-être laisser mourir de faim un médecin que fait de si belles cures ?... — Là ! après ces tristes nouvelles, donne-moi donc un peu les bonnes : que se passe-t-il de gai aux Étangs ?

JEAN. De gai ?... O ma foi !... pas grand'chose, ce me semble ; cependant, si ! Tout le monde s'y porte bien ; ma tante est tou- jours la meilleure des femmes ; mon oncle David le plus satis- fait des banquiers ; et il paraît qu'Achille va se marier : je ne pense pas vous l'apprendre ?...

LE MARQUIS. Non, non ; ma sœur m'en a, en effet parlé il y a trois semaines... mais à l'état de projet seulement... — Ton verre ?... — C'est donc décidé ?

JEAN. A peu près, je crois ; Achille me l'a annoncé hier ; la jeune personne est fille unique d'un M. de Noras, archimillion- naire, dit-on... le connaissez-vous ?

LE MARQUIS. De nom, oh !... oui... un grand faiseur, fort riche !... (Le servant.) Un peu de pommes de terre, hein ?

JEAN. Volontiers, elles sont exquises...

LE MARQUIS, gaîment. Je crois bien ! Ce sont les pommes de terre de Christine.... c'est à mettre à l'Exposition !... — Et est-elle jolie, la future ?...

JEAN. J'ignore : elle est au couvent, jusqu'à ce que son père revienne, ces jours-ci, d'une tournée qu'il fait pour des opé- rations.

LE MARQUIS. Ah ! — Et Achille est content ?

JEAN. Oui, mon oncle ; il m'a même... énuméré son bonheur, dans les plus grands détails !... mais, comme je n'ai pas trop la mé- moire des chiffres... je ne saurais vous en mettre l'addition sous les yeux...

LE MARQUIS. Ah ! ah !... Je vois à ce peu de mots que, mal- gré ton court séjour aux Étangs, la révolution opérée chez le cousin ne t'a pas échappé !...

JEAN. C'était difficile !

LE MARQUIS. Le fait est qu'il a furieusement mordu aux chif- fres.

JEAN. Oh ! je ne lui en veux pas de cela : ça convient à son père et à lui, c'est parfait. Les chiffres ne sont pas empoisonnés, et j'ai des amis dans la banque, fort sains de corps et d'esprit ; ils en remuent beaucoup, mais à leurs heures, par état, par devoir !... Chez lui, c'est comme une fièvre.

LE MARQUIS, sérieux. Ah ! oui... J'ai vu poindre tout cela de- puis quelques mois ; j'ai même déjà laissé deviner mes impres- sions à ma sœur, un jour qu'il m'avait agacé mes nerfs par ses divagations !... Elle m'a opposé son bon cœur ! parbleu ! oui ; mais précisément, plus une nature est riche, et plus je crains en elle le déplacement des forces : la machine se trouble en

proportion. Aussi, le voit-on déraisonner, quand sa marotte agite ses grelots dans sa tête ! son esprit vif devient lourd, sa nature fine descend dans les vulgarités inouïes d'idées et de langage !... Enfin ! espérons que ce n'est qu'une fièvre, comme tu dis, dont une quinine quelconque aura raison.... et buvons à sa santé avec ce vieux sauterne !

JEAN. De tout mon cœur !...

LE MARQUIS. Tu vas voir qu'il ne s'est pas refroidi, celui-là... (Versant.) Je vais doucement, parce qu'il s'est un peu dépouillé... il n'en est que meilleur ! — Exemple de charité que le vin donne à l'homme !

JEAN, après avoir bu. Ah ! oui, il est chaud.

LE MARQUIS. N'est-ce pas ?

JEAN. Oh ! un fier vin !...

LE MARQUIS, lui en versant un second verre. Allons !... laisse !... Un verre vide... c'est triste à voir ; d'ailleurs, ça te fera du bien... Bonum vinum lætificat...

JEAN. Ah ! ou , lætificat ! j'en ai besoin !...

LE MARQUIS. Et puis, il faut que tu boives un peu pour deux, vu que je ne veux pas... (Tâtant son genou.) réveiller le chat qui dort !... (Le servant.) De la salade, maintenant, hein ?

JEAN. Volontiers.

LE MARQUIS. Et Emma ?... Tu ne m'en dis rien !... Elle a été gentille pour toi, affectueuse en te revoyant ?

JEAN, gêné. Oui... oui.

LE MARQUIS. Oh ! je le crois, car elle était avec nous dans le salon quand la tante a reçu la nouvelle de ton prochain retour ; et elle a jeté tout de suite un : « Ah ! quel bonheur ! » qui prouvait qu'elle ne l'avait pas oublié !... Chère petite !... (Voyant qu'il ne mange pa .) Eh bien, est-ce que tu ne la trouves pas bonne ?

JEAN, vivement. Moi !

LE MARQUIS, gaîment. La salade ! Tu t'arrêtes !

JEAN, embarrassé. Non... pour boire...

Il boit.

LE MARQUIS. Ah ! — Oui, ce mouvement m'a fait plaisir... parce que, je l'avoue, j'ai quelquefois peur qu'avec les meil- leures intentions du monde, son brave père, bon homme au fonc, ne lui repasse aussi quelques-uns de ses travers ; il peut déjà saluer son œuvre dans la personne d'Achille... qui, lui, résistera à bien des chocs, parce qu'un homme, c'est dur !... Tandis qu'avec ces petites pâtes tendres, un mauvais pli serait terrible !...

JEAN, vivement. Oh !... je ne crois pas que ce soit à crain- dre !...

LE MARQUIS. Tant mieux ! ça me ferait trop de peine !... C'est ma filleule, d'abord ; et puis, vrai, elle est charmante !...

JEAN, à part. Oh ! oui !...

LE MARQUIS. Franche, spirituelle !...

JEAN, laissant sa fourchette. Ah !...

LE MARQUIS. Ah çà ! décidément, tu ne la trouves pas bonne ?

JEAN, vivement. Moi !...

LE MARQUIS. La salade !... Tu la laisses...

JEAN. Non !... Pour boire...

Il boit.

LE MARQUIS. Ah ! bien, oui ; mais prends garde !... il est ca- piteux !...

JEAN, déjà un peu troublé. Oh ! j'ai la tête forte !...

LE MARQUIS. Alors... attends : à sa santé !...

JEAN, avec élan. Ah ! oui !!!...

Il a saisi vivement son verre puis s'arrêtant, sentant qu'il vient de se trahir, et baisse les yeux tout penaud.

LE MARQUIS, le regardant. Ah ! part. Tiens ! tiens ! (Il sourit d'abord, puis devient plus sérieux en l'observant et en voyant le regard de son ne- veu traduire un sentiment plus profond qu'il ne s'y attendait. Après un assez long silence, il prend son verre. Le lui présentant) : Eh bien, Jean, trinquons ?

JEAN. Oui, mon oncle !

Jean prend le sien, le choque à celui du marquis et le boit lentement, après quoi il le pose et reprend sa contenance un peu gênée.

LE MARQUIS, après en avoir fait autant, se rapprochant un peu de lui et lui prenant doucement la main. Ah çà ! mais !... Tu l'aimes donc ?

JEAN, s'abandonnant. Comme un fou !... Je n'en puis plus !... C'est absurde !

LE MARQUIS. Absurde... Pourquoi donc ça ?

JEAN. Parce qu'elle ne m'aime pas, parbleu !...

LE MARQUIS. Mais, si !...

JEAN. Oh ! d'amitié, oui... mais...

LE MARQUIS. Bah ! qui sait ?...

JEAN. Moi, je le sais !... Ça se sent bien !... et elle a raison...

LE MARQUIS. Parce que ?

JEAN. Parce que d'abord, son père ne voudrait pas de moi.

LE MARQUIS. Il refuserait de faire de sa fille une duchesse de Rieux ?

JEAN. Il se moque bien d'un nom.

LE MARQUIS. Oui, c'est vrai, je le sais... et je l'en estime presque ; ne jugeant pas d'assez haut pour en avoir l'orgueil... il n'en a pas, du moins, la vanité bête. Mais la marier à un homme comme toi !...

JEAN. Oh ! un homme comme moi, mon bon oncle, n'est pas ce qu'il lui faut, et je crois qu'il a déjà fait son choix...

LE MARQUIS. Bah !... Qui ?

JEAN. Un de mes anciens camarades, Valette.

LE MARQUIS. Ah ! le gros Valette !

JEAN. Qui est aussi dans les affaires.

LE MARQUIS. Et ma sœur, qu'est-ce qu'elle en dit ?

JEAN. Je crois qu'elle dit oui !...

LE MARQUIS. Et Emma ?

JEAN. Je crois qu'elle ne dit pas non !...

LE MARQUIS. Aïe ! aïe !

JEAN. Au fait, elle aura avec lui une voiture qu'elle n'aurait pas avec moi ; les mêmes toilettes que ses amies, le même train de vie et de maison... ce à quoi elle tient beaucoup, elle ne s'en cache pas...

LE MARQUIS. J'avais donc raison de craindre que son cœur...

JEAN, pénétré. Non, mon oncle ! Oh ! son cœur... je ne suis pas bien fort ; mais j'ai l'instinct que le jour où elle aimerait... son cœur ferait grand fi de tout cela !... Et c'est bien parce qu'elle a pu me dire en face qu'elle y tenait que je n'ai pas demandé deux fois mon compte !... Mais d'ici là, que voulez-vous ? elle se nourrit de la cuisine paternelle... et vous savez que son père est pour le solide... Oh ! le solide !... Sont-ils fiers quand ils ont lâché ce grand mot, sonnant creux dans leur bouche comme une vieille guimbarde ! Solide... (S'animant.) Quoi, solide ?... Qu'est-ce qui est solide ? Les Bonnard ? Ce n'est donc pas solide, ça ?... (Il se frappe sur le cœur.) C'est révoltant, ma parole ! — A votre santé !

LE MARQUIS. Merci... mais prends garde !

JEAN. Avec leur fortune !... Que diable ! c'est une très-bonne chose.. si elle reste derrière pour verser le sauterne, atteler la voiture... et faire... tout ce qui concerne son état !... Eux, font de la servante la maîtresse du logis... ils se doivent à leur argent... qui les fait valeter à droite, à gauche... et, au lieu de mettre les écus dans leur poche, ce sont les écus qui les fourrent dans leur sac ! Voyons, ça n'est pas écœurant de bêtise ?

LE MARQUIS. Oui... vrai fils de ton père ! Mais ne t'anime pas trop !

JEAN. Oui, je suis le fils de mon père... (Prenant la main du marquis) et le neveu de mon oncle, je m'en vante ! et à votre santé !.. Ça me fait penser que je n'y ai pas encore bu !...

LE MARQUIS, à part. Il ne fait que ça... (Haut.) Prends garde, mon ami.

JEAN. Oh ! j'ai la tête forte !... — solide !... (Montrant son verre plein de sauterne.) Ce n'est pas du solide, ça... c'est du liquide... et du fameux !..

LE MARQUIS, à part. Je crains qu'il ne se tape un peu...

JEAN, après avoir bu. ...Et chaud, et bon ! Ah ! Dieu ! que je suis content d'être ici... mon bon oncle, allez... il n'y a que vous pour me comprendre...

LE MARQUIS. Ses petits yeux papillotent.

JEAN. Ah ! si vous vouliez vous marier...

LE MARQUIS, à part. Hein ?

JEAN. Je vous trouverais vite une femme !... — moi !

LE MARQUIS, à part. Décidément.

JEAN. Je déménagerais...

LE MARQUIS, à part. C'est fait.

JEAN. Tout à l'heure, je lorgnais de la fenêtre de ma chambre (Souriant.) un petit jouet d'enfant, rose, avec trois persiennes vertes... là, juste en face de vous : je meurs d'envie d'acheter ça... de m'y installer. J'y logerais avec nos deux chiens !... Vous aimez chasser, moi aussi ; fumer, moi aussi ; le sauterne, moi aussi. (Jean a pris la bouteille.) Nous en aurions... du même... (Le marquis le lui reprend.) Nous mêlerions nos écus comme deux frères ! (Avec respect.) Toujours neveu... mais frère... et riches, à nous deux, comme Crésus... (Jean a repris la bouteille.) Et, le soir, le besig avec le notaire... qui a une jolie femme... vous l'avez dit... Je l'ai entendu. Et le bon sauterne ! Il est chaud... et puis... ce vague que ça vous donne... Ah ! la bonne chose... Lœtificat !...

LE MARQUIS, à part. Oh ! saperlotte ! il y est complétement. (L'appelant.) Jean !

JEAN, s'endormant. Mon oncle...

LE MARQUIS. Je crois que tu as un peu besoin de te reposer ?

JEAN. Du tout... du tout !... A votre santé ! (Fredonnant.) « As-tu vu, la casquette ?... »

LE MARQUIS, à lui-même. Oui... « dit père Bugeaud. »

JEAN. « Du père Bugeaud... » Ça me fait plaisir de vous serrer la main !... il y avait si longtemps... — (Soupirant.) Ah ! je suis fatigué !!!

LE MARQUIS, le regardant avec tendresse. Pauvre garçon ! Bah ! il

n'y a pas grand mal... il n'a pas dormi de la nuit... ça sera un repos et une diversion à ses chagrins... car il a le cœur gros !
— Le voilà endormi... et tranquille comme un petit saint... (Entendant frapper à la porte du fond. Qu'est-ce que c'est ? Entrez...

SCÈNE VII.

LE MARQUIS, GUÉRIN.

GUÉRIN. Monsieur le marquis, c'est le courrier... il y a une lettre...

LE MARQUIS. Chut !

GUÉRIN, à mi-voix. Tiens ! il dort.

LE MARQUIS. Eh bien, oui, il dort... Pardieu ! il a passé une nuit blanche... Voyons, emporte la table doucement.

GUÉRIN. Oui, monsieur le marquis : il y a dessus la lettre : pressée... C'est pour cela que, malgré la consigne, je me suis permis...

LE MARQUIS. C'est bon, emporte tout ça...

GUÉRIN. Il était tout pâlot, ce matin... et il a maintenant de bonnes petites couleurs...

LE MARQUIS, à part. Je crois bien !

GUÉRIN, appelant bas à la porte de gauche. Christine !

Christine entre et aide Guérin à emporter la table ; ils sortent par la gauche.

SCÈNE VIII.

JEAN, endormi, LE MARQUIS.

LE MARQUIS. Du baron de Vesles.
(Lisant.) « Deux mots à la hâte, mon cher marquis ; j'ai de » graves communications à vous faire relativement à un projet » de mariage formé, me dit-on, entre votre neveu Achille et la » fille d'un M. de Noras ; les détails ne peuvent être mention- » nés ici pour mille raisons, dont la première est que le temps » me manque : mais je pars, demain matin, par le convoi qui » prend à Chartres vingt minutes d'arrêt ; si vous pouvez vous » trouver vers une heure à l'arrivée du train, je vous en dirai » long en quelques instants. »
» Mille choses affectueuses de votre dévoué.
» BARON DE VESLES. »
Que signifie ?... Ceci paraît sérieux... (Regardant à la pendule.) A une heure !... Il est midi et demi !... Par les vignes, j'en a pour cinq minutes !... (Regardant à la glace sans tain.) Eh mais... qu'est-ce que je vois là-bas dans l'allée d'acacias ?... Une calèche qui me fait l'effet d'être à la livrée de ma sœur !... (A pris une lorgnette sur la cheminée.) Parfaitement, c'est elle... avec sa fille... — Ah ! parbleu ! Sa voiture arrive à point nommé... et elle aussi, ma foi !... ce que me laisse entrevoir cette lettre me fait désirer qu'elle m'accompagne ! (Regardant de nouveau.) Les voici ! ma foi ! Ce n'est pas la peine de la laisser descendre ; le train n'a qu'à être en avance, nous n'avons pas de temps à perdre !
Il a pris son chapeau, et sort par le fond à droite ; Guérin entre par la porte de gauche.

SCÈNE IX.

JEAN, endormi, GUÉRIN, puis EMMA.

GUÉRIN, entrant, à mi-voix. Monsieur le marquis, voilà madame David... Ah ! il l'a vue... (Allant à la porte du fond.) Il y est déjà. Mademoiselle Emma saute à terre... Tiens ! M. le marquis monte dans la voiture.

EMMA, du dehors. Merci, Christine, je n'ai besoin de rien.
Elle entre.

GUÉRIN. Mademoiselle...

EMMA. Chut !... (A mi-voix.) Bonjour, Guérin ; je sais que mon cousin dort ; il ne faut pas le réveiller...

GUÉRIN. Mais qu'est-ce qu'il y a donc, que madame votre mère repart ?

EMMA. Il paraît que mon oncle a affaire, et maman le conduit ; car mon père et mon frère sont descendus à la préfecture et doivent venir.

GUÉRIN. Ah ! M. David ?...

EMMA. Chut, donc ! Il n'est pas souffrant, Jean ?

GUÉRIN. Non Dieu ! non... mais il avait passé une nuit blanche... Le chagrin... Mademoiselle sait...

EMMA. Oui.

GUÉRIN. Et puis, après déjeuner, les émotions, la fatigue...

EMMA. Bien ! bien ! Bonjour, Guérin.

GUÉRIN, saluant. Mademoiselle...

Il sort par le fond.

SCÈNE X.

JEAN, endormi, EMMA.

EMMA, s'approchant de Jean. Vais-je le réveiller?... Maman et mon oncle m'ont dit de n'en rien faire... Mais lui m'en voudra, bien sûr, de leur avoir obéi. C'est très-délicat, maintenant... (Le regardant) et je ne sais, en vérité, si je n'aime pas mieux le voir ainsi? Son trouble et son exaltation, hier, m'ont fait tant de mal!... Ah! mon pauvre Jean! tu peux le flatter de m'avoir empêchée de dormir! Mais j'avais besoin de le revoir... Et quelle chance que ce M. d'Énaud ait été forcé de partir pour l'Espagne! Vite, alors, Achille, ne pouvant plus l'avoir pour témoin, a songé à son oncle; il aurait mieux fait, ce me semble, de commencer par là?... On ne s'attend guère à trouver Jean ici... Ma foi, moi je n'en ai rien dit : j'étais trop désireuse de savoir s'il était plus calme... et s'il a écrit pour un remplaçant. Oh! tant pis, je n'ai pour cela que quelques minutes, et je vais...

JEAN, rêvant. Ah!

EMMA. Il soupire!

JEAN, de même. Edouard!

EMMA. Edouard!... Il pense à son ami. (S'approchant.) Oh! une larme qui roule sur son gilet! (Elle l'essuie avec son mouchoir.) Je n'ose plus le réveiller... comme il a bon cœur!... et quel autre homme que ce monsieur Valette! Pour celui-là, par exemple, à une manière de vous apprendre la mort de ses amis... Oh! non, jamais!

JEAN, se retournant, endormi. Ah!

EMMA. Comme il est agité!

JEAN, rêvant. Dieu! qu'elle est gentille!

EMMA, s'éloignant. Hein! qu'est-ce qu'il dit?

JEAN, de même. Emma!

EMMA. J'avais bien entendu.

JEAN, de même. Ma petite Emma!

EMMA. Ah! je m'en vais. (Elle va à la porte et s'arrête. Silence.) Il a l'air plus tranquille!... Je crois que je puis rester... (Revenant.) Seulement, il dormira pour lui apprendre! — Ah! tout cela est très-difficile! Car enfin, comme dit papa, avant tout, il faut que le ménage puisse marcher. Or, j'ai beau retourner les chiffres dans ma tête, j'arrive avec peine à 31,000 francs, et nous n'en aurions que dix-neuf!... pas moyen!... Tiens, un carré de papier!... Voyons!... Pendant qu'il dort... C'est drôle! Je ne me suis pas trompée?... (Écrivant.) 15, d'une part... 4, de l'autre, 19... là!... — et je dis 31. Estelle, qui en a 35, a une peine affreuse à joindre les deux bouts... elle m'a montré ses comptes!...

JEAN, rêvant. Oh! ce Valette!

EMMA. Je ne mets pourtant là que le strict nécessaire.

JEAN, de même. Mon oncle!...

EMMA. Voiture, loyer, domestique... femme de chambre... cuisinière... entretien de monsieur... ça je ne sais pas... j'ai mis 2,500 francs : ce n'est peut-être guère!... Toilette de madame, 4,000!... Les robes sont d'un prix fou... Et les bottines, les chapeaux, les gants... Je ferai des dettes, bien sûr!... Enfin, biffons un peu... mettons : 3,000! et pour la voiture, au lieu de deux chevaux, (Soupirant) mettons-en un. Voyons maintenant... (Additionnant.) Zéro, zéro, cinq, dix, treize, dix-sept, vingt-deux, vingt-trois, vingt-cinq... Ah! mon Dieu! je suis débordée!...

MADAME DAVID, en dehors. Emma!

EMMA, à part. Hein! Maman déjà?

MADAME DAVID, de même. Emma!

EMMA, se levant. Il ne se réveille pas!... Je ne voudrais pourtant pas partir ainsi. (Criant très-fort au moment de sortir.) Voilà, maman!...

Elle sort vivement.

JEAN, se réveillant. Hein?... J'ai entendu sa voix!... (Se levant.) Non, je rêvais d'elle, je m'en souviens!

SCÈNE XI.

JEAN, DAVID, puis ACHILLE et LE MARQUIS.

DAVID. Eh! non, il ne dort pas.

JEAN. Vous!

DAVID. Je te croyais à Paris.

JEAN. J'y suis allé, en effet; puis, je suis revenu ici pour m'informer de la santé de mon oncle.

DAVID. Tu as fort bien fait... mais ta tante et ta cousine te réclament là-bas.

JEAN. Comment?

DAVID. Oui... il paraît que Jeanne et le marquis sont allés au chemin de fer, pendant que nous étions à la préfecture; et que de Rieux à à nous parler, à Achille et à moi.

JEAN. Ma tante est ici?

DAVID. Elle vient de rentrer, comme nous débouchions par les vignes.

JEAN. Et Emma aussi?

DAVID. Sans doute... mais tu dormais, dit-on, d'un si bon somme...

JEAN, à part. Hein?... Mais c'est donc elle...

ACHILLE, entrant avec le marquis. Bonjour!

LE MARQUIS. Jean, ces dames t'attendent sous le berceau.

JEAN. J'y vais.

ACHILLE. Tu n'as donc pas été voir monsieur Brémont.

JEAN. Non... j'ai changé d'avis.

Il sort par le fond.

ACHILLE. Tu as peut-être eu tort.

SCÈNE XII.

ACHILLE, LE MARQUIS, DAVID.

LE MARQUIS. Quoi donc?

ACHILLE. Mon Dieu! mon oncle, je parlais à Jean de 40,000 francs bien compromis à cette heure.

DAVID. Oui, vous ne savez peut-être pas...

LE MARQUIS. Ma sœur vient de m'apprendre ce fait, bien regrettable...

ACHILLE. Va-t-il l'avait engagé à voir tout de suite M. Brémont père... ce qu'il n'a pas encore fait, il vient de me le dire.

DAVID. Tout de suite?

ACHILLE. C'est peut-être, en effet, sa chance... Un premier mouvement n est-ce pas, mon oncle?

LE MARQUIS. Pardon, mon ami; mais je ne donnerais, pour ma part, le conseil à ton cousin, ni aujourd'hui ni demain.

ACHILLE. Hein?

DAVID. Oh! ça!

LE MARQUIS. Jean n'est pas le créancier de M. Brémont. Il a plu à Jean d'obliger un ami, un camarade d'enfance, homme d'honneur et de cœur... dont il avait cent fois éprouvé lui-même l'attachement!... C'est une grande satisfaction qu'il s'est payée là dans sa vie! Ça pouvait être sans danger... ça a tourné autrement... qu'y faire? Il en a eu alors la joie... il en a aujourd'hui l'honneur... voilà tout!

DAVID. Eh bien, Achille, je suis un peu de son avis!

ACHILLE. Bien! bien!

DAVID. Mais il ne s'agissait pas de cela.

ACHILLE. Non...

DAVID. Jeanne a dû vous apprendre, mon cher Rieux, que le mariage d'Achille était décidé, et nous avions à vous parler...

LE MARQUIS. Jeanne m'a tout dit, et je suis très-touché de votre bonne pensée à chacun.

Il leur serre à tous deux la main.

ACHILLE. C'était bien naturel, et nous avons espéré...

LE MARQUIS. Tu ne pouvais douter, mon cher Achille, de mon concours empressé dans une circonstance aussi importante de ta vie!... Mais j'ai sur cette circonstance même, une bien grave... et bien fâcheuse communication à vous faire.

DAVID. Hein?

ACHILLE. Comment?

LE MARQUIS. La jeune personne que tu dois épouser est mademoiselle Laure de Noras?

ACHILLE. Oui.

LE MARQUIS. La fille unique de M. de Noras...

DAVID. ... D'une très-bonne maison du Languedoc...

LE MARQUIS. C'est cela... Philippe de Noras, il y a quelques années encore, banquier à Édimbourg?

ACHILLE, un peu vivement. Et depuis, mêlé à nos plus grandes affaires financières... parfaitement... Eh bien, mon oncle?

LE MARQUIS, après un regard à Achille, s'adressant à David. Eh bien, mon cher beau-frère, c'est pour moi un pénible devoir de vous dire que M. de Noras est un homme...

ACHILLE, de même. ... Qui a gagné cinq ou six millions en quelques années, ce qui nécessairement a créé autour de lui des envieux, lesquels sèment sur son compte, je n'en doute pas, des médisances et des calomnies qu'avec les intentions les meilleures vous venez nous reproduire ici : Je vous en suis, pour ma part, très-reconnaissant; mais mon père, qui a fait des affaires avec lui et le connaît, vous dira ce qu'il en pense!

DAVID. Oui oui! C'est un homme très-fort!

ACHILLE. Il a eu des procès... Oh! c'est connu.

DAVID. Il les a tous gagnés.

ACHILLE. L'avocat adverse l'a accablé d'injures.

DAVID. Bah! bah!

ACHILLE. Le même avocat, six mois après, plaidait pour lui et le portait aux nues !

LE MARQUIS. Si tu ne m'avais pas interrompu, Achille, tu saurais déjà qu'il ne s'agit nullement de procès auxquels je n'entends rien ; mais de faits d'un autre ordre... faits intimes, secrets même... mais pas assez cependant, puisque je suis en mesure de te les dire... et qui fond de ce Noras...

ACHILLE. Hein !

LE MARQUIS. Un monsieur qu'une famille comme la nôtre n'admet pas dans son sein... au titre, du moins, où tu parais si désireux de l'y faire entrer.

DAVID. Mais qu'y a-t-il donc ?

LE MARQUIS. Eh ! mon Dieu ! une de ces misères qui nous amusent dans un mélodrame, mais qui sont moins gaies quand on les rencontre dans les bas-fonds de la vie : un homme possède un certain nom... mais c'est tout : il a peu de préjugés, 35 ans .. et compte déjà dans sa vie bien des ambitions déçues... quand un compatriote... qui l'a connu sans doute en d'assez fâcheuses passes... se souvient de lui à une heure donnée, et lui offre, à l'instant, cent mille francs et une jeune veuve : seulement, la veuve n'a pas été mariée : celui qui devait l'épouser est mort en duel, avant de réparer une faute... mais il a généreusement assuré son avenir, — en outre, une somme importante a été réservée pour être... dans quelques mois, placée sur une tête... encore inconnue mais déjà chère ; il ne s'agit donc pour le mari que d'apporter un nom ; après quoi, séparation immédiate, et le lien se trouve limité dans une question d'état civil qui sauve de la honte une jeune fille égarée, et donne une position légale à un être innocent ! — Tant de bonnes actions sont faites pour toucher un cœur, et cent mille francs ne gâtent rien ! Le dit Philippe sent en lui, et avec raison mille forces inactives... le levier seul lui manque... On le lui tend ; il accepte ! Le oui prononcé, on se sépare. Madame de Noras meurt bientôt en Suisse, laissant une fille,... et la jeune Laure...

DAVID, à part. C'est bien cela !...

LE MARQUIS. Est remise au père... légal, à qui reviennent de droit les baisers et les bénéfices de tutelle...

DAVID, vivement. De qui tenez-vous ces faits ?

LE MARQUIS. Du plus galant homme qui soit au monde... du baron de Vesles, (il autorise qu'on le nomme) qui m'a tout appris, avec mission de vous le répéter... trop respectueux des nôtres pour laisser le petit-fils de son ami le duc de Rieux se constituer le gendre d'un pareil personnage !...

ACHILLE. Et ces renseignements, qui les lui a donnés ?

LE MARQUIS. Celui qui en a été le truchement !

ACHILLE. Belle caution ! Ne peut-il mentir ?

LE MARQUIS. Je dois voir, ces jours-ci, les actes notariés, dont les dates concordantes et les clauses particulières contribueront à m'édifier...

ACHILLE. Je vous suis très-reconnaissant de la peine que vous voulez bien prendre, mon oncle ; mais tout cela est très-délicat !... On se croit fort bien renseigné, tel détail échappe... qui modifie l'aspect des choses...

LE MARQUIS. Mais...

ACHILLE. Et, après, s'il y a erreur, alors...

DAVID. Ah ! s'il y a erreur, alors..

ACHILLE. Alors, M. de Noras, justement blessé de se voir ainsi en suspicion... pourra vouloir rompre... — Grand merci, je ne me soucie pas...

DAVID. Diable ! diable ! Achille ! un instant tu vas comme un cheval échappé...

ACHILLE. Permettez, mon père !

DAVID. Permets à ton tour.

LE MARQUIS, s'éloignant d'eux en souriant de leur désaccord. Entendez-vous !

Il passe à droite.

DAVID. Tout cela est très-grave !

ACHILLE, très-agité. Mais oui !

DAVID. Tu sais, je ne suis pas excessif. — Rieux, ne vous en allez pas !...

LE MARQUIS, s'asseyant à droite. Je ne m'en vais pas.

DAVID. J'ai dans tout cela, tu le conçois, un intérêt au moins égal au tien... par l'importance des affaires que j'avais en vue...

ACHILLE. Parbleu ! moi aussi ! j'avais une part dans ses aloès et dans ses houilles du vieux Condé !

DAVID. Je me moque bien de tes aloès ! Crois-tu que si, demain, ton oncle avait malheureusement, comme je le crains, la preuve...

ACHILLE. ...De quoi ? de faits qui remontent à quinze, vingt ans ? A tout prendre, est-ce que ce passé m'appartient ?

DAVID. Pour des affaires pareilles..

ACHILLE. Tant que la loi n'a pas frappé un homme, je n'ai pas à regarder dans sa vie ! C'est vous-même...

**

DAVID. C'est moi-même... Distinguons... tu dépasses...

ACHILLE, s'animant. La loi l'a-t-elle atteint ? Non ; eh bien, je ne connais que ça, moi, la loi, c'est mon credo... le vôtre, vous me l'avez dit cent fois... — car c'est vous-même !

DAVID. C'est moi-même... en affaires, oui !

ACHILLE. Bourquoi plus qu'ailleurs ?

DAVID. Pourquoi ?... Parce que... tu ne comprends pas...

ACHILLE. Non.

DAVID. Parce que sous mon toit, dans ma vie privée, ma famille, mes foyers, je suis rigide !

LE MARQUIS, à part. L'autre est logique !

DAVID. C'est l'arche sainte, ça... N'est-ce pas, marquis ?

LE MARQUIS. Oui, oui !

DAVID. Dans mon cabinet, en affaires... c'est autre chose, une autre manière de voir, de procéder. (Au marquis.) N'est-ce pas ?

LE MARQUIS. Ah ! pardon !

DAVID. Hein ?

ACHILLE. Une autre manière ? Blanc ici, noir là ; l'arche sainte, votre cabinet ! Vous avez des distinctions... C'est donc une question de localité ? On s'y perd !

LE MARQUIS, à part. C'est le mot !

ACHILLE. Les affaires ? Je ne fais pas un mariage d'amour, je mentirais en le disant... Je fais un mariage de raison, de position, d'ambition, soit !... une affaire, enfin... et une très-belle qui se traite aussi dans un cabinet... de notaire ; et je n'ai pas envie...

DAVID. Je n'ai pas envie, moi, d'avoir à la maison, si tout cela est vrai, un beau-père... qui ne sera pas un beau-père !...

ACHILLE. Eh bien, après, quoi ?

DAVID. Comment, quoi ?

LE MARQUIS, à part. Il est distancé !

DAVID, au marquis. Ne l'écoutez pas... il est monté... il ne pense pas ce qu'il dit...

ACHILLE. Est-ce que tout ça me regarde ? Qu'est-ce que ça me fait ?

DAVID. Mais ça me fait beaucoup, à moi !

ACHILLE. Je me marie, je fais mes affaires... je vis à ma guise et ne m'inquiète pas du reste ! C'est la fille que j'épouse, voilà tout !

DAVID, éclatant comiquement. Voilà tout ! Mais l'autre tient le pan de sa robe, enragé ! (Au marquis) (car il ne réfléchit pas, ma parole !) — et dès que tu aurais épousé sa fille... qui ne serait pas sa fille, nous aurions, tous les dimanches, à table, un monsieur qui ne nous serait de rien... qui aurait vendu son nom cent mille francs !... et qui vivrait dans notre intimité, comme beau-père, parent, allié des uns et des autres... et il faudrait encore le mettre à droite de ma femme, hein ?... de ta mère, sapristi !

ACHILLE. Eh bien ! on lui ferait comprendre, alors...

DAVID. Allons, voyons, tais-toi ! tu n'as plus ta tête !

SCÈNE XIII.

ACHILLE, DAVID, JEAN, LE MARQUIS.

JEAN. Mon oncle, le temps se couvre, et ma tante désirerait partir ; ces dames sont déjà en voiture. (Le marquis sort par le fond.)

DAVID. Bien. — Allons, Achille, devant ton cousin... prends garde !... un homme comme toi, avec les idées que tu as !...

ACHILLE. Que j'avais... et que je n'ai plus, Dieu merci !... et grâce à vous !... Mais vous, vous y revenez maintenant... Vous me tiraillez en sens inverse... J'aime mieux, alors, être comme Jean.

JEAN, qui a remonté avec le marquis, revenant. Hein ?

DAVID, bas. Veux-tu te taire ! (Haut.) Jean est un garçon que je trouve...

ACHILLE. Roide... excessif, carré.

DAVID. Qui est-ce qui a dit ça ?

ACHILLE. C'est vous-même.

DAVID. Du tout !... (A Jean.) Ne le crois pas !

ACHILLE. Ah ! vous ne m'avez pas dit cent fois qu'il était...

DAVID, vivement. ... C'est-à-dire que parfois peut-être... sur certaines petites questions... mais sur les grandes...

ACHILLE. Quoi ? Les petites... les grandes... où est la nuance ?

DAVID. La nuance... tu ne comprends pas.

ACHILLE. Non ! et il a raison d'être carré.

DAVID. Oui, il a raison... et je l'aime et l'estime... (A Jean.) Tu le sais. (A Achille.) Viens !

ACHILLE. C'est vrai... n'est-ce pas, Jean ? il faut être Turc ou Grec.

DAVID. Quoi ! Turc ou Grec !... (Entraînant Achille.) il divague... Voyons viens !

Ils sortent par le fond, à droite.

14

SCÈNE XIV.

JEAN, puis LE MARQUIS.

JEAN. Que s'est-il donc passé? — Allons, écrivons vite pour ce remplaçant, puisque je l'ai promis à Emma. Soyons homme, et résignons-nous à être franchement son ami, car elle a été là, avec sa mère, bien gentille pour moi.

LE MARQUIS. Jean?

Il est venu à lui, en lui tendant la main.

JEAN. Quoi, mon oncle?

LE MARQUIS. Il était donc bien malheureux, ce pauvre Edouard?

JEAN. Ma tante vous a dit?...

LE MARQUIS. Ce qu'elle n'avait plus lieu de tenir secret, puisque d'autres l'avaient appris... et ce dont tu ne veux pas parler au père.

JEAN. Mon oncle...

LE MARQUIS. Tu fais bien!... Reste, cher enfant, reste, quoi qu'on te puisse dire, dans cette bonne voie où le cœur parle en maître!... et si, quelque jour, ses élans se mettent à la gêne... viens chez ton vieil oncle... nous couperons le pain en deux... et ce n'est pas moi qui serai à plaindre! — Mais tu voulais écrire, je crois? que je ne te dérange pas.

JEAN. Je cherchais, en effet, du papier.

LE MARQUIS. Attends. Je vais te donner ton affaire... (*Prenant un petit carré de papier.*) Qu'est-ce que c'est que ça?...des chiffres.. (*Le lui tendant.*) tu as fait des comptes?

JEAN, *le prenant.* Moi? J'ai dormi là-bas...

LE MARQUIS. Je ne vois plus de papier...

JEAN. C'est l'écriture d'Emma.

LE MARQUIS, *prenant le papier.* Bah! — Ah! j'ai fait mettre les deux cahiers dans ta chambre...

JEAN. Merci! — alors, je vais écrire là-haut... (*S'en allant par la gauche, un peu surpris.*) Comment, elle faisait des chiffres... là...

LE MARQUIS, *qui a jeté les yeux sur le petit carré de papier.* Eh! mais...

JEAN, *s'éloignant.* Au lieu de me réveiller... de causer.

LE MARQUIS. Jean!

JEAN, *de la porte.* Mon oncle?...

Il s'arrête.

LE MARQUIS. Viens donc. — Es-tu fort sur les rébus?

JEAN. Les rébus?... Non... pourquoi?

LE MARQUIS. C'est qu'en voici un qui me paraît assez intéressant... Arrive donc ici!... Tout à l'heure, ma sœur me disait qu'hier, Emma, pour la première fois de sa vie, lui avait demandé ce qu'elle aurait en fait de majorité... sa mère lui a répondu 300,000 francs, et je vois ici, à gauche : 300,000 ; puis en regard : intérêts : 15,000...

JEAN. Oui...

LE MARQUIS. Aujourd'hui, pendant la route, elle lui a demandé ce que tu avais eu à ta majorité... sa mère lui a répondu que tu avais eu 120,000 francs., mais que tu venais très-probablement d'en perdre 40,000... et je vois ici, à droite : 120,000. moins 40, reste 80,000, et en regard, intérêts : 4,000 francs.

JEAN. C'est vrai!

LE MARQUIS. Qu'oh! c'est calculé en vraie fille de banquier!

JEAN. Que signifie?

LE MARQUIS. Enfin, au milieu... (Ici, Jean, il faut du calme!) Je vois une petite addition, ainsi établie : 1° : 15,000 (*Parlé.*) Ce sont les revenus de sa dot...

JEAN. Oui...

LE MARQUIS. 2° : 4,000. — Ce sont les revenus de la tienne...

JEAN. Oui...

LE MARQUIS. Ensemble : 19,000!

JEAN, *regardant, très-ému.* Ensemble?

LE MARQUIS. Ensemble! oui, le mot est... chatoyant, je l'avoue!

JEAN. Comment? Elle aurait eu un instant l'idée...

LE MARQUIS. Un instant ; Regarde donc, plus bas, tous ces petits chiffres raturés... rognés.

JEAN, *regardant, appuyé à l'épaule de son oncle.* Hein? oui...

LE MARQUIS. C'est-à-dire qu'elle s'est mis l'esprit à la torture pour amener son budget à ce chiffre fatal.

JEAN. Comment?

LE MARQUIS. Mais sans y réussir.

JEAN. Ah! mon Dieu!

LE MARQUIS. Le sien est de : 31,000! (*Parcourant.*) Elle a pourtant bien biffé! Elle a retiré un cheval de la voiture!

JEAN, *joyeux.* Elle a retiré un cheval?

LE MARQUIS. Là!

JEAN. Oui... (*Lisant.*) « A un cheval, par mois : 500 francs. » Ah! que c'est gentil!

LE MARQUIS, *regardant toujours.* Oh! ceci est plus beau : elle a retranché 1,000 fr. de sa toilette!

JEAN. Je ne veux pas!

LE MARQUIS. Et elle n'a pas touché à la tienne!...

JEAN. La mienne! Est-ce que j'ai besoin de rien?

LE MARQUIS. Parbleu! L'amour n'est pas frileux, hein? Elle n'a donc pas vu ces dessus de portes?

JEAN. Ah! mon oncle! j'ai des bourdonnements dans l'oreille... Je ne sais pas ce qui me passe devant les yeux!

LE MARQUIS. Des bluets, des barbeaux, connu!

JEAN. Et c'est là qu'elle a songé... pendant que je dormais... imbécile!... Oh! mais ces 32,000 francs... (*Allant et venant à son oncle.*) 31, 32... il me les faut absolument! Je veux qu'elle ait ses deux chevaux... et qu'elle ne touche pas à sa toilette! Ah! bien!

LE MARQUIS. Calme-toi!

JEAN. Je ne peux pas!

LE MARQUIS. Il le faut, morbleu!... tout n'est pas fait!

JEAN. Je ferai le reste!

Il repasse à droite.

LE MARQUIS. Son cœur raisonne... elle compte...

JEAN. ...Sur moi... oui!

LE MARQUIS. Et je ne veux pas de ça!

JEAN. Mais, qu'inventer, mon Dieu? Je vais faire comme Valette! Aller là-bas, sur le tremplin.

LE MARQUIS. Le tremplin.

JEAN. Travailler les Bonnard!

LE MARQUIS. Les Bonnard?...

JEAN. Faire des ventes, des achats... le balancier... et fumer des colonnes sous les... (*Se reprenant.*) des cigares sous les colonnes!

LE MARQUIS, *riant.* Ah! ah!... il est lancé... — Impossible.

JEAN, *s'asseyant à gauche.* Voilà de ces moments où on comprend...

LE MARQUIS, *gaiement.* Robert le Diable et son rameau!... (*Lui frappant doucement sur l'épaule.*) Commence par lui obéir, va écrire pour ton remplaçant... et ne t'occupe pas du reste.

JEAN, *se levant.* Vous me feriez gagner les 32,000 francs?

LE MARQUIS. Je ferai mieux, j'espère!... (*Lui montrant le papier.*) Je ferai d'abord biffer le dernier cheval...

JEAN. Non!

LE MARQUIS. Brûler ensuite cinq ou six robes...

JEAN. Jamais!...

LE MARQUIS. Et descendre son petit budget à nos dix-neuf mille francs...

JEAN. Non, mon oncle!...

LE MARQUIS, *l'arrêtant.* Le piéton passe à quatre heures ; veux-tu demain, en arrivant aux Etangs, n'avoir pas satisfait à sa première demande?

JEAN. Oh! si!...

LE MARQUIS. ... Demande sérieuse, celle-là, tendre, charmante, qui l'intéresse... plus que son cheval, va... et ne l'intéresse pas seule, ingrat!...

JEAN. Oui, oui. J'y vais tout de suite, vous avez raison... je veux que ma lettre parte aujourd'hui même... pour elle, pour vous... pour moi, peut-être!... Je monte.

LE MARQUIS. Moi, les émotions de cette journée m'ont assez agité (*Il sonne à la cheminée.*) et je vais, selon mon habitude, m'étendre un peu là, à l'orientale... pour faire mon kief!...

JEAN, *revenant lui serrer la main.* Je vous souhaite de bons rêves, mon oncle!

LE MARQUIS, *s'étendant sur la causeuse.* Oh! les bons rêves!... c'est pour ton âge, brigand!... (*A son domestique, qui paraît à la porte du fond.*) Guérin, je m'enferme ; tu entreras dans une heure.

GUÉRIN. Oui, monsieur le marquis.

Jean gagne joyeux la porte de gauche ; Guérin sort, fermant sur lui celle du fond ; le marquis échange un dernier signe d'adieu avec Jean. La toile tombe.

ACTE QUATRIÈME

Même décor qu'au deuxième acte.

SCÈNE PREMIÈRE.

MADAME DAVID, LE MARQUIS.

Au lever du rideau, madame David est assise à gauche. Le marquis est debout près d'elle.

MADAME DAVID. Moi qui espérais le voir revenir ce matin

avant déjeuner ! Qui peut le retenir à Paris, et qu'est-il allé y faire ?

LE MARQUIS. Mon Dieu ! que sais-je ? déplacer sa mauvaise humeur... se distraire, peut-être : il n'y a pas de mal.

MADAME DAVID. Jean ne sait rien de tout cela ?

LE MARQUIS. Non : ton mari lui a dit, ce matin, à notre arrivée, que son cousin était parti pour affaires.

MADAME DAVID. Tant mieux !... Il aurait de lui, à cette heure, une triste opinion ! Ah ! j'ai l'âme navrée...

LE MARQUIS. Voyons, Jeanne, du calme. Achille a quitté les Étangs, hier, après une discussion fâcheuse qui avait commencé sous mes yeux, à Luce : je comprends que tu en sois troublée ; mais, en somme, ton mari a tranché la question par une lettre très-convenable, très-nette, à M. de Noras, et Achille n'épousera pas cette jeune personne sans votre consentement. Il n'y a donc pas, comme on dit, péril en la demeure.

MADAME DAVID. Oh ! ce n'est pas là ce qui m'occupe ! l'intérêt pour moi est plus haut ; il est dans le cœur de mon enfant. Si le malheureux a perdu le respect des siens et de lui-même, que m'importe le reste ? Son père peut mesurer aujourd'hui le chemin qu'il a fait, en traitant les autres de rêveurs et de songe-creux !... On se sent fort et maître de soi par une longue pratique des choses, des principes éprouvés, une raison solide ; et on part de là pour attirer un fils de vingt ans sur le terrain douteux des doctrines commodes... des morales à deux faces, austères à droite, faciles à gauche !... Mais ce fils, lui, n'a pas votre raison ; sa lumière n'est que là... éclairant tout du même jour !! Vous l'avez faussée sur un point... et tout est devenu ténèbres !... Ah ! David ! (Se levant.) David ! s'il faut que cet enfant-là soit perdu pour moi... je ne vous pardonnerai de ma vie !

LE MARQUIS, vivement. Jeanne, prends garde ! la douleur t'égare, et tu deviens injuste : Achille, d'abord, n'est pas perdu ; c'est un écervelé, buté à une idée ambitieuse, et qui, dans sa marche de casse-cou, perd de vue des choses capitales, c'est vrai ; mais son impétuosité même me pousse à l'indulgence, il va trop vite pour aller son pas... qui se réglera plus tard ; son père, maintenant, y aidera. Et, à ce propos, je ne saurais trop le prier d'être, vis-à-vis de David, ménagère de reproches : il a poussé son fils trop tôt, c'est mon avis, et surtout trop vivement dans un milieu qui demande, à mon sens, moins de jeunesse et d'ardeur que d'expérience et de calme ; mais, combien bien sont excusables ces erreurs du père de famille, chargé du soin, du poids de tant d'existences si chères ! Les entraînements, pour être nobles, n'en sont que plus dangereux, c'est vrai... et il faut bien les signaler !... Mais aussi ne pas oublier que leur premier mobile fut une vertu, la sage prévoyance. Seulement, chemin faisant, on a pris le plus pour le mieux et on s'est cru au-dessous de sa tâche, si l'on n'a pas doré la cage où reposent les oiseaux : la prévoyance, alors, ainsi outrée, est devenue une manie insatiable, la saine activité une fièvre que l'on continue à caresser comme un devoir... et si consciencieusement, tu le vois, qu'on veut l'inoculer à son fils !

MADAME DAVID. C'est bien cela !...

LE MARQUIS. Oui... là est le mal ; mais il est loin d'être sans remède. Je le répète, David y aidera, le choc d'hier l'a éclairé ; et la naïve énergie de son mécompte m'a inspiré pour lui un véritable surcroît d'attachement... surtout quand je l'ai vu briser, en une minute, des intérêts considérables devant le respect qu'il te porte !...

MADAME DAVID, lui serrant la main. Merci !... Tu me fais du bien. — Pauvre Louis !... oui, il m'aime, je le sais ; et tu as raison, peut-être ai-je été, depuis hier, un peu dure envers lui ; mais c'est que, vois-tu, je souffrais trop ; l'idée que mes enfants peuvent déchoir me trouve sans force ! — Ce matin, je suis allée à la basse messe, toute seule... je me sentais trop triste pour emmener Emma... et j'ai bien fait, car j'ai pleuré tout le temps dans mon livre...

LE MARQUIS, lui serrant la main. Pauvre fille !

MADAME DAVID. Ah ! j'ai bien prié Dieu de me rendre mon Achille tel qu'il était autrefois : noble, aimant. Il est si jeune, qu'un souffle d'en haut, une bonne pensée peuvent suffire ? qu'il me revienne léger, fou... ça m'est égal ! j'aime mieux cela que de le voir..... raisonnable, comme on l'entend.

LE MARQUIS. Voici Emma.

SCÈNE II.

LE MARQUIS, MADAME DAVID, EMMA.

MADAME DAVID, à Emma. Où est ton père ?

EMMA. Sur la terrasse ; il a un peu de migraine.

MADAME DAVID bas au marquis. Je vais le guérir, j'espère.

EMMA à sa mère. Mais qu'est-ce que papa vient de m'apprendre ?... Le mariage d'Achille menacé de se rompre ; et il ne veut pas m'en dire la cause !... Maman, il faut pourtant que je la connaisse ! On me prie d'être sur la réserve avec mademoiselle de Noras... quelle réserve ? Elle vient demain, et je serai très-sotte.

MADAME DAVID. Elle ne viendra pas, vu que j'ai écrit à son institutrice que nous étions forcés de passer la journée au château de Jouy.

EMMA, vivement. Ces dames Langlois sont de retour ?

MADAME DAVID. Elles sont à Paris depuis avant-hier, et on les attendait ce matin à Jouy.

EMMA, de même. Est-ce que Berthe sait le mariage d'Achille ?

MADAME DAVID. Hein ?... Le mariage d'Achille... pourquoi veux-tu ?... elle arrive d'Italie...Dieu ! quelle enfant ! qu'est-ce que cela te fait ?

EMMA. Ça lui fera peut-être quelque chose, à elle !

MADAME DAVID. Allons, c'est bien !

EMMA. Qu'est-ce que vous avez donc ? Vous n'êtes pas bonne, ce matin.

MADAME DAVID, l'embrassant. Si !... (Au marquis.) Adieu !... (A Emma.) Sur la terrasse, dis-tu ?

EMMA. Papa ? oui.

Madame David sort, le marquis l'accompagne jusqu'au fond.

SCÈNE III.

EMMA, LE MARQUIS.

EMMA. Oh ! Achille est parti hier, Jean se cache je ne sais où depuis le déjeuner ; ça n'est pas gai ici, aujourd'hui.

LE MARQUIS, l'observant. Et puis M. Valette est à Paris.

EMMA. Ah ! Dieu ! qu'il y reste !

LE MARQUIS. Ta ! ta ! ta !... On m'a dit...

EMMA. Ah ! mon oncle, ne me taquinez pas ; je suis déjà assez nerveuse.

LE MARQUIS, à part. Tiens ! tiens ! (Haut.) Pourquoi donc ça ?

EMMA. Je n'en sais rien. — Est-ce fini, cette affaire de remplacement ?... car il ne dit rien.

LE MARQUIS. Jean ?

EMMA. Oui.

LE MARQUIS. Oh ! ce n'est pas douteux, puisqu'il a écrit.

EMMA. Ah ! — Eh bien ! maintenant qu'il va être libre, vous devriez lui rappeler ce que mon père lui a offert dans le temps...

LE MARQUIS. Quoi ?

EMMA. De le faire entrer dans le conseil d'administration de quelque entreprise industrielle : avec son nom, ce serait très-facile ; dans ces conseils-là, je l'entendais dire à papa, on est très-friand de grands noms... honorables.

LE MARQUIS. A quoi bon ?

EMMA. ... S'il songe, un jour, à s'établir,... à se marier... il y a un traitement attaché à ces places-là...

LE MARQUIS. Ah ! oui... (A part.) Elle ne perd pas de vue son petit budget.

EMMA. Et ça vient bien en aide !...

LE MARQUIS. Oui.

EMMA. Oui !

LE MARQUIS. Oui... oui... (A part.) Elle cherche à se retourner... mais pas dans le bon sens.

EMMA. Vous avez beaucoup d'autorité sur lui ; dites-lui donc ça comme de vous !

LE MARQUIS. Ce serait parfaitement inutile : il connaît là-dessus mes idées, et sait qu'il me répugne autant qu'à lui de voir un nom rapporter des écus. On fait argent de sa tête, quand on a de l'esprit... de ses bras, s'il le faut ; l'un est noble, l'autre n'est pas moins digne !... mais le nom, vois-tu, chez nous, ça se garde... on doit le garder, un jour, à celle qu'on aime... gratis, ainsi qu'on l'a reçu. — Après ça, si tu veux, je le lui dirai de ta part...

EMMA, réfléchie. Non !... je comprends !

LE MARQUIS, à part, le regardant en souriant. C'est un petit instrument faussé... mais il suffit de toucher un peu la note.

SCÈNE IV.

EMMA, LE MARQUIS, DAVID.

DAVID. Emma, ta mère te demande.

EMMA. J'y vais... Oh ! comme la promenade vous a fait de bien !

DAVID. Oui... va !

EMMA. Vous étiez pâle... soucieux...

DAVID. Va, va, chère enfant !

LE MARQUIS, à part, souriant. Pauvre David !... sa migraine...

Emma sort.

SCENE V.

DAVID, LE MARQUIS.

DAVID, venant vivement de lui. Rieux! vous avez parlé de moi à Jeanne... j'en suis sûr!... Elle vous quittait quand elle est venue me rejoindre, m'embrasser... et j'ai senti sa bonne main serrer la mienne : vous lui avez parlé... vous m'avez défendu, hein?

LE MARQUIS. Eh bien! oui... j'ai cru voir qu'elle vous en voulait un peu...

DAVID, à part. Un peu!

LE MARQUIS. J'ai tenu, alors, à rectifier en elle quelques petites erreurs, nous avons causé de vous... (Lui serrant la main.) Je lui ai dit ce que j'en pensais... (Souriant.) Et ça ne vous a pas nui...

DAVID, lui saisissant vivement la main. Ah! Dieu! que vous m'avez fait de bien, vous, allez!... J'avais besoin de ça!... Je n'ai pas vécu depuis hier!... D'un côté, mon fils que je trouve en défaut; de l'autre, ma femme dont la tendresse semble m'échapper!... à elle... ma chère, ma noble Jeanne! Toute ma vie, mon ami!... mon bonheur, mon orgueil!

LE MARQUIS. Eh bien! vous voyez...

DAVID. Oui, je vois, aujourd'hui... et grâce à vous!... Mais cette nuit, je ne voyais rien... que la lune, éclairant tristement mon parc, ma plaine et mes bois à l'horizon; et je les aurais tous donnés de bon cœur, allez, pour le baiser de tout à l'heure et la poignée de main que je vous dois! Cher marquis!... Ah! oui, vous m'avez fait du bien!... Comment jamais reconnaître?... (Avec un sourire ému.) Demandez-moi donc quelque chose, hein? Vous me ferez plaisir; mon sang... ma vie! Ah! c'est bien à vous, allez!...

LE MARQUIS, après un silence. Hum... J'aurais grande envie de vous demander quelque chose.

DAVID, joyeux. Allons donc?

LE MARQUIS. Et vous verriez que je vais à ce qu'il y a de mieux!

DAVID. Allez vite!

LE MARQUIS. Eh bien... je vous demande votre fille pour Jean?

DAVID. Hein? Emma... pour son cousin?

LE MARQUIS. Ah! vous voyez; déjà...

DAVID. Non!

LE MARQUIS. Si! je m'y attendais! C'est toujours comme cela. « Demandez-moi mon sang, ma vie! »

DAVID. Mais...

LE MARQUIS. On vous les demande... et...

DAVID. Eh! non! non! Voyons... d'abord... je vous la donne... là!... Mais maintenant, causons.

LE MARQUIS, souriant. Très-bien! Je vous écoute.

DAVID, à part. C'est singulier! (Haut.) Mon Dieu! mon ami, primo...

LE MARQUIS. Diable! Il y a donc un secundo? Primo, vous êtes engagé.

DAVID. Engagé... pas tout à fait; pourtant, il y a quelque chose... oui...

LE MARQUIS. Avec M. Valette...

DAVID. Vous savez?

LE MARQUIS. Mais sous la réserve, sans doute, qu'il obtiendra le consentement d'Emma?

DAVID. Certes!

LE MARQUIS. Donc, si Emma préférait Jean, le primo se trouverait anéanti? Passons au secundo.

DAVID, à part. Que signifie?... (Haut.) Qui vous fait supposer qu'elle le préfère? — Est-ce que vous avez sur ce point quelque donnée?

LE MARQUIS. Peut-être...

DAVID. Hein?... Déjà ce matin, je serai franc, à propos précisément de Valette, j'ai été assez surpris, je l'avoue, de l'entendre me demander si sa mère et moi n'avions pas autrefois pensé à Jean.

LE MARQUIS. Ah! ah!

DAVID, affectueusement. Il est bien vrai que plus d'une fois, en effet, il en fut parlé entre nous deux (Prenant la main du marquis.), et je suis fort à l'aise, mon cher Rieux, pour traiter ces questions avec vous. Outre notre tendresse et notre estime qui ne sont pas douteuses, Jean a un nom, une couronne de duc, et une valeur personnelle qui tiennent en tout ceci sa fierté hors de cause et le mettent à portée de plus brillantes alliances; j'ajouterai... et je m'en accuse, que ses qualités même, un peu chevaleresques, sont peut-être ce qui m'a souvent effrayé en lui... et fait porter les yeux ailleurs. Bref, j'avais d'autres idées!... mais si Emma y voyait son bonheur, je tiendrais avec joie, croyez-le, la parole que je viens de vous donner.

LE MARQUIS. Merci!

DAVID. Seulement, êtes-vous bien sûr qu'elle l'y voie?...

LE MARQUIS. Je ne suis sûr de rien, mon ami, que de l'amour ce Jean!... Quant à elle, j'espère!... (L'observant.) Mais vous, vous semblez douter : pourquoi?

DAVID. Mon Dieu! le voici : je ne sais trop si la scène de Luce avait, ce matin, agi sur mes idées. Ce qu'il y a de sûr, c'est que mon accueil à l'ouverture d'Emma fut loin d'être décourageant; et je ne trouvai pas en elle cet élan du cœur qui donne la mesure du bonheur qu'on éprouve... et que naguères je ressentis, je m'en souviens, au premier mot d'espoir que me dit mon père, quand je lui parlai d'épouser Jeanne!...

LE MARQUIS. Vous étiez très-épris, et déjà éclairé par la vie!... Emma est vis-à-vis d'elle-même dans toute sa fleur d'ignorance; là lumière et l'amour sommeillent en... sous une petite couche d'idées pratiques, prudemment étendue par la main paternelle.

DAVID. Un regard en aurait vite raison.

LE MARQUIS. Chez un homme, oui... comme Achille, par exemple!... Mais un cœur de jeune fille ne donne accès qu'à une flamme plus délicate... qui demande plus de temps. Mon avis est donc de lui en accorder, en ayant soin nous-mêmes de le mettre à profit; ce sera, de ma part, sans pression aucune, je vous le jure, car nul ne sait mieux que moi qu'une erreur ici ferait deux malheureux!

DAVID. Je vous laisse carte blanche, mon brave Rieux, et de grand cœur!

LEBRUN, entrant. Mille pardons, si je pénètre sans me faire annoncer.

SCÈNE VI.

LEBRUN, DAVID, LE MARQUIS.

DAVID. Monsieur Lebrun! Par quel heureux hasard?

LEBRUN. J'avais un mot à dire à monsieur le marquis, que je savais aux Étangs; et, dans ma tournée, j'ai pris la liberté...

DAVID. Parfait!... Vous dînez avec nous?

LEBRUN. Impossible!... mille grâces.

DAVID. Bah!

LEBRUN. Je n'ai que dix minutes à moi; mais j'avais à cœur...

DAVID. Désolé : c'est bien sans façon, au moins?

LEBRUN. Tout à fait.

DAVID. Je vous laisse. — Adieu, Rieux. Je vais voir Jeanne!...
Il sort par la gauche.

SCÈNE VII.

LEBRUN, LE MARQUIS.

LE MARQUIS. Eh bien, qu'est-ce, mon cher monsieur Lebrun?

LEBRUN, venant vivement à lui. Je n'ai, je vous l'ai dit, que peu de minutes à moi... et vous permettrez que j'aille droit au fait: le père Brémont... est mort.

LE MARQUIS. Le fils...

LEBRUN. Et le père.

LE MARQUIS. Le père aussi? — Allons, bon!

LEBRUN. ...Il y a huit jours, en Suisse, où le vieil avare, pour avoir voulu s'épargner un guide, est allé rouler au fond de je ne sais quel trou... d'où quelques joyeux touristes l'ont repêché, le lendemain... (D'un ton léger.) parfaitement occis.

LE MARQUIS. Voilà votre oraison funèbre?

LEBRUN. Oh! vous savez, nous sommes convenus que ce n'était pas un homme, c'était même qu'un triste client, et j'en fais mon deuil! surtout...

LE MARQUIS. Vous riez?... Je connais quelqu'un qui y perd, peut-être, quarante mille francs... (A part.) si tant est que le père eût accepté la dette.

LEBRUN. Et je ne connais quelqu'un qui y gagne quatre millions!... Il pourra rendre les quarante mille francs à l'autre... de la main à la main.

LE MARQUIS. Comment? de la main...

LEBRUN. ...A la main.
Il met en souriant sa main droite dans sa main gauche.

LE MARQUIS. Eh! qui? Ce Brémont n'avait qu'un fils.

LEBRUN. Oui; mais...

LE MARQUIS. Quelque neveu... cousin?

LEBRUN. Non.

LE MARQUIS. Un étranger?

LEBRUN. Oui.

LE MARQUIS. Un étranger?... Voyons... dites, que signifie?...

LEBRUN. Eh bien!... Cela signifie que j'étais allé, ce matin, pour affaires chez M. de Barral, où son fils, le consul, en me parlant de la mort de ce pauvre M. Édouard, venait de me raconter la touchante et généreuse conduite du jeune duc de Rieux... lorsqu'une dépêche de son chancelier lui apprit que le jeune Brémont, avant de mourir, avait... par un sentiment de reconnaissance et de tendre délicatesse, constitué votre cher neveu son légataire universel !... Or, le père étant décédé trois jours avant son fils, et le code voulant que le mort saisisse le vif, le jeune testateur, à l'heure où il écrivait, était déjà, il le savait, en possession de tous les biens paternels !

LE MARQUIS. Allons donc !

LEBRUN. Brave jeune homme ! a-t-il eu là une pensée d'en haut ! vrai !... Léguer les millions d'un avare à un cœur noble, éprouvé, généreux !

LE MARQUIS. Cher monsieur Lebrun, combien je suis touché de vous voir prendre si chaudement... — Mais êtes-vous sûr ?

LEBRUN. Ces deux yeux ont vu la dépêche ; et votre cher neveu peut faire mettre les armes de Rieux sur la grille du château de Solaires.

LE MARQUIS. Ah ! ce brave Job, millionnaire !

LEBRUN. M. de Barral voulait venir tout de suite vous l'apprendre ; mais un obstacle l'en a empêché. Et, vous sachant ici, il lui a offert de prendre par les Étangs pour vous en porter la nouvelle. Vous aurez dans la journée sa visite et les actes authentiques. — Mais je crois, je crois...

LE MARQUIS, regardant au fond. Jean !... (Bas à Lebrun.) Pas un mot ici de tout cela !...

LEBRUN. Bien, bien ! c'est dit !... je vous laisse ce plaisir.

LE MARQUIS, le reconduisant. Merci ! Je vous reverrai du reste, et nous aurons besoin de vous.

LEBRUN, s'inclinant. A vos ordres.

Il sort par le fond.

SCENE VIII.

JEAN, LE MARQUIS.

LE MARQUIS, joyeux, redescendant la scène. Ah ! ce pauvre Jean !... quand je dis pauvre... tudieu ! monseigneur ! — Comment vais-je lui apprendre ?...

JEAN, entrant. Je vous annonce, mon oncle, que le colonel vient de me notifier mon remplacement.

LE MARQUIS, à part. Cher enfant ! il a l'air soucieux... et il est loin de se douter...

JEAN. A ce propos, et puisque me voilà bourgeois, la vie, je crois, n'est pas chère dans vos parages ?

LE MARQUIS. Aux environs de Chartres ?... Oh ! non...

JEAN, souriant tristement. Le petit... jouet d'enfant dont je vous parlais hier, rose avec des persiennes vertes, juste en face de chez vous... Qu'est-ce que ça peut se louer par an ?

LE MARQUIS. Huit ou neuf cents francs, à peine !...

JEAN. Que cela ? Ah ! mais ça rentrerait assez dans mes moyens.

LE MARQUIS. Dans tes moyens ?... (A part.) Nabab !... (Haut.) Pourquoi me fais-tu cette question ?

JEAN. Parce que si vous ne redoutiez pas trop mon voisinage, je serais très-disposé à me l'adjuger.

LE MARQUIS, à part. Tiens ! (Haut, l'observant.) Eh bien..., et tes projets, tes rêves ?... Il n'est pas grand, ton joujet... (Souriant.) Je sais bien qu'un jeune couple, ça se serre... mais enfin, il n'y a pas là d'écurie... même pour un cheval.

JEAN. Puisque vous vous êtes chargé de le tuer...

LE MARQUIS. Diable !... Comme tu y vas ! Encore faut-il me laisser le temps...

JAEN, sérieux, s'approchant de lui et lui prenant la main. J'avais précisément à vous prier de ne pas vous en perdre à ce jeu...

LE MARQUIS. Que veux-tu dire ?...

JAEN. Mon Dieu !... Le voici : J'avais songé, ce matin, à m'approprier quelques objets chers à Édouard, surtout dans la crainte que la négligence trop probable de son père ne les laissât baser aux mains des marchands et des juifs.

LE MARQUIS, à part, touché. Cette coïncidence !

JEAN. Ne trouvant pas dans ma chambre de quoi écrire au chancelier de Tunis, je descendis à la bibliothèque, et j'y étais depuis une demi-heure, quand j'entendis M. David entrer avec Emma dans le petit salon voisin et lui demander si elle avait réfléchi au projet de mariage dont il l'avait entretenue l'avant-veille ?

LE MARQUIS, à part. Aïe ! aïe !

JEAN. La porte était restée entr'ouverte, masquée seulement par une légère tenture, et si je l'avais été aussi vertueux que quelques amis veulent bien me le reprocher, je n'avais, je l'avoue, qu'à bouger pour leur signaler ma présence... mais je n'en eus pas le courage ! Je ne tardai pas à en être puni. Son père parla d'abord de Valette, de ses gros bénéfices ; bientôt, Emma hasarda timidement mon nom : je rends à mon oncle David cette justice que son langage fut parfait ; il finit même

par ces mots que je n'oublierai de ma vie : « Maintenant, » Emma, que je t'ai parlé en conscience, vois, décide... je te laisse libre !... » Il se fit un silence... qui me parut bien long!... puis elle répondit d'une voix indécise : « Merci, mon père... » je verrai !... »

LE MARQUIS, à part. Diable !...

JEAN. Je verrai ! Quand mon cœur battait à briser ma poitrine... et quand, à ces mots : « Je te laisse libre, » je me figurais qu'elle allait tout de suite... — brute, va ! (Mouvement du marquis.) Oh ! elle ne m'aime pas, voilà tout !... je le savais, je vous l'avais dit... Ce n'est pas sa faute !... N'en parlons plus !... Il est donc inutile que vous cherchiez à tuer son dernier cheval !... Elle en aura deux, quatre, qui la traîneront au bois, dans un bel équipage, où elle sera charmante ! et, sérieusement, je vous serai obligé, mon oncle, de ne pas aller plus loin dans cette voie.

Jean, après lui avoir serré la main, va s'asseoir près du guéridon, à gauche.

LE MARQUIS, à part, après un silence. Il a le cœur fier ! Lui dire maintenant qu'il est plus riche qu'elle, il voudra jamais se croire aimé !... il doutera toujours !... Moi qui m'imaginais que ce brave Lebrun, avec ses millions, arrivait là, à point nommé, comme dans les comédies ! Vraiment, oui : ils gâteraient tout, à cette heure, — pourtant je suis sûr, qu'au fond, Emma... — Ah ! (Il est allé vers Jean, qu'il voit assis au guéridon, la tête arrondie sur sa main, et le Moniteur ouvert devant lui.) Y a-t-il du nouveau dans le Moniteur ?

JEAN. Hein ?... Non... je ne vois pas...

LE MARQUIS, qui s'est approché davantage. Tu ne vois pas... je crois bien ! Il est à l'envers !...

JEAN. Ah !... Tiens, c'est vrai !...

Il le retourne.

LE MARQUIS, après avoir souri à part. Voyons, Jean... Ne crains-tu pas de t'exagérer un peu les choses ?

JEAN. Moi ! Nullement...

LE MARQUIS. Je comprends ton mécompte ! Le cœur va vite en besogne ; et, sur un vague indice, le tien se croyait plus près du but ; moi-même, après tes confidences, je l'avais espéré ; mais, que veux-tu, mon enfant, il ne faut pas se faire illusion ; tu ne lui as pas inspiré un amour... foudroyant, c'est clair.

JEAN. Foudroyant !

LE MARQUIS. Mais, que diable !... Tu ne tiens pas, j'imagine, à trouver en elle l'exaltation que sa beauté, sa grâce et le charme de toute sa personne ont pu faire naître en toi ?

JEAN, brusquement. Je n'en serais pas au désespoir !

LE MARQUIS, souriant. Oh ! alors... mon garçon, coiffe-toi en boucles... avec mes fleurs dans tes cheveux...

JEAN, se levant. Ah ! c'est bien, mon oncle ! Moquez-vous de moi, maintenant !

LE MARQUIS, le serrant gaiement contre lui. Eh non ! moi, je raffolerais de toi, si j'étais à sa place !

JEAN. Bon ! bon !... Allez !...

LE MARQUIS. Mais qu'y faire ?... L'amour vient de deux manières : par les yeux ou par le cœur !... Pour faire naître le premier, dame !... il faut... un physique...

JEAN. C'est bon...

LE MARQUIS. Tu m'as compris... — Mais ce n'est pas le meilleur, va !

JEAN. Heu !...

LE MARQUIS. Non ! non !... Et l'autre... celui qui part de là... (Mettant la main sur son cœur.) et qui est bien réellement à ton adresse...

JEAN. Oui !...

LE MARQUIS. Celui-ci est autrement précieux !... mais va piano...

JEAN. Ah ! oui !...

LE MARQUIS. Et son : « Je verrai ! » est déjà un progrès !...

JEAN. Merci !

LE MARQUIS. Oui, oui, un progrès !... Et d'abord, entre nous, pour ce qui est de ton rival, je le proclame distancé.

JEAN. Qui vous l'a dit ?

LE MARQUIS. Elle !... et d'un air, et d'un ton à ne pas m'en faire douter !

JEAN. Ah ! heureux !

LE MARQUIS. C'est heureux... Tu es admirable ! c'est déjà un résultat. Fais-moi donc le plaisir d'aller à Picpus, ou aux Oiseaux, ou dans tout autre couvent de jeunes filles ; et produis-leur le parti Valette ?... Tu verras s'il est goûté... et comme les demoiselles t'auront en peu de temps analysé et apprécié le sujet : bon diable, bonne figure, bonne santé, gagnant gros comme lui... le mari le mieux renté ! diamants, dentelles, opéra, équipage, c'est-à-dire le mari rêvé ! le mari à quatre roues, comme elles disent !... Et Emma hésite ! Elle verra ! Avec lui, un train de maison de 50, 60,000 francs ; avec toi, un petit budget de 19, et « elle verra » ,... et cela, pour cette belle paire de moustaches que tu tortures... quand tu devrais peut-être la caresser... car, c'est vrai, les hommes sont ingrats, fats, inconséquents !

JEAN. Inconséquents ?... Par exemple !

LE MARQUIS. Eh quoi ! n'étais-tu pas, hier, disposé à lui donner, en quelque sorte, raison ?

JEAN. Moi !...

LE MARQUIS. A tout prix ne voulais-tu pas t'enrichir ?...

JEAN. Oui, hier !... Certes !... quand je croyais... Et le ciel m'est témoin que j'aurais donné tout ce que j'ai...

LE MARQUIS. Pour en avoir le triple... je sais...

JEAN. Oui, le triple et le quadruple ! Mais, aujourd'hui !...

LE MARQUIS, l'observant. Bah ! bah !... Aujourd'hui, s'il te tombait quelques millions tu irais bien vite à elle !

JEAN. Non ! oh ! non ! sur mon honneur ! L'idée que des millions y seraient pour quelque chose corromprait toute ma joie ! Et pour l'épouser, à présent, je voudrais être trois fois plus pauvre.

LE MARQUIS. Comme ça se trouve !

JEAN. Je ne sais ce qui me retient de me ruiner tout de suite.

LE MARQUIS, à part. Eh ! mais...

JEAN. Pour en tenter l'épreuve...

LE MARQUIS, à part. C'est une idée.

JEAN. Car, alors...

LE MARQUIS. Eh ! eh ! Ma foi... je comprends ça !

JEAN. Hein ?

LE MARQUIS. Et Dieu me damne, même, si à ton âge, au fait, je n'aurais pas voulu...

JEAN. Quoi ?

LE MARQUIS, d'un ton résolu. Être, en vingt-quatre heures, plus riche que Valette !

JEAN, avec force. Oui !

LE MARQUIS. Ou pauvre comme Job... notre patron !...

JEAN. Oui ! ça me va !

LE MARQUIS. Afin de pouvoir aller lui dire à elle : Tu veux 300... 500,000 francs ? Voilà un million.

JEAN. Oui.

LE MARQUIS. Alors, elle m'accepterait bien vite !

JEAN. Oui.

LE MARQUIS. Mais, moi... je la refuserais ! (Jean, qui avait commencé le même mouvement affirmatif, s'arrête.) — Ça ne sort pas ?

JEAN, avec force. Si !

LE MARQUIS. Pour cela, j'irais trouver... Valette lui-même.

JEAN. Oui.

LE MARQUIS. Pour lui donner MES ORDRES...

JEAN. Oui.

LE MARQUIS. Je trouverais piquant de donner des ordres à Valette ?...

JEAN. Oui.

LE MARQUIS. Je lui dirais : Tiens, voilà 15, 20, 30,000 francs !

JEAN. Cinquante... (A part.) Compris !

LE MARQUIS. Soit ! Mets-moi ça sur...

JEAN. Le tremplin !

LE MARQUIS. Hein ?

JEAN. Il sait ce que c'est...

LE MARQUIS. Pour me rendre trois, quatre, cinq fois plus...

JEAN. Dix...

LE MARQUIS. Ou rien !...

JEAN. Oui.

LE MARQUIS. Et quand je me serais ruiné pour elle...

JEAN. Oui.

LE MARQUIS. Ce qui est probable...

JEAN. Oui.

LE MARQUIS. Si elle ne venait pas me dire : « Mon pauvre Jean... je t'aime !... »

JEAN, attendri. Oui.

LE MARQUIS. Je dirais à l'autre : Prends-la ! (Jean se tait.) Ça ne sort pas ?

JEAN. Si !... Je vais écrire à Valette pour la Bourse de demain.

LE MARQUIS, à part. Prend garde que je te laisse...

JEAN. Quelle bonne idée nous avons eue là !... car nous l'avons eue ensemble.

LE MARQUIS. Comment, donc ! tu ne l'as pas eue le premier.

JEAN. Oui... mais sans vous aurais-je osé ?... Tandis que, de la sorte, si je gagne... eh bien, tant pis... je m'étourdirai... Vous m'y aiderez, n'est-ce pas ? Vous viendrez passer l'hiver à Paris avec moi... Nous irons ensemble à l'Opéra... Je vous mènerai dans les coulisses... Je connais le directeur... — Dieu ! que j'ai mal à la tête !...

LE MARQUIS, souriant Oui !... Et si tu perds...

JEAN, vivement. Tant mieux ! car je reconnaîtrai son cœur... et serai, alors, ou guéri... ou heureux avec elle à Luce près de vous, mon bon oncle, dans notre joujou de huit cents francs...

avec son amour... et des rideaux de percale ! Ah ! quelles bonnes promenades nous ferons tous les trois ! Avec ça qu'elle marche comme une petite chèvre...

LE MARQUIS, souriant. Oui ; mais moi... mes accès de goutte ?...

JEAN. Et es ânes !...

LE MARQUIS. Tiens c'est juste !

JEAN. Ma s' j'oublie l'autre !... Adieu !...

LE MARQUIS. L'autre ?

JEAN. Va ette !

LE MARQUIS, gaiement. Ah ! c'est un mot ?...

JEAN. Oh ! Je n'y pensais pas !... — Dieu ! que j'ai mal à la tête !...

Il sort par la droite.

LE MARQUIS. Ah !... ah !... Une tête solide, pourtant !... Mais l'amour y est entré ; et l'homme n'est plus qu'un enfant, qu'un plus faible mène par un cheveu...

EMMA. Mon oncle...

LE MARQUIS, voyant Emma... Blond !...

SCÈNE IX.

EMMA, LE MARQUIS.

EMMA. Maman me charge de vous dire qu'Achille est de retour.

LE MARQUIS. Ah !

EMMA. Il paraît qu'il avait eu, hier, une petite castille avec papa ; mais c'est fini ; Achille a reconnu ses torts ; papa et lui viennent de s'embrasser, et maman est ravie...

LE MARQUIS. Ah !... (A part.) Tant mieux...

EMMA. Seulement, Achille est triste, et ne veut pas dire pourquoi ; ça tourmente maman, et elle désire que Jean aille le trouver. . Je le croyais ici... et je venais... où est-il ?

LE MARQUIS, à part. A nous deux, maintenant ! (Haut.) Oh ! je crois que ce pauvre Jean a, en ce moment, assez de ses affaires...

EMMA. Comment ?

LE MARQUIS. Et j'ai bien peur !...

EMMA. De quoi donc ?...

LE MARQUIS, bas. Mon Dieu !... c'est un secret... Mais on peut te dire cela maintenant ; tu es presque une femme !...

EMMA. Presque ?

LE MARQUIS. Tu vas te marier ?

EMMA. Moi ? du tout !...

LE MARQUIS. Ah !

EMMA. C'est égal... dites.

LE MARQUIS. Eh bien !... Le malheureux a un amour en tête ! Il ne m'a annoncé personne, vu qu'il est, tu le sais, très-discret ; mais on ne veut qu'un parti riche ; lui... n'a pas de fortune... brûle d'en gagner comme tant d'autres... et me fait l'effet de se ruiner !

EMMA. Ah ! mon Dieu !

LE MARQUIS. Je ne parle pas de la somme prêtée à son ami Edouard. _ c'est perdu, cela !

EMMA. C'est l'avis de papa.

LE MARQUIS, l'observant. On lui avait conseillé une démarche auprès du père Brémont...

EMMA. Il n'en a rien fait ; à cet égard, je l'approuve !... — Mais le père ne peut avoir, de lui-même, l'idée de lui rendre...

LE MARQUIS. Il ne l'aura pas.

EMMA. Qui sait ?

LE MARQUIS. Il est mort.

EMMA. Ah ! quel malheur pour Jean !

LE MARQUIS, à part, souriant. Autre oraison funèbre ! (Haut.) Il lui restait donc, hier, quatre ou cinq mille livres de rente, je crois ?

EMMA, tristement...Quatre...

LE MARQUIS. Il vient encore d'en perdre deux.

EMMA. La moitié ! Allons, bon ! — Et comment ça ?

LE MARQUIS. A la Bourse...

EMMA. D'ici ?

LE MARQUIS, vivement...Par le télégraphe ! on donne un ordre, en deux mots, on se ruine... c'est très-commode ; et de quatre... reste deux !

EMMA, à part. Et de dix-neuf, resté dix-sept ! C'est joli ! (Haut.) Il faut l'arrêter !

LE MARQUIS. Qu'y puis-je ? Jean est son maître ! ou plutôt, c'est l'amour qui est son maître, à cette heure !... et, alors... — Mais tu ne connais pas ça, toi ? tu es une fille de raison.

EMMA, à part. Pas trop !

LE MARQUIS. Et, à propos, j'oublie depuis ce matin de te rendre un petit carré de papier que j'ai trouvé chez moi, hier : des chiffres... des comptes... que sais-je ?... (Le lui donnant.) qui m'ont paru de ton écriture ?

EMMA, le prenant. Hein !... Ah !... oui... c'est... ce n'est rien !...

— Mais vous ne pouvez pas laisser Jean se ruiner ainsi!
LE MARQUIS. Eh! que veux-tu? — Quand il n'aura plus rien...
il viendra à Luce, et nous vivrons ensemble... Ça m'irait assez,
à moi!
EMMA. Oui... vous ne seriez pas fâché de l'accaparer!...
LE MARQUIS, l'observant. Du tout!... Au contraire : je lui chercherai dans le voisinage... quelque jolie petite panacée pour le
guérir : il y a, en Touraine, de charmantes jeunes personnes...
nous lui en trouverons une, riche ou pauvre... Bah! le bonheur
(Montrant du doigt le ciel.)... c'est une œuvre de maître... ça n'a pas
besoin de cadre!... — Elle sera tendre, simple, aimante...
EMMA, dépitée. Parfaite!... en Touraine!... (A part.) S'il croit
que je suis sa dupe!...
GUÉRIN, entrant par la droite. Monsieur le marquis!
LE MARQUIS. Qu'est-ce, Guérin?

Il va à lui.

GUÉRIN. M. de Barral!
LE MARQUIS. M. de Barral?..,
EMMA, à part. Il sait bien que c'est moi...
LE MARQUIS, à Guérin. Il n'a vu personne?
GUÉRIN. Personne encore.
EMMA, à part. Sa panacée...
LE MARQUIS. Je monte.

Guérin s'éloigne.

EMMA. Vous sortez?
LE MARQUIS. Une visite.
EMMA. Mais Jean?
LE MARQUIS, à part, sortant. Oui; va, ma bonne!
EMMA. Mon oncle!...
LE MARQUIS. Fais des soustractions, ma petite!...

Il sort par la droite.

SCÈNE X.

EMMA, puis DAVID.

EMMA. Mon oncle!!!... — Ah! je vais trouver papa, tout de
suite... et lui dire... (S'arrêtant.) Ah! mon Dieu! mais lui qui,
ce matin, était bien disposé, va, peut-être changer d'avis, en
voyant la dot de Jean fondre ainsi à vue d'œil!... (Regardant le
carré de papier que son oncle lui a remis.) Pauvre garçon! l'idée qu'il
se ruine pour moi me ferait maintenant biffer tout ça!...
DAVID, entrant par la gauche. La voilà!... Comprend-on rien à
ce retour d'Achille?... Ces têtes de vingt ans!...
EMMA, à droite. Oh! le cheval... Ah! bien, oui!... nous en
sommes loin!... (Donnant un coup d'ongle.) Biffé!
DAVID, descendant. Enfin, du moment qu'il cède...
EMMA. Et le loyer, deux mille... — Ah!

Elle se trouve devant son père.

DAVID. Comment, le loyer deux mille? Qu'est-ce que c'est
que ce papier-là! (Y jetant les yeux.) Eh bien? je te trouve faisant
des chiffres?...
EMMA. Non, papa, c'est...
DAVID. Qu'est-ce que c'est qu'une enfant qui prend goût à
ces choses-là?
EMMA. Moi? (A part.) Ça m'ennuie assez!
DAVID, parcourant le papier. « Cuisinière... femme de cham-
bre... » (Parlé.) Qu'est-ce que? ... « Toilette de monsieur... »
(Parlé.) Comment, toilette de monsieur?
EMMA, à part. Si je pouvais, comme dit Achille, lui soutirer
une petite... augmentation.
DAVID, continuant de lire. « Toilette de madame... » Ah çà!
mais c'est un budget de ménage, ça?
EMMA. Oui.
DAVID. Pour qui? Ce n'est pas pour toi?...
EMMA. Si.
DAVID. Tu veux donc faire des économies?
EMMA. Moi? (A part.) Ah! bien oui!
DAVID. Comment! pas de voiture? Je vois là un coup d'ongle
sur le cheval.
EMMA. Oui.
DAVID. Et tu parlais, tout à l'heure, d'un loyer de deux mille
francs?
EMMA. Oui.
DAVID. Ah! mais, chère enfant, tu ne sais donc rien des
choses? Deux mille francs!... tu veux habiter un sous-sol?...
Moi qui me demandais si, dans le cas où je te marierais pro-
chainement, je ne ferais pas bien de laisser en non-valeur
l'appartement que je loue à de Croix trois mille huit...
EMMA. Ah!
DAVID. ...Lequel aurait l'avantage de pouvoir s'unir au nôtre,
en perçant tout bonnement une porte dans l'antichambre.
EMMA. Oh! oui!
DAVID. ...Et que je vous aurais donné. (Avec bonhomie.) ma
foi!... pour ce que vous auriez voulu...

EMMA, vivement. Pour rien!...
DAVID. Hein?
EMMA. Pour rien, mon petit papa! le reste ira!... D'ailleurs,
je suis décidée... ça me convient, ça me plaît.
DAVID. Elle est forte! — Comment? tu oses venir me de-
mander... (ce n'est pas pour la chose en elle-même, mon
Dieu!...) Mais quand je songe que, dans ta position, tu auras
toujours trente ou quarante mille francs à dépenser par an!...
EMMA. Si j'avais épousé M. Valette.
DAVID. Ou tout autre...
EMMA. Je sais bien! Mais si j'épouse...
DAVID. Qui?
EMMA. ...Celui que... ce matin...
DAVID. Jean?
EMMA, vivement. Je sais qu'il n'a pas de fortune...
DAVID, à part. Eh bien, mais ce diable de marquis avait donc
raison?
EMMA. Deux mille livres de rente.
DAVID. Quatre...
EMMA, insistant. Deux...
DAVID. Quatre.
EMMA. Non!... Deux.
DAVID. Deux ou quatre, parbleu! c'est absolument...
EMMA. ...La même chose! oui! (A part.) Ça a passé! (Haut.)
Et puis, vous savez, vous m'avez dit que vous me laissiez libre...
DAVID. ...Et je le répète!...
EMMA, joyeuse. Hein?...
DAVID. Et avec joie!... Dame!... vous ne serez pas riches,
c'est vrai...
EMMA. Ça m'est égal! au fond, je suis brave, moi, allez.
DAVID, souriant. D'ailleurs, on s'arrange?
EMMA, avec finesse. Oui, oui, vous arrangerez cela?
DAVID, riant en regardant son budget. Je m'explique maintenant le
loyer de 2,000 fr... — Biffé! certainement que je vous prends
chez moi! le bail de de Croix expire; je fais percer une porte,
et tout est dit.
EMMA, joyeuse. C'est ça?
DAVID, continuant de lire. Et le chapitre culinaire... et la mari-
torne... biffés!... des enfants qui demeureraient sous mon toit
et qui ne dîneraient pas à ma table!...
EMMA. Oh! nous dînerons, papa.
DAVID. Avec ça que j'aime dîner avec Jean, moi; c'est une
bonne fourchette!...
EMMA. C'est vrai qu'il a bon appétit.
DAVID. ...Indice d'une conscience nette!... et la cuisine... par-
quetée. — Elle est grande, en plein midi; je sais bien ce que
j'en fais.
EMMA. Quoi?
DAVID. Ça ne te regarde pas! (A part.) Une chambre pour la
nourrice. (Haut.) Es-tu contente?
EMMA. Je crois bien! (Sautant et fredonnant.) Tra la la ... —Tiens,
je lui ai pris sa fanfare?
DAVID. Oh! alors, Rieux était dans le vrai : vous êtes faits
pour vous entendre!...
EMMA. Je crois que oui!... — Je vais dire bien vite à maman
que vous consentez?...
DAVID. Allons-y ensemble!... Je veux jouir de son bonheur;
car je sais...
EMMA. Oui!... oui!...
DAVID, regardant au fond. Valette! — Ah! diable!...
EMMA, gaiement. Je me sauve...

Elle sort vivement par la gauche.

DAVID, indécis. ...Bravement!... Ma foi, moi aussi... je n'étais
pas préparé...

SCÈNE XI.

DAVID, VALETTE.

VALETTE, du fond. Ah! monsieur David.
DAVID. Pardon, mon ami...
VALETTE. Vous ne m'attendiez pas, je le sais... mais j'ai ap-
pris...
DAVID, s'en allant toujours. Ravi de vous voir... mais ma
femme me demande, en toute hâte...
VALETTE. C'est que...
DAVID. ... À tout à l'heure... Il sort par la gauche.

SCÈNE XII.

VALETTE, puis JEAN.

VALETTE. Cet air troublé... affairé... c'est cela, sans aucun
doute; la voiture de M. de Barral est dans l'avenue, et le banquier du père Brémont m'a dit qu'il devait avoir reçu un des
premiers... Ah!... Voici Jean. (Jean entre par la droite, lisant une

lettre.) Le temps presse... pas de bévue! (Allant à lui.) Cher ami... tu viens de voir M. de Barral, n'est-ce pas?... il t'a fait connaître la dépêche!

JEAN, grave. Tu sais déjà?...

VALETTE... Le testament d'Édouard!... Mais tu as l'air tout triste... — Est-ce que tu entrevois quelques difficultés?

JEAN. Aucune, mon ami... merci... — mais cette lettre d'Édouard... que M. de Barral vient de remettre devant mon oncle de Rieux... ces adieux si bons... ces mots inachevés...

VALETTE. Ah! oui... je comprends... (Lui frappant sur l'épaule.) Brave garçon!... Enfin! que veux-tu?... C'est encore heureux qu'il ait eu le temps de tester en ta faveur... ce qui était bien juste, et me fait bien plaisir, je t'assure, va!... car, sans l'argent du père! — Ah! ces avares! ils n'ont dans leur vie qu'une heure de générosité : la dernière... mais elle est bonne!

JEAN, serrant sa lettre. Quel homme!

VALETTE. Dis-moi, Jean?... Je te demande pardon de te parler, en ce moment, de bien des petites choses; car il y a urgence, vois-tu... et en affaires, il faut procéder carrément.

JEAN, très-préoccupé. Tout à toi, mon ami ; mais, fais vite... car j'attends mon oncle.

VALETTE. Bien!... bien! — J'avais osé espérer, non sans quelque raison, que mes relations dans ta famille pourraient avoir une issue... fort honorable et fort précieuse pour moi! Je n'ai pas besoin d'ajouter qu'il s'agit de ta cousine?

JEAN, froidement. Eh bien, mon cher?

VALETTE. Eh bien... pour être franc, il m'avait semblé voir, il y a un an... (D'un ton badin) qu'elle ne te déplaisait pas.

JEAN. Hein?

VALETTE... Je veux dire que tu avais pour elle un très-grand attachement ; et, dame, aujourd'hui, si tu te mets sur les rangs, il ne me reste plus qu'à battre en retraite, n'ayant pas la prétention de lutter contre... un marquis de Carabas?...

JEAN. Merci, d'abord, pour le duc de Rieux.

VALETTE. Une plaisanterie...

JEAN. Pardon, mon cher Valette ; alors, tu me mets délicatement en demeure de te dire mes secrets?

VALETTE... J'y ai un intérêt!

JEAN. J'apprécie l'excuse.

VALETTE. Merci...

JEAN. Il n'y a pas de quoi! — Je pourrais, toutefois, passer outre ; mais puisque tu daignes, en bon prince, pénétrer sur mes terres, je t'en ferai courtoisement les honneurs : Oui, j'ai pour ma cousine un très-grand attachement ; mais rassure-toi... par suite d'incidents dont tu me demanderas peut-être aussi la cause?...

VALETTE, naïvement. Non.

JEAN. Merci! Emma ne sait rien de cet événement... Elle me croit même, ce soir, moins riche encore que ce matin...

VALETTE. Tiens!

JEAN. Et cela, je te le jure... sur mon nom... de Rieux, pas de marquis de Car...

VALETTE. Jean! — Je dois te dire maintenant mes raisons, en osant t'interroger ainsi...

JEAN. Du tout! Ce sont tes affaires.

VALETTE. Si! J'ai ce matin rencontré M. de Noras... — nous nous connaissons beaucoup... — et, sur une allusion que j'ai faite au mariage d'Achille, il m'a appris que tout était rompu! — est-ce vrai?

JEAN. Oui... (L'observant.) Il ne t'en a pas dit la cause?...

VALETTE... Je n'ai pas trop saisi... — Loin de moi de blâmer le parti de M. David... mais enfin... il faut de l'indulgence!...

JEAN, à part. Il sait tout.

VALETTE. Bref, M. de Noras a été pour moi on ne peut plus aimable. Je ne déplais pas non plus à sa fille, avec qui j'ai aussi valsé cet hiver... et, le dépit de cette rupture aidant, j'ai acquis la certitude qu'il me prendrait volontiers.

JEAN. Je le conçois.

VALETTE. Merci! — Or, il faut savoir se retourner dans la vie ; et si ton cousin...

JEAN. Pardon, mon ami, j'aperçois mon oncle...! Je n'ai rien à te dire, vois-tu, n'étant pas ton rival pour cette candidature, et ne puis te t'engager à voir Achille.

VALETTE. C'est ce que je comptais faire... Merci!... j'y vais... (Revenant.) Ah! un dernier mot?... Tu vas avoir à remuer des capitaux... On hérite pas de millions sans passer par la Bourse, et je compte sur ta clientèle!

JEAN. Cela va sans dire... mais le voici!

VALETTE. Bien! bien! je vous laisse! (A part.) Un client de quatre millions... bonne affaire!

Il sort par la gauche.

JEAN, jetant les yeux vers la droite. Je n'ose le regarder! — Il a l'air joyeux!...

SCÈNE XIII.
JEAN, LE MARQUIS.

JEAN, allant vivement à lui. Eh bien?

LE MARQUIS. Eh bien! je te le donne en mille pour deviner ce qu'elle vient de faire... chère petite!

JEAN. Pas ce mille, mon oncle... dites tout de suite?

LE MARQUIS. Un peu de patience.

JEAN. Je n'en ai pas!

LE MARQUIS. Sache d'abord que ce pauvre Achille... — Ah! ça, c'est adorable... et nous n'avons pas pu nous empêcher, ma sœur et moi, de rire au nez de David, en voyant son bel édifice d'une année renversé d'un coup d'éventail... à sa grande joie, du reste!

JEAN, suppliant. Vous reviendrez à Achille tout l'heure, mon oncle ; mais Emma?

LE MARQUIS. Laisse donc, tu ne comprendrais pas.

JEAN. Si! si... Un seul mot : son cœur, où en est-il?

LE MARQUIS. Quel endiablé!... M'écouteras-tu après?

JEAN. Oui, oui!...

LE MARQUIS. Eh bien! son cœur... n'est plus à elle.

JEAN, effrayé. Hein?

LE MARQUIS. Il est à toi!

JEAN, joyeux. Hein!...

LE MARQUIS. En veux-tu maintenant la preuve?

JEAN, Si je la veux?

LE MARQUIS. Alors, silence!

JEAN. Oh! oui!... allez!

LE MARQUIS. Ah! — Or donc, le cher cousin, parti, hier, la tête montée, l'esprit à l'envers... est allé, le soir, à l'Opéra.

JEAN, à part. A moi... son cœur!

LE MARQUIS. A peine à sa stalle, qu'est-ce qu'il voit dans une première de face?...

JEAN. ... Emma!

LE MARQUIS. Quoi! Emma?

JEAN. ... Il voit dans une première de face?...

LE MARQUIS. ... Madame Langlois et sa fille, arrivées la veille d'Italie. — Berthe, plus belle que jamais, l'aperçoit... Trouble de part et d'autre... Elle rougit, il pâlit...

JEAN. Son cœur leur!... connu!

LE MARQUIS. Et son amour se réveille...

JEAN. Plus fort que jamais... connu!

LE MARQUIS. Pendant l'entr'acte, visite dans leur loge. Un mot, timidement glissé par Berthe dans la conversation, a appris que ces dames partaient, ce matin, pour Jouy... — Alors, retour précipité d'Achille, et épanchement du frère dans le cœur de la sœur, confidente, il y a un an, des secrets de sa jeune amie.

JEAN, vivement. Eh bien! une question de dot seulement les séparait... et vous savez...

LE MARQUIS. Tais-toi donc... car c'est ici que je vois ma petite filleule entrer dans la chambre et finissais à peine d'apprendre à David et à ma sœur cette fortune (Lui serrant la main) si chèrement, mais si dignement acquise!... « Papa, dit-elle, en venant à lui, les yeux humides de larmes... que nous ne nous expliquions pas : vous désiriez savoir ce qu'a mon frère? I a revu Berthe, et l'aime plus que jamais!... Vous vouliez augmenter ma dot pour Jean... il n'a pas besoin de cela... donnez ce surplus à Achille, et davantage encore sur ma dot, s'il le faut, pour contenter ce vilain M. Langlois! Jean me prendra sans compter... ça lui sera bien égal!... et à moi aussi!... Nous serons tous, comme cela, si heureux!... » — Et elle s'est mise à pleurer de plus belle... et moi, je suis accouru bien vite pour..... (Jean se précipite dans ses bras) Ouf..... Tu m'étrangles!

JEAN. Ah! Dieu!... C'est un ange!!! J'espère qu'avant de la quitter, vous lui avez dit que, grâce à ce pauvre Édouard,... elle ne perdrait rien à ce sacrifice?...

LE MARQUIS. Non-seulement je n'ai rien dit, mais j'ai exigé le secret de David et de ma sœur...

JEAN. Maintenant? Oh!...

LE MARQUIS. Je veux qu'elle t'épouse... à l'état de Job!... C'est une coquetterie à moi! — Et puis, je trouve piquant d'avoir là des millions qui ne servent à rien!... Ordinairement, i's font toute la besogne et se donnent des airs...

JEAN. Il me serait si doux, à moi, de pouvoir aller lui dire...

LE MARQUIS. Lâche!

JEAN. Oui... lâche!... Ça m'est égal!... « Tu voulais 40, 50,000 francs de rente?... en voilà cent! »

LE MARQUIS. Deux cents!...

JEAN. Deux cents, ça m'est égal!...

LE MARQUIS. Sois tranquille! elle ne perdra rien pour attendre : j'avais tes pleins pouvoirs, et je sais qu'un duc de Rieux doit faire grandement les choses! J'ai dit à David que le mouvement d'Emma n'avait fait que suivre le tien, que tu ne voulais pas un denier, et reconnaissais à la femme un million dans la communauté...

JEAN. Un million?... Vous disiez, je crois, que nous en avions quatre...

LE MARQUIS. Oui.

JEAN. Eh bien! la communauté, c'est au moins le partage égal?

LE MARQUIS. C'est ce que j'ai fait.

JEAN. Si nous en avons quatre?

LE MARQUIS. Eh bien! un pour elle, un pour toi... et deux pour...

JEAN. Pour?...

LE MARQUIS. Eh! pour mes petits neveux, pardieu!

JEAN. Ah!...

LE MARQUIS. Il n'y en aura donc pas?

JEAN, vivement. Si!

LE MARQUIS. Peste! Il est bien sorti, celui-là (Bas.) Chut! Les voici!... Regarde-la donc. Est-elle radieuse!

JEAN. Oui!

LE MARQUIS. Oh! maintenant, je la mettrais sur la paille!

Entrent par le fond, Achille, David, madame David, Emma.

SCÈNE XIV.

JEAN, MADAME DAVID, ACHILLE, DAVID, EMMA, LE MARQUIS.

ACHILLE. Non, mon père!... — Ma mère, c'est impossible!..

MADAME DAVID. Jean

Jean va vivement à elle et l'embrasse.

JEAN. Ma tante!

MADAME DAVID. Non! ma mère!...

EMMA, à son frère. Mais puisqu'on le dit que papa le veut, maman, Jean, moi...

LE MARQUIS. Ils m'ont gardé le secret.

EMMA, allant au marquis. Mon oncle, maman prétend que vous seul pouvez lui faire entendre raison.

LE MARQUIS, à Emma. C'est très-simple; et tu vas, toi-même...

Il lui parle bas.

ACHILLE. Merci, mon brave Jean!... Je reconnais là ton cœur; mais tu ne m'as pas cru, un seul instant, j'espère, capable d'accepter?

EMMA, au marquis. C'est une idée!

ACHILLE. Dépouiller ma sœur... moi!

EMMA. Voyons, calme-toi; je puis maintenant te dire: Jean et moi avons...

LE MARQUIS, la soufflant. Quatre millions.

EMMA. Quatre millions!... là!

ACHILLE. Quelle plaisanterie!

EMMA, bas à son oncle. Le fait est qu'elle est forte! Je vous le disais.

LE MARQUIS, bas. Va donc! (La soufflant.) Il a hérité de son ami Édouard...

EMMA. Il a hérité de son ami Édouard...

LE MARQUIS, même jeu. Qui a hérité de son père...

EMMA. Qui a hérité de son père...

ACHILLE, à Jean qui lui a parlé bas. Hein?

LE MARQUIS, de l'autre côté, de même. Le mort saisit le vif...

EMMA. Le vif saisit le...

LE MARQUIS, souriant. C'est égal!

EMMA. C'est égal...

JEAN, bas, confirmant le fait à Achille. C'est vrai!

ACHILLE. C'est vrai?

EMMA, à son oncle. Comment! il croit ça?

DAVID, à Achille. Comprends-tu, maintenant?

EMMA, de même. Et papa aussi? Ah bien! eux qui sont fins...

LE MARQUIS. Tu n'aurais pas donné là dedans, toi, hein?

EMMA, gaiement. Oh! non, non, non!

LE MARQUIS, à Emma. Pourtant, si c'était réel!

EMMA. Oh! je n'y tiens pas. C'est drôle comme j'ai maintenant les idées de Jean!

JEAN, ému. Vraiment?

MADAME DAVID, souriant. Vous ne serez pas riches...

EMMA. Nous serons heureux. (A Jean.) N'est-ce pas? (A David.) D'ailleurs, papa fera percer une porte!

DAVID, de même. Oui... (A part.) Ma pauvre porte!

EMMA, à madame David. Maman, dans les grandes circonstances, me prêtera ses diamants!...

MADAME DAVID. Oui.

EMMA. Et avec de l'ordre, de l'économie...

LE MARQUIS. Et deux cent mille livres de rente...

ACHILLE. On peut vivre!

EMMA, à son oncle. De dot!...

LE MARQUIS. Non! de rentes...

EMMA, voyant rire Achille, bas au marquis. Ah! pour lui?

LE MARQUIS. Non! pour vous.

EMMA. Comment?

LE MARQUIS. Nous ne nous étions pas compris.

EMMA, à Jean. C'est vrai?

JEAN. Hélas! oui.

EMMA, tristement. Tu as quatre millions?

LE MARQUIS. Eh bien, ça te taquine, maintenant?

EMMA, confuse, allant à sa mère. Moi qui étais si heureuse de le prendre pauvre!

MADAME DAVID, l'embrassant. Eh bien, mon enfant, qu'y faire?

EMMA, à son père. Et nos projets?

DAVID. C'est vrai... Que veux-tu? c'est un malheur... (Se reprenant.) Je veux dire...

EMMA, pleurant dans les bras de sa mère. S'il va croire maintenant que je l'épouse parce qu'il est riche!...

JEAN, joyeux. Elle pleure!!!... Emma, mais j'y renoncerais plutôt!

EMMA. Hein!

JEAN. Et je ne garderais de tout ça que son portrait... pauvre ami!... et nous aurions notre joujou de 800 francs, avec no bonnes promenades.

LE MARQUIS, gaiement. ... A âne! (A part.) Voilà des millions qui ont peu d'agrément! (Haut.) Voyons, là, sérieusement, vous n'y tenez pas?

JEAN et EMMA. Non!

LE MARQUIS, à Emma, en allant à elle. Ni toi?

EMMA. Non!

LE MARQUIS, à Jean. Ni toi?

JEAN. Non!

LE MARQUIS. Eh bien, alors... (Souriant) gardez-les... vous les emploierez bien!

JEAN. ...A condition que vous nous y aiderez?... Vous me l'avez promis!...

LE MARQUIS. Oui... (Montrant Emma.) Et elle aussi!..

EMMA, faiblement. Oui.

MADAME DAVID. Et les pauvres!...

EMMA. Oui.

LE MARQUIS, à Jean. Et mes petits-neveux..

JEAN, à son oncle. Oui!!!

FIN

ALFRED DE MUSSET & ÉMILE AUGIER

L'HABIT VERT

PROVERBE EN PROSE

REPRÉSENTÉ POUR LA PREMIÈRE FOIS, A PARIS, SUR LE THÉATRE DES VARIÉTÉS

LE 23 FÉVRIER 1849

DISTRIBUTION DE LA PIÈCE

RAOUL, étudiant.....................	MM. CACHARDY.	MUNIUS, marchand d'habits...........	M. RÉBARD.
HENRI, peintre......................	CH. PÉREY.	MARGUERITE, ouvrière..............	Mlle PAGE.

Le théâtre représente une mansarde. — Porte au fond donnant sur un corridor. — Fenêtre à gauche. — Porte à droite. — Un devant de cheminée dans un coin à droite. — Un chevalet de peintre à droite. — Une petite table de noyer à gauche, devant la fenêtre. — Trois chaises de paille. — Au fond, à gauche, une armoire de noyer. (*Indications prises du spectateur.*)

SCÈNE I.

RAOUL, HENRI.

RAOUL, *assis devant la table tournée vers la fenêtre ouverte.*

Tu diras ce que tu voudras, mais tu n'empêcheras pas que ce ne soit aujourd'hui dimanche.

HENRI, *assis sur une chaise renversée devant son chevalet, et arrangeant des couleurs sur sa palette.*

Eh bien, après?

RAOUL.

Après? comme je ne vois pas un nuage en l'air, j'affirme et je maintiens qu'il fait beau.

HENRI.

Ensuite?

RAOUL.

Ensuite? je ne sais pas si je mourrai très-vieux, mais je suis certainement né très-jeune; j'ai du plaisir à voir le ciel.

HENRI.

Enfin, où veux-tu en venir?

RAOUL.

Je ne veux pas en venir, je voudrais m'en aller, m'en aller voir de quelle couleur est l'herbe, comme qui dirait à Choville ou à Fleury.

HENRI.

Pourquoi à Chaville? tu voudrais aller à Chaville?

RAOUL.

Ou à Fleury.

HENRI.

Mais tu sais bien que nous n'avons pas d'argent.

RAOUL.

Je ne dis pas que nous en ayons; je dis que j'ai envie de voir de la campagne.

HENRI.

La belle découverte! tu voudrais avoir tes aises, satisfaire toutes tes fantaisies, faire le grand seigneur rouler en carrosse, être aimé d'une princesse.

RAOUL, *se levant.*

Pas du tout. Je voudrais que tu prisses ton chapeau et que tu t'en allasses au mont-de-piété mettre ta montre en gage pour vingt cinq francs, avec lesquels nous dînerions très-bien.

HENRI.

Je ne veux pas mettre ma montre en gage. Ma montre est le

seul héritage que m'ait laissé ma grand'mère. (*Il se lève, sa palette à la main.*) C'est une superbe montre à répétition.

RAOUL.

A quoi cela sert-il?

HENRI.

Quoi? qu'elle soit à répétition?

RAOUL.

Oui.

HENRI.

Parbleu! cela sert à savoir l'heure quand on veut, même dans l'obscurité.

RAOUL.

Eh bien, mets-la en gage; nous achèterons un briquet.

HENRI.

C'est fort spirituel, je veux le croire; mais je garde ma montre.

RAOUL.

Elle a bonne mine dans ta poche.

HENRI.

Elle y reste du moins, tandis que l'argent n'y reste pas.

RAOUL.

Bel avantage! Mets-y un oignon véritable, il te sera aussi utile. Une montre peut servir à un commerçant qui a des affaires, à un amoureux qui a des rendez-vous, à un médecin qui a des malades. Mais pour rester enfermés comme nous dans une mansarde, moi à dormir le nez dans un code, toi à m'empester avec ton badigeon, à quoi bon savoir l'heure qu'il est? Tu ressembles à un homme qui aurait un thermomètre accroché à la cheminée et pas une bûche à mettre dedans.

HENRI.

Fais de l'esprit tant que tu voudras. Tu n'as pas d'autre plaisir que de me taquiner, ainsi il faut bien que j'en prenne mon parti.

RAOUL.

Qu'est-ce que tu veux dire par là?

HENRI.

Je veux dire que ton unique passe-temps est de me tourmenter et de m'impatienter. Tu sais aussi bien que moi combien nous sommes pauvres; quand nous avons loué ensemble ce grenier, c'était une misère qui en aidait une autre, et tes parents t'ont refusé autant de fois que les miens de t'envoyer cent écus.

RAOUL.

Oui, avec deux morceaux de toile percée nous avons fait un sac. Le malheur est qu'il n'y a rien dedans.

HENRI.

Puisque tu en conviens, comment peux-tu en plaisanter?

RAOUL.

Cela ne coûte pas plus cher que de fondre en larmes. Veux-tu mettre ta montre au mont-de-piété?

HENRI.

Non, non et non! Quelle singulière idée as-tu aujourd'hui! (*Il pose sa palette.*)

RAOUL.

Parce que c'est dimanche.

HENRI.

Mais, mon Dieu, est-ce un autre jour que les autres?

RAOUL.

Oui, un fort autre jour. C'est dimanche, il fait beau, je veux m'amuser, je veux voir quelque chose, j'ai envie de vivre... que diable veux-tu que je t'explique!... me prends-tu pour un feuilleton?

HENRI.

Si tu étais capable une fois de mettre un terme à tes plaisanteries, je te dirais quelque chose de sérieux; mais tu ne veux jamais m'écouter.

RAOUL.

Parle.

HENRI.

Non, tu ne fais aucune attention à ce que je te dis.

RAOUL.

Mais tu vois bien que je t'écoute.

HENRI.

Pas du tout.

RAOUL.

Voyons, par quel serment faut-il m'engager, quelle attitude dois-je prendre, sur laquelle de nos trois chaises faut-il que je m'assoie pour te prouver que je t'écoute? (*S'asseyant sur une chaise près de la table à gauche.*) Suis-je bien là? tu es forcé de parler, puisque tu prétends avoir une idée.

HENRI.

Eh bien, nous pouvons nous tirer d'affaire très-aisément, d'une manière sérieuse et honorable. (*Il va prendre le devant de cheminée et l'apporte au milieu de la scène.*) Voici un paravent que j'ai peint de ma main : tu n'as jamais voulu le regarder.

RAOUL.

Non! je me doute trop de ce qu'il peut y avoir dessus.

HENRI.

C'est Roméo et Juliette.

RAOUL.

Ça?

HENRI.

Oui... Ne vas-tu pas encore me chicaner là-dessus? Tu sais que j'y travaille depuis six semaines. Je crois aujourd'hui mon œuvre achevée et je me détermine à m'en défaire.

RAOUL, *se levant.*

Les marchands, crois-le bien, ne se prêteront qu'avec peine à un tel sacrifice.

HENRI.

Je connais un papetier, homme de goût.

RAOUL.

Ah! si le papetier que tu connais s'y connaît, tu as le droit de le lui donner pour rien.

HENRI.

Il l'estimera à sa juste valeur.

RAOUL.

C'est ce que je dis.

HENRI.

Ça ne vaut donc rien?

RAOUL.

C'est un sujet usé. Si tu nous avais fait Daphnis et Chloé, je suppose, ou un invalide qui pêche une savate, ou tout simplement cet enfant, tu sais bien, qui gâte le pot au feu, tu pourrais te lancer dans le commerce... mais ça!

HENRI.

J'avoue que ce sujet-là est un peu sérieux pour un paravent.

RAOUL.

Tu l'as pourtant égayé et rajeuni par quelques détails heureux; ainsi Juliette a une jambe de moins et un œil de trop.

HENRI.

Comment un œil de trop? c'est son nez. Je ne sais même pas pourquoi je te consulte. J'emporte ce paravent, et tu vas voir que nous pouvons vivre de mes pinceaux. (*Il charge le devant de cheminée sur son épaule.*)

RAOUL.

Vivre de tes pinceaux! mais tes pinceaux eux-mêmes ne te rapporteraient rien si tu voulais les vendre. (*Au moment où Henri va sortir, on entend la voix de Marguerite qui chante dans le couloir pendant tout ce qui suit.*)

HENRI.

Tiens, voilà mademoiselle Marguerite qui sort de chez elle.

RAOUL.

Qu'est-ce que ça te fait?

HENRI.

Ça me fait que je ne veux pas qu'elle me voie avec un paravent sur le dos.

RAOUL.

Monsieur y met de la coquetterie.

HENRI.

Je n'aime pas avoir l'air gauche devant les femmes.

RAOUL.

Tu renonces donc à te marier?

MUNIUS, *dans l'escalier.*

Habits galons! vendez vos vieux habits.

HENRI.

Voilà le juif Munius qui monte son galetas.... (*Il pose à gauche.*)

RAOUL.

Le gredin! nous a-t-il assez grugés!

MUNIUS, *en dehors.*

Hé, hé! c'est mademoiselle Marguerite! Bonjour, voisine. Ça va bien?

MARGUERITE, *de même.*

Toujours chantant, voisin. Et les galons?

MUNIUS, *de même.*

La matinée est bonne, je viens de vendre une superbe friperie.

MARGUERITE, *de même.*

Quand on vend du galon on n'en saurait trop vendre.

MUNIUS, *de même.*

Je rapporte un jaunet.

HENRI.

Si nous lui empruntions à un intérêt exorbitant?

HENRI.

Ne dis donc pas de billevesées.

MARGUERITE, *en dehors.*

Finissez donc, vieil homme, finissez!

RAOUL.

Voyez-vous, l'infâme séducteur! (*On entend le bruit d'un soufflet.*)

MUNIUS.

Oh! pour le coup, je vous embrasse. Ça vaut un baiser. (*Second soufflet.*)

MARGUERITE.

Vous me devrez la paire et je vous fais crédit.... Je vais me fâcher.

RAOUL.

Se fâcher après deux soufflets? Volons au secours de l'innocence en péril. (*Il ouvre la porte du fond.*) Qu'est-ce que c'est, M. Munius?

SCÈNE II.

RAOUL, HENRI, MARGUERITE, MUNIUS.

MUNIUS, *paraissant au fond du corridor.*

Habits, galons! avez-vous de vieux habits?

RAOUL.

Passez votre chemin, effronté. Notre défroque est pour nos gens. (*Munius disparaît dans le corridor.*)

MARGUERITE, *entrant.*

Merci, monsieur Raoul. (*Apercevant Henri qui cherche à se cacher.*) Ah! ah! ah! qu'il est drôle!

HENRI.

Là! je ne devais pas l'échapper. (*Il passe à droite.*)

MARGUERITE.

Pourquoi donc vous promenez-vous en paravent?

HENRI.

Je ne me promène pas, je sors.

MARGUERITE.

Mais il ne fait pas de vent! vous pouvez sortir sans tant de précautions.

HENRI, *bas à Raoul.*

Ce qui m'arrive là est fort désagréable, tu en conviendras. (*Henri sort par le fond. Le paravent s'embarrasse dans la porte. Marguerite et Raoul rient aux éclats.*)

RAOUL, *à Marguerite, qui remonte.*

De grâce, mademoiselle, laissez-le suivre sa pensée. Il va nous débarrasser d'un meuble qui nous encombrait.

SCÈNE III.

MARGUERITE, RAOUL.

MARGUERITE.

En faire cadeau sans doute à sa maîtresse?

RAOUL.

Parlez-en mieux. Il va le vendre pour le prix en être distribué aux pauvres.

MARGUERITE.

Ah! vous avez vos pauvres?

RAOUL.

Oui, nous en avons chacun un.

MARGUERITE.

Ne serait-ce pas le vôtre qui vient de sortir?

RAOUL.

Je crois que oui... Mais que chantiez-vous donc tout à l'heure?

MARGUERITE.

Une romance ou une chanson, comme il vous plaira.

RAOUL.

Les deux me plaisent, car cela ressemblait à Jean qui pleure et Jean qui rit. Une larme qui court dans le pli d'un sourire, quoi de plus charmant? Chantez-moi cela, je vous prie.

MARGUERITE.

Je ne suis pas en train, on m'a coupé la voix.

RAOUL.

Qui donc?

MARGUERITE.

Ce pauvre paravent qui va vous chercher à dîner.

RAOUL.

Vous m'y faites songer; voulez-vous monter en carrosse avec nous? nous allons à Chaville.

MARGUERITE.

Vous m'invitez?

RAOUL.

Je vous invite positivement.

MARGUERITE.

Et avec quoi, mon Dieu?

RAOUL.

Avec toute la courtoisie dont je suis capable.

MARGUERITE.

Hélas! on ne fait plus crédit là-dessus.

RAOUL.

Et pour quoi comptez-vous notre paravent, s'il vous plaît? un paravent superbe qu'Henri a peint, une œuvre d'art, que nous allons troquer contre son pesant d'or.

MARGUERITE.

Vous croyez?

RAOUL.

Parbleu! il représente Roméo et Juliette.

C'est le sujet de ma chanson. Oui monsieur, Roméo et Juliette, ni plus ni moins. Vous connaissez l'histoire. Il s'en va, ce jeune homme! il quitte sa maîtresse, il a un pied sur l'échelle de soie, ça lui fait de la peine et il dit... M'écoutez-vous?

RAOUL *qui s'est mis à cheval sur une chaise à droite.*

Je suis au balcon des Italiens... Eh bien, il lui dit?

MARGUERITE (*chanté*).

AIR :

L'heure a sonné... pourtant ta main
Est encor dans la mienne;
Il est déjà presque demain...
De moi qu'il te souvienne!
Épargne-moi : ne pleure pas...
Je pars, voici l'aurore.
Non, Margot, pas encore! (*bis*)
Souffrir tant que tu voudras;
Mais je dirai adieu, je ne sais pas.

RAOUL, *applaudissant.*

Bravo! bravo! Si je vous dis que vous êtes charmante, ça me fera ressembler à tout le monde. (*Se levant.*) Mais, dites donc, dans cet air-là, au lieu du nom de Juliette, il me semble qu'il y a Margot, mademoiselle Marguerite... Tant mieux pour Roméo, s'il existe!

MARGUERITE.

En musique et en peinture seulement.

RAOUL.

Tant mieux encore. J'aurais été fâché que la place fût prise.

Vous allez me parler d'amour, je suppose.

J'en conviens.

MARGUERITE.

A quoi bon?

RAOUL.

Quand cela ne servirait qu'à intéresser le jeu.

MARGUERITE.

Bah! il sera si court, qu'il n'aura pas le temps de nous ennuyer.

RAOUL.

Qu'importe! nous sommes deux; il ne sera pas dit que nous n'aurons pas parlé d'amour. La belle collaboration! le beau chef-d'œuvre!

MARGUERITE.

Est-ce que vous tenez à faire un chef-d'œuvre?

RAOUL.

Point; mais à collaborer. Quel plaisir plus divin qu'une conversation d'amour! O Juliette! pourquoi pensez-vous que le bon Dieu ait fait le soleil, les bois et le dimanche, sinon pour que deux jeunes gens marchent sur l'herbe et baissent les yeux en se disant qu'ils s'aiment? Oh! la belle chose que l'amour!

MARGUERITE.

Oui, le dimanche, comme vous dites; mais le reste de la semaine, on n'en sait quoi faire. Est-ce que vous oubliez, par hasard, que je travaille du matin au soir? Écoutez-moi, et, une fois pour toutes, je vous dirai ma façon de penser. Ne vous semble-t-il pas que ces belles dames, ces jolis petits messieurs, qui ont sans cesse ce mot charmant d'amour sur les lèvres, passent leur vie dans un désœuvrement tout à fait royal, et que ce sont les plus habiles gens du monde à ne rien faire? C'est pour eux que l'amour a été inventé, car sans lui que deviendraient-ils? Ils ont besoin de rêver pour ne pas dormir; et plus ces rêves sont variés, nouveaux, plus ils les chérissent!... Sans quoi, ils périraient d'ennui un beau jour, entre deux coups de lansquenet. Moi je vais en journée, je taille des robes, je raccommode de la dentelle... vous comprenez que si j'ai autre chose en tête, je vais broder de travers ou me piquer les doigts. Ah! si j'avais dans le cœur un sentiment bien vrai, je ne dis pas, ces choses-là ne sont pas gnanlas; mais vous m'aimoureties! non, mon voisin, je n'ai pas le temps. Il faut que je pense à mon petit ménage, il faut que je songe à tout et à personne; vous voyez bien que je n'aimerai jamais, à moins que je n'aime toute ma vie.

RAOUL.

Soit! mais je maintiens mon dire, voisine. Vive l'amour! le nom même en est doux!

MARGUERITE.

C'est pourquoi il n'en faut pas parler ici.

RAOUL.

Bah ! ça ne l'abîme pas ; qu'est-ce qui pourrait l'abîmer ?

MARGUERITE, *écoutant.*

Je l'entends...

RAOUL.

Qui ?

MARGUERITE.

Roméo. (*On entend comme le bruit d'une chute.*)

RAOUL.

Patatra !

MARGUERITE, *passant à droite et remontant.*

Qu'est-ce qui arrive ?

RAOUL.

En montant nos six étages, le pied lui aura manqué sur l'échelle de soie... Décidément, vous ne voulez pas être Juliette ?

MARGUERITE.

Très-décidément. (*Raoul ouvre la porte du fond. Henri entre avec son devant de cheminée cassé et troué, et son pantalon déchiré au genou.*)

SCÈNE IV.

HENRI, RAOUL, MARGUERITE.

MARGUERITE.

Êtes-vous blessé, monsieur Henri ?

HENRI.

Non, mademoiselle. Le mal n'est pas grand, mais le malheur est irréparable. (*Il montre son devant de cheminée crevé.*) Ah ! mademoiselle, si vous saviez...

RAOUL.

Et ton papetier ?

HENRI.

C'est un crétin. Si vous saviez...

RAOUL.

Et ton pantalon ?

HENRI.

C'est un accident... Vous ne savez pas.

MARGUERITE, *montrant une chaise.*

Mettez votre pied là. Voici ma ménagère et je vais vous prouver que de fil en aiguille il est avec le ciel des raccommodements. Je vais vous faire une reprise. (*Henri, qui a été pendre son devant de cheminée contre le mur à droite, revient poser son pied sur la chaise que lui présente Marguerite.*)

HENRI.

Vous êtes bien bonne ; mais en ferez-vous jamais une à cette malheureuse peinture ? Ah ! mademoiselle, vous ne savez pas.

RAOUL.

Accoucheras-tu une fois ?

HENRI.

Vous ne savez pas ce que c'est que les souffrances d'un artiste !

MARGUERITE, *cousant.*

Pardon ! je fais quelquefois de l'art, sur mon genou, lorsque je brode et que je compte mes points.

RAOUL.

Comme moi au billard. Mais pressez le ravaudage, mademoiselle Margot, car les talons démangent à ce brave Henri.

HENRI.

Encore une commission ?

RAOUL.

J'ai invité mademoiselle Margot à dîner avec nous ; dans cette conjoncture, prends conseil de ton cœur, tu me comprends ?

HENRI.

Nullement.

RAOUL.

Montre-toi ! (*Lui faisant un signe.*) Montre... toi !

HENRI.

Va te promener. Aïe ! vous me piquez. (*Il retire son genou.*)

MARGUERITE.

Aussi pourquoi remuez-vous ?

HENRI.

Pourquoi ? il veut que je mette ma montre en gage, mademoiselle ; vous savez, ma montre !

MARGUERITE.

En êtes-vous là ?

HENRI.

Sans doute, nous en sommes là, nous n'en bougeons pas.

RAOUL.

Henri est un imbécile, un alarmiste ; ne l'écoutez pas.

MARGUERITE.

Cependant...

RAOUL.

Non ! il voit tout en noir. Jamais nos affaires n'ont été plus florissantes.

HENRI.

Jamais plus, c'est vrai.

MARGUERITE.

Voyons, pas de mauvaise honte, mes pauvres amis. Laissez-moi vous dire quelque chose sans vous fâcher. Je ne suis pas bien riche, mais vous êtes des grands fainéants ! Et moi, je suis une petite économe qui gagne vingt-cinq sous par jour. S'il vous faut vingt-cinq francs...

RAOUL.

Merci, ma bonne Margot ; nous n'emprunterons jamais à nos amis.

HENRI.

Et nous n'avons pas d'ennemis.

MARGUERITE.

Et Munius ?

HENRI, *avec éclat.*

Oh ! ne me parlez jamais de cet homme. C'est un maître filou.

RAOUL, *de même.*

Le fait est qu'il nous a volés d'une façon bien condamnable.

MARGUERITE.

Comment cela ?

HENRI.

Figurez-vous que nous avions un gilet. Dans la poche de ce gilet il y avait une pièce de cinq francs que j'avais amassée.

MARGUERITE.

Vous m'étonnez.

HENRI.

Eh bien, c'est comme ça. Pendant mon absence Raoul a vendu le gilet à Munius, il l'a vendu quarante sous. La pièce était dans le gousset droit, j'en suis sûr. Munius a emporté le tout, et quand j'ai réclamé mon bien, il a nié la chose et finalement il l'a gardée.

MARGUERITE.

C'est inconcevable une chose pareille.

HENRI.

Demandez plutôt à Raoul.

RAOUL.

Je confesse ma légèreté et celle du juif.

MARGUERITE.

Eh bien ! il me vient une idée ! oui, très-bonne. Fiez-vous à moi, nous irons dîner.

HENRI.

Serait-il vrai ?

MARGUERITE.

Je vous en réponds. Avez-vous par hasard un vieil habit ?

HENRI.

Le hasard serait que nous en eussions un neuf.

MARGUERITE.

En avez-vous un vieux ?

RAOUL.

Certainement nous en avons un. Nous avons le fameux habit vert !... Est-ce que vous ne le connaissez pas ?

MARGUERITE.

Non !

RAOUL.

L'habit vert, surnommé Conquérant... Eh bien, je vais vous le montrer !... Conquérant va paraître !... Conquérant va sortir de son tabernacle !... (*Il va au fond, frappe avec solennité trois coups sur l'armoire.*)

HENRI.

As-tu peur qu'il soit déjà sorti ?

RAOUL.

Il ne sort jamais seul. (*Il ouvre l'armoire et en tire un habit vert.*) Le voilà, mais... n'en demandez pas davantage. (*Il étale l'habit sur une chaise, à gauche.*)

MARGUERITE.

Et qu'est-ce que vous faites de cet habit-là ?...

HENRI.

Nous le mettons, mademoiselle, nous le mettons à tour de rôle lorsqu'une tenue décente est de rigueur.

MARGUERITE.

Un habit pour deux ? Je serais curieuse de voir comment il vous va.

RAOUL.

Il est un peu large à Henri, je l'avoue.

HENRI.

C'est-à-dire qu'il étrangle Raoul.

RAOUL.

Vous allez en juger. (*Il le met et passe à droite.*) N'ai-je pas l'air d'un lion en négligé ?

MARGUERITE.

Ou d'un parapluie dans un étui trop court. (*Raoul ôte l'habit et retourne à gauche.*)

HENRI.

Bravo ! il ne voulait pas le croire. Je l'avais pensé, ce mot-là...
A moi maintenant. Vous allez voir. (Il passe l'habit.)

MARGUERITE.

Tiens, vous passez la main gauche la première ?

HENRI.

Je suis gaucher.

RAOUL.

C'est la seule excuse de sa peinture.

HENRI, passant à gauche.

N'ai-je pas l'air d'un homme étoffé, d'un fils de famille ?

MARGUERITE.

Oui, d'un orphelin qui use son père.

RAOUL.

Attrape, outre-cuidant mortel.

MARGUERITE, à Henri.

L'aviez-vous pensé aussi celui-là ?... Cette harde ambiguë vous
va très-mal à tous deux, et vous devriez la vendre par coquetterie.

RAOUL.

Jamais ! nous y tenons.

HENRI, retirant l'habit et allant le poser sur une chaise à droite.

Et d'ailleurs on ne nous en offre que six francs.

RAOUL.

Et il nous en faut vingt pour aller à Chaville.

MARGUERITE.

J'en aurai ce que je voudrai si vous me laissez faire. C'est pain
bénit de voler un voleur.

HENRI.

Quel est votre projet ?

MARGUERITE.

Vous voulez tout savoir sans rien payer.

MUNIUS, dans le corridor.

Habits, galons !

RAOUL.

Tiens, Munius qui travaille le chant jusque sur le palier ! quel
amour de son art !...

MARGUERITE.

Voici l'occasion... et le larron. Laissez-moi seule avec le brocanteur et l'habit. (Henri le lui donne.) Retirez-vous dans votre
dortoir, et retenez votre souffle.

RAOUL.

Je vous préviens qu'Henri éternuera ; il a le nez intempestif.

MARGUERITE.

C'est bon ; je ne demande à son nez que cinq minutes de con-
tinence, montre en main, le temps de cuire un œuf à la coque.
Prêtez-moi votre montre, monsieur Henri !

HENRI.

Pourquoi faire ?

MARGUERITE.

Puisque je vous demande cinq minutes montre en main.

HENRI, tirant sa montre.

C'est qu'elle est à répétition.

MARGUERITE.

Avez-vous peur que je la garde ? Me prenez-vous pour un
mont-de-piété ?

HENRI.

Non, mais...

MARGUERITE.

Alors faites ce qu'on vous dit.

HENRI, donnant la montre.

Prenez bien garde au moins à ne pas la secouer. Elle est très-
quinteuse.

MARGUERITE.

Je crois bien : à son âge ! Maintenant allez vous tapir sous
votre lit, et n'éternuez pas.

RAOUL, passant près de Henri.

Je lui tiendrai le nez.

HENRI, faisant des efforts depuis un instant pour réprimer une
envie d'éternuer.

Que c'est bête de parler de ces choses-là !... (Éternuant)
Atchi !... (Raoul et Henri entrent dans la chambre à droite.)

SCÈNE V.

MARGUERITE, puis MUNIUS.

MARGUERITE, seule. (Elle met la montre dans la poche de portefeuille de l'habit, qu'elle met sur une chaise à gauche ; puis
elle ouvre la porte du fond.)
Hé, Munius !

MUNIUS, dans l'escalier.

Qu'est-ce qu'il y a ?

MARGUERITE.

Montez, qu'on vous parle.

MUNIUS.

Avez-vous encore des soufflets à placer ?

MARGUERITE.

Peut-être ça dépend de vous. (Munius paraît à la porte. Il
est chargé de toutes sortes de friperies.)
Entrez.

MUNIUS.

Chez ces mauvais sujets ?

MARGUERITE.

Ils sont sortis et je range leur chambre. Entrez, nous causerons
tout en époussetant... (Munius entre.) Fermez la porte.

MUNIUS.

Petite capricieuse ! je vous disais bien que vous ne l'enverriez
pas toujours promener, le père Munius.

MARGUERITE.

Qu'imaginez-vous donc, Gédéon ? Je veux faire un marché avec
vous.

MUNIUS.

C'est ce que j'imaginais.

MARGUERITE.

Pas celui que vous pensez, Mardochée. Un simple marché
d'habits.

MUNIUS.

Je veux bien. Je vous achète tous ceux que vous avez sur vous.
(Riant.) Hé hé hé !

MARGUERITE, passant près de l'habit.

En vérité ? Regardez toujours celui-ci.

MUNIUS.

J'aimerais mieux vous regarder, mam'selle.

MUNIUS.

Je le crois, mais ce n'est pas le moment.

MUNIUS.

Quand donc ça sera-t-il le moment ? Ah ! mam'selle, vous refusez votre bonheur. Je vous parle pour le bon motif, savez-vous ?

MARGUERITE.

Est-ce qu'il y en a un bon à votre âge ?

MUNIUS.

Oui-da, très-présentable.

MARGUERITE.

Je vous dis de regarder cet habit. (Elle le fait passer à
gauche.)

MUNIUS.

Je le connais déjà. J'en ai offert six francs, il y a quinze jours.

MARGUERITE.

Il en faut vingt à présent.

MUNIUS.

Parce qu'il a vieilli ? Vous voyez bien que la vieillesse a son
prix. Allez, si vous m'épousiez, vous ne vous en repentiriez pas.
Je suis très-vieux, et je décéderais au bout de six mois.

MARGUERITE.

Taisez-vous, vieux brocanteur. Vous me voleriez un an.

MUNIUS.

Non, je vous jure. J'ai eu une jeunesse très-orageuse, très-
évaporée. Je vous laisserais tout mon bien.

MARGUERITE.

Nous en reparlerons de demain en quinze. Voulez-vous me
donner vingt francs de cet habit ?

MUNIUS.

J'ai huit cent livres de rentes sur le grand livre, savez-vous,
et un catarrhe, un vrai catarrhe.

MARGUERITE.

Malin ! Vous voulez placer votre cœur en viager. On connaît
ces tricheries-là.

MUNIUS.

Si on peut dire ! Voyez plutôt. (Il tousse.)

MARGUERITE.

Vous ne savez pas faire. (Elle tousse.) Voilà ce qu'on appelle
tousser... Je suis poitrinaire. Allez, mon petit Munius, vous
n'attraperez personne. Vous êtes frais comme une rose.

MUNIUS.

Son petit Munius ! frais comme une rose ! cueillez-moi donc,
méchante !

MARGUERITE.

Vous êtes un enfant.

MUNIUS.

Oui, c'est le mot ! Vous me mèneriez par le bout du nez... un
véritable enfant. Tout ce que vous voudrez, vous l'aurez. Aimez-
vous les mouchoirs de soie, les boucles d'oreilles en similor, les
chaînes de sûreté, les cannes à pomme d'argent ? Je vous cou-
vrirai de guipures ; j'ai des monceaux de percaline et bien d'autres choses... O Marguerite !

MARGUERITE.

Comme vos yeux brillent ! Pourquoi dit-on que vous êtes si laid ?

MUNIUS.

Ce sont les mauvaises langues ; n'en croyez rien. Si vous voulez m'aimer, je ferai de la toilette ; je mettrai une redingote à brandebourgs que j'ai, avec des olives et de l'astracan au collet ; j'aurai l'air distingué, vous verrez.

MARGUERITE, passant à gauche.

Vous seriez bien plus comme il le faut avec cet habit-là. Il est à peine décati.

MUNIUS.

On nous prendrait pour des gens huppés. Je vous donnerais une petite robe de taffetas couleur d'araignée turbulente, à peine mangée sous les bras.

MARGUERITE.

C'est bien tentant, mais...

MUNIUS.

Voulez-vous que j'aille vous chercher une croix en filigrane avec les glands pareils et le tour de cou en velours ? C'est joli, ça.

MARGUERITE.

Nous verrons plus tard. Pour l'heure, voulez-vous m'être agréable ?

MUNIUS.

Si je le veux, Marguerite de mon cœur ! Vierge de Sion ! Rose de Saaron !... Ton cou ressemble à la tour de David !

MARGUERITE.

Vous vous enthousiasmez, Munius !

MUNIUS.

Oui, je m'exalte ! Descends du Liban, mon épouse, descends avec moi !

MARGUERITE.

Écoutez-moi donc.

MUNIUS.

Oui, je t'écoute... ta poitrine ressemble à une grappe de raisin. — Je voudrais bien grappiller.

MARGUERITE.

Vous êtes insupportable à la fin.

MUNIUS.

Je me tais.

MARGUERITE.

Il s'agit...

MUNIUS.

Perle !...

MARGUERITE.

Il s'agit pour me plaire...

MUNIUS.

De changer de religion ? Jamais. Tout, excepté ça.

MARGUERITE.

Il s'agit de regarder cette friperie en honnête fripier.

MUNIUS.

Ah !... Voilà tout !

MARGUERITE.

Pour le moment... Voyons, examinez cette harde. (Elle lui donne l'habit.)

MUNIUS, l'examinant.

Je l'ai vue. Il y a une reprise perdue dans le pan gauche, les boutonnières s'effilent et les parements sont râpés au pli. Cela vaut trois francs comme un liard.

MARGUERITE.

Vous ne savez pas ce que vous dites. C'est moi qui vous donne la berlue, je pense ; je vais m'éloigner pour vous éclaircir la visière. (Elle se met à la fenêtre à gauche en fredonnant.

MUNIUS, sur le devant de la scène, l'habit à la main.

Ils le vendraient mieux comme amadou que comme habit. (Il le secoue.) Tiens, il y a quelque chose dans la poche... (tirant la montre) Oh !... une montre... en or ou massif ! (la pesant) elle est lourde !... Sont-ils étourdis, ces jeunes gens !... voilà la seconde fois... fi ! Munius ! La première fois, il ne s'agissait que de cinq francs. Mais une montre, ce serait un vol, car enfin ça représente un joli denier, ce bijou... ça vaut bien... Peuh ! elle est vieille ! c'est une casserole. On n'en tirerait que le poids de l'or !... Est-elle en or ? En tout cas, la boîte est bien mince. Voyons donc un peu : l'habit vaut trois francs, bien paye. En en donnant vingt, est-ce que je ne paye pas la montre à peu près ? (Il la remet dans la poche de l'habit.)

MARGUERITE, revenant à Munius.

Eh bien, qu'en dites-vous ?

MUNIUS.

Ça vous ferait donc bien plaisir ?

MARGUERITE.

Sans doute !

MUNIUS.

Eh bien, mam'selle, vous allez voir si je vous aime. Voilà les vingt francs. (Il lui donne quatre pièces de cinq francs.)

MARGUERITE.

Non pas ! vous avez un jaunet, je crois. Donnez-le-moi. C'est une fantaisie que j'ai d'une pièce d'or ; c'est plus gentil.

MUNIUS.

Hum ! l'or est très-cher.

MARGUERITE.

Je vous paye le change.

MUNIUS.

Un petit baiser ?

MARGUERITE.

Doucement ! c'est plus cher que l'or. (Elle lui prend la pièce des mains.) Merci, mon petit Munius. (Allant à la porte à droite.) Monsieur Raoul !

MUNIUS.

Qu'est-ce que vous faites donc ? (Entrent Raoul et Henri.)

SCÈNE VI.

HENRI, RAOUL, MARGUERITE, MUNIUS.

Tenez, mes voisins, voici votre voyage à Chaville, en or. (Elle donne la pièce à Raoul.

RAOUL, passant près de Munius.

Ce brave Munius ! La vertu redescend sur la terre !

MARGUERITE.

Sous ce déguisement.

HENRI, à Marguerite.

Et ma montre ?

MARGUERITE.

Votre montre ? (A part.) Amusons-nous un peu du juif et du chrétien.

MUNIUS, remontant.

Bonsoir la compagnie. Je m'en vais.

MARGUERITE, le retenant.

Restez donc. On a quelque chose à vous dire.

HENRI, à Marguerite.

Mais ma montre ?

MARGUERITE.

Je l'ai posée sur la table. (Henri va chercher sur la table.) — Munius, comme vous avez été grand, je vous invite à venir dîner à Chaville. (Elle fait un signe d'intelligence à Raoul.)

RAOUL.

C'est trop juste. Vertueux Munius, nous folâtrerons sur l'herbette.

HENRI, qui cherche toujours.

Je ne la trouve pas. Vous avez dit sur la table ?

MARGUERITE.

Ou sur la chaise, je ne sais plus.

MUNIUS.

Il faut que j'aille faire un bout de toilette. (Il veut sortir.)

MARGUERITE, le retenant encore.

Vous êtes très-bien comme ça ; c'est sans façon.

RAOUL.

Munius, je vous donne le droit de choisir un plat. Pensez-y bien.

HENRI, qui est revenu à droite.

Je ne déteste pas la plaisanterie de temps en temps ; mais il y en a pourtant... Voyons, mademoiselle Marguerite, rendez-moi ma montre.

MARGUERITE.

Est-ce que vous ne la trouvez pas ?

MUNIUS, cherchant à s'éloigner.

Je vais déposer mes habits chez moi.

MARGUERITE, le retenant toujours.

On dirait que notre société vous déplaît. Restez donc.

RAOUL.

Que vous semble un pigeon aux petits pois, arrosé de ce bon petit vin d'Orléans ?

MUNIUS.

Hé ! hé !

HENRI.

J'ai beau chercher.

MARGUERITE.

C'est singulier ; je l'avais à la main il n'y a pas un quart d'heure.

HENRI.

Me voilà propre si elle est perdue ! Je suis un garçon rangé, moi. Je ne peux pas vivre sans savoir l'heure qu'il est.

MUNIUS.

Elle aura roulé sous un meuble.

HENRI.

Il n'y en a pas.

RAOUL, *passant près de Henri.*

Laisse-nous donc tranquilles avec ta montre ; elle se retrouvera demain.

HENRI.

Si elle ne se retrouve pas tout de suite, elle est perdue !

RAOUL.

Eh bien, tu en achèteras une autre.

HENRI.

Ce ne sera plus la même. Celle-là, je la connaissais. Elle ne ressemblait pas aux autres. Elle avait sur le cadran un petit soleil d'émail bleu auquel j'étais habitué. C'était ma montre enfin, ma pauvre montre ! (*Marguerite suit tous les mouvements de Munius pour l'empêcher d'ôter la montre de la poche de l'habit.*)

MUNIUS, *à part.*

Je voudrais bien m'en aller.

RAOUL, *à Henri.*

Qu'est-ce que tu as donc ?

HENRI.

J'ai... que je ne l'ai plus.

MARGUERITE.

Aidez-moi donc à la chercher, Munius.

HENRI.

Ah ! oui, vous ne la trouverez pas. C'est fini ! (*Il s'assied à droite, d'un air chagrin.*)

MARGUERITE.

Il faut qu'elle soit envolée.

MUNIUS.

Volée ! Par qui ? il n'est entré personne.

MARGUERITE.

J'ai dit envolée.

RAOUL.

C'est plus vraisemblable ; mais ce pauvre Henri a l'air d'avoir perdu son fils aîné. (*Munius cherche encore à s'esquiver ; Marguerite le retient.*)

HENRI.

Moque-toi de moi si tu veux. Je l'aimais ; je l'avais admirée longtemps à la cheminée de ma grand'mère, dans la chambre verte où il y avait un si bon feu. Je ne savais pas alors ce que c'est qu'être pauvre. Je jouais tout le long du jour dans un coin devant cette montre. Il semblait qu'elle me regardait tranquillement. Il est passé, le bon temps des confitures et des lits bassinés... Ma montre s'en souvenait, et son tictac m'en parlait tout bas... Je l'aimais !

MARGUERITE, *à part.*

Il me fait de la peine, ce bon garçon !

RAOUL.

Voyons, voyons ! ne vas-tu pas pleurer ?

HENRI.

Et quand je pleurerais ? Est-ce que je suis un viveur, moi ? un dépensier, un joueur de dominos comme toi ? Mon seul plaisir est de rester chez moi à travailler. J'avais ma montre, qui me tenait compagnie... et elle est perdue !

MARGUERITE.

Attendez donc... je me rappelle à présent !... Je l'ai mise par mégarde dans la poche de votre habit.

MUNIUS, *à part.*

Aïe !...

HENRI, *s'élançant sur Munius, retirant la montre de la poche de l'habit, et l'élevant en l'air.*

La voilà ! la voilà ! (*Il la baise en dansant.*) Le verre est cassé, j'en ferai mettre un autre ! Qu'est-ce que ça me fait ? je l'ai. (*Il repasse à droite.*)

MUNIUS.

Rendez l'argent alors.

MARGUERITE.

Quel argent ?

MUNIUS.

Est-ce que vous croyez que j'aurais payé cette loque vingt francs ?

RAOUL.

Tout beau, Munius ! Vous saviez donc que la montre était dans la poche ?

MUNIUS.

Je ne dis pas cela. (*Marguerite a repris l'habit des mains de Munius et est allée le poser sur une chaise à droite.*)

MARGUERITE, *redescendant entre Henri et Raoul.*

Quelle idée avez-vous là, monsieur Raoul ? Ce pauvre Munius ! la crème des honnêtes gens !

RAOUL.

Ce ne serait pas son coup d'essai. Nous avons déjà oublié dans un gilet un louis...

MUNIUS.

Ce n'est pas vrai : il n'y avait que cinq francs.

RAOUL.

Il en convient. Je vous prends à témoin. (*Il passe à gauche.*)

MARGUERITE.

Ah ! Munius je n'aurais jamais cru cela de vous.

HENRI.

Il a gardé ma pièce, le scélérat ! comme il voulait garder ma montre !

Je vous assure que pour la montre j'ignorais... Quant aux cinq francs, c'était plutôt par plaisanterie ou encore pour vous donner une leçon d'ordre... car je vous regarde comme mes enfants ainsi que je fais de toutes mes pratiques... Il est bien dur d'être soupçonné à mon âge et devant une dame !

MARGUERITE.

Ne pleurez pas, honnête Munius. Le commissaire ne sera pas averti.

RAOUL *et* HENRI.

Vive Margot !

HENRI.

Embrassons-la.

MARGUERITE.

Pas de ça, mes amis. Voisine et voisins, mais pas de si près. Habillez-vous et partons ! Seulement c'est vous qui m'avez invité et c'est moi qui paye, sans reproche. (*Passant près de Munius.*) Eh bien, mon pauvre Munius, à trompeur, trompeur et demi (*Pendant ces derniers mots, Raoul et Henri s'approchent de l'habit que Marguerite a accroché sur le dos de la chaise ; Henri passe le main gauche, Raoul la droite en regardant tous deux Marguerite. Ils cherchent un instant l'autre manche, puis se retournent l'un vers l'autre. L'habit se déchire en deux par le dos.*)

RAOUL.

C'est ta faute ! il faut que tu sois toujours fourré dans cet habit !

HENRI.

Eh bien, tant mieux, nous ne nous disputerons plus.

RAOUL *et* HENRI, *jetant les morceaux de l'habit à Munius.*

A vous, Munius !

MARGUERITE.

Voilà une fière reprise à faire ! Mais partons, ou nous manquerons le coche.

TOUS.

Partons ! partons !

CHŒUR FINAL.

AIR : *C'est la grisette étudiante.*

(*Les étudiants.*)

Nous n'avons ni pain sur la planche,
Ni doux loisirs pour nos amours !
Ne perdons pas notre dimanche :
Dieu n'en fait qu'un tous les huit jours.

FIN.

ÉMILE DE GIRARDIN

LE SUPPLICE

D'UNE FEMME

DRAME EN TROIS ACTES, EN PROSE

REPRÉSENTÉ, POUR LA PREMIÈRE FOIS, A PARIS, SUR LE THÉATRE-FRANÇAIS
LE 29 AVRIL 1865

DISTRIBUTION DE LA PIÈCE

HENRI DUMONT, banquier...............	MM. REGNIER.	JEANNE, fille de Mathilde................	Mmes MARGUERITE.
JEAN ALVAREZ, associé de Dumont.......	LAFONTAINE.	MADAME LARCEY......................	PONSIN.
MATHILDE, femme de Dumont............	Mme FAVART.	UN DOMESTIQUE.......................	M. TRONCHET.

A Paris en 1855.

PRÉFACE

L'IDÉAL D'UN DRAME

Ceux qui me connaissent savent que je ne décline la responsabilité ni de ce que je dis, ni de ce que j'écris, ni de ce que je fais ; aussi ne se sont-ils pas encore expliqué pourquoi, après les applaudissements qui venaient d'accueillir le Supplice d'une femme, je n'ai pas voulu qu'on me nommât.

C'est cette explication que je vais donner.

C'était au mois de septembre dernier : la politique était en vacances ; les journaux arrivent tard au château du Val, où l'amitié me comblait de ses soins, mais où je n'avais pas perdu l'habitude de me lever à cinq heures du matin ; j'avais la liberté de mes matinées et je n'en avais pas l'emploi. Lorsque les fenêtres de la chambre où l'on vient de se réveiller s'ouvrent sur le plus beau paysage et sur le plus vaste horizon, qu'on entend chanter les oiseaux et qu'on aspire à pleines narines le parfum qui s'exhale des fleurs baignées de rosée ; lorsqu'on est rêveur et qu'on n'est pas chasseur, que faire à la campagne ? — Il y a longtemps que je n'ai plus l'âge où les espérances que je caressais me le rendaient en me portant mollement sur leurs ailes pendant des heures entières. L'âge de la mémoire, l'âge des regrets est aussi amer, — je parle pour moi, — que l'âge de l'imagination, l'âge des illusions, est doux. Alors on mesure les vides dont la mort a criblé votre vie, on compte les fautes dont on s'accuse... Et l'on n'échappe aux souvenirs qui ont le froid de la tombe et la rigueur du châtiment que par l'activité de la pensée, car l'oisiveté la plus pesante est l'oisiveté accidentelle d'un esprit laborieux.

15

Triste et regardant le soleil se lever sur cette immense plaine qui s'étend de Saint-Germain jusqu'au cimetière Montmartre, où sont déposés mes trois plus chers souvenirs, l'idée me revint du *Supplice d'une femme*, et, dans un élan de plume, j'en écrivis les trois actes en trois matinées, comme j'avais écrit à Castellamare, quelques années auparavant, *la Fille du Millionnaire*, comédie en trois actes aussi, sans me préoccuper du théâtre, du public et de leurs exigences.

L'idée que j'avais eue, c'était de décrire, c'était de mettre en dialogue et en action le supplice souffert par une femme n'ayant eu dans toute sa vie qu'un seul moment d'oubli de ses devoirs, pour parler l'austère langage de la société, lequel n'est pas toujours d'accord avec la voix impérieuse de la nature; mais ce moment de fascination subie et d'ivresse partagée ayant suffi pour donner à l'existence à un enfant dont tous les innocents baisers déposés sur les joues de sa mère, seront un supplice aussi douloureux que les brûlures du fer rouge sur l'épaule du condamné à la flétrissure.

Cette femme, telle que je la voyais, telle que je l'entendais, avait le cœur placé haut; elle avait le mépris du mensonge et l'horreur de l'hypocrisie; mais ce qu'elle avait surtout, c'était le respect du nom de son mari et la crainte d'en troubler le bonheur, bonheur sans nuages alimenté par une confiance sans bornes.

Par l'extrême réserve apportée par la femme dans toute sa conduite, réserve se révélant dans tous les détails de sa maison de verre où les portes restent toutes et toujours ouvertes, cette confiance du mari devait paraître si bien justifiée qu'elle en fût l'honneur et qu'elle n'en fût pas le ridicule.

La variété des maris est innombrable; et si, aux yeux du monde, rien ne ressemble plus à un mari crédule qu'un mari confiant, rien n'y ressemble moins aux yeux de l'observateur qui étudie les replis du cœur humain. Cette différence entre la confiance et la crédulité, j'avais cherché à la personnifier et à la mettre en relief dans le personnage de Dumont; aussi m'étais-je appliqué à rendre Mathilde aussi excusable qu'une femme peut l'être dans la situation qui est le nœud du drame : ce n'était plus la femme pure, ce n'était plus la femme sans défaillance et sans tache, mais c'était la femme purifiée par le repentir et l'expiation; c'était la femme adultère, mais martyre; c'était la femme se donnant en sacrifice à l'amour qu'elle ne partageait pas, pour empêcher à tout prix que sa faute ignorée ne s'aggravât pas en scandale public; c'était la femme faisant taire les sentiments troublés qui s'agitaient et se révoltaient en elle, afin que les transports jaloux de l'inextinguible passion qu'elle avait eu le malheur d'inspirer et qui avait eu le pouvoir de la fasciner un seul jour, un seul instant, n'arrivassent pas aux oreilles du monde, ce juge aussi intolérant qu'inconséquent, qui commence par ne rien pardonner, et qui finit par tout absoudre.

Aimant trop le vrai pour confondre avec lui le convenu et pour ne pas détester le faux et l'exagéré, je m'étais également appliqué à ce qu'Alvarez, l'ami de Dumont et l'amant de sa femme, eût son amour pour excuse, son amour qu'il s'était efforcé de combattre, mais qu'il n'avait pu vaincre, amour altéré par la jalousie et s'expiant par elle, jalousie assurément la plus cruelle qu'un amant pût ressentir : celle de voir la femme qu'il adore et qui lui a appartenu adorer son mari.

Tels que je les avais idéalisés, les caractères de Mathilde, de Dumont et d'Alvarez étaient trois caractères honorables aux prises avec une situation inextricable, qui devenait d'autant plus dramatique que ces caractères demeuraient plus élevés.

Si Dumont n'est qu'un mari crédule, si Mathilde n'est qu'une femme légère, il n'y a plus de drame; il n'y a plus de supplice : on tombe de toute la hauteur de l'idéal dans ce que la réalité a de plus vulgaire et de plus bas : le ménage à trois.

Ce drame intérieur à quatre personnages n'eût pas été complet si le monde, avide de scandales, prodigue de médisances, cruel par désœuvrement plus que par méchanceté, en parolas plus qu'en actions, n'avait pas été personnifié tel qu'il est : de là le rôle de Mme Larcey.

Ainsi :

Une jeune fille que ses parents ont mariée à dix-huit ans, comme se marient en France la plupart des jeunes filles, connaissant à peine l'homme auquel elle va s'unir par un lien indissoluble; l'épousant sans répugnance, mais sans préférer ce,

uniquement parce qu'elle a été demandée par lui en mariage, et que de deux parts ce mariage, sous tous les rapports de fortunes et de famille, a été jugé « convenable »; songeant, pendant les premières années de cette union parfaitement assortie, plus au monde et à ses fêtes qu'à son mari, qui est occupé de ses affaires; aimant son mari, mais sans s'être jamais demandé jusqu'à quel point elle l'aime, et ne le découvrant qu'au moment où, entraînée par un sentiment d'effusion et de reconnaissance qui porte avec lui-même une explication, sinon sa justification, cet amour, qui était contenu par l'estime et tempéré par le respect, lui est révélé par le remords, amour qui ne fera que croître et devenir plus vif et plus profond par la comparaison et l'opposition entre le caractère calme du mari confiant et le caractère tyrannique de l'amant jaloux;

Un mari qui puise sa confiance et met son bonheur dans la certitude de l'amour que sa femme a pour lui, dont il ne saurait douter, et qu'il a pour elle;

Un amant qui, s'étant passionnément épris de la femme de son ami, sans avoir jamais réussi à obtenir d'elle plus qu'un serrement de main froidement amical, saisit, au risque de toute sa fortune, l'occasion que lui offre la révolution de 1848, de sauver l'honneur commercial du mari;

Une femme étant l'incarnation de ce qu'il est d'usage d'appeler « le monde »;

Une enfant, une petite fille de sept ans, personnifiant, sous les traits de l'ingénuité, le remords vivant;

Tels étaient mes cinq personnages; et leurs paroles comme leurs actes découlaient sans inconséquence des caractères sous lesquels ils m'étaient apparus.

Cédant aux instances de mes amis du château du Val, que le *Supplice d'une femme*, écrit sous leurs yeux, avait vivement émus, je demandai au Théâtre-Français la lecture, qui me fut accordée avec le plus cordial et le plus loyal empressement.

Le sujet y parut périlleux.

Périlleux! ce fut le mot que, pendant quatre mois, je n'ai cessé d'entendre sortir de toutes les bouches, et qui a résonné à mes oreilles jusqu'au soir de la première représentation, et alors que les deux premiers actes et la moitié du dernier avaient déjà été joués [1].

Périlleux! Ce fut le mot qui me fit accepter avec empressement l'offre amicale de concours d'un auteur encore jeune, mais auquel de grands et de nombreux succès ont donné une vieille expérience. Le péril est facile à braver quand on est seul à l'affronter : alors, il suffit de le mépriser s'il est imaginaire, et de ne pas le craindre s'il est réel; mais la chose est moins simple quand ce mépris ou cette confiance, n'est pas partagé par d'éminents artistes et par un grand théâtre, les uns redoutant le bruit aigu des sifflets, et l'autre l'éclat d'une chute retentissante.

Ainsi s'explique comment j'ai consenti à ce qu'une œuvre à laquelle je n'avais d'ailleurs pas attaché plus d'importance qu'elle ne m'avait coûté d'efforts, fût retouchée par une autre main que la mienne.

Mais, au lieu de se borner à des coupures et à des remaniements de scènes, conditions restreintes dans lesquelles j'avais accepté l'offre de son concours, le collaborateur, qui ne peut se nommer et que je ne puis nommer, mit trois semaines à faire rentrer dans le moule usé de la vérité factice les personnages dont j'avais demandé l'empreinte au moule toujours neuf de la vérité humaine.

Je dois reconnaître et je reconnais ici que le succès, n'ayant se prononcer que sur la vérité plaquée, s'y est trompé et l'a prise pour la vérité pleine; mais le succès est une idolâtrie que je n'ai pas. A mes yeux, il ne suffit point pour se justifier. Avant et depuis les deux *Phèdres*, celle de Pradon et celle de Racine,

---

1. *Lettre reçue pendant le troisième acte.*

« 29 avril 1865.

« Mon cher auteur,

» Vous voyez comme va la pièce. Elle est émouvante, assez forte et assez généreuse, assez DANGEREUSE surtout pour que vous n'en déciniez pas la responsabilité. Vous lui devez ce renom, vous le devez à vous-même, vous le devez à l'intérêt de la Comédie-Française. Dites-moi tout de suite que vous nous le donnez et ne terminez pas par une sorte de fuite une soirée qui me semble aussi glorieuse que PÉRILLEUSE.

» Tout à vous,   ED THIERRY. »

il y a eu au théâtre d'immenses succès qui étaient moins l'éloge des auteurs que la critique du public, et de mémorables chutes plus enviables que ces succès. Je comprends tout ; je comprends que les auteurs pour qui l'art dramatique est principalement une profession préfèrent un succès illégitime à une chute imméritée ; mais de la part d'un écrivain pour qui l'art dramatique est une forme accidentelle d'émission de l'idée qui lui est venue, je n'admets pas l'alternative.

Aussi, tout en faisant loyalement à certaines modifications qui m'avaient paru heureuses, dans la nouvelle rédaction de ma pièce, la part la plus large, avais-je maintenu ce qui en faisait essentiellement mon œuvre.

La pièce que j'ai lue, le 14 décembre 1864, au comité de lecture du Théâtre-Français, et qui a été reçue, c'est la mienne.

Si elle eût été représentée comme elle avait été reçue, sau les retranchements et les changements opérés aux répétitions, succès sans opposition ou succès contesté, le nom de l'auteur n'eût pas fait défaut à la pièce. Mais le caractère de Mathilde et celui d'Alvarez ont été faussés, et on leur a fait tenir un tel langage qu'il ne m'était plus possible d'en garder légitimement et exclusivement la paternité littéraire.

Comment, aux répétitions, le manuscrit que je n'avais pas admis a-t-il été substitué au manuscrit que j'avais lu au comité ? Cette substitution, opérée contre mon gré, dans les intentions les meilleures, je n'en doute pas, a son explication dans ce mot, revenant sans cesse et répété sans fin : « Périlleux ! périlleux ! »

Mais, puisqu'on attentait ainsi à mon idéal, pourquoi n'ai-je pas retiré ma pièce ? C'est ce que je ne saurai me dispenser de dire : la considération, le scrupule qui m'a retenu a été le préjudice pécuniaire que le retrait de ma pièce eût fait éprouver au traducteur qui avait consacré trois semaines de son temps précieux à la traduire de ma langue dans la sienne, qui a l'avantage d'être rapide, mais qui a le défaut de trop ressembler au style d'un télégramme, quand elle ne tombe pas dans les tirades du mélodrame, ce qui est l'autre excès.

Les développements ont été retranchés. Les situations ont été conservées, mais les caractères ont été changés.

Tels qu'ils se meuvent, ces caractères se contredisent et ne résistent pas à l'examen. Il a fallu, pour les faire accepter du public et pour qu'il n'y regardât pas de trop près, tout le talent, l'immense talent que les artistes ont déployé.

Mathilde s'accuse et ne s'excuse pas. Elle débite au second acte une tirade qui n'est ni dans son caractère ni dans la situation ; elle dit ce qu'elle ne doit pas dire, elle dit ce qui en fait une femme vulgaire, et elle ne dit plus ce qu'il fallait qu'elle dit pour se justifier et faire comprendre le supplice qu'elle subit.

Cette justification, cette explication avait été préparée en ces termes dans les dernières scènes de l'acte premier :

ACTE PREMIER

SCÈNE XI.

ALVAREZ, DUMONT, MATHILDE.

DUMONT, à Mathilde. Tu viens à propos... Je disais à Jean qu'il devrait se marier afin qu'il n'ait rien à nous envier... Il résiste... Prouve-lui donc qu'il a tort... Tu te feras mieux que moi... Et tu auras pour le convaincre tout le temps qui me manque, car d'ici à samedi je n'ai pas une minute à perdre... Il sait notre départ... Je le lui ai annoncé... Ce n'était pas trahir le secret... Lui, c'est nous. *Il sort.*

SCÈNE XII.
ALVAREZ, MATHILDE.

ALVAREZ. Vous partez ?
MATHILDE. Oui.
ALVAREZ. C'est vous qui avez eu l'idée de ce voyage ?
MATHILDE. Non, c'est Henri.
ALVAREZ. Henri ?
MATHILDE. Sans doute.
ALVAREZ. Vous ne partirez pas !...
MATHILDE. Qui m'en empêcherait ?
ALVAREZ. Moi.

MATHILDE. Jean ! vous ne vous y opposerez pas...
ALVAREZ. Vous vous trompez, je m'y opposerai.
MATHILDE. Mais c'est convenu avec mon mari...
ALVAREZ. Votre mari ! Vous n'avez jamais, avec moi, que ce mot à la bouche... Ne pouvez-vous donc l'appeler autrement ?
MATHILDE. En vérité, je ne sais plus quel nom lui donner quand je vous parle de lui !... Si je l'appelle *mon mari*, vous vous emportez, si je l'appelle *Henri*, vous devenez furieux... Quel nom voulez-vous donc que lui donne ?
ALVAREZ. Son nom de famille... Dites M. Dumont.. C'est par leur nom de famille que toutes les femmes bien élevées appellent leurs maris... Mais ce n'est pas de cela qu'il s'agit... Appelez-le comme il vous plaira... pourvu que vous restiez.
MATHILDE. J'ai accepté... je ne puis plus refuser...
ALVAREZ. Il faut cependant que vous refusiez...
MATHILDE. Quel prétexte trouverai-je pour changer d'avis ?
ALVAREZ. Cherchez... car vous ne partirez pas... avec lui...
MATHILDE. Voulez-vous donc faire un éclat qui me perde ?
ALVAREZ. Qu'y perdrais-je, moi ? Au contraire, j'aurais tout à y gagner... Séparée de votre mari... chassée de votre famille.., repoussée du monde, vous seriez à moi... tout à moi...
MATHILDE. Et voilà les hommes qui disent aux femmes qu'ils les aiment et que leurs maris ne les aiment pas... qu'ils ne savent pas les aimer !... Et j'ai pu le croire un instant !... Ah ! j'ai mérité mon supplice... J'ai mérité tout ce que vous me faites souffrir !...
ALVAREZ. Et croyez-vous donc que moi aussi je ne souffre pas ? Le soir, quand, au sortir de l'Opéra des Italiens, au bas de l'escalier, tu quittes mon bras pour prendre le *sien* et monter dans ta voiture, quand j'entends les chevaux piaffer et s'éloigner, quand je le vois te ramener chez toi... chez lui... je ne vis plus, je ne me possède plus, je brûle et je tremble ; je ne sais que faire, je ne sais que devenir, je ne sais où aller... Ma maison vide m'est odieuse... M'arrive-t-il d'entrer à mon cercle pour ne pas rentrer chez moi... je ne puis m'asseoir à une table de jeu sans y gagner toutes les parties. Je sors honteux, — comme si je les avais volées, — des sommes que j'emporte... Tout ce que je touche se change en or sans me quitter. J'ai un bonheur insensé, et cependant il n'y a pas sur la terre un homme aussi malheureux que moi.
MATHILDE. A qui la faute ?
ALVAREZ. Et si c'était tout !... mais y a-t-il une torture plus cruelle que celle d'entendre à chaque instant sa fille qu'on chérit, sa fille qu'on idolâtre, vous ravir le nom qui vous appartient pour donner ce nom à un autre, et cet autre se le voir préférer par elle sans que la nature proteste! Ce n'est rien encore... non, ce n'est rien. Y a-t-il pour un homme d'honneur et de cœur un sentiment plus pénible, plus amer, plus humiliant que de se savoir déloyal?... Moi, déloyal!... je le suis... oui, je sens que je le suis toutes les fois que j'entre dans cette maison, que j'y trouve Henri, qu'il me faut lui serrer la main, le tutoyer, feindre un entrain qui est le contraire de ce que j'éprouve, affecter une cordialité qui est de la fourberie ; fourberie qui me fait honte ; honte dont il me faut cacher les plaies, qui loin de se resserrer et se cicatriser, ne font que s'étendre et devenir chaque jour plus vives, plus douloureuses... C'est vainement que je cherche à m'abuser en me disant que l'amour est involontaire, qu'il se légitime par son excès même, et qu'après tout rien n'est moins rare que de voir un homme amoureux d'une femme qui ne soit point la sienne... Je ne parviens point à me tromper et à imposer silence aux scrupules qui m'assiègent et qui m'irritent. Maudite passion qui s'est emparée de moi !
MATHILDE. Il fallait la combattre !
ALVAREZ. Vous savez bien que pendant deux ans j'ai tout fait pour la vaincre, et que c'est elle qui m'a vaincu... Je m'étais éloigné... j'avais fui... Elle m'a ramené un bandeau sur les yeux, un bandeau qui m'empêche de rien voir et me faisant tout oublier : amitié et dignité ! Vous croyez que j'aurai supporté tout cela pendant huit ans... que pendant huit ans j'aurai vécu face à face avec le mépris de moi-même, et qu'un beau jour, pour vous affranchir de ce que votre orgueil appelle ma tyrannie, il vous suffira de me dire : je pars avec mon mari... et que je vous laisserai partir? N'y comptez pas! madame, n'y comptez pas!
MATHILDE. Et que ferez-vous, monsieur, pour vous y opposer?
ALVAREZ. Tout ce qu'il faudra faire... tout... Je vous en avertis, je ne reculerai devant rien.
MATHILDE. Ni moi non plus... car voilà trop longtemps que je cède à la terreur que vous m'inspirez et sous laquelle en cet instant je sens ma tête courbée se relever enfin... Je suis lasse de mentir !... Toujours mentir... J'étais loyale, j'étais fière, j'étais heureuse ; vous m'avez condamnée à l'hypocrisie, à l'abaissement, à l'imposture. Savez-vous ce que vous avez fait, avec vos menaces, vos emportements, vos injures, vos soup-

çons, vos défiances, vos jalousies? Vous m'avez glacée... vous m'avez effrayée! vous m'avez fait réfléchir et comparer... Je n'avais pour mon mari que de l'affection... cette affection est devenue de l'amour exalté par le remords... Vous parlez de vos tortures, de vos humiliations, de vos hontes! Sont-elles comparables aux miennes? Quelle existence m'avez-vous faite, et combien de fois ai-je appelé la mort à ma délivrance! Depuis huit ans, pas un jour sans une scène comme celle-ci! Vous me déshonorez dans mon mari, dans mon enfant, dans mes souvenirs, dans mes prières... Mon âme ni mon corps ne m'appartiennent plus. A lui par devoir, à vous par crainte, rien de moi n'est plus à moi; et l'amour, amour d'épouse, amour d'amante, amour de mère, n'est plus que sacrilège, mensonge et ignominie. Et vous voulez que je vous aime! Oh! monsieur, je vous hais!

ALVAREZ. Vous ne m'apprenez rien! Vous n'avez jamais eu qu'une pensée: m'échapper, m'éconduire, me fermer votre porte, me briser comme je brise cette coupe...

Il brise une coupe placée sur une table.

MATHILDE. Que faites-vous? Si mon mari vous entendait!... si mon mari entrait!...

ALVAREZ. Eh bien, il entrerait! eh bien, il entendrait! Tant mieux! ce serait la fin d'une situation qui ne peut plus se prolonger... Moi aussi, je suis las de mentir! Et, d'ailleurs, de quoi aurait-il à se plaindre? Il apprendrait de votre bouche qu'il a toutes les qualités, toutes les vertus, que j'ai tous les défauts et tous les vices! Il apprendrait qu'il est l'homme de votre imagination et que je suis l'homme de votre haine! Il apprendrait que vous ne subissez que par dévouement pour lui et pour conjurer un éclat qui ternirait l'auréole de son austérité! Il apprendrait enfin que vous n'aimez pas votre fille, parce qu'elle n'est pas la sienne!

MATHILDE. Vous dites que je n'aime pas ma fille?...

ALVAREZ. Non, vous ne l'aimez pas... ou du moins vous ne l'aimez pas comme je l'aime... S'il fallait donner votre vie pour sauver l'un des deux, votre fille ou votre mari, ce serait Henri... votre Henri... que vous sauveriez... et ce serait Jeanne... ma Jeanne... que vous laisseriez périr! Ah! dites donc que je ne vous connais pas...

MATHILDE. Cela n'est pas vrai; mais cela le fût-il, que je ne ferais que racheter un tort et accomplir un devoir.

ALVAREZ. Grands mots empruntés au vocabulaire de toutes les femmes coupables!

MATHILDE. Après m'avoir déshonorée, injuriez-moi!

ALVAREZ. C'est vous qui venez de m'insulter.

MATHILDE. Je vous ai dit la vérité.

ALVAREZ. Et quand cette vérité, Mathilde, sort de tes lèvres, tu ne veux pas que ma tête trop ardente s'exalte et s'égare... Tu ne sais pas jusqu'où peuvent aller les transports d'un amour aigrisé par l'humiliation de sentir qu'il n'est pas partagé! Donne-moi une preuve de tendresse!... ne pars pas, je deviendrai confiant comme Henri, doux comme Henri, bon comme Henri... Tu n'auras plus rien à redouter de moi... Je me tiendrai dans l'ombre... je ne ferai aucun éclat... je renoncerai au rêve de mes nuits, celui d'enlever Jeanne et de briser, par un scandale judiciaire, cet odieux lien qui fait que c'est lui, — M. Dumont, — que ma fille appelle son père, et qu'il faut, quand il est là, que je te dise: Madame!

MATHILDE. Jean, combien de fois ne vous ai-je pas pardonné? Une semaine, une seule, s'est-elle jamais écoulée depuis huit ans sans que vous ayez commencé par me menacer, et sans que j'aie fini par où peut-être je vais finir encore?

ALVAREZ. Cette fois sera la dernière, je te le promets.

MATHILDE. Dites que c'est un anneau de plus que je vais ajouter à ma chaîne, déjà si longue et si lourde!

ALVAREZ. Et tu fais bien! car s'il y a des liens indissolubles qu'on peut rompre, il y a des chaînes qu'on ne saurait briser...

MATHILDE. Celles qu'on a mérité de porter...

ALVAREZ. Promets-moi de rester!... Mais, aveugle que je suis! tu me le promettrais que tu ne tiendrais pas ta parole.

MATHILDE. Encore une injure...

ALVAREZ. Celle-ci n'atteint que moi... Pour que tu renonces à ce voyage, il faudrait que ce soit moi que tu aimes, et tu ne m'aimes pas... tu ne m'as jamais aimé!

MATHILDE. Alors, comment expliquez-vous que je vous aie tout immolé?

ALVAREZ. Un instant d'exaltation rapide comme un éclair... rien de plus... Non, ce n'est pas mon amour qui a triomphé de ton indifférence... c'est mon dévouement... J'avais tout essayé sans y réussir pour te faire partager cette ardente passion qui me dévorait, qui me dévore plus que jamais, que rien n'a assouvie, que rien n'a calmée; il n'y avait que l'exaltation de la reconnaissance causée par un grand service rendu... qui pût faire cesser ta froideur... amicale. Le jour où j'ai appris que ton mari allait suspendre ses payements...

MATHILDE. Vous vous êtes dit...

ALVAREZ. Je ne me suis rien dit... je n'ai rien calculé. J'ai couru chez mon agent de change, et, sans hésiter, sans réfléchir, sans rien écouter de ce qu'il me disait pour m'en détourner, je lui ai donné l'ordre de vendre à tout prix tous mes titres.

MATHILDE. Et ce qui a sauvé mon mari est ce qui m'a perdue, moi! Un jour vous m'êtes apparu comme l'idéal... des plus nobles sentiments. Mais vous venez de jeter le masque trompeur et de me l'avouer: ce n'est pas votre ami que vous avez voulu sauver, c'est moi que vous avez voulu perdre! Vous m'avez donc achetée?... je me suis donc vendue?...

ALVAREZ. Je t'aimais... je t'adorais... L'amour est une flamme qui purifie tout.

MATHILDE. Pourquoi donc la flamme du vôtre m'a-t-elle flétrie? Tenez, vous n'êtes qu'un infâme... vous ne me reverrez plus!

Mathilde sort.

SCÈNE XIII.

ALVAREZ, seul. (Appelant.)

MATHILDE! (A lui-même.) Elle s'éloigne sans me répondre... Elle ose me braver! elle ne craint plus de déchaîner ma jalousie! Maudite et incurable jalousie, qui me rend odieux et presque ridicule! L'amant jaloux du mari... Ce qui n'est pas vraisemblable peut donc être vrai!

Ainsi finissait le premier acte, dans lequel je m'étais appliqué à montrer Alvarez en proie à la jalousie qui le torturait, supplice non moins cruel que le supplice que sa tyrannie faisait subir à Mathilde.

Dans cette situation si juste, puisée dans des sentiments si vrais, où donc était le péril?

Je le cherche encore.

L'enseignement, je le vois; le péril, je ne le vois pas.

Maintenant, que le lecteur compare les deux scènes qui vont suivre avec celles qu'il lira pages 238 et suivantes (1).

Mathilde vient de lire la lettre que lui a écrite Alvarez et qui se termine par ces mots:

« Quel bonheur! »

Après une pause marquée, elle se parle ainsi à elle-même:

ACTE DEUXIÈME

SCÈNE IV.

MATHILDE, *après une pause marquée.*

Quelle honte! Cette fois, comme toujours, l'égoïste ne pense qu'aux joies qu'il se promet, sans se demander ce qu'elles auront coûté de larmes! Mais ne serait-ce pas une trame qu'il aurait ourdie pour me forcer à le suivre? Qu'importe! je n'en suis pas moins perdue, ou je vais l'être. Que faire? à qui confier mon secret? A ma mère? Mais, l'honnête femme, quel conseil pourrait-elle me donner? Aucun. A mon père? Mais que pourrait-il faire qui imposât silence à un bruit déjà devenu public? Il me maudirait et ne voudrait plus me revoir... Ne me resterait-il plus qu'à fuir? Une femme quitter le mari qu'elle aime pour suivre l'amant qu'elle n'aime pas!... Ah! du moins, si j'aimais celui qui m'a conduite à cette affreuse extrémité, je n'aurais qu'à changer de nom et qu'à emprunter le sien pour vivre heureuse de son amour et du mien, comme tant de femmes qui ont donné à leur honte le bonheur pour cercueil... Mais je ne l'aime pas... Le suivre? Plutôt mourir!... Impossible!... Me tuer ne serait qu'une autre manière d'appeler le scandale sur Henri, sur Jeanne, sur ma mère, sur toute ma famille: car m'empoisonner, m'asphyxier ou me noyer, ce serait me dénoncer et perdre en une heure le fruit de tant de jours de souffrances cachées au prix de tant d'efforts... Ainsi ma mort ne m'apaiserait pas plus que ma vie... Quelque parti que je prenne, le scandale est au bout... Aucun moyen d'y échapper, ni par la mort, ni par la fuite, ni par la séparation, ni par le couvent! Ah! que je suis malheureuse! ah! que je suis coupable!

SCÈNE V.

DUMONT, MATHILDE.

On entend la musique et on voit les enfants traverser de nouveau le jardin d'hiver qui précède le salon.

DUMONT. Que fais-tu donc là toute seule? Comment ne présides-tu donc pas au goûter de la bande joyeuse? Heureusement

(1) Afin que cette comparaison puisse servir d'étude, j'ai tenu à ce que la pièce fût imprimée telle qu'elle a été représentée, sans y rien changer, sans y rien ajouter, sans y rien retrancher.

que Jeanne s'en acquitte à merveille. Elle se prend au sérieux : c'est à pouffer de rire. Madame Larcey n'en revenait pas tout à l'heure. Mais que m'a-t-elle dit ?... Que tu avais reçu une lettre qui t'avait troublée. Est-ce vrai ? En effet, tu es pâle... tu es livide... tu parais inquiète... Ta mère serait-elle tombée malade ?

MATHILDE, vivement agitée. Non.

DUMONT. Serait-il survenu quelque empêchement ou quelque retard à notre voyage? Quelle lettre, chère amie, as-tu donc reçue?

MATHILDE, profondément émue. La lettre que voici... Lisez-là...

DUMONT, atterré, après avoir lu la lettre. Mathilde ! qu'y a-t-il de vrai dans cette lettre?

MATHILDE, épuisée et chancelante. Tout.

DUMONT, stupéfié. Je ne le crois pas... je ne veux pas, je ne peux pas le croire...

MATHILDE. Croyez-le.

DUMONT. Il n'est pas possible que cela soit !

MATHILDE. Cela est.

DUMONT. Si cela était, ce ne serait pas toi qui me l'affirmerais... Mathilde, Mathilde, dis-moi que c'est une calomnie que tu dédaignes de relever, et dont tu te fais en ce moment un jeu cruel contre moi...

MATHILDE. Ce n'est pas une calomnie... c'est la vérité.

DUMONT. La vérité ! Et vous osez me la dire !... sans que rien m'y ait préparé ! Vous voulez donc me tuer pour être libre ! (Avec explosion et levant le bras comme pour frapper sa femme, mais le laissant aussitôt retomber.) Infâme ! (Il s'arrête, et passant la main sur son front, comme pour retenir sa pensée.) Ah ! j'en deviendrai fou ! Non... je saurai me maîtriser... j'aurai de la raison !... du calme... (A Mathilde.) Vous ne dites rien !... Justifiez-vous donc !... Parlez !... Que j'entende votre voix !... que je sois sûr que ce n'est pas un rêve... Si c'est la vérité, pourquoi étiez-vous là ? Vous étes libre, partez ! Il fallait vous en aller sans rien me dire : c'était bien plus simple !... Et moi qui n'ai rien vu, rien soupçonné ! J'étais aveugle... Mais comment m'abaisser jusqu'à soupçonner qu'il n'avait sauvé ma fortune que pour perdre ma femme et me la prendre... qu'un si beau désintéressement n'était qu'un masque ! Ah ! je n'aurais jamais fait cela, moi ! (A Mathilde.) Pourquoi m'avoir montré cette lettre, que vous pouviez déchirer ?

MATHILDE, avec l'accent de la plus violente douleur. Parce que j'espérais que vous me tueriez et que votre consolation serait dans cette juste vengeance.

DUMONT. Moi !... vous tuer ! Et votre fille ? que serait-elle devenue ? qu'en aurais-je fait !

MATHILDE. Vous êtes bon, vous en auriez eu pitié ! Jeanne eût vécu pour votre générosité ; tandis qu'elle est mon accusation vivante ! Chaque baiser de cette enfant me brûle comme un remords.

DUMONT. Ainsi cette enfant que j'aimais si tendrement... elle n'était pas ma fille... elle était la fille...

MATHILDE. D'Alvarez...

DUMONT. D'Alvarez! Vous l'aimiez donc bien?

MATHILDE. Je ne l'ai jamais aimé.

DUMONT. Vous osez le dire !...

MATHILDE. Je n'ai jamais aimé que vous.

DUMONT. Si cela est vrai, à quel sentiment avez-vous donc cédé?

MATHILDE. C'est mon secret... Le dire serait inutile... Alors même que vous me croiriez, le monde ne me croirait pas.

DUMONT. Et pourquoi donc serait-il plus incrédule que moi?

MATHILDE. Comment croire qu'ébloui par un grand acte de dévouement accompli sous ses yeux et vanté soir et matin à ses oreilles... trahie par son imagination enflammée de reconnaissance... brûlée par les regards ardents d'un homme passionné pendant toute une longue soirée qu'ils avaient passée seuls... une femme ait agi, dans un instant de fascination et d'égarement, comme si elle eût partagé une passion... qu'en réalité elle n'a jamais éprouvée et dont elle a eu aussitôt horreur... horreur contre laquelle elle se défend depuis huit années, qui ont duré huit siècles?

DUMONT, vivement. Vous avez donc été le prix que l'infâme a mis au service qu'il m'a rendu?

MATHILDE. Non... Si j'eusse été ce prix, s'il eût eu l'infamie de me proposer un marché, je l'eusse refusé avec indignation; entre le malheur d'une faillite causée par une révolution et la honte d'une femme qui se vend, même pour payer les créanciers de son mari... je n'eusse pas hésité.

DUMONT. Que s'est-il donc passé?

MATHILDE. Est-ce que ce qui se passe dans les mystères de l'imagination d'une femme peut toujours se définir? Ce qui m'a égarée un jour, dans une heure d'indicible entraînement, c'est au contraire l'héroïsme de l'ami qui, pour sauver son ami, venait de faire sans hésiter un immense sacrifice.

DUMONT. Est-il possible que ce que vous dites là soit la vérité?

MATHILDE. Je vous le jure.

DUMONT. Alors votre cœur n'aurait jamais cessé de m'être fidèle ?...

MATHILDE. Dieu, témoin de mes tortures et de mes remords, est là pour l'attester.

DUMONT, agité et se parlant à lui-même. Je suis encore plus malheureux que si elle était plus coupable... La chasser, c'est la déshonorer... La garder, c'est m'avilir... Quelle conduite dois-je tenir? Je n'en sais rien. (A Mathilde.) Quel parti allez-vous prendre?

MATHILDE. Il ne m'en reste qu'un seul.

DUMONT, avec amertume. Oui, en effet, il ne vous en reste qu'un seul... Accompagner le lâche qui m'a enlevé du même coup mon bonheur et mon honneur...

MATHILDE. J'ai mérité l'injure d'une telle supposition... Dites votre bonheur, mais ne dites pas votre honneur... L'honneur d'un homme ne dépend pas de la fidélité d'une femme.

DUMONT. Que vous proposez-vous donc de faire?

MATHILDE. Me retirer dans un couvent avec Jeanne, que je ferai élever sous mes yeux.

DUMONT. Retraite volontaire dans un couvent ou séparation judiciaire prononcée par un tribunal, ce serait le même scandale retombant sur vous, sur moi, sur cette pauvre enfant qui serait punie d'une faute qui n'est pas la sienne. Pauvre enfant que je chérissais, et que je ne puis tout à coup haïr !...

MATHILDE. Mais alors, qu'ordonnez-vous que je fasse?

DUMONT. Ce qu'il ne faut pas faire, je le sais; mais ce qu'il faut faire, je l'ignore... (Agité et paraissant réfléchir.) Comment ! la loi ne donne-t-elle aucun moyen de dénouer, sans tout briser, une situation pareille?... Un remède à un mal qui est aussi grand que le mal lui-même n'est pas un remède... (A Mathilde.) Non, vous n'irez pas au couvent !

MATHILDE. Que dites-vous?

DUMONT. Je dis qu'il faut éviter à tout prix une séparation qui serait un scandale ajouté à une infamie.

MATHILDE. Mais que dira le monde?

DUMONT. Je trouverai une réponse qui l'obligera de se taire.

MATHILDE. Laquelle?

DUMONT. Je la cherche.

MATHILDE. Il n'y en a pas.

DUMONT. Il est impossible qu'il n'y en ait pas une.

MATHILDE. Je ne m'abuse pas. Il n'y en a pas d'autre qu'un duel... un duel à cause de moi... de moi qui ai détruit le bonheur de votre vie... Un duel, malgré tout ce que je vous ai entendu dire contre le duel... Non, jamais, jamais... Je sens que, si je restais près de vous, je ne vivrais pas... toutes les minutes de mon existence seraient des siècles d'anxiété... Je serai encore moins malheureuse au couvent... Laissez-moi m'y ensevelir !... En m'y voyant entrer pour expier pendant toute ma vie la faute d'une heure, le monde me condamnera, mais il ne cessera pas de vous honorer... Quant à moi, huit jours après ma disparition, il m'aura oubliée... Adieu donc, Henri... adieu donc... Encore une fois, adieu.

Elle lui tend la main et se dispose à s'éloigner.

DUMONT, la retenant. J'exige que vous restiez... J'essayerai de faire respecter une situation fausse par un caractère ferme.

MATHILDE. Vous l'essayeriez en vain... Le monde vous attaquera d'autant plus qu'il vous comprendra moins.

DUMONT. Le monde a-t-il donc le droit d'être si sévère? Quelles sont les apparences dont il ne consente à se payer complaisamment? Quelles sont les hypocrisies dont il ne se rende pas le lâche complice? Quelles sont les effronteries devant lesquelles il ne courbe pas humblement la tête? Quels sont les honteux compromis que sa coupable indulgence n'ait pas sanctionnés?

MATHILDE. Raison de plus pour qu'il vous accable de ses sévérités et qu'il se venge sur vous de ses lâchetés et de ses inconséquences !

DUMONT. Et que pourrait-il dire?

MATHILDE. Il dira que vous avez vendu votre femme à votre associé.

DUMONT. Ce sera une abominable calomnie.

MATHILDE. Oui, mais qui aura pour elle la vraisemblance.

DUMONT. Après?

MATHILDE. Il dira que vous avez toujours su que Jeanne n'était pas votre fille...

DUMONT. Après?

MATHILDE. N'est-ce donc pas assez?

DUMONT. Après?

MATHILDE. Il dira que, pour que vous ne vous soyez pas séparé de moi, il faut qu'il y ait entre vous et Alvarez un mystère dont chacun cherchera le mot.

DUMONT. C'est une curiosité qu'on n'aura pas.

MATHILDE. En parlant ainsi, vous m'effrayez ! Je le vois, l'idée du duel envahit de plus en plus votre esprit et l'absorbe... Je vous en prie, ne vous exaltez pas, réfléchissez... Votre visage est en feu... sortez quelques instants.

DUMONT. Sortir !... Non...

MATHILDE. Et pourquoi ?

DUMONT. Si je vous quittais, je ne vous retrouverais pas.

MATHILDE. Où donc irais-je ?

DUMONT. Au couvent... où je ne veux pas que vous alliez vous enfermer... Ce serait donner à tous les hypocrites qui forment l'opinion le droit de vous accuser et ce serait m'ôter le pouvoir de vous défendre... Ce serait flétrir la naissance de ma fille... Ah ! puissance de l'habitude, voilà que je me surprends encore à dire : *ma fille !*

Si je ne m'abuse, ce langage est celui de la femme qui a cessé d'être la vertu, mais qui n'a pas cessé d'être l'honnêteté. Dans la pièce reçue, il y avait à la fois une situation et un caractère, tandis que dans la pièce représentée il n'y a plus qu'une situation ; le caractère s'aplatit et s'efface.

Dans la pièce reçue, ces mots : « Je n'ai jamais aimé que vous » échappaient à Mathilde, pressée par les questions de Dumont, et amenaient naturellement la justification, l'explication q i a été retranchée, quoiqu'elle fût nécessaire, car sans cette justification, sans cette explication, le caractère de Mathilde ne se justifie plus, ne s'explique plus, et je m'étonnerais qu'on s'intéressât encore à elle, si Mlle Favart, qui la représente, ne faisait oublier l'inconséquence du rôle par l'art admirable avec lequel elle le joue. Elle est à la fois Rachel et Dorval.

Cette justification, cette explication, — je réunis et je répète à dessein ces deux mots, parce que, s'il y a des consciences indulgentes, il y en a d'inexorables, — avait été préparée de loin dans la pièce reçue, ainsi qu'on l'a vu par la scène XII de l'acte premier, qui a été dépouillé de sa chair et de ses muscles à ce point de n'être plus qu'un squelette.

Dans la pièce reçue, comme dans la pièce représentée, l'acte deuxième se terminait par ces mots de Dumont :

« Allez chez M. Alvarez, et dites-lui que je l'attends. »

Mais le troisième acte commençait et finissait tout autrement. Le lecteur comparera.

ACTE TROISIÈME

SCÈNE PREMIÈRE.

MATHILDE, seule.

Elle entre, tenant à la main plusieurs lettres sous enveloppe.

Ils vont se parler ! Ils vont se menacer ! Ils vont s'insulter ! Au bout de cette explication est un duel fatal... Comment l'empêcher ? Aux prises avec les sentiments les plus contraires, combattu entre son funeste amour et son ancienne amitié, entre son ardeur et sa jalousie et le respect du mari, Alvarez, par honneur, refusera de se battre ; mais, invoquant son droit d'offensé, Henri l'y contraindra... Il me semble déjà les voir en face l'un de l'autre, avec les pistolets ou les épées à la main... Est-ce que je vais m'évanouir ! (Elle chancelle et s'appuie.) Allons ! allons ! de la force... du courage... Ils ne se battront pas... Ils ne peuvent pas se battre... deux anciens amis de vingt ans... Il faut que j'empêche à la fois le duel et le scandale. Je l'empêcherai... oui, je l'empêcherai... Mais cette idée si simple d'étouffer le scandale dans le doute, comment ne l'ai-je pas eue plus tôt ? comment ne l'ai-je pas eue tout de suite ?

Scène d'accablement. Elle se lève, s'assied, se relève, se rassied et sonne

SCÈNE II.

MATHILDE, LE VALET DE CHAMBRE.

MATHILDE. Faites porter ces lettres.

LE VALET DE CHAMBRE. Faut-il attendre les réponses ?

MATHILDE. Non, qu'on n'en demande pas ! Je suis souffrante... Si quelqu'un vient, je n'y suis pour personne... Entendez-vous ?... pour personne !

LE VALET DE CHAMBRE. Si M. Alvarez demandait madame ?

MATHILDE. Vous ne ferez pas d'exception... Vous lui direz que j'ai été subitement indisposée.

Elle sort.

SCÈNE III

LE VALET DE CHAMBRE, seul.

Trois lettres à porter tout de suite... Seraient-ce ces invitations à dîner ? (Il lit les adresses.) A Madame Norbert... la mère de madame ; A Madame Clémence Fougy... sa meilleure amie et la marraine de mademoiselle Jeanne... A Monsieur Deval, notaire... Ah ! la mauvaise invention que ces enveloppes

gommées... on ne peut plus lire ce qu'il y a dans les lettres... Autrefois il n'y avait que cela à faire...

Il fait le geste de lettres qu'on entr'ouvre.

SCÈNE IV

MADAME LARCEY, LE VALET DE CHAMBRE.
MADAME LARCEY.

· · · · · · · · · · · · · ·

SCÈNE V.

DUMONT, seul.

Réussirai-je ?

SCÈNE VI.

ALVAREZ, DUMONT.

ALVAREZ. Tu m'as fait demander... Qu'as-tu à me dire.

DUMONT. Deux hommes dans la situation extrême où nous sommes placés l'un vis-à-vis de l'autre, ne peuvent empêcher cette situation de tomber dans l'ignominie ou le ridicule qu'en ne se cachant rien... Vous êtes depuis huit ans l'amant de ma femme.

ALVAREZ. Moi !

DUMONT. Inutile de le nier... Vous l'avez écrit de votre propre main dans la lettre que j'ai ici et que voici...

ALVAREZ. Vous l'avez donc interceptée ?

DUMONT. Vous savez bien que je ne reconnais pas à un homme le droit de violer ou de surprendre le secret d'une femme, alors même que cette femme est celle qui porte son nom.

ALVAREZ. Cette lettre... qui donc, alors, vous l'a remise.

DUMONT. Mathilde...

ALVAREZ. Elle ?

DUMONT. Oui, elle-même, et de son propre mouvement.

ALVAREZ. Elle a eu cette audace !

DUMONT. Dites cette confiance... Ce n'est pas tout... Vous êtes le père de Jeanne... que je croyais ma fille et que je chérissais...

ALVAREZ. La loyauté veut que je vous interrompe pour vous dire qu'il n'y a que moi de coupable ! Sachez-le, votre femme n'a jamais aimé que vous, et c'est son amour pour vous qui a porté jusqu'à la frénésie mon amour pour elle.

DUMONT. Qu'importe ! Voilà huit ans qu'à mon insu je donne au monde l'indigne spectacle d'un mari ridicule par l'excès de sa naïveté, ou d'un mari infâme par l'apparence de sa complicité. Et cependant, qu'y avait-il de plus simple ? Vous étiez mon ami de col égo, vous étiez l'associé de la maison, nos deux noms unis l'un à l'autre formaient la raison sociale et n'en faisaient qu'un seul ; je n'avais laissé ignorer à personne le service que vous m'aviez rendu...

ALVAREZ. Oubliez-le !

DUMONT. Pour que je puisse l'oublier, ce service me coûte trop cher !

ALVAREZ. Ce n'était pas un service.

DUMONT. Qu'était-ce donc ?

ALVAREZ. En tout cas vous l'avez effacé, puisque votre habileté a doublé, triplé, quadruplé ma fortune.

DUMONT. Dites que l'association a été heureuse. Je n'en suis pas moins votre obligé.

ALVAREZ. Vous ne l'êtes pas !

DUMONT. Il me convient de le demeurer.

ALVAREZ. En parlant ainsi, où voulez-vous en venir ?

DUMONT. Vous le saurez... Plus le service avait été grand et plus il était ma garantie que vous n'en abuseriez jamais... Vous me connaissiez ! Vous n'ignoriez pas que, si j'étais un mari confiant... oui, je serais jamais un mari complaisant... En poussant ma femme à l'oubli d'elle-même... sur quel avenir comptiez-vous donc ? — Répondez

ALVAREZ. L'amour fait oublier.

DUMONT. L'amour faux... non pas l'amour vrai... L'amour vrai ils ont des sacrifices qu'il s'impose ; l'amour faux , de ceux qu'il exige.

ALVAREZ. Nous ne sommes pas du même pays, nous ne sentons pas de même.

DUMONT. Tant pis pour votre pays et tant mieux pour le mien... Il y a de mauvaises excuses qu'un honnête homme ne s'abaisse jamais à donner.

ALVAREZ. Qu'appelez-vous un honnête homme ?

DUMONT. Ce que vous n'êtes plus.

ALVAREZ, se levant. C'est m'insulter.

DUMONT, se levant aussi. Je pourrais ne pas m'arrêter là... votre lettre que j'ai dans les mains me donnerait le droit de vous tuer... Je pourrais impunément vous étendre mort à mes pieds.

ALVAREZ, avec calme et dans l'attitude de la résignation. Faites-le !

DUMONT. Non-seulement je ne le ferai pas, mais je me suis dit que je ne vous adresserais aucun reproche.

ALVAREZ. Pourquoi donc m'avez-vous fait venir ?

DUMONT. Pour vous demander un conseil.

ALVAREZ. A moi ! un conseil ?

DUMONT. Oui, à vous... un conseil... N'étiez-vous pas mon ami ? N'êtes-vous pas encore mon associé ?

ALVAREZ. Ce n'est pas sérieusement que vous parlez ainsi ?

DUMONT. Comment pourrais-je m'y prendre pour ne pas parler sérieusement dans une circonstance aussi sérieuse ? Rentrez en vous-même, Alvarez... Si les rôles étaient renversés, si vous étiez à ma place, si je vous eusse rendu un service signalé ; si, après vous avoir rendu ce service, j'étais devenu votre associé ; si, étant devenu votre associé, j'étais devenu l'amant de votre femme; si j'avais eu d'elle une fille qui, étant la mienne, eût passé pour la vôtre, que feriez-vous !

ALVAREZ. Ce n'est pas à moi de vous le dire.

DUMONT. Et pourquoi donc ?

ALVAREZ. Parce que jamais il n'est arrivé à un homme placé dans votre situation de demander à un homme placé dans la mienne ce qu'il avait à faire.

DUMONT. J'ai le choix entre quatre partis à prendre : une séparation judiciaire suivie d'un duel ; un duel suivi d'une séparation judiciaire ; une séparation sans duel et sans éclat ; un pardon que le monde blâmerait, car il ne le comprendrait pas. De ces quatre partis, lequel dois-je prendre ?

ALVAREZ. Il y a des situations où l'on ne prend conseil que de soi-même et de sa dignité.

DUMONT. Si vous ne me le dites pas, j'interpréterai votre silence.

ALVAREZ. Interprétez-le...

DUMONT. A ma place, vous m'eussiez traité de misérable, d'infâme... peut-être m'eussiez-vous déjà soufflété, afin de rendre inévitable un duel qui eût été le sceau de la honte imprimée publiquement à la réputation d'une femme et à la destinée d'une enfant... d'une fille ! — Soyez franc, n'est-ce pas là ce que vous eussiez fait ?

ALVAREZ. Peut-être.

DUMONT. Eh bien ! c'est ce que je ne ferai pas... Je ne prendrai point quatre témoins pour confidents d'un secret qu'ils ne garderaient pas ; je ne placerai pas l'amant et le mari en face l'un de l'autre, un pistolet ou une épée à la main, pour que la chronique des journaux déborde le lendemain de tous les détails vrais ou faux de ce duel et de ses causes; et d'ailleurs, si l'un des deux n'était que grièvement blessé, qu'arriverait-il ?

ALVAREZ. Il y a des duels à mort.

DUMONT. Les témoins s'y opposent... Si ce n'est pas par humanité, c'est par crainte d'être poursuivis, emprisonnés, condamnés...

ALVAREZ. Oh ! en les choisissant bien...

DUMONT. On peut se tromper. Il n'y a pas, il ne saurait y avoir de garantie. Si vous me blessiez sans me tuer, on ne manquerait pas de dire que vous m'avez épargné, et si je vous blessais sans vous tuer, où serait la réparation ?

ALVAREZ. Où serait-elle si vous me tuiez ?

DUMONT. Vous avez raison... Vous tuer ne serait pas une réparation ; il n'y a pas de scandale qu'un duel ait jamais étouffé. Aussi ne nous battrons-nous pas; aussi n'aurons-nous à redouter ni les hésitations des témoins, ni les versions des journaux, ni les sévérités des juges.

ALVAREZ. Alors qu'exigez-vous de moi ?

DUMONT. Je vous l'ai dit.

ALVAREZ. Mais ce n'est pas un conseil que vous me demandez, — c'est un interrogatoire que vous me faites subir.

DUMONT. Et quand cela serait ?

ALVAREZ. C'est abuser de l'avantage qu'en cet instant vous avez sur moi...

DUMONT. N'avez-vous pas abusé du vôtre? Mais non, je n'abuse pas de celui que j'ai.. Il ne serait pas honnête qu'un homme s'étant conduit ainsi que vous êtes conduit en fût quitte pour un duel qui ferait de lui un héros de roman s'il était blessé, et qui mettrait le comble à tous ses vœux... s'il tuait le mari.

ALVAREZ. Assez ! assez !

DUMONT. Vous m'écouterez jusqu'à la fin... Oui, qui mettrait le comble à tous ses vœux... Je n'exagère rien... car il tiendrait dans sa dépendance la veuve par la mère, et la mère par la fille... Ce que je dis là est-il vrai ? (Alvarez courbe la tête.) Enfin, vous courbez la tête ! C'est un signe que votre conscience se relève et qu'elle commence à comprendre que ce que vous avez fait est indigne, honteux, irréparable !...

ALVAREZ. Finissons-en... Vous ne voulez pas vous battre et vous ne voulez pas me tuer... Que voulez-vous donc ? Voulez-vous que je parie et que j'imagine un moyen de m'ôter la vie qui puisse être mis sur le compte d'un accident ? Si c'est cela que vous voulez, sans oser me le dire, avouez-le !... Je partirai ce soir même, et avant trois jours vos vœux seront comblés sans qu'il m'en coûte un regret, car mon existence est un enfer...

DUMONT. Aussi ne veux-je pas que vous la quittiez...

ALVAREZ. Encore une fois, que voulez-vous donc ?

DUMONT. Ce que je veux, le voici : vous me réclamerez soudainement ce soir, par voie légale, vos quatre millions... j'ai reconquis avec l'argent que vous m'aviez prêté ? Entendez-le bien ! je veux être ruiné et publiquement ruiné par vous...

ALVAREZ. Et si je refuse! (Dumont sonne.) Que faites-vous ?

DUMONT. Je sonne.

ALVAREZ. Pourquoi ?

SCÈNE VII.

LES PRÉCÉDENTS, LE VALET DE CHAMBRE.

DUMONT, au valet de chambre. Dites à Jeanne qu'elle vienne.

Le valet de chambre sort.

SCÈNE VIII.

ALVAREZ, DUMONT.

ALVAREZ. Jeanne !... Pourquoi faire venir cet enfant ?

DUMONT. Afin que vous l'embrassiez pour la dernière fois... Ne l'aimez-vous donc plus ?

ALVAREZ. Moi ! ne plus l'aimer ? C'est ma vie ! c'était tout mon avenir !

DUMONT. Ingrat ! comment ne voyez-vous pas que flétrir la réputation de ma femme, c'est flétrir la naissance de votre fille, et que vous immoler, vous, est le seul moyen d'empêcher cette double flétrissure ?...

ALVAREZ. Comment ?

DUMONT. Le monde, en apprenant que vous m'avez ruiné, dira de vous ce que madame Larcey en disait tout à l'heure... il dira que vous vous êtes vengé de la vertu de la femme par la ruine du mari !

SCÈNE IX.

LES PRÉCÉDENTS, JEANNE, accourant.

JEANNE. Mon petit père, tu me demandes, que me veux-tu?...

DUMONT. Embrasse ton parrain pour le remercier de ce qu'il vient de faire pour toi...

Jeanne embrasse Alvarez, dont l'attitude trahit la plus grande douleur.

JEANNE. Mon petit père, qu'est-ce que mon parrain a donc fait pour moi?

DUMONT. Tu le sauras plus tard... Maintenant, va dire à ta mère que je l'attends.

Jeanne sort en courant.

SCÈNE X.

ALVAREZ, DUMONT.

ALVAREZ. Ingrat !... oui, cela est vrai, je le suis... Infâme, je l'ai été... L'amour m'a égaré, il m'a aveuglé !... il m'a ôté toute conscience, il m'a empêché de voir que je te volais ton bonheur; mais, va !... j'en ai été cruellement puni par la jalousie dont j'ai tant souffert... Tu viens de me désarmer... Tu viens de me vaincre.

Henri, si nous nous étions battus et si je t'avais blessé dangereusement... tu me tendrais la main... et tu me pardonnerais... Tu viens de me frapper mortellement au cœur... tends-moi la main... tu ne peux pas me la refuser...

Alvarez saisit la main de Dumont, la porte à ses lèvres et la baigne de larmes.

DUMONT. Demain, tous les comptes seront prêts...

ALVAREZ. Adieu ! adieu pour toujours !...

Il sort en se cachant le visage dans les mains. Tandis qu'il sort par une porte, Jeanne accourt par une porte opposée.

SCÈNE XI.

DUMONT, JEANNE.

JEANNE, accourant éperdue. Le feu a pris à la robe de maman.. Viens vite ! viens vite ! Maman va mourir...

DUMONT, s'élançant vers la porte. Ne sera-ce pas trop tard ?

SCÈNE XII.

LES PRÉCÉDENTS, ALVAREZ.

ALVAREZ, à la porte. Non... les cris de Jeanne, que j'ai entendus, ont sauvé ta mère...

JEANNE, courant se jeter dans les bras d'Alvarez, qui s'éloigne. Maman ne mourra pas !... Ah ! que je t'embrasse...

DUMONT, à lui-même. Croyant à un duel et voulant le prévenir au prix de sa vie, elle aura imaginé de donner à sa mort les apparences d'un accident qui empêchât de rien dire sur mon honneur... Le sien, devant moi, est dans son repentir ; devant le monde, il sera dans ma ruine et dans ma pauvreté.

Ce dénoûment était peut-être moins rapide que celui qui a été préféré, mais c'était un dénoûment qui laissait subsister dans toute leur dignité et dans toute leur vérité les trois caractères de Mathilde, de Dumont et d'Alvarez. Il ne les faussait pas, il ne les tronquait pas.

Éclairé, Dumont pouvait pardonner, et pardonnait.

Il ne punissait pas sa femme comme une pensionnaire qu'on renvoie à ses parents.

Il ne se vengeait pas petitement d'une flétrissure tombée sur son honneur dans un moment d'exaltation née d'un sentiment louable ; il ne s'en vengeait pas par une flétrissure imprimée de sang-froid au caractère de sa femme, qu'il se plaît à avilir aux yeux du monde.

C'était le pardon mérité par le repentir, et par un repentir sur la profondeur et la sincérité duquel il ne pouvait y avoir aucun doute.

Dumont, transformé en juge inexorable, ne jetait pas à la face de Mathilde et d'Alvarez ce non-sens aussi vide que sonore :

« Parmi tous les châtiments que je pourrais vous imposer, j'ai choisi le plus infamant. Je vous condamne tous deux à l'ingratitude. »

Dumont ne s'exposait pas à ce qu'Alvarez, redressant sa tête, courbée non sous le poids du remords, mais sous le coup de l'humiliation, l'interpellât rudement en ces termes :

« Que parlez-vous d'ingratitude ? Qu'est-ce que je vous dois ? »

Si cette interpellation, découlant d'elle-même, était adressée à Dumont, que répondrait-il ? que pourrait-il répondre ? Que ferait-il de la parole d'honneur qu'il vient de donner si inconsidérément ? Se ferait-il sauter la cervelle, ainsi qu'il vient de le jurer solennellement ?

Quel dénoûment !

Voici comment de l'idéal, qui était le vrai, mon drame est tombé dans le banal, qui est le faux.

Maintenant, le public, que je ne saurais assez remercier de l'excès de sa bienveillance, et la critique, que j'oserai blâmer de l'excès de son indulgence, persisteront-ils à trouver que j'ai eu tort de ne pas me laisser nommer ?

Si le nom de mon élagueur, que j'ai vu presque naître, et qui était devenu l'un de mes amis, avait pu s'ajouter au mien, il n'y eût eu de ma part aucun refus de me laisser nommer, mais conjointement avec lui, car, la responsabilité se changeant en solidarité, chacun eût pris alors la part de ce qui lui appartenait dans l'œuvre commune.

> Un paon muait : un geai prit son plumage,
> Puis après se l'accommoda,
> Puis parmi d'autres paons tout fier se panada,
> Croyant être un beau personnage.
> Quelqu'un le reconnut : il se vit bafoué,
> Berné, sifflé, moqué, joué...

Entre le rôle de geai et le rôle de paon, j'ai préféré être le paon qui mue que le geai qui se panade. En termes plus simples, j'ai préféré demeurer dans la vérité de mon rôle, de ma situation et de mon caractère.

Assurément je ne dédaigne pas le succès, mais ce que je cherche d'abord et avant lui, c'est le vrai, fidèle à ma devise empruntée à Dante : *Cercando il vero*.

Je crois qu'il y a dans les profondeurs du vrai, mais du vrai sans alliage et sans placage, une foule de situations nouvelles qui seraient éminemment dramatiques, si les auteurs avaient l'audace de les aborder et si les spectateurs cessaient d'avoir pour le théâtre une sévérité qu'ils n'ont pas pour leur miroir.

Une femme qui briserait le miroir indiscret qui aurait eu l'impertinence de lui dénoncer son premier cheveu blanc ou sa première ride, serait tenue, sous peine d'inconséquence, de briser tous les miroirs qui lui seraient présentés ; mais où cela la mènerait-il ? Cela empêcherait-il les cheveux blancs et les rides ?

Pourquoi donc cette peur du vrai, devenue si générale de notre temps que, si Molière renaissait parmi nous, il est douteux

qu'il réussît à faire représenter le *Tartufe*, et plus douteux encore qu'il l'entendît applaudir ?

Cependant, si le théâtre peut exercer sur les mœurs et sur les idées d'une société une influence utile, ce n'est qu'à la condition qu'il ne craindra pas de prendre la vérité corps à corps, au risque de commencer par blesser le public, ce souverain perverti par la crainte exagérée de lui déplaire qui énerve tous ses courtisans.

Mais, si la vérité n'existe parmi nous que pour n'être dite à aucun tyran, quel qu'il soit et quelque nom qu'il porte, autant vaut qu'elle reste à pourrir au fond de son puits. L'hypocrisie ne s'en plaindra pas ; elle continuera à porter impunément et fièrement sur son front le diadème qu'elle a dérobé à la vertu ; la servilité persistera à s'appeler le dévouement, et le succès se persuadera plus que jamais qu'il est le génie.

O public si redouté, c'est toi, en définitive, qui souffres de la terreur que tu causes aux auteurs dramatiques ; ils mettent tant de soin à te ménager, à te choyer, à te dorloter, qu'ils finissent par t'endormir et qu'ils ne savent plus comment te réveiller autrement que par le bruit et l'éclat de féeries telles que la *Biche au bois*. Ils te traitent en enfant, ils te montrent de beaux décors, et cela te suffit. Ce que tu veux, c'est qu'on t'amuse. Tu sembles ne plus aller au spectacle que pour oublier et non pour penser.

Ne serait-il pas temps de réagir énergiquement contre cette somnolence orientale que l'usage du tabac n'a pas peu contribué à répandre et à accroître, et qu'il entretient ?

Ne serait-il pas temps de mettre le public en face de lui-même et de l'obliger de se regarder et de se scruter ?

Il n'y a pas un problème social qui ne renferme un sujet dramatique.

Dans cet ordre d'idées, que le *Supplice d'une femme* n'a pas même effleuré, il y a toute une veine puissante à exploiter.

D'une part, la vérité de convention me paraît épuisée.

D'autre part, ce qu'on nomme le réalisme n'est pas le vrai ; il est l'exagération du vrai, il en est l'afféterie.

L'école réaliste, en prenant le nom d'école, s'est elle-même condamnée.

Le vrai n'a pas d'école. Il est simple. Il se rencontre, il ne s'imite pas. Dès qu'il est imité, il n'est plus le vrai.

Le vrai est double.

Le vrai est absolu, le vrai est relatif.

Le vrai selon la nature n'est pas le vrai selon la société, et réciproquement.

On peut les mettre l'un et l'autre aux prises, et de cette lutte tirer de grands effets.

Mais il serait possible que le plus souvent la censure théâtrale ne le permît pas ; aussi est-il prudent de s'en tenir au vrai relatif, mine très-abondante encore, quoique moins profonde. Je prends pour exemple le mariage.

Il y a le mariage dans la société telle qu'elle devrait être. Ce serait le vrai, l'absolu ; je le laisse à l'écart et je n'en parle pas.

Il y a le mariage dans la société telle qu'elle est. Là, le vrai relatif peut être fouillé par l'auteur dramatique jusqu'aux plus grandes profondeurs sans aucun péril ; car plus on creuse le problème conjugal, et plus on arrive à cette conclusion, que, hors la fidélité réciproque, il n'y a une complication inextricable des situations et avilissement inévitable des caractères. Ce qui a souvent gâté, au théâtre, cette démonstration, ce qui en a souvent masqué l'évidence, ce sont les phrases à effet, les phrases sonores et maladroites, sous l'épaisseur desquelles la situation disparaît pour ne plus laisser voir que l'auteur transformé en prédicateur hypocrite ou en avocat boursouflé.

Il s'est faufilé dans le *Supplice d'une femme* des phrases que j'avais retranchées et que je désavoue. De ces phrases-là il ne s'en faufilera aucune dans le drame que j'intitulerai les *Deux Sœurs*, si la politique me laisse le loisir de l'écrire après que j'aurai fini le volume qui a pour sujet et pour titre : *du Droit de punir*.

Cette fois, moins défiant de moi-même et de mon inexpérience, le drame ne descendra pas de l'idéal.

Tel que je le comprends, l'idéal, c'est le vrai élevé à sa plus haute puissance, c'est le vrai élevé à la hauteur de l'idée.

ÉMILE DE GIRARDIN.

LE
SUPPLICE D'UNE FEMME

ACTE PREMIER

Un salon.

—

SCÈNE PREMIÈRE.

DUMONT, un Domestique.

DUMONT, entrant, au domestique. Dites à madame que je suis rentré. Où est ma fille?
LE DOMESTIQUE. Mademoiselle Jeanne joue dans la galerie.
DUMONT. Dites-lui de venir.
LE DOMESTIQUE. Voici mademoiselle.

Il sort.

SCÈNE II.

DUMONT, JEANNE.

JEANNE. Qu'est-ce que tu m'apportes là, mon petit père?
DUMONT. Quel jour est-ce aujourd'hui?
JEANNE. C'est samedi.
DUMONT. Et demain?
JEANNE. C'est dimanche.
DUMONT. Mais de qui est-ce la fête demain?
JEANNE. De moi!
DUMONT. De toutes les petites filles qui s'appellent Jeanne, et de tous ceux qui s'appellent Jean.
JEANNE. Comme mon parrain.
DUMONT. Eh bien! ton père qui n'oublie pas les dates en sa qualité de banquier, s'est rappelé le 27 décembre, et il est allé chercher des joujoux pour sa fille, à qui il souhaite respectueusement la fête.
JEANNE. Aujourd'hui?
DUMONT. Aujourd'hui.
JEANNE. La veille, alors?
DUMONT. Comme tu dis.
JEANNE. Tiens! pourquoi la veille et pas le jour?
DUMONT. Parce que c'est l'usage.
JEANNE. Pourquoi est-ce l'usage?
DUMONT. Oh! tu m'en demandes trop long! Où s'arrêteraient les hommes, s'ils avaient la moitié de la logique qu'ont les enfants?
JEANNE. Tu ne sais pas?
DUMONT. Ma petite fille, tu verras dans le monde une foule d'usages de ce genre dont tu feras aussi bien de ne pas demander l'explication, parce qu'on ne pourrait pas te la donner. Pour moi, je crois que cette habitude aura été prise par un papa qui avait hâte de faire plaisir à sa petite fille, et que les autres papas l'auront imité.
JEANNE. Et c'est une poupée que tu m'apportes?
DUMONT. Oui.
JEANNE. Oh! qu'elle est belle, papa, qu'elle est belle! Elle ressemble à madame Larcey. Elle est mieux.
DUMONT. Je crois bien!... elle ne parle pas!
JEANNE. Viens que je t'embrasse!
DUMONT. Es-tu contente?
JEANNE. Oui, mon petit père?
DUMONT. Je suis le premier, n'est-ce pas?
JEANNE. Quel premier?
DUMONT. Qui te souhaite la fête aujourd'hui?
JEANNE. Certainement.
DUMONT. Alvarez, ton parrain, n'est pas encore arrivé?
JEANNE. Non. Et qu'est-ce que tu as donné à mes petits pauvres?
DUMONT. Tiens, voici ce que tu leur donneras toi-même.
JEANNE. Une, deux, trois... cinq pièces d'or... Alors, ils n'auront plus faim.

DUMONT. Aujourd'hui.
JEANNE. Mais demain?
DUMONT. Comment faire? La même chose.
JEANNE. Tous les jours tu me donneras de l'argent pour eux?
DUMONT. Les jours que tu seras sage.
JEANNE. Alors, je serai sage tous les jours... Je vais faire manger ma poupée.

SCÈNE III.

LES MÊMES, MATHILDE.

DUMONT, à Mathilde. Viens donc jouir de sa joie!
JEANNE, montrant sa poupée. Vois donc, maman, comme elle est belle.
MATHILDE, un peu froide et distraite. Oui, elle est très-belle. — Ta gouvernante t'attend.
JEANNE. J'aime mieux rester ici.
MATHILDE. Tu sais bien que cela contrarie miss Brown.
JEANNE. Mais, maman, c'est ma fête demain, c'est-à-dire aujourd'hui.
MATHILDE. Elle a raison, aujourd'hui la maison est à elle. Va jouer! (A Mathilde.) Qu'est-ce que tu as? Toujours soucieuse!
MATHILDE. Je n'ai rien, mon ami!
DUMONT. Alors, fais comme Jeanne: embrasse-moi! La fille a son joujou, la mère doit avoir le sien.
MATHILDE. Encore!
DUMONT. Pourquoi ce mot: encore?
MATHILDE. Parce que c'est tous les jours un nouveau présent... Les belles perles! les beaux diamants!... Henri, tu veux donc dépouiller pour moi tous les joailliers de Paris? Sais-tu ce que l'on dit autour de nous? On ne dit pas que tu es généreux, on dit que tu es prodigue.
DUMONT. Qui dit cela?
MATHILDE. Mes meilleures amies.
DUMONT. Laisse dire les envieuses!... Est-ce que toutes les perles de la mer et tous les diamants de la terre vaudront jamais le bonheur que je te donne? Il n'y a qu'un nuage à ce bonheur: c'est la tristesse que je te vois, et qui augmente chaque jour. Je fais ce que je puis pour la dissiper, mais je n'y réussis guère. Voyons, Mathilde, dis-moi ce que tu as. Que te manque-t-il?
MATHILDE. Rien, mon ami, rien!...
DUMONT. As-tu quelque reproche à m'adresser?
MATHILDE. Aucun! Tu fais tout pour que je sois heureuse... et si...
DUMONT. Et si?...
MATHILDE. Et si je n'écoutais que mon cœur...
DUMONT. Eh bien?
MATHILDE. Eh bien! je ne devrais pas avoir une minute de tristesse, ni même d'ennui.
DUMONT. Alors pourquoi donc es-tu triste?
MATHILDE. Je ne suis pas triste; je suis malade; je suis nerveuse; j'ai des besoins de pleurer sans cause réelle.
DUMONT. Un voyage te ferait-il du bien? partons.
MATHILDE. Partir?
DUMONT. Veux-tu que nous allions passer l'hiver en Italie?
MATHILDE. Tes affaires?
DUMONT. Elles n'ont pas absolument besoin de moi... Je verrai... je m'arrangerai de manière à ce qu'elles ne souffrent pas de mon absence... Et puis, d'ailleurs, est-ce que mes affaires peuvent entrer en balance avec ton plaisir ou ta santé?... Voilà déjà que tu souris; c'est moi qui te redois.
MATHILDE. Comment ne pas sourire à tant de bonté!
DUMONT. Dis à tant d'amour! Car je ne t'ai jamais plus aimée. Jeanne et toi, vous êtes les deux anges de ma vie.
MATHILDE. Eh bien! oui, partons! je voudrais partir.
DUMONT. Quand tu voudras.
MATHILDE. Avec toi seul.

DUMONT. Et Jeanne.

MATHILDE. Pourquoi emmener cette enfant?

DUMONT. Pourquoi la laisser derrière nous? elle nous complète.

MATHILDE. Elle est si jeune!

DUMONT. Et quelquefois elle t'ennuie!

MATHILDE. Moi?... Est-ce que jamais?...

DUMONT. Quelquefois tu es un peu sévère avec elle.

MATHILDE. Tout le monde la gâte tant!... Il faut bien qu'il y ait une personne qui ne la gâte pas.

DUMONT. Peut-être as-tu raison. Moi, je ne la vois qu'aux heures où je ne travaille pas, et alors je trouve charmant tout ce qu'elle fait. Lorsqu'on s'est entretenu d'affaires toute la journée, c'est un rayon de soleil que le sourire d'un enfant; tandis que toi, tu la vois incessamment, et je comprends qu'elle te fatigue un peu; mais tu es une trop bonne femme pour ne pas être une bonne mère. Lui en voudrais-tu, malgré toi, de ce qu'elle t'a fait souffrir?... Car en venant au monde, elle a failli emporter ta vie. Il nous est bien facile à nous autres hommes d'aimer nos enfants : ils ne nous donnent que des joies, quand ils vous font répandre tant de larmes. Pardonne-lui... ce n'est pas sa faute. (Plus bas.) Et puis... il faut toujours pardonner. (Souriant.) Surtout aux innocents. Pourquoi pleures-tu ?

MATHILDE. Parce que tu vaux mieux que moi... parce que tu as raison. Je suis quelquefois injuste pour Jeanne. Je ne le serai plus, je te le promets. Elle vivra avec nous. Et nous partirons sans rien dire à personne, à personne!

DUMONT. Comme tu voudras. Mais pourquoi ce mystère!

MATHILDE. Afin que ce voyage ait encore plus d'attrait et que rien ne vienne y faire obstacle... Nous passerons deux ou trois mois dans un coin du monde où nul ne nous connaîtra, toi, Jeanne et moi, et alors tu verras comme je serai gaie et comme je redeviendrai la Mathilde d'autrefois.

DUMONT. C'est convenu, donnez-moi des arrhes, madame. Souriez encore; dites-moi que vous m'aimez.

MATHILDE, s'abandonnant. Est-ce que je pourrai jamais t'aimer assez?

Au moment où Mathilde va embrasser Dumont, Alvarez entre; il apporte une caisse qu'il dépose.

SCÈNE IV.

LES MÊMES, ALVAREZ.

DUMONT. Tiens! c'est toi, Alvarez, tu étais là?

ALVAREZ. J'entrais... je cherche Jeanne. (A Mathilde, qui fait le mouvement de se retirer.) Je vous fais fuir, madame?

MATHILDE. Non, monsieur! non!... je sortais parce que j'ai un ordre pressé à donner.

DUMONT. Pour le bal de Jeanne.

MATHILDE. Oui. Il a lieu à deux heures, et midi va sonner.

SCÈNE V.

LES MÊMES, moins MATHILDE.

ALVAREZ. Miss Brown m'avait dit que Jeanne était ici. Où donc est-elle?

DUMONT. Elle est là dans le jardin d'hiver... Elle est si occupée de sa poupée nouvelle qu'elle ne t'a pas vu entrer... Comment vas-tu?

ALVAREZ. Bien ! et toi?

DUMONT. Mieux que jamais.

ALVAREZ. Et madame Dumont?... Sa santé est bonne?

DUMONT. Excellente... Je n'ai pas besoin de te demander ce qu'elle renferme, cette énorme caisse... Je parie que c'est aussi une poupée?...

ALVAREZ. Je ne parie pas, car tu gagnerais. La tienne parle-t-elle?

DUMONT. Non!

ALVAREZ. Eh bien! la mienne parle.

DUMONT. Profond corrupteur!... Est-ce que tu assisteras à la matinée d'enfants?

ALVAREZ. Oui.

DUMONT. Tu dînes avec nous?

ALVAREZ. Certainement.

DUMONT. Allons, je te laisse avec Jeanne. Je vais savoir ce qu'a fait la Bourse... tu restes, toi?

ALVAREZ. Est-ce que je m'en occupe jamais?... C'est toi qui fais tout, et tu t'en acquittes si bien... Pourquoi m'en mêlerais-je?...

DUMONT. Il faudra peut-être que tu t'en mêles.

ALVAREZ. Pourquoi cela?

DUMONT. Je te le dirai plus tard.

Il sort

SCÈNE VI.

ALVAREZ, JEANNE.

ALVAREZ, appelant. Jeanne! Jeanne!

JEANNE. Ah c'est toi, mon parrain.

ALVAREZ. Devine ce qu'il y a là-dedans.

JEANNE. Encore une poupée. (Dumont s'en va sans rien dire dans l'appartement de sa femme.)

ALVAREZ, tout à Jeanne. Oui, avec toutes ces toilettes.

JEANNE. Ah! mon petit parrain, que tu es gentil! elle est plus grande que celle de papa.

ALVAREZ. Alors, tu l'aimes mieux que la sienne?...

JEANNE. Oh non. J'aime autant celle de papa.

ALVAREZ. Pourquoi?

JEANNE. Parce que c'est papa qui me l'a donnée.

ALVAREZ. Tu l'aimes donc bien, ton papa?

JEANNE. Oh! oui.

ALVAREZ. Mieux que moi.

JEANNE. Certainement.

ALVAREZ. Pour quelle raison ?

JEANNE. Pour la raison que c'est mon papa.

ALVAREZ. Mais papa, qu'est-ce que ça veut dire?

JEANNE. Je ne sais pas. Mais quand je dis papa, il me semble que je ne peux pas dire plus, et qu'il faut que je l'embrasse tout de suite.

ALVAREZ. Et moi, tu ne m'embrasses pas?

JEANNE. Si, je t'aime bien, je t'assure ; mais après lui et après maman aussi ! (S'adressant à sa poupée.) Mademoiselle, êtes-vous sage ? vous vous appellerez Fanchette alors.

ALVAREZ. Qu'est-ce qu'elle a fait ta maman, hier au soir ?

JEANNE. Elle est restée ici avec papa.

ALVAREZ. Il n'est venu personne les voir ?

JEANNE. Si, madame de Talveyra est venue.

ALVAREZ. A quelle heure est-elle partie ?

JEANNE. Je ne sais pas, on m'a couchée à neuf heures.

ALVAREZ. Tiens, voici encore pour toi.

JEANNE. Oh ! qu'est-ce que c'est ?

ALVAREZ. Un éventail pour le bal.

JEANNE. Un bal ?

ALVAREZ. Oui, un bal que j'ai prié ta mère de donner ce matin à toutes tes petites amies à l'occasion de ta fête ; c'est une surprise.

JEANNE. Un bal comme celui des petites Talveyra ? Oh ! quel bonheur! Alors, il faut que l'on me fasse belle tout de suite.

ALVAREZ. Certainement!

JEANNE. Je vais aller trouver miss Brown.

ALVAREZ. Oui, va, va, chère enfant !... Jeanne !

JEANNE. Quoi ?

ALVAREZ. Embrasse-moi encore... Tu trouveras aussi des bonbons dans l'autre salon.

JEANNE. Je vais les voir et qu'est-ce que tu as donné aux pauvres ?...

ALVAREZ. Rien.

JEANNE. Papa leur a donné, lui.

ALVAREZ. Je leur donnerai aussi.

Pendant qu'Alvarez tient Jeanne dans ses bras, madame Larcey entre.

SCÈNE VII.

ALVAREZ, MADAME LARCEY.

MADAME LARCEY. Bonjour, mon cher monsieur Dumont. Tiens! c'est vous, monsieur Alvarez! Eh bien ! vrai, je vous prends pour le maître de la maison.

ALVAREZ. Avant de m'avoir regardé?

MADAME LARCEY. Oh ! du reste, à force de vivre ensemble on finit toujours par se ressembler un peu... C'est comme cette chère enfant, qui vous ressemble autant qu'à son père. Politesse de filleule. Bonjour, petite. (Elle l'embrasse.) Où est ta maman ?

JEANNE. Elle est avec papa... Je vais les chercher.

MADAME LARCEY. Ne les dérange pas. Je suis ici comme chez moi, une si vieille amie, vieille comme amitié ! car, comme âge, Mathilde est une enfant, et comme caractère aussi. J'attendrai avec vous, mon cher monsieur Alvarez, que ces jeunes époux viennent me retrouver. Deux tourtereaux, n'est-il pas vrai ? Quel bel exemple !... et comme il est peu suivi ! D'ailleurs, ce ne sera pas la première fois que vous ferez les honneurs de la maison. Ah çà ! qu'est-ce que vous devenez ? on ne vous voit plus.

ALVAREZ. Vous viviez dans la retraite.

MADAME LARCEY. J'étais en deuil, c'était bien le moins ; mais mon deuil est fini de ce matin, Dieu merci !... Autrement, je n'aurais pas eu le plaisir d'inaugurer avec vous ma première robe de couleur. Vous êtes du bal d'enfants, n'est-ce pas ?

ALVAREZ. Comme spectateur.

MADAME LARCEY. Moi aussi, comme spectatrice ; car c'est aujourd'hui ce bal ? L'invitation nous a pris de si court, que je venais le demander à Mathilde.

ALVAREZ. Aujourd'hui !

MADAME LARCEY. A deux heures ?... Comme on gâte les petites filles maintenant ! des enfants de sept ans qui donnent des bals... Est-ce que vous ne trouvez pas cela ridicule ?

ALVAREZ. Je suis le coupable.

MADAME LARCEY. Alors, c'est ma question qui est déplacée et je la retire ; après tout, vous avez raison, il faut bien que les enfants s'amusent. Les chagrins viennent toujours assez vite. Depuis qu'il a été question de ce bal, Adrienne ne se possède pas de joie... elle n'en n'a pas dormi. Elle aime tant le plaisir ! C'est tout son père. Elle n'a rien de moi. Les filles tiennent des pères. Du reste, Jeanne tient-elle du sien ? Je la connais fort peu.

ALVAREZ. Elle est encore toutes les enfants de son âge... Elle n'a pas encore un caractère bien déterminé, mais elle est bonne, douce, affectueuse.

MADAME LARCEY. Comme sa mère ; vous l'aimez beaucoup ?... Jeanne, bien entendu.

ALVAREZ. J'adore les enfants !

MADAME LARCEY. Et elle vous aime ?

ALVAREZ. Comme les enfants aiment ceux qui les gâtent.,,

MADAME LARCEY. Elle serait bien ingrate, si elle ne vous aimait pas.

ALVAREZ. Pourquoi ? madame.

MADAME LARCEY. Parce que vous la gâtez d'abord, et puis...

ALVAREZ. Et puis ?...

MADAME LARCEY. Et puis parce que vous portez bonheur à toute la maison. Elle ne saura jamais tout ce qu'elle vous doit.

ALVAREZ. Je ne comprends pas.

MADAME LARCEY. C'est pourtant bien simple. Il y a huit ans; Dumont était dans de mauvaises affaires. N'est-il pas vrai? Vous lui prêtez onze cent mille francs... Ne niez pas ! c'est lui qui me l'a dit et avec des transports d'admiration, des effusions de reconnaissance qui font son éloge et le vôtre. Vous le savez. Les affaires reprennent, rien ne manquait plus à son bonheur, excepté un enfant qu'il demandait au ciel depuis trois ans de mariage, et que le ciel s'obstinait à lui refuser Un beau jour, Jeanne vient au monde, tant il est vrai que les grands bonheurs n'arrivent jamais seuls ! Au reste, Dumont méritait bien ce bonheur-là !... C'est un si bon mari, n'est-ce pas ? Confiant ! fidèle à sa femme, fidèle à sa femme ! fidèle à sa femme ! Voilà de ces choses qu'il faut dire trois fois pour qu'on les croie, et encore ne les croire !... C'est un brave cœur, courageux !... deux comme un enfant, et courageux !... Il l'a bien prouvé aux journées de juin, où il a été si grièvement blessé en tête de sa compagnie... Ah ! si j'avais eu un mari comme celui-là !...

ALVAREZ, à Dumont qui entre. Arrive donc, mon cher Dumont, arrive ; nous disions du mal de toi.

SCÈNE VIII.

LES MÊMES, DUMONT.

DUMONT. De moi ?...

MADAME LARCEY. Oui, nous disions que vous êtes la perle des maris. Après ce compliment-là, je me sauve.

DUMONT. Quand j'arrive ?

MADAME LARCEY. Je n'avais que dix minutes à donner ici ; c'est M. Alvarez qui vous les a prises, il vous les rendra. Voici la chose en deux mots. J'ai une loge pour ce soir... Vaudeville première... Êtes-vous des miens ? Mathilde me dira cela tout à l'heure quand je vais revenir chez Adrienne. M. Alvarez est invité ; je suis en retard, je me sauve ; à tout à l'heure. Ne me reconduisez pas.

Elle sort.

SCÈNE IX.

ALVAREZ, DUMONT.

DUMONT. Elle est complètement folle.

ALVAREZ. Si elle n'était que folle ! mais elle est méchante...

DUMONT. Tu te trompes. Elle n'est que médisante au fond.

ALVAREZ. Dire du mal ou en faire, c'est à peu près la même chose. Crois-moi, madame Dumont a bien tort d'avoir une pareille amie.

DUMONT. Pour une jeune femme, une amie aussi médisante que madame Larcey en vaut dix des meilleures ; c'est un brevet d'honnêteté.

ALVAREZ. Madame Dumont n'en a pas besoin.

DUMONT. Sans doute. Je t'ai dit que j'avais à te parler. Voici ce que j'avais à t'apprendre. C'est un secret, promets-moi de ne pas le trahir, et de ne pas m'imiter, car moi je le trahis en te le disant. Mais tu es de la famille ; et puis, je ne peux pas faire autrement, puisque tu es mon associé.

ALVAREZ. De quoi s'agit-il ?

DUMONT. Je pars.

ALVAREZ, avec un mouvement de joie qu'il réprime aussitôt. Tu pars ?

DUMONT. Cela paraît te réjouir ?

ALVAREZ. Mais, oui... je suppose que tu as quelque grande affaire en vue.

DUMONT. Non.

ALVAREZ. Comment ! il ne s'agit pas d'une affaire !

DUMONT. Cela t'étonne ?

ALVAREZ. Sans doute : car les affaires, c'est ta vie. Tu pars seul ?

DUMONT. Je ne pars pas seul.

ALVAREZ. Avec qui pars-tu ?

DUMONT. Avec Mathilde.

ALVAREZ. Et Jeanne ?

DUMONT. Naturellement. Et comme il faut que quelqu'un surveille les intérêts communs en mon absence, c'est toi qui les surveilleras.

ALVAREZ. Certainement ! certainement !

DUMONT. Quand je te disais que j'allais avoir quelque chose à faire !

ALVAREZ. Et ce voyage sera long ?

DUMONT. Cela dépendra de Mathilde.

ALVAREZ. Et la cause de ce voyage ?

DUMONT. Mathilde est souffrante.

ALVAREZ. Depuis quand ?

DUMONT. Depuis longtemps déjà.

ALVAREZ. Tu me disais tout à l'heure que sa santé était excellente.

DUMONT. Tu sais, c'est ce qu'on dit toujours.

ALVAREZ. Et c'est le médecin qui a ordonné ?

DUMONT. C'est moi qui ai offert.

ALVAREZ. Et elle a accepté ?

DUMONT. Avec joie.

ALVAREZ. Et quand partez-vous ?

DUMONT. Dans deux ou trois jours.

ALVAREZ. Et vous allez ?

DUMONT. Tout droit devant nous, mais du côté du soleil, comme les hirondelles.

ALVAREZ. Et comme les amoureux.

DUMONT, lui serrant les mains avec effusion. Comme les amoureux, oui, tu ne pouvais pas mieux dire. Cela ne te tente pas ? Riche comme tu l'es !... plus de quatre millions !... jeune comme tu l'es, car tu l'es encore... trente-cinq ans... c'est le bel âge pour se marier !... Allons! marie-toi donc.

ALVAREZ. Pour ma fête.

DUMONT. Oui ! pour ta fête... et pour le bonheur de ta vie !...

Entre Mathilde.

SCÈNE X.

ALVAREZ, DUMONT, MATHILDE.

DUMONT, continuant. Entre... Je disais à Jean qu'il devait se marier, afin d'être aussi heureux que nous le sommes... Nous tâcherons de lui trouver une femme comme toi ! Ce n'est pas aisé, je le sais bien ! Mais là-peu-près serait encore bon... Allons, prouve-lui qu'il a tort. Moi, je n'ai pas le temps de le convaincre, car d'ici à notre départ je n'aurai plus une minute à perdre... Il sait notre voyage... je le lui ai annoncé... Il ne pouvait pas y avoir de secret pour lui. Adieu!

SCÈNE XI.

ALVAREZ, MATHILDE.

ALVAREZ. Ainsi, vous partez ?

MATHILDE. Oui !

ALVAREZ. C'est vous qui avez eu l'idée de ce voyage ?

MATHILDE. Non, c'est Henri qui le désire.

ALVAREZ. Ne vous ai-je pas priée de ne pas prononcer ce nom d'Henri devant moi ?

MATHILDE. C'est mon mari qui le désire.

ALVAREZ. Votre mari ?

MATHILDE. En vérité, je ne sais plus quel nom lui donner quand je vous parle de lui.

ALVAREZ. Au surplus, appelez-le comme il vous plaira. Je vous défends de le suivre.

MATHILDE. Vous me le défendez? de quel droit?

ALVAREZ. Vous le savez bien.

MATHILDE. Je suis malade, Jean; je vous assure que je le suis et que j'ai besoin de respirer un peu un autre air... Ayez pitié de moi!

ALVAREZ. Aujourd'hui comme toujours vous n'avez qu'une pensée : m'échapper, m'éconduire, me fermer votre porte, me briser.

Il saisit une chaise et fait un geste violent

MATHILDE. Que faites-vous!... Si mon mari vous entendait.

ALVAREZ. Eh bien! il entendrait! Tant mieux! Ce serait le dénoûment d'une situation qui ne saurait se prolonger... Et d'ailleurs, de quoi aurait-il à se plaindre? Il apprendrait que vous me subissez par terreur et pour conjurer un éclat qui troublerait son repos... Il apprendrait que vous vouliez partir parce que vous ne m'aimez plus, si vous m'avez jamais aimé!

MATHILDE. A qui la faute, si je ne vous aime pas?

ALVAREZ. A Henri, que vous aimez, lui.

MATHILDE. Quand cela serait?

ALVAREZ, avec colère. Madame!

MATHILDE. Monsieur! Puis-je empêcher qu'il ne soit bon autant que vous êtes cruel, noble autant que vous êtes injuste, dévoué autant que vous êtes ingrat? Puis-je m'empêcher de vous comparer l'un à l'autre, de me repentir et de le trouver en tout supérieur à vous, et surtout à moi?

ALVAREZ. Trop tard. Il fallait faire ces comparaisons il y a sept ans.

MATHILDE. Hélas! que n'ai-je pu les faire!

ALVAREZ. Aujourd'hui je vous aime; vous êtes à moi; vous m'avez dit que vous m'aimiez : mensonge ou vérité, je m'en tiens là. Je ne puis vivre sans vous, je ne veux pas vous perdre, et je ne vous perdrai pas, je vous en préviens.

MATHILDE. Que ferez-vous donc?

ALVAREZ. Ah! vous croyez que j'aurai mis toute ma vie dans un seul amour, que, pendant sept ans, j'aurai subi toutes les tortures, toutes les humiliations de la jalousie que j'aurai entendu mon enfant, — oui, mon enfant, — appeler un autre que moi son père? Vous croyez que j'aurai supporté tout cela par amour pour vous et pour Jeanne, et qu'un beau jour il vous suffira de me dire : je pars! et que je vous laisserai partir? Vous vous trompez. Si vous ne trouvez pas le moyen de rester, je vous le ferai trouver, moi.

MATHILDE. Quel sera-t-il?

ALVAREZ. J'emmènerai Jeanne.

MATHILDE. Vous êtes fou.

ALVAREZ. Non pas. La loi ne sera pas pour moi, mais j'aurai pour moi le scandale, votre déshonneur... Votre mari vous chassera, vous et votre enfant, et il faudra bien alors que vous soyez toutes les deux à moi et à moi seul, car il ne vous restera plus que moi.

MATHILDE. Mais il n'y a pas de haine qui ne soit préférable à un pareil amour... Deux adversaires prêts à s'égorger ne se tiendraient pas un autre langage.

ALVAREZ. Ah! je ne suis pas un Génevois.. comme Henri, moi. Je n'ai pas appris la vie dans l'*Émile* et le *Vicaire savoyard*; je n'ai pas pétri mon âme avec la neige des glaciers; je suis né en pleine Espagne, sous un ciel de feu, et c'est le soleil avec toutes ses ardeurs qui brûle le sang de mes veines. J'aime avec tout mon être, je me donne tout entier, mais je veux qu'on soit tout à moi. Que m'importe votre mari? Je le hais!

MATHILDE. L'homme qui vous appelle son ami?

ALVAREZ. Tant pis pour lui s'il est aveugle!

MATHILDE. Vous serrez sa main, vous êtes venu à son secours, vous avez sauvé sa fortune et sa vie.

ALVAREZ. Pour vous que j'aimais et dont je voulais me faire aimer.

MATHILDE. Dites-moi alors que je me suis vendue!

ALVAREZ. Je vous aimais, je vous adorais. Je ne sais par quel moyen j'ai pu vous convaincre. Tous les moyens sont bons à celui qui aime. Si j'ai supporté jusqu'à présent cette vie double, c'est que cela vous aimiez et vous aimiez, si vous subissiez comme moi un esclavage social. Mais, du moment que vous aimez cet homme, il n'est plus que mon ennemi, mon rival, et je le tuerai s'il le faut.

MATHILDE. Le crime après la honte, il ne manquait plus que cela. Ecoutez... Si vous commettiez une pareille infamie, je m'estimerais tellement au-dessus de vous, si déshonorée que je fusse, que non-seulement je ne vous appartiendrais pas, mais que vous ne me verriez plus. Respectez, protégez même les jours de mon mari! Car, veuve par vous, veuve encore malgré vous-même, j'entrerais dans un couvent avec ma fille, — qui est ma fille au moins et que l'on ne peut pas me disputer. — Elle ne serait plus qu'à moi seule, et ce serait à moi de la ga-

rantir contre vos fureurs. Cette innocente enfant dont vous avez fait votre espion, que vous questionnez à chaque minute, et qui vous fournit, la pauvre petite, sans le savoir, les prétextes pour torturer sa mère, vous me forcez à rougir devant elle, à la craindre, à redouter sa présence, à la chasser, car je ne puis la voir sans me rappeler combien je suis coupable. Vous parlez de vos tortures!... En est-il de comparables aux miennes? Quelle existence m'avez-vous faite! et combien de fois n'ai-je pas songé à mourir pour y échapper à tout jamais! Depuis sept ans, pas un jour sans une scène comme celle-ci. Vous me déshonorez dans mon époux, dans mon enfant, dans mes souvenirs, dans mon sommeil. A lui par devoir, — à vous par crainte, — rien de moi n'est plus à moi, et l'amour, amour d'épouse, amour d'amante, amour de mère, n'est plus que sacrilége, mensonge et ignominie, et vous voulez que je vous aime!

ALVAREZ. Ah

MATHILDE. Faites ce que bon vous semblera : menacez, déshonorez, tuez... Grâce à Dieu! il me reste la mort, que vous ne pouvez pas me prendre.

ALVAREZ, fondant en larmes et suppliant. Mathilde! Mathilde! pardonne-moi, je t'aime... voilà mon crime, je t'aime au-dessus de tout. Mais je ne sais pas t'aimer... je te fais souffrir... tu as raison. Mais je souffre tant... pardonne-moi... je ne me plaind-ai plus... j'accepterai tout. Oui, cet homme vaut mieux que moi, c'est cela qui me désespère. Mais ne l'aime pas, je t'en supplie... tu ne sais pas jusqu'où peuvent aller les transports d'un amour aiguisé par l'humiliation de sentir qu'il n'est pas partagé!... Dis-moi seulement une fois que tu m'aimes, que tu m'as aimé... que tu m'aimeras encore... Donne-moi une preuve de tendresse... ne pars pas! Et je deviendrai confiant comme Henri! doux comme Henri! bon comme Henri! Tu n'auras plus rien à redouter de moi! Je me tiendrai dans l'ombre, je ne ferai aucun éclat. Tiens... je pleure, Mathilde... je suis à genoux... Ne pars pas encore demain... plus tard... dans un mois... dans huit jours... tu ne peux pas me refuser cela.

MATHILDE. Relevez-vous.

ALVAREZ. Promets-moi de ne pas partir...

MATHILDE. Eh bien! je ne partirai pas.

ALVAREZ. Comment feras-tu?

MATHILDE. Je n'en sais rien... je chercherai... je trouverai ce qu'il faudra. Mais, au nom du ciel, relevez-vous, partez!

ALVAREZ. Dis-moi que tu m'aimes!

MATHILDE. Eh bien! oui, je vous aime!

ALVAREZ. Oh! Mathilde, que je suis heureux!

Il sort

SCÈNE X.

MATHILDE, seule.

Ah! mon Dieu! quel supplice!

ACTE DEUXIÈME

Même décor.

SCÈNE PREMIÈRE.

MADAME LARCEY, MATHILDE.

MADAME LARCEY. Bonjour, chère, comment allez-vous? Sans reproche, c'est la seconde fois d'aujourd'hui. Eh bien, vous avez donc improvisé une matinée d'enfants?

MATHILDE. Mon Dieu! oui. Cela s'est arrangé l'autre jour... une idée...

MADAME LARCEY. Une idée de M. Alvarez... c'est lui qui me l'a dit... Est-ce qu'il a été indiscret?

MATHILDE. En aucune façon... Où donc est Adrienne?

MADAME LARCEY. Jeanne l'a arrêtée au passage et l'a retenue. Jeanne retient tous les enfants qui entrent, et leur fait une distribution royale de jouets. Elle a donné à ma fille un chat qui joue de la mandoline. Les marchands de jouets ne savent plus qu'inventer.

MATHILDE. Est-ce qu'il y a déjà beaucoup de danseuses d'arrivées?

MADAME LARCEY. Elles arrivent toutes ensemble. C'est moi qui vous renseigne sur ce qui se passe chez vous!

MATHILDE. J'ai été retardée... mais me voici prête à remplir mes devoirs de maîtresse de maison.

MADAME LARCEY. Un instant ! M. Dumont est là qui vous remplace. Laissez-moi le temps de vous dire que vous êtes charmante. Qui est-ce qui vous habille ? toujours madame Valentin ?

MATHILDE. Oui.

MADAME LARCEY. Elle a du goût, je crois que je reviendrai à elle. Moi, c'est Stokley qui m'habille... il habille bien... mais c'est un homme, c'est toujours un peu embarrassant. Du reste, il a tant de goût, et ses vêtements sont tant d'ampleur ! Je ne connais que ses notes, je veux dire ses prix, qui leur soient comparables. Au contraire, elles sont d'une simplicité, ses notes : une robe rose, 1,400 francs, une robe blanche, 1,500 francs... Il me rappelle les aubergistes espagnols qui ne vous donnent jamais le détail de votre dépense, mais qui, au moment de votre départ, vous remettent un petit morceau de papier avec ce seul mot : Total, tant. Ah ! il m'a montré une robe grise, Stokley, tout à l'heure, qui est une merveille. Il me croyait encore en deuil. Je lui ai dit : Pourquoi ne m'avez-vous pas montré cette étoffe-là il y a un mois ? Mais, il y a un mois, elle n'était pas parue ; elle arrive de Lyon.

MATHILDE. Ce sera pour votre prochain deuil.

MADAME LARCEY. Dieu vous entende ! J'ai une tante pour qui j'en ferais bien la dépense : huit cent mille francs d'héritage ! Ce que j'en dis n'est pas pour moi. Une veuve n'a pas besoin de luxe. C'est pour ma fille, que j'aurai à établir dans dix ans !...

MATHILDE. Vous y songez déjà ?

MADAME LARCEY. Il le faut bien... Ah ! que vous êtes heureuse vous, ma chère, d'abord d'avoir votre mari ! car on rit de ces choses-là, mais on ne sait pas combien ça manque un mari. Tant qu'on a le sien, on se figure qu'on pourrait s'en passer, et quand on ne l'a plus, on ne sait comment s'y prendre. Et puis, quel pavillon, ma chère ! comme tous les autres bâtiments vous saluent !... quel respect, et comme on entre carrément dans tous les ports étrangers ! Du reste, vous, vous avez une perle enchâssée dans des millions... Votre mari vous donne ce que vous voulez, il vous aime pour vous, il vous laisse libre et maîtresse de toutes vos actions ; il n'a pas plus l'air de se soucier de l'opinion du monde que si elle n'existait pas...

MATHILDE. Et pourquoi s'en soucierait-il ? Il n'a rien à redouter.

MADAME LARCEY. Personnellement... rien !

MATHILDE. Achevez donc.

MADAME LARCEY. Mon Dieu ! ma chère, est-ce que tout le monde ne jase pas sur toutes les femmes, celles qui sont élégantes et celles qui ne le sont pas ? celles qui sont jeunes et celles qui ne le sont plus ? Il n'y a que les laides qui voudraient bien qu'on parlât d'elles, mais personne ne leur en fait la charité.

MATHILDE. Cela veut dire qu'on parle de moi. Et que dit le monde ?

MADAME LARCEY. Rien de positif.

MATHILDE. Cependant...

MADAME LARCEY. Voyons, Mathilde. Il y a quelqu'un, n'est-il pas vrai, qui vous quitte pas plus que votre ombre ? Vous n'entrez pas à l'Opéra ou aux Italiens qu'il ne vous accompagne. Si vous allez à quelque petit théâtre, dans le fond de votre loge et par-dessus votre épaule, qui est-on sûr d'apercevoir ? M. Alvarez...

MATHILDE. M. Alvarez...

MADAME LARCEY. Chère amie, si vous vous troublez, je m'arrête.

MATHILDE. Je ne me trouble pas.

MADAME LARCEY. Non... mais défiez vous de ces mouvements qu'on peut prendre pour de l'émotion.

MATHILDE. Je ne suis pas émue, je ne suis qu'intriguée.

MADAME LARCEY. A la bonne heure... Franchement, puisque le mot est dit, M. Alvarez est trop souvent avec vous.

MATHILDE. C'est l'associé de mon mari.

MADAME LARCEY. Précisément.

MATHILDE. Léonie !...

MADAME LARCEY. Ce n'est pas moi qui parle ; je répète, voilà tout. Eh bien ! M. Alvarez, ce n'est pas sa faute, évidemment ; mais il est trop brun, il fait dans la maison une tache noire qui tire l'œil. Tranchons le mot, il est compromettant. On le voit trop et trop souvent avec vous. Croyez-moi, ma chère Mathilde, espacez-le... Vous voyez, au ton dont je vous parle de lui, que je n'ajoute aucune foi aux propos du monde.

MATHILDE. Et vous faites bien.

MADAME LARCEY. Une idée ! mariez-le. Il y a tant de jeunes filles prêtes à se passionner pour une belle chevelure et des yeux brillants !...

MATHILDE. Je n'ai aucun droit sur M. Alvarez, et je ne puis faire ni qu'il se marie, ni qu'il ne se marie pas...

MADAME LARCEY. Tant pis... parce que cela répondrait à tout et qu'il serait temps de répondre.

MATHILDE. Expliquez-vous clairement, je vous en prie.

MADAME LARCEY. Eh bien ! chère amie, vous aviez une femme de chambre, Zoé... une petite peste à mettre au lazaret... Et avez-vous été assez bonne pour cette fille-là !... Vous avez été forcée de la mettre à la porte, cependant.

MATHILDE. Elle était impertinente.

MADAME LARCEY. Je ne dis pas non... et cependant vous avez eu tort... Il valait mieux paraître distraite et ne pas entendre.

MATHILDE. Parce que ?...

MADAME LARCEY. Parce qu'elle a parlé.

MATHILDE. Parlé... je ne comprends pas.

MADAME LARCEY. Voici ce qui est arrivé : elle est allée se présenter chez madame de Berteux, votre ennemie intime, dont le mari est aussi bavard et aussi médisant que sa femme. Savez-vous comment ils l'ont surnommé au cercle, ce grand Berteux ? Ils l'appellent la portière du couvent. Donc, madame de Berteux a pris votre Zoé à son service, et dès le lendemain, naturellement, elle l'a questionnée sur vous et l'a fait jaser.

MATHILDE. Zoé n'avait rien à dire.

MADAME LARCEY. Mais elle a dit... elle a inventé, j'en suis sûre. Malheureusement elle a inventé des détails si précis, qu'ils ont l'air de la vérité même, pour qui aime le scandale.

MATHILDE. Et madame de Berteux a pu croire une pareille fille ?

MADAME LARCEY. Elle s'en est bien gardée ; elle a mis Zoé à la porte, en lui disant qu'elle était une infâme créature, qui calomniait odieusement son ancienne maîtresse, et que jamais elle ne prendrait à son service une semblable vipère. Zoé, fondant en larmes, a juré qu'elle n'avait rien dit dont elle ne pût donner les preuves.

MATHILDE. Des preuves !...

MADAME LARCEY. Elle n'en a pas. C'est ce que j'ai déjà répondu. En attendant, sortez de chez moi ! s'est écriée madame de Berteux avec ce grand air théâtral que vous lui connaissez, et en attendant, elle joue l'indignation partout où elle va. Berteux, de son côté, colporte l'histoire de cercle en cercle... Pauvre amie, vous êtes toute pâle. Je ne vous demande pas de confidences, je vous donne un avis. Allez au-devant du scandale, soit en capitonnant un peu votre mari, pour qu'il ne sente pas le choc, soit en éloignant M. Alvarez. S'il refuse de se marier, mettez-vous en règle avec le monde, c'est tout ce qu'on vous demande... c'est tout ce qu'il faut pour vos amis... et d'ailleurs, il n'y a pas un homme qui vaille la peine que nous nous compromettions pour lui... et celui qui nous compromettra sera bien fin...

MATHILDE. J'accepterai la lutte avec le monde, je prouverai...

MADAME LARCEY. Ne luttez pas, chère amie... Cédez, vivez en paix avec la médisance, c'est moins dangereux que de vivre en guerre avec la calomnie... voyez-vous. Nous ne songions plus à notre bal, et c'est lui qui vient nous chercher...

SCÈNE II.

LES MÊMES, UNE BANDE D'ENFANTS, avec Jeanne en tête, entre en dansant le galop, et sort par une autre porte.

JEANNE est venue embrasser sa mère et lui dit tout bas. Maman, voici une lettre pour toi.

MATHILDE. Qui te l'a remise ?

JEANNE. C'est mon parrain, qui n'a fait qu'entrer dans le salon, et qui m'a dit : Va donner ça tout de suite à ta maman, c'est une surprise.

MATHILDE. Merci, chère enfant, va danser.

Jeanne va rejoindre ses compagnes.

SCÈNE III.

MATHILDE, MADAME LARCEY.

MADAME LARCEY, à Mathilde, qui se disposait à cacher la lettre, croyant qu'elle n'avait pas été vue. Lisez votre lettre, chère amie, lisez votre lettre !

MATHILDE. Vous permettez ?...

MADAME LARCEY. Assurément. (Mathilde ouvre la lettre et paraît troublée.) Que vous arrive-t-il ?

MATHILDE. Rien !

MADAME LARCEY. Vous paraissez émue.

MATHILDE. Une contrariété, en effet.

MADAME LARCEY. Puis-je vous être bonne en quelque chose ? disposez de moi...

MATHILDE. Non, merci. Seulement il faut que j'écrive quelques mots.

MADAME LARCEY. Faites, faites! Moi, je vais voir danser les enfants. A tout à l'heure, n'est-ce pas?

MATHILDE. Certainement... A tout à l'heure!...

MADAME LARCEY. A tout à l'heure!

SCÈNE IV.

MATHILDE, seule; elle tombe demi-évanouie sur un fauteuil.

Que vais-je devenir? (Elle lit.) « Votre misérable Zoé s'est » tenu parole. Au moment où je vous écris, notre secret court » de bouche en bouche; ce soir, ce ne sera plus un secret pour » votre mari. Mathilde, il n'y a plus une minute à perdre, il » faut fuir! La fatalité que je bénis vous oblige à être encore » plus à moi que je n'espérais. Trouvez-vous à huit heures au » chemin de fer du Nord avec Jeanne. Ne vous préoccupez » d'aucun détail, j'ai tout prévu. Ah! Mathilde! vivre ensemble, » tous les trois, quel bonheur! » (Après une pause.) Quelle honte! Cette fois, comme toujours, il ne pense qu'à lui!... Amour! égoïsme du cœur, sois maudit! Que faire? Si c'était un piège qu'il me tend pour me forcer de le suivre? Mais non! Cette femme ne m'a laissé aucun doute, je suis perdue ou je vais l'être. Avec quel art elle me torturait! Amitié, tu es donc un vain mot, comme l'amour! A qui demander conseil? A ma mère, la sainte femme, qui n'a connu que le bien toute sa vie?... Où trouverait-elle les ressources du mal?... A mon père?... Il mourra de honte devant cet aveu. Mentir, alors, mentir encore, toujours mentir. Ah! mourir, c'est bien plus simple et bien plus loyal! Mourir? comment mourir?... ma mort ne m'appartient pas plus que ma vie. Je peux faire croire à un accident pour sauver mon honneur, pour être pleurée de ceux qui m'aiment. Ces larmes seront mon dernier larcin. Oui, je puis monter à cheval, me faire briser la tête sur le pavé d'une route. Quelle mort! Je suis lâche! je n'oserai pas. Mon Dieu, que devenir! (Elle pleure.) Est-ce bien moi qui en suis là? Quand je me rappelle mon enfance si calme et si gaie... O mes rêves! où êtes-vous? Comment me suis-je perdue? Regarde où tu en es venue, malheureuse! Quelle fange autour de toi! Eh bien, que cherches-tu? Va jusqu'au bout de ta destinée; cet homme, ton amant, a raison. La fuite est la seule ressource, ta seule excuse même. On dira que tu n'as pas pu résister à ton amour... D'autres femmes t'envieront, un poëte te chantera. On parlera de toi dans la grande ville, tu seras célèbre... Les valets se jetteront ton histoire avec des éclats de rire dans les antichambres de tes amis; ils diront qu'ils la savaient depuis longtemps, ils la savent peut-être... Et toi, tu veilleras là-bas, en Italie, héroïne de roman, au bord de quelque lac, éternellement rivée à ta faute. Soit, partons! (S'arrêtant.) Jamais!...

SCÈNE V.

DUMONT, MATHILDE.

On entend la musique de la danse des enfants.

DUMONT, entrant. C'est ainsi que tu présides au goûter de la bande joyeuse? Heureusement que Jeanne s'en acquitte à merveille. Elle le prend au sérieux; c'est à mourir de rire. Adrienne est gentille aussi, mais quelle différence avec Jeanne! Du reste, entre nous, il n'y a pas d'enfant qui la vaille. Qu'est-ce que tu as? En effet, madame Larcey m'a dit que tu avais reçu une lettre qui t'avait contrariée. Que t'arrive-t-il?..

MATHILDE, regardant Dumont avec les yeux hagards, et comme si elle ne pouvait résister à la pensée qui lui vient. Henri!...

DUMONT. Tu m'effrayes. Pourquoi me regardes-tu ainsi? Ta mère est morte? Où est cette lettre? (Mathilde la lui donne. — Après avoir lu.) L'écriture d'Alvarez! qu'est-ce que cela signifie? C'est à toi que cette lettre est adressée?

MATHILDE. Oui!

DUMONT. Voyons! je ne comprends plus. Alvarez... Cette lettre dit vrai?

MATHILDE, épuisée et chancelante. Oui!

DUMONT, avec explosion, en levant le bras comme pour la tuer. Misérable!... (Il s'arrête au moment de la frapper, s'éloigne, et, passant les mains sur son front comme pour retenir sa pensée:) Je vais devenir fou, je le sens... pardon... C'est bien... Adieu!...

MATHILDE, suppliante. Henri!...

DUMONT. Vous avez bien fait d'avouer... il vaut mieux dire la vérité dans ces cas-là; mais vous auriez pu attendre encore un peu, par pitié... Je ne vous ai rien fait, moi... On laisse leurs illusions aux gens qui n'ont pas autre chose. Mais vous n'aviez pas de temps à perdre, vous étiez pressée, il vous attendait, il vous attend... Eh bien! qu'est-ce que vous me voulez? pourquoi êtes-vous là? Vous êtes libre, partez! Il fallait partir sans me rien dire, c'était bien plus simple. Et moi, qui n'ai rien vu, rien soupçonné! Je ne méritais pas mieux, j'étais trop bête; mais, après tout, il m'avait rendu un service, il m'avait prêté de l'argent; il m'a pris ma femme, c'est bien naturel. Et il veut que vous emmeniez Jeanne! il veut me reprendre mon enfant! C'est trop. Mais pourquoi me faites-vous cet aveu?

MATHILDE, qui étouffe. Parce que j'espérais que vous me tueriez, n'ayant pas le courage de me tuer moi-même.

DUMONT. Pourquoi voulez-vous mourir?

MATHILDE. Parce que je suis la plus malheureuse des femmes.

DUMONT. Malheureuse! En quoi? On vous aime, vous aimez, il faut vivre!...

MATHILDE. Je ne l'aime pas!

DUMONT. Vous ne l'aimez pas! Quelle femme êtes vous donc?

MATHILDE. Je vous dirais qu'au fond de l'âme, je n'ai jamais aimé que vous, vous ne le croiriez pas. Et cependant je n'ai pas autre chose à vous dire, et je ne vous le répète pas pour que vous le croyiez, je vous le répète parce que c'est la vérité la plus vraie. Voilà pourquoi je vous ai fait cet aveu... Ordonnez quoi que ce soit, je m'y soumets d'avance, pourvu que je ne subisse plus ce martyre, ce châtiment plus effroyable que tous ceux que vous pourriez inventer. Voulez-vous que je meure pour vous faire libre, pour que vous puissiez en aimer une autre et lui donner votre nom que je n'ai pas respecté? Je vous fournirai toutes les preuves. Jugez-moi, tuez-moi, faites de moi tout ce qu'il vous plaira, je vous bénirai, quoi qu'il arrive.

DUMONT. Et depuis quand êtes-vous tombée si bas?...

MATHILDE. Depuis le jour où j'ai cru qu'il vous sauvait.

DUMONT. Depuis sept ans!... Alors, Jeanne?... (Mathilde baisse la tête, la cache dans ses mains sans répondre.) Eh bien, relevez-vous, madame; c'est tout, il n'y a plus rien à me dire?...

MATHILDE. Qu'ordonnez-vous?

DUMONT. Faites tout ce que vous voudrez, madame; prenez votre enfant, allez-vous-en: je ne vous connais pas.

MATHILDE. Adieu!

Elle se lève et fait un pas.

DUMONT. Où allez-vous?... Je vous défends de mourir.

MATHILDE. Pourquoi?

DUMONT. Parce qu'il y a assez de crimes déjà dans le passé, et que votre fille a besoin de vous. Ce n'est pas moi qui l'élèverai, n'est-ce pas? et son père peut mourir d'un moment à l'autre.

MATHILDE. Henri, vous allez vous battre?...

DUMONT. Que vous importe?

MATHILDE. Au nom du ciel, n'exposez pas vos jours pour moi.

DUMONT. Ainsi, pendant sept ans, vous m'avez menti tous les jours, à toute heure, à toute minute, et je n'ai rien vu! Et vous jouiez la tendresse avec moi! Et je ne vous ai pas étouffée au milieu de ces embrassements que je prenais pour de l'amour!... Misérable! Et je vous ai vue rougir quand le hasard vous mettait en contact, à la promenade ou au spectacle, avec quelque fille compromise! Et je croyais que c'était d'elle que votre pudeur rougissait! C'était de vous, n'est-ce pas? La faim et la misère sont des excuses; quelles sont les vôtres?...

MATHILDE. Je n'en ai pas.

DUMONT. Essayez donc d'en trouver une au moins!...

MATHILDE. Je n'en veux pas chercher. Je ne vous mentais pas, je vous aimais... je vous aime!

DUMONT. Assez, madame, relevez-vous. Cette comédie est inutile. Rentrez dans votre appartement, et attendez mes ordres.

MATHILDE. Qu'allez-vous faire de moi?

DUMONT. Est-ce que je le sais? Allez! madame, allez! Essuyez vos yeux pour vos valets.

JEANNE, entrant. Ah! maman, comme je m'amuse!...

MATHILDE. Va-t'en, Jeanne! va-t'en!

JEANNE. Tu me renvoies toujours. Je suis pourtant bien sage, n'est-ce pas, papa?

DUMONT. Emmenez cette enfant!

JEANNE. Qu'est-ce que papa a donc, pourquoi ne m'embrasse-t-il pas?

DUMONT. Emmenez cette enfant!

JEANNE. Papa! papa! mon petit papa!

DUMONT, prenant Jeanne par le bras et la poussant rudement vers sa mère. Emmenez cette enfant, vous dis-je.

JEANNE. Papa m'a fait du mal le jour de ma fête et quand je voulais l'embrasser.

DUMONT. Reste, Jeanne! Rentrez, madame.

Mathilde sort en chancelant.

SCÈNE VI.

DUMONT, JEANNE.

DUMONT, avec une émotion croissante. Viens , Jeanne ! Je te demande pardon, Jeanne.

JEANNE, voulant l'embrasser. Je te pardonne !

DUMONT, à genoux devant elle qui est sur le canapé. Et si jamais je t'ai fait du mal avant ce jour, pardonne-moi encore , je n'en avais pas le droit.

JEANNE. Tu ne m'as jamais fait de mal, mon petit père !

DUMONT. Ne m'appelle plus ton père.

JEANNE. Comment faut-il t'appeler ?

DUMONT. Appelle-moi ton ami. (Ne pouvant plus se contenir, et tombant la tête sur les genoux de Jeanne en fondant en larmes.) Ah ! ma pauvre enfant, que je suis malheureux !

JEANNE, avec une sorte d'effroi. Qu'est-ce qu'il y a ? (Elle prend son mouchoir et essuie les yeux de Dumont.) Il ne faut pas pleurer, mon petit papa ! Les hommes, ça ne pleure pas : c'est bon pour les petites filles.

DUMONT. Tu as raison. (Il sonne.) Va jouer. (Au domestique.) Allez chez M. Alvarez, et dites-lui que je l'attends.

———

ACTE TROISIÈME

Même décor.

—

SCÈNE PREMIÈRE.

MADAME LARCEY, UN DOMESTIQUE.

MADAME LARCEY, à elle-même. Personne !... Ni elle... ni lui... ni lui... ni elle... On ne l'aura pas vue un instant dans son hal... A qui dit-on adieu dans cette maison... quand on s'en va ?... Qu'est-ce qui se passe ?... (Elle sonne.) Cette lettre sans doute... il faut pourtant que je sache ce qu'elle contenait... Cela sent le mystère céans... (Au domestique qui entre.) Mathilde n'est pas là ?...

LE DOMESTIQUE. Madame s'est trouvée subitement indisposée. Elle est rentrée chez elle et elle a donné ordre de ne recevoir personne.

MADAME LARCEY. Et M. Dumont?

LE DOMESTIQUE. Monsieur était là il n'y a qu'un moment avec mademoiselle Jeanne. Il n'est pas sorti, car il a fait prier M. Alvarez de venir tout de suite. Voici Monsieur.

SCÈNE II.

MADAME LARCEY, DUMONT.

MADAME LARCEY. Je vous cherchais, vous ou Mathilde, pour vous faire mes adieux...

DUMONT. Excusez madame Dumont, une affaire imprévue l'a forcée de rentrer un instant chez elle.

MADAME LARCEY. Cette lettre sans doute ?...

DUMONT. Oui... cette lettre...

MADAME LARCEY. Une mauvaise nouvelle ?...

DUMONT, affirmativement. Une mauvaise nouvelle, en effet.

MADAME LARCEY. Qui n'intéresse qu'elle ?

DUMONT. Qui m'intéresse et qui vous intéresse aussi, chère madame, par contre-coup.

MADAME LARCEY. Moi ?

DUMONT. Vous ! Voilà même pourquoi je suis resté dans mon cabinet. J'avais des papiers à vous rendre avant votre départ, et il me fallait les mettre en ordre.

MADAME LARCEY. Quels papiers ?

DUMONT. Vous êtes notre amie, n'est-ce pas ?

MADAME LARCEY. Vous en êtes bien convaincu, je pense.

DUMONT. Nous sommes aussi vos amis, et nous ne voudrions pas vous entraîner dans le malheur qui nous frappe.

MADAME LARCEY. Expliquez-vous.

DUMONT. Je vous dois une explication, en effet ; c'est le banquier qui va vous la donner, et qui réclame de vous la discrétion la plus grande, au moins pendant quelques jours.

MADAME LARCEY. Éternellement, s'il le faut.

DUMONT. Je ne vous demande pas tant. Vous savez, chère madame, quel service m'a rendu jadis... mon ami... Alvarez ?

MADAME LARCEY. Oui.

DUMONT. C'est grâce à lui que j'ai pu rétablir mes affaires.

MADAME LARCEY. Je le sais.

DUMONT. Depuis cette époque .. je suis à la tête d'une des premières maisons de banque de Paris, le dépositaire et le metteur en œuvre de quelques grandes fortunes, parmi lesquelles je compte la vôtre.

MADAME LARCEY, déjà inquiète. Ou du moins une partie de la mienne... Eh bien ?

DUMONT. Eh bien, notre société est dissoute et va se liquider.

MADAME LARCEY. Se liquider ! Oh ! mon Dieu !

DUMONT. Les affaires étaient bonnes. Mais M. Alvarez a besoin tout à coup de tous ses fonds.

MADAME LARCEY. Qui se montent ?

DUMONT. A quatre ou cinq millions aujourd'hui.

MADAME LARCEY. Alors ?

DUMONT. Alors, je les lui rends ; mais il me faut pour cela faire de très-grands sacrifices... Je vais vendre mes propriétés du Berry, mes tableaux, mon hôtel... Je suis ruiné, en un mot, car je ne m'attendais pas à cette réclamation.

MADAME LARCEY. Vous n'aviez pas d'acte de société, ou bien l'acte n'était pas en règle ?...

DUMONT. L'acte était en règle, car le cas avait été prévu. Chacun de nous deux gardait sa liberté... Nous étions moins des associés que des amis.

MADAME LARCEY, de plus en plus inquiète. Et vos clients ?

DUMONT. Rassurez-vous. Ils ne perdront rien. Votre compte est le premier que j'aie voulu arrêter. Voici un bon sur la Banque avec lequel, chère madame, vous pourrez toucher la somme qui vous revient.

MADAME LARCEY, respirant. Tout entière ? Ah ! vous êtes un honnête homme !

DUMONT. Je n'en ai jamais douté, chère madame, mais je n'en suis pas moins heureux que vous me le confirmiez.

MADAME LARCEY. Et à quoi attribuez-vous ce besoin d'argent subit chez M. Alvarez ?

DUMONT. A un besoin d'argent.

MADAME LARCEY. Il eût pu mettre plus de formes à cette réclamation.

DUMONT. Il n'en a pas mis davantage à m'obliger. C'est un homme de premier mouvement. Il faut le prendre comme il est.

MADAME LARCEY. Vous ne lui en voulez pas ?

DUMONT. Je n'en veux jamais à personne...

MADAME LARCEY. Mais il sait qu'il vous ruine ?

DUMONT. Il doit le supposer...

MADAME LARCEY. Et Mathilde, que dit-elle de cela ?

DUMONT. Elle se résigne... C'est elle qu'il a chargée de cette communication... inattendue... C'était le contenu de cette lettre qui l'a tant troublée.

MADAME LARCEY. Monsieur Dumont !

DUMONT. Madame !

MADAME LARCEY. Votre femme est un ange ! Il faut que vous me pardonniez, et elle aussi...

DUMONT. Quoi donc !

MADAME LARCEY. Je l'ai presque calomniée.

DUMONT. Vous ?

MADAME LARCEY. Dans mon esprit seulement.

DUMONT. Comment ?

MADAME LARCEY. Vous savez... on ne se défend pas toujours contre les mauvaises pensées... et on a tort : mais ma franchise vous prouvera combien je regrette les miennes, et tout ce que je ferais pour les combattre si je les rencontrais chez un autre.

DUMONT. Expliquez-vous, je vous prie.

MADAME LARCEY. Mathilde eût pu empêcher votre ruine. Il est vrai que c'eût été aux dépens de son honneur : M. Alvarez l'aime.

DUMONT. Vous croyez ?

MADAME LARCEY. J'en suis certaine , et c'est pour se venger de sa résistance qu'il se conduit comme il le fait. Vengeance de laquais.

DUMONT. Oh ! non... ce serait trop horrible et trop indigne d'un galant homme !

MADAME LARCEY. Cet amour était visible. On en parlait, on commençait même à accuser Mathilde... J'étais venue l'en avertir aujourd'hui... mais maintenant il faudra bien se taire. Il y a des gens que je connais... sans compter les Berteux... qui vont en être au désespoir ; mais j'en suis bien heureuse pour Mathilde.

DUMONT. Merci, chère madame, de vos bonnes paroles... En effet, Mathilde est ma consolation dans ce désastre qui la frappe comme moi et qu'elle devra peut-être partager jusqu'au bout... Ce sera bien dur pour elle, habituée depuis son enfance au luxe et à toutes les jouissances de la vie ; mais , dans le cas même où le courage l'abandonnerait et où elle prendrait le parti de retourner dans sa famille, comme je le lui offre, je ne lui en voudrais pas. — Le souvenir du bonheur que je lui dois dans le passé me suffirait dans l'avenir...

MADAME LARCEY. Puis-je l'embrasser avant de sortir?

DUMONT, souriant. Certainement. (Au domestique.) Priez madame de venir un moment...

MADAME LARCEY. Cet Alvarez est un misérable; quand je le rencontrerai, je ne le saluerai plus et je défendrai à mes amis de lui parler...

DUMONT. Il est dans son droit.

MADAME LARCEY. Comptez sur mon amitié éternelle... Du courage, cher monsieur, du courage...

DUMONT. J'en aurai...

MADAME LARCEY, regardant le papier que lui a remis Dumont. Alors, c'est un bon à vue?

DUMONT. A vue...

MADAME LARCEY. Je puis aller le toucher moi-même?

DUMONT. Dès à présent...

MADAME LARCEY. Je vais passer à la Banque, en rentrant chez moi...

DUMONT. C'est cela.

MADAME LARCEY. On a jusqu'à quatre heures?...

DUMONT. Oui... (Mathilde entre.)

MADAME LARCEY, à elle. Pauvre chère... (Elle l'embrasse.) Je voulais vous embrasser encore une fois. Pardonnez-moi tout ce que je vous ai dit; vous n'avez pas de meilleure amie que moi... Vous en aurez la preuve, car nous nous reverrons souvent. Je ne suis pas de celles que l'infortune éloigne... Courage! et à bientôt...

LE DOMESTIQUE, annonçant. Voici M. Alvarez.

MADAME LARCEY. Adieu!... Je ne veux pas le voir... (A elle-même.) Trois heures et demie... je n'ai que le temps...

Elle sort par une autre porte.

DUMONT. M. Alvarez peut entrer!...

SCÈNE III

DUMONT, ALVAREZ, MATHILDE, puis JEANNE.

MATHILDE, à Dumont. Que dois-je faire?...

DUMONT. Restez là...

ALVAREZ. Me voici à tes ordres, Henri, qu'est-ce que tu as à me dire?

DUMONT. Deux hommes dans la situation où nous sommes vis-à-vis l'un de l'autre ne peuvent empêcher cette situation de tomber dans le ridicule ou dans la boue qu'en ne se cachant rien...

ALVAREZ. Quelle situation?...

DUMONT. Ai-je manqué jamais aux devoirs de l'amitié?

ALVAREZ. Jamais.

DUMONT. Tu l'as trahie cependant, cette amitié, et par le crime le plus odieux... et le plus lâche...

ALVAREZ. Henri!...

DUMONT. Depuis sept ans, vous êtes l'amant de ma femme.

ALVAREZ. Monsieur!...

DUMONT. Voici votre lettre.

ALVAREZ. Vous l'avez interceptée?...

DUMONT. C'est madame qui me l'a remise.

ALVAREZ. Elle!

DUMONT. Elle, et de son propre mouvement.

ALVAREZ. Elle a eu cette audace?

DUMONT. Cette confiance.

ALVAREZ. Et pourquoi cette confiance?

DUMONT. Parce qu'elle ne vous aime pas; parce qu'elle ne vous a jamais aimé... et qu'elle préfère ma justice... ma colère même... à votre amour... Est-ce vrai... madame?

MATHILDE. C'est vrai!

ALVAREZ. Est-ce tout ce que vous avez à me dire?

DUMONT. Non pas. Voilà sept ans!... comprenez-vous, qu'à mon insu je donne au monde l'indigne spectacle d'un mari ridicule par l'excès d'une sotte confiance, peut-être même infâme par l'apparence de sa complicité... et surtout à la suite du service que j'ai reçu de vous, car je suis votre obligé.

ALVAREZ. Mais...

DUMONT. Et il me plaît de le demeurer...

ALVAREZ. Où voulez-vous en venir?

DUMONT. A vous demander un conseil.

ALVAREZ. A moi un conseil? Ce n'est pas sérieusement que vous parlez ainsi?

DUMONT. Comment pourrais-je m'y prendre pour ne pas parler sérieusement dans une situation aussi sérieuse?... Croyez-vous que, depuis deux heures, je n'ai pas eu le temps de réfléchir? — Et les réflexions vont vite dans certains moments. — Je sais donc ce que je fais; car, grâce à Dieu, mon esprit est sain et mon âme est forte... C'est une bonne chose que d'avoir appris la vie à l'école d'une mère honnête femme et d'un père honnête homme... Je vous interroge donc, — c'est le moindre de mes droits! — et je vous demande: si je vous avais rendu jadis un service signalé; si, après avoir rendu ce service, j'étais devenu votre associé, votre ami le plus intime; si, étant votre ami, je vous avais volé votre femme; si j'avais eu d'elle une enfant qui, étant la mienne, eût passé pour la vôtre, que fer ez-vous? Répondez.

MATHILDE, à genoux. Mon Dieu! mon Dieu!

ALVAREZ. Il y a des situations où l'on ne prend conseil que de soi-même et de sa dignité.

DUMONT. Vous refusez de me le dire.

ALVAREZ. Ce n'est pas à moi de vous l'apprendre.

DUMONT. Alors je puis interpréter votre silence?

ALVAREZ. Interprétez-le.

DUMONT. A ma place, vous m'eussiez déjà traité de misérable, d'infâme, peut-être même m'eussiez-vous déjà souffleté... afin de rendre inévitable le duel qui, ordinairement, entre deux hommes comme nous, doit résulter d'une pareille situation.

ALVAREZ. Peut-être!

Mathilde écoute avec terreur.

DUMONT. Je ne mettrai pas quatre témoins dans la confidence d'un fait qui ne doit être connu que des coupables et du juge... Et d'ailleurs, si je ne vous tuais pas, où serait la réparation°... Si vous me tuiez, où serait la justice?...

ALVAREZ. Alors?...

DUMONT. Alors, j'ai interrogé la loi et je lui ai demandé quels moyens elle m'offrait... Je puis vous tuer... elle et vous... Je puis faire emprisonner ma femme et la flétrir publiquement... Je puis me séparer d'elle... à l'amiable, comme on dit... quoi qu'il arrive, déshonneur pour elle, ridicule pour moi... honte pour l'enfant, qui ne peut pas être solidaire de votre crime... La loi est cruelle... elle eût pu mieux prévoir... Il me reste le droit de pardonner... Hélas!... je le voudrais, mais je ne suis qu'un homme, et je n'en ai décidément pas la force, malgré le désir que j'aurais de me montrer supérieur à vous. Si aveugle qu'ait été votre passion, il est impossible que vous ne commenciez pas à en rougir et à souffrir du mal que vous avez fait... mal incalculable, — irréparable, — car il me prend mon passé... mon présent... mon avenir... il me prend mon amour dans ma femme, mon espérance dans ma fille, jusqu'à mon amitié dans vous... car à vous trois vous étiez tout mon cœur!

ALVAREZ, ému. Monsieur!

Mathilde pleure en silence et agenouillée.

DUMONT. Et puis, il y a le monde, auquel il me faut donner aussi une explication... Madame Larcey, qui me représente à mes yeux avec toutes ses frivolités, toutes ses injustices, toutes ses railleries... et tous ses droits, sait déjà ce qu'il faut dire, et le monde dira comme elle, car voici ce que j'exige de vous deux... M. Alvarez me réclamera brusquement son dû, par voie légale, les capitaux qu'il a chez moi... de manière à me ruiner, pour que je puisse les lui remettre dans le délai qu'il aura assigné.

ALVAREZ. Vous me demandez une infamie.

DUMONT. En êtes-vous à les compter?

ALVAREZ. Ma s...

DUMONT. Et croyez-vous donc que maintenant je puisse garder un sou de la fortune que j'ai acquise avec l'argent que vous m'avez prêté?... J'exige que vous me soumettiez à cette condition... Je veux être ruiné, et ruiné par vous.

ALVAREZ. Et si je refuse?...

DUMONT. Vous savez que je n'ai jamais manqué à ma parole... Si vous refusez de faire l'un ou l'autre que j'ai droit de vous ordonner à tous les deux, je vous donne ma parole d'honneur qu'en sortant d'ici... je me fais sauter la cervelle, et qu'on trouvera une lettre de moi, — je vais la joindre à mon testament, — qui déclarera la véritable raison de ma mort...

ALVAREZ. Vous me déshonorez autrement, voilà tout...

DUMONT, se disposant à sortir. Choisissez.

ALVAREZ. Je vous obéirai.

DUMONT. C'est bien. Tous vos comptes sont prêts, monsieur; dans une heure, mon caissier réglera avec vous. Quant à vous, madame...

Il s'arrête un moment.

MATHILDE. Mon Dieu! que va-t-il faire?

DUMONT. Quant à vous, madame, vous irez vivre avec vos parents... après m'avoir réclamé votre dot et m'avoir écrit que vous n'avez pas le courage de supporter la misère...

MATHILDE. Mais c'est impossible... Ce serait là mon pardon... au contraire...

DUMONT. Je ne veux pas vous pardonner... et parmi tous les châtiments que je pourrais vous imposer, j'ai choisi le plus infamant. Je vous condamne tous deux à l'ingratitude...

MATHILDE, *timidement.* Et ma fille?

DUMONT, *sonnant.* Votre fille? (Au domestique qui entre.) Envoyez-moi mademoiselle Jeanne... (Le domestique sort.) Comme je suis le seul de nous trois qui soit sûr d'en faire une honnête femme, je la garde ; et comme je n'ai plus rien, je travaillerai pour l'élever maintenant et pour la marier plus tard. Dans la prospérité, le travail est encore un devoir... dans le malheur, c'est un refuge.

JEANNE. Me voici.

DUMONT. Viens, Jeanne ! Jeanne, ta mère est riche, ton parrain est riche ; moi, je suis devenu pauvre. Tu sais bien ce que c'est que d'être pauvre ?

JEANNE. Oh ! oui, papa ?

DUMONT. Avec lequel de nous trois veux-tu vivre ?

JEANNE. Avec toi.

DUMONT. Ta mère est forcée de partir ; veux-tu rester avec moi ou partir avec elle ?

JEANNE. J'aime mieux rester avec toi !

DUMONT. Va embrasser ta mère. (Jeanne va à sa mère ; après l'avoir embrassée, elle fait un mouvement pour aller à Alvarez. Mathilde la retient et du geste la renvoie à Dumont, Alvarez sort désespéré.) Et maintenant, madame, vous pouvez vous rendre chez votre mère. (Mathilde accablée, sort. — A Jeanne, en la prenant dans ses bras.) Tu m'aimes donc, toi ?

JEANNE. Oh ! oui, papa... mais je reverrai maman.

DUMONT, *regardant la porte par laquelle elle est sortie.* Peut-être !

FIN

LAMBERT-THIBOUST

UN MARI
DANS DU COTON

SCÈNES D'INTÉRIEUR MÊLÉES DE COUPLETS

REPRÉSENTÉES POUR LA PREMIÈRE FOIS, A PARIS, SUR LE THÉATRE DES VARIÉTÉS
LE 6 AVRIL 1862

DISTRIBUTION DE LA PIÈCE

HIPPOLYTE CLAPIER..................... M. Dupuis.	CÉSARINE, sa femme..... .... Mlle Alphonsine.

Un petit salon assez élégant : porte au fond, portes latérales au deuxième lan; au premier plan, à gauche, une cheminée avec pendule; au premier plan, à droite, un petit secrétaire; devant la cheminée, un canapé, près du canapé, un pouf; au fond, de chaque côté de la porte, un bahut; sur chaque bahut, un vase du Japon; en plus, sur celui de droite, un huilier, un saladier et quelques assiettes préparées pour le déjeuner, chaises, fauteuils.

SCÈNE PREMIÈRE.

CLAPIER seul.

Au lever du rideau, la porte de gauche s'ouvre et Clapier apparaît. Il a un pantalon à pied, des pantoufles, un pet-en-l'air. — Il est coiffé d'un foulard. — On entend sonner huit heures.

Ce calme me tue!!!... ce calme me tue!!!... Tout ça, c'est la faute à Berlurot... Il y a trois mois, je dis à Berlurot : « On me propose un mariage... — Bah! — Oui... une jeune fille dans les quatre-vingt mille... » Il me répond... « Mon vieux, tu sais... je suis ton ami... vas-y gaiement. » Je crus Berlurot... et j'épousai Césarine; Eh bien... là... entre nous... ça n'est pas ça... Oh! mais pas du tout... Ma femme n'est pas mal... vous allez la voir... oh! elle est bien!... Vous la rencontreriez dans la rue, vous diriez : « Hum! voilà une femme qui... » (Changeant de ton.) Eh bien, non!... (Insistant.) Non, non, non!... Ça ne vit pas, ça n'a pas de volonté, c'est bourgeois... c'est fadasse... Enfin, j'ai épousé un mouton... voilà l'affaire!..... Ah! si c'était à recommencer!... Mais quoi, on rencontre des Berlurot qui vous disent : « Allez-y... » On y va, et puis, un beau matin, on se réveille marié... on se dit : « Oh! c'est-y bête!... » Oui... mais... trop tard... le tonnerre!... parce que le mariage, ce n'est pas comme avec les maîtresses... Une maîtresse vous ennuie, vous lui dites : « Ma fille, les temps sont durs... vivons d'amour! » Elle ne revient pas... Mais votre femme!..... Ah!... la société vous cloue à elle..... Vous avez beau dire : « Mais enfin... est-ce que l'on ne... »

Non!... ça y est, ça y est!... Il faudrait la tuer..... Mais, alors, les petits gendarmes viennent panacher votre existence... Voilà qui vaut bien mieux... (S'asseyant et confidentiellement au public.) Quand je pense à mon ami Dubochet!... En voilà un veinard !... une femme délicieuse... la nommée Malvina... une femme sentimentale, poétique... il l'a connue au Vauxhall... Tenez, une femme qui était mon type encore, c'est Caroline, la bonne amie à Topinard.. Coquette, jetant l'argent par les fenêtres... une vraie fantaisiste... et un chic!... Oh! des robes qui traînent par terre, des petits chapeaux sur le nez... un filet bleu avec des cheveux qui lui tombent dans le dos... un vrai chic... Et Adèle donc!... En voilà une qui adore Gustave... elle est d'une jalousie!... L'autre soir, au café, il regardait une grande blonde qui prenait un petit verre de vieille... Adèle lui a jeté sa demitasse à la figure... Fallait voir ça... Elle l'a pincé, elle l'a mordu,.. puis les attaques de nerfs, les larmes, les cris... On l'entendait de l'autre côté du boulevard... Il y avait plus de deux cents personnes devant le café... Est-il assez heureux, hein, ce Gustave!... Voilà une femme qui serait mon type!... Et Hortense... la connaissance à Berlurot... une brune à passons... genre échevelé... Berlurot l'a empêchée onze fois de se tuer... Elle a un poignard empoisonné à sa jarretière... Ce n'est pas ma femme qui aurait un poignard empoisonné. (Se levant spontanément.) Oh! ce calme me tue!!!...

Air : *Dans une retraite profonde* (HERCULANUM).

De mes jours l'imprévu détale ;
Ainsi qu'une croûte de pain
Végétant derrière une malle,
Je vis, hélas! comme un crétin!
Ma femme est charmante et fidèle..
Eh bien... dût-on me quereller,
Lorsque je suis seul avec elle,
J'éprouv' le besoin d' m'en aller.

Oh! ma vie de garçon!... (Regardant autour de lui et allant s'asseoir devant le secrétaire.) Je suis seul.... vite, ajoutons un paragraphe au journal de ma vie... (Il tire une clef de sa poche, ouvre le secrétaire, prend un manuscrit et se met à écrire, tout en parlant.) Ah! quelle existence!... pas une émotion!... rien!... pas une pulsation!... un lac sans rides!... Oh! mon royaume pour une tempête!... Tout à l'heure, tenez, ma femme va entrer... propre, bien peignée... Elle va me dire : « Bonjour, mon ami... bonjour, le grand chien aimé... As-tu bien dormi?... Veux-tu déjeuner?... » Voilà ma vie depuis trois mois... Oh! quel enfer!... Du bruit!...

Il remet le manuscrit, referme vivement le secrétaire et met la clef dans sa poche. — Césarine entre par la gauche.

SCÈNE II.

CÉSARINE, CLAPIER.

CÉSARINE, en costume du matin. Bonjour, mon ami...

CLAPIER, à part. Là!... qu'est-ce que je disais?...

CÉSARINE. Bonjour, le grand chien aimé... (Elle tend son front. Clapier l'embrasse.) As-tu bien dormi?... Veux-tu déjeuner?

CLAPIER, à part. Rien n'y manque...

CÉSARINE. Qui est-ce qui va servir le déjeuner à Polyte?... c'est sa petite femme...

CLAPIER. Eh bien, la bonne?...

CÉSARINE. J'ai donné congé à Ernestine... elle est allée voir sa tante à Courbevoie...

CLAPIER, se levant. Oh! sa tante... à Courbevoie... Un village de garnison... Sa tante doit faire partie du premier voltigeurs de la garde... Elle est allée puiser des émotions...

CÉSARINE, d'une voix douce. Dame!... je ne sais pas, mon ami... Crains-tu d'être mal servi par moi? Oh! sois tranquille, Ernestine avait tout disposé avant de partir. — Tu vois que tu as un bon feu.

CLAPIER. Oui! oui.

CÉSARINE. Je t'ai pris une terrine de foie gras... deux petites côtelettes, un peu de chester, une poire et une bonne petite bouteille de Saint-Julien... Bien content le petit homme?... Je vais chercher la table.

Elle sort par la droite.

CLAPIER, un instant seul. Voilà ma vie depuis trois mois : je bois, je mange, je dors... Oh! je sortirai de cet enfer!

CÉSARINE, rentrant. — Elle apporte une petite table toute servie, qu'elle pose à droite près du secrétaire. Na!... Voici la table...

CLAPIER, allant vers la table, et criant. Qu'est-ce que c'est que ces côtelettes-là?

CÉSARINE. Mais, mon ami, tu les aimes saignantes.

CLAPIER. Mais elles sont crues! Est-ce que je mange de la viande crue?... Est-ce que l'on me prend pour la panthère du Jardin-des-Plantes?

Il passe à gauche.

CÉSARINE. Calme-toi, mon ami... Je vais les remettre sur le gril... pendant que tu t'habilleras.

CLAPIER. Ah! oui, au fait... faut que je m'habille... (A part.) Quelle existence!

CÉSARINE. Sois tranquille, va, mon bibi, tu ne seras pas en retard pour ton bureau.

Elle place un fauteuil à la gauche de la table.

CLAPIER. Oh! en retard... ça m'est bien égal... maintenant que le gouvernement ne nous fait plus signer la feuille, nous arrivons quand nous voulons... Enfin, je vais m'habiller, puisque, dans la vie, il faut s'habiller.

CÉSARINE. C'est ça... tout va être prêt... Sois tranquille, va... Bien déjeuner, le Polyte, bien déjeuner!..

ENSEMBLE.

Air : Polka d'Etling.

Sans plus raisonner,
Allons à ma toilette;
Va faire la toilette,
Puis, en tête-à-tête,
Ici, nous allons déjeuner.

CLAPIER. Oh! je sortirai de cet enfer!

Il sort à gauche.

SCÈNE III.

CÉSARINE, seule. — Elle guette de l'œil la sortie de Clapier; puis, quand elle est seule, elle tire de sa poche une seconde clef du secrétaire, l'ouvre vivement, et prend le journal de son mari.

Voyons si mon gredin a ajouté quelque chose... (Feuilletant le manuscrit.) « Malvina... Caro... » Connu, tout ça, connu... « Adèle, Hortense... » Tout ça est vieux... Ah! ça sent l'encre fraîche... (Lisant.) « 18 janvier... Que le diable emporte Ber-

lurot qui a fait mon mariage... » Ah! je suis de ton avis... vaunu-pieds! Que le diable patafiole Berlurot!... (Lisant toujours.) « Césarine n'est pas mal, mais ça ne vit pas, c'est fadasse, c'est bourgeois, c'est empaillé... » (S'interrompant.) Je suis une femme empaillée! (Continuant.) « Ma vie est un lac sans rides... Je m'ennuie comme une croûte de pain derrière une malle... » Oh! je l'aimais, ce brigand-là!... (Replaçant le manuscrit, fermant le secrétaire et remettant la clef dans sa poche.) Ah! il lui faut des femmes sentimentales, des lionnes, des femmes jalouses et passionnées! Eh bien, on t'en donnera, gredin!... on t'en donnera, Sardanapale!... Ah! les côtelettes ne sont pas assez cuites... Eh bien, on va te les faire cuire, brigand! Tiens! (Elle prend les côtelettes et les met dans la cheminée.) Ah! tu veux des rides sur ton lac! Méfie-toi! mes ongles poussent, Hippolyte, mes ongles poussent!

Elle s'assied sur le canapé.

SCÈNE IV.

CÉSARINE, près de la cheminée, CLAPIER, rentrant; il est habillé.

CLAPIER, au public. Ma chemise était prête, mes boutons de manchettes étaient à côté de ma cravate, mes bottines étaient vernies!... Je comprends le suicide!... Tiens! qu'est-ce que ça sent donc! Ça sent le brûlé! (Se mettant à table.) Allons! ces côtelettes...

CÉSARINE, se levant, et les apportant au bout des pincettes. Les voilà, mon ami.

CLAPIER. Qu'est-ce que c'est que ça!

CÉSARINE. Je les ai fait un peu rissoler.

CLAPIER. Rissoler!... Mais c'est du charbon, du coke.

CÉSARINE, prenant peu à peu le ton poétique en tenant toujours les côtelettes au bout des pincettes. En effet, oui... Que voulez-vous! la vie est une épreuve... (Clapier relève la tête.) On se dit : « Le ciel est bleu, j'ai vingt ans, la vie est belle; les oiseaux chantent : Coui... coui... coui... »

CLAPIER, à part. Qu'est-ce qu'il y a?

CÉSARINE. Les fleurs, les parfums, tout cela, tout cela!... Hippolyte, croyez-vous à l'immortalité de l'âme?

CLAPIER, à part. Ah çà! qu'est-ce qui lui prend? (Haut.) Laisse donc les pincettes.

CÉSARINE, avec enthousiasme. Oh! le paradis des âmes!... N'être qu'une blanche vapeur, une vague fumée, et planer dans l'infini... voltiger comme les hirondelles... frou... frou... frou...

CLAPIER, à part. Ah çà! est-ce qu'elle rêve?

CÉSARINE. N'avoir plus à se dire : « Allons chez le fruitier : faisons le compte de la blanchisseuse : n'avoir plus à se dire : « Le pain est diminué de trois centimes... » Ne plus manger, ne plus dormir, être une âme, enfin... et voltiger... frou... frou... frou... Chantez, anges du ciel, chantez!

Elle jette les côtelettes sur la table, et garde les pincettes.

CLAPIER, à part. Est-ce qu'elle serait somnambule?

CÉSARINE. Hippolyte, comment appelez-vous cet oiseau qui a les ailes bleues?

CLAPIER. Les perroquets!

CÉSARINE. Non, tu sais... ces petites rivières... bordées de saules... tout à coup un oiseau s'échappe... frou... frou... frou...

CLAPIER. Les martins-pêcheurs!... Mais pourquoi me demandes-tu ça?

CÉSARINE. Hippolyte...

CLAPIER, qui approche de sa bouche un morceau de foie gras. Ma bonne amie?

CÉSARINE, allant s'asseoir sur le canapé, derrière lequel elle jette les pincettes. Viens ici, près de moi.

CLAPIER, obéissant. Me voilà, ma bonne amie. (A part.) Décidément, ça n'est pas naturel.

Il s'assied près d'elle.

CÉSARINE. Oui... c'est cela... laisse ma tête reposer sur ta poitrine et compter les battements de ton cœur... Te rappelles-tu, ami, nos huit jours passés à Étretat?

CLAPIER. Oui... oui...

CÉSARINE. Et notre promenade en mer?...

CLAPIER. Oui... Oh! j'ai été assez malade... Mais, enfin, à propos de quoi?...

CÉSARINE. La mer, abîme sombre, immense; au loin, le soleil se couchant dans un nuage de pourpre et d'or; puis, à l'horizon, des voiles blanches qui s'éloignent... Où vont-ils, les matelots?... (Elle agite son mouchoir, en fredonnant tristement.)

Il était un petit navire... (bis.)

(Changeant de ton.) Dis-moi, ami, si tu me perdais, te remarierais-tu?

CLAPIER, à part, se levant. Elle a une conversation décousue... (Haut.) On ne fait pas de ces questions-là.

CÉSARINE. Comment appelez-vous cet oiseau qui a des grandes ailes?

CLAPIER, à part. Ah! elle m'ennuie avec ses oiseaux!...

CÉSARINE, se levant. Ah! la vie est étrange, Hippolyte...

CLAPIER, éclatant. Ah çà! décidément, Césarine, c'est une plaisanterie?

CÉSARINE. Dieu! que je souffre!...

CLAPIER, un peu inquiet. Comment!... Tu souffres?...

CÉSARINE. J'ai quelque chose de cassé!...

Elle essaye de tousser.

CLAPIER. Où ça, ma bonne, où ça?

CÉSARINE. Là... dans la poitrine. — Oh! que m'importe, du reste! La vie est une loque... Hum! hum!... Vois-tu comme je tousse?...

Elle s'assied près de la table, sur le fauteuil.

CLAPIER, prenant le pouls et s'asseyant près d'elle. Mais... faut voir un médecin...

CÉSARINE. Les médecins!... Ah! ouiche!... Je suis bien per-due, va... Mais sois tranquille, ami... j'ai mis mes affaires en ordre... Tiens, voici mon livre de dépenses... Oh! tu peux lire...

Elle le tire de sa poche et le lui tend.

CLAPIER, le prenant. A quoi bon? Je sais bien que tu es une vraie femme de ménage... trop même, trop!...

CÉSARINE. Lis, te dis-je, je le veux!

CLAPIER, se levant. C'est différent!... (A part, en se touchant le front.) C'est là-dedans que c'est cassé...

CÉSARINE. Lis, ami.

CLAPIER, lisant. « Du 5, une botte de radis... du 6, un ca-nard... du 7, un cheval... » (Criant.) Comment, un cheval?

CÉSARINE. Anglais, mon ami, anglais... Excellente occa-sion... Continue...

CLAPIER. « Du 8, poivre, cravache, selle et harnais... » Comment, selle et harnais?

CÉSARINE. Voulez-vous donc que je monte à poil comme les écuyers du Cirque?...

CLAPIER, jetant le livre. Sapristi!... mais je veux que tu ne montes pas du tout!

CÉSARINE. Et moi je veux embellir mes derniers jours... (Se levant.) A moi le bruit des fêtes, l'enivrement de la musique, le ruissellement des lumières!... A moi la valse où l'on se pâme!... à moi les robes nouvelles, les parures, les diamants!... At-tends... attends!...

Elle va ouvrir le bahut de droite.

CLAPIER, à part. Mais je n'y comprends plus rien!... Mais je ne l'ai jamais vue comme ça!... (La regardant.) Qu'est-ce que c'est que ça?... qu'est-ce que c'est que ça?...

CÉSARINE, tirant au fur et à mesure du bahut les objets qu'elle nomme. Ça?... C'est un chapeau...

Elle le met sur sa tête.

CLAPIER. Un sombrero!... comme les demoiselles du nou-veau Casino!...

CÉSARINE, même jeu. Ça, c'est ma cravache... ça, c'est de la poudre de riz...

CLAPIER, s'exclamant. Ciel! elle se maquille!...

CÉSARINE. Sois tranquille... j'ai pris tout à crédit. — Ça, c'est mon amazone... Tiens... il faut que je l'essaye.....

Elle passe l'amazone.

CLAPIER. Ah çà! mais c'est une folie complète!

CÉSARINE, à part. Numéro deux, la lionne... On va t'en donner des lionnes, brigand... on va t'en donner!...

CLAPIER. Madame... Césarine... Césarine... madame!... Je m'oppose... entendez-vous? je m'oppose!...

CÉSARINE. Ah! dites donc, mon cher, vous allez me laisser tranquille... hein?... Vous savez... pas de gêneurs!...

CLAPIER, à part. Hein! elle m'appelle gêneur!...

CÉSARINE. Oh! ces couturières, ces couturières!... elles veulent tout faire à leur tête!... Là!... ça y est... J'ai du cachet, hein?...

Elle pose le sombrero sur le coin de l'oreille et fait siffler sa cravache.

CLAPIER. Du cachet!.... Ah! c'est trop fort!... On m'a changé mon épouse au vestiaire!...

CÉSARINE, passant à gauche.

Air nouveau de M. VICTOR CHÉRI.

A trois heures... clic et clac!
Je veux montrer autour du lac
    Mon chique...
      ENSEMBLE.
    Chique! (6 *fois*.)
      CÉSARINE.
Mes robes, mes chapeaux frais,
Ça coûtera de l'argent... mais...
    Bernique!...
      ENSEMBLE.
    Nique! (6 *fois*.)

      CÉSARINE.
A quatre heures je veux me
Rafraîchir pavillon d'Arme-
    Nonville.
      ENSEMBLE.
    Ville!... (6 *fois*.)
      CÉSARINE.
On prend le madère... puis,
Vite, au grand galop, vers Paris
    On file.
      ENSEMBLE.
    File!... (6 *fois*.)
      CÉSARINE, repassant à droite
A six heures, joyeux sort,
Chez Bignon, ou bien Maison-d'Or.
    On mange!
      ENSEMBLE.
    Mange! (6 *fois*.)
      CÉSARINE.
Le Moulin-Rouge l'été,
Est un endroit fort bien porté...
    Ça change!
      ENSEMBLE.
    Change! (6 *fois*.)
      CÉSARINE.
Aux fenêtres, on se dit
Bonjour en fumant son petit
    Cigare!
      ENSEMBLE.
    Gare! (6 *fois*.)
      CÉSARINE.
Aux messieurs qui vous font d' l'œil
On ne doit pas faire un accueil
    Barbare.
      ENSEMBLE.
    Bare! (6 *fois*.)
      CÉSARINE.
Quel bruit entendons-nous là?
C'est l'orchestre! Vite, allons à
    Mabille...
      ENSEMBLE.
    Bile! (6 *fois*.)
      CÉSARINE.
Je veux pincer un solo,
Afin que de moi l'on dise : « Oh!
    « Quel style! »
      ENSEMBLE.
    Style! (6 *fois*.)
      CÉSARINE.
Je veux, je l' dis carrément,
M'offrir un peu d'agrément.
      ENSEMBLE.
      CÉSARINE.
Je veux, je l' dis carrément,
M'offrir un peu d'agrément.
      CLAPIER.
Ma femme veut, quel tourment,
Se payer de l'agrément!

Elle danse sur la ritournelle. — Clapier crie et fait des efforts pour l'ar-rêter.

CLAPIER, criant. Assez... assez!... Voulez-vous jeter ça!
Il lui arrache la cravache.

CÉSARINE. Hein!

CLAPIER. Voulez-vous ôter votre sombrero?

CÉSARINE. Ne me touchez pas!...

CLAPIER, écumant. Voulez-vous ôter votre sombrero, tout de suite?...

CÉSARINE, jetant un cri terrible, et passant à droite. Ah! il a levé la main sur moi!... (Criant.) Maman!... maman!...

CLAPIER. Ah! bon, voilà la mère maintenant!... Césarine, vous êtes en ma puissance, vous avez juré de m'obéir.

CÉSARINE. Moi?... Jamais de la vie.

CLAPIER. Comment... jamais de la vie!... Mais l'adjoint vous a dit : « La femme doit obéissance à son mari... »

CÉSARINE. Oui... il m'a lu ça!...

CLAPIER, victorieusement. Ah! vous voyez bien!...

CÉSARINE. Mais je n'ai rien dit, moi... Je rarrangeais mon voile pendant ce temps-là... ma couronne ne tenait pas... ça me grattait le cou!

CLAPIER. Eh ben!

CÉSARINE. Eh ben, je n'ai pas dit : « J'obéirai. » La femme doit obéissance à son mari... Les autres femmes, c'est pos-sible.... elles font ce qu'elles veulent... mais moi!...

CLAPIER. Vous devez obéissance...

CÉSARINE. Je dois... je dois... Je ne payerai pas, voilà tout...

CLAPIER. Oh! c'est trop fort... Eh bien, je vous déclare que vous ne dînerez ni au *Moulin-Vert*...

CÉSARINE. *Rouge*...

CLAPIER. *Rouge*... ni chez Bignon... Que tout à l'heure je brûle cette robe d'amazone...

CÉSARINE. Vous?

CLAPIER. Moi!...

CÉSARINE, *passant à droite.* Allons donc!

CLAPIER. Où est votre cheval?

CÉSARINE. Il est en pension chez Pelletier...

CLAPIER. Dès demain, je le retire de collège...

CÉSARINE. Vous?...

CLAPIER. Moi!...

CÉSARINE. As-tu fini!...

CLAPIER. Madame!...

CÉSARINE. Tenez, voilà ce que vous me faites faire...

Elle hausse les épaules.

CLAPIER. J'arrête ces folles dépenses!... d'ailleurs, je n'ai pas d'argent.

CÉSARINE. Vous n'avez pas d'argent?

CLAPIER. Non, madame.

CÉSARINE. Mais vous avez six mille livres de rente!

CLAPIER. Ah çà! est-ce qu'avec six mille livres de rente, vous vous imaginez... qu'on peut aller bien loin?

CÉSARINE. Aller bien loin!... Je ne vous demande pas à aller en Cochinchine... bois de Boulogne, voilà tout... il n'a pas d'argent!... N'êtes-vous donc pas propriétaire?...

CLAPIER. Si... d'une maison aux Batignolles; les Batignolles ne sont pas Paris.

CÉSARINE. Pardon!... les Batignolles sont parfaitement Paris... il y a eu un décret... petites barrières reculées... Et votre place à la douane?...

CLAPIER. Trois mille francs!

CÉSARINE. Et vous n'avez pas d'argent!... (D'un ton pincé et ironique.) Hippolyte, vous savez... il ne faut pas me la faire à moi, celle-là!... Elle est *mauvaise!*...

Elle s'éloigne d'un air digne.

CLAPIER. Madame, que j'en aie ou que je n'en aie pas, vous n'en aurez pas... vous!

CÉSARINE. Ah! vous me refusez à moi? (A part.) En avant la femme jalouse! (Haut.) Ah!... vous me refusez à moi?... C'est donc pour le donner à une autre?

CLAPIER. A une autre!

CÉSARINE. Hippolyte, vous avez une maîtresse!

CLAPIER. Allons donc!

Il passe à droite.

CÉSARINE. Quelle infamie!... Mon Dieu! le misérable a une maîtresse... il a une maîtresse... je m'en doutais... quelque chose me disait que vous me trompiez...

CLAPIER. Vous êtes folle!

Il s'assied sur le fauteuil, près de la table.

CÉSARINE. Vous êtes sorti à huit heures... hier soir... et rentré à minuit... Qu'est-ce que vous avez fait?

CLAPIER. Je suis allé au café...

CÉSARINE. Au café... c'est facile à dire... au café... On dit à sa femme : « Ma bonne amie, je suis allé au café, » et on est allé folichonner ailleurs... Les hommes sont lâches!...

CLAPIER. Je suis allé au café... J'ai joué un bock avec Berlurot... au bézigue... en quinze mille... partie liée!...

CÉSARINE, *le regardant fixement dans le blanc des yeux.* Ah!... où est votre porte-monnaie?...

CLAPIER. Mon porte-monnaie!... (Le tirant de sa poche.) Parbleu!... le voilà!...

CÉSARINE, *le prenant.* Il y avait dedans vingt-huit francs cinquante... (Elle l'ouvre.) et il reste... vingt-six francs... Qu'est-ce que vous avez fait des cinquante sous?...

CLAPIER. Mais...

CÉSARINE. Parlez... si vous êtes sûr de vous, parlez...

CLAPIER. J'ai eu deux bocks...

CÉSARINE. Ah! vous avez perdu!... Vous êtes joueur, Hippolyte... Enfin... deux bocks, seize sous... Après?

CLAPIER, *cherchant.* Après?... Ah! quatre sous au garçon...

CÉSARINE. Quatre sous au garçon?... Mazette!... vous allez bien!... Ah! vous donnez quatre sous au garçon... et vous me refusez un cheval... Les hommes sont lâches!.. Enfin, ça fait vingt sous, tout ça?... Après?...

CLAPIER, *cherchant toujours.* Après?... Dame...

CÉSARINE. Et les trente sous qui restent... qu'en avez-vous fait?

CLAPIER, *se levant.* Dame!... je ne sais pas...

Il passe à gauche.

CÉSARINE. Vous ne savez pas?... (Avec éclat.) Hippolyte, vous avez une maîtresse!...

CLAPIER. Oh! Césarine!...

CÉSARINE. Vous êtes un lâche!... Ah! tu me trompais!...

CLAPIER. Mais non!

CÉSARINE. Et moi je gardais la maison!... Elle est donc bien belle, cette femme?

CLAPIER. Mais je ne connais pas de femme!

CÉSARINE. Et voilà l'homme auquel on a lié ma vie!... Oh! les hommes!... Ils disent : « J'en ai assez de courailler, voilà une jeune fille qui n'est pas mal, elle a une dot... bah! épousons-la. » Et ils s'insinuent dans votre famille... avec des habits neufs... ils se font friser... ils vous regardent en clignant des yeux... en gonflant la taille maternelle, ne sachant rien du monde, vous disiez un jour : « Ce jeune homme a du cachet. » Alors, ils daignent vous épouser... et trois mois après... ils vont chez les courtisanes!... ils leur donnent des fleuves de diamants, des boisseaux de perles fines, toute une constellation de rubis!... et nous, nous, les femmes honnêtes, nous, les gardiennes de leur honneur, ils nous apportent le soir, quoi!... l'*Opinion nationale*... Hippolyte, qu'as-tu fait de tes trente sous?...

CLAPIER. Ah! mais... c'est intolérable!... Je m'en vais... bonjour!

Il prend son chapeau et remonte.

CÉSARINE, *courant et se plaçant devant la porte, dramatiquement.* Tu ne sortiras pas!..

CLAPIER, *redescendant.* Ah mais!... ah mais!... ah mais!...

CÉSARINE. Tu l'aimes donc bien, ta Juliette?...

CLAPIER. Juliette!... Est-ce que je connais une Juliette!...

CÉSARINE, *venant à lui.* N'y va plus... ne va plus chez elle et je te pardonne... Tiens... tiens... je suis à tes pieds!... (Elle se jette à genoux et se cramponne au bras de Clapier.) Renvoie-lui ses lettres... Elle t'a écrit, n'est-ce pas?... Où sont ses lettres?... (Elle fouille dans les poches de son paletot.) Où sont-elles?...

CLAPIER. Madame, assez...

CÉSARINE, *tirant une lettre d'une poche de son mari.* Ah! en voilà une!...

CLAPIER. Vous pouvez lire.

CÉSARINE, *lisant.* « Tu serais bien gentil de me prêter ton habit bleu à boutons d'or... Signé : EDGARD. »

CLAPIER. Là... tu vois...

CÉSARINE, *réfléchissant.* Edgard... on ne s'appelle pas Edgard... Ah! elle vous écrit sous le nom d'Edgard... Je m'en doutais.

CLAPIER. Mais non... Edgard, c'est un employé de chez nous... ce n'est pas une femme... puisqu'il m'emprunte un habit.

CÉSARINE. Elle vous emprunte un habit pour s'habiller en homme, pour vous suivre sans éveiller les soupçons..... Oh! elle est maligne, cette femme-là!...

CLAPIER, *se contenant.* Césarine, je te donne ma parole d'honneur... tu entends bien... ma parole d'honneur... (A part.) Oh! les femmes jalouses, quelle peste! (Haut.) Je te jure, Césarine, sur ce que j'ai de plus sacré... que...

CÉSARINE, *allant s'asseoir près du secrétaire et fondant en larmes.* Gnin!...

CLAPIER. Allons, bon!... voilà l'averse!...

CÉSARINE, *pleurant toujours.* Houh!...

CLAPIER, *s'approchant d'elle.* Césarine, je te donne ma parole d'honneur...

CÉSARINE, *de même.* Gnin!...

CLAPIER, *à part, s'éloignant.* Ah!... au diable!.....

Il se jette dans un fauteuil, près du bahut à gauche, et tourne le dos à Césarine.

CÉSARINE, *d'une voix entrecoupée par les sanglots.* Qu'est-ce... qui... qui... m'aurait dit ça... quand... quand... je vous... vous... ai épousé!...

CLAPIER, *sans se déranger.* Oh! sapristi!... si vos parents m'avaient prévenu... ça ne serait pas arrivé... Ils m'ont dit que vous étiez un ange de douceur... (Se levant.) Ils m'ont joliment fourré dedans... Ah! ah! ah!...

CÉSARINE, *se levant.* Il insulte ma mère!... Oh! le misérable!... Tenez, vous n'avez pas de cœur!...

CLAPIER. Oui... oui... allez votre train...

Il s'assied sur le canapé.

CÉSARINE, *venant près de lui.* Tu t'ennuies avec moi, n'est-ce pas?

CLAPIER. Je ne ris pas beaucoup... et je défierais bien de rire... le bossu le plus folâtre...

CÉSARINE. Tu voudrais être dans ses bras... dans les bras de ta Juliette!...

CLAPIER. Oui... oui... oui...

CÉSARINE, *allant derrière le canapé.* Il en convient!... Et je le laisserais à une rivale!... Jamais!...

Elle ramasse les pincettes et les tient levées sur Clapier, qui tourne le dos.

— Clapier lève la tête et voit les pincettes.

CLAPIER, *se levant en poussant des cris, et passant à droite.* Ah! pas de bêtises!... Césarine!...

CÉSARINE. Le lâche!... il a peur de la mort!...

CLAPIER. Parfaitement.

CÉSARINE, *jetant les pincettes.* Vis donc... Héliogabale!... vis pour elle!... pour ta Juliette!... Moi, je sortirai d'ici!... je retournerai dans ma famille!...

CLAPIER. Ah! ma foi!... si ça doit continuer comme ça, tu feras aussi bien...

CÉSARINE. Il me chasse!...

CLAPIER. Mais non!... Reste si tu veux...

CÉSARINE. Rester... pour garder la maison comme un petit chien, pendant que monsieur fera ses chinoiseries en ville?... Ranger, épousseter... Tiens, voilà comme je la rangerai, la maison!...

Elle prend le vase qui est sur le bahut de gauche et le brise; puis elle en fait autant d'une assiette qu'elle prend sur le bahut de droite.

CLAPIER. Elle concasse mon Japon!...

CÉSARINE. Tiens!... voilà comme je remonte les pendules!...

Elle fait tourner rapidement les aiguilles et l'on entend un craquement causé par le bris du grand ressort.

CLAPIER. Césarine!...

CÉSARINE. Il faudra remettre aussi des boutons à tes chemises, pas vrai?... Tiens!... voilà comme je les remets, les boutons!...

Elle ouvre le bahut de gauche et en sort des chemises qu'elle jette en l'air une à une.

CLAPIER. Mes chemises!...

CÉSARINE, *même jeu.* Les voilà, tes vieilles chemises!... Hop!... hop!...

Il ramasse ses chemises, qu'il met sur un fauteuil.

CÉSARINE. J'étouffe!... (D'une voix forte.) Avec la maladie que j'ai, il faut que vous soyez bien infâme pour me torturer comme vous le faites...

CLAPIER. Moi... je te torture!...

CÉSARINE, *passant la main sur son front.* Je ne sais ce que j'éprouve... Oh! mes nerfs!... mes nerfs!... (Elle fait des soubresauts.) Du vinaigre!...

Elle pousse des cris et va, en sautillant d'une façon nerveuse, tomber sur le canapé.

CLAPIER, *la prenant dans ses bras et lui aidant à s'asseoir.* Allons bon! elle se trouve mal!... Voyons, calme-toi!...

CÉSARINE, *même jeu.* Où demeure-t-elle, ta Juliette?... Je veux la tuer!... Ah! du vinaigre!...

CLAPIER, *courant au bahut de droite et prenant la burette.* Tiens! voici la burette... Respire, respire...

Il se met à ses pieds et lui fait respirer le vinaigre.

CÉSARINE, *comme revenant à elle.* Où suis-je?... (Regardant son mari.) A mes pieds!... lui!... Que t'ai-je dit, Hippolyte?... Je t'ai accusé, moi!... moi!... (D'une voix caverneuse.) Oh! mon Dieu! en ai-je le droit!...

CLAPIER. Comment!... Que dis-tu?...

CÉSARINE. Rien... rien... Tu m'as trompée...

CLAPIER. Mais moi!...

CÉSARINE. Tu m'as trompée.... je le sais, mon ami... tu me l'as avoué toi-même... car tu as le mérite de la franchise, au moins.

CLAPIER. Moi! je n'ai rien avoué du tout!

CÉSARINE. Si fait... tout à l'heure... là, cette femme, qui se fait appeler Edgard... tu sais... Tu m'as trompée, c'est justice... je suis punie.

CLAPIER, *inquiet.* Punie de quoi? punie de quoi?

Il se relève.

CÉSARINE. Ne m'interroge pas... mon passé m'appartient... Ton passé t'appartient... Notre passé nous appartient...

CLAPIER. Mais, pas le moins du monde! Ton passé est à moi...

CÉSARINE, *se levant.* Tais-toi!... Tu es libre... tu seras vengé!... (Prenant le chapeau de son mari, qu'il a posé sur la cheminée.) Tiens, mon ami, voici ton chapeau. (Elle le lui apporte.) Sors, mon ami, va chez ta Juliette!... Tu l'aimes, roule-toi à ses pieds... mais ne lui dis pas de mal de moi, à cette femme... En entrant, tu ne seras fâché, car tu es bon, toi, Hippolyte... Tu es une âme généreuse, au fond.

CLAPIER, *très-inquiet.* Une âme généreuse... Ça dépend... Explique-moi...

CÉSARINE, *tenant toujours le chapeau.* Rien... Embrasse-moi... sur le front, mon ami, comme on embrasse une sœur... Je suis punie... bien punie...

CLAPIER. Mais punie de quoi?

CÉSARINE, *lui donnant son chapeau en passant à droite.* Adieu, Hippolyte... pas au revoir... adieu!... Laisse-moi te regarder encore une minute... tes bons yeux... (Lui retirant son chapeau.) Ton front... ton nez... nal... c'est fait... Voilà ton chapeau, mon ami... Va chez ta Juliette, va... Oh! ne crains rien... Tu vois, j'ai le sourire aux lèvres... Voici ton chapeau, mon ami.

Elle le lui donne.

CLAPIER, *à part.* Oh! elle a des projets sinistres...

CÉSARINE. Adieu, mon ami... adieu, mon frère!

CLAPIER, *à part.* Je reste...

ENSEMBLE.
Air : *Il bacoio.*

CLAPIER.
Quel mystère!
Sa colère (*bis*)
Fait place à la douleur.
Que veut dire
Ce délire?
Ah! mon cœur
Pressent un malheur!

CÉSARINE.
Ma colère
Passagère,
Ma colère
Fait place à la douleur!
Le délire
Qui m'inspire
A mon cœur,
Prédit un malheur!

CÉSARINE.
Plus d'amour!...
En ce jour,
N...i, ni,
Tout est fini!

CLAPIER, *à part.*
Quel est ce vertige?
Quelle virago!
Ah! que ne suis-je au
Congo,
Ou même à Bornéo!

REPRISE DE L'ENSEMBLE.
Césarine entre à droite.

SCÈNE V.

CLAPIER, *seul.* Il tient d'une main son chapeau et de l'autre la burette.

Cette fièvre me tue!... cette fièvre me tue!... (Il remet son chapeau sur la cheminée, et, après avoir respiré le vinaigre, pose la burette sur la table.) Ah! j'en ai des pulsations, à présent... j'en ai trop... (Musique. — Grand bruit à côté.) On démolit dans la cuisine... Pourquoi... Qu'est-ce qu'elle fait dans la cuisine?... Et elle voulait m'éloigner... Quel soupçon!... Oh! je saurai tout!

Il reprend son chapeau et entre dans la chambre de gauche.

SCÈNE VI.

CLAPIER, *caché,* CÉSARINE.

Césarine vient de la droite. Elle a retiré le sombrero et l'amazone. Elle est en robe de dessous. — Ses cheveux, dénoués, flottent dans le plus grand désordre. — Ses yeux ont une expression égarée. — Elle tient à la main un petit réchaud.

CÉSARINE, *à elle-même.* Numéro 4... mademoiselle Hortense... femme passionnée... genre échevelé!... (Lorgnant la porte derrière laquelle est Clapier.) On va l'en donner de la passion, scélérat! (Haut, de façon à être entendue.) Il faut en finir!... il faut en finir avec la vie! (Elle pose le réchaud à terre, et met le pouf derrière.) Où est le soufflet?... Ah! le voilà! (Elle le prend.) Oh! mon Dieu, donnez-moi le courage!

Elle s'assoit sur le pouf et se met à souffler précipitamment.

CLAPIER, *se montrant vivement.* Césarine!

Il court à elle.

CÉSARINE. Lui!... (Elle souffle toujours.) Je t'avais dit de rentrer dans deux heures... Je veux mourir... J'en aime un autre!

CLAPIER, *interdit.* Toi!

CÉSARINE, *soufflant à tour de bras.* Ah! tu vois bien qu'il faut que je meure. (Changeant de jeu.) Le charbon ne prend pas... Comme ces charbonniers sont voleurs!

CLAPIER. Tous en aimez un autre?

CÉSARINE, *se courbant.* Oh! tuez-moi!... tuez-moi!...

CLAPIER. Un autre que moi!

Il prend le soufflet et le fourneau et les porte près de la cheminée.

CÉSARINE. Oh! je l'aimais avant notre mariage!

CLAPIER. Et vous ne m'avez pas prévenu?

CÉSARINE. Je n'y ai pas pensé!... Quand on se marie, on a tant de choses à faire!

CLAPIER. Son nom?

CÉSARINE, *se levant.* Son nom!... (Avec orgueil.) Il s'appelle Alfred!

CLAPIER, *d'une voix terrible et faisant un geste de menace.* Alfred!...

CÉSARINE, *tombant à genoux.* Oh! brisez-moi!... écrasez-moi, si vous voulez... mais je l'ai bien mérité... Est-ce que la passion raisonne?... On ne badine pas avec l'amour!

CLAPIER, *écumant.* Madame, vous allez me dire...

CÉSARINE, se relevant. Comment je l'ai aimé? Est-ce que je sais, moi?... J'avais seize ans, il était beau, il avait du cœur, il est venu, je l'ai aimé, voilà tout... que m'importe le reste!...

Elle secoue ses cheveux et passe à gauche.

CLAPIER. Mais c'est un abus de confiance!...

CÉSARINE, repassant à droite. Que m'importent les préjugés du monde, la tyrannie d'un père, la colère d'un époux!... Que me fait l'univers à moi!... Je l'aime!...

Elle repasse à gauche.

CLAPIER. La profession du misérable? sa profession, madame?...

CÉSARINE, avec l'orgueil de l'amour. Professeur de billard!...

CLAPIER. Un faiseur de carambolages!...

CÉSARINE. Il vous en eût rendu quarante-cinq de cinquante!... Ah! ah! ah!... Et il demande pourquoi je l'aime!!! (Arpentant le théâtre.) Il est parti... il est allé se faire une position en Amérique... et moi j'en ai épousé un autre... et, en ce moment peut-être, perdu dans le désert... brûlé par la soif, il expire sous un palmier ou sous la griffe des jaguars!...

CLAPIER, qui s'est assis près du secrétaire. Ah! ça m'est bien égal, par exemple!

CÉSARINE. Ma place est à ses côtés!... Il me tend les bras, il m'appelle... je veux partir... mais il me faut de l'or!... Comment avoir de l'or?... Ah!... mes diamants!...

Elle prend un petit coffret dans le bahut de gauche.

CLAPIER, se levant, et courant à elle. Mais... c'est moi qui vous ai donné tout cela!

CÉSARINE. Que m'importe!... Est-ce que la passion raisonne?... J'ai de l'or... je suis libre!

Elle va vers la porte du fond.

CLAPIER, la prenant par le bras, et la repoussant. Ah! je vous forcerai bien à rester!

CÉSARINE. je t'empoisonnerai!... et j'écrirai aux juges que c'est vous... vous le coupable!...

CLAPIER, immobilisé, la bouche béante. Moi!...

CÉSARINE. Est-ce que la passion raisonne?... Je suis libre!... j'ai de l'or!... de l'or!... de l'or!... Alfred!... Alfred!...

Elle entre à gauche agitant en l'air le coffret et en secouant ses cheveux.

SCÈNE VII.

CLAPIER, seul. — A la sortie de Césarine, il s'avance sur l'avant-scène, regarde le public d'un air profondément triste, et dit:

Tout ça, c'est la faute à Berlurot!

Air: la Feuille et le Sarment.

Quand vous voulez prendre une femme,
Prendre une femme,
Vous allez vite aux renseign'ments,
Aux renseign'ments.
Chacun vous dit: Quell' charmant' femm'!
L'amour de femme!
Ça vous enflamme!
Méfiez-vous des renseign'ments...
Car cette femme,
Qui cause mes tourments,
Tous mes tourments,
J'avais sur ell' les meilleurs renseign'ments!

Voyons, examinons froidement ma situation... D'une part, elle veut rejoindre le nommé Alfred, un négociant dont la position sociale consiste à dire à ses clients: « Prenez la bille en dessous, vous ramenez la rouge. » D'autre part, si je contrarie ses petits projets, elle m'inculpe... que faire?... (Souriant.) Me brûler la cervelle, pas autre chose... Voyons, pourtant, si je... non, n'y a pas autre chose. (Remontant vers la droite.) Ah! mon Dieu!... et j'avais de si bons renseignements!... Enfin!... (Il entr'ouvre la porte de droite, et, sans sortir de scène, prend son fusil de garde national.) Mon fusil!... J'avais juré de ne m'en servir que pour voler à la frontière; mais... la frontière a le temps d'attendre, tandis que moi... Je mettrai deux balles... parce que si la première ne me fait pas d'effet, je pourrai me rattraper sur la seconde. (S'attendrissant.) C'est égal, mourir si jeune!.. Ah! je n'aurai pas eu de chance!... J'étais si heureux!... voilà... je me plaignais de mon sort... C'est bien fait, grand ingrat que tu es... C'est bien fait... Du bruit... ma femme!...

Il cache son fusil dans un coin, près du secrétaire.

SCÈNE VIII.
CÉSARINE, CLAPIER.

CÉSARINE, entrant par la gauche, habillée comme elle était à la scène deuxième. Bonjour, mon ami, bonjour, le grand chien aimé!... Il est tard... as-tu faim?... veux-tu dîner?...

CLAPIER, stupéfait. Hein?

CÉSARINE. Ah! que je suis folle!... Ernestine a campo... Eh bien, si tu veux, Polyte, nous dînerons au restaurant.

CLAPIER. Au restaurant?

CÉSARINE. Ah! tu crains de n'avoir pas assez d'argent?... Eh bien, prends-en dans ton petit secrétaire... de garçon... Tu n'as pas la clef?... Je vais te prêter la mienne...

CLAPIER. La tienne!...

CÉSARINE, la tirant de sa poche. Oui... j'en ai fait faire une... petite clef, pour ouvrir petit secrétaire...

CLAPIER. Ah bah!...

Musique à l'orchestre. Césarine va ouvrir et prend le manuscrit de Clapier.

CLAPIER, à part. Le journal de ma vie!...

CÉSARINE. Tu me mèneras dîner où tu voudras... Oh! je ne suis pas contrariante, moi, tu sais, je suis une petite femme bien simple, bien bourgeoise, bien pot-au-feu, bien fadasse.

CLAPIER, comprenant. Ah!

CÉSARINE. Ah! dame... je ne suis pas sentimentale, moi... Je ne suis pas un clair de lune... comme mademoiselle Malvina, mais ça viendra, si tu y tiens... Je ne suis pas une élégante, une lionne, comme mademoiselle Caroline... mais je n'y ferai, si tu veux.

CLAPIER, vivement. Non!

CÉSARINE. Je n'ai pas besoin d'être jalouse comme Adèle... parce que je crois que tu m'aimes bien... Quant à faire de la passion... comme mademoiselle Hortense... Oh! ça ne me va pas... jouer la comédie du peigne... Non, tu sais, Polyte, je trouve ça inutile... Maintenant, si tout cela te plaît j'essayerai... il n'y a que trois mois que nous sommes mariés... ça ne peut pas venir tout d'un coup... mais enfin, j'ai de la bonne volonté, et j'y arriverai peut-être... dame, en travaillant!...

CLAPIER. Non, reste comme tu es!

CÉSARINE. Et vous, ne pleurez plus votre passé. (Passant son bras sous celui de Clapier.) Voyons, Hippolyte, est-ce que vous n'avez pas assez goûté les vins d'extra?

CLAPIER. Oh! si!...

CÉSARINE. Eh bien, alors, maintenant, contentez-vous d'un petit ordinaire.

CLAPIER. Un petit ordinaire... oui... c'est si bon!...

Il embrasse sa femme.

CÉSARINE. Eh bien, que faites-vous?...

CLAPIER. Je descends à la cave... Oui, j'étais fou... (Se jetant à genoux.) Tiens, punis-moi, commande, ordonne...

CÉSARINE. Je t'ordonne de me payer un bon petit dîner fin... et après tu me mèneras voir Rothomago!... Veux-tu?...

CLAPIER, se relevant. Ah! tu es un amour!...

CÉSARINE. Je le sais bien... Oh! mais ce feu-là ne va pas du tout... attends, je vais le rallumer.

Elle va à la cheminée, froisse le journal de Clapier et le glisse dans le feu.

CLAPIER. Oh!... Césarine, il me semble que tu ne pourras jamais oublier...

CÉSARINE, lui montrant le manuscrit enflammé. Tiens... comme ça flambe!

CLAPIER. Césarine!...

CÉSARINE, revenant près de lui. Hippolyte!...

CÉSARINE, au public.

Air de M. Victor Chéri. (Chanté à la scène IV.)

Lorsqu'aujourd'hui le bonheur
A retrouvé dans notre cœur
Son gîte.

ENSEMBLE.
Gîte... (6 fois.)

CLAPIER, de même.
Ah! messieurs, chacun de nous,
A venir nous voir demain vous
Invite.

ENSEMBLE.
Vite! (6 fois.)

CÉSARINE, faisant le signe d'applaudir.
Scellez, par ce mouvement,
Notre raccommodement. } (bis ensemble.)

CLAPIER, de même.
Scellez, en applaudissant,
Notre raccommodement. } (bis ensemble.)

FIN

ANICET BOURGEOIS & AD. D'ENNERY

LE MÉDECIN
DES ENFANTS

DRAME EN CINQ ACTES, EN PROSE

REPRÉSENTÉ POUR LA PREMIÈRE FOIS, A PARIS, SUR LE THÉATRE DE LA GAITÉ
LE 25 OCTOBRE 1855

DISTRIBUTION DE LA PIÈCE

LUCIEN LEMONIER, jeune premier rôle.	MM. LAFERRIÈRE.
DELORMEL, premier rôle..............	BIGNON.
JÉROME, emploi de M. Bouffé..........	P. MÉNIER.
FRÉDÉRIC, premier amoureux..........	FEBVRE.
FRANÇOIS, domestique................	PÉPIN.
JÉROME, jardinier...................	JOSSE.
RENÉ, domestique de Lucien..........	COSTE.

JOSEPH, domestique de M. Delormel....	M. THIERRY,
LOUISE, jeune premier rôle...........	Mmes CORTEZ.
LUCILE, jeune première..............	AUGUSTA.
TOINETTE, soubrette.................	LEROYER.
JEANNE, servante...................	HÉLOISE.
MARIANNE, paysanne.................	MARIE.

Les deux premiers actes en 1789, les trois derniers en 1803.

ACTE I.

L'entrée du village de Jeurre. — A gauche du spectateur, au premier plan, un chalet. — Sur la partie faisant face au public, une fenêtre fermée par une jalousie. —A droite, une maisonnette dont le rez-de-chaussée forme boutique. — Au fond, une vue des Alpes.

SCÈNE PREMIÈRE.

TOINETTE, JEANNE; puis MARIANNE, JÉROME, DELORMEL et JOSEPH.

TOINETTE, sortant de sa boutique.

Eh! Fillette! Fillette! seras-tu bientôt réveillée, donc?

JEANNE, entrant.

Me voilà, madame.

TOINETTE.

Allons, ouvre vite la boutique.

JEANNE.

Oui, madame.

TOINETTE.

Il fait aujourd'hui un temps superbe, et quand le ciel se fait beau, ça donne aux hommes l'envie d'en faire autant, et ils m'apportent leur menton à raser.

JEANNE.

Justement, madame, je vois là-bas la diligence qui commence à monter la côte.

TOINETTE.

Nous aurons peut-être quelque pratique qui s'arrêtera ici. Rentrons tout préparer. (Elle entre dans sa boutique. Jeanne va pour la suivre. A ce moment Marianne entre par la droite, tenant son enfant par la main.)

Pardon, mamzelle, où demeure le médecin des enfants, s'il vous plait?

JEANNE, montrant le chalet à gauche.

Tenez, là, bonne femme. Ça sera bientôt l'heure où il donne chaque jour ses consultations. Oh! vous pouvez entrer!..

MARIANNE.

Merci, mamzelle... (Jeanne rentre dans la boutique et Marianne chez le médecin. Alors paraissent au fond Jérôme et Delormel suivi de Joseph.)

JÉROME.

Ouf! nous v'là donc enfin en haut de cette montée d'malheur. J'ai cru que je n'en verrais jamais le sommet. Je m' sens
fatigué tout d' même; et vous, êtes-vous fatigué, monsieur?

DELORMEL.

Non.

JÉROME.

C'est que vous êtes plus jeune que moi, qu'a passé la soixantaine, et qui voyage bêtement pour des gens et pour des choses
qui ne me regardent pas. Comme si l' mieux n'était pas d' vivre pour soi, chez soi, et rien qu'avec soi... N'est-ce point votre avis, monsieur?

DELORMEL.

Oui. (A Joseph.) La maison de poste doit être de ce côté. Allez
commander les chevaux. (Joseph sort.)

JÉROME.

Vot' belle chaise de poste ne sera pas ici plus tôt que la méchante patache qui m'y a amené. Avez-vous l'intention de vous
arrêter comme moi dans ce village?

DELORMEL.

Non, je ne m'arrête pas.

JÉROME.

Et vous venez d' loin comme ça?

DELORMEL.

Oui.

JÉROME.

Et il y a longtemps que vous marchez?

DELORMEL.

Deux ans.

JÉROME, à part.

C'est peut-êtr' l' Juif-Errant. (Haut.) Vous n'avez point envie
d'entrer queuqu' part, d' vous r'poser, d' causer un instant?

DELORMEL.

Causer? Non.

JÉROME.

Peut-êtr' bien qu' c'est indiscret c' que j' vous propose là. Du
reste, ce n'est point dans ma coutume. Ce que vous me diriez
ne m' toucherait guère. Si vous êtes heureux, tant mieux pour
vous; si vous ne l'êtes pas, tant pis. L' bonheur ou le chagrin
d'autrui, ça n' me r'garde point; je vis à mon à-part-moi.

DELORMEL.

Et par le temps qui court, vous faites bien, mon brave
homme.

JÉROME.

Eh! oui, et c'est pour ça que j' suis resté garçon, moi, pas
bête.

DELORMEL.

De sorte que vous n'avez eu ni affection trompée, ni amour
trahi, ni dévouement méconnu?...

JÉROME.

Eh non! parce que j' n'ons jamais eu d'intimité qu'avec moi,
de confiance qu'en moi et d'amour... que pour moi.

DELORMEL.

Alors, vous êtes heureux?

JÉROME.

Je le serais si je me trouvais chez moi, à cent vingt-sept
lieues d'ici, et que je n'eusse point entrepris sottement ce voyage... que je n'aurais point dû faire.

DELORMEL.

Je vous souhaite d'atteindre bientôt votre but.

JÉROME.

Et vous l' vôtre, monsieur.

DELORMEL.

Le mien!... Oui, fasse le ciel que je l'atteigne... enfin!
(Il sort par la droite.)

SCÈNE II.

JÉROME, seul.

Le v'là parti. Ma foi, j' n'en suis point trop fâché. J' m'ennuie moins à moi tout seul qu'à deux... Y s' dit moins d' bêtises. Où diable que j' vas trouver des renseignements ici? Tiens,
je suis justement devant une boutique... et une boutique de
barbier... (Lisant ce qui est écrit sur le volet.) « Ici on rase au pinceau,
à la main ou à la cuiller. » Y en a pour tous les goûts... Un
barbier, voilà mon affaire. (Frappant à la porte.) Hé! hé! la mai-
ton!

SCÈNE III.

JÉROME, TOINETTE.

TOINETTE, en dedans.

Voilà! voilà! (Sortant.) Qui demandez-vous, monsieur?

JÉROME.

J' demande le perruquier.

TOINETTE, gaiement.

Le perruquier... c'est moi.

JÉROME.

Vous?...

TOINETTE.

En l'absence de mon mari, je coiffe, je rase et je saigne au
besoin... Nous avons même des pratiques qui trouvent que j'ai
la main plus légère que Jolibois.

JÉROME, lui prenant la main.

Eh! eh! m'est avis que l' menton est bien près d' la bouche, et que plus d'un galant peut arrêter ces jolis doigts-là en
route.

TOINETTE.

Vous croyez?...

JÉROME.

Oh! ça n' me regarde point, moi.

TOINETTE.

Que faut-il à monsieur? un coup de peigne... de houppe ou
de rasoir?...

JÉROME.

Il me faut... une chaise d'abord... car je suis fatigué.

TOINETTE.

Si monsieur veut entrer dans la boutique?...

JÉROME.

Merci, je serai mieux ici... au grand air.

TOINETTE.

Pour être rasé?

JÉROME.

Mais oui.

TOINETTE.

A votre aise. (Appelant.) Fillette!... Fillette!... (Jeanne paraît.)

JEANNE.

Voilà!... voilà!...

TOINETTE.

Apporte une chaise et tout ce qu'il faut pour raser monsieur.
(Jeanne sort.)

JÉROME.

Est-ce qu'elle rase aussi, la servante?

TOINETTE.

Elle? C'est mon premier garçon de boutique. (Jeanne apporte la
chaise, puis le plat à barbe et les objets nécessaires pour raser.) Asseyez
vous, monsieur.

JÉROME.

Vous êtes de ce pays?...

TOINETTE.

Pour vous servir. (Elle repasse le rasoir.)

JÉROME.

En ce cas, vous pourriez me donner quelques renseignements.

TOINETTE, le savonnant.

Sur moi? avec plaisir. Je me nomme Toinette Jolibois; j'ai
eu vingt ans il y a quelques années. J'ai bon pied, bon œil,
bonne tête, de l'esprit, un cœur d'or, un caractère d'ange, et si
je coupe quelquefois les autres, je ne m'égratigne jamais.

JÉROME.

J' m'en aperçois, d' reste. Mais ce n'est pas sur vous que je
vous dis de me renseigner.

TOINETTE, rasant.

C'est sur les voisins? Je ne m'occupe jamais d'eux; mais je
sais tout ce qu'ils font. Nous avons d'abord Pierre Loustal, qui
bat sa femme, et que sa femme... rase; Jacques Fromont, qui
néglige sa femme, et que sa femme rase aussi... Antoine Mo-
rel, qui adore sa femme, et que sa femme...

JÉROME.

Rase toujours! Ah! je crois que j'ai trouvé à qui parler c'te
fois...

TOINETTE.

Je vous dis que je connais tout le monde ici.

JÉROME.

Oui-da ! Mais il s' pourrait que la personne que je cherche ait quèques raisons pour se cacher.

TOINETTE.

Si elle se cache, je la connais encore mieux.

JÉRÔME.

Y s'agit d'un jeune homme.

TOINETTE.

C'est un jeune homme?

JÉRÔME, continuant.

Qui a dû arriver ici, il y a près de deux ans.

TOINETTE.

Il y a deux ans... un jeune monsieur avec une jeune dame, n'est-ce pas? Ça ne peut être que monsieur Lucien.

JÉRÔME, vivement.

Lucien, c'est ça... c'est lui! Ah! je l' tiens donc enfin!

TOINETTE.

Mais vous allez vous faire couper...

JÉRÔME.

Allez toujours... J'ai l' menton dur... Ça ne s'entame point... Vous dites donc qu'il est ici?

TOINETTE

Oui... il est ici avec sa femme.

JÉRÔME, surpris.

Sa femme!...

TOINETTE.

Et c'est bien le plus charmant ménage... Monsieur et madame Lucien ne se cachent pas. Seulement ils vivent retirés, et chacun respecte leur solitude. Ils comptaient, nous l'avons su depuis, aller s'établir en Suisse. La jeune dame ne s'est arrêtée à Jeurre que parce qu'elle était trop souffrante pour continuer sa route. Comme elle a trouvé le pays à son goût, monsieur Lucien s'est empressé de louer une petite maison, dans laquelle il a établi sa chère malade. C'est là qu'elle a mis au monde une petite fille, jolie comme les anges, mais si faible, si délicate, qu'on en a désespéré souvent, et nous n'avions pas de médecin à Jeurre... Heureusement monsieur Lucien avait étudié pour être docteur, de sorte qu'il a pu lui-même soigner son enfant, qui lui doit ainsi deux fois la vie... Et le digne jeune homme n'a pas employé sa science que pour sa fille... Non, elle est au service de tout le monde, au service des pauvres, surtout... Sans lui, je n'aurais pas eu ce matin le bonheur d'embrasser mon petit Antoine : la fièvre me l'aurait emporté, peut-être, et comme monsieur Lucien refuse tout ce qu'on lui offre, on ne peut le payer qu'en bonne amitié. Mais dans cette monnaie-là, on ne lui marchande pas les honoraires. (Entrent des paysannes avec leurs enfants, qui viennent consulter le médecin. Elles se placent devant la maison sur un banc de bois.)

JÉRÔME.

Mais on lui fait bien marchander les choses qu'il achète... bêta !

TOINETTE.

Vous voilà rasé et je peux dire de main de maître. Eh ! fillette, apporte de l'eau à monsieur. (Jeanne apporte un autre plat à barbe avec de l'eau.)

JÉRÔME.

Maintenant, indiquez-moi la demeure de monsieur Lucien !

TOINETTE.

Sa maison... elle est bien facile à reconnaître... On y voit toujours de pauvr's mères qui viennent chercher là de la santé pour leurs enfants. Tenez, voyez...

JÉRÔME.

C'est donc c'te maison de bois?

TOINETTE.

Justement voilà monsieur Lucien lui-même... (Lucien sort du châlet. Toinette et Jeanne rentrent chez elles.)

SCÈNE IV.

JÉRÔME, LUCIEN.

LUCIEN, parlant sur le perron du châlet.

Bonjour, bonjour, mes enfants... Ah! voyons mon petit malade... (Il prend un enfant dans ses bras.) Il va bien, continuez le même régime... de bons soins et les baisers de sa mère. (Il descend du perron. Aux autres enfants.) De mieux en mieux. (Un Domestique est descendu derrière lui avec un panier de vin ; il donne des bouteilles.) Tenez, mes amis, prenez ces quelques bouteilles de bon vin, c'est, dit-on, le lait des vieillards, c'est aussi celui des enfants. (Il va à Marianne.) Quant à vous, Marianne, vous m'avez bien compris? suivez bien mon ordonnance ; que votre cœur se rassure. Allez, bonnes mères, à demain, à demain!

TOUS, en sortant.

A demain, monsieur, à demain!... (Il va pour rentrer, Jérôme l'arrête.)

JÉRÔME.

Bonjour, monsieur Lucien!

LUCIEN.

Jérôme ! mon vieux Jérôme ! par quel heureux hasard ?...

JÉRÔME.

Un hasard! Vous croyez qu' c'est par un hasard que j' sommes démarré d' cheux nous, à cent vingt-sept lieues de notre commune! moi, un vieux restant d'homme qui n'étions jamais sorti du village?... Un hasard ! ah ! ben ! merci !

LUCIEN.

Mais enfin, parle, donne-moi des nouvelles de ma mère, dis-moi comment et pourquoi tu es ici.

JÉRÔME.

Pour mame Lemonnier, vot' digne mère, elle pleure, elle s'désole, ell' périt, quoi... à ça près, elle n' va pas trop mal. Quant à la façon dont j'suis v'nu, c'est une autr' affaire.

LUCIEN.

Parle, parle, je t'écoute.

JÉRÔME.

V'là donc que depuis deux ans, vous aviez brusquement quitté la grand' ville, où qu' vous faisiez d' s' études pour devenir médecin, si ben que quand vot' mère vous attendit à Pâques, au lieu d' vous, elle n' reçut qu'une lettre, et plus tard, à d' longues intervalles, deux ou trois autres qui prenaient, pour arriver au pays, un tas de détours mystérieux, afin d'empêcher de découvrir d'où qu'elles venaient. Y a là-dessous quèque amourette, qu'en s' disait d'abord, y r'viendra aux moissons, ou, si c't' amourette dure, ça sera pour la vendange : mais tout ça a passé et vous n'êtes point venu. L'hiver est arrivé, et vot' mère a pleuré toute seule et des nuits entières auprès de l'âtre de vot' famille, et quand l'été revint, et encore la moisson, et encore la vendange, et... que vot' mère restait veuve de son fils, comme elle l'était déjà de feu vot' père, elle se promenait toute seule sur la route, ant triste et tant pâle, qu'un jour voyant qu'al se soutenait mal, je la fis entrer dans ma chaumière!

LUCIEN.

Ma pauvre mère!... Oh! tu es bon, Jérôme, de l'avoir secourue, de l'avoir consolée... car tu l'as consolée, n'est-ce pas?...

JÉRÔME.

Ah ! ben ! non... Vous m' connaissez, monsieur Lucien ? j'ai coutume de v.vre pour moi seul ; les affaires ou les chagrins des autres, ça ne me touche point, c'est leur affaire, et v'là pourquoi j'ai toujours vécu seul, à mon à-part, sans m' soucier des voisins, et j' jamais voulu d'enfants qui auraient pu me faire des chagrins ; je n'ai jamais voulu de femme qui aurait pu me faire autre chose.

LUCIEN.

Mais elle... ma mère... ma mère?

JÉRÔME.

Voyant que je l'avais accueillie et que j'écoutais sa douleur pour n' pas la contrarier, v'là qu'elle s'est mise à venir pleurer chez moi tous les jours... et je me demandais pourquoi donc qu'elle vient faire de ma maison son pleuroir? ça n' fife r'garde point moi, tout ça... et cependant je ne pouvais y dire durement : « Madame Lemonnier, faites-moi le plaisir d'aller pleurer plus loin; » n d' voir couler tant de larmes, ça a fini par m'agacer, j'avais comme des mouvements de colère contre elle, si bien que j'y ai dit un jour tout furieux : Ma foi, en v'là assez, mame Lemonnier, puisque ça n' finit pas, eh ben ! eh ben ! j' vous veux pas d' vot' fieu !... (Lucien lui serre la main.) —Où ça? qu'elle m' répond en m'embrassant !... car elle m'a embrassé, vot' pauvr' mère! (Lucien l'embrasse.) Ou'est-ce qu'i vous prend? (Continuant.) Est-ce que je sais? Dans les environs, là où il s' cache sans doute, avec quèque jeunesse. J' suivrons à la piste la première lettre que vous recevrez de lui, j' gagnerons le messager, j' saurons de qui qu'il la tient, et de messager en messager, j' finirons bien par arriver jusqu'à lui; et ce qui fut dit fut fait. Un matin, j' pris mon bâton de voyage et je me mis en route... Ah ! dame ! tant que je vis not' village et l' clocher, ça n'allait pas trop mal, le cœur était solide, mais v'là qu' j'arrive au carrefour Saint-André: où que le chemin fait un coude et que la route descend, je n'eus pas plutôt fait cinquante pas qu'en me retournant je ne vois plus ni le clocher ni le village, plus rien de ce que je n'avais point quitté d'un jour, d'une heure depuis soixante ans que je suis né; v'là-t-il pas que mon cœur se serre bêtement, que j'ai des éblouissements et de l'eau dans les yeux, tout comme quèqu'un qui pleure, et v'là-t-il pas que tous ceux du pays, tous ces indifférents qui ne m'importent point, à moi, s'mettent à tourbillonner dans mon idée. Les vieux qu'étaient de mon temps, les jeunes qui me souriaient au passage, et jusqu'aux petits enfants qui me grignottaient mes pommes et que je faisais toujours semblant de ne pas voir, y z'étaient tous là, comme pour me dire adieu! Ma foi, j'eus un instant de défaillance, et j'aurais p't-être rebroussé chemin, sans les paroles de vot' mère qui me revinrent en mémoire : Jérôme, qu'elle m'avait dit, j'vous aime comme mon ami, comme mon frère... Avec des mots pareils, elle m'avait payé mon voyage, c'te femme, fallait donc ben que je m'acquitte et je me suis remis en route.

LUCIEN.

Mon pauvre Jérôme! et tu es venu jusqu'ici!

JÉRÔME, allant s'asseoir.

Ah! Dam! je ne croyais pas d'abord que ça me conduirait si loin, j'voulais ben faire douze ou quinze lieues dans les environs ; mais à mesure que je retrouvais la piste, je me disais, bah! encore un petit bout de chemin et j'ramènerons à sa mère la brebis égarée, si ben que d'étape en étape, j'ai fait comme ça mes 127 lieues, mais j'vous tiens à la fin et j'peux vous dire, monsieur Lucien : Faut m'suivre au pays, faut y r'venir ben vite, parce qu'il y a là-bas un'pauvr'femme qui s'désole d'pauvres yeux qui pleurent, tout ça ne me regarde point moi, et c'est vous qui devez venir, et tout de suite, pour consoler vot'mère.

LUCIEN.

Partir, c'est impossible.

JÉRÔME.

Et à cause? c'est-y parce que vous aimez un'jeunesse? c'est une bêtise, mais ça se pardonne, et vot'mère vous pardonnera, je la connais, monsieur Lucien, elle recevra comme sa fille celle qui lui aura rendu son fils.

LUCIEN.

Je ne peux pas conduire Louise chez ma mère, Louise n'est pas ma femme.

JÉRÔME.

Eh ben, on l'épouse donc, c'est encore une bêtise, mais y en a tant d'autres qui la font.

LUCIEN.

L'épouser, l'épouser, c'est impossible.

JÉRÔME.

Impossible... allons donc, c'est une faute pour quèques-uns, mais c'est un devoir pour vous... car enfin, j'ai ouï parler d'un petit...

LUCIEN.

Ma fille! ma fille!

JÉRÔME.

Eh! si vous l'appelez vot' fille, c'est ben le moins qu'elle puisse vous appeler son père.

LUCIEN.

Jérôme, je suis plus malheureux, plus coupable que tu ne le supposes ; Louise, que j'adore, Louise, la mère de mon enfant, entends-tu, Louise est mariée!

JÉRÔME.

Mariée !...

LUCIEN.

Oh! avant de la condamner, écoute-moi, Jérôme, écoute-moi. Louise, orpheline, avait accepté sans contrainte l'époux qu'on avait choisi pour elle... à défaut d'amour, elle lui avait donné son amitié, son estime. Appelé par le service du roi dans les mers des Indes, monsieur Delormel... c'est le mari de Louise, avait livré sans défense, aux séductions du monde, une jeune femme à qui Dieu avait refusé ses deux anges gardiens, une mère et un enfant.

JÉRÔME.

J'comprenons c'danger-là.

LUCIEN.

Un jour... le hasard, la fatalité me plaça sur le passage de Louise... Te dire comment l'amour le plus insensé, le plus violent s'empara de mon âme, c'est impossible, vois-tu... au bout de quelques jours, ce n'était plus le hasard qui me faisait la rencontrer et je compris que cette passion si vraie, si profonde, qu'elle avait su m'inspirer, avait trouvé un écho dans son cœur; elle était si belle, ma Louise, il y avait tant d'innocence et de douceur dans son regard, que pas une seule fois l'idée ne m'était venue qu'elle pût appartenir à un autre... et quand je l'appris ce fatal secret, il était trop tard, mon amour était plus fort que ma raison, plus fort que ma conscience, plus puissant

que mon honneur... Cet amour pouvait seul triompher de l'instinctive vertu de Louise, de Louise, qui à deux genoux devant moi... me criait avec des sanglots : Pitié, Lucien, pitié ! Je t'aime, Lucien, tue-moi, mais ne me déshonore pas!

JÉRÔME.

Ah! malheureuse femme vallait mieux la tuer!

Quand elle apprit le prochain retour de son mari, Louise voulait mourir, mais de nouveaux devoirs lui étaient imposés... elle était mère... Louise, résignée à vivre, ne pouvait affronter la présence de celui qu'elle avait trompé; alors mon ami, rassemblant le peu que je possédais, je quittai Paris, je renonçai sans hésiter à l'avenir qui s'offrait à moi brillant et radieux, j'oubliai tout et je m'enfuis emportant avec moi mon trésor. Depuis deux ans, je cache ici mon bonheur et ma vie. Tu me demandes de te suivre, d'aller avec toi retrouver ma mère, ma mère... mon cœur, ma pensée volent vers elle, mais le secret que ton amitié a su découvrir, une haine implacable et impatiente peut aussi parvenir à la surprendre, et je ne laisserai pas, même une heure, Louise exposée à la colère de son mari. Pour moi, le monde est à présent tout entier dans ce village. Ici chacun m'aime et m'estime. Je suis béni des malheureux qui viennent réclamer les secours de mon art, et quand le souvenir du passé vient, comme un réveil terrible, me faire craindre pour l'avenir, alors je prends ma fille dans mes bras, je la serre sur mon cœur et je suis heureux! j'oublie, j'oublie !

JÉRÔME.

Alors, c'est donc que vous n'aimez plus vot' mère?

LUCIEN.

Ne plus l'aimer... pour elle, Jérôme, je donnerais mon sang, jusqu'à la dernière goutte, pour elle je sacrifierais tout... tout... excepté ma fille... (Une servante sort du chalet portant l'enfant dans ses bras.) Eh! tiens, regarde, c'est elle, la voilà... (Prenant l'enfant et le mettant dans les bras de Jérôme.) C'est ma fille, Jérôme, est-ce que je peux l'abandonner? ...

JÉRÔME, très-ému.

Ah!... c'est... c'est vot' fille... ça... c'est vrai, oui, qu'elle est ben gentille, qu'on dirait un pauvr' ange du bon Dieu... mais... mais que je suis donc bête... v'là que j'en pleure, oui... Eh! ôtez-moi donc vot' enfant de là... ça ne me regarde point moi.

LUCIEN.

Non, garde-la dans tes bras, Jérôme, et tes yeux fixés sur ces yeux si purs, dis-moi, dis-moi que je dois l'abandonner.

JÉRÔME.

Moi... que je... ah! v'là qu'elle me fait une risette... à c't heure... et je n'ai plus la force de rien dire.

LUCIEN.

Ah! je le savais bien que tu ne pouvais pas me condamner (La servante emporte l'enfant et sort par le fond à droite.)

JÉRÔME.

Je vous comprenons, monsieur Lucien, je ne suis qu'un pauvre homme, simple, et je ne consulte que mon bon sens; pour lors, m'est avis que v'là des ben grosses fautes, peut-être que toute votre existence en pâtira... Pour commencer vous aviez une famille et vous en v'là séparé, je ne sais pour combien de temps... Un jour, vous voudrez revenir auprès de nous... mais il sera trop tard... et ceux qui vous demanderont ne seront plus là pour vous répondre !

LUCIEN.

Jérôme! Jérôme! prends pitié de moi!

JÉRÔME.

De la pitié, est-ce que vous croyez que je n'en ai point... ça m'étouffe... j'resterai ici jusqu'à demain, et demain vous me direz si nous partons ensemble, ou si je dois m'en aller tout seul consoler vot' mère.

LUCIEN.

Jérôme, oh! mon parti est pris... demain...

LOUISE, paraissant à la porte du chalet.

Demain, vous partirez, Lucien.

LUCIEN.

Louise!

JÉRÔME, embarrassé.

Madame... certainement... je... je... vous... salue, madame!

LOUISE, s'approchant de Jérôme.

Comptez sur moi, monsieur Jérôme, pour achever ce que votre généreux dévouement a déjà commencé. Oui, j'empêcherai Lucien de me sacrifier sa fortune, son avenir; je l'empêcherai de me sacrifier sa mère. (Lui tendant la main.) Comptez sur moi.

JÉRÔME, hésitant et finissant par lui prendre la main.

Pour ce qu'est de ça, madame, ça ne me regarde point, moi, tout ça... mais vous êtes une brave femme tout d' même... (il sort.)

SCÈNE V.

LOUISE, LUCIEN.

LUCIEN.

Louise, qu'as-tu dit ?

LOUISE.

J'étais là, derrière cette jalousie, et j'ai tout entendu.

LUCIEN.

Eh bien, Louise, tu sais que ce départ est impossible...

LOUISE.

Je sais que ta mère t'attend, et qu'elle maudira celle qui la séparerait de son fils...

LUCIEN.

Je vais écrire à ma mère... Elle te connaîtra, elle saura combien tu as lutté, elle saura ton désespoir et tes larmes... Je lui dirai mon amour... je lui enverrai le portrait de ma fille... Je lui dirai que je n'ai jamais cessé de chérir ma mère, que je pleure loin d'elle... mais que je mourrais loin de toi, ma Louise !...

LOUISE.

Oh! oui, tu m'aimes, Lucien, j'en suis sûre; et c'est dans cette conviction que je trouve la force de te dire : Séparons-nous!...

LUCIEN.

Je ne partirai pas...

LOUISE.

Il le faut, il le faut, Lucien.

LUCIEN, avec force.

Louise, tu ne m'aimes plus!

LOUISE.

Moi!

LUCIEN.

Eh bien, alors, si tu m'aimes, pourquoi m'exhorter à partir?

LOUISE.

C'est que le cœur d'une femme est souvent une énigme indéchiffrable, même pour un amant... Quand j'étais jeune fille, sais-tu ce que je demandais à Dieu? Je le priais chaque soir de ne pas attendre, pour m'appeler à lui, que l'âge eût flétri mon front, éteint mon regard... je lui demandais une mort prématurée qui me laissât toujours belle dans la mémoire de mes amis... C'était une prière impie, je le sais. Aujourd'hui, Lucien, je demande à la clémence divine de nous séparer avant que le temps ait flétri tes illusions, éteint ton amour... Cet amour, tu l'emporteras tout entier... tu seras loin de moi, mais je serai encore le rêve de ta vie; comme ton cœur, ta pensée sera tout à moi... Je resterai seule et bien triste, sans doute; mais en cherchant dans les traits de notre fille un souvenir adoré, j'aurai encore l'espoir insensé, impossible, de ton retour, et cet espoir me donnera le courage et la force de vivre... Si un jour, au contraire, je lisais dans tes yeux le regret d'une existence perdue pour moi, si je devinais dans ton cœur, je ne dis pas le mépris, tu ne peux pas me mépriser, toi, mais seulement l'indifférence, ce jour-là, Lucien, je crois que je me tuerais!...

LUCIEN.

Louise, l'instant où je t'ai dit : Ma vie est à toi! je te l'ai donnée sans en vouloir retrancher un jour, une heure... Ne me parle donc plus de séparation... Que Dieu et ma mère me pardonnent si je suis un fils ingrat... je resterai ..

LOUISE.

Ils ne pardonneront pas... et, j'en ai le pressentiment, c'est dans notre fille que la justice céleste nous frappera...

LUCIEN.

Ne dis pas cela, mon Dieu! quelle horrible pensée ! Deux fois déjà, pleurant sur un berceau, tu m'as montré notre enfant aux prises avec la mort, et deux fois j'ai lutté contre elle, deux fois je lui ai disputé, arraché notre trésor... Aujourd'hui, nous n'avons plus rien à craindre; notre fille est rétablie, tout à fait rétablie...

LOUISE.

Sans doute, elle paraît ne plus souffrir; mais son regard est étrange... A l'âge où les enfants bégayent déjà ces mots qui rendent une mère folle de joie, notre fille ne laisse entendre que des sons inarticulés... En la voyant, en l'écoutant, j'ai peur,

Lucien, j'ai toujours peur.

LUCIEN.

Rassure-toi, ma Louise; dans ces prétendus symptômes, ma science et ma raison ne voient qu'une tendresse follement inquiète... Va seule au devant de Martine; moi, je vais écrire une lettre que Jérôme emportera. Dans cette lettre, j'avouerai tout à ma mère; elle saura combien tu es bonne, combien notre fille est belle; elle saura qu'il y a ici trois cœurs qui la chérissent, trois bouches qui bénissent son nom et qui, chaque soir, prient pour elle... Enfin, je lui dirai : Toi seule manques à notre bonheur, et nous ne pouvons aller à toi... Elle est mère... elle viendra peut-être à nous... (Cris au dehors.)

LOUISE.

Ces cris! que se passe-t-il donc ?

LUCIEN.

Attends...

JÉRÔME, en dehors.

Monsieur Lucien!... monsieur Lucien!...

LUCIEN.

Cette voix, c'est celle de Jérôme... c'est mon nom qu'il a prononcé...

LOUISE.

On vient de ce côté...

LUCIEN.

Oui, ce sont tous nos voisins, Jérôme est avec eux.

SCÈNE VI.

LES MÊMES, JÉRÔME, GENS DU PAYS.

JÉRÔME.

Ah! monsieur Lemonnier, que le bon Dieu soit béni! nous venons tous les deux de l'échapper belle...

LOUISE.

Tous les deux?

LUCIEN.

Tous les deux?

JÉRÔME.

Oui, tous les deux dans ce que nous avons de plus cher... vous dans votre enfant, et moi dans moi-même...

LUCIEN.

Mon enfant!...

LOUISE.

Ma fille!...

LUCIEN.

Parle, parle donc!... tu vois bien que tu me fais mourir!

JÉRÔME.

Soyez donc paisible, pisqu'elle n'a rien, ni moi non plus.

LOUISE.

Au nom du ciel, monsieur, quel danger a-t-elle couru?...

JÉRÔME.

Ah! pour ça, un fameux, allez... je l'ons ben crue morte!...

LUCIEN.

Morte!... morte!...

JÉRÔME, l'arrêtant.

Mais c'est passé, c'est passé qu'on vous dit... et ça, grâce au courage d'un voyageur, une connaissance à moi...

LUCIEN.

Mais enfin?...

JÉRÔME.

Voilà... j'étais sur la place du village, en train de regarder vot' petite qui jouait autour de la berline de voyage de ce monsieur que... Enfin, je l'admirais, quoi, c't' enfant... Quand tout d'un coup, v'là un des chevaux qui s'échappe, qui s'élance au galop du côté de la petite; il se cabre et se tient les deux pieds juste au-dessus de la tête de l'enfant.

LUCIEN.

Grand Dieu!

LOUISE.

Ma fille!

JÉRÔME.

Je me jette pour l'arracher de là, mais je ne suis qu'un vieux bon à rien, et je serais arrivé trop tard, ou j'aurais été broyé avec la petite, sans ce monsieur... ce voyageur, qui s'élance comme un trait, saisit d' ses deux mains les naseaux du cheval au moment où il s'abattait... deux mains de fer, monsieur... deux bras d'acier, madame, qui forcent l'animal furieux de se tenir debout, calme. — Êtes-vous retirés, vous autres? — Merci Dieu! oui, qu' j'y réponds, et vous repose la bête à terre tout comme on ferait d'un chien ou d'un mouton.

LUCIEN.

Oh! cet homme, ce voyageur, où est-il?... je veux le voir, je veux le remercier, lui dire que désormais toute ma vie est à lui.

JÉRÔME.

Il allait remonter en voiture, mais quèques-uns ont vu madame et l'ont montrée de loin... alors il s'en est revenu sur ses pas en disant qu'il voulait lui-même ramener l'enfant.

LOUISE.

Ah! quel qu'il soit, je bénis dans mon cœur celui qui me rend ma fille.

LES FEMMES, au fond.

Le voilà!... le voilà!... (On voit accourir alors quelques hommes, d'autres femmes et des enfants; puis au milieu d'eux, Delormel portant la fille de Louise et suivi de sa bonne.)

SCÈNE VII.

LES MÊMES, DELORMEL, L'ENFANT, HOMMES et FEMMES.
(Delormel s'est tout à coup arrêté à la vue de Louise.)

LOUISE, courant à sa fille.

Ah! monsieur, croyez... (A la vue de Delormel elle recule en jetant un cri d'épouvante.) Ah!...

LUCIEN.

Louise, qu'as-tu donc?

LOUISE, se cachant le visage.

Mon mari!... mon mari!...

LUCIEN.

Lui!... lui!... (Il prend vivement sa fille.) Ma fille!... ma fille!...
(Tout le monde regarde avec étonnement Louise, pâle et muette.)

JÉRÔME, à part.

Le mari!

ACTE II.

Petite salle basse du chalet, à pans coupés. — Dans le pan coupé, à droite, une cheminée. — Dans le pan coupé à gauche, une fenêtre. Portes latérales, porte au fond.

SCÈNE PREMIÈRE.

LOUISE, LUCIEN. (Louise est debout devant Lucien, assis près d'une table couverte de papiers. Une lampe éclaire la scène.)

LUCIEN.

Pas un mot de colère ou de haine n'est sorti de sa bouche; son regard, calme et froid, est demeuré attaché sur le mien, et quand j'ai pris notre enfant dans mes bras, un sourire amer a effleuré ses lèvres... Je l'ai entendu murmurer tout bas : Sa fille... sa fille... et il est parti... Comment expliquer ce départ?

LOUISE.

Oh! il reviendra! il reviendra!... Lucien, un grand malheur nous menace!

LUCIEN, se levant.

Eh bien, Louise, que le malheur nous trouve forts et préparés à le recevoir.

TOINETTE, venant du fond.

Les ordres de madame sont exécutés.

LOUISE.

La voiture viendra nous prendre?

TOINETTE.

Ainsi que madame le désirait.

LOUISE.

Merci, bonne Toinette... Hâtez vos préparatifs, ne perdez pas une minute, je vous en conjure...

TOINETTE.

Comptez sur moi, madame. (Elle entre à gauche.)

LUCIEN.

Quels ordres as-tu donnés? et que veux-tu faire?

LOUISE.

Partir!...

LUCIEN.

Partir?

LOUISE.

Aujourd'hui... tout à l'heure... La fuite n'est-elle pas le seul parti qui nous reste à prendre? Si monsieur Delormel, fort de son droit, n'est pas venu déjà m'arracher de cette maison, c'est que, pour invoquer l'appui des magistrats, il a dû remplir je ne sais quelles formalités; mais il viendra demain, cette nuit peut-être... Lucien, fuir devant monsieur Delormel, ce n'est pas une honte... contre lui, la lutte n'est pas possible... Tu comprends cela... Puis, nous n'avons que toi au monde... Lucien, Lucien, si tu nous aimes, tu partiras!...

Oui, oui, attendre monsieur Delormel, ce serait de la démence... Ma vie est à vous... je n'ai pas le droit de la donner à un autre.., je le sais, je le comprends, je... Et pourtant, mon Dieu! c'est toujours fuir!...

LOUISE.

Lucien!.. au nom du ciel!... au nom de ta fille!...

LUCIEN.

Je t'obéirai!...

LOUISE.

Ah!... Sept heures... la voiture sera ici dans quelques minutes... Je vais aider Toinette... Préviens-nous quand la berline arrivera... nous serons prêtes. (Elle entre à droite.)

SCÈNE II.

LUCIEN, en s'essuyant les yeux.

Pauvre femme! pauvre mère! c'est moi qui t'ai fait cette vie de honte et de terreur... est-il donc un sacrifice devant lequel je puisse hésiter... (Allant à la table.) Un dernier adieu à ma mère, puis, que le ciel nous prenne en pitié et nous conduise... (On frappe à la porte de gauche.) On frappe... Qui peut venir chez moi, de ce côté?... Lui, peut-être!... (Ouvrant une boîte de pistolets posée sur la table.) Oh! il me tuera avant d'arriver jusqu'à Louise!... (On frappe encore.) Allons, il faut ouvrir... (Il ouvre la porte; aussitôt Jérôme se glisse dans la salle et referme vivement la porte.)

SCÈNE III.

LUCIEN, JÉRÔME.

LUCIEN.

C'est toi, Jérôme?

JÉRÔME.

Je l' crois; mais j' n'en suis point ben sûr, car je ne me reconnais guère.

LUCIEN.

Qu'y a-t il?

JÉRÔME.

Je ne m' reconnais même plus du tout, moi qui n' vis que pour moi; je me sens, de d'puis ce matin, tout sens dessus dessous de ce qui s' passe, ni plus ni moins que c'était m'n' affaire... Mais, après tout, c'est des bêtises tout ça, et ça ne me regarde point...

LUCIEN.

Tu as raison; peut-être y a-t-il quelque danger, pars, laisse-nous...

JÉRÔME.

Eh oui, je m'en vas... Mais... où qu'est... c'te dame?... où qu'est l'enfant?...

LUCIEN.

Pourquoi cette question?

JÉRÔME.

Eh ben... ça a beau n' point me toucher... faut cependant songer à leur sûreté; je ne veux point être cause de leur malheur... (Lucien lui serre la main.) Ce n'est point pour elles... c'est pour moi, ce que j'en fais... ça troublerait mon sommeil...

LUCIEN.

As-tu appris quelque chose?

JÉRÔME.

Eh oui! Je rôdais dans le pays comme un indifférent, j'écoutais ce qui se disait, et j'ai découvert qu'on avait défendu au maître d' poste de donner les chevaux qu' vous pourriez faire demander, attendu que demain on aurait peut-être ben une arrestation à faire.

LUCIEN.

Une arrestation?... Allons, tout est perdu!...

JÉRÔME.

Peut-êt' ben qu' oui... et peut-êt' ben que non...

LUCIEN.

Que veux-tu dire?

JÉRÔME.

Comme on venait d' m'apprendre c'te défense de vous donner des chevaux, j'avise dans un champ une belle paire d' mulets, des bêtes superbes qui feraient joliment l'affaire d' ma ferme, et dans le bout du village une grande bonne carriole, comme j'en avais envie d'puis longtemps; et, ma foi, la carriole et les bêtes, j'ai acheté tout ça... pour moi, bien entendu... Et comme j'aime les voyages, comme je n' serais point fâché de voir un coin de la Suisse, qu'est pas ben loin d'ici, et que j'aime à causer en route, eh ben! je vous offre la carriole pour vous autres; je grimperons sur le siége, pour avoir plus d'air... Et vu que je ne tiens point à voyager de jour, ma fine, si ça vous va, nous partirons c'te nuit...

LUCIEN.

Si tu allais être inquiété pour avoir aidé à notre fuite?

JÉRÔME.

Inquiété?... et par qui?

LUCIEN.

Mais par lui... monsieur Delormel.

JÉRÔME.

Eh ben! oui, est-ce que je m'occupe d' ses affaires, qu'y n' s'occupe donc point des miennes. Faites-moi donner la clef d' vot' porte charretière, j'amènerai la carriole, qu'il n' faut pas qu'on voye stationner devant chez vous!

LUCIEN.

Tiens, cette clef, la voici! (Il ouvre un tiroir et lui remet une clef.)

JÉRÔME.

A c't' heure pressez la dame et la petite. Faites sans bruit les préparatifs du départ, pour n' point éveiller l'attention des voisins, et dans un instant j'amène la carriole et les bêtes.

LUCIEN.

Je te devrai la vie, le bonheur de ceux que j'aime... Ah! mon ami, comment reconnaîtrai-je jamais ce que tu fais pour moi?

JÉRÔME.

Ce que je fais... mais j' vous loue trois place de carriole, c'est douze livres douze sous qu' vous m' devrez, et le reste ne me regarde point!

LUCIEN.

Excellent cœur! (Jérôme sort.)

SCÈNE IV.

LUCIEN, LE DOMESTIQUE.

LUCIEN.

Que me voulez-vous, Réné?

LE DOMESTIQUE.

Un garçon de la maison de poste vient d'apporter une lettre pour monsieur.

LUCIEN.

Et cette lettre?

LE DOMESTIQUE.

La voici.

LUCIEN.

C'est bien... Allez rejoindre Toinette et descendez sans bruit les bagages dans la cour.

LE DOMESTIQUE.

La berline demandée n'est pas encore arrivée...

LUCIEN.

Allez, et faites ce que j'ai dit. (Le Domestique sort à gauche. Lucien seul.) Je ne connais point cette écriture... Ce billet est sans doute un avis officiel qu'on m'adresse... Voyons la signature!... Delormel!... (Après un temps, il lit.) « Monsieur, le hasard seul m'a » révélé votre présence en ce pays, mais ce hasard doit être » providentiel. Autant que je le pourrai, j'éviterai le bruit, le » scandale; je ne veux donc pas d'intermédiaire entre nous. » Vous ne viendriez pas à moi, j'irai à vous. DELORMEL. » Il va venir... ce soir... tout à l'heure, peut-être!

SCÈNE V.

LUCIEN, JÉRÔME.

JÉRÔME.

Tout est prêt, la carriole, les bêtes et moi.

LUCIEN.

Mon ami, je vais te demander une nouvelle preuve de dévouement.

JÉRÔME.

Du dévouement... à moi!... Je n'en tiens point... c'est pas m'n affaire... et de quoi qu'y s'agit?

LUCIEN.

Il faut que tu me promettes d'emmener Louise et ma fille!

JÉRÔME.

Sans vous?

LUCIEN.

Sans moi... Il faut que tu me promettes de ne les quitter que lorsque j'aurai pu les rejoindre, ou lorsqu'une lettre te sera parvenue... qui... te dira...

JÉRÔME.

Et pourquoi que vous ne partez point avec nous?

LUCIEN.

C'est impossible... il y a maintenant de mon honneur!

JÉRÔME.

Ah!

LUCIEN.

Si demain soir je ne t'ai pas rejoint, tu remettras à Louise ce portefeuille, il contient quelques valeurs. C'est tout ce que je possède, mon pauvre Jérôme!

JÉRÔME.

Oh! oh! l'argent n' leur manquera pas... J' suis pus riche qu'on n' croit, moi; j' suis très à mon aise, moi, j' nons pas besoin de ces chiffons de papier, et avec moi la petite n' manquera jamais de rien... (Avec impatience.) Ah! c'est à prendre ou à laisser!

LUCIEN.

Louise!... pas un mot devant elle.

SCÈNE VI.

LUCIEN, LOUISE, TOINETTE.

LOUISE.

Que vient donc de me dire Réné? nous n'avons pas de voiture de poste?

LUCIEN.

Non, mon amie; pour en obtenir une, il fallait faire viser un passe-port, et cette formalité seule demandait tout un jour. Mais, grâce à Jérôme, rien ne sera changé à ton projet et tu peux partir. Toinette, conduisez Jérôme; il prendra l'enfant!... (A Jérôme.) Je compte sur toi, sur ton cœur, si je ne devais plus les revoir!

TOINETTE.

Venez-vous, monsieur Jérôme? (Jérôme entre à droite avec Toinette.)

LOUISE.

Mais pourquoi faut-il que nous partions sans toi?

LUCIEN, souriant.

La carriole de Jérôme ne peut nous contenir tous, mais cette nuit je prendrai un cheval dont je me suis assuré déjà, et je serai à la frontière presque aussitôt que vous.

LOUISE, avec inquiétude.

Lucien, tu ne me trompes pas?...

LUCIEN.

Est-ce que je peux vivre loin de toi, loin de ma fille?... Pars, pars à l'instant!

LOUISE.

Lucien!

LUCIEN.

Et pars sans crainte, pauvre femme, tu n'as pas été coupable, et Dieu, dans sa justice, ne peut te punir d'une faute qui n'est pas la tienne! (On entend sonner huit heures.) Huit heures!... Louise, il y a trois ans, qu'à cette même heure j'osais pénétrer chez toi... tu étais seule et sans défense... Écoute, comme en ce moment, l'heure sonnait à une église voisine... (Ici la porte du fond s'ouvre, M. Delormel paraît.)

LOUISE.

Lucien!...

LUCIEN.

Louise était à mes genoux... Louise, innocente et pure encore, en me montrant le portrait de son mari... me demandait grâce...

LE VOYAGEUR, qui s'est approché de Lucien.

Et vous n'avez pas fait grâce, monsieur.

LUCIEN et LOUISE, avec effroi.

Lui!...

LUCIEN, se remettant.

Je vous attendais, monsieur.

LOUISE.

Mon Dieu, prenez pitié de nous!... (Elle tombe dans un fauteuil.)

SCÈNE VII.

LUCIEN, DELORMEL, LOUISE.

DELORMEL, après avoir un moment examiné Lucien, ôte son manteau.

Permettez-moi de fermer toutes ces portes... je désire qu'on ne vienne pas nous interrompre... (Après avoir fermé les portes, Delormel est venu poser son chapeau sur la table, il voit ouverte la boîte de pistolets.) Ah! vous aviez déjà préparé vos armes...

LUCIEN, vivement.

D'avance, monsieur, j'accepte les vôtres...

LOUISE, se levant.

Un duel!...

DELORMEL, en souriant.

Vous m'offrez votre sang, n'est-ce pas?... La phrase est toujours la même en pareille circonstance. Vous ajouterez que vous ne vous défendrez pas!... Vous faites de moi bien facilement un assassin, monsieur; car c'est un assassinat que vous me proposez de commettre... Je ne suis pas venu pour vous tuer... Asseyons-nous donc, monsieur, et écoutez-moi... Vous le voyez, je suis calme!... Je vous l'ai écrit... Je désire que tout se passe entre nous sans éclat, sans scandale... (Il prend un siége.)

LUCIEN, s'asseyant.

Qu'attendez-vous de moi?...

DELORMEL.

Nous nous sommes vus aujourd'hui pour la première fois, monsieur Lemonnier, et pourtant je vous connais bien. J'ai appris que vous étiez l'espoir, l'orgueil de votre famille... La fortune allait vous sourire, la gloire vous couronner... Eh bien! fortune, gloire et famille, vous avez tout foulé sous vos pieds ; vous avez été infâme et lâche!...

LUCIEN, dans la plus grande agitation.

Achevez, monsieur, achevez!...

DELORMEL.

Voilà ce que vous avez été, vous, monsieur... Quant à elle...

LUCIEN.

Monsieur!...

DELORMEL.

Quant à... votre complice...

LUCIEN, se levant.

Monsieur, j'ai tout écouté, tout supporté sans me plaindre. Il ne s'agissait que de moi; mais je vous avertis, monsieur, que si vous avez... pour elle une seule parole outrageante...

DELORMEL, riant avec ironie.

Vous me menacez?... Ah! ah! ah!...

LUCIEN, se contenant à peine.

Monsieur!...

DELORMEL, à Louise.

Madame, priez donc monsieur d'être calme!... (Louise se cache la figure dans ses deux mains. — Lucien la regarde, hésite, puis se rassied.) A la bonne heure... Vous voyez que je vous connais bien, Monsieur, connaissez-moi à votre tour... Je n'ai pas eu comme vous les douces joies de la famille... Mon père, brave marin, mort sur son banc de quart... m'avait laissé un nom déjà glorieux... Je me montrai digne de ce nom, digne du grade élevé que daigna me donner le roi, digne, enfin, de la belle jeune fille qui, plus tard, consentait à devenir ma femme... Tout ce que Dieu met d'amour dans le cœur de l'homme remplissait encore le mien, et ce trésor de tendresse je le donnai tout entier à Louise... Je l'aimai à la fois comme on aime sa mère, sa sœur et sa femme... Cet amour était un culte, une adoration... Elle était si candide et si pure, ma Louise... (Se calmant tout à coup.) Quand, appelé par le service du roi, je dus la quitter, mon cœur se déchira ; mais je n'offensai pas par un doute celle qui portait mon nom, et je laissai sans crainte mon honneur sous la garde de sa vertu! Cet amour, vous me l'avez pris, cet honneur, vous me l'avez volé... J'étais heureux, vous m'avez désespéré; j'étais bon, vous m'avez fait méchant, impitoyable !...

LUCIEN.

Et vous venez vous venger?... Eh bien! soit... monsieur!... Mais, quelque ingénieuse que soit votre haine, rien ne pourra me faire oublier que je vous dois le salut de mon enfant!...

DELORMEL.

De la reconnaissance !... pour moi, vous?... Attendez, pour me l'exprimer, que je vous aie dit au moins le motif qui m'amène.

LUCIEN.

J'attends, monsieur. Quels sont vos projets?... Quelle vengeance médite votre haine ?...

DELORMEL.

Je n'ai pas de projets de vengeance, monsieur, je n'ai pas de haine. J'ai des devoirs, et je viens les accomplir...

LUCIEN, se levant.

Des devoirs?

DELORMEL.

Quand madame a quitté avec vous le foyer conjugal, j'ai dit au monde qu'elle s'était retirée dans sa famille, parce que sa nature calme et douce convenait mal à ma nature emportée et violente; j'ai dit cela, monsieur, pour moi, pour mon honneur, et vous m'êtes témoin que depuis je n'ai pas troublé votre repos; mais un jour, j'ai appris que madame était devenue mère... Madame de Lormel avait un enfant!... Et vous connaissez nos lois, monsieur... Ces lois ne reconnaissent pas à l'enfant d'une femme d'autre père que l'époux de cette femme...

LUCIEN, bas.

Que dit-il?

LOUISE.

Mon Dieu!

DELORMEL.

Or, cette fille grandira, portera mon nom... et puisque la loi me l'impose, cette fille, je veillerai à ce qu'elle, au moins, ne déshonore pas ce nom.

LUCIEN.

La loi vous impose ma fille!... Vous veillerez à ce qu'elle ne déshonore pas votre nom!... Je ne comprends pas... Voyons, monsieur, expliquez-vous... Que venez-vous faire ici?...

DELORMEL. (Se levant.)

Je viens chercher cet enfant.

LOUISE.

Vous!

LUCIEN.

La chercher!... Me la prendre!... me l'enlever!... Allons donc!...

DELORMEL.

Faut-il donc que je vous répète qu'elle portera mon nom?

LUCIEN.

Faut-il que je vous répète qu'elle est mon sang, ma vie?

DELORMEL.

Vous l'abandonnerez peut-être un jour, monsieur.

LUCIEN.

Moi!... moi!... Mais je vous ai mal entendu!... Vous parlez de la loi; mais, est-ce que loi de la nature n'est pas plus forte, plus sacrée que celle des hommes? Quelle est donc la loi qui permet qu'on enlève un enfant à son père? Non!... vous ne voulez pas me prendre ma fille!... ma fille !... Moi seul j'ai des droits sur elle...

DELORMEL.

Des droits?... Mais aux yeux du monde et de la loi, vous n'êtes qu'un étranger pour elle.

LUCIEN.

Moi!...

DELORMEL.

Père adultérin, vous n'avez pas de droits, vous n'avez pas de devoirs.

LUCIEN.

Vous n'emmènerez pas mon enfant!...

DELORMEL.

Croyez-vous que je laisserai dans cette maison, que je verrai un jour paraître dans ce monde, une demoiselle Delormel qui aura grandi entre sa mère et l'amant de sa mère!

LUCIEN.

Je vous dis que vous ne l'emmènerez pas.

DELORMEL.

Mes ordres sont donnés, monsieur; au besoin, les magistrats me prêteront main-forte... Cet enfant va me suivre.

LOUISE.

Non, non.

LUCIEN, hors de lui.

Vous suivre, elle!... plutôt mille fois... Non, vous ne me volerez pas ma fille!... (Il se jette sur un pistolet et l'applique sur la poitrine de Delormel.) Allons, parlez, jurez... jurez-moi que vous ne venez pas me l'arracher... jurez-moi cela, ou je vous tue !...

LOUISE.

Lucien!...

LUCIEN.

Oh! je le tue!...

DELORMEL, froidement.

Attendez, la balle pourrait s'amortir sur ceci.

(Il sort de la poche de son habit un paquet de lettres.)

LUCIEN.

Qu'est-ce que cela?

DELORMEL.

Ce sont des lettres de votre mère.

LUCIEN.

De... ma... mère!...

DELORMEL.

Elle me remercie de lui avoir épargné la honte et d'avoir épargné vos jours. (Il lui tend le paquet de lettres, puis ouvre son habit.) Faites maintenant, monsieur...

LUCIEN, prenant les lettres d'une main tremblante.

Ma mère!... ma mère!...

(Il s'éloigne de Delormel et laisse tomber le pistolet à terre, en tombant lui-même accablé sur une chaise.)

DELORMEL.

Vous avez raison, monsieur, ce n'est pas aujourd'hui, c'est il y a trois ans qu'il eût fallu me tuer. (Tournant la tête du côté de la porte à droite, il appelle :) Joseph!

(Aussitôt le domestique de Delormel paraît sur le seuil de la porte, à droite, portant l'enfant, et se dirige vers la porte du fond. Lucien, abîmé dans sa douleur, la tête dans ses deux mains, ne voit plus, n'entend plus rien; mais Louise a aperçu le domestique, et s'élance vers Delormel.)

LOUISE, allant se jeter aux genoux de Delormel.

Oh! monsieur, je suis une femme coupable, je ne demande plus de pitié, je demande justice... Quelque grande que soit ma faute, mon crime, la loi ne les punit pas de mort... Eh bien, me séparer de ma fille, c'est me tuer, monsieur... c'est me tuer... (Le regardant.) Vous ne répondez pas, vous ne répondez pas, monsieur?...

DELORMEL.

Nous ne sommes plus époux, madame, mais je ne vous défends pas d'être mère.

LOUISE, se relevant.

Ah! ma fille, ma fille!... (Elle sort par le fond.)

DELORMEL, voyant pleurer Lucien.

Des larmes!... Son malheur date d'une heure à peine; moi, il y a trois ans que je souffre, il y a trois ans que je pleure. (Il sort par le fond.)

LUCIEN, sortant de son accablement et regardant autour de lui.

Seul!... je suis seul!... Oh! tout cela n'était qu'un rêve... Ma fille... (Se ranimant.) Elle est là... Lucile... (Il va à la chambre.) Ma fille!... (Il sort effrayé de la chambre à droite et court à la fenêtre. Bruit de voiture.) Ah! tout était vrai!... Lucile, ma fille!... Louise!... On me vole ma fille!...

Il veut sortir et tombe sur la chaise qui est devant son bureau. Jérôme sort de la chambre.)

JÉRÔME.

Lucien!... Lucien!...

LUCIEN.

Ma fille, on me la prend, on me l'enlève, et je ne peux pas la suivre.

JÉRÔME.

J' la suivrons, moi!...

LUCIEN, lui prenant les mains.

Toi, toi, Jérôme!...

JÉRÔME.

J'ons à faire par là.

ACTE III.

Le théâtre représente l'intérieur d'un salon d'été du château de M. Delormel ; les portes de ce salon ouvrent sur le parc. — Meubles élégants, guéridon, canapé, fauteuils. Cheminée au fond.

SCÈNE PREMIÈRE.

FRANÇOIS, UN JARDINIER.

LE JARDINIER, allant au fond.

Écoutez, François, écoutez donc notre belle cloche, il y avait si longtemps qu'on ne l'avait pas entendue sonner. N'avait-on pas eu l'idée dans le temps de la fondre pour en faire des liards? Mais, jarni, personne dans le pays n'a voulu prêter la main pour la descendre du clocher, et elle y est restée, et la v'là qui se remet à chanter, notre vieille Marie-Jeanne, ni plus ni moins qu'une jeunesse... Hein! est-ce gentil c' bruit-là?

FRANÇOIS, regardant dehors.

Oui, mais ce que je vois là-bas me paraît encore plus réjouissant.

LE JARDINIER.

Ah! c'est toutes les jeunes filles du pays qui, au sortir de la messe, ont voulu reconduire notre demoiselle avec la bannière qu'elle leur a donnée, et que monsieur Frédéric a si bien colorée, qu'on dirait une vraie sainte dans un vrai nuage.

FRANÇOIS.

Les voilà!

LE JARDINIER.

Oui, avec des fleurs, des rubans, une procession, quoi! Mademoiselle est près de la bannière et monsieur Frédéric donne le bras au père Jérôme. Voyez donc comme il se redresse, le pauvre vieux, et comme à ce matin il porte bien ses soixante-quinze ans.

SCÈNE II.

LES MÊMES, LUCILE, PLUSIEURS JEUNES FILLES, vêtues en blanc comme elle; JÉRÔME et FRÉDÉRIC.

LUCILE.

Je vous remercie de m'avoir accompagnée jusqu'ici ; nous venons d'assister à une belle cérémonie qui se renouvellera maintenant chaque dimanche.

JÉRÔME, rentrant appuyé sur le bras de Frédéric.

Grâce au premier consul qui n'a pas voulu que nous vivions plus longtemps comme des païens, que nous ne sommes point, nous, dà!... Depuis dix ans nos églises étaient fermées, et c'est aujourd'hui qu'on r'ouvre, enfin, au bon Dieu la porte d' chez lui!...

FRÉDÉRIC.

Aussi quelle fête pour tout le monde!... Vous en paraissez tout ragaillardi, père Jérôme!... Ça fait tant de bien d'être entouré de gens heureux!...

JÉRÔME.

Quèqu' ça m' fait à moi l' bonheur des autres?... Je suis content à mon à-part, et je m' moque bien de toutes ces jeunesses... (S'adoucissant.) Allez, mes enfants, allez reporter votre jolie bannière à l'église; puis, si l' cœur vous en dit, vous reviendrez danser sur la grande pelouse, ça distraira notre demoiselle et ça n' me s'ra pas trop déplaisant. (Les rappelant.) Ah! pour ne point m' déranger, vous rentrerez par le verger... Il fait chaud, les fruits sont mûrs, je n' vous défends point d'y goûter... puis ils paraissent meilleurs quand on les prend sur l'arbre... Allez à présent.

TOUTES.

Merci, monsieur Jérôme. (Elles sortent.)

FRÉDÉRIC.

Vous venez de les rendre bien joyeuses.

JÉRÔME.

J' viens d' m'en débarrasser, voilà tout... (S'asseyant.) Ah! qu' c'est bon de r'poser ses vieilles jambes!... C'est égal, v'là une journée qui m' fera du bien... N'y a pas jusqu'à not' demoiselle, d'ordinaire si pâle, qui n'ait retrouvé à c' matin ses bonnes couleurs d'autrefois.

LUCILE.

Vraiment, mon bon Jérôme?

JÉRÔME.

Eh! oui.

LUCILE.

C'était une si touchante solennité!... Grâce à vous, monsieur Frédéric, rien n'y a manqué.

FRÉDÉRIC.

Je ne mérite pas tant d'éloges, mademoiselle... J'étais depuis longtemps dans ce pays... monsieur Jérôme m'avait permis de venir quelquefois dessiner l'admirable vue qu'on a de ce parc, et lorsqu'on vous a rendu votre église, j'ai essayé de m'acquitter un peu en le décorant de mon mieux. (Soupirant.) Ma tâche est accomplie, mademoiselle, et je vais prendre congé de vous.

LUCILE.

Vous partez!... (Bas.) Entends-tu, Jérôme?

JÉRÔME.

Quoi?

LUCILE.

Il part!

JÉRÔME.

Eh! quèqu' ça m' fait ce n'est point m' n'affaire ; seulement j' trouve ça bête d' s'en aller l' jour où tout l' pays est en joie, où la santé est revenue à not' demoiselle, qu'elle en est rose et gaie... Tiens, la v'là redevenue pâle et triste.

LUCILE.

Vous êtes donc forcé de partir?

FRÉDÉRIC.

Ma sœur me rappelle à Paris, mademoiselle, je l'ai quittée depuis près d'un an, j'ai achevé toutes les études que j'avais à faire dans les environs, et...

LUCILE.

Mais il y a des vues superbes de la terrasse... du belvédère... du grand balcon... et bien d'autres que vous ne connaissez pas, que nous vous ferons connaître. Oh! vous avez de l'ouvrage encore pour très-longtemps.

FRÉDÉRIC.

Je resterais avec joie, mademoiselle, si je ne craignais d'être importun.

LUCILE, avec joie.

Importun... mais vous ne le serez pas... n'est-il pas vrai, Jérôme?

JÉRÔME.

Qui c'est qu' vous dérangeriez? moi? je ne m'occupe guère de vous... not' demoiselle? ell' s' tient presque toujours renfermée, surtout quand elle est *comme à c' t' heure*... pâle... et... tiens, la v'là redevenue rose.

FRÉDÉRIC.

Puisqu'il en est ainsi, mademoiselle, je reste.

LUCILE, avec joie.

A la bonne heure! ah! comme l'air est doux à respirer aujourd'hui! mon bon Jérôme, je ne me suis jamais si bien portée.

JÉRÔME, à part.

Ouais! j' crois que j' tiens l' docteur qu'a fait c'te cure là. (Il regarde Frédéric.)

LUCILE.

Mais si je me sens mieux, il ne faut pas pour cela oublier ceux qui souffrent. Jérôme, il faudra tout à l'heure envoyer chercher le petit Pierre, le filleul de notre berger, qui depuis quinze jours est très-souffrant, et comme il n'y a pas de médecin dans le pays, nous l'avons soigné de notre mieux.

JÉRÔME.

Si vous continuez, vous ferez de not' maison un hôpital; et puis, nous n' sommes point patentés pour droguer les malades. (Riant.) Nous n'avons point l' droit d' les guérir.

LUCILE.

Aussi, monsieur Frédéric voyant notre embarras nous a promis d'écrire à un de ses amis...

JÉRÔME.

Ah! oui, à ce fameux docteur qu'il appelle le médecin des enfants. Eh bien! a-t-il répondu?

FRÉDÉRIC.

Tout de suite.

LUCILE.

Et il viendra?

FRÉDÉRIC.

Aujourd'hui.

JÉRÔME.

A quelle heure?

FRÉDÉRIC.

A midi.

JÉRÔME.

Et vous dites qu'il vient de loin?

FRÉDÉRIC.

De vingt-deux lieues à peu près.

JÉRÔME, à part.

V'là une visite qui coûtera bon. Enfin, not' demoiselle s'intéresse à c't enfant... (Haut.) J' vas dire au jardinier de courir à la ferme et de ramener le petit. (Il sort.)

LUCILE, s'asseyant sur un banc.

Monsieur Frédéric!

FRÉDÉRIC.

Mademoiselle!!

LUCILE.

Quel homme est-ce que ce médecin?

FRÉDÉRIC.

Le meilleur des hommes, mademoiselle; le hasard, ou plutôt ma bonne étoile me l'a fait connaître cet hiver, dans un pauvre village des Alpes où je m'étais arrêté pour terminer quelques études; une terrible épidémie éclata tout à coup, elle frappait plus particulièrement les enfants, et les mères éplorées n'avaient toutes qu'un espoir au cœur, qu'un nom sur les lèvres, le docteur Lucien.

LUCILE, à part.

Lucien!

FRÉDÉRIC.

Elles l'attendaient comme un sauveur; je croyais voir apparaître quelque bon vieux médecin de campagne remplaçant la science par une longue pratique : quelle fut ma surprise quand on fit entrer dans la misérable masure où j'étais logé, un homme jeune encore et portant avec une exquise distinction son modeste costume! Son regard était doux et bienveillant; sa voix harmonieuse et persuasive. Si vous l'aviez vu comme moi, mademoiselle, pendant les quelques semaines que dura l'épidémie, vous l'auriez admiré; il était beau, je vous le jure, cet homme dont la charité ardente, infatigable se multipliait comme le mal, courant de chaumière en chaumière pour disputer, pour arracher à la mort des victimes déjà condamnées. Il ne prenait de repos ni le jour ni la nuit, et quand il

avait triomphé de la maladie, quand tout rayonnait de joie autour de lui, son visage conservait encore l'empreinte d'une douleur toujours la même, douleur profonde, mais calme, résignée, et dans laquelle il semble puiser chaque jour des forces nouvelles pour accomplir la sainte mission qu'il s'est donnée.

LUCILE.

Et avez-vous su la cause de cette douleur?

FRÉDÉRIC.

Oui, mademoiselle; mon ami, car monsieur Lucien m'a permis de lui donner ce titre, avait une fille qu'il adorait, on la lui a prise, et ce pauvre père déshérité de son bonheur, de son trésor, a voué aux enfants des autres cette existence qu'il ne pouvait plus consacrer à son enfant à lui.

LUCILE, émue.

C'est bien cela, et sans le connaître, je l'aime déjà, votre docteur.

JÉRÔME, rentrant.

Voilà le jardinier parti... (Tout préoccupé en regardant alternativement Frédéric et Lucile.) J'ai peut-être été longtemps, mais c'est qu'en allant et en revenant je me suis pris à réfléchir et quand ma tête marche, mes jambes ne vont plus.

LUCILE.

Qu'as-tu donc à nous regarder comme ça?

JÉRÔME.

Moi? rien, faut toujours regarder quelque part. Je regarde de votre côté, voilà tout... Quel âge que vous avez, monsieur Frédéric?

FRÉDÉRIC.

Vingt-quatre ans.

JÉRÔME.

Joli âge pour un homme. Not' demoiselle va sur sa seizième année. Vous n'êtes point mal d' vot' corps; mais trouvez-moi voir plus beau qu'elle.

LUCILE.

Jérôme!...

FRÉDÉRIC.

Oh! mademoiselle est aussi belle que bonne.

JÉRÔME, d'un air narquois.

Jeune, belle, bonne. C'est y point un' femme comme vous en voudriez ben une... vous?...

LUCILE, à part.

Que dit-il?

FRÉDÉRIC.

Je n'espère pas tant de bonheur!...

JÉRÔME.

Bon, v'là un consentement d'obtenu... Et vous, mamzelle?... et toi, mon enfant?... Allons... allons donc, tu baisses tes grands yeux noirs... tu souris... Ça me fait deux consentements.

LUCILE, confuse.

Jérôme!...

JÉRÔME.

Tu rougis? Eh ben! alors, ça m'en fait trois... C'est plus que le compte... Monsieur le maire n'en demande que deux.

FRÉDÉRIC.

Monsieur Jérôme... vous avez deviné, je le vois, ce secret de mon cœur que je n'osais m'avouer à moi-même... Vous avez compris...

JÉRÔME.

Que vous étiez amoureux... Oui, et je ne me suis pas donné de peine pour ça. (Regardant Lucile.) J'ai encore deviné autre chose de ce côté-là.

LUCILE, vivement.

Mon ami!...

JÉRÔME.

Quoi donc, not' demoiselle?... L'amour vient toujours avant le mariage. Vous avez commencé par le commencement, où est le mal?

FRÉDÉRIC.

Vous oubliez, monsieur Jérôme, que mademoiselle de Courtenay est riche.

JÉRÔME.

Eh ben! quèqu' ça prouve!... Est-ce que j' sommes dans un temps où les jeunes gens refusent les filles parce qu'elles ont trop de bien?

FRÉDÉRIC.

Non, mais dans tous les temps les pères refusent les jeunes gens, parce qu'ils sont trop pauvres, et je crois vous l'avoir dit, monsieur Jérôme, je suis pauvre.

JÉRÔME.

Tenez, vous êtes un brave jeune homme... Vous aimez not' demoiselle... Not' demoiselle n' vous déteste point...

LUCILE, embarrassée.

Jérôme !...

JÉRÔME.

Est-ce que vous le détestez?

LUCILE, vivement.

Oh! non !...

JÉRÔME.

Eh ben! qu'est-ce que je disais?... Reste donc la question des écus... Soyez paisible... Monsieur de Courtenay, voyez-vous, n'est point un père... comme les autres...

FRÉDÉRIC.

Vous pensez qu'il aimerait assez sa fille pour sacrifier à son bonheur toute idée de fortune?

JÉRÔME.

Ce n'est point tout à fait sur ce sentiment-là que je compte... au contraire.

LUCILE, vivement.

Jérôme !...

JÉRÔME.

J' veux dire qu' monsieur de Courtenay est plus souvent sur mer que sur terre, qu'il n'a point seulement vu not' demoiselle de d'puis deux ans que nous sommes revenus de l'émigration, de sorte que j'aurais plus de droit que lui à me dire l'père de c't' enfant-là; car je ne l'ai jamais quittée.

LUCILE, s'approchant de Jérôme.

Oh! non, jamais !... C'est que tu m'aimes, toi !...

JÉRÔME, avec une émotion qu'il combat.

Moi? J' n'ons jamais aimé personne... Seulement à force d'être à mon à-part, j'avais fini par m'ennuyer dans ma société... C'est à c' moment-là que j'ai connu vot' mère... Elle voyageait avec vous et monsieur de Courtenay. Moi, qui n' tenais à rien, ni à ma personne, j'ai voyagé du même côté... Ça m'amusait d' vous voir grandir... Bêtise de vieux... Là-desssus la révolution arrive ; monsieur de Courtenay était noble, il ne pouvait pas rester en France, mais il ne voulait pas se séparer de vous ni de vot' mère... Je me dis : Voilà des gens qui vont être arrêtés, on arrêtait beaucoup pour ce temps-là. Quand ils seront pris, je me retrouverai dans ma société, je me réennuierai... Alors, je me laisse faire officier municipal, je fabrique un passe-port pour monsieur de Courtenay, un pour vot' mère, et puis un bon pour moi. On avait retenu not' passage sur un bateau. Ah! quand j'ai entr'aperçu la coquille de noix sur quoi qu'il fallait s'embarquer; quand j' l'ai vu sauter dessus l'eau comme un bouchon, je me suis dit : Ça m'amusera-t-y bien de sauter comme ça? et je me suis assis pour réfléchir, je me trouvais très-bien par terre; mais à ce moment-là on vous met dans la coquille de noix... Je vous entends crier, je me figure bêtement qu' vous m'appelez; je cours, et je saute dans la coquille...En me voyant, vous vous mettez à rire. Ça m'amusait de vous voir rire... Et ma foi... je suis allé où vous alliez... je suis resté où vous restiez, et me voilà encore où vous êtes. C'est-y par amitié, c'est-y par habitude?... J' savons pas... Mais j' crois que c'est par habitude.

LUCILE.

Dis donc par tendresse, par dévouement. Oh! ma mère le savait bien, elle, quand elle me disait : « Chère enfant! demain je prierai pour toi dans le ciel, et tu n'auras plus qu'un ami sur la terre... Aime-le bien... » Et, rassemblant ses dernières forces... elle me plaçait dans tes bras... En l'écoutant, tu m'embrassais... et tu pleurais. (Elle met sa tête sur l'épaule de Jérôme, qui l'embrasse, et se détourne après.) Tiens, comme à présent.

JÉRÔME.

Moi? j' pleurons point... C'est un rhume de cerveau qui va me venir.

FRÉDÉRIC.

Monsieur de Courtenay doit être heureux et fier d'avoir une fille comme vous, mademoiselle.

LUCILE.

Mon père, officier de marine distingué, a fait de longs voyages durant l'émigration ; depuis notre retour en France, il a repris du service... Il a donc presque toujours été éloigné de moi... De là, peut-être, cette froideur, cette réserve dont mon cœur souffre; mais malgré sa sévérité il est juste et bon pour moi, mon père, et je serai heureuse quand on me dira : Il va revenir :

JÉRÔME.

Eh bien! soyez heureuse, not' demoiselle.

LUCILE.

Que dis-tu ?... mon père !...

JÉRÔME.

M'a écrit hier... et il arrive aujourd'hui,

LUCILE, FRÉDÉRIC.

Aujourd'hui !...

JÉRÔME, à part.

Pauvre enfant ! elle est si heureuse qu'elle en tremble !... (Haut.) C'est à cause de cela que j'ai voulu connaître au juste ce qui se passait dans ces deux petits cœurs-là... A présent, j' savons bien ce qui me reste à faire. (Bruit au dehors.)

LUCILE.

Une voiture !

FRÉDÉRIC.

C'est une chaise de poste qui entre dans la grande cour.

LUCILE.

Eh! c'est lui!... C'est mon père qui en descend !...

JÉRÔME.

Allez-vous-en, jeune homme, et laissez-moi manigancer la chose.

FRÉDÉRIC.

Oh! monsieur Jérôme, vous m'avez montré le bonheur !...

JÉRÔME.

Vous, montrez-moi les talons... Vous, not' demoiselle, allez vous remettre un peu, afin que monsieur votre père vous trouve tout à fait avenante. (Bas.) S'il vous voyait émotionnée comme ça, il croirait que vous avez peur de lui. (Haut.) On monte le grand escalier... Vous, par là, jeune homme, et vous par ici, not' demoiselle.

FRÉDÉRIC.

Adieu, mademoiselle Lucile.

LUCILE.

Adieu !... Non, au revoir !... (Ils sortent.)

JÉRÔME.

Il était temps !...

SCÈNE III.

LES MÊMES, DELORMEL, sous le nom de Courtenay.

DELORMEL.

François, vous m'avez dit que mademoiselle Lucile était dans ce salon.

FRANÇOIS.

Avec monsieur Jérôme, oui, monsieur. Mademoiselle sera rentrée chez elle. Faut-il la prévenir?

DELORMEL.

Oui !... (Se reprenant.) Non, attendez, pas encore !... Laissez-nous. (Le domestique sort.)

JÉRÔME, à part.

Il n'a pas l'air plus joyeux que de coutume. (Haut.) Vot' servant, monsieur.

DELORMEL.

Bonjour, Jérôme.

JÉRÔME.

Et la santé n'est point mauvaise?

DELORMEL.

Non !...

JÉRÔME.

Et vous avez fait un bon voyage?

DELORMEL.

Oui !...

JÉRÔME.

Et vous revenez pour longtemps auprès... de vot' fille ?... (Il se lève. Delormel relève la tête.) Auprès de not' demoiselle ?...

DELORMEL.

Non !...

JÉRÔME.

Oui, non, oui... C'est drôle, si j'ai bonne mémoire, vous me répondez à c't' heure tout juste comme il y a quatorze ans au village de Jeurre.

DELORMEL.

Au village de Jeurre?

JÉRÔME.

Où nous nous rencontrâmes pour la première fois. Ce jour-là, vous alliez retrouver deux personnes qu'avaient peut-être été ben coupables envers vous...

DELORMEL, avec amertume.

Oui.

JÉRÔME.

Mais à c't' heure, vous v'là revenu auprès de deux autres qui n'ont jamais eu d'idée d' vous offenser. Ce n'est pas que je tienne aux amitiés ; mais enfin, vous v'là revenu auprès d'un vieux bonhomme qui n'a plus guère de temps à rester sur terre et à qui qu' vous pourriez tendr' la main comme pour lui dire adieu ! (Delormel lui serre la main.) Vous v'là revenu aussi auprès d'une pauv' enfant... (Bas.) qui n'est point coupable, elle... (Haut.) que vous pourriez ben faire appeler... comme pour y dire... bonjour... ma fille...

DELORMEL.

Ma fille !

JÉRÔME.

Ah ! j' vois ben que vous n'aimez point la petite... et ça se comprend un peu...

DELORMEL.

Moi... je...

JÉRÔME.

Et y en a plus d'un qui serait comme vous à vot' place... Elle ne m'est de rien à moi... mais enfin, j'ai promis à sa mère d'veiller dessus... elle a exigé ça, en partant, c'te femme... c'est une promesse qu'elle m'a extorquée, quoi... Mais extorquée ou non, j' suis forcé d' la tenir à c't' heure... Eh ben ! le meilleur moyen pour nous débarrasser de c't' enfant, qui nous gêne peut-être tous les deux, m'est avis que c'est d' la marier.

DELORMEL.

La marier !

JÉRÔME.

Sans dot, bien entendu... vous ne lui devez rien de vot' bien... Je me charge de lui trouver un honnête garçon qui se contentera de ce que j'ai.

DELORMEL.

De ce que tu as ?...

JÉRÔME.

Ah ! j'ai d's écus, allez... j'en ai que je ne sais qu'en faire... Je ne les emporterai point dans l'autre monde, pas vrai... J'aime autant les donner à c'te petite... de c'te façon, je suis encore plus sûr de me débarrasser d'elle...

DELORMEL, à part.

Brave cœur !

JÉRÔME.

Ça fait aussi que vous garderez vot' fortune... et vous ne reverrez plus Lucile.

DELORMEL.

Ne plus la voir... me séparer d'elle... pour toujours... Oh ! non pas !

JÉRÔME.

Ah bah !

DELORMEL.

Tu me regardes avec surprise.

JÉRÔME.

Eh ! oui...

DELORMEL.

Tu ne comprends rien à mes paroles ?

JÉRÔME.

Eh ! non...

DELORMEL.

Tu te demandes si, après tant de souffrances, ma raison ne s'est pas égarée ?

JÉRÔME.

Eh ! oui... c'est-à-dire, non... enfin...

DELORMEL.

Eh bien ! écoute-moi donc. Lorsque je partis, il y a quatorze ans, emmenant avec moi cette enfant qui devait porter mon nom, je n'eus pas le courage de la séparer de sa mère, je consentis à réunir Louise à Lucile ; mais à la condition que Louise laisserait ignorer à tout le monde, à tout le monde, le lieu qu'il me plairait de choisir pour retraite... Louise fit, sur la tête de sa fille, le serment que j'exigeai d'elle...

JÉRÔME.

Vous m'avez fait jurer la même chose à moi ; et, comme il n'y a qu'un Dieu, nous avons tenu not' parole.

DELORMEL.

Oui, je le sais... Ce nom de Courtenay, qui était celui de ma mère et que je substituai au mien, devait d'ailleurs tromper toutes les recherches ; puis est venue l'émigration. C'est sur la terre d'exil et pendant une de mes longues absences que Louise mourut ; tu m'as dit quel avait été son repentir...

JÉRÔME.

Un fort repentir, monsieur.

DELORMEL.

Tu m'as dit quelles larmes elle avait versées...

JÉRÔME.

De fortes larmes, monsieur.

DELORMEL.

Quand une âme retourne vers le Créateur, Dieu la juge, l'homme doit pardonner... La mort de la coupable l'avait purifiée à mes yeux ; je suis allé m'agenouiller sur sa tombe, j'ai prié... et j'ai pardonné, Jérôme...

JÉRÔME.

Et c'est d'un brave homme ce que vous avez fait là...

DELORMEL.

De ce jour, j'ai voulu ensevelir dans l'oubli le passé tout entier... j'ai tenté d'oublier ma vie et jusqu'à mon nom. C'est pour cela que je défends même encore aujourd'hui que l'on me donne jamais un autre nom que celui de Courtenay...

JÉRÔME.

Oui, monsieur.

DELORMEL.

La mort de Louise avait, pour ainsi dire, transformé mon âme. Peu à peu ma douleur est devenue moins poignante, mes blessures moins cruelles ; le souvenir de sa faute s'est lentement effacé de ma mémoire, et il n'est resté dans mon cœur que l'image de Louise telle qu'elle était quand je l'avais aimée, jeune fille naïve et candide ; quand je l'avais adorée, jeune femme chaste et pure... Il y a des maris qui pardonnent à l'épouse coupable, qui lui rouvrent leur demeure ; moi qui n'avais plus le pouvoir de la ramener au foyer conjugal, à défaut de ma maison, c'est mon cœur que je lui ai rouvert... et maintenant, elle l'occupe tout entier, elle y règne comme dans nos beaux jours de bonheur et de tendresse... Et depuis ce pardon, je ne vis plus seul, abandonné ; car je la vois, je l'entends, je lui parle... (Bas.) Je l'aime, enfin, ma Louise d'autrefois, ma Louise purifiée par la mort, je l'aime, entends-tu, je l'aime !...

JÉRÔME.

Eh ben ! alors, elle, la petite ?...

DELORMEL.

Lucile ?... Ce que j'ai longtemps éprouvé à sa vue, c'était à la fois de la pitié pour elle et une jalousie terrible, une haine implacable pour l'homme qui a brisé ma vie ; c'était lui, toujours lui que je voyais dans cette enfant, jusqu'au jour où, pour m'apitoyer sur elle, tu m'as envoyé son portrait...

JÉRÔME.

Il y a un mois de ça. C'est un bon jeune homme qui l'a portraitée, not' demoiselle, un joli jeune homme qui est encore ici et que...

DELORMEL, sans l'écouter.

Ces traits, que deux années avaient presque entièrement changés, ces traits étaient la vivante image de Louise. Ce sont les yeux, c'est le regard, c'est le sourire de ma Louise... Et j'ai voulu me réconcilier avec l'enfant comme je m'étais réconcilié avec l'âme de sa mère.

JÉRÔME.

C'est donc pour ça que vous êtes revenu ?

DELORMEL.

Enfin, Jérôme, je voulais essayer de l'aimer.

JÉRÔME.

C'était une bonne idée ! Eh ben ! il faut essayer tout de suite... (Allant à la porte.) Lucile, mamzelle Lucile !

DELORMEL.

Que vas-tu faire ?

JÉRÔME.

Lui dire d'embrasser son père, donc...

DELORMEL, bas.

Son père !...

JÉRÔME, bas.

Oh ! pardon, monsieur ! Il n'y a que vous et moi qui sachions ce qu'en est de ça... je suis bien vieux, monsieur, il n'y aura donc bentôt plus que vous. (Lucile entre. Jérôme l'amenant près de Delormel.) Embrassez-la, monsieur... et si je vous gêne, allez toujours, je vas fermer les yeux...

DELORMEL, prenant Lucile dans ses bras.

Lucile !...

LUCILE.

Mon père !...

DELORMEL.

Mon enfant !... (Il l'embrasse sur le front, puis s'éloigne doucement d'elle pour lui cacher son émotion. A part et en s'éloignant.) Oh ! si elle était ma fille !... (Il sort.)

JÉRÔME, qui n'a pas vu ce mouvement et qui se retourne.

Eh ben! c'est-y fait? (Cherchant des yeux.) De quoi! il est parti?

LUCILE, pleurant.

Oui, parti, Jérôme!... Oh! ma mère me le disait bien... je n'ai plus que toi au monde!...

JÉRÔME.

Allons! on ne pardonne qu'aux morts!

FRANÇOIS, entrant.

Monsieur Jérôme!...

JÉRÔME.

Qué que tu veux, toi?

FRANÇOIS.

Le docteur que monsieur Frédéric a fait appeler... vous savez bien, le médecin des enfants...

JÉRÔME.

Après?

FRANÇOIS.

Il vient d'arriver... et il demande si mademoiselle de Courtenay peut le recevoir!

JÉRÔME.

Oui, oui, amène-le... (Le Domestique sort.) Essuie vite tes larmes, mon enfant, ce n'est pas poli de recevoir les gens avec un mouchoir sur les yeux. (A part.) Il arrive ben, ce docteur; il va la distraire un peu... Et ce bêta de jardinier qui n'est point revenu encore. Je vas aller au devant de lui et j'enverrai le petit tout de suite... (Revenant à Lucile.) N' faut pas en vouloir à monsieur de Courtenay... il t'aime bien... mais c'est en dedans, vois-tu, et ça ne peut pas sortir, il ne veut que ton bonheur, il me l'a dit, et j' savons à présent ce qu'il faut faire pour que tu sois heureuse... J'vas chercher l' petit! (Il sort.)

SCÈNE IV.

LUCILE, puis LUCIEN.

LUCILE.

Heureuse... quand mon père repousse mes caresses... quand ma présence lui pèse... Oh! mais, je le sens, je ne lui imposerai pas longtemps ce supplice... le mal qui me déchire et que l'amour de Frédéric avait un instant endormi... ce mal se réveille... et je crois que j'en remercie Dieu... ce n'est pas dans ce monde que je dois être heureuse...

FRANÇOIS, introduisant Lucien.

Mademoiselle, le docteur est là!

LUCILE, contenant son émotion.

Le docteur!... faites entrer!... (Au Domestique.) Amenez le petit Pierre aussitôt qu'il arrivera.

FRANÇOIS.

Oui, mademoiselle... (A Lucien.) Monsieur, voici mademoiselle!

SCÈNE V.

LUCILE, LUCIEN, puis LE PETIT PIERRE.

LUCIEN, saluant.

LUCILE.

Monsieur Frédéric nous avait annoncé votre visite, monsieur.

LUCIEN.

Mon ami m'a écrit qu'un pauvre enfant auquel vous vous intéressez, mademoiselle, réclamait tous mes soins. (Souriant.) Mes clients ordinaires, les pauvres de mon village, pouvaient se passer de moi quelques jours... je suis parti... je croyais en arrivant trouver Frédéric à l'adresse qu'il m'avait indiquée... il n'y était pas... Sans doute, il eût été plus convenable que je vous fusse présenté par lui, mais on m'appelait auprès d'un enfant en danger, et j'ai cru devoir ne pas perdre un instant.

LUCILE.

Merci, monsieur, on nous avait bien dit tout ce qu'il y avait de charitable bonté dans votre cœur... Encore une fois, merci, monsieur!...(Elle lui tend la main, Lucien regarde alors plus attentivement Lucile.)

LUCIEN.

C'est singulier...

LUCILE, apercevant le petit Pierre, que François amène, court à lui et ne voit pas l'émotion de Lucien.

Enfin vous voilà!... Où donc est Jérôme? ne l'avez-vous pas rencontré?

LE JARDINIER.

Non, mamzelle, j' sommes rentré par le verger.

LUCIEN, à part.

Quelle étrange ressemblance!

LUCILE.

Allez maintenant, et empêchez, s'il se peut, que Jérôme aille inutilement jusqu'à la ferme... (Le Jardinier sort.)

LUCIEN, à part.

Le même son de voix!...

LUCILE, amenant le petit garçon.

Monsieur, voici notre petit malade!

LUCIEN, cherchant à se remettre.

Votre malade... Approche, mon ami, donne-moi ta petite main, puis, regarde-moi... En effet, la fièvre le consume... Mais rassurez-vous, mademoiselle, sa vie n'est pas en péril!

LUCILE, s'approchant vivement de Lucien.

Bien vrai, monsieur?

LUCIEN, la regardant encore.

Oh! c'est incroyable...

LUCILE.

Voyez donc pourtant comme il est pâle... et faible, comme son regard semble éteint!

LUCIEN.

Oui, c'est une pauvre petite créature engendrée dans la misère... cet enfant doit être orphelin...

LUCILE, étonnée.

Orphelin... Oui, c'est vrai, mais comment avez-vous pu deviner cela?

LUCIEN.

Oh! je les reconnais bien vite, ces pauvres déshérités de la tendresse maternelle... j'en ai tant vu dans mes recherches!...

LUCILE.

Vos recherches?

LUCIEN.

Ceux dont la mère est morte ou que leur mère a délaissés au berceau n'ont jamais le sourire des autres petits enfants... ce sourire de bonheur céleste qui ne peut éclore que sous les baisers maternels...

LUCILE.

Oh! cela doit être vrai!

LUCIEN.

Voyez leurs yeux... ils ne sont pas clairs et limpides comme ceux des autres enfants, ils ont été si souvent obscurcis par les larmes... leur regard incertain semble toujours chercher celle qui n'est plus là!.. Oh! je le sais, moi, qui ai perdu ma fille... ma fille qu'on m'a enlevée, mademoiselle... ma fille, qui n'a pas connu son père et qui a perdu sa mère peut-être... Depuis quatorze ans j'étudie sur les enfants que je trouve sur mon passage les souffrances qu'elle a dû subir, elle! Et... lorsque je rencontre une de ces pauvres petites créatures dont le sourire est triste, dont la voix ne répète pas à chaque instant ce doux cantique écrit tout entier dans ces deux mots: ma mère! mon cœur la reconnaît bien vite, et je m'écrie: Toi aussi, tu es orpheline comme elle!

LUCILE.

Vous avez raison, monsieur; c'est la source d'une tristesse éternelle.

LUCIEN.

Voilà ce qu'ils sont enfants... Plus tard, si c'est une fille, son front est pâle, son visage est empreint de mélancolie, et sa tête, penchée vers la terre, semble dire: Ma mère, n'est-ce pas là que tu es? Ma mère, n'est-ce pas là que tu m'attends?

LUCILE, la tête baissée et à voix basse.

Oui, pour celle qui n'a plus de mère... L'isolement, l'abandon, les larmes!...

LUCIEN.

Je vous ai attristée, mademoiselle. (Lucile ne l'entend pas et reste les yeux baissés vers la terre.)

LUCILE, bas et regardant la terre.

Ma mère, n'est-ce pas là que tu es? ma mère, n'est-ce pas là que tu m'attends?

LUCIEN.

Ai-je imprudemment rouvert une blessure? (La regardant attentivement.) Tout à cette étrange ressemblance, je n'avais pas remarqué l'altération de ses traits... (Lui prenant doucement la main.) Sa main est brûlante! (Haut.) Vous souffrez, n'est-ce pas, vous souffrez, mademoiselle.

LUCILE.

Moi aussi, monsieur, je suis orpheline, orpheline comme celle que vous cherchez.

LUCIEN, l'examinant à part.

Ah! mais son état est bien plus alarmant que celui de cet enfant! c'est pour elle qu'on aurait dû m'appeler!... (Haut et avec tendresse.) Mademoiselle, remettez-vous, et laissez, je vous prie, votre main dans la mienne. Dieu vous a pris votre mère mais vous a laissé votre père... votre père qui doit tendrement vous aimer, mademoiselle.

LUCILE.

Mon père...

LUCIEN.

Votre santé ne l'a-t-elle jamais inquiété?

LUCILE.

Jamais!

LUCIEN.

Il ne sent donc pas le prix du trésor qu'il possède?...

LUCILE.

Mon père est presque toujours absent...

LUCIEN.

A qui donc alors êtes-vous confiée, mademoiselle?

LUCILE.

A un vieux serviteur qui ne m'a jamais quittée, c'est lui qui cherche à me distraire quand je suis triste, qui me console quand je pleure, qui me prodigue des soins quand je souffre...

LUCIEN.

Et vous souffrez souvent?...

LUCILE.

Ah! non, et je ne suis pas toujours pâle comme vous me voyez en ce moment. Quelquefois, le matin, je m'éveille tout autre que je n'étais la veille, le sang qui circule moins lentement dans mes veines, coloré mon visage, je me sens des desirs de vivre, de courir à travers la campagne; ces jours-là mon cœur bat avec une force qui m'étonne. Tout ce qui m'entoure prend un aspect nouveau pour moi, le ciel est plus beau, les fleurs ont des parfums inconnus, l'air que je respire est plus pur, j'aime la vie enfin, je l'aime avec passion... je l'aime... comme si elle devait bientôt m'abandonner.

LUCIEN, à part.

Oh! je les reconnais, ces terribles symptômes!...

LUCILE.

Mais, docteur, vous oubliez que ce n'est pas de moi qu'il s'agit... occupons-nous de notre petit malade.

LUCIEN.

La guérison de cet enfant est facile. Mademoiselle, ce qu'il lui faut, ce sont des soins qu'un peu d'argent lui procurera bientôt...

LUCILE.

Oh! l'argent ne manquera pas, ni les soins non plus... Je serai sa garde-malade... il fera tout ce que vous lui recommanderez... n'est-ce pas mon petit Pierre... Tenez, docteur, (Avec une agitation fébrile.) écrivez votre ordonnance... Oh! je suivrai bien toutes vos prescriptions. Depuis que vous m'avez dit que je n'avais rien à craindre pour cet enfant... Oh! je me sens toute joyeuse... (S'arrêtant.) C'est singulier! Cette joie m'oppresse... m'étouffe... Il me semble que mon cœur est plein de larmes... qu'il va briser ma poitrine...

LUCIEN, vivement.

Mademoiselle, il faut que je voie votre père!

LUCILE.

Mon père!

LUCIEN.

A l'instant, tout à l'heure!

LUCILE.

Oh! non... si c'est pour lui parler de moi, de ma santé, ne le voyez pas, monsieur, c'est inutile. Je ne souffre plus, je ne me plains pas... Oh! je me sens très-bien, très-forte. Et je veux vous montrer tous les beaux sites qu'admire monsieur Frédéric. Je veux aussi que vous connaissiez mon bon ami.

LUCIEN.

Votre ami...

LUCILE.

Et tenez, le voilà.

SCÈNE VI.

LES MÊMES, JÉRÔME.

LUCIEN, le regardant.

Jérôme!!

LUCILE.

Il le connaît.

JÉRÔME.

Eh! ben, qu'est-ce qu'il a dit le docteur? (Allant à Lucien et s'arrêtant en le reconnaissant.) Bonté du ciel!...

LUCIEN, hors de lui.

Jérôme! c'est toi, n'est-ce pas? c'est bien toi?...

JÉRÔME.

Oui, monsieur Lucien. Je ne peux pas vous dire le contraire. C'est moi et dans un joli embarras!

LUCIEN.

Tu es ici depuis combien de temps? Depuis quatorze ans, n'est-ce pas? Il y a quatorze ans que tu es auprès de cette jeune fille! qui lui ressemble tant à elle... parle, mais parle donc....

JÉRÔME, très-ému.

Ah! j'en suis tout ahuri! j'en deviens sourd!

LUCIEN.

Cette jeune fille... c'est donc... (Allant à elle.) Oh! mon Dieu! vous vous appelez Lucile, n'est-ce pas mon enfant?

LUCILE.

Oui, monsieur, mais comment le savez-vous?

LUCIEN.

Comment je le sais, moi, moi...

JÉRÔME, bas et vivement.

Et sa mère, ne lui faites pas mépriser sa mère.

LUCIEN, bas.

Oh! je me tairai... je me tairai... mais je peux la regarder, du moins.

LUCILE.

Vous ne me dites pas, monsieur, d'où vient que vous savez mon nom.

LUCIEN.

Votre nom... Oh! je l'ai dit souvent, votre nom...

LUCILE.

Eh! parbleu, c'est monsieur Frédéric qui vous l'aura appris.

LUCIEN.

Frédéric, oui, oui, c'est lui.— Il me disait : C'est un ange que ma Lucile, et quand vous la verrez, Lucien. — Lucien, c'est mon nom, à moi, et vous ne l'avez jamais prononcé, mon nom.

LUCILE.

Si fait, avec lui.

LUCIEN.

Ah! c'est un brave jeune homme! et il avait raison, quand il me disait que je vous trouverais belle, que je vous aimerais comme ma fille.

JÉRÔME, pleurant.

Au nom du bon Dieu, monsieur, calmez-vous?...

LUCIEN, bas.

Ah! tu vois, je suis calme!... bien calme. (Haut.) Ma fille... qui se nommait Lucile comme vous.

LUCILE.

On vous l'a prise et vous la cherchez?

LUCIEN.

En vous voyant, mademoiselle, je l'ai retrouvée, oui, elle a votre âge... vos traits... elle est belle... Oh! oui... Jérôme... elle est bien belle ma fille...

JÉRÔME.

Allons! du courage, mon Dieu! Soyons des hommes, des vrais hommes... (Haut.) voyons, docteur, il faudrait bien s'occuper un peu du petit.

LUCILE.

Comme vous me regardez, monsieur, vous pleurez...

JÉRÔME, pleurant.

Oui, c'est le petit qui m'émeut comme ça.

LUCIEN, à part.

Et ne pouvoir parler... et ne pouvoir lui dire...

JÉRÔME.

Pauvre homme!

LUCILE, à Jérôme.

Tu pleures aussi, toi?

JÉRÔME.

Moi... oui... c'est aussi à cause du petit.

LUCILE.

Mais le docteur en répond.

JÉRÔME.

C'est égal... ça me peine d'savoir qu'il couve une forte coqueluche, et il faut soigner ça tout de suite. Je vais l'emmener avec le docteur... Allons, viens, petit Pierre... viens, tu peux te vanter de m'avoir amené une fière souleur, toi; allons, docteur, faut nous en aller.

LUCIEN.

Partir!...

LUCILE.

Déjà!

JÉRÔME, bas.

Il le faut, le courage vous manquerait.

LUCIEN.

Oh! je ne partirai pas sans l'avoir embrassée.

JÉRÔME, bas.

Diable d'homme, va, est-ce que ça se peut?

LUCIEN, bas.

Je donnerais la moitié de ma vie pour un baiser d'elle.

JÉRÔME, bas.

Eh ben!... je vas tâcher de vous économiser ça... (Haut.) Mamzelle Lucile...

LUCILE.

Que veux-tu?

JÉRÔME.

Moi, rien... c'est le docteur qui me dit... C'est une bête d'idée qu'il a... il vous propose un marché, quoi?

LUCILE.

Un marché?

JÉRÔME.

Il soignera vot' petit malade, et pour lui payer chaque visite, vous lui permettrez d'embrasser votre joli visage, qui lui rappelle si bien... la figure de sa fille... (Bas.) Je crois qu'on ne peut pas lui refuser ça à ce digne jeune homme.

LUCILE, à part.

Pauvre père! (Haut.) J'accepte le marché, monsieur... embrassez-moi... et que Dieu vous rende celle que vous pleurez!

LUCIEN, l'embrassant.

Mon enfant!... mon enfant!... (Il la presse sur son cœur en pleurant.)

JÉRÔME.

Allons à présent... venez... venez... docteur.

LUCIEN.

Oui, oui!... je te suis, oh! j'emporte du bonheur! (Il sort avec Jérôme et l'enfant; Lucile les regarde s'éloigner.)

SCÈNE VII.

LUCILE, puis DELORMEL.

LUCILE.

Si jeune encore et si cruellement éprouvé! comme il aurait aimé sa fille, lui!

DELORMEL, entrant.

Vous êtes seule, Lucile?

LUCILE.

Mon père!

DELORMEL.

Je vous ai quittée bien brusquement tout à l'heure, pardonnez-le-moi.

LUCILE.

Vous pardonner, moi... mon père....

DELORMEL.

J'avais espéré qu'il me serait possible... permis, veux-je dire, de rester avec vous toujours...

LUCILE.

Avec moi?

DELORMEL.

Mais on ne commande pas à sa destinée, nous devrons donc encore nous séparer. Mais cette fois, avant de nous quitter, j'aurai fait ce que je dois faire pour vous. J'aurai assuré votre avenir, et si le ciel exauce mes vœux, votre bonheur. J'ai causé de cela ce matin avec votre ami Jérôme. Vous avez deviné déjà qu'il s'agit pour vous d'un mariage.

LUCILE.

Un mariage? (A part.) Jérôme lui a donc tout appris. (Haut.) Et vous pensez, mon père...

DELORMEL.

Je pense que Jérôme avait raison... et qu'il est temps de vous choisir un mari, digne de vous, digne du nom que vous portez. — Jérôme me parlait d'un établissement modeste...

LUCILE, à part.

C'est bien cela...

DELORMEL.

Mais il oubliait que je vous donne en dot la moitié de ce que je possède... D'ailleurs, pendant qu'il songeait à vous chercher un mari, j'avais déjà promis votre main.

LUCILE.

Ah!

DELORMEL.

J'ai écrit à votre futur de venir me rejoindre ici..., il arrivera dans deux jours, je vous le présenterai.

LUCILE.

Oh! mon Dieu!

DELORMEL.

C'est un jeune homme très-distingué, dont la famille est entourée de respect... Sa fortune est égale à celle que je vous donne.

LUCILE.

Mais il ne me connaît pas, il ne peut m'aimer...

DELORMEL.

Il vous aimera... Enfin, monsieur Desparville est un loyal gentilhomme... vous approuvez ce que j'ai fait?

LUCILE, avec effroi.

Oui... oui... mon père.

DELORMEL.

Dieu m'est témoin que je voudrais vous savoir heureuse.

LUCILE, avec une profonde émotion.

Heureuse!...

DELORMEL.

Mais qu'as-tu donc, tu pâlis?...

Moi... oh!... si je pouvais mourir!... (Elle tombe évanouie.)

DELORMEL.

Tu chancelles... (Poussant un cri.) Ah! Lucile! Lucile! du secours!... vite du secours!...

FRANÇOIS, accourant.

Ah! not' chère demoiselle!... Heureusement le docteur est encore là, monsieur...

DELORMEL.

Appelez... appelez-le... (Le Domestique sort, Delormel s'agenouille auprès de Lucile.) Lucile, mon enfant!... parle moi! réponds moi!... Mais on ne viendra donc pas?...

SCÈNE VIII.

LES MÊMES, LUCIEN.

LUCIEN.

Où est-elle? (Apercevant Lucile.) Grand Dieu! (Il s'élance auprès de Lucile et s'agenouille en face de Delormel.) Oh! cette horrible pâleur!... sa main est glacée... (Il a pris une de ses mains.)

DELORMEL, saisissant l'autre.

Cette voix!... (En disant ces mots, il relève la tête et regarde en face Lucien qui le regarde aussi. Jérôme entre.)

DELORMEL, saisissant l'autre main de Lucile qu'il retire des mains de de Lucien.

Lui!... que faites-vous ici?... (Lucile se relève lentement.) Que faites-vous près d'elle? (Allant à lui.) Sortez, monsieur...

LUCIEN, avec fermeté.

Monsieur, il y a deux hommes qu'on ne peut éloigner du chevet d'un malade, le prêtre et le médecin. Je suis médecin, monsieur, je reste.

DELORMEL, avec fureur.

Oh! sortez, vous dis-je, sortez!

JÉRÔME, bas à Delormel.

Laissez-le la sauver aujourd'hui, monsieur, vous le chasserez demain.

ACTE IV.

Une terrasse du parc de M. Delormel. — A gauche, au premier plan, un pavillon élevé de quelques marches. Bancs et chaises de jardin.

SCÈNE PREMIÈRE.

DELORMEL, JÉRÔME.

DELORMEL, allant à Jérôme qui sort de la droite.

Jérôme, vous sortez de chez Lucile... quelle nouvelle m'apportez-vous?

JÉRÔME.

Le mieux d'hier se soutient, monsieur; not' demoiselle vient d'entrer dans le parc avec...

DELORMEL.

Avec lui... n'est-ce pas? avec lui encore! avec lui toujours!!

JÉRÔME.

Une faiblesse pourrait prendre à not' demoiselle, et dans ce cas-là, le docteur ferait mieux que nous, monsieur.

DELORMEL.

Vous avez envoyé à Lyon chez M. Landry...

JÉRÔME.

Un autre fameux médecin que vous avez appelé en consultation ? Oui, monsieur, et c'est M. Frédéric qui a voulu l'aller chercher lui-même. — Vous savez, M. Frédéric, ce jeune peintre... oh ! il ramènera M. Landry aujourd'hui, j'en réponds... C'est un bon jeune homme, M. Frédéric... bien dévoué à not' demoiselle, M. Frédéric.

DELORMEL.

J'ai cédé à vos instances, Jérôme ; je n'ai pas chassé, comme j'aurais dû le faire, l'homme que la fatalité seule, vous me l'avez juré, ramenait sous mon toit. J'ai permis qu'il donnât à Lucile les premiers soins que son état réclamait, mais elle est mieux ce matin. M. Landry arrivera tout à l'heure, sans doute, la présence de M. Lemonnier est donc inutile. Faites qu'elle ne me soit pas imposée plus longtemps.

JÉRÔME.

Je vous promets que M. Lucien partira dans la journée... quoique, à vrai dire, not'demoiselle soit bien faible encore. T'nez, hier au soir, quand nous l'avons portée toute pâmée dans sa chambre... je pensais malgré moi à sa pauvre défunte mère... et je me disais : Est-ce que c' vieux, qui suis si vieux, je vas encore voir mourir celle-là, qu'est si jeune ?

DELORMEL.

Oh ! ne me dis pas que Lucile peut mourir !... que me resterait-il si Dieu me la reprenait ?...

JÉRÔME.

Vous l'aimez donc, c'te chère petite ?...

DELORMEL.

Tu doutes encore de ma tendresse pour elle, toi, qui as retenu mon bras prêt à frapper avec ces seules paroles, il peut là sauver ! et je n'ai pas tué cet homme et il est chez moi ! comprends-tu, chez-moi ? et il est près d'elle !... oh ! mais avec lui sont revenus tous les tourments de la jalousie... Il me semble qu'il vient m'enlever Louise une seconde fois.

LOUISE.

JÉRÔME.

Si M. Lucien a commis une grosse faute dans sa vie, il en porte rudement la peine, et c'te peine-là, il l'accepte comme une justice de là-haut... J'vous réponds, moi, qu'il n'abusera pas de ce que le hasard lui a fait découvrir. Si vous n'êtes point entièrement rassuré là-dessus, m'est avis qu'il y a un moyen d'empêcher quiconque de se mêler de ce qui ne regarde que vous, c'est-à-dire du bonheur de not' demoiselle ; c'bonheur-là, faites-le tout seul, faites-le tout de suite... m'est encore avis que ce s'rait une manière de vous venger de M. Lucien, qui ne peut rien faire, lui, pour notre demoiselle. Je ne me connaissons point en vengeance, monsieur, mais il me semble que celle-là serait une vraie vengeance d'honnête homme.

DELORMEL.

Oui... oui... je veux que Lucile soit heureuse, heureuse par moi seul.

JÉRÔME.

C'est ça ! vous l'avez déjà fait élever comme une princesse, elle est savante ni plus ni moins qu'un livre, elle sera riche... je ne vois plus qu'une chose qu' vous pouvez faire pour elle... c'est d'la marier... je vous en avais déjà touché trois mots hier.

DELORMEL.

Oui, tu as raison, Jérôme... il faut donner à Lucile un soutien, un protecteur qui nous remplace quand nous ne serons plus là...

JÉRÔME, à part.

Voilà déjà une bonne parole... (Haut.) Quant au mari...

FRANÇOIS, annonçant.

M. Desparville !... vient d'arriver.

DELORMEL.

C'est bien, je vais le recevoir, le présenter à Lucile... (A Jérôme.) Monsieur d'Esparville est le mari que je lui destine !...

(Il sort.)

JÉRÔME.

Son mari !...

SCÈNE II.

JÉRÔME.

Son mari ! ah ! jarni-dieu ! moi qui croyais avoir si bien tout manigancé, je me disais : Qui veut la fin veut les moyens, qui veut le mariage veut l'mari, et l'mari sera M. Frédéric, puisqu'il est là tout prêt sous la main... Ouitch ! il se trouve qu'je me suis donné tout ce mal là pour un inconnu, un intrigant qui n'épouse not'demoiselle qu' pour ses écus puisqu'il ne la connaît seulement point. Comment lui annoncer ça à c'te chère petite ?.. J'avais bien besoin de m'attacher à c' t'

enfant là... elle ne m'est rien après tout... et j'suis là à me tourmenter, à me tourner le sang, et v'là quatorze ans qu' ça dure... j'en ai assez... j'en ai trop... ah ! ma foi, qu'ils s'arrangent... je ne veux point en faire une maladie... je m'en retournerai à mon à-part, aujourd'hui, tout à l'heure, c'est ça... j'vas faire mon paquet sans rien dire à personne... j'suis mon maître, moi ! ah ! mais ! ! j' peux faire c' que j' veux, moi... ah ! oui ! ! ! et quand je n' s'rai plus ici... (s'arrêtant.) Eh ben ! quand je n' s'rai plus ici... il m' manquera quelque chose... j' suis devenu une vieille bête d'habitude..... il m' manquera cette jolie petite mine rose qui m' réjouissait la vue, ce bon sourire d'enfant qui m' chatouillait le cœur... je n'entendrai plus c' te voix si douce qui m' disait câlinement : mon bon Jérôme ! je t'aime bien... et il n'y a qu'à moi qu'elle dit ça... j' suis sûr que ma vilaine figure lui manquera aussi... eh ! ben non, jarniquoi... je ne m'en irai point, je ne laisserai point M. Delormel nous faire mourir à petit feu not' chère demoiselle. Je dirai à Lucien c' qui s' passe, et à nous deux nous empêcherons c' mariage de malheur. Justement le v' là avec sa fille... car c'est sa fille... et il saura bien la défendre, lui. — J' vais décommander son départ d'abord... et puis après... nous verrons... ah ! oui, nous verrons !...

(Il sort par là gauche.)

SCÈNE III.

LUCIEN, LUCILE, arrivant par la droite. — Lucile marche appuyée sur le bras de Lucien.

LUCIEN.

Votre marche devient chancelante, notre promenade s'est trop prolongée. Il faut rentrer, mademoiselle.

LUCILE.

Déjà m'enfermer dans ma chambre, si solitaire et si triste. Oh ! non, docteur, laissez-moi respirer encore cet air embaumé de nos prairies, laissez-moi au milieu de mes fleurs, leur parfum enivre dit-on, il me fera peut-être oublier...

LUCIEN.

Quel souvenir pénible voulez-vous donc chasser ?

LUCILE.

Ce n'est pas un souvenir, c'est un rêve que je voudrais effacer de ma mémoire.

LUCIEN.

Un rêve...

LUCILE.

Oui, un rêve de bonheur.

LUCIEN.

Est-il donc, à votre âge, un rêve heureux qui ne puisse se réaliser ?

LUCILE.

Un moment j'ai espéré... à ce moment-là, docteur, je vous aurais dit, à mains jointes, faites-moi vivre... à présent, si ce n'était une offense à Dieu, je vous dirais : laissez-moi mourir.

LUCIEN.

Mourir ! vous voulez mourir !... vous !... oh ! mais ce rêve... ce secret de votre cœur, vous me le direz... je le veux...

LUCILE, surprise.

Vous le voulez ?...

LUCIEN.

Vous me demandez à quel titre je vous parle ainsi... moi qui ne suis pour vous qu'un étranger, un indifférent que le hasard a placé sur votre route. Mais je suis médecin et le médecin est un ami à qui l'on ne doit rien cacher... vous vous taisez, et vous pleurez... allons, chère enfant, confiez-moi vos peines, car je suis votre ami... oh ! oui, depuis longtemps... je vous l'ai dit, vous avez l'âge et les traits de la fille que j'ai perdue... vous qui me la rappelez si bien, laissez-moi pour un moment croire que c'est elle qui est près de moi. Dieu me devait bien cette heure d'illusion pour quatorze années de désespoir et d'abandon, mais ma Lucile à moi me laisserait lire dans ses yeux, dans son cœur... Oh ! la tendresse d'un père est plus clairvoyante que la science du médecin ; ce que la science cherche, la tendresse le devine, puis ce qu'on cache au médecin, on le dit à son père.

LUCILE.

A lui ?... Oh ! non, il me fait peur.

LUCIEN, s'oubliant.

Peur de lui !... Oh ! vous ne le connaissez pas, ce pauvre père... vous ne savez pas ce que pour vous il a souffert, ce que pour vous il souffre encore !...

LUCILE.

Que dites-vous ?...

LUCIEN, se reprenant.

Je dis qu'il est bien à plaindre votre père, qu'il faut avoir pitié de lui, mon enfant, que pour lui il faut vivre.

LUCILE.

Ah! s'il me parlait comme vous me parlez, monsieur... si sa voix était douce comme la vôtre, elle irait jusqu'à mon cœur... et mon cœur n'aurait point de secrets pour qui saurait si bien l'interroger. Tenez, en vous écoutant, j'éprouve une émotion qui m'était inconnue, et que je cherche vainement à définir... Vous êtes ici depuis quelques heures à peine, et il me semble que vous êtes déjà pour moi un ami sincère et dévoué.

LUCIEN.

Oh! oui, bien sincère, bien dévoué!...

LUCILE.

Comme Jérôme?...

LUCIEN.

Oui, oui, comme Jérôme.

LUCILE.

Je lui aurais bien tout dit à lui... mais il est un peu vieux, mon bon Jérôme, il ne croirait pas à un rêve; puis il prétend n'avoir jamais aimé personne, il ne me comprendrait pas si je lui disais : Aimer, être aimé, c'est la vie, et je meurs parce qu'on me défend d'aimer celui qui m'aime.

LUCIEN.

Frédéric, n'est-ce pas?...

LUCILE.

Oui, lui, si bon, si loyal!... Je l'aimais surtout depuis ce rêve que je vais vous dire... (Souriant.) à présent que vous êtes mon ami... Ah! cela me fait du bien d'appeler quelqu'un mon ami.

(Ils s'asseyent.)

LUCIEN.

Je vous écoute, mon enfant.

LUCILE.

Une nuit, que la fièvre sans doute agitait mon sommeil, j'eus comme une apparition céleste... Mes yeux étaient fermés, et pourtant je voyais... Ah! comme je vois en ce moment. Ma mère était près de moi...

LUCIEN, à part.

Sa mère!...

LUCILE.

Et comme au temps de mon enfance, elle se penchait vers moi pour m'embrasser... Je sentais encore glisser sur mon visage les boucles de ses beaux cheveux noirs... Elle n'avait plus cette tristesse que mon amour même n'avait jamais pu vaincre. Son regard brillait de bonheur, le sourire était sur ses lèvres... Elle me serrait elle-même comme on pare une mariée... Sa main attachait le voile à mon front, le bouquet sur mon cœur... puis comme je m'agenouillais pour recevoir sa bénédiction, une autre personne s'inclinait aussi devant nous... c'était un jeune homme, et ma mère prenant ma main, la plaçait dans la main de mon fiancé... et ce fiancé choisi par ma mère, béni par elle, c'était lui... c'était Frédéric... Oh! ce rêve s'explique à présent... ce n'est que dans le ciel que je dois être heureuse.

LUCIEN.

Oh! non, votre rêve s'accomplira, Lucile. Le fiancé choisi par votre cœur, béni par votre mère, ce fiancé sera votre époux...

LUCILE.

Mon père a promis ma main.

LUCIEN.

A qui donc?

LUCILE.

A monsieur Desparville, qu'il attend.

LUCIEN.

Monsieur de Courtenay retirera sa parole... monsieur Desparville ne viendra pas.

JÉRÔME, entrant.

Monsieur Desparville... il est ici.

SCÈNE IV.

LUCIEN, LUCILE, JÉRÔME.

LUCIEN et LUCILE.

Ici!...

JÉRÔME.

Il va être présenté tout à l'heure à not' demoiselle comme son mari.

LUCILE.

Déjà!...

LUCIEN.

Vous refuserez la main de monsieur Desparville.

LUCILE.

Résister à mon père!... Jamais!...

LUCIEN.

Mais ce mariage vous tuera.

LUCILE.

J'obéirai.

LUCIEN.

Non. Si votre mère n'est plus là pour vous défendre, Dieu vous a envoyé un protecteur... et ce protecteur... ce sera moi.

LUCILE.

Vous ne pourrez rien, monsieur.

LUCIEN.

Rien pour vous!... je ne pourrais rien pour vous!... Vous le verrez bien!... Je ne pars plus, Jérôme; elle souffre, elle est malheureuse, il s'agit de défendre son bonheur et sa vie, je ne pars plus.

JÉRÔME.

J'avais bien compté là-dessus, et j'ai renvoyé vot' cabriolet qui venait vous prendre... sur l'ordre de monsieur de Courtenay.

LUCILE.

Monsieur, je vous en supplie, ne tentez pas auprès de mon père un effort inutile... il ne comprendra pas, d'ailleurs, que vous preniez un si vif intérêt à mon sort.

LUCIEN.

Oh! il le comprendra.

LUCILE, surprise.

Je ne le comprends pas moi-même.

LUCIEN.

C'est que vous ne savez pas ce que je vais lui rappeler.

LUCILE, à part.

Tout cela est bien étrange.

JÉRÔME, qui est allé au fond, revenant avec effroi.

Voilà monsieur de Courtenay.

LUCIEN, avec calme.

Très-bien. (Bas.) Emmène cette enfant.

JÉRÔME, avec émotion.

Venez, not' demoiselle... rentrez chez vous.

LUCILE.

On dirait que tu trembles, Jérôme... que va-t-il donc se passer ici?...

JÉRÔME.

Le bon Dieu seul le sait.

LUCILE, à part.

Et moi, je veux le savoir aussi.

Le voilà... Rentrez que je vous dis, mais rentrez donc. (A peine Jérôme et Lucile ont-ils disparu par la droite, que Delormel paraît au fond.)

SCÈNE V.

LUCIEN, DELORMEL.

DELORMEL, s'arrêtant au fond.

Encore ici, monsieur!...

LUCIEN.

Si vous n'étiez pas venu à moi, monsieur, je serais allé à vous.

DELORMEL.

Que pouvons-nous donc avoir à nous dire?... Vous êtes médecin, vous avez du moins invoqué ce titre pour rester auprès d'une personne à laquelle vos soins semblaient être nécessaires; l'arrivée prochaine du docteur Landry, qui a toute ma confiance et que j'ai fait appeler, rend ici votre présence inutile, j'avais chargé Jérôme de vous le faire comprendre... peut-être a-t-il omis de vous offrir les honoraires qui vous sont acquis. — Comme nous ne devons plus nous revoir, il est juste que je répare cet oubli... (Il met une bourse sur la table.) Maintenant, monsieur, tout est fini, je pense entre nous...

LUCIEN.

Non, monsieur, et je vous dirai aujourd'hui encore ce qu'hier je vous ai dit déjà... Je reste...

DELORMEL.

Rester... vous... chez moi! Vous ne parlez pas sérieusement, monsieur.

LUCIEN.

Je m'efforcerai d'être calme, et rien ne me fera me détourner du but que je dois, que je veux atteindre... Et vous m'écouterez, monsieur, comme autrefois je vous ai écouté, moi. — Vous n'avez pas cru, n'est-ce pas, que je m'étais facilement résigné à mon malheur, vous n'avez pas cru que je vous abandonnerais, sans essayer de reconquérir le bien si précieux que vous m'aviez ravi. — Frappé comme par la foudre, demeuré après votre départ, et pendant plusieurs semaines entre la vie et la mort, je ne pus me mettre à votre poursuite que lorsque vous aviez déjà su rendre vaines toutes mes recherches. — Si vos précautions eussent été moins bien prises, si j'avais retrouvé vos traces, j'étais déterminé à ressaisir par la ruse ou par la violence, le trésor que vous étiez venu me dérober. — Dieu ne m'a pas permis de vous rejoindre. Quatorze ans se sont écoulés... le hasard, je blasphème, la Providence m'a enfin conduit dans cette maison, et je vous le jure, monsieur, si j'avais trouvé Lucile heureuse, heureuse par vous, j'aurais accepté mon malheur comme une expiation : Enfermant à jamais dans mon cœur mon désespoir et mon secret, je serais parti... peut-être même alors je vous aurais pardonné.

DELORMEL, avec amertume.

Pardonné?...

LUCIEN.

Oh! c'est que le plus coupable de nous deux à présent, ce n'est pas moi, monsieur; pour excuser ma faute... mon crime, si vous le voulez, j'avais une jeunesse ardente, une passion insensée; je n'avais pas froidement prémédité votre malheur, je ne m'étais pas abrité derrière la loi pour vous assassiner, je vous offrais ma poitrine découverte; vous auriez pu tuer le corps, vous avez voulu tuer l'âme... Mais là, monsieur, doit s'arrêter votre haine; pour assouvir votre vengeance, n'est-ce pas assez d'une tombe? je ne vous laisserai pas en creuser une autre.

DELORMEL.

Je ne vous comprends pas, monsieur...

LUCIEN.

Par respect pour la mémoire d'une mère, pour l'innocence d'une enfant, ce n'est que comme médecin que j'ai interrogé Lucile. — Il m'a suffi de quelques minutes pour apprécier toute l'étendue du mal, et je vous le déclare, la vie de Lucile est en danger.

DELORMEL, avec effroi.

En danger! Sa vie est en danger! (se calmant tout à coup.) Mais non, non, je vous comprends, monsieur, tout cela n'est que ruse et mensonge... (Avec ironie.) Lucile est malade, vous pouvez la guérir! Lucile est en danger, mais vous pouvez la sauver! J'appellerai auprès d'elle nos plus illustres praticiens, je payerai leurs soins de ma fortune, de ma vie s'il le faut.

LUCIEN.

D'autres sauront combattre une souffrance physique, mais ce qui tue Lucile, monsieur, c'est une douleur morale.

DELORMEL.

Je ne crois plus aux douleurs morales qui tuent, puisque vous et moi nous vivons encore.

LUCIEN.

Vous oubliez qu'une victime a succombé déjà.

DELORMEL, avec force.

Si vous voulez que je vous écoute, monsieur, ne prononcez jamais son nom.

LUCIEN.

Quand Lucile a vu mourir sa mère, elle a pu comprendre tout ce qu'elle perdait en elle. L'amour du plus tendre père n'aurait pas suffi à combler le vide immense qui s'était fait autour de l'orpheline. Vous ne pouvez pas aimer cette enfant, monsieur, je le sais. (Delormel s'assied à gauche.) Mais le droit impitoyable dont vous êtes armé, vous créait au moins des devoirs... ces devoirs les avez-vous remplis?... Non, toujours seule, abandonnée, elle n'avait auprès d'elle pour l'aider à marcher dans la vie, que le dévouement d'un vieillard. Toujours tremblante devant l'homme dont elle porte le nom, n'osant lui confier ni ses pensées ni ses souffrances, Lucile est parvenue à l'heure d'une crise terrible, que j'avais prévue déjà, lorsqu'autrefois je la disputais toute petite à la mort... A cette heure fatale, me disais-je alors, elle aura pour la défendre la tendresse de sa mère, elle aura mes soins, mes veilles. J'heure prévue a sonné, et Lucile n'avait plus sa mère, et j'étais loin d'elle. Un miracle seul pouvait la sauver, ce miracle, Dieu l'a fait, Lucile a aimé.

DELORMEL, à part.

Lucile!...

LUCIEN.

Heureuse et fière de son choix, elle allait vous avouer le secret de son cœur, quand vous lui avez brusquement annoncé que vous aviez disposé d'elle. —Lucile n'a pas même essayé de vous résister. — Mais sentant se briser son dernier espoir, elle est tombée mourante à vos pieds... et vous n'avez rien vu, rien compris... Mais j'ai tout deviné moi, et j'ai promis à Lucile qu'elle serait à celui qu'elle aime.

DELORMEL, avec colère.

Vous avez promis... Vous! vous!... Oh! c'est maintenant surtout que ce mariage décidé par moi aura lieu!...

LUCIEN.

Vous ne m'avez donc pas entendu quand je vous ai dit que ce mariage, c'était pour Lucile le désespoir, la mort peut-être... Vous oubliez donc que vous me devez compte à moi de la vie de cette enfant...

DELORMEL.

Je n'en dois compte qu'à Dieu!

LUCIEN, prêt à éclater.

Ah! tenez, monsieur, ne me tentez pas, il me suffirait d'un mot pour renverser tous vos projets... ce secret qui me brûle le cœur, ce secret toujours prêt à m'échapper, je le dirai, monsieur, si vous m'y forcez, je le dirai à Lucile, à cet homme à qui vous la voulez sacrifier, je le dirai à tout le monde.

DELORMEL.

Si vous n'êtes pas le dernier des hommes, vous vous garderez bien de flétrir une mémoire que j'ai laissée, moi, sainte et vénérée dans le cœur de Lucile... Où vous conduirait, d'ailleurs, un scandaleux éclat?.. admettez que je vous laisse le temps de déshonorer encore une fois ma maison, qu'arrivera-t-il?... je dirai, moi, que vous êtes un calomniateur; et on me croira, un infâme, et on me croira, et j'aurai pour moi plus que l'appui de la loi, j'aurai l'opinion publique... vous avouerez à Lucile la honte de sa naissance; mais elle repoussera avec horreur le lâche insensé qui, devant tous, viendra jeter l'insulte sur la tombe de sa mère.

LUCIEN.

Oh! cet homme me rendra fou!... que faut-il donc que je fasse, Seigneur, pour sauver mon enfant, faut-il me traîner à vos pieds, m'y voilà!! (Il tombe à genoux.) Tenez, monsieur, je ne menace plus, je vous prie à deux genoux... voyez, je n'ai plus de colère, je n'ai que des larmes... Monsieur, vous n'êtes pas un homme méchant... le malheur a aigri votre âme... j'ai mérité votre haine, oui! oui! je le comprends, mais... elle, elle... oh! faites-la vivre, monsieur, faites-la heureuse... et je lui dirai que vous êtes bon et généreux... je lui dirai qu'elle doit vous bénir, vous aimer, vous, vous... son père... oh! oui! oui! son père!

DELORMEL, froidement.

Votre voiture vous attend, monsieur...

LUCIEN, avec rage.

Assassin! assassin!... c'était donc pour la tuer que tu m'as volé ma fille?...

DELORMEL.

Malheureux!... (Il va s'élancer sur Lucien, quand la porte du pavillon s'ouvre; Lucile paraît et descend les marches lentement.) Lucile!!

SCÈNE VI.

LES MÊMES, LUCILE.

LUCILE, avec un calme affecté, et allant à Delormel.

Je ne m'étais pas trompée, mon père, quand de loin m'avait semblé reconnaître votre voix : je vous croyais avec M. Desparville, dont Jérôme vient de m'annoncer l'arrivée, et que vous devez, m'a-t-il dit, me présenter aujourd'hui même comme mon mari.

DELORMEL.

Jérôme vous a dit vrai Lucile.

LUCIEN.

Ah! ce mariage.

LUCILE, vivement.

S'accomplira, monsieur.

LUCIEN.

Comment?

DELORMEL.

Que dit-elle?

LUCILE, à Delormel.

Choisi par vous, M. Desparville doit être digne de celle qui porte votre nom... J'avais un autre avenir que rêvé que celui que votre sollicitude me préparait... c'est un rêve de jeune fille que j'oublierai... que j'ai déjà oublié.

DELORMEL, à part.

Est-ce qu'elle nous écoutait?

LUCILE, à Lucien.

Merci, docteur, d'avoir retardé votre départ pour plaider une cause que j'abandonne moi-même, partez sans crainte, Monsieur, sur le sort de votre malade.

DELORMEL, à part.

Ce trouble, cette émotion en lui parlant!

LUCILE, à Lucien.

Elle gardera, croyez-le bien, une éternelle reconnaissance de ce que vous vouliez faire pour elle!! Cette reconnaissance ne finira qu'avec sa vie..

DELORMEL, à part.

Elle nous écoutait !...

LUCIEN, serrant Lucile dans ses bras.

Chère Lucile !!

DELORMEL, éclatant.

Misérable ! tu lui as tout dit, elle sait tout !

LUCIEN, quittant Lucile et à Delormel.

Comment ! que dites vous ?

DELORMEL.

Je dis que tu m'as ravi ma dernière illusion, que tu m'as volé mon dernier bonheur !! et que maintenant il faut que je te tue !

LUCILE, tombant à genoux.

Ah !

LUCIEN, à Delormel.

Un duel ! ah ! merci ! mon Dieu ! (A Lucile.) Ma fille, tout à l'heure tu seras libre ou bien je serai mort !! Marchons !!

(Ils sortent vivement.)

LUCILE.

Mon père ! grâce, grâce ! au secours, au secours !...

JÉRÔME, sortant du pavillon.

Qu'est-ce qu'il y a ?

LUCILE, hors d'elle.

Il y a... il y a qu'ils sont là (Elle montre la droite du parc.) qu'ils vont... Ah ! mon Dieu ! ayez pitié ! ayez pitié !

JÉRÔME.

Mais parle-donc ?

LUCILE.

Mon père ! entends, Lucien ! mon père !... il va le tuer !

JÉRÔME.

Le tuer !! (On entend un coup de pistolet.)

LUCILE, poussant un cri.

Ah ! mort ! il est mort ! (Elle chancelle et tombe dans les bras de Jérôme.)

JÉRÔME, à genoux et la soutenant.

Lucile, mon enfant ! (Lui mettant la main sur le cœur.) Rien ! rien ! (Pleurant.) Allez, tuez-vous, égorgez-vous, pour vous disputer c' t' enfant-là ! le bon Dieu l'a prise pour lui tout seul !

ACTE V.

La chambre de Lucile. Au fond, une alcôve fermée par des rideaux de mousseline ; un guéridon est auprès d'un côté, et de l'autre, un fauteuil. Sur le lit, cachée par les rideaux, est Lucile, pâle et immobile. A droite une porte, et une fenêtre. Un pan coupé. A gauche, premier plan, une cheminée sur laquelle sont posés deux flambeaux allumés, pendule et vases ; une causeuse devant. Dans le pan coupé à gauche, une porte. A droite, premier plan, un guéridon et unechaise auprès. Entre la fenêtre et la porte de droite est placée une toilette sur laquelle est une glace à main.)

SCÈNE PREMIÈRE.

JÉRÔME, assis dans un fauteuil au pied du lit de Lucile ; il pleure la tête dans ses mains, puis relevant la tête.

Pauvre enfant !... Je savais bien que je l'aimais, mais je ne croyais pas que c'était à ce point-là !... Ah ! c'est que je ne croyais pas non plus que tu partirais la première ! C'est tout ce qui m'attachait à la vie que je perds en toi ! pourquoi donc alors que le bon Dieu me laisse sur la terre ? C'est le chagrin qui me l'a tuée !... elle a cru que son père était mort !.. Son père ! Mais elle ne savait pas ce secret-là ! ton cœur l'avait donc deviné, pauvre enfant ! Mais ton cœur aurait dû te dire que Lucien n'était que blessé !... Il l'ont emporté évanoui là, en face, à l'auberge. Monsieur Delormel est quasiment fou de désespoir, et monsieur Desparville le tient enfermé chez lui... en sorte qu'il n'y a que moi pour veiller auprès d'elle !... (On frappe doucement à la porte de droite.) On a frappé.

(Il va ouvrir.)

SCÈNE II.

JÉRÔME, FRANÇOIS.

FRANÇOIS, à la porte.

C'est moi, monsieur Jérôme.

JÉRÔME.

Que veux-tu ?

FRANÇOIS.

Je viens vous demander si vous voulez que ma fille ou ma femme vous relève de votre triste veille ?

JÉRÔME.

Non, je garderai l'enfant jusqu'à la fin, comme j'ai gardé la mère !

FRANÇOIS.

En ce cas, monsieur Jérôme, je n'ai plus qu'à vous remettre ce billet qui est pour vous.

JÉRÔME.

Une lettre... je n'ai affaire à personne, moi ! je ne connais plus personne, à c't' heure.

FRANÇOIS.

C'est, je crois, du médecin...

JÉRÔME.

De monsieur Landry, qu'on attend pour constater...

FRANÇOIS.

Non, de monsieur Lucien !

JÉRÔME.

De Lucien... donne, donne et va-t-en.

(François sort.)

SCÈNE III.

JÉRÔME, seul.

Ah ! c' cher Lucien, il doit être désespéré ! (Il va s'asseoir sur la causeuse pour lire la lettre.) « Mon bon Jérôme, ma blessure est peu dangereuse... rassure donc notre ange bien-aimé. » (Parlé.) Mais il ne sait donc rien ? Mon Dieu ! il ne sait rien !... (Lisant.) « Dis à » Lucile que je veux la voir avant de m'éloigner, je veux lui » dire un dernier adieu ! » (Parlé.) Oui, un dernier adieu... oh ! oui, un dernier adieu !... (Lisant.) « Fais briller une lumière su » le balcon de sa fenêtre, ce signal m'avertira qu'elle m'attend » et que je peux venir !... » (Jérôme prend un flambeau placé sur la cheminée et va le présenter à la fenêtre.) Oui, oui, pauvre père, elle t'attend, tu peux venir. Ça serait un crime à moi de l'empêcher de venir ici encore.

(Pendant ces mots, il s'est approché de la fenêtre et présenté la lumière. Delormel est entré de gauche et s'est agenouillé près du lit. Jérôme l'aperçoit.)

SCÈNE IV.

JÉRÔME, DELORMEL.

JÉRÔME, posant le flambeau sur la toilette.

Lui ! lui !

DELORMEL.

Pardonne-moi, Lucile !... Lucile, pardonne-moi !

(Il se relève et vient s'asseoir sur la causeuse.)

JÉRÔME, allant à lui.

Pourquoi êtes-vous venu, monsieur ?

DELORMEL.

Pourquoi ?... Est-ce que j'aurais dû m'éloigner d'elle un seul instant ? Mais maintenant je ne la quitte plus !... Laisse-moi... laisse-moi seul ici...

JÉRÔME, troublé.

Vous... voulez rester ici, monsieur ?

DELORMEL.

Je le veux !

JÉRÔME.

Mais c'est impossible !

DELORMEL.

Personne ne m'arrachera d'ici !

JÉRÔME, s'oubliant.

Et lui !... (Delormel relève la tête et le regarde. Jérôme à part.) Lui, qui va venir !... s'ils se retrouvent en présence... ici...

DELORMEL, à Jérôme.

Lui !... qu'allais-tu me dire... de lui ?

JÉRÔME.

Moi !... je...

DELORMEL.

Il va venir, n'est-ce pas ?...

JÉRÔME.

Non, non, il ne le faut pas,

DELORMEL.

Il va venir ! (Il sonne.)

JÉRÔME, troublé et à part.

Qu'est-ce qu'il va faire ?... Ordonner qu'on le chasse !... (A Delormel.) Non, non ! monsieur Delormel... ça n' serait pas d'un chrétien !

LE DOMESTIQUE, entrant de gauche.

Que désire monsieur ?

DELORMEL, au Domestique.

Veillez à ce que personne ne se tienne ni dans le petit salon, ni dans le couloir qu'il faut traverser pour se rendre ici... Laissez ouverte la porte qui communique au jardin... Allez.

(Le Domestique traverse lentement et sort par la droite.)

JÉRÔME, stupéfait.

Ouverte... Mais vous permettez donc ?...

DELORMEL, pleurant.

Est-ce qu'il n'est pas son père, lui !... J'ai bien pu lui ravir ses droits devant les hommes... je ne le pouvais pas devant Dieu !...

(Le jour revient lentement à la rampe.)

JÉRÔME.

Mais... vous voir face à face... là... devant elle !...

DELORMEL.

Autrefois, Jérôme, la haine et la jalousie débordaient de mon sein à la vue de cet homme ; mais une tombe s'est fermée sur la femme qu'il m'avait enlevée, et ma jalousie s'est éteinte... La terre va recouvrir bientôt l'enfant qu'il me disputait, et ma haine ne doit pas lui survivre... Sur chaque tombe qui se ferme, de sa main invisible, Dieu écrit le mot : Pardon !... Monsieur Lemonnier peut venir, Jérôme ; je ne lui disputerai pas le droit de pleurer sur elle !...

JÉRÔME.

Bien, ça, monsieur, bien, ça... Le voilà !...

SCÈNE V.

LES MÊMES, LUCIEN.

LUCIEN, entrant de droite.

Jérôme... (Apercevant M. Delormel.) Monsieur Delormel...

DELORMEL.

Ne vous étonnez pas de ma présence, monsieur ; la vôtre n'a plus rien qui m'irrite.

LUCIEN.

Un pareil changement !... Je venais, monsieur, adresser à Lucile un dernier adieu. Je pars aujourd'hui même, je quitte cette maison pour n'y jamais revenir... Monsieur, si vous avez été, avec justice, je l'avoue, sans pitié pour moi, je vous demande de ne pas être sans pitié pour elle...

DELORMEL.

Que signifie ?...

LUCIEN.

Ne refusez pas de la rendre heureuse...

DELORMEL, bas à Jérôme.

Heureuse !... Mais il l'ignore donc ?...

JÉRÔME, même jeu.

Il ne sait rien.

DELORMEL, même jeu.

Rien... Oh ! le malheureux !...

LUCIEN.

Vous ne me répondez pas, monsieur... Me permettez-vous de la voir ? me permettez-vous de l'embrasser ?...

DELORMEL.

La voir !... l'embrasser !... Mais elle...

LUCIEN.

Eh bien ?...

DELORMEL, à part.

Oh ! je l'ai bien haï, cet homme !... mais je n'ai pas le courage de lui dire cela.

(Il cache sa tête dans ses mains et pleure.)

LUCIEN.

Comment... il pleure ! lui ! lui !... (Avec effroi.) Oh ! il y a un malheur !... (Allant à Jérôme.) Jérôme, que se passe-t-il donc ?... Tu pleures aussi, toi, toi !... (A Delormel et à Jérôme.) Je veux voir ma fille, entendez-vous, je veux voir ma fille !...

(Il court vers la porte de gauche.)

JÉRÔME.

Bon Dieu ! prenez pitié de lui !...

(Il tombe accablé sur la chaise près du guéridon de droite.)

LUCIEN, redescendant et à Delormel.

Où est-elle, monsieur ? où est-elle ?...

DELORMEL, qui, en se levant, s'est appuyé sur la cheminée.

Là !...

(Il montre le lit.)

LUCIEN.

Là ! malade !... Lucile !... (Il s'élance vers le lit, ouvre les rideaux, se penche sur Lucile et jette un cri déchirant.) Morte ! morte ! (D'une voix

sombre et après un temps.) Dieu punit donc la faute des pères jusque dans leurs enfants !... (A Delormel.) Ah ! vous aviez raison, monsieur, vous pouviez me permettre de l'embrasser encore une fois !... (Il prend la main de Lucile.) Ma fille ! ma fille ! pauvre ange bien-aimé ! j'allais me condamner pour toi à un exil éternel... je venais offrir mon bonheur en échange du tien... ma vie tout entière en échange de la t... (Il s'arrête brusquement, se penche sur Lucile et met la main sur son cœur, puis redescend en scène très-troublé.) Jérôme... monsieur... je...

DELORMEL.

Qu'avez-vous donc ?...

Lucien, sans lui répondre, retourne auprès de Lucile et l'observe attentivement.)

LUCIEN, pouvant à peine parler.

Monsieur... qui... quel médecin a constaté sa mort ?...

DELORMEL.

Quel médecin ?...

JÉRÔME.

Personne... Monsieur Laudry n'est pas encore venu...

LUCIEN, quittant Lucile.

Pas encore ! pas encore !... Mais alors... Oh ! mon Dieu ! mon Dieu !... (Regardant autour de lui d'un œil hagard.) Ah ! (Il saisit le miroir à main, s'élance auprès de Lucile et le place au-dessus de sa bouche.)

DELORMEL.

Que fait-il donc ?

LUCIEN, après un temps, et leur montrant le miroir que le souffle de Lucile a légèrement terni.

Ah !... là !... là !...

DELORMEL.

Un souffle a terni ce miroir !...

LUCIEN.

Elle... elle... elle... existe !... elle existe !...

DELORMEL.

Elle existe !... Lucile ! ma fille !... (Il court au lit.)

LUCIEN, a déposé le miroir, et repousse Delormel.)

Attendez donc pour me la reprendre, que Dieu nous l'ait rendue !...

(Delormel, Lucien et Jérôme sont près du lit et observent Lucile.)

JÉRÔME, à Lucien.

Mais vous êtes bien sûr !...

LUCIEN, palpant Lucile.

Oui, elle existe ; mais il y a là un poids qui l'étouffe, qui la tue... mais chaque soupir peut être le dernier... Dans un instant... dans une minute... elle peut cesser de vivre !...

DELORMEL.

Ah ! vous êtes médecin, vous !...

LUCIEN, hors de lui et quittant le lit.

Médecin, oui, je le suis !... Il faut... voyons... voyons... il faut !... Oh ! mon Dieu !... mon Dieu !... ma science, mes longues études, tout m'échappe... C'est ma fille, voyez-vous, et je ne sais plus rien !...

DELORMEL.

Monsieur, monsieur, rappelez votre raison !...

JÉRÔME.

Au nom du ciel, calmez-vous !...

DELORMEL.

Songez à elle !...

LUCIEN, faisant un puissant effort.

Eh bien ! oui !... oui !... attendez !... attendez !... (Se passant la main sur le front et se redressant.) Je serai fort !... je le veux !... (Puis prenant dans son habit une trousse dont il tire un lancette et une bande.) Ce n'est plus ma fille !... c'est une créature de Dieu qui va mourir !... Je ne suis plus père !... je suis médecin !... je suis médecin !...

(Il retourne auprès du lit de Lucile. Moment d'anxiété de Delormel et de Jérôme.)

FRÉDÉRIC, en dehors.

Lucile !... Lucile !... (Frédéric paraît à la porte de droite.)

JÉRÔME, l'empêchant d'entrer.

N'entrez pas !... n'entrez pas !...

FRÉDÉRIC, le repoussant.

Vivante ou morte, je veux la voir !...

DELORMEL, allant à lui et l'empêchant d'approcher.

Restez... monsieur... restez là!...

(Moment de silence, après lequel Lucien pousse un cri de joie étouffé.)

DELORMEL.

Qu'y a-t-il?...

LUCIEN, montrant Lucile qui respire et se soulève lentement en regardant autour d'elle.)

DELORMEL, courant à la tête de son lit.

Lucile!... mon enfant!..

LUCILE, fixant Lucien, qui est tombé assis dans le fauteuil au pied du lit.)

Mon père!... mon père!...

DELORMEL.

Ah! c'est pour lui qu'a été le premier cri de son âme!...

LUCIEN, embrassant sa fille.

Oh! ne nous séparez pas encore!...

LUCILE.

Nous séparer!... (A Delormel d'une voix suppliante.) Non!... non!...

DELORMEL, s'éloignant du lit.

Mademoiselle Delormel est morte... Gardez votre enfant, monsieur!...

JÉRÔME et FRÉDÉRIC.

Ah!...

LUCIEN, à Delormel en s'éloignant du lit.

Ni à vous, ni à moi, monsieur!... (Prenant Frédéric par la main et le faisant passer près du lit.) A son mari!...

(Frédéric tombe à genoux auprès du lit, Lucien presse la main de Jérôme, Delormel regarde ce tableau.)

FIN

CAMILLE DOUCET

DE L'ACADÉMIE FRANÇAISE

LES

ENNEMIS

DE LA MAISON

COMÉDIE EN TROIS ACTES, EN VERS

REPRÉSENTÉE POUR LA PREMIÈRE FOIS, A PARIS, SUR LE THÉATRE-FRANÇAIS
LE 29 OCTOBRE 1854

DISTRIBUTION DE LA PIÈCE

REYNAL, notaire à Paris..............	MM. Régnier.	LA BARONNE DE BEAUPRÉ.........	Mmes Allan.
MAURICE-DESBRISSEAUX	Bressant.	HÉLÈNE, sœur de Reynal............	Ém. Dubois.
LE COMTE OSCAR DE SAINT-RÉMY...	St-Germain.	FANCHETTE.......................	Valérie.
MADAME REYNAL (Adèle)...........	Mlle Favart.	VICTOR, personnage muet.	

A Enghien, dans la maison de campagne de Reynal.

ACTE PREMIER

Une salle élégante, au rez-de-chaussée, donnant sur le lac par
un petit pont tenant à la porte du fond. Deux portes à droite, et une
à gauche ; une console au premier plan à gauche ; une table sur
le devant et un canapé à droite.

SCÈNE PREMIÈRE.

REYNAL seul.

Il tient une boîte à pistolets d'une main et de l'autre
une lettre ouverte. Il lit.

« Étoile de ma vie, idole de mon âme,
« Chère Adèle!... » Le comte est l'amant de ma femme!...
C'est lui, bien sûr! Au fait, pour quelle autre raison
Vivrait-il, du matin au soir, dans ma maison?
Il ne se cache pas pour entrer... au contraire...

A moins de m'avertir, il ne pouvait mieux faire.
Fou que je suis!... Jadis monsieur de Saint-Remy
N'était que mon client... j'en ai fait mon ami.
Du lion à la mode, au lieu de prendre ombrage,
J'ai moi-même enfermé le lion dans ma cage.
Enghien lui déplaisait... moi, j'habitais Enghien...
J'ai voulu qu'il louât un chalet près du mien.
Rien qu'à l'empressement qu'il mettait à se rendre,
J'aurais pu, moins aveugle, aisément tout comprendre :
Un homme aussi couru, sans de graves raisons,
Ne se condamne pas à pêcher des poissons ;
Et depuis quatre mois, dans une paix profonde,
Chez moi ce sot plaisir absorbe tout le monde ;
Mais je n'ai rien compris, rien vu, rien deviné !
Au divin célibat notaire destiné,
Sans femme, sans amis et sans inquiétude,
J'étais heureux avec ma sœur et mon étude...
Tout autre serait contenté de cela ;
Mais le bon sens se tut et l'orgueil seul parla.
Chez mon meilleur client, le général d'Hormille,

Du baron de Beaupré je rencontrai la fille ;
Avant même de rendre hommage à sa beauté,
Son nom, son noble nom flatta ma vanité.
A mieux que moi sans doute elle pouvait prétendre ;
Mais, n'ayant point de dot, elle daigna me prendre.
Dès lors, dans mon salon de notaire à Paris,
On n'entra plus à moins d'être comte ou marquis.
Madame de Beaupré, ma noble belle-mère,
Entretenant en moi cette absurde chimère,
Fit tant que, des grandeurs pour suivre le chemin,
J'oubliai le bonheur que j'avais sous la main.
Ma femme... ce n'est pas sa faute, je l'adore...
Avec elle et ma sœur, tout irait bien encore ;
Ce serai si gentil de vivre tous les trois
A Paris, simplement, comme de bons bourgeois !
Mais la mode le veut, la vanité l'ordonne,
Il faut s'expatrier du printemps à l'automne ;
Et tandis que monsieur, pendant six jours entiers,
Fait pour un peu d'argent le plus sot des métiers,
Il relègue bien loin de chez lui sa compagne,
Pour qu'on dise : Reynal a maison de campagne,
Reynal n'est qu'un niais... Il a tort d'être fier ;
Sa maison sur le lac d'Enghien coûte trop cher,
Si dans cette maison, dont il jouit à peine,
Ouvrier sans dimanche, une fois par semaine,
Ses plus nobles amis le remplacent si bien,
Qu'un jour, innocemment, sans se douter de rien,
Il trouve ces beaux vers adressés à sa femme :
« Étoile de ma vie, idole de mon âme ! »
Oh'! depuis ce matin, que de réflexions
Ont rabattu l'orgueil de mes illusions !...
Monsieur le comte Oscar de Saint-Remy, je jure...

Il se trouve en face d'une glace placée sur la console.

Mon pauvre ami Reynal, quelle triste figure !

Il ouvre la boîte.

Ces pistolets sont beaux ; mais ça ne suffit pas.
Je suis fait pour manquer mon homme à quinze pas,
Tandis que lui, ce comte... Enfin, voyons Adèle.

Il sonne.

Il doit être très-fort.

SCÈNE II.

REYNAL, FANCHETTE.

REYNAL.
Ma femme... que fait-elle ?

FANCHETTE.
Madame est sur le lac.

REYNAL.
Seule ?

FANCHETTE.
Par quel hasard,
Monsieur...

REYNAL.
Madame est seule ?

FANCHETTE.
Avec monsieur Oscar.

REYNAL, à part.
Je l'aurais parié.

FANCHETTE, voulant sortir.
Je vais...

REYNAL.
C'est inutile !

FANCHETTE.
Monsieur est donc entré par la porte de l'île ?...
On n'attendait Monsieur que demain, samedi.

REYNAL.
Que fait ma belle-mère ?

FANCHETTE.
Il est presque midi,
Elle dort... c'est bon genre !

REYNAL.
A midi, dans sa chambre,
Dans son lit, par un temps superbe, au vingt septembre !
De ce bon genre-là je me lasse à la fin.
On ne l'attendra pas pour déjeuner ; j'ai faim !
Qu'elle dorme !... Et ma sœur, dort-elle aussi ?

Il ôte son paletot dans la poche duquel sont les vers, et le jette à Fanchette.

FANCHETTE.
Non, certe ;
Tous les jours sa fenêtre est la première ouverte...
Elle travaille en haut du matin jusqu'au soir.

REYNAL, à part.
Chère enfant !

Haut.
Laissez-moi.

FANCHETTE.
Si Monsieur veut la voir...

REYNAL.
Non, pas encore. Allez... n'avertissez personne.

FANCHETTE.
Madame de Beaupré va sonner... midi sonne.

On entend sonner.

Là !...

Regardant Reynal.
Pour avoir quitté l'étude un vendredi,
Sur quelle herbe a-t-il donc marché ? C'est bien hardi.
Le voilà dans ses nerfs et dans son humeur... jaune ;
Je ne m'y frotte plus, je sais ce qu'en vaut l'aune.
Pauvre homme ! j'en ai vu rarement de meilleurs ;
Mais dans cette maison rien ne va comme ailleurs.
Monsieur Reynal est doux comme un mouton ; sa femme
Est charmante... et monsieur fait endiabler madame !

REYNAL.
Encore ici !

FANCHETTE.
J'y vais.

(Elle sort.)

SCÈNE III.

REYNAL, puis HÉLÈNE.

REYNAL.
Le comte me tuera !...
Et tout le monde, au lieu de me plaindre... en rira !
Un malheureux mari qui succombe à la peine,
C'est risible, en effet, après cinq mois !... Hélène !
Chère enfant...

HÉLÈNE.
J'étais loin de t'attendre aujourd'hui.
Adèle va monter ; elle pêche...

REYNAL.
Avec qui ?

HÉLÈNE.
Toute seule.

REYNAL.
Ah !...

HÉLÈNE.
Monsieur Oscar est auprès d'elle ;
Mais ça ne compte pas. Sur la ligne d'Adèle
Il veille de loin, met le ver à l'hameçon,
Et, quand le poisson mord, décroche le poisson ;
C'est son métier.

REYNAL.
Enfant !...

HÉLÈNE.
L'ennuyeux personnage.
Adèle ne peut pas le souffrir.

REYNAL, à part.
Heureux âge !...

SCÈNE IV.

HÉLÈNE, REYNAL, OSCAR, ADÈLE,
puis MADAME DE BEAUPRÉ.

OSCAR, dans la coulisse, à droite.
Venez donc... venez donc... on n'attend plus que vous.

REYNAL, à part.
Les voilà !

OSCAR, entrant.
Tiens, Reynal !

ADÈLE, à Reynal.
Comment, monsieur, c'est vous ?

REYNAL.
Moi-même !...

OSCAR.
Il était temps !... C'est à midi qu'on tire
Mes verveux... Nous partions pour les voir...

ADÈLE.
C'est-à-dire...

OSCAR, voyant les pistolets.
Ah ! ah ! maître Reynal !...

HÉLÈNE, à part.
Ciel !

OSCAR.
Qu'est-ce que cela ?
Chassez-vous aux clients avec ces bijoux-là ?
Moi qui précisément vous prépare une affaire...

REYNAL.

D'honneur ?

OSCAR.

Presque... d'argent ! Pistolets de notaire...
Ils sont charmants... et n'ont jamais servi...

REYNAL.

Plus bas !...

Les vôtres valent mie ux ?

OSCAR.

Parbleu !

A part.

Je n'en ai pas.

Haut.

En route !

REYNAL, *à part.*

Ferrailleur !

ADÈLE.

Ma mère, où donc est-elle ?

MADAME DE BEAUPRÉ, *entrant.*

Moi ?.... Que vois-je ? Reynal ! Bonjour, bonjour, Adèle.
De quoi s'agissait-il ?

OSCAR.

C'est le jour des verveux.
Si vous voulez venir les voir ?

MADAME DE BEAUPRÉ.

Si je le veux !

ADÈLE.

Mais...

MADAME DE BEAUPRÉ.

J'adore la pêche, et j'y suis fort habile.
C'est une passion qui date de Trouville.
Dans le canot-major d'un bâtiment royal
Nous pêchions tous les jours.

ADÈLE, *bas.*

Ma mère...

MADAME DE BEAUPRÉ.

Allons, Reynal !

ADÈLE, *à Reynal.*

Vous ne venez pas ?

REYNAL.

Non.

ADÈLE.

Voulez-vous que je reste ?

REYNAL.

Le comte vous attend, allez.

A part.

Je le déteste.

ADÈLE, *s'éloignant.*

J'obéis.

REYNAL, *à part.*

Elle y va.

ADÈLE, *à part, après quelque hésitation.*

C'est le dernier moyen...

A Hélène.

Viens-tu, petite sœur ?

HÉLÈNE.

Non, merci, merci bien !

Oscar, Adèle et madame de Beaupré sortent par le fond.

SCÈNE V.

HÉLÈNE, REYNAL.

REYNAL.

J'avais, certainement, mille choses à dire ;
Et je n'ai rien trouvé, pas un mot ! Doit-il rire,
Ce fat de Saint-Remy !... Je suis sûr qu'à présent
Ils se moquent entr'eux du mari complaisant,
Dont le premier venu, sans même qu'il réclame,
Pour ses menus plaisirs peut emprunter la femme.
Et penser que je suis sottement resté là !...
Aussi, comment prévoir ?... J'entre, et chacun s'en va,
Sans demander ce qui m'amène.

HÉLÈNE, *à part.*

Pauvre frère !...

REYNAL.

C'est la faute du comte et de ma belle-mère.
Adèle fût restée... Adèle vaut mieux qu'eux...
Je les éloignerai d'Adèle tous les deux !
On me l'a dit cent fois, avant mon mariage,
Les mères, les amis, gâtent tout en ménage,
Ma belle-mère abuse, et cela me déplaît ;
Quant au comte... Il a l'air très-fort au pistolet !...
Tant pis, je saurai bien...

On sonne à gauche.

Allons, voilà qu'on sonne !

Il se retourne et aperçoit sa sœur.

Hélène... je n'y suis pour personne... personne !
Dis... ce que tu voudras... je ne veux pas les voir...
Je suis sorti... je suis...

Hélène sort.

Je suis au désespoir !
L'amitié ne vaut rien, et son nom seul m'irrite ;
J'exècre tout le monde.

HÉLÈNE, *dans la coulisse.*

Au contraire, entrez vite.

SCÈNE VI.

HÉLÈNE, MAURICE, REYNAL.

REYNAL.

Plaît-il ? — Je n'y suis pas. Si l'on entre, je sors.

HÉLÈNE.

C'est un ami.

REYNAL.

Raison de plus !... mets-le dehors.

HÉLÈNE.

Ingrat ! Regarde donc.

Maurice paraît.

REYNAL.

Que vois-je ?... Quelle joie !...

MAURICE.

Cher ami !

REYNAL, *l'embrassant.*

Cher cousin !... c'est le ciel qui t'envoie.

MAURICE.

Le ciel !...

REYNAL.

Si tu savais combien je suis heureux !

MAURICE, *regardant Hélène.*

Je le crois... ton bonheur, cher cousin, saute aux yeux.
Reçois les compliments que ce bonheur réclame ;
Je ne puis en douter, en regardant Madame.

REYNAL.

Madame !... Elle !...

HÉLÈNE, *à Maurice.*

Je suis fière de votre erreur.
Madame !... Cher cousin, je ne suis que sa sœur.

REYNAL.

Hélène.

MAURICE.

Se peut-il ? cette petite Hélène...

REYNAL.

Quinze ans.

HÉLÈNE.

Seize, Monsieur... la semaine prochaine.

MAURICE.

Comme la voilà grande et belle !

REYNAL, *à Hélène.*

Sors un peu.

A Maurice.

Une enfant !

MAURICE, *à Hélène.*

Pour son frère on l'est toujours.

HÉLÈNE, *à Maurice.*

Adieu !

MAURICE.

Au revoir.

HÉLÈNE, *bas.*

Vous pouvez nous rendre un grand service...
Je vous expliquerai cela, monsieur Maurice.

MAURICE.

Quoi ! vous vous souvenez encore de mon nom ?

HÉLÈNE.

Je crois bien !

Bas.

Consolez mon frère.

MAURICE.

Qu'a-t-il donc ?

HÉLÈNE, *bas.*

Je ne sais trop en quoi sa tristesse consiste ;
Mais tout ce dont je suis sûre... c'est qu'il est triste...
— Vous aussi !

MAURICE, *tristement.*

Moi !

HÉLÈNE.

La mer m'effraie horriblement.
Y retournez-vous encor ?

MAURICE.
Certainement.

Hélène sort par la droite.

SCÈNE VII.

MAURICE, REYNAL.

REYNAL, à part, au fond.
Ils ne reviennent pas... c'est étrange !

MAURICE.
Oui, sans doute,
La route que je suis est une triste route ,
Sur son rivage heureux j'espérais m'arrêter,
Mais il la faut reprendre, et ne la plus quitter.

REYNAL.
Les garçons, qui n'ont pas de femmes, sont bien sages...
N'est-il pas vrai ?

MAURICE.
Pardon , j'étais dans les nuages.

Ils se regardent en face, puis se détournent.

REYNAL, à part.
Pauvre Maurice !... est-il changé depuis deux ans !

MAURICE, à part.
Pauvre Reynal ! Il a déjà des cheveux blancs !

REYNAL, à part.
Ces malheureux marins !...

MAURICE, à part.
Ces malheureux notaires !...

REYNAL, à part.
La mer les tue.

MAURICE, à part.
Ils sont tués par les affaires.

Haut.
Tu devrais voyager, Reynal.

REYNAL.
Si tu m'en crois,
Tu te reposeras pendant cinq ou six mois.

MAURICE.
Avant cinq ou six jours, je repars pour Marseille ;
Viens avec moi.

REYNAL.
Merci !

MAURICE.
Viens, je te le conseille.

REYNAL.
Et mes clients, mon cher... et ma femme ?... Je suis...

MAURICE.
Je le sais. Ce matin on me l'a dit... Depuis ?

REYNAL.
Depuis bientôt cinq mois, c'est une chose faite.

MAURICE.
Et tu te plains !... Ta femme est donc ?...

REYNAL.
Elle est parfaite !
Mais... Au fait, j'oubliais... quelle distraction !
On doit trouver tout bien dans ta position...
Ce que tu m'as écrit à ton dernier voyage...

MAURICE.
Plaît-il ?

REYNAL.
Je m'en souviens. A quand le mariage ?

MAURICE.
Des Indes dans huit jours je reprends le chemin.

REYNAL.
Quoi !

MAURICE.
C'est d'un exilé que tu serres la main.
Pour la dernière fois, prêt à quitter la France,
Je t'apportais, ami, ma triste confidence.
Chez toi, pour te revoir, t'embrasser et partir,
J'ai couru ce matin... tu venais de sortir.
Grâce au chemin de fer, j'ai volé sur tes traces ;
Et maintenant, adieu !

REYNAL, le retenant.
Fi donc ! quoi que tu fasses,
Je me garderai bien de te laisser aller.
D'ailleurs, n'avons-nous pas des comptes à régler ?
De l'ami, du cousin, si la voix est suspecte,
Le notaire a des droits qu'il faut que l'on respecte.
Je te dois de l'argent.

MAURICE.
Bast !

REYNAL.
Je t'en dois beaucoup...

Bon gré, mal gré, mon cher, je te remettrai tout.
— Le vieux docteur Reynal, ton grand-oncle et le nôtre,
T'a laissé la moitié de ses biens... à nous l'autre :
Deux cent bons mille francs pour ta part en écus ;
Cent mille pour ma sœur, et pour moi le surplus.

MAURICE.
Cela m'est bien égal.

REYNAL.
C'est toujours bon à prendre.
— On t'avait donc promis ?...

MAURICE.
De m'aimer... de m'attendre...
Alors, j'étais parti plein d'espoir, plein d'ardeur ;
Un nom béni chantait dans le fond de mon cœur.
Au milieu des écueils et des périls sans nombre,
Une étoile toujours brillait dans mon ciel sombre...
Toujours mes yeux cherchaient sur des bords inconnus
L'heureux port où déjà l'on ne m'attendait plus !
C'est juste !... j'étais pauvre et lieutenant à peine...
Peut-être eût-on voulu du riche capitaine !...

REYNAL.
Capitaine !... mon cher, tu te consoleras !
Et ce petit ruban que je ne voyais pas !
Bravo !... La pauvre femme a fait une folie...
On te regrettera.

MAURICE.
J'aime mieux qu'on m'oublie.
Quand je revins, avant le moment convenu,
Sans m'avoir seulement par un mot prévenu,
Celle que j'aime encor plus que je ne la blâme,
Depuis longtemps déjà d'un autre était la femme.

REYNAL.
D'un sot, probablement !

MAURICE.
On me l'a dit.

REYNAL.
Crois-moi,
Le sot qui te l'a prise est plus volé que toi !
Ces positions-là mon cher, sont très-communes ;
De beaucoup de maris j'ai vu les infortunes,
Et je ne connais rien de plus désobligeant
Que d'être, par sa femme, aimé pour son argent !
La mienne n'avait rien... qu'un grand nom, l'habitude
Du luxe, du plaisir... Moi, j'avais mon étude...
J'étais riche... Crois-tu que, consultant son goût,
Elle m'ait épousé pour mes beaux yeux ? Du tout !
Elle a fait... ce que font les autres... c'est l'usage...
Comme on traite une affaire, on traite un mariage ;
Quant à l'amour, il vient... plus tard, ou ne vient pas.
Monsieur demeure en haut... madame loge en bas...
Monsieur n'est pas content... madame est mécontente ;
Souvent madame pleure, et monsieur se tourmente...
Voilà précisément notre histoire à tous deux :
Ma femme est malheureuse, et je suis malheureux.
Ainsi, console-toi ; ma part vaut bien la tienne ;
Avant, après... toujours il faut que l'on y vienne :
Et, tandis que l'amant, comme toi dédaigné,
Est fier au moins d'avoir un moment seul régné ;
L'infortuné mari qui n'a pas connu même
La douce illusion de croire un jour qu'on l'aime,
Se trouve tout à coup réduit à soupirer...
Devant des pistolets... qu'il ne sait pas tirer !

MAURICE.
Que dis-tu ?

REYNAL.
J'en suis là, mon pauvre ami.

MAURICE.
Ta femme !...

REYNAL.
« Étoile de ma vie, idole de mon âme !... »
Voilà les jolis vers qu'un de mes bons amis,
Le premier, le meilleur... où donc les ai-je mis ?...
Et je ne dirais rien !

MAURICE.
Reynal, je t'en conjure !

REYNAL.
Tu veux ?...

MAURICE.
Non... comme toi je ressens ton injure...
Mais avant de se plaindre, avant de s'emporter,
Il faut, je crois..

REYNAL.
Tu crois qu'il faut encor douter !...

« Étoile de ma vie !... »

MAURICE.
As-tu des preuves ?

REYNAL.
Diable !

Cela ne suffit pas ?

MAURICE.
Sans doute... il est probable
Que ton ami... Pourtant, tu le sais comme moi,
Nous avons mille fois écrit ça...

REYNAL.
Pas moi... toi !

MAURICE.
Et de mes mauvais vers, de ta mauvaise prose,
Il ne résultait rien, ou du moins peu de chose.
Tant qu'un amant écrit, il n'est pas dangereux ;
On supprime cela dès que l'on est heureux.

REYNAL.
Alors je dois bénir ces vers... dont l'impudence !...
Maurice, j'avais mieux reçu ta confidence.

MAURICE.
Ah ! de mon amitié ne doute pas ainsi !
J'étais prêt à partir, Reynal... je reste ici.
Ta femme est ma cousine... un insolent l'offense,
Sois tranquille !... c'est moi qui prendrai sa défense !
S'il est vrai que le fat, dans un lâche dessein...
Je sais me battre, moi.

REYNAL.
Que dis-tu, cher cousin ?

MAURICE.
Je voudrais que ce fût...

REYNAL.
Hein ?

MAURICE.
Pour avoir en face
Un homme à qui parler... un homme à qui...

REYNAL.
De grâce
Prends garde !... Je le crois très-bon tireur.

MAURICE.
Tant mieux !

REYNAL.
Il faudrait voir pourtant, avant tout, de nos yeux...
Toi-même tu m'as dit, Maurice, que peut-être...

MAURICE.
La vérité sera facile à reconnaître.
Veux-tu t'en rapporter à moi ?

REYNAL.
Complétement ;
Mais plus de duel, fi ! c'est un vieux dénoûment.
Dans son fourreau, cousin, rengaîne ton épée.
Ma loyale amitié par le comte est trompée,
Soit ; je vais me venger de lui sans coup férir,
Et ta présence ici suffit pour le punir.
J'en mourrais de chagrin si j'étais à sa place :
Voir un joli garçon plein d'esprit, plein de grâce,
Près de celle que j'aime, installé devant moi !...
Oui, je veux qu'à son tour il soit jaloux... de toi.

MAURICE.
Hein ?

REYNAL.
Je te recommande aussi ma belle-mère...
J'en possède une...

MAURICE.
Alors, je connais ton affaire.
Pauvre ami !

REYNAL.
Tu connais ma belle-mère ?

MAURICE.
Non...
Mais ce type est perdu de réputation.
Il me semble la voir, longue, raide, revêche,
Jaune et ridée... hein ?

REYNAL.
Non... jeune encore, encor fraîche.

MAURICE.
Dans ton ménage, ainsi qu'autrefois dans le sien,
S'occupant de tout ?

REYNAL.
Non, ne s'occupant de rien.

MAURICE.
Sotte ?

REYNAL.
Non, bel esprit.
**

MAURICE.
C'est plus désagréable.

REYNAL.
Non... véritablement, elle est assez aimable.

MAURICE.
Est-ce qu'elle jouerait à la bouillotte ?

REYNAL.
Non !
Au contraire...

MAURICE.
En ce cas, de quoi te plains-tu donc ?
A tout ce que je dis tu réponds : au contraire.
Est-elle avare ?

REYNAL.
Non... elle est... ma belle-mère !...
Je n'en dis pas de mal, du reste, tant s'en faut !
Elle a d'autres vertus... mais elle a ce défaut.
— Fidèle à ses devoirs de mère de famille,
Elle a bien élevé, bien marié sa fille ;
Mais, depuis !... en mes mains abdiquant le pouvoir,
On dirait qu'elle fait semblant de ne rien voir.
Sans être tout à fait légère, elle est frivole ;
Elle aime ce niais de comte... elle en raffole.
Jadis, elle eût compris que chez soi, sans danger,
On ne peut recevoir toujours un étranger ;
Elle eût habilement lu le mettre en demeure
D'épouser, ou sinon de déguerpir sur l'heure...
Maintenant, ma maison livrée aux ennemis,
Semble une auberge ouverte où chacun est admis.
Ma belle-mère est loin de vouloir me déplaire ;
Mais... mais, je te l'ai dit, elle est ma belle-mère !
De même que le comte est mon ami... mortel !
Quand tu te marîras, aux deux coins de l'autel,
Tu verras là, les yeux et le cœur pleins de joie,
Deux êtres... deux vautours inclinés sur leur proie
Qui, depuis ce moment, sans trêve, sans pitié,
Te feront repentir de t'être marié !
De ta femme et de toi maîtres plus que toi-même,
Ils prendront ton repos, ton temps, tout ce qu'on aime,
Ta liberté d'esprit, ta liberté de cœur,
Ta gaîté, ton amour... peut-être ton honneur !
Ta vie était heureuse, ils la rendront amère :
L'un sera ton ami, l'autre ta belle-mère.
Épouse une orpheline et ferme ta maison,
Tu ne risqueras rien... Si fait ! reste garçon !

MAURICE.
C'est probable. Mais toi, ta souffrance m'afflige...
Ce que tu dis...

REYNAL.
Est vrai.

MAURICE.
Pourtant...

REYNAL.
C'est vrai, te dis-je.
Ris tant que tu voudras de mes préventions ;
C'est de la vérité que toujours nous rions.
Jusques à ce matin, confiant et sincère,
J'étais mari facile et gendre débonnaire ;
Je croyais, pauvre sot !... je ne sais pas pourquoi,
Faire une exception à la commune loi !
Je vivais... ennuyé ; mais tranquille, sans crainte
Du coup dont mon bonheur a ressenti l'atteinte...
Je n'accusais personne, et traitais en amis
Ceux qui devaient m'aimer, qui me l'avaient promis.
J'étais fou... Des amis !

MAURICE, à part.
Il est toujours le même !

Haut.
Reynal, écoute-moi : tu sais combien je t'aime ;
Au collège, jadis, et jusque dans nos jeux,
On te reprochait d'être inquiet, ombrageux...

REYNAL.
Moi !...

MAURICE.
Crains...

REYNAL.
Je ne crains rien. Tout ce que je désire,
Puisque contre moi seul ici chacun conspire,
Puisque le Comte plaît à madame Reynal,
Puisque ma belle-mère approuve mon rival...

MAURICE.
Elle ?

REYNAL.
Qui... non... c'est-à-dire, elle aime ce qui brille...

En venant pour la voir, le comte voit sa fille...
Ce qui fait qu'au total, c'est elle, exprès ou non,
Qui couvre l'ennemi de sa protection.
Donc, je veux à tout prix me débarrasser d'elle
Et de lui !... Pour cela, je compte sur ton zèle.
Tu m'aimes, je le sais... toi, tu me l'as prouvé...
Tout ce que tu feras d'avance est approuvé.

MAURICE.

A madame Reynal tu me permets de plaire ?

REYNAL.

Je t'y force.

MAURICE, riant.
C'est dit !

REYNAL.
Chut !

HÉLÈNE, en dehors.
Mon frère, mon frère,

Les voilà tous !

Elle entre.

REYNAL, gaîment.
Enfin !

HÉLÈNE, à part.
Moi, qui leur reprochais
Tout à l'heure d'avoir l'air triste !

SCÈNE VIII.

MAURICE, REYNAL, ADÈLE, MADAME DE
BEAUPRÉ, OSCAR, HÉLÈNE.

OSCAR, au fond, sortant de la barque.
Vingt brochets
Et dix-sept barbillons !

REYNAL, bas à Maurice.
C'est notre homme !

OSCAR, donnant la main à Adèle qui sort de la barque.
Madame...

A Reynal.
Pends-toi, brave Reynal !

MAURICE, reconnaissant Adèle.
Que vois-je ?

REYNAL, bas à Maurice.
C'est ma femme.

MAURICE, à part.
Sa femme !

HÉLÈNE, à part.
Qu'a-t-i donc ?

REYNAL, bas à Maurice.
Madame de Beaupré,
Ma belle-mère ! — Viens.

MADAME DE BEAUPRÉ.
Je recommencerai ;
C'était fort amusant !

A Oscar.
Cher comte !...

REYNAL, bas à Maurice.
Elle est en verve.

MADAME DE BEAUPRÉ, à Oscar.
Vous nous restez ?... Hélène, allez dire qu'on serve...
Je meurs de faim.

HÉLÈNE.
Depuis une heure tout est prêt.

REYNAL, bas à Maurice.
A notre tour !

MAURICE, bas.
Je crois que... peut-être... Il faudrait...
Si tu t'étais trompé ?...

REYNAL, bas.
Tant mieux !

Le présentant.
Il nous arrive,
Et je vous le présente, un aimable convive...
Mon ami, mon cousin...

ADÈLE, reconnaissant Maurice.
Dieu !

MADAME DE BEAUPRÉ.
Que vois-je ?

HÉLÈNE, à part.
Elle aussi ?

REYNAL.
Maurice Desbrisseaux !... Nous le gardons ici...
Il vient... je ne sais d'où... des Indes...

ADÈLE, à part.
Quelle épreuve !

REYNAL.
Du Malabar.

OSCAR, à Maurice.
Vraiment ! Avez-vous vu sa veuve ?

MAURICE.
Plaît-il ?

OSCAR.
On m'avait dit... ce pays est cité...

MAURICE.
Oui, Monsieur a raison... pour sa fidélité.

Mouvement d'Adèle.

HÉLÈNE, à part.
Encor !

REYNAL.
Sans avoir pris le temps de vous connaître,
Il voulait s'en aller...

MAURICE.
Je l'aurais dû peut-être.

REYNAL.
Mais il reste...

MAURICE.
Je crains...

REYNAL.
Et restera longtemps.
Songez donc... un cousin... absent depuis deux ans !

MAURICE.
Le temps t'a paru long : car mon dernier voyage
A duré d x-sept mois... dix-sept, pas davantage !

REYNAL.
On compte double, au moins, les campagnes sur mer !

OSCAR.
Ah ! Monsieur est marin ?

REYNAL.
Capitaine, mon cher,
Et décoré !... De plus, dix mille francs de rente ;
Ce qui fait bien !... De plus, mon cousin, je m'en vante !
De plus...

MADAME DE BEAUPRÉ.
De plus, Monsieur meurt sans doute de faim ?

OSCAR.
C'est juste.

MADAME DE BEAUPRÉ.
Au déjeuner il faut penser enfin.

OSCAR, offrant la main à Hélène.
Oserai-je ?...

HÉLÈNE, refusant.
Merci... merci bien !

OSCAR, à Adèle.
Belle dame !...

MAURICE, à Oscar.
Pardon !.., C'est un honneur qu'avant vous je réclame.

A Adèle.
Vous ferez bien cela pour un... cousin nouveau.

Il lui prend la main et sort avec elle.

OSCAR, à part.
Maudit marin !

A madame de Beaupré.
Madame !...

Il sort avec elle.

HÉLÈNE, qui les a examinés, à part.
Il la connaît !

SCÈNE IX.

HÉLÈNE, REYNAL.

REYNAL.
Bravo !
Ce n'est plus à moi seul que vous avez affaire,
Monsieur le don Juan !... Moquez-vous du notaire ;
De ses pistolets neufs, riez, si vous voulez ;
J'ai là quelqu'un qui vaut mieux que vous ne valez,
Quelqu'un qui, vous battant avec vos propres armes,
Vous fera payer cher mes soupçons, mes alarmes ;
Quelqu'un qu'on trouvera charmant, qui le sera !
Plus que vous, devant vous : et qui vous chassera !
Je l'espère !... Oui, bientôt de vous je serai quitte
Sans bruit, sans pistolets, grâce à son seul mérite,
Grâce à sa bonne mine et grâce à son esprit !
— La raison du plus fort... La Fontaine l'a dit.

Apercevant Hélène.
Tiens, c'est toi !

HÉLÈNE.
La Fontaine a dit ailleurs, mon frère :

« Le pot de fer, un jour, brisa le pot de terre. »

REYNAL.

Sans doute.

HÉLÈNE.

J'en conclus que les faibles ont tort
D'invoquer fièrement la raison du plus fort...
Contre le pot de fer, qui rit de sa sottise,
Le pot de terre en vain veut lutter...

REYNAL.

Il se brise !

C'est ce que je te disais tout à l'heure avant toi :
La raison du plus fort !... et le plus fort, c'est moi !...

Ils sortent.

ACTE DEUXIÈME

Même décor.

SCÈNE PREMIÈRE.

OSCAR, entrant.

Personne !... La maison est sens dessus dessous...
Ce diable de marin nous bouleverse tous...
J'aurais pourtant besoin de savoir...

Il regarde au fond et appelle.

Ah ! Fanchette !...

Reynal et lui, bien sûr, ont quelque chose en tête...
Ils ne peuvent pas être arrivés par hasard
Tous deux, l'un de Paris, l'autre du Malabar,
Juste le même jour, ensemble, à la même heure...
Et moi, qui bêtement depuis un mois me leurre,
Qui crois que tout le monde, intérieurement,
Pour demander ma main n'attend qu'un bon moment ;
Voilà que tout à coup un autre me remplace :
On le fête, on l'installe... et c'est moi que l'on chasse !

SCÈNE II.

FANCHETTE, OSCAR.

FANCHETTE.

Monsieur...

OSCAR, sans la voir.

Tant qu'a duré ce déjeuner maudit,
Reynal, pour m'irriter, en a-t-il assez dit !
M'a-t-il assez criblé de bons mots... détestables !
A-t-il assez vanté les amis véritables ;
Toujours en regardant son marin !

FANCHETTE, à part.

Qu'a-t-il donc ?

OSCAR.

« Le bonheur est enfin entré dans ma maison. »
Et cætera.

FANCHETTE.

Monsieur...

OSCAR.

Sa pauvre belle-mère,
L'a-t-il traitée aussi d'assez rude manière ?
Dois-je encor m'exposer à sa mauvaise humeur ?
Dois-je ?... Si j'étais sûr, à peu près, que sa sœur...
Mais au fait, pourquoi pas ? C'est bien hardi ; n'importe !
Rentrons par la fenêtre ; on m'a fermé la porte...

Il écrit.

Fanchette, ce billet ne contient rien de mal.

FANCHETTE.

J'aime à le croire.

A part.

Et puis, cela m'est bien égal.

OSCAR.

Il faut qu'avant ce soir, mademoiselle Hélène...
Prends bien garde surtout que l'on ne te surprenne !

FANCHETTE.

Fi donc ! un billet doux !

OSCAR, à part.

J'étais bien plus heureux :
Je péchais à mon aise avant d'être amoureux ;
Des orages du cœur j'ignorais les secousses.

FANCHETTE, à part.

Pauvre homme !

OSCAR, à part.

J'étais né pour les passions... douces !

A Fanchette.

Qu'est-ce que l'on a fait depuis le déjeuner ?

FANCHETTE.

Depuis votre départ ?

OSCAR.

Oui... cherche.

FANCHETTE.

On a dîné,

Voilà tout... Maintenant, pour aller à la fête,
A moins qu'on n'ait changé de projet, on s'apprête.
Madame avec sa mère est enfermée ici...
Je ne sais ce qu'elle a, mais je crains... Les voici.

Elle sort.

SCÈNE III.

REYNAL, MAURICE, OSCAR, MADAME DE
BEAUPRÉ, ADÈLE, HÉLÈNE.

MADAME DE BEAUPRÉ, bas à Adèle, en entrant par la droite.

Il faut le renvoyer... et j'en fais mon affaire.

MAURICE, bas à Reynal, en entrant par le fond.

Sois tranquille... à tout prix je saurai t'en défaire.

MADAME DE BEAUPRÉ, à Adèle.

Laisse-moi !

MAURICE, à Reynal.

Laisse-nous !

HÉLÈNE, entrant par la droite.

Que disent-ils tout bas ?

OSCAR, saluant.

Mesdames, j'ai...

MADAME DE BEAUPRÉ, à Oscar.

Bonjour, cher comte.

Bas à Adèle.

Prends son bras.

OSCAR, à Adèle.

Vous allez donc au bal ?

ADÈLE, hésitant.

Mais... avec vous... sans doute.

REYNAL, à part.

Hein ?

MAURICE, à part.

Plaît-il ?

MADAME DE BEAUPRÉ.

Vous pouvez toujours vous mettre en route ;
J'arriverai là-bas en même temps que vous.

ADÈLE, à Oscar.

Qu'en dites-vous, monsieur le comte, partons-nous ?

OSCAR.

Je crois bien.

Ils sortent.

REYNAL, bas à Maurice.

Ils s'en vont !

MAURICE, bas à Reynal.

Suis-les... Ta sœur nous gêne,

Emmène-la.

A Madame de Beaupré.

J'attends Madame.

REYNAL.

Viens, Hélène.

MADAME DE BEAUPRÉ, à part.

Pauvres hommes ! on fait tout ce que l'on veut d'eux...
A nous deux, maintenant !

MAURICE, à part.

Maintenant, à nous deux !

SCÈNE IV.

MAURICE, MADAME DE BEAUPRÉ.

MADAME DE BEAUPRÉ.

Enfin, nous voilà seuls... Vous m'avez devinée...
J'ai bien souffert pendant cette longue journée !
Pour serrer votre main, mon bon, mon noble ami,
Ma main à tout moment se tendait à demi ;
Et malgré moi, toujours une trop juste crainte
D'un silence cruel m'imposait la contrainte.
Mais enfin, sans qu'on ait les yeux fixés sur moi,
Nous pouvons nous parler à cœur ouvert.

MAURICE.

De quoi ?

MADAME DE BEAUPRÉ.

De ces jours d'autrefois dont notre âme est remplie,
Qu'on regrette longtemps, que jamais on n'oublie,

Du passé.

MAURICE.

Le passé, Madame, à l'avenir
Avait promis beaucoup, et n'a rien su tenir ,
N'en parlons plus. Mon Dieu! que voulez-vous, Madame ?
La femme que j'aimais de Reynal est la femme...
Tout est là !... Contenons des regrets superflus...
Le passé... le passé mentait... n'en parlons plus !
Je pourrais, comme un autre , à la rigueur me plaindre ;
Mais madame Reynal de moi n'a rien à craindre.
C'est moi qui , seul , eus tort ; c'est moi qui follement
Pris trop au sérieux un frivole serment;
C'est moi qui , sur les flots poursuivant un doux songe ,
Crus que c'était l'espoir, quand c'était le mensonge ;
C'est moi qui , malheureux de sitôt m'éveiller,
Pleure encore mon rêve, au lieu de l'oublier.

MADAME DE BEAUPRÉ.

Personne n'est coupable , et vous moins que personne ;
La raison seule eut tort... que l'amour lui pardonne !

MAURICE.

Madame !...

MADAME DE BEAUPRÉ.

On ne fait pas toujours ce que l'on veut;
La vie est un devoir qu'on remplit comme on peut.
S'il est des cœurs constants, il en est d'infidèles...
Vous ne le savez pas... mais les femmes !... Pour elles,
Attendre un peu, souvent c'est attendre toujours;
Jouer à ce jeu-là, c'est perdre ses beaux jours.
Aussi, j'ai cru pouvoir mettre sans injustice
Le bonheur de ma fille au-dessus d'un caprice.
Vous juriez en partant d'être dans dix-huit mois...
Et vous avez tenu parole, je le vois...
Riche en position, en fortune, en mérite ;
Mais j'ai trouvé quelqu'un qui l'était tout de suite.

MAURICE.

Ainsi, c'est vous, Madame?...

MADAME DE BEAUPRÉ.

Oui, c'est moi. Plaignez-vous;
Vous avez, j'en conviens, des armes contre nous...
Punissez-moi, Monsieur, d'un instant de faiblesse;
Mon amitié pour vous égara ma sagesse...
A l'heure du départ, oubliant mon devoir,
J'allais vous dire adieu ; je vous dis : au revoir !
Il faut plaindre parfois les mères de famille ;
Je ne vous trompai pas : je vis pleurer ma fille.
Dix mois plus tard... Si cher que soit un souvenir,
Dix mois, c'est quelque chose, il faut en convenir...
Par mille empêchements, je le sais, retenues,
Vos lettres jusqu'à nous n'étaient point parvenues ;
Je devais en souffrir plus tard cruellement.
Mais enfin, mettez-vous à ma place un moment :
Vous étiez loin de nous, bien loin, monsieur Maurice ;
Votre cause en mon cœur n'avait plus de complice.
Le temps d'Adèle même avait séché les yeux...
Je plaidai contre vous, souvent et de mon mieux ;
Je fis faire à ma fille une instructive étude
Au livre de l'amour et de l'ingratitude :
Je lui persuadai, tout en vous défendant,
Que trop compter sur vous ne serait pas prudent;
Que le meilleur amant, choisi dans un grand nombre,
Pour la réalité quitte volontiers l'ombre.
Qu'en dix-huit mois on est aisément oublié;
Que vous reviendriez peut-être marié !
Que pour nous la fortune avait été cruelle,
Que mon bonheur enfin pouvait dépendre d'elle !...
Au bout de quinze jours, qu'elle me demanda,
Je lui dis qu'il fallait céder... elle céda !
De nos torts envers vous voilà l'histoire vraie...
J'ajoute qu'aujourd'hui votre retour m'effraie...
De son côté, ma fille... et vous l'épargnerez...
Craint le reproche amer que vous lui préparez...

MAURICE.

Moi !...

MADAME DE BEAUPRÉ.

Vous déroberez, n'est-ce pas , à sa vue,
Un amant qui la juge, un témoin qui la tue?...
Reynal est votre ami, votre parent... songez
Combien , par cela seul, déjà vous vous vengez !
Vous regretteriez trop de troubler davantage,
Le bonheur, ou du moins la paix de son ménage.
Nos vœux, nos souvenirs, vous suivront loin d'ici...
Vous partirez bientôt... demain... ce soir?... Merci !

MAURICE.

Je comprends qu'un retour imprévu, regrettable,

Pour madame Reynal soit un coup qui l'accable.
Elle aurait pu peut-être, en songeant au passé,
Trouver que son secret n'était pas mal placé ;
Mais, je le vois, son cœur en cette circonstance,
S'il eut peu de mémoire, a beaucoup de prudence.
Je ne la blâme pas... je ne puis qu'accepter
L'arrêt que vous venez vous-même de dicter ;
Et, si je m'en croyais, bientôt, je le proteste,
J'aurais comblé vos vœux en partant... Mais je reste.

MADAME DE BEAUPRÉ.

Vous restez !

MAURICE.

Jusqu'au bout permettez , s'il vous plaît,
Que je parle à mon tour, comme vous l'avez fait.
Certes, je ne veux pas... en vain on le redoute,
Troubler par ma présence un bonheur... dont je doute,
Encor moins demander à celle que j'aimais,
Compte d'un fol amour importun désormais.
Quand la fatalité dans ces lieux nous rapproche,
Le respect sur ma lèvre enchaîne le reproche...
Je reste cependant, malgrez vous, malgré moi;
Et, si vous l'ordonnez, je vous dirai pourquoi.
Reynal... je suis fâché d'avoir à le défendre ;
Mais il fut mon ami dès l'âge le plus tendre,
Il est le seul parent qui me reste aujourd'hui :
Si j'étais malheureux, je compterais sur lui.
Quand Reynal, en revanche , a besoin d'un service,
Quand il est malheureux, il compte sur Maurice !

MADAME DE BEAUPRÉ.

Mais...

MAURICE.

C'est le premier mot qu'il m'ait dit ce matin.
Son esprit est troublé , son cœur est incertain...
Bref, il est malheureux !... A tort ou non, Madame,
Il croit avoir il a des soupçons...

MADAME DE BEAUPRÉ.

Sur sa femme ?

MAURICE.

Je ne dis pas cela... Mais monsieur Saint-Remy,
Qui ne vous quitte pas...

MADAME DE BEAUPRÉ.

Est son meilleur ami.
C'est pour lui... pour lui seul qu'il vient...

MAURICE.

Il le regrette.

MADAME DE BEAUPRÉ.

Et sa présence ici...

MAURICE.

Lui paraît indiscrète.

MADAME DE BEAUPRÉ.

Monsieur !...

MAURICE.

Ce n'est pas moi qui parle; c'est Reynal.

MADAME DE BEAUPRÉ.

Reynal , jusqu'à ce jour, n'a rien vu là de mal :
Et s'il se plaint, il n'a qu'à se plaindre lui-même;
On ne recevra plus chez lui les gens qu'il aime ;
Ma fille n'y tient pas , ni moi... dites-le-lui,
Puisque vous nous servez d'interprète aujourd'hui.
Ajoutez, de ma part, qu'insulter une femme ,
N'est pas d'un galant homme. Adieu, Monsieur !

MAURICE.

Madame,
C'est moi que l'on insulte, en me traitant ainsi !
Au nom de Reynal seul j'ai parlé jusqu'ici ;
Mais l'indignation, je ne suis pas maître,
Veut que la vérité se fasse enfin connaître !...
Vous croyez... Et c'est moi qu'on ose soupçonner,
Lorsque je ne savais que plaindre et pardonner !...
Vous croyez qu'à Reynal, exploitant sa souffrance,
J'ai misérablement inspiré ma vengeance ?
D'autres se trouveraient vengés suffisamment
En voyant le mari trompé comme l'amant ;
Mais je rougirais, moi, de ce calcul infâme !...
Je ne me venge pas... je suis jaloux, madame !...
Qu'on oublie un amant pour un mari, c'est bien...
L'amour y perd un peu, mais l'honneur n'y perd rien.
J'ai bravement subi les premières épreuves ;
Mais maintenant...

MADAME DE BEAUPRÉ.

Reynal se trompe.

MAURICE.

Il a des preuves !

MADAME DE BEAUPRÉ.

Vous avez vu ?...

MAURICE.

Lui-même a, ce matin, trouvé
Une lettre, des vers, qui n'ont que trop prouvé...

MADAME DE BEAUPRÉ.

Ma fille est sous ma garde !

MAURICE.

Eh ! madame, à Trouville
Vous la gardiez de même, et c'était inutile !

MADAME DE BEAUPRÉ.

Ah ! vous me punissez, Monsieur, cruellement !

MAURICE.

J'ai tort... pardonnez-moi... j'ai tort, certainement.
Quand vous ne méritez que ma reconnaissance,
De vos bontés pour moi j'accuse l'indulgence ;
Madame, votre accueil, que je devrais bénir,
Est et sera toujours cher à mon souvenir ;
Sans jamais abuser de cet accueil de mère,
Du bonheur, près de vous, je rêvais la chimère ;
Se préparant de même un douloureux regret,
Quelque autre, comme moi, peut rêver en secret.
Si Reynal se trompait, d'ailleurs... il aime Adèle...
Il craint de ne pas être apprécié par elle ;
Ce funeste billet, égarant sa raison,
Il ne s'arrête plus de soupçon en soupçon.
Autant que je l'ai pu, j'ai calmé sa colère ;
Et si je ne craignais encor de vous déplaire...

MADAME DE BEAUPRÉ.

Parlez !

MAURICE.

Je vous dirais qu'on peut facilement
Rendre à tous le repos et le bonheur.

MADAME DE BEAUPRÉ.

Comment ?

MAURICE.

Chez une jeune femme, on vient peu d'ordinaire,
Si l'on n'y doit trouver son mari ni sa mère ;
Et peut-être Reynal craindrait moins Saint-Remy,
Si vous n'étiez pas là pour couvrir l'ennemi.

MADAME DE BEAUPRÉ.

Il pense donc...

MAURICE.

Sait-il lui-même ce qu'il pense !
Vous pourriez tout sauver par quelques jours d'absence ;
Les maris sont souvent ombrageux et jaloux ;
Le mot de belle-mère est effrayant pour nous.
Adèle, dites-vous, réclame un sacrifice ;
Qu'un intérêt si grand, si cher nous réunisse !
Tout ce que de sa part vous exigiez ici,
J'ai promis à Reynal de l'exiger aussi ;
Elle veut mon départ... lui, désire le vôtre :
Soumettons-nous, Madame, et partons l'un et l'autre.
L'exil ne durera pour vous que peu de jours...

MADAME DE BEAUPRÉ.

Je partirai demain.

MAURICE.

Moi, ce soir... pour toujours !

SCÈNE V.

MADAME DE BEAUPRÉ, HÉLÈNE, MAURICE.

HÉLÈNE, entrant au fond.

Ah ! vous voilà, cousin ! C'est vraiment très-aimable !

A part.

Je les gêne !

MAURICE.

La fête... était...

HÉLÈNE.

Insupportable !
Et vous avez bien fait de vous en dispenser.

MADAME DE BEAUPRÉ.

Mais nous en arrivons ; nous avons vu danser.

HÉLÈNE.

J'ai bien cherché pourtant !...

MADAME DE BEAUPRÉ.

Vous avez pris, sans doute,
Par le lac...

HÉLÈNE.

En effet.

MADAME DE BEAUPRÉ.

Nous, par la grande route.

HÉLÈNE, à part.

Ce n'est pas vrai.

Haut.

Pendant que vous vous amusiez,
Je m'ennuyais beaucoup, quoi que vous en disiez.
Monsieur Oscar n'a pas quitté la pauvre Adèle ;
De son côté, mon frère était toujours près d'elle,
Comme un vilain jaloux, la suivant pas à pas ;
Sans s'occuper de moi, qui, pendue à son bras,
Maudissais les maris de tout mon cœur.

MADAME DE BEAUPRÉ.

Hélène !

HÉLÈNE, à Maurice.

Vous vaudrez mieux que lui, cousin, j'en suis certaine.
Nous venons de laisser enfin au bord de l'eau
Monsieur Oscar, avec son éternel bateau ;
Et puisque, grâce au ciel, m'en voilà délivrée,
Je ne veux plus le voir de toute la soirée...
Jouissez-en !... Mon cœur a reconnu son pas,
Je me sauve... bonsoir !

A Maurice.

Vous devez être... las...
Quand on a tant couru !

MAURICE.

Vous m'en voulez ?

HÉLÈNE.

Peut-être !
Non... à demain... Ce bal, cousin, ce bal champêtre,
Vous l'avez donc trouvé ?...

MAURICE.

Charmant.

HÉLÈNE, à madame de Beaupré.

Et vous ?

MADAME DE BEAUPRÉ.

Très-beau.

HÉLÈNE, à part.

Ils ne sont pas sortis... il n'a pas son chapeau !
Chacun son tour...

Haut.

Voici ma vengeance qui monte.

(Elle sort.)

SCÈNE VI.

MADAME DE BEAUPRÉ, MAURICE.

Un domestique apporte le thé, qu'il pose sur la table à gauche.

MAURICE.

Madame...

MADAME DE BEAUPRÉ.

Je vais donc lui parler, à ce comte !

MAURICE.

Non ! croyez-moi, Madame, un mot peut tout brouiller !
La vérité m'effraie, et doit vous effrayer.
Cette enfant vous l'a dit... devant tous, devant elle,
Il n'a pas un moment quitté le bras d'Adèle,
Tandis qu'à ses côtés, Reynal...

SCÈNE VII.

MADAME DE BEAUPRÉ, OSCAR, MAURICE.

OSCAR, entrant.

Ah ! diable !...

MADAME DE BEAUPRÉ.

Eh bien !
Qu'avez-vous donc, monsieur Oscar ?

OSCAR.

Moi, je n'ai rien...
Je cherchais...

MAURICE.

Qui ?

MADAME DE BEAUPRÉ.

Reynal, sans doute ?

OSCAR.

Non ; madame.
Il est dans le jardin... je crois...

MAURICE.

Avec sa femme ?

OSCAR, voulant sortir.

S'il vous savait ici...

MADAME DE BEAUPRÉ, au domestique.

Prévenez-les, Victor.

Victor sort.

— Une tasse de café, monsieur Maurice.

OSCAR, prenant la tasse.

Encor !

MAURICE, à part.

Plus je le vois... et plus je la trouve coupable !

SCÈNE VIII.

OSCAR, MADAME DE BEAUPRÉ, REYNAL,
ADÈLE, MAURICE.

MADAME DE BEAUPRÉ, à Reynal.

Arrivez donc, Monsieur, on vous attend !...

REYNAL, regardant Oscar.

A table !

A part, regardant madame de Beaupré.

Elle est vexée !

ADÈLE, à part, regardant Maurice.

Il a des larmes dans les yeux !

REYNAL, à Maurice et à madame de Beaupré.

Ah çà, qu'êtes-vous donc devenus tous les deux ?
Le soir, au clair de lune, on gèle... mais on cause
Tout bas...

A Adèle.

J'avais encore à vous dire autre chose.

ADÈLE.

Plus tard.

REYNAL, bas, à Maurice.

Eh bien ?

ADÈLE, bas, à madame de Beaupré.

Eh bien, ma mère ?...

MAURICE, bas, à Reynal.

Elle s'en va.

REYNAL, bas.

Vrai ?... Quand ?

MAURICE, bas.

Demain.

REYNAL, à part.

Enfin !

MADAME DE BEAUPRÉ, bas, à Adèle.

Il part ce soir.

ADÈLE, à part.

Déjà !

OSCAR, à Reynal.

Pardon...

MAURICE, bas, à Reynal.

De son départ ne disons rien encore...
Peut-être vaut-il mieux que sa fille l'ignore.

OSCAR, à Reynal.

Je voudrais vous parler demain.

REYNAL.

Ah ! volontiers !

MADAME DE BEAUPRÉ, à Oscar.

Je croyais que demain pour Londres vous partiez !

OSCAR.

Pour Londres !...

MADAME DE BEAUPRÉ.

Je croyais qu'une affaire pressée...

OSCAR.

Pour Londres ?... Je n'en ai jamais eu la pensée.

MAURICE, bas, à Adèle.

J'ai promis de partir, et partirai dans peu...
Accordez-moi du moins un mot, un seul...

ADÈLE, tristement.

Adieu !

OSCAR, à part.

Qu'est-ce qu'elle veut donc que j'aille faire à Londre ?

MADAME DE BEAUPRÉ, bas, à Oscar.

Je sais tout.

OSCAR.

Vous savez ?...

MADAME DE BEAUPRÉ, de même.

Qu'avez-vous à répondre ?
Ce n'est pas bien... c'est mal, monsieur de Saint-Remy ;
Vous, que chacun de nous traitait comme un ami !

OSCAR.

Madame...

MADAME DE BEAUPRÉ, de même.

Osez aimer !

OSCAR.

Madame...

MADAME DE BEAUPRÉ, de même.

Oser écrire !

OSCAR, à part.

Je suis pris !

Haut.

Mille fois j'ai voulu tout vous dire.

MADAME DE BEAUPRÉ.

A moi ?

OSCAR, à part.

Comment si vite a-t-elle pu savoir ?...

A Reynal.

Il veut parler, madame de Beaupré lui lance un regard sévère.

A certain, n'est-ce pas ?

REYNAL.

A vos ordres... Bonsoir !

OSCAR, saluant Adèle.

Madame !...

ADÈLE, avec bonté.

Vous partez, Monsieur, pour l'Angleterre ?
Pourquoi de ce projet nous avoir fait mystère ?
Aux amis qui s'en vont on songe avec regret...

OSCAR, à part.

Allons... c'est un complot.

Il salue Reynal.

REYNAL.

Vous partez ?

OSCAR, après un moment de silence.

En effet !

J'ai l'honneur...

A lui-même.

J'en serai pour le port de ma lettre...
Je le dois à Fanchette, et vais le lui remettre.

Il sort.

SCÈNE IX.

MAURICE, MADAME DE BEAUPRÉ, ADÈLE,
REYNAL.

MAURICE, à lui-même.

« Aux amis qui s'en vont on songe avec regret... »
Est-ce au comte..? est-ce à moi qu'Adèle...? Elle pleurait !

REYNAL, à part.

Et d'un !... Bon !

MADAME DE BEAUPRÉ.

Nous rentrons... ma fille est fatiguée...

Bas, à Adèle.

Chère enfant, tâche donc de paraître plus gaie !

ADÈLE.

Vous voulez...

MADAME DE BEAUPRÉ.

Je te plains ; mais il le faut. — Bonsoir !

Adèle sort par la droite.

SCÈNE X.

MAURICE, MADAME DE BEAUPRÉ,
REYNAL.

MADAME DE BEAUPRÉ, à Reynal.

Adieu ! votre bonheur est mon premier devoir.

A Maurice.

Je vous verrai demain ?

MAURICE.

A Paris.

MADAME DE BEAUPRÉ.

Je l'espère.

A Reynal.

Je ne vous en veux pas... Contre une belle-mère
On a des préjugés... injustes quelquefois ;
De vingt ans de tendresse on craint les anciens droits,
On a tort. Sans combattre, abandonnant la place,
L'ennemi se retire, et le soupçon s'efface.
Quand je ne serai plus toujours là, sur vos pas,
Vous m'aimerez un peu... Je ne vous en veux pas !

Elle sort.

SCÈNE XI.

MAURICE, REYNAL.

REYNAL.

Je ne vous en veux pas !... Merci... l'idée est bonne !...
Mais ils s'en vont tous deux, à tous deux je pardonne,
Ils s'en vont !... Comment, diable, as-tu pu d'un seul coup ?
Ils avaient cependant l'air de tenir beaucoup !...

Quand un ami s'adresse à vous pour un service,
Vous ne marchandez pas, capitaine Maurice !
J'allais trop loin pourtant... Tout ce que tu m'as dit
M'est revenu, depuis ce matin, à l'esprit.
Ma femme est très-aimable, et si le comte l'aime,
Il n'en résulte pas qu'elle fasse de même.
Tout à l'heure, en rentrant, quand nous avons causé,
Je voulais tout lui dire... et je n'ai pas osé !
Mais maintenant, je vais être toujours près d'elle,
Et je suis sûr qu'alors... j'en suis sûr... pauvre Adèle !
Pour ne pas l'exposer à de nouveaux dangers !
Fermons porte et fenêtre à tous les étrangers !
Que personne... personne !... ami ni belle-mère,
Ne puisse pénétrer dans notre sanctuaire !
Nous vivrons désormais tout seuls, Adèle et moi,
Comme deux tourtereaux... avec ma sœur et toi.
Certainement !... ici je t'installe, à la place
De ceux qui me portaient ombrage... et que je chasse !
C'est à toi que je dois mon bonheur... et je veux,
Pour en jouir deux fois, en jouir sous tes yeux !
Donc, je te garde ! à moins que tu ne nous détestes,
Tu resteras chez nous... c'est convenu, tu restes !

MAURICE.

Je le voudrais ; mais tout me force à m'éloigner :
La raison parle, ami, je dois me résigner.
Pour toi, dorénavant, je n'ai plus rien à faire ;
Laisse-moi donc partir... il le faut !

REYNAL.

Au contraire !

MAURICE.

C'est mal ; mais sous mes yeux je ne pourrais pas voir
Un bonheur dont j'avais... dont j'ai perdu l'espoir.

REYNAL.

Pourquoi donc ?

MAURICE.

J'ai besoin que le temps, que l'absence
Rende à mon cœur troublé la force et l'innocence !
Je sens là quelquefois des mouvements mauvais
Dont je ne suis pas maître... et qui... si tu savais !

REYNAL.

Je sais, je sais, Monsieur, que vous n'êtes pas sage,
Et qu'un marin devrait avoir plus de courage ;
On t'a trompé ? Mon Dieu ! ça se voit tous les jours...
Tu te consoleras avec d'autres amours !
Si de te marier la rage te possède,
C'est un mal ; mais un mal dont on a le remède.
A force de chercher, on te déterrera
Quelque honnête personne... et l'on te guérira.

MAURICE.

Nous en reparlerons.

REYNAL.

Demain !

MAURICE.

Reynal... écoute !
Ton amitié me touche extrêmement, sans doute ;
Je t'ai fait lire au fond de mon cœur tourmenté,
Mais je ne t'ai pas dit toute la vérité :
Celle qui m'oublia, que je croyais perdue...
Elle était à ce bal, ce soir... je l'ai revue !

REYNAL.

Eh bien ?

MAURICE.

Eh bien ! je puis la revoir chaque jour ;
Je puis, en la voyant, m'oublier à mon tour.

REYNAL.

Eh bien ?

MAURICE.

Dans son ménage, honnête et respectable,
Si j'entre vertueux... j'en puis sortir coupable...

REYNAL.

Eh bien ?

MAURICE.

Je veux partir !

REYNAL.

Vient-il du Malabar !
La nuit porte conseil... bonne nuit, il est tard !
Va dormir, cousin ; rêve à la charmante ingrate
Qui de t'avoir encor congédié se flatte !...
Et qui, sans un regret pour son honnête amant,
Près de quelque mari dort amoureusement...
Va !

MAURICE.

Reynal !... si tu veux que de moi je réponde...

REYNAL.

Je n'y tiens pas du tout... Ta chambre est la seconde...
Là... dans le corridor... tu sais ?...

MAURICE, à part.

Tous ces maris !...

REYNAL.

A demain !... Le sommeil calmera tes esprits.
— Si tu t'en vas, un autre aura moins de scrupules.
Au livre, déjà plein, des maris ridicules,
Ton rival veut s'inscrire... et ne le pourrait pas !...
Fi ! Monsieur ! — Bonne nuit ! — Tu me la montreras !

Il sort.

SCÈNE XII.

MAURICE, seul.

Allons, décidément l'honnête homme a beau faire,
A la tentation il a beau se soustraire ;
Il a beau fuir le mal, de peur de succomber,
Ces malheureux maris l'y font toujours tomber !
Celui-là qui, tantôt, trop méfiant peut-être,
Dans tout ce qui l'entoure ici voyait un traître,
Quand d'un danger réel je lui parle ce soir,
Ne veut plus rien entendre et ne veut plus rien voir ;
Il rit, et moi...

Apercevant Oscar et Fanchette qui entrent par la droite.

Que vois-je ?

Il va se cacher au fond.

SCÈNE XIII.

MAURICE, OSCAR, FANCHETTE.

OSCAR.

Oui, parbleu ! c'est ma lettre !

FANCHETTE.

A ma maîtresse encor je n'ai pu la remettre

OSCAR, regardant la lettre.

Intacte !

MAURICE, à part.

Et j'hésitais !

OSCAR.

Mais, s'il en est ainsi,
Madame de Beaupré ne sait rien !

FANCHETTE.

Dieu merci !

Madame de Beaupré ne sait rien, et pour cause...
La fine mouche, ayant soupçonné quelque chose,
Aux dépens de Monsieur a voulu s'amuser :
Elle a plaidé le faux, pour vous faire jaser,
Voilà tout !

OSCAR.

Comme un sot je me suis laissé battre !

FANCHETTE.

Mais ne vous rendez pas au moins sans vous débattre !
Croyez-moi, le succès est sûr, si vous voulez...
Fanchette s'y connaît... n'écrivez plus... parlez !

OSCAR.

Et moi qui la cherchais pour l'accabler d'injures !
Créature charmante entre les créatures,
Pardon !

Lui donnant de l'argent.

Prends... prends encor...

FANCHETTE.

Monsieur n'est plus fâché ?

OSCAR.

Je crois bien !... Et cela par-dessus le marché.

Il l'embrasse.

FANCHETTE, à part.

Comme il y va !

MAURICE, au fond, à part.

Le lâche !

FANCHETTE, s'en allant.

Adieu, monsieur le comte !

OSCAR.

Nous recommencerons demain... C'est un à-compte.

Il fait nuit.

SCÈNE XIV.

MAURICE, OSCAR.

MAURICE.

Demain, dites-vous ?

OSCAR.

Tiens!

MAURICE.

Ils dorment... pas de bruit !

Vous ne partez donc plus pour Londres cette nuit ?

OSCAR.

Mais...

MAURICE.

Je sais tout.

OSCAR.

Encor !

MAURICE.

Tout !

OSCAR, à part.

C'est une gageure !

MAURICE.

Vous l'aimez !

OSCAR.

Mais, Monsieur...

MAURICE.

Vous l'aimez !

OSCAR.

Je vous jure...

D'ailleurs, au fait... à moins que vous-même...

MAURICE.

Plus bas !

OSCAR.

Vrai ?

MAURICE.

Je vous répondrai demain... à quinze pas !
Vous êtes bon tireur, je le sais...

OSCAR.

C'est-à-dire...

MAURICE.

Tant mieux !

OSCAR.

Décidément, Monsieur, c'est assez rire !
Votre arrivée ici nous a tous rendus fous...
Qu'est-ce que vous voulez ? nous battre ? Battons-nous !
Je suis mauvais tireur, oui, Monsieur ! mais n'importe !
A demain, à demain !

A part.

Que le diable t'emporte !

Il sort.

SCÈNE XV.

MAURICE, seul, puis HÉLÈNE.

MAURICE.

Pour faire le Caton, venez donc de bien loin !
Je partais... en pleurant, le ciel m'en est témoin.
Malgré les sots discours de ce mari crédule,
Plus aveugle que lui, plus que lui ridicule,
Je partais, je livrais la place à l'ennemi...
Non, vrai Dieu !... Gare à vous, monsieur de Saint-Remy !
Vous m'avez trompé tous... vous me rendrez tous compte
De mon bonheur perdu, de mes pleurs, de ma honte ;
D'un amour qu'en mon cœur l'honneur seul étouffait,
Et dont je vais savoir ce que vous avez fait !
L'intérêt de Reynal n'est plus ce qui m'occupe ;
Des meilleurs sentiments je suis las d'être dupe !
C'est lui qui l'a voulu !... malgré moi, l'insensé !...
A l'oubli du devoir c'est lui qui m'a poussé !
Avec tout vain scrupule il faut que j'en finisse...
Il faut qu'à l'instant...

Il veut entrer chez Adèle ; Hélène sort de la chambre
de sa sœur un bougeoir à la main.

Ciel !

HÉLÈNE.

Bonsoir, monsieur Maurice !

ACTE TROISIÈME

Même décor.

SCÈNE PREMIÈRE.

MAURICE, seul.

Quelle nuit ! quelle nuit !... sans cesse, à chaque instant,
Je croyais la revoir devant moi, cette enfant
Dont l'apparition, si terrible et si prompte,

Pour la première fois m'a fait rougir de honte.
Elle sait tout !... En vain je voudrais en douter,
Elle avait des soupçons et devait écouter.
Elle sait tout !... Comment affronter sa présence ?
C'est impossible !... Il faut m'éloigner en silence !
Cette lettre, pourtant, qui toujours me poursuit,
Que moi-même j'ai vue hier soir, cette nuit...
Elle n'est pas encore entre les mains d'Adèle,
Et j'empêcherai bien... — Fanchette, enfin, c'est elle !
Contenons-nous !...

SCÈNE II.

FANCHETTE, MAURICE.

FANCHETTE.

Écrire... un homme comme lui !...
Autrefois, c'était bon... c'est stupide aujourd'hui ;
Mais puisqu'il a payé, je ne suis pas Fanchette,
Ou sa commission sera faite, et bien faite.

MAURICE.

Bonjour !

FANCHETTE.

Bonjour, Monsieur.

MAURICE.

Bonjour, ma belle enfant.
Où vas-tu donc ?

FANCHETTE.

Pardon... ma maîtresse m'attend...

MAURICE.

Je le sais... pour avoir cette petite lettre,
Que nous cachons ici...

FANCHETTE.

Moi, Monsieur ?

MAURICE.

Là, peut-être ?...

FANCHETTE.

Non, Monsieur.

MAURICE, trouvant la lettre.

Justement... la voilà.

FANCHETTE.

Permettez...

MAURICE, à part.

Je la tiens ! je la tiens !

FANCHETTE.

Rendez-la-moi.

MAURICE.

Sortez !

FANCHETTE.

Pas du tout ! J'ai promis, je dois...

MAURICE.

Vous devez... faire
Ce que je vous ordonne, et bien vite... et vous taire !
Sortez !...

FANCHETTE, à part.

Ce pauvre comte ! Il est deux fois volé !...
Je n'ai guère gagné son argent... Mais je l'ai.

Elle sort.

SCÈNE III.

MAURICE, seul.

De mon emportement je n'ai pas été maître,
Fou que je suis !... Avant de tenir cette lettre,
Je conservais encore un doute puéril...

Lisant la suscription.

« Mademoiselle Hélène. » Hélène !... se peut-il ?...
Hélène !... Mais alors le comte... devant l'autre
Il oserait !.. Le fat, qui fait le bon apôtre !
Qui cette nuit encor !... Reynal avait raison :
Femme, ami, serviteurs, ici, dans sa maison,
Jusques à cette enfant si jeune, si novice,
Ils le trahissent tous !...

SCÈNE IV.

MAURICE, HÉLÈNE.

HÉLÈNE.

Bonjour, monsieur Maurice !

MAURICE, à part.

C'est elle !

HÉLÈNE.

Eh bien ?

MAURICE.
Plaît-il?

HÉLÈNE.
Vous m'accueillez ainsi ?

C'est aimable !

MAURICE.
Pardon !... Mais je songeais...

HÉLÈNE.
Merci !

MAURICE.
Je songeais, en voyant sur ce charmant visage,
Des plus douces vertus se refléter l'image,
Qu'un soupçon jusqu'à vous ne pouvait parvenir.

HÉLÈNE.
Un soupçon !... Quel soupçon ?

MAURICE.
Hélène, on peut venir...
Cette lettre est pour vous... Adieu ! prenez-la vite.

HÉLÈNE.
Pourquoi donc, mon cousin, me l'avez-vous écrite ?

MAURICE.
Moi ?... Mais elle n'est pas de moi.

HÉLÈNE.
Vraiment ? De qui ?

MAURICE.
Vous me le demandez, Hélène !... Elle est de lui !

De lui !

HÉLÈNE.

MAURICE.
Du comte Oscar.

HÉLÈNE.
Du comte !... cette lettre !...

MAURICE.
Fanchette, en la gardant, pouvait vous compromettre ;
Je m'en suis emparé, pour vous, pour votre honneur.

HÉLÈNE.
Je ne vous comprends pas, mais vous me faites peur.
Vous m'accusez trop vite, et j'en suis affligée ;
Je ne mérite pas d'être si mal jugée.

MAURICE.
Mais...

HÉLÈNE.
Quant au comte Oscar, qui vous semble suspect,
Il m'a toujours traitée avec plus de respect.
Je ne sais aujourd'hui ce qu'il a pu m'écrire...
Voici sa lettre... ayez la bonté de la lire.

Moi !

MAURICE.

HÉLÈNE.
Vous êtes l'ami de mon frère... et le mien.
— Je n'ai jamais rien fait de mal, croyez-le bien !

MAURICE.
Je vous crois, je vous crois !... Vous avez un cœur d'ange !

SCÈNE V.

OSCAR, MAURICE, HÉLÈNE.

OSCAR, à Maurice.
Monsieur, je viens me mettre à vos ordres.

HÉLÈNE.
Qu'entends-je ?
Vous battre !... Vous voulez vous battre !...

MAURICE.
Pas du tout !

OSCAR.
Si fait !... Je suis lancé... nous irons jusqu'au bout !

MAURICE.
Mais, Monsieur, permettez...

OSCAR.
Je ne veux pas permettre !

A part.
Cela fait bien ! Elle est troublée... elle a ma lettre !

HÉLÈNE, à Maurice.
Et c'est pour moi !... Messieurs, vous ne vous battrez pas.
Mon frère d'un seul mot désarmera vos bras.
Quelque malentendu sans doute vous divise ;
Expliquez-vous ici tous deux avec franchise.

A Oscar.
Vous, que jusqu'à présent j'ai toujours vu si bon,
Vous avez tort...

A Maurice.
et vous, vous avez trop raison !
Remettez à Monsieur, sans y voir une injure,

Ce billet qui, je crois, est de son écriture...

A Oscar.
Je ne l'ai pas ouvert, et ne pouvais l'ouvrir.

MAURICE.
Soit !...

A Oscar.
Tenez, séducteur !...

HÉLÈNE, à Maurice.
C'est assez le punir !

OSCAR.
Séducteur !... séducteur !... Je suis très-pacifique,
Monsieur ; mais, quand on veut me piquer... on me pique !
Tout à l'heure, Reynal, sans me dire pourquoi,
M'a traité comme vous de séducteur... oui, moi !
Qui n'ai, sachez-le bien, que d'honnêtes pensées ;
Et ces injures-là me sont mal adressées !...
Quant à ces méchants vers, dont il me croit l'auteur,
Et qu'il a dans ma main glissés avec fureur,
Ils ne sont pas de moi ; non, Monsieur, au contraire,
Je n'en ai jamais fait... Je ne sais pas en faire !...

MAURICE.
Reynal m'a dit pourtant...

OSCAR.
Pardon... vous m'outragez !
Voilà mon écriture et mon style... jugez !
Il lui montre sa lettre à Hélène, et les vers.

MAURICE, voyant les vers.
Que vois-je ?

HÉLÈNE, à Maurice.
Qu'avez-vous ?

MAURICE.
Rien.

A part.
Je ne puis le croire...
Ces vers ! ces anciens vers si loin de ma mémoire,
Ce sont eux !

OSCAR, à Hélène.
Vous m'avez traité cruellement !...

HÉLÈNE, à Oscar.
M'auriez-vous conseillé, vous, d'agir autrement ?

OSCAR.
Mais...

MAURICE, à part.
Et je l'accusais !... Que faire, que résoudre ?
La vérité sur moi tombe comme la foudre.

OSCAR, à Maurice.
Eh bien ?

MAURICE.
Je suis à vous, monsieur de Saint-Remy.

HÉLÈNE, à Oscar.
Si je vous demandais un service d'ami ?

OSCAR.
Parlez !

MAURICE, à part.
Je ne puis plus contre lui me défendre...
Quand c'est moi...

HÉLÈNE, à Oscar, montrant Maurice.
Revenez tout à l'heure le prendre.

OSCAR.
Quoi ! vous voulez ?...

HÉLÈNE.
De grâce, éloignez-vous un peu !

OSCAR.
Mais que pensera-t-il ?

HÉLÈNE.
Soyez tranquille... Adieu !
Oscar sort.

SCÈNE VI.

HÉLÈNE, MAURICE.

MAURICE.
Eh bien ?

HÉLÈNE.
Il est parti.

MAURICE.
Pourquoi ?

HÉLÈNE.
Parce qu'il m'aime.
Sans rien me demander, sans rien espérer même.
Il reviendra bientôt... C'est un homme loyal,
Faible, mais bon. — Au lieu de rassurer Reynal,
Comment permettez-vous que, sans raison, mon frère
Insulte son ami, chasse sa belle-mère !

Tous les deux, ce matin, vont s'éloigner d'ici...
Vous servez mal mon frère, en le servant ainsi ;
Croyez-moi, croyez-moi ! — Nous avons là, nous autres,
Au fond du cœur des yeux qui voient mieux que les vôtres
Je ne suis, pour Reynal, encore qu'une enfant ;
Mais il souffre, sa sœur le plaint... et le défend.
D'un ami, d'une mère, il maudit la présence...
Le danger qu'il redoute est ailleurs qu'il ne pense.
Cherchez et combattez, sans vous occuper d'eux,
Un ennemi plus fort, s'il n'était généreux !

MAURICE, à part.

Que dit-elle ?

HÉLÈNE.

Ma sœur, dans le fond de son âme,
D'un tendre souvenir a mal éteint la flamme ;
En vain elle travaille à briser ce lien
Avec la probité d'une femme de bien ;
De celui qu'on aima, par qui l'on fut choisie,
L'absence et le malheur doublent la poésie,
Et contre un tel rival redouté, mais chéri,
Comment pourrait lutter la prose d'un mari ?
Pour cela seulement Reynal a besoin d'aide ;
Vous connaissez le mal, trouvez-en le remède ;
Tâchez de découvrir cet inconnu charmant
Qu'on accuse à regret, qu'on proscrit en l'aimant.
Pour qu'à nos yeux humains son prestige s'altère,
Faites-le de son ciel tomber sur notre terre ;
Faites que, dépouillé de sa divinité,
Le rêve ne soit plus qu'une réalité.
Malheureux, on le pleure !... absent, on le regrette !...
En un simple mortel changez-moi ce poëte !
Otez-lui du malheur le prisme puéril ;
Qu'il ne reprenne plus la route de l'exil !
Que, rendu parmi nous à la vie ordinaire,
Il soit tout bonnement heureux... comme un notaire !
Enfin si, par hasard, plus puissante que vous,
L'illusion encor résiste à tant de coups,
Pour faner du héros la dernière couronne,
Cherchez-lui quelque jeune et gentille personne
Qui, n'exigeant pas plus qu'on ne peut lui donner,
Voudra ne rien savoir... ou bien tout pardonner ;
Qui, bravement soumise à ses devoirs d'épouse,
D'un regret, au besoin, ne sera pas jalouse,
Et se fera peut-être un plaisir, un bonheur,
De servir au vaincu d'ange consolateur !
— Voilà mon plan... comment le trouvez-vous ?

MAURICE.

J'admire

L'innocente bonté qui ne sait pas maudire !
Au fond d'un noble cœur qui près de vous souffrait,
Vous avez découvert le plus triste secret ;
Mais, loin de vous armer d'une rigueur vulgaire,
Vous ne déclarez pas, vous détournez la guerre...
C'est bien ! j'en suis touché plus encor que surpris,
— Sauvons-la ! comme vous, je le veux à tout prix ;
Enlevons au passé, déjà sans espérance,
Tout, jusqu'à ce bonheur d'en souffrir en silence !...
Sacrifions sans peur, sans regret, sans pitié,
Celui qu'un peu d'amour d'avance a trop payé !
Désormais, au repos de la femme qu'il aime,
Il est prêt, j'en suis sûr, à s'immoler lui-même ;
Mais, par un souvenir quand tous deux sont blessés,
Ne le marions pas... Qu'il parte, c'est assez !

HÉLÈNE.

Supposons cependant qu'une autre un jour lui plaise...

MAURICE.

A lui !...

HÉLÈNE.

Vous en parlez, cousin, bien à votre aise...
Ne vous portez pas trop caution pour autrui ;
Je ne répondrais pas de vous, plus que de lui.
Voulez-vous que, brûlant d'une flamme éternelle,
Il soit de la constance un malheureux modèle ?
A quoi bon ? Tous les jours on le voit à Paris,
Les amants consolés sont les meilleurs maris.
— Pauvre garçon ! bientôt, dans son intérêt même,
Dans l'intérêt surtout de la femme qu'il aime,
Il se consolera, s'il le faut... Et je crois
Qu'il le faut !

SCÈNE VII.

HÉLÈNE, REYNAL, MAURICE.

REYNAL, à part.

Bien ! Tous deux causant à demi-voix !

MAURICE, à part.

Reynal !

REYNAL, à part.

Maurice ému... ma sœur intimidée...
Est-ce que le gaillard m'aurait pris mon idée ?
Voyons.

Haut.

Bonjour, cousin... Bonjour, petite sœur.

HÉLÈNE.

Bonjour.

REYNAL, bas à Hélène.

Un beau garçon !

Bas à Maurice.

Un ange de douceur...
Déjà seize ans.. très-bonne à marier... J'y pense ..
Cent mille écus de dot, comptant... sans espérance !...

Haut.

Je suis le plus heureux des hommes ce matin :
J'ai fait des rêves d'or, de soie et de satin...
Je me disais qu'à l'âge où tous les deux vous êtes...

A part.

Il a compris... ça va comme sur des roulettes...

Haut.

Vous causiez gentiment lorsque je suis entré...

Bas à Hélène.

Qu'est-ce qu'il te disait ?...

Silence. — Haut.

Ce soir, je reviendrai.

HÉLÈNE.

Ce soir ?... Où vas-tu donc ?

REYNAL.

Et mes clients, ma chère !...
Veille à mon déjeuner.

Hélène sort.

A Maurice.

Veille à ma belle-mère...
Elle part, et, ma foi, je ne veux pas la voir.

MAURICE.

Pardon ; mais je ne puis...

REYNAL.

Nous serons seuls ce soir.
Le comte est déjà loin... ses vers l'ont mis en fuite.

MAURICE.

Le comte !

REYNAL.

Je n'ai plus à craindre sa visite ;
Le reste maintenant ne dépend que de toi.
Adèle va venir ; dis-lui du bien de moi :
Dis-lui... je n'ose plus le lui dire moi-même,
Que je l'aime beaucoup... C'est vrai, va, que je l'aime. .

MAURICE, à part.

Quel supplice !

REYNAL.

Hier soir j'ai déjà commencé.
— La voilà !

SCÈNE VIII.

HÉLÈNE, REYNAL, ADÈLE, MAURICE.

ADÈLE, à Reynal.

Vous partez, Monsieur ?

REYNAL.

J'y suis forcé ;
Mais vous gardez Maurice... A ce soir, chère amie !

HÉLÈNE, rentrant, à Reynal.

Ton déjeuner est prêt.

ADÈLE, bas à Reynal.

Restez, je vous en prie.

REYNAL.

Impossible.

A Hélène.

Viens-tu ?

ADÈLE.

Mais elle est bien ici.

REYNAL.

Nous avons à causer tous les deux.

HÉLÈNE.

Me voici.

REYNAL, à Adèle et à Maurice.

Restez... Je ne veux pas que personne vous gêne ;
Ma maison jusqu'ici d'importuns fut trop pleine :
M'en voilà délivré pour toujours... grâce à Dieu !...

A Adèle.
Maurice vous dira...

A Maurice.
N'est-ce pas?

A Adèle.
Sans adieu!

Bas à Maurice.
Sois éloquent, sois beau! sois sublime!

ADÈLE, à part.
Je tremble

Haut à Reynal.
Je voudrais...

REYNAL.
Non... je tiens à vous laisser ensemble.
Il sort avec Hélène.

SCÈNE IX.

ADÈLE, MAURICE.

ADÈLE, à part.
Seule... seule avec lui!... Mon Dieu! je meurs d'effroi!
C'est ma punition!

MAURICE, avec bonté.
Vous avez peur de moi!

ADÈLE.
Que dites-vous?

MAURICE.
Je dis, et c'est mon seul reproche,
Que, bien loin de trembler hier à mon approche,
La femme de Reynal, d'un cœur plus affermi,
Devait tendre la main à son meilleur ami.

ADÈLE.
Grand Dieu!

MAURICE.
Je dis encor que si quelqu'un, plus qu'elle,
Devait ne pas douter de moi... c'était Adèle!

ADÈLE, lui tendant la main.
Maurice...

MAURICE.
Je sais tout: vos combats, vos tourments,
Vos regrets... aussi doux pour moi que vos serments!
Résignons-nous sans plainte aux coups d'un sort contraire
Votre mère a bien fait, puisqu'elle a cru bien faire.
Des larmes de vos yeux ne doivent plus couler:
A force de bonheur il faut me consoler.
Soyez heureuse, Adèle!... Heureuse pour moi-même!
Reynal est honnête homme... il mérite qu'on l'aime.
Comme tous les maris, il est un peu jaloux;
Mais, j'ai lu dans son cœur, son cœur est plein de vous.

ADÈLE.
Il vous a dit?...

MAURICE.
Hier, quand je pouvais l'entendre,
Quand à la vérité j'étais loin de m'attendre;
Quand je ne savais pas, qu'en écoutant Reynal,
J'étais le confident de mon heureux rival,
Il me parlait de vous, qu'il aime, qu'il adore...
Tout à l'heure, en sortant, il m'en parlait encore,
Il me chargeait... moi... moi, qui l'ai promis hier,
Et qui tiens mon serment, quoiqu'il m'en coûte cher,
De dessiller vos yeux, de chasser le nuage
Qui troubla trop longtemps la paix de son ménage.
Un malentendu seul vous sépare, dit-il,
Et met de tous les deux le bonheur en péril...
Enfin, Reynal vous aime et de toute son âme...
Voilà ce que j'avais à vous dire, Madame.

ADÈLE.
Vous pleurez!

MAURICE.
Non... j'ai fait mon devoir...

ADÈLE.
Vous pleurez!

MAURICE.
Quand vous connaîtrez mieux Reynal, vous l'aimerez.
Peut-être a-t-il raison... peut-être quand personne
Ne le gênera plus...

ADÈLE.
Oui, je sais qu'il soupçonne,
Bien à tort, croyez-moi, ma mère et son ami.
Ma mère!...

MAURICE.
Tous les deux partent dès aujourd'hui.

ADÈLE.
Ils partent, dites-vous?... Cela ne peut pas être!

MAURICE.
De ses transports jaloux Reynal n'était plus maître!

ADÈLE.
Ainsi, sans que personne ait daigné m'avertir,
Ma mère est, de chez moi, condamnée à sortir!
Et votre noble cœur n'a pas compris, Maurice,
Que c'était un affront... bien plus... une injustice!
Je ne sais quels soupçons troublent monsieur Reynal...
Il a tort d'en avoir qui me fassent du mal...
La vérité pour nous est bien assez cruelle...
J'ai bien assez souffert, croyez-moi!...

MAURICE.
Vous, Adèle?

ADÈLE.
Quand mon dernier appui maintenant est chassé,
Qui me consolera du présent... du passé!

MAURICE.
Le passé, dites-vous? oh passé plein de charmes!
Ne nous consolons pas... laissons couler nos larmes!
Mon cœur, que j'étouffais pour mieux le contenir,
Bondit d'impatience à ce cher souvenir!
Je reprends tous les droits que j'avais sur le vôtre...
Je mentais, je mentais en parlant pour un autre,
Croyez à mes serments... je les ai tenus tous!...
Croyez...

ADÈLE.
Non, désormais, je n'ai plus peur de vous!...
L'amour perd son danger dès qu'il devient coupable...
Votre douleur, Maurice, était plus redoutable!
Restez auprès de nous si vous le désirez;
Vous êtes notre ami, toujours vous le serez.
Le cousin de Reynal n'est pas de ceux qu'on chasse;
Le craindre, ce serait l'offenser!

MAURICE.
Grâce, grâce!
Si vous saviez!... En moi triomphent, tour à tour,
L'amour sur la raison... la raison sur l'amour.
De tous les sentiments également capable:
Je suis bon et mauvais... innocent et coupable,
Pour la dernière fois, je le jure à vos pieds!
Mes torts, je les confesse... ils seront expiés.
Savoir Adèle heureuse est tout ce qui me reste...
Je vous épargnerai ma présence funeste;
Trop heureux, en mourant, le cœur tourné vers vous,
Si j'obtiens mon pardon, que j'implore à genoux!

OSCAR, en dehors, à gauche.
Oui, je le sais.

ADÈLE.
O ciel! c'est le comte! que faire!
Nos pleurs nous trahiraient... Adieu!

MADAME DE BEAUPRÉ, en dehors, à droite.
J'y vais.

ADÈLE.
Ma mère!

MAURICE.
Impossible!

ADÈLE.
C'est elle!... Elle dont le soupçon
Contre tous deux, hélas! aurait trop de raison.
Ils vont me trouver seule avec vous, éperdue!
Où me cacher?

MAURICE, montrant la chambre à coucher d'Adèle.
Ici.

ADÈLE.
Non... non!... Je suis perdue!

MAURICE.
Calmez-vous!

ADÈLE.
Me calmer!... Et vous êtes tremblant!

MAURICE, montrant la porte du fond.
Ah! là.
Il s'y précipite et ouvre. On voit Hélène faisant semblant de dessiner.

MAURICE ET ADÈLE.
Grand Dieu!

SCÈNE X.

OSCAR, MAURICE, HÉLÈNE, MADAME DE BEAUPRÉ, ADÈLE.

MADAME DE BEAUPRÉ.
Que vois-je!

HÉLÈNE, montrant son dessin à Maurice.
Est-ce bien ressemblant ?

OSCAR, bas, à Maurice.
Pour la seconde fois, Monsieur, je viens...

MAURICE, bas.
Silence !
Tout à l'heure.

MADAME DE BEAUPRÉ, à Adèle.
Je pars pour une courte absence.
Adieu !

A Maurice.
Je vous croyais à Paris.

MAURICE.
J'y serai
Avant ce soir.

MADAME DE BEAUPRÉ.
De là j'irai jusqu'à Beaupré.

ADÈLE.
Vous, ma mère, et pourquoi ?

MADAME DE BEAUPRÉ.
Je ne puis te répondre ;
Reynal te le dira.

A Oscar.
Je vous croyais à Londre.

OSCAR, à part.
Elle y tient !

MAURICE.
Je n'ai pas été maître de moi ;
Mais la raison l'emporte, il faut subir sa loi.
Quand mon cœur s'égarait, elle s'est fait entendre,
Et je vous prouverai que j'ai su la comprendre.
Devant Reynal, qui vient, et devant vous je veux...

SCÈNE XI.

OSCAR, REYNAL, MAURICE, HÉLÈNE,
MADAME DE BEAUPRÉ, ADÈLE.

REYNAL.
Ah ! le bon déjeuner !... Encore ici, tous deux !

A Oscar, gravement.
« Étoile de ma vie, idole de mon âme,
« Chère Adèle... »

ADÈLE, à part.
Grand Dieu !

MAURICE.
Reynal !...

REYNAL, à Adèle.
Restez, Madame !

A Maurice.
Dis-leur à tous, dis-leur par quelle indignité
Un dangereux ami...

MADAME DE BEAUPRÉ.
Mais...

MAURICE.
C'est la vérité.
Oui, Reynal a raison, il n'est plus temps de feindre...
Un dangereux ami, qu'il faut punir... et plaindre,
Dans un ménage heureux, qu'il l'eût été du moins,
Qui va l'être bientôt, vous en serez témoins,
Apporta trop longtemps, malgré lui, je l'accorde,
Le trouble, le soupçon et presque la discorde.

REYNAL.
Cher ami !...

MAURICE, à Reynal.
C'est à moi que tu t'es confié ?

REYNAL.
Certainement...

MAURICE.
Tu crois à ma vieille amitié ?

REYNAL.
Sans doute ; c'est sur toi, sur toi seul que je compte.

MAURICE, allant à Oscar.
Pour Reynal et pour moi, pardon, monsieur le comte !

OSCAR.
Hein ?

REYNAL.
Plaît-il ?

MAURICE.
D'anciens vers qu'il fallait dédaigner,
Contre un ami fidèle ont paru témoigner.
A madame Reynal personne, je le jure,
N'aurait osé jamais en adresser l'injure.
Je comprends qu'autrefois quelqu'un ait espéré
Plaire à mademoiselle Adèle de Beaupré...

REYNAL.
Autrefois ?...

MAURICE.
Pour cela serait-il raisonnable
D'accuser tout le monde, excepté le coupable ?...
A l'exil éternel, franchement résolu,
Il allait s'éloigner... Tu ne l'as pas voulu.
Désormais de son cœur la blessure est guérie ;
Il fait mieux que partir... il reste... et se marie...

A Hélène.
Si vous pensez encor que ce soit un bonheur
De servir au vaincu d'ange consolateur.

HÉLÈNE.
Malheureux, on le pleure ! absent, on le regrette !
— En un simple mortel je change le poëte.

REYNAL.
Quoi !... comment ?... Mais alors...

MAURICE.
Abjure tout soupçon ;
— Tu n'avais d'ennemis que toi, dans ta maison.

MADAME DE BEAUPRÉ.
Croyez-le, croyez-nous, chacun ici vous aime.

OSCAR, à part.
Dans mes propres filets je me suis pris moi-même :
Fanchette avait raison.

REYNAL, à part.
S'il m'avait écouté,
Avec mes beaux conseils... je l'aurais mérité.

A Maurice.
Pauvre garçon ! tu prends le parti le plus sage :
On a de bons moments, au total, en ménage.

Montrant Hélène.
Tu la veux ?... la voilà.

Aux autres.
J'étais un peu jaloux ;
Mais je ne le suis plus. Pardon ! pardon ! — Et vous,
Ma belle-mère, vous, l'âme de la famille...

MADAME DE BEAUPRÉ.
Je reviendrai.

REYNAL.
Comment ! vous quittez votre fille ?

MADAME DE BEAUPRÉ.
Oui, je vous reviendrai, mais plus tard, de grand cœur !
Quand vous serez enfin sûr de votre bonheur ;
Quand vous ne craindrez plus une influence amie,
Qui ne trahit jamais, quoique souvent trahie.
— Quand je ne serai plus toujours là, sur vos pas,
Vous m'aimerez un peu ; je ne vous en veux pas.
Vous savez ? — Tout se calme ici-bas, c'est l'usage :
L'ardent amour conduit au grave mariage ;
La folie au bon sens ; la haine à l'amitié ;
Bon ou mauvais, le rêve est toujours oublié ;
Dans la réalité toujours on se repose ;
Tout se commence en vers, et tout s'achève en prose.
— A propos, j'oubliais que je pars, il le faut ;
Mais, les absents ont tort... je reviendrai bientôt.

REYNAL.
Revenez, revenez ! on n'est heureux qu'ensemble.

MADAME DE BEAUPRÉ.
Jusqu'à ce qu'un mari jaloux...

HÉLÈNE.
Qui te ressemble...

REYNAL.
Ait la sottise, un jour, de chasser, sans raison,
D'excellents ennemis... qui gardaient sa maison !

FIN

MÉRY

—

LA BATAILLE
DE TOULOUSE

OU

UN AMOUR ESPAGNOL

DRAME EN TROIS ACTES, EN PROSE

REPRÉSENTÉ POUR LA PREMIÈRE FOIS, A PARIS, SUR LE THÉATRE BEAUMARCHAIS

LE 11 AVRIL 1856

DISTRIBUTION DE LA PIÈCE

LE MAJOR GEORGES DUHOUSSAIS, en retraite, amputé du bras gauche........ MM. OMER.

GASTON DE VERVILLE, colonel de chasseurs à cheval....................... LAJARIETTE.

ADRIEN MAULÉON, chef d'escadron de hussards............................ SELIGNY.

DANDREY, propriétaire................. M. FERDINAND.

MADAME DUHOUSSAIS, épouse du major Mlles FIERVILLE.

JUANITA............................... CLÉMENCE.

ISABELLE.............................. PRIAULON.

ACTE PREMIER.

Un jardin clos de murs. — Porte au fond. — A gauche, la maison. — A l'angle de la maison, au premier plan, un pavillon. — Un soupirail de caveau au bas du pavillon. — Un guéridon en avant du pavillon.

—

SCÈNE PREMIÈRE.

JUANITA, ISABELLE.

(Elles sont en négligé du matin. Isabelle est assise devant un chevalet et achève un paysage. Juanita brode.)

ISABELLE.

Dis, Juanita, ma sœur; cela te rappelle-t-il bien notre jardin, notre beau jardin de Saragosse?

JUANITA, elle se lève et examine quelque temps le tableau.

C'est un portrait fait de mémoire, et fort ressemblant, je t'assure, ma sœur. On dirait que le paysage est venu de Saragosse à Toulouse pour poser devant toi.

ISABELLE, avec mélancolie.

Malheureusement l'original n'existe plus... Ils sont morts aussi, eux, ces beaux arbres de notre jardin! morts avec notre père, avec notre mère, avec tous nos parents! voilà les fruits de la guerre! Saragosse a soutenu deux sièges; c'est bien glorieux pour elle, sans doute; mais c'est bien fatal pour nous, qui n'avons retiré de tant de gloire que l'extrait mortuaire de notre famille!

JUANITA.

Il nous faudra donc toujours vivre avec ces tristes souvenirs, là, dans le front?

ISABELLE.

Toujours, toujours, ma sœur... la guerre n'est-elle pas encore, là, tout près, à notre porte? Nous avons été assiégés deux fois par les Français; aujourd'hui, nous sommes avec les Français, ici, à Toulouse, et nous allons être assiégés par les

Anglais, et par nos compatriotes les Espagnols!.. A-t-on vu une fatalité pareille? les Français m'ont arraché ma première famille, les Anglais arrivent ici pour me prendre mon enfant.
— Au moins, les hommes trouvent leur amusement dans les batailles; ils disent que leur honneur est là-dedans; ils ont inventé des maximes pour se prouver cela; nous, ils nous ont fabriqué une autre espèce d'honneur... Ah! pauvres êtres que nous sommes!..

JUANITA.

En Espagne, on nous disait que les femmes sont reines en France. Il me semble que ce n'est qu'un titre d'honneur, n'est-ce pas?

ISABELLE.

Ce sont les esclaves de l'homme, ici, comme partout... les femmes n'ont dans leur vie qu'une affaire importante, le mariage; c'est là précisément qu'on a peu de déférence pour leur royauté. Un homme, souvent inconnu, leur dit: Vous serez mon épouse; on baisse la tête, en répondant un *Oui* qui presque toujours ressemble à un *Non*... Moi, par exemple, que pouvais-je faire quand le major Georges Duhoussais m'a relevée morte auprès de mon père expirant? certainement, M. Duhoussais, mon mari, a cru se dévouer au malheur d'une orpheline; il a cru réparer généreusement et en galant Français, tous ces maux qui me venaient de son pays: le dernier regard, le dernier soupir de mon père semblaient me dire: Je te confie à Duhoussais, ma fille, je te le donne pour époux... Eh bien! je me suis sacrifiée; on baisse la tête, sans éclat; l'héroïsme d'une femme se passe en famille; j'ai fait ce qu'on appelle mon devoir; j'ai suivi ce qu'on appelle les lois de l'honneur: honneur, devoir! ces deux noms sont très-beaux! eh bien! c'est presque toujours sur le bord d'un abîme qu'une femme les écrit... Je me suis, tête première, dans le devoir et l'honneur: fasse le ciel qu'un jour je ne m'en repente pas!

JUANITA.

Toi, ma sœur, te repentir de cela! oh! non, jamais!

ISABELLE.

Bonne Juanita!... Enfant! regarde ce paysage... qu'y vois-tu?

JUANITA.

Je vois un joli jardin, le jardin de notre enfance; le pavillon de nos jeux, l'allée de nos récréations.

ISABELLE.

Voilà tout?

JUANITA.

Mais... oui... je crois...

ISABELLE.

Tu as raison... il n'y a rien autre chose pour toi... mais, moi, je l'ai peint, ce tableau, non pas pour ce qu'on y trouve, mais pour ce qu'on n'y trouve pas... regarde ce chêne...

JUANITA.

Oui, oui, le chêne de la Bohémienne!.. (A voix basse et mystérieusement.) il n'y manque que deux chiffres, le tien et celui de...

ISABELLE.

Oui, il y manque deux chiffres... Juanita; toute ma vie est dans cet arbre... cet arbre est mort aujourd'hui!

JUANITA, troublée.

Que dis-tu, ma sœur?

ISABELLE.

Je dis que j'ai voulu tuer un premier amour, et un premier amour, c'est la vie, Juanita... ce chêne de la Bohémienne, c'est pour moi le toit espagnol, c'est la patrie, c'est la joie, c'est le ciel!

JUANITA.

Je te comprends! oui, tu dois te rappeler avec délices ce premier amour; un amour innocent est un souvenir qui réjouit le cœur!

ISABELLE.

Juanita, je ne te faisais alors que des demi-confidences... Hélas! mon amour ne fut pas innocent.

JUANITA, se couvrant la figure de ses mains.

Ma pauvre sœur!

ISABELLE.

Oui, oui, toute ma vie est dans ce chêne... Là, un homme m'a fait entendre, pour la première fois, ces paroles qui brûlent le cœur et ne s'en effacent plus. J'avais quinze ans; je commençais mon existence: j'écoutais ravissement cette révélation de l'amour qui se mêlait aux harmonies de la nuit, aux parfums de nos jasmins, au bruit de ces cascades, à la fraîcheur suave qui tombe d'un ciel étoilé. Ma jeune âme était tout à cette entretiens mystérieux: chaque syllabe de mon amant arrivait à mon oreille, avec ces parfums, ces mélodies nocturnes, ces célestes visions. En quelques heures j'ai vécu des siècles, là, sous ce chêne. J'ai compris, j'ai respiré tout ce

qu'il peut y avoir de bonheur sur cette terre, à l'âge où l'on croit au bonheur. J'ai béni ce ruisseau qui arrosait mes pieds, ces jasmins qui caressaient ma joue, ces roses qui s'épanouissaient sous mes doigts. Je vivais de la vie de toute cette belle nature; c'était pour moi que l'eau, la brise, les étoiles, la fleur donnaient un concert d'harmonie, de parfums et de rayons. L'amour créait à tout ce qui m'entourait une âme, sœur de la mienne. Puis, tout ce bonheur s'est effeuillé, ce bel horizon s'est assombri, ces doux rayons se sont éteints. La main aimée s'est retirée de ma main. Une main respectable a séché mes pleurs, mes pleurs criminels! Au bout de ce jardin, j'ai trouvé le mariage, mais le mariage dans sa gravité sociale: je cherchais l'amant, j'ai trouvé le protecteur. Alors je me suis résignée, j'ai pris mon rang parmi les épouses. Que te dirai-je? j'ai aimé mon mari de toutes les affections possibles, excepté de l'amour.

JUANITA, jetant ses bras autour du cou de sa sœur.

Ah! ma bonne sœur!

ISABELLE.

Je te parle ainsi, aujourd'hui, parce que tout ce que nous entendons ne rappelle vivement ces bruits de guerre qui ont empoisonné notre enfance. Demain, que sais-je? la mort peut me surprendre ici, et j'ai voulu te faire souvenir de mes fautes, afin que tu pries Dieu pour moi. J'aurai bien besoin de tes prières, ma sœur, car ne crois pas que mon coupable amour se soit attiédi: il s'est réchauffé davantage, de toutes les heures brûlantes, passées sans bonheur. Quelquefois, je me donne une consolation bien amère, sans doute, mais qui me procure une sorte de tranquillité: je me persuade qu'il est mort, cet homme que j'ai tant aimé!... m'aurait revue, s'il vivait!... Il était à cet âge où l'on prodigue sa vie; cent fois, il avait joué la sienne dans notre cruelle guerre. Le bonheur se sera lassé de le sauver. A l'époque où nous vivons, les vieillards ont vingt ans. Si je savais le coin de l'Europe où il repose dans un tombeau, mon noble Gaston, je ferais un pèlerinage jusque-là; je pleurerais bien à ce dernier rendez-vous d'amour, et puis je reviendrais auprès de mon mari, de mon enfant, et j'accomplirais ma vie avec une résignation qui pourrait un jour devenir du bonheur.

JUANITA.

Oh! ma sœur, écarte cette idée; comment pourrais-tu être heureuse de la mort de celui que tu as aimé?

ISABELLE.

S'il vivait, Juanita, si je le voyais un jour passer devant moi... Ah je sens que j'oublierais mon mari et mon enfant; je sens que je braverais toute l'infortune qui peut écraser une femme, pour ressaisir encore un instant de ces heures divines qui ont sonné sur nous deux!.. Oh! non, non, il est mort; il est mort, comme tant d'autres jeunes hommes, dans ces temps cruels, où les femmes ne vieillissent que pour mettre en terre leurs maris et leurs enfants... non, il n'existe plus, s'il vivait, il me faudrait, quelque jour, choisir entre la mort et le déshonneur... je n'aurais peut-être pas l'héroïsme de choisir la mort...

JUANITA.

Ma bonne Isabelle...

ISABELLE.

Cache tes pleurs... taisons-nous; quelqu'un vient...

JUANITA.

C'est notre propriétaire, c'est M. Dandrey... il est toujours là, ce maudit importun!

SCÈNE II.

LES PRÉCÉDENTES, DANDREY.

(Il entre par la porte; il est essoufflé et parcourt le jardin avant de parler.)

DANDREY.

M. le major Duhoussais est absent?

JUANITA.

Oui, monsieur Dandrey.

DANDREY.

Ah! mon Dieu! faites-le rentrer tout de suite; je viens exprès pour le consigner chez lui, ce bon M. Duhoussais.

ISABELLE, effrayée.

Y a-t-il du danger pour mon mari?

DANDREY.

Pour tout le monde: pour vous, Madame, pour la ville, pour ma maison, mais pour votre mari, mille dangers... ces messieurs arrivent.

ISABELLE.

Quels messieurs?

DANDREY.

Wellington, Mawbray, Dowbriwigston, Flibitzbridge, Fox et Palafox, avec eux deux cent mille hommes!

ISABELLE.

Deux cent mille hommes! vous les avez vus?

DANDREY.

Oui... j'en ai vu un : c'était l'avant-garde. Les autres arrivent demain.

ISABELLE.

Mais, encore une fois, mon mari court-il quelque danger?

DANDREY.

Eh! Madame! votre mari est un excellent homme, un locataire exact au terme; un époux accompli, mais il a eu le malheur de servir l'usurpateur, voilà.

ISABELLE.

Eh bien!

DANDREY.

C'est un malheur aujourd'hui... et quand la ville sera prise, il se pourrait qu'on eût besoin de moi pour recourir à la clémence d'une soldatesque effrénée... vous comprenez... enfin Buonaparte est perdu! quel jour de gloire si je puis sauver ma maison! probablement, on va mettre nos immeubles en cendres. Les boulets ne connaissent pas les maisons qui pensent bien. Il y a beaucoup de maisons anglaises à Toulouse, vous verrez que ce sera précisément sur celles-là que les boulets anglais tomberont comme des bombes! Ces bons Anglais! Ah! une idée : si je faisais assurer ma maison contre l'Angleterre?.. Croyez-vous que M. Georges Duhoussais tardera beaucoup de rentrer?

JUANITA.

Nous ne le pensons pas...

DANDREY.

Lui qui connaît la guerre me donnera un conseil pour préserver ma maison. C'est lui qui me l'a déjà sauvée une fois. Ne voulait-on pas l'abattre, l'autre jour, pour cause d'utilité publique? l'utilité publique, c'était d'établir ici une batterie de trente-six. M. Georges Duhoussais s'est conduit noblement envers moi, qui ne partage pas ses opinions. Il a plaidé devant le génie et l'artillerie, il a gagné mon procès. Ma maison de cinq étages, c'est ma femme, c'est ma fille, c'est ma famille : M. Duhoussais m'a conservé tout cela; je lui en garderai reconnaissance jusqu'à la mort, quoique il ne partage pas mes opinions. Oui, Madame, dussiez-vous en être jalouse, je suis fanatique de votre époux.

ISABELLE.

C'est bien de l'honneur pour lui.

DANDREY.

O jour de gloire et de..! (Trouble.) J'ai cru entendre le canon... non... c'est la porte cochère... c'est peut-être une mine!.. A propos, vous saurez qu'on a miné les ponts de la rivière de Lers; aussi, je vais quitter prudemment ma chambre du cinquième étage : demain matin, dans mon lit, je ne veux pas recevoir la visite d'une arche de pont... O usurpateur! que de maux tu fais fondre sur la patrie et sur moi!.. me voilà chassé de ma chambre par le fléau de la guerre!.. Je vais faire meubler cette cave... (Montrant le soupirail.) là, au moins, je serai à l'abri des bombes, des boulets et des arches de pont... (On entend le tambour.) Allons, voilà du renfort qui leur arrive, à ces Français... les maisons deviennent des casernes; on ne sait plus où loger les officiers et les soldats; au moins, s'ils payaient leurs loyers. Quant à moi, je n'ai plus une seule chambre vacante... (Il marche vers la porte du fond.) Entendez! entendez! en voici encore!.. Mesdames, éloignez-vous de ces soldats... ils ne respectent ni l'âge ni le sexe; je vais les recevoir et leur parler. (Les deux dames rentrent avec précipitation par la porte de gauche.)

SCÈNE III.

DANDREY, DUHOUSSAIS, GASTON DE VERVILLE, ADRIEN
MAULÉON, UN CAVALIER chargé de porte-manteaux.

DANDREY.

Eh! c'est notre bon M. Duhoussais!

DUHOUSSAIS.

Monsieur Dandrey, je vous amène deux locataires.

DANDREY, à part.

Ceux-là payent, il faut être poli... (Haut.) Nous les logerons de notre mieux... A la guerre, comme à la guerre... ces Messieurs ne sont pas exigeants?..

ADRIEN.

Quatre murailles et un lit; le plafond est de luxe.

DANDREY.

J'ai mieux que cela en réserve : j'ai ma propre chambre; un peu haute, c'est la chambre du belvéder. (Montrant le toit.) Tenez... regardez... c'est dans les nuages...

ADRIEN.

Tant mieux! j'aime la vue, moi... Mais avez-vous songé à vous?

DANDREY.

Moi, je vais me caser ailleurs... je n'aime pas la vue... (Montrant le soupirail.) Je serai votre antipode, là.

ADRIEN.

Comme vous voudrez, logez-vous à votre aise.

DANDREY.

Je rentre pour mettre en ordre tout cela.

SCÈNE IV.

LES PRÉCÉDENTS, moins DANDREY.

DUHOUSSAIS.

Oui, mon cher Gaston, tu as fait bien du chemin en cinq ans; te voilà colonel!

GASTON.

Ce sont mes épaulettes de Leipsick, mon cher Georges.

DUHOUSSAIS.

Et d'où venez-vous comme ça?

ADRIEN.

Nous venons de partout.

DUHOUSSAIS.

De partout!

ADRIEN.

Oui, monsieur Duhoussais. Pour le moment, Gaston arrive d'Allemagne, nous, moi de Pologne. Nous venons de faire un petit voyage militaire de cinq ans. Nous avons donné un nom de victoire à toutes nos étapes, à toutes nos auberges, à tous nos relais. La carte d'Europe a été notre feuille de route. Aujourd'hui nous rentrons dans nos foyers, non pas pour y dormir, mais pour les défendre. Nous nous reposerons après.

GASTON, avec mélancolie.

Oui, dans un tombeau!

ADRIEN.

Monsieur Duhoussais, vous voyez que notre ami Gaston n'a rien gagné en bonne humeur; il fait l'élégie, moi la chanson.

DUHOUSSAIS.

Gaston est toujours le même : je ne l'ai jamais connu fort gai.

GASTON.

Vous conviendrez, mes bons amis, que le temps n'est guère à la joie. La catastrophe est là, devant nous.

ADRIEN.

Eh bien! nous sabrerons la catastrophe! nous avons fait notre devoir, nous, nous avons défendu notre pays, pied à pied, en dix mille duels. Aujourd'hui, l'honneur national va tirer ici son dernier coup de canon : la mèche est allumée; en avant donc et à la garde de Dieu! Oui, nous avons fait notre devoir : nous laissons le reste à nos enfants.

DUHOUSSAIS.

Vous avez des enfants?

ADRIEN.

Qui, nous?.. est-ce que nous avons eu le temps d'en avoir? Je parle des enfants, en général.

DUHOUSSAIS, avec émotion.

J'ai un fils, moi...

GASTON.

Vous êtes marié, Georges?

DUHOUSSAIS.

Depuis cinq ans : je me suis marié en Espagne... je suis heureux.

ADRIEN.

La guerre est un métier de célibataire. Il est vrai que vous ne servez plus, vous, monsieur Duhoussais.

DUHOUSSAIS, montrant son bras amputé.

Il y a six ans que je suis hors de combat... mais aujourd'hui, en face des Anglais, le major Duhoussais se rappelle qu'il lui reste encore un bras. C'est que nous sommes encore ici, à Toulouse, une petite armée de bourgeois, jeunes ou vieux, qui savons manier l'épée ou le fusil! Il y a bien du patriotisme encore à Toulouse, quoi qu'on en dise! si nous sommes accablés par le nombre, eh bien! nous chanterons la messe de nos funérailles; Toulouse sera la Saragosse française; n'est-ce pas, Gaston?

GASTON, troublé.

Oui, oui, Georges.

ADRIEN.

Oh! de grâce, ne tombons pas en mélancolie; mon Dieu! la mort nous trouvera toujours à sa disposition, quand bon lui semblera; nous sommes ses très-humbles serviteurs. Pour moi, je n'ai jamais eu l'honneur de connaître ce qu'on appelle le lendemain. Nous mourrons la semaine prochaine, s'il le faut, mais aujourd'hui... aujourd'hui, vivons. Major Duhoussais, vous nous présenterez à madame...

DUHOUSSAIS.

A madame et à ma belle-sœur, j'aurai ce plaisir dans l'instant. Je vais voir si ces dames ont terminé leur toilette. Restez-vous au jardin, Messieurs ?

GASTON.

Oui, oui, Georges, nous vous attendons là, au frais.

ADRIEN.

Les premiers jours de printemps sont délicieux sous les arbres.

DUHOUSSAIS.

Je vais donner ordre qu'on vous serve votre déjeuner, devant ce pavillon.

ADRIEN.

A merveille, major Duhoussais, nous ferons honneur à votre invitation ; depuis la Pologne, je n'ai pas eu le temps de déjeuner. (Duhoussais rentre.)

SCÈNE V.

ADRIEN, GASTON.

ADRIEN.

Ah ! il a une belle-sœur ! je m'empare de la belle-sœur.

GASTON.

Adrien, mon cher, ne va pas faire l'officier d'opéra-comique. Sois sage, si tu peux. Songe que rien n'est plus sacré qu'une femme sous le toit hospitalier d'un ami.

ADRIEN.

Bon ! voici les sermons qui recommencent !... allons, rassure-toi, je te promets d'être aussi décent, aussi réservé que toi, bien qu'à tout prendre, je ne conçoive pas tes scrupules d'hospitalité. Si j'eusse parlé de madame Duhoussais, oh ! alors, il n'y aurait pas eu assez de morale à me jeter à la tête ; mais une belle-sœur !..

GASTON.

Dame ou demoiselle, je prends tout ici sous ma protection.

ADRIEN.

Je me soumets aux ordres du colonel... C'est que je t'avouerai que je crois la connaître, la belle-sœur en question...

GASTON.

Fou !.. Quand donc es-tu venu à Toulouse ?

ADRIEN, avec mystère.

Ce matin, une heure avant toi... (Un domestique apporte le déjeuner et le sert sur le guéridon.) Ton régiment n'est-il pas arrivé une heure après le mien ?... je me suis promené dans la rue, devant la caserne, là tout près. J'ai vu au balcon une jeune personne de seize ans qui avait toute la tournure d'une belle-sœur. D'admirables cheveux, des mains divines, un teint d'une fraîcheur !... et des yeux ! des yeux qui m'ont rappelé ceux qui brillent, derrière les jalousies, à Séville, à Tolède, à Valladolid : des yeux espagnols !

GASTON, soupirant.

Ah !

ADRIEN.

J'étais bien sûr de me faire écouter en mettant les yeux espagnols sur le tapis.

GASTON.

Adrien, nous sommes à Toulouse, et non à Saragosse.

ADRIEN.

Il y a des Espagnoles partout ! j'en ai trouvé deux à Moscou... (Regardant le chevalet.) Tiens, voilà l'atelier de peinture de ces dames... il n'y a pas d'indiscrétion à visiter un atelier... visitons... Ma foi ! c'est un charmant paysage !... la belle-sœur est artiste... je connais ce couvent... il me semble... ce couvent là-bas, à l'horizon... c'est vrai que j'ai vu tant de couvents, en Espagne ! j'en ai pris une vingtaine d'assaut.

GASTON, il s'approche et regarde d'abord négligemment.

Oui... cela ressemble beaucoup au couvent des Quatre-Clochers, près de Saragosse.

ADRIEN.

Oh ! toi, tu ne vois jamais que Saragosse au monde.

GASTON, vivement agité.

Adrien ! Adrien !... c'est...

ADRIEN.

C'est ?...

GASTON.

C'est le jardin !... c'est son jardin !... oui... ce pavillon, ce bosquet... cette allée de grenadiers... et ce chêne !... Il n'y a qu'elle qui ait pu peindre tout cela de souvenir !... Elle ou moi !... Adrien ! Isabelle est ici !... ici !... et c'est la femme de Duhoussais !..

ADRIEN.

Ou sa belle-sœur.

GASTON.

Nor, non, sa femme... Juanita était trop jeune, il y a cinq ans, c'est sa femme ; en entrant dans ce jardin, en voyant ce pavillon, j'avais un pressentiment !... oui... oui... je me souviens !... son régiment est arrivé à Saragosse huit jours après que j'en suis sorti... c'est elle !

ADRIEN.

Eh bien ! quel grand malheur y a-t-il là ?

GASTON.

Mais songe que cette femme est mariée !

ADRIEN.

Tu n'auras plus la peine de l'épouser.

GASTON.

Mariée à un ami !..

ADRIEN.

Ce sont toujours celles-là qui nous aiment.

GASTON.

Oh ! c'est abominable !... ceci est sérieux, Adrien... très-sérieux... il faut partir.

ADRIEN.

Après déjeuner ?

GASTON.

Tout de suite... (Il regarde encore le tableau.) Oh ! elle n'a rien omis, rien oublié ! rien !.. rien !.. excepté notre chiffre, sur cet arbre !... hélas ! le chiffre est mort avec l'arbre ! l'amour a survécu... (Il paraît saisi d'une idée.) Oui, en passant, donnons-lui ce adieu. (Il prend le pinceau et trace sur l'arbre les lettres I et G.)

ADRIEN.

Très-bien ! un I et un G majuscules ; c'est une carte de visite que tu lui laisses en passant.

GASTON.

Et maintenant, Adrien, partons.

ADRIEN.

Puisque vous l'ordonnez, colonel.

GASTON.

Je veux le voir encore une fois.

ADRIEN.

La sagesse est bien folle souvent... Sommes-nous décidés à partir ?

GASTON.

Oui...

ADRIEN.

Eh bien ! partons. (Ils s'avancent vers leurs porte-manteaux, Dandrey entrant.)

SCÈNE VI.

LES PRÉCÉDENTS, DANDREY.

ADRIEN, dès qu'il aperçoit Dandrey.

Ah ! voici notre propriétaire.

DANDREY.

Messieurs, votre chambre est prête.

GASTON, bas à Adrien.

Débarrasse-nous vite de ce Monsieur, je ne le connais pas, mais je le déteste. (Il se replace devant le tableau.)

ADRIEN.

Ah ! notre chambre est prête, merci.

DANDREY.

C'est bien simple : quatre chaises, une table et un lit.

ADRIEN.

Beaucoup trop pour des gens qui ne s'asseyent jamais et couchent au bivouac.

DANDREY.

Vous aurez une vue superbe : vous embrassez Toulouse, la campagne, la Garonne. C'est un coup d'œil magnifique, en temps de paix. On peut déjà distinguer les éclaireurs de l'armée anglo-espagnole.

ADRIEN.

Déjà ! tant mieux ! ce sera plus tôt fini.

DANDREY.

Cette chambre vaut bien trois pistoles par mois, en temps de paix ; mais en temps de guerre, à cause de la vue, elle vous coûtera cinq pistoles.

ADRIEN.

Je ne connais pas les pistoles, parlez français.

DANDREY.

Cinquante francs.

ADRIEN.

A la bonne heure !

DANDREY.

Craignez-vous les voleurs ?

ADRIEN.

Pas trop.

DANDREY.

Tant pis! vous n'apprécierez pas un avantage de votre chambre. Elle est fermée par une porte de fer. Je fis fabriquer cette porte à l'époque de la Terreur, pendant les assignats. Je tremblais toujours pour mes assignats; j'en avais une cassette pleine. Ils étaient représentés par des quadruples en or, des sequins, à l'effigie du roi d'Espagne.

ADRIEN.

Je conçois la porte de fer.

DANDREY.

Vous concevez?

ADRIEN, impatient.

Est-ce là tout, enfin?

DANDREY.

Encore un mot : j'ai débarrassé votre chambre de toute superfluité; j'avais bien des choses à mettre à l'abri; on ne sait pas ce qui peut arriver dans un siége... Je vous ai laissé ma bibliothèque, pas grand'chose, un volume, le *Manuel du Propriétaire*. Vous trouverez également un télescope pour les comètes. L'an dernier je l'ai fait placer pour la comète qui prédisait les malheurs qui ont fondu sur l'usur....

ADRIEN.

Sur l'usur...?

DANDREY, reculant.

Sur nous, sur nous.

ADRIEN.

Avez-vous fini votre inventaire?

DANDREY.

Rien de plus; maintenant, je vais à vos antipodes faire mon lit de siége... Adieu, Messieurs.

SCÈNE VII.

ADRIEN, GASTON.

GASTON.

Enfin, le voilà parti!

ADRIEN.

J'entends la voix du major...

GASTON.

Sauvons-nous. (Ils prennent leurs porte-manteaux et sortent par la porte du fond.)

SCÈNE VIII.

M. DUHOUSSAIS, ISABELLE, JUANITA, en toilette.

DUHOUSSAIS, parlant au jardin.

Mille pardons, mes camarades; mille pardons pour ces dames. La toilette d'une dame est plus longue à faire que celle d'un soldat. (En parlant, il regarde de tous côtés.) Eh! mais! où sont-ils donc? voilà leur déjeuner... ils n'y ont pas touché... ils sont partis... avec leurs porte-manteaux... Ah çà !... est-ce une plaisanterie? Pourtant, on ne plaisante pas avec les dames.

JUANITA.

Ces messieurs ne paraissent pas fort galants...

DUHOUSSAIS.

Ils sont très-galants, au contraire; mais cette fois... Ah! ils ont été peut-être appelés au quartier?.. Oui, ce doit être çà... le service avant tout.

JUANITA.

Rien ne les excuse; partir brusquement lorsque nous paraissons!

DUHOUSSAIS

Qui vous a dit...?

JUANITA

Je les ai vus sortir, par cette porte, avec une précipitation, je vous assure, fort impolie.

DUHOUSSAIS.

Bah! vous les avez vus?

JUANITA.

Certainement!

DUHOUSSAIS.

Possible! Pourtant, si le service...

JUANITA.

Il n'y a pas de service; c'est une indécence !.. On ne reconnaîtra bientôt plus les militaires français... Ce n'était pas ainsi du temps...

DUHOUSSAIS.

Du temps..?

JUANITA.

De votre temps, mon beau-frère.

**

DUHOUSSAIS.

Il n'y a pas bien longtemps de ce temps-là...

JUANITA.

Il y en a eu assez pour faire oublier l'ancienne galanterie française...

DUHOUSSAIS.

Il faut expliquer ce mystère, pourtant...

ISABELLE.

Que voulez-vous faire? courir après ces messieurs?

DUHOUSSAIS.

Et pourquoi pas? Savez-vous bien que je me faisais une joie de leur arrivée? j'avais, pour quelques jours, deux joyeux convives à ma table. Ils ont tant de choses à me conter! ils viennent de si loin! ils nous auraient donné des nouvelles fraîches de l'empereur. Nous aurions parlé d'Héliopolis, des Pyramides où j'étais; ils m'auraient parlé de la Moskowa, de Dresde, de Leipsick. Malheur et gloire, nous aurions tout mis en commun; au dessert, nous aurions bu à la mémoire de nos frères d'armes morts partout... Oh! ce sont de beaux moments ceux-là! Je veux ramener mes camarades, je veux les revoir; je les trouverai. (Il sort par la porte du fond.)

SCÈNE IX.

ISABELLE, JUANITA.

ISABELLE.

Eh! mon Dieu! qu'avons-nous besoin d'entendre parler bataille? qu'on me laisse à ma solitude! Mon mari est si bon, que je n'ose le contrarier dans ses goûts; mais c'est plus fort que moi, Juanita, la vue d'un uniforme français me bouleverse le cœur.

JUANITA, souriant.

Mais tu n'es pas seule, ici, ma sœur : il ne faut pas être égoïste comme cela, entends-tu?

ISABELLE.

Oui, Mademoiselle, j'entends... Pauvre enfant! à quoi songes-tu?.. n'es-tu pas bien comme tu es?

JUANITA.

Oui, mais je m'ennuie de ce bonheur-là.

ISABELLE, marchant vers son tableau.

Eh bien! tu auras de la société ce soir, rassure-toi. Mon mari n'aura pas de peine à retrouver ces messieurs. Les dames de la ville ne te les auront pas enlevés. (Elle s'asseoit et prend son pinceau.) En les attendant, je vais travailler un peu.

JUANITA, ironiquement.

Oui, travaille à ton paysage, cela te distrait. Je vais reprendre ma broderie, moi qui n'ai point de chêne à peindre. (Elle rentre.)

ISABELLE.

Méchante!

SCÈNE X.

ISABELLE, seule, peignant.

Elle est bien légère, ma sœur Juanita! Que Dieu la garde de tout malheur!.. Elle est encore si jeune, aussi!.. Ah! mon Dieu! qu'y a-t-il là?... ai-je un brouillard sur les yeux?.. quelle main a mis ces deux lettres sur le chêne de la Bohémienne? est-ce un sortilége?.. Oh! ces lettres luisent comme deux étoiles! elles m'ont éblouie. (Elle se lève avec vivacité et regarde partout avec terreur.) Personne ici!.. Oh! je me suis trompée!.. (Elle se replace devant le tableau.) Non, non les voilà bien!.. (Elle réfléchit.) Si c'était une espièglerie de ma sœur?.. quélle folie!.. (A sa sœur qui arrive.) Juanita !..

SCÈNE XI.

ISABELLE, JUANITA, sa broderie à la main.

JUANITA.

Me voici ! me voici !

ISABELLE.

Tu es bien imprudente, ma sœur.

JUANITA.

Voyons! qu'y a-t-il encore?

ISABELLE.

C'est bien toi qui as peint ces deux lettres-là?

JUANITA, courant au tableau.

Quelles lettres?

ISABELLE.

Ne plaisante plus... tu ne saurais dire l'effroi que tu m'as donné.

JUANITA.

Ces lettres! mais ce n'est pas moi.

ISABELLE, avec terreur.

Ce n'est pas toi?

JUANITA.

Je te le jure, ma sœur.

ISABELLE.

Ce n'est pas toi?

JUANITA.

Non, non... Oh! cela m'épouvante aussi... efface-les.

ISABELLE.

Mille fois, je les effacerai... (La porte du fond s'ouvre; entre Duhoussais.)

SCÈNE XII.

LES PRÉCÉDENTES, DUHOUSSAIS.

DUHOUSSAIS, riant aux éclats.

Les voisins m'ont pris pour un fou... Figurez-vous, Isabelle, que j'ai couru après eux jusqu'à la porte de la ville.

JUANITA.

Et vous ne les avez pas atteints?

DUHOUSSAIS.

Atteints!.. ils étaient à cheval, et moi à pied; je n'ai pas la prétention de suivre un cavalier au galop... je les appelais; oh! impossible de me faire entendre! il y a dans la ville un bruit, un tapage!.. c'est vraiment à faire plaisir. Ce sont des corps de musique qui jouent Veillons au salut de l'empire; et puis, des fanfares de trompettes et des roulements de tambours; et des trains d'artillerie qui passent comme des tremblements de terre! quel brouhaha!.. A propos, on organise la garde nationale, je suis nommé sous-lieutenant!

ISABELLE.

Ainsi, nous renonçons à ces messieurs?

DUHOUSSAIS.

Du tout. Ils ont sans doute poussé en amateurs une petite reconnaissance jusqu'aux avant-postes. C'est une promenade qui leur donnera de l'appétit. Nous les aurons à dîner.

JUANITA.

Ils ont donc promis!..

DUHOUSSAIS.

Ils n'ont rien promis, je ne leur ai pas parlé; mais nous allons leur écrire au quartier, là, vis-à-vis: ils trouveront notre billet d'invitation au retour.

JUANITA.

Ah! c'est bien pensé. Je vais chercher ce qu'il faut. (Elle rentre un instant et sort portant un encrier et du papier qu'elle dépose sur le guéridon.)

DUHOUSSAIS.

Tu parais chagrine, ma femme.

ISABELLE.

Moi!.. non.. je suis un peu contrariée de tout cela.

DUHOUSSAIS.

Ah! mon Dieu! dans les circonstances présentes, on vit comme on peut. Nous sommes au bivouac. (Il s'approche du tableau et le regarde.)

ISABELLE, émue, bas à Juanita.

Il regarde le tableau!.. va le distraire... (Juanita s'approche de Duhoussais.)

DUHOUSSAIS.

Voilà ton ouvrage à peu près terminé, je crois...

ISABELLE, à part.

A peu près... (A part.) je suis dans les transes.

JUANITA.

Dites-moi, mon frère, comment vous y êtes-vous pris pour faire la conquête de notre propriétaire, de M. Dandrey?

DUHOUSSAIS, toujours l'œil au tableau.

M. Dandrey! ah! oui, nous sommes d'excellents amis... C'est un tableau parfait... c'est un véritable petit chef-d'œuvre.

ISABELLE, à part.

Il regarde l'arbre!

JUANITA.

M. Dandrey prétend que vous lui avez sauvé sa maison, dites-moi, mon frère?

DUHOUSSAIS, toujours au tableau.

Oui, oui... il prétend cela... C'est un tableau dans la manière espagnole, ma femme.

JUANITA.

M. Dandrey...

DUHOUSSAIS.

M. Dandrey m'aime comme sa maison... Isabelle, je ne suis pas un grand connaisseur, mais il me semble...

JUANITA.

Ah! il vous est bien dévoué M. Dandrey, à cause de cette batterie.

DUHOUSSAIS.

Oui, très-dévoué...

JUANITA.

Lui qui abhorre tant tout ce qui porte épaulette.

DUHOUSSAIS.

Oui, lui qui abhorre tant... Un chiffre!.. quelles sont ces deux lettres?.. Ah! voilà une galanterie à laquelle je ne m'attendais pas! ta lettre et la mienne, Isabelle et Georges, c'est tout à fait pastoral, ma bonne amie.

ISABELLE, à part.

Oh! mon Dieu!

DUHOUSSAIS.

J'ai toujours aimé les chiffres gravés sur l'écorce des arbres; cela réjouit le cœur... Maintenant, voyons, écrivons notre billet d'invitation. Isabelle, mon aimable secrétaire, prends la plume. Ces galants militaires répondront à l'appel d'une dame.

ISABELLE, s'asseyant, à part.

Je n'ai plus de force.

DUHOUSSAIS, méditant.

Il faut leur tourner un billet d'agréable façon. (Il dicte.) «Madame Duhoussais...» Ah! j'ai oublié de vous dire que nous avons manqué d'avoir à dîner le brave général Harispe.

JUANITA.

Le général Harispe est ici?

DUHOUSSAIS.

Oui... il m'a répondu qu'il n'accepterait mon invitation qu'après avoir battu l'ennemi. (Il dicte.) «Madame Duhoussais...»

ISABELLE.

C'est écrit.

DUHOUSSAIS.

Bien. (Dictant.) «Vous prie de lui faire l'honneur de venir dîner chez elle aujourd'hui 30 mars.»

JUANITA.

Et son ami?

DUHOUSSAIS.

Ah! tu as raison. (Dictant.) «La même invitation s'adresse à votre ami, M. Adrien de Mauléon...» Mauléon ou de Mauléon... je ne sais pas s'il est noble... en tout cas, il est soldat français; c'est un titre qui anoblit... Ferme le billet...

ISABELLE.

L'adresse?

DUHOUSSAIS.

Oui, l'adresse... (Dictant.) «A monsieur Gaston de Verville.»

ISABELLE, tremblante.

Gaston?

JUANITA, à Duhoussais.

Ma sœur n'a pas bien entendu...

DUHOUSSAIS, appuyant sur chaque mot.

«A monsieur Gaston de Verville, colonel de chasseurs...» Cela suffit.

ISABELLE, sourdement.

C'est lui!

JUANITA.

C'est lui!

DUHOUSSAIS; il appelle un domestique.

Dubois, Dubois, portez ce billet au vaguemestre, à la caserne vis-à-vis... (A sa femme.) Merci, ma bonne amie. (Il lui donne un baiser. — A part.) Son front est brûlant... (A Juanita.) Ta sœur paraît bien agitée.

JUANITA.

Un peu, un peu, ce n'est rien... le changement de saison... l'approche du printemps...

DUHOUSSAIS.

Ah!.. (Il réfléchit et regarde le tableau.)

ISABELLE, à part.

C'est donc lui!

ACTE DEUXIEME.

Un salon élégant. — Une porte au fond. — Une autre à droite, dans
l'angle du fond. — Une autre à gauche. — Au premier plan, une
croisée à droite. — Deux flambeaux allumés sur une table.

SCÈNE PREMIÈRE.

ADRIEN et GASTON.

ADRIEN.

Gaston, regarde-moi bien en face, j'ai un interrogatoire à te
faire subir... Écoute : depuis dix jours, environ, que nous
sommes rentrés ici, sur l'invitation à dîner de madame Duhoussais, toi et moi, nous avons changé de rôle : Mentor c'est
moi, Télémaque, c'est toi. Or, avec tout l'ascendant que la
sagesse sait prendre sur une jeunesse inconsidérée, je te somme
de répondre à ma question : Où allais-tu quand je t'ai rencontré sur l'escalier ?

GASTON.

Pourquoi cette demande ?

ADRIEN.

Ce n'est pas une question que je te demande, c'est une réponse.

GASTON, souriant.

Ah çà ! mais... je te trouve bien singulier...

ADRIEN.

Eh bien ! je vais parler pour toi ; il est neuf heures, c'est un
moment suspect ; monsieur Duhoussais est de service au poste
de la Porte-Neuve ; madame Duhoussais va traverser cette
pièce, pour se rendre à sa chambre à coucher... là... (Désignant
la porte à gauche.) et tu viens attendre, ici, madame Duhoussais.
Je te soupçonne même d'avoir fait donner de l'avancement au
mari : de simple gros major dans la garde impériale, il est
devenu sous-lieutenant dans la garde nationale. Te voilà seigneur et maître dans cette maison.

GASTON.

Oh! Adrien, tais-toi, tais-toi, tu ne me comprends pas. Oui,
depuis dix jours, je cherche l'occasion de parler sans témoins
à madame Duhoussais ; mais je n'ai dans l'esprit aucune pensée coupable : je veux me justifier de ce brusque abandon qui
me rendit criminel à ses yeux, et qui m'a coûté pourtant cinq
années de chagrins bien amers. Oui, j'espère lui parler ce soir ;
car demain peut-être il ne serait plus temps ; demain la bataille ; demain, vainqueurs ou vaincus, nous quitterons Toulouse. Il faut donc en finir ce soir... Adrien, ce sol me brûle
les pieds, comme une lave ; l'air que je respire sous ce toit
m'est plus mortel qu'une batterie à brûle-pourpoint. Mort ou
vivant, je quitterai demain cette maison.

ADRIEN, vivement.

Ah! c'est donc demain que nous nous battons ?

GASTON.

Oui, demain... tu vois que c'est bientôt...

ADRIEN.

Non, bien tard.

GASTON.

Oui, surtout pour moi... mais vois si je ne joue pas conti-
nuellement de malheur ! Écoute : on craint quelque mouvement en ville ; certains quartiers, ici, à Toulouse, sont anglais, bien qu'on y parle français ; on veut donc avoir l'œil
sur eux. La garde nationale ne suffit pas probablement. On a
désigné un régiment de réserve pour ce service intérieur de
surveillance ; le choix est tombé sur le mien : me voilà cita-
din ; vous aurez la gloire de la bataille et moi la police de la
ville... mon astre est fatal !

ADRIEN.

Que faire ! il faut obéir...

GASTON.

J'obéirai... tu te battras pour moi.

ADRIEN.

Je frapperai des deux mains... mon pauvre Gaston ! Te
voilà donc placé entre deux feux ! ici, l'ami ; au dehors, l'ennemi.

GASTON.

Ce n'est pas l'ennemi que je crains...

ADRIEN.

Je crois bien. C'est que je tremble pour toi ; tu as à faire à
une femme redoutable : une Espagnole est irrésistible dans ses
séductions. Tu vas te trouver, comme un moderne Hippolyte,
devant une autre Phèdre ; seulement, ta position est plus morale : tu n'es pas son fils ; mais ta Phèdre est une Castillane
de vingt ans. Prends garde à toi ; voyons : as-tu pris une résolution ? rien ne calme le sang comme une résolution prise.

GASTON.

Adrien, la vérité pure, c'est que je n'ai pris aucune résolution ; j'ignore où je vais ; je flotte au hasard...Sais-je si ce que
je veux faire vaut mieux que ce que je ne fais pas ?... Il y a
une main qui me saisit aux cheveux, une voix qui me crie :
Marche ! j'obéis à cette main, à cette voix.

ADRIEN.

Si c'est ainsi, un homme fort et sensé comme toi devrait
lutter contre la destinée ; c'est un devoir.

GASTON.

En voilà un autre ! ceux qui nous conseillent de lutter contre
la destinée sont de singuliers philosophes... le plus raisonnable, je crois, c'est de s'abandonner au courant et d'y jeter
voiles et gouvernail... La destinée n'est pas un lac où l'on
vogue à plaisir, c'est un torrent qui nous emporte... où? Dieu
le sait !... A Saragosse, j'aime une jeune fille que je rencontre
sur mon chemin ; j'avais vingt ans, elle seize... Jusque-là
point de crime... Une nuit, la guerre me prend, moi et mon
cheval, et nous jette... à Moscou ! Le tiers du globe sans dé-
brider ! Mon malheur, à moi, c'est de n'avoir pu me débarrasser, dans ce long chemin, de ce premier amour, et de
l'avoir pris au sérieux. Il fallait un phénomène dans ma profession ; c'est moi que le sort a choisi... Sous les sapins de la
Bérésina, je pensais aux tièdes jasmins du jardin d'Isabelle !...
A Leipsick, je reste seul de mon régiment, c'est bien heureux,
n'est-ce pas ? pourquoi ne me suis-je pas trouvé sur le passage
d'un boulet ?... Tous ceux qui sont morts à côté de moi, ce
jour-là, n'avaient point d'amis à déshonorer !... il fallait que
je leur survécusse, moi, parce qu'il fallait qu'ici, à Toulouse,
un noble militaire, mon frère d'armes, fût empoisonné par le
champ de bataille, un époux qui a mis toute sa joie dans sa
femme et son enfant ! voilà pourquoi j'ai échappé à Leipsick !...
fatalité !... Non, non, je veux le voir, Duhoussais, je veux
avouer... je veux me fortifier de sa présence, de son amitié...
je veux le voir souvent... et dans deux jours, qui sait où nous
serons encore ? sur le chemin de Moscou peut-être.. Il faut !
au moins attendre deux jours... deux jours encore, et je suis
sauvé !

ADRIEN.

Je t'écoute, mon ami, et je te plains !

GASTON.

Oh! oui, plains-moi, ne m'accuse pas ! (Prêtant l'oreille.) J'en
tends marcher dans l'escalier qui descend au jardin. (Il s'approche de la porte à droite à l'angle du fond.) Adrien, je reconnais son
pas... c'est elle !... elle va traverser cette pièce pour se rendre... à sa chambre ; je l'attends... non, je te suis, Adrien...
non, reste avec moi... non, sors.

C'est un congé singulier que tu me donnes... je vais employer mon temps, je vais préparer ma toilette de bataille...
(Il sort.)

SCÈNE II.

GASTON, puis ISABELLE, costume espagnol de rigueur.

GASTON, voyant entrer Isabelle. — A part.

C'est bien elle !

ISABELLE ; elle s'arrête immobile sur le seuil de la porte qu'elle vient de
refermer et regarde Gaston. — Bas.

Le voilà !

GASTON, à part.

Toute ma force m'abandonne !... songeons à Duhoussais,
à mon ami. (Haut.) Madame...

ISABELLE, secouant la tête tristement. — A voix basse.

Madame !

GASTON.

Madame, vous permettrez que je me retire... je cherchais
M. Duhoussais... votre époux...

ISABELLE.

M. Duhoussais est sorti ; vous vouliez sans doute lui faire
vos adieux ?...

GASTON.

Oui, Madame... non... je voulais le voir... j'ai besoin de le
voir...

ISABELLE.

Gaston... depuis dix jours, oui, depuis dix jours, c'est la première fois qu'il m'est permis de vous parler sans témoins...
depuis dix jours, je n'ai pu jamais que vous entrevoir... c'est
seulement aujourd'hui que je vous vois... Laissez-moi vous
voir un instant. (Après un instant de silence.) Que dites-vous de
notre situation ?

GASTON.

Je me suis résigné à la mienne, Madame...

ISABELLE, bas.

Toujours Madame! (haut.) Et la mienne?...

GASTON.

Vous paraissez heureuse, Madame; vous avez un époux qui vous aime... vous avez un enfant que vous aimez...

ISABELLE, vivement.

Je sais cela.

GASTON.

Il ne m'est pas permis, Madame, d'ajouter autre chose.

ISABELLE.

Vous aviez plus de hardiesse autrefois, monsieur de Verville. Les hommes sont ainsi... chemin faisant, on trouve une fille innocente... c'est une fleur qu'on respire un instant, et qu'on jette bien loin ensuite... simple amusement de militaire en pays ennemi... On déshonore une enfant, pour gagner un pari fait au bivouac... qu'est-ce que l'honneur d'une enfant?... ne faut-il pas des plaisanteries aux veillées du soldat? c'est l'honneur d'une pauvre fille qu'on sert ordinairement au repas de l'orgie, entre jeunes hommes! et puis on passe outre... Aujourd'hui, c'est Saragosse qui a fourni son contingent, demain, Madrid donnera le sien... Tout n'est-il pas permis en pays conquis? On tue les hommes, on déshonore les femmes... Cette morale est dans toutes vos chansons; vous êtes renommés pour cela, vous autres Français! Il arrive quelquefois qu'une de ces malheureuses filles séduites a pris au sérieux cet amour, dont on lui parlait; qu'elle s'en est réjouie dans son cœur, de cet amour; cette âme naïve ne connaissait pas votre code; on l'a prise en traître; on avait contre elle une parole grave et une pensée railleuse... et l'on a laissé cette jeune fille, à seize ans, dans un enfer, quand elle entrevoyait le ciel, entre jeunes hommes! et puis on passe outre... c'est l'honneur d'une pauvre fille, la candide enfant!... Au bout de quatre, cinq, six ans, on retrouve la jeune fille devenue femme; on lui fait étourdiment une espiéglerie de garnison; on parodie sur un tableau un chiffre amoureux; on rit beaucoup avec un ami de cette folle équipée; surtout on fuit le tête-à-tête, parce qu'il y a là un compte à rendre fort sévère... et si quelque plainte vient à se faire jour, la consolation est toute prête... on lui dit : Mais, Madame, vous êtes heureuse, vous avez un mari et un enfant... M. de Verville, qu'avez-vous à répondre à cela?...

GASTON, vivement agité.

Moi, Madame... rien: je suis bien coupable à vos yeux; j'aime mieux me taire que me justifier...

ISABELLE.

Vous avez raison; le silence est ce qu'il y a de plus commode, dans votre cas.

GASTON, soupirant.

Ah! (Il se couvre le visage de ses mains.)

ISABELLE.

Ainsi, Monsieur, vous restez sous le poids de mon accusation.

GASTON.

Madame! Madame! ces murs ont des oreilles, peut-être, cet air est tout rempli de la présence de votre époux.

ISABELLE, avec un sourire d'ironie.

Comme la prudence arrive avec l'âge!... Lorsque la jeune fille disait à Gaston : « Les arbres du jardin ont des oreilles; les murs de la maison de mon père nous regardent avec toutes leurs croisées en feu! » Gaston répondait : « Non, non, la nuit est noire; la fontaine et le vent couvrent nos voix, l'épais feuillage couvre nos amours. » Alors Gaston ne craignait pas de compromettre une jeune fille... il a pris de l'expérience, Gaston, il a vieilli... il avait vingt ans, il en a vingt-cinq... c'est le doyen de l'armée... Eh bien! homme prudent, ne craignez ni pour moi, ni pour vous... ma sœur est là... (Montrant l'antichambre.) ma sœur veille, et M. Duhoussais est loin... Il ne rentrera que demain... je puis vous dire sans crainte tout ce qui est là, dans mon cœur, amassé depuis dix jours; comme je vous le dis sans crainte, tâchez de m'écouter sans remords.

GASTON, éclatant.

Oh! je ne puis plus me contraindre! Quand ce sol s'ouvrirait sous mes pieds, quand ces murs m'écraseraient, je veux, Isabelle, me dévoiler à vous! Eh bien! sachez que j'ai sollicité comme une faveur insigne de venir rejoindre l'armée en Espagne pour vous revoir, pour vous retrouver digne de moi, pour vous donner mon nom. J'allais chercher Isabelle à Saragosse, j'ai trouvé à Toulouse madame Duhoussais! Votre époux, Isabelle, c'est mon ami, vous le savez. Que me demandait l'honneur alors? ce qu'il me demandait, je l'ai fait. Je vous ai montré un visage froid; j'ai enseveli mon amour dans mon âme; j'ai employé autant d'art et de dissimulation à vous paraître indifférent, qu'un indifférent en emploie à paraître passionné. (Isabelle s'approche radieuse.) J'ai... Vous voulez me répondre, Isabelle?

ISABELLE, avec amour.

Non, non... parlez toujours, parlez.

GASTON.

Après cet aveu, il ne me reste qu'à mourir, je le sais; heureusement la mort est facile, aujourd'hui; toutes les portes de Toulouse mènent à la mort; ici le désespoir n'a pas besoin de suicide mais avant de mourir, j'ai voulu demander une larme à celle qui me survivra.

ISABELLE, avec feu.

Vous ne mourrez pas, non, vous ne mourrez pas; c'est moi qui vous ordonne de vivre, c'est trop facile de mourir; j'ai bien vécu, moi!

GASTON, avec mélancolie.

Isabelle je vous ai trop aimée pour vous voir l'épouse d'un autre et vivre... tout bonheur est perdu pour moi. Vous savez quels liens sacrés de fraternité militaire m'attachent à votre mari?.. eh bien! en te disant que je t'aime encore, je suis déjà criminel, je forfais à l'amitié, je mérite la mort...

ISABELLE.

Et moi aussi je vous aime encore, et bien plus que je ne vous aimais à Saragosse... Savez-vous bien tout ce que le soleil espagnol met en nous d'amour, d'amour inexorable, d'amour dévorant? savez-vous bien de quels souvenirs je suis poursuivie dans ces tristes jours? Comment veut-on que je pense à mes devoirs, aujourd'hui, dans ces heures brûlantes, au milieu de ce fracas de bataille, dans cet air de désolation qui semble nous annoncer la fin du monde? Demain le volcan nous engloutira tous, peut-être, et l'on nous ferait un crime de saisir où notre dernière minute, pour nous rappeler nos amours! à moi surtout, pauvre Espagnole, pauvre femme de malheur, qui me suis mariée à genoux sur une tombe, qui ne connais rien de ce que les hommes ont arrangé entre eux! Oh! non, je veux encore te dire une fois que je t'aime, car tu es l'astre adoré qui rayonna sur mes seize ans, car j'ai emporté partout avec moi cette atmosphère de bonheur que ta bouche exhala sur mon front; aujourd'hui, en te revoyant, j'ai revu le jardin, le bosquet, le chêne de nos amours, car toi et eux ne font qu'un à mes yeux. Dès que je te vois, je vois tout ce que j'aimais au monde, tout ce qui chanta mon amour naissant : la fontaine, les arbres, les oiseaux et la brise du soir dans les jasmins de mon pays. Ta vue m'enivre encore de toutes ces délices que j'ai trouvées en entrant dans la vie de l'amour; j'étais heureuse et pure, lorsque tu descendis des cieux devant moi, ange de ma vie... Va, il faut trop de calme pour penser à ses devoirs.

GASTON.

Ses devoirs!... (Il s'assied épuisé.)

ISABELLE.

J'oublie tout, excepté toi : mon honneur, c'est toi; la société, c'est toi; ma famille, c'est toi; mon Dieu, c'est toi... Veux-tu mourir, à présent? Meurs; mais songe bien qu'à ce rendez-vous du tombeau que tu me donnes, tu ne m'attendras pas longtemps comme autrefois au rendez-vous de mon jardin... Après avoir séduit la jeune fille, veux-tu maintenant tuer la femme... dis...?

GASTON, s'asseyant épuisé, d'une voix faible et amoureuse.

Isabelle, c'est moi que tu me tues... Si j'ai troublé ton bonheur, tu me le rends aujourd'hui, nous sommes quittes.

ISABELLE, à genoux devant lui.

Quittes! pas encore, Gaston... mais tu vivras, Gaston, n'est-ce pas...? tu vivras, dis...?

GASTON.

Isabelle, as-tu bien songé?..

ISABELLE, amoureusement.

Tu vivras?

GASTON.

As-tu bien songé?

ISABELLE, vivement.

Je ne songe à rien, je te regarde!

GASTON.

Isabelle, ouvre cette croisée... j'étouffe.

ISABELLE, se levant avec précipitation, ouvre la croisée. — La main au front de Gaston.

Tu es brûlant... l'air du soir te fera du bien. (Elle regarde par la croisée en jardin.) Que la nuit est belle! c'est l'Espagne, c'est son parfum, c'est son beau ciel! l'amour est dans l'air... viens respirer le printemps... viens... Gaston... Allons, obéissez, Monsieur.

GASTON, se levant avec effort et marchant vers la croisée ouverte. — A part.

Je me sens perdu.

ISABELLE, elle l'entraîne à la croisée, le bras droit au cou de Gaston.

Quelle soirée délicieuse! Voilà l'étoile que nous avons regardée ensemble tant de fois; je la regarde toutes les nuits, depuis cinq ans, et je pleure, comme d'un malheur, quand un nuage la couvre... Gaston... je le sens, tu m'aimes toujours.

GASTON, il l'embrasse.

Toujours. . dussé-je en mourir !

ISABELLE.

Ne parle plus de mort... moi, je renais... j'ai l'extase de la convalescence après une maladie cruelle...

GASTON, tristement.

Oui, mais demain?

ISABELLE.

Il n'y a pas de demain!.. depuis quelques minutes, ma main est dans la tienne... pour ces minutes, je donnerais ma vie... n'est-ce pas que l'air de mon jardin t'a fait du bien ?

GASTON.

Oui, Isabelle... (Souriant avec tendresse.) je me trouve mieux... Comme ce jardin est sombre !

ISABELLE, avec mélancolie.

Il était sombre aussi, l'autre !.. Voici Juanita ! (Elle serre vivement la main de Gaston, ouvre la porte du jardin et y descend.)

SCÈNE III.

GASTON, JUANITA, puis DANDREY.

JUANITA, du ton d'un domestique qui annonce.

Je vous annonce monsieur Dandrey.

DANDREY.

Oh! pas tant de cérémonie avec moi; jamais je ne me fais annoncer... Colonel, je vous apporte la proclamation du maréchal... on vient de l'afficher à ma porte... Cela faisait attroupement; ma maison était remarquée... il y avait même des officiers, de ceux qui ont des canons en croix sur leurs boutons, qui disaient, en regardant ma maison : « On pourrait établir là une jolie batterie de quarante-huit; » alors j'ai arraché la proclamation pour vous l'apporter; elle est toute fraîche... (Juanita la saisit et s'asseoit pour la lire.)

JUANITA.

J'aime les proclamations, moi... l'avez-vous lue, monsieur Dandrey?

DANDREY.

Oui, je l'ai lue... le commencement... Soldats! je me suis arrêté à Soldats! cela ne me regarde point, je suis propriétaire.

(Pendant cette phrase, Gaston jette des coups d'œil dans le jardin, à la dérobée.)

JUANITA, lisant.

Cela me regarde, moi.

DANDREY.

Êtes-vous soldat, Mademoiselle?... Oh! pardon... j'ai la tête brouillée...

JUANITA.

J'aime les proclamations... (Elle poursuit sa lecture.) Ah! c'est demain la bataille, enfin !..

DANDREY, joyeusement.

Demain, ah! (Tristement.) Demain, oh! (Il laisse tomber ses bras. — Joyeusement.) Ma belle patrie! (Avec tristesse.) Ma pauvre maison! (Il tire sa montre.) Ma patrie n'a plus que vingt-quatre heures de souffrances à subir, montre en main!.. Bah! Dieu, qui sauve ma patrie, sauvera ma maison par-dessus le marché!.. Grand Dieu! écoute la prière d'un bon Français: donne la victoire aux Anglais. (Il s'approche de Gaston.) Colonel... Ah! je vous dérange, peut-être ?

GASTON, avec distraction.

Oui...

DANDREY, à part.

Ces satellites du tyran sont d'une impolitesse !.. C'est égal, vexons-le... Colonel, à quelle heure croyez-vous que commencera la bataille?

GASTON, se promenant agité.

Allez le demander au maréchal.

DANDREY.

Je n'ai pas l'honneur de connaître le maréchal.

GASTON.

Eh bien ! allez le demander aux Anglais.

DANDREY, à part.

Épigramme! faisons une autre question... Colonel, pourrais-je vous demander la permission d'aller demain matin, à l'aube, voir les préparatifs de la bataille, du balcon de votre belvéder? les préparatifs seulement : je veux m'assurer qu'il n'y a point de batterie dans la direction de ma maison.

GASTON.

Venez, Monsieur, vous êtes chez vous. (A part.) Il ne sortira pas, le maudit !

DANDREY.

C'est que j'aurai le temps d'écrire une lettre à lord Wellington, pour le prier de changer ses batteries; on ne peut pas se refuser ces services entre...

JUANITA, quittant la proclamation.

Entre Anglais, non.

DANDREY, à part.

Elle aussi! cette petite bonapartiste !.. deux épigrammes! (Haut.) Ainsi j'irai vous importuner demain matin.

JUANITA.

C'est le mot!

DANDREY, à part.

Et de trois!.. (Haut.) Je m'offre même à vous réveiller avant le jour, colonel; moi, je ne dormirai pas; la veille des batailles, je me promène toute la nuit, dans ma chambre, et je prends du thé...

JUANITA.

Vous avez donc vu des batailles?

DANDREY.

Moi! jamais!.. un propriétaire!..

JUANITA.

Mais que ne passez-vous aux Anglais, Monsieur?

DANDREY.

Oh ! ce serait déjà fait, si je pouvais emporter ma maison avec moi... je reste pour défendre ma propriété, ou pour m'ensevelir sous ses décombres comme Priam... Colonel, encore une question ?..

GASTON, hors de lui.

Monsieur, si je respectais la maison de M. Duhoussais, je vous aurais déjà montré la porte.

DANDREY, furieux.

La porte de ma maison !.. c'est bien ! jouissez de votre reste; vous avez encore vingt-quatre heures d'insolence à dépenser... demain soir vous viendrez peut-être frapper à la porte de ma maison ; elle vous sera fermée.

GASTON, de même.

Votre maison, je la ferai raser, vous êtes un Français d'Angleterre, vous êtes un traître, vous êtes un espion; oui, Monsieur, vous venez nous espionner, vous faites un lâche métier; votre présence m'est odieuse; je la souffre, parce que je ne puis vous chasser; si vous avez un peu d'âme, vous vous chasserez vous-même d'ici; si vous êtes sans entrailles, vous resterez; alors ce sera moi qui sortirai... pour vous humilier, je sors. (Gaston descend au jardin.)

SCÈNE IX.

DANDREY, JUANITA.

(Dandrey reste un instant comme foudroyé.)

DANDREY, au comble de la colère.

A-t-on jamais vu insolence pareille!.. et je ne me vengerai pas!!!.. oh! si je ne me vengeais pas, je serais le dernier des propriétaires! l'honneur de ma maison a trop souffert des insultes de ce soldat !.. il paraît que leurs affaires vont bien mal !..

JUANITA, alarmée.

Quelles affaires?

DANDREY.

Eh! leurs affaires bonapartistes!.. à coup sûr ce ne sont pas des affaires d'amourettes qui les tracassent, ces jeunes fous! au fait, il y a de quoi!.. l'ennemi, l'Anglais, veux-je dire, est en force, et je crois que ce ne sera pas long, demain... M. le colonel de Verville le sait bien!.. il a été avec moi d'une impolitesse très-crue... c'est un homme que je n'ai jamais aimé... J'aime l'autre, son ami, M. Adrien... oh! celui-là est un charmant garçon, je suis même fâché de l'avoir connu.

JUANITA.

Pourquoi donc, monsieur Dandrey?

DANDREY, faisant un signe de mort.

Eh ! parce que demain... tous ces gens-là... bonsoir !

JUANITA.

Oh! ne lui portez pas malheur, à ce pauvre M. Adrien !

DANDREY.

Ah! tout ça est une proie! et puis, voyez-vous, Mademoiselle, ce sont des traîtres, tous ces hommes-là...

JUANITA.

Comment ! ces hommes qui défendent le pays?

DANDREY.

Ils défendent l'usurpateur, ce sont des traîtres! mais ne parlons pas politique... ce sont des traîtres !... Il n'y a que ce bon M. Duhoussais que je porte là dans mon cœur; pour lui, je donnerais un étage de ma maison. Ah! qu'il n'est-il ici !.. je lui proposerais d'acheter ma maison, ce soir, sous seing privé...

JUANITA.

Ah! voici M. Adrien, j'entends sa voix sur l'escalier.

DANDREY.
Je vais le proposer à M. Adrien.

JUANITA.
Un chef d'escadron ! y pensez-vous !..

DANDREY.
Voyons s'il nous apporte quelque nouvelle !

SCÈNE V.

Les précédents, ADRIEN.

ADRIEN, un bougeoir à la main qu'il dépose sur la table.
Je vous trouve à propos, monsieur Dandrey... (A part.) que le diable l'emporte !

DANDREY.
Voudriez-vous acheter...?

ADRIEN.
Voilà les seules emplettes que je puisse faire à présent... regardez... (Il montre un paquet de cartouches.) c'est de circonstance...

DANDREY.
Des cartouches ! cela fait frémir !

ADRIEN.
Je vous annonce, monsieur Dandrey, que vous venez d'être nommé, à l'unanimité, caporal de la garde nationale. Derrière moi, s'avance la députation chargée de vous féliciter et de vous amener au bastion de Saint-Cyprien, où vous aurez l'honneur de tirer demain votre premier coup de fusil.

DANDREY, troublé.
Sérieusement, monsieur Adrien ?

ADRIEN.
La veille d'une bataille, je ne plaisante plus ; quand la mort est là, trêve aux mystifications ! c'est la morale du camp.

DANDREY.
Est-ce possible !

ADRIEN.
Oui, caporal.

DANDREY, reculant d'un pas.
Oh ! mon Dieu !

JUANITA.
Allons, monsieur Dandrey, vous voilà un de nos défenseurs.

DANDREY.
Mais y a-t-on bien songé ?

ADRIEN.
Oui, caporal.

DANDREY, reculant encore.
Oh ! caporal ! ça fait peur ! mais a-t-on bien songé que j'étais propriétaire ?

ADRIEN.
Mais si les propriétaires ne défendent pas les maisons, qui les défendra ? ceux qui n'en ont point ?

DANDREY.
Mais donnez-moi des conseils, mon bon Monsieur.

ADRIEN.
Des conseils ? je vous donnerai des cartouches. (Il parle bas à Juanita.)

DANDREY, avec une intention de malice.
Votre provision de guerre n'est pas forte, gardez-la toute pour vous. Demain vous aurez cent mille hommes sur les bras.

ADRIEN.
Cent mille ? c'est possible, je ne les ai pas comptés.

DANDREY.
Mais vous autres, vous êtes-vous comptés ? on dit que vous n'êtes que trente mille.

ADRIEN.
Trente mille, tout juste ! nous nous battons un contre trois : aujourd'hui, comme toujours, la partie est égale. (Il parle bas à Juanita.)

DANDREY, à part.
Décidément, l'Adrien ne vaut pas mieux que le Gaston ; ce sont eux qui depuis dix jours me martyrisent à coups d'épingle. Je vais m'enterrer dans ma cave ; au diable le caporalat ! Je m'en vengerai bien demain ! les maudits bonapartistes !

ADRIEN.
Monsieur Dandrey, en vous rendant à votre poste, je vous conseille de jouir d'un superbe feu d'artifice qu'on va tirer sur la rivière de Lers.

DANDREY.
Ah !

ADRIEN.
Hâtez-vous un peu, la mèche est allumée, on va faire sauter six arches du pont de Balma.

DANDREY, sautant en s'esquivant.
Sainte-Vierge des Anglais !...

SCÈNE VI.

ADRIEN, JUANITA.

ADRIEN.
Oui, vous dis-je, c'est une plaisanterie ; je voulais nous débarrasser de lui ; j'ai à vous faire mes adieux, et je ne veux pas mettre M. Dandrey dans la confidence de mes adieux, tout innocents qu'ils soient.

JUANITA, tristement.
Vos adieux ! monsieur Adrien... n'auriez-vous pu trouver un autre mot ?

ADRIEN.
Nous marchons à un combat d'extermination ; la fosse sera large demain à cette heure, et beaucoup de nous, tous peut-être, y seront étendus, le maréchal et le dernier soldat. Si, la veille d'une pareille fête, on ne dit pas à ses amis : Adieu, il faut supprimer ce mot de la langue. (Il prend une main de Juanita.) Comment, Mademoiselle, vous allez vous attendrir ? félicitez-moi donc : j'ai oublié comment sifflent les balles, parole d'honneur ! je vis en rentier ; mon cheval ne sait plus ce que tout cela signifie, il engraisse : enfin nous allons recommencer à vivre demain.

JUANITA.
Dans une bataille ?

ADRIEN.
Eh ! oui dans une bataille, souvent il n'y a que les maladroits qui sont tués ; adieu donc, belle Juanita. (Avec tendresse.) Tenez, je sens là que je vous aurais aimée...

JUANITA.
Que vous me faites de la peine !

ADRIEN.
Ce soir, avant de monter à ma chambre pour m'y reposer quelques heures, ou faire semblant, j'ai voulu vous entrevoir une minute ; votre visage m'a fait du bien ; il rayonne à mes yeux dans la nuit, comme un soleil.

JUANITA.
Demain matin je ne vous reverrai donc plus ?

ADRIEN.
Au coup de quatre heures, nous serons à cheval, avant l'aube, peut-être.

JUANITA.
Eh bien ! je serai levée avant l'aube.

ADRIEN.
Non, non, Juanita, je ne veux pas vous faire deux fois mes adieux... qui sait ? cette nuit, peut-être le tocsin... permettez-moi de vous embrasser.

JUANITA.
Un instant, j'ai une prière à vous faire... demain, ne vous battez pas avec les Espagnols ; puisqu'il y a des Anglais dans l'armée anglaise, battez-vous avec les Anglais.

ADRIEN.
Oui, avec les Espagnols, je me défendrai seulement.

JUANITA.
Vous m'oublierez dans la bataille.

ADRIEN.
Vous oublier ! oh ! nous sommes de trop vieilles connaissances ; voilà dix jours que nous habitons la même maison. Dix jours en temps de guerre, c'est dix ans ; la veille d'une bataille, c'est la vie.

JUANITA.
Écoutez-moi, monsieur Adrien, demain matin je serai ici, à l'aube, je vous donnerai un scapulaire et je vous embrasserai ; cela vous portera bonheur.

ADRIEN.
Un scapulaire et un baiser ; ma belle Espagnole, tenez, si cela vous était indifférent, vous mettriez encore un baiser à la place du scapulaire.

JUANITA.
Non, un scapulaire et deux baisers.

ADRIEN.
Allons, j'accepte tout.

JUANITA.
Bonne nuit, monsieur Adrien.

ADRIEN.
Elle sera bonne, mais courte... (Il lui baise la main. Juanita accompagne Adrien à la porte du salon et le salue encore de la main.)

SCÈNE VII.

JUANITA, seule.

Le bon jeune homme! Ah! depuis vingt ans on nous tue tous les hommes; les jeunes filles sont à plaindre! si par hasard elles viennent à se marier, elles épousent des invalides... comment veut-on, après... Ah! mon Dieu! mon Dieu! ma sœur! ma pauvre sœur! (Elle prête l'oreille à la croisée du jardin.) Comme elle tarde de monter!.. et M. Duhoussais qni lui avait tant recommandé de se mettre au lit de bonne heure! demain, ce maudit canon nous réveillera avant le jour... Je descends au jardin pour appeler ma sœur. (Elle prête l'oreille d'un air d'effroi et marche vers la porte du fond.) Je ne crois pas me tromper... cette voix qui parle sur l'escalier... c'est la voix... de... non! non!.. impossible!... oui, oui, c'est M. Duhoussais... c'est mon beau-frère... c'est lui!

SCÈNE VIII.

JUANITA, DUHOUSSAIS.

DUHOUSSAIS, il entre avec précipitation.
On ne m'attendait pas à cette heure, n'est-ce pas?

JUANITA, troublée.
Non, mon frère...

DUHOUSSAIS.
Isabelle, ma femme, où est-elle? que fait-elle?

JUANITA, au comble de l'effroi et regardant le jardin.
Ma sœur... elle dort depuis longtemps.

DUHOUSSAIS, il regarde la porte à droite.
Elle dort! elle dort! c'est bien! en effet, il est déjà fort tard... Et mon enfant?

JUANITA, se rassurant.
Il dort aussi...

DUHOUSSAIS.
Et ces messieurs? nos amis?

JUANITA.
Ils rentrent à l'instant...

DUHOUSSAIS.
Ensemble?

JUANITA, embarrassée
Oui... je crois, ensemble.

DUHOUSSAIS.
C'est bien! tu peux te retirer... je vais appeler le domestique... il faut que je parle à Gaston...

JUANITA, vivement.
J'irai, moi, dire au domestique d'appeler M. de Verville: en allant à ma chambre, je passe devant le domestique; tenez, amusez-vous à lire la proclamation.

DUHOUSSAIS.
Adieu, Juanita! (Il la baise au front.)

JUANITA.
Bonne nuit, mon frère... (A part.) Que signifie tout ceci?

SCÈNE IX.

DUHOUSSAIS, seul.

(Il est accoudé sur la table, le front sur sa main, et lit la proclamation.
— Après une minute de silence.)

Le chef de poste ne m'a donné qu'une demi-heure de congé... (Il tire sa montre) J'ai vingt minutes encore... c'est assez.

SCÈNE X.

DUHOUSSAIS, GASTON.

(Gaston entre, la chevelure en désordre, pâle, l'œil hagard.)

DUHOUSSAIS.
Bien! te voilà, Gaston, viens t'asseoir là, près de moi. (Il est toujours assis, et il fait signe à Gaston de s'asseoir auprès de lui; Gaston prend un fauteuil et s'assoit.) J'ai une terrible confidence à te faire. (Il se lève pour fermer la croisée et la porte du fond.)

GASTON, au comble de l'effroi.
Ah! mon sang se gèle! que va-t-il me dire?.. et Isabelle qui est encore au jardin!

DUHOUSSAIS.
Que personne ne m'écoute au moins, mon honneur y est intéressé..... (Il se rassoit.) Gaston, tu le sais, j'ai servi quinze ans, et avec une certaine distinction, je crois. J'ai passé le pont d'Arcole sous le feu des Autrichiens...; j'étais aux Pyramides dans le carré de Desaix; au Thabor, dans la redoute étoilée de Kléber: nous étions deux mille contre cent mille

Arabes; à Aboukir, dans la cavalerie de Murat; à Héliopolis, avec les hussards. J'ai vu Marengo et Austerlitz, deux terribles journées! J'ai vu Friedland: c'est là que je te sauvai la vie; tu n'avais que dix-huit ans, l'empereur te donna la croix et me fit chef d'escadron; c'est là que je te mis sur le chemin de la fortune, car j'ai toujours été pour toi, Gaston, plus qu'un ami: je t'ai tenu lieu de père. (Gaston fait un signe affirmatif.) D'autres ont fait plus que moi, sans doute, mais j'ai mérité, je crois, au moins, la réputation de bon soldat... qu'en dis-tu?

GASTON.
Ce préambule...

DUHOUSSAIS.
Laisse de côté le préambule; que penses-tu de moi, comme soldat?

GASTON.
Je pense, avec toute l'armée, que vous êtes un brave.

DUHOUSSAIS.
C'est bien! j'ai besoin que tu me le dises; ta bouche ne sait pas flatter, même un ami... tu penses donc que j'ai toujours montré du cœur?

GASTON.
Toujours... je ne connais pas de meilleur soldat que vous.

DUHOUSSAIS.
Et maintenant, si je t'avouais... si je t'avouais que j'ai eu peur, ce soir, que dirais-tu?

GASTON.
Je dirais que vous vous êtes trompé.

DUHOUSSAIS.
Je te remercie, mais écoute encore... écoute. En quinze ans de guerre, j'ai vu mille fois luire à l'horizon les feux des bivouacs ennemis, pendant la veillée des batailles. J'ai même toujours vu ces lignes de feux avec autant de plaisir que ma femme en éprouve à voir de cette croisée une bordure de roses dans ce jardin: c'étaient comme des feux de joie qui faisaient tressaillir mon âme de soldat... Le croirais-tu? tantôt, en me promenant sur les remparts, un frisson a couru sur tout mon corps, je me suis épouvanté de ce frisson, car il me venait directement des lignes de l'ennemi... ce n'était pas un frisson de fièvre, je me porte bien; ni de froid, la nuit est tiède... une nuit de printemps... j'avais fait connaissance avec la peur. Cinq ans de repos domestique peuvent donc démoraliser un homme! me suis-je dit... Cela m'a fait profondément réfléchir, j'ai compris ce frisson: ma vie est placée aujourd'hui dans des conditions toutes différentes du passé; j'étais seul quand je me battais... aujourd'hui, je ne suis plus seul, je suis trois. Avec mon existence, j'apporte à la bataille l'existence de ma femme et de mon fils; le coup qui me frappe les frappe aussi, ces innocents! Certes, cette pensée ne conseille jamais une lâcheté, mais je crois qu'elle peut donner un frisson... Que dis-tu, Gaston?

GASTON.
Cela me paraît juste.

DUHOUSSAIS.
Alors, j'ai fait un retour sur ma famille. Je puis être tué demain, ai-je dit... c'est la première fois que j'ai dit cela la veille d'une bataille... or, en cas de malheur, songeons à ma femme et à mon enfant. Plein de cette idée, j'ai quitté le poste du faubourg, et voici ce que je dois te dire encore. (Il prend affectueusement la main de Gaston.)

GASTON.
Parlez, parlez, Georges.

DUHOUSSAIS.
Gaston, ta bravoure sera demain sans emploi: tu gardes la ville; c'est sans doute un malheur pour toi, mais cela sert mes projets... C'est entre tes mains... (Il se lève.) Gaston, que je confie le dépôt le plus sacré, ma femme! (Il essuie quelques larmes, Gaston est vivement agité.) Elle est sans fortune, tu le sais; si je meurs, veille sur elle, veille sur mon enfant; sois leur père à tous deux... fais respecter Isabelle... les femmes sont souvent livrées à l'insulte de l'homme qui passe. Toi, Gaston, grave et sensé comme un vieillard, donne-lui des conseils dans le besoin; je ne la connais pas, ma femme: elle te paraît réservée, froide, réfléchie? eh bien! elle a toute la fougue de l'Espagnole; ce caractère de feu pourrait lui tourner à mal, Gaston, sois son ange gardien... tu me le jures, n'est-ce pas?...

GASTON, hors de lui.
Mais qu'avez-vous, Duhoussais?.. vous parlez comme un homme qui...

DUHOUSSAIS.
Gaston, j'ai là, là, quelque chose qui me dit que je mourrai demain.

GASTON, se levant.
Duhoussais! Duhoussais! prenez pitié de Gaston!

DUHOUSSAIS.
Oh! ne t'alarme pas de cette idée, Gaston... tu sais que les

pressentiments nous trompent presque toujours; en toute autre occasion, j'aurais ménagé ta sensibilité, ton amitié tendre et fraternelle; mais nous sommes dans ces heures solennelles de la vie où il faut tout dire, afin d'être sans regrets... Embrassons-nous maintenant... Eh bien! tu ne veux pas m'embrasser?..

GASTON, ému aux larmes.

Oui, Georges. (Ils s'embrassent.)

DUHOUSSAIS.

Gaston, à présent, je suis calme... crois-le bien, va... va prendre un peu de repos...

GASTON, l'œil égaré.

Adieu, Georges. (Il sort avec précipitation; Duhoussais le suit jusqu'à la porte. Un domestique se présente et remet une lettre à Duhoussais.)

SCÈNE XI.

DUHOUSSAIS, au domestique qui entre.

D'où vient cette lettre?

LE DOMESTIQUE.

Je l'ai trouvée sur ma table, il y a un quart d'heure... elle est très-pressée... j'allais la porter à son adresse, au poste de la Porte-Neuve, mais mademoiselle Juanita m'a dit tantôt que vous étiez ici; j'ai attendu que le salon s'ouvrit. (Le domestique sort.)

DUHOUSSAIS.

Fort bien. (Il ouvre la lettre.) Quel excellent ami, que ce brave Gaston! pauvre Isabelle! si je meurs demain, du moins tu trouveras en lui un frère, un protecteur!.. (Il regarde au bas de la page.) Point de signature!.. (Il approche la lettre d'une bougie.) Les lettres anonymes je les brûle, moi... pourtant... lisons toujours... je crois connaître cette écriture... c'est la main du propriétaire... c'est Dandrey, si je ne me trompe... oh! (Il lit.) certainement, c'est l'écriture de Dandrey. « Une personne à qui vous avez rendu un grand service, et qui vous doit de la reconnaissance, se croit obligée, en conscience, de vous prévenir qu'en ce moment même où elle vous écrit, votre femme est en rendez-vous d'amour dans le pavillon de votre jardin, avec M. Gaston de Verville; venez, vous verrez... » eh! c'est une plaisanterie! (Il rit.) mais qui plaisante?.. est-ce bien à moi qu'on écrit? (Il regarde l'adresse.) Oui, à moi!.. (D'une voix étouffée et tremblante.) Isabelle avec Gaston!.. le misérable qui a écrit... (Il sonne.) Avec Gaston! (Il se promène; le domestique paraît.) Dites à M. Dandrey que je l'attends ici... Avec Gaston! oh! il était bien agité Gaston! allons, allons, impossible!.. Isabelle! elle était brûlante l'autre jour, le jour du dîner... bah! c'est le changement de saison!.. quelle atroce plaisanterie!.. Gaston était tout défait quand il est venu ici... oui... il était bien pâle... non, non, Gaston, le plus austère des hommes!.. On m'a dit qu'il était à Saragosse quinze jours avant mon arrivée dans cette ville... il a paru bien embarrassé lorsque je l'ai questionné sur son séjour à Saragosse... ce nom de Saragosse le fait pâlir... Comme mes idées se brouillent!.. bientôt, j'accuserais le meilleur des amis, la plus vertueuse... Ah! voilà M. Dandrey!

SCÈNE XII.

DUHOUSSAIS, DANDREY, en robe de chambre.

DUHOUSSAIS, courant à Dandrey.

Qui a fait cette lettre?

DANDREY, troublé.

Cette lettre?.. mais... j'ignore.

DUHOUSSAIS, riant avec effort.

N'est-ce pas que c'est une plaisanterie? allons, avouez, nous allons rire...

DANDREY.

Voyons, je ne sais...

DUHOUSSAIS, furieux.

Qui a fait cette lettre? dis-le moi ou je t'écrase.

DANDREY, à genoux.

Écoutez, écoutez.

DUHOUSSAIS.

Misérable! je n'écoute rien... parle... parle... c'est toi.

DANDREY.

Non... c'est... mon bon monsieur Duhoussais, je vous ai tant d'obligations... vous êtes mon bienfaiteur... mon sauveur...

DUHOUSSAIS, se rassurant un peu.

Tu as écrit cette lettre...

DANDREY.

Non, non... dans un moment de colère contre ces messieurs qui m'ont fait beaucoup de mal, en songeant à vous qui m'avez fait tant de bien... j'ai...

DUHOUSSAIS.

J'entends! tu as inventé une horreur.

DANDREY.

Non, non, je n'ai rien inventé... j'ai...

DUHOUSSAIS.

Avoue que tu as inventé...

DANDREY.

Oui, j'ai inventé...

DUHOUSSAIS.

Ah!...

DANDREY.

J'ai inventé que votre femme parlait d'amour dans le jardin avec M. de Verville.

DUHOUSSAIS, furieux.

Tu l'as inventé!..

DANDREY, reculant.

Oui... (Bas.) mais c'était vrai.

DUHOUSSAIS.

Vrai!

DANDREY, baisant la main de Duhoussais, à voix basse.

Que ma maison s'écroule, si c'est faux; j'ai tout entendu de mon soupirail... là-bas.

DUHOUSSAIS, hors de lui.

Vous!

DANDREY.

Ils ont parlé de leur chiffre gravé sur un chêne... sur un tableau... que sais-je? moi... à Saragosse...

DUHOUSSAIS, en délire.

De leur chiffre?.. et ma femme?

DANDREY, à voix basse.

Votre femme est encore là-bas dans le pavillon... elle attend votre départ pour remonter.

DUHOUSSAIS, triomphant.

Tu en as menti, ma femme est là... (Montrant la chambre.) elle dort... an!

DANDREY, avec confiance.

Non, elle n'y est pas... vous le croyez... voyez... (Montrant le jardin.)

DUHOUSSAIS, il prend un flambeau et jette un long regard dans la chambre de sa femme qu'il vient d'ouvrir.

Personne!!! (On entend une marche de tambour dans la rue.)

ACTE TROISIÈME.

La chambre du belvéder. — A gauche, une alcôve avec une draperie. — Dans le fond du théâtre, un large balcon de fer, peu élevé et saillant sur la rue; on voit à travers et au-delà, des pointes de clochers; au-dessous du niveau du balcon, à l'horizon, les lignes rouges de l'armée anglaise; ce balcon est fermé par un vitrage à deux battants. — A droite, une lourde porte, fort épaisse et doublée de fer au dedans et au dehors, avec une serrure à trois pennes dans l'épaisseur du bois. — Au lever du rideau, le vitrage du balcon est ouvert. — Gaston écrit une lettre sur une table, au premier plan; il est vêtu d'une redingote; son uniforme et ses armes sont étalés négligemment sur un fauteuil. — Il fait nuit encore, la scène est éclairée par deux bougies placées sur la table de Gaston.

SCÈNE PREMIÈRE.

GASTON et ADRIEN.

(On entend sonner trois heures.)

ADRIEN, se levant.

Trois heures! merci, clocher gothique! comme je dormais savoureusement! (Il va au télescope et regarde.) j'ai les yeux encore endormis; je viens de prendre la planète de Saturne pour une bombe; je ne m'y pas que cette planète fût anglaise; elle se couche au quartier général de Wellington... (Il se revêt de son uniforme.) Bonjour, Gaston...

GASTON, préoccupé.

Adieu, bonjour, Adrien...

ADRIEN, chargeant ses pistolets.

Ne nous pressons pas; nous avons du temps de reste pour notre toilette.

GASTON, toujours écrivant.

Oh! certainement.

ADRIEN, déclamant.

Tes yeux seuls et les miens sont ouverts dans Toulouse,
Et tout dort: et l'armée, et l'époux... et l'épouse...

(Il revient au balcon et regarde au télescope.)

Ce télescope de M. Dandrey grossit singulièrement les oblets; M. Dandrey regarde les Anglais par le gros bout, et les Français par le petit... Ma foi!... la nuit est encore bien noire... j'aurais pu dormir une demi-heure de plus... c'était autant de pris sur l'ennemi... (Regardant tous les murs.) M. Dandrey n'a pas laissé une glace dans sa chambre... il faut pourtant se présenter décemment à messieurs les Anglais, un jour de fête... consultons ma psyché de bivouac... (Il tire un petit miroir de sa sabretache.) Et pas un clou pour accrocher mon trumeau!... Ah! voilà la première fois que la porte de fer sert à quelque chose!... (Il accroche le miroir.) Elle est solide cette porte-là... (Il arrange son col et son uniforme devant le miroir.) Je suis très-bien; nous pouvons entrer au bal au premier coup d'archet... La correspondance sera-t-elle longue encore?

GASTON, préoccupé.

Oui... oui... j'ai bientôt fini.

ADRIEN.

Moi, je suis débarrassé du style épistolaire depuis six ans... A propos, n'oublions pas mes circulaires... voyons si elles sont au complet... (Il tire trois lettres cachetées de son casque.) une pour mon oncle, une pour mon cousin, une autre pour mon neveu... elles commencent un peu à jaunir ces circulaires; voilà six ans qu'elles sont écrites et cachetées... leur style est concis : *Mon cher cousin* ou *mon cher oncle, je vous annonce que j'ai été tué à l'affaire d'hier. Tout à vous pour la vie, ADRIEN MAULÉON...* Voilà qui prévoit tout. Un camarade obligeant ramasse ces lettres sur le champ de bataille et les jette à la première poste, et le neveu se présente pour recueillir mon héritage, un sabre et deux pistolets, qu'il place au cinq pour cent. (Ceignant son sabre.) Me voilà prêt!... (Il s'approche de Gaston.) Gaston, voici l'aube... je descends.

GASTON, agité.

Ah! c'est toi... (Il se lève.) Tu pars? (Il marche vers le balcon.)

ADRIEN, à part.

Il est bien agité, mon pauvre ami! à coup sûr ce n'est pas la bataille qui le tourmente.

GASTON, descendant la scène.

Le jour va poindre...

ADRIEN.

Oui, on commence à voir clair sur l'échiquier, comme dit l'empereur.

GASTON.

Nous allons nous séparer, mon cher Adrien... écoute-moi : tu as fort peu de temps à m'écouter... cette lettre que j'écris est adressée à ma mère...

ADRIEN.

Elle est un peu longue.

GASTON.

Oui, j'avais beaucoup de choses à lui dire... elle sera renfermée dans une autre lettre qui te sera adressée, à toi.

ADRIEN.

A moi!.. tu m'écris aussi? dis-moi plutôt ce que tu as à m'écrire.

GASTON.

Non, je te l'écrirai.

ADRIEN.

Comme tu voudras.

GASTON.

Voilà tout.

ADRIEN.

Tu comptes donc partir ce soir?

GASTON.

Oui, oui; j'ai des ordres du général... tu trouveras tout cela dans ma lettre... (Le jour commence.)

ADRIEN.

Comme tu voudras... il y a là-dessous quelque petite intrigue de femme, n'est-ce pas?

GASTON.

Tu verras... tu...

ADRIEN.

Oui, c'est bon; ne parlons pas femme, ce matin... A propos, tu sauras que deux baisers m'attendent là-bas.

GASTON, effrayé.

Qui donc?

ADRIEN.

Ne t'alarme point! c'est Juanita.

Tu vas voir Juanita?..

ADRIEN, avec dignité.

Je vais voir les Anglais. Deux portes de cette maison conduisent à la bataille, et crois bien que je ne sortirai pas par celle où une femme m'attend. (Ils s'embrassent.)

GASTON.

Adieu. (Adrien prend ses pistolets et sort.)

SCÈNE II.

GASTON, seul.

J'ai déshonoré l'amitié... j'ai été faible, moi!... la mort sur un champ de bataille serait encore trop belle pour moi... ce soir, quand le dernier service que mon pays me demande sera rendu... j'aurai le courage de me punir! Après tant de victimes qui seront immolées aujourd'hui, une de plus ne sera pas remarquée... on ne fera pas attention à mon cadavre, dans le nombre... Duhoussais, lui, me comprendra... cela me suffit... quand on a vécu comme une femme, il faut savoir mourir en homme. (Il s'avance vers le balcon et regarde la plaine. La clarté augmente.) Et pourtant, comme mes intérêts domestiques sont mesquins, devant ce grand spectacle!... ici une petite intrigue d'amour, là-bas deux géants qui se regardent : la France et l'Angleterre... ici le combat intérieur du devoir et de la passion... là-bas une bataille où deux mondes vont se heurter!... Ah! notre armée remplit aujourd'hui une mission bien héroïque! ceux qui survivront seront plus malheureux que les morts... aussi me sera-t-il aisé de mourir... (Marchant vers le balcon.) Voyez comme l'aube est empourprée! le ciel est couvert de nuages de sang, le ciel a déjà le reflet de la terre!... Oh! il y aura bien un peu de place pour moi dans la grande immolation qui se prépare... pour l'empire et pour moi, ce jour est sans lendemain... ce soir, l'empire descend à son tombeau; je ne demande qu'un seul pli pour mon cadavre au glorieux linceul qui doit bientôt l'ensevelir... De quel front me plaindrais-je de ma destinée obscure, quand tout ce qui fut grand dans le monde s'écroule en ruine à mes côtés?.. et toi, Duhoussais... mon ami, seras-tu content de moi? crois-tu que mon crime sera suffisamment lavé par ce baptême de sang qui va couler sur mon front?... ma pauvre mère! (Il se rassied devant la table et écrit.)

SCÈNE III.

GASTON, ISABELLE.

(Elle entre sur la pointe des pieds, s'approche du balcon, regarde la plaine, puis elle descend et vient lire la lettre par-dessus l'épaule de Gaston.)

ISABELLE, avec un cri.

Tu vas mourir!

GASTON, se levant vivement.

Isabelle!... (Il court vers la porte et la ferme.)

ISABELLE, d'une voix sourde.

Tu vas mourir!

GASTON.

Non, non, Isabelle.

ISABELLE.

Je l'ai lu!... comment as-tu le courage d'écrire à ta mère que tu vas mourir?.. tu veux donc tuer ta mère! tu ne sais donc pas quel est l'amour que nous portons à nos enfants?

GASTON.

Je sais, Isabelle, que j'ai commis un crime, et qu'il faut que je l'expie.

ISABELLE.

Et moi, ta complice... que deviendrai-je, après toi?

GASTON.

Ton mari te pardonnera.

ISABELLE.

Mais moi, je ne me pardonnerai pas... D'ailleurs, Gaston, mon mari ne sait rien, rien.

GASTON.

Rien aujourd'hui, tout demain.

ISABELLE.

Et qui le lui dira?

GASTON.

Nous, notre visage, notre voix, notre geste, notre embarras, tout! qu'importe que la bouche soit muette, lorsque tout le reste du corps parle et nous dénonce, et nous trahit! voyons, Isabelle, te sens-tu le courage de traîner l'adultère dans ta maison, de compter tes jours par des crimes, tes nuits par des remords, et de vivre ainsi avec un perpétuel mensonge sur les lèvres, devant ton époux? Je sais que certaines femmes le font, et qu'elles vivent à l'aise; et si tu étais une de ces femmes, je te mépriserais tant, que je te haïrais demain; je ne veux pas te haïr, et je ne puis plus t'aimer : — ne plus t'aimer, c'est mourir, je mourrai.

ISABELLE, avec un sang-froid forcé.

Alors, Gaston, as-tu bien songé à moi? car si moi, faible femme, je n'ai pas la force de mourir, il faudra donc que je vive avec deux remords sur le cœur... j'aurai creusé ma tombe et déshonoré mon mari. Voilà l'héritage que m'aura laissé ton amour.

GASTON.

Ah! il fallait faire ces réflexions hier !

ISABELLE.

Vous êtes bien cruel, Gaston, je crois que vous avez déjà commencé à me mépriser. (Elle se laisse tomber dans un fauteuil, Gaston parcourt la chambre à pas précipités.—Moment de silence.)

GASTON.

Isabelle! Isabelle! croyez-vous que je puisse rester un jour de plus sous le toit de mon ami, que je puisse m'asseoir à sa table, lui donner ma main à serrer? Répondez-moi, je vous prie.

ISABELLE.

Non.

GASTON.

Croyez-vous que je puisse m'éloigner de la maison de votre mari avec cette promptitude déraisonnable qui peut sur-le-champ réveiller les soupçons?

ISABELLE.

Non plus.

GASTON.

Eh bien! alors, donnez-moi un conseil, Isabelle.

ISABELLE.

Je n'en ai point à vous donner... il fallait faire ces réflexions hier. (En appuyant sur ces mots.)

GASTON.

Que de tourments après tant de joie!.. que de remords! que de remords!... notre crime est donc bien grand!...

ISABELLE, avec mélancolie.

Est-ce qu'on a la force de se vaincre! où est la vertu qui puisse résister à tant d'assauts?... est-ce que j'ai demandé M. Duhoussais en mariage, moi?.. mon père a mêlé mon mariage avec la bénédiction de son lit de mort... je n'ai pas accepté mon époux, je l'ai subi... et d'ailleurs... ce mariage était alors un bonheur pour moi...

GASTON.

Un bonheur !

ISABELLE.

Oui, un bonheur... il me sauvait.

GASTON.

Que dites-vous?

ISABELLE, elle se lève.

Écoute, Gaston, es-tu toujours décidé à mourir? (Gaston se tait.) Es-tu toujours décidé à mourir ?

GASTON.

Vous n'avez pas répondu à ma question, Isabelle.

ISABELLE.

Réponds à la mienne, Gaston.

GASTON, troublé.

Que m'avez-vous demandé?

ISABELLE.

Veux-tu vivre, ou veux-tu mourir?

GASTON, avec effort.

Isabelle... écoute-moi, j'ai commis un crime, un crime traité légèrement par la justice des hommes, mais qui encourt l'anathème de la justice de l'honneur et de Dieu. Cette nuit, là... j'ai plaidé ma cause et la tienne; j'ai tout envisagé, tout approfondi... les débats ont été sans appel... ton image m'a donné souvent bien de la faiblesse, m'a fait couler bien des larmes... enfin, le jugement a été prononcé... je me suis condamné à mort... sans appel!

ISABELLE.

Sans appel!... ainsi mes larmes, mes prières, mon désespoir, seraient inutiles contre ce jugement?

GASTON.

Il sera exécuté...

ISABELLE.

Écoute, Gaston, les larmes d'une femme criminelle comme moi te touchent peu, je le vois... si je faisais parler ici une voix innocente... (Gaston se trouble.) Tu aimes mon enfant, n'est-ce pas? Souvent dans ce fatal jardin, tu t'es abaissé jusqu'aux jeux de son jeune âge; souvent tu t'es réjoui de sa joie naïve; tu lui as fait tant de caresses, à cet ange, que tu dois l'aimer.

GASTON.

Pourquoi n'aurais-je pas aimé l'enfant d'Isabelle?

ISABELLE, d'une voix tremblante.

Tu dois l'aimer plus encore.

GASTON, en délire.

Ah! Isabelle! Isabelle! que dites-vous! votre enfant! ah! (Il se jette dans un fauteuil, Isabelle entoure son cou de ses bras, moment de silence.)

ISABELLE.

Gaston, Gaston..., mon ami...

GASTON, d'une voix faible.

Laisse-moi respirer... oh! mon Dieu! c'est mon fils !

ISABELLE.

Oui, et c'est lui qui t'ordonne de vivre... lui n'a point commis de crime... sa parole purifie l'air que nous respirons.

GASTON.

Je veux le voir, je veux le voir, mon enfant...

ISABELLE.

Tu le verras.

GASTON.

Tout de suite.. (Se levant.) il me semble que je ne l'ai jamais vu.

ISABELLE.

Comme il est beau, ton enfant! comme il t'aime! que de bonheur tu auras à le voir grandir!

GASTON, tristement.

Oui !... et ne pouvoir jamais l'appeler mon fils ! jamais !

ISABELLE.

Tu sauras qu'il est ton fils... et puis, laissons faire l'avenir.

GASTON.

Ah! que de larmes encore au fond de cette joie!..

ISABELLE.

Tu vas brûler cette lettre, n'est-ce pas? tu vivras pour ton fils, pour ta mère; réfléchis un peu : vois, si on t'apprenait que ton fils est mort...

GASTON.

Ah! ne parle plus, Isabelle, tais-toi...

ISABELLE, prend la lettre et la brûle à la bougie.

Ta pauvre mère!...

GASTON.

Isabelle, tu es un ange ou un démon... ta volonté brise la mienne.. je vivrai.

ISABELLE, au comble de la joie.

Ah! le ciel est juste!... il me semble qu'on a frappé, là... (On heurte à la porte, effroi et silence; on heurte encore.)

GASTON.

C'est Adrien, ce ne peut être qu'Adrien.

ISABELLE.

Si c'était...

GASTON.

Lui?..

ISABELLE.

Oui...

GASTON.

Impossible !... il ne peut quitter son poste... je ne crois pas... (On frappe encore.) Il faut ouvrir... Isabelle... à ce balcon... (Isabelle court au balcon, Gaston ferme le vitrage et vient ouvrir la porte.)

SCÈNE IV.

DUHOUSSAIS, GASTON.

GASTON, feignant le sang-froid.

Ah! c'est vous, Duhoussais? eh! déserteur!

DUHOUSSAIS, d'un ton grave.

Tu as l'oreille dure, le matin; j'ai tapé trois fois...

GASTON, tâchant de prendre de l'assurance.

Oui... c'est singulier! je ne l'ai pas entendu... j'écrivais... là... cette lettre...

DUHOUSSAIS, regardant la table.

Quelle lettre?

GASTON.

Cette lettre... ah ! je l'ai fermée déjà...

DUHOUSSAIS.

Ou brûlée, voilà du papier brûlé.

GASTON.

Oui, brûlée... j'ai la bataille dans la tête... je dors encore...

DUHOUSSAIS, à part.

Quel trouble! (Haut.) Il paraît que tu as passé une bonne nuit?

GASTON.

Oui... oui.— assez bonne.

DUHOUSSAIS.

Je t'apporte un ordre du général Harispe... je ne te cache pas que je l'ai sollicité pour toi... pour ton honneur.

GASTON.

Un ordre! (Il prend le pli, le décachette et lit; Duhoussais regarde dans la chambre.) Ah ! quel bonheur! comment! c'est vous qui me procurez cela !... un ordre de prendre la ligne sous les hauteurs du Calvinet... ah ! je serai de la partie! j'aime mieux cela que la police de la ville... je vous remercie bien, mon cher Duhoussais, mon ami, mon bienfaiteur, mon père.

DUHOUSSAIS.

J'ai couru toute la nuit pour t'avoir cette aubaine; c'est que, moi, je prends soin de ton honneur...

GASTON, toujours décontenancé.

Oui... oui, je vois...

DUHOUSSAIS.

L'honneur d'un ami m'est aussi cher que le mien... Ah çà !.. tu le prends bien à l'aise... (On entend le canon.) Écoute, voilà l'Anglais qui demande la parole... (Le canon encore.) Diable! Wellington est levé de bonne heure... il ne trouvera pas le maréchal endormi... Eh bien! tu n'as pas encore achevé de lire ton pli?

GASTON, ouvrant et fermant le pli.

Oui, oui... je relisais... je voulais savoir si...

DUHOUSSAIS.

Que veux-tu savoir, voyons?

GASTON, toujours plus embarrassé.

Non, non... tout bien réfléchi... (Il rouvre le pli.)

DUHOUSSAIS, à part.

Le malheureux! (Haut.) Allons... tes armes, tes armes! qu'attends-tu? qu'une belle dame vienne t'armer son chevalier?...

GASTON, riant avec effort et prenant son sabre

Toujours le même, Duhoussais!

DUHOUSSAIS.

Mais te voilà encore à relire ta dépêche... pour la troisième fois!... tu ne sais pas où sont les hauteurs du Calvinet?

GASTON, allant vers la porte.

Non, non... nous pouvons descendre, on m'indiquera cela...

DUHOUSSAIS.

Je vais te montrer ton poste, là, de ce balcon...

GASTON, jouant le sang-froid.

C'est inutile, c'est inutile... descendons.

DUHOUSSAIS marche au balcon, Gaston le suit.

C'est que je veux jouir aussi du coup d'œil... (Il ouvre le vitrage, il découvre Isabelle.)

ISABELLE, au comble de l'effroi et feignant le calme.

J'étais montée... ici...

GASTON, riant.

Oui... Madame... a eu la curiosité...

DUHOUSSAIS, avec un grand sang-froid contraint.

Mais je ne vous interroge pas. (Silence.) Pourquoi vous justifiez-vous? est-ce que j'ai accusé quelqu'un, ici? (Gaston est à gauche, Isabelle au milieu, Duhoussais à droite, devant la porte.) Je serais bien ridicule ou bien fou de montrer de la jalousie... la circonstance est si naturelle! Madame est montée... par curiosité. Dans une heure, toutes les dames de Toulouse seront sur les toits... Une bataille est un spectacle gratis... n'est-ce pas, Gaston?

GASTON, balbutiant.

Mais... oui... hier soir Madame me témoigna le désir... vous savez? c'est une fantaisie...

DUHOUSSAIS.

Gaston, tu ne sais pas mentir... c'est bien fâcheux pour le métier que tu fais...

GASTON.

Je ne vous comprends pas... mon... cher Duhoussais...

DUHOUSSAIS.

Ta langue tremble, Gaston.

GASTON.

Oui... oui... voilà l'heure qui m'appelle, et...

DUHOUSSAIS.

Et tu es pressé de descendre... c'est ce qui te donne de l'émotion, j'entends.

ISABELLE.

Oui, Duhoussais, voyez sa position...

DUHOUSSAIS.

Isabelle, je ne vous demande rien, à vous.

ISABELLE, se remettant de sa frayeur.

C'est que vous interprétez mal, Monsieur.

DUHOUSSAIS, éclatant, l'épée à la main.

Malheureuse!

GASTON.

Duhoussais, votre femme est innocente... c'est moi qui...

DUHOUSSAIS, d'une voix tonnante.

Vous mentez, colonel! (Gaston met la main à la poignée de son épée suspendue au fauteuil.) Tu me menaces?

GASTON, avec dignité.

Vous m'insultez!

DUHOUSSAIS.

Ah! oui, l'expédient est heureux! tu veux faire diversion à ma vengeance! un duel te mettrait à l'aise... un duel, aujourd'hui, je ne l'accepte pas... aujourd'hui nous devons notre sang au pays; aujourd'hui... (Montrant la plaine.) notre champ clos est là... si tu l'as oublié, j'y songe, moi; si tu manques à l'appel de la bataille, je n'y manquerai pas, moi! ce serait trop de deux déserteurs... Je t'insulte, Gaston, tu t'en plains!... (Gaston fait un geste.) et toi, que m'as-tu fait? ne parle pas! écoute! veux-tu que je te l'apprenne, moi, ce que tu as fait? tu as assassiné l'amitié.

ISABELLE, se laissant tomber sur un fauteuil.

Ah! je me meurs!

DUHOUSSAIS.

Gaston! les arbres du jardin ont des oreilles, le pavillon a parlé; dis-moi si je t'insulte, dis?...

GASTON.

Eh bien! Duhoussais, tue-moi, je suis un maudit; oui... je t'ai déshonoré! tue-moi. (Il se découvre la poitrine.)

ISABELLE, à genoux.

C'est moi qu'il faut frapper, je suis seule coupable!

DUHOUSSAIS, après un moment de silence.

Le premier sang versé dans ce jour ne doit être ni celui d'une femme, ni celui d'un Français... non, je ne veux point vous tuer... Isabelle! je vous impose la vie! dès ce moment vous n'êtes plus ma femme... vous prenez votre rang parmi ces êtres plus que sacré dans le titre d'époux, puisque je vous tiens ici tous deux le front dans la poussière, comme deux êtres écrasés par le déshonneur!

GASTON.

Ah! si vous saviez quelle fatalité!...

DUHOUSSAIS.

La fatalité! Oh!... l'excuse est charmante! la fatalité! ils ont tout dit avec ce mot! la fatalité, c'est l'excuse des scélérats!

GASTON.

Ah! de grâce! Duhoussais!...

DUHOUSSAIS.

Silence, Gaston!... plus qu'un mot à vous dire, écoutez! Gaston, vous avez brisé ma vie; Gaston, vous avez forfait à l'amitié, vous avez été lâche comme une femme, à mon égard... vous m'avez déshonoré, Gaston, vous m'avez déshonoré!... Eh bien! moi, après vous avoir flétri devant votre maîtresse, je veux vous déshonorer à votre tour. (Il se rapproche de la porte.) Gaston, la bataille commence... (Gaston court au balcon et regarde la plaine.)

GASTON, au désespoir.

Ah! mon Dieu!

DUHOUSSAIS, d'une voix de tonnerre.

Gaston, vous êtes mon prisonnier, et je vais mourir. (Il sort et ferme la porte. — Grand bruit de verrous.)

SCÈNE V ET DERNIÈRE.

GASTON, ISABELLE.

(Gaston au comble de l'effroi court précipitamment à la porte, la parcourt des yeux, la sonde de la main, cherche partout une issue... il plonge ses mains dans ses cheveux, le délire et le désespoir sont peints sur sa figure, le canon gronde, Isabelle est restée à genoux, l'œil terne et fixé sur la porte.)

GASTON, appelant.

Duhoussais!... Georges! ouvre; ce soir, ce soir, je t'apporte ma vie, ma tête, mon sang... Duhoussais!.. (Il prête l'oreille à la porte.) Rien... silence... il est déjà bien loin... Isabelle! Isabelle!

ISABELLE, d'une figure égarée et revenant d'une sorte de léthargie.

Où est-il? où est-il?

GASTON.

Viens à mon secours, Isabelle!

ISABELLE, se levant.

Gaston, si tu as le cœur d'un homme, tue-moi...

GASTON.

Déshonoré! flétri! flétri! flétri à jamais! (Les mains jointes.) O mon Dieu! fais crouler ces murailles!

ISABELLE, avec un cri terrible.

Gaston, et notre enfant! laisse-moi vivre!

GASTON.

Ah! malheureuse! lui aussi est perdu! la honte de sa mère retombe sur lui! (Le canon gronde.) Entends-tu! entends... le canon sonne mon déshonneur!...

ISABELLE.

Gaston, n'écoute que ma voix...

GASTON.

Ah! Isabelle! ta voix est bien faible ce matin.

ISABELLE,
Ma voix ne te touche donc plus?

GASTON.
La voix de la France est là qui crie... ne l'entends-tu pas?...

ISABELLE, avec tendresse.
Gaston... pardonne-moi...

GASTON, faisant le geste de l'embrasser et reculant.
Ah! (Il couvre son visage de ses mains.)

ISABELLE.
Mon visage te fait peur, aujourd'hui, n'est-ce pas?

GASTON, d'une voix sombre.
Ton visage est le miroir de mon crime!

ISABELLE.
Malheureuse que je suis!

GASTON.
Pardonne, pardonne... ces paroles sévères ne sortent pas du cœur, excuse-moi, Isabelle... je suis en délire.

ISABELLE, s'approche de lui.
Gaston, mon ami...

GASTON.
Plus de caresses! plus de caresses! (Il la regarde avec effroi.) Oh! la femme de mon ami!... le spectre de Duhoussais est déjà là, peut-être, qui nous regarde!

ISABELLE.
Ah! les femmes au moins aiment jusqu'à la mort...

GASTON, on entend des fanfares de trompettes.
On m'appelle! on m'appelle! Oh! je ne renverserai pas ces murailles? Isabelle! je suis déshonoré!

ISABELLE.
Eh bien! vivons, vivons, confondons ensemble nos remords! Ton honneur est perdu... Mais ne t'avais-je pas déjà sacrifié le mien?

GASTON, avec un sourire infernal.
Oh! l'honneur d'une femme!...

ISABELLE.
L'honneur d'une femme! mais l'honneur d'une femme n'est-il pas aussi sacré que celui d'un homme?

GASTON.
Je ne le croyais pas... (Silence d'effroi. — On entend des fanfares de trompettes. — Un corps de musique qui passe dans la rue en jouant l'air : Veillons au salut de l'empire.—Des cris de : Vive l'empereur. —Une canonnade lointaine.) Entends-tu! entends-tu! toutes ces voix du dehors crient : Gaston s'est caché pendant la bataille, Gaston a eu peur des Anglais, Gaston est un lâche, Gaston est un infâme! (Un appel de trompettes.) Ah! je reconnais la voix de mon régiment! (Il court au balcon et regarde.) Isabelle! c'est mon régiment qui passe! (Isabelle court à lui et l'entraîne sur le premier plan.)

ISABELLE.
Gaston! écoute... ton enfant pleure et t'appelle!

GASTON, courant à la porte.
Veux-tu t'ouvrir, porte de l'enfer? (Appel de trompettes.) Le régiment appelle son colonel! j'y suis, j'y suis, mes camarades! Je tomberai dans vos rangs! (Gaston court au balcon et se précipite dans la rue! Isabelle le suit pour le retenir ; elle l'accompagne, les bras levés, dans sa chute, pousse un cri terrible, et tombe évanouie.)

FIN